GRANDES CONTOS

H.P. LOVECRAFT GRANDES CONTOS

2ª EDIÇÃO

TRADUÇÃO E NOTAS

ALDA PORTO
VILMA MARIA DA SILVA
LENITA RIMOLI ESTEVES
PAULO CEZAR CASTANHEIRA

SUMÁRIO

Apresentação 7

GRANDES CONTOS H. P. LOVECRAFT

A fera na caverna 19
O alquimista 27
A tumba 37
Dagon 49
Além das muralhas do sono 55
Old Bugs 67
A transição de Juan Romero 75
A Nau Branca 83
A Rua 91
A maldição que atingiu Sarnath 97
A árvore 105
Os gatos de Ulthar 111
Do além 115
Nyarlathotep 123
O pântano da Lua 127
Os outros deuses 137
A música de Erich Zann 143
Hipnos 153

O que vem da Lua	161
Azathoth	165
Entre as paredes de Eryx	167
O cão de caça	199
O medo à espreita	209
O festival	233
Debaixo das pirâmides	243
O horror em Red Hook	273
O chamado de Cthulhu	297
A chave de prata	331
A estranha casa alta na névoa	345
A busca onírica da desconhecida Kadath	355
O caso de Charles Dexter Ward	467
A cor que veio do Espaço	599
O descendente	629
A história do Necronomicon	635
O povo muito antigo	639
O horror em Dunwich	647
Sussurros na escuridão	695
Nas montanhas da loucura	765
A sombra sobre Innsmouth	879
Através dos portais da chave de prata	947
O perverso clérigo	987
O livro	993
A sombra vinda do tempo	997
O assombrador das trevas	1065
O navio misterioso	1091

APÊNDICE

O horror sobrenatural em literatura	1099

H. P. LOVECRAFT: O HOMEM QUE REINVENTOU O HORROR

Daniel I. Dutra*

O ESCRITOR H.P. LOVECRAFT é indiscutivelmente um fenômeno cultural e acadêmico. Apesar de em vida gozar de certa popularidade entre um pequeno grupo de admiradores, Lovecraft foi um autor obscuro que morreu no anonimato. Após sua morte, antologias e trabalhos póstumos começaram a ser publicados e Lovecraft, ao longo das décadas, foi conquistando seu merecido espaço entre o público e a crítica.

Sua obra influenciou gerações de escritores de horror, nomes como Robert Bloch, Stephen King, Clive Barker e Thomas Ligotti. Na ficção científica e a fantasia, gêneros vizinhos do horror, Lovecraft também deixou sua marca. Grandes autores de ficção científica como Ray Bradbury e Robert Silverberg, além de importantes escritores da fantasia como George R.R. Martin e Neil Gaiman, já declararam seu débito com Lovecraft.

A influência de Lovecraft ultrapassou as fronteiras da literatura e invadiu outras mídias. O autor e suas criações já foram citados em inúmeros filmes e seriados, desde em animações como *Os Simpsons* e *South Park* a filmes como *Hellboy 2* (2008) e o seriado *Supernatural*. A despeito de Lovecraft no cinema ainda não ter despontado com nenhuma grande produção milionária de Hollywood, há filmes modestos de

---

* Doutor em Literatura Comparada pela Universidade Federal do Rio Grande do Sul. É autor da tese de doutorado *O Horror Sobrenatural de H.P. Lovecraft: Teoria e Praxe Estética do Horror Cósmico*. É também escritor, autor de *A Eva Mecânica e outras Histórias de Ginoides* (Literata, 2013)

baixo orçamento que alcançaram o status de *cult* e valem a pena ser conhecidos. O mais famoso com certeza é *A hora dos mortos-vivos* (1985), de Stuart Gordon, película baseada no conto *Herbert West — Reanimator* (1922). Destaque também para o média-metragem *The call of Cthulhu* (2005), adaptação do conto homônimo dirigido por Andrew Leman que angariou elogios de fãs e críticos. Por outro lado, no cinema a obra de Lovecraft influenciou a concepção de clássicos do horror moderno como *Alien — O 8º passageiro* (1979), de Ridley Scott, e *O enigma de outro mundo* (1982) de John Carpenter. Tanto o cineasta John Carpenter quanto Dan O´Bannon, roteirista de *Alien — O 8º passageiro*, declararam em entrevistas que Lovecraft foi uma inspiração. Ademais, bandas de rock como Metallica e Black Sabbath compuseram canções inspiradas no autor. No mundo dos RPG e videogames há inúmeros produtos baseados em sua ficção. Nos quadrinhos, autores como Alan Moore e outros escreveram obras utilizando elementos de suas histórias. Em suma, toda uma indústria multimídia foi fundada em torno das criações de Lovecraft.

Apesar de incipiente, Lovecraft aos poucos está começando a despertar o interesse do meio acadêmico. Filósofos como Michel Houellebecq e Gilles Deleuze já escreveram suas análises a respeito do autor e sua obra. Em 2005, uma antologia dedicada a Lovecraft foi publicada pela *Library of America*, respeitada instituição estadunidense que visa preservar o patrimônio literário do país.

Portanto, cabe a pergunta "por que Lovecraft se tornou esse grande fenômeno em meios tão distintos?". Do leitor comum a intelectuais, passando por escritores, cineastas e demais artistas, ninguém consegue permanecer indiferente à influência do autor que, tal qual os tentáculos dos monstros de suas histórias, estão por toda a parte. Para respondermos a essa pergunta é necessária uma breve contextualização de Lovecraft e sua época.

Nos Estados Unidos da década de 1920 houve uma verdadeira explosão de publicações que ficaram conhecidas como revistas *pulp*. Numa época onde não havia internet ou televisão, a leitura destas publicações baratas especializadas em histórias de faroeste, ficção científica, horror, policial, dentre vários outros gêneros, eram uma diversão popular. As histórias publicadas em revistas *pulp* eram, via de regra, narrativas banais, simples e esquemáticas destinadas a um

APRESENTAÇÃO

público que buscava apenas um entretenimento passageiro. Porém, foi no universo destas publicações que muitos nomes famosos, incluindo Lovecraft, começaram suas carreiras. Além de nomes da ficção científica como o supracitado Ray Bradbury e Isaac Asimov, autores como o renomado dramaturgo Tennessee Williams e o papa da literatura policial, Raymond Chandler, deram suas contribuições às revistas *pulp*.

Não levando em conta os poemas e algumas histórias curtas que escrevera na adolescência, pode-se dizer que a carreira de Lovecraft, oficialmente, começou em 1919 com a publicação do conto "Dagon" na revista *The Vagrant*. A partir de então, o autor começou a escrever com frequência, encerrando apenas com sua morte em 1937, vítima de câncer no intestino. A revista *Weird Tales*, especializada em horror e fantasia, foi onde Lovecraft publicou boa parte de seus trabalhos.

Os Estados Unidos dos anos 1920, e o mundo de uma forma geral, vinham desde o século XVIII passando por profundas transformações políticas e sociais. A Revolução Industrial transformava o modo de vida da humanidade de forma nunca vista antes. No mundo da ciência, Charles Darwin abalara o século XIX, afirmando que o homem e o macaco possuíam um ancestral comum. No século XX, Albert Einstein colocara em xeque a Física tradicional com sua teoria da relatividade. Em suma, todas as certezas da humanidade começaram gradativamente a serem postas em dúvidas.

Na literatura, tais mudanças graduais de paradigmas repercutiram em obras de autores como H.G. Wells. Wells escreveu clássicos como *A ilha do doutor Moreau* (1896) e *A guerra dos mundos* (1897). Neste último, os marcianos invadem a Terra. Wells provavelmente foi inspirado pelo trabalho do astrônomo Percival Lowell, que publicou diversos livros sobre Marte e conjecturava acerca da existência de vida no planeta vermelho. Outros autores do século XIX, como Edgar Allan Poe e Mary Shelley, também exploraram o imaginário científico de sua época em histórias como o conto "Os fatos do caso do Sr. Valdemar" (1845) e o romance *Frankenstein* (1818), respectivamente.

A despeito da ciência já estar presente na literatura muito antes de Wells, Poe ou Shelley, levando Isaac Asimov a considerar o romance *Somnium*, do astrônomo alemão Johannes Kepler, escrito em 1608, como uma obra de ficção científica, o gênero começou a aparecer com frequência nas histórias publicadas na revista *Amazing Stories*, fundada pelo editor Hugo Gernsback em 1926. Gernsback popularizou o termo *ficção científica*, datado do século XIX, e tencionava criar uma publicação voltada especialmente para histórias que tivessem como mote de sua narrativa a ciência. O que Gernsback procurava eram histórias que seguissem uma linha de "entreter e educar". O editor acreditava que podia despertar o gosto dos leitores pela ciência através da literatura de massa. Foi nas publicações de Gernsback, portanto, que o gênero ficção científica não somente ganhou um nome próprio, mas também uma forma. Muitas convenções do gênero, que hoje vemos em obras como *Star Wars* e *Jornada nas Estrelas*, nasceram nas publicações de Gernsback, que também publicou uma das mais importantes histórias de Lovecraft, "A cor que veio do espaço" (1927).

Em seu ensaio "A Literary Copernicus" (1949), o escritor Fritz Leiber, com quem Lovecraft manteve uma amizade via cartas, comenta que o grande mérito do autor foi adaptar a história de horror tradicional, ou seja, o horror de cunho sobrenatural, aos tempos modernos. Em outras palavras, Lovecraft atualizou o horror de fantasmas e vampiros do século XIX para a realidade científica do século XX. Um mundo onde a ciência a cada dia destrói paradigmas religiosos e místicos e nos apresenta uma realidade tão assustadora quanto espíritos malignos ou criaturas sobrenaturais.

Foi desta combinação entre ficção científica e horror que Lovecraft criou seu gênero próprio, comumente chamado de horror "lovecraftiano" ou horror cósmico, termos intercambiáveis. Contudo, Leiber chama a atenção para o fato de que Lovecraft não foi o primeiro autor a utilizar a ciência para construir uma história de horror. Autores como William Hope Hodgson e os supracitados Edgar Allan Poe e Mary Shelley já haviam trilhado esse caminho. O mérito de Lovecraft, portanto, foi atualizar o horror para os paradigmas científicos e culturais do século XX.

Quando as primeiras revistas *pulp* voltadas a literatura fantástica — termo usualmente utilizado para englobar numa única expressão os gêneros ficção científica, horror e fantasia — surgiram não havia uma distinção clara entre horror e ficção científica. Portanto, eram muito comuns histórias que mesclavam elementos científicos e de horror, e também de fantasia, serem chamadas simplesmente de "horror" ou "fantasia" (caso este elemento fosse mais preponderante que o horror). O conto de H.P. Lovecraft "Do além" (1920) é um bom exemplo de mescla do que posteriormente viria a ser chamado de ficção científica com o horror. Na narrativa, o cientista Crawford Tillinghast inventa um aparelho que permite seres humanos enxergarem criaturas de outras dimensões. Todavia, tal invento tem consequências nefastas. "Do além" é um conto que, a despeito da roupagem científica, é mais horror do que ficção científica, porque o sentimento de horror é o efeito estético final que Lovecraft tenciona provocar no leitor.

No começo de sua carreira, por volta da década de 1920 até o seu final, Lovecraft escrevia histórias de horror e fantasia que, a despeito da qualidade ímpar, não fugiam do padrão estabelecido por autores como Edgar Allan Poe e Lord Dunsany — estes as duas mais importantes influências de Lovecraft — ou de outros como Algernon Blackwood e Arthur Machen. Dunsany, em particular, foi uma influência tão grande que Lovecraft escreveu, durante uma época, uma série de histórias, como "Os gatos de Ulthar" (1920) e "A Nau branca" (1919), que se passam num universo ficcional que postumamente foi batizado de "Ciclo dos sonhos", e cuja ação ocorre num mundo fantástico muito semelhante às fantasias oníricas de Dunsany. Entre um conto e outro de inspiração em Dunsany, ele também escrevia histórias numa vertente de horror mais tradicional, como "O horror em Red Hook" (1925) e "A rua" (1919). Desta primeira fase de sua carreira, com certeza seu melhor trabalho é "A música de Erich Zann" (1921). Em carta, Lovecraft afirma que considera "A cor que veio do Espaço" e "A música de Erich Zann" seus melhores trabalhos.

Porém, em meados dos anos 1920, o cenário das revistas *pulp* mudou com a fundação da *Amazing Stories*, de Hugo Gernsback. O recém "fundado" gênero ficção científica conquistou seu público rapidamente e os leitores se deleitavam com as histórias de heróis intergalácticos que viajavam em foguetes para mundos distantes e enfrentavam alienígenas monstruosos, resgatando belas princesas seminuas de suas garras. Histórias que seguiam os passos de precursores como Edgar Rice Burroughs e seu *Uma princesa de Marte* (1917). Por volta dos anos 1930, a popularidade da ficção científica de aventuras espaciais já havia reconfigurado o imaginário popular.

Apaixonado por astronomia desde a adolescência, não demorou para Lovecraft explorar, à sua maneira, o nicho da ficção científica de vertente espacial. O curioso é que o autor declarou em cartas que desprezava o gênero pela sua infantilidade, inclusive escrevendo um ensaio chamado "Notas sobre a ficção interplanetária" (1935), onde tece duras críticas ao que julgava ser uma mediocridade reinante da ficção científica produzida em sua época. Entretanto, nesse ensaio Lovecraft comenta sobre como ele acreditava que uma boa história de ficção científica deveria ser. E assim começou a revolução.

Lovecraft, ao mesmo tempo em que se mantinha fiel ao gênero horror, era também um homem atento às transformações de seu tempo. Tal qual H.G. Wells e outros autores que dialogaram com a ciência e as questões sociais e culturais de sua época, Lovecraft iniciou não somente um diálogo entre o gênero horror com a ciência do século XX, introduzindo conceitos como as teorias de Albert Einstein em contos como "O sonho na casa das bruxas" (1932), mas também com as convenções narrativas da ficção científica das revistas *pulp*.

Como um ateu materialista, Lovecraft rejeitava qualquer noção da existência de um Deus ou um propósito no universo, e enxergava a humanidade apenas como um acidente cósmico que desapareceria com a mesma velocidade que apareceu num universo frio e indiferente. Essa forma de ver a realidade foi o mote criativo para Lovecraft reinventar o gênero horror. A partir do conto "O chamado de Cthulhu" (1926) Lovecraft começa a desenvolver um conjunto de histórias interligadas que basicamente narram que a Terra foi habitada há incontáveis milênios por raças extraterrestres e que, em breve, retornariam ao nosso planeta, e a existência humana chegaria ao fim. Contudo, não são histórias comuns no estilo "alienígenas maus querem conquistar a Terra". Para as raças alienígenas de Lovecraft, a humanidade é tão irrelevante quanto um formigueiro é para um ser humano. A sua destruição pelas mãos de alienígenas seria um produto do mero acaso, tal qual uma pessoa quando pisa numa formiga no meio da rua sem perceber.

Essa é a condição efêmera da humanidade na escala cósmica para Lovecraft, e uma intepretação muito comum dessa fase inaugurada com "O chamado de Cthulhu", e que postumamente foi batizada de "Mitos Cthulhu" por August Derleth, escritor e amigo de Lovecraft, é que os alienígenas seriam uma metáfora a insignificância do ser humano diante de um cosmos infinito e de mistérios insondáveis. Portanto, Lovecraft, com suas histórias dos "Mitos Cthulhu", reinventou o gênero horror ao combiná-lo com a ficção científica dos anos 1930 e, principalmente, com sua visão pessoal sobre a existência humana. Histórias como "A sombra vinda do tempo" (1935), "A cor que veio do Espaço", "Nas montanhas da loucura" (1931), "Sussurros na escuridão" (1930), entre outras, podem ser lidas como uma subversão dos clichês aventurescos de histórias espaciais. Ao invés do herói destemido que vai para outro planeta resgatar a mocinha e derrotar o império alienígena governado por um tirano, nos "Mitos Cthulhu" os alienígenas já estão entre nós ou estiveram aqui, e quando retornarem será o fim, e não há um herói destemido para nos salvar. Os protagonistas de Lovecraft são a antítese de um herói convencional. Geralmente são intelectuais ou artistas que, acidentalmente, descobrem o que não deveriam, e como estão enfrentando forças além da sua compreensão, nada podem fazer, o que os leva à beira da insanidade. Tal descoberta a respeito de criaturas dos confins do espaço cuja própria existência desafia o que a ciência nos diz sobre o universo, associado ao sentimento de impotência, é o que caracteriza o horror cósmico de Lovecraft. O resultado são histórias onde o pessimismo e o desespero reinam. Em suma, Lovecraft se apropria de conceitos da ficção científica tão diversos quanto a ideia de vida fora da Terra ou viagens no tempo que, à primeira vista, podem parecer lógicas, racionais, científicas e até bem-vindas à espécie humana, e as transforma em uma fonte de horrores inimagináveis.

Na verdade, classificar Lovecraft como um escritor de horror é um tanto impreciso. A despeito de suas histórias terem como meta provocar um "senso de pavor" no leitor, termo que ele utiliza em seu ensaio *O horror sobrenatural em literatura* (1927), o autor declarava que escrevia *weird fiction*. O termo *weird fiction*, que numa tradução livre significa "ficção estranha" ou "ficção bizarra", carece de uma tradução adequada para o português. O termo criado pelo escritor irlandês Sheridan Le Fanu e popularizado por Lovecraft no já citado ensaio é mais preciso do que a palavra "horror". A *weird fiction* pode ser definida como uma forma particular de se escrever horror. Uma forma onde o autor utiliza elementos de ficção científica, fantasia e horror, combinando dois ou mais destes gêneros, com o intuito de expor uma visão de mundo bem pessoal.

Entretanto, não se trata de didatismo ou lições de moral, escrever *weird fiction* significa o autor dar um tratamento estético às suas aflições existenciais via literatura, significa o escritor transformar a forma como vê a condição humana em histórias de horror. No caso da *weird fiction* de

Lovecraft, nos é apresentada uma visão de mundo única e tão original quanto suas histórias. Para o autor, justamente pelo fato de o universo ser caótico e indiferente à humanidade, o melhor caminho para o ser humano preservar a sua sanidade é se apegar às suas raízes culturais. Estas seriam um porto seguro para a alma humana e dariam um sentido, mesmo sendo ilusório, a um universo desprovido de propósito. Se por um lado os monstros de Lovecraft podem ser interpretados como uma metáfora ao cosmos indiferente à humanidade, por outro, os seus protagonistas podem ser considerados, em maior ou menor grau, alter egos do escritor, apesar de o personagem Randolph Carter, que aparece em contos como "A chave de prata" (1926), ser o único alter ego oficial do autor. Nas histórias de Lovecraft, os protagonistas, além do gosto pela arte e o intelecto, são geralmente homens que possuem um apego, uma ligação ou uma atração forte pelo passado, especialmente o da Nova Inglaterra, região dos Estados Unidos que foi ponto de imigração dos primeiros colonizadores britânicos e do qual Lovecraft era um descendente. Como Lovecraft explica em cartas, a tradição é a única defesa que temos contra a falta de sentido da vida e o universo indiferente à vontade e desejos do ser humano. O horror de Lovecraft é uma reflexão, até certo ponto, consciente por parte do autor sobre as incertezas do mundo moderno.

Portanto, se a melhor classificação para Lovecraft é o termo *weird fiction*, é porque ele utiliza suas observações pessoais sobre a realidade como matéria-prima para o horror, e, ao realizar essa operação, consegue expor as angústias da condição humana.

REFERÊNCIAS

JOSHI, S.T. *A Subtler Magik:* The Writings and Philosophy of H.P. Lovecraft. New Jersey: Wildside Press, 1999.

_____. *The Weird Tale.* New Jersey: Wildside Press, 2008.

LEIBER, Fritz. *Fritz Leiber and H.P. Lovecraft — Writers of the Dark.* New Jersey: Wildside Press, 2005.

LOVECRAFT, H.P. *Collected Essays Volume 2 — Literary Criticism.* Hippocampus Press: New York, 2004.

_____. *Collected Essays Volume 5 — Philosophy Autobiography & Miscellany.* New York: Hippocampus Press, 2006.

_____. *Selected Letters 3.* Saul City: Arkham House Publishers, Inc, 1971.

_____. *Selected Letters 5.* Saul City: Arkham House Publishers, Inc, 1976.

MIGLIORE, Andrew; STRUSIK, John. *Lurker in the Lobby:* a guide to the cinema of H.P. Lovecraft. Portland: Night Shade Books, 2006.

H.P. LOVECRAFT GRANDES CONTOS

A FERA NA CAVERNA

A CONCLUSÃO HORRÍVEL que se insinuava gradualmente em minha mente confusa e relutante era, agora, uma terrível certeza. Eu estava perdido, completamente, perdido e desesperançado nos recessos vastos e labirínticos da Caverna Mamute. Por mais que me esforçasse, meus olhos fatigados não conseguiam distinguir nenhuma direção ou divisar qualquer objeto capaz de me servir como guia para me conduzir ao exterior. Que eu nunca mais pudesse ver a luz abençoada do dia, ou contemplar os montes prazerosos e os vales do belo mundo, minha razão não podia alimentar a mais leve dúvida. A esperança tinha me abandonado. Apesar disso, doutrinado como eu era por uma vida de estudos filosóficos, obtive recompensa, não em pequena medida, de minha conduta desapaixonada; pois, embora tivesse lido frequentemente sobre o frenesi selvagem no qual eram lançadas as vítimas em situações semelhantes, não experimentei nada disso, mas me mantive calmo tão logo percebera que tinha perdido completamente o rumo.

Mesmo o pensamento de que eu provavelmente tivesse ido além dos limites de uma inspeção normal, nem por um momento isso me fez perder a calma. Se tenho de morrer, refleti, então essa terrível, porém majestosa caverna, seria uma sepultura tão hospitaleira quanto aquela que um cemitério qualquer pudesse proporcionar. Um ponto de vista que me trouxe mais tranquilidade que desespero.

A fome me lançaria ao meu destino último; disso eu estava certo. Alguns, eu sabia, tinham enlouquecido em circunstâncias semelhantes, mas pressenti que esse não seria meu fim. Minha desgraça não se devia à culpa de ninguém senão à minha mesmo, uma vez que, sem o conhecimento de meu guia, tinha me separado do grupo de excursionistas; e, vagando por mais de uma hora pelos caminhos proibidos da caverna, me achei incapaz de rememorar a trilha intricada e tortuosa que eu havia seguido, depois que me afastei de meus companheiros.

Minha tocha já começava a extinguir-se; logo eu seria envolvido pela escuridão total e quase palpável das entranhas da terra. Imerso na luz desvanecente e bruxuleante, inutilmente eu me interrogava sobre as circunstâncias exatas de minha morte próxima. Lembrei-me dos relatos sobre a colônia de tuberculosos que, pela atmosfera aparentemente saudável do mundo subterrâneo, sua temperatura uniforme e estável, seu ar puro e silenciosa quietude, adotaram essa gruta gigantesca como residência para melhorar a saúde. Em vez disso, encontraram a morte de uma forma estranha e horrível. Tinha notado os tristes vestígios de suas tendas rústicas enquanto passava por elas junto com os excursionistas, e me perguntara que influência anormal uma longa permanência nessa caverna imensa e silenciosa poderia exercer sobre alguém tão saudável e forte como eu. Agora, dizia com gravidade para mim mesmo, a oportunidade para elucidar essa questão tinha chegado, desde que a falta de comida não me levasse a partir desta vida tão rápido.

Quando o último lume de minha tocha tremulou e se afundou na escuridão, decidi tentar de tudo e não negligenciar nenhum meio possível de me safar; convocando toda força de meus pulmões, iniciei uma série de gritos, na esperança vã de atrair com meu alarido a atenção do guia. Contudo, enquanto eu gritava, no meu íntimo sabia que meus gritos eram inúteis. Minha voz, ampliada e refletida pelas inumeráveis paredes do negro labirinto ao meu redor, não alcançariam os ouvidos de ninguém, exceto os meus próprios. Todavia, minha atenção se deteve quando, de repente, pensei ouvir um som de passos macios que se aproximavam pelo piso rochoso da caverna. Era minha libertação que chegava tão cedo? Então, todas as minhas terríveis apreensões tinham sido inúteis? O guia, tendo notado meu afastamento imprudente do grupo, seguira minha pista, procurando-me nos recessos deste labirinto de pedra? Enquanto essas perguntas felizes surgiam em meu cérebro, estive a ponto de renovar meus gritos para que me achassem mais rápido, mas, num átimo, minha alegria se transformou em pavor diante do que ouvi. Meus ouvidos apurados, naquele momento ainda mais afiados pelo completo silêncio da caverna, abriram o meu entendimento entorpecido para a inesperada e terrível percepção de que aqueles passos não eram de nenhum homem mortal. No silêncio sobrenatural daquelas regiões subterrâneas, o ruído das botas de meu guia teria ressoado como uma série de sons incisivos e ligeiros. Aquelas batidas eram suaves e furtivas, como as passadas surdas de um felino; às vezes, ao ouvi-las cuidadosamente, pareciam-me o som de quatro patas e não de dois pés.

Agora, estava convencido de que meus gritos tinham atraído alguma fera selvagem, talvez um leão da montanha que se perdera acidentalmente na caverna. Talvez, ponderei, o Todo-Poderoso tivesse escolhido uma morte mais rápida e misericordiosa para mim do que a fome. Contudo, o instinto de autopreservação, nunca adormecido inteiramente, despertou em meu peito, e embora salvar-me do perigo iminente pudesse apenas me poupar de um fim mais duro e mais lento, decidi, entretanto, despedir-me da vida pelo preço mais alto que eu pudesse alcançar. Por mais estranho que possa parecer, minha mente não imaginava outra intenção do visitante a não ser a hostilidade. Portanto, fiquei absolutamente quieto na esperança de que a fera desconhecida, perante a falta de um som que a orientasse, perdesse a pista como eu perdera a minha, e assim me ignorasse. Mas essa esperança não estava destinada a cumprir-se, pois os estranhos passos avançavam imperturbáveis. O animal apanhara o meu cheiro que, na atmosfera absolutamente livre de influências concorrentes da atenção, podia, sem dúvida, ser perseguido de uma grande distância.

Percebendo, portanto, que tinha de me preparar para uma defesa às cegas contra um ataque imprevisível, reuni ao meu redor a maior quantidade possível de seixos espalhados por toda parte no piso da caverna e, tomando um em cada mão para uso imediato, esperei, resignado, o desfecho inevitável. Entrementes, o ruído terrível das patas se aproximava. Sem dúvida, o comportamento da criatura era excessivamente estranho. Na maior parte do tempo, os passos pareciam os de um quadrúpede que andava com uma singular *falta de sintonia* entre as patas dianteiras e traseiras, embora, em intervalos raros e breves, eu imaginasse que apenas duas patas se ocupavam da locomoção. Perguntei-me que espécie de animal estava prestes a me confrontar. Devia ser, pensei, alguma fera desventurada que, ao investigar uma das entradas da terrível gruta, pagou o preço da sua curiosidade com um encarceramento permanente nos seus recessos intermináveis. Indubitavelmente, seu alimento eram os peixes cegos, morcegos e ratos que ali viviam, como também os peixes comuns que afluíam para os lagos da caverna em comunicação, de alguma forma oculta, com o Rio Verde na ocasião da cheia. Em minha terrível vigilância, ocupei-me com essas hipóteses grotescas sobre as alterações que a vida na caverna pudesse ter causado na estrutura física da fera, recordando-me do aspecto horrível, referido pela tradição local, dos tuberculosos que morriam depois de uma longa permanência na caverna. Então, tremi ao lembrar-me de que, mesmo que tivesse êxito e matasse meu antagonista, *nunca veria sua forma*, uma vez que minha tocha tinha há muito se apagado e eu estava completamente desprovido de fósforos. Achava-me, agora, em um nível de tensão mental tremendo. Minha fantasia desordenada imaginou formas espantosas e horrendas na escuridão sinistra que me cercava e elas pareciam *realmente* comprimir meu corpo. Cada vez mais perto, cada vez mais perto, os temíveis passos se aproximavam. Senti que eu precisava dar vazão a um grito pungente; mas, além de irresoluto o bastante para tentar algo semelhante, minha voz mal corresponderia. Estava petrificado, preso ao chão. Duvidava mesmo que meu braço direito me permitisse atirar o projétil na coisa que se aproximava quando o momento crucial chegasse. Já o *toc toc* constante dos passos estava ao alcance de minhas mãos; já, *muito perto*. Podia ouvir a respiração arfante do animal: estava aterrorizado tanto como eu. Notei que devia ter vindo de uma distância considerável e estava igualmente fatigado. Subitamente, o feitiço se quebrou. A mão direita, guiada por minha audição sempre confiável, atirou a pedra afiada com toda força para o lugar na escuridão de onde provinha a respiração e o som de passos e, maravilhoso de contar, quase alcançou o alvo, pois ouvi a coisa pular para outro ponto mais além, onde pareceu deter-se.

Redirecionei a pontaria e disparei meu segundo projétil, dessa vez mais eficazmente, pois, transbordante de alegria, ouvi a criatura cair de um modo que parecia um colapso completo, evidentemente permanecendo imóvel na mesma posição. Quase esmagado pelo grande alívio que me acorreu, cambaleei de costas até a parede. A respiração perdurava em inspirações e exalações penosas e arfantes, de onde constatei que eu tinha apenas ferido a criatura. Agora, todo o desejo de examinar a *coisa* desaparecera. Por fim, algo associado ao medo supersticioso sem fundamento tinha penetrado em meu cérebro, e não me aproximei do corpo, tampouco continuei a disparar pedras para dar fim completo à sua vida. Em vez disso, disparei, correndo a toda velocidade, tanto quanto pude avaliar em minha exaltada condição, na direção de onde eu tinha vindo. Repentinamente, ouvi um som, ou melhor, uma sucessão uniforme de sons. Em outro momento, reduziram-se a uma série de tinidos agudos e metálicos. Dessa vez, não havia dúvida. *Era o guia*. E então, gritei, berrei, guinchei, até mesmo rugi com alegria quando vi, no teto abobadado da caverna, a refulgência que eu sabia ser o reflexo de uma luz que se aproximava. Corri ao encontro da luz e, antes que pudesse entender completamente o que aconteceu, estava deitado no chão aos pés do guia, abraçado às suas botas, gaguejando — apesar de minha reserva — de um modo sem sentido e de maneira estúpida, despejando minha terrível história e, ao mesmo tempo, esmagando meu ouvinte com protestos de gratidão. Aos poucos, recuperei minha consciência. O guia notara minha ausência depois que o grupo chegara à entrada da caverna e, com seu senso intuitivo de direção, procedeu a uma busca por todo o local, localizando-me nas imediações depois de uma procura de aproximadamente quatro horas.

Logo depois que ele concluiu seu relato, encorajado por sua tocha e companhia, comecei a refletir sobre a estranha fera que eu tinha ferido a uma pequena distância na escuridão e sugeri que fôssemos averiguar, com a luz da tocha, que tipo de criatura era a minha vítima. Consequentemente, refiz meus passos, dessa vez com a coragem proporcionada pela companhia, até a cena de minha terrível experiência. Logo discernimos um objeto branco sobre o chão, um objeto mais branco até mesmo que as próprias pedras cintilantes. Avançando cautelosamente, demos vasão a um simultâneo grito de espanto, pois de todos os monstros anômalos que nós ambos tínhamos visto em nossa vida, esse era insuperavelmente o mais estranho. Parecia um macaco antropoide de grande proporção que talvez tivesse fugido de algum circo itinerante. O pelo era branco como neve; sem dúvida, resultado da ação branquejante de uma longa existência nos limites escuros da caverna, mas era também surpreendentemente ralo, na verdade muito escasso, salvo na cabeça, onde o tinha abundante e longo, de tal modo que caía sobre os ombros em notável profusão. O rosto estava fora da nossa visão, uma vez que a criatura caíra quase inteiramente de frente.

Era muito singular a disposição dos membros, esclarecendo, portanto, a alternância que eu tinha notado em seu movimento, cujo avanço se fazia ora com os quatro, ora apenas com dois. Da ponta dos dedos das mãos e dos pés estendiam-se longas garras iguais a unhas. As mãos e os pés não eram preênseis, uma característica que atribuí à longa permanência na caverna que, como mencionei anteriormente, parecia evidente na brancura completamente entranhada e quase sobrenatural tão característica em toda a sua anatomia. Nada indicava que possuísse cauda.

A respiração estava já muito fraca, e o guia tinha apanhado sua arma com a intenção evidente de pôr fim à sua vida quando um *som* repentino, lançado pela criatura, motivou-lhe a abaixar a arma. O som era de uma natureza difícil de descrever. Não apresentava o traço normal de nenhuma espécie de símios conhecida, e me perguntei se esse caráter antinatural não era o resultado de um silêncio completo e contínuo, quebrado pelas sensações produzidas mediante a presença da luz, algo que a fera possivelmente não tivesse presenciado desde sua entrada na caverna. O som, que eu podia debilmente tentar classificar como um balbucio de tonalidade profunda, prosseguia esmorecido. Por fim, um ímpeto rápido de energia pareceu percorrer o corpo da fera. As patas entraram em convulsão e os membros se contraíram. Com um arranco, o corpo revirou-se e seu rosto voltou-se para nossa direção. Por um momento, fiquei tão tomado de horror mediante o que os olhos assim revelaram que não percebi nada mais. Eram negros aqueles olhos, profundos, preto-azeviche, em pavoroso contraste com os cabelos e o corpo brancos como neve. Como os daqueles outros habitantes de cavernas, eram profundamente encovados nas órbitas e totalmente destituídos de íris. Conforme olhei mais atentamente, vi que estavam assentados em um rosto menos proeminente que o dos macacos comuns e substancialmente mais cabeludo. O nariz era totalmente diferente.

Enquanto fitávamos aquela miragem fantástica apresentada à nossa visão, os lábios espessos da fera se abriram e uma série de *sons* brotaram deles; depois disso, a *coisa* relaxou e morreu.

O guia agarrou-se à manga do meu casaco tremendo de tal modo agitado que a luz tremulava descontroladamente, projetando sombras sinistras nos paredões em volta.

Não me mexi; permaneci rigidamente imóvel, meus olhos horrorizados e fixos no chão diante de mim.

O medo se fora, e o espanto, o temor, a compaixão e a reverência ficaram em seu lugar, pois os *sons* pronunciados pela criatura estendida sobre o chão de pedra nos tinham revelado a apavorante verdade. A criatura que eu tinha matado, a estranha fera da profunda caverna, era, ou tinha sido alguma vez, um homem!!!

O ALQUIMISTA

NO ALTO, coroando o topo verdejante de uma grande colina cujo sopé estava coberto de antigas árvores da floresta primitiva, ergue-se o velho castelo de meus ancestrais. Há séculos, suas ameias imponentes olham sisudas o campo selvagem e rústico ao redor, servindo como lar e fortaleza para a orgulhosa casa cuja nobre estirpe é ainda mais antiga que o limo que envolve as muralhas do castelo. Seus antigos torreões, descorados pelas tempestades de gerações e degenerescência sob a lenta e poderosa pressão do tempo, converteram-se nos tempos do feudalismo em uma das fortalezas mais temidas e formidáveis de toda a França. De seus parapeitos com balestreiros e ameias armadas, barões, condes e mesmo reis foram desafiados; contudo, nunca os passos do invasor ecoaram em seus espaçosos salões.

Mas tudo mudou desde aqueles tempos gloriosos. Uma pobreza apenas pouco acima da miséria completa, somada ao orgulho do nome que proíbe atenuá-la pela atividade comercial, impediu que os descendentes de nossa linhagem conservassem o antigo esplendor de suas posses; e as pedras que caem dos muros, a vegetação espessa nos jardins, o fosso seco e poeirento, a pavimentação rachada dos pátios e as torres derruídas, assim como os pisos afundados, os lambris destruídos por cupins e as tapeçarias interiores desbotadas, tudo conta uma história triste de decadência. À medida que as gerações se sucediam, primeiro um, depois outro dos quatro grandes torreões foram abandonados à ruína, até que, por fim, um único torreão abrigava os descendentes tristemente empobrecidos dos poderosos lordes que foram uma vez senhores daqueles domínios.

Foi em uma das vastas e sombrias câmaras dessa torre remanescente que eu, Antoine, o último desses infelizes e amaldiçoados condes de C..., vi pela primeira vez a luz do dia, há noventa anos passados. Dentro dessas paredes, cercadas por florestas escuras e sombreadas, por ravinas ermas e pelas grutas das colinas abaixo, passei os primeiros anos de minha turbulenta vida. Nunca conheci meus pais. Meu pai morreu aos 32 anos, um mês antes do meu nascimento, atingido por uma pedra, que, de algum modo, caiu de um dos parapeitos desertos do castelo; e, tendo morrido minha mãe ao me dar à luz, meus cuidados e educação ficaram nas mãos unicamente de um servidor remanescente, um velho homem confiável e de notável inteligência, cujo nome, lembro-me, era Pierre. Eu era filho único, e a falta de companhia que essa circunstância me impôs foi ampliada pelo estranho cuidado empregado por meu idoso guardião de impedir-me o convívio com os filhos dos camponeses, cujas casas estavam dispersas aqui e ali sobre a campina que ficava no entorno ao sopé do monte. Naquele tempo, Pierre disse que essa restrição me fora imposta porque minha origem nobre me colocava acima da convivência com aquela gente plebeia. Agora sei que o objetivo real era impedir-me de ouvir os relatos frívolos da terrível maldição que atingiu nossa descendência, narrados a sussurros e com exagero pelo povo simples quando, à noite, conversavam em seus casebres à luz do fogo.

Assim apartado e deixado à minha própria conta, passei as horas de minha infância debruçado sobre os antigos tomos que recheavam a biblioteca povoada de sombras do castelo, como também a vagar sem objetivo ou propósito pela penumbra perpétua da floresta espectral que, próxima do sopé, cobre os flancos da colina. Talvez por efeito dessas circunstâncias, meu espírito bem cedo tenha adquirido uma sombra de melancolia. Aqueles estudos e buscas que participavam do mistério e do oculto na Natureza me tomavam a atenção mais vigorosamente.

Quanto à minha própria linhagem, foi-me permitido conhecer particularmente pouco. Mesmo assim, qualquer conhecimento que eu pudesse obter a respeito parecia me deprimir muito. Talvez a resistência manifesta de meu velho preceptor em discutir comigo sobre meus antepassados paternos tenha dado lugar ao terror que sempre senti à menção de minha poderosa casa; entretanto, depois que deixei a infância, tornei-me capaz de juntar os fragmentos desconexos que aquela língua relutante, começando a vacilar com a senilidade que chegava, deixava escapar, e percebi que havia certa relação com uma determinada circunstância que eu sempre achei estranha, mas que agora se tornava funestamente terrível. A circunstância a que me refiro é a de todos os condes de minha linhagem encontrarem seu fim numa idade prematura. Embora eu tivesse até então considerado esse fato apenas um atributo natural de uma família de homens com vida breve, mais tarde refleti longamente sobre essas mortes prematuras e comecei a relacioná-las às divagações do velho, que frequentemente falava de uma maldição que durante séculos impedira que a vida dos detentores de meu título ultrapassasse a casa dos 32 anos. No meu aniversário de 21 anos, o envelhecido Pierre me entregou um documento de família que, disse ele, por muitas gerações passava de pai para filho, e cada herdeiro o preservava. Seu conteúdo era de uma natureza das mais espantosas e sua leitura confirmou as minhas mais graves apreensões. Nesse tempo, minha crença no sobrenatural era firme e solidamente fundamentada; do contrário, eu teria descartado com desdém a incrível narrativa que se desdobrava diante dos meus olhos.

O documento me transportava de volta ao século XIII, quando o velho castelo no qual eu vivia era uma fortaleza temida e inexpugnável. Falava de certo velho que em determinada época vivera em nossos domínios, uma pessoa de não poucas habilidades, embora sua posição estivesse pouco acima da classe camponesa. Seu nome era Michel, habitualmente designado pelo sobrenome de Mauvais, o Maligno, em razão de sua fama sinistra. Havia estudado além do costume de sua classe, buscando algo como a Pedra Filosofal ou o Elixir da Vida Eterna. Era considerado um perito nos terríveis segredos da magia negra e da alquimia. Michel Mauvais tinha um filho, de nome Charles, um jovem tão hábil quanto ele nas artes ocultas e que, por isso, era chamado Le Sorcier, o Bruxo. Essa dupla, evitada por toda gente honesta, era suspeita das práticas mais horrendas. Diziam que o velho Michel tinha queimado a esposa viva em sacrifício ao Demônio, e os inexplicáveis desaparecimentos de muitas crianças camponesas eram atribuídos ao pecado medonho de ambos. Contudo, entre a natureza tenebrosa do pai e do filho movia-se um raio redentor de humanidade; o maligno ancião amava seu filho com feroz intensidade e o jovem mantinha por seu pai uma afeição mais que filial.

Certa noite, o castelo no alto da colina foi invadido por uma confusão frenética em virtude do desaparecimento do jovem Godfrey, filho de Henri, o Conde. Um grupo de busca, comandado pelo desvairado pai, invadiu a casa dos bruxos e se lançou contra o velho Michel Mauvais, ocupado sobre um grande caldeirão em violenta ebulição. Sem causa evidente, em loucura desenfreada de fúria e desespero, o conde agarrou o velho bruxo e antes que soltasse suas mãos homicidas sua vítima já não existia. Entrementes, os serviçais em júbilo aclamavam a descoberta do jovem Godfrey em uma câmara remota e erma do grande palácio, denunciando demasiadamente tarde que o pobre Michel fora morto em vão. Quando o conde e seus aliados deixaram a habitação humilde dos alquimistas, a forma de Charles Le Sorcier apareceu entre as árvores. O palavreado exaltado dos criados ao redor comunicou-lhe o que ocorrera, embora à primeira vista ele parecesse inabalável com a sorte do pai. Depois, avançando lentamente ao encontro do conde, pronunciou com uma modulação morosa, porém terrível, a maldição que perseguiria continuamente a Casa de C...

Possa nunca um nobre de tua estirpe assassina
Alcançar maior idade que a tua!

disse ele, quando, saltando repentinamente para trás na direção da floresta sombria, puxou de sua túnica um frasco com fluido incolor e o lançou no rosto do assassino de seu pai enquanto desaparecia atrás da cortina negra da noite. O conde não teve tempo de nada pronunciar, morrendo instantaneamente. Foi sepultado no dia seguinte, passados apenas pouco mais de 32 anos da hora de seu nascimento. Nenhum sinal do assassino pôde ser encontrado, embora implacáveis bandos de camponeses varressem as florestas vizinhas e os prados ao redor da colina.

O tempo e a falta de alguém que guardasse lembrança do fato embotaram nos descendentes do falecido conde a memória da maldição. Dessa forma, quando Godfrey, causa inocente de toda a tragédia e então portador do título, foi morto por uma flecha enquanto caçava, com a idade de 32 anos, não passou pela cabeça de ninguém outra coisa que não fosse o sentimento de tristeza por sua morte. Mas quando, anos depois, o conde seguinte chamado Robert, foi encontrado morto próximo ao prado, sem causa aparente, os camponeses murmuraram que seu senhor tinha completado recentemente apenas 32 anos quando uma morte precoce o apanhou. Louis, filho de Robert, foi encontrado afogado no fosso com a mesma idade fatal, e de igual modo prosseguiu pelos séculos a nefasta crônica. Henris, Roberts, Antoines e Armands, todos arrebatados de uma vida virtuosa e feliz com uma idade pouco abaixo de seu desventurado ancestral quando assassinado.

Que me sobrassem, quando muito, apenas onze anos de vida estava claro para mim pelas palavras que li. Minha vida, antes considerada de pouca valia, tornava-se mais preciosa a cada dia, à medida que investigava mais e mais profundamente os mistérios do mundo oculto da magia negra. Isolado como eu era, as ciências modernas não me impressionavam; eu trabalhava como no tempo da Idade Média, tão secretamente como o fizeram o mesmo Michel e o jovem Charles na aquisição dos conhecimentos demonológicos e alquímicos. Embora lesse quanto podia, não consegui esclarecer de nenhum modo a estranha maldição lançada sobre minha linhagem. Em momentos raramente racionais, tentava até mesmo uma explicação natural, atribuindo a morte prematura de meus ancestrais ao sinistro Charles Le Sorcier e seus herdeiros; entretanto, tendo descoberto por meio de uma pesquisa cuidadosa que não havia descendentes conhecidos do alquimista, eu me lançava de volta aos estudos do ocultismo e uma vez mais empenhava esforços para encontrar uma fórmula mágica que pudesse libertar minha Casa de seu terrível fardo. Uma coisa estava absolutamente decidida: nunca me casaria, pois, uma vez que não restasse vivo nenhum outro ramo de minha família, a maldição se encerraria em mim.

Quando me aproximava dos 30 anos, o velho Pierre foi chamado para o mundo do além. Sozinho, sepultei-o sob as pedras do pátio por onde ele gostava de vaguear. Assim, fui deixado a pensar sobre mim mesmo como a única criatura humana dentro da grande fortaleza, e em minha solidão absoluta, meu espírito começou a abandonar os protestos inúteis contra a sentença iminente, tornando-me quase reconciliado com a sorte que muitos dos meus ancestrais encontraram. Muito do meu tempo era agora ocupado na investigação dos salões e torres abandonados do velho castelo em ruínas, de onde o medo na juventude me afastara, alguns dos quais, o velho Pierre me dissera, não eram tocados por pés humanos há mais de quatro séculos. Estranhos e intimidantes eram muitos dos objetos que encontrei. Os móveis, cobertos com o pó dos séculos e deteriorados com o lodo da umidade contínua, encontraram meus olhos. Teias de aranha em profusão nunca antes vistas por mim penduravam-se por toda parte, enormes morcegos batiam as asas ósseas e sinistras de todos os lados na penumbra vazia do outro lado.

De minha idade exata, mesmo o escoar dos dias e das horas, mantive o mais minucioso registro. Pois no relógio maciço da biblioteca, em cada movimento do seu pêndulo, esvaía-se minha existência sentenciada. Eu me aproximava a passos da hora que há tanto eu vira com apreensão. Como a maioria de meus ancestrais fora apanhada pouco antes de alcançarem a idade do Conde Henri, eu estava a todo momento vigiando a chegada da morte desconhecida. De que forma estranha a maldição me surpreenderia, eu não sabia; mas estava decidido, pelo menos, que não encontraria em mim uma vítima passiva e covarde. Com vigor renovado, dediquei-me a examinar o castelo e o que nele havia.

Foi durante uma das mais longas de todas as minhas incursões de investigação numa parte deserta do castelo — a menos de uma semana antes da hora fatal, quando sentia que eu devia assinalar o limite derradeiro de minha passagem pela Terra, além do qual eu não tinha sequer a mais leve esperança de continuar respirando — que me deparei com o evento culminante de toda a minha vida. Havia passado a melhor parte da manhã subindo e descendo as escadarias meio desmoronadas de um dos mais assolados torreões. À medida que a tarde avançava, eu buscava os níveis mais baixos, descendo até o que parecia ser tanto uma masmorra medieval quanto um depósito de pólvora mais recentemente escavado.

Quando atravessava vagarosamente as galerias cobertas de salitre ao pé da última escadaria, o piso tornou-se muito úmido, e logo vi pela luz de minha tocha bruxuleante que uma parede opaca e coberta de umidade impedia minha jornada. Virando-me para retomar meus passos, meus olhos encontraram um alçapão com uma argola ali bem debaixo dos meus pés. Pausadamente, consegui erguê-lo com dificuldade, ao que na sequência revelou-se uma abertura escura de onde emanava uma fumaça asfixiante que fez minha tocha crepitar, abrindo-se no clarão indistinto o primeiro degrau de uma escada de pedra. Assim que dirigi a tocha para dentro daquelas profundezas repelentes e a chama reavivou livremente e imperturbável, comecei a descer.

Eram muitos os degraus e levavam a uma estreita passagem com pavimento de pedra que, eu sabia, devia estar em remota profundidade. A passagem evidenciou-se de grande extensão e terminava em uma porta maciça de carvalho, gotejante com a umidade do lugar, que resistia vigorosamente contra todas as minhas tentativas de abri-la. Interrompendo meus esforços depois de um tempo, afastei-me, tomando alguma distância na direção dos degraus, quando subitamente me atingiu um dos mais profundos e enlouquecedores impactos que a mente humana é capaz de vivenciar. Sem aviso, *ouvi a pesada porta atrás de mim ranger e abrir-se lentamente sobre seus gonzos enferrujados*. Minhas sensações imediatas escapam à análise.

Defrontar-me, em um lugar tão completamente deserto como eu considerava o velho castelo, com a evidência de ali estar presente um homem ou espírito produziu em meu cérebro um gênero de horror dos mais agudos. Ao me voltar, por fim, e ficar de frente para o ponto de onde vinha o ruído, meus olhos devem ter saltado das órbitas diante do que presenciaram. Entre os umbrais góticos estava uma figura humana. Era a de um homem envolto num capuz e vestido com uma túnica medieval longa de cor negra. Seus longos cabelos e barbas flutuantes eram de uma cor preta intensa e terrível e de incrível profusão. Sua testa era alta além das dimensões normais; suas faces, profundamente encovadas e pesadamente cortadas de rugas; suas mãos, longas, ressequidas e curvadas como garras, eram de uma brancura marmórea e cadavérica que eu nunca tinha visto noutro homem. Sua figura, magra o bastante para equiparar-se às proporções de um esqueleto, era estranhamente curvada e quase sumia nas dobras volumosas de seu traje peculiar. Mas o mais estranho de tudo eram seus olhos: cavernas gêmeas de negrume abissal, profundos na expressão do conhecimento, porém inumanos em grau de perversidade. Estavam agora fixos em mim, perfurando minha alma com seu ódio e me pregando ao lugar onde eu estava.

Por fim, a figura falou com uma voz retumbante, cuja natureza obscura, cavernosa e de malevolência latente me causaram arrepios. A linguagem em que tecia seu discurso era aquela forma corrompida de latim usada entre os homens mais instruídos da Idade Média, familiar para mim em virtude dos meus estudos prolongados das obras dos velhos alquimistas e demonólogos. A aparição falava da maldição que pairava sobre minha Casa, falou-me de meu fim próximo, estendeu-se sobre o crime cometido por meu ancestral contra o velho Michel Mauvais e regozijou-se com a vingança de Charles Le Sorcier. Ele contou como o jovem Charles tinha escapado na noite, retornando depois de anos para matar o herdeiro Godfrey com uma flecha, exatamente quando ele se aproximava da idade que tinha seu pai quando assassinado; disse também como ele tinha retornado secretamente aos domínios da família e se fixado lá incógnito na mesma câmara subterrânea, então abandonada, cuja porta agora emoldurava o medonho narrador; e também como ele tinha agarrado Robert, filho de Godfrey num campo, despejando veneno por sua garganta, e como o abandonara ali a morrer com a idade de 32 anos, conservando desse modo as danosas prescrições da maldição vingativa.

A essa altura, foi-me permitido imaginar a solução do maior mistério de todos: como a maldição vinha se cumprindo desde o tempo em que, mediante o decurso natural das coisas, Charles Le Sorcier deve ter morrido, pois o homem entrava a discorrer sobre os estudos alquímicos profundos dos dois bruxos, pai e filho, falando mais particularmente das pesquisas de Charles Le Sorcier a respeito do elixir que garantiria, a quem o bebesse, vida e juventude eternas.

Pareceu, naquele momento, que o entusiasmo tinha removido o ódio de seus olhos terríveis que, a princípio, o marcara tanto, mas, de repente, o clarão diabólico retornou e, com um som repelente como o silvo de uma serpente, o estranho levantou um frasco com a evidente intenção de pôr fim à minha vida, como Charles Le Sorcier, seiscentos anos antes, fizera com meu ancestral. Impelido por uma espécie de autodefesa e instinto de preservação, rompi completamente o feitiço que até ali me mantivera imobilizado e arremessei minha tocha então esmorecida na criatura que ameaçava dar fim à minha vida. Ouvi o frasco se quebrar contra as pedras da passagem enquanto a túnica do estranho homem se incendiava, iluminando a cena horrenda com um resplendor fantasmagórico. O grito de terror e maldade impotente lançado pelo provável assassino exigiu demasiado dos meus nervos já abalados, e eu desabei no chão lodoso completamente desfalecido.

Quando recobrei meus sentidos, tudo estava horrendamente escuro, e, lembrando-me do que havia acontecido, meu ânimo recuou diante da ideia de perscrutar ainda mais; apesar disso, a curiosidade sobrepuja tudo. Quem, perguntei-me, era aquela criatura do mal e como passara para dentro da muralha do castelo? Por que ele procuraria vingar a morte do pobre Michel Mauvais, e de que maneira a maldição tinha se arrastado por todos os longos séculos desde o tempo de Charles Le Sorcier? O pavor da idade fora retirado dos meus ombros, pois eu sabia que aquele a quem tinha rendido era a fonte de todo o risco que por meio da maldição me ameaçava; agora que estava livre, extinguia-se o desejo de aprender mais sobre os fatos sinistros que tinham perseguido minha linhagem durante séculos e tornara a minha juventude um longo e contínuo pesadelo.

Determinado a continuar a investigação, tateei os bolsos em busca de uma pederneira e acendi a tocha que trouxera comigo e não usara. Primeiramente, a luz nova revelou a forma distorcida e enegrecida do misterioso estranho. Os horrendos olhos estavam fechados. Repelindo essa visão, voltei-me, entrando na câmara além da porta gótica. Ali encontrei o que parecia muito com um laboratório de alquimia. Em um canto, havia uma imensa pilha de metal amarelo brilhante que lampejava esplendidamente na luz da tocha. Devia ser ouro, mas não me detive para examiná-lo, pois estava estranhamente afetado pelo que eu tinha passado. Na extremidade mais afastada da câmara, havia uma abertura que dava para uma das muitas ravinas agrestes da floresta sombria. Fiquei muito surpreso, mas agora, compreendendo como o homem obtivera acesso ao castelo, me preparei para regressar. Pretendia desviar o rosto ao passar pelos restos mortais do estranho, mas quando me aproximei do corpo, pareceu-me ouvir um som débil que vinha dele, como se a sua vida ainda não estivesse completamente extinta. Consternado, virei-me para examinar a figura carbonizada e ressequida no chão. Então, simultaneamente os horrendos olhos, mais negros até mesmo que o rosto queimado onde eles se assentavam, se escancararam com uma expressão impossível de elucidar. Os lábios rachados tentaram articular palavras que eu não pude entender bem. Em certo momento, captei o nome de Charles Le Sorcier, e outra vez julguei que daquela boca retorcida tinham saído as palavras "anos" e "maldição". Estava ainda aturdido para juntar o fio e o sentido de sua fala desconexa. Ante a minha evidente ignorância a respeito do que ele dizia, os olhos de negro piche uma vez mais relampejaram malevolamente para mim, até que, percebendo quão desamparado estava meu oponente, estremeci enquanto o observava.

Subitamente, o miserável, animado por uma última rajada de força, levantou a horrenda cabeça do pavimento deteriorado e úmido. Como eu permanecesse paralisado de medo, ele recobrou a fala e, com respiração moribunda, gritou nitidamente aquelas palavras que continuamente perseguem meus dias e noites:

— Tolo! — ele gritou. — Não consegue solucionar meu mistério? Não tem cérebro capaz de identificar a vontade que através de seis longos séculos consumou a horrenda maldição lançada sobre sua Casa? Não lhe falei sobre o grande elixir da vida eterna? Não sabe como o mistério da alquimia foi esclarecido? Direi a você: fui eu! Eu! Eu! *Que vivi durante seiscentos anos para assegurar minha vingança,* POIS EU SOU CHARLES LE SORCIER!

A TUMBA

Sedibus ut saltem placidis in morte quiescam[1]

Virgílio

    AO RELATAR AS circunstâncias que me levaram ao confinamento nesse asilo de loucos, estou ciente de que minha presente condição criará uma dúvida natural sobre a autenticidade de minha narrativa. É um fato infeliz que grande parte da humanidade seja muito limitada em sua percepção mental para ponderar, com paciência e inteligência, sobre aqueles fenômenos isolados que repousam além de sua experiência costumeira, percebidos e sentidos apenas por uma minoria psicologicamente sensível. Homens com um intelecto mais amplo sabem que não existe uma distinção rigorosa entre o real e o irreal; que todas as coisas nos parecem como tais em virtude dos delicados meios físicos e mentais individuais por meio dos quais tomamos consciência delas; mas o materialismo prosaico da maioria condena como loucura os lampejos da supravisão que penetra o véu do empirismo óbvio.

    Meu nome é Jervas Dudley, e sou desde minha mais tenra infância um sonhador e um visionário. Rico bastante para não precisar de uma vida comercial e, por natureza, inadaptado para os estudos formais e ao divertimento social de meus conhecidos, tenho vivido sempre em reinos apartados do mundo visível, passando minha infância e adolescência

---

[1] Virgílio, *Eneida*: Pelo menos na morte me seja dado descansar.

entre livros antigos e pouco conhecidos e vagando pelos campos e bosques da região próxima à minha casa ancestral. Não acho que o que li nesses livros ou vi nesses campos e bosques fosse precisamente o que outros meninos liam ou viam; mas a esse respeito pouco devo dizer, visto que um relato minucioso apenas confirmaria aquelas difamações cruéis ao meu intelecto que ouço casualmente algumas vezes nos murmúrios às ocultas dos atendentes ao meu redor. É suficiente para mim relatar eventos sem analisar as causas.

Disse que vivia apartado do mundo visível, mas não disse que vivia só. Isso nenhuma criatura humana pode fazer; pois, faltando a companhia dos vivos, ela atrai inevitavelmente a companhia de criaturas não vivas, ou que já não vivem. Perto de minha casa há um vale arborizado em cujas profundezas crepusculares eu passava a maior parte de meu tempo lendo, pensando e sonhando. Sob suas encostas cobertas de musgo passei a primeira etapa da infância e em torno de seus carvalhos grotescamente retorcidos teci minhas primeiras fantasias de menino. Cheguei a conhecer de perto as ninfas que presidem aquelas árvores, e frequentemente assistia a suas danças exaltadas sob a luz esmorecida da lua minguante — mas não devo falar agora dessas coisas. Contarei apenas sobre uma tumba erma entre o mato espesso da encosta; a tumba deserta dos Hydes, uma antiga família cujo último descendente direto fora sepultado dentro de seus recessos escuros muitas décadas antes do meu nascimento.

A cripta a que me refiro é de granito antigo, desgastado e descorado pela névoa e umidade de gerações. Escavada em remota profundidade na encosta, apenas a entrada é visível. A porta, uma laje de pedra compacta e intransponível, está fixada por gonzos de ferro enferrujado e mantida *entreaberta* de uma maneira singularmente sinistra por meio de pesadas correntes de ferro e cadeados, de acordo com o repulsivo costume da primeira metade do século passado. A mansão da estirpe, cujos descendentes estão sepultados ali, adornou outrora o declive onde se assenta a tumba, mas desmoronou há muito tempo, vítima das chamas atiçadas por uma descarga repentina e desastrosa de raios. Da tempestade que destruiu à meia-noite essa mansão soturna, os mais antigos habitantes da região, às vezes, comentam receosos e reservados, aludindo ao que chamam de "ira divina", de tal modo que tempos mais tarde, ampliou-se vagamente o fascínio sempre marcante que eu senti pelo sepulcro ofuscado pela floresta. Apenas um homem morreu no incêndio. Quando o último dos Hydes foi sepultado nesse lugar de sombras e silêncio, a urna com as cinzas veio de uma terra distante, onde a família tinha se refugiado depois que a mansão foi assolada pelas chamas. Não resta ninguém mais para depositar flores diante do portal de granito, e poucos se interessam em enfrentar as sombras deprimentes que parecem prolongar-se estranhamente sobre as pedras corrompidas pelas chuvas.

Nunca esquecerei a tarde quando, pela primeira vez, me deparei com essa casa da morte parcialmente oculta. Foi no solstício de verão, quando a alquimia da Natureza transmuta a paisagem silvestre em uma massa de verdura vívida e quase homogênea; quando os sentidos quase ficam inteiramente embriagados pelo mar ondulante de verdor úmido e pelos odores sutis e indefiníveis da terra e da vegetação. Em tais cercanias, o espírito perde a perspectiva; o tempo e o espaço tornam-se insignificantes e irreais e os ecos de um tempo pré-histórico esquecido vibram na consciência seduzida. Eu ficara vagando o dia inteiro pelos bosques místicos do vale, concebendo pensamentos que não preciso expor e conversando com seres que não preciso mencionar. Na ocasião, uma criança de 10 anos, vi e ouvi numerosas maravilhas desconhecidas do povo; e era em determinados aspectos singularmente maduro.

Quando, ao forçar a passagem entre duas moitas de roseira brava, encontrei inesperadamente a entrada da cripta, não sabia o que estava descobrindo. Os lúgubres blocos de granito, a porta tão curiosamente entreaberta e os entalhes fúnebres sobre a arcada não me sugeriram nenhuma associação de natureza pesarosa ou terrível. Sabia e imaginava muito sobre túmulos e tumbas, mas, em razão do meu temperamento peculiar, mantiveram-me afastado de todo contato pessoal com sepulcros de igrejas e cemitérios. A estranha vivenda de pedra na encosta arborizada era para mim apenas uma fonte de interesse e especulação; seu interior frio e úmido, que inutilmente perscrutei pela abertura tentadora, não representava para mim nenhuma indicação de morte ou decadência. Mas naquele instante de curiosidade nasceu o desejo loucamente cego que me trouxe a essa reclusão infernal.

Incitado por uma voz que deve ter vindo da alma tremenda da floresta, decidi entrar na escuridão atraente, apesar das correntes pesadas que impediam minha passagem. À luz mortiça do dia, lancei-me alternadamente sobre os obstáculos enferrujados na esperança de ampliar a abertura da porta de pedra, e experimentei comprimir meu corpo delgado entre o espaço já existente; mas nenhum dos meus planos alcançou êxito. A princípio curioso, estava então frenético; quando retornei para casa no crepúsculo que se adensava, jurei às centenas de deuses do bosque que, *a qualquer custo,* eu abriria algum dia uma entrada para as profundezas negras e frias que pareciam me convocar. O médico de barbas grisalhas que vem ao meu quarto todo dia disse uma vez a um visitante que essa decisão caracterizou o início de uma monomania lamentável; mas deixarei aos meus leitores o julgamento final quando tiverem conhecido o todo.

Nos meses seguintes à minha descoberta, empenhei-me em tentativas vãs de forçar o dificultoso cadeado da cripta meio aberta, como também me dediquei a investigações escrupulosamente cautelosas relativamente à natureza e história da construção. Aprendi muito com os ouvidos tradicionalmente receptivos do menino; entretanto, uma reserva habitual me motivou a não revelar minhas informações e decisões a ninguém. Talvez seja importante mencionar que eu não estava de modo algum sobressaltado ou apavorado com a ideia de conhecer a natureza da cripta. Minhas noções mais originais a respeito da vida e da morte me levaram a associar vagamente a lama fria ao corpo vivente; e eu sentia que a grande e sinistra família da mansão incendiada estava de alguma forma representada dentro da cripta de pedras que eu buscava investigar. Histórias sussurradas sobre os ritos misteriosos e festins ímpios ocorridos na antiga mansão em épocas passadas me propiciaram um novo e enérgico interesse pela tumba, e eu me punha sentado diante de sua porta várias horas todo dia. Uma vez, iluminei com uma vela a abertura estreita da porta, mas não pude ver nada, exceto uma escada de pedra com degraus úmidos que conduziam a algum piso inferior. Em vez de me fazer recuar, o cheiro do lugar me encantou. Senti que o tinha conhecido antes, num passado remoto para além de toda lembrança; além até mesmo do corpo que atualmente possuo e no qual agora habito.

Um ano depois que vi pela primeira vez a tumba, achei-me por acaso com uma tradução, roída pelas traças, das *Vidas de Plutarco* no sótão cheio de livros de minha casa. Lendo a vida de Teseu, fiquei muito impressionado com aquela passagem que fala de uma grande pedra sob a qual o jovem herói encontraria os sinais de seu destino quando alcançasse idade suficiente para erguer seu enorme peso. Essa lenda produziu o efeito de dissipar minha impaciência impetuosa de entrar na cripta, pois me fez perceber que o tempo ainda não estava pronto. Mais tarde, disse para mim mesmo, terei desenvolvido a força que me tornará apto a abrir com facilidade a porta pesadamente encadeada; mas até lá, seria melhor me conformar com o que parecia uma vontade do Destino.

Consequentemente, minhas espionagens no portal úmido tornaram-se menos persistentes, e muito do meu tempo era empregado em outras atividades, ainda que igualmente incomuns. Às vezes, levantava muito silenciosamente de noite e saía furtivamente para vaguear naqueles cemitérios de igrejas e áreas de sepultamento dos quais meus pais me mantiveram afastado. O que fazia nesses lugares não posso dizer, pois agora não estou certo da realidade de determinadas coisas; mas sei que, no dia seguinte a esses passeios noturnos, frequentemente eu deixava atônitas as pessoas próximas a mim com meus conhecimentos de assuntos meio esquecidos há muitas gerações. Foi depois de uma noite dessas que eu surpreendi a comunidade com uma história extravagante sobre o sepultamento do rico e celebrado Squire Brewster, um empresário da história local que foi sepultado em 1711, e cuja lápide, ostentando uma caveira esculpida e ossos cruzados, estava lentamente reduzindo-se a pó. Num momento de imaginação infantil, jurei não apenas que o agente funerário, Goodman Simpson, tinha roubado os sapatos com fivela de prata, meias de seda e roupas íntimas de cetim do morto antes do sepultamento, mas também que o próprio Squire, não completamente morto, tinha se virado duas vezes em seu esquife, um dia depois de sepultado.

Mas a ideia de entrar na tumba nunca deixou meus pensamentos; até mesmo fora estimulada pela descoberta genealógica inesperada de que minha própria ascendência materna possuía ao menos uma remota ligação com a família dos Hydes, suspostamente extinta. Eu, último representante de minha linhagem paterna, era do mesmo modo o último dessa linhagem mais antiga e mais misteriosa. Comecei a sentir que a tumba era *minha*, esperando com avidez apaixonada o tempo em que eu pudesse transpor aquela porta de pedra e descer na escuridão aqueles degraus cobertos de limo. Agora, contraíra o hábito de *ouvir* muito atentamente pelo portal meio aberto, escolhendo minhas horas favoritas na quietude da meia-noite para a excêntrica vigília. Depois que atingi a maioridade, abri uma pequena clareira na vegetação espessa diante da fachada bolorenta da encosta para permitir que a vegetação ao redor cercasse o espaço e o cobrisse de modo a formar as paredes e o teto de um caramanchão silvestre. Esse caramanchão era o meu templo, a porta aferrolhada meu santuário, e aí eu me deitaria estendido sobre o chão musgoso, concebendo pensamentos singulares e sonhando sonhos singulares.

A noite da primeira revelação estava muito abafada. Devo ter adormecido de fadiga, pois foi com uma sensação clara de que tinha despertado que ouvi as vozes. Sobre aqueles tons e timbres eu hesito falar; de suas propriedades não falarei; mas devo dizer que apresentavam algumas diferenças estranhas no vocabulário, pronúncia e forma de expressão. Toda nuance do dialeto da Nova Inglaterra, desde as sílabas ásperas dos colonos puritanos à retórica precisa de cinquenta anos atrás, parecia representada naquele colóquio obscuro, embora eu tivesse notado o fato apenas mais tarde. Naquela hora, na verdade, minha atenção desviou-se para outro fenômeno; um fenômeno tão fugaz que eu não poderia afiançar sobre sua realidade. Mal me supus acordado, uma *luz* se extinguiu subitamente dentro do sepulcro subterrâneo. Não acho que fiquei pasmo ou tomado pelo pânico, mas sei que fiquei muito e permanentemente *mudado* naquela noite. Ao retornar para casa, fui com toda presteza a um cofre deteriorado no sótão, onde encontrei a chave que, no dia seguinte, destravou com facilidade o obstáculo que tanto assaltei em vão.

Foi na luz difusa de um fim de tarde que entrei pela primeira vez na cripta abandonada da escarpa. Um fascínio me dominava, e meu coração saltava com uma exultação que mal posso descrever. Tive a impressão de conhecer o caminho quando fechei a porta atrás de mim e desci os degraus úmidos à luz de minha única vela; embora a vela crepitasse com os vapores sufocantes do lugar, eu me sentia singularmente em casa naquela bolorenta atmosfera sepulcral. Ao meu redor, notei muitas lajes de mármore ostentando esquifes, ou restos de esquifes. Alguns estavam lacrados e intactos, mas outros quase nem existiam mais; restavam apenas as alças de prata e placas soltas em meio a amontoados curiosos de pó esbranquiçado. Li em uma placa o nome de sir Geoffrey Hyde, que tinha vindo de Sussex em 1640 e morrera poucos anos depois. Em uma conspícua câmara havia um esquife distintamente bem preservado e desocupado, adornado com um único nome que me fez tanto sorrir como estremecer. Um ímpeto indefinido me compeliu a subir na ampla laje, apagar minha vela e deitar-me no espaço desocupado.

Sob a luz cinzenta da manhã, deixei cambaleante a cripta e tranquei a corrente da porta atrás de mim. Já não era um jovem, embora apenas vinte e um invernos tivessem enregelado minha forma corpórea. Os aldeões madrugadores, que observavam minha marcha de volta a casa, me olhavam de modo estranho e se admiravam com os sinais de festim dissoluto que viram em alguém cuja vida era considerada sóbria e solitária. Não apareci diante de meus pais senão depois de um sono longo e revigorante.

Desde então, frequentei a tumba toda noite; vendo, ouvindo e fazendo coisas que não devo jamais revelar. Minhas palavras, sempre suscetíveis às influências ambientais, foram as primeiras a sucumbir à mudança; o arcaísmo repentinamente adquirido no meu linguajar foi prontamente notado. Depois, uma ousadia e uma leviandade extravagantes se apossaram de meu comportamento, até que, a despeito de minha reclusão vitalícia, desenvolvi inconscientemente as características de um homem do mundo. Minha língua, antes silenciosa, inchava-se de verbosidade, cheia da elegância fácil de um Chesterfield ou o cinismo ateu de um Rochester. Ostentava uma erudição peculiar totalmente distinta do saber monástico e fantástico sobre o qual eu me debruçava na juventude; cobria as folhas de guarda dos meus livros com epigramas fáceis e improvisados de acordo com a recomendação de Gay, Prior, e com a máxima vivacidade do engenho Augustiano e dos poetastros. Numa manhã durante o café, cheguei perto do desastre ao declamar, num ritmo acentuadamente arrebatado, um efusivo júbilo orgíaco do século VIII; um animado trecho georgiano nunca registrado em livro, que soava mais ou menos assim:

Venham cá, meus meninos, com suas canecas de cerveja,
E bebam ao presente antes que se vá;
Encha cada um seu prato com uma montanha de carne,
Pois comer e beber nos traz alívio:
Então encham seus copos,

Pois a vida logo passa;
Quando você morrer, nunca beberá ao seu rei ou à sua namorada!

Anacreonte tinha um nariz vermelho, assim diziam;
Mas o que é um nariz vermelho se você é alegre e feliz?
Raios me partam!
Antes prefiro ser vermelho enquanto estou aqui,
A ser branco como um lírio — e morto a metade do ano,
Então Betty, minha menina,
Venha me beijar;
No inferno não há filha de taberneiro como essa!

O jovem Harry, altivo tão ereto quanto é capaz,
Logo perderá sua peruca e se esconderá debaixo da mesa;
Encham apenas suas taças e passem-nas a todos em torno —
Melhor debaixo da mesa que debaixo do chão!
Então, divirtam-se e gozem
Embriaguem-se avidamente:
Debaixo de sete palmos de terra é menos fácil rir!

Satã me atormenta! Mal consigo andar,
E me amaldiçoa se consigo me levantar ou falar!
Aqui, taberneiro, mande Betty trazer uma cadeira;
Tentarei ir pra casa agora, pois minha mulher não está lá!
Então, me dê uma mão;
Não consigo me levantar,
Mas sou feliz enquanto vivo em cima da terra!

Foi por volta dessa época que adquiri meu medo atual do fogo e dos temporais. Indiferente a tais coisas antes, agora tinha-lhes um indizível horror; retirava-me para os mais fundos recessos da casa quando os céus ameaçavam um espetáculo elétrico. Meu abrigo favorito durante o dia era o celeiro arruinado da mansão que se incendiara, e na imaginação eu concebia a estrutura como tinha sido em seu apogeu. Em uma ocasião, eu assustei um aldeão ao levá-lo reservadamente a um porão subterrâneo, cuja existência eu parecia conhecer apesar de estar oculto e esquecido há muitas gerações.

A TUMBA

Por fim, aconteceu aquilo que eu há muito temia. Meus pais, alarmados com a conduta e aparência alteradas de seu filho único, começaram a empregar uma espionagem bondosa sobre meus movimentos, que ameaçava resultar em desastre. Eu não falara a ninguém de minhas visitas à tumba; desde a infância, guardara em segredo meu propósito com zelo religioso; mas agora era forçado a tomar cuidado ao transpor o matagal emaranhado do vale para desviar um possível perseguidor. Mantinha pendurada ao pescoço a chave da cripta; só eu sabia de sua existência. Nunca trazia do sepulcro nenhuma das coisas que eu descobria quando estava em seu interior.

Numa manhã, quando eu surgia da tumba úmida e trancava a corrente do portal com mão nada firme, percebi no matagal próximo o rosto temível de um espião. Certamente, o fim estava próximo; meu abrigo fora descoberto e o objetivo de minhas jornadas noturnas fora revelado. O homem não se aproximou de mim, e então corri de volta a casa na tentativa de escutar o que ele informaria ao meu conturbado pai. Meus pernoites além da porta trancada seriam apregoados ao mundo? Imagine minha encantadora surpresa ao ouvir o espião informar ao meu pai, num sussurro prudente, *que eu tinha passado a noite no caramanchão do lado de fora da tumba*; meus olhos enevoados de sonolência fixos na fresta que mantinha a porta trancada entreaberta! Que milagre tinha feito o espião iludir-se assim? Estava agora convencido de que uma intervenção sobrenatural me protegera. Encorajado por esse incidente enviado do céu, reassumi as visitas à cripta de forma totalmente aberta, confiante de que ninguém poderia testemunhar minha entrada. Durante uma semana desfrutei plenamente dos prazeres — que não devo descrever — daquele convívio sepulcral, quando a coisa aconteceu e eu fui jogado nesse asilo maldito de tristeza e monotonia.

Não devia ter me arriscado a sair naquela noite, pois havia sinais de trovões nas nuvens, e uma infernal fosforescência subia do pântano no fundo do vale. O chamado dos mortos também estava diferente. Em vez da tumba na encosta, o celeiro incendiado no topo da encosta, presididos por demônios, é que me acenava com dedos invisíveis. Ao emergir de um bosque para o prado diante da ruína, deparei à luz enevoada da lua uma coisa que eu tinha indefinidamente esperado. A mansão, consumida há um século, uma vez mais erguia-se na sua altura imponente e beleza arrebatadora: todas as janelas flamejantes com o esplendor de inúmeras velas. Subiam pela longa via os coches da nobreza de Boston, enquanto a pé vinha um grupo numeroso de janotas empoados das mansões vizinhas. Misturei-me a essa multidão, embora soubesse que mais propriamente fazia parte do grupo anfitrião. No salão, música, risos e taças de vinho em cada mão. Reconheci muitos rostos; eu os conheceria mais perfeitamente se estivessem secos e comidos pela morte e decomposição. Entre uma multidão libertina e desregrada, eu era o mais libertino e dissoluto. Blasfêmias lascivas brotavam em torrentes de meus lábios, e em ímpetos escandalosos eu não honrava nenhuma lei de Deus, dos Homens ou da Natureza. Repentinamente, um estrondo de trovão, mais retumbante até mesmo que a bulha da festança bestial, rasgou certeiro o telhado, e um silêncio de terror desabou sobre os convivas turbulentos. Línguas de fogo e rajadas de chamas engoliram a casa; os farristas, fulminados de terror ante o assalto de uma calamidade que parecia transcender os limites da Natureza desgovernada, fugiam da mansão gritando na noite. Apenas eu permaneci, preso em minha cadeira, subjugado por um medo que nunca sentira antes. E então, um segundo terror tomou posse de minha alma. Queimado vivo até as cinzas, meu corpo dissipado pelos quatro ventos *não poderia nunca repousar na tumba dos Hydes*! Não estava meu esquife preparado para mim? Não tinha eu o direito de descansar até a eternidade entre os descendentes de sir Geoffrey Hyde? Sim! Eu reivindicaria minha herança de morte, ainda que minha alma siga procurando pelo decurso das eras por outra morada corpórea que a represente naquela laje vazia na câmara da cripta. *Jervas Hyde* nunca partilhará do destino triste de Palinuro![2]

À medida que o fantasma da casa em chamas desaparecia, me vi gritando e me debatendo loucamente nos braços de dois homens, um deles era o espião que me seguira até a tumba. Chovia copiosamente, e ao sul no horizonte havia lampejos dos relâmpagos que tinham tão recentemente passado sobre nossa cabeça. Meu pai, com o rosto crispado de dor, permanecia ao lado enquanto eu gritava exigindo que me sepultassem na tumba; advertia repetidamente meus captores para

---

[2] Palinuro, na *Eneida* de Virgílio, é o timoneiro do navio de Eneias. Foi morto e jogado ao mar, permanecendo insepulto.

tratarem-me do modo mais brando que pudessem. Um círculo escuro sobre o chão da adega arruinado revelava o golpe violento dos céus, de onde um grupo de aldeões curiosos com lanternas estavam erguendo uma pequena caixa, obra artesanal antiga que o raio revelara. Cessada minha luta fútil e despropositada, fiquei acompanhando os espectadores enquanto examinavam o tesouro, e me foi permitido tomar parte em suas descobertas. A caixa cujo ferrolho fora destruído pelo golpe que o tinha desenterrado, continha muitos papéis e objetos de valor; mas só tive olhos para uma única coisa. Era a miniatura em porcelana de um jovem com uma peruca elegantemente encaracolada, e trazia as iniciais "J. H.". O rosto era tal que, enquanto o contemplava, podia estar perfeitamente me observando no espelho.

No dia seguinte, fui trazido a esse quarto com janelas gradeadas, mas tenho sido informado de certas coisas por um criado simples, por quem me afeiçoara na infância e que, como eu, ama o cemitério da igreja. O que ouso relatar de minha experiência na cripta me traz apenas sorrisos penalizados. Meu pai, que me visita frequentemente, declara que jamais atravessei o portal trancado e afirma que o cadeado enferrujado, no momento em que o examinou, não era tocado há cinquenta anos. Ele ainda diz que todos os aldeões sabiam de minhas jornadas à cripta, e que eu era frequentemente vigiado enquanto dormia no caramanchão do lado de fora da fachada sombria, com os olhos entreabertos fixados na abertura que conduz ao interior. Contra essas assertivas não tenho nenhuma prova tangível a oferecer, uma vez que perdi a chave do cadeado na luta daquela noite de horrores. Ele nega as coisas estranhas do passado que aprendi durante aqueles encontros noturnos com os mortos, alega que resultaram da minha vida inteira de pesquisa voraz nos livros antigos da biblioteca da família. Não fosse pelo meu velho criado Hiran, eu estaria agora completamente convencido de minha loucura.

Mas Hiran, fiel até o fim, sempre acreditou em mim e tem me estimulado a tornar pública ao menos parte de minha história. Uma semana atrás, ele quebrou o cadeado que mantinha a porta da tumba perpetuamente entreaberta e desceu com uma lanterna às profundezas escuras. Sobre a laje de uma câmara, encontrou um esquife velho, mas vazio, cuja placa manchada trazia uma palavra única: *"Jervas"*. Nesse esquife e naquela cripta, prometeram-me que serei sepultado.

DAGON

ESTOU ESCREVENDO isto sob uma forte pressão mental, visto que à noite eu não mais existirei. Meu suprimento de droga, unicamente o que torna a vida suportável, está acabando e, completamente sem dinheiro, não posso tolerar mais a tortura; me jogarei da janela deste sótão abaixo na rua sórdida. Não suponham por minha dependência de morfina que sou um fraco ou um degenerado. Poderão julgar quando tiverem lido essas páginas rabiscadas apressadamente, embora nunca possam perceber integralmente por que motivo tenho necessidade do esquecimento e da morte.

Foi em uma das regiões mais abertas e menos frequentadas do amplo Pacífico que o paquete, no qual eu era comissário de bordo, caiu vítima do ataque naval alemão. A grande guerra estava nesse tempo logo no começo, e as forças navais dos Hunos não tinham decaído completamente até sua posterior degradação; dessa maneira, nosso navio tornou-se um prêmio legítimo, enquanto nós de sua tripulação, éramos tratados com toda a integridade e consideração que nos era devida como prisioneiros navais. Tão liberal, realmente, era a disciplina de nossos captores que, cinco dias depois que fomos capturados, eu planejei escapar sozinho num pequeno bote com água e provisões suficientes para um bom período de tempo.

Quando finalmente me achei à deriva e livre, tive apenas uma pequena ideia do que me circundava. Nunca fui um navegador competente e apenas podia supor vagamente pela posição do sol e das estrelas que estava um pouco ao sul do equador. Não sabia nada de longitude, e não havia nenhuma ilha ou região costeira à vista. O tempo se mantinha limpo, e por incontáveis dias flutuei à deriva, sem rumo sob um sol ardente à espera de algum navio que passasse, ou que fosse lançado às praias de alguma terra habitável. Contudo, nem navio nem terra surgiram, e comecei a desesperar de minha solidão na vastidão intensa do azul inquebrantável.

A mudança veio quando eu dormia. Nunca saberei dos detalhes, pois meu sono, embora turbulento e infestado de sonhos, foi contínuo. Quando finalmente acordei, foi para me perceber sugado por uma vastidão viscosa e infernal de lama preta que tanto quanto pude ver, se alargava ao meu redor em ondulações monótonas e na qual meu bote adentrou alguns passos adiante e encalhou.

Embora se possa perfeitamente imaginar que minha primeira impressão seria de surpresa perante uma mudança de cenário tão inexplicável e inesperada, fiquei na realidade mais aterrorizado que surpreso, pois havia na atmosfera e no solo apodrecido um caráter sinistro que me gelou até os ossos. A região era pútrida, cheia de carcaças de peixe em decomposição e de outras coisas indescritíveis que vi projetando-se do lodo repelente na superfície interminável. Talvez eu não devesse esperar comunicar com simples palavras o indizível horror que pode habitar no silêncio absoluto e na imensidade estéril. Não havia nada ao alcance da voz e nada à vista, exceto uma vasta extensão de lama preta; a inteireza absoluta do silêncio e a homogeneidade da paisagem me oprimiram com um medo nauseante.

O sol descia ardente de um céu que me parecia quase negro por sua ausência de nuvens; era como se refletisse o pântano tinto de preto sob meus pés. Enquanto me arrastava dentro do bote encalhado, inferi que apenas uma hipótese poderia explicar minha situação. Algum vulcão inaudito emergiu, uma porção do solo oceânico deve ter sido lançada à superfície, expondo regiões que por incontáveis milhões de anos dormiam ocultas sob as profundezas insondáveis das águas. Tão vasta era a extensão da nova terra surgida sob meus pés que eu não podia detectar o mais tênue rumor das ondas do oceano, forçasse meus ouvidos quanto pudesse. Sequer havia ave marítima investindo sobre criaturas mortas.

Fiquei pensando e refletindo durante horas sentado no bote que, inclinando-se de lado, proporcionou uma leve sombra enquanto o sol se movia pelos céus. À medida que o dia avançava, o terreno perdia um pouco de seu caráter pegajoso e parecia secar suficientemente, de modo a favorecer um percurso breve. Naquela noite mal dormi; e no dia seguinte, abasteci-me de um fardo com comida e água, preparando-me para uma jornada por terra em busca do mar desaparecido e de um possível resgate.

Na manhã do terceiro dia, percebi que o solo estava bastante seco para andar sobre sua superfície com segurança. O cheiro de peixe era de enlouquecer; mas eu estava muito preocupado com coisas mais graves para fazer caso de um mal tão menor e me pus corajosamente a caminho de um destino desconhecido. Durante o dia todo, avancei constantemente na direção do oeste, guiado por uma elevação ao longe que se erguia mais alta que qualquer outra no ondulante deserto. Naquela noite, acampei e no dia seguinte viajei continuamente no rumo da elevação, embora aquele destino não parecesse tão próximo quanto pensei na primeira vez que o avistei de longe. Perto da quarta noite, alcancei a base do monte, que se revelou muito mais alto do que me pareceu de longe; um vale intermediário destacava o seu acentuado relevo da planície geral. Demasiado exausto para empreender a subida, dormi à sombra do monte.

Não sei por que meus sonhos foram tão turbulentos naquela noite; mas, antes que a palidez lunar do quarto minguante se erguesse fantasticamente ao longe sobre o leste da planície, acordei suando frio e determinado a não dormir mais. Suportar de novo semelhantes imagens como as que experimentei era demais para mim. E à luz da lua, percebi o quanto tinha sido imprudente ao viajar durante o dia. Sem a luz forte do sol ardente minha jornada teria me custado menos energia; na verdade, agora sentia-me completamente apto a realizar a subida que tinha me intimidado ao pôr do sol. Apanhando meu fardo, iniciei a subida ao topo do monte altaneiro.

Disse que a monotonia contínua da planície ondulante era uma fonte de horror vago para mim; mas acho que meu horror foi maior quando alcancei o topo do morro e vi do outro lado abaixo de mim um incomensurável desfiladeiro ou canyon, cujos recessos escuros a lua não estava ainda suficientemente alta para iluminar. Senti-me à beira do mundo, olhando da borda o caos impenetrável de uma noite eterna. Em meu terror, perpassou uma reminiscência curiosa de *O Paraíso Perdido* e a ascensão horrenda de Satanás dos reinos disformes da escuridão.

À medida que a lua avançava no céu, comecei a ver que as escarpas do vale não eram tão íngremes como tinha imaginado. As saliências e projeções de rochas ofereciam apoios perfeitamente confortáveis para descer, e depois de uns cem pés o declive diminuía gradativamente. Impelido por um impulso que definitivamente não sou capaz de analisar, arrastei-me com dificuldade pelas pedras abaixo e, alcançando o declive inferior mais brando, parei fitando dentro das profundezas estígias onde a luz ainda não tinha penetrado.

Imediatamente minha atenção foi apanhada por um objeto enorme e peculiar que se erguia abruptamente no declive oposto, a umas cem jardas diante de mim; um objeto que brilhava nitidamente aos raios recebidos havia pouco da lua ascendente. Logo me convenci de que era simplesmente um bloco gigantesco de pedra; mas estava ciente de uma impressão distinta que me dizia que seu contorno e posição não eram inteiramente obra da Natureza. Um exame mais atento me arrebatou com sensações que não sou capaz de expressar; não obstante seu tamanho colossal e sua posição num abismo que se formara no fundo do mar quando o mundo era jovem, percebi que o estranho bloco era, sem dúvida, um monólito perfeitamente talhado, cuja massa bruta tinha recebido a mão artesanal e talvez o culto de criaturas vivas e pensantes.

Ofuscado e amedrontado, não ainda privado de uma incisiva excitação da alegria do arqueólogo e cientista, examinei os arredores mais atentamente. A Lua, agora mais próxima do zênite, iluminava misteriosa e vividamente as escarpas ásperas que margeavam o abismo e revelava um extenso corpo de água que fluía no fundo, serpenteando longe da vista em ambas as direções e quase lambendo meus pés ali na encosta. De um lado ao outro do abismo, as ondulações banhavam a base do monólito ciclópico em cuja face eu podia agora vislumbrar inscrições e esculturas rudimentares. A escrita era elaborada em um sistema de hieróglifos desconhecido por mim e diferente de qualquer outra que já tinha visto nos livros; consistia na maior parte de símbolos aquáticos convencionais, como peixes, enguias, polvos, crustáceos, moluscos, baleias e assim por diante. Obviamente, muitas figuras representavam seres marinhos desconhecidos no mundo moderno, mas cujas formas em decomposição eu tinha observado na superfície que havia aparecido no oceano.

Foi o entalhe impressionante, contudo, que mais me fascinou. Plenamente perceptível no outro lado da corrente por seu tamanho colossal, seus baixos-relevos tinham uma suntuosidade cujos motivos teriam despertado a inveja de um Doré. Achei que tais coisas foram concebidas para representar homens — pelo menos, um determinado tipo de homens; embora as criaturas fossem representadas como peixes passeando nas águas de alguma caverna marinha, ou prestando homenagem a algum santuário monolítico que parecia estar sob as ondas também. Não ousarei falar em detalhes sobre seus rostos e formas, pois me sinto desfalecer à simples lembrança. Grotescas além da imaginação de um Poe ou Bulwer, eram criaturas humanas abomináveis em seu contorno geral; com pés e mãos palmadas em forma de barbatanas, lábios surpreendentemente frouxos e dilatados, olhos vítreos e protuberantes e outras formas menos agradáveis de recordar. Estranhamente, pareciam talhadas com proporções completamente em desacordo com seu ambiente original, pois uma das criaturas fora representada matando uma baleia que era apenas uma pouco maior que ela. Reparei, como disse, em seu caráter grotesco e tamanho incomum; mas, por um momento, julguei que eram simplesmente deuses imaginários de alguma tribo primitiva de pescadores ou marinheiros; alguma tribo cujos últimos descendentes tinham perecido eras antes que o primeiro ancestral do homem de Neandertal ou Piltdown tivesse surgido. Cheio de pavor diante desse vislumbre inesperado de um passado inconcebível para o mais ousado antropólogo, fiquei refletindo enquanto a lua lançava reflexos estranhos no canal silencioso diante de mim.

Então subitamente eu a vi. Com apenas um movimento mínimo para indicar que viera à tona, a coisa passou a vista sobre as águas escuras. Imensa, como Polifemo, e asquerosa, disparou na direção do monólito como um monstro assombroso nos pesadelos, estendeu os braços escamosos sobre ele, ao mesmo tempo em que inclinava sua horrenda cabeça e exprimia um som ritmado. Achei que ia enlouquecer.

Lembro-me escassamente da minha frenética escalada pela encosta e penhascos e de minha jornada delirante de volta ao meu bote encalhado. Acredito que cantava muito e ria extravagantemente num momento em que me era impossível cantar. Tenho lembranças vagas de uma grande tempestade algum tempo depois que alcancei o bote; de qualquer modo, sei que ouvi ribombos de trovões e outros sons que a Natureza expressa em seu furor mais selvagem.

Quando saí das sombras, estava num hospital em São Francisco, trazido ali pelo capitão do navio americano que tinha resgatado meu bote no mar. Falei muito em meu delírio, mas percebi que deram pouca atenção às minhas palavras. Meus salvadores não conheciam nenhuma elevação no Pacífico; nem julguei necessário insistir sobre algo que eu sabia que não podiam acreditar. Uma vez procurei um etnologista célebre e o fiz rir com perguntas peculiares sobre a lenda filisteia de Dagon, o Peixe-rei. Mas, percebendo logo que ele era desesperadamente convencional, não mais o assediei com minhas perguntas.

É à noite, especialmente quando a lua está no quarto minguante, que vejo a coisa. Experimentei morfina, mas a droga fornece apenas um alívio transitório e me arrasta à dependência como um escravo sem esperança. Portanto, agora, tendo escrito uma narrativa completa para informação ou o divertimento desdenhoso dos meus semelhantes, estou para colocar um ponto final em tudo isso. Sempre me pergunto se tudo não poderia ter sido uma pura ilusão — uma mera fantasia febril enquanto eu, exposto ao sol ardente, delirava no bote aberto depois de minha fuga do navio de guerra. Pergunto-me isso, mas sempre vem diante de mim como resposta uma visão horrendamente vívida. Não posso pensar na profundidade do oceano sem estremecer diante das coisas desconhecidas, inomináveis, que devem nesse mesmo instante estar rastejando e patinhando em seu leito viscoso, adorando seus ídolos de pedra antigos e lavrando suas imagens detestáveis em obeliscos subaquáticos de granito molhado. Sonho com o dia em que eles deverão erguer-se das enormes ondas e arrastar com suas garras fétidas os vestígios da humanidade débil, exaurida pela guerra — um dia em que a terra deverá submergir, e a escuridão do fundo do oceano emergirá em meio a uma balbúrdia universal.

O fim está próximo. Ouço um barulho à porta, como de algum corpo imenso e escorregadio que se esfrega contra ela; ele não me encontrará. Deus, *aquela mão*! A janela! A janela!

ALÉM DAS MURALHAS DO SONO

I have an exposition of sleep come upon me.[1]

Shakespeare

TENHO FREQUENTEMENTE me perguntado se a maioria da humanidade alguma vez se detém para refletir sobre o significado ocasionalmente titânico dos sonhos e do mundo obscuro que lhes é próprio. Embora a maior parte de nossas visões noturnas não seja talvez mais que tênues e fantásticos reflexos de nossas vivências em vigília — ao contrário de Freud e seu simbolismo pueril —, resta algo cujo caráter extraterreno e etéreo permite uma interpretação inusitada, cuja impressão inquietante e indistintamente excitante sugere possíveis vislumbres em uma esfera de existência mental não menos importante que a vida física, ainda que separada desta por uma barreira quase instransponível. A julgar por minha experiência, não posso duvidar que o homem, quando perde sua consciência terrena, de fato passa a uma existência incorpórea de natureza muito diversa da vida que conhecemos; da qual apenas as mais tênues e mais indistintas memórias permanecem depois do despertar. Podemos inferir grande parte dessas memórias fragmentadas e confusas, mas não provar. Podemos supor que na vida dos sonhos matéria e força vital, como a humanidade conhece essas coisas, não são necessariamente constantes; o tempo e

---

[1] *Sonho de uma noite de verão*, ato 4, cena 1.

o espaço não existem do modo como os compreendemos em nosso estado desperto. Algumas vezes, acredito que essa vida menos material é nossa verdadeira vida, e que nossa vã presença no globo terrestre é em si mesma um fenômeno secundário ou apenas virtual.

Foi de uma fantasia juvenil cheia de especulações desse tipo que eu me levantei numa tarde do inverno de 1900-1901, quando trouxeram para a instituição estatal de psiquiatria, na qual eu trabalhava como médico residente, um homem cujo caso desde então tem me perseguido incessantemente. Seu nome, como consta dos registros, era Joe Slater, ou Slaader, e sua aparência era aquela típica dos habitantes da região de Catskill Mountain; um daqueles estrangeiros, descendentes repulsivos de uma família de camponeses da colônia primitiva, cujo isolamento de aproximadamente três séculos na solidez montanhosa de uma zona campestre praticamente isolada fez com que decaíssem em um tipo de degeneração bárbara, em vez de avançar com seus confrades mais afortunadamente assentados em seus distritos consolidados. Entre esse povo desunido, que corresponde exatamente ao elemento decadente da "escória branca" no Sul, a lei e a moral não existem; e, em geral, sua condição mental provavelmente esteja abaixo daquela de qualquer outro grupo entre o povo nativo americano.

Joe Slater, que veio para a instituição sob a tutela vigilante de quatro agentes da polícia estatal e foi definido como um caráter com alto grau de periculosidade, não apresentou seguramente evidências deste temperamento quando o vi pela primeira vez. Embora bem acima da estatura média e de compleição um tanto musculosa, foi-lhe atribuída uma aparência absurda de estupidez inofensiva pelo azul apagado e sonolento de seus olhos pequenos e insípidos, barba rala, amarelada, desleixada e nunca aparada, e pela apatia que emanava de seu lábio inferior pastoso. Sua idade era ignorada, uma vez que entre seu grupo não existiam nem registros de família, nem laços familiares permanentes; mas pela calvície frontal e pela condição deteriorada de seus dentes, o cirurgião-chefe o qualificou como um homem de aproximadamente 40 anos.

Pelos documentos médicos e jurídicos, tomamos conhecimento de tudo que pudesse ser concluído de seu caso. Esse homem, um vagabundo, caçador, traiçoeiro, sempre pareceu esquisito aos olhos de seus primitivos confederados. Dormia habitualmente à noite mais do que o tempo usual e, depois de acordar, falava sempre de coisas estranhas de uma maneira tão bizarra que inspirava medo até mesmo aos corações de uma ralé sem imaginação. Não que seu modo de falar fosse de todo incomum, pois ele nunca falava que não fosse pelo jargão corrompido de seu meio; mas no tom e teor de suas expressões havia uma turbulência tão misteriosa que ninguém podia ouvir sem apreensão. Ele próprio ficava, em geral, tão amedrontado e aturdido quanto seus ouvintes, e uma hora depois de acordar esquecia tudo que tinha falado, ou ao menos tudo que o tinha motivado a dizer o que tinha feito, retornando à normalidade bovina e relativa afabilidade dos demais montanheses.

À medida que Slater envelhecia, ao que tudo indicava, a frequência de sua aberração matinal tornava-se gradualmente mais intensa e violenta; até que, um mês aproximadamente antes de sua vinda para a instituição, ocorreu a tragédia revoltante que motivou sua prisão pelas autoridades. Um dia, por volta do meio-dia, o homem tinha despertado muito repentinamente, depois de um sono profundo originado de uma bebedeira de uísque perto das cinco horas da tarde anterior, com lamentos tão horríveis e sinistros que fizeram muitos vizinhos correrem até sua choupana — uma pocilga imunda onde ele morava com uma família tão indescritível quanto ele próprio. Precipitando-se na neve, arrojou os braços para cima e principiou uma série de saltos verticais no ar; no mesmo instante gritava sua determinação de alcançar uma "grande, grande choça com luminosidade no teto, paredes e piso, e a música estrondosa e estranha longe, mais além". Como dois homens de tamanho médio procuraram contê-lo, ele se debateu com uma força e fúria louca, gritando o seu desejo e necessidade de encontrar e matar um certo "ser que brilha, e treme, e ri". Finalmente, depois de derrubar momentaneamente um de seus detentores com um golpe inesperado, atirou-se sobre o outro em um transe demoníaco sedento de sangue, guinchando diabolicamente que ele "saltaria alto no ar e limparia o caminho de qualquer coisa que o detivesse". A família e os vizinhos fugiram em pânico. Quando o mais corajoso deles voltou, Slater tinha ido embora, deixando para trás uma coisa irreconhecível semelhante a uma pasta que tinha sido um homem vivo há apenas uma hora. Nenhum dos montanheses ousou persegui-lo, e provavelmente teriam recebido com alegria a notícia de que tivesse morrido de frio; mas muitas manhãs depois, ouvindo seus gritos vindos de uma ravina distante, perceberam que de alguma forma ele conseguira sobreviver e que sua mudança dali, de um modo ou outro, seria necessária. Então, arregimentou-se uma facção armada de busca, cujo propósito (qualquer que pudesse ter sido originalmente) mudou de rumo e transformou-se em um destacamento do xerife; depois que um dos regimentos da cavalaria estatal, muito pouco popular, descobriu o grupo por acaso, interrogou os perseguidores e finalmente se juntou a eles.

No terceiro dia, encontraram Slater inconsciente na cavidade de uma árvore e o levaram para o distrito policial mais próximo, onde os psiquiatras de Albany o examinaram logo que ele recuperou a consciência. Ele lhes contou uma fábula estúpida. Disse que, em uma tarde perto do anoitecer, tinha ido dormir depois de beber muito. Tinha acordado para se descobrir na neve com as mãos ensanguentadas diante de sua choupana e, a seus pés, o corpo dilacerado de seu vizinho Peter Slader. Horrorizado, retirou-se para a floresta numa tentativa incerta de escapar da visão de um crime que ele devia ter cometido. Parecia não saber mais nada além disso, nem o interrogatório especializado de seus interrogadores conseguiu extrair um único fato adicional. Naquela noite, Slater dormiu tranquilamente e, na manhã seguinte, não acordou com nenhum traço estranho, salvo certa mudança na expressão. Dr. Bernad, que tinha cuidado do paciente, julgou ter notado nos olhos azuis apagados certo lampejo peculiar e nos lábios flácidos uma contração quase imperceptível que parecia uma determinação inteligente. Mas, quando questionado, Slater retornou a sua vacuidade costumeira de montanhês e apenas repetiu o que dissera no dia precedente.

Na terceira manhã, aconteceu o primeiro dos ataques mentais do homem. Depois de alguns indícios de sono intranquilo, irrompeu num furor tão forte que foram necessários os esforços combinados de quatro homens para contê-lo numa camisa de força. Os alienistas ouviram atentos suas palavras, uma vez que as histórias sugestivas, principalmente conflitantes e incoerentes, de sua família e vizinhos despertou-lhes em alto grau a curiosidade. Slater delirou por mais de quinze minutos, tagarelando em seu dialeto rústico sobre grandes palácios de luz, oceanos de espaço, música desconhecida, montanhas e vales sombrios. Acima de tudo, insistiu sobre uma misteriosa entidade em chamas que sacolejava, e ria, e zombava dele. Essa imensa, indefinida personalidade parecia ter feito a ele uma injúria terrível, e matá-la em vingança triunfante era seu desejo supremo. Para fazê-lo, ele disse, voaria nos abismos vazios, *destroçando* todo obstáculo que se interpusesse em seu caminho. Assim discorria, quando bruscamente interrompeu seu discurso. O ímpeto de fúria extinguiu-se de seus olhos e, olhando estupidificado para seus interrogadores, perguntou por que estava amarrado. Dr. Bernard desatou as amarras de couro e não voltou a atá-las até a noite, quando conseguiu persuadir Slater a vesti-la por vontade própria para seu próprio bem. O homem agora admitia que algumas vezes falava de modo estranho, embora não soubesse a razão disso.

Mais dois ataques se sucederam no decorrer de uma semana, mas desta vez, os médicos pouco apreenderam. Conjecturaram demoradamente sobre a origem das visões de Slater, pois, uma vez que ele não sabia ler nem escrever e aparentemente nunca tinha ouvido lendas ou contos de fada, suas fantasias suntuosas resultavam completamente inexplicáveis. Estava principalmente assentado que não podiam originar-se de nenhum mito ou fábula, já que o infeliz lunático se expressava apenas em seu próprio estilo. Ele delirava sobre coisas que não compreendia e não podia explicar; coisas que afirmava ter vivido, mas que não podia conhecer por meio de nenhuma narrativa regular ou coerente. Os alienistas logo concordaram que os sonhos anormais eram a origem do transtorno; sonhos tão nítidos que podiam dominar completamente por um lapso de tempo a mente desperta desse homem essencialmente inferior. Com a devida formalidade, Slater foi levado a juízo por homicídio, inocentado por insanidade e confinado na instituição na qual eu ocupava um cargo muito humilde.

Disse que sou um investigador da vida onírica, e deste fato pode-se julgar o zelo com que me dediquei a estudar esse novo paciente, tão logo apurei integralmente os fatos que envolviam o doente. Ele parecia perceber minha afabilidade, nascida sem dúvida do interesse que eu não conseguia esconder e da maneira bondosa como o interroguei. Não que ele alguma vez me reconhecesse durante seus ataques, os quais me deixavam sem fôlego diante de sua caótica, porém cósmica imagem verbal, mas me reconhecia em suas horas de tranquilidade, quando ficava sentado perto de sua janela gradeada trançando cestas de palha e salgueiro, talvez ansiando por sua liberdade montanhesa de que não pôde mais desfrutar. Sua família nunca o visitava; provavelmente tivessem adotado um chefe de família provisório, de acordo com o costume desses montanheses degradados.

Comecei pouco a pouco a experimentar um assombro esmagador diante da concepção fantástica e insana de Joe Slater. O homem em si mesmo era lastimavelmente inferior tanto em sua condição mental como em seu linguajar; mas sua visão titânica e impetuosa, embora descrita com um palavreado desconexo e bárbaro, apresentava seguramente noções que apenas um intelecto superior ou mesmo excepcional podia conceber. Como, sempre me perguntei, podia a imaginação apática de um degenerado de Catskill conjurar visões que demonstravam haver nele a centelha latente do gênio? Como podia um bronco rústico obter tamanha ideia daqueles reinos e espaços irradiantes de esplendor celestial sobre o qual Slater falava bombasticamente em delírio furioso? Cada vez mais, inclinava-me a acreditar que na deplorável personalidade que se encolhia de medo diante de mim alojava-se o núcleo da perturbação de alguma coisa fora do alcance de minha compreensão; alguma coisa infinitamente superior à compreensão de meus colegas mais experientes, cientistas e médicos, porém menos imaginativos.

E, contudo, não pude extrair do homem nada definitivo. O resultado de toda a minha investigação apontou que em uma espécie de vida onírica semi-incorpórea Slater vagava ou flutuava entre vales prodigiosos e resplandecentes, prados, jardins, cidades e palácios de luz — em uma região ilimitada e desconhecida do ser humano; que ali ele não era um camponês ou degenerado, mas uma criatura de importância e vida ativa; que se movia altivo e de forma dominante, detido apenas por algum inimigo mortal que parecia um ser de *estrutura* perceptível, ainda que etérea, e que não se apresentava em forma humana, uma vez que Slater se referia a ele apenas como a *coisa*, nunca como um *homem* ou qualquer outra entidade. Essa coisa tinha-lhe causado algum mal terrível, mas não declarado, do qual o maníaco (se maníaco era) ansiava vingar-se. Pela forma como Slater aludia a seu procedimento, julguei que ele e a coisa luminosa se encontravam em condições idênticas; que em sua existência onírica ele próprio era uma *coisa luminosa* da mesma linhagem do seu inimigo. Essa impressão se confirmava por suas referências frequentes a *voar através do espaço* e destruir tudo que impedisse seu avanço. Todavia, essas concepções eram formuladas com palavras rústicas, completamente inadequadas para comunicá-las, uma circunstância que me levou à conclusão de que, se existe efetivamente um mundo onírico real, a linguagem oral não é adequada como meio de transmitir a sua forma. Estaria a alma habitante desse corpo inferior debatendo-se desesperadamente em sonho para falar coisas que a língua comum e embotada de obscuridade não pode expressar? Estaria eu frente a frente com emanações intelectuais que pudessem explicar o mistério se eu fosse capaz, ao menos, de percebê-las e interpretá-las? Não falei aos médicos mais antigos dessas coisas, pois pessoas de meia-idade são céticas, cínicas e propensas a não aceitar ideias novas. Além disso, o diretor da instituição tinha nos últimos tempos me advertido, com seu estilo paternal, que eu estava trabalhando excessivamente; que minha mente precisava de descanso.

Acreditei por muito tempo que o pensamento humano consiste basicamente de impulso atômico e molecular, convertido em ondas etéreas de energia radiante como calor, luz e eletricidade. Essa crença me levou muito cedo a contemplar a possibilidade de comunicação telepática ou mental por meio de mecanismos sutis, e em meu tempo de universidade elaborei um sistema de aparelhos para emissão e recepção, de algum modo similar ao dispositivo obsoleto empregado na telegrafia sem fio daquele período incipiente anterior ao rádio. Testei-o com um colega de estudos; mas, sem resultado, encaixotei-os imediatamente junto com outras bugigangas científicas para uma possível utilidade futura. Naquele instante, em meu desejo intenso de sondar a vida onírica de Joe Slater, voltei a esses aparelhos; passei muitos dias consertando-os para os pôr em funcionamento. Quando ficassem perfeitos, não perderia a oportunidade de testá-los. A cada irrupção furiosa de Slater, eu ajustaria o transmissor em sua testa e o receptor em minha própria; faria constantemente ajustes delicados para diferentes e hipotéticos comprimentos de ondas da energia intelectual. Tinha apenas escassas noções de como a forma-pensamento, se transmitida com êxito, provocaria uma resposta inteligente em meu cérebro; mas me parecia certo que eu podia descobri-las e interpretá-las. Portanto, continuei minhas experiências, embora não informasse a ninguém sobre sua natureza.

Foi em 21 de fevereiro de 1901 que tudo finalmente aconteceu. Quando volto atrás no tempo, percebo como parece irreal; e algumas vezes quase me pergunto se o velho Dr. Fenton não estava certo quando atribuiu tudo à minha imaginação excitada. Recordo-me que ele ouvia meu relato com grande bondade e paciência, mas depois me deu um calmante e me providenciou férias de meio ano, para as quais parti na semana seguinte. Naquela noite fatídica, eu estava freneticamente inquieto e perturbado, pois, a despeito do cuidado excelente que tinha recebido, Joe Slater estava inequivocamente morrendo. Talvez fosse a liberdade montanhesa que lhe faltasse, ou talvez a desordem em seu cérebro tivesse aumentado acentuadamente para sua psique muito morosa; mas, em todo caso, a chama da vitalidade estava fraca naquele corpo decadente. Ele estava letárgico, próximo do fim, e quando anoiteceu afundou-se em um sono turbulento. Eu não o prendi na camisa de força como era costume quando dormia. Mesmo que acordasse em alienação mental uma vez mais antes de morrer, ele estava muito fraco para tornar-se perigoso. Porém, coloquei em sua cabeça e na minha os terminais de meu "rádio" cósmico, esperando com uma expectativa praticamente malograda por uma primeira e última mensagem do mundo onírico no breve tempo que restava. Na cela em que estávamos havia um enfermeiro, um colega medíocre que não entendia o objetivo do mecanismo, nem pensou em inquirir-me sobre o meu procedimento. Enquanto as horas passavam, vi sua cabeça prostrar-se descontroladamente em sono, mas não o perturbei. Eu mesmo, embalado pela respiração ritmada do homem sadio e do homem moribundo, devo ter em seguida cochilado um pouco.

O som de uma melodia lírica e sobrenatural foi o que me despertou. Acordes, vibrações e êxtases harmônicos ecoaram apaixonadamente por toda parte e, ao mesmo tempo, ante minha vista arrebatada irrompia um espetáculo estupendo de suprema beleza. Muralhas, colunas, arquitraves de fogo vivificante luziam fulgurantemente ao redor do lugar onde eu parecia flutuar no ar; expandindo-se para cima, a uma altura infinita, elevava-se um domo de indescritível esplendor. Simultaneamente a essa manifestação de suntuosidade palaciana, ou melhor, suplantando-a às vezes em caleidoscópica rotação, divisei fugidiamente planícies vastas e vales graciosos, altas montanhas e atraentes grutas cobertas com todos os belos atributos da paisagem que meus olhos extasiados podiam conceber, porém, na totalidade dotada de algum ente plástico, etéreo e incandescente, que em sua consistência conciliava tanto o espírito quanto a matéria. Enquanto eu contemplava essa paisagem, percebi que meu próprio cérebro detinha a chave para essas metamorfoses fascinantes, pois cada perspectiva que me aparecia era aquela que minha mente mutante mais desejava ver. Em meio a esse reino celeste, eu habitava não como um forasteiro, já que toda aparição e todo som me eram familiares; exatamente como fora por eras inumeráveis de eternidade passadas e o seria por iguais eternidades futuras.

Então a resplandecente aura de meu irmão de luz aproximou-se e estabeleceu um diálogo comigo, de alma a alma, com silente e perfeita troca de pensamento. A hora era aquela de um triunfo que se aproxima, pois não estava meu companheiro de existência finalmente se desvencilhando de um cativeiro periódico degradante? Desvencilhando-se para sempre e se preparando para seguir o opressor maldito até as mais longínquas esferas do espaço etéreo, o que depois poderia se transformar em uma vingança cósmica violenta que abalaria as esferas? Flutuamos assim por algum tempo, quando percebi que os objetos ao redor esmoreciam e se tornavam turvos, como se alguma força estivesse me chamando de volta à Terra — aonde menos desejava ir. A entidade próxima a mim parecia experimentar uma mudança também, pois gradualmente encaminhou seu discurso para uma conclusão e, preparando-se para deixar a cena, desapareceu de minha vista com uma rapidez um pouco menor que a dos outros objetos. Alguns pensamentos mais foram trocados, e eu soube que a criatura luminosa e eu estávamos sendo chamados de volta ao cativeiro, embora para meu irmão de luz fosse pela última vez. Em menos de uma hora, ante o miserando casulo corpóreo quase esgotado, meu companheiro estaria livre para perseguir o opressor através da Via-Láctea e além das estrelas até as últimas fronteiras do espaço infinito.

Um impacto muito nítido separa minha última impressão entre o desvanescente cenário de luz e meu despertar repentino, um tanto acanhado até me endireitar em minha cadeira, quando vi a figura moribunda mover-se hesitante no leito. Joe Slater estava realmente acordando, ainda que provavelmente pela última vez. Quando o observei mais atentamente, vi que em suas faces pálidas refletiam-se manchas de uma cor que nunca estiveram presentes. Os lábios, também, pareciam incomuns; estavam firmemente comprimidos, como se pela força de um caráter mais forte do que o de Slater. O rosto inteiro finalmente começou a ficar tenso e a cabeça virou-se agitadamente com os olhos fechados. Eu não acordei o enfermeiro adormecido; ao contrário, reajustei os terminais um pouco desarranjados de meu "rádio" telepático, com a intenção de captar alguma mensagem de despedida que o sonhador talvez anunciasse. Subitamente, sua cabeça virou rispidamente na minha direção e os olhos quedaram abertos, causando-me um completo assombro perante o que eu via. O homem que tinha sido Joe Slater, o Catskill degenerado, estava agora me fitando com um par de olhos expandidos e luminosos, cujo azul parecia sutilmente intensificado. Não se evidenciava nem mania nem degeneração naquele olhar, e percebi, fora de dúvida, que eu estava observando um rosto em cuja face oculta habitava uma mente ativa de elevada condição.

Nessa conjuntura, minha consciência começou a despertar para uma influência exterior decisiva agindo sobre meu cérebro. Fechei meus olhos para reunir meus pensamentos mais profundamente e fui recompensado pela constatação real de que *tinha finalmente alcançado minha mensagem mental ambicionada*. Cada ideia transmitida tomou forma rapidamente em meu espírito e, embora nenhuma linguagem vigente fosse empregada, minha associação habitual entre conceito e expressão era tão formidável que me parecia estar recebendo em inglês usual a mensagem.

"*Joe Slater está morto*", anunciou a voz petrificante ou agente além das muralhas do sono. Meus olhos se abriram e procuraram o leito de dor com um horror curioso, mas os olhos azuis fitavam tranquilamente silentes, e o semblante estava ainda animado de inteligência. "Para ele é melhor estar morto, pois era incapaz de suportar o intelecto ativo da entidade cósmica. Seu corpo grosseiro não estava em condições de experimentar os ajustes necessários entre a vida etérea e a vida planetária. Ele era muito mais um animal, muito pouco um homem; contudo, foi através de sua deficiência que você chegou a me descobrir, pois as almas planetárias e cósmicas por certo não devem nunca se encontrar. Ele foi o meu tormento e minha prisão diária durante quarenta e dois anos do vosso tempo terrestre. Sou uma entidade como aquela em que você mesmo se torna na liberdade de um sono livre de sonhos. Sou o seu irmão de luz e flutuei com você nos vales resplandecentes. Não me é permitido contar a seu eu terreno sobre o seu eu real, mas todos nós somos andarilhos dos espaços imensos e viajantes de muitas eras. No próximo ano, poderei estar habitando no misterioso Egito que vocês chamam antigo, ou no império cruel de Tsan-Chan, que surgirá daqui a três mil anos. Eu e você temos vagueado por mundos que circulam em torno de Arcturus, habitado em corpos de insetos filósofos que rastejam orgulhosamente na superfície da quarta lua de Júpiter. Quão pouco o eu terreno conhece sobre a vida e sua extensão! Quão pouco, na verdade, convém que saiba para sua própria tranquilidade! Sobre o opressor, não posso falar. A humanidade sobre a terra pressente inconscientemente sua presença remota... os homens, sem conhecer, deram inutilmente à sua luz piscante o nome de Algol, *a Estrela do Demônio*. É para encontrar e conquistar o opressor que tenho me esforçado em vão durante eras, retido pelo embargo corpóreo. Nesta noite, vou como uma Nêmesis conduzir uma justa e infernal vingança cataclísmica. *Observe-me no céu perto da Estrela do Demônio*. Não posso falar mais, pois o corpo de Joe Slater torna-se frio e rígido, e o cérebro rústico está parando de vibrar tal como desejo. Você tem sido meu amigo no cosmos; você tem sido meu único amigo nesse planeta — a única alma que me percebe e me procura dentro da forma repelente que jaz neste leito. Nos encontraremos novamente — talvez no nevoeiro brilhante da Espada de Orion, talvez num platô deserto da Ásia pré-histórica. Talvez em um sonho na noite de hoje, esquecido ao acordar; talvez em alguma outra forma numa era futura quando o sistema solar tiver sido varrido."

Nessa altura as ondas de pensamento cessaram abruptamente, e os olhos pálidos do sonhador — ou, posso dizer, homem morto? — começaram a ficar vítreos como os de um peixe. Meio tomado de estupor, passei para o outro lado do leito, mas constatei que estava frio, rijo e sem pulso. O rosto descorado voltou a empalidecer e os lábios espessos se abriram, exibindo os caninos repulsivamente podres do degenerado Joe Slater. Estremeci, puxei uma coberta sobre a hedionda face e acordei o enfermeiro. Então deixei a cela e, em silêncio, fui para minha sala. Senti um desejo inexplicável e insistente de dormir um sono em que dos sonhos eu não me lembrasse.

O clímax? Que narrativa honesta de ciência pode vangloriar-se de um efeito tal de retórica? Simplesmente registrei certas coisas atraentes a mim como fatos, permitindo-lhes interpretá-los conforme queira. Como já admiti, meu superior, o velho Dr. Fenton, nega a realidade de tudo que relatei. Ele garantiu que eu estava com esgotamento nervoso e urgentemente necessitado de umas férias longas, integralmente remuneradas, que ele tão generosamente me concedeu. Assegurou-me, com sua dignidade profissional, que Joe Slater era apenas um paranoico de estrato inferior, cujas ideias estranhas deviam originar-se dos contos folclóricos insipientes que circulam em geral nas mais decadentes das comunidades. Tudo isso ele me disse... mas não posso esquecer o que vi no céu na noite seguinte à morte de Slater. Para que não me considerem uma testemunha tendenciosa, devo acrescentar um depoimento último de outra pessoa, que talvez possa fornecer o clímax que esperam. Vou transcrever textualmente o relato seguinte sobre a estrela *Nova Persei*, extraído das páginas de uma eminente autoridade em astronomia, professor Garret P. Serviss:

"Em 22 de fevereiro de 1901, uma maravilhosa estrela nova foi descoberta pelo Dr. Anderson, de Edimburgo, *não muito longe de Algol*. Nenhuma estrela fora vista nesse local antes. Em vinte e quatro horas a desconhecida tornou-se tão brilhante que superou o brilho de Capella. Em uma semana ou duas estava esmorecida, e no decorrer de poucos meses ficou custosamente perceptível a olho nu."

OLD BUGS

Uma estória patética improvisada
De Marcus Lollius, Proconsul de França

    O SALÃO DE BILHAR DE SHEEHAN, que adorna um dos becos da baixa região central de Chicago, onde fica o abatedouro de bovinos, não é um lugar atraente. O ar, carregado de milhares de odores como os que Coleridge deve ter encontrado em Colonia, muito raramente conhece os raios purificadores do sol; mas luta por espaço com o fumo acre de incontáveis charutos e cigarros baratos pendurados dos lábios grosseiros de inumeráveis bestas humanas que frequentam o lugar dia e noite. Mas a popularidade do Sheehan permanece intacta; e há uma razão para isso — uma razão óbvia para qualquer um que se decida a enfrentar o incômodo de experimentar o fedor misto que ali predomina. Além da fumaça e do abafamento enjoativo, recende um aroma outrora familiar em toda a região, mas agora, felizmente banido para as ruas mortas de vida por decreto de um governador benevolente — o aroma do potente e pernicioso uísque, de fato um tipo valioso de fruto proibido neste ano da graça de 1950.
    O Sheehan é o conhecido centro do tráfico clandestino de bebidas e narcóticos de Chicago, e como tal tem certa dignidade que se estende até mesmo aos adidos desleixados do lugar; mas havia até recentemente um que deitava fora a capa daquela dignidade — um que compartilhava da sordidez e depravação do Sheehan, mas não de sua importância. Chamava-se "Old Bugs", a pessoa mais infame nesse

ambiente infame. Muitos podiam presumir quem ele tinha sido antes; pois, quando já estava bastante embriagado, seu linguajar e maneira de se expressar provocavam espanto; mas o que ele *era* apresentava menos dificuldade, pois "Old Bugs", em grau insuperável, reunia em si o tipo patético a que chamam de "vagabundo" ou "pária". De onde tinha vindo, ninguém conseguia dizer. Numa noite, irrompeu desenfreado no Sheehan, espumando e gritando por uísque e haxixe; foi atendido em troca da promessa de prestar pequenos serviços, ficou por ali desde então, esfregando chão, limpando cuspideiras e vidros e atendendo a centenas de atribuições servis semelhantes em troca da bebida e droga necessárias para mantê-lo vivo e são.

Falava pouco, e normalmente no jargão comum do submundo; mas ocasionalmente, quando afogueado por uma dose habitualmente generosa de uísque barato, podia romper com uma cadeia de polissílabos incompreensíveis e fragmentos de prosa e verso sonoros que levavam alguns frequentadores a conjecturar que ele tivesse vivido dias melhores. Um cliente regular — um ladrão de banco disfarçado — vinha conversar com ele muito regularmente e, pelo apuro de sua linguagem, aventurava a opinião de que ele tinha sido um escritor ou professor em seu tempo. Mas o único sinal tangível do passado de Old Bugs era uma fotografia desbotada que ele constantemente levava consigo — a fotografia de uma jovem com feições nobres e belas. Algumas vezes, ele a tirava de seu bolso rasgado, cuidadosamente desembrulhada da guarda de papel fino, e a fitava durante horas com uma expressão de tristeza e ternura inexprimíveis. Não era o retrato de alguém que um frequentador do submundo possivelmente pudesse conhecer, mas de uma dama de educação e condição elevada, vestida com os trajes inusitados de trinta anos antes. O próprio Old Bugs parecia também pertencer ao passado, pois suas roupas incomuns possuíam a mesma feição de antiguidade. Era um homem de enorme altura, provavelmente com mais de 1,83m, embora seus ombros curvados algumas vezes sugerissem que não. O cabelo, um branco sujo e caído em retalhos, nunca era penteado; e no rosto magro crescia um nojento tufo áspero que parecia sempre permanecer eriçado — nunca aparado e nunca suficientemente espesso para formar uma respeitável barba. Suas feições talvez tivessem sido alguma vez nobres, mas agora carregavam as marcas espectrais da devassidão extrema. Em alguma ocasião — possivelmente na meia-idade —, tinha sido, sem dúvida, muito gordo; agora, extremamente magro, a pele arroxeada pendia em bolsas soltas sob os olhos baços e sobre as bochechas. Ao todo, Old Bugs não era agradável ao olhar.

O temperamento de Old Bugs era tão esdrúxulo quanto seu aspecto. Era na verdade, como de ordinário, um tipo desamparado — pronto a fazer qualquer coisa por um níquel, dose de uísque ou haxixe —, mas em intervalos raros ele mostrava os traços que o tornaram merecedor de seu nome. Então, ele tentava se reerguer, e um lume movia-se nos olhos fundos. Seu comportamento assumia uma graça e mesmo uma dignidade fora do comum; as criaturas bêbadas em torno percebiam alguma coisa de superior nele — alguma coisa que os faziam menos inclinados a dar os pontapés e bofetadas habituais no pobre serviçal, alvo de zombarias. Nessas ocasiões, ele manifestava um humor sardônico e fazia comentários que os companheiros do Sheehan consideravam tolos e irracionais. Mas esses momentos eram breves, e logo Old Bugs retomava sua eterna limpeza do chão e da cuspideira. Mas para uma coisa, Old Bugs havia de ser um escravo ideal para o estabelecimento — e essa coisa era sua conduta quando homens jovens eram iniciados no primeiro gole. O velho homem erguia-se do chão e, raivoso e excitado, resmungava ameaças e conselhos, procurando dissuadir os novatos de entrar "numa vida como aquela". Esbravejava e espumava, explodindo em palavrórios intermináveis de admoestação e imprecações fora do comum, animado por uma determinação espantosa que atemorizava grande parte dos adictos daquele salão abarrotado. Mas, depois de algum tempo, seu cérebro enfraquecido pelo álcool se desviava do assunto, e com um sorriso ridículo voltava outra vez a seu esfregão e panos de chão.

Acho que muitos dos frequentadores habituais do Sheehan nunca esquecerão o dia em que o jovem Alfred Trever apareceu. Ele era principalmente um "curioso" — um jovem rico e jocoso que "ia ao extremo" em qualquer coisa que empreendesse — pelo menos, era essa a opinião de Pete Schultz, "rastreador" do Sheehan, que cruzara com o rapaz no Lawrence College, na pequena Appleton, em Wisconsin. Os pais de Trever eram cidadãos eminentes em sua cidade. Seu pai, Karl Trever, era procurador e cidadão renomado, e sua mãe conquistara uma reputação invejável como poetisa com seu nome de solteira, Eleanor Wing. O próprio Alfred era culto e um poeta de distinção, embora carregasse a má fama de certa irresponsabilidade infantil que fez dele uma presa ideal para o rastreador do Sheehan. Era louro, bonito e mimado; alegre e ávido por experimentar as várias formas de dissipação sobre as quais ele tinha lido e ouvido. Em Lawrence, tinha se destacado na confraria cômica de "Tappa Tappa Keg", onde ele era o mais desenfreado e o mais farrista entre os jovens desenfreados e fanfarrões; mas essa frivolidade acadêmica e prematura não o satisfez. Ele sabia pelos livros que existiam vícios mais profundos, e ambicionava conhecê-los de perto. Talvez essa tendência ao desregramento tivesse sido estimulada de alguma forma pela repressão a que ele esteve sujeito em casa. A senhora Trever tinha razões particulares para educar seu filho único com rigor. Em sua própria juventude, ela tinha ficado profunda e permanentemente horrorizada com a mostra de desregramento de um noivo com quem estivera comprometida durante algum tempo.

O jovem Galpin, o noivo em questão, tinha sido um dos filhos mais notáveis de Appleton. Tendo alcançado distinção ainda menino por sua mente extraordinária, conquistou enorme reputação na Universidade de Wisconsin; aos 23 anos, voltou para Appleton para ocupar a cadeira de professor na Lawrence e colocar um brilhante no dedo da mais bonita e mais brilhante filha da cidade. Por um tempo tudo transcorreu maravilhosamente, até que, inesperadamente, a tempestade desabou. Hábitos péssimos, datados do primeiro drinque tomado anos antes durante um retiro florestal, manifestaram-se no jovem professor; apenas uma renúncia imediata permitiu-lhe escapar de um processo sórdido por ferir os hábitos e a moral dos estudantes sob sua responsabilidade. Com seu noivado rompido, Galpin mudou-se para o leste em busca de uma nova vida; mas logo depois, os cidadãos de Aplleton souberam de sua destituição por descrédito da New York University, onde ele tinha obtido a função de professor de inglês.

Galpin passou a dedicar seu tempo à biblioteca e a fazer conferências, preparando textos e discursos sobre temas diversos relacionados às *belles lettres*. Demonstrava invariavelmente um gênio tão notável que, às vezes, até parecia que o público devia perdoá-lo por seus erros passados. Suas conferências apaixonadas em louvor de Villom, Poe, Verlaine e Oscar Wilde se referiam a ele próprio também, e nos breves dias ensolarados de sua glória falava-se de um novo compromisso assumido numa família culta da Park Avenue. Mas então o desastre irrompeu. Uma desgraça final — insignificante, se comparada às outras — destruiu as ilusões de

OLD BUGS 71

todos que chegaram a acreditar na reforma de Galpin; o jovem renunciou à sua reputação e desapareceu da vista pública. Rumores aqui e ali o associaram a um certo "Consul Hasting", cujo trabalho para uma companhia de teatro e cinematografia chamava alguma atenção por sua profundidade e amplitude cultural; mas Hasting logo sumiu de vista, e Galpin tornou-se apenas um nome para pais mencionarem com tons de advertência. Eleanor Wing logo celebrou seu casamento com Karl Trever, um jovem advogado em ascensão, e de seu anterior pretendente conservou apenas suficiente lembrança para encaminhar a reputação de seu único filho e a orientação moral daquele jovem bonito e obstinado. Agora, apesar de toda a sua educação, Alfred Trever estava no Sheehan, prestes a tomar seu primeiro gole.

— Patrão — gritou Schultz, quando ele entrou no depravado salão acompanhado de sua jovem vítima —, vem conhecer meu amigo Al Trever, o melhor cara da Lawrence, que'stá em Appleton, Wis., cê sabe. Cara muito do grã-fino, tam'ém. O pai dele é um baita advogado no burgo dele, e a mãe é um tipo de gênio lit'rário. Ele quer ver a vida como ela é... quer saber que gosto tem o verdadeiro sumo borbulhante... lembra só que ele é meu amigo e trat'ele bem.

Ao ecoar no ar os nomes Trever, Lawrence e Appleton, as feições dos vagabundos ali assumiram um ar de quem tinha ouvido alguma coisa incomum. Talvez fosse somente algum som associado com os estalidos das bolas nas mesas de bilhar ou o tilintar dos copos nas áreas remotas dos fundos — talvez apenas mais um estranho farfalho das cortinas emporcalhadas de uma das esquálidas janelas. Contudo, muitos acharam que alguém no salão rangeu os dentes e respirou muito fundo.

— Satisfação em conhecê-lo, Sheehan — disse Trever com um acento bem-educado e calmo. — É a minha primeira experiência em um lugar como este, mas sou um estudante da vida e não me prive de nenhuma experimentação. Há poesia nessa espécie de vida, como sabe — ou talvez não saiba, mas não importa.

— Meu rapaz — respondeu o proprietário —, tu veio pro lugar certo pra tu ver a vida. Aqui tem de tudo — vida movimentada e diversão. O maldito governo pode tentar fazer bom o povo se o povo quer ser bom, mas não pode impedir um colega d'entrar aqui se ele tem vontade d'estar aqui. O que quer, camarada — bebida, cocaína ou algum o'tro tipo de droga? Não há nada que tu pedir que não arranjamo'.

Os frequentadores dizem que foi nessa hora que notaram cessar o som regular e monótono do esfregão.

— Quero uísque: um bom e envelhecido centeio! — exclamou Trever entusiasticamente. — Digo-lhe, estou bem cansado de água depois de ler sobre a farra que os parceiros de bebedeira costumavam fazer na antiguidade. Não posso ler os fragmentos anacreônticos sem salivar — e é algo muito mais forte que água que minha boca sedenta procura!

— Anacreôntico... que diabo é isso?

Vários daqueles parasitas ali presentes levantaram os olhos quando o jovem foi sutilmente além do terreno que lhes era familiar. Mas o defraudador de banco disfarçado explicou-lhes que Anacreonte era um velho cão devasso que vivera séculos antes e tinha escrito sobre o prazer que experimentava quando o mundo todo era exatamente como o Sheehan.

— Vamos lá, Trever — continuou o defraudador —, Schultz não disse que tua mãe é uma personalidade literária também?

— Sim, maldita seja — replicou Trever —, uma nulidade comparada ao velho poeta de Teos! É uma daquelas moralistas estúpidas e eternas que se dedicam a exterminar toda a alegria da vida. Um tipo piegas — já ficaram sabendo dela? Ela assina seus escritos com seu nome de solteira, Eleanor Wing.

Foi nessa hora que Old Bugs deixou cair o esfregão.

— Lá vem, aí tá tua pepita — anunciou Sheehan jovialmente quando uma bandeja de garrafas e copos circulou pelo salão. — Um velho bom centeio, o'tro que atiça como igual não tem em toda Chi'.

Os olhos do jovem brilharam e suas narinas se dilataram aos vapores do fluido caramelado que um atendente despejou em seu copo. Ele o repeliu com horror e a sua delicadeza herdada sentiu-se completamente aviltada; contudo, conservando sua determinação de degustar a vida até a saciedade, manteve no semblante uma feição decidida. Mas, antes que pudesse pôr à prova sua resolução, o inesperado interferiu. Old Bugs, saltando de sua posição agachada em que estava até então, pulou sobre o jovem e varreu de suas mãos o copo erguido, ao mesmo tempo que atacava a bandeja de garrafas com seu esfregão. O conteúdo esparramou-se pelo chão em uma confusão de fluidos odoríferos, garrafas quebradas e copos. Homens, ou coisas que tinham sido homens, se esparramaram em atropelo pelo chão e começaram a lamber as poças sujas de bebida derramada, mas a maioria manteve-se totalmente imóvel, fitando essa atitude sem precedentes do infeliz serviçal.

Old Bugs endireitou-se diante do atônito Trever, e com voz meiga e culta disse:

— Não faça isso. Fui um dia igual a você, e fiz isso. Agora sou... isso.

— O que quer dizer, seu velho tolo maldito? — gritou Trever. — O que pretende interferindo nos prazeres de um homem distinto?

Sheehan, agora restabelecido de sua perplexidade, avançou e deitou a pesada mão nos ombros do velho pária.

— Seu mulambo velho! Esse é teu último dia! — ele exclamou furiosamente. — Quando um grã-fino quer beber aqui, por Deus, ele vai beber, sem sua intromissão. Agora, te manda daqui pro diabo fora, antes que eu te chute fora pro inferno com um pontapé.

Mas Sheehan agiu sem conhecimento científico da psicopatologia e dos efeitos de uma crise nervosa. Old Bugs agarrou firme o esfregão, começou a brandi-lo como se fosse uma lança de hoplita da Macedônia e, abrindo um bom espaço em torno de si, gritava e citava diversos fragmentos desconexos, entre os quais distintamente repetia:

— ... os filhos de Belial, inchados de insolência e vinho.

O salão transformou-se em um pandemônio, os homens gritavam e uivavam de medo diante do ser sinistro que tinham despertado. Trever parecia estupidificado na balbúrdia, e se amparou junto da parede quando a briga engrossou.

— Ele não beberá! Ele não beberá! — Old Bugs rugia e, ao mesmo tempo, parecia exaurir-se, ou estar infenso às suas epígrafes. A polícia apareceu à porta, atraída pela balbúrdia, mas durante algum tempo não se moveu nem interferiu. Trever, agora completamente aterrorizado e curado para sempre de seu desejo de ver a vida pelo caminho do vício, enfiou-se entre os policiais recém-chegados. Se conseguisse escapar e tomar um trem para Appleton — ele pensou —, consideraria sua educação em licenciosidade completamente concluída.

Repentinamente, Old Bugs deixou de brandir sua lança e quedou-se imóvel, mantendo-se erguido de um modo mais ereto, nunca visto antes por nenhum dos frequentadores do lugar.

— *Ave, Caesar, moriturus te saluto*![1] — ele gritou, e caiu no chão encharcado de uísque para não se erguer nunca mais.

---

[1] A frase em latim no original, segundo Suetônio: *Ave, Caesar, morituri te salutant* (Salve, Cesar, os que vão morrer te saúdam).

As impressões subsequentes nunca deixariam a mente do jovem Trever. A imagem é confusa, mas inapagável. Os policiais abriram caminho entre a massa de gente, perguntando criteriosamente a todos o que tinha ocorrido e quem era o homem morto no chão. Indagaram principalmente a Sheehan, mas não obtiveram nenhuma informação de valor a respeito de Old Bugs. Foi então que o ladrão de banco se lembrou da fotografia e sugeriu que a examinassem e a apreendessem para identificação no departamento de polícia. Um oficial curvou-se relutantemente sobre aquela repugnante forma de olhos vidrados e encontrou a fotografia enrolada em papel de seda, que em seguida repassou entre os demais.

— Uma franguinha — olhou malicioso um bêbado quando viu o lindo rosto; mas aqueles que estavam sóbrios não acompanharam a insinuação. Em vez disso, contemplaram com respeito e consternação aquelas feições espirituais e delicadas. Ninguém parecia apto a identificar a pessoa, e todos se perguntavam como aquele pária corroído pelas drogas podia ter esse retrato em seu poder — ou melhor, todos menos o ladrão de banco, que nesse momento observava muito inquietamente os policiais. Ele tinha percebido um pouco mais fundo o que havia sob a máscara da completa degradação de Old Bugs.

Em seguida, passaram a fotografia para Trever, e uma mudança sobreveio no jovem. Depois do primeiro sobressalto, ele embrulhou de novo o retrato com o papel de seda, como se fosse um escudo que o protegesse da sordidez do lugar. Contemplou demoradamente e de modo penetrante o corpo no chão, observando sua alta estatura e os traços aristocráticos das feições que agora, depois que a chama da vida desditosa tinha se extinguido, pareciam se evidenciar. Não, ele disse prontamente, como se a pergunta lhe fosse dirigida, ele não conhecia a jovem representada na fotografia. Era tão antiga — acrescentou — que não se podia esperar que alguém a reconhecesse.

Mas Alfred Trever não falou a verdade, como muitos suspeitaram quando ele se ofereceu para encarregar-se do corpo e garantir seu sepultamento em Appleton. Na biblioteca de sua casa, sobre a cornija da lareira, havia uma réplica exata daquela fotografia, e em toda sua vida ele tinha conhecido e amado seu original.

Aquelas feições nobres e delicadas eram as de sua própria mãe.

A TRANSIÇÃO DE JUAN ROMERO

NÃO ME APETECE falar dos acontecimentos que tiveram lugar em Norton Mine em 18 e 19 de outubro de 1894. Um senso de dever com a ciência é tudo que me impele a recordar, nesses últimos anos de minha vida, as cenas e os eventos repletos de um terror duplamente penetrante, já que não posso defini-los completamente. Mas acredito que preciso contar, antes que eu morra, o que sei da... transição, devo dizer, de Juan Romero.

Meu nome e origem não precisam ser mencionados para a posteridade; na verdade, creio que é melhor que não sejam. Quando um homem inesperadamente migra para os Estados Unidos ou para as Colônias, ele deixa seu passado para trás. Além disso, o que fui antes não é de maneira alguma relevante para minha narrativa; com exceção talvez do fato de que durante meu trabalho na Índia me sentia mais à vontade entre os mestres anciões nativos do que entre meus camaradas. Tinha me aprofundado bastante nas tradições singulares do Oriente quando fui surpreendido pelas calamidades que me levaram à minha nova vida no vasto oeste americano — uma vida para a qual achei por bem assumir um nome —, o meu presente nome, que é muito comum e não traz consigo nenhum significado.

No verão e outono de 1894 vivi nas tristes vastidões das Montanhas dos Cactus, trabalhando como operário comum na famosa Norton Mine, cuja descoberta por um velho explorador alguns anos antes transformou a região ao redor, praticamente deserta, em um caldeirão efervescente de vida sórdida. Uma gruta de ouro, situada num ponto profundo sob um lago da montanha, enriqueceu esse respeitável descobridor além do seu sonho mais desenfreado e se converteu então na sede das atividades de escavação de túneis extensos sob o comando de uma das divisões da empresa para a qual tinha finalmente sido vendida. Grutas adicionais tinham sido descobertas, e o lucro com o metal dourado foi extraordinariamente enorme; dessa forma, uma poderosa e heterogênea tropa de mineiros labutava dia e noite nas numerosas galerias e cavidades rochosas. O superintendente, um tal senhor Arthur, sempre falava da singularidade das formações geológicas do local, especulando sobre a extensão provável das cadeias de grutas e estimando o futuro do empreendimento da titânica atividade mineradora. Ele considerava as cavidades auríferas o resultado da ação da água e acreditava que a última delas seria aberta em breve.

Pouco depois que cheguei e me empreguei, Juan Romero chegou a Norton Mine. Um a mais que se somava ao numeroso rebanho de mexicanos rudes atraídos do país vizinho para aquele lugar; ele inicialmente chamou atenção somente por causa de suas feições. Apesar de apresentar claramente o tipo índio de pele vermelha, era notável pela sua cor clara e conformação refinada, muito diferente daqueles "xicanos" e piutes da localidade. É curioso que Romero, embora se diferenciasse significativamente da massa de índios hispanizados e índios tribais, não oferecesse a menor impressão de possuir sangue caucasiano. A imaginação que lhe arrebatava pela manhã quando se levantava cedo em silêncio não era a do conquistador castelhano ou do pioneiro americano, mas a do asteca antigo e nobre. Nessas horas, esse peão contemplava fascinado o sol que se erguia sobre as colinas do oriente e estendia os braços para o orbe como se celebrasse algum rito cuja natureza ele próprio não compreendia. Entretanto, com exceção de seu rosto, Romero não apresentava nenhum traço sugestivo de nobreza. Ignorante e sujo, sentia-se em casa entre os demais mexicanos de pele morena; descendia (assim me informaram depois) da mais baixa gente dos arredores. Foi encontrado quando criança em uma cabana na montanha agreste, o único sobrevivente de uma epidemia letal que se alastrou pela região. Perto da cabana, junto a uma fenda bastante incomum na rocha, encontraram dois esqueletos, descarnados recentemente por abutres, que presumivelmente constituíam os únicos restos de seus pais. Ninguém os pôde identificar, e logo foram esquecidos pela maioria. Na realidade, a destruição da cabana de adobe e o fechamento da fenda na rocha por uma avalanche subsequente contribuíram para apagar da lembrança até mesmo o cenário. Criado por um ladrão de gado mexicano que deu a ele seu nome, Juan diferenciava-se pouco de seus pares.

A simpatia que Romero manifestou por mim originou-se indubitavelmente do fantástico e antigo anel hindu que eu usava quando não estava em trabalho. Não posso falar de sua natureza e de que modo veio parar em minhas mãos. Era meu último liame com um capítulo de vida encerrado para sempre, e o valorizava enormemente. Logo percebi que o mexicano de feições singulares estava também interessado nele; examinava-o com uma expressão que excluía toda suspeita de simples cobiça. Seus hieróglifos antigos pareciam excitar alguma indistinta recordação em sua mente inculta, mas vigorosa, embora ele possivelmente não tivesse percebido sua forma antes. Poucas semanas depois de sua chegada, Romero era como um criado fiel a mim, a despeito do fato de eu mesmo ser apenas um mineiro comum. Nossas conversas eram necessariamente limitadas. Ele não sabia mais do que umas poucas palavras de inglês, ao passo que meu espanhol de Oxford era até certo ponto bem diferente do jargão dos peões da Nova Espanha.

Os eventos que estou para narrar não foram antecedidos de prolongados pressentimentos. Embora o homem Romero tenha me interessado, e embora meu anel o tenha afetado particularmente, acho que nenhum de nós tínhamos alguma expectativa do que se sucedeu quando veio a grande explosão. Análises geológicas tinham determinado a ampliação da mina para baixo a partir da parte mais profunda da área subterrânea; a crença do superintendente de que apenas rocha maciça seria encontrada levou ao local uma carga excessiva de dinamite. Romero e eu não participamos desse trabalho, de maneira que nosso primeiro conhecimento das condições extraordinárias veio de outros. A carga, mais pesada talvez do que foi avaliada, pareceu abalar a montanha inteira. As janelas dos barracos na encosta exterior ficaram despedaçadas com o impacto, e em todos os corredores mais próximos o chão desabou sob os pés dos mineiros. O lago Jewel, que estava acima do local da ação, agitou-se como atingido por um temporal. Depois da investigação, constatou-se que um novo abismo se abriu infinitamente sob o local da explosão; um abismo tão monstruoso que nenhuma corda disponível podia achar seu fundo, nenhuma lanterna iluminá-lo. Aturdidos, os escavadores solicitaram uma reunião com o superintendente. Ele ordenou que se levassem grandes extensões de corda para o poço e que fossem emendadas entre si até que se encontrasse o fundo do abismo.

Pouco depois, os operários comunicaram, abatidos, o seu fracasso ao superintendente. Firmes, embora respeitosamente, eles expressaram sua recusa em retornar ao precipício, ou mesmo voltar a trabalhar na mina até que o abismo pudesse ser fechado. Evidentemente, algo que ultrapassava seus conhecimentos os confrontou, já que, até onde puderam averiguar, o vazio que se abria para o fundo era infinito. O superintendente não os repreendeu. Em vez disso, refletiu profundamente e fez muitos planos para o dia seguinte. O turno da noite não continuou naquele dia.

Às duas horas da manhã, um coiote solitário começou a uivar funestamente na montanha. De algum lugar dentro da mina um cão latiu em resposta; ou para o coiote ou para outra coisa qualquer. Uma tempestade se preparava em volta dos picos das montanhas; formas sobrenaturais de nuvens moviam-se horrivelmente sobre a turva malha de luz celestial, indicando uma lua crescente que teimava em brilhar através de copiosas nuvens de cirro-estrato. Foi a voz de Romero, vinda do beliche superior, que me acordou; uma voz excitada e nervosa com alguma vaga esperança de que eu não pudesse entender.

— *¡Madre de Dios!... el sonido... ese sonido... ¡oiga Vd! ¿lo oye Vd?... Señor,* ESSE SOM!

Eu ouvia, e me perguntava de que som ele falava. O coiote, o cão, a tempestade, todos eram audíveis; esta última dominava quando o vento soprava mais e mais furiosamente. Lampejos de relâmpagos tornavam-se perceptíveis através das janelas do alojamento. Perguntei ao mexicano nervoso, repetindo os sons que ouvi:

— *¿El coyote?* — *¿el perro?* — *¿el viento?*

Mas Romero não respondeu. Em seguida, começou a murmurar amedrontado:

— *El ritmo, Señor... el ritmo de la tierra...* ESSA VIBRAÇÃO DEBAIXO DO CHÃO!

E agora eu também ouvia; ouvia e me arrepiava e não sabia por quê. Profundo, profundo, abaixo de mim, um som — um ritmo, exatamente como o peão disse —, embora muito tênue, ainda assim dominava até o cão, o coiote e a tempestade crescente. Procurar descrevê-lo é inútil — tinha tal propriedade que nenhuma descrição é possível. Talvez fosse como a vibração das máquinas na estiva de um grande navio percebida do convés, embora não fosse tão mecânico, nem tão destituído de vida e consciência. De todas as suas propriedades, o que mais me impressionou foi a profundeza remota de onde vinha. Em minha mente afluíram os fragmentos de uma passagem de Joseph Glanvill que Poe mencionou com efeito espantoso:

"— a vastidão, grandeza e impenetrabilidade de Suas criações, *que têm uma profundidade maior que o abismo de Demócrito.*"

De repente Romero saltou de seu beliche; deteve-se diante de mim para contemplar o estranho anel em meu dedo, que brilhava espantosamente a cada relâmpago, e então olhou fixamente na direção da entrada da mina. Também me levantei, e ambos ficamos imóveis durante algum tempo, aguçando nossos ouvidos quando o ritmo fantástico parecia mais e mais adquirir um acento vital. Depois, involuntariamente começamos a ir na direção da porta cujo matraquear causado pela ventania encerrava uma sugestão confortante de realidade terrena. O cantar que soava nas profundezas — pois agora o som parecia tal — aumentava em volume e clareza; e fomos irresistivelmente impelidos a sair na tempestade e dali para a escuridão do poço aberto na mina.

Não encontramos nenhuma criatura viva, pois os homens do turno da noite tinham sido dispensados do trabalho; estavam, sem dúvida, no povoado de Dry Gulch lançando rumores sinistros no ouvido de algum taberneiro sonolento. Da cabina do vigia, entretanto, um retângulo de luz amarela cintilava como um olho guardião. E me perguntei embaraçado de que maneira o som rítmico tinha afetado o vigia; mas Romero avançava rapidamente e o segui sem me deter. Enquanto descíamos para o poço, o som ao fundo tornou-se definitivamente múltiplo. Pareceu-me espantosamente semelhante a um tipo de cerimônia oriental, com batida de tambores e coro de muitas vozes. Estive, como sabem, muito tempo na Índia.

Romero e eu descíamos sem hesitação pelas escadas suspensas, sempre na direção da coisa que nos atraía, embora sempre com um medo e uma relutância lamentavelmente impotentes. Em uma ocasião, imaginei que tinha enlouquecido — foi quando, espantado com nosso caminho iluminado sem lanterna ou vela, eu notei que o anel antigo em meu dedo estava brilhando com um resplendor misterioso, difundindo uma luz desmaiada na atmosfera úmida e espessa ao redor.

Foi sem aviso que Romero, depois de descer uma das muitas escadas toscas, rompeu a correr e me deixou sozinho. Algumas notas novas e frenéticas de tambores e cantos, perceptíveis mas indistintas para mim, influíram nele de modo surpreendente; e com um grito selvagem ele avançou desorientado nas trevas da furna. Ouvi seus repetidos gritos adiante enquanto cambaleava desastradamente pelos espaços planos e se arrastava furiosamente pelas escadas frágeis. Assustado como eu estava, ainda mantive suficiente percepção para notar que suas palavras, quando articuladas, não me eram absolutamente conhecidas. Polissílabos dissonantes, porém impressivos, substituíram a mistura habitual de mau espanhol e pior inglês, e entre eles apenas o grito sempre repetido "*Huitzilopotchli*" parecia um pouco familiar. Depois, identifiquei definitivamente essa palavra nos trabalhos de um grande historiador — e estremeci quando a associação das ideias me ocorreu.

O clímax daquela terrível noite foi múltiplo, embora razoavelmente breve, iniciando-se exatamente quando eu alcancei a última caverna do trajeto. Da escuridão imediatamente adiante rompeu-se um último grito do mexicano, junto com um tal coro de sons selvagens que jamais poderia eu sobreviver se os ouvisse novamente. Naquele momento, parecia que todos os terrores e monstruosidades obscuras da terra tivessem se articulado em um esforço para esmagar a raça humana. Simultaneamente, a luz de meu anel se extinguiu e vi uma nova luz a brilhar, vinda de um ponto inferior, a poucos metros adiante de mim. Eu tinha chegado ao abismo — agora avermelhado incandescente — que tinha evidentemente engolido o infeliz Romero. Avancei, examinando a beira daquele precipício que nenhuma corda podia penetrar e que era agora um pandemônio de chamas agitadas e estrépitos horrendos. De início, não percebi nada mais que uma massa fervilhante de luminosidade; mas então formas, todas infinitamente remotas, começaram a destacar-se da confusão, e vi — era aquilo Juan Romero? — *por Deus! Não ouso dizer o que vi!*... Algum poder do céu, vindo em meu auxílio, apagou tanto as visões quanto os sons por meio daquele tipo de estrondo que pode ser ouvido quando dois universos colidem no espaço. Sobreveio o caos e eu conheci a paz da inconsciência.

Mal sei como continuar, dadas as condições tão extraordinárias implicadas; mas me empenharei ao máximo, nem mesmo tentarei diferenciar entre o real e o aparente. Quando despertei, estava a salvo em meu beliche e a luz acobreada do amanhecer se mostrava pela janela. Um pouco adiante o corpo sem vida de Juan Romero estava sobre uma mesa, cercado por um grupo de homens, inclusive o médico do acampamento. Os homens discutiam sobre a estranha morte do mexicano que o apanhou dormindo; uma morte aparentemente relacionada, de alguma forma, com a terrível descarga de raios que golpearam e sacudiram a montanha. Nenhuma causa decisiva ficou evidente, e uma autópsia não logrou encontrar alguma indicação de que a vida de Romero estivesse em risco. Fragmentos da conversa indicavam, além de dúvida, que tanto eu como Romero não saímos do alojamento durante a noite, como também não acordamos durante a espantosa tempestade que havia caído sobre as montanhas dos Cactos. A tempestade, disseram os homens que tinham se aventurado a descer na mina, provocara um grande desmoronamento e fechara completamente o abismo profundo que havia causado tanta apreensão no dia anterior. Quando perguntei ao vigia que sons ele ouvira antes do estrondoso trovão, ele mencionou um coiote, um cão e o vento turbulento da montanha — nada mais. Não posso eu duvidar de suas palavras.

Para a retomada do trabalho, o superintendente Arthur convocou especialmente alguns homens de confiança para fazer algumas investigações no local onde o abismo tinha aparecido. Obedeceram, embora tomados de ansiedade; e se procedeu a uma sondagem profunda. Os resultados se revelaram muito curiosos; o teto do abismo, como se constatou depois de aberto, não era de modo algum compacto; de novo as perfurações dos investigadores encontraram o que apresentava ser uma extensão ilimitada de rocha sólida. Nada mais encontrando, nem mesmo ouro, o superintendente renunciou a seus esforços; mas um olhar perplexo desce sobre seu semblante quando senta-se pensativo à sua mesa.

Outra coisa é curiosa. Logo depois de acordar naquela manhã, depois da tempestade, notei que o anel hindu tinha desaparecido inexplicavelmente do meu dedo. Eu tinha grande estima por esse anel. Contudo, o seu desaparecimento me proporcionou uma sensação de alívio. Se um de meus colegas da mina tivesse se apropriado dele, teria de ser muito esperto e vendê-lo rapidamente, já que, apesar dos avisos e de uma busca policial, o anel nunca mais foi encontrado. De qualquer forma, duvido que tenha sido roubado por mãos mortais, pois coisas muito estranhas me foram ensinadas na Índia.

Minha opinião de toda essa experiência varia de tempos em tempos. À plena luz do dia, e na maioria das estações do ano, estou inclinado a pensar que a maior parte daquilo não passou de um simples sonho; mas algumas vezes, no outono, perto das duas da manhã quando os ventos e os animais uivam sinistramente, emerge de inconcebíveis profundezas uma sugestão abominável de pulsação rítmica... e sinto que a transição de Juan Romero foi realmente terrível.

A NAU BRANCA

MEU NOME É Basil Elton, zelador do farol de North Point, do qual meu pai e meu avô foram zeladores antes de mim. Longe da costa eleva-se a torre cinzenta sobre rochas submersas cobertas de limo, visíveis na maré baixa, mas invisíveis na maré cheia. Há um século, seu facho luminoso guia os navios majestosos dos sete mares. No tempo de meu avô eram muitos; no tempo de meu pai, nem tantos; e agora, são tão raros que algumas vezes me sinto espantosamente solitário, como se fosse o último homem no nosso planeta.

De longes mares chegavam aqueles navios brancos de antigamente; das distantes costas do Oriente, onde os raios quentes do sol e os doces aromas demoravam-se sobre estranhos jardins e templos vistosos. Os velhos comandantes do mar vinham sempre conversar com meu avô e lhe falavam dessas coisas, que ele repassava a meu pai e meu pai me contava nas longas noites de outono quando o vento uivava soturnamente do Leste. E tenho lido mais sobre esses assuntos e sobre muitos outros também nos livros que os navegantes me deram quando eu era jovem e fascinado com o maravilhoso.

Porém, mais maravilhoso que o saber de homens antigos e dos livros é o saber oculto do oceano. Azul, verde, cinza, branco, ou turvo; calmo, encapelado ou volumoso, o oceano nunca está em silêncio. Eu o tenho observado e escutado durante toda a minha vida e o conheço bem. No início, ele só me falava das histórias triviais de praias tranquilas e de portos contíguos, mas com o tempo, tornou-se mais amistoso e me falou de outras coisas; de coisas mais incomuns e mais distantes no espaço e no tempo. Algumas vezes no pôr do sol, as brumas cinzentas do horizonte se retiram para me conceder visões fugidias de rotas que existem além; outras vezes, à noite, as águas profundas do mar tornam-se translúcidas e fosforescentes para me concederem vislumbrar rotas que existem abaixo. Frequentemente, essas visões são de rotas que existiram e rotas que podiam existir, tanto quanto de rotas que existem, pois o oceano é mais antigo que as montanhas e traz consigo as memórias e os sonhos do tempo.

Era do Sul que a Nau Branca costumava vir quando a lua estava cheia e alta no céu. Emergia do Sul e deslizava plácida e calma sobre o mar. Estivesse o mar agitado ou calmo, o vento propício ou adverso, deslizava sempre silente e placidamente, suas velas alheadas e seus longos e estranhos renques de remos movendo-se ritmicamente. Numa noite, avistei sobre o deque um homem barbudo e trajado com roupas cerimoniais; parecia acenar, chamando-me para embarcar rumo a aprazíveis margens desconhecidas. Muitas vezes depois eu o vi sob a lua cheia, e sempre me acenava.

A Lua brilhava muito luminosa na noite em que, respondendo ao seu chamado, encaminhei-me para a Nau Branca sobre uma ponte que os raios da Lua traçaram acima das águas. O homem pronunciou palavras de boas-vindas em uma língua suave que me pareceu conhecer bem, e as horas se preencheram das delicadas melodias dos remadores enquanto nos afastávamos rumo ao Sul misterioso, dourado pelo esplendor daquela afável lua cheia.

E quando rompeu o dia, róseo e resplandecente, contemplei as praias verdejantes de terras distantes, luminosas e belas, desconhecidas para mim. Acima do mar erguiam-se nobres terraços de verdor, ornamentado com árvores, exibindo por toda parte telhados brancos cintilantes e colunatas de estranhos templos. Quando nos aproximamos da verdejante praia, o homem barbudo me falou sobre aquela terra, A Terra de Zar, onde moram todos os sonhos e pensamentos belos que um dia se apresentam aos homens e depois são esquecidos. E quando de novo voltei-me para os terraços, percebi que ele dissera a verdade, pois entre as visões que se abriam diante de mim havia muitas que eu tinha vislumbrado antes entre as brumas além do horizonte e nas profundezas fosforescentes do oceano. Havia também formas e imagens mais esplêndidas que qualquer outra que eu já tivesse conhecido; visões de poetas jovens que morreram na miséria antes que o mundo pudesse conhecer o que tinham visto e sonhado. Mas não pisamos os prados inclinados de Zar, pois quem ali pisa, dizem, pode nunca mais retornar à sua terra natal.

Enquanto a Nau Branca navegava e se afastava silenciosamente dos terraços e templos de Zar, vimos no horizonte distante os pináculos de uma cidade poderosa; e o homem barbudo me disse:

— Essa é Talarion, a Cidade das Mil Maravilhas, onde moram todos aqueles mistérios que o homem tenta em vão penetrar.

Voltei a olhar mais atentamente, e vi que aquela cidade era maior que qualquer outra cidade que eu já tivesse conhecido ou sonhado. Os pináculos de seus templos penetravam no céu, de maneira que nenhum homem podia ver suas extremidades; e no fundo remoto, para além do horizonte, estendiam-se muralhas austeras e cinzentas; por cima delas podiam-se enxergar apenas alguns telhados sinistros e agourentos, ainda sim, adornados com ricos frisos e esculturas atraentes. Eu ansiava fortemente entrar nessa cidade fascinante, embora repelente, e pedi ao homem barbudo que me deixasse desembarcar no molhe, junto ao grande portal esculpido de Akariel, mas ele se negou com brandura a satisfazer meu desejo, dizendo:

— Muitos entraram em Talarion, a Cidade das Mil Maravilhas, mas ninguém retornou. Nela perambulam somente demônios e seres loucos que já não são humanos, e as ruas são brancas com os ossos insepultos daqueles que contemplaram a imagem de Lathi, que reina sobre a cidade.

E na sequência, a Nau Branca singrou, deixando para trás as muralhas de Talarion, e seguiu durante muitos dias um pássaro que voava para o Sul, cuja plumagem brilhante competia com o céu de onde ele tinha surgido.

Depois, chegamos à uma costa agradável e deliciosa com flores de todas as cores, onde vimos, tão longe da costa quanto a vista pudesse alcançar, bosques atraentes e árvores refulgentes sob o sol do meio-dia. Entre as ramagens soavam, escondidos de nossos olhos, cantos e enlevos de harmonia lírica entremeados de risos vagos tão deliciosos que, em minha avidez de apanhar a cena, instei aos remadores que avançassem. O homem barbudo não disse nada, mas me vigiou enquanto nos aproximávamos da praia atapetada de lírios. Repentinamente, soprou um vento dos prados floridos e das árvores frondosas, trazendo um aroma que me fez estremecer. O vento ficou mais forte e o ar tornou-se repleto de odor mortífero e sepulcral de cidades acometidas de pestilência e cemitérios exumados. E enquanto nos afastávamos exasperados da abominável costa, o homem barbudo falou finalmente:

— Essa é Xura, a Terra dos Prazeres Inacessíveis.

E uma vez mais a Nau Branca seguiu o pássaro do céu sobre mares abençoados e cálidos, arejados por brisas acariciadoras e aromáticas. Dia após dia, noite após noite navegamos, e quando a lua ficou cheia pudemos ouvir os afáveis cantos dos remadores, doces como naquela noite distante quando partimos de minha terra natal longínqua. E foi sob a luz da lua que ancoramos finalmente na baía de Sona-Nyl, protegida por dois promontórios de cristal que se erguem do mar e se unem em um arco deslumbrante. Era a Terra da Fantasia, e fomos à sua praia verdejante sobre uma ponte dourada que a luz da lua estendeu.

Na Terra de Sona-Nyl tempo e espaço não existem, nem sofrimento, nem morte; e ali vivi por muitas eras. Verdejantes são os bosques e pastagens, luminosas e perfumadas as flores, azuis e musicais seus riachos, límpidas e frescas suas fontes, majestosos e deslumbrantes seus templos, castelos e cidades de Sona-Nyl. Naquela terra não existem fronteiras, pois além de cada imagem de beleza, erguem-se outras mais belas. Nos campos e entre o esplendor das cidades circulam a bel-prazer pessoas felizes, todas dotadas de encanto natural e felicidade genuína. Durante as eras que lá vivi vagueei venturosamente por jardins onde templos fantásticos despontavam entre as folhagens dos arbustos e onde os caminhos brancos estão orlados com delicadas flores. Subia doces colinas em cujos topos podia apreciar panoramas de beleza extasiante com povoados de graciosas torres, aninhados em vales verdejantes, assim como cidades colossais de domos dourados resplandecendo no horizonte infinitamente distante. E via à luz da lua o mar cintilante, os promontórios de cristal e a enseada plácida onde estava ancorada a Nau Branca.

Numa noite do imemorial ano de Tharp, vi esboçar-se contra a lua cheia o perfil do pássaro celestial que me acenava e senti as primeiras agitações da inquietude. Falei então com o homem barbudo e lhe contei do meu novo anseio de partir para a remota Cathuria, nunca vista por nenhum homem, embora todos acreditem localizar-se além das colunas basálticas do Ocidente. É a Terra da Esperança, e nela brilham os ideais perfeitos de tudo quanto sabemos haver alhures; ou pelo menos assim os homens dizem. Mas o homem barbudo disse-me:

— Cuidado com esses mares perigosos onde, dizem os homens, situa-se Cathuria. Em Sona-Nyl não existe nem dor, nem morte, mas quem pode dizer o que existe além das colunas basálticas do Oeste?

Contudo, no plenilúnio seguinte embarquei na Nave Branca, e junto com o relutante homem barbudo deixei a auspiciosa enseada rumo a mares inexplorados.

O pássaro celestial ia adiante e nos conduzia na direção das colunas basálticas do Oeste, mas nessa ocasião os remadores não cantavam canções amenas sob a luz do luar. Eu, amiúde, representava em minha mente a desconhecida Terra de Cathuria com seus esplêndidos jardins e palácios e me perguntava que novos prazeres me esperavam. "Cathuria", dizia para mim mesmo, "é a morada dos deuses e a terra de inumeráveis cidades de ouro. Suas florestas são de aloés e sândalo, como os jardins perfumados de Camorin, e entre as árvores esvoaçam pássaros festivos que entoam cantos graciosos. Nas montanhas verdejantes e floridas de Cathuria elevavam-se templos de mármore rosa, ricos em suas pinturas e esculturas gloriosas; nos seus pátios, fontes refrescantes de prata murmuram a música encantadora das águas aromáticas que fluem da gruta, nascente do rio Narg. Muralhas douradas cercam as cidades de Cathuria, e sua pavimentação é também de ouro. Nos jardins dessas cidades há orquídeas incomuns e lagos perfumados, cujos leitos são de coral e âmbar. À noite, as ruas e jardins são iluminados com lampiões, criados da carapaça tricolor das tartarugas, e nessas horas ecoam as doces notas do cantor e seu alaúde. Todas as casas das cidades de Cathuria são palácios, construídos junto a um canal que leva as águas perfumadas do sagrado Narg. De mármore e pórfiro são as casas; os telhados, de ouro resplandecente que reflete os raios do sol e realça o esplendor das cidades que os deuses bem-aventurados contemplam dos distantes picos. O mais belo de todos é o palácio do grande monarca, Dorieb, de quem alguns dizem ser um semideus e outros, que é um deus. Distinto é o palácio de Dorieb, e em suas muralhas erguem-se muitos torreões de mármore. Em seus amplos salões reúnem-se multidões e aí se acham os troféus de todas as épocas. Os tetos são de ouro puro, sustentados por altas colunas de rubi e lazulita, em que se acham esculpidas imagens de deuses e heróis tais que aquele que contempla aquelas alturas tem a impressão de estar vislumbrando o Olimpo vivo. O piso do palácio é de cristal, sob o qual fluem as águas habilmente iluminadas do Narg, animadas de peixes coloridos, desconhecidos além das fronteiras da encantadora Cathuria".

Assim dizia a mim mesmo de Cathuria, mas o homem barbudo me aconselhava sempre a voltar às praias ditosas de Sona-Nyl; esta era conhecida dos homens, ao passo que Cathuria ninguém jamais tinha visto.

Depois de trinta e um dias que seguíamos o pássaro, avistamos as colunas basálticas do Oeste. Estavam cobertas de névoas, de modo que nenhum homem podia ver além delas ou ver seus topos — delas, alguns diziam que chegavam mesmo aos céus. O homem barbudo novamente me suplicou que retornássemos, mas não lhe dei atenção; pois da névoa além das colunas de basalto me pareceu que vinham as notas do cantor e seu alaúde; mais doces que a mais doce das canções de Sona-Nyl, e cantavam os meus próprios louvores; louvores a mim, que tinha vindo de longe sob a lua cheia e morava na Terra da Fantasia.

Ao som da melodia, a Nau Branca entrou na bruma entre as colunas basálticas do Ocidente. Quando cessou a música e a bruma se levantou, vimos não a Terra de Cathuria, mas um mar impetuoso e irresistível, em meio ao qual nosso navio impotente era impelido a um rumo desconhecido. Chegaram logo aos nossos ouvidos o ribombar distante de cataratas, e ante nossos olhos apareceu adiante no horizonte ao longe a espuma titânica de uma catarata monstruosa para onde os oceanos do mundo se precipitavam no nada abissal. Então o homem barbudo me disse com lágrimas no rosto:

— Recusamos a bela Terra de Sona-Nyl, que nunca mais voltaremos a contemplar. Os deuses são superiores aos homens, e vencem.

Fechei os olhos diante da queda que eu sabia iminente, sumindo de minha visão o pássaro celestial que batia suas zombeteiras asas azuis à borda da torrente.

Com o impacto, mergulhamos na escuridão e ouvi o grito de homens e seres que não eram homens. Ergueram-se do leste ventos tempestuosos, que me gelaram quando me agachei na laje úmida que tinha surgido sob meus pés. Ouvi outro estrondo e, quando abri os olhos, me vi sobre a plataforma do farol de onde eu tinha partido há tantas eras passadas. Abaixo, delineava-se na obscuridade a silhueta vaga e enorme de uma embarcação que se despedaçava contra as rochas cruéis e, ao perpassar os olhos sobre o desastre, percebi que a luz tinha se apagado pela primeira vez desde que meu avô assumira a tarefa de mantê-la.

E na última guarda da noite, quando entrei na torre, vi na parede um calendário que ainda permanecia tal como eu o havia deixado quando parti. De manhã desci e procurei os destroços sobre as rochas, mas o que achei foi apenas isso: um estranho pássaro morto, da cor do céu azul, e um único mastro quebrado, mais branco que as cristas das ondas e a neve da montanha.

Depois disso, o oceano não me contou mais os seus segredos; e, embora muitas vezes desde então a lua cheia retorne e se eleve alta nos céus, a Nau Branca do Sul não apareceu nunca mais.

A RUA
—

HÁ QUEM DIGA que as coisas e os lugares têm alma, e há quem diga que não; não me atrevo a dar meu próprio parecer a respeito, apenas falarei da Rua.

Homens fortes e honrados construíram aquela Rua; bons, valentes homens de nosso sangue, que vieram das Ilhas Bem-Aventuradas do outro lado do mar. No início, era apenas um caminho que os aguadeiros trilhavam para ir à nascente do bosque trazer água para a vila de casas próximas da praia. Depois, quando mais homens chegaram à crescente vila de casas em busca de lugares para morar, construíram choupanas ao longo do lado norte; choupanas com troncos robustos de carvalho e alvenaria no lado que dava para o bosque, em razão dos muitos índios que ali espreitavam com flechas em chamas. Alguns anos depois, os homens construíram cabanas no lado sul da Rua.

Transitavam pela Rua para cima e para baixo homens graves com chapéus cônicos, que na maioria das vezes, portavam mosquetes ou armas de caça. Também suas esposas com toucas e filhos comportados. À noite, esses homens sentavam-se com suas mulheres e filhos em torno de lareiras gigantescas, liam e conversavam. Eram muito simples as coisas que liam e falavam; mas lhes inspiravam coragem e bondade e lhes ajudavam a vencer diariamente a floresta e cultivar os campos. Os filhos escutavam e aprendiam sobre as leis e as façanhas dos adultos, como também sobre a amada Inglaterra que nunca tinham visto e dela não podiam se lembrar.

Sobreveio a guerra, e os índios não voltaram a perturbar a Rua. Os homens, ocupados com o trabalho, prosperaram e foram tão felizes quanto sabiam ser. As crianças cresceram confortavelmente e mais famílias chegaram da Terra Natal para viver naquela Rua. Os filhos dos filhos e os filhos dos recém-chegados cresceram. A vila era agora uma cidade e, uma a uma, as cabanas deram lugar a casas; belas casas simples de tijolo e madeira, com degraus de pedra, grades de ferro e bandeira sobre as portas. Não eram criações frágeis essas casas, pois foram construídas para servir a muitas gerações. No interior delas havia lareiras esculpidas e escadas graciosas, mobília de bom gosto e aprazível, porcelana e prata trazidas da Terra Natal.

E assim, a Rua absorveu os sonhos de um povo jovem e alegrou-se quando seus moradores tornaram-se mais refinados e felizes. Ali, onde em outros tempos tinham sido apenas fortes e honrados, agora habitava também o bom gosto e o saber. Livros, e pinturas, e música chegavam às casas e os jovens iam para a universidade que se ergueu na planície do norte. No lugar de chapéus cônicos e mosquetes vieram chapéus de três pontas e espadas curtas, laços e perucas. Veio a pavimentação com pedras que tiniam com o trote dos cavalos puro-sangue e ressoavam com as carruagens douradas; calçadas de tijolos com baias e varões para prender os cavalos.

Naquela Rua havia muitas árvores; olmos, e carvalhos, e bordos nobres; de modo que no verão a paisagem era só verdor suave e cheia de canto dos pássaros. Atrás das casas havia roseirais cercados com trilhas ladeadas de sebes e relógios de sol, onde à noite, a lua e as estrelas brilhavam encantadoramente e flores perfumosas cintilavam com o orvalho.

Assim continuou sonhando a Rua, passando por guerras, calamidades e mudanças. Uma vez, a maioria dos jovens partiu, alguns deles nunca retornaram. Foi quando recolheram a Velha Bandeira e hastearam uma nova com Listras e Estrelas. Porém, ainda que os homens falassem de grandes mudanças, a Rua não notou, seu povo continuou o mesmo, falando de coisas familiares antigas com a mesma pronúncia familiar antiga. E as árvores continuaram abrigando os pássaros cantores, e à noite, a lua e as estrelas contemplavam as flores orvalhadas nos canteiros de rosas.

Com o tempo, as espadas, os chapéus de três pontas e perucas desapareceram da Rua. Que estranhos pareciam os habitantes com seus bastões, cabelos curtos e chapéus altos de castor! Novos rumores começaram a chegar de longe — primeiro, estranhos bafejos e gritos vindos do rio a uma milha de distância; depois, muitos anos depois, estranhos bafejos, gritos e estrondos vindos de outras direções. O ar não era tão puro como antes, mas o espírito do lugar não mudou. O sangue e a alma do povo eram como o sangue e a alma dos antepassados que tinham criado a Rua. Tampouco mudou quando abriram a terra para instalar tubos estranhos, ou quando levantaram postes altos que sustentavam fios misteriosos. Havia tanto saber antigo naquela Rua que não era fácil esquecer o passado.

E então vieram dias ruins, quando muitos que conheceram a Rua antiga não a conheciam mais, muitos que a conheciam e não a conheceram antes. E aqueles que vieram nunca foram como aqueles que tinham partido, pois seu modo de falar era áspero e estridente e seu estilo e feições eram desagradáveis. Suas ideias também eram contrárias à sabedoria, ao espírito de justiça da Rua, de sorte que a Rua foi amordaçada com o silêncio e suas casas desmoronavam, suas árvores morriam, uma após outra, e seus roseirais ficaram devastados e invadidos por ervas daninhas. Mas um dia, ressurgiu um impulso de orgulho quando novamente os jovens marcharam para a guerra, alguns dos quais nunca retornaram. Esses jovens estavam vestidos de azul.

Com o tempo, a sorte da Rua piorou. Suas árvores já não existiam, e seus canteiros de rosa foram substituídos por paredes traseiras de edifícios baratos e horríveis, construídos em ruas paralelas. Mas as casas sobreviviam, apesar dos estragos do tempo, das tempestades e dos bolores, pois tinham sido construídas para servir a muitas gerações. Novos tipos de rostos apareceram na Rua; rostos morenos, sinistros, com olhos furtivos e feições estranhas, que falavam línguas estranhas e colocavam sinais com letras conhecidas e desconhecidas sobre a maioria das casas velhas. Carroças apinhavam-se nas sarjetas. Um fedor sórdido, indefinível, dominava o lugar, e o antigo espírito adormeceu.

Uma vez, a Rua foi tomada de grande agitação. A guerra e a revolução irromperam do outro lado dos mares; uma dinastia tinha caído, e seus súditos degenerados acorreram em bandos com objetivo incerto na direção da Terra Ocidental. Muitos deles se alojaram nas casas desgastadas que uma vez tinham conhecido o canto dos pássaros e o perfume das rosas. Então a Terra do Oeste despertou e se juntou à Terra Natal em seu esforço titânico pela civilização. Sobre as cidades, uma vez mais flamulou a Velha Bandeira, acompanhada pela Nova Bandeira e por uma bandeira tricolor, mais singela, porém gloriosa. Contudo, não tremularam muitas bandeiras na Rua, pois ali só reinava medo e ódio e ignorância. Outra vez os jovens marcharam, mas não como fizeram os jovens de outros tempos. Algo faltava. Os descendentes daqueles jovens de outros tempos, que marcharam com farda verde-oliva verdadeiramente investidos do genuíno espírito de seus antepassados, vieram de lugares distantes e não conheciam a Rua e seu espírito ancestral.

Para lá dos mares houve uma grande vitória, e em triunfo a maioria dos jovens retornou. Para aqueles a quem tinha faltado algo já nada mais faltava, embora o medo, o ódio e a ignorância ainda reinassem na Rua; pois eram muitos os que haviam ficado para trás e muitos os estrangeiros que tinham vindo de lugares distantes e ocupado as casas antigas. E os jovens que retornaram não habitaram mais nelas. A maioria dos estrangeiros era de pele morena e sinistra, embora entre eles pudesse se achar algumas feições semelhantes às daqueles que criaram a Rua e modelaram seu espírito. Semelhantes e dessemelhantes, pois havia nos olhos de todos um brilho estranho e doentio de ganância, ambição, índole vingativa ou zelo mal direcionado. Agitação e traição expandiam-se entre alguns malvados que tramavam aplicar o golpe mortal na Terra do Oeste para, sobre sua ruína, apoderarem-se de seu governo, como haviam feito os assassinos naquele país desventurado e frio de onde muitos deles vieram. E o centro daquela conspiração estava na Rua, cujas casas decadentes fervilhavam de fomentadores de discórdia e ribombavam com os planos e discursos daqueles que ansiavam a chegada do dia designado para a sangria, o incêndio e o crime.

A lei dissertou muito sobre as muitas reuniões estranhas na Rua, mas pouco pôde provar. Com grande assiduidade, os homens de insígnias ocultas frequentavam e observavam lugares como a Padaria de Petrovitch, a ordinária Escola Rifkin de Economia Moderna, o Clube do Círculo Social e o Café Liberdade. Ali se reuniam em grande número indivíduos sinistros, embora sempre falassem precavidamente ou em língua estrangeira. Permaneciam ainda em pé as velhas casas com sua tradição de séculos esquecida e deixada para trás; séculos mais nobres, de moradores coloniais robustos e jardins com roseiras orvalhadas à luz da lua. Às vezes, um solitário poeta ou viajante vinha contemplá-las, e experimentava pintá-las em seu esplendor fugidio, mas não eram muitos esses viajantes e poetas.

    Agora se espalhava amplamente o rumor de que aquelas casas abrigavam os líderes de um vasto bando de terroristas, que em data designada estavam para encaminhar um massacre a fim de exterminar a América e todas as tradições antigas e admiráveis que a Rua tinha amado. Panfletos e folhetos espalhavam-se pelas sarjetas sujas; panfletos e folhetos impressos em variadas línguas e caracteres, todos disseminando mensagens de crime e rebelião. Nessas mensagens, o povo era incitado a derrubar as leis e as virtudes que nossos pais tinham exaltado; aniquilar a alma da velha América — a alma que era a herança de mil anos e meio de liberdade anglo-saxã, justiça e moderação. Dizia-se que os homens de pele escura que moravam na Rua e se reuniam em suas casas carcomidas eram a cabeça de uma revolução sangrenta; que, a uma palavra de ordem sua, milhares de bestas desmioladas e aparvalhadas, provenientes dos cortiços imundos de milhares de cidades, estenderiam as garras fedorentas, incendiando, matando e destruindo até aniquilar a terra de nossos pais. Tudo isso era dito e repetido, e muitos esperavam com temor o dia 4 de julho, data que os estranhos escritos muito mencionavam; apesar disso, nada foi achado que identificasse os culpados. Ninguém conseguia saber ao certo a quem devia prender para desarticular a base da odiosa conspiração. Muitas vezes, bandos de policiais fardados de azul foram revistar as casas arruinadas, mas, por fim, deixaram de ir; também eles se cansaram de tentar manter a lei e a ordem e abandonaram a cidade à sua sorte. Então vieram os homens de verde-oliva carregados de mosquetes; até parecia que, em seu sono pesado, a Rua tivesse sonhos fantasmais daqueles antigos dias, quando os homens carregados de mosquete com chapéus cônicos andavam por ela, vindos da fonte na floresta até a vila de casas perto da praia. Contudo, não conseguiram levar a efeito nenhuma ação para deter o iminente cataclismo, pois os homens de pele escura, sinistros, eram veteranos em astúcia.

    E assim, a Rua seguia com seu sono inquieto. Até que numa noite, uma grande multidão de homens cujos olhos estavam acesos por um horrível lume de triunfo e expectativa, reuniu-se na Padaria Petrovitch, na Escola Rifkin de Economia Moderna e no Clube do Círculo Social, e em outros lugares também. Circularam por ocultas linhas telegráficas estranhas mensagens, e muito se falou de que mensagens mais estranhas ainda circulariam; mas nada se apurou da maior parte desses acontecimentos estranhos mais tarde, quando a Terra do Oeste foi salva do perigo. Os homens de verde-oliva não conseguiam dizer o que estava acontecendo, nem o que convinha fazer, pois os sinistros homens de cor escura eram hábeis em perspicácia e sabiam se ocultar.

Mas os homens de verde-oliva sempre se lembrarão dessa noite, e falarão da Rua quando mencionarem esse acontecimento aos seus netos; pois muitos deles foram enviados pelo amanhecer em missão diferente do que tinham esperado. Soube-se que esse ninho de anarquia era antigo, e que as casas estavam decaindo em razão da devastação causada pelo tempo, tempestades e carunchos. Contudo, o que aconteceu nessa noite de verão surpreendeu por sua estranha uniformidade. Foi, com efeito, um acontecimento extraordinariamente único; apesar disso, muito simples afinal. Sem nenhum sinal que alertasse o que estava para vir, numa das primeiras horas da madrugada, todos os estragos do tempo, e das tempestades, e do caruncho chegaram a um clímax tremendo: veio a queda estrondosa e nada foi deixado de pé na Rua. Apenas restaram duas chaminés antigas e parte de uma sólida parede. Nem vivente algum saiu com vida de suas ruínas.

Um poeta e um viajante, que vieram com a massiva multidão para ver a cena, contam curiosas histórias. O poeta diz que horas antes do amanhecer notou as ruínas sórdidas, mas indistintamente no clarão da luz elétrica; que ali assomou sobre os escombros outra imagem em que ele pôde distinguir o luar, belas casas, olmos, carvalhos e bordos nobres. O viajante declara que em vez do mau cheiro habitual reinava um delicado perfume de rosas em completa florescência. Mas não são notoriamente falsos os sonhos dos poetas e os relatos dos viajantes?

Há quem diga que as coisas e os lugares têm alma, e há quem diga que não; não me atrevo a dar meu próprio parecer a respeito, apenas lhes falei da Rua.

A MALDIÇÃO QUE ATINGIU SARNATH

EXISTE NA TERRA de Mnar um lago extenso e tranquilo que não é alimentado por nenhum rio e do qual nenhum rio flui. Dez mil anos atrás erguia-se sobre suas margens a poderosa cidade de Sarnath, mas Sarnath não existe mais.

Conta-se que em tempos imemoriais, quando o mundo era jovem, antes mesmo que os homens chegassem à terra de Mnar, outra cidade existia à beira do lago: a cidade de pedras cinzentas de Ib, tão antiga quanto o próprio lago, e habitada por seres não agradáveis de olhar. Eram seres muito estranhos e disformes, como efetivamente são a maioria dos seres de um mundo rudimentar e rusticamente construído. Está escrito nos blocos cilíndricos de Kadatheron que os seres de Ib eram de cor verde, tanto quanto era o lago e a névoa que pairava sobre ele; tinham olhos volumosos, lábios estendidos e bambos, orelhas curiosas e não falavam. Também está escrito que eles desceram da lua certa noite em um nevoeiro; eles, o grande e tranquilo lago e Ib, a cidade de pedras cinzentas. Seja como for, é certo que eles adoravam um ídolo, esculpido em pedra verde-mar, à semelhança de Bokrug, o grande sáurio aquático, diante do qual dançavam horrivelmente na ocasião da lua cheia. E está escrito nos papiros de Ilarnek que um dia descobriram o fogo, e desde então acendiam fogueiras nas numerosas ocasiões cerimoniais. Mas os registros sobre esses seres são escassos, porque eles viviam em tempos muito antigos, e o homem é jovem, sabe muito pouco das criaturas que viveram em épocas muito remotas.

Depois de muitas eras, os homens chegaram à terra de Mnar; povos pastores de pele escura com suas ovelhas lanosas. Construíram Thraa,

Ilarnek e Kadatheron às margens do sinuoso rio Ai. E certas tribos, mais audaciosas que as demais, avançaram até as margens do lago e construíram Sarnath num local onde o solo era rico em metais preciosos.

Não muito distante da cidade cinza de Ib, tribos nômades assentaram as primeiras pedras de Sarnath, e grande foi seu espanto diante dos seres de Ib. Mas ao seu assombro se mesclou a aversão, pois não concebiam que seres com semelhante aspecto andassem ao redor do mundo humano ao anoitecer. Tampouco apreciaram as estranhas esculturas sobre os monólitos cinzentos de Ib, pois aquelas esculturas eram terríveis em sua antiguidade. De que maneira os seres e as esculturas perduraram no mundo, mesmo depois do aparecimento do homem, ninguém pode explicar; a menos que fosse porque a terra de Mnar é muito pacata e afastada das outras terras, tanto das terras reais como as da fantasia e do sonho.

À medida que os homens de Sarnath conheciam mais os seres de Ib, sua aversão aumentava, e não pouco, porque descobriram que eram frágeis, flexíveis e moles como geleia ao contato de pedras, varas e flechas. Um dia, jovens guerreiros, arqueiros, lanceiros e atiradores avançaram contra Ib. Mataram todos os seus habitantes e, porque não desejavam tocar neles, empurraram seus estranhos corpos dentro do lago com longas lanças. E, porque não lhes agradavam os monólitos esculpidos de Ib, lançaram-nos também no lago; não sem ficarem espantados com o imenso trabalho que devia ter sido empregado para carregar as pedras de lugares tão distantes, uma vez que não existia nada parecido com essas pedras em toda a terra de Mnar nem nas terras vizinhas.

Assim, pois, nada sobrou da antiquíssima cidade de Ib, exceto o ídolo esculpido em pedra verde-mar que representava Bokrug, o sáurio aquático. Os guerreiros o levaram para Sarnath como símbolo de conquista sobre os antigos deuses e seres de Ib e como emblema de liderança em Mnar. Mas na noite seguinte à instalação do ídolo no templo, algo terrível deve ter ocorrido, pois luzes misteriosas pairavam sobre o lago; pela manhã o povo descobriu que o ídolo tinha desaparecido e Taran-Ish, o sumo-sacerdote, estava morto, como se lhe tivesse assaltado um medo indescritível. Antes de morrer, Taran-Ish rabiscou com traços tremidos e inseguros sobre o altar de crisólita o signo MALDIÇÃO.

A MALDIÇÃO QUE ATINGIU SARNATH

Depois de Taran-Ish, sucederam muitos sumo-sacerdotes em Sarnath, mas nunca foi encontrado o ídolo de pedra verde. Muitos séculos se passaram, durante os quais Sarnath prosperou extraordinariamente, de modo que somente os sacerdotes e as mulheres velhas se lembravam o que Taran-Ish tinha rabiscado sobre o altar de crisólita. Entre Sarnath e a cidade de Ilarnek surgiu uma rota de caravanas, e os metais preciosos da terra foram trocados por outros metais, tecidos finos, joias, livros e ferramentas para os artesãos e todos os artigos de luxo conhecidos pelas pessoas que vivem ao longo do rio sinuoso de Ai e ainda mais longe. Sarnath desenvolveu-se poderosamente, adquiriu conhecimentos e tonou-se bela, enviando tropas para conquistar e subjugar as cidades vizinhas; com o tempo, levados ao trono, os reis de Sarnath reinavam sobre toda a terra de Mnar e muitas terras vizinhas.

Maravilha do mundo e orgulho de toda a humanidade era Sarnath, a magnífica. De mármore polido extraído do deserto eram suas muralhas, com trezentos cúbitos de altura e setenta e cinco de largura, de modo que dois carros podiam passar ao mesmo tempo pela rota de vigilância no alto. De quinhentos estádios inteiros era a sua extensão, aberta apenas pelo lado que ficava na direção do lago, onde um dique de pedra verde-mar detinha as ondas que, estranhamente, se erguiam uma vez por ano no festival que celebrava a destruição de Ib. Em Sarnath havia cinquenta ruas, que iam do lago até a entrada das caravanas, e cinquenta mais que cruzavam com elas. Eram pavimentadas com ônix. Apenas aquelas por onde os cavalos, camelos e elefantes trafegavam eram pavimentadas com granito. Os portões de Sarnath eram tantos quanto as ruas que se abriam nos seus limites para o exterior, todos de bronze e flanqueados com figuras de leões e elefantes esculpidos de uma pedra não mais conhecida entre os homens. As casas de Sarnath eram de ladrilhos esmaltados e calcedônia, cada uma delas com seu jardim cercado e tanque de cristal, edificadas com uma arte singular. Em nenhuma outra cidade havia casas como aquelas; os viajantes de Thraa, Ilarnek e Kadatheron se maravilhavam com as cúpulas brilhantes que as encimavam.

Porém, ainda mais maravilhosos eram os palácios, os templos e os jardins criados por Zokkar, o rei de tempos passados. Havia muitos palácios. O menor deles era maior que qualquer um de Thraa, ou Ilarnek ou de Kadatheron. Eram tão soberbos que em seu interior podia-se sentir às vezes debaixo do próprio céu; além disso, quando suas luzes alimentadas com o óleo de Dothur eram acesas, suas paredes exibiam grandes pinturas de reis e exércitos de um esplendor que inspirava e ao mesmo tempo causava medo em quem as contemplasse. Eram muitas as colunas dos palácios, todas de mármore colorido e esculpidas com figuras de beleza insuperável. Na maioria dos palácios os pisos exibiam mosaicos de berilo e lápis-lazúli, sardônica e carbúnculo, como também outros materiais finos, dispostos de tal modo que o observador podia sentir-se caminhando por canteiros de flores as mais raras. Também havia fontes do mesmo modo criadas, que jorravam águas aromatizadas em repuxos aprazíveis arranjados com arte admirável. De maior esplendor era o palácio dos reis de Mnar e das terras adjacentes. Sobre dois leões de ouro agachados, assentava-se o trono, muitos degraus acima do piso cintilante. Era lavrado em uma única peça de marfim, e já não há homens vivos que conheçam de onde veio peça de tal magnitude. Nesses palácios havia também muitas galerias e muitos anfiteatros em que se batiam em luta homens, leões e elefantes para a diversão dos reis. Às vezes, os anfiteatros eram inundados com água trazida do lago por grandes aquedutos, e ali se encenavam lutas aquáticas agitadas, como também combates entre nadadores e seres marinhos mortais.

Imponentes e estupendos eram os dezessete templos de Sarnath em forma de torre, criados com pedras luminosas e multicoloridas, desconhecidas em outro lugar. Com mil cúbitos de altura, elevava-se a maior de todas elas. Ali os sumo-sacerdotes moravam com uma suntuosidade superada apenas pelos reis. No piso inferior, havia salões enormes e esplêndidos tanto quanto os dos palácios onde se reuniam multidões para cultuar Zo-Kalar e Tamash e Lobon, os principais deuses de Sarnath cujos santuários envolvidos de incenso eram como os tronos dos monarcas. As imagens de Zo-Kalar, Tamash e Lobon não eram como as dos outros deuses: tão vivas pareciam que se podia jurar que eram os próprios deuses soberanos, de rostos barbados, que ocupavam os tronos de marfim. Por infindáveis escadas de zircônio, subia-se à câmara mais alta da torre, de onde os sumo-sacerdotes contemplavam a cidade, as campinas e o lago durante o dia; e durante a noite, a enigmática lua, as estrelas, os planetas misteriosos e seus reflexos no lago. Ali eram realizados os ritos arcaicos, absolutamente secretos, em abominação de Bokrug, o sáurio aquático, e ali permanecia o altar de crisólita que trazia a Maldição traçada por Taran-Ish.

Igualmente maravilhosos eram os jardins criados por Zokkar, o rei dos tempos antigos. Ficavam situados no centro de Sarnath, cobriam uma grande área e estavam cercados por um alto muro. Estavam protegidos por uma grandiosa cúpula de cristal, através da qual brilhavam o sol, e a lua, e as estrelas, e os planetas quando o tempo estava limpo e de onde pendiam imagens refulgentes do Sol e da Lua, e das estrelas, e planetas quando o tempo estava nublado. No verão, os jardins eram refrigerados com brisas amenas e perfumadas habilmente produzidas por hélices e, no inverno, eram aquecidos por fogos ocultos, de modo que naqueles jardins era sempre primavera. Pequenas correntes de água fluíam entre seixos luzidios, atravessadas por muitas pontes, demarcando prados verdejantes e jardins multicoloridos. Eram muitas as cascatas em seus percursos e muitos os remansos cercados de lírios nos quais suas águas se estendiam. Nas correntes e remansos nadavam os cisnes brancos e, ao mesmo tempo, a música de pássaros raros ecoava junto com a melodia das águas. Em declives elaborados erguiam-se suas margens verdejantes, adornadas aqui e ali com parreiras de videiras e flores aromáticas, assentos de bancos de mármore e pórfiro. Havia ali muitos santuários e templos pequenos onde se podia repousar ou orar aos deuses menores.

Todo ano em Sarnath celebrava-se o festival da destruição de Ib. Vinho, música, dança e divertimentos de todo tipo eram abundantes. Grandes honras eram prestadas aos espíritos daqueles que tinham aniquilado os estranhos seres primitivos, e a memória daqueles seres e de seus deuses primevos era ridicularizada por dançarinos e músicos que tocavam alaúde, coroados todos com as rosas dos jardins de Zokkar. Os reis contemplavam o lago e amaldiçoavam os ossos que jaziam sob suas águas. Anteriormente, os sumo-sacerdotes não apreciavam esses festivais, pois tinham dado origem a histórias fantásticas de como o ícone verde-mar tinha desaparecido e como Taran-Ish tinha morrido de medo e deixado um aviso. Diziam que de suas altas torres algumas vezes viam luzes sob as águas do lago. Mas, como muitos anos tinham se passado sem calamidade, os sacerdotes riam e amaldiçoavam e se juntavam às orgias dos festejadores. Efetivamente, não tinham eles próprios frequentemente realizado em suas altas torres o rito secreto e muito antigo de abominação a Bokrug, o sáurio? E Sarnath, maravilha do mundo e orgulho de toda a humanidade, tinha atravessado ilesa mil anos de opulência e prazer.

Suntuoso, além do imaginável, foi o festival que celebrou o milênio da destruição de Ib. Durante uma década, falara-se dele na terra de Mnar. Quando se aproximou a data de sua realização, montados em cavalos, camelos e elefantes, vieram homens de Thraa, Ilarnek, Kadatheron, de todas as cidades de Mnar e de terras distantes. Na noite designada, foram armados pavilhões para príncipes e tendas de viajantes diante das muralhas de mármore, e toda a costa ecoou com a música dos festejadores. Em seu salão de banquete, Nargis-Hei, o rei, se embebedava, reclinado, com vinhos envelhecidos trazidos das adegas da conquistada Pnath, cercado de nobres festeiros e escravos sôfregos. Haviam se deliciado com iguarias raras e variadas; pavões da ilha de Nariel no Oceano Medial, cabritos das colinas distantes de Implan, talões de camelos do deserto de Bnazic, nozes e especiarias de Cydathrian e pérolas da marítima Mtal dissolvidas em vinagre de Thraa. Os molhos eram inúmeros, preparados por cozinheiros habilidosos de toda a Mnar e agradáveis ao paladar de todos os convivas. Mas a iguaria mais apreciada de todas eram os grandes peixes do lago, todos enormes, e servidos em travessas de ouro com incrustações de rubis e diamantes.

Enquanto no palácio o rei e os nobres festejavam e admiravam o prato principal que lhes aguardava disposto em bandejas de ouro, outros festejavam lá fora. Na torre do grande templo, os sacerdotes se divertiam e nos pavilhões no exterior das muralhas, os príncipes das terras vizinhas também se divertiam. Foi o sumo-sacerdote Gnai-Kah quem primeiro viu as sombras que desciam da lua cheia para o lago, como também a abominável névoa verde que se levantava das águas na direção da lua e cobria com uma sinistra bruma as torres e as cúpulas da fatídica Sarnath. Depois, todos que estavam nas torres e no exterior das muralhas viram luzes estranhas sobre o lago; viram também que Akurion, a pedra cinzenta, que normalmente se elevava próxima da margem, estava quase submersa. Um pavor, ainda que obscuro, aflorou em todos imediatamente, de modo que os príncipes de Ilarnek e da distante Rokol desarmaram suas tendas e pavilhões e partiram dali na direção do rio Ai, embora mal soubessem a razão por que partiam.

E assim, perto da meia-noite, todos os portões de bronze de Sarnath se abriram violentamente e por eles irrompeu uma multidão desvairada que se espalhou e enegreceu a planície, de modo que todos os príncipes e viajantes que para ali vieram fugiram apavorados. Pois no rosto da multidão expressava-se uma loucura originada de um horror insuportável, e suas línguas soltavam palavras tão terríveis que ninguém que as ouvisse se detinha para testemunhar. Homens com olhos alucinados de pavor gritavam estrepitosamente ante o que tinham notado pela janela do salão de banquete do rei, onde já não viam nem Nargis-Hei, nem os nobres, nem os escravos, mas uma horda indescritível de seres verdes, calados, com olhos bojudos, orelhas estranhas, lábios moles e esticados; seres que dançavam medonhamente, sustentando nas garras bandejas de ouro incrustadas de rubis e diamantes cheias de um fogo desconhecido. Os príncipes e viajantes, enquanto fugiam da cidade maldita de Sarnath em cavalos, camelos e elefantes, olharam para trás e viram que o lago prosseguia gerando névoas e que Akurion, a pedra cinzenta, tinha submergido totalmente.

Por toda a terra de Mnar e terras vizinhas, espalharam-se os relatos daqueles que tinham fugido de Sarnath. As caravanas nunca mais voltaram a buscar a cidade amaldiçoada e seus metais preciosos. Muito tempo se passou antes que algum viajante para ali fosse, e mesmo então apenas os jovens corajosos e aventureiros da distante Falona ousaram fazer a jornada: jovens aventureiros de cabelos louros e olhos azuis, que não tinham parentesco com os homens de Mnar. Esses homens chegaram de fato ao lago para contemplar Sarnath; mas não puderam ver a maravilha do mundo e orgulho de toda a humanidade, embora tivessem encontrado o imenso lago de águas tranquilas e a pedra cinzenta Akurion que se eleva à margem em grande altura sobre as águas. Onde uma vez havia muralhas de trezentos cúbitos e torres ainda mais altas, agora se estendiam apenas margens pantanosas, e onde antes tinham vivido cinquenta milhões de homens, agora rastejava o abominável réptil aquático. Nem mesmo as minas de metal precioso permaneceram, pois a maldição tinha caído sobre Sarnath.

Porém, afundado entre os juncos, descobriram um curioso ídolo esculpido em pedra verde; um ídolo antiquíssimo coberto de algas que representava a imagem de Bokrug, o grande sáurio aquático. Esse ídolo, relíquia conservada no grande templo de Ilarnek, foi adorado em toda a terra de Mnar sempre que a lua cheia iluminava os céus.

A ÁRVORE

Fata viam invenient [1]

NUMA ENCOSTA verdejante do Monte Menelau, na Arcádia, existe um bosque de oliveiras perto das ruínas de uma casa. Próximo dali há uma tumba, que já foi bela em outros tempos, adornada com as mais sublimes esculturas, mas atualmente acha-se em grande decadência, assim como a casa. Numa das extremidades da tumba ergue-se, invadindo com suas raízes curiosas os desgastados blocos de mármore pentélico, uma oliveira extraordinariamente descomunal com uma forma singularmente repulsiva; tão parecida a um homem grotesco, ou a um corpo desfigurado pela morte, que o povo da região teme passar ali à noite quando a lua brilha fantasmagoricamente entre os galhos tortos. O Monte Menelau é o lugar preferido do temido Pan, cujos companheiros extravagantes são muitos. Camponeses simples acreditam que a árvore tem algum parentesco terrível com esse extravagante séquito de Pan; mas um antigo apicultor, que vive numa cabana próxima, me contou uma história diferente.

Há muitos anos, quando a casa da encosta era nova e deslumbrante, ali viviam os dois escultores Kalos e Musides. Da Lídia até Nápoles, a beleza de suas obras era louvada e ninguém ousava dizer qual dos dois excedia o outro em talento. O Hermes de Kalos ficava em um santuário de Corinto, e a Palas de Musides ficava sob um pilar em Atenas, próximo do

---

[1] Virgílio, *Eneida* (10, 113): "O fado encontra seu caminho".

Partenon. Todos os homens prestavam homenagem a Kalos e Musides, e maravilhavam-se por não haver nenhuma sombra de inveja a esmorecer o afeto que nutria a amizade fraternal entre ambos.

Mas, embora Kalos e Musides vivessem em contínua harmonia, a natureza de um e outro era diversa. Enquanto Musides se divertia pela noite no meio da animação urbana em Tegea, Kalos permanecia em casa, furtando-se da vista dos escravos nos recessos frios do horto das oliveiras. Ali ele podia meditar sobre as visões que ocupavam sua mente, e ali podia conceber as formas de beleza que mais tarde se tornariam imortais em mármores que pareciam vivos. O povo ocioso dizia que Kalos, na verdade, conversava com os espíritos do bosque, e que suas estátuas eram apenas imagens de faunos e dríades que ele encontrava ali — pois ele modelava suas obras não conforme modelos humanos.

Tão famosos eram Kalos e Musides que ninguém se espantou quando o tirano de Siracusa enviou mensageiros para falar sobre a estátua de alto valor de Tyche que ele tinha planejado para a cidade. De enorme tamanho e arte engenhosa deveria ser a estátua, pois teria de converter-se numa maravilha das nações e no destino dos viajantes. Exaltado além da imaginação seria aquele cuja obra obtivesse aprovação e, para disputar essa honra, Kalos e Musides foram convidados. O amor fraterno entre os dois era bem conhecido, e o astucioso tirano imaginou que cada um, em vez de esconder sua obra um do outro, ofereceria ajuda e pareceres; essa solidariedade resultaria em duas imagens de beleza inaudita, e a mais bela entre elas ofuscaria até mesmo os sonhos dos poetas.

Os escultores aclamaram o oferecimento do tirano com alegria, de modo que, nos dias que se seguiram, seus escravos ouviam os incessantes golpes do cinzel. Kalos e Musides não esconderam o trabalho um do outro, mas somente eles podiam presenciá-lo. Além deles, olho nenhum via as duas figuras que os hábeis cinzéis libertavam dos blocos irregulares que as aprisionaram desde o começo do mundo.

À noite, como antes, Musides buscava os salões festivos de Tegea, enquanto Kalos vagava sozinho no bosque das oliveiras. Mas à medida que o tempo passava, os homens observaram que a alegria do antes efervescente Musides não era a mesma. Era estranho, diziam entre si, que a depressão pudesse agarrar alguém com uma tão grande oportunidade de ganhar o mais alto prêmio por sua arte. Muitos meses se passaram; contudo, no rosto apagado de Musides nada demonstrava a expectativa ardorosa que a situação devia despertar.

Então, certo dia, Musides falou da doença de Kalos, e depois disso ninguém mais se espantou com sua tristeza, uma vez que todos sabiam que era profunda e sagrada a afeição entre os dois escultores. Subsequentemente, muitos foram visitar Kalos, e de fato notaram a palidez de seu rosto; mas havia nele uma serenidade feliz que tornava sua feição mais mágica que a de Musides, inteiramente tomada de ansiedade, e que, na ânsia de alimentar e cuidar de seu amigo com as próprias mãos, afastava todos os escravos. Ocultas atrás de espessas cortinas estavam as duas esculturas de Tyche inacabadas, nos últimos tempos pouco trabalhadas pelo doente e seu fiel companheiro.

Kalos se tornava a cada dia inexplicavelmente mais fraco, a despeito dos esforços de diligentes médicos e de seu assíduo amigo, e desejava sempre que o conduzissem ao bosque que ele tanto amava. Ali, pedia para que o deixassem só, como se desejasse conversar com os seres invisíveis. Musides atendia sempre seus pedidos, embora seus olhos se enchessem de lágrimas ao pensamento de que Kalos se interessasse mais pelos faunos e dríades que por ele. Ao aproximar-se do fim, Kalos passou a discorrer sobre coisas além dessa vida. Musides, chorando, prometeu-lhe um sepulcro mais suntuoso que a tumba de Mausolo;[2] mas Kalos pediu-lhe que não mais falasse de glórias de mármore. Apenas um desejo perseguia agora o espírito do moribundo Kalos; que os brotos de uma determinada oliveira do bosque fossem sepultados com ele em seu túmulo — junto de sua cabeça. E numa noite, sentado sozinho na escuridão do bosque das oliveiras, Kalos morreu.

Belo além das palavras foi o sepulcro de mármore que o pesaroso Musides esculpiu para seu amigo amado; ninguém senão o próprio Kalos poderia criar aqueles baixos-relevos, nos quais se representava todo o esplendor dos Campos Elísios. Tampouco Musides deixou de sepultar junto da cabeça de Kalos os brotos de oliveira do bosque.

Assim que a dor intensa de Musides deu lugar à resignação, ele passou a trabalhar com diligência na escultura de Tyche. Toda a honra era agora sua, uma vez que o tirano de Siracusa não desejava a obra senão dele ou

---

[2] Mausolo, rei da Cária, na Ásia Menor; seu sepulcro foi considerado uma das sete maravilhas do mundo antigo.

de Kalos. Seu trabalho passou a ser uma fonte de extravasamento para sua dor, e ele se empenhava mais firmemente a cada dia, afastando-se das diversões que antes lhe davam prazer. Entrementes, suas noites eram passadas ao lado da tumba do amigo, onde uma jovem oliveira tinha brotado perto da cabeça do morto. Crescia tão rapidamente e tão estranha era sua forma que todos que a viam exclamavam surpresos; Musides parecia sentir simultaneamente fascínio e aversão por ela.

Três anos depois da morte de Kalos, Musides enviou um mensageiro ao tirano, e murmurava-se na praça em Tegea que a grandiosa estátua fora concluída. Nessa altura, a árvore junto da tumba tinha alcançado proporções surpreendentes, excedendo todas as outras árvores de sua espécie e estendendo um galho singularmente espesso sobre o aposento onde Musides trabalhava. Inúmeros visitantes vinham ver tanto a árvore prodigiosa como também admirar a arte do escultor, de modo que Musides raramente ficava sozinho. Mas ele não se incomodava com essa multidão de visitantes; na verdade, ele parecia ter medo de ficar sozinho agora que seu absorvente trabalho tinha terminado. O desolado vento da montanha, soprando no bosque das oliveiras e na árvore tumular, tinha uma forma sinistra de se converter em sons vagamente articulados.

O céu estava escuro na noite em que os emissários do tirano vieram de Tegea. Sabia-se decisivamente que tinham vindo para levar a grande imagem de Tyche e conferir honra eterna a Musides; por isso, o próxeno os recepcionou calorosamente. Quando a noite avançou, uma violenta tempestade de vento irrompeu no alto do Menelau, e os homens vindos de Siracusa sentiram-se alegres porque dormiriam confortavelmente na cidade. Falavam de seu tirano ilustre e do esplendor de sua capital; exultavam com a magnificência da estátua que Musides tinha criado para ele. Depois, os homens de Tegea falaram da bondade de Musides e da sua imensa dor por seu amigo; que nem mesmo os lauréis da arte a ele destinados conseguiriam consolá-lo da ausência de Kalos, que poderia ganhar aqueles lauréis em seu lugar. Falaram também da árvore que cresceu na tumba junto da cabeça de Kalos. O vento uivava mais terrivelmente, e tanto os siracusanos quanto os arcadianos ergueram preces a Éolo.

Ao sol da manhã, o próxeno conduziu os mensageiros do tirano escarpa acima até a casa do escultor, mas o vento da noite tinha provocado estranhas coisas. Os gritos dos escravos elevavam-se numa

A ÁRVORE

cena de desolação; não mais se erguiam entre o bosque das oliveiras as colunatas deslumbrantes daquela enorme mansão onde Musides tinha sonhado e trabalhado. Os humildes pátios e as paredes caídas se lamentavam solitários e abalados, pois o pesado galho da estranha árvore tinha desabado diretamente sobre o suntuoso e mais formidável peristilo e, de modo invulgar, reduzira o imponente poema de mármore a um monte de ruínas disformes. Os visitantes e tegeanos ficaram consternados, contemplando ora os destroços, ora a enorme e sinistra árvore cujo aspecto era tão fantasticamente humano e cujas raízes penetravam de modo tão estranho para dentro do sepulcro entalhado de Kalos. O medo e o assombro aumentaram quando examinaram o salão derruído; do amável Musides e da imagem de Tyche maravilhosamente criada, nenhum vestígio pôde ser encontrado. Entre aquelas espantosas ruínas só havia o caos, e os representantes das duas cidades retiraram-se desapontados; os siracusanos, sem a estátua para levar à sua cidade; os tegeanos, sem um artista para laurear. Contudo, os siracusanos conseguiram posteriormente uma estátua esplêndida em Atenas, e os tegeanos se consolaram ao erigirem na ágora um templo de mármore em honra dos dons, das virtudes e da devoção fraterna de Musides.

Mas o bosque das oliveiras permanece, assim como a árvore nascida na tumba de Kalos. O velho apicultor me contou que algumas vezes os galhos sussurram entre si no vento noturno, dizendo repetidamente, "Οἶδα! Οἶδα! — Eu sei! Eu sei!"

OS GATOS DE ULTHAR

DIZEM QUE EM Ulthar, situada além do rio Skai, ninguém pode matar um gato; e nisso posso verdadeiramente acreditar quando contemplo aquele que repousa ronronando diante do fogo. O gato é misterioso e muito próximo das coisas incomuns que os homem não podem ver. Ele é a alma do Egito antigo e portador de histórias das cidades esquecidas de Meroë e Ophir. É parente dos senhores da selva e herdeiro dos segredos da velha e sinistra África. A Esfinge é sua prima, e ele fala a sua língua; mas ele é mais antigo que a Esfinge, e conserva a lembrança de coisas que ela esqueceu.

Em Ulthar, antes que os cidadãos proibissem a matança de gatos, vivia um velho campônio e sua esposa que se compraziam em apanhar e matar os gatos de seus vizinhos. Por que o faziam, não sei; apenas sei que muitos odeiam a voz dos gatos durante a noite e consideram maléfico que corram furtivamente pelos pátios e jardins ao entardecer. Mas, seja qual for a razão, esse velho e sua esposa sentiam prazer em apanhar e matar todos os gatos que se aproximavam de sua choupana; e, por alguns dos sons ouvidos depois do anoitecer, muitos aldeões supunham que o modo como matavam era extraordinariamente peculiar. Mas os aldeões não discutiam sobre essas coisas com o velho e sua mulher, em virtude da expressão habitual no rosto murcho de ambos e porque a choupana deles era muito pequena e muito sombriamente oculta sob carvalhos espalhados nos fundos de um desleixado quintal. Na verdade, muitos dos donos de gatos que odiavam essa gente esquisita não os temiam mais; em vez de acusá-los de assassinos brutais, apenas cuidavam para que seus bichanos amados, caçadores de camundongos, não se esgueirassem na direção da remota choupana sob as sombrias árvores. Quando, por algum inevitável descuido, um gato se perdia de vista e se ouviam sons depois do anoitecer, o dono apenas lamentava impotente; ou consolava-se, agradecendo ao Destino por não ter sido um de seus filhos a desaparecer dessa maneira. Pois o povo de Ulthar era gente simples e não sabia de que lugar originariamente vieram todos os gatos.

Um dia, uma caravana de viajantes vindos do Sul entrou nas estreitas ruas de pedra de Ulthar; viajantes de pele escura e diferentes de outros andarilhos que passavam pela aldeia duas vezes ao ano. No mercado, liam a sorte em troca de prata e compravam rosários coloridos dos mercadores. Onde era a terra desses viajantes ninguém conseguia dizer, mas notava-se que se dedicavam a estranhas orações, e nas laterais de seus carros havia pinturas de figuras estranhas com corpos humanos e cabeça de gatos, falcões, carneiros e leões. O líder da caravana usava um ornato na cabeça com dois cornos, entre os quais havia um curioso disco.

Havia nessa caravana singular um menino que não tinha pai nem mãe, mas apenas um gatinho preto para amar. A praga não tinha sido complacente com ele, mas tinha lhe deixado essa criaturinha peluda para mitigar sua dor; quando se é muito jovem, pode-se encontrar um grande alívio nas peraltices graciosas de gatinhos pretos. Assim, o menino, a quem esse povo moreno chamava Menes, sorria mais frequentemente que chorava quando se punha a brincar com seu gatinho gracioso nos degraus de um carro pintado com aquelas figuras bizarras.

No terceiro dia da permanência dos viajantes em Ulthar, Menes não conseguiu achar seu gatinho; e como ele chorasse alto no mercado, alguns aldeões contaram-lhe sobre o velho e sua esposa e sobre os sons ouvidos à noite. Ao ouvir essas histórias, seus soluços deram lugar à reflexão e, por fim, à prece. Ele estendia os braços na direção do sol e orava em uma língua que os aldeões não conseguiram entender; na verdade, os aldeões não fizeram muito esforço para entender, uma vez que a atenção deles se ocupava principalmente do céu e das estranhas formas que as nuvens adquiriam. Eram muito peculiares, mas enquanto o menino pronunciava seu pedido, pareciam formar-se no céu figuras nebulosas e sombrias de coisas incomuns; criaturas híbridas ornadas com discos entre os cornos. A Natureza está cheia dessas ilusões que impressionam a imaginação.

Naquela noite, os viajantes partiram de Ulthar e nunca mais foram vistos. Mas os moradores ficaram perturbados quando notaram que em toda a aldeia não havia nenhum gato. O gato familiar de todas as casas tinha desaparecido; grandes e pequenos, pretos, cinzentos, malhados, amarelos e brancos. O velho Dranon, o burgomestre, jurou que o povo moreno tinha levado os gatos em vingança pela morte do gatinho de Menes e amaldiçoou a caravana e o menino. Mas Nith, o notário magrelo, declarou que o estranho campônio e sua esposa eram, muito provavelmente, as pessoas suspeitas, pois sua aversão aos gatos era notória e cada vez mais insolente. Contudo, ninguém se atreveu a acusar o casal sinistro, mesmo quando o pequeno Atal, o filho do hospedeiro, garantiu que na hora crepuscular do amanhecer tinha visto todos os gatos de Ulthar naquele maldito quintal sob as árvores; circulavam muito lentamente a passos curtos em volta da cabana, dois a dois, como se estivessem realizando algum rito bestial desconhecido. Os aldeões não sabiam em que medida podiam acreditar em um menino tão pequeno; e, embora temessem que o casal malévolo tivesse enfeitiçado os gatos até a morte, preferiram não admoestar o velho campônio até que o encontrassem fora de seu quintal sombrio e repelente.

Desse modo, Ulthar foi dormir tomada de uma raiva inútil; quando o povo acordou de manhã — oh! todos os gatos estavam de volta à sua lareira habitual! Grandes e pequenos, pretos, cinzentos, malhados, amarelos e brancos, não faltava nenhum. Os gatos reapareceram ronronantes de satisfação, muito lustrosos e gordos. Os cidadãos comentaram entre si sobre o fato, e não foi pouco o espanto deles. O velho Kranon insistiu que o povo moreno tinha levado os gatos, uma vez que não retornariam vivos da cabana do ancião e sua esposa. Mas todos concordaram sobre uma coisa: a recusa de todos os gatos em comer suas porções de comida e beber suas cuias de leite era extraordinariamente curiosa. Durante dois dias inteiros, os brilhantes e preguiçosos gatos de Ulthar não tocaram na comida, mas apenas dormitaram junto do fogo ou ao sol.

Uma semana inteira transcorreu antes que os aldeões notassem que não havia luzes ao anoitecer nas janelas da choupana sob as árvores. Então, o magrelo Nith notou que ninguém tinha visto o velho ou sua esposa desde a noite do desaparecimento dos gatos. Na semana seguinte, o burgomestre decidiu, por uma questão de dever, vencer seu medo e chamar à porta da habitação estranhamente silenciosa. Contudo, ao fazê-lo, tomou o cuidado de levar consigo como testemunhas Shang, o ferreiro, e Thul, o cortador de pedras. Quando derrubaram a porta de junco, encontraram sobre o chão de terra apenas dois esqueletos humanos completamente descarnados e uma multidão de insetos curiosos arrastando-se nos cantos sombrios.

Posteriormente, entre os cidadãos de Ulthar correram muitos comentários. Zath, o juiz, polemizou com Nith, o notário magrelo; Kranon, Shang e Thul foram esmagados com perguntas. Até o pequeno Atal, o filho do hospedeiro, foi questionado com rigor e ganhou como recompensa um doce. Falavam do velho campônio e sua esposa, da caravana de viajantes de pele escura, do menino Menes e seu gatinho preto, das preces de Menes e do céu durante sua prece, do comportamento dos gatos na noite em que a caravana partiu, e do que depois encontraram na cabana sob as árvores sombrias no quintal repulsivo.

Por fim, os cidadãos aprovaram aquela lei fora do comum, mencionada pelos mercadores de Hatheg e debatida pelos viajantes de Nir; a saber, que em Ulthar ninguém pode matar um gato.

DO ALÉM

ESPANTOSO ALÉM do concebível foi a mudança que aconteceu com meu melhor amigo, Crawford Tillinghast. Não o tinha visto desde aquele dia, dois meses e meio antes, quando ele me contara sobre o rumo que estava tomando suas pesquisas físicas e metafísicas. Quando ele respondera a minhas objeções temerosas e um tanto alarmadas, expulsando-me de seu laboratório e de sua casa com uma explosão de fúria fanática, soube que ele, agora, permaneceria a maior parte do tempo fechado em seu laboratório no sótão com aquela maldita máquina elétrica, comendo pouco e impedindo até mesmo a presença dos criados. Mas não imaginei que um período breve de dez semanas pudesse alterar e desfigurar tanto uma criatura humana. Não é agradável ver um homem robusto tornar-se fraco repentinamente, e ainda pior quando a pele torna-se amarelada e acinzentada, olhos encovados com olheiras fundas e estranhamente afogueados, a testa raiada de veias e enrugada, as mãos trêmulas e encrespadas. E se se acrescentar a isso um desleixo repugnante, um desmazelo no vestir-se, um tufo de cabelos pretos encanecidos na raiz, uma barba completamente branca, crescida e descuidada num rosto que se apresentava barbeado, os efeitos no seu todo são repulsivos. Tal era o aspecto de Crawford Tillinghast na noite em que sua mensagem um tanto incoerente me levou à sua porta depois de minhas semanas de exílio; tal foi o espectro que me recebeu trêmulo, vela na mão, olhando furtivamente sobre os ombros como se estivesse apavorado com os seres invisíveis da antiga e solitária casa da rua Benevolent, recuada em relação ao alinhamento comum das demais construções ali existentes.

Foi um erro que Crawford Tillinghast tivesse continuamente estudado ciência e filosofia. Esses estudos devem ser deixados ao investigador frio e impessoal, pois sempre oferecem duas alternativas igualmente trágicas ao homem de sentimento e ação: desespero se fracassa em sua investigação, e terror indescritível e inimaginável se obtém êxito. Tillinghast fora em certa ocasião vítima do fracasso, da solidão e melancolia; mas agora eu sei, com medo nauseante de mim mesmo, que ele fora vítima do êxito. Eu o tinha certamente avisado dez semanas antes, quando ele despejou a história do que pressentia na iminência de descobrir. Ele estava entusiasmado e excitado naquele momento, falando com uma voz afetada e impetuosa, além de invariavelmente pedante.

— O que sabemos — ele disse — do mundo e do universo ao nosso redor? Nossos instrumentos de percepção são absurdamente escassos, e nossas noções dos objetos que nos rodeiam infinitamente limitadas. Vemos as coisas apenas pelos aparatos que temos para vê-las e não conseguimos obter nenhuma ideia da natureza absoluta delas. Por meio de cinco sentidos débeis, pretendemos compreender o cosmo complexo e ilimitado, enquanto outros seres com uma extensão de sentidos diversa, mais ampla e mais potente, não apenas percebem muito diferentemente as coisas que vemos, como também podem ver e estudar mundos inteiros de matéria, energia e vida que estão à mão, embora não possamos percebê-las com os sentidos que possuímos. Sempre acreditei que esses mundos estranhos e inacessíveis estão bem ao nosso alcance, *e agora eu creio ter achado um meio de romper as barreiras*. Eu não estou brincando. Dentro de vinte e quatro horas, aquela máquina perto da mesa vai gerar ondas de ação sobre órgãos sensoriais desconhecidos, cujos vestígios existem em nós em estado rudimentar ou atrofiado. Essas ondas abrirão para nós numerosas perspectivas desconhecidas do homem, e algumas delas desconhecidas perante tudo que consideramos vida orgânica. Veremos aquilo que faz os cães uivarem à noite e o que faz os gatos aguçarem as orelhas depois da meia-noite. Veremos essas coisas e outras que nenhuma criatura humana jamais viu. Ultrapassaremos o tempo, o espaço e as dimensões e, livres da necessidade de deslocamento corporal, perscrutaremos o âmago da criação.

Quando Tillinghast me disse essas coisas, eu o admoestei, porque o conhecia suficientemente bem para ficar mais alarmado que alegre, mas ele era um fanático e me expulsou de sua casa. Agora não estava menos fanático, mas seu desejo de falar havia vencido seu ressentimento, e tinha escrito para mim imperativamente com uma letra que eu mal reconhecia. Quando entrei na casa do amigo tão repentinamente transformado em uma gárgula agitada, senti-me contaminado do terror que parecia espreitar nas sombras. As palavras e crenças externadas dez semanas antes pareciam materializar-se na escuridão além do pequeno halo da vela, e fiquei nauseado diante da voz alterada e cavernosa de meu anfitrião. Desejei que os criados estivessem por perto, e não gostei quando ele me disse que tinham ido embora três dias antes. Parecia estranho que o velho Gregory, ao menos, tivesse abandonado seu senhor sem informar a um amigo tão constante como eu. Era ele quem havia me passado todas as informações que eu tinha de Tillinghast depois que ele me expulsara furiosamente.

Contudo, logo dominei todos os meus medos em minha crescente curiosidade e fascínio. O que Crawford Tillinghast agora desejava exatamente de mim eu apenas podia supor, mas que ele tinha alguns segredos estupendos ou descoberta para comunicar, não podia duvidar. Antes eu tinha censurado a sua investigação anormal em torno do impensável; agora que ele tinha claramente obtido algum êxito, eu quase compartilhava de seu estado de espírito, embora se apresentasse terrível o preço do triunfo. Segui através do vazio escuro da casa a vela vacilante na mão dessa paródia tremulante de homem em direção ao piso superior. Tive a impressão de que a eletricidade tinha sido cortada e, quando questionei o meu guia, ele me disse que era por uma razão definida.

— Seria demais... eu não ousaria... — continuou a murmurar.

Notei especialmente seu novo hábito de murmurar, pois não era típico dele falar consigo mesmo. Entramos no laboratório no sótão e vi a abominável máquina elétrica brilhando com uma luminosidade violeta, pálida e sinistra. Estava conectada a uma potente bateria química, mas parecia que não era alimentada por nenhuma corrente; pois me lembrei que, em seu estágio experimental, crepitava e resfolegava quando estava em funcionamento. Em resposta à minha pergunta, Tillinghast resmungou que o brilho permanente não era elétrico no sentido que eu entendia.

Ele, então, me fez sentar perto da máquina, de maneira que ela ficava à minha direita, e ligou um comutador em alguma parte debaixo de uma copa coberta de lâmpadas. Os estalos usuais começaram, transformaram-se em ganidos e terminaram em um zumbido tão baixo que parecia ter voltado ao silêncio. Entretanto, a luminosidade aumentou, enfraqueceu novamente, e então adquiriu uma palidez, uma cor bizarra ou uma mistura de cores que eu não pude identificar nem definir. Tillinghast me observava e notou minha expressão embaraçada.

— Você sabe o que é isto? — ele sussurrou. — É o ultravioleta.

Riu de modo estranho diante de minha surpresa.

— Você pensava que o ultravioleta era invisível, e realmente é; mas *agora* você pode percebê-lo e também muitas outras coisas invisíveis. Ouça! As ondas geradas por esse mecanismo estão despertando os mil sentidos adormecidos em nós; sentidos que nós herdamos no decurso de eras inteiras de evolução, do estado de elétrons desconexos ao estado de humanidade orgânica. Eu vi a *verdade*, e pretendo mostrá-la a você. Gostaria de saber como é? Eu lhe contarei.

Nesse ponto, Tillinghast sentou-se de frente para mim, apagou com um sopro a vela e me fitou horrendamente nos olhos.

— Seus órgãos sensoriais, creio que primeiro a audição, captarão numerosas impressões, pois estão estreitamente conectados aos órgãos adormecidos. Portanto, haverá outros. Ouviu falar da glândula pineal? Dou risada do endocrinologista artificial, dos seguidores ingênuos e dos novos cultuadores do freudianismo. Essa glândula é o principal órgão sensorial, eu descobri. É, afinal, como a visão e transmite imagens visuais ao cérebro. Se você é normal, essa é a forma como você percebe a maior parte das coisas... quero dizer, a maioria das evidências do *além*.

Olhei ao redor do imenso salão do sótão, com sua parede sul inclinada, vagamente iluminada pelos raios que os olhos físicos não conseguem captar. Os cantos mais afastados estavam muito escuros, e todo o ambiente assumia uma lenta irrealidade que turvava sua natureza e convidava a imaginação a adentrar o simbolismo e a fantasia. Durante o intervalo em que Tillinghast esteve em silêncio, imaginei-me em um templo vasto e fantástico de deuses desaparecidos há muito tempo; um incerto edifício com inumeráveis colunas de pedra negra, que se estendiam desde o piso de lajes úmidas até uma altura nevoada além do alcance de minha visão. A imagem ficou muito vívida durante algum tempo, mas foi gradualmente dando lugar a uma concepção mais horrível: a de uma absoluta e completa solidão no espaço infinito, destituído de som e de imagens visíveis. Parecia haver um vazio, e nada mais, e senti um medo infantil que me impeliu a sacar do bolso o revólver que eu sempre carregava depois do anoitecer, desde a noite em que fui assaltado em East Providence. Depois, das regiões mais remotas, o som foi brandamente tomando existência, vago, sutilmente vibrante e inconfundivelmente musical, mas continha tal propriedade de extraordinário frenesi que senti seu impacto como uma tortura delicada em todo meu corpo. As sensações que experimentei foram como a arranhadura acidental em um cristal que está sendo esmerilhado. Simultaneamente, surgiu uma corrente de ar frio que aparentemente passou velocíssima por mim vinda da direção do som distante. Enquanto esperava, com a respiração suspensa, percebi que tanto o som quanto o vento tornavam-se mais intensos, trazendo-me a estranha impressão de que eu estava amarrado a uma parelha de trilhos por onde uma locomotiva gigantesca se aproximava. Comecei a falar disso a Tillinghast, e enquanto o fazia todas essas impressões incomuns desapareceram abruptamente. Apenas via o homem, a máquina brilhante e o aposento às escuras. Tillinghast ria repulsivamente ao ver o revólver que eu tinha sacado quase inconscientemente, mas por sua expressão tive certeza de que tinha visto e ouvido tanto quanto eu, se não muito mais. Murmurei o que tinha experimentado e ele me pediu que permanecesse o mais quieto e receptivo possível.

— Não se mova — ele me preveniu —, pois nesses raios *podemos ser vistos do mesmo modo que podemos ver*. Disse-lhe que os criados se foram, mas não lhe contei como. Ocorreu que aquela governanta estúpida... ela acendeu as luzes das escadas depois que a avisei para não fazê-lo, e os fios sintonizaram vibrações simpáticas. Deve ter sido assustador — pude ouvir os gritos daqui, apesar de tudo que via e ouvia vindo de outra direção; mais tarde, foi terrível encontrar aquele montão de roupas vazias pela casa. As roupas da senhora Updike estavam perto do comutador no salão da frente — por essa razão, sei que foi ela que acendeu as luzes. Isso levou a todos. Mas, uma vez que não nos movimentemos, estaremos completamente salvos. Lembre-se de que estamos lidando com um mundo tremendo, no qual estamos praticamente desamparados... Mantenha-se em silêncio.

O abalo da revelação, combinado com a ordem abrupta, causou-me uma espécie de paralisia, e em meu terror minha mente se abriu de novo para as impressões derivadas do que Tillinghast chamava "*Além*". Eu estava agora num vórtice de som e movimento, com imagens confusas diante dos meus olhos. Via os contornos indistintos do salão, mas de algum ponto no espaço parecia brotar uma coluna agitada de formas irreconhecíveis ou nuvens que atravessavam o teto sólido em um ponto adiante, à minha direita. Depois, perpassou-me de novo a impressão de que era a forma de um templo, mas dessa vez suas colunas chegavam a um oceano etéreo de luz do qual descia um feixe ofuscante ao longo da coluna de nuvem que eu tinha visto antes. Depois disso, a cena tornou-se quase inteiramente caleidoscópica, e na profusão de visões, sons e impressões sensoriais inidentificáveis senti que estava à beira de me dissolver ou, de alguma forma, perder minha forma sólida. Sempre me lembrarei de um lampejo nítido. Pareceu-me, por um instante, perceber um pedaço de estranho céu noturno repleto de esferas brilhantes giratórias, e enquanto sumia eu vi que os sóis brilhantes formavam uma constelação ou galáxia com forma definida; essa forma era o rosto deformado de Crawford Tillinghast. Noutra hora, senti seres vivos imensos que, ao passar, roçavam-me e ocasionalmente andavam ou deslizavam-se pelo meu corpo supostamente sólido, e pensei ver Tillinghast observando-os como se seus sentidos mais treinados pudessem captá-los visualmente. Lembrei-me do que ele tinha falado sobre a glândula pineal, e me perguntei o que ele percebia com seus olhos sobrenaturais.

Repentinamente, tornei-me dotado da mesma visão ampliada. No caos luminoso e obscuro, surgiu mais uma imagem que, embora vaga, encerrava elementos de consistência e permanência. Era, na verdade, algo familiar, já que o incomum se sobrepunha sobre o cenário terreno tanto quanto uma cena cinematográfica se projeta sobre a tela pintada de um teatro. Vi o laboratório do sótão, a máquina elétrica e a figura disforme de Tillinghast defronte a mim; mas o espaço vago entre os objetos materiais, por mínimo que fosse, não estava vazio. Formas indescritíveis, vivas ou inanimadas, estavam misturadas em fastidiosa confusão, e junto de cada objeto conhecido havia um mundo inteiro de entidades estranhas e desconhecidas. Parecia igualmente que todas as coisas conhecidas entravam na composição das desconhecidas e vice-versa. Principalmente, entre as entidades vivas havia enormes monstruosidades negras e gelatinosas que, em harmonia com as vibrações procedentes da máquina, tremiam como geleia. Estavam presentes em asquerosa profusão, e vi para meu horror que se interpenetravam; que eram semifluidas e capazes de passar através de outra e atravessar o que conhecemos como corpos sólidos. Essas entidades nunca estavam quietas, mas pareciam constantemente flutuar com algum propósito maligno. Às vezes, pareciam devorarem-se mutuamente. O agressor se lançava sobre sua vítima e instantaneamente a eliminava de vista. Percebi, com um estremecimento, como tinham desaparecido os infelizes criados, e não pude expulsar do pensamento essas entidades enquanto me esforçava para observar outras propriedades desse mundo que, visível naquele momento, existe imperceptível em torno de nós. Mas Tillinghast tinha ficado a me observar, e falava:

— Você as vê? Você as vê? Vê as entidades que pairam e planam em torno de você e através de você em todos os momentos de sua vida? Você vê as criaturas que formam o que os homens chamam de ar puro e céu azul? Não consegui romper a barreira, não consegui mostrar a você os mundos que nenhum outro homem percebe?

Eu o ouvi gritar através do horrível caos, e olhei para seu rosto frenético impondo-se afrontosamente junto do meu. Seus olhos eram poços de fogo e me penetravam de uma forma que, agora percebi, era um ódio esmagador. A máquina zumbia de modo detestável.

— Acha que esses seres desajeitados destruíram os criados? Tolo, eles são inofensivos! Mas os criados *desapareceram*, não é? Você tentou me deter; me desencorajou quando precisei de cada gota de encorajamento que pudesse ter; você tinha medo da verdade cósmica, maldito covarde, mas agora eu te peguei! O que eliminou os criados? O que os fez gritar tão agudamente?... Não sabe, não é? Saberá logo, bem logo! Olhe para mim — preste atenção ao que vou dizer: acredita na realidade de tais coisas como tempo e extensão? Imagina que há coisas tais como forma ou matéria? Te direi, eu sondei profundezas que teu cérebro não pode imaginar! Vi além dos limites e arranquei os demônios das estrelas... tenho domado as sombras que correm de mundo em mundo e disseminam morte e loucura... O espaço me pertence, me ouve? As entidades estão me caçando agora — entidades que devoram e dissolvem —, mas sei como iludi-las. É você que elas irão apanhar, como apanharam os criados. Você se move, caro senhor? Disse a você que era perigoso mover-se. Salvei você até aqui avisando-o para manter-se quieto — salvei-o para que visse mais e me escutasse. Se você tivesse se movido, teriam há muito vindo sobre você. Não se preocupe, eles não te *machucarão*. Eles não machucaram os criados. Foi *vê-los* que fez os pobres diabos gritarem tanto. Meus animais queridos não são bonitos, vieram de um lugar onde os padrões estéticos são... *muito diferentes*. A desintegração é totalmente indolor, asseguro a você — mas quero que os veja. Quase os vi, mas soube como deter a visão. Você não está curioso? Sempre soube que você não era cientista! Está tremendo, não é? Treme de ansiedade para ver as coisas essenciais que descobri? Por que não se move então? Cansado? Ah, não se preocupe, meu amigo, por eles estarem chegando... Veja! Veja seu maldito, veja!... Estão exatamente sobre seu ombro esquerdo...

O que resta para contar é muito pouco, e pode ser que já saibam pelas notas dos jornais. A polícia ouviu um tiro na casa do velho Tillinghast e nos encontrou ali: Tillinghast morto e eu inconsciente. Detiveram-me porque o revólver estava em minha mão, mas três horas depois me libertaram. Constataram que fora um ataque de apoplexia que tinha dado fim à vida de Tillinghast e descobriram que meu disparo tivera por alvo a perniciosa máquina, agora destruída irremediavelmente sobre o piso do laboratório. Falei muito pouco sobre o que tinha presenciado, pois receei que o investigador não acreditasse; mas, pelo resumo evasivo que apresentei, o médico me disse que indubitavelmente eu tinha sido hipnotizado pelo vingativo e louco homicida.

Gostaria de acreditar no médico. Meus nervos abalados encontrariam alívio se eu pudesse deixar de pensar sobre o que agora me vem à mente a respeito do espaço ao meu redor e do céu acima de mim. Nunca me sinto só ou à vontade, e por vezes, uma sensação horrível de que me perseguem me acomete de modo aterrador quando estou cansado. O que me impede de acreditar no médico é esse fato simples: a polícia nunca encontrou os corpos dos criados que, segundo dizem, Crawford Tillinghast matou.

NYARLATHOTEP

NYARLATHOTEP... o caos fervilhante... eu sou o último... eu revelarei o vazio audível...

Não me recordo distintamente quando começou, mas aconteceu meses atrás. A tensão geral era horrível. A um período de revolta social e política somou-se uma apreensão estranha e latente de um terrível perigo físico; um perigo que se propagava e a todos abarcava, um perigo que só pode ser imaginado nos mais terríveis fantasmas da noite. Lembro-me de que as pessoas andavam a esmo com o semblante pálido e preocupado, sussurrando advertências e profecias que ninguém conscientemente ousava repetir ou admitir para si mesmo que ouvira. Uma sensação de culpa monstruosa pairava sobre o país, e dos abismos entre as estrelas irrompiam correntes frias que faziam os homens tremer em lugares solitários e escuros. Havia uma mudança demoníaca na sucessão das estações — o calor do outono prolongava-se de modo alarmante, e todos sentiam que o mundo e talvez o universo tinham passado do controle dos deuses ou forças conhecidas para deuses e forças desconhecidas.

Foi então que Nyarlathotep chegou do Egito. Quem era ele, ninguém podia dizer, mas ele era do antigo sangue nativo e parecia um faraó. Os lenhadores se ajoelhavam quando o viam, embora não soubessem dizer por que o faziam. Ele dizia que havia vencido a escuridão de vinte e sete séculos e que tinha ouvido mensagens de lugares que não eram deste planeta. Veio Nyarlathotep para as terras civilizadas, moreno, esbelto e sinistro, a comprar sempre estranhos instrumentos de vidro e metal, combinando-os em instrumentos ainda mais estranhos. Falava muito sobre ciência — de eletricidade e psicologia — e oferecia exibições de poder que deixavam seus espectadores mudos, e com isso sua fama se expandia numa dimensão extraordinária. Os homens recomendavam uns aos outros que vissem Nyarlathotep e estremeciam. E aonde Nyarlathotep fosse, a tranquilidade desaparecia, pois as horas depois da meia-noite se faziam dilaceradas com os gritos de pesadelo. Nunca antes gritos de pesadelo tinham sido um problema público; agora, os sábios quase desejavam poder proibir o sono depois da meia-noite para que os gritos nas cidades perturbassem menos terrivelmente a compassiva e pálida lua, quando luzia esmaecida sobre as águas verdes que deslizavam sob as pontes, e os velhos campanários desgastados que se erguiam contra um céu doentio.

Lembro-me de quando Nyarlathotep chegou à minha cidade — a grande, a velha, a terrível cidade de inumeráveis crimes. Meu amigo tinha me falado sobre ele, do fascínio instigante e do encanto de suas revelações, e me inflamei de ansiedade para investigar seus mistérios mais recônditos. Meu amigo me dissera que eram impressionantes e espantosos além de minha imaginação mais exaltada; que o que era projetado na tela em uma sala escura profetizava coisas que ninguém a não ser Nyarlathotep ousava profetizar; que no fragor dos *flashes* de luz era arrebatado dos homens o que nunca tinha sido arrebatado antes, e isso, entretanto, só se notava nos olhos. Ao ouvir isso, compreendi que aqueles que conheciam Nyarlathotep contemplavam imagens que outros não viam.

Foi no quente outono que me dirigi através da noite com a multidão agitada para ver Nyarlathotep; através da noite abafadiça subi as intermináveis escadas que levavam ao asfixiante salão. Sombreadas sobre uma tela, vi formas encapuzadas entre ruínas e rostos amarelos malévolos espreitando atrás de monumentos caídos. Vi o mundo lutando contra as trevas; contra as ondas de destruição vindas do derradeiro espaço; rodopiando, batendo, debatendo-se em torno do sol embaçado e frio. Então os *flashes* de luzes tremulavam assombrosamente ao redor da cabeça dos espectadores, o cabelo eriçava e as sombras mais grotescas que possam ser mencionadas apareceram e acocoraram sobre as cabeças. E quando eu, que era mais frio e mais científico que os demais, murmurei um protesto tímido sobre o "embuste" e a "eletricidade estática", Nyarlathotep nos empurrou, a todos, degraus vertiginosos abaixo na direção das ruas desertas, quentes e úmidas da meia-noite. Gritei alto e bom som que eu não tinha medo; que eu nunca teria medo; e outros gritaram junto, solidários. Afirmamos uníssonos que a cidade era exatamente a mesma e ainda estava viva; e quando a luz elétrica começou a se apagar, amaldiçoamos a companhia repetidamente, e rimos com as caretas extravagantes que fazíamos.

Penso que tivemos a sensação de que algo vinha da lua esverdeada, pois quando começamos a depender de sua luz fomos levados a curiosas formações involuntárias e parecíamos saber nossos destinos, embora não ousássemos pensar nisso. Ao olhar para o calçamento do percurso, descobrimos blocos soltos e deslocados pela vegetação, com apenas um trilho de metal enferrujado a indicar onde os vagões de trem tinham trafegado. Também vimos um vagão, largado, sem janelas, deteriorado em quase toda a sua lateral. Quando fitamos o entorno do horizonte, não conseguimos ver a terceira torre à beira do rio e notamos que o contorno da segunda torre estava derruído no topo. Em seguida, nos separamos em filas menores, cada uma das quais parecia atraída para uma direção diferente. Uma despareceu num beco à esquerda, deixando apenas o eco de um gemido espantoso. Outra fileira afundou para dentro de uma entrada subterrânea abafada com espessas ervas, uivando com uma gargalhada demente. Minha própria coluna foi tragada para uma região a céu aberto, e logo senti um frio que não era do quente outono; pois quando nos aproximávamos do pântano escuro, notamos ao redor o brilho lunar diabólico de neves malignas. Neves inexplicáveis, não trilhadas, estendiam-se para uma direção apenas, onde havia um abismo de tremenda escuridão cercado de paredes resplandecentes. A fila parecia realmente muito rarefeita enquanto se arrastava sonâmbula para o abismo. Eu me demorava atrás, pois a fenda escura na neve verde-luzidia era assustadora; pensei que tinha ouvido as reverberações de inquietantes uivos quando meus companheiros desapareceram; mas meu poder de me retardar era insignificante. Como se convocado pelos sinais daqueles que tinham ido antes, desabei meio flutuante entre a espessa neve titânica, tremendo e amedrontado, para dentro do invisível vórtice do inimaginável.

Sensivelmente perceptivo, aparvalhadamente delirante, apenas os deuses podiam dizer o que se passava. Uma sombra enferma, suscetível, debatendo-se em mãos que não são mãos, rodopiando cegamente no meio de noites espectrais de criação apodrecida, cadáveres de mundos mortos em aflição que foram cidades, cheiros sepulcrais que agitam as estrelas pálidas e as fazem tremular abatidas. Entre os mundos, fantasmas indistintos de seres monstruosos; colunas entrevistas de templos sacrílegos, assentadas sobre rochedos desconhecidos debaixo do espaço, que penetram no vazio vertiginoso acima das esferas de luz e escuridão. E em todo esse cemitério repulsivo do universo, o surdo, enlouquecido toque de tambores, o tênue e monótono lamento de flautas blasfemas procedentes das inconcebíveis e escuras câmaras além do Tempo; o detestável pulsar e sibilar da dança lenta, desajeitada e absurdamente sem sentido dos deuses supremos, colossais e tenebrosos — cegas, mudas e tediosas gárgulas cuja alma é Nyarlathotep.

O PÂNTANO DA LUA

DENYS BARRY foi a algum lugar, a alguma região espantosa e remota de que nada sei. Estava com ele na última noite de sua vida entre os homens e ouvi seus gritos quando a coisa chegou até ele; mas os camponeses e a polícia do Condado de Meath nunca conseguiram encontrá-lo, ou os demais, embora tivessem procurado por muito tempo e em pontos afastados. E agora me arrepio quando ouço as rãs coaxando nos pântanos ou contemplo a lua em lugares solitários.

Conheci Denys Barry intimamente nos Estados Unidos, onde ele tornara-se rico, e o felicitei quando ele readquiriu o antigo castelo próximo do pântano na pacata Kilderry, de onde seu pai tinha vindo. Ali ele quis desfrutar sua riqueza entre a paisagem ancestral. Os homens de sua linhagem foram outrora os senhores de Kilderry, tinham construído o castelo e nele habitaram, mas aqueles dias pertencem a um passado muito remoto, de maneira que por muitas gerações o castelo permaneceu desabitado e decadente.

Depois que foi para a Irlanda, Barry me escreveu com frequência e me disse como, sob seus cuidados, o castelo cinzento ressurgia torre após torre, em seu antigo esplendor; que a hera subia lentamente sobre as muralhas restauradas como há muitos séculos antes e que os camponeses o bendiziam por trazer de volta os antigos dias com seu ouro de além-mar. Mas, com o tempo, vieram problemas e os camponeses deixaram de bendizê-lo e se esquivaram como se fugissem de uma maldição. Foi então que ele me enviou uma carta, pedindo-me que o visitasse, pois estava sozinho no castelo e não tinha ninguém com quem conversar, exceto os novos criados e empregados que ele tinha trazido do norte.

O pântano fora a causa desses problemas, como Barry me disse na noite em que cheguei ao castelo. Eu alcançara Kilderry ao pôr do sol de verão, quando o dourado céu iluminava a relva dos montes, bosques e o azul do pântano, onde numa ilhota distante uma antiga ruína reluzia de forma espectral. Aquele pôr do sol era belíssimo, mas os camponeses de Ballylough tinham me prevenido, dizendo que Kilderry tinha se tornado amaldiçoada, de modo que estremeci um pouco ao ver os altos torreões do castelo banhados em um fulgor dourado.

Kilderry não era servida pela via férrea e, por essa razão, o carro de Barry tinha vindo me encontrar na estação de Ballylough. Os aldeões evitavam o carro e seu condutor oriundo do norte. Mas tinham me segredado coisas quando, empalidecidos, viram que eu estava indo a Kilderry. E naquela noite, depois de nosso reencontro, Barry me disse por quê.

Os camponeses tinham abandonado Kilderry porque Denys Barry ia drenar o grande pântano. Apesar de todo o seu amor pela Irlanda, os Estados Unidos não o deixaram imune, e ele detestava aquele belo espaço perdido onde a turfa podia ser removida, e a terra, explorada. As lendas e superstições de Kilderry não o impressionaram, e ele riu quando os camponeses se recusaram primeiro a ajudar; em seguida, depois que viram sua determinação, o amaldiçoaram e foram embora para Ballylough com seus poucos pertences. Para substituí-los ele mandou buscar trabalhadores no norte e, quando os criados se foram, ele os substituiu do mesmo modo. Mas Barry sentiu-se solitário entre estranhos e então me pediu que viesse.

Ri tão estrondosamente quanto meu amigo ao saber dos temores que motivaram os camponeses a abandonar Kilderry, já que eram da mais vaga, fantástica e absurda natureza. Tinham relação com uma lenda absurda sobre o pântano e com um espírito guardião temível que morava nas ruínas antigas da distante ilhota que eu tinha entrevisto ao pôr do sol. Existiam relatos de luzes dançantes nas noites sem lua e de ventos frios quando a noite era quente; de fantasmas vestidos de branco que pairavam sobre as águas e de uma cidade imaginária de pedra no fundo, sob a superfície do pântano. Porém, mais notável entre essas fantasias sobrenaturais, e exclusiva em sua absoluta unanimidade, era a maldição que podia esperar aquele que ousasse tocar ou drenar o vasto pântano avermelhado. Havia mistérios, diziam os camponeses, que não devem ser revelados; mistérios que permanecem ocultos desde que a peste sobreveio aos filhos de Partholan nos tempos fabulosos, além do alcance da História. No Livro das Invasões, conta-se que esses filhos dos gregos foram todos sepultados em Tallaght, mas os anciões de Kilderry dizem que uma cidade foi protegida por sua deusa lunar guardiã e escapou ilesa; como também os montes arborizados a ocultaram quando os homens de Nemed desceram da Cítia, com seus trinta navios.

Tais eram os inúteis contos que levaram os aldeões a abandonar Kilderry. Quando os ouvi não me espantei de que Denys Barry tivesse se recusado a dar atenção a essas histórias. Ele tinha, entretanto, um grande interesse por antiguidades e se dispôs a explorar o pântano integralmente quando estivesse drenado. Visitava frequentemente as ruínas brancas na ilhota. Porém, estavam muito deterioradas para dar uma ideia de seus dias de glória, embora sua antiguidade fosse manifestamente notável e seu traçado apresentasse pouca semelhança com a maioria das ruínas na Irlanda. A essa altura, o trabalho de drenagem estava para começar e os trabalhadores do norte, em breve, despojariam o pântano proibido de seus musgos verdes e urzes vermelhas, destruiriam as pequenas correntes juncadas de conchas e os charcos mansos orlados de juncos.

Senti muito sono depois que Barry me contou essas coisas. A viagem do dia tinha sido cansativa e meu anfitrião tinha conversado comigo até tarde da noite. Um criado me conduziu até meu aposento, situado em uma torre remota que dava para a aldeia e a planície em torno do pântano, assim como para o próprio pântano, de maneira que de minha janela eu podia contemplar à luz da Lua os tetos silenciosos que os camponeses tinham abandonado e que agora abrigavam os trabalhadores do norte, bem como a igreja paroquial com sua torre antiga e, ao longe, do outro lado do pântano soturno, a ruína antiga distante, cintilando branca e espectral sobre a ilhota. Logo que comecei a dormir, julguei ouvir sons indistintos distantes; eram sons frenéticos e meio musicais, causando-me uma estranha excitação que povoou meus sonhos. Mas quando acordei na manhã seguinte, senti que tudo não passou de um sonho, pois as visões que presenciei eram mais estupendas que qualquer som de flauta silvestre na noite. Influenciada pelas lendas que Barry me relatara, minha mente tinha, no sono, vagado por uma cidade majestosa, situada num vale verdejante, onde ruas e estátuas de mármore, vilas e templos, esculturas e inscrições, tudo comunicava num indubitável matiz o esplendor da Grécia antiga. Quando contei a Barry o sonho, nós dois rimos; mas eu ri mais estrondosamente, porque ele estava aturdido com seus trabalhadores do norte. Pela sexta vez eles tinham dormido demais, acordando muito lentamente e confusos. Além disso, apesar de saberem que tinham ido dormir cedo na noite anterior, comportavam-se como se não tivessem descansado.

Naquela manhã e tarde vaguei sozinho pela aldeia dourada de sol e conversei aqui e ali com os trabalhadores inativos, já que Barry estava ocupado com os planos finais para o início da obra de drenagem. Os operários não estavam tão felizes quanto deviam, pois muitos deles pareciam inquietos com algum sonho que tiveram, de que tentavam em vão se lembrar. Comuniquei-lhes o meu sonho, mas não mostraram interesse até que falei dos sons estranhos que julguei ter ouvido. Então me olharam curiosamente e disseram que também eles tinham a impressão de ter na lembrança sons estranhos.

À noite, Barry jantou comigo e anunciou que a drenagem se iniciaria em dois dias. Fiquei satisfeito, pois, embora me desagradasse saber que o musgo, a urze, as correntes e lagos desapareceriam, sentia um crescente desejo de conhecer os segredos antigos que a turfa extremamente espessa pudesse esconder. E nessa noite, meus sonhos de flautas e peristilos de mármore tiveram um fim repentino e inquietante; pois vi uma peste descendo sobre a cidade no vale, e depois uma assustadora avalanche nas encostas arborizadas cobria os corpos sem vida nas ruas e deixava apenas o templo de Ártemis exposto no alto, onde Cleis, a sacerdotisa ancestral da Lua, permanecia fria e silenciosa com uma coroa de marfim em sua cabeça prateada.

Disse que acordei repentinamente e alarmado. Por algum tempo não pude distinguir se estava acordado ou dormindo, pois o som das flautas soava penetrante em meus ouvidos; mas, quando vi no piso o clarão gelado da lua e os contornos de uma janela gótica com gelosia, concluí que devia estar acordado e no castelo de Kilderry. Em seguida, ao ouvir o relógio bater duas horas em algum saguão afastado no andar inferior, percebi que estava mesmo acordado. Contudo, ainda me chegava aquele som monótono de flauta ao longe; seu estilo selvagem e sobrenatural me fez pensar em alguma dança de faunos no distante Menelau. Isso não me deixaria dormir, e, impaciente, pulei da cama e caminhei pelo aposento. Apenas por uma casualidade me aproximei da janela norte e olhei a aldeia silenciosa e a planície ao redor do pântano. Não desejei contemplar o exterior, pois queria dormir, mas as flautas me atormentavam e eu tinha de fazer ou ver alguma coisa. Como eu podia suspeitar as coisas que estava para presenciar?

Ali na luz da Lua que inundava a vasta planície se apresentava um espetáculo que nenhum mortal, tendo-o presenciado, podia esquecer. Ao som de flautas de bambu que ecoava sobre o pântano, planava silenciosamente e sinistramente uma multidão confusa de figuras oscilantes. Bamboleavam em um dança ininterrupta como naqueles festins que os sicilianos realizavam em honra a Deméter nos antigos tempos sob a lua da colheita, junto de Ciane. A planície larga, a lua dourada, as formas irreais moventes e, acima de tudo, o som penetrante e monótono da flauta produziam um efeito que me deixou quase paralisado; todavia, apesar do meu medo, notei que metade desses dançarinos maquinais e incansáveis eram os trabalhadores que eu julguei estarem dormindo, ao passo que a outra metade eram estranhos seres brancos e etéreos de natureza indeterminada, embora sugerissem náiades pálidas e pensativas das fontes ameaçadas do pântano. Não sei quanto tempo prestei atenção nessas imagens ali da janela do torreão solitário antes de perder abruptamente os sentidos, sem sonhos, do qual me reergueu o sol da manhã já alto.

Meu primeiro impulso ao acordar foi comunicar todos os meus temores e visões a Denys Barry, mas quando vi o sol brilhar pela gelosia da janela leste me convenci de que nenhuma realidade havia nas imagens que presenciei. Sou inclinado a estranhas fantasias, mas não tão suscetível a ponto de acreditar nelas; por isso, nessa ocasião me bastou indagar os trabalhadores para saber que dormiram até muito tarde e não se lembravam de nada sobre a noite passada, a não ser de sonhos indistintos sobre sons penetrantes. Essa questão do som espectral de flauta me perturbou muito, e me perguntei se os grilos de outono teriam chegado antes do tempo para afligir a noite e assombrar a imaginação dos homens. Mais tarde, encontrei Barry na biblioteca, debruçado sobre seu projeto para a grande obra que estava para começar no dia seguinte, e pela primeira vez senti o roçar do mesmo medo que levara os camponeses a abandonar a aldeia. Por alguma razão desconhecida me apavorou a ideia de perturbar o antigo pântano e seus segredos sombrios, e imaginei terríveis figuras habitando na escuridão sob as incomensuráveis profundidades das antiquíssimas turfas. Parecia-me uma insensatez trazer à luz esses segredos e comecei a desejar ter um pretexto para deixar o castelo e a aldeia. Cheguei ao ponto de falar casualmente com Barry sobre o tema, mas não ousei prosseguir depois que ele soltou uma de suas retumbantes gargalhadas. E assim, permaneci em silêncio quando o sol poente desceu resplandecente sobre os montes ao longe, e Kilderry refulgiu toda vermelha e dourada num fulgor que era como um presságio.

Nunca poderei averiguar se os acontecimentos daquela noite foram realidade ou ilusão. Certamente transcendem qualquer coisa que possamos imaginar sobre a Natureza e o universo; não há nenhum paradigma corrente em que eu possa explicar aqueles desaparecimentos que ficaram conhecidos de todos os homens depois que tudo terminou. Eu me recolhi cedo e cheio de temor, e por longo tempo não consegui dormir no silêncio estranho da torre. Estava muito escuro, pois, embora o céu estivesse limpo, era lua minguante e ela não sairia até a madrugada. Enquanto estava deitado, pensei em Denys Barry e no que poderia ocorrer no pântano ao amanhecer e me vi à beira de um frenesi, com um impulso de precipitar-me noite adentro, pegar o carro de Barry e me dirigir enlouquecido para Ballylough e para longe das terras ameaçadas. Mas adormeci antes que meus temores se materializassem em ação e contemplei em sonhos a cidade no vale, fria e morta, sob a mortalha de sombras horrendas.

Provavelmente, o som penetrante de flauta tenha me acordado, embora não fosse esse o primeiro som que eu ouvi quando abri os olhos. Estava deitado de costas para a janela leste que dava sobre o pântano, onde a lua minguante nasceria, e por essa razão esperava ver a luz projetar-se na parede oposta diante de mim; mas não esperava ver o que então apareceu. A luz, com efeito, iluminava os painéis defronte, mas não era uma luz propriamente lunar. Terrível e penetrante era o feixe de fulgor rubro que fluía através da janela gótica, e o aposento inteiro estava iluminado de um esplendor intenso e sobrenatural. Meu comportamento imediato em tais circunstâncias foi específico, mas é apenas nas histórias fictícias que um homem age de modo dramático e previsível. Tomado de terrível pânico, em vez de olhar para o pântano em busca da origem dessa nova luz, afastei meus olhos da janela e afoitamente me vesti com a ideia estúpida de fugir. Lembro-me de pegar meu revólver e chapéu, mas antes de terminar de me arrumar tinha perdido ambos, sem disparar um ou usar o outro. Pouco depois, o fascínio do esplendor rubro vencera meu medo; avancei para a janela leste e olhei para fora em meio à música enlouquecedora e incessante de flauta que vibrava lamentosa e repercutia por todo o castelo e toda a aldeia.

Sobre o pântano havia uma avalanche de luz resplandecente, escarlate e sinistra, que emanava da estranha e antiga ruína da ilha distante. Não consigo descrever o aspecto daquela ruína — devo ter enlouquecido, pois, em vez de arruinada, me parecia erguer-se majestosa, esplêndida e cercada de colunas; suas cúspides de mármore, refletindo o fulgor, penetravam no céu como o ápice de um templo no topo de uma montanha. As flautas chiavam e os tambores começavam a soar, e enquanto contemplava tomado de terror pensei ver formas sombrias saltitantes em contornos grotescos que contrastavam com essa visão de mármore e esplendor. O efeito era titânico — embora inimaginável — e eu poderia ficar contemplando indefinidamente não fosse o som da flauta me parecer mais forte à minha esquerda. Estremecendo de um terror estranhamente mesclado de êxtase, atravessei o aposento circular na direção da janela norte, de onde eu podia ver a aldeia e a planície ao redor do pântano. Meus olhos se dilataram outra vez diante de um prodígio fantástico igualmente extraordinário, como se eu não tivesse acabado de deixar uma cena que ultrapassava os limites da Natureza. Na planície fantasmagoricamente rubro-luminosa movia-se uma procissão de seres com tal aspecto como ninguém jamais viu antes, a não ser nos pesadelos.

Meio deslizantes, meio flutuantes no ar, os espectros do pântano vestidos de branco iam lentamente se retirando para as tranquilas águas e ruínas da ilhota, em fantásticas formações que sugeriam uma antiga dança cerimonial solene. Seus ondulantes braços translúcidos, ao som detestável daquelas flautas invisíveis, convocavam num ritmo extravagante uma multidão de trabalhadores cambaleantes que seguiam como cães cegos, automáticos, com passos claudicantes como se fossem arrastados por uma vontade demoníaca torpe, porém irresistível. Quando as náiades chegaram ao pântano, sem se desviar da rota, uma nova fileira de operários tropeçantes ziguezagueava de modo ébrio, saída do castelo, de alguma porta longe de minha janela; seguiram aos tropeços pelo pátio, atravessaram o espaço intermediário da aldeia e se juntaram à fila titubeante de trabalhadores na planície. Apesar da distância abaixo, percebi imediatamente que eram os trabalhadores trazidos do norte, pois reconheci a conformação volumosa e disforme do cozinheiro, cuja extrema enormidade tinha agora se tornado indescritivelmente trágica. As flautas silvavam horrivelmente, e novamente ouvi o toque do tambor procedente da ruína na ilhota. Depois, silenciosa e graciosamente, as náiades alcançaram a água e se fundiram uma a uma dentro do antigo pântano, ao mesmo tempo que a fileira de seguidores, sem deter seus passos, mergulhou desastradamente atrás delas e desapareceu num vórtice minúsculo de insalubre borbulho que pude ver claramente na luz escarlate. E quando o último empregado, o obeso cozinheiro, afundou pesadamente e desapareceu da vista naquele pântano negro, as flautas e os tambores silenciaram, assim como as luzes rubras ofuscantes das ruínas sumiram instantaneamente, deixando deserta e desolada a aldeia amaldiçoada sob a luz frouxa da lua que acabava de surgir no céu.

Estava agora num estado de indescritível confusão. Não sabendo se estava louco ou lúcido, dormindo ou acordado, fui salvo apenas por um torpor misericordioso. Julgo que fiz coisas ridículas, como oferecer preces a Ártemis, Latona, Deméter, Perséfone e Plutão. Tudo de que me lembrava de meus estudos clássicos na juventude veio aos meus lábios quando os horrores da situação despertaram minhas superstições profundas. Percebi que tinha testemunhado a morte de toda uma aldeia, e sabia que estava sozinho no castelo com Denys Barry, cuja audácia tinha atraído a maldição. Assim que pensei nele, novos terrores me sacudiram e desabei no chão; não inconsciente, mas fisicamente inerte. Foi quando senti uma rajada fria na janela leste onde a Lua havia se levantado, e chegaram aos meus ouvidos gritos vindos de baixo num ponto distante do castelo. Logo, aqueles gritos atingiram uma magnitude e qualidade impossíveis de descrever — e esmoreço ao pensar neles. Tudo o que posso dizer é que vinham de alguém que eu conheci como amigo.

Em algum momento durante esse período impactante, o vento frio e o grito penetrante devem ter me despertado, pois minha impressão seguinte é de um atropelo enlouquecido pelos corredores e salões escuros e pelo pátio dentro da horrenda noite. Encontraram-me ao amanhecer, vagando a esmo perto de Ballyough, mas o que me desnorteou completamente não foi nenhum dos horrores que presenciei e ouvi antes.

O que balbuciei no momento em que saía lentamente das sombras foi um par de fatos fantásticos que aconteceram em minha fuga; fatos insignificantes, mas que me perseguem incessantemente quando estou sozinho em certos lugares pantanosos ou ao luar.

Quando fugi do castelo amaldiçoado e seguia pelas margens do pântano, ouvi um som novo; comum, embora distinto de qualquer outro que tinha escutado em Kilderry. As águas estagnadas, nos últimos tempos completamente destituídas de vida animal, agora fervilhavam com uma multidão de enormes rãs lodosas que coaxavam incessante e estridentemente num tom incomum, em desacordo com seu tamanho. Reluziam verdes e inchadas sob a luz da Lua e pareciam olhar fixamente para o alto na fonte da luz. Acompanhei o olhar de uma muito gorda e feia e vi a segunda das coisas que me levaram a perder a razão.

Estendido entre a lua minguante e a estranha ruína antiga da ilhota distante, meus olhos aparentemente distinguiram um feixe de luz tênue e trêmulo que não se refletia nas águas do pântano. E, enquanto subia por aquele caminho esmaecido, minha fantasia febril imaginou uma sombra tênue debatendo-se lentamente; uma sombra vaga que se contorcia, lutando como se arrastada por demônios invisíveis. Enlouquecido como estava, naquela sombra horrenda entrevi uma monstruosa semelhança — uma nauseante e inacreditável caricatura, uma efígie blasfema daquele que tinha sido Denys Barry.

OS OUTROS DEUSES

NO CIMO DA MAIS alta montanha do mundo habitam os deuses da Terra, e não toleram que nenhum homem declare tê-los visto. Habitaram antigamente os picos mais baixos, mas os homens das planícies sempre subiam as encostas rochosas e cobertas de neve, afugentando-os para montanhas cada vez mais altas, até que hoje apenas lhes resta a última. Quando abandonaram as suas velhas montanhas, levaram consigo todas as suas insígnias, exceto uma, segundo contam, que deixaram entalhada na vertente da montanha a que deram o nome de Ngranek.

Atualmente habitam retirados no ermo gelado da desconhecida Kadath e se tornaram austeros, já que não contam com picos mais altos para fugir da presença humana. Tornaram-se inflexíveis e, se antes toleraram que os homens os expulsassem, agora proíbem que se aproximem; ou, caso ali venham, impedem-nos de retornar. É conveniente que os homens não saibam nada sobre Kadath no ermo gelado; do contrário, tentariam escalá-lo imprudentemente.

Às vezes, saudosos de seus antigos lares, os deuses da Terra visitam em noites quietas os picos onde antes viveram e choram ternamente enquanto experimentam recrear-se à maneira antiga nas relembradas encostas. Os homens têm notado as lágrimas dos deuses sobre o Thurai coberto de neve, embora pensem que seja chuva; e têm ouvido os suspiros dos deuses nos lamentosos ventos matinais de Lerion. Os deuses costumam viajar em naves de nuvens, e os sábios camponeses têm lendas que os levam a afastar-se de certos picos à noite quando o tempo está nublado, pois os deuses já não são indulgentes como no passado.

Em Ulthar, que fica além do rio Skai, viveu certa vez um velho ávido por conhecer os deuses da Terra; esse homem conhecia a fundo os sete livros crípticos de Hsan e estava familiarizado com os Manuscritos Pnakóticos da distante e gelada Lomar. Seu nome era Barzai, o Sábio, e os aldeões contam como ele subiu a montanha na noite do estranho eclipse.

Barzai sabia tanto sobre os deuses que podia falar de suas idas e vindas e decifrar tanto seus segredos que ele próprio se considerava um semideus. Foi ele quem aconselhou sabiamente os cidadãos de Ulthar quando aprovaram a notável lei contra a matança dos gatos e quem primeiro contou ao jovem sacerdote Atal aonde vão os gatos pretos à meia-noite da véspera de São João. Barzai era versado na tradição dos deuses da Terra e ficara tomado do desejo de ver seus rostos. Ele acreditava que seu vasto e secreto conhecimento dos deuses o protegeria de sua ira e, assim, decidiu subir ao topo da alta e rochosa Hatheg-Kla na noite em que, ele sabia, os deuses ali estariam.

Hatheg-Kla fica distante no deserto rochoso além de Hatheg, do qual lhe proveio o nome, e se ergue como uma estátua de pedra em um templo silencioso. Névoas eternas agitam-se melancolicamente ao redor de seu pico, pois as névoas são as memórias dos deuses, e os deuses amavam Hatheg-Kla, quando ali viviam nos tempos antigos. Frequentemente, os deuses da Terra visitam Hatheg-Kla cm suas naves de nuvem, lançando vapores pálidos sobre as encostas enquanto dançam suas reminiscências no topo sob a lua luminosa. Os aldeões de Hatheg dizem que é nocivo escalar o Hatheg-Kla seja a que hora for, e mortal à noite, quando os vapores ocultam a Lua e seu topo; mas Barzai não lhes deu atenção quando ele veio da vizinha Ulthar acompanhado do jovem sacerdote Atal, que era seu discípulo. Atal era apenas o filho de um estalajadeiro e, às vezes, sentia medo; mas o pai de Barzai fora um nobre que vivia num castelo antigo e, portanto, Barzai não carregava a herança de superstições populares e apenas riu dos temerosos camponeses.

Barzai e Atal saíram de Hatheg rumo ao deserto rochoso, apesar das súplicas dos camponeses. À noite, acampados diante de suas fogueiras, conversavam sobre os deuses da Terra. Viajaram vários dias e viram ao longe o grandioso Hatheg-Kla com sua auréola de névoa melancólica. No décimo-terceiro dia, alcançaram a base solitária do monte; Atal falou de seus temores. Mas Barzai era velho e sábio, não tinha nenhum medo e assim abriu caminho corajosamente pela encosta que nenhum homem havia subido desde o tempo de Sansu, mencionado com terror nos embolorados Manuscritos Pnakóticos.

O caminho era rochoso e perigoso, com despenhadeiros, precipícios e desmoronamento de rochas. Mais adiante, tornou-se frio e nevado. Barzai e Atal escorregavam constantemente e caíam enquanto aparavam o caminho e se arrastavam dificultosamente para o alto com o auxílio de bastões e machadinhas. Por fim, o ar tornou-se rarefeito e o céu mudou de cor. Os escaladores se viram com dificuldade de respirar; mesmo assim continuavam a avançar para o alto e mais para o alto, maravilhados com a singularidade da paisagem e excitados diante da ideia do que sucederia no topo quando a Lua subisse e os vapores pálidos se espalhassem ao redor. Por três dias eles subiram, avançando cada vez mais para o alto, mais alto e mais alto rumo ao teto do mundo; então acamparam para esperar a Lua ficar encoberta pelas nuvens.

As nuvens não apareceram durante quatro dias, e a Lua derramava sua fria luminosidade entre a névoa tênue ao redor do píncaro silencioso. Foi então que na quinta noite, que era noite de lua cheia, Barzai viu nuvens densas no norte ao longe. Ele e Atal permaneceram acordados para observá-las aproximar-se. Planavam espessas e majestosas, avançando lenta e decisivamente; estenderam-se ao redor do alto pico acima dos observadores, ocultando a Lua e o pico do olhar. Durante uma longa hora, os observadores ficaram contemplando os vapores que se adensavam turbilhonantes; o escudo de nuvens mais se adensava e mais agitado se tornava. Barzai era conhecedor da tradição dos deuses da Terra e prestava atenção em determinados sons, mas Atal sentiu o frio dos vapores e o terror da noite e estava apavoradíssimo. Quando Barzai retomou a escalada e acenou impacientemente, Atal deteve-se e demorava a segui-lo.

Os vapores eram tão densos que o caminho tornou-se muito árduo e, embora Atal o acompanhasse por fim, ele mal podia ver a forma cinza de Barzai na encosta acima, embaçada na luz da Lua enevoada. Barzai já ia muito longe e parecia, apesar de sua idade, subir muito mais facilmente que Atal; sem medo da inclinação que começava a tonar-se muito íngreme para qualquer um, exceto para um homem forte e destemido, ele não se deteve ante as grandes fendas negras que Atal mal conseguia saltar. E desse modo avançavam loucamente por rochas e precipícios, escorregando e tropeçando, e algumas vezes amedrontados ante a vastidão e o silêncio horrível dos tenebrosos e gelados píncaros e dos despenhadeiros de granito silenciosos.

Inesperadamente, Atal perdeu Barzai de vista ao escalar um rochedo terrível que parecia prolongar-se no ar e impedir a passagem a qualquer alpinista não inspirado pelos deuses da Terra. Atal estava muito abaixo, pensando no que devia fazer depois que alcançasse o local, quando curiosamente notou que a luz ficou intensa, como se o pico estivesse limpo de nuvens e o lugar de encontro dos deuses, iluminado pela Lua, estivesse muito perto. E enquanto se arrastava na direção do penhasco saliente e do céu iluminado ele sentiu o maior temor que já conhecera. Através da névoa acima ele ouviu a voz de Barzai gritando freneticamente de alegria.

— Eu ouvi os deuses! Eu ouvi os deuses da Terra cantando festivamente em Hatheg-Kla! Barzai, o Profeta, conhece as vozes dos deuses da Terra! As névoas são tênues e a Lua brilha, e verei os deuses dançando efusivamente na Hatheg-Kla que eles amavam na juventude! A sabedoria de Barzai o tornou maior que os deuses da Terra, e contra sua vontade suas magias e interdições nada podem; Barzai verá os deuses, os altivos deuses, os deuses ocultos, os deuses da Terra que não toleram a presença dos homens.

Atal não podia ouvir as vozes que Barzai ouvia, mas agora estava perto do rochedo saliente e o tateava à procura de apoios para os pés. Então ouviu a voz de Barzai gritando mais espalhafatoso:

— A névoa está muito rala e a Lua lança sombras sobre a encosta; as vozes dos deuses da Terra são altivas e coléricas, e eles temem a vinda de Barzai, o Sábio, que é maior que eles... A luz da Lua tremula enquanto os deuses dançam contra ela; eu verei as formas dançantes dos deuses que saltam e uivam à luz da Lua... O clarão está mais fraco e os deuses estão amedrontados...

Enquanto Barzai gritava essas coisas, Atal sentiu uma mudança espectral no ar, como se as leis da Terra estivessem se curvando a leis maiores; pois, ainda que o caminho fosse mais íngreme que nunca, a subida tornara-se espantosamente fácil, e a saliência rochosa evidenciou-se um obstáculo insignificante quando ele a alcançou e se alçou perigosamente, saltando para sua face convexa.

A luz da Lua extinguiu-se estranhamente e, quando Atal avançou para cima através da névoa, ele ouviu Barzai, o Sábio, gritando nas sombras:

— A Lua escureceu, e os deuses dançam na noite; há terror no céu, pois desceu sobre a lua um eclipse que não foi previsto nem pelos livros humanos nem pelos deuses da Terra... Há um poder mágico desconhecido em Hatheg-Kla, pois os gritos amedrontados dos deuses se converteram em risos, e as encostas de gelo se estendem infindavelmente aos céus em trevas para onde sou lançado... Hei! Hei! Enfim! Na luz esmorecida, eu vejo os deuses da Terra!

E agora Atal, rolando vertiginosamente para cima sobre inconcebíveis despenhadeiros, ouviu na escuridão uma terrível gargalhada, misturada a um grito de tal sorte que nenhum homem jamais ouviu, exceto no Flegetonte dos inenarráveis pesadelos; um grito que refletia o horror e a angústia de uma existência assombrosa, condensada em um único e atroz momento:

— Os outros deuses! Os outros deuses! Os deuses dos infernos exteriores que protegem os frágeis deuses da Terra!... Foge de olhar!... Volte!... Não olhe!... Não olhe!... A vingança dos abismos infinitos... Essa amaldiçoada, essa abominável voragem... Piedosos deuses da Terra, estou caindo no céu!

E quando Atal, de olhos fechados e ouvidos tampados, tentava saltar para baixo em luta contra a apavorante força que o sugava para alturas desconhecidas, retumbou no Hatheg-Kla aquele terrível estrondo de trovão que acordou os bons camponeses da planície e os honestos cidadãos de Hatheg, Nir e Ulthar, e os impeliu a olhar entre as nuvens para aquele eclipse lunar estranho que nenhum livro jamais previu. E quando a lua finalmente ressurgiu, Atal estava a salvo sobre as neves mais baixas da montanha, longe da vista dos deuses da Terra e dos outros deuses.

Já nos embolorados Manuscritos Pnakóticos relata-se que Sansu não encontrou nada além do silêncio das rochas e do gelo quando ele escalou o Hatheg-Kla no tempo em que o mundo era jovem. Mas quando os homens de Ulthar, Nir e Hatheg superaram seus temores e escalaram aqueles assombrosos precipícios à luz do dia à procura de Barzai, o Sábio, encontraram gravado nas pedras nuas do topo um curioso símbolo ciclópico com cinquenta cúbitos de largura, como se a rocha tivesse sido lavrada por algum cinzel titânico. E o símbolo era igual àquele que os sábios encontraram naquelas passagens apavorantes dos Manuscritos Pnakóticos, muito antigas para permitir elucidação. Isso eles descobriram.

Nunca encontraram Barzai, o Sábio, nem conseguiram persuadir o santo sacerdote Atal a orar pelo descanso de sua alma. Além disso, até hoje o povo de Ulthar, Nir e Hatheg tem medo de eclipses e reza à noite quando os vapores esmorecidos ocultam a lua e o topo da montanha. E acima das névoas de Hatheg-Kla os deuses da Terra dançam as memórias dos tempos passados; pois sabem que estão protegidos e gostam de vir da desconhecida Kadath nas naves de nuvem e de dançar como nos velhos tempos, do modo como faziam quando a Terra era jovem e os homens não escalavam regiões inacessíveis.

A MÚSICA DE ERICH ZANN

TENHO EXAMINADO os mapas da cidade com a máxima atenção e cuidado; contudo, nunca encontrei a Rue d'Auseil. Não tenho examinado apenas mapas modernos, pois sei que os nomes mudam. Pelo contrário, tenho pesquisado profundamente todas as antiguidades do lugar; e tenho pessoalmente explorado muitas regiões, quaisquer que sejam seus nomes, que possivelmente pudessem corresponder à rua que conheci como Rue d'Auseil. Apesar de tudo que tentei, resta o fato humilhante de que não consegui achar a casa, a rua ou mesmo a localização, onde, durante os últimos meses de minha depauperada vida como estudante de metafísica na universidade, ouvi a música de Erich Zann.

Que minha memória esteja fraca, com isso não me surpreendo; pois minha saúde, física e mental, foi gravemente afetada durante todo o período de minha residência na Rue d'Auseil, e não me lembro de ter levado ali nenhum de meus poucos amigos. Mas que eu não consiga achar o lugar novamente é tão estranho quanto desconcertante, pois ficava a meia hora de caminhada da universidade e se distinguia por peculiaridades que dificilmente poderiam ser esquecidas por qualquer um que tivesse ido ali. Nunca encontrei quem conhecesse a Rue d'Auseil.

A Rue D'Auseil ficava do outro lado de um rio turvo margeado por armazéns inclinados com vidraças foscas, cortado por uma ponte maciça de pedras escuras. Aquele rio estava sempre envolvido em sombras, como se a fumaça das fábricas vizinhas expulsasse permanentemente o sol. Desprendia também um fedor pestilento que nunca experimentei em nenhum outro lugar, o que talvez me ajude algum dia a encontrar a rua que busco, já que eu reconheceria esse cheiro imediatamente. Além da ponte havia ruas estreitas com calçamento de pedras e providas de trilhos; e depois uma subida, no início gradual, mas inacreditavelmente íngreme à medida que se aproximava da Rue d'Auseil.

Nunca vi uma rua tão estreita e íngreme como a Rue d'Auseil. Era quase um despenhadeiro. Fechada ao acesso de carros, consistia em muitos pontos de escadarias que terminavam no topo com um muro alto coberto de hera. O pavimento era irregular, às vezes com pedra de brita, outras com pedras lavradas, outras vezes de chão batido com uma vegetação pardacenta que forcejava espaço. As casas eram altas, com tetos pontudos, incrivelmente antigas e supreendentemente inclinadas atrás, na frente e dos lados. Ocasionalmente, duas casas inclinavam-se na frente, a ponto de quase formarem entre si um arco sobre a rua; e seguramente impediam a luz de alcançar a rua abaixo. Havia algumas pontes suspensas entre as casas de um e outro lado.

Os moradores daquela rua me impressionaram particularmente. A princípio, pensei que fosse porque eram todos silenciosos e reservados; mas depois concluí que se devia ao fato de que todos ali eram extremamente velhos. Não sei como passei a morar numa rua como aquela, mas eu não era eu mesmo quando me mudei para lá. Tenho morado em muitos lugares pobres, sempre desalojado por falta de dinheiro. Até que por fim cheguei àquela casa quase em ruínas na Rue d'Auseil, mantida pelo paralítico Blandot. Era a terceira casa da rua e a mais alta entre todas.

Meu quarto era no quinto andar; o único habitado ali, uma vez que a casa estava quase toda desocupada. Na noite em que cheguei ouvi uma música estranha vinda do aposento acima do meu que ficava imediatamente sob o teto pontudo, e no dia seguinte perguntei ao velho Blandot sobre a música. Ele me disse que era de um idoso violista alemão, um estranho homem mudo que assinava seu nome como Erich Zann e tocava nas noites numa orquestra de teatro a baixo preço, acrescentando que o desejo de Zann de tocar à noite depois de voltar do teatro era a razão por que ele tinha escolhido esse sótão cuja janela triangular era o único ponto da rua de onde era possível contemplar o fim do muro no declive e o panorama além.

Depois disso, eu ouvia Zann toda noite e, embora me impedisse de dormir, eu era invadido pelo mistério de sua música. Embora conhecesse pouco dessa arte, estava certo de que nenhuma de suas harmonias tinha qualquer tipo de relação com a música que ouvi antes. Concluí que ele era um compositor original e de genialidade extraordinária. Quanto mais ouvia, mais ficava fascinado, até que depois de uma semana resolvi travar conhecimento com o ancião.

Uma noite em que Zann voltava do trabalho, eu o detive no corredor e lhe disse que desejava conhecê-lo e estar presente na ocasião em que ele tocasse. Ele era baixo, magro e curvado, vestido miseravelmente, olhos azuis, rosto grotesco como o de um sátiro e quase inteiramente calvo. Às minhas palavras iniciais, pareceu enfurecido tanto quanto amedrontado. Minha cordialidade espontânea, contudo, finalmente o enterneceu; e, relutantemente, fez sinal para que o seguisse pela escada escura deteriorada e rangente que levava ao sótão. Seu aposento, um dos dois únicos daquele sótão de teto inclinado, ficava a oeste, na direção do alto muro que formava a extremidade superior da rua. Era enorme e parecia muito maior em vista de seu extraordinário vazio e descuido. De mobília havia apenas uma armação de ferro para cama, um lavatório desleixado, uma mesinha, uma grande estante de livros, um suporte de ferro para partituras e três cadeiras velhas e antiquadas. Pelo chão havia partituras amontoadas em desordem. As paredes eram de tábuas desgastadas e, provavelmente, nunca tivessem recebido verniz, enquanto a grande quantidade de poeira e teias de aranha fazia o lugar parecer mais abandonado do que habitado. Evidentemente, o mundo de beleza de Erich Zann residia em algum universo remoto de sua imaginação.

Indicando-me que me sentasse, o mudo fechou a porta, trancou-a com o ferrolho de madeira e acendeu uma vela para aumentar a luz da outra que trazia consigo. Tirou a viola[1] do estojo roído pelas traças e, tomando-a entre as mãos, sentou-se na menos desconfortável das cadeiras. Não utilizou o suporte para partituras e, sem me propor escolha, tocou de memória, encantando-me por mais de uma hora, com melodias que eu nunca tinha ouvido antes; melodias que deviam ser de sua própria criação. Descrever sua exata natureza é impossível para quem não é versado em música. Eram um tipo de fuga com passagens recorrentes da mais encantadora habilidade, mas notáveis

---

[1] Instrumento friccionado por arco, análogo ao violino.

para mim pela ausência das notas misteriosas que eu tinha ouvido em outras ocasiões de meu quarto no andar de baixo.

Eu tinha na memória aquelas assombrosas notas e várias vezes as vocalizara e assobiara imperfeitamente para mim mesmo; então, quando o músico por fim depôs o arco, pedi-lhe que executasse algumas delas. Ao meu pedido, o rosto rugoso de sátiro perdeu a placidez alheada que o arrebatara durante a execução anterior e pareceu manifestar a mesma mescla curiosa de ira e medo que eu notara quando o abordei pela primeira vez. Por um momento, me inclinei a usar a persuasão, considerando principalmente os caprichos flutuantes da senilidade; até mesmo tentei despertar o ânimo misterioso de meu anfitrião assobiando algumas notas das melodias que eu tinha ouvido na noite anterior. Mas não alimentei essa intenção por mais de um minuto; pois, quando o músico mudo reconheceu a melodia vocalizada, seu rosto se contorceu abruptamente, adquirindo uma expressão que escapava completamente à análise, e sua mão direita, longa, gélida e esquálida, estendeu-se para deter minha boca e calar a grosseira imitação. Depois de fazê-lo, revelou mais uma vez sua excentricidade ao lançar um olhar alarmado para a única janela acortinada, como se temeroso de algum intruso — um olhar duplamente absurdo, já que o sótão ficava acima de todos os telhados vizinhos, o que o tornava inacessível, sendo essa janela o único ponto da rua íngreme, conforme disse-me o zelador, de onde se podia ver acima do muro os picos mais altos.

O olhar do ancião trouxe-me à mente o comentário de Blandot, e um tanto voluntarioso, senti vontade de olhar o panorama vertiginoso dos telhados à luz da Lua, assim como as luzes da cidade além dos altos picos, que entre todos os moradores da Rue d'Auseil apenas esse intratável músico podia contemplar. Dirigi-me à janela e estava quase abrindo as indescritíveis cortinas quando, com uma fúria aterrorizante e mais violenta que a anterior, o mudo anfitrião arrojou-se sobre mim novamente; dessa vez, acenando com a cabeça a direção da porta ao mesmo tempo em que se esforçava nervosamente para me arrastar dali com ambas as mãos. Já completamente enfastiado de meu anfitrião, ordenei-lhe que me soltasse, dizendo-lhe que sairia imediatamente. Soltou-me e, percebendo-me desgostoso e ofendido, pareceu apaziguar-se. Voltou a me agarrar com firmeza, mas, dessa vez, de forma amigável. Conduziu-me a uma cadeira e então, com uma expressão pensativa, dirigiu-se à mesa repleta de papéis em desordem, na qual apanhou um lápis e escreveu num francês forçado, típico de estrangeiro.

A nota que ele finalmente me entregou era um pedido de tolerância e perdão. Zann disse que era velho, sozinho e atormentado por estranhos medos e transtornos nervosos relacionados com sua música e outras coisas. Encantou-o que eu tivesse ouvido sua música, desejava que eu retornasse e não se incomodasse com suas excentricidades. Mas ele não podia tocar para outros suas músicas sobrenaturais e não podia suportar ouvi-las de outros, como também não podia suportar ver outra pessoa tocar em qualquer objeto de seu aposento. Ele não sabia, até nosso encontro no corredor, que eu podia de meu quarto ouvi-lo tocar, e então me pediu que providenciasse com Blandot um quarto em andar mais baixo, onde eu não o ouvisse tocar à noite. Pagaria, ele escreveu, a diferença do aluguel.

Enquanto me ocupava em decifrar o execrável francês, me senti mais afável com o ancião. Ele era vítima de transtornos físicos e nervosos, como também eu fui. Meus estudos de metafísica tinham me ensinado a bondade. Entre o silêncio veio um som leve da janela — devia ser o matraquear do vento noturno batendo contra suas folhas — e por alguma razão, me veio um sobressalto quase tão impetuoso como o de Erich Zann. Por isso, ao terminar de ler a nota, apertei a mão de meu anfitrião e me despedi como amigo. No dia seguinte, Blandot deu-me um quarto mais caro no terceiro andar, entre os aposentos de um agiota idoso e os de um respeitável tapeceiro. Não morava ninguém no quarto andar.

Não tardou para que eu percebesse que a avidez de Zann por minha companhia não era tão grande quanto parecia quando ele me persuadiu a mudar do quinto andar. Ele não me solicitou e, quando eu mesmo o procurava, parecia-me inquieto e indiferente. Isso ocorria sempre à noite — durante o dia ele dormia e não recebia ninguém. Minha amizade por ele não aumentou, embora o sótão e a música misteriosa parecessem exercer sobre mim um estranho fascínio. Tinha um desejo curioso de olhar por aquela janela, ver acima do muro e abaixo as escarpas ocultas, os telhados cintilantes e os pináculos que dali deviam abrir-se à visão. Uma vez, subi ao sótão durante as horas em que Zann estava no teatro, mas a porta estava trancada.

O que me ocorreu fazer foi ouvir secretamente as execuções musicais noturnas do ancião mudo. Primeiro, ia na ponta dos pés até meu antigo quinto andar, depois tornava-me audacioso o bastante para subir a última escada rangente até o sótão. Ali naquele estreito hall, do lado de fora da porta trancada com fechadura tampada, eu ouvia frequentemente melodias que me enchiam de um indefinível pavor — o pavor de um prodígio indefinido e impreciso mistério. Não que os sons fossem pavorosos, pois não eram; mas suas vibrações não sugeriam nada que tivesse semelhança com esse mundo, e a certos intervalos assumiam uma marca sinfônica que dificilmente eu podia conceber fosse criada por um músico. Certamente, Erich Zann era um gênio de extraordinário vigor. Conforme as semanas decorriam, a execução musical tornava-se mais frenética, ao passo que o velho músico adquiria uma crescente exaustão e se tornava mais arredio, o que causava piedade de olhar. Ele agora recusava receber-me a qualquer hora e me evitava toda vez que nos encontrávamos nas escadas.

Uma noite, enquanto escutava à porta, ouvi a viola chiante avolumar-se em uma confusão de sons; um pandemônio que teria me levado a acreditar que minha razão estava abalada, não viesse dali de trás daquela porta trancada uma prova lastimável de que o horror era real — um tremendo e inarticulado grito que apenas um mudo pode emitir e que só se produz em momentos da mais terrível angústia e temor. Bati à porta repetidas vezes, mas não recebi resposta. Depois, fiquei esperando no escuro corredor, tremendo de frio e medo, até que ouvi os esforços débeis do infeliz músico para levantar-se do chão com o auxílio de uma cadeira. Acreditando que ele acabara de retomar a consciência, depois de acometido por um desmaio, renovei as batidas, gritando meu nome ao mesmo tempo de maneira tranquilizadora. Ouvi Zann se arrastar para a janela, fechar as venezianas e as cortinas, depois cambalear até a porta, que dificultosamente destrancou para me receber. Dessa vez, sua alegria com a minha presença foi genuína; pois em seu rosto contorcido cintilou em alívio ao mesmo tempo que se agarrava ao meu casaco como uma criança se agarra à saia da mãe.

Tremendo pateticamente, o ancião me fez sentar em uma cadeira enquanto ele se atirava em outra, ao lado da qual sua viola e arco jaziam negligenciados no chão. Sentou-se e ficou por um tempo quieto, mas, paradoxalmente, fazia sinais estranhos com a cabeça, dando a impressão de que escutava amedrontado e intensamente. Logo depois, pareceu tranquilizar-se e, dirigindo-se à mesa, sentou-se na cadeira e escreveu uma nota curta, entregou-a a mim e retornou à mesa, onde começou a escrever com rapidez e incessantemente. A nota implorava, por ato de compaixão e em favor de minha curiosidade, que eu ficasse onde estava enquanto ele preparava um relato completo em alemão de todas as maravilhas e terrores que o acossavam. Atendi, e o lápis do ancião mudo corria veloz sobre o papel.

Foi talvez uma hora depois, enquanto eu ainda esperava e enquanto o músico ancião continuava a amontoar febrilmente folhas escritas, que eu vi Zann sobressaltar-se repentinamente, como se parecesse tomado de um horrível abalo. Inequivocamente ele estava olhando para a janela com as cortinas cerradas e escutava assaltado de tremores. Logo eu julguei ouvir um som; diferentemente, em vez de espantoso, era uma nota musical agradavelmente baixa e infinitamente distante. Parecia vir de um músico que tocava em uma das casas vizinhas, ou de alguma residência além do alto muro sobre o qual nunca pude olhar. O efeito sobre Zann foi terrível, pois, deixando cair o lápis, levantou-se repentinamente, apoderou-se de sua viola e começou a golpear a noite com a música mais frenética que já ouvira executada por seu arco, exceto quando ocultamente ouvia à sua porta.

Seria inútil descrever a música que Erich Zann tocou naquela espantosa noite. Era mais horrível do que tudo o que eu escutara antes, porque ali eu tinha diante dos olhos a expressão que seu rosto assumia e podia notar que dessa vez o motivo era o medo em grau extremo. Ele estava tentando fazer barulho para desviar ou afugentar algo — o que era, não consigo imaginar, mas pressenti que devia ser algo aterrador. O músico tornou-se fantástico, delirante e histérico, embora mantivesse ao máximo as qualidades do gênio supremo que reconheci nesse estranho ancião. Reconheci a melodia — era uma dança húngara frenética apresentada regularmente nos teatros, e refleti por um momento que era a primeira vez que eu ouvia Zann tocar um trabalho de outro compositor.

O volume estrepitoso e lamentoso daquela desesperada viola ficava cada vez mais alto, cada vez mais frenético. O músico estava banhado de suor estranho e retorcia-se como um macaco com os olhos freneticamente fixos na cortina da janela. Em suas frenéticas contorções podia-se entrever sátiros fantasmagóricos e bacantes dançando e rodopiando delirantemente entre abismos febris de nuvens, fumo e relâmpagos.

E logo pensei ouvir uma uniforme e penetrante nota que não procedia da viola; uma nota serena, deliberada, intencional e zombeteira vinda de muito longe pelo oeste.

Nesse momento culminante, a veneziana começou a bater com um vento noturno uivante que tinha irrompido lá fora como se fosse uma resposta à furiosa música que se executava dentro. A viola estridente de Zann se sobrepujou, emitindo sons que jamais pensei que uma viola pudesse emitir. As batidas na veneziana ficaram mais estrondosas e, desprendendo-se, a veneziana passou a bater com força contra a janela. Logo o vidro se quebrou em pedaços sob os impactos constantes. O vento frio entrou impetuosamente no aposento, apagando as velas num estrépito e fazendo farfalhar as folhas de papel sobre a mesa na qual Zann tinha contado seu horrível segredo. Olhei para Zann e vi que ele estava completamente mergulhado em si. Seus olhos azuis estavam abrasados, vidrados e distantes; a frenética música se transformara em uma orgia selvagem, mecânica e irreconhecível que nenhuma palavra poderia jamais descrever.

Uma rajada de vento repentina, mais violenta que as outras, apanhou os manuscritos, arrastando-os para a janela. Corri desesperado atrás das folhas flutuantes, mas já o vento as tinha arrebatado antes que eu pudesse alcançar as venezianas desmoronadas. Logo me lembrei do meu desejo de olhar por aquela janela, a única da Rue d'Auseil, de onde se podia vislumbrar a escarpa além do muro e a cidade estendida no vale. Estava completamente escuro, mas as luzes da cidade ficavam sempre acesas, e esperava assim encontrá-las em meio à chuva e à ventania. Contudo, quando olhei da mais alta entre as janelas de toda a rua, entre as velas crepitantes e a viola enlouquecida que uivava concomitante com o vento noturno, não vi nenhuma cidade estendida ao pé da encosta e nenhuma luz favorável brilhar nas ruas de que me lembrava, mas apenas a negridão de um espaço sem fronteiras; um espaço inimaginável, vívido de movimento e música, que não tinha qualquer semelhança com nada na Terra. E enquanto eu fiquei ali contemplando aterrorizado, o vento apagou as duas velas naquele antigo sótão em forma pontiaguda, deixando-me em uma escuridão selvagem e impenetrável diante do caos, do pandemônio e da loucura demoníaca daquela viola uivante atrás de mim.

Cambaleando, voltei-me para o interior do aposento às escuras; sem meios para acender uma luz, fui de encontro à mesa derrubando uma cadeira e, tateando, finalmente encontrei meu rumo até o ponto onde a escuridão vibrava, vociferando aquela música espantosa. Eu faria tudo para me salvar de algum modo, e a Erich Zann, fossem quais fossem as forças que se opusessem a mim. Em certo momento, tive a impressão de que algo frio me roçou e gritei, mas meu grito não pôde ser ouvido diante daquela horrenda viola cujo som dominava o ambiente por completo. Subitamente, o arco furioso me tocou na escuridão. Percebi que estava perto do músico. Apalpando adiante, toquei o espaldar da cadeira de Zann, sacudi seus ombros num esforço por fazê-lo retomar a consciência.

Ele não respondeu e a viola continuava a gritar sem moderar seu frenesi. Toquei sua cabeça, cujo balanço mecânico eu podia interromper, e gritei aos seus ouvidos que devíamos fugir dos seres noturnos desconhecidos. Mas ele não me respondeu nem diminuiu o frenesi de sua música indescritível e, ao mesmo tempo, por todo o sótão correntes estranhas de vento pareciam dançar na escuridão e na desordem. Ao tocar sua orelha estremeci, embora não soubesse por quê — nada sabia até que tateei seu rosto silente; gelado, rígido, sem respiração, olhos inutilmente abertos que olhavam o vazio. E depois, por algum milagre, encontrando a porta e a larga tranca de madeira, lancei-me freneticamente dali para longe daquele ser de olhos vidrados mergulhado na escuridão, e do demônio uivante daquela amaldiçoada viola cuja fúria aumentava mesmo enquanto fugia dali.

Aos pulos, flutuando, voando por aquelas intermináveis escadas em meio à escuridão da casa; disparando a esmo entre ruas velhas, íngremes e estreitas com degraus e casas instáveis, pateando degraus abaixo e nas pedras para as ruas mais baixas, para o rio pútrido e emparedado; atravessando arquejante a escura e grande ponte até as ruas mais largas e saudáveis e os bulevares conhecidos; tudo isso, sob terríveis impressões que não me deixavam. E me recordo de que não havia vento nem lua e todas as luzes da cidade estavam acesas.

Apesar de minhas cuidadosas buscas e investigação, não consegui localizar a Rue d'Auseil. Mas não lamento; nem por isso nem pela perda em inimagináveis abismos das notas densas que unicamente podiam explicar a música de Erich Zann.

HIPNOS

"Relativamente ao sonho, essa aventura sinistra de todas as nossas noites, podemos dizer que os homens vão dormir todos os dias com uma audácia que seria incompreensível se não soubéssemos que ela provém da ignorância do perigo"

Baudelaire

POSSAM OS misericordiosos deuses, se verdadeiramente existem, proteger-me nessas horas, pois nem o poder da vontade nem as drogas que a astúcia humana inventa podem me guardar do abismo do sonho. A morte é misericordiosa, já que não retornamos dela, mas para quem retorna das câmaras mais profundas da noite, perturbado e consciente, o repouso pacífico não existe jamais. Tolo que fui para, com tamanho frenesi, mergulhar dentro de mistérios que homem algum pretendeu penetrar; tolo ou deus que ele era — meu único amigo, que me conduziu e foi adiante de mim, e quem no fim sofreu terrores que podem ainda ser meus.

Encontramo-nos, lembro-me, na estação de trem, onde ele estava rodeado de uma multidão de curiosos vulgares. Estava inconsciente, acometido de um tipo de convulsão que dava a seu corpo fraco e vestido de preto uma estranha rigidez. Acho que tinha perto de quarenta anos, pois seu rosto apresentava rugas profundas, faces consumidas e encovadas, embora ovais e verdadeiramente bonitas; traços grisalhos nos cabelos espessos e ondulados e uma barba cheia e curta que tinha uma vez sido de um negro vívido como as asas de um corvo. A fronte era branca como o mármore do Monte Pentélico, de uma imponência e largueza quase como a de um deus. Disse a mim mesmo, com todo o ardor de um escultor, que aquele homem era a estátua de um fauno originada da antiga Hélade, desenterrada das ruínas de um templo e trazida de algum modo à existência em nossa época sufocante, apenas para que sentíssemos o frio e a opressão de eras devastadoras.

Quando ele abriu seus imensos olhos negros, afundados e selvagemente luminosos, soube que seria dali por diante meu único amigo — o único amigo de alguém que nunca possuiu nenhum antes —, pois vi que aqueles olhos deviam ter contemplado integralmente a grandeza e o terror de reinos que habitam além da consciência e realidade comuns; reinos que eu tinha afagado na imaginação, mas inutilmente perseguido. Assim que dispersei a multidão, disse-lhe que devia vir comigo para casa e ser meu mestre e líder nos mistérios impenetráveis. Ele consentiu sem pronunciar uma única palavra. Posteriormente, descobri que sua voz era uma música — a música de violas profundas e esferas transparentes. Conversávamos sempre à noite, também durante o dia, quando eu esculpia bustos dele e entalhava miniaturas de sua fronte em marfim para imortalizar suas expressões variadas.

É impossível falar de nossos estudos, já que tinham tão pouca relação com as coisas do mundo tal como os homens o concebem. Versavam a respeito daquele universo mais vasto e mais assustador, de realidade e percepção obscuras, que habita em regiões mais profundas, além da matéria, do tempo e do espaço, cuja existência apenas suspeitamos em determinadas formas de sonho — aqueles sonhos raros que estão para além dos sonhos que nunca ocorrem ao homem comum, e a homens imaginativos ocorrem apenas uma ou duas vezes durante a vida. O cosmos de nosso conhecimento consciente nasce desse universo, tal qual a bolha que nasce do cachimbo de um humorista: roça-o apenas como a bolha pode roçar sua fonte de gracejos ao ser reabsorvida pela vontade do gracejador. Homens de ciência presumem algo dele, mas o ignoram na maior parte. Homens sábios interpretam sonhos, e os deuses riem. Um homem com ponto de vista oriental costuma dizer que o tempo e o espaço são relativos, e os homens dão risada. Mas mesmo esse homem com ponto de vista oriental nada mais tem feito que suspeitar. Eu tinha desejado e tentado fazer mais que suspeitar; meu amigo tentou e obteve êxito parcial. Então tentamos juntos e atraímos com drogas exóticas sonhos terríveis, proibidos e desejados no ateliê que ficava na torre do antigo solar do respeitável Kent.

Entre a agonia dos dias posteriores está a fonte principal dos tormentos: o indizível. Jamais poderei descrever o que descobri e vi naquelas horas de exploração ímpia — por falta de símbolos e precariedade sugestiva em qualquer língua. Digo isso porque, do começo ao fim, nossas descobertas participaram apenas da natureza das sensações; sensações que não têm correlação com nenhuma impressão que o sistema nervoso da humanidade comum é capaz de receber. Eram sensações, mas nelas havia elementos inacreditáveis de tempo e espaço — coisas que no fundo não possuem existência distinta e definida. Expressões humanas que melhor poderiam comunicar o caráter geral de nossas experiências seriam mergulhos abruptos ou voos instantâneos a planos altíssimos; pois, em todo o tempo da revelação, uma parte de nossa mente separou-se nitidamente do presente e de toda a realidade, despenhando-se etereamente em abismos escuros, impactantes e assustadores, e ocasionalmente irrompendo através de certos obstáculos típicos e bem marcados, apenas possíveis de descrever como nuvens ou vapores viscosos e ásperos. Nessa trajetória incorpórea e escura, voávamos algumas vezes apartados e em outras, juntos. Quando íamos juntos, meu amigo estava sempre muito adiante de mim; apesar de incorpóreo, podia perceber sua presença por um tipo de memória pictórica por meio da qual seu rosto se tornava perceptível para mim, dourado por uma luz estranha e assustadora e de uma beleza sobrenatural, faces anormalmente jovens, olhos em brasa, a fronte olímpica, o cabelo escuro e a barba crescida.

Nada lembramos relativamente ao avanço do tempo, já que o tempo tinha se tornado para nós uma mera ilusão. Sei apenas que devia haver algo muito singular envolvido, o que nos deixou efetivamente maravilhados, dado que nessa jornada não envelhecíamos. Nossos diálogos eram ímpios e sempre terrivelmente ambiciosos — nem Deus nem o Demônio poderiam aspirar a descobertas e conquistas como as que planejamos secretamente. Eu tinha arrepios ao falar deles e não me atrevo a ser explícito, mas direi que meu amigo uma vez escreveu numa nota um desejo que não teve coragem de pronunciar verbalmente: me fez queimar o papel e olhar amedrontado pela janela o céu noturno reluzente de estrelas. Aludirei — apenas aludirei — que seus planos envolviam o governo do universo visível e muito mais; planos por meio dos quais a terra e as estrelas se moveriam a seus comandos, e o destino de todo ser vivo seria seu. Afirmo — juro — que eu não partilhava dessas aspirações extremas. Qualquer coisa em contrário que meus amigos tenham dito ou escrito deve ser considerada falsa, pois não sou um homem com o poder de enfrentar tramas bélicas inomináveis nas esferas ocultas onde alguém possa sozinho obter êxito.

Certa noite, os ventos dos espaços desconhecidos nos apanharam num vórtice e nos arrastaram irresistivelmente para o ilimitado vácuo além de todo o imaginável e existente. Percepções de um gênero enlouquecedor das mais inexprimíveis abateram-se sobre nós em profusão; percepções do infinito que dessa vez nos sacudiram de alegria, agora parcialmente perdidas em minha memória, também parcialmente incapaz de descrever outras. Os obstáculos viscosos se rasgavam em meio à rápida sucessão, e finalmente senti que tínhamos sido levados a reinos mais remotos que qualquer um dos que conhecemos anteriormente. Meu amigo estava muito mais adiante quando nos arrastávamos nesse oceano impressionante de éter virgem, e eu podia ver a alegria sinistra na imagem flutuante de seu rosto luminoso e muito jovem. Abruptamente, aquele rosto tornou-se tênue e logo desapareceu, e num tempo breve me vi projetado contra um obstáculo que não pude penetrar. Era como os demais, mas incalculavelmente mais denso; uma massa pegajosa e úmida, se é que esses termos podem ser aplicados como características análogas para uma esfera não material.

Tinha, eu percebi, sido detido por uma barreira que meu amigo e líder havia ultrapassado com êxito. Com esforço renovado, cheguei ao fim do sonho psicodélico e abri meus olhos físicos no estúdio da torre em cujo canto oposto se recostava a figura de meu companheiro de sonho, pálido e ainda inconsciente, fantasticamente desfigurado e rusticamente belo à lua que derramava uma verdolenga luz dourada sobre suas feições marmóreas. Depois de um breve intervalo, a figura no canto agitou-se; e possa o céu piedoso manter longe de minha vista e ouvidos uma coisa como aquela que se configurou diante de mim. Não consigo dizer como foram seus gritos ou que imagens de infernos imperscrutáveis raiaram por um segundo em seus olhos negros enlouquecidos de medo. Posso apenas dizer que desmaiei e não me mexi até que ele recobrou a consciência e me sacudiu em sua ânsia de que alguém o protegesse do horror e da desolação.

Assim terminaram nossas investigações voluntárias nas cavernas do sonho. Aterrorizado, abalado e cheio de pressentimentos, meu amigo, que tinha atravessado a barreira, me preveniu a nunca nos arriscarmos em nova aventura naqueles domínios. Ele não teve coragem de me contar o que tinha presenciado; mas me disse, pela vivência experimentada, que devíamos dormir o menos possível e mantermo-nos despertos, mesmo que para isso fosse necessário fazer uso de drogas. Que ele estava certo, logo descobri pelo medo inexprimível que me dominava toda vez que perdia a consciência. Depois de cada sono curto e inevitável, eu aparentava estar mais velho, e meu amigo envelhecia com uma rapidez tremenda. É horrível ver rugas surgirem e cabelos encanecerem bem diante de nossos olhos. Antes de vida reclusa, pelo que sei, meu amigo — cujo nome e origem reais nunca foram pronunciados pelos seus lábios — agora adquirira um medo frenético da solidão. À noite não conseguia ficar sozinho, nem o acalmava a companhia de algumas pessoas. Seu único alívio era obtido em festas mais frequentadas e tumultuadas, de modo que eram poucas as reuniões de gente jovem e alegre de que não participávamos. Nossa presença e idade pareciam estimular o escárnio de que me ressentia amargamente, mas que meu amigo considerava menos danoso que a solidão. Especialmente, tinha medo de se achar sozinho fora de casa, quando as estrelas brilhavam no céu e, se a circunstância o impedia de esquivar-se, olhava furtivamente para o céu como se o perseguisse dali alguma entidade monstruosa. Ele nunca olhava para o mesmo ponto do céu — olhava para diferentes pontos de acordo com as diferentes estações. Nas noites de primavera, podia ser que olhasse para o nordeste. No verão, podia olhar diretamente para o alto do céu. No outono, podia ser que olhasse para o noroeste. No inverno, podia ser que olhasse para o leste, principalmente nas altas horas da madrugada. As noites do solstício de inverno pareciam menos pavorosas para ele. Somente depois de dois anos pude relacionar esse medo com algo em particular; desde então, comecei a perceber que ele vigiava um ponto específico da abóbada celeste cuja posição nas diferentes estações correspondia à direção de seu olhar — ponto que indicava a localização aproximada da constelação da Coroa Boreal.

Nessa época, tínhamos um estúdio em Londres, nunca nos separamos, mas nunca conversávamos sobre os dias em que buscamos sondar os mistérios do mundo irreal. Estávamos velhos e debilitados pelas drogas, dissipações e esgotamento nervoso, e o cabelo e barbas ralos de meu amigo estavam brancos como neve. O fato de não necessitarmos de longos períodos de sono era surpreendente, considerando que raramente sucumbíamos mais que uma ou duas horas a essa escuridão que então tinha tomado a forma de uma ameaça extremamente apavorante. Então sobreveio um janeiro de névoa e chuva, quando o dinheiro estava escasso e era dificultoso comprar drogas. Minhas estátuas e cabeças de marfim foram todas vendidas, e não tínhamos recursos para comprar novos materiais nem energia para talhar, ainda que os tivéssemos em mãos. Sofríamos terrivelmente, e numa noite, meu amigo submergiu em um sono profundo com uma respiração densa, do qual eu não pude acordá-lo. Posso agora lembrar-me da cena — o estúdio em um sótão desolado e escuro como breu, sob o beiral do telhado açoitado pela chuva que caía; o tique-taque do relógio de parede; as batidas imaginadas de nossos relógios de bolso depositados sobre a penteadeira; o rangido de uma janela oscilante num remoto lugar da casa; os rumores distantes da cidade amortecidos pela névoa e pelo espaço; e o pior de tudo: a respiração profunda, uniforme e sinistra de meu amigo no beliche — uma respiração rítmica, que parecia determinar momentos de medo e agonia sobrenaturais de seu espírito enquanto vagava em esferas proibidas, inimagináveis e espantosamente remotas.

A tensão de minha vigília tornou-se opressiva, e uma torrente desenfreada de impressões triviais e associações invadiu minha mente já à beira da loucura. Ouvi as badaladas de um relógio em algum lugar — não dos nossos, pois não badalavam as horas — e minha mórbida fantasia viu nisso um novo ponto de partida para divagações ociosas. Relógios — tempo — espaço — infinito; logo minha imaginação voltou-se para o local enquanto eu refletia que, mesmo naquela hora, além do telhado, e da névoa, e da chuva, e da atmosfera, a Coroa Boreal se erguia no nordeste. A Coroa Boreal, que meu amigo parecia temer, e cujo semicírculo de estrelas cintilantes naquele instante mesmo devia brilhar invisível nos abismos incomensuráveis do éter. De repente, meus ouvidos febrilmente sensitivos pareceram detectar um componente novo e completamente distinto na mescla difusa dos sons ampliados pela droga — um choro baixo, abominavelmente insistente, procedia de algum lugar muito distante dali; sussurrava, clamava, zombava, chamava, e vinha do nordeste.

Não foi esse choro distante que me privou de minhas faculdades e me imprimiu na alma a estampa do terror, o que talvez nunca durante a vida eu consiga apagar; não foi o que me arrancou gritos e me causou as convulsões, fazendo os vizinhos e a polícia arrombarem a porta. Não foi o que ouvi, mas o que vi; naquele aposento escuro, com as janelas e as cortinas fechadas, surgiu vindo do escuro nordeste um feixe de horrenda luz rubro-dourada — um feixe de luz que não propagava luminosidade nenhuma na escuridão, mas que iluminou tão só a cabeça recostada do inquieto adormecido, projetando uma espantosa duplicidade do rosto--imagem do meu amigo, luminoso e estranhamente jovem, tal como eu o havia percebido nos sonhos de espaço abissal e tempo rompido, quando ele atravessou a barreira e adentrou nas cavernas secretas, mais recônditas e proibidas do pesadelo.

Enquanto observava, vi-o levantar a cabeça, os olhos negros, líquidos, encovados e fendidos de pavor, e abrir os lábios tênues e fluidos como se fossem desferir um grito extremo de terror. Ali naquele rosto espectral e flexível, enquanto resplendia incorpóreo, luminoso e rejuvenescido nas trevas, vibrava um terror mais copioso, espesso e mais alucinante que tudo quanto jamais presenciei no céu e na terra. Não pronunciou nenhuma palavra em meio ao som distante que se tornava cada vez mais próximo, mas, ao acompanhar o olhar desvairado do rosto-imagem a percorrer a trajetória daquele feixe de luz abominável até sua fonte, vi que também dela procedia o choro, e por um breve instante, vi também o que ele via; os ouvidos zumbiram e desabei em um acesso de ruidosa gritaria e em convulsão epiléptica, o que atraiu os vizinhos e a polícia. Jamais poderia elucidar, por mais que tentasse, o que verdadeiramente era aquilo que vi; nem o rosto imóvel poderia fazê-lo, já que, embora deva ter visto mais do que eu, nunca mais voltará a falar. Mas sempre ficarei em guarda contra o trocista e insaciável Hipnos, senhor do sono, contra o céu noturno, contra a ambição louca da ciência e da filosofia.

O que aconteceu exatamente é uma incógnita, pois não apenas estava minha mente subjugada por estranhas e terríveis coisas, mas outras ficaram obscurecidas pelo esquecimento, o que pode significar que tudo não passou de delírio. Dizem, não sei por que razão, que eu nunca tive um amigo, mas que a arte, a filosofia e a insanidade dominaram toda a minha trágica vida. Os vizinhos e a polícia me acalmaram naquela noite, e o médico administrou algo para me tranquilizar, mas ninguém pressentiu o papel que a ação de um pesadelo exerceu. Meu amigo aniquilado não lhes suscitou nenhuma compaixão, mas o que eles encontraram no beliche do estúdio os animou a fazer-me um elogio que me enojou, uma fama que agora desprezo com desespero quando me sento por horas, extenuado, barbas grisalhas, crivado de rugas, paralítico, enlouquecido pela droga e destruído, adorando e louvando o objeto que eles encontraram.

Pois negam que vendi a última peça de minha estatuária e apontam extasiados o que um feixe brilhante de luz deixou frio, petrificado e mudo. Essa coisa é tudo que restou de meu amigo; o amigo que me levou à loucura e ao naufrágio; a cabeça em mármore de um deus; mármore esse que apenas a antiga Hélade podia produzir, jovem com uma juventude que está fora do tempo, e de um rosto belo e barbado, lábios curvos sorridentes, fronte olímpica, cabelos espessos e ondulantes, e coroado de papoulas. Dizem que aquele rosto-imagem obsedante foi esculpido por mim mesmo, quando o modelo tinha a idade de 21 anos, mas na base do mármore está gravado um único nome em letras áticas: —ὝΠΝΟΣ.

O QUE VEM DA LUA

DETESTO A LUA — tenho medo dela —, pois, quando brilha sobre determinados ambientes familiares e amados, torna-os às vezes estranhos e pavorosos.

Foi em um verão espectral, a Lua iluminou um velho jardim por onde eu vagueava; o verão espectral de flores narcóticas e ondas de folhagens úmidas que estimulam sonhos turbulentos e multicoloridos. Enquanto eu andava pela orla de uma correnteza cristalina e rasa, vi uma ondulação incomum despontar com uma luz dourada, como se aquelas águas plácidas estivessem sendo arrastadas por correntes irresistíveis para misteriosos oceanos que não são deste mundo. Silenciosas e cintilantes, luminosas e fatais, aquelas funestas águas enluaradas precipitavam-se não sei para onde; nas margens cobertas de ramagens, flores brancas de lótus agitavam-se uma a uma ao vento noturno embalsamado de ópio e caíam sem esperança na correnteza, levadas em redemoinho sob a ponte arqueada e entalhada, olhando para trás com uma resignação sinistra de semblantes calmos e moribundos.

Enquanto eu percorria a margem, esmagando com pés descuidados as flores dormentes, sempre enlouquecido pelo temor do desconhecido e das armadilhas de rostos mortos, percebi que, à luz da Lua, o jardim não tinha fim; pois onde havia muros durante o dia, estendiam-se agora unicamente novas paisagens de árvores e trilhas, flores e arbustos, ídolos de pedra e pagodes, como também a corrente banhada em luz dourada avançava em curvas por margens cobertas de plantas e sob pontes grotescas de mármore. E os lábios dos lótus mortos sussurravam com tristeza e me convidavam a seguir, a não interromper meus passos até que a corrente se transformasse num rio e, entre mangues com juncos oscilantes, chegasse a praias de areia cintilante na orla de um mar vasto e desconhecido.

A detestável Lua brilhava sobre esse mar, e sobre suas ondas mudas exalavam-se perfumes fatídicos em gestação. E, ao notar que os rostos de lótus nelas desapareceram, desejei ter redes em que pudesse capturá-los e conhecer por meio deles os segredos que a lua tinha trazido junto da noite. Mas quando a Lua desceu no oeste e a maré silente refluiu da praia taciturna, vi naquela luz torres antigas que as ondas deixaram descobertas e colunas brancas brilhantes engrinaldadas com algas verdes. Descobri que a morte tinha chegado para esses lugares submersos e, trêmulo, não desejei mais falar com os rostos de lótus.

Contudo, quando vi ao longe no mar um condor negro descer do céu para buscar descanso sobre um enorme recife, de bom grado teria lhe perguntado sobre aqueles que conheci quando estavam vivos. Eu o teria feito, se ele não estivesse tão distante, mas estava muito longe e ficou completamente fora do meu raio de visão quando se aproximou daquele recife gigantesco.

Depois, observei a maré baixar sob a lua poente e vi o lampejo das torres, agulhas e tetos dessa cidade submersa e morta. Enquanto observava, minhas narinas lutavam contra o odor nauseante dos mortos do mundo; pois, verdadeiramente, nesse lugar não situado e esquecido, estava toda a carne dos cemitérios reunida para os balofos vermes marítimos devorarem e se fartarem.

A diabólica Lua pendia muito baixa acima daqueles horrores, mas os vermes balofos do mar não precisavam dela para comer. E, enquanto eu observava as ondulações que o rebuliço dos vermes embaixo faziam, senti um novo arrepio de frio vindo do longínquo lugar de onde vi o condor abrir voo, como se meu corpo tivesse sentido um terror antes que eu o tivesse diante dos olhos.

Meu corpo não tinha estremecido sem motivo, pois quando ergui os olhos vi que as águas tinham recuado mais, mostrando muito mais do vasto recife cuja orla eu tinha percebido antes. Descobri que o recife era apenas a cabeça de basalto negro de um ídolo cuja monstruosa fronte nesse momento brilhava à luz vaga da lua e cujas garras abjetas deviam tocar o leito diabólico a milhas de profundidade. Então guinchei repetidamente, temeroso de que o rosto encoberto se erguesse das águas e seus olhos ocultos me fitassem ao acompanhar aquele olhar furtivamente oblíquo e traiçoeiro da dourada Lua.

E para escapar desse ser implacável mergulhei alegremente e resoluto no fétido baixio onde, entre muros de algas e o lodaçal submerso, vermes gordos devoravam os mortos do mundo.

AZATHOTH

QUANDO O MUNDO envelheceu e o maravilhoso extinguiu-se da mente dos homens; quando as cidades cinzentas ergueram torres horríveis e rígidas ante os céus enfumaçados, em cujas sombras ninguém conseguia sonhar com o sol ou com os prados floridos da primavera; quando a ciência desnudou a terra de seu manto de beleza e os poetas não cantavam mais senão fantasmas deformados por meio de uma visão turva e subjetiva; quando essas coisas vieram a acontecer e as esperanças inocentes tinham morrido para sempre, havia um homem que perscrutava além da vida em busca dos espaços, onde os sonhos do mundo tinham se refugiado.

Muito pouco a respeito do nome e domicílio desse homem se acha escrito, e o que existe apenas se refere ao mundo desperto; contudo, dizem que tanto um quanto outro são obscuros. É suficiente saber que ele morava em uma cidade cheia de altas paredes, onde reinava a sombra estéril e que ele trabalhava o dia todo entre as sombras e o tumulto, voltando para casa à noite, a seu aposento cuja única janela abria-se não para os campos e jardins, mas para uma viela penumbrosa onde outras janelas fitavam em deprimente desespero. Daquela janela podia-se ver apenas outras janelas e paredes, exceto em algumas ocasiões quando alguém se debruçava o mais que podia e perscrutava nas alturas as pequeninas estrelas que transitavam pelo céu. E, porque ver apenas paredes e janelas não demora a conduzir à loucura um homem que sonha e lê muito, o morador daquele aposento costumava debruçar-se na janela, noite após noite, para sondar o céu e vislumbrar alguma fração do que existe além do mundo desperto e das cinzentas cidades cheias de paredes altas. Anos depois, ele começou a chamar pelo nome as estrelas de movimento lento e as acompanhava na imaginação quando transitavam, para seu pesar, longe da vista; até que finalmente sua visão se abriu para inúmeras imagens secretas de cuja existência olhos comuns não suspeitam. Certa noite, um potente golfo daqueles céus habitados de sonhos se distendeu e alcançou a janela do observador solitário, fundiu-se com o ar abafado de seu aposento e o fez participante de sua fabulosa maravilha.

Entraram no aposento torrentes espantosas de noite violeta, resplandecendo com poeira de ouro; vórtices de poeira e fogo, em turbilhão desde as últimas fronteiras do espaço e saturados de perfumes provenientes de mundos além. Oceanos de ópio fluíam ali, iluminados por sóis que olhos humanos jamais contemplaram e, trazendo em seus turbilhões, golfinhos estranhos e ninfas marinhas de profundidades esquecidas. O silencioso infinito rodopiou em volta do sonhador e o arrebatou sem nem mesmo tocar seu corpo, que ficou ali paralisado e debruçado sobre a solitária janela de seu aposento; e durante dias incontáveis nos calendários humanos as torrentes das esferas longínquas o despojaram docilmente de seu corpo para se juntar aos sonhos que ele almejava; os sonhos que os homens perderam. E no transcurso de muitos períodos de tempo, eles ternamente o deixaram dormindo sobre uma praia verdejante ao sol nascente; uma praia verdejante perfumada com flores de lótus e coberta de camalotes vermelhos.

ENTRE AS PAREDES DE ERYX

(com Kenneth Sterling)

ANTES DE TENTAR descansar, registrarei estas notas preliminares para o relato que devo redigir. O que descobri é tão singular e tão contrário a toda experiência passada e expectativas que merece uma descrição muito cuidadosa.

Cheguei a base principal de Vênus no dia 18 de março, segundo o calendário terrestre; VI, 9, segundo o calendário do planeta. Uma vez escalado para o principal grupo sob o comando de Miller, recebi meu equipamento, um relógio ajustado para a rotação um pouco mais acelerada de Vênus, e realizei o treinamento usual com máscara. Depois de dois dias, me consideraram apto para o trabalho.

Partindo do posto da Companhia de Cristais em Terra Nova por volta de VI, 12, segui a rota Sul que Anderson tinha mapeado por via aérea. O percurso era péssimo, pois essas florestas são sempre intransitáveis depois da chuva. Deve ser a umidade que dá essa dureza de couro ao emaranhado das trepadeiras e ervas rasteiras; uma dureza tão rígida que leva dez minutos para cortar a faca algumas delas. Ao meio-dia estava mais seco — a vegetação ficou mais macia e borrachenta, de maneira que a faca penetrava mais facilmente —, mas ainda assim não conseguia avançar com mais rapidez. Essas máscaras de oxigênio Carter são demasiadamente pesadas — e metade do seu peso já bastaria para esfalfar um homem comum. A máscara Dubois, com recheio de espuma em vez de tubos, forneceria bom ar do mesmo modo com metade do peso.

O detector de cristal parecia funcionar bem, indicando regularmente a direção atestada no relatório de Anderson. É curioso como funciona esse princípio de afinidade — sem os embustes das velhas "varinhas mágicas" da pátria distante. Deve haver um imenso depósito de cristais com uma extensão de mil milhas, embora eu presuma que aqueles malditos homens-lagartos sempre o vigiem e guardem. Possivelmente, nos considerem uns perfeitos tolos para vir a Vênus em busca dessas coisas, assim como também os consideramos estúpidos por rastejarem na lama toda vez que veem uma peça dessas, ou por celebrarem aquela magnífica peça que conservam num pedestal em seu templo. Desejaria que cultivassem uma nova religião, pois os cristais não têm nenhuma utilidade para eles, exceto a de dedicar-lhes preces. Não fosse a sua religiosidade, nos deixariam extrair quanto quiséssemos — mesmo que aprendessem a utilizar o seu poder, haveria quantidade mais do que suficiente para seu planeta e para a Terra também. Quanto a mim, estou cansado de não aproveitar os depósitos principais e apenas garimpar cristais soltos em leitos de rios na floresta. Algum dia desses, insistirei que um exército forte e implacável da Terra liquide esses miseráveis escamosos. Umas vinte naves poderiam trazer tropas suficientes e assaltá-los em emboscada. Não se pode qualificar como homens essas criaturas malditas, apesar de todas as suas "cidades" e torres. Não possuem nenhuma habilidade que não seja a da edificação — e uso de espadas e dardos envenenados —, e não acredito que suas proclamadas "cidades" sejam mais que formigueiros ou tocas de castores. Duvido igualmente que tenham um idioma verdadeiro: toda essa tagarelice a respeito de uma comunicação psicológica por meio daqueles tentáculos caídos do peito me parece uma bobagem. O que ilude o povo é a sua postura ereta; isso não passa de uma semelhança casual com o homem terrestre.

Eu gostaria de transitar pelas florestas de Vênus pelo menos uma vez sem precisar ficar atento para me ocultar deles ou escapar de seus malditos dardos. Podem ter sido pacíficos antes de começarmos a explorar os cristais, mas seguramente agora são hostis e representam um grande transtorno — com seus lançamentos de dardos e estragos em nossos condutos de água. Cada vez mais sou levado a acreditar que eles têm uma percepção diferenciada, equivalente a dos nossos detectores de cristal. Nunca se teve notícia de que tivessem incomodado um homem — com exceção dos disparos de longa distância com dardos — que não estivesse carregando cristais consigo.

Por volta de uma hora da tarde, um dardo quase me levou o capacete e, por um segundo, pensei que meus tubos de oxigênio tivessem sido perfurados. Esses demônios furtivos não fizeram nenhum barulho, mas três deles estavam avançando contra mim. Embora sua cor se confundisse com a da floresta, pude percebê-los pelo movimento da vegetação. Rechacei-os todos atirando circularmente com meu lança-chamas. Um deles tinha pelo menos dois metros e meio de altura e um focinho semelhante ao do tapir. Os outros dois tinham em média um pouco mais de dois metros. Tudo que os torna capazes de resistir é seu grande número — mesmo um único regimento de lança-chamas podia liquidá-los. É curioso, entretanto, como chegaram a se constituir na espécie dominante no planeta. Nenhuma outra espécie vivente é superior aos reptoides *akmans* e *skorahs*, ou aos *tukans* alados do outro continente, a não ser, naturalmente, que aquelas cavidades do Planalto de Dionae escondam algo.

Perto das duas horas, meu detector virou para a direção oeste, indicando cristais soltos imediatamente à direita. Conferia com Anderson, e mudei a direção de acordo com essa orientação. Era mais penoso seguir, não apenas porque o terreno era íngreme, como também porque a vida animal e as plantas carnívoras eram mais abundantes. Estava sempre cortando *ugrats* e pisando em *skorahs*; os darohs rebentavam e me atingiam de todos os lados, deixando meu jaleco de couro todo salpicado. A luz do sol estava pior em razão da névoa, e de modo algum parecia que a lama ia secar. A todo instante eu afundava os pés treze ou quinze centímetros, e havia um tipo de sucção, pois toda vez que os removia soava um "glup". Desejava que alguém inventasse um tipo de roupa com material mais forte do que o couro para esse clima. Tecido comum apodreceria, é claro; mas algum tipo de tecido metálico fino que não se rompesse — como a superfície desse rolo de papel que protege os registros contra danos — é necessário que se obtenha.

Comi às 3h30 — se é que mastigar essas horríveis pastilhas alimentícias através de minha máscara pode ser chamado de comer. Logo depois, notei uma mudança decisiva no ambiente — as flores brilhantes de aspecto venenoso mudavam de cor e adquiriam um aspecto fantasmal. O contorno de todas as coisas tremulava ritmicamente, pontos luminosos surgiam e dançavam no mesmo compasso, regular e lento. Em seguida, a temperatura parecia oscilar em uníssono com um ritmo tamborilante peculiar.

O universo inteiro parecia pulsar em vibrações profundas e regulares que preenchiam cada ponto do espaço e fluíam da mesma maneira ao longo do meu corpo e mente. Perdi todo o sentido de equilíbrio, fiquei tonto e atordoado, e nada mudou mesmo quando fechei os olhos e tapei os ouvidos com as mãos. Contudo, minha mente estava ainda clara, e em poucos minutos, percebi o que tinha acontecido.

Tinha avistado então uma daquelas curiosas plantas-miragem sobre as quais tantos dos nossos homens contavam histórias. Anderson tinha me alertado sobre elas e tinha feito uma descrição minuciosa da aparência dessas plantas — talo peludo, folhas espinhosas, flores mosqueadas cujas exalações gasosas produzem devaneios e penetram em qualquer tipo existente de máscara.

Fiquei tomado de um pânico momentâneo ao lembrar-me do que tinha acontecido a Bailey três anos antes. Passei a correr cambaleante em meio a esse mundo caótico e louco que as exalações das plantas tinham tecido ao meu redor. Logo recuperei o bom senso e percebi que tudo o que eu precisava fazer era fugir dali e das flores perigosas, afastando-me da fonte das pulsações e abrindo caminho cegamente — sem atentar para o que aparecia em torvelinho ao meu redor — até que, fora do raio de ação das plantas, me pusesse em segurança.

Embora tudo girasse de forma perigosa, tentei tomar a direção certa e abrir caminho adiante. Devo ter me afastado muito de minha rota, pois tive a impressão de que muitas horas se passaram até me achar livre da influência poderosa das plantas-miragem. Gradualmente, as luzes dançantes começaram a desaparecer; o cenário perdia as cintilações espectrais e começava a adquirir um aspecto de solidez. Depois que alcancei um estado completamente lúcido, busquei meu relógio e fiquei atônito ao descobrir que eram apenas 4h20. Toda a experiência pôde se completar em pouco mais de meia hora, embora tenha me parecido durar uma eternidade.

Todo atraso, entretanto, era um incômodo, e havia perdido o rumo em minha fuga. Eu agora avançava para o alto na direção indicada pelo detector de cristal, empenhando toda minha energia em avançar com mais rapidez. A selva era ainda cerrada, embora houvesse menos vida animal. Em certa ocasião, uma flor carnívora agarrou meu pé direito e o prendeu tão fortemente que tive de cortá-la com minha faca até reduzi-la a tiras para que me soltasse.

Em menos de uma hora, vi que a selva tornava-se menos espessa e, por volta das 5h, depois de passar por um cinturão de samambaias com escassa vegetação rasteira entre elas, saí em um extenso platô musgoso. Meus passos progrediam mais rápido agora, e notei pela oscilação da agulha do detector que estava relativamente perto do cristal que eu procurava. Era estranho, pois a maior parte dos esferoides em forma de ovo, encontrados dispersos em riachos na selva, era de um tipo que provavelmente não existiria nesse planalto desprovido de árvores.

O terreno elevava-se em aclive e terminava em um cimo definido. Alcancei o topo perto das 5h30 e vi diante de mim uma planície extensa com florestas distantes. Sem dúvida, era o platô que Matsugawa mapeara por via aérea cinquenta anos antes, e que em nossos mapas recebera o nome de "Eryx" ou "Montanhas Erycianas". Mas o que fez meu coração saltar foi um pequeno detalhe, cuja posição não podia estar longe do centro exato da planície. Era um único ponto de luz que brilhava através da névoa e parecia atrair uma luminescência condensada e intensificada dos raios amarelados do sol, embotados pela bruma. Era com certeza o cristal que eu procurava — algo que, possivelmente, não seria maior que um ovo de galinha e, contudo, encerrava energia suficiente para manter uma cidade aquecida durante um ano. Enquanto contemplava o brilho distante, não pude deixar de me espantar com o fato de que aqueles miseráveis homens-lagartos adorassem esses cristais e não tivessem a menor noção da energia que continham.

Rompendo a correr veloz, tentava alcançar a recompensa inesperada tão logo quanto possível; me aborreci quando o musgo firme deu lugar a uma lama rasa, singularmente detestável, entre tufos ocasionais de matos e plantas rasteiras. Mas avancei patinhando descuidadamente — sem pensar sequer em atentar ao redor para quaisquer homens-lagartos ocultos. Naquele espaço aberto, era muito pouco provável sofrer uma emboscada. Enquanto avançava, a luz adiante parecia aumentar em tamanho e luminosidade, e comecei a notar certa peculiaridade em sua disposição. Obviamente, era um cristal da mais refinada qualidade, e minha alegria aumentava a cada passo borrifado de lama.

É agora que preciso começar a ter cuidado com meu relato, uma vez que daqui em diante o que terei de dizer envolve questões sem precedentes, embora felizmente verificáveis. Eu avançava com intensa avidez e estava a noventa metros aproximadamente do cristal — cuja posição em uma espécie de terreno elevado em meio a um limo onipresente parecia muito estranha — quando uma esmagadora força repentina golpeou meu peito e as articulações de meus dedos cerrados, jogando-me para trás no lodo. O som de esguicho da queda foi terrível, nem mesmo a maciez do terreno e a presença de algumas plantas rasteiras salvou minha cabeça de um abalo desnorteante. Por um instante fiquei deitado de costas, completamente abalado para pensar. Então, quase mecanicamente, ergui-me e comecei a raspar quanto possível a lama e os borrifos do meu traje de couro.

Não pude formar a menor ideia daquilo com que deparei. Não tinha visto nada que pudesse ter causado o choque e não via nada depois. Tinha, afinal, apenas escorregado na lama? Meu peito e articulações doloridas excluíam essa possibilidade. Ou era essa ocorrência toda uma ilusão produzida por alguma planta-miragem oculta? Parecia-me muito pouco provável, uma vez que eu não apresentava nenhum dos usuais sintomas; também não havia por perto nenhum lugar onde uma planta típica e tão vívida pudesse atacar sorrateiramente. Se eu estivesse na Terra, poderia suspeitar que algum governo tivesse levantado uma barreira de força-N para demarcar uma zona proibida, mas nessa região desprovida de vida humana tal ideia seria absurda.

Por fim, readquiri meu autocontrole e decidi investigar cautelosamente. Empunhei minha faca estendida o mais adiante possível para que fosse a primeira a ser afetada pela estranha força e reiniciei minha marcha na direção do cristal brilhante, predispondo-me a avançar passo a passo com a máxima deliberação. No terceiro passo, fui detido abruptamente pelo impacto da faca contra uma superfície aparentemente sólida — uma superfície sólida onde meus olhos não viam nada.

Depois de um breve recuo, ganhei coragem. Estendi minha mão esquerda, calçada com luva, e constatei a presença de matéria sólida invisível — ou uma ilusão tátil de matéria sólida — diante de mim. Ao mover a mão, notei que a barreira tinha uma grande extensão e possuía uma lisura parecida com a do vidro, mas não havia nenhuma evidência de formar junções de blocos separados. Encorajando-me para mais experimentos, removi uma luva e experimentei tocar a barreira com minha mão nua. Era efetivamente dura e vítrea, possuía também uma frieza curiosa que contrastava com o ar ao redor. Concentrei a vista ao máximo, esforçando-me para vislumbrar algum traço da substância obstrutora, mas não conseguia discernir nada por mais que tentasse. Não havia nem mesmo alguma evidência de potência refratora, como constatei pelo aspecto da paisagem defronte. A falta de uma imagem brilhante do sol em algum ponto provava a inexistência de potência refletora.

Uma curiosidade ardente passou a demover todos os outros sentimentos e ampliei o melhor que pude minhas investigações. Examinando com as mãos, descobri que a barreira se estendia da base até um nível mais alto do que me era possível alcançar e que se alongava indefinidamente de ambos os lados. Era, portanto, um tipo de muro, embora qualquer suposição a respeito de sua substância e propósito estivesse fora do meu alcance. Pensei novamente nas plantas-miragem e nos sonhos que elas induzem, mas num lance de raciocínio, descartei essa possibilidade.

Tentei, por meio de chutes com minhas pesadas botas e batidas incisivas com o cabo da faca, interpretar os sons que a barreira produzia. Havia algo nas reverberações que sugeria cimento ou concreto, embora, ao tato de minhas mãos, tivesse sentido mais uma superfície vítrea ou metálica. Certamente, estava me defrontando com algo estranho e fora dos limites de todo conhecimento anterior.

O rumo lógico seguinte era obter alguma ideia das dimensões do muro. O problema da altura seria mais trabalhoso, se não insolúvel, mas a questão da extensão e da forma talvez fosse mais rapidamente contornável. Estendendo os braços e mantendo-me colado à barreira, passei a margeá-la gradualmente pela esquerda, tendo o cuidado de marcar a trilha que eu seguia. Depois de muitos passos concluí que o muro não era reto, mas que eu seguia um trecho de algum vasto círculo ou elipse. E nesse momento, minha atenção foi desviada por algo completamente diferente — algo conectado com o cristal, longe ainda do alcance, que tinha constituído o objeto de minha busca.

Já mencionei que mesmo de uma grande distância a posição do objeto brilhante parecia indefinivelmente estranha — situado sobre uma pequena elevação que se erguia da lama. Agora, a aproximadamente noventa metros, podia ver claramente, apesar de engolfado em névoa, o que era exatamente aquela elevação. Ali estava o corpo de um homem deitado de costas, vestido com o traje de couro da Companhia de Cristais, e com sua máscara de oxigênio meio enterrada na lama a alguns centímetros de distância. Na sua mão direita, comprimida convulsivamente contra o peito, estava o cristal que tinha me levado até ali — um esferoide de incrível tamanho, tão grande que os dedos mortos mal podiam contê-lo todo. Mesmo àquela distância podia perceber que a morte ocorrera havia pouco tempo. Notava-se muito pouca decomposição, e refleti que naquele clima isso significava que morrera há não mais de um dia. Em breve, as moscas farnoth começariam a amontoar-se sobre o corpo. Perguntei-me quem era aquele homem. Seguramente, não era ninguém que eu tivesse visto na viagem. Devia ser um dos veteranos ausentes em uma longa expedição itinerante que tinha vindo a essa região especial, independentemente do mapeamento de Anderson. E ali jazia, findos todos os problemas e com os raios do grande cristal jorrando entre seus dedos enrijados.

Durante cinco minutos inteiros fiquei ali pasmado, cheio de espanto e apreensão. Um medo curioso me assaltou e tive um impulso irracional de fugir. Aquilo não tinha sido obra daqueles furtivos homens-lagartos, pois ele ainda segurava o cristal que tinha encontrado. Existia alguma relação com o muro invisível? Onde ele tinha encontrado o cristal? O instrumento de Anderson tinha indicado um nessa região muito antes de esse homem morrer. Agora eu começava a ver a barreira invisível como algo sinistro e recuei com um estremecimento, embora soubesse que, em face dessa recente tragédia, devia investigar o mistério todo o mais rapidamente possível e de modo conclusivo.

Num átimo — minha mente obrigada a voltar ao problema que eu enfrentava — pensei em um possível meio de examinar a altura do muro, ou pelo menos descobrir se ele se estendia, ou não, indefinidamente para cima. Apanhei um punhado de lama e a deixei secar até obter alguma coesão, e então, lancei-o para o alto na direção da barreira completamente diáfana. A uma altura aproximada de quatro metros, atingiu a superfície invisível com um som ressonante, desintegrando-se imediatamente em lama, descendo em jato e desaparecendo com surpreendente rapidez. Obviamente, o muro era alto. Um segundo punhado, arremessado de um ângulo certeiramente mais agudo, acertou a superfície a aproximadamente cinco metros, e desapareceu tão rapidamente como o primeiro.

Nesse instante, convoquei toda a minha força e me preparei para lançar um terceiro punhado tão alto quanto possível. Deixei a lama secar e a espremi para drená-la ao máximo; e a lancei num ângulo tão abrupto que receei que não alcançasse sequer a superfície obstrutiva.

Alcançou, entretanto, e dessa vez atravessou a barreira, caindo na lama do outro lado com um violento borrifo. Finalmente eu tinha uma ideia aproximada da altura do muro, pois o meu projétil de barro tinha atravessado a barreira claramente a uma altura de seis ou sete metros.

Era completamente impossível subir um muro vertical de seis ou sete metros, liso como vidro. Eu devia então continuar contornando a barreira circular na esperança de encontrar uma entrada, um fim ou algum tipo de interrupção. O obstáculo formava um círculo completo, outra figura geométrica fechada, ou era apenas um arco ou semicírculo? Procedi conforme minha decisão e retomei minha lenta jornada circular pela esquerda, movendo minhas mãos para cima e para baixo sobre a superfície invisível, na expectativa de encontrar alguma janela ou outra pequena abertura. Antes de iniciar a caminhada, tentei deixar minha posição marcada, abrindo com os pés um buraco na lama, mas descobri que o limo era muito ralo para deixar um sinal. Contudo, estimei a localização aproximada por uma cicadácea na floresta distante que parecia estar exatamente alinhada com o cristal reluzente a noventa metros de mim. Se não existisse porta ou abertura, poderia então saber quando tivesse completado a volta do muro.

Não tinha avançado muito quando considerei que a curvatura indicava uma área circular com aproximadamente noventa e um metros de diâmetro — se de fato o contorno fosse regular. Isso implicaria que o homem morto estava perto do muro num ponto quase oposto ao lugar de onde eu tinha partido. Estava o homem dentro ou fora do círculo? É o que averiguaria em breve.

Enquanto eu contornava vagarosamente a barreira sem encontrar nenhuma entrada, janela ou alguma abertura, concluí que o corpo estava no seu interior. Com a proximidade, as feições do morto me pareceram vagamente perturbadoras. Descobri algo inquietante em sua expressão e no modo como os olhos vidrados fitavam. Quando cheguei mais perto, acreditei ter reconhecido Dwight, um veterano com quem nunca me relacionei, mas a quem no ano anterior me haviam apresentado. O cristal que ele segurava era certamente de grande valor — o maior espécime de todos que eu já tinha visto.

Estava tão perto do corpo que poderia, não fosse a barreira, tocá-lo, quando minha inquiridora mão esquerda encontrou um ângulo na superfície invisível. No mesmo instante, percebi que havia uma abertura de noventa centímetros aproximadamente que se estendia da base a uma altura maior do que eu podia alcançar. Não havia porta nem evidência nenhuma de sinais que indicassem dobradiças de uma porta que tivesse existido ali antes. Sem um único momento de hesitação, entrei por ela com um passo e com mais dois avancei até o corpo prostrado — que jazia em ângulo reto com a passagem por onde eu havia entrado, no que parecia um corredor longitudinal sem porta. Uma nova curiosidade me assaltou ao verificar que o interior dessa vasta área cercada estava dividido em seções.

Curvando-me para examinar o corpo, descobri que não estava ferido. Isso pouco me surpreendeu, uma vez que a presença do cristal afastava uma suspeita contra os nativos pseudorreptilianos. Examinando ao redor em busca de uma possível causa de sua morte, meus olhos deram com a máscara de oxigênio junto aos pés do morto. Nisso, havia efetivamente algo significativo. Sem esse artefato nenhum ser humano podia respirar o ar de Vênus por mais de trinta segundos, e Dwight, se era de fato ele, tinha perdido o seu. Provavelmente, estava descuidadamente afivelado, de modo que o peso dos tubos concorreu para que as correias se soltassem, algo que não aconteceria com as máscaras de espuma Dubois. O meio minuto de tempo foi demasiadamente curto para permitir que ele se abaixasse e recuperasse sua proteção, ou possivelmente, o nível de cianogênio na atmosfera estivesse anormalmente alto na ocasião. Provavelmente, estivesse concentrado admirando o cristal — onde quer que o tivesse encontrado. Tinha, aparentemente, acabado de tirá-lo do bolso de seu casaco, pois este estava desabotoado.

Passei então a soltar o enorme cristal dos dedos do explorador morto, uma tarefa que a rigidez do cadáver tornou muito difícil. O esferoide era maior que o punho de um homem e reluzia como se estivesse vivo aos raios avermelhados do sol poente. Quando toquei a superfície lampejante, estremeci involuntariamente, como se, ao pegar esse precioso objeto, eu tivesse transferido a mim mesmo o destino que tinha surpreendido o seu portador precedente. Contudo, minhas apreensões passaram logo, e cuidadosamente o encerrei no bolso de meu casaco de couro. A superstição nunca foi uma de minhas fraquezas.

Colocando o capacete do homem sobre seu rosto inanimado, me levantei e me encaminhei para a porta invisível que dava entrada ao corredor da grande área cercada. Toda a minha curiosidade a respeito do estranho edifício retornou e espicacei o cérebro com especulações relativas à sua composição material, origem e propósito. Não podia acreditar nem por um momento que mãos humanas o tivessem erigido. Nossa primeira nave alcançou Vênus há apenas setenta e dois anos, e os únicos seres humanos a pisarem no planeta eram os de Terra Nova. Além disso, o conhecimento humano não abrange nenhum sólido perfeitamente transparente e não refrativo como a substância dessa estrutura. As invasões humanas pré-históricas de Vênus podem ser praticamente descartadas e, portanto, pode-se considerar a ideia de uma construção nativa. Teria precedido os homens-lagartos uma raça esquecida de seres superiormente evoluídos que se fizeram senhores de Vênus? Apesar de suas cidades construídas laboriosamente, parece difícil creditar aos pseudorrépteis o mérito de coisas desse gênero. Deve ter existido outra raça eras antes, da qual esta seja talvez a última relíquia. Ou serão encontradas outras ruínas semelhantes por expedições futuras? O propósito dessa estrutura ultrapassa qualquer conjectura, mas seu estranho material, aparentemente nada prático, sugere uma finalidade religiosa.

Constatando minha incapacidade para solucionar esses problemas, concluí que tudo o que eu podia fazer era explorar a estrutura invisível. Aqueles vários salões e corredores se estendiam, aparentemente, sobre uma planície ininterrupta de lama, e disso eu estava convicto; acreditei que conhecer sua ordenação podia levar a algo significativo. Então, refazendo meu caminho de volta pela entrada e passando perto do corpo, comecei a avançar ao longo do corredor na direção das regiões interiores de onde o morto tinha presumivelmente vindo. Depois, eu investigaria o corredor de onde parti.

Tateando como quem não enxerga, apesar da luz enevoada do sol, movi-me lentamente adiante. O corredor tornou-se logo afunilado e, em curvas continuamente adelgaçadas, dirigia-se em espiral para o centro. Ocasionalmente, meu tato revelava a abertura de uma passagem interseccional e encontrei várias vezes entroncamentos com dois, três e quatro caminhos divergentes. Nestes últimos, eu sempre continuava seguindo a rota mais próxima do centro, que parecia formar uma continuação daquela que eu estava atravessando. Haveria tempo de sobra para examinar as ramificações depois que tivesse alcançado as regiões interiores e retornado delas. Mal posso descrever a estranheza da experiência: uma busca por caminhos enovelados de uma estrutura invisível erguida por mãos esquecidas sobre um planeta alienígena.

Por fim, ainda titubeando e tateando, percebi que o corredor terminava em um espaço aberto bem grande. Apalpando ao redor, descobri que eu estava numa câmara circular de aproximadamente três metros de diâmetro; pela posição do morto em relação a certos pontos de referência da floresta distante, julguei que essa câmara estava no centro do edifício, ou perto dele. Dela partiam cinco corredores além daquele pelo qual eu tinha entrado, mas mantive o último em mente por meio de uma árvore específica que marquei muito atentamente quando, parado na entrada, visualizei sua posição em relação ao cadáver.

Não havia nada nessa câmara que a distinguisse — era só a mesma lama rala habitual em toda parte. Desejando saber se essa parte da estrutura tinha algum teto, repeti o experimento lançando para o alto um punhado de lama e vi imediatamente que não existia nenhuma cobertura. Se alguma vez existiu, deve ter desmoronado há muito tempo, pois meus pés não tropeçaram em nenhum vestígio de escombros ou restos espalhados. Enquanto refletia, pareceu-me positivamente estranho que essa estrutura aparentemente tão antiga não apresentasse paredes caídas, fendas nas paredes e demais sinais característicos de decadência.

O que era? O que tinha sido? Do que foi feita? Por que não apresentava evidências de blocos distintos nas paredes vítreas desconcertantemente homogêneas? Por que não havia indícios de portas, nem interiores nem exteriores? Sabia apenas que eu estava num edifício circular, desprovido de teto e de portas, construído com alguma matéria rígida, lisa, perfeitamente transparente, não refrativa e não reflexiva, com um diâmetro aproximado de noventa metros, muitos corredores e uma câmara circular no centro. Mais que isso, eu nunca poderia saber mediante uma investigação imediata.

Observei então que o sol se punha muito lentamente no oeste — um disco ouro-rubro que flutuava numa poça escarlate e laranja sobre árvores cobertas de névoa no horizonte. Obviamente, eu teria de me apressar se quisesse escolher um local seco para dormir antes de anoitecer. Já bem antes, eu tinha decidido acampar de noite à margem firme da planície lodosa perto do cimo onde eu tinha visto pela primeira vez o cristal reluzente, confiando à minha boa sorte habitual salvar-me de um ataque dos homens-lagartos. Tenho sempre sustentado que devíamos andar em grupos de dois ou mais para que alguém possa ficar em guarda durante as horas de sono, mas o número diminuto de ataques noturnos fez a Companhia despreocupar-se com essas considerações. Aqueles malditos escamosos parecem ter dificuldade de enxergar à noite, apesar de suas curiosas tochas incandescentes.

Tendo identificado de novo o corredor por onde eu tinha vindo, tratei de retornar para a entrada da estrutura. Uma investigação adicional podia esperar outro dia. Tateando pelo corredor em espiral o melhor que podia — com apenas um sentido geral, memória e por um vago reconhecimento de alguns tufos de vegetação indefinida como guia na planície —, logo me vi uma vez mais perto do cadáver. Havia então uma ou duas moscas farnoth atacando o rosto coberto pelo capacete, e vi que se iniciava a decomposição. Com uma aversão instintiva, ergui as mãos para repelir esses primeiros carniceiros — quando começou a se manifestar algo estranho e atordoante. Uma parede invisível, detendo o movimento de meus braços, me indicou que, apesar de minha cuidadosa reconstituição do caminho, eu não tinha voltado para o corredor onde o cadáver estava. Em vez disso, eu estava em um corredor paralelo, tendo sem dúvida tomado alguma curva ou bifurcação errada entre os intrincados caminhos deixados para trás.

Esperando encontrar adiante uma passagem para o corredor de saída, continuei a avançar, mas logo cheguei a uma parede que me barrava os passos. Teria, portanto, de retornar à câmara central e recompor minha rota mais uma vez. Não sabia exatamente onde eu tinha me enganado. Procurei no solo pelo milagre de alguma pegada orientadora que tivesse permanecido, mas imediatamente me conscientizei de que a lama rala só deixava marcas momentâneas. Tive pouca dificuldade para encontrar novamente meu caminho até o centro e, uma vez ali, refleti cuidadosamente sobre a rota correta para o exterior. Eu tinha estado muito à direita antes. Dessa vez, precisava tomar uma ramificação mais à esquerda em algum lugar, exatamente onde eu teria de decidir durante o percurso.

Enquanto prosseguia tateando uma segunda vez, me senti inteiramente confiante de que estava certo e virei à esquerda numa confluência de que, estava seguro, me lembrava. A espiral continuava, e fiquei atento para não me extraviar por alguma passagem interseccional. Contudo, logo constatei, para meu desgosto, que estava passando a uma considerável distância do cadáver. Essa passagem terminava na parede externa muito além do local onde estava o morto. Na esperança de que pudesse existir outra saída numa seção da parede que eu ainda não havia explorado, avancei adiante vários passos, mas no fim alcancei outra vez uma barreira sólida. Estava claro que a configuração do edifício era muito mais complexa do que eu tinha pensado.

Agora, considerava se retornaria para o centro ou se tentaria algum dos corredores laterais que ofereciam caminho até o cadáver. Se eu escolhesse a segunda alternativa, corria o risco de romper o padrão mental que indicava minha localização. Diante disso, seria melhor não tentar fazê-lo, a menos que pudesse conceber alguma forma de deixar uma pista visível atrás de mim. De que modo exatamente deixar uma pista seria um grande problema, e martelei a cabeça buscando uma solução. Aparentemente, não existia nada comigo que pudesse deixar uma marca sobre algo, nem algum material que pudesse espalhar ou dividir em pequenas porções e esparramar.

Minha caneta não produzia nenhuma impressão na parede invisível, e eu não podia traçar uma pista com minhas preciosas pastilhas alimentícias. Mesmo que eu me dispusesse a abster-me das últimas, não haveria sequer o mínimo suficiente — além disso, as pequenas pastilhas afundariam instantaneamente na lama e desapareceriam. Procurei em meus bolsos um caderno de notas velho — com frequência usado extraoficialmente em Vênus, apesar da rápida deterioração na atmosfera do planeta — cujas páginas eu poderia arrancar e espalhar, mas não consegui encontrar nenhum. Era obviamente impossível arrancar o rígido e fino metal do rolo de papel que protege os registros contra danos, e meu traje também não oferecia nenhuma possibilidade. Na atmosfera peculiar de Vênus não poderia me expor ao risco de ficar sem minha resistente roupa de couro; quanto às roupas íntimas, tinham sido dispensadas em virtude do clima.

Tentei marcar com lama as paredes lisas e invisíveis depois de espremê-la e drená-la ao máximo, mas verifiquei que escorriam e sumiam tão rapidamente quanto os punhados que eu tinha lançado antes para examinar a altura das paredes. Por fim, peguei minha faca e tentei traçar uma linha na fantasmagórica superfície vítrea, algo que eu pudesse reconhecer pelo tato, embora não oferecesse a vantagem de ser uma referência visível de longe. Contudo, foi inútil: a lâmina não deixou a menor impressão no desnorteante material desconhecido.

Frustrado em todas as tentativas de marcar uma trilha, novamente fui em busca da câmara circular servindo-me da memória. Parecia mais fácil retornar à câmara central do que me orientar por uma rota predeterminada e definida que me afastasse dela, e tive pouca dificuldade em achá-la novamente. Dessa vez, registrei em meu rolo de papel cada curva que fazia, delineando um tosco diagrama hipotético de minha rota e anotando todos os corredores divergentes. Foi, naturalmente, um trabalho lento de enlouquecer, uma vez que tudo tinha de ser determinado pelo tato, e as possibilidades de erro eram infinitas. Mas acreditei que seria recompensado nessa demorada tarefa.

O longo crepúsculo de Vênus se adensava quando alcancei a câmara central, mas eu tinha esperança de ganhar o exterior antes do anoitecer. Comparando meu recente diagrama com as lembranças anteriores, acreditei que tinha localizado meu erro inicial, e então, mais uma vez, me pus a caminho ao longo dos corredores invisíveis. Segui mais pela esquerda do que nas minhas tentativas anteriores e cuidei de registrar as curvas no meu diário em rolo para o caso de ainda estar em erro. Na obscuridade que avançava podia ver a silhueta vaga do cadáver, agora sede de uma nuvem repugnante de moscas *farnoth*. Em breve, sem dúvida, os *sificlighs* que vivem no barro viriam gotejantes de lama completar o trabalho hediondo. Aproximando-me do corpo com alguma relutância, me preparava para passar adiante quando um impacto súbito com uma parede me mostrou que novamente eu tinha me desviado.

Agora percebia claramente que estava perdido. A complexidade exorbitante da estrutura impossibilitava uma solução imediata, e eu teria provavelmente de fazer uma análise atenta para que pudesse ter a esperança de sair dali. Todavia, eu estava ansioso para alcançar um terreno seco antes que a escuridão total caísse. Assim, uma vez mais, retornei para o centro e iniciei uma série de buscas ao acaso, mais por tentativa e erro, tomando notas à luz de minha lanterna elétrica. Ao fazer uso desse equipamento notei com interesse que não produzia reflexo, nem mesmo uma débil luminosidade, nas paredes diáfanas ao meu redor. Entretanto, eu estava preparado para isso, uma vez que o sol em nenhum momento tinha produzido uma imagem luminosa no estranho material.

Estava ainda tateando quando a escuridão ficou completa. Uma névoa densa obscureceu a maioria das estrelas e planetas, mas a Terra estava plenamente visível a sudeste, formando um ponto brilhante verde-azulado. Acabava de subir, e teria proporcionado uma visão gloriosa ao telescópio. Podia também distinguir a lua toda vez que a névoa tornava-se momentaneamente menos densa. Agora era impossível ver o cadáver, meu único ponto de referência. Então, voltei como pude à câmara central depois de algumas voltas erradas. Apesar de todo o esforço, eu teria de abandonar a esperança de dormir em solo seco. Nada poderia ser feito até o nascer do sol, e eu devia tirar o melhor proveito que pudesse da situação. Dormir na lama não seria nada prazeroso, mas minha roupa de couro o permitia. Nas expedições anteriores, tive de dormir até mesmo em piores condições, e agora a completa exaustão me ajudaria a vencer a repugnância.

Assim, eis-me aqui, acocorado na lama da câmara central escrevendo estas notas no meu diário em rolo de papel, à luz de minha lanterna elétrica. Há algo de cômico no meu infortúnio inédito e estranho. Perdido em um edifício que não tem portas — um edifício que não posso ver! Estarei com certeza fora daqui de manhã cedo, e devo estar de volta a Terra Nova com o cristal no final da tarde. Sem dúvida, é uma beleza, tem um esplendor surpreendente mesmo sob a luz débil desta lanterna. Acabo de pegá-lo para examiná-lo. A despeito de minha fadiga, o sono está demorando a chegar, então estou escrevendo há bastante tempo. Devo parar agora. Não existe muito perigo de ser perturbado neste lugar por aqueles malditos nativos. O que menos gosto é do cadáver, mas felizmente minha máscara de oxigênio me protege dos piores efeitos. Estou usando os cubos de cloreto com muita parcimônia. Tomarei um par de pastilhas alimentícias agora e me entregarei ao sono. Uma quantidade adicional mais tarde.

Mais tarde — pelo entardecer, VI, 13
Tenho tido mais problemas do que esperava. Estou ainda no edifício e terei de trabalhar rapidamente e de forma sensata se quiser dormir em solo seco esta noite. Demorei muito para dormir e só acordei perto do meio-dia hoje. Nestas condições, eu teria dormido mais se não fosse a luz do sol através da neblina. O cadáver era uma visão medonha — *sificlighs* rastejavam sobre ele e uma nuvem de moscas *farnoth* o rodeava. Algo

tinha removido o capacete de seu rosto e era melhor não olhar para isso. Fiquei duplamente satisfeito com minha máscara de oxigênio quando considerei a situação.

Por fim, me sacudi e me limpei da lama, tomei duas pastilhas alimentícias e coloquei um novo cubo de cloreto de potássio no eletrolisador da máscara. Estou usando esses cubos moderadamente, mas gostaria de ter uma provisão maior. Sentia-me bem melhor depois de dormir e esperava sair do edifício imediatamente.

Consultando as anotações e esboços que eu tinha registrado, fiquei impressionado com a complexidade dos corredores e com a possibilidade de ter cometido um erro fundamental. Das seis aberturas que saíam da área central, eu tinha escolhido uma pela qual entrei, servindo-me de referências visuais como guia. Quando me encontrava justamente no interior da entrada, o cadáver situado a quarenta e cinco metros de distância estava alinhado exatamente com um lepidodendro específico da floresta distante. Agora me ocorria que esse marco poderia não ter uma exatidão satisfatória — a distância do cadáver tornava sua diferença de direção, em relação ao horizonte, comparativamente pequena quando visto das passagens próximas daquela por onde ingressei primeiro. Além disso, a árvore não era tão distintamente diferente de outros lepidodendros no horizonte quanto podia fazer supor.

Submetendo a questão à prova, descobri para minha mortificação que eu não podia ter certeza de qual das três passagens era a correta. Eu teria atravessado uma série diferente de curvas a cada tentativa de sair? Dessa vez eu me certificaria. Ocorreu-me que, apesar da impossibilidade de assinalar uma trilha, havia um marco que eu podia utilizar. Embora não pudesse dispensar minha roupa de couro, podia, tendo em vista meus cabelos espessos, usar meu capacete; era grande e leve o bastante para permanecer visível sobre a lama rala. Removi, pois, o equipamento relativamente hemisférico e o depositei na entrada de um dos corredores, do lado direito de um dos três que eu deveria tentar.

Eu seguiria esse corredor, pressupondo que era o correto, repetindo o que pareciam me lembrar as curvas corretas, constantemente consultando e registrando anotações. Se eu não conseguisse sair, testaria sistematicamente todas as variações possíveis; se estas falhassem, eu prosseguiria percorrendo da mesma maneira as vias que se abrissem da passagem seguinte, continuando até a terceira se fosse necessário.

Mais cedo ou mais tarde, inevitavelmente, alcançaria o caminho certo, que me levaria à saída, mas teria de ter paciência. Mesmo na pior das hipóteses, dificilmente falharia em alcançar a planície aberta a tempo para uma noite de sono seco.

Os resultados imediatos foram um tanto desencorajadores, embora tivessem me ajudado a eliminar a passagem do lado direito em pouco mais de uma hora. Apenas uma sucessão de vias sem saída, cada uma delas terminando em uma grande distância do cadáver, que pareciam ramificar-se desse corredor; logo percebi que de nenhum modo estavam assinaladas nas minhas perambulações da tarde anterior. Como antes, contudo, sempre achava relativamente fácil tatear de volta à câmara central.

Perto da uma da tarde, mudei meu capacete para a passagem seguinte e comecei a explorar os corredores depois dela. No começo, pensei reconhecer as curvas, mas logo me vi numa série de corredores completamente desconhecidos. Não podia chegar perto do cadáver e, dessa vez, parecia cortar também o caminho da câmara central, embora achasse que tivesse registrado cada movimento meu. Parecia haver curvas traiçoeiras e cruzamentos muito engenhosos para que eu pudesse representar em meu tosco diagrama, e comecei a desenvolver algo como um misto de desencorajamento e raiva. Contudo, a paciência venceria naturalmente no fim, e compreendi que minha busca teria de ser minuciosa, incansável e incessante.

Às duas da tarde, ainda me encontrava perambulando inutilmente por corredores estranhos, apalpando constantemente meu caminho, tendo alternadamente em mira meu capacete e o cadáver e anotando os dados em meu diário com confiança decrescente. Amaldiçoei a estupidez e curiosidade vã que me arrastaram para esta rede confusa de paredes invisíveis, ponderando que, se eu não tivesse me intrometido na coisa e seguisse meu caminho imediatamente depois de ter apanhado o cristal, eu agora estaria a salvo em Terra Nova.

Ocorreu-me de súbito que eu podia cavar um túnel sob as paredes invisíveis com minha faca e assim fazer um atalho para o exterior, ou para algum corredor que levasse à saída. Não tinha meios de saber qual a profundidade das fundações do edifício, mas a lama onipresente indicava que não havia outro piso senão terra firme. Ficando de frente para o cadáver distante e cada vez mais horrendo, dei andamento a uma escavação febril com minha lâmina larga e afiada.

Havia uns quinze centímetros de barro semilíquido, e depois, a densidade do solo tornava-se cada vez maior. Esse solo inferior parecia ter uma cor diferente, uma argila cinzenta muito semelhante à constituição do solo perto do polo norte venusiano. À medida que seguia cavando junto da parede invisível, as camadas inferiores do solo tornavam-se cada vez mais duras. A lama úmida afluía para a escavação com a mesma rapidez com que eu removia a argila, mas eu penetrava entre ela e continuava trabalhando. Se eu conseguisse abrir uma passagem debaixo da parede, qualquer que fosse, a lama não me impediria de me arrastar por ela e sair.

Entretanto, depois de cavar uns noventa centímetros, a dureza do solo comprometeu seriamente a minha escavação. Sua solidez estava além de qualquer coisa que eu tivesse encontrado antes, mesmo neste planeta, e estava relacionada a uma densidade anormal. Minha faca tinha de romper e cortar a argila rijamente compacta e os fragmentos que eu removia eram como pedras sólidas ou pedaços de metal. Por fim, ficou impossível mesmo romper e cortar a argila e tive de interromper o trabalho sem ter alcançado o limite inferior da parede.

A tentativa demorada foi tão desgastante quanto inútil, pois consumiu grande parte de minhas reservas de energia e me exigiu tomar uma pastilha alimentícia a mais, como também abastecer minha máscara de oxigênio com um cubo adicional de cloreto. Foi necessário também fazer uma pausa em minhas buscas tateantes, pois eu estava excessivamente exausto para caminhar. Depois de limpar a lama das mãos e dos braços tanto quanto pude, sentei-me para escrever estas notas, recostando-me contra uma parede invisível e de costas para o cadáver.

O corpo é agora apenas um amontoado de vermes buliçosos. O cheiro começou a atrair os *akmans* viscosos da floresta distante. Vejo que muitas das plantas *efjeh* da planície estão estendendo os tentáculos necrófagos para a coisa; mas acredito que nenhuma delas os tenha longos o bastante para alcançá-la. Gostaria realmente que alguns organismos carnívoros como os *skorahs* aparecessem, pois eles poderiam sentir meu cheiro e então formariam uma rota através do edifício em minha direção. Criaturas como essas têm um senso estranho de direção. Eu poderia acompanhá-las enquanto avançassem e tomar nota da rota aproximada, caso não formassem uma linha contínua. Certamente, seria uma grande ajuda. Quando me encontrassem, minha pistola acabaria com eles rapidamente.

Mas dificilmente posso esperar por algo assim. Agora que terminei de registrar estas notas descansarei um pouco mais e depois farei mais algumas buscas. Logo que retornar à câmara central, o que deve ser razoavelmente fácil, tentarei a passagem da extrema esquerda. Talvez eu consiga sair perto do anoitecer, afinal.

Noite, VI, 13
Novo problema. Minha fuga será tremendamente difícil, pois existem princípios que eu não tinha suspeitado. Outra noite aqui na lama e uma luta em minhas mãos amanhã. Interrompi meu descanso, me levantei e recomecei a tatear perto das quatro horas. Depois de uns quinze minutos, alcancei a câmara central e mudei meu capacete de posição para assinalar a última das três passagens possíveis. Partindo dessa abertura, tive a impressão de que a via me era mais familiar, mas fui surpreendido em menos de cinco minutos por uma visão que me abalou mais do que posso descrever.

Era um grupo de quatro ou cinco daqueles detestáveis homens-lagartos que surgiram da floresta distante em meio à planície. Não podia vê-los distintamente daquela distância, mas tive a impressão de que se detiveram e se voltaram para as árvores fazendo gesticulações e, em seguida, mais uma dúzia veio se juntar a eles. O grupo agora ampliado começou a avançar diretamente para o edifício invisível e, à medida que se aproximavam, examinei-os cuidadosamente. Nunca tinha visto essas criaturas de perto fora das sombras enevoadas da floresta.

A semelhança com répteis era perceptível, embora eu soubesse que essa semelhança era apenas aparente, já que essas criaturas não têm nenhum ponto de contato com a vida terrestre. Depois que ficaram mais próximos, pareciam realmente menos reptilianos — apenas a cabeça achatada e a viscosa pele esverdeada, semelhantes às das rãs, motivavam essa noção.

Caminhavam eretos sobre seus tocos grossos e bizarros e suas ventosas faziam sons curiosos na lama. Estes eram espécimes de altura média, perto de dois metros, e com quatro tentáculos peitorais longos e pegajosos. O movimento desses tentáculos — caso as teorias de Fogg, Ekberg e Janat estejam certas, do que eu anteriormente duvidava, mas agora estou mais inclinado a acreditar — indicava que as criaturas estavam em animada conversação.

Puxei minha pistola lança-chamas e me preparei para uma dura luta. As condições não eram favoráveis, mas minha arma me dava alguma vantagem. Se as criaturas conhecessem essa edificação, poderiam entrar por ela em meu encalço, e dessa maneira me dariam a chave para escapar, exatamente como os *skorahs* carnívoros poderiam tê-la dado. Parecia certo que iriam me atacar; pois, mesmo que não pudessem ver o cristal em meu bolso, saberiam de sua presença por aquele sentido especial que possuem.

Contudo, surpreendentemente, não me atacaram. Em vez disso, se esparramaram e formaram um grande círculo ao meu redor — a uma distância que indicava que estavam colados à parede invisível. Permanecendo ali em anel, as criaturas ficaram me fitando silenciosas, inquisitivamente, agitando seus tentáculos e às vezes balançando a cabeça e gesticulando com os membros superiores. Depois de algum tempo, vi outros surgirem da floresta, e estes avançaram e se juntaram à multidão curiosa. Aqueles que estavam próximos do cadáver olharam brevemente para ele, mas não fizeram menção de mexer nele. Era uma visão horrível, mas os homens-lagartos pareciam de todo indiferentes. Ocasionalmente, um deles espantava as moscas farnoth com seus membros e tentáculos, ou esmagava com as ventosas em seus tocos de pernas um *sificligh* rastejante ou *akman*, ou uma planta *efjeh* que se esticava.

Correspondendo ao olhar desses inesperados e grotescos intrusos, e me perguntando apreensivo por que não me atacaram imediatamente, perdi, nessas circunstâncias, a força de vontade e o vigor anímico que me permitia continuar a busca para escapar dali. Em vez disso, recostei-me atordoado contra a parede invisível da passagem onde eu estava, deixando que meu espanto me absorvesse gradualmente em uma teia de especulações das mais desenfreadas. Uma centena de mistérios, que tinham previamente me aturdido, pareceu assumir subitamente um significado novo e sinistro, e um medo pungente que nunca tinha experimentado antes me fez estremecer.

Acreditava que sabia por que essas criaturas repulsivas estavam me cercando expectantes. Acreditava também que eu tinha finalmente o segredo da estrutura diáfana. O cristal atraente que eu tinha apanhado, o corpo do homem que tinha se apoderado dele antes de mim — todas essas coisas começaram a adquirir um significado sombrio e ameaçador.

Não foi uma sucessão trivial de infortúnios que me fez perder o caminho nesse emaranhado de invisíveis corredores sem teto. Longe disso. Fora de dúvida, o lugar era um verdadeiro emaranhado — um labirinto deliberadamente construído por essas criaturas infernais cuja inteligência e engenhosidade eu tinha tão maldosamente subestimado. Não deveria ter suspeitado disso antes, conhecendo sua estranha habilidade arquitetônica? O propósito era absolutamente evidente. Era uma armadilha — uma armadilha designada para capturar seres humanos, e o cristal esferoide era uma isca. Essas criaturas reptilianas, em sua guerra contra os coletores de cristais, tinham mudado a estratégia e estavam usando nossa própria cobiça contra nós.

Dwight, caso esse cadáver carcomido seja ele mesmo, foi uma vítima. Ele deve ter sido capturado pouco tempo antes e fracassou em encontrar seu caminho de saída. A falta de água, sem dúvida, o havia enlouquecido, e talvez tenha também consumido todos os cubos de cloreto. Provavelmente sua máscara não caíra acidentalmente, afinal de contas. O mais provável é que tenha sido suicídio. Para não enfrentar uma morte lenta, ele resolveu o problema removendo a máscara voluntariamente e deixando a atmosfera fazer de uma vez o trabalho. A horrenda ironia de seu destino revela-se em sua posição: a apenas poucos metros da saída salvadora que ele fracassou em descobrir. Um minuto a mais de procura e ele teria se salvado.

E agora, eu tinha sido apanhado na armadilha, como ele. Apanhado, com esse bando circundante a me espreitar para zombar da minha penúria. A ideia era enlouquecedora e, quando ela me absorveu, fui invadido por uma súbita explosão de pânico que me fez correr incerto pelos corredores invisíveis. Fiquei substancialmente louco durante alguns minutos — tropeçando, cambaleando, ferindo-me contra as paredes invisíveis e finalmente desabando na lama como um pacote de carne arquejante e lacerada, sangrenta e largada.

A queda me fez retomar um pouco o juízo, de modo que, ao me levantar lentamente e com grande esforço, pude me reorientar e exercer minha razão. Os espectadores circundantes moviam os tentáculos de uma maneira irregular e estranha que insinuava uma gargalhada alienígena de escárnio, e vibrei o punho ferozmente para eles quando me levantei. Meu gesto pareceu acentuar a sua hilaridade medonha — alguns deles me imitaram desajeitadamente com seus membros superiores esverdeados. Humilhado, tentei recobrar minhas faculdades e avaliar a situação.

Afinal de contas, eu não estava numa condição tão ruim como Dwight. Ao contrário dele, eu sabia qual era a situação — e um homem prevenido de antemão está muito mais provido para o combate. Eu tinha provas de que era possível achar a saída e não repetiria seu precipitado e trágico ato de desespero. O corpo, ou esqueleto — o que, de qualquer forma, em breve seria —, estava constantemente diante de mim como guia para me indicar a saída, e uma paciência obstinada, com toda certeza, me levaria a encontrá-la se eu trabalhasse com inteligência e extensamente.

Tinha, contudo, a desvantagem de estar cercado por esses demônios reptilianos. Agora que eu entendia a natureza da armadilha — cuja matéria invisível demonstrava uma ciência e tecnologia acima de qualquer coisa conhecida na Terra —, eu não podia mais menosprezar a inteligência e os recursos de meus inimigos. Mesmo com minha pistola lança-chamas, eu passaria por maus momentos para sair — mas a coragem e a rapidez, sem dúvida, me ajudariam no final das contas.

Mas primeiro eu preciso alcançar o exterior — a não ser que consiga atrair ou provocar algumas dessas criaturas para que marchem em minha direção. Enquanto preparava minha pistola para a ação e conferia minha grande reserva de munição, ocorreu-me experimentar o efeito de sua rajada nas paredes invisíveis. Teria eu negligenciado uma maneira possível de escapar? Não havia nenhuma pista indicativa da composição química da barreira diáfana, e era concebível que fosse algo que uma língua de fogo pudesse cortar como um queijo. Escolhendo uma seção que ficava de frente para o cadáver, descarreguei cuidadosamente a pistola e verifiquei com minha faca onde a rajada tinha atingido. Nada havia mudado. Eu tinha visto a chama espalhar-se quando atingiu a superfície, e agora notava que minhas esperanças tinham sido vãs. Apenas uma busca entediante e longa poderia me levar à saída.

Tomando então outra pastilha alimentícia e colocando outro cubo no eletrolisador da máscara, recomecei a longa busca; rememorei meus passos para a câmara central e rumei novamente para lá. Constantemente consultava minhas anotações e esboços e fazia outros novos, tomando uma curva falsa após outra, mas seguia cambaleante em desespero, até que a luz do entardecer tornou-se muito débil. Enquanto persistia em minha busca, observava de tempos em tempos o círculo silencioso dos espectadores zombeteiros e notei um gradual revezamento em suas fileiras. A cada intervalo de tempo alguns retornavam para a floresta enquanto outros chegavam para ficar em seu lugar. Quanto mais pensava em suas táticas, menos elas me agradavam, pois me indicavam um sinal dos possíveis motivos dessas criaturas. A qualquer momento esses demônios poderiam ter avançado e lutado comigo, mas pareciam preferir espreitar minha labuta para escapar. Não podia inferir que sentissem prazer com o espetáculo, e isso me fazia retrair com redobrada intensidade diante da perspectiva de cair nas mãos deles.

Com a noite cessei minhas buscas e sentei-me na lama para descansar. Agora, estou escrevendo à luz de minha lanterna e tentarei em breve dormir um pouco. Espero que amanhã eu esteja fora daqui; meu cantil está quase no fim, e as pastilhas de lacol são uma substituição fraca para a água. Dificilmente eu ousaria tentar beber essa lama umedecida, pois a água de regiões lamacentas não é potável, a não ser que seja destilada. Essa é a razão por que estendemos aquelas longas linhas de tubulações até as regiões de argila amarela —, e dependemos da água das chuvas quando esses demônios encontram e rompem nossas tubulações. Também não tenho muitos cubos de cloreto mais e tenho de tentar reduzir meu consumo de oxigênio tanto quanto possível. Minha tentativa de cavar um túnel nas primeiras horas da tarde e depois meu acesso de pânico consumiram uma quantidade perigosa de oxigênio. Amanhã reduzirei meus esforços físicos ao mínimo até que esteja frente a frente com os reptilianos e tenha de lutar com eles. Tenho de ter um bom suprimento de cubos para a jornada de volta à Terra Nova. Meus inimigos ainda estão à vista; posso ver o círculo incandescente de suas débeis tochas ao redor de mim. O terror que essas luzes me causam me manterá acordado.

Noite — *VI, 14*
Outro dia inteiro de busca e ainda não achei a saída! Começo a ficar preocupado com o problema da água, pois meu cantil se esgotará ao meio-dia. À tarde choveu e voltei à câmara central em busca do capacete que tinha deixado ali como marco — usei-o como tigela para conseguir uns dois copos cheios de água. Bebi a maior parte, mas despejei o pouco que sobrou em meu cantil. As pastilhas de lacol valem pouco para uma

sede real, e espero que chova mais à noite. Estou deixando meu capacete virado para cima para apanhar a água que cair. As pastilhas alimentícias não são de modo algum abundantes, embora minha reserva não esteja perigosamente baixa. Diminuirei pela metade minha ração de agora em diante. Os cubos de cloreto são a minha real preocupação, pois, mesmo sem fazer esforços violentos durante o dia, acabei queimando uma quantidade perigosa. Sinto-me fraco diante da minha economia forçada de oxigênio e da minha intensa sede. Quando eu reduzir minha alimentação, presumo que me sentirei ainda mais fraco.

Há algo amaldiçoado, algo sinistro, neste labirinto. Eu podia jurar que tinha eliminado certas curvas com o auxílio de meu mapa e, contudo, cada nova tentativa contraria algum pressuposto que eu supunha definido. Nunca antes havia percebido que sem referências visuais ficamos perdidos. Um homem cego se situaria melhor, mas para a maioria, a visão é o principal sentido. O efeito dessas perambulações infrutíferas é trazer-me um profundo desencorajamento. Posso compreender como o pobre Dwight deve ter se sentido. Seu cadáver é agora apenas um esqueleto; os *sificlighs*, *akmans* e as moscas *farnoth* se foram. As plantas *efjeh* estão reduzindo a retalhos suas roupas de couro, pois são mais longas e crescem mais rápido do que eu supunha. Durante todo o tempo aqueles espreitadores tentaculados permanecem de plantão ao redor da barreira, cheios de triunfo maligno, rindo de mim e degustando minha miséria. Outro dia mais e enlouquecerei, se acaso eu não cair morto de exaustão.

Contudo, não há nada a fazer senão perseverar. Dwight teria encontrado a saída se tivesse persistido um minuto mais. É muito possível que alguém em Terra Nova venha me procurar logo, embora este seja apenas meu terceiro dia de ausência. Meus músculos doem terrivelmente, e parece de fato que não consigo descansar de modo algum deitado nessa lama repugnante. Na última noite, apesar de minha extrema fadiga, só dormi de modo convulso, e esta noite receio que não será melhor. Vivo um eterno pesadelo — acordado ou dormindo, estou sempre alerta, nunca verdadeiramente desperto nem adormecido. Minhas mãos tremem, não consigo escrever mais por ora. Aquele círculo de tochas incandescentes e sua luz débil são horrendos.

Final da tarde — VI, 15

Progresso substancial! Parece certo. Muito fraco e não dormi muito até amanhecer. Então dormitei até o meio-dia, embora sem descansar de todo. Nenhuma chuva, e a sede me deixa muito fraco. Tomei uma pastilha alimentícia a mais para me manter ativo, mas sem água isso não ajudou muito. Ousei experimentar um pouco de lama umedecida apenas uma vez, mas me deixou terrivelmente doente e me fez ficar mais sedento que antes. Tenho de preservar os cubos de cloreto, pois estou perto de me asfixiar por falta de oxigênio. Não consigo caminhar a maior parte do tempo, mas me arranjo arrastando-me na lama. Perto das duas da tarde pensei reconhecer algumas passagens e consegui chegar substancialmente mais perto do cadáver — ou esqueleto — do que tinha conseguido desde as tentativas do primeiro dia. Desviei-me uma vez numa via sem saída, mas recuperei a trilha principal com a ajuda de meus esboços e anotações. O problema com essas anotações é que existe uma imensidade delas. Devem ocupar quase um metro de meu diário, e tenho de parar por longos períodos para decifrá-las.

A sede, a falta de ar e a exaustão enfraquecem meu cérebro e não posso compreender tudo o que registrei. Aquelas abomináveis criaturas verdes continuam espreitando, riem com seus tentáculos e algumas vezes gesticulam de uma maneira que me faz pensar que compartilham uma terrível brincadeira além da minha percepção.

Eram três horas quando realmente acertei o passo. Havia uma passagem que, de acordo com minhas anotações, não havia atravessado antes; quando a experimentei achei que podia me rastejar circularmente na direção do esqueleto coberto de planta. A rota era um tipo de espiral, muito parecida com aquela por onde eu tinha alcançado a câmara central pela primeira vez. Sempre que eu chegava a uma passagem lateral ou entroncamento eu mantinha a rota que parecia igual àquela primeira original. À medida que eu me aproximava circularmente mais e mais de meu repulsivo ponto de referência, os espectadores do lado de fora intensificavam suas gesticulações enigmáticas e suas sardônicas risadas silenciosas. Evidentemente, viam algo horrendamente divertido em meu avanço — percebiam sem dúvida o completo desamparo em que eu estaria ao confrontar-me com eles. Deixei-os a contento com sua alegria; pois, embora eu sentisse minha extrema debilidade, eu contava com minha pistola lança-chamas e numerosos carregadores a mais para passar pela vil falange reptiliana.

Minha esperança agora voava alto, mas não tentei me pôr de pé. Muito melhor arrastar-me e preservar minhas forças para o encontro próximo com os homens-lagartos. Meu avanço era muito lento e o perigo de me desviar por alguma via sem saída era muito grande, mas, apesar disso, parecia que estava na curva certa que me levava ao meu marco ósseo. A perspectiva me deu novo vigor, e nesse momento, eu parei de me preocupar com a dor, a sede e minha limitada reserva de cubos. As criaturas estavam agora todas concentradas ao redor da entrada, gesticulado, pulando e rindo com seus tentáculos. Em breve, refleti, eu teria de me confrontar com a horda inteira e talvez com os reforços que eles receberiam da floresta.

Estou agora a apenas poucos metros do esqueleto, e faço uma pausa para fazer estas anotações antes de sair e forçar caminho entre esse bando de entidades nocivas. Estou convencido de que com minha última porção de energia posso pôr todos em debandada, apesar de seu grande número, pois o raio de ação desta pistola é tremendo. Depois, um repouso sobre o musgo seco na orla da planície e pela manhã uma cansativa jornada pela floresta até Terra Nova. Ficarei feliz em ver homens vivos e as edificações dos seres humanos novamente. Os dentes do esqueleto brilham e sorriem de modo horrendo.

Durante a noite — VI, 15

Horror e desespero. Iludido de novo! Depois de fazer as anotações anteriores, me aproximei ainda mais do esqueleto, mas encontrei abruptamente uma parede que me obstruía. Eu tinha sido enganado outra vez, e estava aparentemente no mesmo lugar em que estivera três dias antes, quando da minha primeira e vã tentativa de sair do labirinto. Se gritei agudamente, não sei, talvez estivesse muito fraco para articular qualquer som. Apenas fiquei caído na lama em estado de torpor durante longo tempo, e lá fora as criaturas verdes pulavam, riam e gesticulavam.

Passado algum tempo, me tornei mais perfeitamente consciente. Minha sede, debilidade e asfixia estavam rapidamente me vencendo, e com minha última centelha de energia coloquei um novo cubo no eletrolisador, sem me preocupar e sem considerar as minhas necessidades para a jornada de volta a Terra Nova. O oxigênio renovado me reavivou um pouco e me tornou mais alerta para reparar ao redor.

Era como se eu estivesse um pouco mais distante do pobre Dwight do que havia estado em meu primeiro desapontamento, e me perguntava obtusamente se eu poderia estar em algum outro corredor um pouco mais remoto. Com esse raio débil de esperança, me arrastei diligentemente adiante, mas depois de uns poucos metros deparei-me com uma parede como na ocasião anterior.

Era então o fim. Três dias não tinham me levado a lugar nenhum, e minhas forças tinham se esgotado. Logo enlouqueceria de sede e já não poderia contar com cubos suficientes para o retorno. Perguntava-me debilmente por que aquelas criaturas de pesadelo tinham se acumulado ao redor da entrada para escarnecer de mim. Provavelmente, era parte da zombaria: fazer-me acreditar que eu me aproximava da saída que eles sabiam não existir.

Não vou durar muito, mas estou resolvido a não apressar meu fim, como fez Dwight. Sua caveira sorridente acabou de voltar-se para mim, deslocada pelo deslizar de uma das plantas *efjeh*, que estão devorando sua roupa de couro. O olhar fantasmal daquelas órbitas vazias é pior do que o olhar daqueles répteis medonhos. Confere um significado horrendo àquele sorriso morto de dentes brancos.

Vou descansar completamente imóvel na lama e resguardar o quanto possível minhas forças. Essas anotações, que espero, possam chegar àqueles que vierem depois de mim e avisá-los, estarão logo terminadas. Depois de terminá-las, vou parar de escrever e descansarei por muito tempo. Quando estiver muito escuro para essas criaturas horrendas enxergarem, reunirei minhas últimas reservas de energia e tentarei jogar este diário de rolo na planície exterior por cima da parede e do corredor intermediário. Tomarei o cuidado de lançá-lo pela esquerda, onde não bata e caia entre o cerco desse bando saltitante de escarnecedores. Talvez fique perdido para sempre na lama, mas talvez caia em alguma moita de vegetação e, por fim, chegue a mãos humanas.

Se ficar intacto para ser lido, espero que possa fazer mais do que apenas avisar os homens desta armadilha. Espero que possa ensinar nossa raça a deixar esses cristais brilhantes permanecerem onde estão. Pertencem a Vênus apenas. Nosso planeta não tem verdadeiramente necessidade deles, e acredito que, em nossa tentativa de nos apoderarmos desses cristais, violamos alguma lei obscura e misteriosa — alguma lei profundamente sepultada nos arcanos do cosmos. Quem pode dizer que forças obscuras, vastas e potentes impelem essas criaturas reptilianas a proteger seu tesouro de modo tão estranho? Dwight e eu pagamos por isso, e outros pagam e pagarão. Mas pode ser que essas mortes isoladas sejam apenas o prelúdio de grandes horrores que estão por vir. Deixemos a Vênus o que pertence unicamente a Vênus.

* * *

A morte se aproxima, e receio que não seja capaz de lançar o diário quando a noite chegar. Se eu não conseguir, creio que os homens-lagartos o apanharão, pois provavelmente perceberão do que se trata. Eles não querem que ninguém seja alertado sobre o labirinto e não sabem que minha mensagem leva um apelo em seu próprio favor. À medida que me aproximo do fim, sinto-me mais bondoso com as criaturas. Na escala das entidades cósmicas, quem pode dizer que espécies estão acima de outras, ou mais perto de se aproximarem da norma orgânica do vasto espaço: a deles ou a minha?

* * *

Acabo de tirar o grande cristal de meu bolso para contemplá-lo em meus últimos momentos. Brilha feroz e ameaçadoramente aos clarões rubros do dia que morre. A horda saltitante o notou e seus gestos mudaram de uma forma que não posso compreender. Pergunto-me por que continuam aglomerados em volta da entrada em vez de se concentrarem em um ponto ainda mais próximo da parede diáfana.

* * *

Estou me sentindo entorpecido e não consigo mais escrever. As coisas giram ao meu redor, mas ainda estou consciente. Consigo arremessar isso por cima da parede? O cristal brilha, mas a noite se faz mais escura.

* * *

Escuro. Muito débil. Eles ainda estão rindo e saltando em volta da entrada, e acenderam aquelas infernais tochas incandescentes.

***

Estão indo embora? Achei que ouvi um som... luz no céu.

***

Relatório de Wesley P. Miller, Superintendente, Grupo A, Companhia de Cristal Vênus

(Terra Nova, Vênus, VI, 16)
Nosso operário A-49, Kenton J. Stanfield, Rua Marshall, n. 5.317, Richmond, Virginia, deixou Terra Nova de manhã em VI, 12, para uma curta jornada, registrada pelo detector. Devia estar de volta no dia 13 ou 14. Ao anoitecer do dia 15, não havia retornado. Por essa razão, o avião de patrulhamento FR-58 com cinco homens sob meu comando decolou às oito horas da noite para seguir a rota com detector. A agulha não indicava nenhuma alteração em relação às primeiras leituras.

Seguimos para o Planalto Ericiano, conforme a indicação da agulha, acionando os potentes faróis de busca por todo o percurso. Armas lança-chamas de alcance triplo e cilindros de radiação poderiam dispersar qualquer força costumeira de nativos hostis, ou qualquer agrupamento perigoso de *skorahs* carnívoros.

Ao sobrevoar a planície aberta de Eryx, vimos um grupo de luzes em movimento que, já sabíamos, eram as tochas incandescentes dos nativos. Quando nos aproximamos, dispersaram-se na direção da floresta. Provavelmente em número de 75 a 100 indivíduos no total. O detector indicou um cristal no local onde eles estavam. Planando baixo sobre o local, nossas luzes revelaram objetos no chão. Um esqueleto emaranhado em plantas *efjeh* e um corpo intacto a três metros dele. Descemos até mais perto dos corpos e a ponta da asa chocou-se contra um obstáculo invisível.

Ao chegar a pé perto dos corpos, colidimos com uma barreira invisível e lisa que nos intrigou enormemente. Tateando-a perto do esqueleto, encontramos uma abertura. Além dela havia um espaço com outra abertura que conduzia ao esqueleto. Este, embora despojado de suas roupas pelas plantas, tinha a seu lado um capacete numerado da Companhia. Era o operário B-9, Frederick N. Dwight, da Divisão de

Koenig, que tinha saído de Terra Nova há dois meses, encarregado de um extenso serviço.

Entre esse esqueleto e o corpo intacto parecia haver outra parede, mas pudemos identificar facilmente Stanfield, o segundo homem. Ele segurava um diário de rolo na mão esquerda e uma caneta na direita, o que denotava que estava escrevendo quando morreu. Não se via nenhum cristal, mas o detector indicava um espécime enorme perto do corpo de Stanfield.

Tivemos grande dificuldade de chegar até Stanfield, mas por fim conseguimos. O corpo estava ainda quente, e ao lado dele havia um grande cristal coberto pela lama pouco profunda. Examinamos imediatamente o diário que ele detinha em sua mão esquerda e nos preparamos para adotar determinados passos com base em seus dados. O conteúdo do diário forma uma longa narrativa anexada a este relatório; uma narrativa cujos pormenores principais nós examinamos e juntamos como explicação do que encontramos. As partes finais de seu relato indicam uma decadência mental, mas não há razão para duvidar de sua parte principal. Stanfield obviamente morreu de uma combinação de sede, asfixia, tensão cardíaca e depressão psicológica. Estava com sua máscara e esta gerava oxigênio normalmente, apesar de uma reserva de cubos alarmantemente baixa.

Como nosso avião foi danificado, enviamos uma mensagem por rádio, pedindo a presença de Anderson com o avião de manutenção FG-7, uma equipe de demolidores e uma carga de explosivos. O FR-8 estava consertado pela manhã e regressou, sob o comando de Anderson, levando os dois corpos e o cristal. Sepultaremos Dwight e Stanfield no cemitério da Companhia e enviaremos o cristal para Chicago na próxima nave com destino à Terra. Daqui para frente, adotaremos a sugestão de Stanfield — aquela mais lúcida da primeira parte de seu relato — e traremos tropas suficientes para liquidar com todos os nativos. Com o campo livre, é muito pouco provável que haja limites para a quantidade de cristal que podemos obter.

À tarde, examinamos a estrutura invisível ou armadilha com grande cuidado, explorando-a com o auxílio de longas cordas como guia e preparando um mapa completo para nossos arquivos. Ficamos muito impressionados com seu desenho e guardaremos amostras da substância para análise química. Todo esse conhecimento nos será útil quando tomarmos as várias cidades dos nativos. Nossas brocas de diamante tipo C foram eficientes para cortar a matéria invisível, e agora os demolidores estão implantando a dinamite preparatória para a detonação. Nada ficará em pé depois que tudo isso terminar. O edifício constitui uma ameaça real para o tráfego aéreo e outras formas de trânsito.

Considerando a planta do labirinto, pode-se ficar impressionado não apenas com a ironia do destino de Dwight, mas também com a de Stanfield. Ao tentar chegar ao segundo corpo a partir do esqueleto, não conseguimos encontrar passagem pela direita, mas Markheim encontrou uma abertura no primeiro espaço interior a uns quatro metros e meio de Dwight e a pouco mais de um metro de Stanfield. Dela partia um corredor extenso que só examinamos depois, mas do lado direito desse corredor havia outra abertura que levava diretamente ao corpo. Stanfield poderia ter alcançado a saída a seis ou sete metros se tivesse achado a passagem que ficava diretamente atrás dele, uma passagem que ele não percebeu em sua exaustão e desespero.

O CÃO DE CAÇA

EM MEUS OUVIDOS torturados soa incessantemente um terrível zumbido e um fraco latido distante, vibrante, como se de algum gigantesco cão de caça. Não é um sonho... temo que não, nem mesmo loucura... pois muito já aconteceu para me dar essas misericordiosas dúvidas. St. John é um cadáver mutilado; só eu sei o porquê, e tal é meu conhecimento que estou prestes a enlouquecer por medo de ser mutilado da mesma maneira. Sob corredores escuros e ilimitáveis de fantasia sobrenatural estende-se a sombria e informe Nêmesis que me impele à autoaniquilação.

Que o céu perdoe a loucura e a morbidez que nos levam os dois a um tão monstruoso destino! Cansados das trivialidades de um mundo prosaico, onde até os prazeres de romance e aventura logo perdem a graça, St. John e eu seguíamos entusiasticamente todo movimento estético e intelectual que prometia alívio de nosso devastador tédio. Os enigmas dos simbolistas e os êxtases dos pré-rafaelitas foram todos nossos no tempo deles, mas cada novo ânimo era esvaziado muito cedo de sua divertida novidade e apelo. Apenas a sombria filosofia dos decadentes conseguia nos prender o interesse, e só a considerávamos potente na medida em que aumentávamos gradualmente a profundidade e o diabolismo de nossas incursões. Baudelaire e Huysmans logo se esvaíram de excitações até, por fim, restarem para nós apenas os estímulos mais diretos de experiências e aventuras pessoais sobrenaturais. Foi essa aterradora necessidade emocional que acabou nos levando à sequência detestável de ações que mesmo em meu presente temor menciono com vergonha e timidez... esse abominável extremo de indignação humana, a prática hedionda de violação de túmulos.

Não posso revelar os detalhes de nossas expedições chocantes, nem catalogar sequer em parte o pior dos troféus adornando o museu sem nome que preparamos na grande casa de pedra na qual moramos juntos, sozinhos e sem serviçais. Nosso museu era um lugar blasfemo, inconcebível, onde, com o satânico gosto de neuróticos virtuosos, reuníramos um universo de terror e decadência para excitar nossas enfastiadas sensibilidades. Consistia de uma sala secreta muito, muito distante, no subterrâneo, onde imensos demônios alados, esculpidos de basalto e ônix, vomitavam de suas bocas sorridentes e arreganhadas uma misteriosa luz verde e laranja, e tubos pneumáticos escondidos ondulavam dentro de danças caleidoscópicas da morte as linhas de coisas carnais vermelhas paralelamente tecidas em volumosos suspensórios pretos. Por esses tubos, chegavam à vontade os odores que nossos estados de espírito mais almejavam: às vezes, o aroma de claros lírios fúnebres; às vezes, o incenso narcótico de imaginados santuários orientais dos mortos régios; e, ainda — como estremeço ao me lembrar disto! —, os fedores horríveis, a alma sublevando-se do sepulcro descoberto.

Ao redor das paredes dessa repelente câmara, viam-se vitrines de múmias antigas alternadas com corpos graciosos, vívidos, perfeitamente recheados e curados pela arte do taxidermista, e com lápides surrupiadas dos mais velhos cemitérios de igreja do mundo. Nichos aqui e ali continham crânios de todas as formas e cabeças preservadas em vários estágios de dissolução. Ali, podiam-se encontrar as cabeças calvas em decomposição de famosos nobres e as novas e radiantemente douradas cabeças de crianças recém-enterradas. Todas as estátuas e pinturas eram de temas diabólicos e algumas criadas por St. John e por mim. Um portfólio trancado, encadernado de pele humana bronzeada, continha certos desenhos desconhecidos e inomináveis que, segundo os rumores, Goya realizara, mas não ousara reconhecer. Havia nauseantes instrumentos musicais de cordas, metal e de sopro, nos quais St. John e eu, às vezes, produzíamos dissonâncias de refinada morbidez e terrível cacofonia demoníaca; enquanto numa multidão de armários de ébano embutidos se encontrava a mais incrível e inimaginável variedade de pilhagem de tumba já reunida pela loucura e perversidade humana. É desta pilhagem em particular de que não devo falar: graças a Deus tive a coragem de destruí-la muito antes de ter pensado em destruir a mim mesmo.

O CÃO DE CAÇA

As excursões predatórias nas quais colecionávamos nossos tesouros inomináveis consistiam sempre em acontecimentos artisticamente memoráveis. Não éramos *ghouls*[1] vulgares, mas trabalhávamos apenas em certas condições de humor, paisagem, ambiente, tempo, estação e luar. Esses passatempos constituíam para nós a mais refinada forma de expressão estética, e dávamos aos seus detalhes um fastidioso cuidado técnico. Uma hora imprópria, um desagradável efeito de iluminação ou até mesmo uma desajeitada manipulação do torrão de grama destruiria quase totalmente para nós aquela excitação extática que se seguia à exumação de algum segredo sinistro vindo da Terra. Nossa busca por cenas novas e condições picantes era febril e insaciável — St. John sempre indicando o caminho, seguindo à frente até esse local escarnecedor, amaldiçoado, o qual nos levou à nossa hedionda e inevitável destruição.

Por qual fatalidade maligna fomos atraídos para esse terrível cemitério de igreja da Holanda? Acho que foram os tenebrosos rumores e lendas, as narrativas de alguém enterrado durante cinco séculos, que fora ele próprio um ladrão de túmulos em seu tempo e roubara um objeto poderoso de um importante sepulcro. Consigo me lembrar da cena nesses momentos finais — a pálida lua outonal sobre as sepulturas que projetava longas e horríveis sombras; as árvores grotescas inclinando-se, sombrias, para se juntarem ao abandonado gramado e às lajes em desintegração; as vastas legiões de morcegos estranhamente colossais que voavam diante da lua; a antiga igreja coberta de hera apontando um enorme dedo espectral no céu lívido; os insetos fosforescentes que dançavam como fogos-fátuos sob os teixos num canto distante; os odores de húmus, vegetação e outras matérias menos explicáveis que se misturavam fracamente com o vento noturno vindo acima de longínquos pântanos e mares; e, pior de tudo, o fraco latido de tom grave de algum gigantesco cão de caça que não conseguíamos ver nem

---

[1] Do inglês *ghoul*, pronuncia-se gul: demônio lendário ou monstro folclórico associado a cemitérios e que se alimenta de cadáveres. É existente em várias culturas. Nos contos de Lovecraft se encontra uma ótima retratação destes seres, que têm feições caninas, pele escamosa e pelos em algumas partes do corpo; costumam andar em grupos organizados e não são seres totalmente maus, já que podem fazer amizade com humanos e até ajudá-los. Em geral, os humanos que se tornam amigos deles costumam se transformar em *Ghouls* naturalmente.

definitivamente localizar. Enquanto ouvíamos essa sugestão de latido, estremecíamos, lembrando-nos das histórias dos camponeses, pois quem nós procurávamos fora encontrado séculos antes nesse mesmo local, dilacerado e mutilado pelas garras e dentes de alguma fera indescritível.

Lembrava-me de como cavoucamos nessa sepultura de ladrão de túmulos com nossas pás e de como nos emocionávamos diante da imagem de nós mesmos, o sepulcro, a pálida lua vigilante, as sombras horríveis, as árvores grotescas, os morcegos gigantescos, a igreja antiga, os fogos-fátuos dançantes, os odores repugnantes, o vento noturno a gemer suavemente, e o latido estranho, semiouvido, sem direção, de cuja existência objetiva mal podíamos ter certeza. Então, batemos numa substância mais dura que a terra úmida e vimos uma caixa retangular apodrecendo incrustada com depósitos minerais do terreno há muito mantido imperturbado. Era incrivelmente dura e grossa, mas tão velha que, por fim, arrombamos e deleitamos os olhos no que ela guardava.

Muito — surpreendentemente muito — restou do objeto, apesar do lapso de quinhentos anos. O esqueleto, embora esmagado em lugares pelas mandíbulas da coisa que o matara, mantinha-se coeso com espantosa firmeza, e exultamos, malignos, sobre o limpo crânio branco e os dentes longos, firmes, e as órbitas sem olhos que outrora haviam se regozijado com uma febre carnal igual à nossa. No caixão estendia-se um amuleto de desenho curioso e exótico, o qual parecia ter sido usado em volta do pescoço do adormecido. Exibia uma figura extraordinariamente convencional de um sabujo alado, ou esfinge, com uma cara meio canina, e esculpida com requinte no estilo antigo oriental de um pequeno pedaço de jade verde. A expressão em suas feições era repugnante ao extremo, ao mesmo tempo exprimindo prazer à morte, bestialidade e malevolência. Ao redor da base, via-se uma inscrição em caracteres que nem St. John nem eu soubemos identificar; e na parte inferior, como um lacre do fabricante, foi esculpido um grotesco e formidável crânio.

Assim que vimos o amuleto, soubemos que devíamos possuí-lo; que só esse tesouro era nossa riqueza lógica extraída daquele sepulcro secular. Mesmo se tivesse seus esboços desconhecidos, nós o teríamos desejado, mas, ao olhá-lo com mais atenção, vimos que não era completamente desconhecido. Tratava-se, na verdade, de um objeto estranho a toda arte e literatura que os leitores sãos e equilibrados conhecem; no entanto, o reconhecemos como a coisa sugerida no proibido Necronomicon do insano árabe Abdul Alhazred; o horripilante símbolo da alma do culto de devoradores de cadáver da inacessível cidade de Leng, na Ásia Central. E também logo reconhecemos os sinistros sinais descritos pelo velho demonólogo árabe; sinais, ele escreveu, extraídos de alguma manifestação obscura sobrenatural das almas daqueles que atormentavam e roíam os mortos.

Após nos apossarmos do objeto de jade verde, demos uma última olhada no rosto alvejado e de olhos cavernosos de seu dono e fechamos a sepultura como a encontramos. Ao nos afastarmos às pressas daquele abominável local — o amuleto roubado no bolso de St. John —, julgamos ter visto os morcegos baixarem sobre um corpo até a terra que havíamos tão recentemente pilhado, como se à procura de algum alimento amaldiçoado e profano. Entretanto, a lua outonal brilhava fraca e pálida, e não pudemos nos certificar. Então, também quando partimos no dia seguinte por mar da Holanda para nossa pátria, achamos que ouvimos o fraco e distante latido de algum gigantesco cão de caça ao longe. Mas o vento do outono gemia triste e lânguido, e não conseguimos ter certeza.

II.

Menos de uma semana após o nosso retorno à Inglaterra, coisas estranhas começaram a acontecer. Vivíamos como reclusos, privados de amigos, sozinhos e sem empregados, em poucos aposentos de um antigo solar num pântano lúgubre e pouco frequentado, de modo que nossas portas raras vezes eram perturbadas pela batida de visitantes. Agora, porém, éramos importunados pelo que parecia ser um frequente tatear pela noite, não apenas em volta das portas, mas também das janelas, tanto as superiores quanto as inferiores. Uma vez, imaginamos que um corpo grande, opaco, escureceu a janela da biblioteca quando a lua brilhava diante dela, e outra julgamos ter ouvido um ruído de zumbido ou bater de asas não muito longe. Em cada ocasião, a investigação nada revelou, e passamos a atribuir as ocorrências apenas à imaginação — aquela mesma imaginação curiosamente perturbadora que ainda se prolongava em nossos ouvidos: o fraco latido distante que achamos ter ouvido no cemitério da Holanda. O amuleto de jade agora repousava num nicho em nosso museu e, às vezes, acendíamos diante dele, velas com estranhos perfumes. Lemos muito no *Necronomicon* de Alhazred sobre suas propriedades e sobre a relação das almas dos ladrões de túmulos com os objetos que essa simbolizava, e ficamos perturbados com o que lemos. Em seguida, chegou o terror.

Na noite de 24 de setembro, 19_, ouvi uma batida na porta de meu quarto. Imaginando ser St. John, fiz sinal para que ele entrasse, mas tive como resposta apenas uma risada estridente. Não tinha ninguém no corredor. Quando despertei St. John, ele declarou total ignorância do fato e ficou tão temeroso quanto eu. Foi nessa noite que o latido fraco e distante sobre o pântano se tornou para nós uma realidade certa e pavorosa. Quatro dias depois, enquanto ambos nos encontrávamos no museu escondido, ouvimos uma arranhadura baixa e cautelosa na única porta que levava à secreta escadaria da biblioteca. Nosso temor nesse momento dividiu-se, pois, além do medo do desconhecido, sempre tivemos receio de que pudessem descobrir nossa pavorosa coleção. Após apagar todas as luzes, seguimos até a porta e a abrimos de supetão; ao que sentimos uma misteriosa lufada de ar e ouvimos como se retrocedendo bem distante uma estranha combinação de murmúrio, risinhos forçados e tagarelice articulada. Não tentamos determinar se estávamos loucos, sonhando ou em nosso perfeito juízo. Apenas nos demos conta, com a mais tenebrosa das apreensões, que a aparentemente desencarnada tagarelice era, sem a menor dúvida, em língua holandesa.

Depois disso, vivemos em crescentes horror e fascinação. Na maior parte do tempo adotávamos a teoria de que estávamos enlouquecendo juntos devido à nossa vida de excitações anormais, porém, às vezes, nos agradava mais dramatizar nós mesmos como as vítimas de alguma horripilante e terrível destruição. Manifestações estranhas eram agora frequentes demais para contar. Nossa solitária casa parecia viva com a presença de algum ser maligno cuja natureza não conseguíamos imaginar, e toda noite aquele demoníaco latido ressoava acima do pântano varrido pelo vento, sempre cada vez mais alto. Em 29 de outubro, encontramos na terra macia debaixo da janela da biblioteca uma série de pegadas inteiramente impossíveis de descrever. Pareciam tão desnorteantes como as hordas de grandes morcegos que assombravam o velho solar em números sem precedentes e crescentes.

O horror atingiu o auge em 18 de novembro, quando St. John, de volta para casa a pé da distante ferrovia ao anoitecer, foi agarrado por uma assustadora criatura carnívora e dilacerado em tiras. Seus gritos haviam alcançado a casa, e eu me precipitei até a cena terrível a tempo de ouvir um girar estrondoso de asas e ver uma vaga coisa preta obscura disposta em silhueta diante da lua nascente. Meu amigo agonizava quando falei com ele e não pôde responder coerentemente. Só o que conseguiu fazer foi sussurrar:

— O amuleto... aquela coisa maldita...

Em seguida, desabou: uma massa inerte de carne mutilada.

Enterrei-o à meia-noite do dia seguinte num de nossos jardins abandonados, e murmurei sobre seu corpo um dos diabólicos rituais que adorava em vida. E quando pronunciei a última frase demoníaca, ouvi ao longe no pântano o fraco uivo de algum gigantesco cão de caça. A lua subira, mas não ousei olhá-la. E quando vi no pântano mal iluminado uma larga sombra nebulosa sobrevoando de um montículo para o outro, fechei os olhos e lancei-me de bruços ao chão. Quando me levantei trêmulo, não sei quanto tempo depois, entrei cambaleando na casa e fiz chocantes reverências diante do amuleto de jade verde dentro do relicário.

Ao sentir agora medo de viver sozinho na antiga casa no pântano, parti no dia seguinte para Londres, levando comigo o amuleto depois de destruir por fogo e sepultamento o resto da irreverente coleção no museu. Após três noites, porém, ouvi mais uma vez o latido, e antes de terminar a semana, eu sentia estranhos olhos me vigiando sempre que escurecia. Uma noite, ao passear no calçadão de Victoria Embankment em busca de um pouco de ar fresco, vi uma forma preta obscurecer o reflexo das luminárias dos postes na água. Um vento mais forte que a brisa noturna passou a toda por mim, e eu soube que o que se abatera sobre St. John logo deveria acontecer comigo.

No dia seguinte, embrulhei com todo o cuidado o amuleto de jade verde e embarquei para a Holanda. Embora não soubesse que misericórdia eu poderia obter devolvendo a coisa para seu dono adormecido em silêncio, senti que devia pelo menos tentar algum passo concebivelmente lógico. O que era o cão de caça, e por que me perseguia, ainda se tratava de perguntas vagas; no entanto, eu ouvira pela primeira vez o latido naquele antigo cemitério de igreja, e todo acontecimento posterior, inclusive o sussurro agonizante de St. John, servira para relacionar a maldição com o roubo do amuleto. Em consequência, mergulhei no mais profundo abismo de desespero quando, numa pousada em Roterdã, descobri que ladrões haviam me despojado desse único meio de salvação.

O latido foi alto nessa noite, e de manhã, li sobre uma inominável ação no mais miserável bairro da cidade. A ralé ficou aterrorizada, pois num prédio residencial carente ocorrera uma morte sangrenta que superava o mais hediondo crime anterior da vizinhança. Num esquálido covil de ladrões, uma família inteira fora rasgada em pedaços por uma coisa desconhecida que não deixou nenhuma pista, e os moradores em volta haviam ouvido a noite inteira acima do habitual clamor de vozes embriagadas um som insistente e grave, como se de um cão de caça gigantesco.

Enfim, parei mais uma vez naquele nocivo cemitério, onde uma pálida lua de inverno projetava sombras hediondas e árvores desfolhadas inclinavam-se melancolicamente ao gramado seco, gélido, e às lajes rachadas. A igreja coberta de hera apontava o inamistoso céu com um dedo escarnecedor, e o vento da noite uivava acima de pântanos congelados e mares frígidos. O latido, agora, era muito fraco e cessou de todo quando me aproximei do antigo túmulo que eu antes violara e afugentei de susto uma horda anormalmente grande de morcegos que pairava curiosa ao redor da sepultura.

Não sei por que fui tão longe, a não ser para rezar, ou gaguejar insanas súplicas e desculpas para aquela coisa branca e serena que jazia ali dentro; qualquer que fosse meu motivo, porém, ataquei o solo semicongelado com um desespero em parte meu e em parte de uma dominadora vontade fora de mim mesmo. A escavação revelou-se muito mais fácil do que eu esperara, embora a um determinado ponto me deparasse com uma misteriosa interrupção, quando um abutre delgado precipitou-se céu frio afora e deu frenéticas bicadas na terra da sepultura até eu matá-lo com um golpe de minha pá. Por fim, cheguei à caixa retangular em decomposição e retirei a tampa úmida salitrosa. Esta foi a última ação racional que empreendi.

Pois, agachado dentro daquele caixão existente há séculos, circundado por um horrível séquito compacto e apertado de imensos morcegos robustos, adormecidos, encontrava-se a coisa esquelética que meu amigo e eu roubáramos, não mais limpa e plácida como a víramos então, porém coberta de sangue solidificado e fragmentos de carne e cabelos estranhos; olhava-me de soslaio, como criatura capaz de sentir, com órbitas fosforescentes e afiados dentes caninos ensanguentados a bocejar retorcidos em zombaria à minha inevitável destruição. Quando ela emitiu daquelas mandíbulas sorridentes e arreganhadas um latido profundo, sardônico, como se de algum gigantesco cão de caça, e vi que segurava em sua garra repleta de sangue, imunda, o desaparecido e fatal amuleto de jade verde, apenas gritei e saí correndo idiotamente, meus gritos logo se dissolvendo em estrépitos de gargalhada histérica.

A loucura cavalga o vento estelar... garras e dentes afiados em séculos de cadáveres... gotejam a morte escarranchada numa bacanal de morcegos vindos daquelas ruínas tenebrosas de templos enterrados de Satanás. Agora, quando o grave latido daquela monstruosidade morta, sem carne, ficar cada vez mais alto, e o furtivo zumbido e o adejar daqueles círculos de asas enredadas se aproximarem mais, hei de buscar com meu revólver o esquecimento que é meu único refúgio dos inominados e inomináveis.

O MEDO À ESPREITA

I. A SOMBRA NA CHAMINÉ

OUVIA-SE TROVÃO no ar na noite em que me dirigi à mansão deserta no topo da Montanha da Tempestade para encontrar o medo à espreita. Eu não estava sozinho, porque temeridade na época não se misturava com esse amor pelo grotesco e o terrível que fez de minha carreira uma série de busca por horrores estranhos na literatura e na vida. Comigo iam dois homens leais e musculosos que eu mandara buscar quando chegou a hora; homens há muito aliados em minhas horríveis explorações devido à peculiar capacidade física deles.

Partíramos da aldeia em silêncio por causa dos repórteres que ainda se demoravam nos arredores depois do assustador pânico de um mês antes — a morte arrepiante e aterradora. Mais tarde, pensei, eles poderiam me ajudar, porém, naquele momento, não me interessei. Quisera Deus que eu lhes houvesse contado a respeito da busca, que eu pudesse não ter precisado guardar o segredo sozinho por tanto tempo; guardá-lo sozinho por medo de que o mundo me chamasse de louco ou que este enlouquecesse com as implicações demoníacas da coisa. Agora que o estou relatando de qualquer maneira, temendo que o fato de não parar de remoê-lo me torne um maníaco, gostaria de jamais tê-la ocultado. Pois eu, e só eu, sei que espécie de medo espreitava naquela espectral e desolada montanha.

Num pequeno automóvel, percorremos os quilômetros da floresta e da colina até que a subida arborizada o impedisse. O campo exibia um aspecto mais sinistro do que o normal quando o víamos à noite e sem as habituais multidões de investigadores, de modo que muitas vezes, nos sentíamos tentados a usar o farol de acetileno, apesar da atenção que poderia atrair. Não se tratava de uma paisagem saudável depois do crepúsculo, e creio que teria notado sua morbidez mesmo se ignorasse o terror que ali atacava à espreita. Não havia nenhuma criatura selvagem — elas são astutas quando a morte espreita ao seu redor. Antigas árvores escoriadas por raios pareciam anormalmente grandes e torcidas, as outras vegetações estranhamente densas e febris, enquanto curiosos montículos e pequenas elevações na terra cheia de ervas daninhas e buracos de fulgurito faziam lembrar-me de crânios de serpentes e homens mortos inchados a gigantescas proporções.

O medo espreitava na Montanha da Tempestade havia mais de um século. Eu logo soube disso pelos relatos de jornal da catástrofe que levou pela primeira vez a região à atenção mundial. O lugar é uma elevação remota, solitária, naquela parte das montanhas Catskills, onde a civilização holandesa outrora penetrou de maneira insignificante e passageira, deixando para trás quando se retirou apenas algumas mansões arruinadas, além de uma degenerada e colonizada população que habitava deploráveis vilarejos em encostas isoladas. Seres normais raras vezes visitavam a localidade até que se formou a polícia estadual, e mesmo agora, apenas soldados da cavalaria com pouca frequência patrulham-na. O medo, contudo, é uma velha tradição em todas as aldeias vizinhas, visto que se trata de um tópico principal no simples discurso dos mestiços pobres que às vezes deixam seus vales para permutar cestas tecidas à mão por necessidades primitivas, as quais eles não podem abater, criar, nem fabricar.

O medo à espreita morava na evitada e deserta mansão Martense, a qual encimava a elevada, mas gradual eminência cuja tendência a frequentes temporais com relâmpagos e trovões deu-lhe o nome de Montanha da Tempestade. Por mais de cem anos, a antiga casa de pedra, circundada por bosque, fora o tema de relatos de incrível violência e monstruosamente hediondas; histórias de uma colossal morte sorrateira que atacava à espreita fora de casa no verão. Com lamurienta insistência, os colonizadores contavam casos de um demônio que agarrava caminhantes solitários ao anoitecer, transportava-os para longe ou os deixavam num aterrador estado de dilacerado desmembramento; outras vezes, referiam-se aos sussurros de trilhas sangrentas em direção à distante mansão. Alguns diziam que o trovão gritava para o medo à espreita sair de sua habitação, ao mesmo tempo em que outros diziam que o trovão era a voz dele.

Ninguém fora da afastada região agreste acreditara nessas histórias variadas e contraditórias, com suas descrições incoerentes, extravagantes, do semientrevisto demônio; no entanto, nem sequer um agricultor ou aldeão duvidava que a mansão Martense fosse abominavelmente assombrada. A história local proibia semelhante dúvida, embora nenhuma evidência houvesse sido alguma vez encontrada pelos investigadores quando visitaram o prédio após algum relato especialmente vívido dos colonizadores. Avós contavam estranhos mitos do espectro Martense; mitos referentes à própria família Martense, sua misteriosa dessemelhança hereditária de olhos, seus longos anais extraordinários, e o assassinato que a amaldiçoara.

O terror que me levou à cena foi uma repentina e portentosa confirmação das mais ensandecidas lendas dos montanheses. Uma noite de verão, depois de um temporal de violência sem precedentes, a região rural foi despertada por uma debandada em massa de colonos impossível de ser criada por um mero delírio. As lamentáveis multidões de nativos emitiam gritos agudos e se lastimavam do abominável horror que se abatera sobre eles e do qual não duvidavam. Embora não o houvessem visto, tinham ouvido tamanhos berros de um de seus vilarejos que souberam da chegada de uma morte horripilante.

De manhã, cidadãos e soldados estaduais seguiram os atemorizados montanheses até o lugar de onde disseram que viera a morte. Na verdade, a morte esteve ali. O terreno sob uma das aldeias dos colonos desabara após ser atingido por um golpe de raio, destruindo vários dos malcheirosos barracos; no entanto, se sobrepunha a esse estrago de propriedade uma devastação orgânica, a qual lhe diminuía de importância. De uns possíveis 75 nativos que habitavam o lugar, não se via nenhum espécime vivo. A terra desordenada achava-se coberta de sangue e restos humanos que indicavam com demasiada nitidez as devastações de dentes e garras satânicos; contudo, nenhuma trilha visível afastava-se da carnificina. Todos logo concordaram que algum animal hediondo devia ser a causa; nem qualquer voz agora revivia a acusação de que essas mortes enigmáticas formavam apenas os sórdidos assassinatos comuns em comunidades decadentes. Reviveu-se essa acusação só quando se descobriu que desapareceram uns 25 membros da população dos mortos, e mesmo assim foi difícil explicar o assassinato de cinquenta pela metade desse número. Permanecia, porém, o fato de que, numa noite de verão, desabara um raio dos céus e deixara uma aldeia morta, cujos cadáveres foram horrivelmente mutilados, mastigados e arranhados.

A agitada zona rural logo relacionou o horror com a mal-assombrada mansão Martense, embora quase 5 km separassem as localidades. Os policiais se mostraram mais cépticos, incluindo a mansão apenas casualmente em suas investigações, e a abandonaram por completo quando a encontraram inteiramente deserta. O pessoal do campo e da aldeia, porém, examinou o lugar com infinito cuidado; reviraram tudo na casa, investigaram lagos e córregos, derrubando arbustos e revistando as florestas próximas. Tudo em vão: a morte que chegara não deixara vestígio algum, a não ser a própria destruição.

No segundo dia da busca, o caso foi completamente tratado pelos jornais cujos repórteres infestaram a Montanha da Tempestade. Eles o descreveram com muito detalhe e inúmeras entrevistas para elucidar a história de horror como contada por anciões locais. Acompanhei os relatos languidamente a princípio, pois sou um conhecedor de horrores; passada uma semana, contudo, detectei uma atmosfera que me agitou estranhamente, de modo que, em 5 de agosto de 1921, registrei-me entre os repórteres que lotavam o hotel em Lefferts Corners, a aldeia mais próxima da Montanha da Tempestade e reconhecido posto de comando dos investigadores. Mais três semanas e a dispersão dos repórteres me deixou livre para começar uma terrível exploração baseada nas minuciosas investigações e vistoria com as quais eu me ocupara durante esse tempo.

Assim, nessa noite de verão, enquanto retumbava o distante trovão, saí de um automóvel silencioso e, com dois companheiros armados, galguei pisando firme a última extensão coberta de montículos da Montanha da Tempestade, lançando os feixes de luz de uma tocha elétrica nas paredes cinzentas espectrais que começavam a surgir por entre gigantescos carvalhos adiante. Nessa mórbida solidão noturna e fraca iluminação oscilante, a imensa pilha semelhante a uma caixa exibia obscuros indícios de terror que o dia não podia revelar; no entanto, não hesitei, pois viera com ardente resolução de testar uma ideia. Eu acreditava que o trovão evocava o demônio da morte de algum lugar secreto apavorante; e eu pretendia ver se se tratava de uma entidade demoníaca sólida ou uma pestilência vaporosa.

Eu vasculhara completamente a ruína; por isso, conhecia bem meu plano, escolhendo como o assento de minha vigília o velho quarto de Jan Martense cujo assassinato se revela tão poderoso nas lendas rurais. Sentia sutilmente que o apartamento dessa antiga vítima era melhor para meus propósitos. A câmara, medindo uns 30 m², continha como os outros quartos, algum lixo que outrora fora mobília. Ficava no segundo andar, no canto sudeste da casa, e tinha uma imensa janela a leste e uma estreita janela ao sul, ambas destituídas de vidraças ou venezianas. No lado oposto da janela grande, ficava uma enorme lareira holandesa com azulejos bíblicos, representando o filho pródigo e, defronte à janela estreita, uma espaçosa cama embutida na parede.

Quando o trovão amortizado por árvores ficou mais alto, providenciei os detalhes de meu plano. Primeiro, amarrei lado a lado no peitoril da janela grande três escadas de corda que trouxera comigo. Sabia que chegavam a um lugar apropriado na grama do lado de fora, pois as testara. Em seguida, nós três arrastamos de outro quarto um estrado de cama de quatro colunas e o encostamos lateralmente na janela. Após espalharmos ramos de abeto em cima, todos agora ali nos deitamos de forma automática, dois relaxando enquanto o terceiro vigiava. De qualquer direção que viesse o demônio, nossa fuga em potencial fora providenciada. Se ele viesse de dentro da casa, tínhamos as escadas da janela; se de fora, a porta e as escadarias. Não pensamos, a partir de julgamentos precedentes, que ele iria nos perseguir muito além da pior das hipóteses.

Vigiei de meia-noite a uma hora, quando, apesar da casa sinistra, a janela desprotegida e o trovão e raio que se aproximavam, senti-me excepcionalmente sonolento. Achava-me entre meus dois companheiros, George Bennett virado para a janela e William Tobey para a lareira. Bennett dormia após parecer ter sentido a mesma sonolência anômala que me afetou, por isso designei Tobey para a vigília seguinte, embora até ele cochilasse. É curiosa a forma intensa com que eu ficara encarando aquela lareira.

O trovão crescente deve ter afetado meus sonhos, pois no breve tempo que dormi vieram a mim visões apocalípticas. Uma vez semidespertei, decerto porque o adormecido em direção à janela lançara agitado um braço sobre meu tórax. Não me achava acordado o bastante para ver se Tobey cumpria seus deveres como sentinela, embora sentisse, por isso, uma nítida ansiedade. Nunca antes a presença do mal me oprimira de forma tão aguda. Depois, devo ter mais uma vez adormecido, porque foi de um caos espectral que minha mente saltou quando a noite ficou abominável, com gritos estridentes, muito além de qualquer coisa que já havia experimentado ou imaginado.

Naquela gritaria lancinante, a alma humana em sua profundidade, temia e agonizava, arranhando desesperada e insanamente os portões de ébano do esquecimento. Fui desperto pela loucura e o escárnio do satanismo, assim que perspectivas inconcebíveis, cada vez mais distantes, daquela angústia fóbica e cristalina se retiravam, ecoando-se. Embora não houvesse luz, notei pelo espaço vazio à direita que Tobey se fora, só Deus sabe para onde. Sobre meu peito continuava estendido o pesado braço do adormecido à esquerda.

Então, veio o devastador golpe de raio que sacudiu a montanha inteira, iluminou as mais tenebrosas criptas do antigo bosque e estilhaçou o patriarca das árvores tortuosas. No clarão demoníaco de uma monstruosa bola de fogo, o adormecido George lançou-se de repente para cima, enquanto o clarão vindo de além da janela projetava sua sombra nitidamente na chaminé acima da lareira, da qual eu nunca desviara os olhos. O fato de eu continuar vivo e lúcido é um milagre que não consigo compreender. Não consigo, porque a sombra naquela chaminé não era a de George Bennett nem de algum outro ser humano, porém de uma anormalidade blasfema das crateras mais baixas do inferno: uma abominação inominável, disforme, que nenhuma mente poderia captar inteiramente e nenhuma caneta descrever nem sequer em parte. Um segundo depois, eu estava sozinho na mansão amaldiçoada, tremendo e gaguejando. George Bennett e William Tobey não haviam deixado nenhum vestígio, nem ao menos de uma luta. Nunca mais se ouviu falar deles de novo.

II. UM TRANSEUNTE NA TEMPESTADE

Durante dias após aquela horrorosa experiência na mansão envolta por floresta fiquei deitado nervosamente exausto no meu quarto de hotel em Lefferts Corners. Não me lembro com exatidão como consegui chegar ao automóvel, ligá-lo e sair despercebido de volta à aldeia, pois não guardo nenhuma impressão distinta, a não ser de árvores gigantescas munidas de violentos galhos, resmungos demoníacos de trovão, além de sombras de Caronte transversais aos baixos montículos que pontilhavam e riscavam a região.

Enquanto eu tremia e remoía no arremesso daquela sombra de estourar os miolos, soube que afinal espreitara um dos supremos horrores da terra — uma daquelas influências malignas anônimas de vácuos exteriores, cujas fracas arranhadas demoníacas às vezes ouvimos na mais remota borda do espaço, embora das quais a nossa própria visão finita nos deu uma misericordiosa imunidade. Mal ousava analisar ou identificar a sombra que eu vira. Algo se estendera entre mim e a janela naquela noite, mas eu estremecia sempre que não conseguia afastar o instinto de classificá-lo. Se a criatura houvesse apenas rosnado, latido ou rido com escárnio, mesmo isso teria aliviado a hediondez abissal. Mas ela ficou muito calada. Repousara um pesado braço ou perna dianteira em meu peito. Obviamente era orgânica, ou fora outrora orgânica. Jan Martense, cujo aposento eu invadira, foi enterrado no cemitério perto da mansão. Eu preciso encontrar Bennett e Tobey se sobreviveram... e descobrir por que ela os escolhera e me deixara por último? A sonolência é muito opressiva, e os sonhos muito horríveis.

Em pouco tempo, dei-me conta de que devia revelar minha história para alguém ou sucumbiria a um total colapso nervoso. Eu já decidira não abandonar a busca pelo medo à espreita, pois em minha precipitada ignorância me parecia que essa incerteza era pior do que o esclarecimento, por mais terrível que o último talvez provasse ser. Em consequência, em minha mente determinei o melhor caminho a seguir, quem escolher por confidente, e como localizar a coisa que eliminara dois homens e projetara uma sombra angustiante.

Meus principais conhecidos em Lefferts Corners eram os afáveis repórteres, dos quais vários ainda permaneciam para recolher os ecos finais da tragédia. Foi dentre eles que decidi escolher um colega. Quanto mais eu refletia, mais minha preferência tendia para Arthur Munroe, um homem moreno, magro, de uns trinta e cinco anos, cuja educação, gosto, inteligência e temperamento pareciam em tudo assinalá-lo como alguém não limitado a ideias e experiências convencionais.

Numa tarde de início de setembro, Arthur Munroe ouviu meu relato. Percebi desde o começo que ele se mostrou ao mesmo tempo interessado e receptivo, e quando terminei, Monroe analisou e debateu o assunto com a maior perspicácia e discernimento. Seu conselho, além disso, revelou-se eminentemente prático, pois recomendou um adiamento de operações na mansão Martense até nos fortalecermos com dados históricos e geográficos mais detalhados. Por sua iniciativa, vasculhamos a área rural em busca de informações referentes à terrível família Martense e descobrimos um homem que possuía um diário ancestral maravilhosamente esclarecedor. Também conversamos por um longo tempo com alguns dos mestiços da montanha que não haviam fugido do terror e confusão para encostas mais remotas e combinamos anteceder nossa tarefa culminante — a exaustiva e definitiva investigação da mansão à luz de sua história detalhada — com uma igualmente exaustiva e definitiva investigação de locais associados com as várias tragédias da lenda dos colonizadores.

Os resultados dessa investigação não foram a princípio muito esclarecedores, embora sua catalogação parecesse revelar uma tendência bastante significativa; a saber, que o número de horrores divulgados era de longe o maior em áreas comparativamente próximas à casa que se evitava ou a ela ligadas por extensões da floresta morbidamente supernutrida. Havia, de fato, exceções; na verdade, o horror que captara a atenção mundial acontecera num espaço desarborizado, distante tanto da mansão quanto de quaisquer bosques a ela interligados.

Quanto à natureza e aparência do medo à espreita, nada se conseguiu obter dos assustados e tolos moradores de barracos. Chamavam-no ao mesmo tempo de uma serpente e um gigante; um diabo do trovão e um morcego; um abutre e uma árvore ambulante. No entanto, julgamo-nos justificados em supor que se tratava de um organismo vivo muitíssimo suscetível a tempestades elétricas; e embora alguns dos relatos sugerissem asas, acreditamos que a aversão por espaços abertos tornava a locomoção por terra uma teoria mais provável. A única coisa de fato incompatível com a opinião posterior era a rapidez com a qual a criatura devia ter viajado para empreender todas as ações atribuídas a ela.

Quando passamos a conhecer melhor os colonos, achamo-los curiosamente agradáveis em muitos aspectos. Tratavam-se de animais simples, descendo moderadamente a escala evolucionária devido à deplorável descendência e ao humilhante isolamento deles. Temiam os forasteiros, mas aos poucos se acostumaram conosco; por fim, acabaram por nos oferecer imensa ajuda quando derrubamos todas as moitas e arrancamos todas as divisórias da mansão em nossa procura pelo medo à espreita. Quando lhes pedimos ajuda para encontrar Bennett e Tobey, ficaram verdadeiramente aflitos, pois queriam nos ajudar, mas sabiam que essas vítimas haviam sumido tão completamente do mundo quanto sua própria gente desaparecida. Estávamos convictos de que muitos deles haviam, de fato, sido mortos e retirados assim como os animais selvagens há muito tempo exterminados, e esperávamos apreensivos que ocorressem mais tragédias.

Em meados de outubro, estávamos perplexos pela nossa falta de progresso. Devido às noites claras, não haviam ocorrido agressões demoníacas, e a totalidade de nossas vãs investigações da casa e da aldeia quase nos levou a encarar o medo à espreita como uma entidade imaterial. Temíamos que o tempo frio chegasse e detivesse nossas explorações, porque todos concordavam que o demônio ficava em geral quieto no inverno. Por isso, instalou-se uma espécie de pressa e desespero em nossa última investigação, à luz do dia, do vilarejo visitado pelo horror; um vilarejo agora deserto por causa dos temores dos colonos.

O malfadado vilarejo ocupado não ostentava nenhum nome, mas se situava havia muito tempo numa fenda abrigada, embora desarborizada, entre duas elevações chamadas, respectivamente, montanha da Pinha e colina do Bordo. Ficava mais próxima da Colina do Bordo do que da montanha da Pinha, algumas das rústicas moradias sendo, na verdade, abrigos no lado da antiga eminência. Geograficamente, o vilarejo localizava-se uns 3 quilômetros a noroeste da base da montanha da Tempestade e quase 5 quilômetros da mansão cercada por carvalhos. Da distância entre o vilarejo e a mansão, 4 km no lado do vilarejo consistiam de campo aberto; a planície exibia um aspecto bastante nivelado, a não ser por alguns dos montículos baixos, semelhantes a uma serpente, e tinha como vegetação apenas relva e ervas daninhas dispersas. Após examinar essa topografia, havíamos concluído que o demônio devia ter vindo pelo caminho da Montanha da Pinha, uma arborizada prolongação ao sul da qual se percorria por dentro uma pequena distância do extremo oeste da montanha da Tempestade. Reconhecemos, por fim, a elevação da superfície do terreno como um deslizamento de terra da colina do Bordo, uma alta e solitária árvore estilhaçada em cujo lado via-se o ponto atingido pelo raio que convocou o demônio.

Quando pela vigésima vez, ou mais, que Arthur Munroe e eu examinamos minuciosamente cada centímetro da aldeia violada, sentimo-nos tomados por certo desânimo junto a um medo novo, vago. Era intensamente misterioso — mesmo quando coisas assustadoras e misteriosas eram comuns — o fato de nos depararmos com um cenário tão por completo desprovido de pistas após ocorrências demasiadamente opressivas; e caminhávamos pelos arredores, sob o céu cinzento, a escurecer, com aquele trágico e desorientado zelo que resulta de uma sensação composta de futilidade e necessidade de ação. Nosso cuidado era seriamente minucioso: mais uma vez entramos em cada cabana, vasculhamos cada abrigo na encosta à procura de cadáveres, revistamos cada trechinho espinhoso de encosta adjacente à procura de covis e grutas... porém, tudo sem resultado. No entanto, como eu disse, um medo novo e vago pairava ameaçador sobre nós, como se gigantescos grifos com asas de morcego se agachassem invisivelmente nos topos de montanhas e nos encarassem de soslaio com olhos do destruidor Abadão, que haviam olhado os abismos do além-cosmo.

Com o avanço da tarde, tornou-se cada vez mais difícil enxergar; e ouvimos o estrondo de um temporal com trovão se aglomerando sobre a montanha da Tempestade. Tal ruído numa localidade como essa decerto nos afligiu, embora menos do que teria feito à noite. Na verdade, esperamos desesperados que a tempestade durasse até bem depois de escurecer; e com essa esperança, desviamo-nos de nossa encosta sem rumo, procurando na direção do mais próximo vilarejo habitado para reunir um grupo de colonos como ajudantes na investigação. Tímidos como eram, alguns dos mais jovens se sentiram suficientemente inspirados por nossa protetora liderança para prometer essa ajuda.

Mal havíamos mudado de direção, porém, quando desabou um lençol de chuva torrencial tão ofuscante que o abrigo se tornou imperativo. A extrema quase noturna escuridão do céu nos fazia tropeçar lamentavelmente, mas, guiados pelos frequentes clarões de raio e por nosso minucioso conhecimento do vilarejo, logo chegamos à cabana menos porosa do lote de terreno; uma combinação heterogênea de toras e tábuas cuja porta e única janela pequena que ainda existiam davam para a Colina do Bordo. Após colocar a barra na porta atrás de nós contra a fúria do vento e da chuva, instalamos a rústica veneziana de janela que nossas frequentes buscas haviam nos ensinado onde encontrar. Era desanimador ficar sentado ali em caixas bambas na escuridão de breu, porém fumávamos cachimbos e, de vez em quando, ligávamos nossas lanternas de bolso ao redor. Ocasionalmente, víamos o relâmpago pelas fendas na parede; a tarde exibia uma escuridão tão incrível que cada clarão surgia com extrema luminosidade.

A vigília tempestuosa me fez lembrar, trêmulo, da apavorante noite na Montanha da Tempestade. Minha mente voltava-se para aquela estranha pergunta que não parara de repetir-se desde que acontecera a coisa horripilante; e mais uma vez eu me questionava por que o demônio, ao aproximar-se dos três vigilantes da janela ou do interior, havia começado com os homens em cada lado e deixado o do meio para o fim, quando a bola de fogo gigantesca afugentou-o de medo. Por que ele não levara suas vítimas na ordem natural, comigo em segundo lugar, de qualquer um dos lados que se aproximara? Com que espécie de tentáculos de longo alcance ele roubava as presas? Ou sabia que eu era o líder e me poupara para um destino pior do que o de meus companheiros?

Em meio a essas reflexões, como se dramaticamente planejado para intensificá-las, caiu perto de um relâmpago um terrível raio seguido pelo barulho de desmoronamento de terra. Ao mesmo tempo, o vento feroz elevou-se a um gradual gemido demoníaco. Tivemos certeza de que a solitária árvore na Colina do Bordo fora mais uma vez atingida, então Munroe levantou-se de sua caixa e foi até a minúscula janela para averiguar o estrago. Quando ele abaixou a veneziana, o vento e a chuva uivaram ensurdecedoramente para dentro, de modo que não consegui ouvir o que ele disse, mas esperei enquanto ele se inclinava para fora e tentava compreender o pandemônio da natureza.

Aos poucos, o abrandamento do vento e a dispersão da extraordinária escuridão informavam da passagem da tempestade. Eu esperava que durasse noite adentro para ajudar nossa busca, porém, um furtivo raio de sol vindo de um olho do nó na madeira atrás de mim eliminou a probabilidade de tal coisa. Após sugerir a Munroe que deveríamos ter um pouco de luz mesmo se surgissem mais pancadas de água, retirei a barra e abri a porta tosca. O terreno no lado de fora era uma esquisita massa de lama e poças, com novos montes de terra do pequeno deslizamento, mas nada vi que justificasse o interesse que mantinha meu companheiro calado e inclinado para fora da janela. Dirigindo-me para onde ele se inclinava, toquei-lhe o ombro; entretanto, Munroe não se mexeu. Então, quando o sacudi de brincadeira e o virei ao contrário, senti as gavinhas estranguladoras de um horror canceroso cujas raízes penetravam passados ilimitáveis e abismos insondáveis da noite que se reproduz além do tempo.

Pois Arthur Munroe estava morto. E no que restava de sua cabeça mastigada e cinzelada não havia mais um rosto.

III. O QUE SIGNIFICAVA O CLARÃO VERMELHO

Na noite assolada pela tempestade de 8 de novembro de 1921, com uma lanterna que projetava sombras sepulcrais, fiquei cavando sozinho e de modo idiota a sepultura de Jan Martense. Começara a cavar à tarde, porque se formava um temporal com trovões, e agora que escurecera e a tempestade irrompera acima da folhagem loucamente densa sentia-me contente.

Creio que fiquei com parte da mente insana pelos eventos desde 5 de agosto: a sombra do demônio na mansão, a tensão e a decepção gerais, além do incidente que ocorrera no vilarejo numa tempestade de outubro. Depois deste episódio, cavei uma sepultura para alguém cuja morte eu não conseguia entender. Sabia que outros tampouco podiam entendê-la; por isso, os deixei pensar que Arthur Munroe se perdera no caminho. Eles procuraram, porém, nada encontraram. Talvez os colonos tivessem entendido, mas não ousei assustá-los ainda mais. Eu mesmo parecia estranhamente insensível. Aquele choque na mansão causara algo em meu cérebro, e eu só pensava na busca de um horror agora crescido numa estatura cataclísmica em minha imaginação; uma busca que o destino de Arthur Munroe me fez jurar ficar calado e solitário.

O MEDO À ESPREITA

Só o cenário de minhas escavações teria sido o bastante para enervar qualquer homem comum. Árvores primitivas sinistras de tamanho e idade profanos, além de grotescas, olhavam de soslaio acima de mim, como os pilares de algum infernal templo druídico; abafavam o trovão, silenciavam o vento dilacerante e só deixavam passar pouca chuva. Mais adiante dos troncos escoriados no segundo plano, iluminadas por fracos clarões de relâmpagos filtrados, erguiam-se as pedras cobertas de hera molhada da mansão deserta, enquanto um pouco mais próximo ficava o abandonado jardim holandês cujas alamedas e canteiros achavam-se poluídas por uma vegetação branca, supernutrida, fungosa, fétida, que jamais viu plena luz do dia. E mais próximo de tudo localizava-se o cemitério, onde árvores deformadas lançavam galhos loucos, enquanto suas raízes deslocavam lajes profanas e sugavam veneno do que se estendia abaixo. De vez em quando, sob a mortalha marrom de folhas que apodreciam e supuravam na escuridão da floresta antediluviana, eu reconhecia os sinistros contornos de alguns daqueles baixos montículos que caracterizavam a região perfurada por raios.

A história me levara a esse túmulo arcaico. História que, na verdade, era a única coisa que me restava depois que tudo mais terminou em escarnecedor satanismo. Agora eu acreditava que o medo à espreita não era nenhuma coisa material, mas um fantasma de lobo com garras que cavalgava o raio da meia-noite. E acreditava, por causa das massas de tradição local que eu desenterrara em minha busca com Arthur Munroe, que o fantasma era o de Jan Martense, o qual morreu em 1762. Por este motivo, escavava seu túmulo como um idiota.

A mansão Martense foi construída em 1670 por Gerrit Martense, um rico comerciante de Nova Amsterdã[1] que não gostara da mudança de ordem sob o governo britânico e construíra esse magnífico domicílio num remoto pico florestal cuja solidão inexplorada pelo homem e o cenário incomum o agradavam. A única decepção significativa encontrada nesse sítio consistia no que dizia respeito à predominância de violentos temporais com trovões no verão. Ao escolher a colina e construir a mansão, Mynheer Martense atribuíra essas frequentes explosões naturais a alguma peculiaridade do ano. Entretanto, com

---

[1] Nome do assentamento localizado na colônia neerlandesa dos Novos Países Baixos, que, eventualmente, se tornaria a cidade de Nova York.

o tempo, percebeu que a localidade era especialmente sujeita a tais fenômenos. Por fim, após considerar essas tempestades prejudiciais à sua saúde, mobiliou um porão no qual podia retirar-se dos mais violentos pandemônios climáticos.

Dos descendentes de Gerrit Martense, sabe-se menos do que dele, visto que foram todos criados em ódio pela civilização inglesa e educados para evitar os colonos dessa civilização, assim como aceitá-la. A vida deles era muitíssimo isolada e, por isso, as pessoas os declaravam como lerdos no modo de falar e compreender. Na aparência, todos ostentavam uma peculiar dessemelhança de olhos hereditária; um em geral azul e o outro, castanho. Seus contatos sociais reduziram-se cada vez mais, até eles passarem a se casar com a numerosa classe servil nos arredores da propriedade. Muitos da família aglomerada se degeneraram, mudaram para o outro lado do vale e se uniram à população mestiça que, mais tarde, produziria os lamentáveis colonos. Os restantes haviam se aprisionado melancolicamente na sua mansão ancestral, tornando-se cada vez mais exclusivistas e taciturnos, adquirindo, contudo, uma reação nervosa aos frequentes temporais.

A maior parte dessas informações alcançou o mundo externo pelo jovem Jan Martense, que, em consequência de algum tipo de inquietação, ingressou no exército colonial quando notícias da Convenção de Albany chegaram à Montanha da Tempestade. Ele foi o primeiro dos descendentes de Gerrit a ver grande parte do mundo; e quando retornou em 1760, após seis anos de campanha, foi odiado como um forasteiro pelo pai, tios e irmãos, apesar de seus dessemelhantes olhos Martenses. Não mais podia partilhar as peculiaridades e preconceitos dos Martenses, ao mesmo tempo em que os temporais da própria montanha deixaram de exaltá-lo como o faziam antes. Em vez disso, seu ambiente o deprimia; e ele frequentemente escrevia a um amigo em Albany sobre planos de abandonar o teto paterno.

Na primavera de 1763, Jonathan Gifford, o amigo de Albany de Jan Martense, ficou preocupado com o silêncio de seu correspondente, sobretudo devido às condições e brigas na mansão Martense. Determinado a visitar Jan pessoalmente, foi para as montanhas a cavalo. Seu diário afirma que ele chegou à Montanha da Tempestade em 20 de setembro, encontrando a mansão em grande decrepitude. Os taciturnos membros de olhos estranhos da família Martense cujo aspecto animal sujo chocou-o, informaram-lhe em sons guturais mal articulados que Jan morreu. Insistiram em que fora atingido por raio no outono anterior e agora jazia enterrado atrás dos abandonados e afundados jardins. Mostraram ao visitante o túmulo sombrio e destituído de indicações. Algo na atitude dos Martenses transmitiu a Gifford uma sensação de repulsa e suspeita, a qual o fez retornar uma semana depois com pá e picareta para explorar o local fúnebre. Encontrou o que esperava: um crânio esmagado cruelmente como se por golpes selvagens. Por isso, ao regressar para Albany, acusou os Martense do crime de assassinato de seu parente.

Embora faltassem provas legais, a reportagem se espalhou rápido por toda a zona rural; e dali em diante os Martenses foram repudiados pelo mundo. Ninguém queria negociar com eles cujo distante solar era evitado como um lugar maldito. De algum modo, a família conseguiu tocar a vida independentemente com os produtos de sua propriedade, pois luzes ocasionais entrevistas de colinas distantes atestavam-lhe a continuada presença. Essas luzes foram vistas ainda em 1810, mas daí em diante tornaram-se muito infrequentes.

Enquanto isso, criava-se sobre a mansão e a montanha um corpo de diabólicas lendas. O lugar era evitado com dobrada assiduidade e revestido de todo mito sussurrado que a tradição podia fornecer. Permaneceu não visitado até 1816, quando os colonos notaram a ausência continuada de luzes. Nessa época, um grupo fez investigações, encontrando a casa deserta e parcialmente em ruínas.

Não se encontraram quaisquer esqueletos nos arredores, deduzindo-se que isso se devia à partida ao invés da morte. O clã parecia ter ido embora vários anos antes, e as coberturas improvisadas em suas casas mostravam como se tornara numeroso antes da migração. Seu nível cultural caíra imensamente, como comprovado pela mobília e a prataria desintegradas, as quais deviam ter sido abandonadas havia muito tempo, quando seus donos partiram. No entanto, apesar da partida dos temidos Martenses, o medo da casa assombrada continuou e se intensificou muito, quando vieram à tona novos e estranhos relatos entre os decadentes da montanha. Ali, permanecia deserta, temida e ligada ao vingativo fantasma de Jan Martense. Ali ainda permanecia na noite que eu escavava o túmulo de Jan Martense.

Descrevi minha prolongada escavação como idiota, e assim na verdade, ela se revelou em objetivo e método. O caixão de Jan Martense logo fora desenterrado — agora, continha apenas pó e nitro —, mas em minha fúria para exumar seu fantasma procurava mais no fundo de forma irracional e desajeitada sob o lugar onde ele jazia. Sabe Deus o que eu esperava encontrar — eu só sentia que cavava na sepultura de um homem cujo fantasma atacava silencioso à noite.

É impossível dizer a que monstruosa profundidade eu chegara quando minha pá, e logo meus pés, irromperam terreno abaixo. O acontecimento naquelas circunstâncias foi tremendo, pois, na existência ali de um espaço subterrâneo, minhas teorias loucas tiveram terrível confirmação. Minha leve queda extinguira a lanterna, mas peguei uma elétrica de bolso e avistei o pequeno túnel horizontal que se estendia indefinidamente pelos dois lados. Era grande o bastante para um homem atravessar serpeando; embora nenhuma pessoa sã teria tentado isso naquele momento, esqueci-me do perigo, bom-senso e asseio em minha febre obcecada pela única finalidade de descobrir o medo à espreita. Escolhendo o lado em direção à casa, arrastei-me imprudente pela estreita cova adentro; contorci-me adiante às cegas e rápido, acendendo apenas raras vezes a lanterna que mantinha diante de mim.

Que língua pode descrever o espetáculo de um homem perdido na terra infinitamente abissal, a arranhar, serpear, ofegar, arrastar-se como um louco pelas afundadas convoluções de pretidão imemorial, sem uma ideia de tempo, segurança, direção ou objeto definido? Embora houvesse alguma coisa hedionda nisso, foi exatamente o que fiz. Fi-lo por tanto tempo que a vida esmoreceu numa distante lembrança, e tornei-me igual às toupeiras e larvas das profundezas noturnas. Na verdade, foi só por acidente que, após intermináveis contorções, chacoalhei e acendi minha esquecida lanterna elétrica, de modo que ela iluminou sinistramente ao longo da cova de calcário endurecido que se estendia e curvava adiante.

Eu vinha serpeando assim durante algum tempo, de modo que minha bateria ficou muito fraca e a luz da lanterna muito baixa, e então a passagem de repente inclinou-se acentuadamente para cima, alterando meu jeito de avançar. E quando ergui o olhar foi sem preparação que vi brilhando ao longe dois reflexos demoníacos de minha lanterna a extinguir-se; dois reflexos que ardiam com um fulgor pernicioso e inconfundível, provocando lembranças de enlouquecedora nebulosidade.

Parei de chofre, embora carente do cérebro para me retirar. Os olhos se aproximavam, ainda que da coisa que os exibia eu só conseguia distinguir uma garra. Mas que garra! Então muito acima ouvi um estrépito fraco que reconheci. Era o violento trovão da montanha que se elevava a uma fúria histeria — eu devia ter rastejado para cima por algum tempo, de forma que a superfície se encontrava agora bastante próxima. E enquanto o amortecido trovão retumbava, aqueles olhos continuavam a me encarar com idiota crueldade.

Graças a Deus, eu não soube então do que se tratava, caso contrário, teria morrido. Mas fui salvo pelo próprio trovão que o convocara, uma vez que, após uma apavorante espera, precipitara-se do céu lá fora, invisível, um daqueles frequentes raios rumo à montanha cujas consequências eu observara aqui e ali como cortes profundos de terra perturbada e fulguritos de vários tamanhos. Com ira ciclópica, ele varou o solo daquela abominável cova acima, cegando-me e ensurdecendo-me, mas não me reduzindo a um coma total.

No caos de deslizamento e deslocamento de terra, agarrava-me e debatia-me impotente até que a chuva sobre minha cabeça me estabilizou, e então, notei que chegara à superfície num local conhecido: um íngreme lugar não florestado na encosta sudoeste da montanha. Relâmpagos repetidos e difusos iluminavam o terreno revirado e os restos da curiosa elevação baixa de terra que se estendia abaixo da encosta florestal mais alta, mas nada havia no caos para me guiar à saída da letal catacumba. Meu cérebro achava-se num caos tão grande quanto a terra, e quando um distante clarão vermelho irrompeu na paisagem do sul, mal me dei conta do horror que eu sentira.

No entanto, dois dias depois, quando os colonos me contaram o que significava o clarão vermelho, senti mais horror do que aquela cova de terra vegetal, a garra e os olhos haviam causado; mais horror por causa das opressivas implicações. Num vilarejo a 30 km de distância, uma orgia de medo se seguira ao raio que me impelira terreno acima, e uma coisa inominável caíra de uma árvore, projetando-se dentro de uma cabana de telhado frágil. Embora a criatura tivesse feito uma façanha perversa, os colonos haviam ateado fogo na cabana em frenesi antes que ela pudesse escapar. Vinha fazendo essa façanha no mesmo momento que a terra desmoronou na coisa com garra e olhos.

IV. O HORROR NOS OLHOS

Nada pode haver de normal na mente de alguém que, sabendo o que eu sabia dos horrores da Montanha da Tempestade, sairia sozinho à procura do medo que ali espreitava. O fato de que pelo menos duas das encarnações do medo foram destruídas constituía apenas uma leve garantia de segurança mental e física nesse Aqueronte de diabolismo multiforme; ainda assim, continuei minha busca com zelo ainda maior, à medida que os acontecimentos e revelações se tornavam mais monstruosos.

Quando dois dias após meu assustador rastejo por aquela cripta dos olhos e garra, eu soube que uma coisa pairara malignamente a 30 quilômetros de distância no mesmo momento que os olhos me encaravam furiosos, quase senti convulsões de terror. Mas esse terror se misturava tanto com admiração e grotesca fascinação que era quase uma sensação agradável. Às vezes, nos espasmos de um pesadelo, quando forças invisíveis rodopiam alguém acima dos telhados de estranhas cidades mortas em direção ao arreganhado sorriso do abismo de Nis, é um alívio e até um deleite gritar como louco e se atirar voluntariamente junto com o apavorante vórtice de destruição onírica dentro de qualquer golfo sem fundo que possa bocejar. E assim foi com o pesadelo acordado da Montanha da Tempestade; a descoberta de que dois monstros haviam assombrado o local acabaram me dando um louco desejo de mergulhar na própria terra da amaldiçoada região, e com as mãos nuas desenterrar a morte que espreitava de cada centímetro do solo venenoso.

Assim que possível, visitei o túmulo de Jan Martense e escavei em vão onde eu escavara antes. Algum extenso desmoronamento obstruiu todos os vestígios da passagem subterrânea, enquanto a chuva despejara tanta terra de volta à escavação que não pude descobrir qual a profundidade que eu escavara naquele outro dia. Também fiz uma viagem difícil até o distante vilarejo, onde a criatura-morte fora queimada, e fui pouco recompensado pelo meu trabalho. Nas cinzas da cabana fatídica encontrei vários ossos, mas aparentemente nenhum do monstro. Os colonos disseram que a coisa fizera apenas uma vítima, porém, nisso, os julguei inexatos, visto que além do crânio completo de um ser humano, via-se outro fragmento ósseo que parecia, sem dúvida, ter pertencido a um crânio humano em algum momento. Embora se houvesse visto a rápida queda do monstro, ninguém soube dizer exatamente o que era a criatura; os que a haviam visto de relance a descreveram apenas como um diabo. Ao examinar a imensa árvore de onde ela espreitara, não consegui discernir marcas distintivas. Tentei achar alguma trilha floresta sombria adentro, mas nessa ocasião não suportei a visão daqueles troncos morbidamente grandes, nem daquelas enormes raízes semelhantes à serpente que se contorciam de forma tão malévola antes de afundar na terra.

Meu passo seguinte foi reexaminar com cuidado microscópico o deserto vilarejo onde a morte chegara mais abundantemente e Arthur Munroe vira algo que ele não viveu para descrever. Embora minhas vãs procuras anteriores tivessem sido minuciosas em excesso, eu agora possuía novos dados para testar, porque meu horrível rastejar no túmulo me convenceu de que pelo menos uma das fases da monstruosidade fora uma criatura subterrânea. Dessa vez, no dia 14 de novembro, minha busca relacionou-se na maioria das vezes com as encostas da Montanha da Pinha e da Colina do Bordo onde contemplavam do alto o desgraçado vilarejo, e prestei particular atenção à terra solta da região do deslizamento na elevação posterior.

A tarde de minha busca nada elucidou, e o crepúsculo chegou quando me encontrava na Colina do Bordo, examinando o vilarejo abaixo e a Montanha da Tempestade no outro lado do vale. Contemplara-se um magnífico pôr do sol, e agora a lua subia quase cheia, a derramar uma inundação prateada sobre a planície, a distante encosta da montanha e os curiosos montículos baixos que se erguiam aqui e ali. Embora fosse um pacífico cenário bucólico, por saber o que ele escondia eu o detestava. Detestava a lua zombeteira, a planície hipócrita, a sórdida montanha e aqueles sinistros montículos. Tudo me parecia corrompido por um repugnante contágio, e inspirado por uma aliança nociva com distorcidas forças ocultas.

Nesse momento, enquanto eu observava distraído o panorama ao luar, senti meus olhos atraídos por algo singular na natureza e pela disposição de certo elemento topográfico. Sem ter qualquer conhecimento exato de geologia, eu ficara desde o início interessado pelos estranhos montículos e elevações de terra da região. Notara que eram distribuídos de forma muito copiosa ao redor da Montanha da Tempestade, embora menos numerosos na planície do que próximo ao topo da própria colina, onde a glaciação pré-histórica encontrara, sem dúvida, oposição mais fraca aos seus caprichos surpreendentes e fantásticos. Agora, à luz daquela lua baixa que lançava longas e misteriosas sombras, ocorreu-me inevitavelmente que os vários pontos e linhas do sistema de montículos tinham uma peculiar relação com o cume da Montanha da Tempestade. Esse cume era de modo inegável um centro do qual irradiavam indefinida e irregularmente as linhas ou fileiras de pontos, como se a insalubre mansão Martense lançasse visíveis tentáculos de terror. A ideia desses tentáculos causou-me uma excitação inexplicável, e parei para analisar a razão de eu acreditar que esses montículos se deviam a fenômenos glaciais.

Quanto mais analisava, menos eu acreditava, e minha mente recém--aberta começou a ser espancada por grotescas e horríveis analogias baseadas em aspectos superficiais e em minha experiência embaixo da terra. Antes de me dar conta, eu proferia palavras frenéticas e desarticuladas para mim mesmo:

— Meu Deus!... Os montículos construídos por toupeiras... o maldito lugar precisa ser perfurado... quantos... aquela noite na mansão... eles levaram Bennett e Tobey primeiro... em cada lado de nós...

Em seguida, eu me pus a escavar frenético o montículo que se estendia mais próximo de mim; escavava desesperado, trêmulo, mas quase triunfante; escavava e, por fim, gritava em voz alta e estridente com alguma emoção deslocada quando encontrei um túnel ou cova igual àquela em que me arrastara naquela outra noite demoníaca.

Depois disso, lembro-me de que corria, pá na mão, uma terrível corrida por prados enluarados, marcados de montículos e por abismos mórbidos, escarpados, de mal-assombrada floresta de encosta, saltando, gritando, ofegando, pulando em direção à terrível mansão Martense. Recordo-me que escavava irracionalmente em todas as partes do porão entupido de sarça; escavava para achar o âmago e centro daquele maligno universo de montículos. E então me lembro de como eu ri quando tropecei na passagem: o buraco na base da velha chaminé, onde as ervas daninhas espessas crescem e lançam estranhas sombras à luz da única vela que por acaso levava comigo. O que ainda permanecia naquela colmeia infernal abaixo, à espreita e esperando o trovão despertá-lo, eu não sabia. Dois haviam sido mortos, talvez isso o eliminara. Mas ainda permanecia aquela ardente determinação para alcançar o mais profundo segredo do medo, o qual eu mais uma vez passei a considerar definido, material e orgânico.

Minha indecisa especulação sobre o fato de eu explorar sozinho e imediatamente a passagem com minha lanterna de bolso, ou tentar reunir um grupo de colonos para a busca foi interrompida, após certo tempo, por uma repentina lufada de vento vindo de fora, que apagou a vela e me deixou em total escuridão. A lua não mais brilhava pelas fendas e aberturas acima de mim, e com uma sensação de fatídico alarme ouvi o sinistro e significativo estrondo de trovão se aproximando. Uma confusão de ideias associadas apoderou-se de meu cérebro, levando-me a retornar tateando em direção ao canto mais afastado do porão. No entanto, jamais desviei os olhos da horrível abertura na base da chaminé; então, comecei a ter vislumbres dos tijolos em desintegração e insalubres ervas daninhas quando brilhos fracos de relâmpago penetravam as matas lá fora e iluminavam as rachaduras na parede superior. Cada segundo, uma mistura de medo e curiosidade me consumia. O que a tempestade traria à tona — ou restava ali alguma coisa para ela trazer? Guiado por um clarão de relâmpago, acomodei-me atrás de um denso grupo de vegetação, através do qual eu podia ver a abertura sem ser visto.

Se o céu é misericordioso, irá um dia apagar de minha consciência a visão que vi e me deixar viver meus últimos anos em paz. Não consigo mais dormir à noite e tenho que tomar soporíferos quando troveja. A coisa chegou abruptamente e sem ser anunciada: um demônio, semelhante ao rato correndo de covas remotas e inimagináveis, um arquejo e um grunhido abafado infernais, e em seguida daquela abertura embaixo da chaminé uma explosão de vida numerosa e leprosa — uma inundação repugnante gerada à noite pela deterioração orgânica mais devastadoramente hedionda que as mais tenebrosas conjurações de loucura e morbidez mortais. Fervente, vaporosa, ondulante, borbulhando como peçonha de serpentes, rolava para cima e fora daquele buraco bocejante, espalhava-se como um contágio séptico e fluía porão afora em todo ponto de saída — fluía para se dispersar pelas amaldiçoadas florestas de meia-noite e espalhar medo, loucura e morte.

Sabe Deus quantas eram — devem ter sido milhares. Ver o fluxo delas naquele relampejar fraco, intermitente, era chocante. Quando a multidão se dissipara o bastante para ser vislumbrada como organismos separados, vi que se tratava de diabos ou macacos anões peludos, deformados — caricaturas monstruosas e diabólicas da tribo dos símios. Eram terrivelmente silenciosos, mal se ouviu um grito quando um dos últimos retardatários virou-se com a habilidade de longa prática para fazer uma refeição à moda costumeira num companheiro mais fraco. Outros abocanhavam o que restara e comiam, babando com deleite. Então, apesar do atordoamento de pavor e nojo, minha mórbida curiosidade triunfou, e quando a última das monstruosidades esvaiu-se sozinha acima daquele mundo inferior de pesadelo desconhecido, saquei minha pistola automática e disparei-a sob a cobertura do trovão.

Sombras torrenciais de loucura viscosa vermelha aos gritos agudos, rastejando, perseguiam umas às outras por infindáveis e ensanguentados corredores do fulgurante céu purpúreo... Fantasmas amorfos e mutações caleidoscópicas da lembrança de um cenário mórbido; florestas de monstruosos carvalhos supernutridos com raízes-serpentes que se retorciam e sugavam inomináveis seivas de uma terra verminosa com milhões de diabos canibais; tentáculos semelhantes a montículos vindos do subterrâneo tateavam no escuro à procura de núcleos de perversão poliposa... Relâmpago insano sobre paredes cobertas de hera maligna e arcadas demoníacas sufocadas com vegetação fúngica... Agradeço a Deus pelo instinto que me conduziu inconsciente a lugares onde moram os homens, à aldeia pacífica que adormecia sob as calmas estrelas de céus desanuviados.

Eu me recuperara o suficiente numa semana para mandar vir de Albany um bando de homens com a finalidade de explodir com dinamite a mansão Martense e o topo inteiro da Montanha da Tempestade, entupir todos os montículos-cova que descobrissem e destruir certas árvores supernutridas, cuja própria existência parecia um insulto à sanidade. Consegui dormir um pouco depois que eles o fizeram, mas o verdadeiro repouso jamais virá enquanto eu me lembrar desse abominável segredo do medo à espreita. A coisa irá me assombrar, porque quem pode dizer que a exterminação está completa e que fenômenos análogos não existem em todos os lugares do mundo? Quem pode, com o meu conhecimento, pensar nas cavernas desconhecidas da Terra sem um pesadelo terrível de futuras possibilidades? Não posso ver um poço ou uma entrada de metrô sem estremecer... Por que os médicos não podem me dar algo que me faça dormir, ou acalmar de verdade meu cérebro quando troveja?

O que vi no brilho de minha lanterna depois que atirei no indizível objeto desgarrado era tão simples que passou quase um minuto antes de eu entender e ficar delirante. O objeto era nauseante: uma imunda e embranquecida coisa tipo gorila, com afiados dentes caninos amarelos e pelo emaranhado. Tratava-se do último produto de degeneração mamífera: o aterrador resultado de procriação e multiplicação isoladas, além de nutrição canibal acima e abaixo da terra; a encarnação de todo o caos rosnador e o medo a rir de dentes arreganhados que espreitam por trás da vida. Ele me olhara ao morrer e seus olhos tinham a mesma característica estranha que acentuava aqueles outros olhos que me haviam encarado no subterrâneo e me provocado nebulosas recordações. Um olho era azul, o outro, castanho. Eram os desiguais olhos Martenses das antigas lendas, e eu soube num inundante cataclismo de mudo horror o que se tornara aquela família desaparecida: a casa Martense, a terrível, a enlouquecida por trovão.

O FESTIVAL

"Efficiunt Daemones, ut quae non sunt, sic tamen quasi sint, conspicienda hominibus exhibeant."

Lactantius

EU ME ENCONTRAVA longe de casa, e sentia em mim o encantamento do Mar do Leste. No crepúsculo, ouvia-o martelando nas pedras e eu sabia que se estendia logo acima da colina, onde os salgueiros entrelaçados se retorciam diante do céu límpido e das primeiras estrelas do anoitecer. E porque meus parentes me haviam chamado para a antiga cidade muito além da nossa, eu me impelia pela neve superficial, caída há pouco, ao longo da estrada que se elevava solitária a grande altitude até onde a estrela Aldebarã cintilava entre as árvores: seguia em direção à própria cidade antiga que eu nunca vira, mas com a qual muitas vezes sonhara.

Era a festa do Yuletide, que os homens chamam de Natal, embora saibam em seu íntimo que é mais antiga que Belém e Babilônia, mais antiga até que Mênfis e a humanidade. Era o Yuletide, e eu viera afinal para a antiga cidade marítima onde meus parentes moravam e mantinham o festival no passado, quando a celebração era proibida; onde também eles haviam ordenado aos filhos que conservassem o festival uma vez em cada século, para que a memória de segredos primitivos não fosse esquecida. O meu era um povo antigo, e era antigo antes mesmo dessas terras se estabelecerem há trezentos anos. Eles eram estranhos porque haviam chegado como um povo furtivo, moreno, vindo de jardins opiáceos de orquídeas do sul e falado outro idioma antes de aprender a língua dos pescadores de olhos azuis. E agora, haviam se dispersado e partilhavam apenas os rituais de mistérios que nenhum ser vivo podia entender. Eu era o único que retornava naquela noite à antiga cidade pesqueira como mandava a lenda, para que apenas os pobres e os solitários se lembrassem.

Então, além do topo da colina, avistei Kingsport estender-se, gélida, ao anoitecer: Kingsport coberta de neve com seus antigos cata-ventos, campanários, as vigas horizontais dos telhados, tubos de chaminés, cais, pequenas pontes, salgueiros e cemitérios; infindáveis labirintos de ruas íngremes, estreitas e tortas, e estonteante pico central encimado pela igreja que o tempo não ousa tocar; incessantes aglomerações de casas coloniais empilhadas e espalhadas em todos os ângulos e níveis, como desordenados blocos de uma criança; a antiguidade pairando em asas cinzentas acima de frontões e telhados de duas inclinações, embranquecidos pelo inverno; claraboias e pequenas janelas envidraçadas, uma por uma cintilando no crepúsculo frio para se juntar a Órion e às estrelas arcaicas. E contra o cais em deterioração, o mar martelava: o mar reservado, imemorial, do qual as pessoas haviam saído em tempos mais antigos.

Ao lado da estrada, em seu ponto mais elevado, erguia-se um pico ainda mais alto, deserto e varrido pelo vento, e vi que se tratava de um cemitério onde túmulos pretos se fincavam de forma mórbida pela neve como as unhas apodrecidas de um cadáver gigantesco. A estrada, sem vestígios, era muito solitária, e às vezes, eu achava que ouvia um distante chiado horrível como se de um cadafalso no vento. Eles haviam enforcado quatro parentes meus por bruxaria em 1692, mas eu não sabia exatamente onde.

Quando a estrada serpeou pela encosta abaixo em direção ao mar, prestei atenção à procura dos ruídos alegres de uma aldeia ao anoitecer, mas não os ouvi. Então, pensei na estação do ano e senti que essa velha gente puritana bem poderia ter costumes de Natal estranhos para mim e cheios de preces em voz baixa junto à lareira. De modo que, depois disso, não fiquei mais atento à alegria ruidosa, nem olhei à procura de caminhantes, porém, continuei a caminhada abaixo, passando pelas iluminadas casas de fazendas silenciosas e muros de pedras escuras até onde as tabuletas de antigas lojas e hospedarias à beira-mar rangiam na brisa salgada, e as grotescas aldravas de entradas sobre pilares brilhavam ao longo de alamedas desertas, não asfaltadas, na luz de pequenas janelas acortinadas.

Eu vira mapas da cidade e sabia onde encontrar a casa de minha família. Disseram-me que eu devia ser reconhecido e bem acolhido, pois a lenda de aldeia tem vida longa; por isso, atravessei às pressas Back Street até Circle Court pela neve fresca na única calçada toda pavimentada com pedra na cidade, até onde começa Green Lane atrás do mercado. Os velhos mapas ainda se confirmavam com precisão e não tive qualquer dificuldade, embora o povo de Arkham deve ter me enganado ao dizer que os bondes elétricos passavam por esse lugar, pois não vi um fio elétrico acima. A neve teria ocultado os trilhos em todo caso. Fiquei feliz por ter preferido ir a pé, pois a aldeia branca parecera muito linda da colina, e agora me sentia ávido por bater na porta de minha família, a sétima casa à esquerda em Green Lane, com um antigo telhado pontiagudo e segundo andar saliente, tudo construído antes de 1650.

Havia luzes dentro da casa quando lá cheguei, e notei pelos vidros em forma de losango da janela que deviam tê-la mantido muito semelhante ao seu estado original. A parte superior projetava-se acima da estreita rua plantada de grama e quase se encontrava com a parte projetada da casa defronte, de modo que eu estava quase num túnel, com o baixo degrau da porta inteiramente livre de neve. Embora não houvesse calçada, muitas casas tinham portas altas alcançadas por lances duplos de escada com corrimões de ferro. Era uma cena esquisita e, como eu não conhecia a Nova Inglaterra, nunca antes soube como se parecia. Embora me agradasse, eu a teria apreciado mais se exibisse pegadas na neve, pessoas nas ruas e algumas janelas sem cortinas fechadas.

Quando bati na arcaica aldrava de ferro, senti-me meio receoso. Um medo vinha se acumulando em mim, talvez por causa da estranheza de minha tradição, a desolação da noite e a esquisitice do silêncio naquela cidade velha de costumes curiosos. E quando atenderam minha batida, eu estava inteiramente amedrontado, porque não ouvira passos antes de a porta se abrir. Mas meu medo foi passageiro, pois o velho de camisolão e chinelos na entrada tinha um rosto brando que me tranquilizou; e embora ele fizesse sinais de que era mudo, escreveu uma estranha e antiga saudação de boas-vindas com o estilete e tabuleta de cera que carregava.

Chamou-me com a mão para um quarto baixo, iluminado a vela, com maciças vigas expostas e mobília escura, rígida e esparsa, originária do século XVII. O passado era vívido ali, pois não faltava nenhum atributo. Tinha uma lareira cavernosa e uma roda de fiar, na qual se recostava em minha direção uma senhora velha de roupão frouxo e touca profunda, tecendo em silêncio, apesar da festiva estação. Uma indefinida umidade impregnava o lugar, e surpreendeu-me o fato de que não ardesse nenhum fogo. O banco de encosto alto dava para a fileira de janelas fechadas com cortinas à esquerda, e parecia ocupado, embora eu não tivesse certeza. Não gostei de nada ao redor do que vi e, mais uma vez, senti o medo que antes me atingira. Este medo se intensificou devido ao que antes o diminuíra, pois quanto mais eu olhava o rosto brando do velho, mais sua própria brandura me apavorava. Os olhos nunca se mexiam e a pele se assemelhava demais à cera. Por fim, tive certeza de que não era de modo algum um rosto, mas uma máscara de diabólica esperteza. No entanto, as mãos flácidas, curiosamente enluvadas, escreveram com cordialidade na tabuleta informando-me de que eu devia esperar um pouco antes de ser levado ao local da comemoração.

Apontando uma cadeira, mesa e pilha de livros, o velho então saiu da sala; quando me sentei para ler, vi que se tratava de livros muito antigos e mofados, que incluíam o fantástico *Marvells of Science*, do velho Morryster, o terrível *Saducismus Triumphatus* de Joseph Glanvill, publicado em 1681, o chocante *Daemonolatreia* de Remigius, impresso em 1595, em Lyons, e, pior de todos, o não mencionável *Necronomicon* do árabe louco Abdul Alhazred, na proibida tradução em latim de Olaus Wormius: um livro que eu jamais vira, mas do qual ouvira, em sussurros, coisas monstruosas. Ninguém falava comigo, mas eu ouvia o rangido de placas no vento lá fora, além do chiado da roda, enquanto a velha continuava a fiar, fiar, calada. Achei a sala, os livros e as pessoas muito mórbidas e inquietadoras; contudo, como uma antiga tradição de meus pais me chamara para estranhas comemorações, decidi esperar coisas estranhas. Por isso tentei ler, e logo fiquei absorvido, com tremor, por algo que encontrei naquele amaldiçoado *Necronomicon*; uma ideia e uma lenda hedionda demais para sanidade ou consciência. No entanto, fui interrompido quando imaginei ter ouvido o fechamento de uma das janelas para a qual se voltava o banco de madeira, como se a tivessem aberto furtivamente. Parecera seguir-se a um chiado que não era o da roda de fiar da velha. O que não significou grande coisa, uma vez que a velha fiava com muita força e o relógio muito antigo batia as horas. Depois disso, a sensação de que havia pessoas no sofá se dissolveu; eu continuava lendo, atento e trêmulo, quando o velho voltou de botas, vestido num traje antigo folgado, e sentou-se naquele mesmo banco de madeira, de modo que eu não conseguia vê-lo. Tratava-se, sem dúvida, de uma espera nervosa, intensificada pelo blasfemo livro que carregava em minhas mãos. Quando bateram onze horas, contudo, o velho levantou-se, deslizando-se até um maciço baú esculpido num canto, e pegou dois mantos com capuz, um dos quais ele vestiu e o outro estendera em volta da velha senhora, que parava sua monótona fiação. Em seguida, ambos se dirigiram à porta externa: a mulher se arrastando, manca, e o velho, após recolher aquele exato livro que eu vinha lendo, a chamar-me com a mão enquanto erguia o capuz sobre aquele rosto ou máscara imóvel.

Saímos para o cruzamento tortuoso e sem luar daquela cidade antiga; saímos, enquanto as luzes nas janelas acortinadas desapareciam uma a uma, e a grande estrela da constelação do Grande Cão olhava de soslaio a multidão de figuras ocultas, envoltas em mantos, que fluíam caladas de todas as entradas, formavam monstruosas procissões por essa e aquela rua acima, passavam pelas placas rangendo e frontões antediluvianos, os telhados cobertos de colmos e as janelas com vidros em forma de losango; atravessavam com dificuldade vielas íngremes, onde casas decadentes se sobrepunham e se desmoronavam juntas, deslizavam-se por pátios e adros abertos onde os oscilantes lampiões formavam assustadoras constelações embriagadas.

Em meio a essas multidões silenciosas, eu seguia meus guias, que se mantinham mudos, empurrado por cotovelos que pareciam macios de modo sobrenatural e espremido por peitos e estômagos que pareciam anormalmente polpudos, mas sem ver nem sequer um rosto e sem ouvir nem sequer uma palavra. Acima, acima, acima serpeavam as misteriosas colunas, e vi que todos os viajantes convergiam enquanto se dirigiam a um certo ponto de encontro de vielas desordenadas no topo de uma alta colina no centro da cidade, onde se assentava uma grande igreja branca. Eu a vira da parte mais elevada da estrada quando olhei para Kingsport no crepúsculo recente, e a igreja me fizera estremecer, porque a estrela Aldebarã parecera oscilar um momento no fantasmagórico pináculo.

Via-se um espaço aberto ao redor da igreja, uma parte sendo um cemitério com colunas espectrais e a outra uma praça semipavimentada, cuja neve fora varrida quase que por completo pelo vento, e circundada por casas arcaicas de aspecto pouco saudável, com telhados pontiagudos e beirais projetados. Fogos-fátuos dançavam acima dos túmulos, revelando imagens terríveis, embora misteriosamente não projetassem quaisquer sombras. Passado o cemitério da igreja, onde não havia casas, eu avistava além do pico da colina e observava o vislumbre de estrelas no porto, apesar de a cidade ficar invisível na escuridão. Apenas de, vez em quando, um lampião se balançava horrivelmente por vielas sinuosas a caminho de alcançar a multidão que agora deslizava muda igreja adentro. Esperei até que a multidão se dissipasse na escura entrada e todos os retardatários houvessem seguido. O velho me puxava pela manga, mas eu tinha decidido ser o último. Então, finalmente os segui, o homem sinistro e a velha fiandeira antes de mim. Após transpor o limiar e adentrar naquele templo enxameado de escuridão desconhecida, virei-me uma vez para olhar o mundo lá fora, enquanto a fosforescência do cemitério do adro lançava um brilho doentio no calçamento do topo da colina. E, ao fazê-lo, estremeci. Pois, apesar de o vento não ter deixado muita neve, alguns trechos de nosso caminho perto da porta permaneciam cheios dela; e naquela olhada fugaz para trás, pareceu aos meus olhos inquietos que não havia no chão nenhuma marca da passagem de pés, nem sequer dos meus.

A igreja ficou pouco iluminada por todos os lampiões que haviam entrado ali, porque a maioria da multidão já desaparecera. Tinham-se dirigido pelo corredor entre os altos bancos brancos para o alçapão das abóbadas que se abriam asquerosamente bem diante do púlpito e agora se contorciam caladas para entrar. Desci silencioso os degraus gastos pelo atrito de pés e entrei na cripta úmida e sufocante. Os que seguiam no final daquela fileira sinuosa de caminhantes noturnos pareciam muito pavorosos, e enquanto eu os observava serpearem para uma sepultura venerável pareciam ainda mais horríveis. Então notei que o recinto da sepultura tinha uma abertura pela qual a multidão deslizava abaixo, e num instante todos descíamos uma agourenta escada de pedra bruta: uma estreita escada em espiral úmida e peculiarmente odorífera que ziguezagueava sem fim pelas profundezas abaixo da colina e passava por paredes monótonas de blocos de pedra pingando e de argamassa em desintegração. Era uma descida silenciosa, chocante, e observei após um horrendo intervalo que as paredes e degraus mudavam de natureza, como se esculpidas a cinzel na pedra sólida. O que mais me transtornava era que a miríade de passos não fazia nenhum ruído e nem desencadeava eco algum. Após mais uma eternidade de descida, vi algumas passagens ou covas laterais que conduziam dos desconhecidos recessos de escuridão a essa faixa de luz de mistério noturno. Logo as passagens se tornaram excessivamente numerosas, como catacumbas ímpias de ameaça inominável, e seu pungente odor de decomposição ficou bastante insuportável. Eu sabia que devíamos ter passado por baixo da montanha e da terra da própria Kingsport. Fez-me estremecer o fato de que uma cidade fosse tão antiga e bichada com mal subterrâneo.

Então, vi o lívido tremeluzir de luz fraca e ouvi o soar traiçoeiro de águas sem sol. Mais uma vez estremeci, pois não gostei das coisas que a noite trouxera e desejei amargamente que nenhum antepassado houvesse me chamado para esse rito primitivo. Quando os degraus e a passagem ficaram mais largos, ouvi outro ruído, uma leve e lamuriosa gozação de uma flauta frágil; e, de repente, se descortinou diante de mim uma infinita paisagem de um mundo interno — uma vasta e fungosa margem iluminada por uma coluna a arrotar doentia chama esverdeada e banhada por um largo rio oleoso, que fluía de abismos assustadores e inesperados para se juntar aos mais tenebrosos abismos de oceano imemorial.

Desfalecendo e ofegando, olhei para aquele profano Érebo, deus das trevas, de gigantescos cogumelos venenosos, fogo leproso e água enlodada, e vi as multidões envoltas em manto com capuz formando um semicírculo em volta do pilar em chamas. Era o rito Yule, mais antigo que o homem e predestinado a ele sobreviver; o primitivo rito do solstício e de promessa da primavera além das nevadas; o rito de fogo e sempre-viva, luz e música. E na gruta satânica os vi fazerem o rito, adorar o doentio pilar de chama e atirar na água punhados escavados com goiva da vegetação viscosa que brilhava verde no clarão clorótico. Eu assisti a tudo isso e vi algo agachado de aspecto amorfo muito distante da luz, soprando de maneira repelente numa flauta e, enquanto a coisa tocava, julguei ter ouvido nocivas vibrações abafadas na fétida escuridão onde eu não conseguia enxergar. O que mais me assustava, porém, era aquela coluna flamejante que jorrava de modo vulcânico das profundezas inescrutáveis e inconcebíveis, sem lançar sombras, como deveria fazê-lo uma chama saudável, cobrindo a pedra nitrosa acima com uma repelente e venenosa camada de azinhavre. Pois em toda essa combustão fervente não existia calor, mas apenas a viscosidade da morte e perversão.

O homem que me conduzira até ali se desviou até um ponto diretamente ao lado da hedionda chama e se pôs a fazer rígidos movimentos solenes para o semicírculo à sua frente. Em certos estágios do rito, eles se rebaixavam em obediência, sobretudo quando ele segurava acima da cabeça aquele detestável *Necronomicon* que trouxera consigo; eu compartilhava todas as obediências porque fora convocado àquele festival pelos textos de meus antepassados. Então, o velho fez um sinal para o semivisível flautista na escuridão, que mudou seu som baixo e monótono para um som raro mais alto em outra escala, precipitando-se assim, enquanto o fazia, um horror inconcebível e inesperado. Nesse horror mergulhei quase até a terra com vegetação lesada, transfixado por um pavor não deste nem de qualquer outro mundo, mas apenas dos loucos espaços entre as estrelas.

Fora das inimagináveis trevas além do clarão daquela fria chama, fora das ligas do Tártaro — o lugar mais profundo do Inferno, pelo qual aquele rio oleoso ondulava misterioso, inaudível e insuspeito — caía ritmicamente uma horda de coisas híbridas aladas, domadas, treinadas, que nenhum olho sadio jamais poderia captar inteiramente, nem um cérebro jamais se lembrar por completo. Não eram de todo corvos, nem toupeiras, nem urubus, nem formigas, nem morcegos vampiros e tampouco seres humanos em decomposição, mas algo que não posso e não devo me lembrar. Seguiam em frente sem firmeza, metade com os pés palmados e metade com as asas membranosas. Quando alcançaram a multidão de celebrantes, as figuras encapotadas as agarraram, montaram, e partiram a cavalgar uma por uma, ao longo do braço daquele rio não iluminado, por covas e galerias de pânico adentro, onde nascentes de veneno abasteciam cataratas horrorosas e impossíveis de descobrir.

A velha fiandeira se fora com a multidão, e o velho ali permaneceu somente porque eu recusara prosseguir quando ele me fez sinal para agarrar um animal e cavalgar assim como o restante. Percebi quando me levantei cambaleante que o flautista amorfo se deslocara para fora da visão, mas que duas das criaturas animalescas continuavam pacientemente

O FESTIVAL

de prontidão. Quando hesitei em prosseguir, o velho pegou a pena e a tabuleta, escrevendo que ele era o verdadeiro representante de meus pais, que haviam fundado o culto do Yule nesse lugar antigo; que fora decretado que eu devia voltar e que ainda era necessário apresentar os mistérios mais secretos. Ele escreveu isso numa caligrafia muito antiga, e quando continuei a hesitar tirou de seu manto largo um anel de sinete e um relógio, ambos com o brasão de armas da minha família, para provar que ele era o que dizia. Tratava-se, no entanto, de uma prova terrível, porque eu sabia, com base em velhos documentos, que aquele relógio fora enterrado com meu tetra-tetra-tetra-tetra-tetra-tetra-avô em 1698.

Logo em seguida, o velho puxou o capuz para trás e apontou a semelhança de família em seu rosto, mas eu apenas estremeci, porque tinha certeza de que o rosto não passava de uma diabólica máscara de cera. Os animais caídos das trevas agora arranhavam, agitados, os líquenes, e notei que o próprio velho exibia quase a mesma agitação. Quando uma das coisas começou a bambolear e afastar-se devagar, ele se virou rápido para detê-la, de forma que a subitaneidade de seu movimento desalojou a máscara de cera, que deveria ter sido sua cabeça. Então, como aquela posição horripilante me barrava o caminho da escada de pedra pela qual havíamos descido, arremessei-me para o rio oleoso subterrâneo que borbulhava em algum lugar até as cavernas do mar; atirei-me dentro daquele fétido suco dos horrores internos da terra antes que a loucura de meus gritos fizesse desabar em mim todas as legiões carnais que talvez escondessem esses abismos pestilentos.

No hospital, disseram-me que eu fora encontrado semicongelado em Kingsport Harbour ao amanhecer, agarrando-me ao mastro flutuante que o acaso enviou para me salvar. Disseram-me que eu tomara a bifurcação errada na estrada da colina na noite anterior e caíra dos penhascos em Orange Point, fato que deduziram pelas pegadas encontradas na neve. Eu nada tinha a dizer, porque tudo estava errado. Tudo estava errado, com a janela larga mostrando um mar de telhados no qual apenas um entre cinco era antigo, além do ruído de bondes e motores nas ruas abaixo. Eles insistiram em dizer que eu estava em Kingsport, e não pude negá-lo. Quando caí em delírio, ao saber que o hospital ficava perto do velho cemitério em Central Hill, eles me mandaram para o St. Mary's Hospital, em Arkham, onde eu podia receber melhores cuidados. Gostei de lá, pois os médicos eram tolerantes e até me proporcionaram sua influência em obter a cuidadosamente protegida cópia do censurável *Necronomicon* de Alhazred da biblioteca da Miskatonic University. Comentaram algo sobre uma "psicose", e concordaram que era melhor eu esvaziar da mente quaisquer obsessões perturbadoras.

Por isso, li mais uma vez aquele hediondo capítulo e estremeci duplamente, porque na verdade não era novo para mim. Vi-o antes, deixem as pegadas revelarem o que seja possível; e onde foi que eu vira era melhor ser esquecido. Não havia ninguém — em horas de vigília — que pudesse me lembrar disso, mas meus sonhos são cheios de terror, por causa de frases que não me atrevo a citar. Atrevo-me a citar apenas um parágrafo, traduzido para o inglês como consigo fazê-lo do tosco latim vulgar.

"As cavernas mais inferiores", escreveu o louco árabe, "não são para a compreensão de olhos que veem, porque suas maravilhas são estranhas e apavorantes. Maldito o solo onde pensamentos mortos vivem de novo estranhamente encarnados, e perversa a mente que não tem nenhuma cabeça que a segure. Sabiamente disse Ibn Schacabao: feliz o túmulo no qual nenhum feiticeiro se deitou, e feliz a cidade que, à noite, feiticeiros consistem todos em cinzas. Porque diz o velho rumor que a alma do comprado pelo diabo não se afasta apressado de seu corpo humano, mas engorda e instrui *o próprio verme que corrói*, até que da deterioração surge a repugnante vida, e os sombrios necrófagos astuciosos da terra cobrem-na de cera para atormentá-la e incham monstruosos para irritá-la. Escavam-se secretamente grandes buracos onde poros da terra deviam bastar, e coisas que deviam rastejar aprenderam a caminhar."

DEBAIXO DAS PIRÂMIDES

(com Harry Houdini)

I.

MISTÉRIO ATRAI MISTÉRIO. Desde o amplo surgimento de meu nome como realizador de feitos inexplicáveis, eu tenho encontrado narrativas e eventos estranhos, os quais, devido à minha ocupação, foram associados aos meus interesses e atividades. Alguns desses foram triviais e irrelevantes, outros profundamente dramáticos e absorventes; alguns originaram misteriosas e perigosas experiências e outros me envolveram em extensa pesquisa científica e histórica. Muitas dessas questões eu relatei e hei de continuar a contar livremente, embora de uma das quais fale com grande relutância e agora, relato só depois de uma sessão de atormentadora persuasão dos editores desta revista, que haviam ouvido vagos rumores sobre ela através de outros membros de minha família.

O assunto guardado até agora diz respeito à minha visita não profissional ao Egito há catorze anos, e o tenho evitado por vários motivos. Primeiro, sou contra a exploração de certos fatos e condições de inequívoca veracidade obviamente desconhecidos pelos inúmeros turistas que se amontoam em volta das pirâmides e ao que parecia eram mantidos em segredo com muita diligência pelas autoridades no Cairo, as quais não podem desconhecê-los de todo. Segundo, não gosto de relatar um incidente no qual minha própria imaginação fantástica deve ter desempenhado um papel tão grande. O que vi — ou pensei que vi — certamente não ocorreu, mas é preferível que seja examinado como resultado de minhas então recentes leituras de egiptologia e das especulações referentes a esse tema que meu ambiente decerto motivou. Esses estímulos imaginativos, aumentados pela excitação de um evento real, terrível o bastante em si mesmo, sem dúvida deram origem ao horror culminante daquela grotesca noite passada há tanto tempo.

Em janeiro de 1910, eu terminara um compromisso profissional na Inglaterra e assinara um contrato para uma turnê nos teatros australianos. Com um tempo liberal concedido para a viagem, decidi aproveitá-la o máximo possível ao estilo de viagem que mais me interessa; então, acompanhado por minha mulher, viajei despreocupado e agradavelmente Continente abaixo e embarquei em Marselha no navio a vapor *Malwa*, da P. & O. Cruises, com destino a Port Said. A partir desse ponto, propus visitar as principais localidades históricas do Baixo Egito antes de partir, afinal, para a Austrália.

A viagem foi agradável e animada por muitos incidentes divertidos que se sucederam com um mágico à parte de seu trabalho. Eu pretendia, em prol de uma viagem tranquila, manter meu nome em segredo, mas fui incitado a trair a mim mesmo por um colega mágico, cuja ansiedade por surpreender os passageiros com truques comuns me tentou a duplicar e superar-lhe os feitos de uma maneira bastante destrutiva para o meu anonimato. Conto este fato por causa de sua consequência final — a qual eu devia ter previsto antes de me revelar para um navio carregado de turistas prestes a se espalharem por todo o vale do Nilo. O resultado disso foi anunciar minha identidade onde quer que eu fosse posteriormente, além de privar minha mulher e a mim de toda a plácida imperceptibilidade que buscávamos. Viajando em busca de curiosidades, vi muitas vezes eu mesmo obrigado a tolerar a inspeção como uma curiosidade!

Viéramos para o Egito em busca do pitoresco e do impressionante em termos místicos, mas encontramos muito pouco quando o navio avançou devagar até Port Said e descarregou os passageiros em pequenos barcos. Dunas baixas de areia, boias flutuando abaixo e acima na água rasa e uma sombria cidadezinha europeia sem nada do interesse, exceto a grande estátua De Lesseps, deixou-nos ansiosos por avançarmos para alguma coisa que valesse mais a pena nosso tempo. Após algum debate, decidimos prosseguir de imediato até o Cairo e as pirâmides, seguindo depois a Alexandria para o barco australiano e para quaisquer atrações greco-romanas que a antiga metrópole pudesse oferecer.

A jornada pela ferrovia foi tolerável o suficiente e despendeu apenas quatro horas e meia. Vimos uma grande extensão do Canal de Suez, cuja rota seguimos até Ismailiya e depois, saboreamos uma prova do Antigo Egito em nosso vislumbre do canal restaurado de água doce do Médio Império. Então, por fim, avistamos o Cairo tremeluzindo através do crescente crepúsculo: uma constelação cintilante que se tornou uma chama quando paramos na grande Gare Centrale.

No entanto, a decepção mais uma vez nos aguardava, pois tudo o que víamos, com exceção das vestimentas e as multidões, era europeu. Um metrô prosaico levava a uma praça que fervilhava de carruagens, táxis, ônibus elétricos, e deslumbrava com luzes elétricas a brilharem em edifícios altos; por outro lado, o próprio teatro onde fui em vão solicitado a atuar, e no qual compareci depois como espectador, tivera recentemente o nome mudado para o "Cosmógrafo Americano". Paramos no Hotel Shepherd, ao qual chegamos num táxi que se locomoveu a toda ao longo de ruas largas elegantemente construídas; e em meio ao perfeito serviço de seu restaurante, elevadores e luxos em quase toda parte anglo-americanos, o misterioso Oriente e o passado imemorial pareciam muito distantes.

O dia seguinte, contudo, precipitou-nos deliciosamente ao âmago da atmosfera de As Mil e uma Noites; e nos caminhos sinuosos e a exótica linha do horizonte do Cairo, a Bagdá de Haroun-al-Raschid pareceu mais uma vez reviver. Orientados por nosso guia turístico de Karl Baedeker, havíamos nos enveredado a leste, passado pelos Ezbekiyeh Gardens ao longo de Mouski em busca do bairro nativo, e logo nos vimos nas mãos de um clamoroso cicerone que, apesar dos acontecimentos posteriores, era sem dúvida, um mestre em seu ofício. Só depois me dei conta de que devia ter solicitado no hotel um guia autorizado. Esse homem, um sujeito de cabeça raspada, voz peculiarmente cavernosa e aparência de relativo asseio que se assemelhava a um faraó e chamava a si mesmo de "Abdul Reis el Drogman", parecia ter muito poder sobre os outros de seu tipo; entretanto, a polícia mais tarde, declarou que não o conhecia e sugeriu que *Reis* não passava de um nome para qualquer pessoa de autoridade, enquanto "Drogman" é obviamente apenas uma modificação tosca da palavra para um líder de grupos turistas — *dragoman*.

Abdul nos conduziu por entre essas maravilhas de que antes apenas havíamos lido e com as quais sonhávamos. A própria Velha Cairo é um livro de histórias e um sonho — labirintos de ruelas estreitas que recendem a segredos aromáticos; sacadas e balcões ornados com arabescos quase se encontrando acima das ruas calçadas com pedras; redemoinhos de tráfego oriental com gritos estranhos, chicotes estalando, carroças estrepitosas, moedas retinindo e burros aos zurros; caleidoscópios de batas, véus, turbantes e barretes policromáticos; carregadores de água e dervixes, cachorros e gatos, adivinhos e barbeiros; e, acima de tudo, a lamúria de mendigos cegos acocorados em alcovas, além do sonoro chamado dos almuadens do alto dos minaretes delineados delicadamente diante de um céu azul profundo e invariável.

Os bazares cobertos mais silenciosos estavam longe de ser menos atraentes. Especiarias, perfume, incenso, contas, tapetes, sedas e metais — o velho Mahmoud Suleiman agachado de pernas cruzadas no meio de suas garrafas pegajosas, enquanto jovens conversando pulverizam mostarda no capitel de uma antiga coluna clássica —, uma Coríntia Romana, talvez da vizinha Heliópolis, onde Augusto aquartelou uma de suas três legiões egípcias. A antiguidade começa a se mesclar com o exotismo. E, em seguida, as mesquitas e o museu — vimos todos e tentamos não deixar nossa folia árabe sucumbir ao encanto mais sombrio do Egito faraônico que ofereciam os inestimáveis tesouros do museu. Aquilo era para ser o ápice de nossa viagem, e naquele exato momento, nos concentramos nas glórias sarracênicas medievais dos califas, cujas magníficas mesquitas-sepulturas formam uma reluzente necrópole feérica na borda do deserto árabe.

Após um longo tempo, Abdul nos levou ao longo da rua Sharia Mohammed Ali à antiga mesquita do sultão Hassan e à porta monumental Bab-el-Azab, flanqueada pela torre além da qual se eleva a íngreme passagem murada para a imensa fortaleza que o próprio Saladin construiu com as pedras de pirâmides esquecidas. O sol se punha quando escalamos esse penhasco, contornamos a moderna mesquita de Mohammed Ali e olhamos para baixo, debruçados sobre o estonteante parapeito, a mística Cairo — a mística Cairo toda dourada com seus domos esculpidos, os etéreos minaretes e os jardins. Muito distante da cidade elevava-se o notável domo romano do novo museu; e além deste — do outro lado do Nilo amarelo e enigmático, que é a mãe de eras e dinastias — espreitavam as ameaçadoras areias do Deserto Líbio, ondulantes, iridescentes e malévolas com seus segredos mais antigos. O sol vermelho afundava suavemente, trazendo o implacável frio do crepúsculo egípcio; e enquanto o astro se equilibrava à beira do mundo como aquele antigo deus de Heliópolis — Re-Harakhte, o Sol do Horizonte —, vimos, mostrados em silhueta diante de seu holocausto bronze dourado, os escuros contornos das Pirâmides de Gizé — os túmulos paleogênicos que já eram anciões de mil anos quando Tutancâmon ascendeu ao seu trono dourado na distante Tebas. Então, soubemos que havíamos terminado com a Cairo sarracena e que precisávamos apreciar os mistérios mais profundos do Egito primitivo — a cidade preta (devido à terra escura) Khem, de Rá e Amón, Ísis e Osíris.

Na manhã seguinte, visitamos as pirâmides e partimos numa carruagem Vitória através da grande ponte do Nilo com seus leões de bronze, da ilha de Gizé com suas volumosas árvores lebbakh e da ponte inglesa menor para a margem ocidental. Pela estrada costeira, seguimos entre grandes renques de lebbakhs e passamos pelos imensos Jardins Zoológicos até o subúrbio de Gizé, onde, desde então, se construiu uma nova ponte adequada para o Cairo. Em seguida, virando para o interior ao longo da rua Sharia-el-Haram, atravessamos uma região de canais vítreos e aldeias nativas decadentes até que, diante de nós, assomaram os objetos de nossa busca, transpassando as névoas do amanhecer e formando réplicas invertidas nas poças à beira da estrada. Quarenta séculos, como dissera naquele local Napoleão aos seus militantes, de fato nos encaravam com desprezo.

A estrada então ascendeu-se bruscamente, até chegarmos afinal ao nosso lugar de transferência entre a estação de bonde e o Hotel Mena House. Abdul Reis, que de forma competente comprou nossos ingressos às pirâmides, parecia entender-se com os beduínos amontoados aos berros e ofensivos que habitavam uma esquálida aldeia lamacenta, a certa distância dali, e atacavam de maneira pestilenta todo viajante, pois os manteve muito decentemente afastados e garantiu um excelente par de camelos para nós, ele mesmo montando um burro e atribuindo a liderança de nossos animais a um grupo de homens e meninos mais caro que útil. A área a ser percorrida era tão pequena que mal se necessitava de camelos, mas não nos arrependemos por acrescentar à nossa experiência essa incômoda forma de transporte no deserto.

As pirâmides se situam num alto planalto de pedra formado próximo ao extremo norte da série de cemitérios reais e aristocráticos construídos na vizinhança da extinta capital Mênfis, a qual se estende no mesmo lado do Nilo, um pouco ao sul de Gizé, e que floresceu entre 3400 e 2000 a.C. A maior pirâmide, que fica mais perto da estrada moderna, foi construída pelo rei Queóps ou Khufu por volta de 2800 a.C. e mede quase 140 m de altura perpendicular. Numa linha a sudoeste dessa, encontram-se sucessivamente a Segunda Pirâmide, construída uma geração depois pelo rei Quéfren e, embora pouco menor, parece até maior porque se ergue em terreno mais alto, e a Terceira Pirâmide do rei Miquerinos, radicalmente menor, construída por volta de 2700 a.C. Próxima à borda do planalto e diretamente a leste da Segunda Pirâmide, com um rosto na certa alterado para formar um colossal retrato de Quéfren, seu restaurador régio, ergue-se a monstruosa Esfinge — muda, sardônica e sábia além da humanidade e da memória.

As pirâmides secundárias e os vestígios de pirâmides menos importantes em ruínas são encontradas em vários lugares, e o planalto inteiro acha-se esburacado com as sepulturas de dignitários de grau inferior ao real. Estas últimas eram originalmente assinaladas por *mastabas*, ou estruturas de pedra semelhantes a bancos, perto das profundas vigas de sustentação, como se veem em outros cemitérios de Mênfis e exemplificados pela Tumba de Perneb no Museu Metropolitano de Nova York. Em Gizé, porém, todas as coisas visíveis assim foram eliminadas pelo tempo e pilhagem; e restam apenas as colunas talhadas em pedra, enchidas de areia ou removidas por arqueólogos, para atestar sua existência anterior. Ligada a cada túmulo havia uma capela na qual os sacerdotes e parentes ofereciam comida e oração ao flutuante *ka* ou princípio vital do falecido. As sepulturas pequenas têm as capelas contidas em suas *mastabas* ou superestruturas de pedra, mas as capelas mortuárias das pirâmides, onde jazem os régios faraós, eram templos separados, cada um a leste de sua pirâmide correspondente e interligado por uma calçada a uma monumental porta-capela ou propileu na borda do planalto de pedra.

A porta-capela que conduz à Segunda Pirâmide, quase enterrada nas areias movediças, abre-se muito no subterrâneo a sudeste da Esfinge. A tradição persistente a apelida de o "Templo da Esfinge" e pode ser corretamente chamada como tal se a Esfinge na verdade representa Quéfren, o construtor da Segunda Pirâmide. Existem relatos desagradáveis da Esfinge antes de Quéfren, mas fossem quais fossem suas feições mais antigas, o monarca substituiu-as pelas dele para que os homens pudessem olhar o colosso sem medo. Foi no grande portal-templo que se descobriu a estátua de tamanho real em diorito de Quéfren, hoje no Museu do Cairo, uma estátua diante da qual fiquei assombrado quando a vi. Não sei se agora o edifício inteiro foi escavado, mas em 1910, quase todo o prédio se encontrava abaixo do chão, com a entrada fortemente barrada à noite. Os alemães estavam encarregados da obra, e a guerra ou outras coisas talvez os tivessem interrompido. Eu daria tudo, em vista de minha experiência e de alguns boatos beduínos desacreditados ou desconhecidos no Cairo, para saber o que se desenrolou em relação a certo poço numa galeria transversal, onde se encontraram estátuas do faraó em curiosa justaposição com as estátuas de babuínos.

A estrada, enquanto a percorríamos em nossos camelos naquela manhã, fez uma curva abrupta depois de passar pela delegacia de polícia de madeira, a agência do correio, drogaria e lojas à esquerda, e mergulhou ao sul e leste numa volta completa que escalou o planalto de pedra e levou frente a frente com o deserto sob o sotavento da grande pirâmide. Defronte a gigantescas obras de maçonaria, seguimos, contornando a face oriental e olhando direto em frente a um vale de pirâmides secundárias abaixo, além das quais cintilava o eterno Nilo a leste e o eterno deserto tremeluzia a oeste. Bem próximo, agigantavam-se as três pirâmides principais, a maior destituída de revestimento externo e expondo o volume de enormes pedras, mas as outras conservando aqui e ali a cobertura nitidamente ajustada que as deixara lisas e bem acabadas em seu período.

Logo em seguida, descemos em direção à Esfinge e descansamos calados sob o feitiço daqueles terríveis olhos cegos. No imenso peito, discernimos fracamente o emblema de Re-Harakhte, rei egípcio por cuja imagem a Esfinge foi confundida numa dinastia antiga; e embora a areia cobrisse o monólito entre as grandes patas, lembrávamos do que Tutmés IV inscreveu ali e do sonho que ele teve quando príncipe. Foi então que o sorriso da Esfinge vagamente nos desagradou, fazendo-nos questionar sobre as lendas de passagens subterrâneas sob a monstruosa criatura, conduzindo cada vez mais a profundidades inferiores que ninguém talvez ousasse sugerir — profundidades associadas a mistérios mais antigos que o Egito dinástico que escavamos, tendo uma sinistra relação com a persistência de deuses anormais, com cabeças de animais, no antigo panteão nílico. Então, também, foi que fiz a mim mesmo uma pergunta fútil cujo hediondo significado levaria uma hora até se tornar visível para muitos.

Outros turistas agora começavam a nos alcançar e seguimos em frente até o Templo da Esfinge sufocado por areia, 50 metros em direção ao sudeste, que mencionei antes como o grande portão da calçada para a capela mortuária da Segunda Pirâmide no planalto. A maior parte dele continuava subterrânea e, embora houvéssemos desmontado e descido por uma passagem moderna até o seu corredor de alabastro e vestíbulo sustentado por pilares, senti que Abdul e o assistente local alemão não haviam nos mostrado tudo o que existia para ver. Depois disso, fizemos o circuito convencional do planalto, examinando a Segunda Pirâmide e as ruínas peculiares de sua capela mortuária ao leste, a Terceira Pirâmide e seus satélites em miniatura ao sul e a capela arruinada ao leste, os túmulos de pedra e os espaços desperdiçados da Quarta e Quinta Dinastias, além da famosa Tumba de Campell cujo obscuro túnel afunda de maneira íngreme por 16 m até um sinistro sarcófago, no qual um de nossos condutores de camelo se livrou da areia impeditiva após uma vertiginosa descida por corda.

Neste momento, um berreiro nos atacava da Grande Pirâmide, onde beduínos cercavam um grupo de turistas com ofertas de guia até o topo ou demonstração de velocidade caso optassem no desempenho de solitárias viagens acima e abaixo. Dizem que sete minutos é o recorde para essa subida e descida, porém, muitos xeques vigorosos e filhos de xeques nos garantiram que podiam reduzi-lo a cinco se dado o ímpeto requerido de uma generosa *baksheesh* ou gorjeta. Eles não receberam esse ímpeto, embora houvéssemos deixado Abdul nos levar até o topo, obtendo assim uma paisagem de esplendor sem precedente, que incluía não apenas a remota e deslumbrante cidade do Cairo coroada por sua fortaleza e um segundo plano de colinas violetas-douradas, mas também todas as pirâmides do distrito de Mênfis, desde as de Abu Roash, no norte às de Dashur, no sul. A pirâmide de degraus, Sakkara, que marca a evolução da baixa *mastaba* para a verdadeira pirâmide, mostrava-se nítida e sedutora na distância arenosa. Foi próxima a essa transição de monumento que se descobriu a famosa Tumba de Perneb — mais de 650 quilômetros ao norte do vale rochoso tebano, onde jaz Tutancâmon. Mais uma vez, fui obrigado a calar-me por puro temor. A perspectiva de tanta antiguidade, além dos segredos que cada monumento antiquíssimo parecia guardar e remoer a respeito, proporcionou-me uma reverência e sensação de imensidão que nada mais jamais me dera.

Fatigados por nossa subida e indignados com os inoportunos beduínos, cujas ações pareciam desafiar toda regra de bom-tom, omitimos o árduo detalhe de entrar nas apertadas passagens interiores de qualquer uma das pirâmides, embora víssemos vários dos turistas mais resistentes se preparando para o sufocante rastejar pelo mais poderoso memorial de Queóps. Após dispensar e pagar a mais nosso guarda-costas local e nos dirigirmos de volta ao Cairo com Abdul Reis sob o sol da tarde, quase lamentamos a omissão que fizéramos. Sussurravam coisas tão fascinantes a respeito de passagens de pirâmides inferiores que não constam nos guias: passagens cujas entradas haviam sido bloqueadas e escondidas às pressas por certos arqueólogos pouco comunicativos que as descobriram e começaram a explorar. Claro, grande parte desses rumores era, a priori, sem fundamento, embora fosse curioso refletir sobre a persistência com que se proibiam aos visitantes entrarem nas pirâmides à noite, ou visitarem as covas e criptas mais baixas da Grande Pirâmide. Talvez no caso posterior, o que se temia era o efeito psicológico — o efeito no visitante de sentir-se apertado sob um gigantesco mundo de sólida maçonaria, ligado à vida que ele conhecia pelo menor túnel, no qual podia apenas se arrastar, e que algum acidente ou intenção malévola podia bloquear. O assunto inteiro parecia tão misterioso e atraente que resolvemos fazer ao planalto das pirâmides outra visita na primeira oportunidade possível. Para mim, essa oportunidade chegou muito mais cedo que eu esperava.

Naquela noite, uma vez que os membros do nosso grupo se sentiam um tanto cansados depois do árduo programa do dia, saí sozinho com Abdul Reis para um passeio pelo pitoresco bairro árabe. Embora o tivesse apreciado de dia, desejei examinar as ruelas e bazares no crepúsculo quando ricas sombras e alegres brilhos de luz se acrescentavam ao seu *glamour* e às suas ilusões fantásticas. A multidão de nativos começava a diminuir, mas continuava muito barulhenta e numerosa quando encontramos por acaso um grupo de foliões beduínos no Suken-Nahhasin, ou bazar dos trabalhadores em cobre. Seu visível líder, um jovem insolente com feições duras e um pequeno chapéu de feltro, *tarbush*, posto com petulância de lado, prestou certa atenção em nós e, evidentemente, reconheceu, sem nenhuma grande amizade, meu guia competente, embora arrogante e com desdenhosa disposição. Talvez, pensei, ele se ressentisse daquela estranha reprodução do meio sorriso da Esfinge, sobre a qual eu comentara muitas vezes com divertida irritação; ou talvez ele não gostasse da ressonância inexpressiva e sepulcral da voz de Abdul. De qualquer modo, a troca de linguagem hereditariamente ofensiva tornou-se muito brusca; pouco depois, Ali Ziz, como eu ouvi chamarem o estranho, — quando não chamado por nome pior —, começou a puxar com violência a túnica de Abdul, uma ação logo retribuída que levou a uma briga vigorosa em que ambos os combatentes perderam seus acessórios de cabeça estimados de forma sagrada e teriam chegado a uma condição ainda mais terrível se eu não houvesse intervindo e os separado à força.

Minha interferência, a princípio visivelmente mal recebida pelos dois lados, conseguiu afinal realizar uma trégua. Mal-humorado, cada beligerante conteve a ira e ajeitou o traje; e com uma pretensão de dignidade tão profunda quanto repentina, os dois fizeram um curioso pacto de honra que eu logo soube tratar-se de um costume muito antigo no Cairo — um pacto de honra para o acerto da diferença deles mediante um pugilato noturno no alto da Grande Pirâmide, muito depois da partida do último turista ao luar. Cada duelista devia reunir um grupo de ajudantes e a disputa devia começar à meia-noite, prosseguindo por várias rodadas da maneira mais civilizada possível. Muito em todo esse planejamento me despertou o interesse. A própria luta prometia ser sem igual e espetacular, enquanto a ideia da cena naquela antiquíssima pilha com vista para o planalto antediluviano de Gizé sob a fraca lua das pálidas altas horas da noite atraíam cada fibra de imaginação em mim. Abdul encontrou-se muitíssimo disposto a me incluir em seu grupo de substitutos por conta de um pedido; de modo que, por todo o resto do início da noite, eu o acompanhei a vários antros nas regiões mais sem leis da cidade — sobretudo a nordeste dos jardins Ezbekiyeh —, onde ele reuniu, um por um, um seleto e formidável bando de assassinos congeniais como seu reforço pugilista.

Logo depois das nove, nosso grupo, montado em burros que ostentavam nomes régios ou recordativos de turistas, como "Ramsés", "Mark Twain", "J. P. Morgan" e "Minnehaha", avançou devagar por labirintos de ruas orientais e ocidentais, atravessou o barrento e arborizado Nilo pela ponte dos leões de bronze e seguiu filosoficamente a meio-galope entre as árvores lebbakhs na estrada para Gizé. A viagem consumiu um pouco mais de duas horas, próximo do fim das quais passamos pelo último dos turistas que retornavam, saudamos o último bonde de chegada e ficamos a sós com a noite, o passado e a lua espectral.

Em seguida, avistamos as imensas pirâmides no fim da avenida, mórbidas com uma fosca ameaça atávica, a qual tive a impressão de não ter notado à luz do dia. Até a menor delas conservava um indício do terror — pois não fora nela que haviam enterrado viva a rainha Nitokris na Sexta Dinastia? A sutil rainha Nitokris, que uma vez convidou todos os seus inimigos para um banquete num templo abaixo do Nilo e afogou-os abrindo as comportas? Lembrei-me de que os árabes sussurram coisas sobre Nitokris e evitam a Terceira Pirâmide em certas fases da lua. Deve ter sido a respeito dela que Thomas Moore meditava quando escreveu uma coisa murmurada sobre barqueiros menfitas:

"A ninfa subterrânea que mora
em meio a gemas sem sol e glórias ocultas —
a senhora da Pirâmide!"

Mesmo adiantados como estávamos, Ali Ziz e seu grupo já se encontravam à frente de nós, pois vimos seus burros contornados defronte ao planalto deserto em Kafr-el-Haram, em direção de cuja esquálida comunidade árabe, próxima à Esfinge, havíamos nos desviado em vez de seguir pela estrada regular até o hotel Mena House, onde alguns dos policiais sonolentos, ineficientes, poderiam ter nos observado e detido. Dali, onde beduínos imundos mantinham camelos e burros em estábulos instalados nas sepulturas de rocha dos cortesãos, conduziram-nos pedras acima e sobre a areia até a Grande Pirâmide, no alto de cujos lados gastos pelo tempo os árabes fervilhavam ansiosos, Abdul Reis me oferecendo a ajuda que eu não precisava.

Como sabe a maioria dos viajantes, o verdadeiro ápice dessa estrutura há muito se desgastou, deixando uma plataforma razoavelmente plana de 12 m². Nesse misterioso pináculo, formou-se um ringue de boxe, e em alguns instantes, a lua do sardônico deserto olhava de soslaio uma batalha que, não fosse pela qualidade dos gritos próximos ao ringue, bem poderia ter ocorrido em algum clube atlético secundário nos Estados Unidos. Enquanto a observava, senti que algumas de nossas instituições menos desejáveis não estavam em falta, pois cada golpe, finta e defesa indicava "simulação" para meu olho não sem experiência. Terminou logo e, apesar de meus receios quanto aos métodos, senti uma espécie de orgulho de proprietário quando se declarou Abdul Reis o vencedor.

 A reconciliação foi de uma rapidez fenomenal e, em meio à cantoria, fraternização e bebedeira que se seguiram, achei difícil me dar conta de que até houvesse em algum momento ocorrido uma luta. De modo muito estranho, eu mesmo parecia ser mais um centro de atenção do que os antagonistas; com base em meu conhecimento superficial de árabe, julguei que eles discutiam minhas apresentações profissionais e fugas de todo tipo de algema e prisão, de uma maneira que indicava não somente um surpreendente conhecimento sobre mim, mas uma nítida hostilidade e ceticismo relacionados às minhas proezas de fuga. Aos poucos, tornou-se claro para mim que a magia mais antiga do Egito não partiu sem deixar rastros, e aqueles fragmentos de uma estranha tradição secreta e práticas de cultos sacerdotais sobreviveram de forma subreptícia entre os felás a tal ponto que a proeza de um estranho "hahwi", ou mágico, é ressentida e disputada. Pensei em quanto meu guia Abdul Reis de voz cavernosa parecia um velho sacerdote, um faraó egípcio ou uma Esfinge sorridente... e fiquei curioso.

 De repente, aconteceu algo que, num instante, provou a exatidão de minhas reflexões e me fez amaldiçoar a estupidez com que eu aceitara os acontecimentos dessa noite, tão diferentes das vazias e maldosas "fraudes", como agora se mostravam ser. Inesperadamente e sem a menor dúvida em resposta a algum sutil sinal de Abdul, o bando inteiro de beduínos precipitou-se para cima de mim; e após exibirem cordas pesadas, logo me amarraram com tanta firmeza como jamais fui amarrado no curso de minha vida, no palco ou fora dele. Lutei a princípio, mas logo vi que um homem sozinho não conseguia fazer nenhum progresso contra um bando de mais de vinte bárbaros musculosos. Tive as mãos amarradas atrás das costas, os joelhos curvados em sua máxima extensão, e os pulsos e tornozelos fortemente presos uns aos outros com cordas inflexíveis. Uma mordaça sufocante me foi enfiada à força dentro da boca e uma venda atada bem firme sobre os olhos. Então, como os árabes me traziam no alto de seus ombros e começavam uma agitada descida pela pirâmide, ouvi as provocações do meu guia tardio Abdul, que zombou-me e vaiou-me deliciado em sua voz oca, e assegurou-me de que eu estava prestes a ter os meus "poderes mágicos" postos à prova suprema que removeria rapidamente qualquer egotismo que eu poderia ter ganhado através de meu triunfo sobre todos os testes oferecidos pelos Estados Unidos e Europa. O Egito, ele me lembrou, é muito velho e cheio de mistérios internos e poderes antigos nem sequer concebíveis pelos peritos de hoje, cujos artifícios de modo tão uniforme não conseguiram me capturar.

Até onde ou em que direção eles me levavam, não sei dizer, pois todas as circunstâncias eram contra a formação de qualquer julgamento preciso. Sei, contudo, que podia não ter sido uma grande distância, visto que meus carregadores em nenhum ponto se apressaram, apenas caminhavam, e também me mantiveram em seus ombros por um tempo surpreendentemente curto. É essa desconcertante brevidade que faz com que eu me sinta quase trêmulo sempre que penso em Gizé e seu planalto — em seus caminhos turísticos cotidianos, a pessoa é oprimida pelos indícios da proximidade com o que existia então e ainda deve existir.

A perversa anormalidade de que falo não se tornou manifesta a princípio. Após me depositarem numa superfície que eu reconheci como areia em vez de pedra, meus capturadores me passaram uma corda em volta do peito e me arrastaram alguns metros até uma abertura áspera no chão, dentro da qual eles, logo em seguida, me abaixaram com um tratamento muito mais bruto. Por uma aparente eternidade, choquei-me contra os lados rochosos e irregulares de um estreito poço cortado que julguei ser um dos numerosos túneis fúnebres do planalto até que sua prodigiosa, quase incrível, profundidade, roubou-me de todas as bases de conjetura.

O horror da experiência se aprofundava a cada segundo que eu me arrastava. O fato de que qualquer descida pela pura rocha sólida pudesse ser tão imensa sem chegar ao núcleo do próprio planeta, ou até que qualquer corda feita pelo homem pudesse ser longa o bastante para me baixar oscilante nessas profundidades profanas e visivelmente insondáveis de terra subterrânea, era um aglomerado de crenças tão grotescas que era mais fácil eu duvidar de meus agitados sentidos do que aceitá-las. Até agora estou incerto, pois sei como se torna enganosa a noção do tempo quando se elimina ou se distorce uma ou mais das percepções ou condições habituais de vida. Mas tenho certeza de que preservei uma consciência lógica até então; pelo menos, não acrescentei fantasmas adultos da imaginação a um quadro hediondo demais em sua realidade e explicável por um tipo de ilusão cerebral muitíssimo menor que a alucinação real.

Tudo isso não significou a causa de meu primeiro momento de desfalecimento. A provação chocante era cumulativa, e o início dos últimos terrores consistiu num aumento muito perceptível na velocidade de minha descida. Eles arriavam, neste momento, aquela corda de infinito comprimento com muita rapidez, e eu me arranhava cruelmente contra os ásperos e apertados lados do túnel ao disparar de modo ensandecido para baixo. Tinha a roupa em farrapos, e sentia o gotejar de sangue por toda parte, mesmo acima da dor crescente e excruciante. Minhas narinas, também, eram atacadas por uma ameaça mal definida: um odor arrepiante de umidade e mofo curiosamente diferente de tudo que eu já cheirara antes e com fracos traços de especiarias e incenso que emprestavam um elemento de escárnio.

Então, chegou o cataclismo mental. Foi horrível — repugnante além de qualquer descrição articulada, porque se tratava tudo da alma, sem nada de detalhe para descrever. Era o êxtase de pesadelo e o somatório do diabólico. A repentinidade disso foi apocalíptica e demoníaca — num momento, eu mergulhava agonizante por aquele estreito poço de tortura com um milhão de dentes, mas em outro, levantava voo rápido em asas de morcego nos abismos do inferno; balançava-me livre e precipitava-me por ilimitáveis quilômetros de espaço infinito, bolorento, elevando-me estonteado para imensuráveis pináculos de éter, em seguida, afundando-me sem fôlego nos pontos mais baixos de vácuos nauseantes inferiores... Dou graças a Deus pela misericórdia que excluiu no esquecimento aquelas lacerantes Fúrias de consciência que semienlouqueciam minhas faculdades e me rasgavam o espírito como uma Harpia! Esse único repouso, por mais breve que fosse, dava-me a força e sanidade para suportar aquelas sublimações ainda maiores de pânico cósmico que se espreitavam e se exprimiam em algaravia na estrada adiante.

II.

Aos poucos, recuperei meus sentidos, depois desse voo sobrenatural pelo espaço satânico. O processo foi infinitamente doloroso e colorido por fantásticos sonhos em que minha condição amarrada e amordaçada encontrou singular incorporação. A natureza precisa desses sonhos era evidente enquanto eu os experimentava, mas, quase em seguida, tornou-se obscura em minha memória e logo se reduziu ao mínimo contorno pelos terríveis acontecimentos, reais ou imaginários, que se seguiram. Sonhei que me achava ao alcance de uma pata grande e horrível: uma pata de cinco garras que se estendera da terra afora para me esmagar e engolir. E quando parei para refletir sobre o que era a pata, pareceu-me que era o Egito. No sonho, relembrei os acontecimentos das semanas precedentes e me vi atraído e enredado, pouco a pouco, de modo sutil e insidioso, por algum infernal espírito maléfico da magia negra do antigo Egito: algum espírito que existia no Egito antes da existência do homem e que existirá quando o homem não mais existir.

Vi o horror e a antiguidade insalubre do Egito, além da pavorosa aliança que o país sempre teve com os túmulos e templos dos mortos. Vi processões espectrais de sacerdotes com as cabeças de touros, falcões, gatos e aves pernaltas; processões fantasmas que marchavam infindavelmente por labirintos e avenidas subterrâneos de gigantescos propileus ao lado dos quais o homem é igual a uma mosca, e ofereciam inomináveis sacrifícios a indescritíveis deuses. Estátuas de rocha colossais marchavam na noite infinita e conduziam rebanhos de sorridentes esfinges com cabeças de homem até as margens abaixo de ilimitáveis rios estagnados de piche. E atrás de tudo isso, vi a inefável malignidade da necromancia primordial, sombria e amorfa, tateando sôfrega em minha busca nas trevas para sufocar o espírito que ousara zombar dela por emulação. Em meu cérebro adormecido formou-se um melodrama de sinistro ódio e perseguição quando vi a alma preta do Egito me selecionando e me chamando em inaudíveis sussurros; chamando-me e atraindo-me, conduzindo-me adiante com o resplendor e *glamour* de uma superfície sarracena, mas sempre me puxando abaixo para as catacumbas e horrores de seus mortos e núcleo faraônico abissal.

Em seguida, os rostos oníricos adquiriram semelhanças humanas quando vi meu guia Abdul Reis nas vestes de um rei, com o riso de escárnio da Esfinge em suas feições. E eu soube que aquelas feições eram as de Quéfren, o Grande, que ergueu a Segunda Pirâmide, esculpidas no rosto da Esfinge semelhantes às dele, e construiu aquele monumental templo-portal cujos inúmeros corredores os arqueólogos acham que eles escavaram da areia oculta e da rocha não informativa. E olhei a longa, delgada e rígida mão de Quéfren: a longa, delgada e rígida mão como eu a vira na estátua de diorito no Museu do Cairo — a estátua que eles haviam encontrado no terrível templo-portal — e admirou-me o fato de que eu não tivesse gritado quando a vi em Abdul Reis... Que mão! Era horrivelmente fria e me esmagava; consistia no frio e na cólica do sarcófago... o calafrio e a constrição do Egito impossível de ser lembrado... Era o próprio Egito necropolitano à noite... aquela pata amarela... e eles a sussurrarem coisas de Quéfren...

Mas nesse momento crítico, comecei a despertar — ou pelo menos a assumir uma condição de menos sono do que a que acabara de se proceder. Lembrei-me da luta no topo da pirâmide, os traiçoeiros beduínos e seus ataques, minha apavorante descida pela corda por infindáveis profundidades rochosas e o louco balanço e mergulho num frio vazio que cheirava a putrescência aromática. Percebi que eu agora me estendia num úmido piso rochoso e que meus grilhões continuavam a me cortar com retesada força. Fazia muito frio, e pareceu-me detectar uma fraca corrente de ar fétido deslizando sobre mim. Os cortes e contusões que eu recebera dos lados dentados do túnel de pedra doíam-me de modo lastimável, essa dor intensificada para uma agudez aguilhoada ou ardente por alguma propriedade pungente na fraca corrente de ar, e o simples ato de me virar de lado bastava para deixar toda a minha constituição física latejando com agonia inenarrável. Ao me virar, senti um puxão acima e concluí que a corda pela qual me baixaram chegava à superfície. Se os árabes ainda a seguravam ou não, eu não fazia a menor ideia nem tinha noção da distância que eu estava terra adentro. Eu sabia que a escuridão ao meu redor era total ou quase total, pois nenhum raio de luar penetrava minha venda, embora não confiasse o bastante em meus sentidos para aceitar como prova de extrema profundidade a sensação de enorme duração que caracterizara minha descida.

Sabendo pelo menos que eu me encontrava num espaço de considerável extensão alcançado da superfície diretamente acima por uma abertura na rocha, conjeturei com dúvida que minha prisão talvez fosse a capela de entrada enterrada do velho Quéfren — o Templo da Esfinge —, talvez algum corredor interno que os guias não me haviam mostrado durante minha visita matutina, e do qual eu poderia fugir fácil se conseguisse encontrar o caminho até a entrada bloqueada. Seria uma perambulação labiríntica, mas não pior do que outras das quais eu no passado encontrara minha saída. O primeiro passo era me livrar dos grilhões, da mordaça e da venda; e isso eu sabia que não seria nenhuma grande tarefa, pois peritos mais sutis do que esses árabes haviam tentado todas as espécies conhecidas de agrilhoamento em mim, durante minha longa e variada carreira como um expoente de fuga, porém, jamais conseguiram derrotar meus métodos.

Então me ocorreu que os árabes poderiam estar prontos para me receber e atacar na entrada diante de algum indício de minha fuga provável das cordas amarradas, como seria fornecido por qualquer decidida agitação da corda que eles na certa seguravam. Isso, claro, era ter como certo que meu lugar de prisão fosse de fato o Templo de Quéfren da Esfinge. A abertura direta no teto, onde quer que ela talvez espreite, não podia ser além de um fácil alcance à entrada moderna habitual próxima a uma Esfinge; se na verdade houvesse até mesmo alguma grande distância na superfície, visto que a área total conhecida pelos visitantes não é de modo algum enorme. Eu não notara nenhuma abertura assim durante minha peregrinação de dia, embora soubesse que essas coisas são facilmente despercebidas em meio às areias movediças. Refletindo sobre essas questões, ao me deitar curvado e amarrado no piso rochoso, quase me esqueci dos horrores da descida abissal e a cavernosa oscilação que há tão pouco tempo reduziu-me a um coma. Meu pensamento presente era apenas ser mais esperto que os árabes e, em consequência, decidi trabalhar para me libertar o mais rápido possível, evitando qualquer puxão na linha descendente que pudesse trair uma tentativa de liberdade eficaz ou até mesmo problemática.

Isso, contudo, era mais fácil decidir do que pôr em prática. Algumas experiências preliminares deixaram claro que pouco se podia realizar sem considerável movimento; e não me surpreendeu quando, após uma luta especialmente enérgica, comecei a sentir as espirais de corda caindo quando essas se empilharam perto em mim. É óbvio, pensei, que os beduínos haviam sentido meus movimentos e soltado sua ponta da corda, apressando-se, sem dúvida, para a verdadeira entrada do templo a fim de me esperar, sanguinariamente, numa emboscada. A perspectiva não era agradável; no entanto, eu enfrentara pior em minha época sem vacilar e não vacilaria agora. No momento, preciso antes de mais nada livrar-me dos grilhões e, em seguida, confiar na inventividade para escapar do templo ileso. É curioso como eu passara cegamente a acreditar que me encontrava no velho templo de Quéfren ao lado da Esfinge, apenas uma curta distância abaixo da terra.

Essa crença foi destruída, e todas as apreensões originais de profundidade sobrenatural e mistério demoníaco renovadas por uma circunstância que se intensificou de horror e importância, mesmo enquanto eu formulava meu plano filosófico. Eu disse que a corda caindo empilhava-se acerca e em cima de mim. Agora, vi que *continuava a empilhar-se*, como nenhuma corda de comprimento normal poderia fazer. Ela ganhou ímpeto e se tornou uma avalanche de cânhamo, amontoando-se de forma gigantesca no piso e me enterrando em parte sob suas espirais que se multiplicavam rápido. Logo fui totalmente engolido e ofegava enquanto as crescentes convoluções me submergiam e sufocavam. Meus sentidos cambalearam de novo e tentei, em vão, rechaçar uma ameaça desesperada e inelutável. Não se tratava apenas do fato de que eu era torturado além da resistência humana, nem apenas que a vida e respiração pareciam ser esmagadas devagar fora de mim; era o conhecimento do *que indicavam aqueles comprimentos anormais de corda*, e a consciência de quais abismos desconhecidos e incalculáveis de terra interna devem, neste momento, estar me cercando. Minha infinita descida e voo oscilante pelo espaço demoníaco, portanto, deve ter sido real; e até agora devo estar deitado impotente em algum desconhecido mundo cavernoso em direção ao centro do planeta. Uma confirmação repentina de supremo horror como essa foi insuportável e uma segunda vez eu mergulhei em misericordioso esquecimento.

Quando digo esquecimento, não quero dizer que me achava livre de sonhos. Ao contrário, minha ausência do mundo consciente era assinalada por visões do mais indescritível horror. Meu Deus!... Se ao menos eu não tivesse lido tanto sobre egiptologia antes de vir para essa terra que é a fonte de toda escuridão e terror! Esse segundo período de desfalecimento me encheu de novo a mente adormecida da arrepiante compreensão do país e seus segredos arcaicos, e por algum acaso maldito meus sonhos se dirigiram às antigas ideias dos mortos e sua morada temporária de alma *e corpo*, além desses misteriosos túmulos que eram mais casas do que sepulturas. Recordei, em formas oníricas, o que é bom eu não me lembrar, a peculiar e elaborada construção de sepulcros egípcios e as excessivamente estranhas e impressionantes doutrinas que determinavam essa construção.

Todas essas pessoas pensavam sobre o que era a morte e os mortos. Elas concebiam uma ressurreição literal do corpo que as fazia mumificá-los com desesperado cuidado e preservavam todos os órgãos vitais em vasos canópicos perto do cadáver; enquanto além do corpo acreditavam em dois outros elementos: a alma, a qual, após seu peso e aprovação por Osíris, morava na terra dos abençoados; e o obscuro e portentoso *ka* ou princípio da vida, que vagava pelos mundos superiores e inferiores de um modo horrível, pedindo acesso ocasional ao corpo preservado, consumindo as oferendas de comida trazidas por sacerdotes e parentes devotos para a capela mortuária, e às vezes — como sussurravam os homens —, levando seu corpo ou a réplica de madeira sempre enterrada ao lado dele e se dirigindo à espreita de forma nociva ao exterior para realizar tarefas peculiarmente repelentes.

Durante milhares de anos, esses corpos jaziam encerrados esplendidamente e encaravam para cima com olhos vítreos quando não visitados pelo *ka* à espera do dia em que Osíris restaurasse, ao mesmo tempo, *ka* e alma, e conduzisse adiante as rígidas legiões dos mortos das submersas casas de sono. Devia ser um renascimento glorioso — não todas as almas, porém, eram aprovadas, nem todos os túmulos inviolados, de modo que se fazia necessário procurar certos enganos grotescos e *anormalidades* diabólicas. Até hoje, os árabes sussurram sobre convocações não santificadas e adoração doentia em esquecidos abismos subterrâneos, nos quais apenas invisíveis *kas com asas* e múmias desalmadas atravessam voando e podem visitar e retornar ilesos.

Talvez as lendas mais malévolas e que congelam o sangue sejam as que se relacionam com certos produtos perversos do sacerdócio decadente — *múmias compósitas* feitas pela união artificial de troncos e membros humanos com as cabeças de animais em imitação dos deuses mais antigos. Em todas as fases da história, mumificavam os animais sagrados, de modo que os consagrados touros, gatos, íbis, crocodilos e semelhantes poderiam retornar algum dia para glória maior. No entanto, só na decadência eles misturaram o humano e animal na mesma múmia — só na decadência, quando eles não entendiam os direitos e as prerrogativas do *ka* e a alma. O que aconteceu com essas múmias compósitas não foi contado — pelo menos publicamente — e sabe-se ao certo que nenhum egiptólogo jamais encontrou uma. Os cochichos de árabes são muito selvagens e não se pode confiar neles. Chegam a sugerir que o velho Quéfren — aquele da Esfinge, da Segunda Pirâmide e do escancarado templo de entrada — vive no distante subterrâneo unido em matrimônio com a rainha diabólica Nitokris e governa as múmias que não são nem de homem nem de animal.

Era com esses — Quéfren e sua consorte, bem como seus estranhos exércitos de mortos híbridos — que eu sonhava, e é por isso que me sinto contente que as formas oníricas exatas esvaíram-se de minha memória. Minha visão mais horrível referia-se a uma pergunta ociosa que eu fizera a mim mesmo na véspera, quando olhava o grande enigma esculpido do deserto, e tive curiosidade de saber a que profundidades desconhecidas o templo tão perto dele poderia estar secretamente ligado. Essa pergunta, até então muito inocente e volúvel, assumiu em meu sonho um significado de frenética e histérica loucura... *para representar que imensa e repugnante anormalidade esculpiu-se originalmente a Esfinge?*

Meu segundo despertar — se é que foi despertar — trata-se de uma lembrança de um total horror que nada mais em minha vida pode igualar-se — com exceção de uma coisa que surgiu depois —, e essa vida tem sido cheia e aventureira mais do que a da maioria dos homens. Lembre-se de que eu perdera a consciência enquanto enterrado abaixo de uma cascata de corda caindo cuja imensidão revelou a profundidade cataclísmica de minha posição presente. Agora, ao retornar a percepção, senti que desaparecera o peso inteiro, e me dei conta, quando rolei para o lado, de que, embora eu continuasse amarrado, amordaçado e com os olhos vendados, *alguma entidade retirara por completo o sufocante deslizamento de cânhamo que me subjugava*. A importância desse estado, claro, só me ocorreu aos poucos, mas mesmo assim acho que essa teria mais uma vez provocado inconsciência se eu não tivesse, então, chegado a um estado de tanto esgotamento emocional que nenhum novo horror podia fazer muita diferença. Eu estava sozinho... com *o quê?*

Antes que eu pudesse me torturar com qualquer nova reflexão, ou fazer algum esforço diferente para escapar de meus grilhões, tornou-se manifesta uma circunstância adicional. Dores não sentidas antes me fustigavam os braços e pernas, e eu parecia coberto com uma profusão de sangue seco além de qualquer coisa que meus cortes e abrasões anteriores podiam suprir. Meu peito, também, parecia perfurado por uns cem ferimentos, como se alguma maligna e gigantesca íbis o estivesse bicando. Sem dúvida, a entidade que retirara a corda era hostil e começara a descarregar terríveis maldades em mim, quando, de algum modo, impelida a desistir. Por ora, minhas sensações eram distintamente o contrário do que se poderia esperar. Em vez de afundar num poço inesgotável de desespero, fui incitado a uma nova coragem e ação; porque agora eu sentia que as forças do mal eram coisas físicas que um homem destemido poderia encontrar numa base equiparável.

Confiando nessa ideia, puxei de novo com toda a força meus grilhões e usei toda a arte de uma vida inteira para me libertar como eu fizera tantas vezes em meio ao clarão de luzes e o aplauso de enormes multidões. Os conhecidos detalhes de meu processo de fuga começaram a me absorver, e agora que desaparecera a longa corda, eu meio que recuperei minha convicção de que, afinal, os horrores supremos eram alucinações e que jamais existira algum túnel terrível, abismo imensurável nem corda interminável. Estava eu, afinal, no pórtico do templo de Quéfren ao lado da Esfinge, e haviam os árabes furtivos entrado secretamente para torturar-me enquanto eu jazia impotente ali? De qualquer modo, preciso me libertar. Deixe-me levantar solto, sem mordaça e com olhos abertos para captar qualquer vislumbre de luz que possa aparecer, escoando de qualquer fonte e que eu consiga, de fato, me deliciar no combate contra inimigos do mal e traiçoeiros!

Quanto tempo levei para me livrar de meus estorvos não sei dizer. Deve ter sido mais longo do que em meus desempenhos em apresentações públicas, porque eu estava ferido, exausto e debilitado pelas experiências pelas quais eu passara. Quando fiquei livre, afinal, e respirei fundo num ar frio, úmido, maldosamente temperado, ainda mais horrível quando deparado sem o anteparo da mordaça e as extremidades da venda, descobri que estava com câimbras e cansado demais para me mexer de imediato. Ali me estendia, tentando esticar, por um período indefinido, uma compleição curvada e destroçada, comprimindo meus olhos para captar um vislumbre de algum raio de luz que me desse uma pista quanto à minha posição.

Aos poucos, força e flexibilidade me retornaram, mas os olhos nada viam. Quando me levantei cambaleando, espreitei atentamente em cada direção, porém, encontrei apenas uma negritude de ébano tão grande quanto a que eu conhecera com os olhos vendados. Experimentei as pernas — sangue incrustado embaixo de minha calça retalhada — e constatei que podia andar, mas não consegui decidir em que direção seguir. É óbvio que eu não devia caminhar sem propósito, e talvez me retirar diretamente da entrada que procurava; por isso, parei para notar a direção da corrente de ar frio, fétido, com cheiro de bicarbonato de sódio que jamais deixei de sentir. Aceitando o ponto de sua origem como a possível entrada para o abismo, esforcei-me para ficar de olho nesse ponto de referência e caminhar constantemente em sua direção.

Eu trouxera uma caixa de fósforos comigo, e até mesmo uma pequena lanterna elétrica, mas claro que os bolsos de minhas roupas atiradas e esfarrapadas haviam sido, há muito tempo, esvaziadas de todos os artigos pesados. Enquanto eu andava com muita cautela nas trevas, a corrente de ar ficou mais forte e mais desagradável, até que, passado um longo tempo, pude encará-la como nada menos que um tangível fluxo de vapor detestável, emanando de alguma abertura como a fumaça do gênio do pescador no conto oriental. O Oriente... Egito... na verdade, esse sombrio berço de civilização sempre foi a fonte de horrores e maravilhas indizíveis! Quanto mais eu refletia sobre a natureza desse vento de caverna, maior se tornava minha sensação de inquietação, pois, embora eu procurasse sua fonte como pelo menos uma pista indireta para o mundo exterior, apesar daquele odor, eu agora via claramente que essa emanação suja não podia ter nenhuma mistura ou ligação qualquer com o ar puro do Deserto Líbio, mas devia ser, em essência, uma coisa vomitada de abismos sinistros ainda mais inferiores. Eu vinha, então, caminhando na direção errada!

Depois de um momento de reflexão, decidi não refazer meus passos. Longe da corrente de ar, eu não teria quaisquer pontos de referência, pois o piso rochoso, grosso modo, nivelado era destituído de configurações distintivas. Se, contudo, eu seguisse a estranha corrente acima, iria, sem a menor dúvida, chegar a algum tipo de abertura de cujo portão eu talvez pudesse trabalhar contornando as paredes até o lado oposto desse salão gigantesco e de outro modo inavegável. Compreendia muito bem que eu podia errar. Vi que essa não era nenhuma parte do templo-portal de Quéfren que os turistas conhecem, e ocorreu-me que esse salão específico talvez fosse desconhecido até mesmo para os arqueólogos, apenas encontrado por acaso pelos inquisitivos e malignos árabes que haviam me encarcerado. Nesse caso, existia algum portão de fuga presente para as partes conhecidas ou para o ar externo?

Que prova, na verdade, tinha eu agora de que esse era mesmo o templo-portal? Por um momento, todas as minhas especulações mais loucas precipitaram-se de volta para mim, e pensei sobre aquela vívida mistura de impressões — descida, suspensão no espaço, a corda, meus ferimentos, os sonhos que eram francamente sonhos... Seria esse o fim da vida para mim? Ou, na verdade, seria misericordioso se esse momento *fosse* o fim? Não pude responder nenhuma de minhas próprias perguntas, mas apenas continuar até que o Destino, por uma terceira vez, reduziu-me ao esquecimento. Dessa vez, não houve sonhos, porque a subitaneidade do incidente me tirou, com o choque, todo pensamento consciente ou subconsciente. Ao tropeçar num inesperado degrau, descendo num ponto onde a repulsiva corrente de ar tornou-se forte o bastante para oferecer uma verdadeira resistência física, fui precipitado de ponta--cabeça por um escuro lance de escada com imensos degraus de pedra abaixo para um golfo de horror não aliviado.

O fato de eu ter voltado a respirar é um tributo à vitalidade inerente do organismo humano saudável. Muitas vezes, relembro-me daquela noite e sinto um toque de verdadeiro *humor* naqueles repetidos lapsos de consciência; lapsos cuja sucessão me fez lembrar da época dos rudimentares melodramas de cinema daquele período. Claro, é possível que os repetidos lapsos jamais houvessem acontecido, e que todas as características daquele pesadelo subterrâneo fossem os sonhos de um longo coma que começou com o choque de minha descida adentro daquele abismo e terminou com o bálsamo curativo do ar exterior e do sol nascente que me encontrou estendido nas areias de Gizé diante do rosto sardônico e corado da Grande Esfinge.

Prefiro acreditar nesta última explicação tanto quanto posso e, por isso, me alegrei quando a polícia me disse ter descoberto a barreira para o templo-portal de Quéfren aberta, e que um considerável fosso até a superfície de fato existia num canto da parte ainda enterrada. Também me alegrei quando os médicos declararam meus ferimentos como apenas aqueles a serem esperados pelo tipo de captura que sofri: a colocação das vendas em meus olhos, o fato de ter sido lançado abaixo, minha luta com grilhões, a grande queda que sofri — talvez dentro de uma depressão em uma galeria interna do templo —, por ter me arrastado para a barreira exterior e escapado dela, experiências deste tipo... um diagnóstico muito reconfortante. E, no entanto, sei que deve haver mais do que aparece na superfície. Aquela extrema descida é uma lembrança vívida demais para ser descartada, e é estranho que ninguém nunca conseguiu encontrar um homem correspondendo à descrição de meu guia Abdul Reis el Drogman — o meu guia com garganta tumular, que se parecia e sorria como o rei Quéfren.

Fiz uma digressão de minha narrativa encadeada — talvez na esperança vã de evitar o relato daquele incidente final; incidente que de todos é, com quase toda a certeza, uma alucinação. Mas prometi relatá-lo e não quebro promessas. Quando recuperei — ou parecia ter me recuperado — meus sentidos depois daquela queda da escada de degraus pretos, fiquei quase tão sozinho e na escuridão quanto antes. O fedor ventoso, mesmo antes ruim o bastante, era agora diabólico; contudo, eu adquirira suficiente familiaridade àquela altura para suportá-lo estoicamente. Atordoado, comecei a me arrastar para longe do lugar de onde chegava o vento pútrido, e com as mãos sangrando, tateava os blocos colossais de um poderoso calçamento. Bati uma vez a cabeça num objeto duro e, quando o apalpei, vi que se tratava da base de uma coluna — uma coluna de imensidão incrível — cuja superfície achava-se coberta com gigantescos hieróglifos esculpidos a cinzel, muito perceptíveis ao meu toque. Rastejando adiante, encontrei outras colunas gigantescas separadas por incompreensíveis distâncias, quando, de repente, minha atenção foi dominada pela compreensão de algo que deve ter sido impingido em minha audição subconsciente muito antes que a sensatez consciente tomasse conhecimento disso.

De algum abismo ainda mais inferior nas entranhas da terra provinham certos *sons*, ritmados e definidos, diferentes de tudo que eu até então ouvira. Que eram muito antigos e nitidamente cerimoniais, senti quase por intuição; e muita leitura de egiptologia levou-me a associá-los com a flauta, a sambuca, o sistro e o tímpano. Em seus sopros ritmados, contínuos, ruidosos e suas batidas, senti um elemento de terror além de todos os terrores conhecidos da terra — um terror peculiarmente dissociado de medo pessoal, assumindo a forma de uma espécie de piedade objetiva pelo nosso planeta, o qual devia guardar dentro de suas profundidades tantos horrores quanto devem jazer além dessas cacofonias satíricas. Os sons aumentaram de volume e senti que se aproximavam. Então — e que todos os deuses de todos os panteões se unam para manter gente assim longe de meus olhos —, comecei a ouvir, fracamente e longe, *o mórbido e milenário ruído de andar pesado das coisas marchando.*

Era horroroso que passos tão *dissimilares* se deslocassem em ritmos tão perfeitos. O treinamento de milhares de anos profanos deve estar atrás daquela marcha de monstruosidades do mais profundo da terra... passos surdos, em estalos, a caminhar, perseguir, ressoar, cortar, rastejar... e todos para as dissonâncias detestáveis desses zombeteiros instrumentos. E então... que Deus exclua de minha cabeça a memória daquelas lendas árabes! As múmias sem almas... o ponto de encontro dos errantes *kas*... as hordas de mortos faraônicos amaldiçoados pelo diabo de quarenta séculos... as *múmias compósitas* conduzidas aos mais remotos vácuos de ônix pelo rei Quéfren e sua rainha diabólica Nitokris...

O pisoteio estrondoso chegou mais próximo — Deus me poupe do ruído daqueles pés, patas, cascos, patas suaves e garras quando isso começou a adquirir detalhe! Mais adiante, nas ilimitadas extensões do calçamento sem sol, tremeluziu uma centelha de luz no vento malcheiroso, e eu me arrastei para trás da enorme circunferência de uma coluna monumental para poder escapar durante algum tempo do horror de um milhão de pernas que se aproximavam, à espreita, em minha direção por gigantescos hipostilos de pavor inumano e antiguidade fóbica. As centelhas aumentaram, o pisoteio forte e o ritmo dissonante ficaram doentiamente altos. Na trêmula luz laranja salientou-se vagamente uma cena de tamanho pavor sem expressão que ofeguei diante de um absoluto assombro que vencia até medo e repugnância. Bases de colunas cujas metades eram mais altas que a visão humana... meras bases de coisas que devem, cada uma, apequenar a Torre Eiffel à insignificância... hieróglifos esculpidos por mãos inconcebíveis em cavernas onde a luz do dia pode ser apenas uma lenda remota...

Eu *não queria* olhar para essas criaturas que marchavam. Isso foi o que decidi desesperado quando ouvi os estalos de suas articulações e suas respirações difíceis, nitrosas, acima daquela música e pisoteio de mortos. Era misericordioso o fato de eles não falarem... mas meu Deus!

Suas tochas loucas começaram a projetar sombras na superfície daquelas estupendas colunas. Pelo amor de Deus, leve-as embora! *Hipopótamos não deviam ter mãos humanas nem carregar tochas... os homens não deviam ter cabeças de crocodilos...*

Tentei virar de costas, mas as sombras, os sons e o fedor estavam em todos os lugares. Então, lembrei-me de uma coisa que eu fazia em pesadelos semiconscientes quando menino e comecei a repetir para mim mesmo: "Isso é um sonho! Isso é um sonho!". Porém, de nada adiantou, e só pude fechar os olhos e rezar... pelo menos, acho que foi isso que fiz, pois a gente nunca tem certeza quando tem visões — e sei que isso pode ter sido nada mais. Perguntei-me se algum dia chegaria ao mundo de novo, e às vezes abria furtivamente os olhos para ver se conseguia distinguir alguma característica do lugar diferente do vento de putrefação condimentada, as colunas sem o topo e as sombras grotescas, mediante o efeito de um taumatrópio de horror anormal. O clarão faiscante de multiplicar tochas agora brilhava, e a não ser que esse lugar infernal fosse todo sem paredes, eu não podia deixar de logo ver algum limite ou ponto de referência fixo. No entanto, tive de fechar mais uma vez os olhos quando percebi *quantas* dessas criaturas se reuniam — e quando vislumbrei certo objeto caminhando solene e continuamente *sem nenhum corpo acima da cintura.*

Um diabólico e ululante gorgolejo de cadáver ou chocalho da morte agora cindiu a própria atmosfera — a atmosfera venenosa sepulcral com explosões de nafta e betume — num coro coordenado da mórbida legião de blasfêmias híbridas. Meus olhos, perversamente abertos, contemplaram por um momento uma visão que nenhuma criatura humana poderia sequer imaginar sem pânico, medo e esgotamento físico. As criaturas haviam se enfileirado segundo o cerimonial numa direção, a direção do vento fétido, onde a luz de suas tochas mostrava-lhes as cabeças curvadas... ou as cabeças curvadas das que as tinham... Eles prestavam culto de veneração diante de uma grande abertura preta arrotando fedor que subia quase fora da visão e que, como pude ver, era flanqueada em ângulos retos por duas escadarias gigantescas cujas pontas ficavam bem distantes na sombra. Uma dessas era, sem a menor dúvida, a escadaria de onde eu caíra.

As dimensões do buraco eram totalmente proporcionais às das colunas — uma casa comum teria se perdido ali, e qualquer edifício público típico podia facilmente deslocar-se para dentro e para fora dele.

Tratava-se de uma superfície tão imensa que só girando os olhos a pessoa conseguia delinear seus limites... tão imensa, tão horrivelmente escura e tão aromaticamente fedorenta... Bem em frente a essa bocejante porta de Polifemo, as criaturas lançavam objetos — evidentemente oferendas de sacrifícios ou religiosas, a julgar pelos gestos delas. Quéfren era seu líder; o irônico rei Quéfren *ou o guia Abdul Reis*, coroado com uma *pshent*, coroa dupla dourada, e entoando infindáveis fórmulas com a voz oca dos mortos. Ao lado dele, ajoelhava-se a bela rainha Nitokris, que eu vi de perfil por um momento, notando que tinha a metade direita de seu rosto corroída por ratos ou outros demônios. E fechei mais uma vez os olhos quando vi *que* objetos eram atirados como oferendas à fétida abertura ou sua possível divindade local.

Ocorreu-me que, a julgar pela forma elaborada dessa adoração, a divindade oculta devia ser uma de considerável importância. Era Osíris ou Ísis, Hórus ou Anubis, ou algum imenso Deus dos Mortos desconhecido ainda mais central e supremo? Conta uma lenda que se erigiam terríveis altares e estátuas colossais para um Ser Desconhecido antes mesmo de se adorarem os deuses conhecidos...

E agora, enquanto eu me fortalecia para prestar atenção às adorações extasiadas e sepulcrais daquelas criaturas sem nome, uma ideia de fuga surgiu em mim. O salão era escuro e as colunas sombriamente pesadas. Com cada criatura daquela multidão de pesadelo absorvida em chocantes arrebatamentos, talvez fosse apenas possível eu avançar rastejando até a extremidade distante de uma das escadarias e subir sem ser visto, confiando no Destino e habilidade para me libertar do domínio superior. Eu não sabia e nem pensei a sério a respeito de onde me encontrava — e por um momento pareceu-me muito divertido planejar uma fuga séria daquilo que eu sabia muito bem ser um sonho. Será que eu estava em algum reino inferior oculto e desconhecido do templo-portal de Quéfren — aquele templo que gerações têm, com persistência, chamado de o Templo da Esfinge? Eu não podia conjeturar, mas resolvi ascender para a vida e consciência caso inteligência e músculo pudessem transportar-me.

Contorcendo-me com a barriga rente ao chão, comecei a ansiosa jornada rumo ao pé da escadaria à esquerda, que parecia a mais acessível das duas. Não posso descrever os incidentes e sensações desse rastejar, mas pode-se imaginá-los quando alguém reflete sobre *o que eu tinha de espreitar de forma constante àquela luz de tocha maligna, soprada pelo vento* a fim de evitar detecção. Como eu disse, a parte inferior da escadaria ficava muito distante na sombra, como tinha de ser para subi-la sem me debruçar no atordoante patamar com parapeito acima da gigantesca abertura. Isso pôs as últimas fases de meu rastejar a certa distância do nauseante rebanho; entretanto, o espetáculo me arrepiava mesmo quando bastante remoto à direita.

Após um longo tempo, consegui chegar aos degraus e comecei a subir, mantendo-me junto à parede, na qual observei decorações do tipo mais horrendo, contando com a segurança no interesse absorvente e extático com que as monstruosidades olhavam a abertura de ventilação asquerosa e os ímpios objetos de nutrição que eles haviam atirado no calçamento diante dela. Embora a escadaria fosse imensa e íngreme, feita de enormes blocos de pórfiro, como se para os pés de um gigante, a subida parecia quase interminável. O pavor da descoberta e a dor que os renovados exercícios causaram em meus ferimentos se juntaram para fazer daquela subida rastejante uma coisa de agonizante lembrança. Eu pretendia, quando chegasse ao patamar, subir logo em frente ao longo de qualquer escada superior que ascendesse dali, sem parar para nenhuma última olhada nas abominações putrefatas que batiam com as patas e genuflectiam a uns 20 ou 25 metros abaixo. No entanto, uma súbita repetição daquele estrondoso gorgolejo de cadáver e coro estertor, vindo quando eu quase chegara ao topo do lance de escada e mostrando por seu ritmo cerimonial que não se tratava de nenhum alarme de minha descoberta, me fez parar e espreitar cautelosamente acima do parapeito.

As monstruosidades saudavam algo que se espichou acima da nauseante abertura para pegar a comida infernal oferecida à criatura, a qual consistia numa coisa bastante ponderosa, mesmo como vista de minha altura; uma coisa amarelada e peluda, dotada de um tipo de movimento nervoso. Era maior talvez que um hipopótamo de bom tamanho, mas muito curiosamente formada. Parecia não ter pescoço, porém, cinco cabeças felpudas separadas que brotavam numa fileira de um tronco mais ou menos cilíndrico; a primeira muito pequena, a segunda de bom tamanho, a terceira e a quarta iguais e maiores do que todas e a quinta um tanto pequena, embora não tanto quanto a primeira. Fora dessas cabeças lançavam-se curiosos tentáculos rígidos que agarravam vorazes as quantidades *excessivamente grandes* de inominável comida colocadas diante da abertura. De vez em quando, a coisa saltava acima e se retirava dentro de seu antro de uma maneira muito estranha. Sua locomoção era tão inexplicável que a encarei fascinado, desejando que ela emergisse mais da toca cavernosa abaixo de mim.

Então, ela, *de fato,* emergiu... *de fato,* emergiu, e diante da visão, virei-me fugindo na escuridão adentro pela escada mais alta que se erguia atrás de mim; fugi, sem conhecimento, acima por incríveis degraus, escadas de mão e planos inclinados para os quais nenhuma visão humana ou lógica me guiava, e os quais devo, para sempre, relegar ao mundo de sonhos por falta de qualquer confirmação. Deve ter sido sonho; do contrário, o amanhecer jamais me encontraria respirando nas areias de Gizé diante do sardônico rosto da Grande Esfinge ruborizado pela luz do amanhecer.

A Grande Esfinge! Meu Deus! — aquela *ociosa pergunta* que fiz a mim mesmo na manhã anterior abençoada pelo sol... *para representar que imensa e repugnante anormalidade esculpiu-se originalmente a Esfinge?* Amaldiçoada é a visão, seja em sonho ou não, que me revelou o supremo horror — o Desconhecido Deus dos Mortos, que espera ansioso no abismo insuspeito, alimentado com pedaços hediondos pelos absurdos desalmados que não deviam existir. O monstro de cinco cabeças que emergiu... aquele monstro de cinco cabeças maior que um hipopótamo... o monstro de cinco cabeças — *e que do qual isso é apenas a pata dianteira...*

Mas sobrevivi, e sei que não passou de um sonho...

O HORROR EM RED HOOK

"Existem sacramentos do mal assim como do bem em nós, e creio que vivemos e nos movemos num mundo desconhecido, um lugar onde se veem cavernas, sombras e moradores do crepúsculo. É possível que o homem possa às vezes voltar atrás na trajetória da evolução, e é de minha convicção que um terrível saber ainda não morreu."

Arthur Machen

I.

NÃO MUITAS SEMANAS atrás, numa esquina do vilarejo de Pascoag, Rhode Island, um pedestre alto, de compleição forte e aparência saudável, suscitou muita especulação por um singular lapso de comportamento. Ele vinha, parece, descendo a colina pela estrada de Chepachet; e ao se deparar com a área compacta do bairro, virara à esquerda na rua principal, onde várias quadras modestas de prédios comerciais transmitem um toque urbano. Nesse momento, sem visível provocação, cometeu seu lapso surpreendente e encarou desconcertado por um instante o mais alto dos edifícios diante de si. Em seguida, com uma série de gritos agudos apavorados, histéricos, precipitou-se numa frenética corrida que terminou num tropeção e queda no cruzamento seguinte. Erguido e espanado por mãos ágeis, constatou-se que estava consciente, ileso fisicamente e visivelmente curado do repentino ataque nervoso. Murmurou algumas explicações envergonhadas, envolvendo uma tensão à qual se submetera e, com o olhar abatido, tomou de volta a estrada de Chepachet, a caminhar com dificuldade até ficar fora do campo visual, sem sequer uma vez olhar para trás. Foi um estranho incidente para um homem tão grande, corpulento, de feições normais e aparência capaz, e a estranheza não diminuíu com as observações de um espectador que o reconhecera como o pensionista de um leiteiro famoso na periferia de Chepachet.

Era, revelou-se, um detetive da polícia de Nova York chamado Thomas F. Malone, agora numa longa licença sob tratamento médico depois de um trabalho desproporcionalmente árduo num horrível caso local cujo acidente se tornara dramático. Ocorrera um desmoronamento de várias casas velhas de tijolo durante uma batida policial, da qual Malone participara, e algo relacionado à perda de vida em massa, tanto de prisioneiros quanto de seus companheiros, chocara-o de modo peculiar. Em consequência, ele adquirira um agudo e anômalo horror a quaisquer prédios, mesmo os que remotamente faziam lembrar os desmoronados, de forma que os especialistas mentais acabaram por proibir-lhe a visão de semelhantes coisas por um período indefinido. Um cirurgião da polícia com parentes em Chepachet indicara aquele estranho vilarejo de casas coloniais de madeira como um lugar ideal para a convalescença psicológica; e para lá o paciente se mudara, prometendo nunca se aventurar pelas ruas delineadas por prédios de tijolo dos vilarejos maiores até devidamente aconselhado pelo especialista de Woonsocket com quem o puseram em contato. Essa caminhada até Pascoag à procura de periódicos fora um engano, e o paciente pagara com pavor, contusões e humilhação pela sua desobediência.

Até aí iam os boatos de Chepachet e Pascoag e até este ponto, também, acreditavam os especialistas mais eruditos. Malone, porém, a princípio, contara aos especialistas muito mais, calando-se apenas quando viu a absoluta incredulidade que causava. A partir daí, manteve silêncio, não protestando de modo algum quando se reconheceu, de forma generalizada, que o colapso de certas esquálidas casas de tijolo na área de Red Hook no Brooklyn e a consequente morte de muitos oficiais destemidos abalara-lhe o equilíbrio nervoso. Diziam todos que ele trabalhara com muito afinco na tentativa de limpar a desordem e a violência daqueles covis. Em suma, certos aspectos foram chocantes demais, e a tragédia inesperada fora a gota d'água. Tratava-se de uma explicação simples que todo mundo podia entender e, por não ser uma pessoa simples, Malone percebeu que era preferível pôr um ponto final na história. Insinuar para pessoas sem imaginação um horror além de toda concepção humana — um horror das casas, quadras, cidades leprosas e cancerosas, com o mal arrastado de mundos mais antigos — seria apenas atrair uma cela acolchoada em vez de uma vida campestre repousante, e Malone era um homem sensato, apesar de seu misticismo. Tinha a clarividência celta de coisas misteriosas e ocultas, mas a perspicácia do lógico para o exterior não convincente, uma amálgama que o conduzira muito longe em seus 42 anos de vida e estabelecera-o em lugares estranhos para um homem da Universidade de Dublin, nascido numa vila georgiana próxima a Phoenix Park.

E agora, ao rever tudo que vira, sentira e absorvera, Malone alegrou-se por não ter partilhado o segredo que podia reduzir um destemido lutador a um neurótico trêmulo, que podia tansformar velhos cortiços de tijolo e mares de rostos sutis e sombrios em pesadelo e presságio sobrenaturais. Não seria a primeira vez que suas sensações haviam sido obrigadas a permanecer não interpretadas, à espera do momento propício — pois não fora seu próprio ato de mergulhar no poliglota abismo do submundo de Nova York uma excentricidade que superava qualquer explicação sensata? Que poderia ele dizer às pessoas triviais sobre as antigas feitiçarias e grotescas maravilhas discerníveis aos olhos sensíveis em meio ao caldeirão de veneno, onde todas as escórias variadas de eras insalubres misturam sua malignidade e perpetuam seus terrores obscenos? Vira a infernal chama verde do prodígio secreto no tumulto descarado, evasivo, de cobiça externa e blasfêmia interna, e sorrira amável quando todos os novaiorquinos que ele conhecia ridicularizavam-lhe a experiência no trabalho policial. Haviam-se mostrado muito mordazes e cínicos, escarnecendo da perseguição fantástica de mistérios incompreensíveis e assegurando-lhe que a Nova York da época atual nada continha senão baixaria e vulgaridade. Um deles apostara, com uma volumosa soma, que Malone não conseguiria — apesar de muitos relatos comoventes ao seu favor na *Dublin Review* — nem sequer escrever uma matéria verdadeiramente interessante sobre o submundo de Nova York; e agora, ao rever o passado, ele percebeu que essa ironia cósmica justificava as palavras do profeta, ao mesmo tempo em que lhes confundia de forma oculta o irreverente significado. O horror, como vislumbrado afinal, não daria uma matéria, pois, como o livro citado pela autoridade alemã em Poe, *"es lässt sich nicht lesen* — não se permite ser lido".

II.

Para Malone, a existência causava sempre uma sensação de mistério latente. Na juventude, sentira a beleza e o êxtase ocultos das coisas e fora um poeta, mas pobreza, sofrimento e exílio haviam-lhe voltado o olhar para direções mais sombrias, e as imputações do mal no mundo em volta instigavam-no. A vida cotidiana para ele passara a ser uma fantasmagoria de estudos obscuros do macabro que ora brilhava e olhava de soslaio com oculta depravação à melhor maneira de Beardsley, ora insinuava terrores por trás de formas e objetos comuníssimos, como na obra mais sutil e menos óbvia de Gustave Doré. Muitas vezes, julgava misericordioso o fato de que a maioria das pessoas de inteligência elevada zombava dos mistérios secretos, pois argumentava que, se mentes superiores já foram algum dia postas em contato mais íntimo com os segredos preservados por cultos antigos e inferiores, as anormalidades resultantes, em breve, não apenas destruiriam o mundo, mas ameaçariam a própria integridade do universo. Embora toda essa reflexão fosse, sem a menor dúvida, mórbida, a lógica aguçada e um profundo senso de humor contrabalançavam-na habilmente. Malone sentia-se satisfeito em deixar suas ideias permancerem como visões semiespionadas e proibidas, com as quais ele brincava levemente. A histeria surgiu apenas quando o dever lançou-o num inferno de revelações repentinas e insidiosas demais para se escapar.

Haviam-no nomeado, algum tempo atrás, para a delegacia de Butler Street, no Brooklyn, quando o problema de Red Hook chegou-lhe ao conhecimento. Red Hook é um labirinto de híbrida miséria próximo à antiga zona portuária defronte a Governors Island, com ruas sujas que sobem a colina dos cais até o terreno mais alto, onde as decadentes extensões das ruas Clinton e Court partem em direção ao Borough Hall. A maioria das casas, feitas de tijolo, data do primeiro trimestre ao meio do século XIX, e algumas das ruelas e atalhos mais obscuros conservam aquela atraente atmosfera antiga que a leitura convencional nos leva a chamar de "dickensiana". A população consiste de emaranhado e enigma incorrigíveis, na qual se chocam componentes sírios, espanhóis, italianos e negros não muito distantes dos fragmentos de cinturões escandinavo e americano. Trata-se de uma Babel de ruído e imundície que emite estranhos gritos para responder ao marulho de ondas oleosas em seus cais encardidos e às monstruosas ladainhas de órgão dos apitos no porto. Ali se via, fazia muito tempo, um cenário mais iluminado, quando marinheiros de olhos claros ocupavam as ruas e antros inferiores de gosto e conteúdo, onde as casas maiores se estendem pela colina. Podem-se traçar as relíquias desse antigo esplendor nas elegantes formas dos prédios, nas graciosas igrejas aqui e ali, e nos indícios de arte e cenários originais detalhados de vez em quando: um lance de escada dilapidado, uma entrada danificada, um par de colunas ou pilares decorativos roídos, ou um fragmento de um espaço outrora verdejante com grade de ferro curvada e enferrujada. As casas são, em geral, de blocos sólidos, e vez por outra, se ergue uma cúpula com muitas janelas para nos contar da época em que as famílias de capitães e donos de navio contemplavam o mar.

Desse emaranhado de putrescência material e espiritual, as blasfêmias de uns cem dialetos atacam o céu. Hordas de gatunos gritando e cantando ao longo de vielas e ruas, mãos furtivas que, de repente, apagam luzes e baixam cortinas, e rostos morenos, pecaminosos, cheios de acne, desaparecem de janelas quando surpreendidos por visitantes de passagem. Policiais sem esperança de ordem ou reforma recorrem, de preferência, ao levantamento de barreiras, protegendo o mundo externo do contágio. O tinido da patrulha é respondido por uma espécie de silêncio espectral, e os detidos levados jamais se mostram comunicativos. Os delitos visíveis variam tanto quanto os dialetos locais e vão desde o contrabando de rum e entrada de estrangeiros proibidos através de diversos níveis de ilegalidade e obscura depravação até assassinato e mutilação em suas mais abomináveis formas. O fato de esses casos visíveis não serem mais frequentes não se deve ao crédito do bairro, a menos que a capacidade de ocultação seja uma arte merecedora de crédito. Entram mais pessoas na área de Red Hook do que as que a deixam — ou, pelo menos, que as deixam em direção à terra — e as não loquazes são as com mais chance de partir.

Malone constatou, nesse estado de coisas, um leve mau cheiro de segredos mais terríveis que quaisquer dos pecados denunciados por cidadãos e lamentados por sacerdotes e filantropos. Estava ciente, como alguém que unia imaginação ao conhecimento científico, que as pessoas modernas sob condições fora da lei tendem misteriosamente a repetir os mais sombrios padrões instintivos da primitiva selvageria do homem-macaco em sua vida cotidiana e em suas práticas de rituais. Observava muitas vezes com tremor do antropólogo as procissões com cânticos e maldições de rapazes de olhos turvos e rostos esburacados que avançavam nas primeiras horas escuras da madrugada. Viam-se grupos desses jovens o tempo todo, às vezes, em vigílias de soslaio nas esquinas de rua, outras, em entradas tocando misteriosamente instrumentos musicais baratos, às vezes, em entorpecidos cochilos ou diálogos indecentes ao redor de mesas de um bar próximo a Borough Hall, ou em conversas sussurradas junto a táxis desconjuntados, parados diante das altas varandas de casas velhas em estado de desintegração e com as venezianas fechadas. Os jovens o fascinavam e provocavam-lhe mais calafrios do que Malone ousava confessar aos colegas no posto policial, pois parecia ver neles certo monstruoso filamento de continuidade secreta: certo padrão diabólico, enigmático e antigo totalmente além e abaixo da massa sórdida de fatos, hábitos e antros relacionados com conscienciosa cuidado técnico pela polícia. Sentia no íntimo que deviam ser os herdeiros de alguma tradição chocante e primordial, os partícipes de restos de cultos e rituais degradados e dissolvidos mais antigos que a humanidade. A coerência e precisão deles a isso sugeriam e revelavam-se na singular suspeita de ordem que espreitava sob sua esquálida desordem. Não lera em vão tratados como *Witch-Cult in Western Europe*, de Miss Margaret Murray, sobre o culto das bruxas, além de saber que até os anos recentes sobrevivera com certeza em meio a camponeses e pessoas furtivas um sistema assustador e clandestino de reuniões e orgias originadas de religiões tenebrosas que antecediam ao mundo ariano e apareciam em lendas populares como missas negras e conciliábulos de bruxos e bruxas que, segundo superstição medieval, se reuniam aos sábados. Não acreditava, em momento algum, que houvessem se extinguido por completo esses vestígios infernais da antiga magia e cultos de fertilidade turaniano-asiáticos e se perguntava com frequência o quão mais antigos e tenebrosos seriam alguns deles do que os piores dos relatos murmurados.

III.

Foi o caso Robert Suydam que levou Malone à essência da questão em Red Hook. Suydam era um recluso letrado de antiga família holandesa que, a princípio, possuía meios apertados para viver independente e morava na mansão espaçosa, mas mal conservada, que o avô construíra em Flatbush quando a aldeia era pouco mais que um agradável grupo de chalés coloniais ao redor do prédio da Igreja Reformada, provido de campanário e coberto de hera, com o cemitério de lápides holandesas cercado por grade de ferro. Em sua casa solitária, recuada da Martense Street, em meio a um jardim de árvores veneráveis, Suydam lera e meditara durante umas seis décadas, com exceção de um período em que embarcou uma geração antes para o velho mundo e permaneceu lá longe da vista por oito anos. Não podia pagar serviçais e só admitia a entrada de poucos visitantes em sua solidão absoluta; evitava amizades íntimas e recebia os raros conhecidos num dos três aposentos no andar térreo que ele mantinha em ordem — uma biblioteca imensa, de pé-direito alto, as paredes solidamente compactas com livros surrados de aspecto pesado, arcaico e um tanto repelente. O crescimento da cidade e a sua absorção final no distrito de Brooklyn nada haviam significado para Suydam, o qual passara a significar cada vez menos para a cidade. Os mais idosos ainda o apontavam nas ruas, embora para a maioria da população recente ele fosse apenas um sujeito velho, estranho, corpulento, cujos cabelos brancos desleixados, barba hirsuta, traje preto brilhante e bengala com castão dourado rendiam-lhe um olhar divertido e nada mais. Malone não o conhecia de vista até o dever chamá-lo para o caso, mas ouvira falar dele como uma verdadeira e profunda autoridade em superstições medievais, e uma vez pretendera, em vão, procurar um folheto esgotado de sua autoria sobre a Cabala e a lenda de Fausto que um amigo citara de memória.

Suydam tornou-se um "caso" quando os distantes e únicos parentes tentaram obter declarações judiciais sobre sua sanidade. Embora parecesse repentina para o mundo externo, a ação deles só foi, de fato, empreendida depois de prolongada observação e penoso debate. Baseou-se em certas mudanças estranhas em sua forma de falar e seus hábitos, extravagantes referências a prodígios iminentes e visitas misteriosas a áreas de má fama do Brooklyn. Com os anos, fora se tornando cada vez mais maltrapilho e agora rondava pelo bairro como um verdadeiro mendigo, visto de vez em quando por amigos envergonhados em estações de metrô, ou vadiando nos bancos dos arredores de Borough Hall em conversa com grupos de forasteiros de pele escura e aparência maligna. Quando falava, era para balbuciar coisas sobre os poderes ilimitados que quase tinha sob seu controle e repetir com furtivos olhares conhecedores palavras ou nomes místicos, como "Sephiroth", "Ashmodai" e "Samaël". A ação judicial revelou que gastava sua renda e esbanjava o capital na compra de curiosos volumes importados de Londres e Paris e na manutenção de um sórdido apartamento de porão no distrito de Red Hook, onde passava quase todas as noites recebendo estranhas delegações heterogêneas de brutamontes e estrangeiros, além de dirigir, parece, algum tipo de cerimônia ritual atrás das cortinas verdes das janelas fechadas. Os detetives designados para segui-lo comunicaram estranhos gritos, cantos e batidas de pés filtrados desses ritos noturnos e estremeceram diante de seu peculiar êxtase e abandono, apesar da frequência de orgias misteriosas naquela área de má reputação. Quando, porém, apresentou-se a questão numa audiência, Suydam conseguiu preservar a liberdade. Perante o juiz, ele se mostrou urbano e sensato, reconheceu por livre e espontânea vontade que a esquisitice de comportamento e a extravagância de linguagem em que caíra se devia à excessiva dedicação ao estudo e à pesquisa. Disse que se achava empenhado na investigação de certos detalhes da tradição europeia que exigiam o mais estreito contato com grupos estrangeiros e suas músicas e danças folclóricas. A ideia de que caíra vítima de alguma sociedade secreta, como insinuado pelos parentes, era obviamente absurda, além de demonstrar a triste e limitada compreensão que tinham dele e de seu trabalho. Após triunfar com suas explicações tranquilas, deixaram-no partir desimpedido; e os detetives pagos por Suydam, Corlear e Van Brunt retiraram-se com resignada indignação.

Foi então que uma aliança de inspetores e polícia federais, Malone incluído, entrou no caso. A polícia acompanhara com interesse a ação judicial de Suydam e fora chamada em muitas ocasiões para ajudar os detetives particulares. Durante esse trabalho, revelou-se que entre os novos companheiros de Suydam encontravam-se os mais depravados e cruéis criminosos das tortuosas vielas de Red Hook e que um terço deles compunha-se de transgressores conhecidos e reincidentes no tocante a furto, desordem e introdução de imigrantes ilegais. Na verdade, não seria exagero dizer que o círculo particular do velho estudioso coincidia quase perfeitamente à pior das gangues organizadas que contrabandeavam até o desembarque em terra de certa escória de asiáticos sem nome e inqualificáveis, sabiamente devolvidos por Ellis Island. Na fervilhante cabeça-de-porco de Parker Place — desde então rebatizada —, onde Suydam tinha o apartamento de porão, proliferara uma colônia de gente desclassificada, com olhos da raça amarela, que usava o alfabeto árabe, mas era repudiada de modo eloquente pela grande massa de sírios que morava na Atlantic Avenue e ao seu redor. Todos poderiam ter sido deportados por falta de credenciais, mas as medidas legais funcionam com lentidão, além de Red Hook não ser perturbada, a menos que a publicidade obrigue as autoridades a fazê-lo.

Esses seres frequentavam uma igreja de pedra prestes a desabar, utilizada às quartas-feiras como um salão de danças cujos contrafortes góticos se estendiam próximos à parte mais decadente da zona portuária. Ostentava em termos oficiais a denominação católica, embora sacerdotes em todo o Brooklyn negassem ao lugar toda estatura e autenticidade, e policiais concordavam com eles quando escutavam os ruídos emitidos dali à noite. Malone imaginava ouvir, quando a igreja ficava vazia e sem iluminação, terríveis notas graves e desafinadas de um órgão escondido nas profundezas do subsolo, enquanto os demais observadores temiam a gritaria aguda e o rufar de tambores que acompanhavam as cerimônias religiosas visíveis. Suydam, quando interrogado, respondeu que acreditava na cerimônia como algum remanescente do cristianismo nestoriano tingido com o xamanismo do Tibete. Conjeturou que a maioria das pessoas era de descendência mongólica, originária de algum lugar no Curdistão ou próximo dali — e Malone não pôde evitar a lembrança de que o Curdistão é a terra dos yazidis, últimos sobreviventes dos adoradores persas do Diabo. Por mais que assim fosse, o tumulto da investigação de Suydam confirmou que esses recém-chegados clandestinos afluíam a Red Hook em números cada vez maiores, entravam mediante alguma conspiração naval não detectada pelos funcionários da alfândega nem pela polícia portuária, invadiam Parker Place e logo se espalhavam colina acima, sendo acolhidos com curiosa fraternidade pelos outros variados estrangeiros naturalizados da região. Suas figuras atarracadas e fisionomias características de olhos meio fechados, combinadas de forma grotesca com chamativas roupas americanas, pareciam cada vez mais numerosas entre os vadios e gângsteres nômades da área de Borough Hall; até que, enfim, julgou-se necessário realizar um censo de todos eles, averiguar-lhes as origens e ocupações e encontrar, se possível, um meio de cercá-los e entregá-los às suas respectivas autoridades de imigração. Para essa tarefa Malone foi designado por acordo entre as forças federais e locais, e quando ele começou a investigação de Red Hook, sentiu-se à beira de terrores inomináveis, com a figura molambenta, desleixada, de Robert Suydam como arqui-inimigo e adversário.

IV.

Os métodos da polícia são variados e engenhosos. Malone, após passeios discretos, cuidadosas conversas casuais, ofertas oportunas de bebida de bolso e judiciosos diálogos com prisioneiros assustados, inteirou-se de muitos fatos isolados sobre o movimento cujo aspecto se tornara tão ameaçador. Os recém-chegados eram, de fato, curdos, mas de um dialeto obscuro e confuso para identificar sua filologia exata. Grande parte deles trabalhava, sobretudo, como estivadores da doca ou mascates sem licença, embora com frequência servissem em restaurantes gregos e em bancas de jornais de esquina. A maioria, porém, não tinha nenhum meio visível de subsistência e, obviamente, exercia atividades relacionadas com o submundo, das quais contrabando e "tráfico ilegal de bebidas" eram as menos inconfessáveis. Haviam aportado em navios a vapor, ao que parece de carga, e desembarcado em segredo durante noites sem luar em barcos a remos obtidos às escondidas debaixo de certo cais e seguiam, então, por um canal oculto até um lago secreto subterrâneo de determinada casa. Malone não conseguiu localizar o cais, nem o canal, nem a casa, pois as lembranças de seus informantes eram extremamente confusas, assim como sua linguagem em grande parte incompreensível até para os mais competentes intérpretes; e tampouco conseguiu obter algum dado real sobre os motivos da sistemática introdução ilegal desses homens. Mostravam-se reticentes quanto ao lugar exato de onde haviam vindo e jamais deixavam que os pegassem desprevenidos o bastante para revelar os intermediários que os haviam buscado e dirigido à rota que seguiam. De fato, manifestavam um intenso pavor quando lhes perguntavam os motivos de sua presença ali. Os gângsteres de outras raças eram igualmente taciturnos e o máximo que se podia deduzir a respeito disso tinha a ver com algum deus ou grande classe sacerdotal que lhes prometera poderes inauditos, glórias sobrenaturais e governos sobrenaturais numa terra estranha.

A assistência aos recém-chegados e aos antigos gângsteres nas reuniões noturnas rigorosamente guardadas de Suydam era muito assídua, e a polícia logo descobriu que o antigo recluso alugara apartamentos extras para acomodar esses convidados que estavam a par de sua senha, ocupando, afinal, três casas inteiras e abrigando muitos de seus companheiros estranhos de forma permanente. Ele agora só passava pouco tempo em sua casa de Flatbush, ao que parecia indo e vindo apenas para obter e devolver livros, e seu rosto e postura haviam alcançado um apavorante nível de selvageria. Malone entrevistou-o duas vezes, mas em cada uma sentiu uma brusca repulsa. Respondeu que nada sabia de quaisquer complôs ou movimentos misteriosos, além de não ter a menor ideia de como os curdos podiam ter entrado nem do que eles queriam. Sua atividade era estudar, imperturbado, o folclore de todos os imigrantes do distrito: uma atividade com a qual os policiais não tinham nenhum motivo legítimo para interferir. Malone comentou sua admiração pela velha brochura de Suydam sobre a Cabala e outros mitos, mas o abrandamento do ancião foi apenas momentâneo. Pressentiu uma intrusão e repeliu o visitante de maneira muito incisiva, até Malone retirar-se, indignado, e voltar-se para outros canais de informações.

Jamais saberemos o que Malone teria descoberto se houvesse trabalhado continuamente no caso. De qualquer modo, um conflito idiota entre as autoridades municipal e federal suspendeu as investigações por vários meses, durante os quais o detetive se manteve ocupado com outras tarefas. Mas em momento algum ele perdeu o interesse nem deixou de ficar estarrecido com o que começou a acontecer com Robert Suydam. Bem na ocasião em que uma onda de sequestros e desaparecimentos se pôs a causar comoção em toda Nova York, o desleixado estudioso começou a passar por uma metamorfose tão surpreendente quanto absurda. Viram-no um dia perto de Borough Hall com o rosto bem barbeado, os cabelos bem penteados, e com um traje imaculado e de bom gosto; daí em diante, notava-se a cada dia alguma obscura melhoria nele. Suydam mantinha a nova atitude meticulosa sem interrupção, acrescida de uma incomum centelha nos olhos e vivacidade na fala, e, aos poucos, começou a livrar-se da corpulência que há tanto tempo o deformara. Agora, com frequência, lhe davam menos idade do que tinha. Adquiriu uma elasticidade de passo e leveza de comportamento para combinar com o novo modo de agir e exibia um escurecimento curioso dos cabelos que, de algum modo, não sugeria tintura. Com o passar dos meses, começou a vestir-se de forma menos conservadora e, por fim, surpreendeu os novos amigos ao reformar e redecorar a mansão de Flatbush aberta para uma série de recepções, às quais convidava todos os conhecidos de que conseguia lembrar-se, estendendo uma acolhida especial aos parentes então perdoados por completo que, pouco antes, haviam tentado interná-lo. Alguns compareciam por curiosidade, outros por dever; porém, todos se sentiam, de repente, encantados diante das incipientes amabilidade e urbanidade do ex-ermitão. Ele afirmou que realizara a maior parte de seu trabalho que se atribuíra; e após acabar de herdar uma propriedade de um amigo europeu semiesquecido, ia passar os últimos anos de vida numa segunda e mais brilhante juventude que a paz de espírito, o cuidado e a dieta lhe haviam possibilitado. Viam-no cada vez menos em Red Hook, e cada vez mais, Suydam circulava na sociedade em que nascera. Os policiais observaram uma tendência dos gângsteres a congregarem-se na antiga igreja de pedra e salão de danças em vez de no apartamento de porão em Parker Place, embora o posterior e seus anexos recentes ainda transbordassem de vida perniciosa.

Então, aconteceram dois incidentes — bastante dissociados, mas ambos de intenso interesse para o caso, como encarou Malone. Um se referia a um discreto anúncio no *Eagle* sobre o noivado de Robert Suydam com a srta. Cornelia Gerritsen de Bayside, uma moça de excelente posição e parente distante do prometido noivo de idade avançada; enquanto o outro se relacionava com uma batida no salão de danças-igreja pela polícia municipal, após um comunicado de que se vira por um instante o rosto de uma criança sequestrada em uma das janelas de porão. Malone participara dessa batida e examinara o lugar com muito cuidado quando entrou. Nada se descobriu — de fato, quando visitado, o prédio estava inteiramente deserto —, mas muitas coisas no interior deixaram o sensível celta um tanto transtornado.

Ele não gostou dos painéis pintados de forma grosseira — painéis que retratavam rostos sagrados com expressões peculiarmente mundanas e sardônicas, as quais tomavam, de vez em quando, liberdades que mesmo o senso de decoro de um profano poderia aprovar. Tampouco lhe agradou a inscrição grega na parede acima do púlpito: uma antiga fórmula encantatória com a qual se deparara uma vez quando estudante da faculdade de Dublin e que, traduzida, dizia literalmente:

"Ó amiga e companheira da noite, tu que exultas no grave latido de cachorros e no sangue derramado, que vagas em meio às sombras entre as sepulturas, que anseias por sangue e trazes terror aos mortais, Gorgo, Mormo, lua de mil caras, veja com olhos favoráveis nossos sacrifícios!"

Ao ler isso, estremeceu, e teve uma vaga lembrança das notas graves e dissonantes de órgão que imaginara ter ouvido certas noites debaixo da igreja. Tornou a estremecer diante da ferrugem ao redor do aro de uma bacia de metal que ficava no altar e parou nervoso quando pareceu detectar, nas narinas, um mau cheiro espantoso e horrível de algum lugar na redondeza. A lembrança daquele órgão obcecou-o e ele decidiu examinar o porão com particular assiduidade antes de partir. O lugar pareceu-lhe muito odioso; contudo, não eram, afinal, as pinturas e inscrições blasfemas senão meras grosserias perpetradas pelos ignorantes?

Na ocasião do casamento de Suydam, a epidemia de sequestros se tornara um popular escândalo de jornal. A maioria das vítimas eram crianças das classes sociais mais baixas; porém, o crescente número de desaparecimentos incitara um sentimento da mais forte fúria. Jornais clamavam pela intervenção da polícia e, mais uma vez, a delegacia de Butler Street enviou seus homens a Red Hook em busca de pistas, descobertas e criminosos. Malone alegrou-se por se encontrar de novo em ação e se orgulhou de participar de uma batida numa das casas de Suydam em Parker Place. Ali, na verdade, não encontrou criança sequestrada, apesar dos relatos de gritos e da fita vermelha apanhada na entrada do porão. No entanto, as pinturas e inscrições grosseiras nas paredes descascadas da maioria dos quartos, bem como o primitivo laboratório químico no sótão, tudo ajudou a convencer o detetive de que ele estava na pista de algo tremendo. As pinturas eram apavorantes —

monstros horrorosos de toda forma e tamanho e indescritíveis paródias sobre esboços humanos. A escrita era em vermelho e variava de letras árabes a gregas, romanas e hebraicas. Embora Malone não conseguisse ler grande parte do texto, o que ele decifrou revelou-se bastante portentoso e cabalístico. Um lema, repetido com frequência num tipo de grego helenizado hebraizado, sugeriu as mais terríveis evocações do demônio da decadência alexandrina:

"HEL • HELOYM • SOTHER • EMMANVEL • SABAOTH • AGLA • TETRAGRAMMATON • AGYROS • OTHEOS • ISCHYROS • ATHANATOS • IEHOVA • VA • ADONAI • SADAY • HOMOVSION • MESSIAS • ESCHEREHEYE."

Em todos os cantos apareceram círculos e pentagramas que falavam, sem sombra de dúvida, das estranhas crenças e aspirações daqueles que ali moravam em condições tão sórdidas. No porão, contudo, a coisa mais estranha foi encontrada: uma pilha de lingotes de ouro genuíno, negligentemente coberta com um saco de aniagem, exibindo, nas brilhantes superfícies, os mesmos hieroglifos misteriosos que também adornavam as paredes. Durante a batida, a polícia encontrou apenas uma passiva resistência dos orientais de olhos oblíquos que pululavam de toda porta. Sem encontrar nada importante, tiveram de deixar tudo como estava, mas o capitão do distrito policial escreveu a Suydam um bilhete aconselhando-o a examinar com rigorosa atenção o caráter de seus inquilinos e protegidos devido ao crescente clamor público.

V.

Então, chegou o dia do casamento e a grande sensação de junho. Flatbush enfeitou-se para a ocasião desde o meio-dia, e carros com galhardetes amontoavam-se nas ruas próximas à velha igreja holandesa, de onde um toldo estendia-se da porta à calçada. Nenhum acontecimento local superara, até então, as núpcias Suydam-Gerritsen em tom e proporções; e o grupo que escoltou noiva e noivo até o Píer do *Cunarder* revelou-se, embora não exatamente o mais elegante, pelo menos uma sólida página do Registro Social na coluna do *jetset* no jornal.

Acenaram-se as despedidas às 5h00 da tarde, e o pesado transatlântico afastou-se devagar do longo píer, embicou lentamente o nariz em direção ao mar, descartou-se das amarras e rumou para os espaços que se alargavam cada vez mais e os levariam às maravilhas do velho mundo. À noite, o céu desanuviou e os passageiros tardios contemplaram as estrelas cintilantes acima de um mar imaculado.

Ninguém sabe dizer se foi a descarga do vapor da embarcação ou o grito o que primeiro chamou a atenção. Na certa foram simultâneos, mas de nada adianta fazer conjeturas. O grito veio do camarote de Suydam, e o marinheiro que derrubou a porta talvez pudesse ter contado coisas assustadoras se em seguida não houvesse enlouquecido por completo — de qualquer forma, ele gritou mais alto que as primeiras vítimas, e depois correu com um sorriso idiota pelo navio até ser agarrado e preso com algemas. O médico de bordo que entrou no camarote e acendeu as luzes um momento depois não enlouqueceu; porém, não disse a ninguém o que viu até mais tarde, quando se correspondeu com Malone em Chepachet. Foi assassinato — estrangulação —, mas é desnecessário dizer que a marca de garra na garganta da sra. Suydam não poderia ter vindo da mão do marido ou de nenhum outro ser humano, ou que na parede branca tremeluziu por um instante, em odiosas letras vermelhas, uma legenda que, mais tarde copiada de memória, parece ter sido nada menos que as apavorantes letras caldeias da palavra "LILITH". É desnecessário mencionar esses acontecimentos porque desapareceram muito rápido — quanto a Suydam, pôde-se ao menos impedir que entrassem os demais em seu camarote até que se soubesse o que pensar. O médico garantiu com certeza a Malone que ele não viu a *COISA*. A vigia aberta, pouco antes de ele acender as luzes, ficou enevoada uns segundos por um tipo de fosforescência; e por um instante, pareceu ecoar na noite exterior a sugestão de um lânguido e diabólico riso abafado, mas não se distinguiu nenhum contorno real. Como prova, o médico alega ter conservado sua sanidade.

Em seguida, o vapor reivindicou a atenção de todos. Um barco encostou, e uma horda de rufiões insolentes de tez escura, em uniformes de oficiais, afluiu a bordo do temporariamente detido *Cunarder*. Queriam Suydam ou seu cadáver — haviam sabido da viagem, e por certos motivos tinham certeza de que ele morreria. O convés do capitão quase se tornou um pandemônio, pois, em instantes, entre o relato do médico sobre o que ocorreu no camarote e as exigências dos homens do vapor, nem sequer o marinheiro mais sensato e sóbrio conseguia pensar no que fazer. De repente, o líder dos marinheiros de visita, um árabe com uma detestável boca negroide, apresentou um papel sujo, amassado, e entregou-o ao capitão. Assinado por Robert Suydam, continha a seguinte mensagem estranha:

"Em caso de minha morte, ou de algum acidente súbito ou inexplicado, façam o favor de entregar-me vivo ou morto, sem fazer perguntas, ao portador desta e seus companheiros. Tudo, para mim e talvez para vocês, depende do absoluto cumprimento deste pedido. As explicações podem vir depois — não me decepcionem agora.

ROBERT SUYDAM."

O capitão e o médico se entreolharam, e o último sussurrou alguma coisa ao primeiro. Por fim, assentiram com a cabeça, um tanto impotentes, e lideraram o caminho até o camarote de Suydam. O médico mandou o capitão desviar o olhar quando destrancou a porta e deixou os marinheiros estranhos entrarem, nem ele respirou com facilidade até saírem em fila com seu fardo, após um período de preparação inexplicavelmente longo. Levaram-no envolto aos lençóis dos beliches, e o médico sentiu-se aliviado porque os contornos não eram muito reveladores. De algum modo, os homens passaram a carga pelo costado e a depositaram no cargueiro sem descobri-la. O *Cunarder* tornou a seguir viagem; o médico e um agente funerário do navio tentaram no camarote de Suydam realizar os últimos serviços fúnebres possíveis. Mais uma vez, o médico se viu obrigado a ser reticente e até mentiroso, em vista do horror que acontecera. Quando o agente funerário perguntou-lhe por que ele escoara todo o sangue da sra. Suydam, ele omitiu a afirmação de que não o fizera; nem apontou os espaços vazios das garrafas na prateleira, e tampouco mencionou o odor na pia que expunha a precipitada disposição do conteúdo original das garrafas. Os bolsos daqueles homens — se é que homens fossem — haviam se avolumado abominavelmente quando eles deixaram o navio. Duas horas depois, o mundo tomava conhecimento pelo rádio de tudo o que se devia saber do caso hediondo.

VI.

Naquela mesma tardinha de junho, sem ter ouvido notícia alguma do mar, Malone estava ocupado demais em meio às ruelas de Red Hook. Uma súbita agitação parecia impregnar o lugar e, como se informados de algo extraordinário pelo método boca a boca, os cidadãos aglomeraram-se expectantes ao redor da igreja-salão-de-danças e das casas em Parker Place. Haviam acabado de desaparecer três crianças — norueguesas de olhos azuis — das ruas próximas a Gowanus, e circulavam rumores da formação de um bando dos grandalhões viquingues daquela área. Fazia semanas que Malone vinha exortando os colegas a tentarem realizar uma limpeza geral; e afinal, motivados por condições mais óbvias que o bom-senso deles do que as conjeturas de um sonhador de Dublin, todos haviam concordado em desferir um golpe final. O desassossego e a ameaça desse entardecer foram fatores decisivos, e pouco antes da meia-noite um grupo de ataque recrutado de três delegacias invadiu Parker Place e seus arredores. Derrubaram-se portas, prenderam-se vagabundos e quartos iluminados à luz de vela viram-se obrigados a expelir uma incrível multidão de estrangeiros heterogêneos de mantos estampados, mitras e outros inexplicáveis ornamentos. Muitos se perderam na refrega, pois se jogavam objetos às pressas em inesperadas fossas que denunciavam odores enfraquecidos pela repentina queima de incensos pungentes. Mas via-se sangue respingado por toda parte, e Malone estremecia sempre que via um braseiro ou altar dos quais ainda se elevava a fumaça.

Queria estar em vários lugares ao mesmo tempo e acabou decidindo inspecionar o apartamento de porão de Suydam só depois que um mensageiro informara o total esvaziamento do dilapidado salão de danças-igreja. Achava que o apartamento devia conter alguma pista para um culto do qual o estudioso oculto tornara-se o centro e o líder tão óbvios. Assim, foi com verdadeira expectativa que ele vasculhou os quartos bolorentos, notou-lhes o vago odor sepulcral e examinou os curiosos livros, instrumentos, lingotes de ouro e garrafas com tampas de vidro espalhadas, negligentemente, aqui e ali. Num dado momento, um gato delgado preto e branco avançou devagar entre seus pés e o fez tropeçar, derrubando, ao mesmo tempo, uma proveta semicheia de um líquido vermelho. O choque foi grave e até hoje Malone não tem certeza do que ele viu, mas em sonhos ainda imagina aquele gato ao escapulir com certas monstruosas alterações e peculiaridades. Em seguida, veio a porta trancada do porão e a procura de alguma coisa para derrubá-la. Viu um tamborete pesado por perto e concluiu que o assento maciço era mais que suficiente para os antigos painéis. Abriu-se uma rachadura que se alargou e a porta inteira cedeu — mas puxada do *outro* lado, de onde se precipitou um tumulto uivante de vento gelado com todos os fedores do poço sem fundo, e de onde chegou uma força sugadora não da Terra nem do céu que, após se enroscar como uma criatura capaz de sentir em volta do detetive paralisado, arrastou-o pela abertura e por incomensuráveis espaços abaixo repletos de sussurros, gemidos e rajadas de riso escarnecedor.

Claro que se tratava de um sonho. Todos os especialistas disseram-lhe isso, e ele nada tinha para provar o contrário. Na verdade, Malone preferiria que assim fosse, pois depois, a visão de velhos cortiços de tijolo e rostos estrangeiros de tez escura não lhe corroeriam a alma em tanta profundidade. Mas, na ocasião, a experiência foi em tudo horrivelmente real, e nada jamais conseguirá apagar a lembrança daquelas criptas tenebrosas, aquelas arcadas colossais e as infernais figuras semiformadas e gigantescas que avançavam em silêncio segurando criaturas semidevoradas cujas partes sobreviventes continuavam a gritar por clemência ou gargalhavam enlouquecidas. Odores de incenso e putrefação uniam-se em nauseante combinação e o ar escuro fervilhava com a nebulosa e semivisível massa de coisas elementares amorfas com olhos. Em algum lugar, uma água turva, pegajosa, lambia píeres de ônix, e uma vez, ouviu-se o arrepiante tinido de sinozinhos roucos para saudar o ensandecido riso de uma entidade fosforescente desnuda que surgiu a nadar na superfície, afastou-se até a margem e subiu num pedestal esculpido em ouro ao fundo para se apoiar de cócoras, olhando de soslaio.

Avenidas de infindável noite pareciam propagar-se em todas as direções, a ponto de se imaginar que ali se encontrava a raiz de um contágio destinado a contaminar e tragar cidades, além de engolfar países no fedor de pestilência híbrida. Ali entrara o pecado cósmico, o qual, apodrecido por ritos iníquos, começara a grotesca marcha da morte que iria corromper a todos nós em anormalidades fungosas demasiado hediondas para a sepultura guardar. Satanás ali mantinha sua corte babilônia, e no sangue da infância imaculada lavavam-se os membros leprosos de fosforescente Lilith. Íncubos e súcubos uivavam louvores a Hécate e fetos de bezerros abortados acéfalos baliam para a Magna Mater. Cabras saltavam ao som de detestáveis flautas finas e sátiros perseguiam, sem parar, faunos disformes acima de pedras retorcidas como sapos inchados. Moloch e Ashtaroth também se achavam presentes, pois, nessa quinta-essência de toda danação desfaziam-se os limites de consciência, e a fantasia do homem mantinha-se receptiva a perspectivas de todo reino de horror e toda dimensão proibida que o mal tinha capacidade de criar. O mundo e a natureza se viam impotentes diante desses ataques de poços abertos da noite, nem qualquer sinal ou prece conseguia conter a revolta Walpurgis de horror que se desencadeara quando um sábio com a odiosa chave tropeçara numa horda com o cofre trancado e cheio até a borda de saber transmitido por demônio.

De repente, um raio de luz física varou todos esses fantasmas, e Malone ouviu o ruído de remos em meio às blasfêmias de seres que deveriam estar mortos. Um barco com uma lanterna na proa lançou-se impetuoso no campo visual, precipitou-se a toda até um aro de ferro no enlodado píer de pedra e despejou adiante vários homens escuros carregando um longo fardo envolto em roupa de cama. Levaram-no para a coisa fosforescente desnuda no pedestal de ouro esculpido, e a coisa riu nervosa e manuseou, desajeitada, a roupa de cama. Em seguida, eles o desenrolaram e escoraram de pé diante do pedestal o cadáver gangrenoso de um velho corpulento com barba por fazer e cabelos brancos desgrenhados. A coisa fosforescente tornou a rir nervosa, e os homens tiraram frascos dos bolsos e ungiram-lhe os pés com líquido vermelho e, depois, lhe deram os frascos para a coisa bebê-lo.

De repente, de uma avenida arcada que se estendia infindavelmente ao longe, chegaram o matraqueado e o chiado demoníacos de um órgão blasfemo, abafando e amortizando com seus sons sardônicos baixos e estridentes os escárnios do inferno. Um instante depois, toda entidade em movimento ficou eletrizada e logo formou-se uma procissão cerimonial; a horda de pesadelo afastou-se deslizante em busca do som — cabra, sátiro e fauno, íncubo, súcubo, lêmure, sapo disforme, seres elementares amorfos, com cara de cachorro, uivantes e silenciosos avançavam na escuridão —, todos guiados pela abominável coisa fosforescente nua que se acocorara no trono dourado esculpido e que, agora, seguia insolente a passos largos carregando nos braços o cadáver de olhos vítreos do velho corpulento. Os estranhos homens escuros dançavam na retaguarda, e a coluna inteira saltitava e pulava com fúria dionisíaca. Malone seguia cambaleante alguns passos atrás, delirante, confuso, sem saber ao certo de seu lugar neste ou em qualquer mundo. Em seguida, virou-se, vacilou e tombou na pedra úmida fria a ofegar e tremer, enquanto o órgão demoníaco continuava a grasnar e o uivo, o rufar de tambores e o tinido da louca procissão ficavam cada vez mais fracos.

Tinha vaga consciência de horrores cantados e chocantes grasnadas ao longe. De vez em quando, um gemido ou lamento de devoção cerimonial flutuava até ele pela arcada preta, quando, por fim, se elevou a apavorante fórmula encantatória grega, cujo texto lera acima do púlpito daquela igreja-salão de danças.

"Ó amiga e companheira da noite, tu que regozijas no grave latido de cachorros (*aqui irrompe um horroroso uivo*) e em sangue derramado (*aqui ruídos inomináveis competem com mórbidos gritos estridentes*), que vagas no meio das sombras entre os túmulos (*aqui se ouviu um suspiro sibilante*), que anseias por sangue e trazes terror aos mortais (*gritos curtos, agudos de numerosas gargantas*), Gorgo (*repetido como resposta*), Mormo (*repetido com êxtase*), lua de mil caras (*suspiros e notas de flauta*), veja com olhos favoráveis nossos sacrifícios!"

Quando se encerrou o cântico, elevou-se um grito geral, e sons sibilantes quase afogaram as notas grasnadas e rachadas do órgão grave. Em seguida, uma arfada como se saída de muitas gargantas e uma algazarra de palavras latidas lamuriosas —"Lilith, Grande Lilith, contemple o Noivo!". Mais gritos, um clamor de tumulto, e as pisadas definidas e estridentes de uma figura a correr. As pisadas aproximaram-se e Malone ergueu-se no cotovelo para olhar.

A luminosidade da cripta, recentemente diminuída, agora se intensificara um pouco mais; e, naquela luz diabólica, surgiu a forma fugaz do que não poderia correr nem sentir ou respirar — o cadáver gangrenoso do velho corpulento de olhos vítreos, agora sem mais precisar que o segurassem, mas avivado por alguma feitiçaria infernal do rito há pouco encerrado. Atrás deste, precipitava-se a coisa fosforescente nua, rindo nervosa, que pertencia ao pedestal esculpido, e ainda mais distante atrás ofegavam os homens escuros e toda a pavorosa tripulação de aberrações dotadas de sensibilidade. O cadáver ganhava dos perseguidores e parecia decidido a alcançar uma meta definida, esforçando-se com cada músculo putrefato em direção ao esculpido pedestal dourado cuja importância de necromancia era evidentemente muito grande. Momentos depois, ele alcançava seu objetivo, enquanto a multidão que o seguia continuava a avançar com mais frenética velocidade. Mas chegaram tarde demais, pois, num ímpeto final de força que lhe rompeu os tendões e atirou o fétido corpo de encontro ao chão num estado de dissolução gelatinosa, o cadáver de olhos vítreos que fora Robert Suydam conquistara seu objetivo e triunfo. Embora o impulso fosse tremendo, a força resistira só até ali; e quando o corredor desabou numa grande mancha barrenta de decomposição, o pedestal que ele empurrara inclinou-se e, enfim, tombou de sua base de ônix nas águas espessas abaixo, desprendendo acima, como despedida, um brilho de ouro esculpido ao afundar pesado nos inimagináveis abismos do inferior Tártaro. Nesse instante, também, a cena inteira de horror extinguiu-se a nada diante dos olhos de Malone, e ele desfaleceu em meio a uma estrondosa queda que pareceu destruir todo o universo do mal.

VII.

Ao sonho de Malone, vivido por completo antes de saber da morte e traslado para o mar de Suydam, acrescentaram-se curiosamente certas estranhas realidades do caso, embora isso não seja motivo para alguém dever acreditá-lo. As três casas velhas em Parker Place, corroídas, sem a menor dúvida, há tanto tempo por decadência em sua mais insidiosa forma, desabaram sem visível causa, enquanto metade dos policiais e a maioria dos prisioneiros estavam dentro; de ambos os grupos, o maior número morreu no mesmo instante. Apenas se salvaram muitas vidas nos porões e sótãos, e Malone teve sorte por se encontrar na parte mais baixa da casa de Robert Suydam. Pois ele realmente se encontrava lá; ninguém se dispõe a negar isso. Encontraram-no a alguns metros, inconsciente, próximo à borda de um lago escuro como breu, com uma confusão grotescamente horrível de decomposição e ossos, identificável pelo trabalho dental como o cadáver de Suydam. Tratou-se de um caso claro, pois era para ali que conduzia o canal subterrâneo dos contrabandistas, e os homens que tiraram Suydam do navio o haviam levado para casa. Eles mesmos nunca foram encontrados, ou pelo menos nunca identificados; e o médico do navio ainda não se satisfizera com as convicções simples da polícia.

Suydam era evidentemente o líder de extensas operações de contrabando de homens, pois o canal para sua casa era apenas um de vários canais e túneis subterrâneos no bairro. Havia um túnel que saía dessa casa até uma cripta embaixo da igreja-salão-de-danças; uma cripta acessível da igreja só por uma estreita passagem secreta na parede norte, e em cujas câmaras descobriram-se algumas coisas singulares e terríveis, entre elas o órgão coaxante, além de uma imensa capela provida de arcos, com bancos de madeira e um altar adornado com estranhas figuras. Nas paredes alinhavam-se pequenas células, em dezessete das quais — horrível relatar — encontraram-se prisioneiros solitários acorrentados num estado de completa idiotice, inclusive quatro mães com filhos de aparência terrivelmente estranha. Essas crianças morreram logo depois de expostas à luz, uma circunstância que os médicos julgaram bastante misericordiosa. Ninguém senão Malone, entre aqueles que as inspecionaram, lembrou-se da sombria pergunta do velho Delrio: *"An sint unquam daemones incubi et succubae, et an ex tali congressu proles nasci queat?"*

Antes que houvessem enchido os canais, estes foram totalmente dragados e revelaram uma sensacional série de ossos serrados e quebrados de todos os tamanhos. Com muita clareza, apresentaram-se as provas da epidemia de sequestro, embora pelas pistas legais só se houvesse podido relacionar dois dos prisioneiros sobreviventes com o fato. Esses homens estão agora na prisão, visto que não se conseguiu condená-los como cúmplices nos assassinatos. Nunca se elucidou a existência do pedestal ou trono dourado esculpido citado tantas vezes por Malone como de essencial importância ocultista, embora se tenha observado que, num lugar situado embaixo da casa de Suydam, o canal afundava num poço demasiado profundo para se poder dragar. Foi obstruído na boca e cimentado quando se construíram os porões das novas casas, mas Malone muitas vezes especula sobre o que se encontra abaixo dali. A polícia, satisfeita por haver desmantelado uma perigosa quadrilha de maníacos e contrabandistas de homens, entregou às autoridades federais os curdos não condenados, se bem que, antes de sua deportação, descobriu-se afinal que pertenciam ao clã *iazidi* de adoradores do Diabo. O navio mercante e a sua tripulação continuam sendo um mistério enganoso, ainda que uns detetives cínicos, mais uma vez, se disponham a combater-lhes o contrabando de gente e de rum. Para Malone, esses detetives exibem uma perspectiva tristemente limitada pela falta de estarrecimento diante dos inúmeros detalhes inexplicáveis e da sugestiva obscuridade do caso inteiro, embora seja igualmente crítico a respeito dos jornais, os quais viram apenas mórbido sensacionalismo e se regozijaram no que não passou de um sádico culto menor, quando poderiam ter denunciado um horror vindo do cerne do próprio universo. Mas ele se limita a permanecer calado em Chepachet, acalmando o sistema nervoso e rezando para que o tempo possa, aos poucos, transferir sua experiência terrível do domínio da realidade presente para o da pitoresca e semimítica distância.

Robert Suydam descansa ao lado da noiva no Cemitério Greenwood. Não se realizou nenhum enterro dos ossos estranhamente entregues, e os parentes se sentem gratos pelo rápido esquecimento que alcançou o caso como um todo. Na verdade, jamais se comprovou por prova legal a ligação do estudioso com os horrores de Red Hook, visto que sua morte evitou o inquérito que ele teria enfrentado caso estivesse vivo. Não se comenta muito a respeito de seu próprio fim, e os membros da família Suydam esperam que a posteridade possa lembrar-se dele apenas como um amável recluso que se interessava por magia e folclore inofensivos.

Quanto a Red Hook, é sempre o mesmo lugar. Suydam veio e se foi, um terror se acumulou e se dissipou, porém, o espírito malévolo das trevas e esqualidez continua latente entre os mestiços nas velhas casas de tijolo, e bandos à espreita ainda desfilam em incumbências desconhecidas ao passarem pelas janelas onde aparecem e desaparecem inexplicavelmente luzes e rostos distorcidos. O horror milenar é uma hidra com inúmeras cabeças, e os cultos das trevas se enraízam em blasfêmias mais profundas que o poço de Demócrito. Triunfa a alma da besta, onipresente, e as legiões de jovens bexiguentos e olhos turvos de Red Hook ainda salmodiam, amaldiçoam e uivam enquanto desfilam de um abismo ao outro, sem que ninguém saiba de onde vêm ou aonde vão, impelidos adiante pelas leis cegas de biologia que eles talvez jamais entenderão. Como outrora, entram mais pessoas em Red Hook do que as que saem por terra, e já circulam rumores de novos canais que fluem no subterrâneo para certos centros de tráfico de bebida alcoólica e coisas menos mencionáveis.

A igreja-salão-de-danças funciona, na maioria das vezes, como um salão de danças e estranhos rostos têm surgido à noite nas janelas. Recentemente, um policial expressou a crença de que se escavou de novo a cripta tapada sem nenhuma finalidade fácil de explicar. Quem somos nós para combater venenos mais antigos que a história e a humanidade? Macacos dançavam na Ásia para esses horrores, e o câncer espreita seguro e se propaga onde a dissimulação se esconde em fileiras de prédios decadentes de tijolo.

Malone não se estremece sem motivo — pois, ainda outro dia, um policial escutou por acaso uma velha de tez escura e vesga ensinar a um menino algum patoá sussurrado à sombra de uma passagem entre prédios. Ele prestou atenção e considerou muito estranho quando a ouviu repetir várias vezes:

"Ó amiga e companheira da noite, tu que exultas no grave latido de cachorros e no sangue derramado, que vagas em meio às sombras entre as sepulturas, que anseias por sangue e trazes terror aos mortais, Gorgo, Mormo, lua de mil caras, veja com olhos favoráveis nossos sacrifícios!"

O CHAMADO DE CTHULHU

[Encontrado entre os documentos do falecido
Francis Wayland Thurston, de Boston]

É possível que esses grandes poderes e entidades tenham sobrevivido... sobrevivido desde um tempo imensamente remoto quando... a consciência se manifestava, talvez, em formas e contornos que há muito se retraíram ante o avanço da humanidade... formas que apenas a poesia e a lenda capturaram em uma memória fugaz, chamando-as de deuses, sombras, seres míticos de todo tipo e espécie.

Algernon Blackwood

I. O HORROR DESENHADO EM ARGILA

A MAIOR condescendência que se pode encontrar no mundo, acho eu, é a incapacidade da mente humana de correlacionar todos os seus conteúdos. Vivemos em uma plácida ilha de ignorância em meio a negros e infinitos mares, e não está determinado que devamos viajar para muito longe. As ciências, cada uma enveredando por seus próprios caminhos, até o presente momento, nos causaram pouco dano; mas algum dia, a reunião de conhecimentos dissociados revelará perspectivas tão aterradoras da realidade, e da nossa fragilidade dentro dela, que ou enlouqueceremos diante da revelação ou fugiremos da luz para nos escondermos na paz e segurança de uma nova era das trevas.

Os teósofos fizeram conjeturas sobre a espantosa grandeza do ciclo cósmico no qual nosso mundo e a raça humana são incidentes transitórios. Eles aludiram à sobrevivência de estranhos seres em termos que congelariam nosso sangue, não fosse pela máscara de um imperturbável otimismo. Mas não foi desses teósofos que veio o único vislumbre de eras proibidas, que me arrepia quando penso nele e me enlouquece quando com ele sonho. Esse vislumbre, como todos os pavorosos vislumbres da verdade, surgiu da reunião acidental de dois elementos separados — neste caso, um velho recorte de jornal e as anotações de um professor já morto. Espero que ninguém mais junte esses dois elementos; com certeza, enquanto eu viver, nunca revelarei deliberadamente sequer um elo dessa cadeia tão medonha. Acho que o professor também tinha a intenção de permanecer calado sobre o que sabia, e que ele teria destruído suas anotações se não tivesse caído subitamente nas garras da morte.

Comecei a tomar conhecimento do assunto no inverno de 1926-1927 com a morte de meu tio-avô, George Gammell Angell, professor emérito de Línguas Semíticas da Brown University, em Providence, Rhode Island. O professor Angell era um especialista em inscrições antigas, mundialmente aclamado, e fora muitas vezes consultado pelos dirigentes de importantes museus; dessa forma, seu falecimento aos 92 anos talvez seja relembrado por muitos. Na nossa região, o interesse ficou mais intenso por causa da indefinição em torno da causa da morte. Segundo testemunhas, o professor fora atacado quando voltava da barca de Newport, caindo de imediato ao chão, depois de ter sido abalroado por um negro com aparência de marinheiro que surgira de uma das escuras vielas da escarpada encosta que servia de atalho entre o cais e a casa do falecido na Williams Street. Os médicos não foram capazes de encontrar nenhum problema visível, mas concluíram, após um confuso debate, que alguma obscura lesão cardíaca, induzida naquele senhor tão idoso que subia com vigor uma colina tão íngreme, fora responsável pelo seu fim. Na época, não vi motivos para discordar desse pronunciamento, mas, nos últimos tempos, tenho sido levado a questioná-lo — e ir além do mero questionamento.

Como herdeiro e testamenteiro de meu tio-avô, que morrera viúvo e sem filhos, eu devia examinar seus documentos detidamente; e, com esse propósito, levei todos os seus arquivos e caixas para minha residência em Boston. Grande parte do material que coligi será mais tarde publicada pela American Archaeological Society, mas havia uma caixa que eu considerava extremamente desconcertante, e que relutei em mostrar para outras pessoas. A caixa fora fechada e eu não encontrei a chave, até que me ocorreu a ideia de examinar o molho de chaves que o professor carregava no bolso. Foi então que, de fato, consegui abri-la, mas quando o fiz tive a impressão de estar diante de uma barreira ainda maior e mais cerrada. Pois qual poderia ser o significado do estranho baixo-relevo e dos desconexos apontamentos, divagações e recortes que encontrei? Teria meu tio, em seus últimos anos, passado a acreditar piamente nas mais baratas imposturas? Resolvi procurar o excêntrico escultor responsável por aquele aparente distúrbio da mente de um velho.

O baixo-relevo era praticamente retangular, tinha uns dois centímetros de grossura e uma área de mais ou menos 12 por 15 centímetros; era obviamente moderno. Seus desenhos, entretanto, não eram nada modernos em sua atmosfera e sugestão; pois, embora as excentricidades do cubismo e do futurismo sejam muitas, elas raramente reproduzem aquela enigmática regularidade que se esconde nas inscrições pré-históricas. E, certamente, boa parte daqueles rabiscos parecia algum tipo de escrita; embora minha memória, não obstante a grande familiaridade que tinha com documentos e coleções do meu tio, não conseguisse de forma alguma identificar esse tipo particular, nem mesmo supor quais seriam suas mais remotas filiações.

Acima daqueles aparentes hieróglifos havia uma figura de evidente intenção pictórica, embora sua execução impressionista não permitisse uma ideia muito clara acerca de sua natureza. Parecia ser algum tipo de monstro, ou símbolo representando um monstro, e tinha uma forma que só poderia ser concebida por uma imaginação doente. Se eu disser que em minha mente meio extravagante surgiram simultaneamente figuras de um polvo, de um dragão e de uma caricatura humana, não estarei sendo infiel ao espírito da coisa. Uma cabeça polpuda e cheia de tentáculos encimava um corpo grotesco coberto de escamas e com asas rudimentares; mas era o *contorno geral* do todo que o tornava mais aterrador e chocante. Atrás da figura viam-se vagas sugestões de um fundo arquitetônico ciclópico.

Excetuando-se uma pilha de recortes de jornais, os escritos que acompanhavam essa excentricidade eram da lavra recente do professor

Angell e não tinham nenhuma pretensão literária. Aquele que parecia ser o principal documento se intitulava "CULTO DE CTHULHU" em letras grafadas com todo o cuidado para evitar leituras errôneas de palavra tão inaudita. Esse manuscrito estava dividido em duas partes, sendo que a primeira trazia o título "1925 — Sonho e Análise do Sonho de H. A. Wilcox, Thomas Street. nº 7, Providence, Rhode Island", e a segunda, "Relato do inspetor John R. Legrasse, Bienville Street, New Orleans, Louisiana, no encontro da American Archaelogical Society, do ano de 1908. Notas sobre o mesmo assunto e relato do professor Webb". Os outros documentos manuscritos eram anotações breves, algumas delas relatos de sonhos estranhos de diferentes pessoas, algumas citações de livros e revistas teosóficas (principalmente *Atlântida e Lemúria — continentes perdidos* de Scott-Elliot) e o restante eram comentários sobre antigas sociedades esotéricas e cultos secretos, com referências a passagens em fontes antropológicas e mitológicas, tais como o *Ramo Dourado*, de Frazer, e *O culto das bruxas na Europa Ocidental*, de Margaret Murray. Os recortes aludiam em grande medida a bizarros distúrbios mentais e surtos de loucura ou mania ocorridos na primavera de 1925.

A primeira metade do manuscrito principal narrava uma história muito singular. Tudo indica que no dia 1º de março de 1925, um jovem moreno de aspecto neurótico e irrequieto havia visitado o professor Angell trazendo consigo o estranho baixo-relevo em argila que, na ocasião, acabara de ser finalizado e ainda estava úmido. Seu cartão trazia o nome Henry Anthony Wilcox, e meu tio o identificara como o filho mais novo de uma excelente família que ele conhecia superficialmente, que nos últimos tempos havia estudado escultura na Rhode Island School of Design e morado sozinho no Edifício Fleur de Lys, perto dessa instituição. Wilcox era um rapaz precoce de reconhecido talento mas grande excentricidade que, desde a infância, chamara a atenção das pessoas por causa das estranhas histórias e curiosos sonhos que tinha o hábito de relatar. Ele dizia ser "psiquicamente hipersensível", mas a população austera da antiga cidade comercial simplesmente o considerava "esquisito". Nunca tendo se misturado muito com pessoas da sua idade e condição, gradualmente desaparecera do convívio social e só era conhecido por um pequeno grupo de artistas de outras cidades. Até mesmo o Providence Art Club, preocupado em manter seu conservadorismo, o havia considerado um caso perdido.

Na ocasião da visita, segundo o manuscrito do professor, o artista, sem maiores delongas, solicitou que seu anfitrião, valendo-se de seu conhecimento arqueológico, o ajudasse a decifrar os hieróglifos do baixo-relevo. Ele falava de um modo vago e afetado que sugeria uma atitude estudada e uma empatia distante; meu tio o tratou de forma um pouco brusca, pois era óbvio que a peça fora finalizada recentemente e que ela nada tinha a ver com a arqueologia. A réplica do jovem Wilcox, que impressionou meu tio a ponto de fazê-lo memorizá-la e registrá-la *ipsis litteris,* era de um matiz incrivelmente poético que, provavelmente, caracterizava toda a sua fala, e que desde essa época eu julgo muito característico dele. Ele disse: "De fato, a peça é recente, pois eu a fiz a noite passada, ao sonhar com estranhas cidades; e os sonhos são mais antigos que a cismarenta Tiro, ou a contemplativa Esfinge, ou a Babilônia e os jardins que a cingem".

Foi então que ele iniciou a labiríntica narrativa que subitamente despertou a memória adormecida e conquistou o febril interesse de meu tio. Na noite anterior, houvera um leve tremor de terra, o mais perceptível ocorrido na Nova Inglaterra durante alguns anos, que afetara agudamente a imaginação de Wilcox. Ao se recolher, ele tivera um sonho sem precedentes, de cidades ciclópicas com gigantescos blocos e monólitos que alcançavam os céus; de tudo pingava um líquido esverdeado e um horror latente envolvia tudo. Hieróglifos cobriam os muros e pilastras, e de algum ponto não identificável mais abaixo, vinha uma voz que não era uma voz, era uma sensação caótica que apenas a fantasia poderia transmutar em som, mas que ele tentou representar por meio de um quase impronunciável amontoado de letras: *"Cthulhu fhtagn".*

Esse emaranhado de letras era a chave da recordação que excitou e perturbou o Professor Angell. Ele interrogou o escultor com minúcia científica; estudou com frenética intensidade o baixo-relevo em que o jovem estivera trabalhando, sentindo frio e coberto apenas por suas vestes de dormir, quando a consciência lhe sobreviera de forma intrigante. Meu tio culpou sua idade avançada, Wilcox me disse depois, por sua lentidão em reconhecer tanto os hieróglifos quanto a imagem pictórica. Muitas de suas perguntas pareciam bastante deslocadas para seu visitante, especialmente aquelas que tentavam associá-lo a estranhos cultos ou sociedades; e Wilcox não conseguia entender por que meu tio, reiteradas vezes, lhe prometera guardar segredo se ele admitisse que fazia parte de algum grupo religioso pagão ou místico amplamente disseminado. Quando o professor Angell ficou convencido de que o escultor realmente ignorava qualquer culto ou sistema de saber esotérico, ele assediou seu visitante com pedidos de futuros relatos de sonhos. Esse pedido gerou um resultado regular, pois, após a primeira entrevista, o manuscrito registra visitas diárias do jovem, durante as quais ele relatava assustadores fragmentos de imagens noturnas cujo conteúdo era invariavelmente alguma terrível visão ciclópica de escuras rochas gotejantes, com uma voz ou inteligência subterrânea gritando fragmentos monotônicos que chegavam aos sentidos como linguagem inarticulada. Os sons frequentemente repetidos eram aqueles que se podem representar pelas letras *"Cthulhu"* e *"R'lyeh"*.

No dia 23 de março, continuava o manuscrito, Wilcox não apareceu; perguntas feitas em sua residência revelaram que ele fora acometido por um tipo obscuro de febre e levado à casa de sua família na Waterman Street. Ele havia emitido gritos durante a noite, acordando vários outros artistas no prédio, e depois disso suas manifestações eram uma alternância de inconsciência e delírio. Meu tio telefonou imediatamente para a família, e depois disso, acompanhou o caso de perto; indo com bastante frequência à Thayer Street, no consultório do Dr. Tobey, que, segundo soubera, cuidava do paciente. Ao que parece, a mente febril do jovem se concentrava em coisas estranhas; e o médico, de tempos em tempos, estremecia ao falar delas. Elas incluíam não apenas uma repetição do que ele havia anteriormente sonhado, mas mencionavam caoticamente um ser gigantesco, de "quilômetros de altura", que caminhava ou se movia pesadamente. Em momento algum ele descreveu de forma completa esse objeto, mas ocasionais palavras desvairadas, repetidas pelo Dr. Tobey, convenceram o professor de que devia tratar-se da inominável monstruosidade que ele tentara descrever em sua escultura onírica. A referência a esse objeto, acrescentara o doutor, era invariavelmente o prelúdio da passagem do jovem a um estado letárgico. O estranho é que a temperatura do paciente não subia muito acima do normal; no entanto, em termos gerais, seu estado sugeria uma verdadeira febre, e não um distúrbio mental.

Em 2 de abril, por volta de 15h, todos os sinais da doença de Wilcox de repente cessaram. Ele se sentou na cama, atônito por se perceber em casa e sem a menor ideia do que havia acontecido em sonhos ou na realidade desde a noite de 22 de março. Tendo o médico declarado sua cura, ele retornou à sua residência depois de três dias, mas para o professor Angell deixou de ser uma fonte de ajuda. Todos os traços de sonhos estranhos tinham desaparecido com a sua recuperação, e meu tio deixou de registrar seus pensamentos noturnos após uma semana de inúteis e irrelevantes relatos de visões totalmente comuns.

Aqui terminava a primeira parte do manuscrito, mas referências a determinadas anotações soltas nutriram meu pensamento — tanto que, na verdade, apenas o arraigado ceticismo que caracterizava minha filosofia na época pode explicar minha renitente desconfiança em relação ao artista. As anotações em questão descreviam os sonhos de várias pessoas durante o mesmo período em que o jovem Wilcox fora visitado pelas estranhas visões. Meu tio, ao que parece, havia realizado uma série prodigiosamente vasta de interrogatórios entre quase todos os amigos a quem ele podia fazer perguntas sem ser impertinente, pedindo relatos de seus sonhos, bem como as datas de qualquer visão exótica nos últimos tempos. Esse seu pedido parece ter sido recebido de variadas formas, mas ele, no mínimo, deve ter obtido mais respostas do que qualquer homem comum conseguiria organizar sem um secretário. Essa correspondência original não foi preservada, mas suas anotações formavam um conjunto extenso e realmente significativo. A população em geral, da sociedade e do comércio — a tradicional "gente de bem" da Nova Inglaterra —, ofereceu um resultado quase totalmente negativo, embora casos dispersos de impressões noturnas perturbadoras mas indefinidas apareçam aqui e acolá, sempre entre 23 de março e 2 de abril — o período do delírio do jovem Wilcox. Os homens da ciência tiveram quase a mesma reação, embora quatro casos de descrições fugidias sugiram vislumbres de paisagens estranhas, sendo que em um deles se menciona o pavor de algo anormal.

Foi dos artistas e dos poetas que vieram as respostas pertinentes, e eu sei que o pânico teria se espalhado se eles tivessem tido a oportunidade de comparar as suas observações. Da forma como as coisas se encontravam, sem a presença das cartas originais, eu cheguei a suspeitar que o compilador tivesse feito perguntas tendenciosas, ou editado a correspondência para que os registros corroborassem o que ele de forma latente resolvera enxergar. É por isso que continuei sentindo que Wilcox, de alguma forma ciente das antigas informações em posse de meu tio, estivera ludibriando o veterano cientista. Essas respostas dos artistas eram perturbadoras. Entre 28 de fevereiro e 2 de abril, muitos deles haviam sonhado coisas bizarras, sendo que a intensidade dos sonhos era desmedidamente maior durante o período em que se deu o delírio do escultor. Mais de um quarto das pessoas que relataram algo descreveram cenas e ecos não muito diferentes dos descritos por Wilcox; e alguns sonhadores confessaram ter sentido um medo extremo da gigantesca coisa inominável no final do período. Um caso que as anotações descrevem enfaticamente, foi muito triste. O sujeito, um arquiteto muito conhecido, com pendores para a teosofia e o ocultismo, teve um violento surto de loucura na data do ataque sofrido pelo jovem Wilcox, e morreu vários meses depois, após gritar incessantemente para que o salvassem de algum ser fugitivo do inferno. Se meu tio tivesse se referido a esses casos por nome e não simplesmente por número, ter-me-ia sido possível confirmar e investigar as informações pessoalmente; mas, dadas as circunstâncias, só fui capaz de rastrear algumas delas. Todos os que contatei, entretanto, confirmavam plenamente as anotações. Muitas vezes me perguntei se todas as pessoas questionadas pelo professor ficaram tão intrigadas quanto esse pequeno grupo. É melhor que elas não obtenham nenhuma explicação.

Os recortes de jornal, como já mencionei, citavam casos de pânico, mania e episódios de excentricidade durante o mesmo período. O professor Angell deve ter contratado um escritório de investigação jornalística, pois o número de recortes era enorme, e eles vinham de todo o mundo. Havia o caso de um suicídio noturno em Londres, em que uma pessoa que dormia sozinha pulou de uma janela após dar um grito aterrador. Em um ponto, uma carta desconexa endereçada ao editor de um jornal na América do Sul, em que um fanático prevê um lúgubre futuro com base em visões que teve. Uma mensagem da Califórnia descreve uma colônia de teósofos que, em massa, vestem roupas brancas para aguardar alguma "gloriosa realização" que nunca chega, ao passo que reportagens da Índia falam com reservas de uma grave inquietação entre os nativos na passagem do dia 22 para o dia 23 de março. Também na região ocidental da Irlanda se registram muitos casos de rumores e lendas alucinadas, e um pintor fantástico que atende pelo nome de Ardois-Bonnot expõe uma blasfema *Paisagem de Sonho*, no salão de primavera de Paris em 1926. E tão numerosos são os problemas registrados em hospitais psiquiátricos que apenas um milagre pode ter evitado que a classe profissional dos médicos notasse estranhos paralelos e chegasse a conclusões mistificadoras. No todo, aquele era um conjunto muito bizarro de recortes; e hoje em dia, eu mal posso conceber o empedernido racionalismo com que os desconsiderei. Mas naquela época, eu estava convencido de que o jovem Wilcox conhecia esses assuntos mais antigos mencionados pelo professor.

II. A NARRATIVA DO INSPETOR LEGRASSE

Os assuntos mais antigos que haviam tornado o sonho e o baixo-relevo do escultor tão importantes para meu tio compunham o tema da segunda metade de seu longo manuscrito. Em uma ocasião anterior, ao que parece, o professor Angell avistara o diabólico contorno da inominável monstruosidade, intrigara-se com os desconhecidos hieróglifos e ouvira as agourentas sílabas que só podem ser reproduzidas como *"Cthulhu"*; e tudo isso acontecera em uma situação tão horrível e perturbadora que não causa surpresa ele ter ido atrás do jovem Wilcox com interrogatórios e pedidos de informação.

A experiência anterior acontecera em 1908, 17 anos antes, quando a American Archaelogical Society realizou seu encontro anual em St. Louis. O professor Angell, como convinha a alguém de sua autoridade e realizações, desempenhou um papel importante em todas as deliberações e foi um dos primeiros a serem abordados pelos vários visitantes que aproveitavam o encontro para propor perguntas e problemas que seriam respondidos e solucionados por especialistas.

O principal desses visitantes, que logo se transformou no foco de atenção durante toda a reunião, era um homem de meia-idade de aparência comum, que viera lá de New Orleans em busca de informações que não conseguira obter de nenhuma fonte local. Seu nome era John Raymond Legrasse, e ele era inspetor de polícia. Trazia consigo o motivo de sua visita, uma grotesca, repulsiva e aparentemente muito antiga estatueta de pedra, cuja origem ele não conseguia determinar. Ninguém deve imaginar que o inspetor Legrasse tinha algum interesse por arqueologia. Ao contrário, seu desejo de esclarecimentos era motivado por considerações estritamente profissionais. A estatueta, ídolo, fetiche ou o que quer que fosse, havia sido resgatada meses antes nos pântanos cobertos de mato que ficam ao sul de New Orleans, durante uma batida policial feita em uma suposta assembleia vodu; e tão singulares e medonhos eram os rituais ligados ao objeto que a polícia não pôde deixar de concluir que havia descoberto um culto maligno totalmente desconhecido e infinitamente mais diabólico que o mais negro dos círculos africanos de vodu. De suas origens, excetuando-se as histórias erráticas e inacreditáveis arrancadas dos membros capturados, absolutamente nada se descobriu; daí a urgência da polícia em encontrar alguma pessoa versada em coisas antigas que pudesse ajudá-la a localizar o temível símbolo, e por meio dele rastrear o culto até sua fonte.

O inspetor Legrasse não estava nem um pouco preparado para a repercussão causada pelo objeto. Um bater de olhos fora suficiente para colocar o grupo de cientistas em um estado de tenso entusiasmo; e eles não perderam tempo, logo se aglomerando em volta dele para contemplar a pequena peça cuja total bizarrice e cujo ar de antiguidade, genuinamente abissal, sugeriam com tanta força visões arcaicas e ainda não reveladas. Naquele terrível objeto não havia características de nenhuma escola conhecida de escultura, e mesmo assim centenas, talvez milhares de anos pareciam estar impressos em sua opaca superfície esverdeada de indefinível pedra.

A figura, que foi finalmente passada de mão em mão para que os homens a examinassem mais detalhadamente, tinha entre 18 e 20 centímetros de altura e constituía um trabalho artesanal refinado. Representava um monstro de contornos vagamente antropoides, mas com uma cabeça semelhante à de um polvo cuja cara era uma massa de tentáculos; tinha um corpo de aspecto borrachoso, coberto de escamas, prodigiosas garras nas patas traseiras e dianteiras e longas e estreitas asas nas costas. Essa coisa, que parecia instilada com uma malignidade temível e inatural, tinha o tronco meio intumescido e se acocorava sobre um bloco ou pedestal retangular coberto com letras indecifráveis. As pontas das asas tocavam a extremidade traseira do bloco, o monstro estava acomodado no centro dele, e as longas e curvadas garras das pernas traseiras dobradas atingiam a extremidade anterior e caíam na direção da base do pedestal. A cabeça cefalópode se inclinava para a frente, de modo que as extremidades dos tentáculos faciais tocavam a parte de trás das enormes patas dianteiras, que descansavam sobre os joelhos da criatura. O aspecto do conjunto era estranhamente vívido e tornava-se mais sutilmente terrível, porque sua força era totalmente desconhecida. Era evidente que a peça tinha uma idade vasta, assustadora e incalculável; entretanto, ela não exibia nenhum traço que a ligasse com a arte da infância da humanidade — nem de outra época qualquer. Considerado por si só, o próprio material era um mistério; a pedra com aspecto escorregadio e de um verde enegrecido, com suas nódoas e estrias iridescentes, não se parecia com nada conhecido pela geologia ou a mineralogia. As letras ao longo da base eram igualmente intrigantes; nenhuma pessoa presente, embora o grupo representasse metade do conhecimento especializado nesse campo, conseguia determinar nem mesmo o seu parentesco linguístico mais remoto. A inscrição, assim como a figura e o material, pertencia a algo terrivelmente remoto e distinto da humanidade como a conhecemos. Algo no conjunto era ameaçadoramente sugestivo de ciclos de vida antigos e pagãos, nos quais nosso mundo e nossas concepções não têm lugar.

Entretanto, enquanto os especialistas mexiam suas cabeças num grave gesto negativo e confessavam-se derrotados diante do problema proposto pelo inspetor, houve um homem do grupo que, suspeitando captar um toque de bizarra familiaridade na monstruosa forma e inscrição, começou, de repente, a contar com algum acanhamento uma curiosa história que conhecia. Foi o falecido William Channing Webb, professor de Antropologia da Princeton University e pesquisador de considerável importância. O professor Webb havia participado, 48 anos antes, de uma expedição à Groenlândia e à Islândia em busca de certas inscrições rúnicas que ele não conseguiu descobrir; e quando estava na costa da Groenlândia Ocidental, encontrou uma singular tribo ou culto de esquimós degenerados cuja religião, uma curiosa forma de adoração diabólica, o deixou atemorizado por sua sede de sangue e seu caráter repulsivo. Tratava-se de uma crença da qual outros esquimós tinham pouco conhecimento, e que eles não conseguiam mencionar sem um estremecimento, dizendo que ela vinha de eras terrivelmente antigas, antes de o mundo ter sido criado. Além de inomináveis cerimônias e sacrifícios humanos, havia bizarros rituais hereditários em louvor a um diabo ancião supremo ou *tournasuk*; das falas nesses rituais o professor Webb havia feito uma cuidadosa transcrição fonética com o auxílio de um *angekok*, ou sacerdote-feiticeiro, representando da melhor maneira possível os sons em caracteres romanos. Mas naquele exato momento, era de suprema importância o fetiche que era o centro do culto, e em torno do qual aquele grupo dançava quando a aurora se derramava sobre os picos de gelo. Era, segundo o professor, um baixo-relevo de pedra bastante primitivo, composto de uma medonha figura e algumas inscrições secretas. E pelo que ele podia julgar, aquele fetiche era uma representação tosca, em todas as suas características essenciais, daquela escultura bestial exposta diante da assembleia.

Essa informação, recebida com suspense e assombro pelo grupo ali reunido, mostrou-se duplamente interessante para o inspetor Legrasse, e ele imediatamente começou a encher seu informante de perguntas. Tendo anotado e copiado um rito oral entre os adoradores do pântano que seus homens haviam prendido, ele intimou o professor a fazer o máximo possível para lembrar as sílabas anotadas por ele entre os esquimós diabolistas. Seguiu-se, então, uma exaustiva comparação de detalhes e um momento de realmente assombrado silêncio quando ambos, detetive e cientista, concordaram sobre a possível identidade da frase, comum a dois diabólicos rituais separados por uma enorme distância. Em essência, o que tanto os feiticeiros esquimós quanto os sacerdotes do pântano na Louisiana tinham cantado para seus ídolos congêneres era muito parecido com isto: as divisões em palavras foram supostas a partir de quebras tradicionais na frase cantada em voz alta:

"Ph'nglui mglw'nafh Cthulhu R'lyeh wgah'nagl fhtagn."

Legrasse estava um passo à frente do professor Webb, pois vários de seus prisioneiros mestiços lhe haviam repetido o que celebrantes mais velhos lhes tinham ensinado que as palavras significavam. O texto, como revelado, era mais ou menos assim:

"Em sua morada em R'lyeh, o extinto Cthulhu aguarda sonhando."

E então, em resposta a um pedido geral e urgente, o inspetor Legrasse relatou da forma mais completa possível sua experiência com os adoradores do pântano, contando uma história à qual eu pude ver que meu tio atribuíra profunda importância. Tinha ela o sabor dos mais loucos sonhos dos teósofos e criadores de mitos e revelava um surpreendente grau de imaginação cósmica por parte dos mestiços e párias, dos quais não se esperaria tal manifestação.

No dia 1º de novembro de 1907, chegara à polícia de New Orleans um chamado desesperado da região do pântano e da lagoa, mais ao sul da região. Os colonos dali, em sua maioria descendentes primitivos dos homens de Lafitte, mas que tinham boa índole, estavam tomados de completo terror por causa de um ser desconhecido que, sorrateiramente, se aproximava deles durante a noite. Aparentemente, era vodu, mas um vodu de um tipo mais terrível do que eles jamais haviam visto; e algumas de suas mulheres e crianças haviam desaparecido desde que o malévolo rufar de tambores começara sua batida incessante lá longe nas negras florestas, onde nenhum habitante local se arriscava a entrar. Houvera gritos insanos e angustiantes, cantos de gelar o sangue e demoníacas chamas dançantes; e, acrescentou o amedrontado mensageiro, as pessoas não aguentavam mais aquilo.

Então, no final da tarde, um destacamento de 20 policiais fora enviado, em duas carroças e um automóvel, tendo como guia o trêmulo colono. No final da estrada transitável, eles desceram e, ao longo de quilômetros, avançaram em silêncio pelo enlameado terreno, através de bosques de ciprestes onde o dia nunca chegava. Repulsivas raízes e malignos galhos de onde pendiam barbas-de-velho enchiam o ambiente, e de vez em quando, uma pilha de pedras pegajosas ou um fragmento de uma parede apodrecida intensificavam, por sua sugestão de habitação mórbida, um sentimento depressivo que cada árvore deformada e cada ilhota embolorada contribuía para gerar. Finalmente o assentamento dos colonos, um miserável amontoado de cabanas, surgiu; e histéricos habitantes correram e se aglomeraram em volta do grupo de lanternas que boiavam no ar. O som abafado dos tambores era agora vagamente audível, muito, muito distante; um guincho pavoroso chegava a raros intervalos quando mudava a direção do vento. Além disso, um brilho avermelhado parecia filtrar-se através da vegetação rasteira, além das infindáveis avenidas noturnas da floresta. Embora relutantes diante da ideia de serem deixados sozinhos outra vez, os amedrontados colonos se recusavam terminantemente a dar mais um único passo na direção da cena de adoração pagã; assim, o inspetor Legrasse e seus 19 homens avançaram, mergulhando sem orientação, nas negras arcadas de horror que nenhum deles jamais cruzara antes.

A região na qual a polícia agora entrava tinha tradicionalmente uma reputação maligna, era quase totalmente desconhecida e nunca havia sido explorada por homens brancos. Havia lendas sobre um lago oculto que nunca fora vislumbrado por olhos mortais, no qual habitava um enorme ser poliposo sem forma definida e com olhos luminosos; e os colonos sussurravam que demônios com asas de morcego saíam voando das cavernas no interior da terra para adorá-lo à meia-noite. Eles diziam que essa criatura estava lá desde antes de D'Iberville, antes de La Salle, antes dos índios, e antes mesmo das feras e aves salutares da floresta. Era a encarnação do pesadelo, e contemplá-la significava morrer. Mas ela fazia os homens sonharem, e eles, cautelosamente, se mantinham afastados. Na verdade, a orgia voduísta atual que os trouxera ali ficava realmente apenas nas margens da área abominada, mas mesmo aquele local era muito temido; portanto, talvez o próprio lugar da adoração tivesse amedrontado os colonos mais que os chocantes sons e incidentes.

Só a poesia ou a loucura poderiam fazer justiça aos sons ouvidos pelos homens de Legrasse à medida que eles avançavam com dificuldade através do negro paul na direção do brilho avermelhado e do surdo rufar dos tambores. Existem características vocais que são peculiares aos seres humanos, e características vocais peculiares aos animais, e é terrível ouvir uma delas quando aquele que a emite pertence ao outro grupo. Fúria animalesca e licenciosidade orgiástica ribombavam ali até altitudes demoníacas por meio de uivos e grasnidos extáticos que rasgavam o ar e reverberavam através da floresta coberta pela noite como tempestades pestilentas vindas dos abismos do inferno. Vez por outra a ululação menos organizada cessava, e do que parecia ser um coro de vozes roucas mais harmonioso se elevava numa cantilena a medonha frase ou encantamento:

"Ph'nglui mglw'nafh Cthulhu R'lyeh wgah'nagl fhtagn."

Os homens, tendo então atingido um ponto onde a floresta era menos espessa, de repente, depararam com o espetáculo em si. Quatro deles cambalearam, um desmaiou e dois emitiram um grito frenético que a insana dissonância da orgia felizmente amorteceu. Legrasse jogou água do pântano no rosto dos homens desmaiados, e todos se ergueram trêmulos e quase hipnotizados pelo terror.

Em uma clareira natural do pântano via-se uma ilha coberta de mato rasteiro que tinha talvez uma área de quatro quilômetros quadrados, sem árvores e toleravelmente seca. Sobre essa área, agora, saltava e se contorcia uma horda de indescritível anormalidade humana que só poderia ser pintada por um Sime ou um Angarola. Completamente nuas, essas criaturas híbridas berravam, urravam e retorciam seus corpos em torno de uma monstruosa fogueira circular, em cujo centro, revelado por ocasionais brechas na cortina de chamas, erguia-se um grande monólito de granito de mais de dois metros de altura, sobre o qual jazia, incoerente em seu tamanho diminuto, a perniciosa estatueta. Em outro amplo círculo constituído por dez cadafalsos erguidos a intervalos regulares em torno do monólito cingido pelas chamas, de cabeça para baixo, viam-se os bizarramente desfigurados corpos dos indefesos colonos que haviam desaparecido. Era dentro desse círculo que o grupo de idólatras pulava e gritava, movendo-se da esquerda para a direita em uma infindável bacanal entre o círculo de corpos e o círculo de fogo.

Talvez tenha sido só imaginação, talvez tenham sido apenas ecos, mas um dos homens, um sugestionável espanhol, julgou ter ouvido antífonas em resposta ao ritual, vindas de algum ponto distante e obscuro das profundezas da floresta de ancestral lenda e horror. Posteriormente, tive a oportunidade de encontrar e interrogar esse homem, Joseph D. Galvez, que mostrou ter uma imaginação fértil demais. Na verdade, ele chegou a ponto de sugerir que ouvira as batidas surdas de grandes asas, e tivera o vislumbre de olhos brilhando na escuridão e de uma imensa massa esbranquiçada além das mais remotas árvores, mas suponho que ele dava demasiada atenção às superstições nativas.

Na realidade, os homens horrorizados ficaram sem ação por um período comparativamente breve. O dever vinha primeiro e, embora provavelmente houvesse cerca de uma centena de celebrantes mestiços na multidão, os policiais se valeram de suas armas e mergulharam determinados na turba repugnante. Durante os cinco minutos seguintes, a bulha e o caos foram indescritíveis. Golpes desenfreados, tiros, fugas; mas, no final, Legrasse conseguiu contar 47 taciturnos prisioneiros, que ele ordenou que rapidamente se vestissem e formassem uma fila entre duas fileiras de policiais. Cinco dos idólatras estavam no chão mortos; dois outros gravemente feridos foram carregados por seus companheiros em macas improvisadas. A imagem sobre o monólito foi, é claro, cuidadosamente removida e levada por Legrasse.

Interrogados na delegacia depois de uma viagem de grande fadiga e extenuação, os prisioneiros revelaram ter uma condição muito humilde, sangue mestiço e mentes desviadas. A maioria era composta de marinheiros, e alguns elementos negros e mulatos, vindos principalmente das Índias Ocidentais ou da Ilha Brava, no Arquipélago de Cabo Verde, davam um toque de voduísmo àquele culto heterogêneo. Mas antes que muitas perguntas fossem feitas, ficou evidente que algo muito mais profundo e antigo que o fetichismo negro estava envolvido. Embora fossem ignorantes e degradadas, as criaturas se apegavam com surpreendente consistência à ideia central de sua asquerosa fé.

Eles adoravam, segundo diziam, os Magníficos Ancestrais que viveram eras antes de existir qualquer homem, e que chegaram ao jovem mundo provindo do espaço. Esses Ancestrais agora estavam extintos, nas entranhas da terra e sob o mar; mas seus corpos mortos haviam contado em sonhos seus segredos aos primeiros homens, que formaram um culto que nunca se havia desvanecido. Aquele era o culto, e os prisioneiros disseram que ele sempre existira e sempre existiria, oculto em ermos distantes e locais sombrios espalhados por todo o mundo, até o momento em que o grande sacerdote Cthulhu se ergueria de sua tenebrosa moradia na portentosa cidade de R'lyeh sob as águas, submetendo mais uma vez a Terra ao seu domínio. Algum dia, ele faria seu chamado, quando os astros estivessem alinhados, e o culto secreto estaria sempre aguardando para liberá-lo.

Até esse dia chegar, nada mais deverá ser dito. Havia um segredo que não seria revelado nem mediante tortura. A raça humana não estava de modo algum sozinha entre os seres conscientes do mundo, pois formas vinham da escuridão para visitar os poucos fiéis. Mas essas não eram os Magníficos Ancestrais. Nenhum homem jamais vira os Ancestrais. A escultura representava o grande Cthulhu, mas ninguém podia dizer se os outros eram precisamente como ele. Hoje em dia, ninguém poderia ler a antiga escrita, mas informações eram transmitidas oralmente. A cantilena ritual não era o segredo — este nunca era pronunciado em voz alta, apenas sussurrado. A cantilena mencionava apenas isto: "Em sua morada em R'lyeh, o extinto Cthulhu aguarda sonhando".

Apenas dois dos prisioneiros foram considerados suficientemente sãos para serem enforcados, e os outros foram enviados a várias instituições. Todos negaram ter tomado parte nos assassinatos rituais, asseverando que a matança fora perpetrada pelos Negros Alados que tinham vindo até eles de seu imemorial ponto de encontro na floresta assombrada. Mas sobre esses misteriosos aliados não se pôde obter um relato coerente. O que a polícia conseguiu extrair deles veio principalmente de um mestiço de incalculável idade chamado Castro, que alegava ter navegado até estranhos portos e conversado com líderes imortais do culto nas montanhas da China.

O velho Castro recordava-se de fragmentos de medonhas lendas que ofuscavam as especulações dos teósofos e faziam a humanidade e o mundo parecerem muito recentes e transitórios. Tinha havido eras em que outros Seres governaram a Terra, e Eles haviam sido detentores de grandiosas cidades. Vestígios d'Eles, segundo os imortais chineses lhe haviam relatado, ainda poderiam ser encontrados na forma de pedras ciclópicas nas ilhas do Pacífico. Todos Eles haviam morrido em épocas imensamente anteriores à chegada da humanidade, mas havia artes que poderiam revivê-los quando os astros se colocassem, mais uma vez, em sua posição correta no ciclo da eternidade. Na verdade, Eles mesmos tinham vindo dos astros, trazendo consigo Suas imagens.

Esses Magníficos Ancestrais, relatara Castro, não eram de forma alguma feitos de carne e osso. Eles tinham forma — pois então a imagem em formato de estrela não o provava? — mas essa forma não era feita de matéria. Quando os astros estavam na posição correta, Eles podiam mergulhar de um mundo a outro através do céu; mas quando os astros não estavam alinhados, Eles não podiam viver. Mas embora Eles não vivessem mais, Eles nunca podiam morrer realmente. Todos jaziam em moradas de pedra em Sua grandiosa cidade de R'lyeh, preservada pela magia do poderoso Cthulhu, para uma gloriosa ressurreição quando os astros e a Terra estivessem mais uma vez prontos para Eles. Mas, ao mesmo tempo, alguma força externa deveria servir para liberar Seus corpos. A magia que os preservava intactos evitava, ao mesmo tempo, que Eles fizessem um primeiro movimento, e Eles só podiam ficar deitados e despertos no escuro, pensando, enquanto incontáveis milhões de anos se passavam. Eles sabiam de tudo o que estava ocorrendo no universo, pois se comunicavam por transmissão de pensamento. Naquele exato momento, Eles estavam conversando em suas tumbas. Quando, após uma infinidade de caos, vieram os primeiros homens, os Magníficos Ancestrais falaram para aqueles que eram sensitivos, moldando seus sonhos; essa era a única forma de Sua linguagem atingir as mentes corpóreas dos mamíferos.

Então, sussurrou Castro, esses primeiros homens formaram o culto em torno de pequenos ídolos que os Magníficos lhes mostraram, ídolos trazidos de sombrios astros em remotas eras. O grande culto nunca se extinguiria até que os astros se alinhassem de novo e os sacerdotes secretos retirassem o grande Cthulhu de sua tumba para reviver seus súditos e reassumir o domínio da Terra. Seria fácil reconhecer o momento, pois então a humanidade já teria se tornado como os Grandes Magníficos, livre e selvagem, além do bem e do mal, o bem e a moralidade tendo sido descartados e todos os homens gritando e matando e deleitando-se em alegria. Então os Ancestrais libertos ensinariam aos homens novas formas de gritar e matar e deleitar-se e divertir-se, e toda a Terra se incendiaria num holocausto de êxtase e liberdade. Enquanto isso, o culto, por meio de ritos apropriados, deveria manter viva a memória daqueles dias passados e prenunciar a profecia de seu retorno.

Em tempos antigos, homens escolhidos haviam conversado em sonhos com os Ancestrais sepultados, mas então algo aconteceu. A grandiosa cidade de pedra de R'lyeh, com seus monólitos e sepulcros, havia submergido nas ondas; e as profundas águas, cheias do único mistério primal, que nem mesmo o pensamento poderia penetrar, haviam interrompido a comunicação espectral. Mas a memória nunca morria, e os sumos-sacerdotes diziam que a cidade emergiria de novo quando os astros estivessem alinhados. Surgiram então da terra seus negros espíritos, bolorentos e sombrios, e cheios de vagos rumores captados em cavernas sob o deslembrado fundo do mar. Mas desses espíritos o velho Castro não se atrevia a falar muito. Ele parou de falar abruptamente, e não houve esforço de persuasão ou sutileza capaz de esclarecer mais esse aspecto. O *tamanho* dos Ancestrais, também, ele curiosamente recusou-se a mencionar. Sobre o culto, ele disse supor que sua sede ficava em meio ao intransitável deserto da Arábia, onde Irem, a Cidade dos Pilares, sonha adormecida, oculta e intocada. Não tinha relação alguma com os cultos europeus de feitiçaria e era praticamente desconhecido de quem dele não fizesse parte. Nenhum livro o havia sequer mencionado, embora os chineses imortais tivessem dito que havia duplos significados no *Necronomicon*, livro do insano árabe Abdul Alhazred, que os iniciados poderiam interpretar como quisessem, em especial o muito debatido dístico:

Não está morto o que pode eternamente jazer
E após estranhos éons mesmo a morte pode morrer

Legrasse, profundamente impressionado e bastante perplexo, tinha em vão feito perguntas sobre as filiações históricas do culto. Aparentemente, Castro fora sincero quando disse que essa informação estava envolvida em completo segredo. Os doutores da Tulane University não puderam esclarecer coisa alguma nem sobre o culto nem sobre a imagem, e agora o detetive Legrasse tinha procurado as mais altas autoridades do país, deparando com nada menos que o relato do professor Webb envolvendo a Groenlândia.

O vivo interesse despertado na reunião pelo relato de Legrasse, corroborado como foi pela estatueta, ecoa na correspondência trocada em seguida pelos membros presentes no evento, embora pouca menção exista sobre o assunto nas publicações formais da sociedade. A precaução é a primeira atitude daqueles acostumados a enfrentar o charlatanismo e o embuste ocasionais. Legrasse emprestou por algum tempo a imagem ao professor Webb, mas, quando este veio a falecer, ela lhe foi devolvida e permanece em poder dele, onde a vi pouco tempo atrás. É realmente uma coisa terrível, e inegavelmente parecida com a escultura onírica do jovem Wilcox.

Que meu tio ficasse impressionado com a história do escultor não me causou surpresa alguma, pois que ideias podem sobrevir a alguém que fica sabendo, após tomar conhecimento do que Legrasse narrara sobre o culto, de um jovem escultor sensitivo que havia *sonhado* não apenas com a figura e as exatas inscrições da imagem encontrada no pântano e do tablete diabólico da Groenlândia, mas que havia visto em sonhos pelo menos três das exatas palavras da fórmula proferida tanto pelos diabolistas esquimós quanto pelos mestiços da Louisiana? Era obviamente natural que o professor Angell começasse imediatamente a mais completa investigação; apesar disso, em meu íntimo, eu suspeitava que o jovem Wilcox tivesse ouvido falar do culto de alguma forma indireta e inventado uma série de sonhos para aumentar e manter o mistério à custa de meu tio. As narrativas de sonhos e os recortes compilados pelo professor eram, sem dúvida, uma forte confirmação; mas o racionalismo de minha mente e a extravagância do assunto como um todo me levaram a adotar o que eu considerava serem as conclusões mais sensatas. Assim, após ter estudado completamente o manuscrito mais uma vez e correlacionado as anotações teosóficas e antropológicas com a narrativa do culto feita por Legrasse, fiz uma viagem a Providence para visitar o escultor e fazer-lhe a exprobação que eu julgava merecer alguém que de forma tão audaciosa havia tirado vantagem de um homem erudito e idoso.

Wilcox ainda morava sozinho no edifício Fleur de Lys, na Thomas Street, uma medonha imitação vitoriana da arquitetura bretã do século XVII, ostentando suas fachadas de estuque entre as adoráveis casas coloniais da antiga colina, e sob a própria sombra do mais lindo campanário georgiano da América. Eu o encontrei em seu apartamento, e imediatamente admiti, vendo as peças espalhadas pelo lugar, que ele é realmente dono de um talento inerente e autêntico. Acredito que, algum dia, ele será mencionado como um dos grandes decadentes, pois ele cristalizou em argila e poderá um dia espelhar em mármore os pesadelos e fantasias que Arthur Machen evoca em prosa, e Clark Ashton Smith torna perceptíveis em verso e na pintura.

Moreno, de aspecto frágil e relativamente desleixado, ele respondeu com voz fraca às minhas batidas e perguntou o que eu desejava sem se levantar. Eu então disse a ele quem eu era, e ele demonstrou algum interesse, pois meu tio tinha lhe estimulado a curiosidade, sondando seus estranhos sonhos, embora nunca tivesse explicado a motivação daquele estudo. Eu não ampliei seu conhecimento nesse aspecto, mas tentei, com alguma sutileza, induzi-lo a falar livremente. Em pouco tempo, fiquei convencido de sua absoluta sinceridade, pois ele falava dos sonhos de uma maneira que ninguém poderia questionar. Os sonhos e seus resíduos subconscientes haviam influenciado profundamente sua arte, e ele me mostrou uma estátua mórbida cujos contornos me fizeram tremer diante do potencial de sua tenebrosa sugestão. Ele não conseguia se lembrar de ter visto o original daquela peça, exceto em seu próprio baixo-relevo onírico, mas os contornos haviam se formado sob suas mãos sem que ele as controlasse. Tratava-se, sem dúvida, da gigantesca figura que ele tinha visualizado em seu delírio. Logo ficou claro que ele nada sabia do ritual oculto, exceto o que o renitente catecismo de meu tio deixara escapar; e mais uma vez me esforcei para pensar em alguma forma pela qual ele pudesse ter recebido as bizarras impressões.

Ele falava de seus sonhos de um modo estranhamente poético, fazendo-me ver com terrível vivacidade a úmida cidade ciclópica de pedra lodosa e esverdeada — cuja *geometria*, dizia ele estranhamente, era *toda errada* — e ouvir com amedrontada expectativa o incessante e meio

O CHAMADO DE CTHULHU

bestial chamado que vinha das profundezas: *"Cthulhu fhtagn", "Cthulhu fhtagn"*. Essas palavras tinham feito parte daquele pavoroso ritual que falava do sonho-vigília do extinto Cthulhu em sua tumba de pedra, em R'lyeh, e eu fiquei profundamente impressionado, apesar de minhas convicções racionais. Wilcox, tenho certeza, tinha ouvido sobre o culto de alguma forma casual, e logo esquecido aquilo em meio a todas as suas leituras e imaginações, igualmente bizarras. Mais tarde, meramente por conta de sua personalidade sugestionável, essas informações haviam se expressado subconscientemente em seus sonhos, no baixo-relevo e na terrível estátua que eu agora contemplava; assim, ele havia enganado meu tio de forma muito inocente. O jovem era de um tipo ao mesmo tempo afetado e ligeiramente rude, características que eu realmente não apreciaria nunca, mas eu estava disposto agora a admitir que ele era talentoso e honesto. Despedi-me dele cordialmente, e desejei-lhe todo o sucesso que sua genialidade prometia.

    A questão do culto ainda continuava a me fascinar e, de vez em quando, eu me imaginava ganhando fama com as pesquisas sobre suas origens e conexões. Visitei New Orleans, conversei com Legrasse e outros daquele destacamento antigo, vi a temível imagem e cheguei até a interrogar alguns dos prisioneiros mestiços que ainda estavam vivos. O velho Castro, infelizmente, estava morto havia alguns anos. O que eu agora ouvia de forma tão vívida e em primeira mão, embora, na verdade, não passasse de uma confirmação detalhada do que meu tio escrevera, voltou a despertar minha atenção; eu tinha certeza de que estava na pista de uma religião muito real, muito secreta e muito antiga cuja descoberta me transformaria num eminente antropólogo. Minha atitude ainda era de absoluto materialismo, *como desejaria que ainda fosse*, e eu descartava com uma perversidade quase inexplicável a coincidência entre as anotações sobre os sonhos e os estranhos recortes coligidos pelo professor Angell.

    Algo de que comecei a suspeitar, e que agora receio *saber*, é que a morte de meu tio não tenha sido nem um pouco natural. Ele caíra numa estreita rua que atravessava a colina, vindo de um antigo porto cheio de mestiços, após o empurrão casual de um marinheiro negro. Eu não esquecera as atividades dos mestiços e marinheiros que eram membros do culto na Louisiana, e não me surpreenderia se tomasse conhecimento de agulhas envenenadas e métodos secretos tão cruéis e antigos como as crenças e ritos ocultos. Legrasse e seus homens, é verdade, foram deixados em paz; mas, na Noruega, um certo marinheiro que via coisas está morto. Não poderiam as investigações mais aprofundadas de meu tio, depois que ele encontrou as informações do escultor, ter caído em ouvidos sinistros? Penso que o professor Angell morreu porque sabia demais, ou porque estava prestes a saber demais. Se eu partirei da mesma maneira que ele ainda será constatado, pois sei de muitas coisas.

III. A LOUCURA PROVINDA DO MAR

Se os céus quiserem lançar sobre mim uma bênção, ela será o total apagamento dos resultados de uma mera contingência que meus olhos fixaram em um pedaço avulso de papel que forrava uma prateleira. Não era nada em que eu teria naturalmente tropeçado no curso de minha rotina diária; era um velho exemplar de um jornal australiano, o *Sydney Bulletin*, de 18 de abril de 1925. Passara despercebido pela agência de investigações jornalísticas que, na época de sua publicação, estivera coletando ativamente materiais para a pesquisa de meu tio.

Eu havia abandonado quase totalmente minhas investigações a respeito do que o professor Angell chamava de "Culto de Cthulhu", e estava visitando um amigo erudito em Paterson, New Jersey; ele era curador de um museu local e um eminente mineralogista. Examinando um dia as amostras colocadas desordenadamente sobre as estantes de uma sala nos fundos do museu, meus olhos foram capturados por uma bizarra foto em um dos velhos jornais que forravam as prateleiras. Era o *Sydney Bulletin* que já mencionei, pois meu amigo tinha filiações em todas as partes concebíveis do mundo, e a imagem era o fotolito de uma medonha estatueta de pedra quase idêntica àquela que Legrasse havia encontrado no pântano.

Avidamente retirando as preciosas amostras de pedras que repousavam sobre o jornal, examinei a reportagem em detalhe, e fiquei desapontado em perceber que ela não era muito extensa. O que ela sugeria, entretanto, era de portentosa importância para minha busca ainda inacabada, e eu a destaquei com cuidado para entrar imediatamente em ação. A reportagem trazia estas palavras:

O CHAMADO DE CTHULHU

Misteriosa embarcação abandonada no mar

O *Vigilant* chega trazendo a reboque um vapor neozelandês abandonado e cheio de armas. Um sobrevivente e um homem morto encontrados a bordo.

Narrativa de renhida batalha e mortes em alto-mar.

Marinheiro resgatado se nega a dar detalhes da estranha experiência.

Bizarro ídolo encontrado em seu poder.

Mais investigações a serem feitas.

O *Vigilant*, cargueiro da Morrison Co., proveniente de Valparaíso, chegou esta manhã a seu cais de destino, *Darling Harbour*, tendo a reboque o vapor *Alert*, originário de Dunedin, Nova Zelândia, que estava muito avariado e sem condições de navegação, embora carregasse uma profusão de armas. O vapor foi encontrado no dia 12 de abril a 34°21' de latitude sul e 152°17' de longitude oeste, tendo a bordo um homem vivo e um morto.

O *Vigilant* saiu de Valparaíso em 25 de março e, em 2 de abril, fortes tempestades e monstruosas ondas o desviaram excepcionalmente de seu curso, fazendo-o rumar para o sul. No dia 12 de abril, o vapor foi avistado; e, embora aparentemente estivesse abandonado, foram encontrados nele um sobrevivente numa condição de semidelírio e um outro homem que já tinha evidentemente morrido havia mais de uma semana. O sobrevivente estava agarrado a um horrível ídolo de pedra de origem desconhecida, com cerca de 30 centímetros de altura, que deixou os especialistas da Sydney University, da Royal Society e do Museu da College Street completamente intrigados, e que o marinheiro diz ter encontrado na cabine do vapor, em um pequeno relicário esculpido de tipo comum.

Esse homem, após recobrar os sentidos, contou uma história extremamente estranha sobre pirataria e massacre. Trata-se de Gustaf Johansen, um norueguês de um certo nível intelectual, que viajava como segundo-imediato da escuna de dois mastros *Emma*, de Auckland, que partira para Callao em 20 de fevereiro, em companhia de 11 homens. A escuna *Emma*, afirma ele, foi retardada e grandemente desviada de seu curso na direção sul pela grande tempestade de 1º de março e, no dia 22 do mesmo mês, a 49°51' de latitude sul e 128°34' de longitude oeste, encontrou o *Alert*, ocupado por uma estranha tripulação de aparência malévola, composta de polinésios e mestiços. Peremptoriamente ordenado a retornar, o capitão Collins se recusou a fazer isso, e, em seguida, a estranha tripulação começou a atirar loucamente e sem aviso na direção da escuna com uma artilharia especialmente pesada de canhões de bronze que equipava o vapor. Os homens da *Emma* resistiram, diz o sobrevivente, e embora a escuna tivesse começado a afundar em virtude de tiros recebidos abaixo da linha da água, eles conseguiram colocar sua embarcação junto à do inimigo e nela subiram, lutando corpo a corpo com a selvagem tripulação no tombadilho do vapor, e sendo forçados a matá-los, mesmo sendo seu número ligeiramente superior, por causa de seu modo lastimável e desesperado — embora muito canhestro — de lutar.

Três dos marinheiros da *Emma*, entre eles o Capitão Collins e o primeiro-imediato Green, foram mortos, e os oito restantes, sob o comando do segundo-imediato Johansen, continuaram navegando o vapor capturado, indo adiante em sua direção original para saber se houvera algum motivo para a ordem de recuar que tinham recebido. No dia seguinte, ao que parece, eles se aproximaram de uma pequena ilha e nela aportaram, embora não se saiba da existência de nenhuma ilha naquela parte do oceano; e seis dos homens, de alguma forma, morreram em terra firme, apesar de Johansen se manter estranhamente reticente sobre essa parte da história e mencionar apenas que eles caíram numa fenda entre as rochas. Mais tarde, ao que tudo indica, ele e um companheiro reembarcaram no vapor e tentaram pilotá-lo, mas foram atingidos pela tempestade de 2 de abril. Daquele momento até seu resgate em 12 de abril, o homem recorda muito pouco, e nem mesmo se lembra de quando William Briden, seu companheiro, morreu. Não há uma causa aparente para a morte de Briden, e provavelmente, ela tenha ocorrido pela tensão ou pela exposição a condições extremas. Telegramas recebidos de Dunedin afirmam que o *Alert* era bem conhecido como um barco que fazia comércio nas ilhas e tinha uma reputação negativa na região portuária. Fora possuído por um curioso grupo de mestiços cujas frequentes reuniões e viagens noturnas para a floresta atraíam considerável curiosidade; e o vapor havia partido às pressas logo após a tempestade e os tremores de terra de 1º de março. Nosso correspondente em Auckland afirma que a *Emma* e sua tripulação têm excelente reputação, e Johansen é descrito como um homem sensato e valoroso. O Segundo Tribunal da Marinha vai abrir a partir de amanhã inquérito sobre o incidente, no qual serão empenhados todos os esforços para induzir Johansen a falar mais livremente do que tem feito até agora.

Isso era tudo, juntamente com uma imagem da diabólica estatueta; mas que fluxo de ideias provocou em minha mente! Aqui estavam novos tesouros de informação sobre o Culto de Cthulhu e provas de que seus membros tinham estranhos interesses no mar e também em terra. Que motivo tivera a tripulação de mestiços para ordenar que a *Emma* retornasse quando navegava com seu medonho ídolo? Qual era a ilha desconhecida na qual seis dos tripulantes da *Emma* haviam morrido, e sobre a qual o imediato Johansen permanecia tão reservado? O que a investigação do Segundo Tribunal da Marinha havia revelado, e o que se sabia sobre pernicioso culto em Dunedin? E, o mais intrigante de tudo, qual seria essa ligação profunda e sobrenatural entre as informações, que dava um significado maligno e agora inegável aos vários acontecimentos tão cuidadosamente registrados por meu tio?

Em 1º de março — ou nosso 28 de fevereiro, de acordo com a Linha Internacional de Data —, o terremoto e a tempestade aconteceram. Vindo de Dunedin, o *Alert* e sua estrepitosa tripulação avançaram no mar impetuosos, como se movidos por uma ordem imperiosa, e do outro lado da terra poetas e artistas começaram a sonhar com uma cidade ciclópica úmida e estranha, enquanto um jovem escultor moldara durante seu sono a forma do temível Cthulhu. Em 23 de março, a tripulação da *Emma* aportou em uma ilha desconhecida e deixou seis homens mortos; e naquela data os sonhos dos homens sensitivos assumiram maior vivacidade e foram assolados pelo pavor dos feitos de um maligno monstro gigante, enquanto um arquiteto enlouquecera e um escultor entrara subitamente em delírio. E que dizer da tempestade de 2 de abril — data em que todos os sonhos da cidade úmida cessaram, e Wilcox emergiu incólume do cativeiro daquela estranha febre? Que dizer de tudo isso — e das alusões do velho Castro aos submersos Ancestrais nascidos nos astros e de seu reino vindouro, seu fiel culto *e seu controle sobre os sonhos*? Estaria eu cambaleando à beira de horrores cósmicos além da capacidade de tolerância da humanidade? Em caso afirmativo, deviam ser horrores apenas mentais, pois de alguma forma o dia 2 de abril fizera cessar qualquer ameaça que tivesse começado a fazer cerco à alma dos seres humanos.

Naquela noite, depois de preparações apressadas e muitos telegramas enviados, eu disse adeus a meu anfitrião e tomei um trem para San Francisco. Em menos de um mês eu estava em Dunedin, onde, porém, descobri que pouco se sabia sobre os estranhos adoradores do culto que haviam ocupado as velhas tavernas à beira-mar. A ralé do cais era comum demais para merecer menção especial; apesar disso, havia uma conversa vaga sobre uma viagem em terra feita por esses mestiços, durante a qual batidas surdas de tambor e chamas vermelhas foram percebidas nas colinas distantes. Em Auckland, eu soube que Johansen voltara com os *seus loiros cabelos de repente embranquecidos* após um interrogatório superficial e inconclusivo em Sydney, e em seguida, ele vendera seu chalé da West Street e navegara com a mulher para seu antigo lar em Oslo. Sobre sua perturbadora experiência ele não dissera a seus amigos mais do que havia dito aos oficiais do Tribunal da Marinha, e tudo o que eles puderam fazer foi me indicar o endereço dele em Oslo.

Depois disso, segui para Sydney, onde conversei sem resultado algum com marinheiros e membros do Segundo Tribunal da Marinha. Vi o *Alert*, agora vendido e em uso comercial num ancoradouro circular da enseada de Sydney, mas não descobri coisa alguma em sua figura nada extraordinária. A estatueta da figura agachada, com sua cabeça de molusco, corpo de dragão, asas escamosas e pedestal inscrito com hieróglifos era mantida no Museu do Hyde Park; eu a estudei longa e detidamente, considerando-a uma peça de artesanato singularmente maligna, que tinha o mesmo completo mistério, terrível antiguidade e material sobrenaturalmente estranho que eu havia observado na cópia menor de Legrasse. Os geólogos, o curador me dissera, a consideraram um monstruoso enigma, pois juraram que no mundo não havia rocha como aquela. Estremecendo, pensei então no que o velho Castro dissera a Legrasse sobre os Grandes Ancestrais: "Eles tinham vindo dos astros e trazido consigo Suas imagens".

Num estado mental mais abalado do que jamais experimentara antes, resolvi naquele momento visitar o imediato Johansen em Oslo. Navegando para Londres, reembarquei em seguida para a capital da Noruega, e num dia de outono, aportei nos asseados ancoradouros à sombra do Egeberg. O endereço de Johansen, como descobri, se localizava na velha Cidade do rei Harold Haardrada, que havia mantido vivo o nome "Oslo" durante todos os séculos em que a cidade maior se mascarou como "Christiana". Fiz a curta viagem de táxi e bati com o coração palpitante na porta de uma construção limpa e antiga com fachada de gesso. Uma mulher de feições tristes e vestes pretas veio atender, e eu fui tomado pelo desapontamento quando ela me disse em um inglês vacilante que Gustav Johansen havia falecido.

Ele não vivera muito depois de seu retorno, disse a mulher, pois os acontecimentos no mar em 1925 o haviam alquebrado. A ela, ele não contara mais do que contou ao público, mas tinha deixado um longo manuscrito sobre "assuntos técnicos", segundo disse — escrito em inglês, com certeza para protegê-la do perigo de uma vista de olhos casual. Durante uma caminhada numa rua estreita próxima à doca de Gotemburgo, um fardo de papéis caído da janela de um sótão o havia derrubado ao chão. Dois marinheiros indianos imediatamente vieram em seu socorro e o levantaram, mas, antes que a ambulância chegasse, ele já estava morto. Os médicos não conseguiram determinar a causa de sua morte, atribuindo-a a problemas de coração e uma constituição enfraquecida.

Senti nesse momento, fisgando minhas entranhas, o sombrio terror que nunca me deixará até que eu, também, descanse, "acidentalmente" ou não. Convencendo a viúva de que minhas ligações com os "assuntos técnicos" de seu marido eram suficientes para me conferirem o direito ao manuscrito, levei comigo o documento e comecei a lê-lo na barca para Londres. Era um texto simples, tortuoso — o esforço de um ingênuo marinheiro para escrever um diário retroativo —, recordando dia após dia daquela última e terrível viagem. Não posso transcrevê-lo *ipsis litteris* em toda a sua confusão e redundância, mas transmitirei as ideias centrais para mostrar por que o som da água batendo nas laterais da embarcação se tornou tão insuportável para mim que protegi meus ouvidos com algodão.

Johansen, graças a Deus, não tomou conhecimento de tudo, apesar de ter visto a cidade e a Coisa; mas eu nunca mais poderei dormir tranquilo quando pensar nos horrores que espreitam incessantemente por trás da vida no tempo e no espaço, e nas blasfêmias infames advindas de antigos astros e que sonham sob o mar, conhecidas e favorecidas por um culto que mais parece um pesadelo, mantido por seguidores prontos e ávidos para libertá-las no mundo a qualquer momento, em que um outro tremor de terra trouxer sua monstruosa cidade de pedra mais uma vez até o sol e o ar.

A viagem de Johansen começara exatamente como ele havia relatado ao Tribunal da Marinha. A *Emma*, em lastro, tinha deixado Auckland no dia 20 de fevereiro e havia sentido a plena força daquela tempestade trazida pelo terremoto que deve ter despertado no fundo do mar os horrores que invadiram os sonhos dos homens. Mais uma vez sob controle, a embarcação progredia bem quando foi detida pelo *Alert* em 22 de março, e eu pude perceber o pesar que o imediato sentiu ao escrever sobre o bombardeamento e naufrágio dessa embarcação. Dos fanáticos a bordo do *Alert*, ele fala com um terror eminente. Havia neles alguma característica peculiarmente abominável que transformava sua destruição quase em um dever, e Johansen demonstra uma sincera surpresa diante da acusação de crueldade feita contra seu grupo durante os procedimentos do inquérito. Então, levados pela curiosidade envolvendo o vapor capturado e sob o comando de Johansen, os homens avistam um grande pilar de pedra emergindo do mar e, a 47°9' de latitude sul e 126°43' de longitude oeste, deparam com um litoral que é uma mistura de lama, lodo e ciclópica alvenaria limosa que não pode ser nada menos que a essência tangível do supremo terror da terra — a fantasmagórica cidade-pesadelo de R'lyeh, que foi construída em eras incalculavelmente aquém da história pelas vastas e asquerosas formas que a penetraram, vindas de tenebrosos astros. Ali jaziam o grande Cthulhu e suas hordas, ocultos em criptas lodosas e finalmente enviando, depois de incalculáveis ciclos, os pensamentos que instilavam pavor nos sonhos dos sensitivos e invocavam imperiosamente os fiéis a virem em uma peregrinação de liberação e restauração. De nada disso Johansen suspeitava, mas Deus sabe que logo ele viu, e viu bastante!

Suponho que um único topo de montanha, a medonha cidadela encimada pelo monólito na qual o grande Cthulhu estava enterrado, deve ter emergido das águas. Quando imagino a *vastidão* de tudo o que pode estar sendo preparado ali, quase desejo me matar na mesma hora. Johansen e seus homens ficaram assombrados diante da cósmica majestade dessa gotejante babilônia de demônios antepassados e adivinharam, sem nenhuma ajuda, que nada daquilo pertencia a nenhum planeta são. Assombro diante do inacreditável tamanho dos esverdeados blocos de pedra, da vertiginosa altura do grande monólito entalhado e da estupefaciente identidade das colossais estátuas e baixos-relevos com a bizarra imagem encontrada no relicário a bordo do *Alert* é o que se expressa de forma pungente em cada uma das linhas da descrição aterrorizada do imediato.

Sem saber o que é o futurismo, Johansen realizou algo bem próximo disso quando falou da cidade, pois, em vez de descrever alguma estrutura ou prédio definido, ele se deteve em impressões vagas de vastos ângulos e superfícies de pedra — superfícies grandes demais para fazerem parte de qualquer coisa que seja certa ou própria para esta Terra, e maculadas com terríveis imagens e hieróglifos. Menciono sua referência aos ângulos porque ela sugere algo que Wilcox havia me contado sobre seus terríveis sonhos. Ele dissera que a geometria do lugar onírico que ele vira era anormal, não euclidiana, sugerindo repugnantes esferas e dimensões que desconhecemos neste mundo. Agora, um marinheiro sem cultura tinha a mesma sensação ao observar a terrível realidade.

Johansen e seus homens desembarcaram em um lodaçal inclinado naquela monstruosa acrópole e galgaram com dificuldade os titânicos e limosos blocos que não poderiam ser uma escada feita por seres mortais. O próprio sol parecia distorcido no céu quando visto através do miasma polarizador que emanava daquela aberração por tantos anos submersa, e uma mistura de ameaça e suspense espreitava maliciosa naqueles alucinantes e elusivos ângulos de pedra em que um segundo olhar percebia uma forma côncava, depois de o primeiro olhar havê-la percebido convexa.

Algo muito semelhante ao terror dominara todos os exploradores antes mesmo que se avistasse qualquer coisa mais definida do que rocha e limo e alga. Cada um teria fugido se não temesse o escárnio dos outros, e foi com hesitação que eles procuraram — em vão, como ficou provado — algum suvenir portátil para levarem embora.

Foi Rodrigues, o português, quem subiu no pedestal do monólito e gritou anunciando o que encontrara. Os outros o seguiram, e avistaram curiosos a imensa porta entalhada com a forma do agora conhecido baixo-relevo do polvo-dragão. Era, disse Johansen, como uma grande porta de celeiro, e todos sentiram que era uma porta por causa da ornamentação na verga, na soleira e nos batentes em torno dela, embora eles não conseguissem determinar se ela estava na posição horizontal, como a porta de um alçapão, ou se estava inclinada, como a porta externa de um porão. Como Wilcox teria dito, a geometria do lugar era toda errada. Não se podia ao certo saber se o mar e o chão eram horizontais, e, portanto, a posição relativa de tudo o mais parecia fantasmagoricamente variável.

Briden empurrou a pedra em vários pontos sem obter resultado. Então, Donovan a tateou delicadamente em torno da extremidade, pressionando cada ponto separadamente, um em seguida do outro. Ele empreendeu uma escalada sem fim por aquela grotesca moldura de pedra — quer dizer, seria possível dizer "escalada" se a coisa não fosse, no final das contas, horizontal —, e os homens se perguntavam como qualquer porta do universo podia ser tão vasta. Então, com lentidão e suavidade, o quilométrico painel começou a se abrir para dentro na extremidade superior, e eles perceberam que ele pivoteava. Donovan deslizou, ou de alguma forma se projetou para baixo ou ao longo do batente, e juntou-se aos companheiros, e todos assistiram ao bizarro recuo do portal monstruosamente entalhado. Nessa fantasia de distorção prismática, a porta se moveu de forma anômala na diagonal, violando todas as leis da matéria e da perspectiva.

A abertura era negra, tão negra que quase parecia sólida. A escuridão era na verdade uma *qualidade positiva* — já que ocultava partes das paredes internas que deveriam ter sido reveladas —, e de fato, se projetou como fumaça vinda de um ancestral aprisionamento, perceptivelmente escurecendo o sol ao se esgueirar no céu encolhido e giboso, como que batendo asas membranosas. O odor que vinha das recém-abertas profundezas era intolerável e, a certa altura, Hawkins, que tinha o ouvido aguçado, julgou ter escutado um som desagradável vindo lá de baixo, como se algo estivesse transbordando. Todos prestaram atenção e ainda estavam parados ouvindo quando a Coisa assomou lentamente e, tateando ao seu redor, esgueirou sua gelatinosa imensidão verde pela porta escura e avançou no ar viciado daquela cidade de envenenada loucura.

A caligrafia do pobre Johansen quase ficou ilegível no momento em que ele escreveu esse trecho. Dos seis homens que nunca voltaram para o barco, ele acha que dois pereceram de puro pavor naquele momento maldito. A Coisa não pode ser descrita — não há linguagem para esses abismos de gritante e imemorial loucura, tais estrambóticas contradições de matéria, força e ordem cósmica. Uma montanha que caminhava ou cambaleava. Deus! Não causa surpresa o fato de que, do outro lado da Terra, um grande arquiteto tenha enlouquecido e o pobre Wilcox tenha entrado em febril delírio naquele instante telepático! A Coisa dos ídolos, a criatura pegajosa e esverdeada desovada pelos astros, havia despertado para reassumir seu lugar. Os astros estavam alinhados de novo e o que um culto imemorial não conseguira realizar por determinação própria, um grupo de inocentes marinheiros havia feito por acidente. Após vintilhões de anos, o grande Cthulhu estava de novo à solta, ávido por aplacar seus prazeres.

Três homens foram varridos pelas lassas garras antes que qualquer um deles se virasse. Que descansem em paz, se é que existe algum descanso no universo. Foram Donovan, Guerrera e Angstrom. Parker escorregou enquanto os outros três mergulhavam frenéticos em infindáveis panoramas de rocha esverdeada, e Johansen jura que foi vomitado por um ângulo de pedra que não deveria estar lá; um ângulo que era agudo, mas se comportava como se fosse obtuso. Assim, apenas Briden e Johansen chegaram ao barco, e remaram desesperadamente na direção do *Alert* enquanto aquela imensa monstruosidade se agachava nas lodosas pedras e hesitava, debatendo-se na beira da água.

O vapor não se esgotara completamente, apesar da partida de todos os homens fugindo para a praia; demorou apenas alguns momentos de febril esforço entre leme e engrenagens para colocar o *Alert* em movimento. Lentamente, entre os distorcidos horrores daquela cena indescritível, a embarcação começou a revolver as águas letais; enquanto isso, nas rochas daquela praia sepulcral que não era deste mundo, a Coisa titânica proveniente dos astros babava e bufava emitindo sons desconexos, como Polifemo amaldiçoando a nau de Odisseu em fuga. Então, mais arrojado que os míticos Ciclopes, o grande Cthulhu impulsionou sua figura lodosa para dentro da água, avançando na direção do *Alert* com grandes golpes de potência cósmica que levantavam enormes ondas. Briden olhou para trás e enlouqueceu numa convulsão de gargalhadas estridentes; continuou assim, soltando um riso alucinado de quando em quando, até que a morte o encontrou um dia na cabine enquanto Johansen vagava em delírio.

Mas Johansen ainda não se rendera. Sabendo que a Coisa poderia certamente alcançar o *Alert* antes que ele estivesse a todo vapor, arriscou uma atitude desesperada e, colocando o motor na velocidade máxima, correu como um raio no convés e inverteu a direção do leme. Houve um violento vagalhão com explosão de espuma naquele ruidoso oceano e, enquanto o vapor se tornava cada vez mais intenso, o bravo norueguês posicionou seu barco diretamente contra a Coisa gelatinosa que o perseguia e se elevava acima da espuma nebulosa como a popa de um galeão demoníaco. A horrorosa cabeça de polvo com os tentáculos em convulsão chegou perto do gurupés do robusto vapor, mas Johansen avançou implacável. Houve um estrondo como a explosão de uma bexiga, uma gosmenta sordidez como a de um peixe-lua dilacerado, um fedor como o de mil sepulturas abertas e um som que um historiador não conseguiria descrever. Por um átimo, o barco foi envolvido numa acre e ofuscante nuvem verde, e então só se viu à ré uma ebulição venenosa; onde — Deus do céu! — os fragmentos espalhados daquela inominável criatura gerada pelos astros nebulosamente *se recombinavam* na sua odiosa forma original e se distanciavam cada vez mais do *Alert*, que avançava cada vez mais rápido, já a pleno vapor.

Isso foi tudo. Depois disso, Johansen ficou na cabine meditando a respeito do ídolo e tomou algumas providências para alimentar a si mesmo e o maníaco a seu lado, que se desmanchava em riso alucinado. Ele não tentou navegar depois daquela fuga audaz, que lhe subtraíra algo da alma. Sobreveio então a tempestade de 2 de abril, e sua consciência ficou muito nebulosa. Há uma sensação de rodopio espectral através de líquidos vórtices de infinitude, de vertiginosas viagens por cambaleantes universos na cauda de um cometa e de mergulhos histéricos do abismo para o céu e do céu para o abismo, tudo isso intensificado pelo coro das gargalhadas dos deuses ancestrais, deformados e convulsivos, zombeteiros diabretes verdes com asas de morcego do Tártaro.

Desse sonho ele foi resgatado — veio o *Vigilant*, o Segundo Tribunal da Marinha, as ruas de Dunedin e a longa viagem de volta a sua antiga casa ao pé do Egeberg. Ele não podia contar o que acontecera — iriam considerá-lo maluco. Ele escreveria sobre o que tinha testemunhado antes que a morte o levasse, mas daquilo tudo sua mulher não devia nem desconfiar. A morte seria uma bênção se ele pudesse apagar as lembranças.

Esse foi o documento que li e que agora coloquei na caixa de metal ao lado do baixo-relevo e dos papéis do professor Angell. O documento ficará acompanhado por este meu registro — esse teste de minha própria sanidade, onde reúno o que espero que nunca possa ser reunido outra vez. Eu contemplei tudo o que universo pode conter de horrores, e mesmo o céu da primavera e as flores do verão vão ser veneno para mim de agora em diante. Mas não acho que minha vida será longa. Meu tio se foi, como o pobre Johansen se foi, da mesma forma eu irei. Eu sei demais, e o culto ainda vive.

Cthulhu também vive, suponho, mais uma vez preso no abismo de pedra que o protege desde que o sol era jovem. Sua amaldiçoada cidade está mais uma vez submersa, pois o *Vigilant* navegou naquelas águas depois da tempestade de abril. Mas seus ministros na Terra ainda urram, e corcoveiam, e cometem assassinatos em torno de monólitos encimados por ídolos em locais ermos. Ele deve ter sido preso pelo naufrágio quando estava em seu abismo negro; caso contrário, o mundo estaria agora gritando de pavor e frenesi. Quem conhece o fim? O que se levantou pode afundar, e o que afundou pode se levantar. O que há de mais odioso aguarda adormecido nas profundezas, e a decadência se alastra pelas cambaleantes cidades dos homens. Chegará um tempo — mas não devo e não consigo pensar! Imploro que, se eu não sobreviver a este manuscrito, meus testamenteiros coloquem a precaução na frente da audácia e providenciem para que mais ninguém o leia.

A CHAVE DE PRATA

QUANDO COMPLETOU 30 anos, Randolph Carter perdeu a chave do portão dos sonhos. Antes dessa época, ele compensara a insipidez da vida cotidiana com excursões noturnas a estranhas e antigas cidades além do espaço e regiões ajardinadas adoráveis, incríveis, situadas do outro lado dos mares etéreos. Entretanto, à medida que a meia-idade foi se impondo, ele passou a sentir que essas liberdades lhe escapavam pouco a pouco, até afinal desaparecerem por completo. Suas galeras não mais podiam navegar o rio Oukranos acima e passar pelos dourados pináculos de Thran, nem suas caravanas de elefante avançar firmes pelas perfumadas selvas de Kled, onde repousam belos e intactos, sob a lua, os esquecidos palácios com colunas de marfim frisadas.

Lera muito a respeito de coisas como são na realidade e conversara com demasiadas pessoas. Filósofos bem-intencionados lhe haviam ensinado a examinar as relações lógicas de tudo que existe e analisar os processos que lhe formaram os pensamentos e fantasias. Fora-se o encanto, e ele se esquecera de que toda a vida é apenas um conjunto de imagens existentes no cérebro, sem que haja diferença entre as nascidas de coisas reais e as originárias de sonhos íntimos, bem como nenhum motivo para valorizar umas acima das outras. O hábito ensinara-lhe, por meio de muita repetição, uma reverência supersticiosa ao que existe em âmbito tangível e físico e fizera-o envergonhar-se secretamente de concentrar-se em visões. Os sábios lhe haviam dito que suas fantasias simples eram infantis e sem sentido e nisto ele acreditou, pois deviam ser mesmo. O que não lhe ocorreu lembrar-se foi que as ações da realidade são igualmente sem sentido e infantis, até mais absurdas, pois os sonhadores se empenham em considerá-las cheias de sentido e intenção, enquanto o cego universo persiste em continuar a estudar, sem objetivo, do nada a alguma coisa e, mais uma vez, de alguma coisa ao nada, sem prestar atenção nem se interessar pelos desejos ou existência das mentes fugazes que tremulam por um instante, de vez em quando, e se consomem na escuridão como uma centelha efêmera.

Eles o haviam acorrentado às coisas existentes e, em seguida, explicado os funcionamentos dessas coisas até que todo o mistério saiu do mundo. Quando se queixou e almejou fugir para as regiões crepusculares, onde a magia dava forma a todos os pequenos fragmentos da vida e transformava as associações de sua mente em paisagens de emocionante expectativa e inextinguível prazer, eles o voltaram, em vez disso, para os recém-descobertos prodígios da ciência, convidando-o a encontrar maravilhas no vórtice do átomo e mistério nas dimensões do céu. E quando ele não conseguiu encontrar essas bênçãos em coisas cujas leis são conhecidas e mensuráveis, eles disseram que lhe faltava imaginação e era imaturo, porque preferia ilusões oníricas às ilusões de nossa criação física.

Por isso, Carter tentara fazer como o faziam os demais e fingiu que os acontecimentos e emoções comuns de mentes terrenas eram mais importantes que as fantasias de raras e delicadas almas. Não discordava quando lhe diziam que a dor animal de um porco esfaqueado ou de um lavrador dispéptico na vida real é mais importante que a beleza inigualável de Narath, a cidade com centenas de portões esculpidos e domos de calcedônia, da qual guardava uma vaga lembrança de seus sonhos; e sob a orientação desses sábios, cultivava uma meticulosa sensação de compaixão e tragédia.

De vez em quando, porém, não podia deixar de ver como são superficiais, volúveis e insignificantes todas as aspirações humanas e o quão inutilmente nossos impulsos reais contrastam com esses ideais pomposos que professamos possuir. Então, tinha de recorrer ao educado sorriso que lhe haviam ensinado a usar contra a extravagância e artificialidade dos sonhos, pois via que a vida cotidiana de nosso mundo é igualmente extravagante e artificial e muito menos digna de respeito por causa de sua escassa beleza e tola relutância em admitir a própria falta de razão e propósito. Desse modo, tornou-se uma espécie de humorista, sem se dar conta de que mesmo o humor é inútil num universo estúpido, destituído de qualquer padrão verdadeiro de consistência ou inconsistência.

Nos primeiros dias dessa servidão, voltara-se para a tranquila fé bem-aventurada encarecida por ele pela ingênua confiança de seus pais, pois dela se estendiam caminhos místicos que pareciam prometer uma fuga da vida. Apenas sob uma observação mais apurada, percebeu a privação de fantasia e beleza, a banalidade rançosa e prosaica, a gravidade apalermada e as grotescas reivindicações de inabalável verdade que reinavam de forma cansativa e opressiva entre a maioria de seus professores; ou sentiu por completo a falta de jeito com que se tentava manter viva essa fé, como se fosse um fato literal a intenção de uma raça primitiva combater os medos e suposições superadas do desconhecido. Desgastava-o ver a solenidade com que as pessoas tentavam decifrar a realidade terrena a partir de velhos mitos que, a cada passo, eram refutados por sua vangloriosa ciência. Essa seriedade inapropriada eliminou o afeto que ele poderia ter mantido pelos antigos credos se estes houvessem se limitado a oferecer os ritos sonoros e desabafos emocionais em seu verdadeiro disfarce de fantasia etérea.

Mas quando passou a estudar aqueles que haviam se livrado dos velhos mitos, achou-os ainda mais desagradáveis dos que os haviam mantido. Não sabiam que a beleza está na harmonia e que o encanto da vida não segue nenhum padrão em meio a um universo sem objetivo, com exceção apenas de sua harmonia com os sonhos e os sentimentos que existiram antes e cegamente moldaram nossas pequenas esferas do resto do caos. Não viam que o bem e o mal, a beleza e a feiúra, não passam de resultados ornamentais de perspectiva, cujo único valor consiste em sua ligação com que o acaso fez nossos pais pensarem e sentirem, e cujos detalhes mais sutis são diferentes para cada raça e cada cultura. Em vez disso, negavam por completo todas essas coisas ou as transferiam para o âmbito dos instintos primitivos e vagos, os quais partilhavam com os animais e camponeses, fazendo com que suas vidas se arrastassem malcheirosas em dor, feiúra e desproporção, embora cheias de um ridículo orgulho por terem escapado de algo não mais insalubre que o que ainda os mantinha. Haviam trocado os falsos deuses do medo e a fé cega pelos da licenciosidade e anarquia.

Carter não apreciava muito essas liberdades modernas, pois sua vulgaridade e sordidez indignavam um espírito amante apenas da beleza, assim como sentia a razão rebelar-se diante da frágil lógica com que os seus paladinos tentavam dourar um impulso bruto com uma santidade extraída dos ídolos que haviam descartado. Via que a maioria das pessoas, em comum com seu desacreditado sacerdócio, não podia escapar da ilusão de que a vida tem um significado diferente daquele com que os homens sonham; e não conseguia pôr de lado as ideias rudimentares de ética e obrigações além das de beleza, mesmo quando toda a natureza expressa, aos gritos, sua irracionalidade e impessoal amoralidade à luz das descobertas científicas. Desvirtuados e fanáticos com preconcebidas ilusões de justiça, liberdade e consistência, abandonaram o antigo saber, os antigos hábitos com as antigas crenças; jamais pararam para pensar que esse saber e esses hábitos eram os únicos geradores de seus presentes pensamentos e julgamentos, além de únicos guias e padrões num universo sem sentido, sem metas fixas, nem estáveis pontos de referência. Após perderem essas configurações artificiais, suas vidas ficaram privadas de direção e interesse dramático, até por fim se esforçarem para afogar o tédio em agitação e pretensa utilidade, ruído e excitação, exibição bárbara e sensação animal. Quando tudo isso os deixou fartos, decepcionados e nauseados, a repugnância os fez reagirem, passando a cultivar ironia e amargura, além de criticar a ordem social. Jamais se deram conta de que seus rudes fundamentos eram tão instáveis e contraditórios quanto os deuses de seus anciões, e que a satisfação de um momento é a perdição do seguinte. A beleza tranquila, duradoura, só aparece em sonhos, e esse consolo o mundo descartara quando, em sua adoração do real, jogou fora os segredos da infância e inocência.

Em meio a esse caos de falsidade e inquietação, Carter tentou viver como convém a um homem de pensamento apurado e de boa herança familiar. Com seus sonhos se dissipando sob a idade e o sentido de ridículo, não conseguia acreditar mais em nada; no entanto, o amor pela harmonia mantinha-o próximo aos costumes de sua raça e posição social. Caminhava impassível pelas cidades dos homens e suspirava, porque nenhuma vista parecia inteiramente real, pois cada lampejo de luz solar amarela que entrevia em telhados altos, e cada vislumbre de praças guarnecidas de balaústres nas primeiras luzes acesas ao anoitecer servia apenas para fazê-lo lembrar-se dos sonhos que outrora conhecera, além de deixá-lo com saudades das terras etéreas que não mais sabia como encontrar. Viajar era apenas um escárnio; e nem sequer a Primeira Guerra Mundial provocou-lhe grande excitação, embora houvesse servido desde o início na Legião Estrangeira da França. Por algum tempo procurou amigos, mas logo se cansou da rudeza de suas emoções e da igualdade e materialismo de suas visões. Sentiu uma vaga satisfação pelo fato de que todos os seus parentes estivessem distantes e sem manter contato com ele, pois nenhum saberia entender-lhe a vida mental, isto é, a não ser talvez o avô e o tio-avô Christopher, porém, fazia muito tempo que ambos haviam morrido.

Então, começou mais uma vez a escrever livros, o que deixara para lá quando os sonhos o abandonaram pela primeira vez. Mas nisso também não encontrou qualquer satisfação nem realização, pois o toque terreno não lhe saía da mente e não lhe permitia pensar nas belas coisas como fizera outrora. Os lampejos de humor irônico derrubavam todos os minaretes crepusculares que erigia na imaginação, e o medo terreno da improbabilidade destruía todas as delicadas e maravilhosas flores em seus jardins feéricos. A suposta religiosidade convencional que atribuía às personagens impregnava-lhes de um sentimentalismo exagerado, ao mesmo tempo em que o mito de uma realidade importante, de acontecimentos significativos e de emoções humanas depreciavam-lhe toda a elevada fantasia e revelavam-na como uma alegoria mal dissimulada e uma sátira social barata. Por isso, seus novos romances foram muito mais bem-sucedidos do que os antigos e, como sabia que tinham de ser muito vazios para agradar a uma multidão superficial, queimou-os todos e deixou de escrever. Tratava-se de romances muito graciosos, nos quais ele ria de modo urbano dos próprios sonhos que esboçava de leve, mas se deu conta de que a sofisticação deles lhes esgotara toda a vida.

Foi depois disso que passou a dedicar-se à ilusão deliberada e a interessar-se pelas ideias do bizarro e o excêntrico como um antídoto para os lugares-comuns. A maioria dessas, porém, logo revelaram sua pobreza e esterilidade; ele viu que as populares doutrinas do ocultismo são tão áridas e inflexíveis quanto às da ciência, ainda que sem sequer o fraco paliativo de verdade para redimi-las. Estupidez total, falsidade e incoerência dos pensamentos não são sonhos, nem mesmo oferecem a possibilidade de fuga da vida real para uma mente com formação superior. Por isso, Carter comprou livros mais estranhos e procurou autores mais profundos e mais terríveis de erudição fantástica, aprofundou-se em mistérios da consciência que poucos estudaram e aprendeu coisas sobre as secretas profundezas da vida, lendas e antiguidade imemorial que o transtornaram para todo o sempre. Decidiu viver num plano mais raro, mobiliando sua casa de Boston para combinar com seus humores em constante transformação: um aposento para cada um destes, pintados de cores adequadas, equipados com livros e objetos condizentes e guarnecidos com fontes das sensações corretas de luz, calor, som, gosto e odor.

Certa vez, soube de um homem no Sul que era evitado e temido pelas coisas blasfemas que lia em livros pré-históricos e tabletes de argila contrabandeados da Índia e da Arábia. Visitou-o, morou com ele e partilhou seus estudos por sete anos, até o horror surpreendê-los em uma meia-noite, num cemitério desconhecido e arcaico, e só um saiu de onde dois haviam entrado. Em seguida, voltou para Arkham, a terrível e antiga cidade assombrada por bruxas, onde viveram seus antepassados na Nova Inglaterra, e fez experiências na escuridão, em meio aos antiquíssimos salgueiros e telhados de duas inclinações prestes a caírem, que o fizeram selar para sempre certas páginas no diário de um antepassado. Mas esses horrores o levaram apenas ao limite da realidade, e não se tratava do verdadeiro território onírico que conhecera na juventude, de modo que, ao fazer 50 anos, perdeu toda a esperança de encontrar qualquer descanso ou contentamento num mundo que se tornou demasiado ocupado para a beleza e demasiado perspicaz para os sonhos.

Após ter se dado conta, afinal, do vazio e da futilidade das coisas reais, Carter passava os dias em isolamento e em saudosas lembranças desconexas de sua juventude repleta de sonhos. Julgava um tanto tolo o fato de que se desse até mesmo ao trabalho de continuar vivendo, e obteve de um conhecido sul-americano um líquido muito curioso para levá-lo ao esquecimento final sem sofrer. Inércia e força de hábito, porém, fizeram-no adiar a ação, a demorar-se na vida indeciso entre pensamentos nos velhos tempos, tirar as estranhas tapeçarias das paredes e redecorar a casa como no início de sua juventude — painéis purpúreos, mobília vitoriana e tudo o mais.

Com a passagem do tempo, quase o alegrava a decisão de ter sobrevivido, pois as relíquias da juventude e a separação do mundo faziam a vida e a sofisticação parecerem muito distantes e irreais, a ponto de um toque de magia e expectativa tornar a se infiltrar em seus

A CHAVE DE PRATA

sonhos noturnos. Durante anos, essas sonolências haviam visto apenas reflexos distorcidos de coisas cotidianas, como veem os sonhadores mais comuns. Agora, contudo, retornava um lampejo de algo mais estranho e fantástico, de imanência vagamente impressionante, que assumia a forma de imagens claras e tensas de seus dias de infância e fazia-o pensar em coisinhas inconsequentes que se esquecera havia muito tempo. Muitas vezes, acordava chamando a mãe e o avô, ambos em suas sepulturas por um quarto de século.

Então, uma noite o avô lembrou-lhe de uma chave. O idoso e encanecido acadêmico, tão real quanto em vida, falou longa e seriamente de sua antiga estirpe e das visões estranhas dos delicados e sensíveis homens que a formaram. Falou do expedicionário das Cruzadas de olhos chamejantes que se inteirou dos fantásticos segredos dos sarracenos que o mantinham cativo, além do primeiro Sir Randolph Carter, que estudaram magia quando reinava Elizabeth. Também falou de Edmund Carter, que acabara de escapar da forca no episódio das bruxas de Salem e guardara numa antiga caixa uma grande chave de prata legada pelos seus antepassados. Antes de Carter acordar, o amável visitante contara-lhe onde encontrar aquela caixa, uma caixa de carvalho esculpida de arcaico prodígio cuja tampa grotesca não fora levantada por mão alguma havia dois séculos.

Em meio ao pó e às sombras do grande sótão, encontrou-a, remota e esquecida nos fundos de uma gaveta numa alta cômoda. Tinha uns 30 cm^2 e suas esculturas góticas eram tão assustadoras que não se espantou que nenhuma pessoa houvesse ousado abri-la desde Edmund Carter. Não emitiu nenhum barulho quando sacudida, mas desprendeu o perfume místico de especiarias esquecidas. O fato de que continha uma chave na verdade não passava de uma vaga lenda, e o pai de Randolph Carter jamais soubera da existência daquela caixa. Envolta em ferro oxidado, não oferecia meio algum para destrancar a formidável fechadura. Carter teve a vaga compreensão de que encontraria ali dentro alguma chave para o perdido portão dos sonhos, mas de onde e como usá-la o avô nada lhe dissera.

Um velho empregado forçou a tampa esculpida, tremendo ao fazê-lo diante dos rostos medonhos que olhavam à espreita da madeira escurecida e por conta de uma familiaridade fora do comum. Dentro, embrulhada num pergaminho desbotado, uma imensa chave de prata deslustrada coberta com arabescos enigmáticos, mas sem conter nenhuma explicação legível. O pergaminho era volumoso e exibia apenas os estranhos hieróglifos de uma língua desconhecida escritos com um antigo junco. Carter reconheceu os caracteres iguais aos que vira num certo rolo de papiro pertencente àquele terrível estudioso do Sul que desaparecera à meia-noite num cemitério desconhecido. O homem sempre estremecia quando lia o rolo, e agora, Carter também tremia.

Mas limpou a chave e mantinha-a ao seu lado todas as noites na aromática caixa de carvalho antigo. Enquanto isso, os sonhos se intensificavam em vividez, e embora não lhe mostrassem nenhuma das estranhas cidades e incríveis jardins dos velhos tempos, adquiriam um aspecto definido cujo objetivo era inequívoco. Chamavam-no de volta a um passado remoto, com as vontades entrosadas de todos os seus antepassados que o impeliam para alguma origem oculta e ancestral. Então, deu-se conta de que devia entrar no passado e mesclar-se às coisas antigas, e dia após dia, pensava nas colinas ao norte, onde assombrava a cidade de Arkham e se localizavam o impetuoso rio Miskatonic e a solitária propriedade rural rústica de sua gente.

Na tristonha luminosidade do outono, Carter tomou o antigo caminho guardado na memória e passou pelos graciosos contornos de colinas ondulantes e prados cercados por muros de pedra, pelo distante vale e bosque suspenso, pela estrada curva, pela aconchegante propriedade rural e pelos meandros cristalinos do Miskatonic, cruzado aqui e ali por pontes rústicas de madeira ou pedra. Numa curva, viu o renque de olmos gigantescos, entre os quais um antepassado desapareceu misteriosamente um século e meio antes, e estremeceu quando o vento soprou de maneira significativa por eles. Em seguida, surgiu a casa de fazenda caindo aos pedaços do velho feiticeiro Goody Fowler, com suas janelinhas diabólicas e grande telhado inclinado quase até o chão no lado norte. Acelerou o carro ao passar por ela e só diminuiu a velocidade depois de ter subido a colina onde sua mãe e os pais dela haviam nascido, e onde a antiga casa branca ainda contemplava orgulhosa, no outro lado da estrada, o belíssimo panorama de encostas rochosas e o vale verdejante, com os distantes pináculos de Kingsport no horizonte, e sugestões do mar arcaico e repleto de sonhos no segundo plano mais distante.

Então, descortinava-se a encosta mais íngreme que ostentava a antiga casa da família, que Carter não visitara fazia quarenta anos.

A CHAVE DE PRATA

A tarde já caíra havia muito quando chegou ao sopé, e, após a curva no meio do caminho, parou para admirar o extenso campo dourado e glorificado nas inclinadas torrentes de magia derramadas pelo sol poente. Toda a estranheza e a expectativa de seus sonhos recentes pareciam presentes nessa silenciosa e celestial paisagem, e ele pensou na desconhecida solitude de outros planetas enquanto delineava, com os olhos, os gramados aveludados e desertos, brilhando ondulantes entre muros desmoronados, os arvoredos da feérica floresta realçando contornos infindáveis de colinas purpúreas ao longe e o espectral vale coberto de árvores a precipitar-se sombra abaixo rumo às cavidades úmidas, onde águas gotejantes sussurravam e gorgolejavam entre raízes inchadas e retorcidas.

Alguma coisa o fez sentir que motores não faziam parte do mundo que buscava; por isso, deixou o carro na borda da floresta, pôs a grande chave no bolso do casaco e seguiu, a pé, colina acima. As matas agora o envolviam totalmente, embora ele soubesse que a casa ficava num alto outeiro, onde se derrubaram as árvores, com exceção às do norte. Perguntou-se como estaria, porque ficara desocupada e não cuidada, devido à sua negligência, desde a morte desse estranho tio-avô Christopher, trinta anos antes. Na juventude, deleitara-se, ali, durante longas visitas e descobrira misteriosas maravilhas no bosque além do pomar.

Sombras se espessavam à sua volta, pois a noite se aproximava. A certa altura, abriu-se entre as árvores uma brecha à direita que lhe permitiu avistar léguas de prados no lusco-fusco do anoitecer ao longe e distinguir-lhe o velho campanário da Congregação no topo de Central Hill, em Kingsport; róseo com o último resplendor do dia, os vidros das janelinhas redondas em chamas com o fogo refletido. Então, quando se embrenhou mais uma vez em profunda sombra, lembrou-se, sobressaltado, que o vislumbre devia ter vindo apenas da memória infantil, pois a antiga igreja branca fora derrubada fazia muito tempo para dar lugar à construção do Hospital da Congregação. Lera a respeito com interesse, porque o jornal falara sobre algumas covas estranhas ou passagens descobertas na colina rochosa por debaixo dali.

Em meio ao seu atordoamento, uma voz se esganiçou e o fez sobressaltar-se de novo ao ouvir a conhecida entoação depois de tantos anos. O velho Benijah Corey, antigo empregado do tio Christopher, já era idoso mesmo naqueles tempos distantes de suas visitas juvenis.

Agora devia ter bem mais de 100 anos, porém, aquela voz esganiçada não podia vir de ninguém mais. Embora não distinguisse as palavras, o tom era obcecante e inconfundível. Imagine só que o "Velho Benijy" ainda estava vivo!

— Sinhozinho Randy! Sinhozinho Randy! Onde é que o sinhozinho está? Quer matar de medo sua tia Marthy? Não lhe mandou ficar perto da casa de tarde e voltar antes de escurecer? Randy! Ran dyyy! Nunca vi na minha vida menino que goste mais de sair correndo pro bosque, metade do tempo sonhando acordado em volta daquela toca de cobras no lote de madeira de cima! Ei, você, Ran dyy!

Randolph Carter parou na escuridão de breu e esfregou a mão nos olhos. Tinha algo de muito estranho. Achava-se num terreno onde não devia ter ido; desgarrara-se para lugares muito longe, os quais não faziam parte, e agora era indesculpavelmente tarde. Não notara a hora no campanário de Kingsport, embora pudesse tê-lo feito sem dificuldade com seu telescópio de bolso, mas sabia que esse atraso se tratava de alguma coisa muito estranha e sem precedente. Como não sabia ao certo se trouxera o pequeno telescópio, enfiou a mão no bolso da blusa para verificar. Não, não estava lá, mas ali estava a grande chave de prata que encontrara numa caixa em algum lugar. Tio Chris contara-lhe algo misterioso, certa vez, sobre uma velha caixa fechada com uma chave dentro; no entanto, tia Martha interrompera a história bruscamente, dizendo que não se devia contar esse tipo de coisa a uma criança cuja cabeça já era cheia demais de fantasias estranhas. Tentou se lembrar do lugar em que encontrara a chave, mas alguma coisa parecia muito confusa. Supunha que houvesse sido no sótão da casa em Boston, e teve uma vaga lembrança de subornar Parks com metade de sua mesada semanal para ajudá-lo a abrir a caixa e manter segredo a respeito; quando se lembrou disso, contudo, o rosto de Parks surgiu muito estranho, como se as rugas de longos anos houvessem se instalado no londrino enérgico e baixinho.

— Ran... dyy! Ran... dyy! Oi! Oi! Randy!"

Uma lanterna oscilante contornou a curva escura, e o velho Benijah se lançou sobre a forma silenciosa e confusa do peregrino.

— Maldito seja você, menino, então está aí! Não tem uma língua na cabeça que você não pode responder a uma pessoa? Já faz meia hora que estou te chamando, e você deve ter me ouvido há muito tempo! Não

A CHAVE DE PRATA

sabe que deixa sua tia Marthy toda nervosa por ficar aqui fora depois de escurecer? Espere até eu contar ao seu tio Chris quando ele chegar! Já devia saber que este bosque não é lugar adequado pra se andar a esta hora! Existem coisas aqui fora que não fazem bem a ninguém, como meu avô sabia muito bem antes de mim. Vamos, sinhozinho Randy, ou Hannah não vai guardar o jantar por mais tempo!

Assim, Randolph Carter se viu conduzido estrada acima, onde estrelas fascinantes tremeluziam através de altos ramos outonais. Cachorros latiam quando a luz amarela das janelas de vidros pequenos extinguia-se na última volta, e as Plêiades tremulavam através do outeiro aberto, onde se erguia um grande telhado de duas inclinações que ficou preto diante do escuro poente. Tia Martha esperava na entrada, e não ralhou muito severa quando Benijah empurrou o traquinas casa adentro. Conhecia o tio Chris bem o bastante para esperar essas coisas da família Carter. Randolph não mostrou a chave, mas comeu o jantar em silêncio e só protestou quando chegou a hora de ir para a cama. Às vezes, sonhava melhor acordado, e queria usar aquela chave.

De manhã, levantou-se cedo e teria se precipitado para o lote superior de madeira se o tio Chris não o tivesse agarrado e o obrigado a sentar-se na cadeira junto à mesa do café da manhã. Olhou impaciente a sala de teto baixo inclinado em volta, com o tapete de retalhos, vigas expostas e colunas de canto, e sorriu apenas quando os ramos do pomar roçaram os vidros da janela dos fundos. As árvores e as colinas estavam perto dele e formavam os portões daquele reino atemporal que era seu verdadeiro território.

Depois, quando o liberaram, apalpou o bolso de sua blusa à procura da chave; e ao se tranquilizar, porque estava ali, saiu saltitante e atravessou o pomar até sua inclinação mais longe, de onde a colina arborizada tornava a se elevar às alturas acima até mesmo do outeiro sem árvores. O piso da floresta era musgoso e misterioso, e grandes rochedos cobertos de líquen erguiam-se vagamente aqui e ali à luz fraca como monólitos druidas, em meio aos volumosos e retorcidos troncos de um bosque sagrado. Uma vez em sua subida, Randolph transpôs um rápido riacho cujas cascatas um pouco adiante entoavam feitiçarias rúnicas para os faunos, sátiros e dríades.

Em seguida, chegou à estranha caverna na encosta da floresta, a temida "toca de cobras" que o pessoal da região evitava, e da qual

Benijah advertiu-o repetidas vezes para que ficasse longe. Era profunda, muito mais profunda do que ninguém, senão Randolph, desconfiava, pois o menino descobrira uma fissura no mais afastado canto escuro que conduzia a uma gruta elevada e fora de alcance — um lugar sepulcral mal-assombrado cujas paredes de granito ostentavam uma curiosa ilusão de artifício consciente. Nessa ocasião, entrou de quatro como sempre, iluminando o caminho com fósforos furtados do porta-fósforos da sala de estar, e avançando pela fenda final, com uma ânsia difícil de explicar até para si mesmo. Não sabia dizer o porquê de ter se aproximado da parede mais distante tão confiante, nem o porquê de ter retirado instintivamente do bolso a grande chave de prata ao fazê-lo. Mas adiante avançou, e quando naquela noite voltou para casa a dançar, não apresentou desculpas pelo atraso, nem prestou a mínima atenção às reprovações que recebeu por ignorar por completo o chamado de chifre da hora do almoço.

Agora, todos os parentes distantes de Randolph Carter concordaram que ocorrera alguma coisa para intensificar-lhe a imaginação quando ele tinha 11 anos. O primo dez anos mais velho, Ernest B. Aspinwall, de Chicago, lembra com muita nitidez uma mudança no menino depois do outono de 1883. Randolph assistira a cenas de fantasia que poucos outros haviam visto em vida, e ainda mais estranho eram algumas das qualidades que mostrava em relação às coisas muito mundanas. Parecia, em suma, haver adquirido um estranho dom de profecia e reagia de modo incomum a coisas que, embora na época parecessem sem sentido, acabaram, mais tarde, sendo demonstradas capazes de justificar as singulares impressões. Nas décadas posteriores, com o surgimento de novas invenções, novos nomes e novos acontecimentos — um por um no livro de história —, as pessoas de vez em quando lembravam admiradas, que anos antes, Carter deixara escapar algumas palavras descuidadas de inequívoca relação com o que ainda se encontrava no distante futuro. Ele próprio não as entendia, nem sabia por que certas coisas o faziam sentir certas emoções, mas imaginava que isso se devesse a algum sonho esquecido. Já em 1897, empalidecia quando algum viajante se referia à cidade francesa de Belloy-en-Santerre, e amigos se lembraram depois de quando ele fora quase mortalmente ferido ali em 1916, enquanto servia com a Legião Estrangeira na Primeira Guerra Mundial.

A CHAVE DE PRATA

Os parentes de Carter falam muito dessas coisas, porque ele desapareceu faz pouco tempo. O velho e baixinho empregado Parks, que por anos suportou-lhe paciente as excentricidades, viu-o pela última vez na manhã que partiu, sozinho, em seu carro com uma chave que recém-encontrara. Parks ajudara-o a tirar a chave da velha caixa que a continha, sentindo-se estranhamente perturbado pelas grotescas esculturas na caixa e por alguma outra estranha característica que não sabia descrever. Ao partir, Carter dissera que ia visitar sua velha terra ancestral ao redor de Arkham.

Na metade do caminho, Elm Mountain acima, rumo às ruínas da velha propriedade Carter, encontraram-lhe o carro estacionado com todo cuidado no acostamento, e dentro uma caixa de madeira perfumada com esculturas em baixo-relevo que apavoravam os homens do campo que com ela se deparavam. A caixa continha apenas um estranho pergaminho cujos caracteres nenhum linguista nem paleógrafo conseguisse decifrar ou identificar. A chuva apagara havia muito quaisquer pegadas possíveis, apesar de que investigadores de Boston tiveram algo a dizer sobre indícios de desordem entre as madeiras tombadas da mansão Carter. Declararam que era como se alguém houvesse tateado, no escuro, as ruínas num período recente. Encontrou-se um lenço branco comum entre as rochas da floresta na encosta, mas não se pôde identificá-lo como pertencente ao homem desaparecido.

Falam em repartir os bens de Randolph Carter entre seus herdeiros, mas hei de me opor firmemente contra isso, porque não acredito que ele esteja morto. Há distorções de tempo e espaço, de vista e realidade, que só um sonhador pode adivinhar; e, pelo que conheço de Carter, acho que ele apenas encontrou um meio de percorrer esses labirintos. Não sei se algum dia ele retornará ou não. Queria as terras oníricas que perdera, e sentia muitas saudades dos dias de sua infância. Então, encontrou uma chave, e de algum modo, creio que conseguiu usá-la para estranhas finalidades.

Hei de perguntar-lhe quando o vir, pois espero encontrá-lo em breve numa certa cidade onírica que ambos costumávamos visitar. Circulam rumores em Ulthar, além do rio Skai, de que um novo rei ocupa o trono de opala em Ilek-Vad, aquela fabulosa cidade de torres no alto dos penhascos côncavos de cristal, que dominam o mar crepuscular onde os Gnorri, seres barbudos e providos de barbatanas, construíram seus labirintos singulares, e acho que sei como interpretar esses rumores. Com certeza, aguardo impaciente a visão daquela grande chave de prata, porque em seus arabescos enigmáticos talvez se encontrem simbolizados todos os desígnios e mistérios de um cosmo cegamente impessoal.

A ESTRANHA CASA ALTA NA NÉVOA

DE MANHÃ, a névoa eleva-se do mar pelos penhascos além de Kingsport. Branca e emplumada, sobe do fundo ao encontro das irmãs, as nuvens, cheia de sonhos de úmidos pastos e cavernas de leviatãs. E mais tarde, em tranquilas chuvas de verão nos íngremes telhados de poetas, as nuvens espalham partes desses sonhos, para que os homens não vivam sem o rumor de velhos e estranhos segredos e de maravilhas que os planetas contam aos planetas a sós durante a noite. Quando os relatos voavam abundantes nas grutas de tritões e as conchas em cidades cobertas de alga emitem ensandecidas melodias aprendidas com os Deuses Antigos, então as grandes névoas, ansiosas, aglomeram-se no céu repletas de saber, os olhos voltados para o mar nas pedras veem apenas uma brancura mística, como se a borda do penhasco fosse a borda de toda a Terra, e os solenes sinos de boias ressoam livres no éter feérico.

No norte da arcaica cidade de Kingsport, contudo, os penhascos erguem-se altaneiros e curiosos, terraço sobre terraço, até que o mais setentrional de todos paira no céu como uma nuvem cinzenta congelada pelo vento. Solitário, destaca-se como um ponto deserto que sobressai no espaço ilimitado, pois ali a costa faz uma curva acentuada onde desemboca o grande rio Miskatonic ao fluir das planícies depois de passar por Arkham, trazendo lendas das florestas e pequenas lembranças fantásticas das colinas de Nova Inglaterra. A população que vive à beira-mar em Kingsport venera esse penhasco como outros povos litorâneos veneram a estrela polar e determina o tempo das vigias noturnas pela forma como o penhasco oculta ou permite ver as constelações Ursa Maior, Cassiopeia e do Dragão. Acreditam que se une ao firmamento e, de fato, desaparece para eles quando a névoa oculta as estrelas ou o sol. Adoram alguns dos penhascos, como um que chamam de Pai Netuno devido ao perfil grotesco, ou um outro cujos degraus sustentados por pilares denominam A Calçada, mas este eles temem, porque fica muito perto do céu. Os navegantes portugueses que ali chegam de uma viagem se persignam quando o veem pela primeira vez, e os antigos ianques acreditam que escalá-lo, se na verdade fosse possível fazê-lo, seria uma questão muito mais grave que a morte. Não obstante, existe uma antiga casa nesse penhasco, e à noite homens veem luzes nas janelas de vidros pequenos.

A antiga casa sempre esteve naquele local, e as pessoas dizem que ali mora Alguém que conversa com as névoas matinais que se elevam das profundezas e talvez veja coisas singulares em direção ao mar nas ocasiões em que a borda do penhasco torna-se a borda de toda a Terra, quando as solenes boias ressoam livres no branco éter feérico. Dizem isso de ouvir boatos, pois aquele ameaçador precipício jamais foi visitado, e os nativos não gostam de apontar-lhe telescópios. Embora turistas de verão tenham, de fato, a examinado com elegantes binóculos, nunca viram mais que o primitivo telhado cinzento, pontiagudo e coberto com telhas de madeira cujos beirais chegam quase aos alicerces cinzentos e a fraca luz amarela das janelinhas é entrevista abaixo desses beirais no crepúsculo. Esses veranistas não creem que a mesma pessoa more na antiga casa há centenas de anos, mas não podem provar sua heresia a nenhum verdadeiro nativo de Kingsport. Até o Terrível Ancião que conversa com pêndulos de chumbo dentro de garrafas compra mantimentos com ouro espanhol antiquíssimo e guarda ídolos de pedra no jardim de seu chalé antediluviano em Water Street; só sabe dizer que tudo continuava o mesmo desde que o avô era um menino, e isso deve ter sido há inacreditáveis séculos, quando Belcher ou Shirley ou Pownall ou Bernard era Governador da Província de Massachusetts-Bay de Sua Majestade.

Então, num verão, chegou a Kingsport um filósofo chamado Thomas Olney, o qual ensinava coisas tediosas numa faculdade próxima a Narragansett Bay. Ele chegou com uma mulher robusta e filhos travessos, além de olhos cansados de ver as mesmas coisas e ter os mesmos pensamentos bem-disciplinados durante muitos anos. Contemplou as névoas do diadema de Pai Netuno e tentou penetrar em seu mundo branco de mistério pelos gigantescos degraus de A Calçada. Manhã após manhã, deitava-se nos penhascos e examinava a borda do mundo no éter enigmático mais adiante, prestava atenção aos sinos espectrais e aos ensandecidos gritos do que talvez fossem gaivotas. Depois, quando a névoa se dissipava e o mar se destacava prosaico com a fumaça de navios a vapor, suspirava e descia até a cidade, onde adorava ziguezaguear pelas velhas e estreitas veredas colina acima e abaixo, examinar as decrépitas e oscilantes empenas e os estranhos portais sustentados por pilares que haviam abrigado tantas gerações de vigorosa gente do mar. Até conversava com o Terrível Ancião, que não gostava de forasteiros, mas que o convidou a entrar no seu intimidante chalé arcaico, onde os tetos baixos e revestimentos de madeira bichada ouvem os ecos de inquietantes monólogos na sombria madrugada.

Era inevitável, claro, que Olney notasse o chalé cinzento não frequentado no céu, naquele sinistro precipício ao norte que formava uma unidade com as névoas e o firmamento. Sempre a pairar sobre Kingsport, e sempre seu mistério ouvido em sussurros por todos os becos tortuosos de Kingsport. O Terrível Ancião contou-lhe, ofegante, uma história que seu pai lhe contara sobre um raio que disparou uma noite daquele pontiagudo chalé *acima* até as nuvens na parte superior do céu; e a avó Orne, cuja minúscula casa com telhado de duas inclinações em Ship Street é toda coberta de musgo e hera, comentou, com a voz estridente, sobre uma coisa que sua avó ouvira de fonte indireta sobre formas que saíam batendo asas das névoas do leste e entravam direto naquele lugar inalcançável pela única porta estreita, a qual fica junto à beira do precipício voltada para o mar, vista só de relance pelos navios de passagem.

Por fim, após ficar ávido por coisas novas e estranhas, sem se deter pelo temor dos moradores de Kingsporter nem pela habitual indolência dos veranistas, Olney tomou uma decisão muito terrível. Apesar de uma formação conservadora — ou por causa desta, pois as vidas de monotonia cotidiana provocam desejos ansiosos pelo desconhecido —, fez um solene juramento de escalar aquele evitado penhasco ao norte e visitar o chalé cinzento de anormal antiguidade no céu. Era muito plausível, deduziu seu *eu* mais são, que o lugar devia ser habitado por pessoas que o acessavam do interior ao longo da crista mais fácil ao lado do estuário do Miskatonic. Decerto, negociavam em Arkham, cientes do pouco que os habitantes de Kingsport gostavam daquela casa, ou talvez por ser impossível descer o penhasco pelo lado de Kingsport. Olney seguiu ao longo dos penhascos menos íngremes até o sopé de onde o grande precipício precipitava-se, insolente, acima para unir-se às coisas celestiais, tendo absoluta certeza de que nenhum ser humano conseguiria escalá-lo nem descer por aquela protuberante encosta ao sul. Ao leste e ao norte, elevava-se verticalmente a uma altura de milhares de metros da água; por isso permanecia apenas o lado oeste, do interior e em direção a Arkham.

Cedo numa manhã de agosto, Olney saiu à procura de um caminho para o inacessível pináculo. Seguiu em direção ao noroeste por aprazíveis estradas secundáveis, passou pelo lago de Hooper e o velho paiol de tijolo até onde os pastos sobem para o cume acima do Miskatonic e oferecem uma linda vista dos campanários brancos georgianos de Arkham defronte a léguas de rio e prado. Aí, encontrou uma estradinha sombria para Arkham, mas nenhuma trilha na direção do mar que desejava. Bosques e campos apinhavam-se até a alta margem da foz do rio e não exibiam um único sinal de presença humana; nem sequer um muro de pedra ou uma vaca extraviada, mas apenas mato alto, árvores gigantescas e emaranhados de roseiras bravas que os primeiros índios talvez tenham visto. À medida que subia devagar pelo leste, cada vez mais alto acima do estuário à esquerda e cada vez mais próximo do mar, notou que o caminho se tornava mais difícil, a ponto de se perguntar como os moradores daquele detestado lugar conseguiam chegar ao mundo externo e se iam com frequência ao mercado em Arkham.

Então, as árvores se escassearam, e muito abaixo de si, à direita, viu as colinas, os antigos telhados e pináculos de Kingsport. Até a colina Central era nanica daquela altura, e ele conseguiu apenas distinguir o antigo cemitério ao lado do Hospital da Congregação, embaixo do qual, diziam os rumores, espreitavam algumas terríveis cavernas ou covas. Adiante, estendiam-se ervas escassas e grupos de pequenos arbustos de mirtilo, além da rocha desnuda do precipício e o fino cume do temível chalé cinzento. Em seguida, a crista estreitou-se, e Olney sentiu vertigem diante daquela solidão no céu. Ao sul, o aterrador precipício acima de Kingsport; ao norte, a queda vertical de quase 1,5 quilômetros até a foz do rio. De repente, uma grande brecha abriu-se diante de si, de uns 30m de profundidade, de modo que teve de se pendurar com as mãos, se deixar cair até um piso inclinado e, em seguida, arrastar-se perigosamente por um desfiladeiro natural na parede oposta. Então era esse o caminho que os moradores da misteriosa casa percorriam entre a Terra e o céu!

Quando transpôs a brecha, uma névoa matinal se acumulava, mas ele viu nitidamente o elevado e iníquo chalé defronte, as paredes tão cinzentas quanto a rocha, e o alto pico destacado em contraste com o branco leitoso dos vapores marítimos. Percebeu que não tinha porta nesse lado voltado para a terra, mas apenas duas pequenas janelas de treliça com encardidos caixilhos redondos de vidro no estilo do século XVII. Tudo à sua volta se limitava a nuvens e caos, e não lhe permitia ver nada abaixo senão a brancura do infinito espaço. Estava a sós no céu com essa estranha casa muito perturbadora; e ao contorná-la hesitante até a fachada e ver que a parede era nivelada com a borda do penhasco, de modo que não se tinha como chegar à única porta estreita a não ser pelo éter vazio, sentiu um nítido terror distinto que só a altitude não podia explicar. E era muito estranho que telhas de madeira tão bichadas sobrevivessem, ou que tijolos tão desintegrados ainda mantivessem uma chaminé de pé.

Quando a névoa se intensificou, Olney avançou devagar até as janelas nas laterais do norte, oeste e sul, tentou abri-las, mas encontrou todas trancadas. Sentiu uma vaga satisfação por estarem trancadas, porque quanto mais via daquela casa, menos desejava entrar. Então, um ruído deteve-o. Ouviu um chiado de fechadura e o correr de um ferrolho, seguidos por um longo rangido, como se uma porta pesada fosse lenta e cautelosamente aberta. Vieram do lado voltado para o mar que ele não via, onde o estreito portal abria no espaço vazio a milhares de metros no céu nublado acima das ondas.

Em seguida, veio do interior do chalé o ruído de passos pesados, deliberados, e Olney ouviu as janelas se abrirem, primeiro, no lado norte oposto a ele, depois, no oeste, bem pertinho dele. Então, abriram-se as janelas do sul sob os grandes beirais baixos no lado onde ele estava; e é preciso dizer que se sentia mais que inquieto ao pensar na detestável casa num lado e no vazio do espaço no outro. Quando chegou o tateamento nos caixilhos mais próximos, tornou a arrastar-se para a fachada oeste, achatando-se na parede ao lado das janelas agora abertas. Ficou claro que o dono viera para casa; porém, não chegara por terra, nem de algum balão ou aeronave imaginável. Passos soaram de novo, e Olney avançou devagar para o norte, mas, antes que pudesse encontrar um refúgio, uma voz o chamou baixinho, e ele soube que precisava enfrentar seu anfitrião.

Esticada para fora de uma janela no lado oeste, viu um rosto com uma grande barba preta cujos olhos brilhavam fosforescentes com a impressão de visões inauditas. No entanto, a voz era amável e com um timbre de singular antiguidade; por isso, Olney não estremeceu quando a mão parda estendeu-se para ajudá-lo a transpor o parapeito e entrar naquela sala baixa revestida de lambris de carvalho preto e mobília esculpida de Tudor. O homem usava roupas muito antigas e era envolvido a um indefinível nimbo de sabedoria marítima e sonhos com altos galeões. Olney não se lembra de muitos dos prodígios que contou, nem sequer de quem era; no entanto, diz que se tratava de alguém estranho e amável, além de possuir a magia de insondáveis vazios de tempo e espaço. A pequena sala parecia verde com uma tênue luz aquosa, e Olney viu que as janelas distantes, voltadas para o leste, não estavam abertas, mas tapadas contra o éter nublado com vidros espessos foscos como o fundo de velhas garrafas.

O anfitrião barbudo parecia jovem, embora fitasse com olhos impregnados de antigos mistérios; e a julgar pelas histórias das maravilhosas coisas antigas que relatou, deve-se imaginar que o pessoal da aldeia tinha razão ao dizer que ele comungava com as névoas do mar e as nuvens do céu desde antes mesmo da existência de qualquer aldeia para observar sua taciturna moradia da planície inferior. O dia transcorria, e Olney continuava ouvindo os rumores dos velhos tempos e lugares distantes, descobrindo que os reis da Atlântida lutaram com as escorregadias blasfêmias que saíam serpeantes de fendas no leito oceânico, que navios perdidos ainda entreviam à meia-noite o templo de Poseidon sobre pilares e cheio de ervas daninhas, e que sabiam, ao vê-lo, que haviam se perdido para sempre. O anfitrião relembrou os Titãs do início dos tempos, mas se mostrou tímido quando falou da sombria primeira era do caos antes do nascimento dos deuses ou até mesmo dos Deuses Antigos, e quando apenas *os outros deuses* iam dançar no cume do Hatheg-Kla no deserto pedregoso perto de Ulthar, mais além do rio Skai.

A essa altura, ouviu-se uma batida na porta antiga de carvalho guarnecida com pregos diante da qual se estende apenas o abismo de

A ESTRANHA CASA ALTA NA NÉVOA

nuvem branca. Olney levantou-se assustado, mas o barbudo fez-lhe um sinal para que se acalmasse, caminhando na ponta dos pés até a porta para olhar pelo vidro de um caixilho muito pequeno. Não gostou do que viu e, por isso, levou o dedo aos lábios e se pôs a circular na ponta dos pés para fechar e trancar todas as janelas antes de retornar ao antigo banco de madeira com espaldar alto e baú sob o assento ao lado de seu convidado. Em seguida, Olney viu demorar-se diante dos translúcidos quadrados de cada uma das janelinhas em sucessão uma estranha silhueta preta enquanto o visitante contornava inquisitivamente o chalé antes de partir, alegrando-o o fato de que o anfitrião não respondera à batida. Porque existem estranhos objetos no grande abismo, e aquele que procura sonhos precisa tomar cuidado para não provocar nem encontrar os errados.

Em seguida, as sombras começaram a reunir-se; primeiro, as pequenas e furtivas debaixo da mesa, depois, as mais destemidas nos escuros cantos revestidos de lambris. E o barbudo fez gestos enigmáticos de oração, acendendo velas altas em castiçais de metal curiosamente forjados. De vez em quando, olhava para a porta como se esperasse alguém, e afinal seu olhar pareceu respondido por uma singular série de pancadinhas que devia ter seguido algum código muito antigo e secreto. Dessa vez, ele nem sequer olhou pela abertura, mas ergueu a grande barra de carvalho e correu o ferrolho, destrancando a pesada porta e escancarando-a para as estrelas e a névoa.

E aí, ao som de obscuras harmonias, adentraram flutuantes naquela sala, vindos do abismo, todos os sonhos e lembranças dos Deuses Poderosos do fundo da Terra. E chamas douradas dançavam ao redor das fechaduras cheias de ervas daninhas, fazendo com que Olney ficasse deslumbrado ao prestar-lhes homenagem. Ali estavam Netuno com seu tridente, os esportivos tritões e as fantásticas nereidas, e nos dorsos dos golfinhos equilibrava-se uma imensa concha crenulada na qual desfilava a forma cinzenta e medonha do primal Nodens, Senhor do Grande Abismo. Das conchas dos tritões, desprendiam-se misteriosos canglores e as nereidas emitiam estranhos ruídos batendo nas grotescas conchas ressonantes de desconhecidos espreitadores nas sombrias grutas marinhas. Então, o grisalho Nodens estendeu uma das mãos murchas e ajudou Olney e seu anfitrião a entrarem na imensa concha, ao mesmo tempo em que as demais conchas e os gongos irromperam num desvairado e assombroso clamor. E no infinito éter afora saiu a rodar aquele fabuloso séquito, o ruído de cuja gritaria perdeu-se nos ecos de trovões.

A noite toda em Kingsport, os moradores observavam aquele alto penhasco quando a tempestade e as névoas permitiam-lhes entrevê-lo, e quando no início da madrugada apagaram-se as luzes fracas das janelinhas, eles sussurraram de temores e desastre. Os filhos e a robusta mulher de Olney rezaram para o brando deus dos batistas e torceram para que o viajante tomasse emprestado um guarda-chuva e galochas, a não ser que a chuva parasse pela manhã. Pouco depois, surgiu do mar o amanhecer gotejante envolto em névoa, e as boias repicaram solenes em vértices de éter branco. Ao meio-dia, trombetas de duendes ressoaram sobre o mar enquanto Olney, seco e a passos ligeiros, descia dos penhascos à antiga cidade de Kingsport com a expressão de lugares distantes nos olhos. Não se lembrava do que sonhara no chalé empoleirado no céu daquele ainda anônimo ermitão, nem sabia explicar como se arrastara por aquele precipício abaixo nunca antes percorrido por outros pés. Tampouco conseguiu falar dessas questões com ninguém, senão com o Terrível Ancião, o qual depois murmurou coisas estranhas sob a longa barba branca, jurou que o homem que desceu daquele despenhadeiro não era o mesmo homem que subira e que em algum lugar sob aquele cinzento telhado pontiagudo, ou em meio aos inconcebíveis limites daquela sinistra névoa branca, ainda permanecia o espírito perdido de quem foi Thomas Olney.

E desde então, ao longo dos anos que se arrastavam sombrios, cheios de tédio e cansaço, o filósofo tem trabalhado, comido, dormido e empreendido, sem se queixar, as ações adequadas a um cidadão. Não mais anseia pela magia de colinas mais distantes, nem suspira em busca de segredos que espreitam como recifes verdes de um mar sem fundo. A mesmice de seus dias não lhe causa mais sofrimento, e pensamentos bem-disciplinados passaram a bastar por sua imaginação. A boa mulher está mais robusta e os filhos mais velhos, mais prosaicos e mais úteis, e ele jamais deixa de sorrir corretamente com orgulho quando a ocasião o exige. De seu olhar não se desprende nenhuma luz inquieta, e se ele ainda ouve sinos solenes ou trombetas de duendes distantes, é só à noite quando vagueiam os antigos sonhos. Nunca tornou a ver Kingsport, pois a família não gostava das curiosas casas antigas, e queixava-se de que a rede de esgoto era muito ruim. Têm um elegante bangalô agora em Bristol Highlands, onde não se erguem elevados precipícios, e os vizinhos são urbanos e modernos.

Em Kingsport, porém, circulam estranhos relatos, e até o Terrível Ancião admite uma coisa não contada por seu avô. Porque agora, quando o vento sopra impetuoso do norte e passa pela antiga casa que é unida com o firmamento, desfez-se afinal aquele agourento e sombrio silêncio que sempre significou a ruína dos camponeses marítimos de Kingsport. E o pessoal antigo fala de vozes agradáveis ouvidas cantando ali, de risadas que se alteiam com alegrias além das alegrias da Terra; dizem que à noite as janelinhas baixas brilham mais que antes. Também dizem que a feroz aurora surge com mais frequência naquele local, cintilando azul no norte com visões de mundos congelados, enquanto o precipício e o chalé destacam-se pairados pretos e fantásticos diante de intensos clarões de relâmpagos. As névoas do amanhecer se tornaram mais espessas, e marinheiros não têm mais tanta certeza de que toda a badalada amortecida de sinos em direção ao mar é a das boias solenes.

Pior de todo, entretanto, é o arrefecimento dos velhos temores nos corações dos jovens de Kingsport, que tendem cada vez mais a escutar, à noite, os fracos e distantes ruídos trazidos pelo vento do norte. Juram que nenhum dano ou sofrimento pode habitar aquele alto chalé pontiagudo, pois das novas vozes desprende-se batimentos alegres e, com eles, o tinido de risos e música. Embora não saibam que relatos as névoas marinhas talvez tragam para aquele pináculo assombrado mais ao norte de todos, anseiam por obter algum indício das maravilhas que batem na porta escancarada do penhasco quando as nuvens ficam mais densas. Os patriarcas temem que algum dia eles encontrem, um por um, essa inacessível crista no céu e descubram que segredos centenários se escondem sob o íngreme telhado revestido de ripas de madeira que faz parte das rochas, das estrelas e dos antigos temores de Kingsport. Não duvidam que esses jovens temerários irão retornar, mas acham que talvez deles desapareçam dos olhos uma luz e do coração uma vontade. Nem desejam uma fantástica cidade de Kingsport, com suas ladeiras íngremes e empenas arcaicas arrastando-se indiferente pelos anos, enquanto, voz por voz, o coro de risos se torna cada vez mais forte e ensandecido naquele desconhecido e terrível lugar misterioso, onde névoas e os sonhos de névoas param para descansar em sua trajetória do mar em direção aos céus.

Nem desejam que as almas de seus jovens abandonem os agradáveis lares e tabernas da antiga Kingsport, tampouco desejam que as risadas e música naquele elevado local rochoso se tornem mais altas. Porque dizem que, assim como a voz que acabou de chegar trouxe novas névoas do mar e novas luzes do norte, outras vozes trarão mais névoas e mais luzes; até talvez os deuses antigos (cuja existência apenas se insinua em sussurros por se temer que o pároco da congregação ouça) saiam das profundezas e da desconhecida Kadath no deserto frio e estabeleçam sua residência naquele precipício malevolamente adequado tão próximo das suaves colinas e vales de tranquilos e simples pescadores. Não desejam nada disso, pois, para as pessoas simples, tudo que não faz parte da Terra é mal acolhido; além disso, o Terrível Ancião muitas vezes lembra-lhes o que Olney disse sobre uma batida que o morador solitário temeu e uma forma preta e inquisitiva vista diante da névoa por aquelas estranhas janelinhas translúcidas de caixilhos chumbados.

Tudo isso, porém, só os Grandes Deuses podem decidir; por enquanto, a névoa matinal continua a subir do fundo do mar por aquele solitário e vertiginoso cume com a íngreme casa antiga, de beirais baixos onde não se vê ninguém, mas à qual a noite traz furtivas luzes enquanto o vento do norte revela estranhas folias. Branca e emplumada, sobe do fundo ao encontro das irmãs — as nuvens — cheia de sonhos de úmidos pastos e cavernas de leviatãs. Quando os relatos voavam abundantes nas grutas de tritões, e as conchas em cidades cobertas de alga emitem ensandecidas melodias aprendidas com os Grandes Deuses, então as grandes névoas ansiosas aglomeram-se no céu repletas de saber, e os olhos voltados para o mar nas pedras veem apenas uma brancura mística, como se a borda do penhasco fosse a borda de toda a Terra, e os solenes sinos de boias ressoam livres no éter feérico.

A BUSCA ONÍRICA DA DESCONHECIDA KADATH

TRÊS VEZES Randolph Carter sonhou com a cidade maravilhosa e três vezes a viu arrebatada de si, enquanto continuava parado no alto terraço que a contemplava de cima. Toda dourada e fascinante, a cidade resplandecia ao pôr do sol com muralhas, templos, colunatas e pontes em forma de arco de mármore travertino, fontes com bacias de prata e chafariz prismático que esguichava em amplas praças e jardins perfumados; e ruas largas que desfilavam em reluzentes fileiras por entre delicadas árvores, urnas carregadas de flores e estátuas de marfim; enquanto nas íngremes ladeiras em direção ao norte elevava-se uma série de telhados vermelhos e antigos frontões pontiagudos que abrigavam ruelas calçadas com pedras redondas circundadas de grama. Tratava-se de uma febre dos deuses: uma fanfarra de trombetas sobrenaturais e um estrépito de címbalos imortais. O mistério pairava sobre o lugar como as nuvens sobre uma fabulosa montanha abandonada; e enquanto Carter se mantinha ofegante e esperançoso naquele parapeito guarnecido de balaústres, ele se sentiu dominado pela aflição e expectativa da lembrança quase desaparecida pela dor das coisas perdidas e pela enlouquecedora necessidade de reconhecer, mais uma vez, o que antes tinha sido um lugar assombroso e importante.

Sabia que esse significado em outro tempo devia ter sido supremo para ele, embora não soubesse dizer em que ciclo ou encarnação o conhecera, nem se em sonho ou acordado. Vagamente, a lembrança suscitava vislumbres do início de uma juventude esquecida e distante, quando a curiosidade e o prazer se encontravam em todo o mistério dos dias, assim como avançavam proféticos com passos largos o amanhecer e o crepúsculo ao som vivo de alaúdes e música, abrindo os portões feéricos para maravilhas extras assombrosas. Toda noite, porém, quando Carter ficava naquele alto terraço de mármore com as curiosas urnas e o parapeito esculpido e olhava ao longe a silenciosa cidade de beleza e imanência sobrenaturais ao pôr do sol, ele sentia a servidão aos deuses tirânicos do sonho; pois, de maneira alguma, conseguia sair daquele local elevado nem descer os largos e marmóreos lances de escada que se precipitavam intermináveis abaixo até onde aquelas ruas de bruxaria antiga se estendiam dispersas e acenavam.

Quando, pela terceira vez, despertou diante dos lances de escada ainda não descidos e as ruas silenciosas ao pôr do sol não atravessadas, ele orou por longo tempo e seriamente para os deuses ocultos do sonho que ruminam inconstantes acima das nuvens na desconhecida Kadath, no frio deserto, onde nenhum homem pisa. Mas os deuses não deram resposta e não demonstraram piedade, nem transmitiram qualquer sinal favorável quando ele rezou em sonho e invocou-os através de sacrifícios por intermédio dos sacerdotes barbudos Nasht e Kaman-Thah cujo templo, numa caverna com um pilar de chama, fica perto dos portões do mundo desperto. Pareceu, contudo, que as orações deviam ter sido ouvidas de modo adverso, porque, mesmo depois da primeira, ele cessou totalmente de contemplar a cidade maravilhosa, como se os três vislumbres anteriores de longe houvessem sido meros acidentes ou omissões contra algum plano ou desejo oculto dos deuses.

Por fim, cheio de ansiar por aquelas esplêndidas ruas ao pôr do sol e as enigmáticas alamedas colinas acima, em meio a antigos telhados ladrilhados, sem conseguir, dormindo ou acordado, afugentá-las da mente, Carter resolveu ir com destemida súplica onde nenhum homem fora antes e enfrentar os glaciais desertos pela escuridão até o lugar em que a desconhecida Kadath, oculta em nuvens e encimada por estrelas inimagináveis, guarda secreta e noturna, o castelo de ônix dos Grandes Antigos.

Com um leve sono, Carter desceu os setenta degraus até a caverna de chama e conversou sobre esse plano com os sacerdotes barbudos Nasht e Kaman-Thah. Os dois balançaram a cabeça com o ornamentado diadema e juraram que isso seria a morte da alma dele. Salientaram que os Grandes Antigos já haviam apresentado seu desejo e que não seria agradável molestá-los com apelos insistentes. Também o lembraram de

A BUSCA ONÍRICA DA DESCONHECIDA KADATH 357

que não apenas homem algum estivera na desconhecida Kadath, mas nenhum homem jamais desconfiara em que parte do espaço a cidade poderia situar-se: se nas terras oníricas ao redor de nosso mundo ou se naquelas em torno de alguma inimaginável companheira de Fomalhaut ou Aldebaran. Se Kadath se localizasse em nossa terra onírica, talvez fosse concebível alcançá-la, mas, desde o início dos tempos, apenas três almas completamente humanas já haviam atravessado e tornado a atravessar os ímpios golfos sombrios para outras terras oníricas; dessas três, no entanto, duas retornaram bastante enlouquecidas. Existiam nessas viagens perigos locais incalculáveis, como também aquele chocante perigo final que gagueja coisas proibidas de mencionar fora do universo ordenado, onde sonhos não alcançam: essa última praga amorfa da mais inferior confusão que blasfema e borbulha no centro de todo o infinito — o ilimitado sultão-demônio Azathoth cujo nome os lábios de ninguém ousa falar em voz alta, e que rói faminto em inconcebíveis câmaras escuras além do tempo em meio ao rufar abafado e enlouquecedor de vis tambores, e ao lamento fino e monótono de flautas amaldiçoadas em cuja batida e sopros detestáveis dançam devagar, desajeitados e ridículos os gigantescos deuses supremos: os cegos, mudos, tenebrosos e insensíveis Outros Deuses cujas almas e mensageiros constituem o caos rastejante Nyarlathotep.

Embora Carter fosse advertido dessas coisas pelos sacerdotes Nasht e Kaman-Thah na caverna da chama, ele decidiu mesmo assim, encontrar os deuses na desconhecida Kadath no frio deserto, em qualquer lugar que se situassem, e obter deles a visão, a lembrança e o abrigo da maravilhosa cidade ao pôr do sol. Sabia que a jornada seria estranha e longa e que os Grandes Antigos se declarariam contra, mas, como macaco velho na terra dos sonhos, contava com muitas lembranças e recursos úteis para ajudá-lo. Por isso, após pedir uma bênção de despedida dos sacerdotes e pensar com astúcia em seu rumo, desceu com coragem os setecentos degraus até o Portão do Sono Mais Profundo e partiu pelo bosque encantado.

Nos túneis desse bosque tortuoso cujos baixos e prodigiosos carvalhos entrelaçam ramos hesitantes e emitem um brilho fraco com a fosforescência de estranhos fungos, habitam os furtivos e reservados *zoogs*, que conhecem muitos segredos obscuros do mundo do sonho e alguns do mundo desperto, visto que o bosque em dois lugares toca as terras de homens, embora fosse desastroso dizer onde. Certos rumores, fatos e desaparecimentos inexplicáveis ocorrem entre os homens em lugares que os *zoogs* têm acesso e é até melhor que não possam aventurar-se para longe do mundo onírico. No entanto, nas partes mais próximas do mundo onírico eles passam livremente, voando apequenados e amarronzados sem serem vistos, trazendo de volta picantes relatos para passar as horas junto às fogueiras na floresta que amam. A maioria dos *zoogs* vive em tocas, mas alguns habitam os troncos das grandes árvores; e embora se alimentem sobretudo de fungos, dizem em voz baixa que também têm um leve gosto por carne, física ou espiritual, pois, certamente, muitos sonhadores que se embrenharam nas matas jamais voltaram. Carter, porém, não tinha medo, pois era um velho sonhador e aprendera a linguagem vibrante das criaturas e fizera muitos tratos com elas, tendo encontrado com a sua ajuda a esplêndida cidade de Celephaïs, em Ooth-Nargai, além das colinas *Tanarians*, onde reina durante a metade do ano o poderoso rei Kuranes, um homem que ele conhecera em vida por outro nome. Kuranes era a alma que estivera nos golfos estrelares e retornara livre da loucura.

Agora, ao atravessar com dificuldade os baixos corredores fosforescentes, entre os gigantescos troncos, Carter emitia sons vibrantes à maneira dos *zoogs* e prestava atenção de vez em quando às respostas. Lembrou-se de uma aldeia específica das criaturas próxima ao centro do bosque, onde um círculo de grandes pedras cobertas de musgo, no que fora antes uma clareira, revela moradores mais antigos e mais terríveis, há muito esquecido, e em direção a esse local apressou-se. Reconheceu seu caminho pelos grotescos fungos, que sempre parecem mais bem nutridos quando alguém se aproxima do terrível círculo onde os seres mais velhos dançavam e ofereciam sacrifícios. Por fim, a luz de maior intensidade dos fungos mais espessos revelou uma sinistra vastidão verde e cinzenta que se impelia acima da abóbada formada pela floresta e desaparecia do campo visual. Essa consistia no lugar mais próximo do grande círculo de pedras e Carter soube que se achava perto da aldeia *zoog*. Reiniciando o som vibrante, esperou paciente e foi, afinal, recompensado por uma impressão de muitos olhos que o encaravam. Eram os *zoogs*, pois se veem seus misteriosos olhos muito antes de se poder distinguir-lhes os pequenos e escorregadios contornos castanhos.

E da toca oculta e da árvore semelhante a uma colmeia, saíram enxameados em grande número até encher de energia toda a região mal-iluminada. Alguns dos mais ferozes deram um desagradável esbarrão em Carter, e um até lhe beliscou a orelha de maneira repugnante; mas esses espíritos sem lei logo foram contidos pelos mais velhos. O Conselho dos Sábios, após reconhecer o visitante, ofereceu-lhe uma cuia de seiva fermentada, extraída de uma árvore mal-assombrada diferente das outras, que crescera de uma semente jogada por alguém na lua; e enquanto Carter bebia-a cerimonioso, iniciou-se um colóquio muito estranho. Os *zoogs*, lamentavelmente, não tinham noção de onde ficava o cume de Kadath, nem sequer sabiam se o deserto gelado se situava no nosso mundo onírico ou em outro. Os rumores sobre os Grandes Antigos também chegavam de todos os pontos; e talvez se pudesse apenas dizer que se tinha mais chance de vê-los nos altos picos montanhosos do que nos vales, pois nesses picos eles dançam motivados por reminiscências quando a lua se encontra acima e as nuvens abaixo.

Em seguida, um *zoog* muito idoso lembrou-se de um caso desconhecido pelos outros e contou que em Ulthar, além do rio Skai, ainda subsistia a última cópia dos Manuscritos Pnakotic de inconcebível antiguidade, feitos por homens despertos em esquecidos reinos boreais e introduzidos na terra dos sonhos quando o perigoso canibal Gnophkehs dominou os vários templos de Olathoë e assassinou todos os heróis das terras de Lomar. Os manuscritos, ele continuou, revelavam muito sobre os deuses; além disso, em Ulthar existiam homens que haviam visto os sinais dos deuses, e até um velho sacerdote que escalara uma grande montanha para vê-los dançando ao luar. Este último malograra; entretanto, seu companheiro conseguira chegar lá e perecera anônimo.

Então, Randolph Carter agradeceu aos *zoogs*, os quais adejaram amigáveis e deram-lhe outra cuia de vinho de árvore da lua para levar consigo, e partiu pelo fosforescente bosque para o outro lado, onde as corredeiras do Skai fluem das encostas de Lerion abaixo, e Hatheg, Nir e Ulthar pontilham a planície. Atrás de si, furtivos e despercebidos, rastejavam vários dos curiosos, pois desejavam saber o que poderia acontecer com ele e levar de volta a lenda para sua gente. Os imensos carvalhos se tornavam cada vez mais compactos enquanto o viajante avançava para além da aldeia, procurando atento certo lugar onde as árvores se dissipavam um pouco, estando mortas ou morrendo entre os fungos de densidade anormal e o mofo em putrefação, além das toras amolecidas dos irmãos tombados. Ali, Carter viraria bruscamente para o lado, pois naquele local uma imensa placa de pedra assenta-se no chão da floresta e os que ousaram aproximar-se dizem que essa ostenta um aro de ferro de quase um metro de largura. Ao se lembrarem do círculo arcaico de grandes pedras musgosas, e para o que decerto fora instalado, os *zoogs* não param próximo daquela extensa laje com o enorme aro porque se dão conta de que nem tudo o que é esquecido precisa necessariamente estar morto, e de que não gostariam de ver a laje erguer-se devagar e com deliberação.

Carter desviou-se no lugar certo e ouviu atrás de si o assustado adejo de alguns dos *zoogs* mais tímidos. Sabia que o seguiriam; por isso, não se sentiu incomodado, pois se cresce habituado com as anomalias dessas criaturas intrometidas. Caía o crepúsculo quando chegou à borda do bosque e o brilho a se intensificar indicou-lhe tratar-se do lusco-fusco da manhã. Acima das férteis planícies que desciam ondulantes até o Skai, notou a fumaça das chaminés de cabanas, e em todos os lados se viam as sebes, os campos arados e os telhados de sapé de uma terra pacífica. Parou uma vez no poço de uma casa de fazenda em busca de uma caneca de água quando todos os cachorros latiram assustados para os imperceptíveis *zoogs* que se arrastavam por detrás do gramado. Em outra casa, onde as pessoas se movimentavam, Carter fez perguntas sobre os deuses, se eles dançavam muitas vezes em Lerion; porém, o fazendeiro e a esposa quiseram apenas fazer o Sinal dos Anciões e indicar-lhe o caminho para Nir e Ulthar.

Ao meio-dia, percorreu a única rua principal de Nir, que visitara uma vez, e que assinalara suas viagens anteriores nessa direção; e logo depois chegou à grande ponte de pedra acima do Skai em cujos cais centrais os pedreiros haviam cerrado um sacrifício humano vivo quando o construíram mil e trezentos anos antes. Assim que chegou ao outro lado, a frequente presença de gatos (todos os quais arquearam as costas para os rastejantes *zoogs*) revelou o próximo bairro de Ulthar; pois em Ulthar, de acordo com uma antiga e importante lei, nenhum homem pode matar um gato. Eram muito agradáveis os subúrbios de Ulthar, com as pequenas cabanas verdes e fazendas com cercas primorosas; e mais agradável ainda a própria cidade estranha, com os antigos telhados pontudos, andares superiores salientes e inúmeros canos de chaminé, além de estreitas ruas na colina onde se podiam ver antigos calçamentos com pedras arredondadas sempre que os graciosos gatos ofereciam espaço suficiente. Carter, após os gatos serem de algum modo dispersados pelos *zoogs* semivisíveis, tomou o caminho direto ao modesto Templo dos Anciões, onde consta que se encontravam os sacerdotes e os antigos registros; e assim que entrou naquela venerável torre circular de pedra coberta de hera — que coroa a mais alta colina de Ulthar —, procurou o patriarca Atal que estivera no topo do cume proibido de Hatheg-Kla, no deserto pedregoso, e tornara a descer vivo.

Atal, sentado num estrado de marfim em um santuário engrinaldado na parte superior do templo, tinha três séculos de idade, embora continuasse com a mente e a memória muito aguçadas. Com ele, Carter aprendeu muitas coisas sobre os deuses, mas, sobretudo, que se tratava na verdade apenas de deuses terrestres que governavam com fraqueza nossa terra onírica, sem terem nenhum poder ou moradia em outra parte. Atal disse que eles podiam prestar atenção à prece de um homem se estivessem de bom humor; entretanto, não se devia pensar em subir até seu baluarte de ônix no topo de Kadath no frio deserto. Por sorte, nenhum homem conhecia o lugar de onde se elevava Kadath, pois os frutos de escalá-lo seriam muito sombrios. O companheiro de Atal, Barzai, o Sábio, fora arrastado aos gritos céu adentro por apenas subir o conhecido pico de Hatheg-Kla. Com a desconhecida Kadath, se um dia encontrada, as questões seriam muito piores, porque, embora os deuses terrenos às vezes possam ser superados por um sábio mortal, são protegidos pelos Outros Deuses do Exterior, a respeito dos quais é melhor não se manifestar. Pelo menos duas vezes na história do mundo os Outros Deuses marcaram com seu sinete o granito primitivo da terra: uma nos tempos antediluvianos, como conjeturado a partir de um desenho nas partes dos Manuscritos Pnakotic, antigos demais para serem lidos, e outra em Hatheg-Kla, quando Barzai, o Sábio, tentou ver os deuses terrestres dançando ao luar. Por isso, disse Atal, seria muito melhor deixar todos os deuses em paz, exceto em orações diplomáticas.

Carter, apesar de decepcionado pelo desencorajador conselho de Atal e pela escassa ajuda a ser encontrada nos Manuscritos Pnakotic e os Sete Livros Crípticos de Hsan, não perdeu toda a esperança. Primeiro, perguntou ao velho sacerdote sobre aquela maravilhosa cidade ao pôr do sol, vista do terraço balaustrado, com a ideia de que talvez a encontrasse sem a ajuda dos deuses; Atal, porém, nada soube lhe responder. Na certa, continuou o sacerdote ancião, o lugar pertencia ao mundo onírico especial de Carter e não à terra de visão geral que muitos conhecem e que concebivelmente existia em outro planeta. Nesse caso, os deuses terrestres não podiam guiá-lo, ainda que quisessem. Mas isso não era provável, visto que a interrupção dos sonhos mostrou com bastante clareza que se tratava de algo que os Grandes Antigos desejavam esconder dele.

Em seguida, Carter cometeu uma ação perversa, oferecendo ao ingênuo anfitrião tantos goles do vinho-lunar que ganhara dos *zoogs* que o velho tornou-se um irresponsável tagarela. Roubado de sua habitual discrição, o coitado do Atal falou desembaraçado de coisas proibidas, como de uma grande imagem informada por viajantes, esculpida na rocha sólida da montanha Ngranek, na ilha de Oriab cercada pelo Oceano Austral; e insinuou que talvez fosse uma representação outrora forjada pelos deuses terrestres de suas próprias feições na época em que dançavam ao luar naquela montanha. Também contou entre soluços que as feições da imagem são muito estranhas, de modo que se pode reconhecê-las com facilidade, e que se trata de claros sinais da autêntica raça dos deuses.

A essa altura, valer-se de tudo que lhe foi dito para encontrar os deuses logo se tornou evidente para Carter. Sabe-se que os mais jovens dentre os Grandes Antigos muitas vezes usam máscaras para se casar com as filhas dos homens, de forma que, ao redor dos limites do deserto frio, no lugar em que se eleva Kadath, todos os camponeses devem ter o sangue deles. Assim sendo, a forma de encontrar aquele deserto devia ser examinar o rosto de pedra em Ngranek e distinguir as feições; em seguida, após gravá-las com cuidado, procurar tais feições entre os vivos. Onde elas forem mais nítidas e mais numerosas, deve ser o lugar mais próximo da morada dos deuses; e qualquer deserto rochoso que se estenda nos fundos das aldeias nesse lugar deve ser aquele no qual se ergue Kadath.

Muito se poderia aprender a respeito dos Grandes Antigos em tais regiões, e os com o sangue deles talvez herdassem pequenas lembranças muito úteis para um investigador. Talvez desconhecessem sua ascendência, pois os deuses têm tanta aversão a ser conhecidos entre os homens que não se consegue encontrar nenhum que lhes viu os rostos de propósito: um fato do qual Carter se deu conta ainda enquanto procurava escalar Kadath. Mas eles tinham ideias fantásticas e sublimes mal-entendidas pelos seus próximos, e louvavam, com cantos, lugares e jardins remotos tão diferentes dos conhecidos, mesmo na terra dos sonhos, que as pessoas simples os chamavam de bobos; e a partir de tudo isso talvez se pudesse aprender antigos segredos de Kadath ou obter dicas da maravilhosa cidade ao pôr do sol que os deuses mantinham escondida. E mais, em certos casos, poderia-se capturar como refém um filho bem-amado de um deus, ou até um próprio deus jovem, disfarçado e que habitasse entre os homens com uma graciosa donzela camponesa como noiva.

Atal, contudo, não sabia como encontrar Ngranek na ilha de Oriab e recomendou que Carter seguisse o cantarolante rio Skai abaixo sob suas pontes até o Oceano Austral, onde nenhum burguês de Ulthar já esteve, mas de onde os comerciantes vêm em barcos ou em longas caravanas de mulas e carroças de duas rodas. Embora haja por lá uma grande cidade, Dylath-Leen, esta goza de má reputação em Ulthar por causa das galés pretas com três fileiras de remos, que ali atracam com rubis, vindas de costas clandestinas. Os comerciantes que vêm dessas galés para negociar com os joalheiros são humanos, ou quase humanos, mas nunca se veem os remadores; e não se julga benéfico em Ulthar que comerciantes façam negócios com embarcações pretas de lugares desconhecidos cujos remadores não podem ser exibidos.

Depois que dera essa informação, Atal se mostrou muito sonolento; por isso, Carter deitou-o com delicadeza num divã de ébano incrustado e juntou-lhe de forma decorosa a longa barba no peito. Quando se virou para partir, observou que nenhum adejo reprimido seguiu-o, e perguntou-se por que os *zoogs* se haviam tornado tão negligentes naquela curiosa perseguição. Então, notou que todos os lustrosos e complacentes gatos de Ulthar lambiam as bochechas com raro prazer, e lembrou-se dos cuspes e miados que ouvira de leve nas partes mais baixas do templo enquanto absorvido na conversa do velho sacerdote. Também se lembrou da maliciosa e faminta maneira com que um jovem *zoog*, muito abusado, encarara um gatinho preto na rua de pedras no lado de fora. E porque mais que tudo na Terra amava gatinhos pretos, ele inclinou-se e acariciou os macios gatos de Ulthar enquanto lambiam as bochechas e não lamentou o fato de que aqueles inquisitivos *zoogs* não mais o escoltariam além dali.

O sol se punha então; por isso, Carter parou diante de uma antiga pousada numa íngreme ruela que dava para a cidade baixa. Ao sair para a sacada de seu quarto e olhar o mar de telhados vermelhos, as calçadas de pedras embaixo e os aprazíveis campos além, tudo límpido e mágico na luz oblíqua, jurou que Ulthar seria um lugar muito adequado no qual se morar para sempre, não fosse pela lembrança de uma cidade maior ao pôr do sol sempre a incitá-lo em direção a perigos desconhecidos. Em seguida, instalou-se o crepúsculo, e as paredes cor-de-rosa cobertas por gesso dos frontões se tornavam arroxeadas e místicas, ao mesmo tempo em que luzinhas amarelas surgiam à tona, uma por uma, de velhas janelas de treliça. Suaves sinos repicavam na torre do templo acima, enquanto a primeira estrela piscava de leve acima dos prados no outro lado do Skai. Com a noite chegou a música, e Carter se pôs a balançar a cabeça enquanto os tocadores de alaúde exaltavam os tempos antigos das sacadas ornamentadas com filigranas e os pátios embutidos com mosaicos da simples Ulthar mais adiante. Talvez também se pudesse ouvir doçura até nas vozes dos numerosos gatos de Ulthar, só que a maioria ficara saciada e silenciosa após o estranho banquete. Alguns se retiraram para aqueles âmbitos secretos conhecidos apenas dos gatos e que os aldeões dizem situar-se no lado escuro da lua, para onde os gatos saltam de altos telhados, mas um gatinho preto avançou devagar escada acima e saltou no colo de Carter para ronronar e brincar. Quando ele se deitou enfim no pequeno sofá, cujas almofadas eram estofadas com ervas fragrantes e soporíferas, o bichano aninhou-se a seus pés.

De manhã, Carter juntou-se a uma caravana de comerciantes rumo a Dylath-Leen com a lã fiada de Ulthar e os repolhos das ocupadas fazendas de Ulthar. E durante seis dias, eles rodaram com sinos a tilintarem pela nivelada estrada à margem do Skai; paravam algumas noites nas pousadas de estranhas aldeiazinhas pesqueiras e em outras noites acampavam sob as estrelas, enquanto chegavam do plácido rio trechos de músicas dos barqueiros. O campo era muito bonito, com sebes e bosques verdejantes, além de pitorescas cabanas pontiagudas e moinhos de vento octogonais.

No sétimo dia, elevou-se uma mancha de fumaça no horizonte adiante e, em seguida, as altas torres escuras de Dylath-Leen, constituídas sobretudo de basalto. Dylath-Leen, com essas torres finas e angulosas, assemelha-se um pouco de longe à Calçada dos Gigantes e ostenta ruas escuras e inóspitas. Veem-se muitas tavernas lúgubres à beira-mar próximas aos numerosos cais; e a cidadezinha inteira enxameia-se de marinheiros estranhos de todos os cantos da terra, além de alguns dos quais dizem não serem deste mundo. Carter indagou aos cidadãos envoltos em estranhos mantos a respeito do pico de Ngranek, na ilha de Oriab, e constatou que o conheciam muito bem. Navios vindos de Baharna aportaram naquela ilha, um deles programado para retornar em um mês, e o porto de Ngranek fica a apenas dois dias no lombo de uma zebra. Poucos, contudo, haviam visto a face de pedra do deus, porque se localiza num lado de muito difícil acesso a Ngranek, voltado apenas para os penhascos mais íngremes e um vale de sinistra lava. Certa vez, os deuses se enfureceram com os homens naquele lado e informaram da questão aos Outros Deuses.

Foi difícil obter essa informação dos comerciantes e marinheiros nas tabernas junto aos cais de Dylath-Leen, porque a maioria preferia sussurrar a respeito das galés pretas. Aguardava-se a chegada de uma delas em uma semana, com rubis trazidos de orla desconhecida e os habitantes receavam vê-la atracar. As bocas dos homens que vinham das galés para negociar eram largas demais, e a forma como amontoavam os turbantes em dois pontos acima da testa revelava péssimo gosto. E usavam os sapatos mais curtos e ridículos já vistos nos Seis Reinos. O pior de tudo, porém, referia-se à questão dos remadores invisíveis. Aquelas três fileiras de remos moviam-se com demasiada rapidez, vigor e precisão para deixar a população tranquila. Além disso, não era correto um navio permanecer no porto durante semanas, enquanto os comerciantes negociavam, sem deixar transparecer qualquer vislumbre da tripulação. Tampouco era justo para os taberneiros, merceeiros e açougueiros de Dylath-Leen, pois jamais se enviava a bordo nem sequer um fragmento de mantimentos. Os comerciantes levavam apenas ouro e parrudos escravos negros de Parg, na outra margem do rio. Todos eles, esses comerciantes de feições desagradáveis e seus remadores invisíveis, só levavam, sempre, isso; nunca nada dos açougueiros e merceeiros, mas apenas ouro e os gordos negros de Parg, os quais eles compravam a quilo. E é impossível descrever os odores daquelas galés que o vento sul soprava de repente cidade adentro dos embarcadouros. Só fumando constantemente uma forte erva conseguiam suportá-lo até os mais robustos frequentadores das velhas tabernas à beira do cais.

Dylath-Leen jamais teria tolerado as galés pretas se fosse possível obterem rubis semelhantes àqueles em outro lugar; contudo, não se tinha conhecimento de qualquer outra mina em toda a terra onírica que os produzia.

    Sobretudo dessas coisas conversavam os cosmopolitas de Dylath-Leen, enquanto Carter esperava paciente o navio de Baharna que poderia transportá-lo até a ilha acima, da qual se agiganta a esculpida Ngranek, imponente e árida. Nesse ínterim, não deixou de ficar atento aos lugares frequentados por viajantes de longe em busca de relatos referentes à Kadath no frio deserto ou a uma maravilhosa cidade com muros de mármore e fontes de prata contemplada abaixo de terraços ao pôr do sol. A respeito dessas coisas, porém, nada ficou sabendo, embora uma vez julgasse ter percebido que um velho comerciante oriental lançou um olhar estranhamente conhecedor quando Carter se referiu ao deserto frio. Esse homem era conhecido por negociar com as horríveis aldeias de pedra no hostil planalto deserto de Leng, onde gente saudável jamais visitava e cujas fogueiras do mal se avistam de longe à noite. Corria até o rumor de que ele tratara de assuntos com aquele sumo sacerdote, cuja descrição é proibida, que usa uma máscara sedosa amarela sobre o rosto e mora sozinho num mosteiro de pedra pré-histórico. O fato de que uma pessoa assim bem poderia ter andado barganhando com esses seres que concebivelmente moram no frio deserto era inegável, mas Carter logo constatou que de nada adiantava indagá-lo.

    Então, a galé preta deslizou porto adentro após passar pelo quebra-mar de basalto e o alto farol, silenciosa e alienígena, com um estranho mau cheiro que o vento sul impelia em direção à cidade. A intranquilidade ressoou pelas tabernas ao longo da zona portuária e, após algum tempo, os comerciantes morenos de boca larga, com turbantes protuberantes e pés curtos, desembarcavam ruidosos e se encaminhavam às ocultas para os bazares dos joalheiros. Carter observava-os atentamente e quanto mais os examinava, mais antipatia sentia. Pouco depois, os viu empurrarem os robustos negros de Parg, grunhindo e suando pela prancha de embarque da singular galé adentro e desejou saber em que terras aquelas gordas e patéticas criaturas poderiam destinar-se a servir — se é que se tratava mesmo de terras.

    E na terceira noite de estada da embarcação, um dos desagradáveis comerciantes dirigiu-lhe a palavra com um sorriso pecaminoso e olhares insinuantes sobre o que ouvira nas tabernas da missão de Carter. Parecia possuir conhecimento demasiado secreto para contar em público; e embora a voz tivesse um som insuportavelmente detestável, Carter sentiu que não deveria ignorar os fatos curiosos de um viajante que viera de tão longe. Em consequência, propôs-lhe ser seu convidado nos aposentos fechados do andar de cima e serviu o restante do vinho lunar dos *zoogs* para soltar-lhe a língua. O estranho comerciante tomou-o de um só gole, mas exibiu o mesmo sorriso malicioso inalterado pela bebida. Em seguida, apresentou uma curiosa garrafa de vinho, e Carter viu que a garrafa consistia num único rubi oco, grotescamente entalhado em desenhos fabulosos demais para serem compreendidos. Ofereceu o vinho ao anfitrião, e embora este houvesse tomado apenas um gole mínimo, sentiu a vertigem do espaço e a febre de selvas inimagináveis. O tempo todo o convidado alargava cada vez mais o sorriso e, ao deslizar para o vazio total, a última coisa que Carter viu foi aquele odioso rosto escuro contorcido numa risada perversa, e algo bastante inominável onde uma das duas protuberâncias frontais do turbante cor de laranja se desarrumara com os tremores daquele regozijo epiléptico.

Carter em seguida recobrou a consciência em meios a horríveis odores sob um toldo semelhante ao de uma tenda no convés de um navio, com o deslumbrante litoral do Oceano Austral passando defronte a uma extraordinária velocidade. Embora não o houvessem acorrentado, três dos sardônicos comerciantes morenos postavam-se perto sorridentes, e a visão daquelas corcovas nos turbantes quase o fez desfalecer, assim como o mau cheiro que se infiltrava acima pelas sinistras escotilhas. Ele viu passarem a toda velocidade as terras e cidades gloriosas a respeito das quais um companheiro sonhador da Terra, um vigia de farol na antiga Kingsport — muitas vezes discursara nos velhos tempos e reconheceu os terraços cultuados de Zar, domicílio de sonhos esquecidos; os pináculos da infame Thalarion, a cidade demoníaca de mil maravilhas, onde reina o fantasma Eidolon Lathi; os sobrenaturais jardins de Xura, lugar de prazeres inalcançáveis, e os promontórios gêmeos de cristal ao se encontrarem acima num resplandecente arco que guarda o porto de Sona-Nyl, abençoada terra de fantasia.

Por todas essas magníficas regiões, o navio malcheiroso singrava insalubre, impulsionado pelos golpes anormais daqueles remadores que, por estarem em um nível inferior, não eram vistos. E antes que findasse o dia, Carter viu que o timoneiro só poderia ter como destino os Pilares de Basalto do Ocidente, mais adiante dos quais as pessoas simples afirmam situar-se a esplêndida Cathuria, embora os sonhadores prudentes saibam muito bem que se trata dos portões de uma monstruosa catarata, para a qual se precipitam todos os oceanos da região onírica da Terra, rumo ao abissal insignificante e disparam pelos espaços vazios em direção a outros mundos, a outras estrelas, e aos terríveis vácuos fora do universo ordenado, onde o sultão-demônio Azathoth rói esfomeado no caos, em meio aos instrumentos de percussão, sopro, e à dança macabra dos Outros Deuses, cegos, mudos, tenebrosos e estúpidos, com suas almas e mensageiro Nyarlathotep.

Nesse meio tempo, os três comerciantes sardônicos não deixaram escapar uma única palavra sobre a intenção deles, embora Carter soubesse que deviam estar de conluio com aqueles que desejavam refreá-lo de sua busca. É sabido na terra onírica que os Outros Deuses têm muitos agentes circulando entre os homens; e todos esses agentes, sejam totalmente ou um pouco menos que humanos, são ávidos por satisfazer a vontade dessas criaturas cegas e estúpidas em troca do favor de sua alma e mensageiro, o rastejante caos Nyarlathotep. Em consequência, Carter deduziu que os comerciantes dos turbantes salientes, ao tomarem conhecimento da ousada missão em busca dos Grandes Antigos no castelo em Kadath, haviam decidido levá-lo embora e entregá-lo a Nyarlathothep em troca de qualquer recompensa inominável que pudesse ser oferecida por esse prêmio. Carter não conseguia imaginar qual seria a terra daqueles comerciantes, em nosso universo conhecido ou nos espaços externos sobrenaturais; nem conseguia imaginar em que diabólico lugar de confiança eles se encontrariam com o caos rastejante para entregá-lo e exigir a recompensa. Sabia, porém, que seres quase humanos como aqueles não ousariam aproximar-se do supremo trono noturno do demônio Azathoth no amorfo vácuo central.

Ao pôr do sol, os comerciantes lamberam os lábios largos em excesso e se encararam famintos, e um deles desceu e retornou de alguma cabine oculta e repulsiva com uma panela e uma cesta de pratos. Então, agacharam-se juntos uns dos outros sob o toldo e comeram a carne fumegante que era passada ao redor. Quando lhe deram um pouco, porém, Carter notou algo de muito terrível no tamanho e na forma da comida, o que o fez empalidecer mais que antes e atirar a porção no mar enquanto ninguém o olhava. E mais uma vez pensou naqueles remadores invisíveis no andar de baixo e no suspeito alimento do qual se derivava sua demasiada força mecânica.

Escurecera quando a galé passou entre os Pilares de Basalto do Ocidente e o barulho da última catarata aumentou portentoso à frente. E o jato da catarata elevou-se a ponto de obscurecer as estrelas, o convés ficou úmido e a embarcação oscilou no movimento ondulante à beira do abismo. Então, com um assobio e um mergulho estranhos, deu-se o salto, e Carter sentiu os terrores de um pesadelo quando a Terra desapareceu e o poderoso barco disparou silencioso, como um cometa, espaço planetário adentro. Nunca antes ele soubera das coisas amorfas pretas que se espreitam, dão cambalhota e se debatem por todo o espaço celeste, lançando olhares de soslaio e sorrisos maliciosos a quaisquer viajantes que passam, às vezes, tateando com patas enlameadas algum objeto em movimento que lhes desperta a curiosidade. Trata-se das larvas inomináveis dos Outros Deuses, e como elas são cegas, estúpidas, cheias de fome e sede singulares.

Mas essa galé repulsiva não se dirigia tão longe quanto Carter temera, pois ele logo viu que o timoneiro seguia um caminho direto para a Lua. O quarto crescente brilhava cada vez mais, além de exibir as singulares crateras e picos inquietantes, à medida que se aproximavam. O navio dirigiu-se à borda e logo se tornou claro que seu destino era aquele lado secreto e misterioso sempre de costas para a Terra e que nenhum ser totalmente humano, exceto talvez o sonhador Snireth-Ko já viu. O aspecto próximo da Lua enquanto a galé se aproximava revelou-se muito inquietante para Carter, pois ele não gostou do tamanho e da forma das ruínas desmoronadas aqui e ali. A localização dos templos mortos nas montanhas demonstrava que não poderiam ter glorificado deuses saudáveis ou adequados, e nas simetrias das colunas quebradas parecia espreitar algum sentido sombrio e íntimo que não incentivava solução. Carter recusou-se firmemente a supor quais teriam sido a estrutura e as proporções dos antigos adoradores.

Quando o navio contornou a borda e navegou acima daquelas terras despercebidas pelo homem, surgiram na fantástica paisagem certos sinais de vida; Carter viu muitas cabanas baixas, largas, redondas em campos de grotescos fungos esbranquiçados. Notou que estas cabanas não tinham janelas e achou que a forma delas sugeria os iglus de esquimós. Então, vislumbrou as ondas oleosas de um mar moroso e soube que a viagem devia mais uma vez ser pela água — ou ao menos por algum líquido. A galé atingiu a superfície com um ruído peculiar e a estranha forma elástica com que as ondas o receberam causou grande perplexidade em Carter. Eles, então, deslizaram a toda velocidade, uma vez passando e saudando outra galé de formato semelhante, mas quase sempre nada vendo senão aquele curioso mar e um céu preto salpicado de estrelas, embora o sol, nele, brilhasse em brasa.

Logo em seguida, ergueram-se adiante as colinas dentadas de uma costa com aspecto leproso e Carter viu as grossas e desagradáveis torres cinzentas de uma cidade. A forma como se inclinavam e se curvavam, a maneira como se agrupavam e o fato de que não tinham janelas revelaram-se muito perturbadores para o prisioneiro, o qual lamentou amargamente a loucura que o fizera tomar um gole do curioso vinho daquele comerciante com o turbante curvo dos lados. Quando se aproximaram mais da costa e o repugnante fedor daquela cidade intensificou-se, ele avistou nas colinas dentadas muitas florestas, das quais reconheceu algumas das árvores como aparentadas da solitária árvore lunar, no bosque encantado da Terra de cuja seiva os pequenos *zoogs* castanhos fermentam seu vinho peculiar.

Carter agora distinguia figuras em movimento nos fétidos cais à frente, e quanto melhor os via, mais começava a temer o pior e a detestá-los. Porque de modo algum se tratava de homens — nem se pareciam com homens —, mas de imensas criaturas escorregadias branco-acizentadas que se expandiam e contraíam à vontade cuja forma principal — embora muitas vezes mudasse — assemelhava-se à de uma espécie de sapo sem olhos, porém, com uma curiosa massa vibrante de curtos tentáculos rosa na ponta do focinho vago e rombudo. Essas coisas bamboleavam azafamadas pelos cais, carregando fardos, engradados e caixotes com força sobrenatural, e de vez em quando, pulando dentro ou fora de alguma galé ancorada, com longos remos nas patas dianteiras. De vez em quando, surgia uma tocando um rebanho de escravos, os quais, na verdade, se assemelhavam a seres humanos com bocas largas como as dos comerciantes que negociavam em Dylath-Leen; só que esses rebanhos, por não usarem turbantes, sapatos nem roupa, não pareciam muito humanos, afinal. Alguns dos escravos — os mais gordos, que um tipo de inspetor beliscava de forma experimental — eram descarregados de navios e fechados com pregos em engradados que os operários empurravam para dentro de depósitos baixos ou carregavam em enormes e pesadas carroças.

Assim que engataram uma carroça e levaram-na embora, Carter viu a coisa fabulosa que a conduzia e arquejou, mesmo depois de ter visto as outras monstruosidades daquele odioso lugar. De vez em quando, conduziam um pequeno rebanho de escravos vestidos e com turbantes semelhantes aos dos comerciantes escuros a bordo de uma galé, seguido por uma grande tripulação das coisas-sapo escorregadias, como oficiais, navegantes e remadores. E Carter viu que se reservavam as criaturas quase humanas para os mais ignominiosos tipos de servidão que não exigiam força, como pilotar e cozinhar, levar e trazer, e barganhar com homens na Terra ou outros planetas onde negociavam. Essas criaturas deviam ser convenientes na Terra, pois na verdade, não eram diferentes dos homens quando cuidadosamente vestidas, calçadas e com turbantes; e podiam pechinchar nas lojas dos homens sem embaraço ou explicações curiosas. A maioria delas, contudo, a não ser as magras e mal-favorecidas, era despida, embalada em engradados, levada embora em caminhões pesados, por coisas fabulosas. Às vezes, descarregavam-se e engradavam outros seres; alguns muito semelhantes a esses semi-humanos, outros nem tanto, e ainda outros, de modo algum. Ele se perguntou se haviam deixado algum dos infelizes negros robustos de Parg para ser descarregado, encaixotado e transportado ao interior naqueles obnóxios carretões.

Quando a galé atracou num cais de rocha esponjosa e aparência gordurosa, saiu serpeando das escotilhas uma horda de coisas-sapo como se de um pesadelo, e duas delas agarraram Carter e o arrastaram até a praia. O cheiro e aspecto daquela cidade eram inenarráveis, e Carter guardou apenas imagens dispersas de ruas pavimentadas, entradas escuras e infindáveis precipícios de paredes verticais cinzentas sem janelas. Após um longo tempo, arrastaram-no por um baixo vão adentro e fizeram-no subir infinitos degraus numa escuridão de breu. Parecia que dava no mesmo para as coisas-sapo se estava claro ou escuro. O odor do lugar era intolerável e, quando trancaram Carter num aposento e o deixaram sozinho, ele mal teve forças para rastejar em volta e avaliar-lhe a forma e dimensões. Era circular e tinha uns seis metros de diâmetro.

Dali em diante, o tempo parou de existir. Em intervalos, empurrava-se comida quarto adentro; porém, Carter não a tocava. Não sabia qual seria seu destino, mas sentia que eles o mantinham preso para a chegada daquela apavorante alma e mensageiro dos Outros Deuses do infinito, o rastejante caos Nyarlathotep. Por fim, após uma duração impossível de calcular de horas ou dias, tornou-se a escancarar a grande porta de pedra e Carter foi empurrado pela escada abaixo e para as ruas iluminadas de vermelho daquela intimidante cidade. Caíra a noite na Lua e por todos os lados viam-se escravos postados com tochas.

Numa detestável praça, formou-se uma espécie de procissão: dez das coisas-sapo e 24 humanoides portadores de tocha, 11 de cada lado, um na frente e outro atrás. Puseram Carter no meio da fila, com cinco coisas-sapo na frente e cinco atrás, e um portador de tocha humanoide em cada lado. Algumas das coisas-sapo exibiram flautas de marfim esculpidas de modo repugnante e emitiram sons repulsivos. Ao ritmo daquela música infernal, a coluna avançou-se pelas ruas, calçadas afora, até sair nas planícies sombrias de fungos obscenos, começando logo a subir uma das colinas mais baixas e graduais que se erguem atrás da cidade. Carter não teve dúvida de que, em alguma encosta assustadora ou platô blasfemo, aguardava o caos rastejante e desejou que o suspense terminasse logo. O lamento daquelas flautas era chocante, e ele daria tudo no mundo por um som até mesmo seminormal, mas essas coisas-sapo não tinham vozes e os escravos não falavam.

Então, daquela escuridão salpicada de estrelas chegou um som normal. Flutuou desde as colinas mais altas, alcançou todos os cumes dentados ao redor e ecoou num crescente coro pandemoníaco. Era o grito da meia-noite do gato, e Carter soube, afinal, que os antigos moradores do vilarejo tinham razão quando conjeturavam, em voz baixa, sobre os reinos secretos que só os gatos conhecem e aos quais os mais velhos entre eles se dirigem cautelosos à noite, após saltarem de telhados altos. De fato, é para o lado escuro da Lua que vão para saltar, pular de alegria nas colinas e conversar com antigas sombras, e ali, no meio daquela coluna de coisas fétidas, Carter ouviu-lhes o grito simples, amistoso, e pensou nos telhados íngremes, nas lareiras gostosas e nas janelinhas iluminadas de casa.

Àquela altura, Randolph Carter conhecia grande parte da linguagem de gatos, e naquele lugar distante e terrível, soltou o grito adequado.

Não precisava, no entanto, tê-lo feito, pois, ao abrir os lábios, ouviu o coro aumentar e aproximar-se, e viu sombras rápidas diante das estrelas enquanto pequenas formas graciosas saltavam de uma colina a outra em legiões crescentes. Soara a chamada do clã e, antes que a procissão asquerosa tivesse tempo de assustar-se, uma nuvem de pelo sufocante e uma falange de garras assassinas caía como uma onda gigantesca e impetuosa sobre ela. As flautas calaram-se e ouviram-se gritos agudos na noite. Os humanoides agonizantes berravam, os gatos cuspiam, uivavam e rugiam, mas as coisas-sapo não emitiram sequer um som quando a malcheirosa secreção verde esvaía-se fatalmente naquela terra porosa com os fungos obscenos.

Foi uma visão estupenda enquanto duraram as tochas, e Carter jamais vira tantos gatos. Pretos, cinzentos e brancos; fulvos, mosqueados e mesclados; comuns, persas e Manx; tibetanos, angorás e egípcios; todos ali, na fúria da batalha, e pairava sobre eles certo vislumbre daquela profunda e inviolada santidade que engrandecia a deusa dos gatos nos templos de Bubástis. Pulavam sete na garganta de um humanoide ou no focinho rosa tentaculado de uma coisa-sapo e arrastavam-no barbaramente planície fungosa abaixo, onde miríades dos colegas felinos lançavam-se sobre a criatura e varavam-na com as garras e dentes frenéticos com a fúria de uma batalha divina. Carter pegara uma tocha de um escravo atacado, mas foi logo dominado pelas ondas impetuosas de seus leais protetores. Então, deitou-se na total escuridão a ouvir o clangor de guerra e os gritos dos vencedores, sentindo as patas macias dos amigos quando passavam a toda de um lado para o outro em cima dele na rixa.

Por fim, o temor e a exaustão fizeram-lhe fechar os olhos, e quando tornou a abri-los viu uma estranha cena. O grande disco brilhante da Terra, 13 vezes maior que o da Lua como a vemos, erguera-se com inúmeros feixes de luz sobrenatural acima da paisagem lunar; e por todas aquelas léguas de platô selvagem e crista irregular estendia-se um mar infindável de gatos enfileirados. Chegavam círculos após círculos, e dois ou três líderes saídos das fileiras lambiam-lhe o rosto e ronronavam para reconfortá-lo. Não se viam muitos restos dos escravos mortos e coisas-sapo; porém, Carter julgou ter visto um osso um pouco afastado ao espaço aberto entre si e o início dos sólidos círculos dos guerreiros.

Carter, em seguida, falou com os líderes na suave linguagem de gatos e ficou sabendo que sua antiga amizade com a espécie era famosa e, muitas vezes, comentada nos lugares onde os gatos se reúnem. Não passara despercebido pelos felinos em Ulthar, e os velhos gatos macios e lustrosos lembraram-se de como os afagara depois que haviam cuidado dos famintos *zoogs*, que olhavam malévolos para um gatinho preto. Também se lembraram de que acolhera o gatinho que fora visitá-lo na pousada e que lhe dera um pires de leite cremoso de manhã antes de partir. O avô daquele gatinho era o líder do exército então reunido, porque vira a procissão perversa de uma colina distante e reconheceu o prisioneiro como um amigo jurado de sua espécie no nosso planeta e na terra onírica.

Nesse momento, chegou um uivo de um cume mais distante, e o velho líder interrompeu bruscamente a conversa. Era de um gato do posto avançado do exército, estacionado na mais alta das montanhas para vigiar o único inimigo temido pelos gatos terrestres: os enormes e peculiares gatos de Saturno, que, por algum motivo, não ignoraram o charme do lado escuro de nossa lua. Esses são aliados por tratado das malignas coisas-sapo, além de manifestarem uma notória hostilidade pelos gatos terrestres; por isso, nessa conjuntura, um encontro teria sido uma questão meio grave.

Depois de uma breve consulta aos generais, os gatos se levantaram e adotaram uma formação mais cerrada, agrupando-se de modo protetor em volta de Carter e preparando-se para dar o grande salto pelo espaço de volta aos telhados de nosso planeta e sua terra onírica. O velho marechal-de-campo aconselhou-o a se deixar ser transportado de forma suave e passiva nas fileiras compactas de saltadores felpudos, e explicou-lhe como saltar quando os demais saltassem e pousar graciosamente quando os demais pousassem. Também se prontificou a deixá-lo em qualquer lugar que desejasse. Carter decidiu-se pela cidade de Dylath-Leen, de onde partira a galé preta, pois queria singrar de lá para Oriab e a crista esculpida de Ngranek, e também advertir as pessoas da cidade que não negociassem mais com galés pretas, se na verdade, fosse possível interromper esse comércio de forma diplomática e judiciosa. Em seguida, dado o sinal, todos os gatos saltaram graciosos com o amigo comprimido em segurança no meio deles; enquanto, numa escura caverna no remoto ápice profano das montanhas lunares, ainda esperava em vão o caos rastejante Nyarlathotep.

O pulo dos gatos pelo espaço foi muito rápido e por estar envolto pelos companheiros, Carter, dessa vez, não viu as imensas más-formações pretas que espreitam, dão cambalhotas e se espojam no abismo. Antes que houvesse se dado conta de tudo o que acontecera, viu-se de volta ao conhecido quarto na pousada em Dylath-Leen, e os gatos furtivos, amistosos, precipitavam-se janela afora aos montões. O velho líder de Ulthar foi o último a partir, e quando Carter apertou-lhe a pata, disse que conseguiria voltar para casa por volta do cocoricar do galo. Ao amanhecer, Carter foi ao andar de baixo e soube que se passara uma semana desde a captura e partida. Teria de esperar quase 15 dias a chegada do navio com destino a Oriab, e durante esse tempo relatou tudo o que podia contra as galés pretas e seus hábitos infames. A maioria dos habitantes acreditou nele, porém, os joalheiros apreciavam tanto aqueles grandes rubis que nenhum quis prometer deixar de negociar com os comerciantes de boca larga. Se algum mal abater-se um dia sobre Dylath-Leen por causa desse tráfico, não será por culpa de Carter.

Passada uma semana, o almejado navio atracou perto do molhe escuro e o alto farol. Carter ficou satisfeito ao ver que se tratava de uma embarcação de homens saudáveis, com os costados pintados, as velas latinas amarelas e um capitão grisalho em mantos de seda. A carga consistia na fragrante resina dos bosques mais ao interior de Oriab, a delicada cerâmica criada pelos artistas de Baharna e as estatuetas estranhas esculpidas na antiga lava de Ngranek. Pagou-se tudo isso com a lã de Ulthar, os iridescentes têxteis de Hatheg e o marfim entalhado pelos negros no outro lado do rio, em Parg. Carter combinou a ida até Baharna com o capitão e este o informou que a viagem levaria dez dias. Durante a semana de espera, conversou muito com o capitão e soube que pouquíssimos haviam visto o rosto esculpido na montanha de Ngranek, porém, a maioria dos viajantes se limita a inteirar-se das lendas dali com os idosos, catadores de lava e fabricantes de imagens em Baharna, mas, quando regressam aos distantes lares, contam que o viram de fato. O capitão nem sequer sabia ao certo se existia alguma pessoa viva que vira aquele rosto esculpido na rocha, porque, além de o acesso a esse lado maligno de Ngranek ser muito difícil, o lugar é estéril e sinistro, circulando ainda rumores de cavernas próximas ao cume, onde moram os Espreitadores Noturnos. Entretanto, o capitão quis dizer como era um espreitador noturno, pois dizem que esses seres vis assombram com mais persistência os sonhos daqueles que pensam neles com demasiada frequência. Depois, Carter perguntou ao capitão sobre a desconhecida Kadath no frio deserto e a maravilhosa cidade ao pôr do sol, mas a respeito destas o bom homem nada sabia mesmo.

 Carter partiu de Dylath-Leen de manhã cedo quando a maré mudou e viu os primeiros raios do sol nascente nas torres finas e angulosas daquela lúgubre cidade de basalto. Durante dois dias, singraram em direção ao leste diante de costas verdes e contemplavam muitas vezes as aprazíveis cidadezinhas pesqueiras que se erguiam íngremes, com telhados vermelhos e chaminés de velhos cais oníricos e de praias onde redes se estendiam a secar. No terceiro dia, contudo, guinaram acentuadamente rumo ao sul, onde a ondulação da água era mais forte, e logo deixaram de avistar qualquer terra. No quinto dia, os marinheiros se mostraram apreensivos, mas o capitão desculpou-se por seus receios, explicando que o navio ia passar pelas muralhas cheias de algas e pelos pilares quebrados de uma cidade submersa antiga demais para ser lembrada, e que quando a água ficava cristalina, dava para ver tantas sombras em movimento que as pessoas mais simples se esquivavam. Confessou, além disso, que muitos navios haviam desaparecido naquela parte do mar após terem sido saudados bem próximos dali; porém, nunca mais foram vistos.

 Naquela noite, a Lua erguia-se muito brilhante, permitindo que se enxergasse a uma grande profundidade na água. Ventava tão pouco que o navio não podia avançar muito naquele mar tão calmo. Ao olhar por cima da amurada, Carter viu muitas braças da superfície a cúpula de um grande templo e diante deste uma alameda de esfinges estranhas que conduzia ao que fora outrora uma praça pública. Golfinhos divertiam-se à beça pelas ruínas adentro e afora e toninhas se deleitavam desajeitadas aqui e ali, às vezes, surgindo na superfície e saltando livres acima do mar. Quando o navio deslocou-se um pouco, o leito do oceano elevou-se em colinas, vendo-se claramente definidas as linhas de antigas ladeiras e as paredes de inúmeras casinhas submersas.

 Em seguida, surgiram os subúrbios e, por fim, numa colina, um grande prédio solitário de arquitetura mais simples que as outras construções e em muito melhor estado. Escuro e baixo, ocupava os quatro lados de uma praça, com uma torre em cada canto, um átrio pavimentado no centro e curiosas janelinhas redondas em toda a volta.

A BUSCA ONÍRICA DA DESCONHECIDA KADATH

Na certa, era construído de basalto, embora algas lhe cobrissem a maior parte; situava-se num lugar tão solitário e esplêndido naquela colina distante que talvez tenha sido um templo ou mosteiro. Algum peixe fosforescente no interior dava às janelinhas redondas um aspecto cintilante, e Carter não censurava muito os marinheiros por sentirem temores. Pouco depois, sob o luar aquoso, distinguiu um estranho monolito elevado no meio daquele átrio central e viu que o monumento tinha alguma coisa amarrada. E quando, após buscar um telescópio no camarote do capitão, reconheceu que aquela coisa amarrada era um marinheiro nos mantos de seda de Oriab, virado de cabeça para baixo e sem olhos, sentiu-se aliviado, porque uma brisa intensificou-se e logo impulsionou o navio adiante em direção a partes mais saudáveis do mar.

No dia seguinte, comunicaram-se com um navio de velas violetas com destino a Zar, na terra dos sonhos esquecidos, que transportava como carga bulbos de lírios de estranhas cores. E ao anoitecer do décimo primeiro dia, avistaram a ilha de Oriab, com a montanha de Ngranek elevando-se denteada e encimada por neve ao longe. Oriab é uma ilha muito grande e o porto de Baharna uma imensa cidade, cujos cais são de pórfiro, e atrás destes se ergue a cidade em grandes terraços de pedra, tendo ruas de degraus muitas vezes cortadas por arcos de prédios e pelas pontes entre os prédios. Um grande canal corre sob a cidade inteira em um túnel com portões de granito que conduzem ao lago de Yath, no interior da região em cuja margem mais distante se veem as vastas ruínas de tijolos de argila de uma cidade primitiva cujo nome não é lembrado. Quando à tardinha o navio deslizou-se porto adentro, os faróis gêmeos Thon e Thal emitiram um sinal luminoso de boas-vindas, e em todo o milhão de janelas dos terraços de Baharna, luzes suaves iam surgindo aos poucos e em silêncio enquanto as estrelas despontavam acima, ao crepúsculo, até aquele porto marítimo íngreme e elevado tornar-se uma cintilante constelação pairada entre as estrelas de céu e os reflexos dessas estrelas nas plácidas águas do ancoradouro.

O capitão, após atracar, hospedou Carter em sua própria casinha à margem do lago de Yath, até onde a parte de trás da cidade desce; e a mulher e os empregados trouxeram estranhas e gostosas comidas para o deleite do viajante. Nos dias seguintes, Carter se pôs a indagar sobre rumores e lendas de Ngranek em todas as hospedarias e lugares públicos nos quais se reúnem os catadores de lava e os fabricantes de imagens, mas não encontrou ninguém que subira as encostas mais altas e vira o rosto esculpido. Ngranek era uma montanha de difícil acesso, com apenas um vale amaldiçoado atrás dele, e, além disso, não se podia contar com a certeza de que os espreitadores noturnos fossem seres inteiramente imaginários.

Quando o capitão partiu de volta para Dylath-Leen, Carter ocupou aposentos numa antiga hospedaria cuja ruela disposta em degraus na parte original da cidade é construída de tijolo e assemelha-se às ruínas na outra margem Yath. Ali, traçou os planos para a escalada de Ngranek, correlacionando tudo o que se informara com os catadores de lava sobre os caminhos para lá. O dono da hospedaria era um homem muito velho, e ouvira tantas lendas que se revelou uma grande ajuda. Até levou Carter a um quarto no alto dessa antiga casa e mostrou-lhe um retrato grosseiro que um viajante desenhara na parede de barro nos velhos tempos, quando os homens eram mais destemidos e menos relutantes em visitar as encostas mais altas de Ngranek. O bisavô do velho hospedeiro soubera pelo seu bisavô que o viajante que esboçara aquele retrato escalara Ngranek e vira o rosto esculpido, ali o desenhando para os outros verem; no entanto, Carter teve enormes dúvidas, visto que as grandes feições rudes na parede haviam sido desenhadas às pressas e com descuido, além de ser todas obscurecidas por uma multidão de pequenas formas traçadas do pior mau gosto possível, com chifres, asas, garras e rabos enroscados.

Afinal, após conseguir todas as informações que ele teria chance de conseguir em bares e lugares públicos de Baharna, Carter alugou uma zebra e partiu de manhã pela estrada à margem do lago Yath, rumo às áreas no interior, onde domina a rochosa Ngranek. À direita, viam-se colinas ondulantes, pomares agradáveis e primorosas casinhas de fazenda de pedras, fazendo-o lembrar-se dos férteis campos que circundam o Skai. Ao anoitecer, achava-se próximo às antigas ruínas sem nome na outra margem do Yath, e embora os velhos catadores de lava o houvessem advertido a não acampar ali à noite, ele amarrou a zebra num curioso pilar diante de um muro em ruínas e estendeu a manta num canto abrigado embaixo de alguns ornamentos entalhados cujo significado ninguém saberia decifrar. Cobriu-se com outra manta, pois as noites são frias em Oriab; quando acordou uma vez e julgou sentir as asas de algum inseto roçando-lhe o rosto, puxou a coberta sobre a cabeça e dormiu em paz até ser despertado pelos pássaros magah nos distantes bosques resinosos.

O sol mal acabara de surgir sobre a grande encosta, onde se estendiam desoladas léguas de alicerces primitivos de tijolos, paredes corroídas e ocasionais colunas e pedestais rachados até a margem do Yath, quando Carter olhou à procura da zebra amarrada. Grande foi o desalento que sentiu ao ver o dócil animal estirado, prostrado ao lado do curioso pilar no qual o amarrara, e ainda maior o aborrecimento ao constatar que o equídeo estava morto, com o sangue todo sugado por um singular ferimento na garganta. Reviraram-lhe o bornal e surrupiaram bugigangas brilhantes; ao redor de todo o chão empoeirado, viam-se grandes pegadas palmadas para as quais não conseguiu de modo algum encontrar uma explicação. Ocorreram-lhe as lendas e advertências dos catadores de lava, as quais o fizeram pensar no que lhe roçara o rosto à noite. Em seguida, pendurou o bornal a tiracolo e se encaminhou em direção à montanha de Ngranek, embora não sem um calafrio ao ver próximo a si, quando a rodovia atravessava as ruínas, um grande arco baixo escancarado no muro de um antigo templo, com degraus que se dirigiam trevas abaixo a um lugar mais distante que lhe permitia enxergar.

O caminho passou a conduzi-lo, então, encosta acima pelo campo mais agreste e em parte arborizado, que descortinava no campo visual apenas as cabanas dos carvoeiros e os acampamentos dos que extraíam resina dos arbustos. Todo o ar em volta desprendia um aroma balsâmico e todos os pássaros *magah* gorjeavam alegres enquanto refletiam suas sete cores ao sol. Próximo ao pôr do sol, chegou à um novo acampamento de catadores de lava que retornavam com sacos carregados das encostas inferiores de Ngranek. Ali também acampou, a escutar as cantigas e os relatos dos homens, ouvindo sem querer o que sussurravam sobre um companheiro que havia se perdido. Subira muito alto para chegar à uma excelente massa de lava acima do último acampamento, e ao cair da noite, não retornara ao encontro dos companheiros. Quando o procuraram no dia seguinte, só encontraram um turbante e tampouco localizaram abaixo algum sinal nos precipícios que ele caíra. Interromperam a busca, porque os mais velhos disseram que de nada adiantaria. Ninguém jamais encontrou o que os espreitadores noturnos arrebatavam, ainda que essas próprias criaturas fossem quase tão duvidosas quanto imaginárias. Carter perguntou-lhes se os espreitadores noturnos sugavam sangue, gostavam de coisas brilhantes e deixavam pegadas palmadas, mas todos fizeram que não com a cabeça e pareceram assustados com essa inquisição. Quando se deu conta de como haviam ficado taciturnos, nada mais lhes perguntou e foi dormir na manta.

No dia seguinte, levantou-se com os catadores de lava e despediu-se de todos, quando se encaminharam para oeste e Carter rumo ao leste numa zebra que comprara deles. Os mais velhos o abençoaram e o advertiram, dizendo-lhe que seria melhor não subir alto demais na montanha de Ngranek. No entanto, embora lhes agradecesse calorosamente, não se dissuadiu de modo algum. Porque ainda sentia que precisava encontrar os deuses na desconhecida Kadath e obter deles um caminho para aquela inesquecível e maravilhosa cidade ao pôr do sol. Ao meio-dia, após uma longa caminhada montanha acima, deparou-se com umas aldeias abandonadas de tijolo dos montanheses que outrora haviam morado tão perto de Ngranek e esculpiam imagens de sua lava macia. Moraram ali até os tempos do avô do velho hospedeiro, mas por volta daquela época, sentiram que suas presenças eram malquistas. As casas haviam se espalhado ainda mais encosta da montanha acima, e quanto mais alto as construíam, mais pessoas perdiam-se antes de o sol nascer. Por fim, decidiram que seria melhor partir para sempre, pois, às vezes, se entreviam coisas na escuridão que ninguém conseguia interpretar favoravelmente; por isso, todos acabaram descendo até o mar e morando em Baharna, numa área muito antiga, ensinando aos filhos a antiga arte de fabricar imagens que continuam a fazer até hoje. Foi desses filhos dos montanheses exilados que Carter ouvira os melhores relatos sobre Ngranek, enquanto saía à procura pelas antigas tabernas de Baharna.

Durante todo esse tempo, a grande e sombria encosta de Ngranek agigantava-se cada vez mais alta à medida que Carter se aproximava. Viam-se árvores escassas na encosta mais baixa, mirrados arbustos acima e, em seguida, a horrível rocha ascendia espectral ao céu a fundir-se com geada, gelo e neve eterna. Carter avistou as fendas e a rugosidade daquela sombria pedra e não acolheu de bom grado a perspectiva de escalá-la. Em certos lugares, fluxos de lava sólida e montes de escória entulhavam encostas e saliências. Há 90 bilhões de anos, antes mesmo de os deuses dançarem no cume pontiagudo, aquela montanha falava com o fogo e rugia com as vozes dos trovões internos. Agora, elevava-se toda silenciosa e sinistra, ostentando no lado oculto a secreta imagem gigantesca a respeito da qual circulava o rumor. E algumas cavernas naquela montanha talvez estivessem vazias e a sós com as trevas ancestrais, ou talvez — se a lenda contasse a verdade — conter horrores de uma forma inimaginável.

O terreno inclinava-se para cima em direção ao sopé de Ngranek, tenuamente coberto de carvalhos e freixos nanicos e juncado de pedaços de pedra, lava e escória antiga. Subsistiam brasas carbonizadas de muitos acampamentos, onde os catadores de lava tinham o hábito de parar, além de vários altares toscos que haviam construído para aplacar os Grandes Deuses ou afugentar o que viam ao sonhar nos elevados desfiladeiros e nas cavernas labirínticas de Ngranek. Ao anoitecer, Carter chegou à pilha de brasas mais distante e acampou para passar a noite, amarrando a zebra numa árvore jovem e enrolando-se bem na manta antes de adormecer. A noite inteira um *vunith* uivou ao longe, à margem de algum lago oculto, mas Carter não sentiu medo algum desse terror anfíbio, pois lhe haviam dito com certeza que nenhum deles se atreve a aproximar-se das encostas de Ngranek.

À clara luz do sol da manhã, Carter começou a longa subida, conduziu a zebra ao mais longe possível que o útil animal conseguia chegar e amarrou-a a um freixo atrofiado quando o chão da estradinha tornou-se íngreme demais. Dali em diante, recomeçou sozinho a difícil escalada, primeiro pela floresta com as ruínas de antigas aldeias em clareiras invadidas pela vegetação, e depois, pelo mato espesso, onde arbustos anêmicos cresciam por toda parte. Lamentou-se ao se afastar da área arborizada, pois a encosta se tornou muito escarpada e o ambiente todo um tanto vertiginoso. Finalmente, passou a discernir toda a paisagem rural estendida abaixo de si sempre que olhava ao redor: as cabanas desertas dos fabricantes de imagem, os bosques de árvores resinosas e os acampamentos dos que as exploram, as matas onde os prismáticos *magahs* se aninham e cantam, e até um vislumbre muito distante das margens do Yath e daquelas ameaçadoras ruínas antigas cujo nome se perdeu. Julgou melhor não olhar em volta e continuou a escalada até os arbustos se tornarem muito dispersos e não haver quase mais nada a que se agarrar, além do mato espesso.

Depois, a terra tornou-se escassa, passando a exibir grandes trechos de rocha nua e, de vez em quando, o ninho de um condor numa fenda.

Por fim, restou apenas a rocha nua e, se não fosse por esta ser muito áspera e desgastada devido às intempéries, ele mal teria continuado a ascender. Saliências, ressaltos e pináculos, porém, prestavam uma enorme ajuda, e encorajava-o a ver, de vez em quando, o sinal de algum catador de lava arranhado de forma tosca na pedra friável e saber que seres humanos saudáveis haviam estado ali antes. Avançada certa altura, revelava-se mais a presença de homem pelos pontos de apoio para as mãos e os pés talhados na rocha, onde eram necessários, e pelas pequenas pedreiras e escavações onde se encontrara algum seleto veio ou fluxo de lava. Num determinado lugar, talhara-se artificialmente uma pequena saliência para acessar um depósito muito rico bem à direita da principal linha de ascensão. Algumas vezes, Carter ousou olhar ao redor, e quase ficou ofuscado ao ver a imensa estensão de paisagem abaixo. Toda a ilha entre si e a costa descortinava-se no campo visual, com os terraços de pedra de Baharna e a fumaça de suas místicas chaminés ao longe. E mais além, o ilimitável Oceano Austral, com todos os seus segredos curiosos.

Até ali, percorria-se um caminho muito serpeante em torno da montanha, de forma que o lado mais distante e esculpido continuava oculto. Carter, nesse momento, viu uma saliência que subia à esquerda e parecia dirigir-se ao caminho desejado; então, tomou-o na esperança de que se revelasse contínuo. Passados dez minutos, viu de fato que, embora não se tratasse de um beco sem saída, o caminho seguia íngreme adiante num arco, o qual, se não fosse interrompido ou desviado, o levaria após uma escalada de algumas horas àquela desconhecida encosta meridional, voltada para os desolados precipícios e o amaldiçoado vale de lava. Quando uma nova região surgiu no campo visual abaixo de si, se deu conta de que era ainda mais desolada e selvagem que as terras em direção ao mar que atravessara. A face da montanha também era meio diferente, sendo ali perfurada por curiosas fendas e cavernas não encontradas na rota mais direta que deixara. Algumas dessas ficavam acima e outras abaixo de si, todas se abriam para penhascos perpendiculares abruptos e inteiramente inacessíveis por pés humanos. Embora o ar houvesse esfriado muito, a escalada exigia-lhe tanto esforço que ele nem se incomodou. Apenas a crescente rarefação do ar incomodava-o, e ocorreu-lhe que talvez fosse isto que mexera com os neurônios dos outros viajantes e estimulara aqueles absurdos relatos sobre espreitadores noturnos, por meio dos quais explicavam a perda dos alpinistas quando caíam desses perigosos caminhos. Os relatos dos viajantes não o impressionavam muito; no entanto, levava consigo uma boa cimitarra para o caso de alguma dificuldade. Todos os pensamentos menores desapareciam diante do desejo de ver aquele rosto esculpido que talvez pudesse fazê-lo seguir ao encontro dos deuses no topo da desconhecida Kadath.

Afinal, na apavorante frialdade do espaço superior, Carter chegou ao lado oculto de Ngranek e avistou nos infinitos abismos abaixo de si os precipícios menores e os estéreis desfiladeiros de lava que assinalavam a antiga ira dos Grandes Deuses. Também se expunha no campo visual uma imensa extensão de território ao sul, porém, se tratava de uma terra deserta sem belos campos nem chaminés de cabana, parecendo não ter fim. Nenhum vestígio do mar era visível naquele lado, pois Oriab é uma ilha enorme. Cavernas escuras e fendas estranhas continuavam numerosas nos penhascos de total verticalidade, mas nenhum oferecia acesso a um escalador. Agigantou-se então uma grande massa de rocha projetada para fora que impedia a visão acima, e Carter ficou por um instante abalado, temendo que se revelasse intransponível. Equilibrado em tempestuosa insegurança quilômetros acima da terra, com apenas espaço e morte num lado e encostas rochosas escorregadias no outro, se deu conta por um instante do medo que faz com que os homens se esquivem do lado oculto de Ngranek. Não podia voltar, visto que o sol começava a se pôr. Se não houvesse uma saída para o topo, a noite o encontraria ali agachado e imóvel, e o amanhecer não o encontraria de modo algum.

Mas havia um caminho e ele o localizou no devido tempo. Só um sonhador muito perito poderia ter usado aqueles imperceptíveis apoios de pé, mas para Carter bastaram. Após transpor a rocha projetada para fora, achou a encosta acima muito mais fácil que embaixo, pois uma grande geleira, ao derreter-se, deixara um generoso espaço coberto de greda e saliências. À esquerda, um precipício lançava-se de indescritíveis alturas a indescritíveis profundezas, com a sombria abertura de uma caverna pouco fora de alcance acima dele. Em outras partes, contudo, a inclinação da encosta acentuava-se com força para trás e até lhe proporcionava espaço para recostar-se e descansar.

A julgar pelo frio, sentiu que devia estar próximo do limite da neve eterna, e ergueu os olhos para ver quais cumes cintilantes poderiam estar refletindo àquela tardia luz do sol. Com certeza, a neve se estendia por incontáveis metros acima, e abaixo uma grande rocha projetada para fora, semelhante à que acabara de transpor, ali suspensa para sempre em destacada silhueta preta diante do branco do pico congelado. E ao ver aquela saliência, ele arquejou, soltou um alto grito e agarrou-se estupefato à rocha escarpada, pois a protuberância gigantesca não permanecera como o amanhecer da Terra a modelara, mas cintilava vermelha e estupenda ao pôr do sol com as feições esculpidas e polidas de um deus.

Severo e terrível brilhava aquele rosto iluminado com fogo pelo pôr do sol. Mente alguma jamais saberia calcular-lhe a imensidão, embora Carter logo percebesse que tampouco homem algum jamais poderia tê-lo esculpido. Era um deus cinzelado pelas mãos dos deuses a encarar altivo e majestoso aquele que o buscava. Diziam os rumores que o rosto era estranho e inconfundível, e Carter confirmava que de fato assim era, porque os longos olhos enviesados, as orelhas de lóbulos compridos, o nariz fino e o queixo pontiagudo, tudo indicava uma raça não de homens, mas de deuses. Agarrava-se intimidado àquele elevado e perigoso ninho de águias, embora fosse o que esperara e viera encontrar, pois existe mais prodígio no rosto de um deus do que a profecia pode transmitir, e quando esse rosto é maior que um grande templo e é visto olhando o pôr do sol abaixo nos silêncios enigmáticos daquele mundo superior de cuja lava escura fora em priscas eras divinamente talhado. O prodígio é tão intenso que ninguém consegue escapar.

Nisso, também se encontrava o prodígio extra do reconhecimento, pois, embora ele houvesse planejado vasculhar todas as terras dos sonhos à procura daqueles cuja semelhança com esse rosto pudesse assinalá-los como filhos de deuses, compreendeu, então, que não precisava fazê-lo. Com certeza, o grande rosto esculpido naquela montanha nada tinha de estranho, porém, aparentado dos que ele vira muitas vezes nas tabernas do porto marítimo da cidade de Celephaïs, mais além das colinas Tanarianas, governada pelo rei Kuranes que Carter conhecera certa vez na vida desperta. Todos os anos, marinheiros com esse semblante chegavam do norte em navios escuros para trocar seu ônix por jade entalhado, meadas de ouro e passarinhos canoros vermelhos de Celephaïs, e ficou claro que não podiam ser outros senão os semideuses que procurava. O lugar onde moravam devia situar-se próximo ao deserto frio, e neste a desconhecida Kadath e o castelo de ônix dos Grandes Deuses. Precisava, portanto, encaminhar-se para Celephaïs, muito distante da ilha de Oriab, e lugares que o levasse de volta a Dylath-Leen, rio Skai acima até a ponte de Nir, e mais uma vez para o bosque encantado dos *zoogs*, a partir do qual o caminho fazia uma curva rumo ao norte pelas terras ajardinadas de Oukranos em direção aos pináculos dourados de Thran, onde poderia encontrar um galeão com destino ao mar Cerenerian.

Mas anoitecia, e o imenso rosto esculpido encarava-o de cima ainda mais severo envolto em sombras. A noite encontrou Carter encarapitado naquela saliência e a escuridão não lhe permitia subir nem descer, mas apenas permanecer agarrado e tiritando de frio naquele lugar estreito até o dia raiar, rezando para manter-se acordado e temendo que o sono o fizesse soltar os dedos do apoio e o lançasse pelos vertiginosos quilômetros de ar abaixo até os penhascos e rochas pontudas do vale amaldiçoado. Surgiram as estrelas, porém, com exceção destas, ele via apenas o tenebroso, nada associado à morte, contra cujo aceno não podia fazer mais do que se agarrar às rochas e reclinar-se para trás, afastando-se da beira de um abismo invisível. A última coisa que viu da terra ao crepúsculo foi um condor que sobrevoou rápido perto do precipício a oeste onde ele se encontrava, e se arremessou aos gritos para longe quando se aproximou da caverna com a boca escancarada a pouca distância.

De repente, sem um sinal de aviso na escuridão, Carter sentiu a cimitarra tirada furtivamente do cinturão por uma mão invisível. Depois, ouviu-a cair com estrépito abaixo das rochas. E entre ele e a Via Láctea, julgou ter visto uma silhueta muito terrível de uma criatura nocivamente esquálida, com chifres, rabo e asas de morcego. Outras coisas, também, haviam começado a ocultar trechos salpicados de estrelas a oeste, como se um bando de entidades indistintas saíssem a bater as asas espessas e silenciosas daquela caverna inacessível diante do precipício. Em seguida, uma espécie de braço frio, borrachento, agarrou-lhe o pescoço e uma outra coisa agarrou-lhe os pés; ergueram-no e balançaram-no com imprudência pelo espaço. Instantes depois, as estrelas haviam desaparecido, e Carter soube que os espreitadores noturnos haviam-no capturado.

Carregaram-no ofegante para aquela caverna no rochedo escarpado e por monstruosos labirintos mais adiante. Quando lutou para se libertar, como o fez, a princípio, apenas por instinto, eles fizeram-lhe cócegas deliberadas. Não emitiam o menor som e até batiam as asas membranosas em silêncio. Eram repugnantemente frios, úmidos e escorregadios, e apertavam as patas na vítima de maneira detestável. Logo se precipitaram num mergulho abominável por inconcebíveis abismos abaixo numa investida espiralada, vertiginosa e nauseante no ar úmido, semelhante ao de túmulos; Carter achou que se arremessavam no supremo vórtice de loucura estrepitosa e demoníaca. Gritou repetidas vezes, mas sempre que o fazia os espreitadores cutucavam-no com maior sutileza. Então, viu uma espécie de fosforescência cinzenta e imaginou que se dirigiam nivelados para aquele mundo interior de horror subterrâneo, narrado nas lendas difíceis de entender, e que é iluminado apenas pelo pálido fogo-fátuo, mediante o qual se desprendem o ar mórbido e as névoas primitivas das covas no centro da Terra.

Por fim, distinguiu muito abaixo tênues linhas dos pináculos cinzentos e fatídicos, os quais Carter sabia que deviam ser os lendários picos de Thok. Terríveis e sinistros, estes se erguem no mal-assombrado crepúsculo das profundezas sombrias e eternas a alturas mais elevadas do que permite a mente humana calcular, como guardiões de terríveis vales onde os *bholes* rastejam e se entocam de maneira repugnante. Carter, porém, preferiu observá-los aos seus captores, os quais na verdade eram chocantes e rudes seres negros com superfícies lisas, oleosas, semelhantes às das baleias, chifres detestáveis que se curvavam para dentro, um defronte ao outro, asas de morcego cujo bater não emitia ruído, medonhas patas preênseis e rabos farpados que açoitavam sem necessidade e agitados. O pior de tudo era que jamais falavam, riam ou sorriam, porque nem sequer tinham caras com que sorrir, mas apenas um sugestivo vazio onde devia existir uma cara. Tudo o que faziam consistia em agarrar, voar e fazer cócegas; assim eram os hábitos dos espreitadores noturnos.

À medida que o bando sobrevoava mais baixo, elevavam-se e agigantavam-se de todos os lados os cinzentos picos de Thok, revelando com nitidez que nada vivia naquele austero e impassível granito do crepúsculo infinito. Em níveis ainda mais baixos, os fogos-fátuos na atmosfera se dissiparam e descortinava-se somente a escuridão primitiva do vazio, exceto no alto, onde os cumes esmaecidos erguiam-se semelhantes a duendes. Logo os cumes ficaram muito distantes e nada restara em volta, senão os intensos vendavais que transportavam a umidade das grutas mais ínfimas. Logo depois, os espreitadores noturnos acabaram pousando num terreno com coisas invisíveis que pareciam camadas de ossos, deixando Carter sozinho naquele tenebroso vale. Transportá-lo até ali era o encargo dos espreitadores noturnos que guardam Ngranek; feito isso, esses partiram batendo as asas em silêncio. Quando Carter tentou seguir-lhes a trajetória, constatou ser impossível, visto que até os picos de Thok haviam desaparecido do campo visual. Nada restara em todos os lugares, senão escuridão, horror, silêncio e ossos.

Então, Carter se deu conta, segundo certa fonte, de que se encontrava no vale de Pnath, onde rastejam e se entocam os enormes *bholes*, embora não soubesse o que esperar, porque ninguém jamais vira um *bhole* nem sequer imaginava como era uma criatura dessas. Os *bholes* são conhecidos apenas por vagos rumores relacionados ao zumbido que emitem em meio às montanhas de ossos e o toque viscoso que têm quando passam serpeantes pela pele de alguém. Não se pode vê-los, porque só rastejam na escuridão. Como Carter não desejava encontrar um *bhole*, prestou intensa atenção a qualquer ruído nas desconhecidas profundezas de ossos que o cercavam. Mesmo nesse lugar apavorante, ele tinha um plano e um objetivo, pois boatos sobre Pnath e suas adjacências não eram desconhecidos de alguém com quem muito conversara nos velhos tempos. Em suma, parecia bastante provável que se tratasse do lugar onde todos os *ghouls* do mundo despertos atiram os restos de seus banquetes, e que, se tivesse sorte, talvez topasse por acaso com aquele imenso penhasco mais alto até do que os picos de Thok, que demarcam o limite do domínio deles. Chuvas de ossos lhe diriam onde procurar e assim que encontrasse, poderia gritar para um *ghoul* e pedir-lhe que baixasse uma escada, pois, por mais estranho que pareça, ele tinha uma ligação muito singular com essas terríveis criaturas.

Um homem que conhecera em Boston — um pintor de estranhos retratos com um estúdio secreto numa ruela antiga e profana próxima a um cemitério — na verdade fizera amizade com os *ghouls* e lhes ensinara a entender a parte mais simples de seus detestáveis guinchos e exclamações estridentes. Esse homem acabara desaparecendo, e Carter não achava improvável que o encontrasse agora e usasse pela primeira vez nas terras oníricas aquele distante inglês de sua vaga vida desperta. Em todo caso, sentia que podia convencer um *ghoul* a orientá-lo por onde sair de Pnath; e seria melhor encontrar um desses, que se pode ver, do que um *bhole* que é invisível.

Assim, Carter seguia na escuridão e corria quando julgava ter ouvido qualquer coisa entre os ossos sob os pés. Logo, foi de encontro a uma inclinação pedregosa e soube que devia ser o sopé de um dos picos de Thok. Então, ouviu, afinal, alaridos e matraqueados monstruosos que se elevaram bem alto pelo ar e teve certeza de que quase chegara ao penhasco dos *ghouls*. Não sabia se o ouviriam a quilômetros de altura daquele vale, mas se deu conta de que o mundo interior tem leis estranhas. Enquanto ele refletia, atingiu-o um osso voador tão pesado que devia ser um crânio, e, tão logo percebeu a proximidade daquele fatídico penhasco, emitiu o melhor que pôde aquele guincho estridente que é a chamada do *ghoul*.

O som viaja devagar, por isso algum tempo se passou até Carter ouvir uma resposta vociferada, mas que finalmente chegou, e logo lhe disseram que se arriaria uma escada de cordas. A espera foi muito tensa, pois era impossível saber o que a resposta estridente talvez houvesse incitado entre aqueles ossos. Na verdade, não demorou muito até ele ouvir mesmo um vago ruído ao longe. Com a aproximação deste, ele foi ficando cada vez mais inquieto, porque não queria afastar-se do local onde a escada pousaria. Por fim, a tensão tornou-se quase insuportável, e Carter ia fugir em pânico quando a pancada de alguma coisa nos ossos recém-amontoados próximos dali desviou-lhe a atenção do outro ruído. Era a escada, e após uns instantes tateando às escuras, agarrou-a retesada nas mãos. Mas o outro ruído não cessou e seguiu até enquanto ele subia. Chegara a 1,5 metro terreno acima, quando o chacoalhar se intensificou, e a uns 3 metros quando se balançou o pé da escada. A uma altura de 5 ou 6 metros, sentiu todo um lado do corpo roçado por uma grande criatura escorregadia que ficava alternadamente convexa e côncava ao serpear, e dali em diante Carter se pôs a subir desesperado para escapar da insuportável carícia daquele repugnante e superalimentado *bhole* cuja forma nenhum homem poderia ver.

Durante horas, ele subiu com os braços doloridos e as mãos cheias de bolha, tornando a ver o fogo-fátuo cinzento e os inquietantes pináculos de Thok. Por fim, discerniu acima a borda ressaltada do enorme penhasco dos *ghouls* cujo lado vertical não conseguia vislumbrar; horas depois, viu uma curiosa cara espiando sobre a borda como uma gárgula sobre um parapeito de Notre Dame. A visão quase o fez desfalecer e em consequência soltar-se da escada, mas, passado um instante, recuperou-se do susto, pois o amigo desaparecido Richard Pickman uma vez o apresentara a um *ghoul*, e Carter conhecia bem suas caras caninas, a postura inclinada com os ombros caídos e as inomináveis idiossincrasias. Por isso, já se achava sob controle quando aquela coisa odiosa puxou-o do vertiginoso vazio por cima da borda do penhasco, e não gritou diante do monte de restos parcialmente consumidos de um lado nem dos círculos de *ghouls* acocorados que o roíam e encaravam-no curiosos.

Estava agora numa planície escura, cujas únicas características topográficas consistiam em grandes fragmentos arredondados de rocha e as entradas de tocas. Os *ghouls* em geral eram respeitosos, ainda que um deles tentasse beliscá-lo, enquanto vários outros lhe examinassem a magreza de maneira especulativa. Por meio de pacientes guinchos, fez-lhes perguntas relacionadas ao amigo desaparecido e descobriu que se tornara um *ghoul* de certa proeminência em abismos mais próximos ao mundo desperto. Um *ghoul* esverdeado de idade avançada ofereceu-se para conduzi-lo à atual moradia de Pickman; portanto, apesar de uma natural repugnância, seguiu a criatura por uma espaçosa toca adentro e arrastou-se atrás dela durante horas na escuridão de bolor malcheiroso. Saíram em outra planície escura juncada de singulares relíquias da Terra — velhas lápides, urnas quebradas e grotescos fragmentos de monumentos —, e Carter percebeu, um tanto emocionado, que na certa se encontrava mais próximo do mundo desperto do que em qualquer outra ocasião desde que descera os setecentos degraus da caverna de chama em direção ao Portão do Sono Mais Profundo.

Ali, numa lápide de 1768 roubada do cemitério Granary, em Boston, sentava-se o *ghoul* que antes fora o artista Richard Upton Pickman. Nu e borrachento, o amigo adquirira tanto da fisionomia *ghoulish* que sua origem humana já obscurecera. No entanto, ainda se lembrava um pouco de inglês e conseguiu conversar com Carter em grunhidos e monossílabos, ajudado de vez em quando pelos guinchos dos *ghouls*. Quando soube que Carter desejava chegar ao bosque encantado e dali à cidade de Celephaïs em Ooth-Nargai além das colinas Tanarian, mostrou-se um tanto hesitante, porque os *ghouls* do mundo desperto nada têm a fazer nos cemitérios das terras oníricas superiores (deixam isso aos *wamps* de pés palmados, que são desovados nas cidades mortas), e muitas coisas se interpõem entre seu abismo e o bosque encantado, entre elas o terrível reino dos *gugs*.

Os *gugs*, peludos e gigantescos, outrora erigiram círculos de pedra naquele bosque e faziam estranhos sacrifícios aos Outros Deuses e ao caos rastejante Nyarlathotep, até certa noite uma abominação praticada por eles chegar aos ouvidos dos deuses terrestres, os quais os baniram para cavernas inferiores. Apenas um grande alçapão de pedra com um aro de ferro liga o abismo dos *ghouls* terrestres ao bosque encantado, e os *gugs* temem abri-lo por causa de uma maldição. É inconcebível um sonhador mortal conseguir atravessar o reino de cavernas deles e sair por aquele alçapão, porque os sonhadores mortais eram sua antiga comida, e circulam lendas entre os *gugs* sobre o agradável sabor desses sonhadores, ainda que o banimento lhes tenha restringido a dieta aos *ghasts*, os seres repulsivos que morrem quando expostos à luz, vivem nas criptas funerárias de Zin e deslocam-se, dando saltos com as pernas traseiras como cangurus.

Por isso, o *ghoul* que fora Pickman aconselhou Carter a sair do abismo em Sarkomand — a cidade deserta no vale abaixo de Leng, onde as escadarias pretas nitrosas, defendidas por leões alados de diorito, descem das terras oníricas até os abismos inferiores — ou retornar por um cemitério ao mundo desperto e começar, de novo, a busca pelos setenta degraus do sono leve até a caverna de chama, os setecentos degraus do Portão do Sono Mais Profundo e o bosque encantado. Isso, porém, não satisfez o viajante, pois nada conhecia do caminho de Leng para Ooth-Nargai, e também relutava em despertar porque temia esquecer-se de tudo o que conquistara até então nesse sonho. Seria desastroso para sua busca esquecer o augusto e celestial rosto daqueles marinheiros do norte que negociavam ônix em Celephaïs, e, por serem filhos de deuses, devem indicar o caminho para o frio deserto e Kadath, onde moram os Grandes Deuses.

Após muita persuasão, o *ghoul* concordou em conduzir o hóspede ao interior da grande muralha que circundava o reino dos *gugs*. Havia uma chance de Carter conseguir atravessar, às escondidas, aquele reino crepuscular de torres de pedras circulares na hora em que todos os gigantes estivessem empanturrados e roncando dentro de casa, chegando à torre central com o sinal de Koth e a escada que conduz ao alçapão de pedra acima e ao bosque encantado. Pickman chegou a consentir em emprestar três *ghouls* para ajudá-lo a levantar o alçapão com uma lápide que servia de alavanca, pois dos *ghouls* os *gugs* sentem um pouco de medo e muitas vezes fogem dos próprios cemitérios colossais quando os veem se banqueteando ali.

Também aconselhou Carter a disfarçar-se de *ghoul*, raspando a barba que deixara crescer (pois os *ghouls* não têm barba), rolando nu no bolor para obter a compleição correta, andando a passos largos à maneira habitual de postura inclinada e os ombros caídos, com as roupas numa trouxa, como se fosse o filé mignon de uma comida retirada de um túmulo. Chegariam à cidade dos *gugs* — que tem limites coincidentes com todo o reino — pelas tocas certas, e emergiriam num cemitério não distante da escada que contém a torre de Koth. Deviam tomar cuidado, porém, com uma grande caverna próxima ao cemitério, pois se trata da entrada das criptas funerárias de Zin, onde os vingativos *ghasts* ficam sempre de tocaia com fúria assassina pelos habitantes do abismo superior que os perseguem e matam. Os *ghasts* tentam sair quando os *gugs* dormem e atacam os *ghouls* com a mesma disposição que exibem ao atacar os *gugs*, pois não sabem discriminar. São muito primitivos, devoram uns aos outros. Os *gugs* mantêm uma sentinela num lugar estreito nas criptas funerárias de Zin, mas esse vive sonolento e, às vezes, é surpreendido por um grupo de *ghasts*. Embora os *ghasts* não sobrevivam expostos à luz natural, conseguem suportar o crepúsculo cinzento do abismo durante horas.

Carter, então, acabou se arrastando por infindáveis tocas com três prestativos *ghouls*, carregando a lápide de ardósia do Cel. Nehemiah Derby, morto em 1719, do cemitério de Charter Street, em Salém. Quando tornaram a surgir no crepúsculo descoberto, todos se viram numa floresta de imensos monólitos cobertos de líquen que se erguiam mais alto do que a vista alcançava e formavam os modestos túmulos dos *gugs*. À direita da toca por onde haviam saído em ziguezague, e contemplada pelos corredores de monólitos, descortinava-se uma estupenda paisagem de colossais torres redondas, elevando-se sem fim pelo ar cinzento da Terra interior. Era a grande cidade dos *gugs*, cujas entradas têm 9 metros de altura. Os *ghouls* vão sempre ali, porque um *gug* enterrado alimenta uma comunidade por quase um ano, e mesmo com o perigo extra, é melhor escavar em busca de *gugs* do que perder tempo com as sepulturas dos homens. Carter, então, compreendeu os ocasionais ossos gigantescos que sentira debaixo de si no vale de Pnath.

Direto em frente, logo na saída do cemitério, erguia-se um despenhadeiro perpendicular escarpado em cuja base se escancarava uma imensa e ameaçadora caverna, a qual os *ghouls* advertiram Carter a evitar o possível, visto que era a entrada para as profanas criptas funerárias de Zin, onde os *gugs* perseguem os *ghasts* na escuridão. E, na verdade, a advertência logo se justificou, pois, assim que um *ghoul* começou a avançar devagar em direção às torres para verificar se haviam cronometrado certo a hora do descanso dos *gugs*, brilhou na obscurecida abertura daquela grande caverna, primeiro um par de olhos vermelho-amarelados e, em seguida, outro, sugerindo que sumira uma sentinela dos *gugs* e que os *ghasts* tinham, de fato, uma excelente acuidade de faro. Por isso, o *ghoul* retornou à toca e fez um sinal para que os demais companheiros se calassem. Era melhor deixar os *ghasts* entregues à sua própria sorte. Existia a possibilidade de que logo se retirassem, pois, decerto, deviam estar muito cansados após a luta com uma sentinela dos *gugs* nas escuras criptas funerárias. Instantes depois, uma criatura mais ou menos do tamanho de um cavalo pequeno surgiu saltitante no crepúsculo cinzento, e Carter ficou nauseado diante do aspecto daquele animal escabroso e doentio, com um curioso semblante humano apesar da ausência de um nariz, uma testa e outros importantes detalhes.

Logo depois, três outros *ghasts* saíram aos pulos e se juntaram ao companheiro, e um *ghoul* comentou com Carter, baixinho em algaravia, que a ausência de cicatrizes de batalha nas criaturas era um mau sinal. Provava que não haviam lutado mesmo com a sentinela *gug*, porém, apenas o deixado para trás enquanto dormia; em consequência, a força e a selvageria deles continuavam intactas e assim, permaneceriam até que encontrassem uma vítima e a matassem. Era muito desagradável ver aqueles animais imundos e desproporcionais, os quais logo perfaziam uns 15 membros, cavoucando e dando pulos de canguru no crepúsculo cinzento, onde se erguiam torres e monólitos gigantescos, mas era ainda mais desagradável quando falavam entre si nas tossidelas guturais de *ghasts*. Contudo, por mais horríveis que fossem esses, não o eram tanto quanto o que acabava de sair da caverna com inquietante brusquidão.

Tratava-se de uma pata de 70 centímetros de largura munida de garras descomunais, seguida de outra pata e depois, um grande braço peludo preto, ao qual se uniam as duas patas por curtos antebraços. Então, brilharam dois olhos cor-de-rosa, e a cabeça da sentinela *gug* acordado, imensa como um barril, surgiu oscilante no campo visual. Tinha os olhos projetados para fora, 5 centímetros de cada lado, sombreados por protuberâncias ósseas cobertas de pelos grossos. O que a tornava muito terrível, no entanto, era a boca, a qual exibia grandes caninos amarelos e se abria verticalmente de cima a baixo, não de um lado ao outro.

Mas antes que o infeliz *gug* pudesse sair da caverna e erguer-se aos seus 6 metros de altura, os vingativos *ghasts* estavam sobre ele. Carter, por um instante, temeu que a vítima desse um alarme e despertasse todos os de sua espécie, até um *ghoul* informá-lo, baixinho, de que os *gugs* não têm voz, comunicam-se, em vez disso, por meio de expressões faciais. A batalha que então se seguiu foi pavorosa mesmo. De todos os lados, os perversos *ghasts* caíram febris sobre o *gug* rastejante; beliscavam, dilaceravam com os focinhos e pisoteavam com os cascos duros e pontiagudos, instigados por fúria assassina. Tossiam excitados sem parar, e gritavam quando a grande boca vertical do *gug* liquidava um dos deles, a tal ponto que o barulho do combate teria decerto despertado a cidade adormecida, não houvesse o enfraquecimento da sentinela começado a transferir a ação cada vez mais caverna adentro. De certo modo, o tumulto logo desapareceu por completo na escuridão, com apenas ecos nocivos, de vez em quando, para assinalar-lhe a continuidade.

Então, o mais alerta dos *ghouls* deu o sinal para todos avançarem, e Carter seguiu os três para fora da floresta de monólitos em direção às sombrias e fétidas ruas daquela cidade medonha cujas torres redondas de construção ciclópica elevavam-se mais alto do que a vista alcançava. Silenciosos, avançavam com dificuldade por aquele calçamento de pedra irregular, ouvindo, repugnados, os abomináveis roncos abafados saídos de trás de grandes portas e assinalavam o sono dos *gugs*. Apreensivos com o final da hora de repouso, os *ghouls* se puseram a andar num ritmo mais rápido; mesmo assim, contudo, não se tratava de uma jornada curta, pois as distâncias naquela cidade de gigantes são em grande escala. Acabaram, porém, chegando a um espaço um tanto aberto diante de uma torre ainda mais imensa que as demais, acima de cuja porta colossal achava-se fixado um monstruoso símbolo em baixo-relevo que fazia qualquer um tremer de medo mesmo sem saber seu significado. Era a torre central com o símbolo de Koth, e os enormes degraus de pedra pouco visíveis na obscuridade no interior da torre consistiam no início da grande escadaria que conduzia às terras oníricas superiores e ao bosque encantado.

Dali começou uma subida de comprimento interminável em total escuridão, que se revelou quase impossível pelo monstruoso tamanho dos degraus, construídos para *gugs* e, por isso, com quase um metro de altura. Carter não pôde sequer fazer uma estimativa do número de degraus, pois logo se sentiu tão exausto que os incansáveis e flexíveis *ghouls* foram obrigados a ajudá-lo. Durante toda essa infindável subida, espreitava o perigo de descoberta e perseguição, pois, embora nenhum *gug* ouse erguer o alçapão de ferro que dá na floresta por causa da maldição dos Grandes Deuses, não existem tais restrições quanto à torre e os degraus, e os *ghasts* que tentam escapar são muitas vezes, perseguidos até o topo. Tão afiados são os ouvidos dos *gugs* que mesmo os pés descalços e as mãos dos escaladores poderiam ser detectados de imediato, tão logo a cidade acordasse; e decerto os gigantes de passos largos, habituados a enxergar sem luz devido às caçadas aos *ghasts* nas criptas funerárias de Zin, levariam muito pouco tempo para alcançar as presas menores e mais lentas naqueles degraus ciclópicos. Deprimia bastante a ideia de que os silenciosos perseguidores *gugs* nem sequer seriam ouvidos, mas chegariam de maneira muito repentina, chocante, na escuridão e cairiam em cima dos escaladores. Nem poderiam contar com o tradicional medo que os *gugs* têm dos *ghouls* naquele lugar peculiar, onde as vantagens estavam tão decisivamente com os primeiros. Também havia certo perigo dos furtivos e perversos *ghasts*, que com frequência entravam aos pulos na torre durante a hora de dormir dos *gugs*. Se estes dormissem muito tempo e os *ghasts* retornassem logo de sua proeza na caverna, o cheiro dos escaladores seria descoberto facilmente por aquelas coisas repulsivas e malévolas, caso em que quase seria melhor ser comido por um *gug*.

Então, após uma eternidade de subida, chegou uma tossidela da escuridão acima e o caso tomou um rumo muito grave e inesperado. Ficou claro que um *ghast*, ou talvez até mais, desviara-se para a torre antes da chegada de Carter e seus guias e igualmente claro que o perigo estava bem perto. Após instantes sem respirar, o *ghoul* que os conduzia empurrou Carter para a parede e posicionou os outros dois da melhor maneira possível, com a velha lápide de ardósia erguida para um golpe esmagador quando o inimigo aparecesse. Como os *ghouls* enxergam na escuridão, o grupo não estava tão mal quanto estaria Carter sozinho. Pouco depois, o tropel de cascos revelou a descida aos pulos de pelo menos um animal, e os *ghouls* com a lápide equilibraram a arma para um golpe desesperado. Nesse momento, dois olhos vermelho-amarelados reluziram no campo visual, e o arquejo do *ghast* tornou-se audível acima do ruído dos cascos. Quando chegou ao degrau logo acima dos *ghouls*, estes empunharam a antiga lápide com força tão prodigiosa que só se ouviram um arquejo e um ruído de sufocação antes da vítima desabar num monte nocivo. Parecia limitar-se a esse único animal, e, após mais uns instantes prestando atenção, os *ghouls* cutucaram Carter de leve como um sinal para continuar o avanço. Como antes, viram-se obrigados a ajudá-lo, e ele se sentiu satisfeito por deixar aquele lugar de carnificina, onde se estendiam invisíveis na escuridão os estranhos restos do *ghast*.

Por fim, os *ghouls* interromperam a subida e largaram Carter, o qual, ao apalpar acima de si, deu-se conta de que haviam afinal chegado ao grande alçapão de pedra. Embora fosse impensável abrir completamente uma coisa tão imensa, os *ghouls* esperavam erguê-la apenas o suficiente para introduzir a lápide embaixo como escora e permitir que Carter escapasse pela fresta. Os três planejavam tornar a descer e retornar pela cidade dos *gugs*, visto que tinham grande capacidade de simulação e não conheciam o caminho por via terrestre até a espectral Sarkomand, com o portão para o abismo guardado por leões.

Imensa foi a pressão exercida por aqueles *ghouls* na pedra da porta acima e Carter ajudou a empurrá-la com o máximo de força que tinha. Julgaram que o lado junto ao topo da escadaria era o certo, e nesse aplicaram toda a força de seus músculos vergonhosamente nutridos. Depois de alguns instantes, surgiu uma fenda de luz; e Carter, a quem se atribuíra essa tarefa, deslizou a borda da velha lápide na abertura. Seguiu-se então um vigoroso empurrão ascendente, mas o progresso foi muito lento, e eles se viram obrigados, claro, a retornar à primeira posição toda vez que não conseguiam erguer a lápide e abrir o portal.

De repente, um ruído nos degraus abaixo lhes intensificou o desespero mil vezes mais. Não passou das pancadas e batidas do corpo com cascos do *ghast* morto ao rolar para os níveis mais baixos; contudo, de todas as causas possíveis para o deslocamento e rolar daquele corpo, nenhuma era em absoluto tranquilizadora. Em consequência, por conhecer os hábitos dos *gugs*, os *ghouls* se aplicaram quase frenéticos à tarefa, e num tempo surpreendentemente curto, haviam aberto o alçapão tão alto que conseguiram segurá-lo imóvel enquanto Carter girava a lápide e deixava uma generosa abertura. Em seguida, ajudaram Carter a transpô-la, permitindo-lhe subir nos ombros borrachentos e depois lhe guiando os pés quando ele se agarrou ao bendito solo das terras oníricas superiores no lado de fora. Instantes depois, os três também haviam transposto a abertura, derrubado a lápide e fechado o enorme alçapão quando um arquejo tornou-se audível abaixo deles. Por causa da maldição dos Grandes Deuses, nenhum *gug* jamais poderia surgir daquele portal; por isso, com um profundo alívio e sensação de tranquilidade, Carter deitava-se nos espessos e grotescos fungos do bosque encantado enquanto os guias acocoravam-se próximos na posição de repousar dos *ghouls*.

Por mais estranho que fosse o bosque encantado, por onde ele viajara havia tanto tempo, parecia na verdade, um refúgio e um deleite depois dos abismos que agora deixara para trás. Não havia um único ser vivo em volta, porque os *zoogs* esquivavam-se com medo da porta misteriosa, e logo Carter consultou os *ghouls* sobre o futuro caminho deles. Não ousavam mais retornar pela torre, e o mundo desperto não os agradou quando souberam que teriam de passar pelos sacerdotes Nasht e Kaman-Thah, na caverna da chama. Assim, acabaram decidindo retornar por Sarkomand e o portão para o abismo, embora não tivessem a menor ideia de como chegar lá. Carter lembrou-se de que a cidade se estendia pelo vale abaixo de Leng e também se lembrou de que vira em Dylath-Leen um velho comerciante de olhos oblíquos e aspecto sinistro, conhecido por negociar em Leng. Então, aconselhou os *ghouls* a procurarem Dylath-Leen, atravessando os campos até Nir e o Skai e margeando o rio até a foz. De imediato, decidiram fazê-lo e, sem perder tempo, partiram saltitantes, visto que o escurecimento do crepúsculo prometia uma noite inteira de viagem adiante. Carter apertou as patas daqueles animais repulsivos, agradeceu-lhes a ajuda e enviou sua gratidão ao *ghoul* que outrora fora Pickman, mas não pôde impedir-se de suspirar com prazer quando foram embora. Pois um *ghoul* é um *ghoul*, e, na melhor das hipóteses, um companheiro desagradável para o homem. Depois, Carter saiu à procura de um lago na floresta, onde se lavou para tirar a lama da terra subterrânea, e logo tornou a vestir as roupas que carregara com tanto cuidado.

Embora houvesse caído a noite naquela temível floresta de árvores monstruosas, a fosforescência permitia que se viajasse tão bem quanto de dia; portanto, Carter tomou a famosa estrada em direção a Celephaïs, em Ooth-Nargai, mais além das colinas Tanarian. Enquanto seguia adiante, pensava na zebra que deixara amarrada a um freixo em Ngranek na remota Oriab tantos milhões de anos atrás, e se perguntava se algum catador de lava a alimentara e a soltara. Também se perguntou se algum dia retornaria a Baharna para pagar pela zebra assassinada à noite naquelas antigas ruínas perto da margem do Yath, e se o velho hospedeiro iria lembrar-se dele. Foram esses os pensamentos que lhe passaram pela mente no ar das realcançadas terras oníricas superiores.

Nesse momento, porém, o ruído vindo de uma imensa árvore oca deteve-lhe o avanço. Evitara o grande círculo de pedras, pois não tinha o menor interesse em falar com os *zoogs* até então, mas a julgar pelo singular bater de asas naquela imensa árvore parecia que se realizavam importantes assembleias em outro lugar. Ao se aproximar mais, distinguiu as entonações de uma tensa e acalorada discussão e logo depois se conscientizou de problemas que encarou com enorme preocupação, pois uma guerra aos gatos achava-se em debate naquela soberana conferência de *zoogs*. Tudo se devia à eliminação do grupo que se esgueirara atrás de Carter para Ulthar cujos membros haviam acabado de ser punidos pelos gatos por más intenções. Fazia muito que a questão provocara ressentimento, e agora, ou dali a no mínimo um mês, os *zoogs* preparados, estavam prestes a se lançarem sobre toda a tribo felina numa série de ataques surpresa, liquidando gatos individuais ou grupos de gatos desprevenidos, sem dar sequer uma chance à miríade de felinos de Ulthar, uma chance justa de treinar e mobilizar-se. Esse era o plano dos *zoogs*, e Carter se deu conta de que precisava frustrá-lo antes de partir em sua importante busca.

Por isso, Randolph Carter se encaminhou em total silêncio para a borda do bosque e emitiu a chamada dos gatos pelos campos iluminados de estrelas. Uma grande gata numa cabana perto se encarregou do apelo e transmitiu-o por léguas de prado ondulante aos guerreiros grandes e pequenos, pretos, cinzentos, brancos, fulvos e mosqueados; a chamada ecoou por toda a cidade de Nir, além do Skai e chegou até Ulthar cujos numerosos gatos gritaram em coro e se enfileiraram prontos para marchar. Ainda bem que a Lua ainda não surgira e todos os gatos estavam na Terra. Aos pulos ligeiros e silenciosos, lançaram-se de cada lareira e telhado e fluíram num imenso mar felpudo pelas planícies até a borda do bosque. Carter estava lá para saudá-los, e a visão dos formosos e saudáveis gatos fez bem aos seus olhos depois das coisas que vira e acompanhara no abismo. Alegrou-se ao ver o venerável amigo e antigo salvador no comando do destacamento de Ulthar, com uma coleira de patente no pescoço macio e lustroso e os bigodes eriçados num ângulo marcial. Melhor ainda, ocupava o posto de subtenente do exército um enérgico jovem felino que não era ninguém mais senão o mesmo gatinho na pousada a quem Carter dera um pires de leite cremoso naquela longínqua manhã em Ulthar. Agora, tornara-se um gato robusto e promissor que ronronou ao trocar um aperto de mão com o amigo. O avô disse que o jovem estava se saindo muito bem no exército e que bem poderia esperar ser promovido a capitão depois de mais uma campanha.

Carter, então, resumiu os perigos que a tribo de gatos corria e se viu recompensado por profundos "ronrons" de gratidão de todos os lados. Após conferenciar com os generais, preparou um plano de ação imediata que envolvia cercar a assembleia e outros baluartes conhecidos dos *zoogs*, impedindo-lhes que os atacassem de surpresa e obrigando-os a chegarem a um acordo antes da mobilização do exército de invasão. Logo depois, sem perder um instante, aquele imenso mar de gatos afluiu ao bosque encantado e lançou-se ao redor da árvore da assembleia e do grande círculo de pedra. O ruído do adejar das asas se intensificou e atingiu o nível de pânico quando o inimigo viu os recém-chegados. Quase não houve resistência entre os furtivos e curiosos pardos, os quais viram de antemão que haviam sido derrotados, e abandonaram as ideias de vingança pelas de imediata autopreservação.

Em seguida, metade dos gatos se acomodou numa formação circular com os *zoogs* capturados no centro, deixando aberta uma passagem pela qual foram conduzidos os cativos adicionais arrebanhados pelos outros gatos em outras partes do bosque. Discutiram-se os termos do acordo à exaustão, Carter atuando como intérprete, e ficou decidido que os *zoogs* poderiam continuar a ser uma tribo livre com a condição de pagar aos gatos um grande tributo anual de tetrazes, codornas e faisões das partes menos fabulosas da floresta deles. Os vitoriosos levaram doze jovens *zoogs* de famílias nobres como reféns a serem mantidos no Templo dos Gatos em Ulthar, e deixaram claro que a qualquer desaparecimento de gatos nas fronteiras do domínio dos *zoogs* se seguiriam consequências muitíssimo desastrosas para os vencidos. Eliminadas essas questões, os gatos reunidos se separaram e permitiram aos *zoogs* se esgueirarem, um por um, de volta às respectivas casas, o que se apressaram a fazer com muitos olhares emburrados para trás.

O velho gato general então ofereceu a Carter uma escolta pela floresta a qualquer fronteira que desejasse chegar, por julgar provável que os *zoogs* nutrissem terrível ressentimento contra ele pela frustração de seus empreendimentos bélicos. Aceitou a oferta com gratidão, não apenas pela segurança que proporcionava, mas porque gostava da graciosa companhia de gatos. Assim, no meio de um regimento agradável e brincalhão, relaxado após o bem-sucedido cumprimento do dever, Randolph Carter seguiu com dignidade por aquele bosque encantado e fosforescente de árvores gigantescas, a conversar sobre sua busca com o velho general e o neto enquanto outros do bando se entregavam a divertidas cambalhotas ou perseguiam folhas caídas que o vento impelia através dos fungos do terreno nativo. E o velho gato disse que muito ouvira falar da desconhecida Kadath no deserto frio, embora não soubesse onde se situava. Quanto à maravilhosa cidade ao pôr do sol, nem sequer ouvira falar, porém, teria todo o prazer de transmitir a Carter tudo o que viesse a tomar conhecimento por acaso.

Deu-lhe algumas senhas de grande valor entre os gatos das terras oníricas e recomendou-o, em especial, ao velho chefe dos felinos em Celephaïs, para onde se dirigia. Esse velho gato, já meio conhecido de Carter, era um honrado maltês que se revelaria muitíssimo influente em qualquer transação. Amanhecia quando chegaram à borda certa do bosque, e Carter despediu-se relutante dos amigos. O jovem subtenente, que conhecera como um gatinho, o teria acompanhado se o velho general não o houvesse proibido, mas o austero patriarca insistiu em que, para trilhar o caminho do dever, devia permanecer com a tribo e o exército. Assim, Carter partiu sozinho pelos campos dourados que se estendiam misteriosos junto à margem de um rio debruada de salgueiros, e os gatos tornaram a embrenhar-se no bosque.

O viajante conhecia bem aquelas terras ajardinadas que se estendiam entre o bosque e o mar Cerenerian e acompanhou, despreocupado, o murmurante rio Oukranos que lhe assinalava o caminho. O Sol elevava-se mais alto acima das suaves encostas de arvoredos e gramado, acentuando as cores das milhares de flores que estrelavam cada outeiro e pequeno vale. Uma abençoada névoa envolve toda essa região que ostenta um pouco mais da luz solar que outros lugares e também um pouco mais da música do verão de pássaros e abelhas sussurrantes, fazendo com que os homens a percorressem como se fosse um lugar feérico e sentissem regozijo e deslumbramento maiores do que conseguiam lembrar-se depois.

Ao meio-dia, Carter alcançou os terraços de jaspe de Kiran, os quais se inclinam até a margem do rio e exibem o belíssimo templo onde chega, uma vez por ano, o rei de Ilek-Vad, vindo de seu longínquo reino no mar crepuscular numa liteira de ouro para rezar ao deus de Oukranos, o qual cantava para ele na juventude quando morava numa cabana próxima às margens do reino. Esse templo todo de jaspe cobre mais de 4 mil metros quadrados de terreno com muros e pátios, as sete torres guarnecidas de pináculos e o santuário interno onde o rio entra por canais ocultos, e o deus canta baixinho à noite. Muitas vezes, a Lua ouve uma estranha música ao brilhar acima daqueles pátios, terraços e pináculos; contudo, se essa música é a canção do deus ou o canto dos sacerdotes secretos, ninguém senão o rei de Ilek-Vad pode dizer, porque só ele entrou no templo e viu os sacerdotes. Naquele momento, na sonolência do dia, o templo esculpido e gracioso achava-se em silêncio, e Carter ouvia apenas o murmúrio do grande rio e o zumbido de pássaros e abelhas, enquanto avançava sob um sol encantado.

Durante toda aquela tarde, o peregrino avançou por prados perfumados e protegeu-se do vento atrás das suaves colinas voltadas para o rio, que ostentavam pacíficas cabanas cobertas de colmos, e os santuários de deuses amáveis entalhados em jaspe ou crisoberilo. Às vezes, caminhava junto à margem do Oukranos e assobiava para os vivazes e iridescentes peixes daquele rio cristalino, e em outras parava em meio aos juncos sussurrantes a contemplar o imenso e escuro bosque na margem defronte cujas árvores inclinavam-se direto até a beira d'água. Em sonhos antigos, observara *buopoths* curiosos e pesados se esgueirarem desconfiados daquele bosque para beber, mas no atual não vislumbrara nenhum.

De vez em quando, parava para observar um peixe carnívoro apanhar uma ave-pesqueira que o primeiro atraía para a água, exibindo-lhe as escamas tentadoras à luz do Sol, e pegava pelo bico com a boca enorme enquanto a caçadora alada tentava lançar-se sobre ele.

Ao cair da tarde, seguiu por uma ondulação gramínea baixa e diante de si, a lançarem chamas ao pôr do sol, descortinaram-se os mil pináculos dourados de Thran. Inacreditavelmente altas elevavam-se as muralhas de alabastro daquela incrível cidade, inclinadas para o interior em direção ao topo e moldadas por qual meio numa única peça maciça ninguém sabe, pois são mais antigas que a memória. Contudo, por mais elevadas que fossem com as centenas de portões e duzentas torrezinhas, as torres aglomeradas no interior, branquinhas sob os pináculos dourados, são ainda mais altas a ponto de os homens na planície ao redor as verem subindo vertiginosas pelo céu, às vezes brilhando nítidas, às vezes colhidas no topo em emaranhados de nuvens e névoa, e em outras encobertas na parte inferior com os cumes dos pináculos que ardiam soltos acima dos vapores. E no lugar em que os portões de Thran se abrem no rio, veem-se grandes cais de mármore com ornados galeões de cedro perfumado e de madeira Coromandel fundeados a ondularem suavemente, e estranhos marinheiros barbudos sentados em barris e fardos com os hieróglifos de lugares distantes. Em direção à terra além das muralhas, estende-se a região das fazendas, onde pequenas cabanas brancas sonham rodeadas por colinazinhas e veredas com muitas pontes de pedra que serpeiam graciosas por entre riachos e jardins.

Ao longo dessa verdejante terra, Carter caminhou enquanto findava a tarde e viu o crepúsculo flutuar rio acima até os deslumbrantes pináculos dourados de Thran. E bem na hora do pôr do sol chegou ao portão sul, sendo detido por uma sentinela de túnica vermelha até que houvesse contado três sonhos inacreditáveis, demonstrando ser um sonhador digno de percorrer as íngremes e misteriosas ruas de Thran e de demorar-se nos bazares, onde se vendiam as mercadorias dos ornados galeões. Assim, ele entrou naquela cidade incrível por um muro tão espesso que o portão assemelhava-se a um túnel, e daí em diante por caminhos curvos e ondulantes que seguiam em ziguezagues profundos e estreitos por entre as torres céu acima. Através de janelas gradeadas e guarnecidas de balcão, cintilavam luzes, e o som de alaúdes e flautas esgueirava-se, tímido, de pátios internos onde borbulhavam mananciais de mármore. Carter sabia o caminho e avançou devagar ao longo de ruas mais escuras até o rio, onde, numa antiga estalagem portuária, encontrou os capitães e marinheiros que conhecera em inúmeros outros sonhos. Ali, comprou a passagem para Celephaïs num grande galeão verde e parou para passar a noite, depois de uma séria conversa com o venerável gato daquela pousada que piscava meio adormecido diante de uma enorme lareira e sonhava com antigas guerras e deuses esquecidos.

De manhã, Carter embarcou no galeão de partida para Celephaïs e sentou-se na proa enquanto se soltavam as amarras e se iniciava a longa viagem pelo mar Cerenerian afora. Por muitas léguas, as margens assemelhavam-se bastante às de Thran. De vez em quando, elevava-se um curioso templo nas colinas mais distantes à direita, ou uma aldeia sonolenta na orla com íngremes telhados vermelhos e redes estendidas ao sol. Atento à busca, Carter fez meticulosas perguntas a todos os marinheiros sobre aqueles que haviam conhecido nas tabernas de Celephaïs, indagando os nomes e os hábitos dos estranhos de olhos alongados e estreitos, orelhas de lóbulos compridos, nariz fino e queixo pontudo, que chegavam do norte em navios sombrios e permutavam ônix por jade entalhado, meadas de ouro e passarinhos canoros vermelhos de Celephaïs. A respeito desses homens, os marinheiros não sabiam muito, além de que quase não falavam e que transmitiam uma espécie de temor respeito.

A terra deles, muito distante, chamava-se Inganok; poucas pessoas tinham interesse em visitá-la, porque era uma região fria e crepuscular, que diziam ficar próxima ao inóspito platô de Leng, embora se acreditasse que este se localizasse num dos lados abaixos de uma elevadíssima e intransponível cadeia de montanhas. Em consequência, ninguém sabia dizer se o platô maligno com suas horríveis aldeias de pedra e o abominável monastério ficavam, de fato, lá, nem se o rumor não passava de um medo que as pessoas receosas sentiam à noite, quando os cumes daquela formidável barreira assomavam sombrios diante da lua crescente. Sem dúvida, chegavam homens a Leng de oceanos muito diferentes. Sobre os outros limites de Inganok, esses marinheiros não tinham a menor ideia, nem haviam ouvido falar do frio deserto e da desconhecida Kadath, exceto por vagos relatos imprecisos. E da maravilhosa cidade ao pôr do sol, buscada por Carter, nada sabiam de modo algum. Por isso, o viajante não perguntou mais sobre coisas distantes, porém esperou o momento adequado até que pudesse conversar com os estranhos homens da fria e crepuscular Inganok, os quais são os descendentes dos deuses com as feições esculpidas em Ngranek.

Ao final do dia, o galeão chegou às curvas do rio que percorre as perfumadas selvas de Kled. Ali, Carter quisera poder desembarcar, pois naqueles emaranhados trópicos repousam deslumbrantes palácios de marfim, solitários e intatos, onde outrora moraram monarcas fabulosos de uma terra cujo nome esqueceu-se. Feitiços dos Deuses Antigos mantêm esses lugares incólumes e não decaídos, pois está escrito que um dia talvez se tornem mais uma vez necessários e caravanas de elefante já os entreviram de longe ao luar, embora ninguém ouse aproximar-se muito por causa dos guardiões, aos quais lhes devem a inteireza. Mas o navio deslizou impetuoso, o anoitecer silenciou o zunzum do dia e as primeiras estrelas acima responderam com piscadelas aos prematuros vaga-lumes às margens, enquanto deixava aquela selva bem para trás, permanecendo apenas sua fragrância como uma lembrança do que fora. E durante toda a noite o galeão passou a flutuar por mistérios despercebidos e insuspeitados. A um dado momento, o vigia comunicou fogo nas colinas ao leste, mas o capitão sonolento disse que melhor fariam se não o olhassem com muita atenção, visto que não se sabia exatamente quem ou o quê o ateara.

De manhã, o rio alargara imensamente, e Carter viu pelas moradias ao longo das margens que se encontravam perto da enorme cidade mercantil de Hlanith, no mar Cerenerian, cujos muros são de granito áspero e as casas fantásticas de tão pontiagudas, com empenas de vigas e reboco. Os homens de Hlanith se assemelham mais aos do mundo desperto que quaisquer outros nas terras oníricas; tanto que a cidade não é visitada apenas para permuta, mas valorizada pelo sólido trabalho de seus artesãos. Os cais de Hlanith são de carvalho, e ali, o galeão ficou atracado, enquanto o capitão negociava nas tabernas. Carter também desembarcou e examinou com curiosidade as ruas sulcadas por onde passavam pesados carros de boi, e comerciantes febris apregoavam de maneira inexpressiva as mercadorias nos bazares. As tabernas à beira-mar situavam-se todas próximas aos embarcadouros, em ruelas calçadas a pedras, salgadas pelo jato das marés altas, e pareciam antiquíssimas devido aos tetos baixos de vigas escuras e aos caixilhos das clarabóias com vidros esverdeados. Os velhos marinheiros nessas tabernas falavam sem parar sobre portos distantes e contavam muitas histórias sobre os curiosos homens da crepuscular Inganok, mas tinham pouco a acrescentar ao que os marujos do galeão haviam contado. Então, afinal, depois de muito descarregar e carregar, o navio mais uma vez zarpou no mar ao pôr do sol afora, e os muros altos e empenas de Hlanith foram ficando cada vez menores enquanto o último raio de luz dourada do dia emprestava-lhes um encanto e beleza superiores aos que os homens lhe haviam proporcionado.

Durante duas noites e dois dias, o galeão singrou o mar Cerenerian sem avistar nenhuma terra e nem sequer cruzar com outro navio. Então, quase ao pôr do sol do segundo dia, assomou à frente o pico nevado de Aran com as árvores gingko balançando nas encostas mais baixas, e Carter se deu conta de que chegavam à terra de Ooth-Nargai e a maravilhosa cidade de Celephaïs. Logo surgiram no campo visual os reluzentes minaretes desse lugar fabuloso, as imaculadas muralhas de mármore com as estátuas de bronze e a grande ponte de pedra, onde o rio Naraxa se encontra com o mar. Em seguida, elevaram-se as suaves colinas verdes atrás de Celephaïs, com bosques e jardins de asfódelos que continham os pequenos santuários e cabanas, e no distante segundo plano, a cadeia montanhosa purpúrea das Tanarians, poderosa e mística, atrás da qual se encontram acessos proibidos ao mundo desperto e a outras regiões oníricas.

O porto pululava de galés pintadas, algumas das quais vindas da enevoada cidade de mármore de Serannian — situada no espaço etéreo mais além, onde o mar se une ao céu — e outras das quais de portos mais materiais nos oceanos das terras oníricas. Entre estes, o timoneiro abriu caminho até os cais aromatizados de especiarias acima, onde o galeão atracou ao crepúsculo quando milhares de luzes da cidade começaram a refletir-se na água. Sempre nova parecia esta cidade imortal da visão, pois ali o tempo não tinha poder de macular nem de destruir. Como sempre foi, ainda é a turquesa de Nath-Horthath, e os oitenta sacerdotes com a cabeça envolta em coroa de orquídeas são os mesmos que a construíram 10 mil anos atrás. Brilha ainda o bronze dos grandes portões; nem os calçamentos de ônix se desgastam ou se quebram. E as grandes estátuas de bronze, no alto dos muros, encaram comerciantes e condutores de camelo mais velhos que as fábulas, contudo sem um único fio grisalho nas barbas bifurcadas.

Carter não saiu logo à procura do templo nem do palácio e tampouco da fortaleza, mas se manteve próximo ao quebra-mar entre comerciantes e marinheiros. E quando ficou tarde demais para rumores e lendas, buscou uma antiga taberna que conhecia bem, onde descansou e sonhou com os deuses que esperava encontrar na desconhecida Kadath. No dia seguinte, procurou ao longo de todos os cais alguns dos estranhos marinheiros de Inganok, mas foi informado de que nenhum se encontrava então no porto; a galé deles só deveria chegar do norte dali a duas semanas. Encontrou, contudo, um marinheiro thoraboniano que estivera em Inganok e trabalhara nas pedreiras de ônix daquele lugar crepuscular; e esse marinheiro confirmou que havia com toda certeza um deserto ao norte da região habitada, o qual todos pareciam temer e evitar. O thoraboniano achava que esse deserto contornava a borda extrema dos picos intransponíveis até o horrível platô de Leng, e era por isso que os homens o temiam, embora também admitisse existirem outros vagos relatos de presenças malignas e inomináveis sentinelas. Não sabia, porém, se esse poderia ou não ser o lendário deserto onde se ergue a desconhecida Kadath, mas parecia improvável a existência de fato dessas presenças e sentinelas a postos naquele lugar para nada.

No dia seguinte, Carter subiu a rua dos Pilares até o templo turquesa e conversou com o sumo sacerdote. Embora Nath-Horthath seja o mais venerado em Celephaïs, todos os Grandes Deuses são citados nas preces diurnas; e o sacerdote revelou-se razoavelmente versado em seus hábitos. Assim como Atal, na distante Ulthar, aconselhou com veemência contra qualquer tentativa de vê-los, declarando tratar-se de deuses irritáveis, caprichosos e dependentes de estranha proteção dos descuidados Outros Deuses do Espaço Cósmico, dos quais alma e mensageiro são o caos rastejante Nyarlathotep. O ciúme deles ao esconderem a maravilhosa cidade ao pôr do sol mostrava claramente que não desejavam que Carter os encontrassem, e não se tinha certeza de como iriam encarar um convidado cujo objetivo era vê-los e fazer-lhes súplicas. Ninguém jamais encontrara Kadath no passado, e poderia ser tão bom quanto se ninguém jamais a encontrasse no futuro. Rumores como os relatados sobre aquele castelo de ônix dos Grandes Deuses não eram de modo algum tranquilizadores.

Após agradecer o sumo sacerdote coroado com orquídeas, Carter deixou o templo e se encaminhou para o bazar dos açougueiros de ovelha, onde morava o macio, lustroso e contente velho chefe dos gatos de Celephaïs. Esse ser cinzento e digno banhava-se ao sol no pavimento de ônix e estendeu uma pata lânguida quando o visitante aproximou-se. Mas quando Carter repetiu as senhas e apresentações que lhe ofereceu o velho gato general de Ulthar, o felpudo patriarca se tornou muito cordial e comunicativo, contando-lhe grande parte do saber secreto conhecido dos gatos nas encostas de Ooth-Nargai, voltadas para o mar. Melhor ainda, repetiu várias coisas sobre os homens de Inganok que lhe haviam sido contadas à surdina pelos tímidos gatos no quebra-mar de Celephaïs em cujos barcos escuros nenhum gato entra.

Parece que esses homens têm uma aura não terrestre, embora não seja por isso que nenhum gato ouse viajar em seus navios, mas sim, devido ao fato de Inganok conter sombras que nenhum gato consegue suportar, de forma que em todo aquele frio reino crepuscular jamais se ouve um ronrom animado nem um simples miado. Quer seja por causa das coisas que flutuam acima dos picos intransponíveis do hipotético Leng, quer seja pelas coisas que se infiltram do frio deserto ao norte, ninguém sabe, mas permanece o fato de naquela remota terra desprender-se algo do espaço cósmico que os gatos não gostam, e ao qual são mais sensíveis que os homens. Em consequência, os felinos não embarcam nos navios escuros que buscam os embarcadouros de basalto de Inganok.

O velho chefe dos gatos também lhe disse onde encontrar seu amigo, o rei Kuranes, que nos sonhos mais recentes de Carter reinara alternadamente no Palácio das Setenta Delícias, de cristal rosado, em Celephaïs e no castelo de nuvens guarnecido de torres da enevoada cidade Serannian flutuante no espaço etéreo. Parece que o rei, por não conseguir mais encontrar satisfação nesses lugares, adquirira um profundo desejo pelos despenhadeiros e planaltos ingleses da juventude, onde, em oníricas aldeiazinhas da Inglaterra, flutuam velhas cantigas à noite por trás de janelas de treliças e onde torres de igreja cinzentas espiam encantadas as verdejantes folhagens de vales distantes. Embora não pudesse retornar ao encontro dessas coisas no mundo desperto porque seu corpo morrera, encontrara a seguinte melhor opção possível e sonhava com um pequeno torrão dessa terra campestre na região a leste da cidade, onde prados ondulam graciosos desde os penhascos marítimos ao sopé das colinas Tanarian. Ali, ele morava num solar gótico cinzento de pedra com vista para o mar e tentava imaginar que se tratava das antigas Trevor Towers, onde nascera, e onde 13 gerações de seus antepassados haviam, pela primeira vez, visto a luz. E na orla próxima, construíra uma aldeiazinha pesqueira em estilo córnico com íngremes caminhos calçados de pedra, estabelecendo no lugar pessoas que exibiam os semblantes mais ingleses, tentando sempre lhes ensinar os amados sotaques dos velhos pescadores da Cornualha, que ainda guardava na lembrança. E num vale não distante, construíra uma grande abadia normanda cuja torre ele avistava de sua janela, colocara no cemitério ao redor pedras cinzentas com os nomes de seus antepassados gravados e encontrara musgo semelhante ao da Velha Inglaterra. Pois, apesar de Kuranes ser um monarca nas terras oníricas, com todas as imagináveis pompas, maravilhas, esplendores, belezas, êxtases, deleites, novidades e excitações ao seu comando, ele renunciaria de bom grado para sempre a todo o seu poder, luxo e liberdade por um abençoado dia, como um menino simples naquela pura e tranquila Inglaterra, aquela antiga e amada Inglaterra que lhe formara o ser e da qual seria uma parte imutável por toda a eternidade.

Então, quando Carter se despediu do velho cinzento chefe dos gatos, não se encaminhou para o palácio de cristal rosa disposto em terraços, mas transpôs o portão oriental e atravessou os campos cobertos de margaridas em direção a uma empena pontiaguda entrevista pelos carvalhos de um parque que se inclinava acima dos penhascos marítimos. Mais adiante, chegou a uma grande sebe e um portão com uma pequena guarita de tijolo, e, quando tocou a campainha, não surgiu para recebê-lo nenhum lacaio paramentado do palácio, mas um velhinho baixo de avental com a barba por fazer, que se esforçava o máximo possível para reproduzir na fala os estranhos tons da remota Cornualha. E Carter seguiu pelo caminho sombreado entre árvores o mais perto possível das da Inglaterra e subiu os terraços em meio aos jardins dispostos como na época da rainha Ana. Na porta, flanqueada por gatos de pedra ao estilo antigo, foi atendido por um mordomo com suíças num libré adequado e, logo em seguida, conduzido à biblioteca onde Kuranes, Senhor de Ooth-Nargai e do Céu ao redor de Serannian, sentava-se, pensativo, numa poltrona junto à janela, contemplando sua aldeiazinha à beira-mar, desejando que sua antiga governanta aparecesse e ralhasse com ele, porque não estava pronto para a detestável recepção ao ar livre na casa do vigário, com a carruagem à espera e a mãe com a paciência quase esgotada.

Kuranes, vestido num roupão do tipo favorecido pelos alfaiates de Londres em sua juventude, levantou-se, entusiástico, para receber o convidado, pois a visão de um anglo-saxão do mundo desperto lhe era muito cara, ainda que fosse um saxão de Boston, Massachusetts, e não da Cornualha. E por um longo tempo, os dois conversaram sobre os velhos tempos, tendo muito a dizer, pois ambos eram antigos sonhadores e bem versados nas maravilhas de lugares incríveis. Kuranes, na verdade, viajara para além das estrelas no vazio supremo, e diziam que foi o único que já retornara são de uma viagem como essa.

Por fim, Carter suscitou o tema de sua busca e fez ao anfitrião as perguntas que fizera a tantos outros. Kuranes desconhecia a localização de Kadath e também da maravilhosa cidade ao pôr do sol, mas sabia que os Grandes Deuses eram criaturas bastante perigosas para se procurar e que os Outros Deuses tinham estranhas formas de protegê-los de curiosidade impertinente. Aprendera muito sobre os Outros Deuses em distantes partes do espaço, sobretudo naquela região onde formas não existem e gases coloridos estudam os segredos mais íntimos. O gás violeta S'ngac contara-lhe coisas terríveis do caos rastejante Nyarlathotep, e o advertira a jamais se aproximar do vazio central, onde o sultão e demônio Azathoth rói faminto na escuridão. De modo geral, não era bom se intrometer com os Deuses Antigos; e se negassem com persistência todos os acessos à maravilhosa cidade ao pôr do sol, melhor faria ele em não a procurar.

Além disso, Kuranes duvidava que o convidado se beneficiasse de algo com a vinda até lá, mesmo se conseguisse chegar à cidade. Ele próprio sonhara e ansiara durante longos anos pela adorável Celephaïs, pela terra de Ooth-Nargai e pela liberdade, o colorido e a intensa experiência de vida livre de grilhões, convenções e tolices. Mas agora que se apossara daquela cidade e daquela terra, sendo o rei dali, descobriu que a liberdade e a vivacidade se dissiparam cedo demais e deram lugar à monotonia pela falta de ligação com qualquer coisa inabalável em seus sentimentos e lembranças. Embora fosse um rei em Ooth-Nargai, não encontrou sentido algum nisso e sempre enlanguescia pelas antigas coisas conhecidas da Inglaterra que lhe haviam moldado a juventude. Daria todo aquele reino pelo ressoar dos sinos de igrejas da

Cornualha acima das colinas próximas ao mar, e todos os mil minaretes de Celephaïs pelos telhados inclinados e caseiros da aldeia perto de seu lar. Em consequência, avisou o convidado que a desconhecida cidade ao pôr do sol talvez não lhe proporcionasse tanta satisfação quanto a que buscava, e que talvez fosse melhor deixá-la continuar sendo um glorioso e semilembrado sonho. Pois o rei visitara muitas vezes Carter nos antigos dias despertos e conhecia bem as belas encostas da Nova Inglaterra que lhe deram a vida.

Tinha toda a certeza, prosseguiu Kuranes, que, no final, o investigador ansiaria apenas pelas cenas iniciais lembradas: o brilho de Beacon Hill à tardinha, os altos campanários e as ruas da curiosa Kingsport, que serpeavam colina acima, os envelhecidos telhados de duas inclinações de Arkham, antiga e assombrada por bruxas, e os abençoados quilômetros de prados e vales, onde se viam muros de pedras dispersos e as empenas brancas de casas de fazenda espiavam pelos verdejantes caramanchões. Embora ele dissesse tudo isso a Randolph Carter, o investigador se aferrou ao seu propósito. E, no fim, separaram-se cada um com sua própria convicção, e Carter refez o caminho de volta pelo portão de bronze a Celephaïs, tomando a rua dos Pillares até o velho quebra-mar, onde conversou mais um pouco com os marujos de distantes regiões e esperou vindo da fria e crepuscular Inganok o navio escuro em cujos marinheiros e comerciantes de ônix de estranhas feições corria o sangue dos Grandes Deuses.

Numa noite estrelada, quando o farol brilhava esplêndido sobre o porto, o almejado navio se introduziu, e os marinheiros e comerciantes de semblantes curiosos surgiram um por um e, em seguida, grupo por grupo nas antigas tabernas ao longo do quebra-mar. Era muito emocionante tornar a ver em Ngranek aqueles rostos vívidos de feições tão parecidas com as divinas, porém Carter não se apressou em falar com os calados homens do mar. Não sabia em que medida o orgulho, o segredo e as vagas e sobrenaturais lembranças talvez fossem transmitidos àqueles filhos dos Grandes Deuses, e teve certeza de que não seria sensato informá-los de sua busca nem fazer perguntas específicas demais sobre aquele frio deserto que se estendia ao norte da terra crepuscular onde moram. Quase não falavam com as outras pessoas naquelas antigas tabernas à beira-mar, mas reuniam-se em grupos nos cantos afastados e cantavam entre si as assombrosas árias de lugares desconhecidos, ou entoavam longos contos uns para os outros em sotaques estranhos ao restante das terras oníricas. Tão incomuns e comoventes soavam essas árias e contos que se podia imaginar-lhes as maravilhas pelas expressões daqueles que os ouviam, embora as palavras chegassem aos ouvidos comuns apenas como uma cadência curiosa e uma obscura melodia.

Por uma semana, os estranhos marinheiros estenderam-se nas tabernas e negociaram nos bazares de Celephaïs, e, antes que partissem, Carter conseguira uma passagem naquele navio escuro, dizendo-lhes que era um velho mineiro de ônix e desejoso de trabalhar nas pedreiras de Inganok. Muito formoso e destramente elaborado, o navio fora construído em teca com acabamentos de ébano e ornatos de ouro, e a cabine, na qual o viajante se instalou, tinha tapeçarias de seda e veludo. Numa manhã, na virada da maré, içaram-se as velas, levantou-se a âncora e zarparam, e, em pé na elevada popa, Carter viu as muralhas em chamas ao pôr do sol, as estátuas de bronze e os minaretes dourados da eterna Celephaïs se afundando distantes, ao mesmo tempo em que o pico nevado do monte Aran diminuía cada vez mais de altura. Ao meio-dia nada mais restara no campo visual senão o suave azul do mar Cerenerian, com uma galé pintada ao longe que se dirigia àquele reino enevoado de Serannian, onde o mar se une ao céu.

E chegou a noite com vistosas estrelas, e o escuro navio dirigiu-se à Carruagem de Charles, como era chamada a grande constelação Ursa Maior, na época medieval, e à Ursa Menor enquanto contornavam devagar o polo. Os marinheiros cantaram canções estranhas de lugares desconhecidos e, em seguida, encaminharam-se, um por um, até o castelo de proa, enquanto os saudosos observadores murmuravam antigos cânticos e se debruçavam sobre a amurada para vislumbrar os peixes luminosos brincando em caramanchões subaquáticos. Carter foi dormir à meia-noite e levantou-se com o brilho de uma incipiente manhã, observando que o Sol parecia mais afastado ao sul do que o habitual. E durante todo o segundo dia passou a conhecer melhor os homens do navio, conseguindo, aos poucos, que falassem sobre a sua fria terra crepuscular, a refinada cidade de ônix e o medo que sentiam dos picos elevados e intransponíveis, além dos quais diziam que se situava Leng. Eles lhe disseram como lamentavam que os gatos não permanecessem na terra de Inganok e achavam que a oculta proximidade de Leng era responsável por isso. Só não quiseram falar a respeito do deserto pedregoso ao norte. Pairava algo inquietante naquele deserto, e julgava-se que o mais aconselhável era não admitir sua existência.

Nos dias seguintes, conversaram sobre as pedreiras nas quais Carter disse que ia trabalhar. Havia muitas, pois se construiu toda a cidade de Inganok de ônix, enquanto se permutavam grandes blocos polidos dessa variedade de mármore em Rinar, Ogrothan, Celephaïs e em casa com os comerciantes de Thraa, Ilarnek e Kadatheron pelas belas mercadorias desses fabulosos portos. E no extremo norte, quase naquele frio deserto cuja existência os homens de Inganok não gostavam de admitir, tinha uma pedreira ociosa maior que todas as demais, da qual se haviam extraído, em tempos esquecidos, pedregulhos e blocos tão prodigiosos que a visão dos espaços vazios cinzelados causava terror em todos os que os encaravam. Ninguém sabia quem escavara aqueles incríveis blocos nem para onde haviam sido transportados; julgou-se melhor, porém, deixar essa pedreira em paz, ao redor da qual talvez ainda assombrassem as lembranças daqueles tempos desumanos. Ela permaneceu, por isso, abandonada, sozinha no crepúsculo, e só planavam em sua imensidão os corvos e os lendários pássaros *shantaks*. A existência de tal pedreira mergulhou Carter em profundas reflexões, pois antigos relatos dizem que a fortaleza dos Grandes Deuses, no topo da desconhecida Kadath, é feita de ônix.

A cada dia, o Sol movia-se um pouco mais para baixo no horizonte, e as névoas acima se tornavam cada vez mais espessas. Em duas semanas, desaparecera por completo toda a luz solar; apenas um crepúsculo cinzento e misterioso filtrava por uma cúpula de nuvem eterna durante o dia, e uma fria fosforescência sem estrelas emanava da parte debaixo dessa nuvem à noite. No vigésimo dia, avistou-se ao longe no mar um imenso rochedo denteado, a primeira presença de terra vislumbrada desde o desaparecimento do pico nevado de Aran atrás do navio. Carter perguntou o nome do rochedo ao capitão que o informou, porém, que não tinha nome e jamais nenhuma embarcação se aproximara para examiná-lo devido aos ruídos que vinham dali à noite. E quando, depois do anoitecer, um uivo abafado e incessante elevou-se daquele granito escarpado, o viajante sentiu-se aliviado por nunca se haver parado no rochedo e por este não ter nome. Os marinheiros rezaram e cantaram até o ruído ficar fora do alcance da audição, e Carter teve sonhos terríveis, um sonho dentro de outro, durante altas horas da noite.

Duas manhãs depois disso, delineou-se a grande distância ao leste uma cadeia de imensos picos cinzentos, cujos topos se perdiam nas imutáveis nuvens daquele mundo crepuscular. E diante dessa visão, os marinheiros cantaram músicas alegres e alguns se ajoelharam no convés para rezar. Carter compreendeu que haviam chegado à terra de Inganok e logo atracariam aos cais de basalto da grandiosa cidade epônima. Por volta do meio-dia, surgiu um litoral escuro, e antes das 3h, os domos em forma de bulbos e os fantásticos pináculos da cidade de ônix ergueram-se contra o céu ao norte. Rara e curiosa, a cidade arcaica elevava-se acima das muralhas e cais, toda de um preto delicado realçado por volutas, caneluras e arabescos de ouro incrustado. As casas, altas e cravadas de muitas janelas, eram inteiramente decoradas com flores e desenhos entalhados, cuja escura simetria ofuscava os olhos com uma beleza mais deslumbrante que a luz. Algumas terminavam em domos inflados que se afinavam até o ápice, outras em pirâmides dispostas em terraços de onde se erguiam grupos de minaretes que exibiam todas as variações de estranheza e imaginação. Os muros eram baixos e varados por numerosos portões, cada um encimado por um grande arco que se elevava bem acima do nível geral e rematado pela cabeça de um deus cinzelado com o mesmo talento exibido no monstruoso rosto na distante montanha de Ngranek. Numa colina no centro da cidade, erguia-se uma torre de 16 ângulos maior que todas as demais, e ostentando um campanário guarnecido de pináculos e, apoiado num domo achatado. Tratava-se, disseram os marinheiros, do Templo dos Anciões, e era governado por um idoso sumo sacerdote e depositário de tristes segredos.

Ressoava, a intervalos, o repique de um sino estranho sobre a cidade de ônix, e a cada vez uma profusão de música mística formada por trombetas, violas e vozes cantantes lhe respondia. De uma fileira de tripés na galeria que circundava o alto domo do templo, irrompiam labaredas em certos momentos, pois os sacerdotes e a população dessa cidade eram peritos nos mistérios primitivos e conservavam fielmente os ritmos dos Grandes Deuses, como estabelecidos em pergaminhos mais antigos que os Manuscritos Pnakotic. À medida que o navio passava além do grande quebra-mar de basalto rumo ao porto, menos ruídos da cidade se tornavam audíveis, e Carter distinguiu os escravos, marinheiros e comerciantes nos cais. Os marinheiros e comerciantes exibiam a raça dos deuses de rosto estranho, mas, segundo os rumores os escravos, indivíduos atarracados de olhos oblíquos, vinham dos vales mais além de Leng, depois de haver transposto ou contornado, ninguém sabia como, os picos instransponíveis que isolam esse platô maligno. Os cais, que se prolongavam muito além da muralha da cidade, ostentavam todo tipo de mercadorias trazidas pelas galés ancoradas ali, enquanto, numa das extremidades, viam-se enormes pilhas de ônix, tanto esculpido quanto bruto, à espera de transporte para os distantes mercados de Rinar, Ogrothan e Celephaïs.

Ainda não anoitecera quando o escuro navio ancorou junto a um cais de pedra saliente, e todos os marinheiros e comerciantes desembarcaram enfileirados, saindo sob o arco do portão para a cidade, cujas ruas eram pavimentadas de ônix, algumas largas e retas, outras tortuosas e estreitas. As casas à beira-mar, mais baixas que as demais, exibiam, acima dos curiosos arcos das entradas, certos símbolos de ouro em homenagem, diziam, aos respectivos deuses menores que as protegiam. O capitão do navio levou Carter a uma antiga taberna, à qual afluíam os marinheiros de regiões fantásticas, e prometeu mostrar-lhe, no dia seguinte, as maravilhas da cidade crepuscular e depois levá-lo às tabernas dos mineiros de ônix perto da muralha norte. A noite caiu enfim, e acenderam-se pequenos lampiões de bronze, e os marinheiros naquela taberna cantaram músicas de lugares remotos. Mas, quando de sua elevada torre, o enorme sino ressoou sobre a cidade, e em resposta elevou-se o enigmático estrépido das trombetas, violas e vozes, todos logo interromperam as músicas ou as narrativas e curvaram-se calados até que o último eco se esvaísse. Pois reinam um mistério e uma estranheza na cidade crepuscular de Inganok, e os homens temem negligenciar seus ritos com medo de que um destino cruel e vingativo se abata de repente sobre eles.

Nas sombras ao fundo da taberna, Carter reparou numa silhueta atarracada de que não gostou, pois se tratava inequivocamente do velho mercador de olhos enviesados que ele vira fazia tanto tempo nas tabernas de Dylath-Leen e que tinha a reputação de negociar com as horríveis aldeias de pedra de Leng, das quais os homens sensatos não se aproximam e cujas fogueiras maléficas são vistas à noite de longe. Dizia-se até que se relacionava com aquele sumo sacerdote que não deve ser descrito, o qual usa uma máscara de seda amarela e mora sozinho num monastério de pedra pré-histórico. Pareceu desprender-se desse homem um estranho e fugidio brilho de conhecimento quando Carter perguntou aos comerciantes de Dylath-Leen sobre o frio deserto e Kadath. De algum modo, sua presença na escura e assombrada Inganok, tão próxima dos prodígios do norte, nada tinha de tranquilizador. Ele desapareceu de vista antes que Carter pudesse interpelá-lo, e marinheiros depois disseram que o mercador chegara com uma caravana de iaques, vindo de algum lugar não bem determinado e que transportava os colossais e saborosos ovos do lendário pássaro *shantak* para trocar pelas refinadas taças de jade que comerciantes traziam de Ilarnek.

Na manhã seguinte, o capitão do navio levou Carter pelas ruas de ônix de Inganok, sombrias sob o céu crepuscular. As portas marchetadas, os frontões esculpidos com figuras, os balcões entalhados e as sacadas ogivais com vidros de cristal, tudo resplandecia com uma beleza obscura e polida; de vez em quando, descortinava-se uma praça com pilares pretos, colunatas e as estátuas de curiosos seres ao mesmo tempo humanos e fabulosos. Na extremidade de certas ruas longas e retilíneas, em algumas ruelas secundárias ou acima dos domos bulbosos, pináculos e telhados ornados com arabescos, Carter se descobriu diante de pontos de vista estranhos e de uma beleza indescritível. Nada era mais esplêndido que a monumental altura do grande e central Templo dos Anciões com os 16 lados esculpidos, o domo achatado e o imponente campanário guarnecido de pináculos que ressaltava acima de tudo o mais e majestoso não importa o que se via no primeiro plano. E sempre ao leste, muito além das muralhas da cidade e das infindáveis léguas de pasto, elevavam-se as desoladas encostas cinzentas daqueles picos imensamente altos e intransponíveis, defronte aos quais os rumores situavam o hediondo platô de Leng.

O capitão levou Carter ao templo monumental erigido com o parque ajardinado, murado numa imensa praça redonda de onde partem as ruas como os raios do eixo de uma roda. Os sete portões abobadados do jardim estão sempre abertos, cada um coroado com um rosto esculpido semelhante aos da entrada da cidade; e as pessoas passeiam à vontade, mas reverentes, pelos caminhos calçados e pelos pequenos atalhos orlados com estátuas grotescas e os santuários de deuses modestos. E veem-se ainda fontes, lagos e bacias que refletem a frequente labareda dos tripés na alta sacada, todos de ônix, e contendo peixinhos luminosos trazidos dos caramanchões das profundezas do oceano por mergulhadores. Quando o timbre grave do campanário do templo vibra sobre o jardim e a cidade, e eleva-se estrondosa a resposta das trombetas, violas e vozes das sete guaritas junto aos portões do parque saem das sete portas do templo longas colunas de sacerdotes mascarados e encapuzados de preto, carregando a pouca distância diante de si grandes tigelas douradas das quais se desprende um curioso vapor. E todas as sete colunas avançam empertigadas numa única fila, lançam as pernas bem longe, à frente, sem curvar os joelhos e seguem pelas calçadas que levam até as sete guaritas, nas quais desaparecem sem jamais tornar a aparecer. Dizem que passagens subterrâneas ligam as guaritas ao templo e que as longas filas de sacerdotes ali retornam assim; ouvem-se também sussurros, dizendo que profundos lances de degraus de ônix descem até os lugares de mistérios que jamais são revelados. Mas apenas alguns insinuam que os sacerdotes mascarados e encapuzados naquelas colunas não seriam humanos.

Carter não entrou no templo, porque só ao rei velado é permitido fazê-lo. Mas antes de ter saído do jardim na hora em que tocou o sino, e ele ouviu o arrepiante ressoar ensurdecedor acima, além do clamor das trombetas, violas e vozes, que se eleva estrondoso das guaritas junto aos portões. E pelas sete calçadas imensas, seguem altivas as longas filas de sacerdotes com as tigelas nas mãos, à maneira singular deles, causando ao viajante um temor que os sacerdotes humanos raras vezes causam. Depois que o último desapareceu, ele partiu do jardim e notou, ao fazê-lo, um lugar na calçada sobre o qual as tigelas haviam passado. Mesmo o capitão do navio não gostou daquele lugar, e apressou-o em direção à colina de onde se eleva, maravilhoso e com muitos domos, o palácio do rei velado.

Todas as vias de acesso ao palácio de ônix são íngremes e estreitas, com exceção daquela, larga e curva, onde passeiam o rei e seus companheiros em iaques ou em carruagens puxadas por esses animais. Carter e seu guia subiram uma alameda toda disposta em degraus, entre muros incrustados de estranhos símbolos em ouro, e sob sacadas e janelas ogivais envidraçadas, de onde, às vezes, fluíam ondulantes suaves temas melódicos ou alentos de exóticos perfumes. Sempre adiante se agigantavam as muralhas colossais, poderosos contrafortes, e os inúmeros domos em bulbos, responsáveis pela celebridade do palácio do rei Velado. Enfim, passaram sob um imenso arco preto para desembocarem nos jardins que encantavam o monarca. Ali, Carter parou tomado de fraqueza diante de tanta beleza: os terraços de ônix, as alamedas debruadas de colunas simétricas, os alegres jardins e campos multicoloridos e as delicadas árvores em flor, enfileiradas junto às treliças douradas, as urnas de bronze e os tripés com esmerados baixos-relevos, as estátuas de mármore raiado sobre os pedestais que quase respiravam de tão reais, as lagoas com fundo de basalto e fontes ladrilhadas cheias de peixes luminosos, os minúsculos templos de pássaros canoros iridescentes no topo das colunas esculpidas, o ornato maravilhoso em arabesco dos imensos portões de bronze e trepadeiras floridas apegadas ao longo de cada centímetro às muralhas polidas, tudo se unia para formar uma paisagem cuja extrema beleza transcendia à realidade, uma beleza semifabulosa mesmo na terra dos sonhos. Inganok resplandecia como uma visão sob aquele céu cinzento crepuscular, diante da magnificência dos domos e arabescos do palácio à frente, e a silhueta fantástica dos distantes picos intransponíveis à direita. E sem parar, cantavam os passarinhos e as fontes, enquanto o perfume de flores raras flutuava como um véu por aquele extraordinário jardim, onde, no momento, não se via outra presença humana para imensa satisfação de Carter. Em seguida, os dois deram meia-volta e desceram mais uma vez a alameda escalonada, porque não se permite a nenhum visitante entrar no palácio. Além disso, não fica bem olhar fixo por muito tempo o enorme domo central, pois dizem que abriga o arcaico ancestral de todos os fabulosos pássaros *shantak* e irradia sonhos estranhos aos curiosos.

Após saírem, o capitão levou Carter à seção norte da cidade, próxima ao portão das Caravanas, onde fervilhavam as tabernas dos comerciantes de iaque e os mineiros de ônix. Ali, sob o teto baixo de uma pousada de mineiros, eles se despediram: o trabalho chamava o capitão, enquanto Carter ansiava por conversar sobre o norte com os mineiros. A pousada se achava repleta de homens, e o viajante logo se viu falando com alguns, após se apresentar como um velho mineiro de ônix e louco para se informar um pouco mais das pedreiras de Inganok. No entanto, tudo que ouviu não acrescentou grande coisa ao que já sabia, pois os mineiros se mostraram tímidos e evasivos sobre o frio deserto ao norte e a pedreira que ninguém visita. Manifestavam receios de emissários fabulosos vindos por detrás das montanhas onde os rumores situavam Leng, de presenças maléficas e de inomináveis sentinelas no extremo norte entre os rochedos dispersos. Também sussurravam que os lendários pássaros *shantak* não são criaturas saudáveis e que, na verdade, era melhor que nenhum homem jamais o houvesse visto de fato (porque é nas trevas que se alimenta esse fabuloso ancestral dos *shantaks* no domo do rei.)

No dia seguinte, sob o pretexto de que desejava examinar a sós todas as diversas minas e visitar as fazendas espaçadas e as curiosas aldeias de ônix em Inganok, Carter alugou um iaque e encheu grandes alforjes de couro para a jornada. Mais adiante do portão das Caravanas, a estrada corria toda reta entre campos cultivados, com inúmeras e estranhas casas de campo coroadas por domos baixos. Em algumas dessas casas, o viajante às vezes parava para fazer perguntas. Numa dessas, se deparou com um anfitrião então austero, reticente e cheio de uma majestade tão insólita semelhante à das imensas feições na montanha de Ngranek, que ele teve a certeza de que encontrara enfim um dos Grandes Deuses em pessoa, ou no mínimo, um ser com nove décimos de seu sangue e morando entre os homens. Ao dirigir-se a esse austero e reticente aldeão, teve o cuidado de falar muito bem dos deuses e de louvar todas as bênçãos que sempre lhe haviam concedido.

Nessa noite, Carter acampou numa campina à beira da estrada sob uma grande árvore *lygath*, ao tronco da qual amarrou o iaque. Pela manhã, reiniciou sua peregrinação em direção ao norte. Por volta das 10h, chegou à aldeia de Urg, de pequenos domos, lugar onde repousam os comerciantes e os mineiros contam seus casos; ali, deteve-se também Carter e deu uma volta pelas tabernas até o meio-dia. É em Urg que a grande rota das caravanas vira a oeste rumo a Selarn, porém Carter continuou até o norte pela rota das pedreiras. Durante toda a tarde, percorreu aquela estrada ascendente, um pouco mais estreita que a grande rodovia, e que nesse ponto atravessava uma região na qual se viam mais rochas que campos cultivados. Ao anoitecer, as baixas colinas à esquerda já se haviam transformado em penhascos pretos de considerável elevação, e assim Carter soube que se encontrava perto da área de mineração. Durante todo esse tempo, as imensas e desoladas encostas das montanhas intransponíveis agigantavam-se ao longe à direita, e quanto mais ele avançava, piores se tornavam as histórias sobre aquele lugar, que ouvia dos dispersos fazendeiros, comerciantes e carreteiros que conduziam pesadíssimas carroças de ônix ao longo do caminho.

Na segunda noite, acampou ao abrigo do grande ressalto de um rochedo preto após amarrar o iaque a uma estaca cravada no chão. Observou naquele ponto mais setentrional maior intensidade da fosforescência das nuvens, e mais de uma vez lhe pareceu ver recortar-se silhuetas escuras diante delas. E na terceira manhã, chegou à primeira pedreira de ônix e saudou os homens que ali trabalhavam com picaretas e cinzéis. Antes do cair da tarde, assim passara por outras 11 jazidas, todo o terreno ali se constituía apenas de enormes despenhadeiros e rochedos de ônix, e no solo não existia forma alguma de vegetação, só se viam grandes fragmentos rochosos espalhados pela terra preta e os intransponíveis picos cinzentos, sempre se elevando desolados e sinistros à direita. Ele passou a terceira noite num acampamento de mineiros cujas fogueiras bruxuleantes projetavam misteriosos reflexos nos polidos penhascos ao oeste. E os homens cantaram muitas músicas, contaram vários casos e mostraram um conhecimento tão estranho dos tempos antigos e os hábitos dos deuses que Carter se convenceu de que conservavam inúmeras lembranças latentes, que haviam herdado dos antepassados, os Grandes Deuses. Perguntaram-lhe aonde ia e recomendaram-no não se dirigir para muito longe norte adentro; porém, ele respondeu que buscava novos rochedos de ônix e que não se arriscaria mais do que é habitual entre os prospectores. Pela manhã, despediu-se deles e seguiu seu caminho para o norte cada vez mais tenebroso no qual encontraria, haviam-no advertido, a temida e jamais visitada jazida de onde mãos mais antigas que as dos homens haviam extraído prodigiosos blocos. Mas se sentiu tomado por um desagradável tremor quando, ao se virar para acenar um último adeus, julgou ter visto aproximar-se do acampamento aquele atarracado e evasivo velho mercador de olhos enviesados, cuja suposta negociação com Leng era objeto de falatórios na distante Dylath-Leen.

Passadas mais duas pedreiras, a parte habitada de Inganok parecia terminar, a estrada se estreitava numa senda para iaques de íngreme inclinação acima flanqueada por rebarbativos penhascos escuros. Sempre à direita agigantavam-se os desolados e distantes picos, e à medida que Carter subia cada vez mais nessa região inexplorada, constatava que tudo se tornava mais escuro e frio. Não demorou a perceber a ausência de pegadas ou cascos embaixo da vereda preta e se deu conta de que, de fato, se aventurava em caminhos estranhos e desertos datados de tempos remotos. De vez em quando, um corvo crocitava bem longe no céu, e às vezes, um alto adejo de asas atrás de algum imenso rochedo trazia-lhe à mente a inquietante lembrança das lendas que corriam sobre o pássaro *shantak*. Mas na maior parte do tempo, seguia sozinho com a peluda montaria e perturbava-lhe observar que esse excelente iaque se tornava cada vez mais relutante em avançar, e cada vez mais a crescente disposição a bufar sobressaltado, e empacar ao menor ruído ao longo da senda.

O caminho passou a se estreitar entre paredes arenosas, reluzentes, e a exibir uma subida mais íngreme que antes. O terreno era pouco seguro e o iaque muitas vezes escorregava na espessa camada de fragmentos pedregosos. Duas horas depois, Carter viu diante de si uma crista de contornos definidos, além da qual nada havia senão um tenebroso céu cinzento, e se sentiu aliviado com a perspectiva de encontrar um trecho plano ou encosta abaixo. Chegar à crista, contudo, não foi tarefa fácil, pois a subida se tornara quase perpendicular àquela altura e ainda mais perigosa por causa dos cascalhos pretos e as pequenas pedras soltas. Carter acabou por desmontar e conduzir o hesitante iaque, puxando-o com muita força quando o animal empacava ou tropeçava, ao mesmo tempo em que ele firmava os pés e mantinha o equilíbrio o melhor que podia. Então, de repente, chegou ao topo, lançou o olhar mais além e ofegou com o que viu.

O caminho, de fato, seguia reto em frente e ligeiramente inclinado, com as mesmas linhas de altas paredes naturais de antes, só que, à esquerda, abria-se um monstruoso espaço, inúmeros hectares de extensão, onde algum poder arcaico rasgara e despedaçara os penhascos nativos de ônix e dera ao abismo a forma de uma pedreira de gigantes. Bem distante, no precipício da rocha sólida, corria essa falha ciclópica e suas escavações escancaravam as mais profundas entranhas da Terra. Não se tratava de uma pedreira humana, e as paredes côncavas que exibiam rombos de numerosos metros quadrados revelavam a dimensão dos blocos outrora desbastados por mãos e cinzéis desconhecidos. Bem alto, acima das bordas escarpadas, enormes corvos sobrevoavam crocitantes, e os vagos zumbidos de asas subindo das profundezas invisíveis indicavam a existência de morcegos, de *urhags* ou a presença mais inominável que assombrava as trevas infinitas. Ali estava Carter, parado sob o crepúsculo no estreito caminho rochoso que descia diante de si; os altíssimos penhascos de ônix à direita se prolongavam até onde a vista alcançava, e, à esquerda, as elevadas paredes bem em frente se abriam os cortes gigantescos para dar lugar àquela terrível e sobrenatural pedreira.

De repente, o iaque soltou um zurro, escapou do controle de Carter, passou aos saltos por ele e precipitou-se em pânico até desaparecer pela estreita encosta abaixo em direção ao norte. As pedras chutadas pelos cascos a toda caíam da beira da pedreira e se perdiam na escuridão vazia, sem que um único ruído indicasse que haviam tocado o fundo, mas Carter ignorou os perigos daquele precário caminho ao disparar ofegante atrás da montaria em fuga. Logo reapareceram as paredes rochosas à esquerda e o penhasco tornou a se estreitar, formando mais uma vez uma vereda estreita, e o viajante continuou correndo a toda em busca do iaque cujas grandes pegadas muito espaçadas denunciavam-lhe a desesperada fuga.

A certa altura, pareceu-lhe ter ouvido as pancadas dos cascos do animal apavorado e, impelido por esse estímulo, redobrou a velocidade. Assim, cobriu vários quilômetros e, aos poucos, o caminho à frente começou a se alargar até que se deu conta de que não demoraria a surgir no frio e ameaçador deserto ao norte. As encostas cinzentas e desoladas dos remotos picos intransponíveis se tornaram, mais uma vez, visíveis acima dos penhascos à direita, e diante de si viam-se as rochas e os outeiros de um espaço aberto que consistia claramente numa precursora da tenebrosa e infinita planície. Soaram-lhe de novo nos ouvidos as batidas dos cascos, mais nítidas que antes, causando-lhe, dessa vez, terror em vez de estímulo, porque compreendeu que não se tratava das de pânico de seu iaque em fuga. Aquelas batidas tinham um ritmo implacável e resoluto, o ruído vinha atrás de si.

A perseguição de Carter ao iaque transformou-se, então, numa fuga de uma criatura invisível, pois, embora não ousasse olhar para trás, ele sentia que a presença em seu encalço não podia ser em nada saudável ou normal. O iaque deve tê-la ouvido ou sentido primeiro, e Carter preferiu não se perguntar se aquilo o vinha seguindo desde que saíra dos lugares frequentados pelos homens, ou o teria surgido daquele poço tenebroso da pedreira. Enquanto isso, as paredes rochosas haviam ficado para trás, de modo que a noite, prestes a chegar, cairia sobre um imenso deserto de areia e rochas espectrais onde desapareciam todos os caminhos. Embora não conseguisse ver as pegadas do iaque, atrás de si chegavam sempre as detestáveis batidas de cascos, misturadas, de vez em quando, com o que ele imaginava ser um adejo e zumbido de asas gigantescas. Pareceu-lhe uma lamentável evidência o fato de que perdia terreno e ele se deu conta de que se achava irremediavelmente perdido naquele maldito e desolado deserto de rochas absurdas e areias inexploradas. Apenas os remotos e intransponíveis picos à direita serviam-lhe de vago ponto de referência, e mesmo esses começavam a ficar menos nítidos à medida que o crepúsculo cinzento declinava e dava lugar à nauseante fosforescência das nuvens.

Então, indistinta e nebulosa, uma aparição aterrorizante surgiu diante de si na obscuridade do norte. Por alguns instantes, acreditou que se tratasse de uma cadeia de montanhas pretas; porém, em seguida, deu-se conta de que cometera um engano. A fosforescência das nuvens sinistras mostrou-o com muita nitidez, e até revelou-lhe partes exibidas como silhuetas quando, por detrás, vapores baixos brilharam. Não dava para calcular a distância em que se encontravam, mas deviam estar muito longe. Tinha milhares de metros de altura e estendia-se formando um imenso arco côncavo, desde os cinzentos picos intransponíveis até os inimagináveis espaços no ocidente, e outrora fora, na verdade, uma cordilheira de poderosas colinas de ônix. Mas essas colinas, agora, já haviam deixado de sê-lo, porque certa mão mais poderosa que a do homem as tocara. Silenciosas, ali se achavam agachadas no topo do mundo como lobos ou *ghouls*, coroadas de nuvens e névoas, as eternas guardiãs dos segredos do norte para todo o sempre. Todas, num imenso semicírculo, assim acocoradas, pareciam montanhas esculpidas como monstruosas estátuas em forma de cães vigilantes cujas patas direitas erguiam-se em ameaça contra humanidade.

Apenas a luz tremeluzente das nuvens fez as cabeças duplas mitradas parecerem mover-se, mas ao seguir adiante, o trôpego Carter viu levantar-se de sombrios regaços enormes silhuetas cujos movimentos nada tinham de ilusão. Aladas e aos zumbidos, as formas cresciam a cada instante, e o viajante compreendeu que a peregrinação chegava ao fim. Não se tratava de quaisquer pássaros ou morcegos conhecidos em outros lugares da Terra, nem nas terras oníricas, pois eram maiores que elefantes e tinham cabeças semelhantes às de cavalo. Carter percebeu que deviam ser os pássaros *shantaks* de mau agouro, e deixou de perguntar-se por que os guardiões malignos e as sentinelas inomináveis faziam os homens evitarem o deserto boreal rochoso. E ao deter-se, enfim, resignado com o destino, ousou lançar uma última olhada atrás de si, onde na verdade trotava o atarracado mercador de olhos enviesados e má fama, com um sorriso malicioso, escarranchado num magro iaque à frente de uma terrível horda de perversos *shantaks* cujas asas ainda traziam grudadas a geada e o salitre dos abismos inferiores.

Embora cercado como se achava pelos fabulosos e hipocéfalos pesadelos alados que o pressionavam ao redor em grandes círculos tétricos, Randolph Carter não perdeu a consciência. Altas e horríveis, as imensas gárgulas agigantavam-se acima dele, quando o mercador de olhos rasgados saltou do iaque e se aproximou com um sorriso de gozação diante do prisioneiro. Em seguida, o homem fez um sinal a Carter para que montasse um dos repugnantes *shantaks*, ajudando-o a subir ao perceber que, no íntimo do viajante, o bom-senso lutava contra a repugnância. Difícil se revelou a tarefa de ascensão, porque o pássaro *shantak* em vez de penas tem escamas, as quais são muito escorregadias. Assim que Carter se acomodou, o homem de olhos enviesados pulou para trás, deixando o magro iaque ser transportado norte acima em direção ao círculo de montanhas esculpidas por um dos incríveis colossos voadores.

Seguiu-se então um hediondo voo pelo espaço gelado acima e a leste para as desoladas encostas cinzentas das montanhas intransponíveis, além das quais diziam que se localizava o platô de Leng. De elevadíssima altura, sobrevoaram as nuvens até que, enfim, estenderam-se sob eles os lendários picos que os habitantes de Inganok jamais viram e que se encontram sempre circundados por altos remoinhos de névoa reluzente. Carter observou-os com muita nitidez quando passaram e distinguiu, em seus cumes mais altos, cavernas estranhas que o fizeram lembrar-se das em Ngranek, embora se refreasse de perguntar ao mercador a esse respeito quando notou o medo singular que provocavam tanto no homem quanto no *shantak* de cabeça equina, o qual sobrevoou a toda e demonstrou extrema tensão até as deixarem bem atrás dos três.

O *shantak* começou dali em diante a voar mais baixo, revelando sob o manto de nuvens uma planície estéril cinzenta, onde ardiam bem afastados uns dos outros fogos fracos e pequenos. À medida que desciam, pássaro e passageiros distinguiam cabanas de granito isoladas e lúgubres aldeias de pedra cujas minúsculas janelas exibiam uma pálida luz. Desprendia-se dessas cabanas e aldeias um estridente burburinho de flautas e uma nauseante chocalhada de cascavéis que provaram de imediato a veracidade dos rumores geográficos que circulavam entre os habitantes de Inganok. Porque os viajantes ouviram esses ruídos antes e sabem que provêm apenas do platô frio e desolado que as pessoas sensatas jamais visitam: Leng, o lugar assombrado pelo mal e o mistério.

Ao redor dos mirrados fogos, dançavam formas escuras, e Carter teve curiosidade de saber que espécie de criaturas estava ali, pois nenhum ser normal jamais pisou em Leng; só se conhece o lugar pelas fogueiras e cabanas de pedra vistas de longe. As formas saltavam muito devagar e desajeitadas, retorciam-se e curvavam-se de um modo tão enlouquecido e repugnante ao olhar que Carter não mais se admirou com a monstruosa maldade que as vagas lendas lhes atribuíam, nem com o medo que aquele abominável platô suscitava em todas as terras oníricas. Quando o *shantak* passou a sobrevoar ainda mais baixo, a repulsa que lhe transmitiam os dançarinos se tingiu de certa familiaridade infernal, e o prisioneiro cravou os olhos neles com intensa atenção, a vasculhar memória em busca de pistas sobre em que lugar ele vira aquelas criaturas antes.

Saltavam como se tivessem cascos em vez de pés e pareciam usar um tipo de peruca ou adereço de cabeça com pequenos chifres. Moviam-se, fora isso, desnudas, sem usar nada relacionado a vestimentas, embora a maioria fosse bastante peluda, com caudas nanicas, e quando ergueram a cabeça, o prisioneiro notou-lhes a excessiva largura da boca e soube, de estalo, de quem se tratava, assim como também soube, enfim, que não usavam perucas e tampouco adereços de cabeça. Porque o misterioso povo de Leng não era senão da mesmíssima raça dos repugnantes comerciantes das galés pretas que permutavam rubis em Dylath-Leen: aqueles mercadores humanoides escravizados pelas monstruosas coisas-sapo lunares! Tratava-se, na verdade, dos mesmos bípedes escuros que entorpeceram e sequestraram Carter a bordo da infecta galé havia tanto tempo e cujos aparentados ele vira impelidos em rebanhos pelos imundos cais daquela amaldiçoada cidade lunar, com os mais magros se matando de labutar e os mais gordos transportados em engradados para outras necessidades de seus amos poliposos e amorfos. Agora, deu-se conta de onde vinham aquelas criaturas tão ambíguas e sentiu um calafrio de medo ao pensar que o platô de Leng devia ser conhecido dessas abominações amorfas da Lua.

Mas o *shantak* continuou a voar além das fogueiras, das cabanas de pedra e dos dançarinos não de todo humanos; então, alçou voo acima das colinas estéreis de granito cinzento e de indistintos detritos de rocha, gelo e neve. Chegou o dia, e a fosforescência das nuvens baixas deu lugar ao nublado crepúsculo daquele mundo do norte, e o ignóbil pássaro prosseguia seu curso com determinação, no frio e no silêncio. Às vezes, o homem de olhos enviesados dirigia a palavra à montaria numa detestável e gutural linguagem, ao que o *shantak* respondia com tons chilreantes e ásperos como a raspagem de vidro moído no chão. O tempo todo, a terra ia ficando cada vez mais alta, até eles chegarem, afinal, a um chapadão varrido pelo vento que parecia o próprio teto de um mundo arruinado e despovoado. Ali, solitárias no silêncio, na penumbra e no frio, elevavam-se as pedras toscas de um prédio atarracado sem janelas, circundadas por um círculo de monólitos brutos. Em toda essa configuração não se via nada humano, e Carter deduziu, segundo antigos relatos, que, na verdade, chegara ao mais apavorante e lendário de todos os lugares, o remoto e pré-histórico monastério, no qual mora, sem companhia, o sumo sacerdote que não deve ser mencionado, usa uma máscara de seda amarela no rosto e reza para os Outros Deuses e seu caos rastejante Nyarlathotep.

O repugnante pássaro acabou por pousar e o homem de olhos oblíquos desmontou, ajudando o prisioneiro a descer. Carter, a essa altura, tinha certeza absoluta do motivo de tê-lo capturado, pois ficou claro que aquele mercador era um agente dos poderes ocultos, ávido por arrastar perante os amos um mortal cuja presunção almejava encontrar a desconhecida Kadath e proferir uma oração na presença dos Grandes Deuses em seu castelo de ônix. Parecia provável que fora ele quem maquinara sua primeira captura pelos escravos das coisas-lunares em Dylath-Leen e que, agora, pretendia fazer o que os gatos salvadores haviam frustrado: levar a vítima a um terrível encontro com o monstruoso Nyarlathotep e denunciar a ousadia com que o sonhador empreendera a busca da desconhecida Kadath. Leng e o frio deserto ao norte de Inganok deviam situar-se próximos ao castelo dos Outros Deuses, e os acessos dali à maravilhosa cidade eram decerto bem defendidos.

Embora o homem de olhos oblíquos fosse pequeno, o imenso pássaro hipocéfalo estava ali para garantir que lhe obedecessem; por isso, Carter seguiu-o ao passarem pelo centro do círculo de monólitos verticais e cruzarem a porta de arco muito baixo daquele monastério de pedra sem janelas. Luz alguma iluminava o interior, mas o maligno mercador acendeu um pequeno lampião de argila, que exibia mórbidos baixos-relevos, e empurrou o prisioneiro por labirintos de estreitos corredores sinuosos. Nas paredes destes viam-se pintadas cenas aterradoras mais antigas que a história e num estilo desconhecido pelos arqueólogos da Terra. Depois de incontáveis milhões de anos, continuavam com os pigmentos brilhantes, pois o frio e a aridez do hediondo platô de Leng conservavam muitas coisas primitivas intactas. Carter vislumbrou-as fugazmente sob os raios de luz em movimento daquele fraco lampião e a história que narravam o fizeram estremecer horrorizado.

Por aqueles arcaicos afrescos, retratavam-se os anais do platô de Leng, e os humanoides com chifres, cascos e bocas largas dançavam endemoninhados nas cidades esquecidas. Mostravam cenas de antigas guerras, nas quais essas criaturas semi-humanas lutavam contra as inchadas aranhas violeta dos vales vizinhos, além de cenas da chegada das sombrias galés vindas da Lua e da submissão do povo de Leng às criaturas blasfemas poliposas e amorfas que delas saíam aos saltos, tropeços ou coleios. Blasfêmias branco-acinzentadas às quais adoravam como deuses, sem jamais se queixar quando levavam embora, nas galés pretas, dezenas de seus melhores e mais gordos machos. As monstruosas feras lunares haviam estabelecido acampamento numa ilha acidentada no mar e, a julgar pelos afrescos, Carter se deu conta de que aquela ilha não era outra senão o isolado rochedo sem nome que ele vira ao embarcar para Inganok, o amaldiçoado rochedo cinzento evitado pelos marinheiros da cidade crepuscular, e do qual reverberam atrozes uivos durante a noite inteira.

Também se exibia nesses afrescos a grande cidade marítima e capital dos quase humanos, orgulhosa no topo de seus pilares entre os penhascos e os cais de basalto cujos altaneiros templos e prédios esculpidos realçavam-lhe a prodigiosa beleza. Amplos jardins e ruas orladas de colunas partiam dos penhascos e de cada um dos seis portões encimados por esfinges, descendo até uma imensa praça central, na qual um par de colossais leões alados defendia o alto de uma escadaria subterrânea. Repetidas vezes, mostravam-se esses imensos leões alados, com os vigorosos flancos de diorito que resplandeciam no crepúsculo cinzento do dia e na nebulosa fosforescência da noite. E enquanto Carter passava hesitante por essas imagens frequentes e repetidas, ocorreu-lhe, afinal, do que de fato se tratava e qual cidade era aquela que os quase humanos haviam governado por tanto tempo antes da chegada das galés pretas. Não dava margem a qualquer engano, pois as lendas das terras oníricas são prolíferas e abrangentes. Sem a menor dúvida, aquela cidade dos primórdios da Terra era nada menos que a célebre Sarkomand cujas ruínas se haviam esbranquiçado por um milhão de anos antes que o primeiro verdadeiro ser humano visse a luz e cujos gigantescos leões gêmeos guardam para a eternidade os degraus que descem das terras oníricas até o Grande Abismo.

Outras paisagens mostravam os desolados picos cinzentos que separam Leng de Inganok, além dos monstruosos pássaros *shantaks* que constroem ninhos nas saliências rochosas a meio caminho do topo. Mostravam ainda as curiosas cavernas próximas às extremidades mais altas dos pináculos, e que mesmo os mais intrépidos dos *shantaks* fogem aos gritos para longe dali. Carter também avistara de longe essas cavernas enquanto as sobrevoara e notara-lhes a semelhança com as cavernas em Ngranek. Soube, então, que a semelhança era mais que casual, pois as imagens mostravam-lhes os assustadores habitantes, cujas asas de morcego, chifres curvos, rabos farpados, garras preênseis e corpos borrachentos não lhe eram estranhos. Encontrara antes aquelas criaturas mudas, pegajosas e que voavam silenciosas: os descuidados guardiões do Grande Abismo que até mesmo os Grandes Deuses temiam e que eram comandados não por Nyarlathotep, mas pelo encanecido Nodens. Pois se tratava dos temidos espreitadores noturnos, que jamais sorriam ou arreganham os lábios, porque não têm rosto, e se agitam pesados sem cessar nas trevas, entre o Vale de Pnath e nos desfiladeiros que dão acesso ao mundo exterior.

O mercador de olhos oblíquos empurrara, então, Carter ao interior de uma grande sala abobadada, cujas paredes haviam sido entalhadas com chocantes baixos-relevos e no centro da qual se escancarava um fosso circular rodeado por seis altares de pedra, exibindo malignas manchas. Como tampouco havia iluminação nessa imensa e malcheirosa cripta, o pequeno lampião do sinistro homem emitia uma luz tão fraca que só permitia captar os detalhes aos poucos. No lado oposto da sala, erguia-se um alto estrado de pedra acessado por cinco degraus; ali, num trono de ouro, sentava-se uma pesada figura vestida numa túnica de seda amarela com desenhos vermelhos e o rosto tapado com uma máscara também de seda amarela. Para esse ser, o mercador fez com as mãos certos sinais, aos quais o espreitador na escuridão respondeu erguendo nas patas envoltas em seda uma flauta de marfim com entalhes asquerosos e emitiu alguns sons repugnantes sob a flutuante máscara. O colóquio continuou por algum tempo, e Carter começou a notar uma nauseante familiaridade no som daquela flauta e no fedor do lugar malcheiroso, que o fez lembrar-se de uma assustadora cidade iluminada de vermelho e da indigna procissão que muito tempo antes desfilara por suas ruas. Também lhe veio à memória a terrível ascensão pelo campo lunar que se estendia defronte, antes da investida salvadora em massa dos gatos solidários da Terra. Aí, soube que a criatura no estrado era, sem a menor dúvida, o sumo sacerdote que não deve ser descrito, ao qual a lenda atribui aos sussurros tantas capacidades satânicas e anormais, mas temeu pensar que espécie de criatura poderia ser o detestável sumo sacerdote.

De repente, escorregou uma nesga da seda desenhada de uma das patas branco-acinzentadas, e Carter soube do que se tratava o hediondo sumo sacerdote. E naquele terrível instante, um intenso pavor impeliu-o a um movimento que de posse da razão jamais teria ousado tentar, pois, em toda a sua abalada consciência restava espaço apenas para uma vontade frenética de fugir da criatura acocorada naquele trono de ouro. Ele sabia que labirintos intransponíveis de pedra se estendiam entre a sala e a fria meseta varrida pelos ventos no exterior, e que, mesmo se chegasse ali, o abominável *shantak* continuava a aguardá-lo. Ainda assim, apesar de tudo isso, permanecia-lhe na mente apenas a necessidade imediata de partir daquela monstruosidade a contorcer-se vestida de seda.

O homem de olhos oblíquos largara o curioso lampião numa das altas e tetricamente maculadas pedras do altar, próxima ao fosso, e avançara um pouco para conversar com o sumo sacerdote, usando as mãos. Carter, que até então mantivera uma atitude em tudo passiva, deu um violento empurrão no sujeito com toda a ensandecida força do medo, fazendo com que a vítima tombasse de imediato naquele poço escancarado que, segundo os rumores, mergulha até as infernais Criptas Funerárias de Zin, onde os *gugs* caçam os *ghasts* na escuridão. Quase no mesmo segundo, agarrou o lampião do altar, precipitou-se pelos labirintos decorados com afrescos afora, correu por aqui e por lá, como determinavam as probabilidades da sorte, e tentou não pensar no furtivo ruído surdo de patas informes nas pedras ao seu encalço, nem nas abominações que àquela deviam serpear e rastejar atrás de si naqueles tenebrosos corredores.

Ao cabo de alguns instantes, arrependeu-se da precipitação irrefletida e desejou que houvesse tentado retroceder e fugir pelos afrescos que vira passar ao entrar. Na verdade, todos eram confusos demais e se repetiam tanto que não lhe teriam sido de grande ajuda, embora mesmo assim desejasse haver feito a tentativa. Os que ele via nesse momento eram ainda mais horríveis, e o fizeram se dar conta de que não estava nos corredores que conduziam à saída. Mais à frente, convenceu-se de que ninguém o seguia e afrouxou um pouco os passos; no entanto, mal exalara um suspiro semialiviado quando um novo perigo importunou-o. A luz do lampião parecia prestes a apagar-se e ele logo se veria na mais completa escuridão, sem meios de visão nem de direção.

Quando se apagou a chama, continuou devagar em frente às apalpadelas na escuridão e rogou aos Grandes Deuses a ajuda que pudessem conceder-lhe. Às vezes, sentia o piso de pedra inclinar-se acima ou abaixo e, num dado ponto, tropeçou num degrau que não tinha motivo aparente de estar ali. Quanto mais se adentrava, mais úmido o ambiente parecia ficar, e quando se dava conta de que chegava a um cruzamento ou à entrada de uma passagem lateral, sempre optava pelo caminho menos descendente. Acreditava, contudo, que o percurso geral o conduzia para baixo; e o cheiro semelhante ao das criptas e as incrustações nas paredes e piso oleosos advertiam-no do mesmo modo que vinha se enterrando no fundo da maligna meseta do platô de Leng. Nada o advertiu, porém, do que veio depois, apenas o próprio fato repentino, apavorante, o choque e o caos de tirar o fôlego. Durante uns instantes, vinha avançando às cegas e devagar pelo piso de um lugar escorregadio quase nivelado, e em seguida se precipitava vertiginosamente pela escuridão no interior de uma passagem estreita de inclinação tão acentuada que quase podia ser vertical.

A BUSCA ONÍRICA DA DESCONHECIDA KADATH

Jamais teve como saber ao certo a duração desse terrível deslizamento, embora parecesse ter levado horas de náusea delirante e frenesi extático. Por fim, percebeu que estava imóvel, com as nuvens fosforescentes de uma noite boreal a brilharem doentias acima de si. Em toda parte, viam-se muros em desintegração e colunas quebradas, e no pavimento em que se encontrava, varara mato desordenado pelas rachaduras deslocando-o em múltiplas lajes que os arbustos e as raízes haviam arrancado. Atrás dele, elevava-se até o cume perder-se de vista um penhasco perpendicular de basalto, em cujas encostas escuras se haviam esculpido cenas repelentes e perfurado uma entrada encimada por um arco talhado que dava para o tenebroso interior do qual ele acabara de ser arremessado. Defronte, estendiam-se fileiras duplas de pilares, além dos fragmentos de pedestais e bases de estátuas que evocavam uma larga e antiga avenida; e pelas urnas e bacias ao longo do caminho, ele se lembrou de que fora um imenso parque ajardinado. Bem afastados de sua extremidade, os pilares se dispersavam para demarcar uma ampla praça redonda, e nesse círculo aberto assomavam gigantescos sob as lúridas nuvens noturnas um par de objetos monstruosos: tratava-se de dois colossais leões alados de diorito, separados por trevas e sombras cujas cabeças grotescas e intactas se empinavam a uma altura de mais de 6 metros, e rosnavam desdenhosas para as ruínas que as circundavam. Carter sabia muito bem o que deviam ser, pois a lenda fala apenas de um par como aquele: eram os imutáveis guardiões do Grande Abismo, e as ruínas sombrias consistiam de fato na cidade original de Sarkomand.

A primeira ação de Carter foi fechar e obstruir com barricada a arcada no penhasco com os blocos tombados e os detritos diversos espalhados ao redor. Não desejava que ninguém o seguisse do odioso monastério de Leng, pois muitos outros perigos o espreitavam ao longo do caminho a seguir. Não tinha a menor ideia de como sair de Sarkomand para as partes povoadas das terras oníricas, nem nada ganharia se descesse até as grutas dos *ghouls*, pois sabia que não tinham mais informações que ele. Os três *ghouls* que o haviam ajudado a atravessar a cidade dos *gugs* até o mundo exterior, embora não soubessem como chegar a Sarkomand na viagem de volta para casa, haviam planejado perguntar aos velhos comerciantes em Dylath-Leen. Não lhe agradava a ideia de retornar ao mundo subterrâneo dos *gugs* e arriscar-se mais uma vez naquela infernal torre de Koth, com os degraus ciclópicos que levam ao bosque encantado, porém achava que talvez precisasse fazer essa tentativa se tudo o mais falhasse. Pela meseta de Leng, em direção ao outro lado do solitário monastério, não ousava regressar sem algum tipo de ajuda, porque deviam ser muitos os emissários do sumo sacerdote, e no fim da jornada iria, sem dúvida, ter de lidar com os *shantaks* e talvez outras criaturas. Se conseguisse arranjar um barco, poderia navegar de volta a Inganok após passar pelo escarpado e hediondo rochedo isolado no mar, pois os afrescos primitivos no labirinto do monastério haviam mostrado que esse apavorante lugar não se situa longe dos cais de basalto de Sarkomand. Mas encontrar um barco nessa cidade abandonada há eternidades parecia uma coisa pouco plausível, e tampouco parecia provável que pudesse construir um ali.

Eram esses os pensamentos de Randolph Carter quando uma nova impressão começou a martelar-lhe a mente. O tempo todo em que meditava, estendia-se diante de si a imensa amplidão cadavérica de fabulosa Sarkomand com os pilares pretos quebrados, os desmoronados portões encimados por esfinges, as gigantescas pedras e os monstruosos leões alados diante do doentio brilho daquelas luminosas nuvens noturnas ao fundo. De repente, ele avistou bem ao longe e à direita um brilho que nada tinha a ver com as nuvens, e se deu conta de que não estava sozinho no silêncio daquela cidade morta. O brilho se intensificava e diminuía de maneira intermitente, tremeluzindo com um matiz esverdeado que não tranquilizou o observador. Quando se aproximou com cautela pela rua entulhada de detritos e transpôs algumas estreitas brechas entre paredes desabadas, viu que se tratava de uma fogueira de acampamento próxima aos cais, com diversas silhuetas indistintas apinhadas ameaçadoramente em volta, e um odor letal pairava opressivo acima de todas. Além dali, marulhava a água oleosa do porto de encontro a um imenso navio a balançar-se ancorado, e Carter se imobilizou tomado de total terror quando viu que era, na verdade, uma das temíveis galés pretas da Lua.

Em seguida, no momento em que ia esgueirar-se de volta daquela detestável chama, viu uma agitação entre as escuras formas indistintas e ouviu um som peculiar e inconfundível. Era o assustado guincho estridente de um *ghoul* que, num instante, se multiplicara para um verdadeiro coro de angústia. Na segurança em que se encontrava à sombra das monstruosas ruínas, Carter se permitiu deixar que a curiosidade dominasse o medo, e tornou a adiantar-se furtivo em vez de bater em retirada. Assim que atravessou uma rua desobstruída, serpeou como um verme de barriga para baixo, e em outro lugar precisou levantar-se para não fazer barulho ao passar por pilhas de fragmentos de mármore tombado. Assim, sempre conseguia evitar que o descobrissem, tanto que logo depois, encontrara um local atrás de um pilar gigantesco de onde podia vigiar toda a cena de ação sob a luz esverdeada. Ali, ao redor de uma insuportável fogueira alimentada pelos desagradáveis caules de fungos lunares, acocorava-se um fedorento círculo dos animais lunares, ou coisas-sapo, e seus escravos quase humanos. Alguns dos escravos aqueciam lanças curiosas de ferro nas chamas saltitantes, e a intervalos regulares, espetavam as pontas escaldantes no corpo dos três prisioneiros firmemente amarrados a debater-se diante dos líderes do grupo. Pelos movimentos de seus tentáculos, Carter viu que as coisas-sapo de focinho achatado divertiam-se à beça com o espetáculo, e profundo foi seu horror quando, de repente, reconheceu os guinchos frenéticos e viu que os *ghouls* torturados não eram outros senão o leal trio que o guiara em segurança na saída do abismo e partira depois do bosque encantado, com a esperança de encontrar Sarkomand e o portão que os reconduziria às profundezas nativas.

Como o número das malcheirosas feras lunares sentadas em torno daquela fogueira esverdeada era muito grande, Carter se deu conta de que nada podia fazer, então, para salvar os antigos aliados. Ignorava de todo como os *ghouls* haviam sido capturados, mas imaginou que as cinzentas blasfêmias iguais aos sapos os houvessem ouvido fazer perguntas em Dylath-Leen referentes ao caminho para Sarkomand, e ele não desejava que se aproximassem tanto do detestável platô de Leng e do sumo sacerdote, que não se devia descrever. Por um instante, ponderou sobre como precisava agir, e lembrou-se de como se encontrava perto do portão de acesso ao reino preto dos *ghouls*. Claro que o mais sensato seria esgueirar-se a leste até a praça de leões gêmeos e descer de imediato até o abismo, onde, com toda a certeza, não enfrentaria horrores piores do que os acima, e onde logo poderia encontrar outros *ghouls* dispostos a resgatar os irmãos e talvez a liquidar as feras lunares da galé preta. Ocorreu-lhe que o portal, como outros portões de acesso ao abismo, também fosse defendido por bandos de espreitadores noturnos; contudo, já não mais temia estas criaturas sem cara. Sabia que tratados solenes as havia ligado aos *ghouls*, e o *ghoul* que fora Pickman lhe ensinara como pronunciar uma senha entendida pelos espreitadores noturnos.

Assim, Carter começou outro rastejo pelas ruínas, avançando devagar em direção à imensa praça central e aos leões alados. Era um trabalho arriscado, mas as feras lunares estavam ocupadas em divertir-se, e não ouviram os leves ruídos que ele fez duas vezes por acidente ao esbarrar nas pedras dispersas. Chegou, afinal, ao espaço aberto e percorreu com cuidado o caminho por entre as árvores nanicas e os arbustos espinhosos que ali haviam crescido. Os leões gigantescos assomavam terríveis acima sob o doentio brilho das fosforescentes nuvens noturnas, porém ele persistiu bravamente a avançar rumo aos dois e, em seguida, contornou-os a fim de ver-lhes os rostos, pois sabia que era naquele lado que encontraria a poderosa escuridão que guardavam. A 3 metros de distância erguiam-se as feras de diorito com expressões arrogantes, meditando em cima de pedestais ciclópicos cujas laterais exibiam assustadores baixos-relevos. Separava-os um pátio azulejado com um espaço central que outrora era cercado por balaústres de ônix. Na metade do caminho desse espaço, abria-se um poço preto, e Carter logo viu que, de fato, chegara ao abismo escancarado, cujos degraus de pedra, cheios de crosta e bolorentos, conduziam às criptas subterrâneas de pesadelo.

Que terríveis as lembranças daquela descida na escuridão, em que as horas transcorriam, enquanto Carter ziguezagueava às cegas contornando sem parar uma insondável espiral de degraus íngremes e escorregadios. Tão gastos e estreitos achavam-se os degraus, além de tão gordurosos devido ao depósito mole da Terra interior, que o viajante jamais sabia ao certo quando esperar um passo em falso que o precipitaria numa queda repentina e atroz em direção aos abismos finais. Assim, como se sentia inseguro por ignorar quando ou como os guardiões espreitadores noturnos poderiam, de repente, cair sobre ele, se na verdade houvesse alguns aquartelados naquela passagem de eras primitivas. Tudo ao seu redor impregnava-se de um sufocante odor dos abismos infernais, e fazia-o se dar conta de que o ar daquelas profundezas asfixiantes não era feito para a humanidade. Pouco depois, sentiu-se muito entorpecido, sonolento, e começou a deslocar-se mais por um impulso automático que por uma vontade racional; nem percebeu qualquer mudança quando parou de mover-se por completo, como se alguma coisa em silêncio o agarrasse por trás. Já voava muito rápido no ar quando cócegas malévolas lhe revelaram que os borrachentos espreitadores noturnos haviam acabado de cumprir seu dever.

Desperto para o fato de que se encontrava nas garras frias e úmidas daqueles voadores sem rosto, Carter lembrou-se da senha dos *ghouls* e gritou-a o mais alto que pôde em meio ao vento e caos do voo. Por mais irracionais que são considerados os espreitadores noturnos, o efeito foi instantâneo, pois as cócegas cessaram de imediato e as criaturas se apressaram em acomodar o prisioneiro numa posição mais confortável. Assim incentivado, Carter aventurou-se a dar algumas explicações e informou-os da captura e tortura dos três *ghouls* pelas feras lunares e da necessidade de reunir um grupo para resgatá-los. Os espreitadores noturnos, embora inarticulados, pareceram entender o que se disse, pois o voo se tornou ainda mais rápido e determinado. De repente, a densa obscuridade deu lugar ao crepúsculo cinzento da Terra interior e diante deles se abriu uma daquelas planícies estéreis niveladas, onde os *ghouls* adoram acocorar-se e roer-se. Lápides e fragmentos ósseos dispersos revelavam os habitantes do lugar, e quando Carter soltou um alto guincho de urgente chamada, uma vintena de tocas despejou seus ocupantes coriáceos de compleição canina. Os espreitadores noturnos, então, deram uma rasante e largaram o passageiro em pé, antes de afastarem-se um pouco e formarem um semicírculo no chão, enquanto os *ghouls* cumprimentavam o recém-chegado.

Carter tartamudeou a mensagem da maneira mais rápida e detalhada possível ao grotesco grupo e quatro membros logo partiram por diferentes tocas com a finalidade de espalhar a notícia aos outros e arregimentar as tropas que estivessem disponíveis para o resgate. Após uma longa espera, apareceu um *ghoul* de certa importância e fez expressivos sinais aos espreitadores noturnos que impeliram dois dos últimos a alçarem voo nas trevas. Logo depois, pousaram mais acréscimos ao bando de espreitadores noturnos reunidos na planície cujo solo viscoso acabou por ficar preto com tantos deles. Enquanto isso, novos *ghouls* arrastavam-se para fora das tocas um por um, todos guinchando excitados na formação improvisada de uma tosca linha de batalha não longe dos espreitadores noturnos acocorados. No devido tempo, surgiu o orgulhoso e influente *ghoul* que fora outrora o artista Richard Pickman de Boston, para o qual Carter fez um relato bem minucioso do que ocorrera. Pickman, surpreso por tornar a rever o antigo amigo, pareceu muito impressionado, e realizou uma conferência com outros chefes, um pouco afastado da crescente multidão.

 Finalmente, depois de passar em revista as fileiras com atenção, todos os chefes reunidos exclamaram em uníssono e se puseram a guinchar ordens para as multidões de *ghouls* e espreitadores noturnos. Um grande destacamento dos voadores chifrudos logo desapareceu, enquanto os restantes se agruparam ajoelhados, de dois em dois, com as patas dianteiras estendidas, à espera da aproximação dos *ghouls* um por um. À medida que cada *ghoul* chegava à dupla de espreitadores noturnos à qual o designaram, as criaturas alçavam voo e o transportavam pelas trevas, até toda a multidão desaparecer, com a exceção de Carter, Pickman, os outros chefes e poucos pares de espreitadores noturnos. Pickman explicou que os últimos constituíam a vanguarda e as montarias de batalha dos *ghouls*, e que o exército partia para Sarkomand a fim de enfrentar as feras lunares. Então Carter e os chefes dos *ghouls* aproximaram-se das montarias que o aguardavam e foram transportados entre suas patas úmidas e escorregadias. No instante seguinte, tudo rodopiava no vento e nas trevas numa ascensão interminável rumo ao portão dos leões alados e às ruínas espectrais da Sarkomand original.

 Quando, após um longo intervalo, Carter se deparou mais uma vez com a doentia luz do céu noturno do Sarkomand, foi para ver a imensa praça central que fervilhava de militantes *ghouls* e espreitadores noturnos. Teve certeza de que o dia não demoraria a raiar, mas o exército era tão numeroso que não seria necessário tomar o inimigo de surpresa. A chama esverdeada da fogueira perto dos cais ainda tremeluzia baixa, embora a ausência de gemidos dos *ghouls* desse a entender que no momento terminara a tortura dos prisioneiros. Sussurrando instruções às montarias e ao bando de espreitadores noturnos da vanguarda sem cavaleiros, os *ghouls* decolaram em largas colunas torvelinhantes e sobrevoaram as ruínas lúgubres em direção à luz maligna. Carter se encontrava então ao lado de Pickman na primeira fileira dos *ghouls*, e viu ao se aproximarem do sinistro acampamento o total despreparo das feras lunares. Os três prisioneiros estendiam-se amarrados e inertes junto ao fogo, enquanto os captores com corpo de sapo haviam desabado de sono aqui e ali. Os escravos quase humanos também dormiam e até mesmo as sentinelas se esquivavam de um dever que naquele reino devia parecer-lhes apenas rotineiro.

A BUSCA ONÍRICA DA DESCONHECIDA KADATH

O ataque final dos espreitadores noturnos e dos *ghouls* que os montavam foi muito repentino, cada uma das cinzentas blasfêmias lunares e seus escravos semi-humanos capturada por um grupo de espreitadores noturnos sem sequer emitir um som. As feras lunares, claro, eram mudas, embora os escravos tampouco tivessem alguma chance de gritar antes que patas borrachentas silenciaram-nas sufocadas. Foram horríveis as contorções daquelas imensas anormalidades gelatinosas quando os sardônicos espreitadores noturnos as agarraram; entretanto, nada podiam fazer contra a força de suas garras pretas. Quando uma fera lunar se debatia com demasiada violência, um espreitador noturno agarrava-lhe e puxava-lhe os vibrantes tentáculos rosados, o que parecia doer tanto que a vítima parava de lutar. Embora esperasse ver um massacre, Carter constatou que os planos dos *ghouls* eram muito mais sutis. Guincharam certas ordens simples para os espreitadores noturnos que dominavam os prisioneiros e entregaram o resto ao instinto; e logo as infelizes criaturas foram levadas, em silêncio, até o Grande Abismo para serem distribuídas imparcialmente entre os *bholes*, *gugs*, *ghasts* e outros habitantes das trevas cujos hábitos alimentares não são indolores para as vítimas escolhidas. Nesse meio tempo, os três *ghouls* amarrados haviam sido soltos e reconfortados pelos semelhantes vencedores, enquanto vários grupos vasculhavam a redondeza à procura de possíveis feras lunares restantes e subiram a bordo da asquerosa e fedorenta galé preta no embarcadouro para certificarem-se de que nada escapara da derrota geral. Sem a menor dúvida, a captura fora, de fato, uma vitória total, pois os vencedores não conseguiram detectar nem sequer um sinal de vida. Carter, ansioso por preservar um meio de acesso ao restante das terras oníricas, exortou-os a não afundarem a galé ancorada e esse pedido lhe foi logo concedido com gratidão, em reconhecimento de sua ação ao comunicar a provação sofrida pelo trio capturado. No navio, encontraram-se certos objetos e decorações muito curiosas, das quais Carter atirou alguns no mar.

Os *ghouls* e os espreitadores noturnos depois se distribuíram em grupos separados, os primeiros querendo perguntar aos colegas resgatados a respeito dos acontecimentos passados. Parecia que os três haviam seguido as instruções de Carter e partido do bosque encantado rumo a Dylath-Leen pela margem dos rios Nir e Skai, roubando roupas humanas numa fazenda isolada e fazendo o máximo possível para imitar o modo de andar dos homens. Embora nas tabernas de Dylath-Leen seus modos e semblantes grotescos houvessem suscitado muitos comentários, eles continuaram perguntando sobre como chegar a Sarkomand até que um velho viajante conseguiu informá-los. Então, ao saber que só um navio que fazia a rota para Lelag-Leng poderia levá-los, decidiram esperá-lo com paciência.

Mas espiões malévolos, sem dúvida, haviam se inteirado de tudo, porque logo depois uma galé preta fez escala no porto e os comerciantes de rubi com bocas largas convidaram os *ghouls* a beber numa taberna. Serviu-se a bebida de uma daquelas sinistras garrafas entalhadas com desenhos grotescos de um único rubi, após o que os *ghouls* se viram prisioneiros na galé preta, assim como Carter se vira antes. Dessa vez, porém, os remadores invisíveis não a conduziram para a Lua, mas em direção à antiga Sarkomand, com a evidente finalidade de levá-los diante do sumo sacerdote indescritível. Haviam feito uma pausa junto ao rochedo escarpado no mar boreal que os marinheiros de Inganok sempre evitam, e ali os *ghouls* viram pela primeira vez os verdadeiros mestres do navio quando logo adoeceram, apesar de sua própria insensibilidade diante de tamanho excesso de deformidade maligna e asquerosa fetidez. Ali, também, testemunharam os inomináveis passatempos da guarnição das coisas-sapos residentes: passatempos que dão origem aos uivos noturnos temidos pelos homens. Seguiram-se, então, o desembarque na arruinada Sarkomand e o início das torturas cuja continuação o presente resgate impedira.

Começaram em seguida a discutir sobre os planos futuros, e os três *ghouls* resgatados sugeriram um ataque repentino ao rochedo escarpado e o extermínio da guarnição de coisas-sapo. Os espreitadores da noite, porém, se opuseram a isso, visto que a perspectiva de sobrevoar a água não os agradava. Embora favorecesse o plano, a maioria dos *ghouls* não via como realizá-lo sem a ajuda dos espreitadores noturnos alados. Então, Carter, ao ver que as criaturas não sabiam manobrar a galé ancorada, ofereceu-se a ensinar-lhes a utilização das grandes carreiras de remos, e a proposta foi aceita com entusiasmo. Despontara um dia cinzento, e, sob aquele plúmbeo do norte, um destacamento selecionado de *ghouls* embarcou em fila no navio infecto e ocupou os respectivos assentos nos bancos dos remadores. Carter constatou que eles tinham bastante aptidão para aprender, e antes do anoitecer já arriscara três viagens experimentais ao redor do porto. Mal passados três dias, porém, julgou seguro tentar a viagem da conquista. Assim, com os remadores treinados e os espreitadores noturnos acomodados em segurança no castelo de proa, o grupo, enfim, içou as velas. Reunidos no convés, Pickman e os outros chefes discutiam modos de abordagem e ataque.

Desde a primeira noite, ouviram-se os uivos que se elevavam do rochedo. Soavam com um timbre tão dilacerante que toda a tripulação da galé tremeu visivelmente; entretanto, os que mais tremeram foram os três *ghouls* resgatados que sabiam com precisão o que significavam aqueles gritos. Julgou-se melhor não tentar um ataque à noite; por isso, a embarcação permaneceu imóvel sob as nuvens fosforescentes, à espera do despontar de mais um dia cinzento. Quando a luz intensificou-se o suficiente e os uivos silenciaram, os remadores reiniciaram as vogas, e a galé foi se aproximando cada vez mais do rochedo escarpado cujos pináculos de granito pareciam agarrar-se fantasticamente ao céu lúgubre. As encostas do penhasco eram muito íngremes, mas em ressaltos aqui e ali se distinguiam os muros abaulados de estranhas moradias sem janelas e as cercas baixas que protegiam as rodovias movimentadas. Jamais alguma embarcação humana aproximara-se tanto do lugar, ou pelo menos jamais se aproximara tanto e conseguira retornar. Entretanto, isentos de todo medo, Carter e os *ghouls* continuaram impassíveis a contornar a face leste do rochedo à procura dos ancoradouros que o trio resgatado dissera situar-se no lado sul no interior de um porto formado por íngremes promontórios.

Os promontórios consistiam em prolongações da própria ilha e tinham as extremidades tão próximas umas das outras que permitiam entre elas a passagem de um único navio de cada vez. Como parecia não haver vigias no exterior, a galé foi conduzida intrepidamente pelo estreito em forma de canal e penetrou nas águas fétidas estagnadas do porto adiante. Aí, no entanto, era tudo agitação e atividade, com várias embarcações a balançarem-se ancoradas ao longo de um ameaçador cais de pedra. Inúmeros escravos semi-humanos e feras lunares diante da zona portuária carregavam engradados e caixas ou conduziam horrores inomináveis e fabulosos atrelados a pesados vagões. Construíra-se um pequeno povoado de pedra no penhasco vertical acima dos cais, com o início de uma estrada sinuosa que desaparecia em espiral da visão em direção às saliências mais altas do rochedo. Ninguém podia saber o que se ocultava do lado de dentro daquele prodigioso pico de granito, embora as coisas que se viam do lado de fora não eram em nada animadoras.

Diante da visão da galé a entrar no porto, as multidões nos cais exibiram grande interesse: os que tinham olhos encaravam atentamente e os sem olhos retorciam os tentáculos rosados em expectativa. Não se deram conta, claro, de que a embarcação preta mudara de dono, pois além dos *ghouls* se parecerem muito com os semi-humanos providos de chifres e cascos, os espreitadores noturnos estavam ocultos bem abaixo do campo visual. Àquela altura, os líderes haviam traçado um plano completo, o qual consistia em soltar os voadores assim que tocassem o cais e em seguida retirar-se de imediato, deixando toda a questão aos instintos das criaturas quase irracionais. Abandonados no rochedo deserto, os seres alados iriam, antes de tudo, agarrar todas as coisas vivas que encontrassem; depois, incapazes de pensar, exceto em termos do instinto de retorno ao lugar de origem, esquecer do medo que tinham de água e voar a toda de volta ao abismo, largando suas presas repugnantes em destinos adequados na escuridão, dos quais pouquíssimas sairiam vivas.

Tornou-se evidente que o timoneiro não se dirigia à doca correta, e decerto os vigias haviam notado a diferença entre os medonhos *ghouls* e os escravos semi-humanos cujos lugares ocupavam. Devia ter sido disparado algum alarme discreto, porque quase de imediato começou a despejar-se uma horda das pestilentas feras lunares que saíam das portinhas escuras das casas sem janelas e desciam pela estrada sinuosa à direita. Uma chuva de curiosos dardos atingiu a galé quando a proa tocou o cais, abateu dois *ghouls* e feriu de leve outro, mas nesse momento abriram-se todas as escotilhas para despejar uma nuvem preta de ruidosos espreitadores noturnos que se lançaram sobre o povoado como um bando de morcegos chifrudos e gigantescos.

As gelatinosas feras lunares haviam arranjado uma longa vara de barco e tentavam rechaçar o navio invasor; porém, quando os espreitadores noturnos as atacaram, não pensaram mais nisso. Que terrível espetáculo ver aqueles provocadores de cócegas borrachentos e sem rosto entregues ao seu passatempo preferido, e que tremenda impressão a de observar a densa nuvem deles se espalhar pelo povoado e elevar-se da estrada sinuosa até as alturas do rochedo! Às vezes, um grupo dos pássaros pretos largava em voo um prisioneiro coisa-sapo por engano, e a maneira como a vítima estourava era muitíssimo ofensiva à visão e ao olfato. Quando o último dos espreitadores noturnos saiu da galé, os líderes dos *ghouls* guincharam uma ordem de retirada e os remadores afastaram-se silenciosos do porto pela passagem entre os promontórios cinzentos, enquanto o povoado continuava no caos da batalha e da conquista.

Como o *ghoul* Pickman imaginou que os espreitadores noturnos precisariam de várias horas para tomar uma decisão em suas mentes rudimentares e superar o medo de sobrevoar o mar, manteve a galé parada a uma milha ao largo do rochedo escarpado, enquanto esperava e enfaixava os machucados dos feridos. A noite caiu, e o crepúsculo cinzento deu lugar à doentia fosforescência das nuvens baixas; e durante todo esse tempo, os líderes não tiravam os olhos dos elevados picos daquela rocha amaldiçoada à espera de sinais do voo dos espreitadores noturnos. Quase amanhecia quando se avistou um ponto preto pairado hesitante acima do pináculo mais alto e logo depois, o ponto tornava-se um enxame. Pouco antes da alvorada, o enxame pareceu dispersar-se e dali a um quarto de hora desaparecera totalmente ao longe na direção do nordeste. Uma ou duas vezes, julgou-se ver alguma coisa caindo do enxame mais escasso no mar, mas Carter não se preocupou, porque já observara antes que as feras lunares semelhantes aos sapos não sabem nadar. Enfim, quando os *ghouls* se convenceram de que todos os espreitadores noturnos haviam partido para Sarkomand e o Grande Abismo com fardos condenados à morte, a galé tornou a entrar no porto pela passagem entre os promontórios cinzentos; em seguida, toda a medonha companhia desembarcou e vagou cheia de curiosidade pelo rochedo nu acima com suas torres, casas de difícil acesso e fortalezas cinzeladas em pedra sólida.

Assustadores foram os segredos descobertos nessas criptas diabólicas e sem janelas, pois ainda se viam muitos restos de passatempos inacabados e em diversos estágios de decomposição desde o seu estado original. Carter eliminou determinadas coisas que continuavam vivas de certo modo e fugiu precipitadamente de algumas outras coisas sobre as quais não estava muito seguro do que se tratava. As casas impregnadas de fedor eram mobiliadas, sobretudo, com grotescos tamboretes e bancos talhados de árvores lunares e tinham as paredes no interior pintadas com desenhos inomináveis e frenéticos. Incontáveis armas, implementos e ornamentos espalhavam-se em volta, entre eles grandes ídolos de rubi maciço, que retratavam seres singulares não encontrados na Terra. Apesar do precioso material de que eram constituídos, os últimos não o convidavam a se apropriar deles ou examinar-lhes com atenção, por isso Carter chegou a espatifar com um martelo cinco desses objetos em pedaços bem pequenos. Recolheu as lanças e os dardos espalhados e com aprovação de Pickman distribuiu-os entre os *ghouls*. Tais instrumentos eram novos para os caninos saltitantes, mas a relativa simplicidade de manuseio permitiu-lhes dominá-los depois de poucas explicações concisas.

Nas partes superiores do rochedo havia mais templos que casas privadas, e em numerosas câmaras escavadas na rocha encontraram-se terríveis altares esculpidos, além de fontes e relicários com manchas duvidosas para a adoração de coisas mais monstruosas que os deuses brandos no alto de Kadath. Dos fundos de um imenso templo, estendia-se uma passagem baixa preta que Carter percorreu com uma tocha até chegar a um obscuro vestíbulo abobadado de enormes proporções, cujas abóbodas eram cobertas por demoníacos entalhes e em cujo centro abria-se escancarado um poço pútrido e sem fundo, como aquele no hediondo monastério de Leng, onde medita sozinho o sumo sacerdote que não se deve descrever. Na sombra da parede no outro lado, defronte ao poço asqueroso, julgou haver discernido uma pequena porta de bronze estranhamente lavrada, mas por algum motivo sentiu um pavor inexplicável de abri-la e até de aproximar-se dela, e apressou-se de volta pela caverna ao encontro dos aliados desgraciosos, os quais bamboleavam em volta com uma tranquilidade e um abandono que ele não podia partilhar. Os *ghouls* haviam observado os passatempos inacabados das feras lunares e se beneficiado à sua maneira. Também haviam encontrado uma barrica do forte vinho lunar e rolavam-na até os embarcadouros para levá-la e, mais tarde, servi-la em tratados diplomáticos, embora o trio resgatado, ao lembrar-se do efeito da bebida neles em Dylath-Leen, houvesse advertido os colegas militantes que nem sequer o provassem. Embora houvesse um grande depósito de rubis das minas lunares, brutos e polidos, numa das abóbadas próximas do mar, quando os *ghouls* descobriram que não eram comestíveis perderam todo o interesse pelas preciosidades. Carter não quis levar nada, pois sabia bem demais sobre aqueles que os haviam minado.

De repente, ouviu-se um alarido excitado das sentinelas postadas nos cais, e todos os repugnantes *ghouls* interromperam suas tarefas a fim de reunirem-se na zona portuária e olharem fixamente em direção ao mar. Uma nova galé preta deslizava entre os promontórios cinzentos e avançava a toda velocidade, e dali a instantes os semi-humanos a bordo iriam perceber a invasão da cidade e dar o alarme aos seres monstruosos ocultos sob o convés. Por sorte, os *ghouls* ainda traziam nas mãos as lanças e os dardos que Carter distribuíra; e sob seu comando, apoiado por aquele que fora Pickman, formaram então uma linha da batalha e prepararam-se para impedir a acostagem da embarcação. Logo depois, uma súbita agitação na galé anunciou a descoberta pela tripulação do novo estado de coisas, e a parada imediata do navio revelou que se notara e se levara em conta a superioridade numérica dos *ghouls*. Após instantes de hesitação, os recém-chegados deram meia-volta em silêncio e tornaram a cruzar a passagem espaço entre os promontórios, embora nem sequer por um segundo os *ghouls* imaginassem que se evitara o conflito. Ou o escuro navio buscaria reforços, ou a tripulação tentaria atracar em outro lugar na ilha; por isso, logo se enviou um grupo de batedores ao pináculo do rochedo para ver qual seria o caminho do inimigo.

Passados poucos minutos, um *ghoul* retornou ofegante para dizer que as feras lunares e os semi-humanos estavam desembarcando perto do mais ao leste dos promontórios cinzentos íngremes e subindo por veredas e saliências ocultas pelas quais até um cabrito-montês mal conseguiria atravessar em segurança. Quase imediatamente depois, tornou-se a avistar a galé a percorrer o estreito semelhante a um canal, porém, apenas de relance. Em seguida, um segundo mensageiro desceu arfante do cume para dizer que mais um grupo desembarcava no outro promontório, ambos muito mais numerosos do que pareciam caber no tamanho da galé; esta, depois de deslocar-se com uma fileira de remos pouco tripulada, logo surgiu no campo visual entre os penhascos e soltou âncora no fétido porto, como se para presenciar a refrega intervir se fosse necessário.

A essa altura, Carter e Pickman haviam dividido os *ghouls* em três grupos, dois dos quais para enfrentar as duas colunas invasoras e um para permanecer no povoado. Os dois primeiros precipitaram-se pelos rochedos acima em suas respectivas direções, enquanto o terceiro foi subdividido numa equipe de terra e outra de mar. Esta, comandada por Carter, embarcou na galé ancorada e remou ao encontro da galé com insuficiente tripulação dos recém-chegados, diante do que a última logo bateu em retirada pelo estreito rumo ao mar aberto. Carter não a perseguiu de imediato, porque sabia que talvez pudessem necessitá-lo, com mais urgência, próximo ao povoado.

Enquanto isso, os temerários destacamentos das feras lunares e semi-humanos haviam se deslocado com dificuldade ao topo dos promontórios e suas silhuetas se perfilavam chocantes em ambos os lados contra o céu crepuscular cinzento. As finas e infernais flautas dos invasores começaram, então, a elevar-se lamuriosas, e o efeito geral daquelas procissões híbridas, semiamorfas, era tão nauseante quanto o odor exalado pelas blasfemas coisas-sapo. Nesse momento, os dois grupos dos *ghouls* surgiram em massa no campo visual e juntaram-se ao panorama de silhuetas recortadas. Dardos começaram a voar de ambos os lados, e as exclamações estridentes dos *ghouls*, simultâneas aos uivos dos semi-humanos, misturaram-se aos poucos à lamúria infernal das flautas para formar um frenético e indescritível caos de cacofonia demoníaca. De vez em quando, caíam corpos dos estreitos cumes dos promontórios no mar ou no interior do porto, no último caso, sendo logo sugados por certos espreitadores submarinos cuja presença era indicada apenas por prodigiosas bolhas.

Durante meia hora, a dupla batalha assolou enfurecida até o momento em que todos os invasores do penhasco a oeste foram completamente aniquilados. No penhasco a leste, porém, onde o líder do grupo das feras lunares parecia estar presente, os *ghouls* não se haviam saído tão bem e começaram a retirar-se para as encostas do próprio pináculo. Pickman ordenara a vinda de reforços do grupo na cidade para essa linha de frente, os quais haviam sido de grande ajuda nos primeiros estágios do combate. Depois, quando terminou a batalha no penhasco ocidental, os sobreviventes vitoriosos apressaram-se em deslocar-se até o outro lado para socorrer os camaradas sobrecarregados; viraram a maré e repeliram os invasores de volta pela estreita encosta do promontório. A essa altura, todos os semi-humanos estavam mortos, mas os últimos horrores em forma de sapo lutavam desesperadamente com as grandes lanças cerradas nas patas vigorosas e repugnantes. Já não dava mais para usarem os dardos, e a luta tornou-se um combate corpo a corpo entre os poucos lanceiros que conseguiam firmar-se naquela estreita encosta.

À medida que a fúria e a intrepidez se intensificaram, o número dos combatentes que caíam no mar tornou-se enorme. Os que despencavam no porto encontravam inominável extinção dos borbulhadores invisíveis; contudo, entre os que atingiam o mar aberto, alguns conseguiam nadar até o sopé dos rochedos e suspender-se nas pedras, enquanto a galé do inimigo resgatava várias feras lunares. Os penhascos eram impossíveis de escalar, a não ser onde os monstros haviam desembarcado, por isso nenhum dos *ghouls* nas pedras pôde retornar à linha de batalha. Alguns foram mortos por dardos lançados da galé hostil ou por sobre as feras lunares, mas alguns sobreviveram e puderam ser resgatados. Quando a segurança da equipe de terra pareceu garantida, Carter avançou com a galé pela passagem entre os promontórios e rechaçou o navio hostil para bem longe no mar, parando para resgatar os *ghouls* que estavam nas pedras ou ainda na água. Várias feras lunares atiradas pelas ondas em rochas ou recifes foram logo eliminadas.

Enfim, com a galé das feras lunares a uma distância segura e o exército de invasão por terra concentrado num único lugar, Carter desembarcou uma força considerável no promontório do leste na retaguarda do inimigo, após o que o combate durou pouco. Atacados de ambos os lados, os monstros asquerosos foram logo despedaçados ou atirados no mar até que, ao entardecer, os chefes confirmaram que a ilha livrara-se deles. Nesse meio tempo, a galé hostil desaparecera, e decidiu-se que seria melhor evacuar o maligno rochedo escarpado antes que qualquer horda esmagadora de horrores lunares pudesse ser reunida e lançada contra os vencedores.

Então, à noite, Pickman e Carter reuniram todos os *ghouls* para contá-los com cuidado e constataram que mais de um quarto fora liquidado nas batalhas do dia. Instalaram os feridos em beliches na galé, pois Pickman sempre desencorajou o antigo costume *ghoul* de matar e comer os próprios feridos, e designaram-se as tropas ilesas aos remos ou a outros postos nos quais pudessem ser mais úteis. Sob as baixas nuvens fosforescentes da noite, a galé se fez ao mar, e Carter não lamentou partir daquela ilha de segredos insalubres, cujo obscuro vestíbulo abobadado com o poço sem fundo e a repelente porta de bronze continuavam a encher-lhe a mente de inquietações. O amanhecer surpreendeu o navio diante dos arruinados cais balsáticos de Sarkomand, onde algumas sentinelas dos espreitadores noturnos ainda aguardavam acocoradas como gárgulas pretas chifrudas no topo das colunas quebradas e as esfinges em desintegração daquela apavorante cidade cuja existência e extinção antecediam ao surgimento do homem no período quartenário.

Os *ghouls* montaram acampamento no meio das pedras tombadas de Sarkomand e despacharam um mensageiro em busca de espreitadores noturnos suficientes para servir-lhes de montaria. Pickman e os outros chefes expressaram efusivos agradecimentos a Carter pela ajuda que lhes prestara, e o último começou então a sentir que seus planos, de fato, vinham amadurecendo bem. Agora, poderia contar com a ajuda daqueles temíveis aliados, não apenas para partir da região das terras oníricas onde se encontrava, mas também para empreender a última expedição em sua busca e apresentar-se perante os deuses no comando da desconhecida Kadath para pedir-lhes acesso a essa maravilhosa cidade ao pôr do sol que tão estranhamente lhe negavam nos sonhos. Por conseguinte, conversou a respeito disso com os chefes dos *ghouls*, informou-os do que sabia do frio deserto onde se situa Kadath, dos monstruosos *shantaks* e das montanhas esculpidas em estátuas bicéfalas que a guardam. Falou do medo que os *shantaks* sentiam dos espreitadores noturnos e que estes pássaros hipocéfalos fogem aos uivos das tocas escuras escavadas nos lúgubres cumes cinzentos que separam Inganok do execrável platô de Leng. Também falou de tudo que aprendera relacionado aos espreitadores noturnos a partir dos afrescos pintados nas paredes do monastério sem janelas do sumo sacerdote que não se deve descrever. Enfatizou que até os Grandes Deuses os temiam e que tinham como soberano não o caos rastejante Nyarlathotep, mas o encanecido e imemorial Nodens, Senhor do Grande Abismo.

Carter explicou tudo isso na linguagem dos *ghouls* ali reunidos e depois esboçou o pedido que tinha em mente, o qual não julgava extravagante levando-se em conta os serviços que acabara de prestar às criaturas caninas borrachentas e saltitantes. Afirmou que desejava muito a assistência de suficientes espreitadores noturnos para que o transportassem num voo seguro ao longínquo reino dos *shantaks* e das montanhas esculpidas até o deserto frio muito além dos caminhos de retorno já percorridos por qualquer outro mortal. Queria voar até o castelo de ônix no alto da desconhecida Kadath no deserto frio para rogar aos Grandes Deuses, repetiu Carter, que lhe permitissem, enfim, esse acesso à cidade ao pôr do sol. Tinha certeza de que os espreitadores noturnos poderiam levá-lo para lá sem dificuldade, sobrevoando bem acima dos perigos da planície e as odiosas cabeças duplas daquelas sentinelas esculpidas nas montanhas, agachadas para todo o sempre no crepúsculo cinzento. Nenhum perigo da Terra podia ameaçar as criaturas chifrudas e sem rosto, visto que os próprios Grandes Deuses as temiam. E ainda que surgissem dificuldades inesperadas dos Outros Deuses, que tendem a supervisionar as atividades dos deuses de Terra mais brandos, os espreitadores noturnos nada tinham a temer, porque os infernos exteriores são questões indiferentes para voadores mudos e escorregadios como eles que reverenciam e têm como amo não Nyarlathotep, mas se curvam diante apenas do poderoso e arcaico Nodens.

Carter continuou afirmando que bastaria sem dúvida um bando de dez ou quinze espreitadores noturnos para manter qualquer número de *shantaks* à distância, embora talvez fosse preferível incluir alguns *ghouls* no grupo para dirigir as criaturas, visto que os *ghouls* conhecem mais seus hábitos que os homens. O grupo poderia pousar num ponto conveniente no interior de quaisquer muralhas que tivessem a fabulosa fortaleza de ônix e ficar à espera nas sombras de seu retorno ou algum sinal enquanto ele se aventurava castelo adentro para orar aos deuses da Terra. Se os *ghouls* preferissem acompanhá-lo até a sala do trono dos Grandes Deuses, Carter ficaria muito grato, pois tal presença acrescentaria peso e importância ao seu apelo. Não iria, porém, insistir nisso, mas desejava apenas o transporte de ida e volta do castelo no topo da desconhecida Kadath, sendo a jornada final à maravilhosa cidade ao pôr do sol, caso os deuses se revelassem favoráveis, ou de volta ao Portão do Sono Profundo, no bosque encantado, de onde regressaria para a Terra, se suas preces fossem infrutíferas.

Enquanto Carter falava, todos os *ghouls* ouviam muito atentos, e com o passar do tempo, o céu escureceu-se com as nuvens dos espreitadores noturnos que os mensageiros haviam ido buscar. Os horrores alados distribuíram-se num semicírculo em torno do exército *ghoul*, respeitosamente à espera, enquanto os chefes caninos deliberavam sobre o desejo do viajante terrestre. O *ghoul* que fora Pickman conversou, em tom grave, com os colegas e acabou oferecendo a Carter muito mais do que esperava. Como ajudara os *ghouls* no combate contra as feras lunares, eles o ajudariam na audaciosa viagem a reinos de onde ninguém jamais retornara; iriam emprestar-lhe não apenas alguns dos aliados espreitadores noturnos, mas o exército inteiro como acampado lá, com veteranos combatentes *ghouls* e espreitadores noturnos de novo reunidos, com exceção de apenas uma pequena guarnição que permaneceria para cuidar da galé preta capturada e dos objetos da pilhagem vindos do rochedo escarpado no mar. Alçariam voo no momento em que ele desejasse, e após a chegada a Kadath, um séquito de *ghouls* o acompanharia com toda a pompa quando apresentasse sua petição perante deuses terrestres no castelo de ônix.

Comovido por uma gratidão e satisfação indescritíveis, Carter traçou planos com os líderes dos ghouls para a audaciosa viagem. Decidiram que o exército voaria a grande altitude sobre o hediondo platô de Leng com seu monastério inominável e as maléficas aldeias de pedra; parariam apenas nos imensos cumes cinzentos para conferir com os espreitadores noturnos, terror dos *shantaks*, cujas covas perfuravam-lhes os picos como uma colmeia. Então, de acordo com o conselho que recebessem desses habitantes das alturas, escolheriam seu curso final: aproximar-se da desconhecida Kadath ou pelo deserto de montanhas esculpidas ao norte de Inganok, ou pelos acessos ainda mais ao norte da repulsiva Leng. Caninos uns e desalmados outros, os *ghouls* e os espreitadores noturnos não tinham medo algum do que poderiam revelar aqueles desertos não trilhados pelos homens; nem a ideia de Kadath agigantando-se solitária com seu misterioso castelo de ônix incutia-lhes qualquer terror respeitoso.

Ao meio-dia, os *ghouls* e os espreitadores noturnos prepararam-se para empreender o voo, cada *ghoul* escolhendo um par de montarias cornudas que mais lhe convinha para transportá-lo. Carter se viu instalado ao lado de Pickman à frente da coluna, diante da qual se dispôs uma fileira dupla de espreitadores noturnos sem cavaleiros à guisa de vanguarda. A uma breve ordem estridente de Pickman, todo o chocante exército alçou voo numa nuvem de pesadelo acima das colunas quebradas e as esfinges em desintegração da Sarkomand primordial, cada vez mais alto, chegando a ultrapassar o grande penhasco de basalto atrás do povoado e até se descortinarem os frios e estéreis arredores de Leng. O anfitrião negro continuou a voar ainda mais alto, até o próprio platô parecer apequenar-se abaixo deles, e, ao transpor o platô de horror varrido pelo vento rumo ao norte, Carter tornou a ver com um calafrio o círculo de monólitos brutos e o prédio atarracado sem janelas, onde sabia que abrigava aquela apavorante blasfêmia mascarada de seda de cujas garras ele escapara por um triz. Dessa vez, não desceram quando o exército semelhante a um bando de morcegos sobrevoou a toda a paisagem estéril, passou a grande altitude pelas débeis fogueiras das insalubres aldeias de pedra, sem parar sequer uma vez para observar as contorções mórbidas dos semi-humanos de cascos e chifres que dançam eternamente ali, sob o som de flautas. Uma vez, localizaram um pássaro *shantak* que sobrevoava baixo a planície, mas quando esse os viu, precipitou-se, soltando gritos apavorados, e fugiu para o norte em pânico grotesco.

Ao cair da tarde, chegaram aos picos cinzentos e escarpados que formam a barreira de Inganok e planaram sobre aquelas estranhas cavernas próximas aos cumes que, Carter lembrava-se, tanto apavoravam os *shantaks*. Diante dos insistentes guinchos dos líderes dos *ghouls*, saiu de cada uma das tocas elevadíssimas uma torrente de voadores pretos chifrudos, com os quais os *ghouls* e espreitadores noturnos do grupo acabaram, enfim, conferenciando por meio de medonhos gestos. Logo se tornou claro que o melhor itinerário seria o acima do frio deserto ao norte de Inganok, pois os acessos ainda mais ao norte de Leng são cheios de armadilhas invisíveis que mesmo os espreitadores noturnos temem: trata-se de influências abismais concentradas em certos prédios brancos hemisféricos em curiosos outeiros que a tradição popular associa de maneira desagradável aos Outros Deuses e seu caos rastejante Nyarlathotep.

Os monstros alados ignoravam quase tudo a respeito dos cumes de Kadath, além do fato de que devia haver algum prodígio extraordinário em direção ao norte, ali no lugar em que os *shantaks* e as montanhas esculpidas montam guarda. Fizeram insinuações sobre as comentadas anormalidades de proporção nas léguas mais além, não trilhadas pelos homens, e se lembraram de vagos sussurros a respeito de um reino no qual impera uma noite eterna, embora não tivessem quaisquer dados para informar. Por isso, Carter e seu grupo os agradeceram amavelmente; depois, após cruzarem os mais elevados pináculos de granito que os separavam do céu de Inganok, desceram até o nível das fosforescentes nuvens noturnas. Dali eles observaram aquelas terríveis gárgulas agachadas ao longe que haviam sido montanhas até o dia em que alguma mão gigantesca escupiu o pavor em sua rocha virgem.

Ali se encontravam, agachadas num semicírculo demoníaco, as pernas na areia do deserto e as mitras varadas nas nuvens luminosas; sinistras, em forma de lobo e bicéfalas, com expressões de fúria e mãos direitas erguidas, vigiando monótona e malignamente a borda do mundo dos homens e protegendo com horror os confins de um frio mundo boreal, onde o homem não tem lugar. De seus hediondos colos, elevavam-se os *shantaks* perversos de proporções elefantinas, todos os quais, porém, fugiram com guinchos ensandecidos quando avistaram a vanguarda de espreitadores noturnos no céu nublado. Mais ao norte, acima dessas gárgulas montanhosas, o exército continuou o voo e percorreu léguas de deserto sombrio onde jamais se ergueu um ponto de referência. As nuvens se tornaram cada vez menos luminosas, até por fim, Carter não conseguir ver nada senão trevas em volta, mas as montarias aladas não vacilaram em momento algum, criadas como eram nas mais escuras criptas da Terra, e vendo não com olhos, mas com toda a superfície úmida de suas formas escorregadias. Voavam sempre avante, passando por ventos de odor duvidoso e ruídos de procedência inquietante, ininterruptas na mais densa escuridão, e cobriam espaços tão prodigiosos que Carter perguntou-se se ainda continuavam ou não nas terras oníricas.

De repente, contudo, as nuvens se dissiparam e as estrelas surgiram brilhando espectrais no céu. Tudo embaixo permanecia em total escuridão, mas essas fracas balizas celestes pareciam vivas com um significado e direção que jamais haviam tido em outro lugar. Não que os desenhos das constelações estivessem diferentes, mas as mesmas formas conhecidas agora revelavam um significado que antes não haviam manifestado com clareza. Tudo tendia em direção ao norte, cada curva, cada asterismo do céu reluzente tornara-se parte de um imenso desenho cuja função era atrair o olhar primeiro e depois todo o observador ao encontro de alguma secreta e terrível meta de convergência além do deserto congelado que se estendia infinitamente diante de si. Carter olhou para o leste, onde se agigantara a enorme cadeia de picos que barrava todo o comprimento de Inganok durante o percurso até ali, e distinguiu sobre o fundo de estrelas a silhueta denteada que lhe exibia a continuada presença. Mostrava-se mais irregular então, com fendas escancaradas e pináculos alternados numa fantástica configuração; e Carter examinou atentamente as sugestivas voltas e inclinações daquele grotesco contorno, o qual parecia partilhar com as estrelas um sutil impulso em direção ao norte.

Voavam a uma velocidade tão vertiginosa que Carter tinha de se esforçar muito para captar os detalhes, quando de repente avistou, logo acima da linha dos cumes mais altos, um objeto escuro a deslocar-se diante das estrelas, seguindo uma trajetória exatamente paralela à de seu próprio grupo bizarro. Os *ghouls* também o vislumbraram, pois ele ouviu suas baixas grasnadas em toda a volta, e por um instante julgou que o objeto fosse um *shantak* gigantesco, de um tamanho muitíssimo maior que o do espécime médio. Em pouco tempo, contudo, viu que cometera um erro, pois a forma da coisa acima das montanhas não era a de nenhum pássaro hipocéfalo. O contorno mostrado em silhueta diante das estrelas, vago como tinha de ser, assemelhava-se mais a uma imensa cabeça mitrada, ou um par de cabeças ampliadas infinitas vezes; e aquele rápido voo balançante pelo céu parecia de estranhíssima maneira não alado. Carter não soube precisar em que lado das montanhas deslocava-se; no entanto, logo percebeu que se prolongavam abaixo de outras partes da forma além das que ele vira pela primeira vez, pois essa tapava todas as estrelas em lugares onde a cordilheira exibia profundas falhas.

Então, surgiu uma larga lacuna na cordilheira, onde os medonhos limites do platô transmontano Leng juntavam-se ao deserto frio no lado em que ele se encontrava por um baixo desfiladeiro pelo qual um fraco brilho desprendia-se das estrelas. Carter observou a lacuna com intenso cuidado, pois sabia que poderia ver exibidas em silhueta diante do espaço celeste mais além das partes inferiores da enorme coisa que voava ondulante acima dos pináculos. O objeto, em seguida, deslocou-se um pouco adiante, e todos os membros do grupo cravaram os olhos no cume onde surgiria logo depois a silhueta completa. Aos poucos, a coisa enorme acima dos cumes aproximou-se da lacuna e diminuiu a velocidade, como se consciente de ter-se distanciado do exército dos *ghouls*. Passou-se mais um instante de intenso suspense, antes do breve momento em que mostraram visíveis a silhueta completa e a revelação, arrancando dos lábios dos *ghouls* um gemido temeroso e semisufocado de terror cósmico e perfurando a alma do viajante com um calafrio que jamais a deixou inteiramente. Pois a forma gigantesca bamboleante que se elevava acima do cume não passava de uma cabeça — uma dupla cabeça mitrada — e abaixo, numa terrível imensidão, saltava o apavorante corpo inchado que a suportava: a monstruosidade com as dimensões de uma montanha que avançava furtiva e silenciosa, a distorção semelhante à hiena de uma gigantesca forma antropóide que trotava diante do céu, o repulsivo par de cabeças encimadas por cones elevando-se até a metade do caminho para o zênite.

Carter não perdeu a consciência nem soltou um grito alto, pois era um velho sonhador, mas olhou para trás, horrorizado, e estremeceu quando distinguiu outras cabeças monstruosas mostradas em silhueta acima do nível dos cumes, a avançar bamboleante e furtivamente atrás da primeira. E em linha reta, na retaguarda, viam-se em cheio, três das poderosas formas montanhosas diante das estrelas austrais, que se deslocavam de maneira pesada nas pontas dos pés como lobos, e balançavam as altas mitras a milhares de metros no ar. As montanhas esculpidas, portanto, não haviam permanecido agachadas naquele rígido semicírculo ao norte de Inganok com as mãos direitas erguidas. Tinham deveres a cumprir e não eram negligentes. O mais horrível de tudo, no entanto, era o fato de que não emitiam um som e não faziam o mínimo ruído enquanto se deslocavam.

Nesse meio tempo, o *ghoul* que antes fora Pickman, dera uma ordem aos espreitadores noturnos, e o exército inteiro elevou-se ainda mais no ar. Em direção às estrelas, a grotesca coluna disparou até uma altitude onde nada mais se recortava diante do céu, nem a cinzenta cordilheira de granito que continuava imóvel, nem as montanhas esculpidas e mitradas que caminhavam. Tudo embaixo era apenas escuridão quando as legiões aladas lançaram-se ao norte em meio às rajadas de ventos e risadas invisíveis que ressoavam no éter, e nem sequer uma vez um *shantak* ou uma entidade mais inominável ergueu-se do deserto assombrado para persegui-los. Quanto mais longe seguiam, mais rápido avançavam, até que logo essa vertiginosa velocidade pareceu ultrapassar a de uma bala de fuzil e aproximar-se da de um planeta em sua órbita. Carter perguntava-se como naquela tamanha velocidade eles continuavam a sobrevoar a Terra, embora soubesse que nas terras oníricas as dimensões têm estranhas propriedades. Tinha certeza de que estavam num reino de noite eterna e supunha que as constelações acima houvessem sutilmente acentuado seu alvo rumo ao norte, concentrando esforços acima, por assim dizer, para arremessar o exército voador no vazio do polo boreal, como se vira um saco de cabeça para baixo a fim de despejar as últimas migalhas de substância dentro.

Então, observou aterrorizado que os espreitadores noturnos não estavam mais batendo as asas. As montarias chifrudas e sem rosto haviam dobrado seus apêndices membranosos e se acomodado bastante passivas no caos de vento que remoinhava e ria à socapa enquanto as transportava. Uma força extraterrestre apoderara-se do exército, e tanto os *ghouls* quanto os espreitadores noturnos sentiram-se impotentes contra uma corrente implacável que os impelia furiosamente norte adentro, de onde nenhum mortal jamais retornara. Avistou-se, enfim, na linha do horizonte adiante, uma frouxa luz solitária, a qual, à medida que eles se aproximavam, passou a elevar-se de forma constante acima de uma massa preta que ocultava as estrelas. Carter achou que devia se tratar de algum farol numa montanha, pois só uma montanha poderia erguer-se, assim, tão imensa a ponto de descortinar-se em tão prodigiosa altura no ar.

A luz e a escuridão que a acompanhava abaixo de si continuaram a elevar-se cada vez mais, até metade do céu boreal ficar obscurecido pela massa cônica irregular. Apesar da imensa altitude em que sobrevoava o exército, aquele pálido e sinistro farol alçava-se sempre mais alto, agigantando-se monstruoso acima de todos os cumes e referências terrestres, além de provar o éter desprovido de átomos onde giram sem fim a lua misteriosa e os planetas loucos. Não era uma montanha conhecida pelos homens a que assomava diante deles. As nuvens mais altas muito abaixo não passavam de uma franja para o sopé dela e a estonteante vertigem da camada superior da atmosfera apenas um cinturão que lhe circundava a região lombar. Desdenhosa e espectral, lançava-se à ponte entre a terra e o céu, preta na noite eterna e coroada com um diadema de estrelas desconhecidas, cujo terrível e significativo contorno tornava-se a cada momento mais nítido. Os *ghouls* guincharam maravilhados ao vê-la, e a ideia de que todo o exército em movimento se precipitasse e despedaçasse no inabalável ônix daquele despenhadeiro gigantesco fez Carter estremecer de medo.

O farol não parou de subir até se misturar aos mais elevados orbes do zênite, e dali piscou para os voadores com lúgubre escárnio. Todo o norte abaixo de si se achava envolto em escuridão total: uma escuridão petrificada, apavorante, que se alçava de infinitas profundezas às infinitas alturas, com apenas aquele fraco farol a piscar, inalcançavelmente, encarapitado no cume superior além de toda visão. Carter examinou a luz com mais atenção e distinguiu, enfim, as linhas que aquele fundo tenebroso traçava diante das estrelas. Erguiam-se torres no topo daquela montanha gigantesca; horríveis torres encimadas por abóbadas em insalubres e incalculáveis fileiras e aglomerados que superavam qualquer manufatura humana imaginável; ameias e terraços repletos de prodígio e ameaças, todos delineados em preto como minúsculas miniaturas longínquas em oposição ao estrelado diadema que brilhava maleficamente no limite extremo da visão. Encimava aquela mais imensurável das montanhas um castelo que desafiava toda a imaginação mortal e do qual emanava a luz demoníaca. Então, Randolph Carter soube que terminara a sua busca, e que contemplava acima de si a meta de todos os passos proibidos e as visões audaciosas: a fabulosa e incrível morada dos Grandes Deuses, no topo da desconhecida Kadath.

Assim que se deu conta disso, Carter notou uma mudança na travessia que seguia o impotente exército sugado pelo vento. Passaram a alçar-se de maneira muito brusca e ficou claro que o destino do voo era o castelo de ônix onde brilhava a luz fraca. A montanha preta estava tão próxima que suas encostas passavam a uma velocidade vertiginosa por eles enquanto se viam disparados para o alto, e na escuridão nada conseguiam distinguir ali. Cada vez mais imensas assomavam, sem cessar, as tenebrosas torres no alto do soturno castelo, e Carter sentiu que era aquela própria imensidão que as tornava quase blasfemas. As pedras que as constituíam bem poderiam ter sido extraídas por operários inomináveis no horrível abismo que se abria do rochedo na colina além do norte de Inganok, pois tinha tamanhas dimensões que um homem na soleira da porta iria parecer uma formiga nos degraus da mais alta fortaleza da Terra. O diadema de estrelas desconhecidas, acima das numerosas torrinhas rematadas por domos, emanava um brilho amarelado e doentio que banhava, com um tipo de crepúsculo, as tenebrosas muralhas de ônix viscoso. Nesse momento, descobriu-se que o pálido farol consistia numa janela iluminada no cocuruto de uma das mais altas torres, e, com a aproximação do exército impotente do cume da montanha, Carter julgou ter detectado sombras inquietantes que esvoaçavam pela vastidão mal-iluminada. Tratava-se de uma janela encimada por um estranho arco, de um design inteiramente desconhecido na Terra.

A rocha sólida em seguida deu lugar aos gigantescos alicerces do castelo monstruoso, e a velocidade do grupo pareceu arrefecer um pouco. Imensas muralhas irromperam para cima de repente, e viu-se de relance um enorme portão pelo qual se arrastaram os viajantes. Tudo era noite no gigantesco pátio, e então, surgiu o negrume mais profundo de coisas ocultas quando um imenso portal em arco engoliu a coluna. Turbilhões de vento frio agitavam-se úmidos por labirintos de ônix invisíveis, e Carter jamais saberia dizer que degraus e corredores estendiam-se em silêncio ao longo da trajetória de seu infindável serpeio aéreo. O terrível mergulho conduzia-os sempre mais alto na escuridão, sem jamais sequer um ruído, contato ou vislumbre interromper a densa mortalha de mistério. Apesar de sua enorme extensão, o exército formado pelos *ghouls* e espreitadores noturnos perdia-se de vista nos prodigiosos vazios daquele castelo supraterrestre. E quando afinal todo o ambiente de repente clareou com a lúgubre luz da única sala cuja janela no topo da torre servira de farol, Carter precisou de muito tempo para discernir as muralhas longínquas e o teto que desaparecia nas alturas, como também se dar conta de que ele já não se encontrava mais suspenso no espaço aberto sem limites.

Randolph Carter desejara apresentar-se na sala do trono dos Grandes Deuses com equilíbrio e dignidade, flanqueado e seguido por impressionantes filas de *ghouls* em rigorosa ordem cerimonial, para oferecer sua prece como um mestre livre e poderoso entre os sonhadores. Sabia que é possível tratar com os Grandes Deuses, pois estes não superam em poderio os mortais, e confiara à sorte para evitar que os Outros Deuses e o caos rastejante Nyarlathotep não aparecessem para apoiá-los naquele momento crucial, como haviam feito muitas vezes antes, quando os homens procuravam os deuses da Terra na morada ou nas montanhas deles. E com sua medonha escolta, chegara mesmo a acalentar a ideia de desafiar os Outros Deuses se fosse necessário, sabendo que os *ghouls* não têm dono nem senhor, e que os espreitadores noturnos obedecem não a Nyarlathotep, mas apenas ao arcaico Nodens como senhor. Entretanto, agora constatava que a celeste Kadath no frio deserto é de fato cercada por prodígios sombrios e sentinelas inomináveis, e que os Outros Deuses vigiam atentamente os benévolos e tolerantes deuses da Terra. Embora destituídos de autoridade sobre os *ghouls* e os espreitadores noturnos, estas abominações irracionais e amorfas do espaço conseguem controlá-los quando é preciso; em consequência, não foi com toda a pompa nem como um mestre livre e poderoso entre os sonhadores que Randolph Carter entrou na sala do trono dos Grandes Deuses em companhia do *ghoul*. Arrebatado e transportado por terríveis tempestades estelares, além de acossado por horrores invisíveis do deserto boreal, o exército inteiro flutuava cativo e impotente, na lúgubre luz, e caía entorpecidamente no piso de ônix quando, sob alguma ordem muda, dissipavam-se os ventos do medo.

Randolph Carter não se viu diante de nenhuma plataforma dourada, nem de um círculo de seres augustos coroados e cingidos por halos, com olhos estreitos, orelhas de lóbulos compridos, nariz fino e queixo pontudo, cuja afinidade com o rosto esculpido na montanha de Ngranek pudesse identificá-los como aqueles a quem um sonhador devia dirigir as preces. Com exceção daquela única sala da torre, o castelo de ônix que encimava Kadath estava às escuras e os mestres não se encontravam ali. Carter chegara à desconhecida Kadath no deserto frio, porém não encontrara os deuses. No entanto, a lúgubre luz bruxuleava naquela única sala da torre cujas dimensões eram pouco menores do que todo o espaço ao ar livre e cujas distantes muralhas e telhado quase se perdiam de vista nas névoas onduladas e rarefeitas. Os deuses da Terra não estavam ali, é verdade, embora não faltassem presenças mais sutis e menos visíveis. Quando os deuses brandos se ausentam, os Outros Deuses permanecem representados, e, sem a menor dúvida, o castelo dos castelos de ônix não estava desabitado. Carter de modo algum conseguia imaginar sob que forma ou formas atrozes iria revelar-se o terror em seguida. Sentia que haviam esperado sua visita e perguntava-se quão de perto vinha vigiando-o o caos rastejante Nyarlathotep durante o tempo todo. Trata-se de Nyarlathotep, horror de formas infinitas, alma pavorosa, e mensageiro temido dos Outros Deuses, ao qual servem as feras lunares fungosas; e Carter pensou na galé preta que desaparecera quando a maré da batalha no rochedo escarpado em alto-mar virou-se contra essas anormalidades em forma de sapo.

Enquanto refletia sobre tudo isso, sentiu levantar-se cambaleante no meio daquela tropa de pesadelo quando de repente, na sala mal-iluminada de dimensões infinitas, ressoou, sem aviso, o hediondo toque de uma trombeta demoníaca. Por três vezes repetiu-se o pavoroso grito agudo, e quando se dissiparam os ecos do terceiro toque escarnecedor, Randolph Carter viu que estava sozinho. Para onde, por que e como os *ghouls* e os espreitadores noturnos haviam sido arrebatados da visão fugia-lhe à capacidade de adivinhar. Sabia apenas que, de supetão, o haviam deixado sozinho, e que fossem quais fossem os poderes invisíveis que o espreitavam com escárnio em volta não faziam parte dos poderes afáveis das terras oníricas do planeta Terra. Logo depois, chegou um novo toque dos cantos mais remotos da sala. Tratava-se ainda de um sopro de trombeta cadenciado, embora de um tipo inteiramente distinto dos três estrépitos roucos que lhe haviam arrebatado as coortes medonhas. Dessa fanfarra abafada, ressoou toda a maravilha e melodia do sonho etéreo: imagens exóticas de inigualável beleza flutuavam de cada acorde dissonante e cadência sutilmente estrangeira. Aromas de incenso chegaram para harmonizar-se com as notas douradas e acima começou a manifestar-se uma forte luz, cujas cores iam mudando em ciclos desconhecidos do espectro terrestre, e acompanhavam a música da trombeta em misteriosas harmonias sinfônicas. Tochas chamejavam ao longe, e o rufar de tambores repercutia mais próximo, em meio a ondas de tensa expectativa.

Saídas das névoas que se adelgaçavam e da nuvem desprendida pelo incenso estranho, enfileiraram-se colunas gêmeas de gigantescos escravos negros com tangas de seda iridescente. Traziam amarradas na cabeça imensas tochas de metal, como capacetes, das quais se espalhava a fragrância de bálsamos desconhecidos em espirais enfumaçadas. Na mão direita, portavam uma varinha de cristal cuja ponta era entalhada em forma de quimera lúbrica, e com a esquerda empunhavam uma longa e fina trombeta prateada que tocavam um após o outro. Ostentavam braceletes e tornozeleiras de ouro e, entre cada par de tornozeleiras, estendia-se uma corrente de ouro que os obrigava a andarem de forma solene. Logo ficou visível que se tratava mesmo de autênticos negros das terras oníricas do nosso planeta, embora parecesse menos provável que seus ritos e trajes fossem coisas de origem terrestre. A 3 metros de Carter, as duas colunas pararam e ao fazê-lo cada escravo levou bruscamente a trombeta aos lábios grossos. Ensandecido e extático foi o estrépito que se seguiu, e ainda mais atordoante o grito saído em uníssono logo depois das escuras gargantas e que um estranho artifício tornou muito estridente.

Então, pela larga pista que separava as duas colunas, encaminhou-se a passos largos uma solitária figura: uma figura alta, esguia, com o semblante juvenil de um antigo faraó, festiva com roupagem multicolorida e coroada com o diadema de ouro, que cintilava com a sua própria luz. Logo se aproximou de Carter a figura régia cujo porte e feições trigueiras desprendiam o fascínio de um deus negro ou de um arcanjo caído, e em volta de seus olhos espreitava o lânguido lampejo de um temperamento caprichoso. Interpelou-o e, num tom melodioso, ondulou a suave música das torrentes do rio Lete.

— Randolph Carter — disse a voz —, vieste visitar os Grandes Deuses aos quais se proíbem os homens de verem. Observadores informaram os Outros Deuses da expedição e estes grunhiram enquanto bamboleavam e tropeçavam insensatamente ao som de flautas agudas no tenebroso vazio supremo onde medita o sultão demoníaco cujo nome lábios alguns ousam pronunciar em voz alta.

"Depois que Barzai, o Sábio, escalou Hatheg-Kla para ver os Grandes Deuses dançarem e uivarem acima das nuvens no luar, nunca mais retornou. Os Outros Deuses estavam lá e fizeram o que se esperava que o fizessem. Zenig de Aphorat tentou chegar à desconhecida Kadath no deserto frio e seu crânio acha-se agora incrustado num anel no dedo mindinho daquele que não preciso dizer o nome.

"Mas tu, Randolph Carter, enfrentaste corajosamente todos os desafios das terras oníricas de teu planeta, e continuas a arder com a chama da busca. Não viajaste como um curioso qualquer, mas como alguém à procura do que lhe é devido, e tampouco nunca deixaste de reverenciar os brandos deuses da Terra. No entanto, esses deuses mantiveram-te afastado da maravilhosa cidade ao pôr do sol de teus sonhos, e isso por causa apenas da mesquinha ganância deles, pois, na verdade, desejavam ardentemente a fantástica beleza criada por tua fantasia e juraram que dali em diante nenhum outro lugar estaria à altura de servir-lhes de morada.

"Eles partiram de seu castelo na desconhecida Kadath para residir na tua maravilhosa cidade. Em todos os palácios de mármore raiado, divertem-se durante o dia, e quando o sol se põe, saem para os jardins perfumados e admiram-lhe o esplendor dourado em templos e colunatas, nas pontes em arco, nas fontes de bacias prateadas, nas largas ruas debruadas de urnas carregadas de flores e nas reluzentes fileiras de estátuas de marfim. E quando a noite chega, eles sobem aos altos terraços salpicados de orvalho e sentam-se em bancos de pórfiro entalhados para observarem as estrelas, ou se debruçam sobre as alvas balaustradas para contemplarem as encostas escarpadas ao norte do povoado, onde se iluminam, uma por uma, as janelinhas em antigas empenas pontiagudas com a calma luz amarela de velas caseiras.

"Os deuses amam a tua maravilhosa cidade e não seguem mais os costumes divinos. Esqueceram-se dos lugares altos e das montanhas da Terra que os viram crescer. A Terra não tem mais deuses dignos desse nome, e só os Outros Deuses do espaço sideral reinam na esquecida Kadath. Muito distante, num vale de sua própria infância, Randolph Carter, brincam sem preocupações os Grandes Deuses. Tu sonhaste bem demais, ó sábio arquissonhador, pois atraíste os deuses do sonho e os levaste do mundo de todas as visões dos homens para um outro que é todo teu, após haver construído, a partir das pequenas fantasias de tua juventude, uma cidade mais linda que todas as quimeras que se viram antes.

"Não é bom que os deuses da Terra abandonem seus tronos para as aranhas ali tecerem teias, e tampouco abandonem seu reino para que os Outros Deuses o governem à sua sombria maneira. Os poderes exteriores iriam de bom grado trazer o caos e o horror a ti, Randolph Carter, o causador dessas drásticas mudanças, se não soubessem que apenas por teu intermédio é possível enviar os deuses de volta ao antigo mundo de que fazem parte. Nessa região onírica semidesperta que a ti pertence, nenhum poder de noite absoluta pode infiltrar-se e tu apenas tem condições de desalojar com amável diplomacia os egoístas Grandes Deuses da tua maravilhosa cidade ao pôr do sol e reenviá-los pelo crepúsculo boreal à morada habitual no topo da desconhecida Kadath no frio deserto.

"Por isso, Randolph Carter, em nome dos Outros Deuses, poupo-te a vida e exijo que sirva à minha vontade. Ordeno-te que saias em busca da cidade ao pôr do sol que é tua e dali afugentes os deuses ociosos e sonolentos que o mundo onírico aguarda. Não terás dificuldade para encontrar aquela febre beatífica dos deuses, aquela fanfarra de trombetas sobrenaturais, aquele estrépito de címbalos imortais, aquele mistério cujo lugar e significado te assombraram pelos corredores da vigília e os abismos dos sonhos, além de ter te atormentado com insinuações de lembranças esmaecidas e a dor atroz e monumental de coisas perdidas. Nem terás dificuldade para encontrar o símbolo e a relíquia de teus dias de deslumbramento, pois, na verdade, trata-se da estável e eterna pedra preciosa em que todas essas maravilhas cintilam cristalizadas para iluminar teu caminho à noite. Vê! Não é para além de mares desconhecidos que deves continuar a empreender tua busca, mas de volta aos anos bem conhecidos, de volta às estranhas imagens iluminadas da infância e aos breves vislumbres de magia inundados de sol que essas antigas paisagens despertam em olhos jovens arregalados.

"Pois sabe que a tua cidade maravilhosa de ouro e mármore é apenas a soma de tudo o que viste e amaste na juventude. É o esplendor nas encostas das colinas de Boston, onde os telhados e as janelas do lado oeste chamejam ao pôr do sol, na câmara dos Comuns perfumada de flores e no imponente domo que se ergue na colina e o emaranhado de empenas e chaminés no vale violeta, onde flui sonolento o rio Charles sob as inúmeras pontes. Viste tudo isso, Randolph Carter, quando tua ama levou-te pela primeira vez para passear de carrinho na primavera, e tudo isso é a última visão que haverás de ver com os olhos da lembrança e do amor. E restam ainda as imagens da antiga Salém a meditar sob o peso dos anos e da espectral Marblehead, escalando os rochosos precipícios que remontam aos séculos passados, além da magnificência das torres e pináculos de Salém, vistas ao longe no outro lado dos pastos de Marblehead defronte ao porto com o sol poente ao fundo.

"Há ainda divina Providência na criação de teu sonho, singular e altiva sobre suas sete colinas que dominam o porto azul, com terraços verdejantes que conduzem, acima, aos campanários e cidadelas de uma antiguidade cheia de vida, e Newport que se eleva como uma aparição de seu fascinante quebra-mar. Arkham também se faz presente, com os telhados de duas inclinações cobertos de musgo ao fundo, dos quais se veem os ondulantes prados rochosos e a antediluviana Kingsport envelhecida com chaminés empilhadas, cais desertos e empenas ressaltadas, mais a maravilha de altos precipícios e o mar envolto em névoas lácteas com as boias sonoras distantes.

"Os aprazíveis vales em Concord, as ruelas calçadas com pedras redondas em Portsmouth, as curvas crepusculares das estradas campestres de New Hampshire, onde olmos gigantescos entremostram os muros brancos das fazendas, e os rangidos se desprendem dos movimentos no poço. Os embarcadouros de Gloucester incrustados de sal e os salgueiros açoitados por vento de Truro. Paisagens de distantes cidades coroadas por torres de campanários e colinas após colinas ao longo do litoral norte, silenciosas encostas pedregosas e baixas cabanas revestidas ao abrigo do vento por enormes rochedos em Rhode-Island. A maresia e a fragrância dos campos; o encanto dos bosques escuros e a alegria dos pomares e jardins ao amanhecer. Todas essas, Randolph Carter, constituem a tua cidade, pois todas são o teu próprio ser. A Nova Inglaterra pariu-te e derramou em tua alma uma beleza líquida imperecível. Essa beleza, modelada, cristalisada e polida por anos de lembranças e sonhos, formam a mesma essência de tua ilusória maravilha com terraços banhados pelo sol poente; para encontrar aquele parapeito de mármore com curiosas urnas e apoiado em grades esculpidas, para descer enfim os infindáveis degraus guarnecidos de balaústres até a cidade de amplas praças e fontes multicoloridas, basta que te remontes aos pensamentos e visões de tua saudosa juventude.

"Vê! Através daquela janela brilham as estrelas da noite eterna. Mesmo nesse momento, brilham acima das cenas que conheceste e amaste, inebriando-te no encanto delas para que resplandeçam mais belamente sobre os jardins do sonho. Ali se encontra Antares — nesse instante a piscar sobre os telhados de Tremont Street, e tu conseguias vê-lo de sua janela em Beacon Hill. Muito além dessas estrelas escancaram-se os abismos de onde me enviaram meus mestres desalmados. Talvez um dia, tu também vás atravessá-los, mas se fores prudente te esquivarás de tamanha insensatez, pois, dos mortais que foram e retornaram, apenas um conserva a mente não abalada pelos horrores percucientes e dilacerantes do vazio. Terrores e abominações roem uns aos outros em busca de espaço, e os seres menores são mais maléficos que os maiores, como constataste pelas ações daqueles que tentaram entregar-te a mim, enquanto eu não nutria nenhum desejo de aniquilar-te. Na verdade, eu teria te ajudado muito antes de chegares aqui se não me achasse ocupado em outro lugar e se não tivesse a certeza de que encontrarias o caminho sozinho. Afasta-te, portanto, dos infernos exteriores e aferra-te às belas e tranquilas visões de tua juventude. Encontra a tua maravilhosa cidade e de lá rechaça os desleais Grandes

Deuses, reeviando-os de volta com tato às cenas que fazem parte de sua própria juventude e aguardam inquietamente o retorno deles.

"Ainda mais simples que o das vagas lembranças é o caminho que prepararei para ti. Olha! Aproxima-se um monstruoso *shantak*, conduzido por um escravo que, para a paz de teu espírito, julgou melhor manter-se invisível. Monta-te e te apronta, assim! Yogash, o negro, vai ajudar-te a cavalgar esse horror escamoso. Dirige-te à estrela mais brilhante ao sul do zênite: é Vega, e em duas horas tu estarás sobrevoando o terraço de tua cidade ao pôr do sol. Continua em frente só até ouvires uma cantoria bem acima, nas alturas do céu superior. Mais alto que este espreita a loucura; portanto, refreia teu *shantak* quando a primeira nota vier atrair-te. Baixa em seguida os olhos de novo para a Terra e verás brilhar do sagrado telhado de um templo a inextinguível chama do altar de Ired-Naa, o qual se situa na tua almejada cidade ao pôr do sol, então, embique em direção a ela antes que desvie sua atenção à cantoria e te percas de vez.

"Quase ao chegares à cidade, ruma para o mesmo parapeito alto de onde há tanto tempo admirava com os olhos cravados o esplendor a perder de vista e, em seguida, aguilhoa o *shantak* até fazê-lo gritar bem alto. Acomodados em seus perfumados terraços, os Grandes Deuses vão ouvir e entender esse grito, o qual lhes suscitará tão grande saudade da antiga morada que todas as maravilhas de tua cidade não bastarão para reconfortá-los a falta que sentem do lúgubre castelo de Kadath e o diadema de estrelas eternas que o coroa.

"Então deverás pousar no meio deles com o *shantak* e deixá-los ver e tocar o asqueroso e hipocéfalo pássaro, ao mesmo tempo em que tu lhes descreverá a desconhecida Kadath, da qual partiste há tão pouco tempo, e os informar da solidão e obscuridade em que se encontram aqueles imensos salões, onde outrora eles costumavam dançar e divertir-se envoltos por esplendor sobrenatural. E o *shantak* lhes falará à maneira dos shantaks, mas não terá poderes de convencê-los, além de insistir na lembrança dos velhos tempos.

"Deves relembrar repetidas vezes aos Grandes Deuses errantes a morada e a juventude deles, até fazê-los enfim derramar-se em lágrimas e rogarem que lhes mostres o caminho de volta há muito esquecido. Feito isso, podes liberar o *shantak* à espera, o qual se elevará ao céu com o grito de volta ao habitát dos de sua espécie; ao ouvi-lo, os Grandes Deuses, tomados do júbilo de outrora, se lançarão, em seguida, à maneira dos deuses, aos saltos e pinotes, atrás do repugnante pássaro, e transporão os profundos abismos do céu em direção às conhecidas torres e domos de Kadath.

"Então, a maravilhosa cidade ao pôr do sol será tua e poderás amá-la e habitá-la para sempre, e mais uma vez os deuses da Terra governarão os sonhos dos homens desde sua sede habitual. Vai, agora, a janela está aberta e as estrelas aguardam no lado de fora. Já teu *shantak* ofega e grasna de impaciência. Voa rumo a Vega durante a noite, mas desvia a direção quando ressoar a cantoria. Não te esquece desta advertência, para que horrores inconcebíveis não te aspirem no abismo de loucura atrofiante e estrepitosa adentro. Lembra-te dos Outros Deuses, os quais são poderosos, desalmados, terríveis e espreitam nos vazios siderais. Trata-se de deuses que devem ser evitados.

"*Hei! Aa-shanta 'nygh!* Vai já! Despache os deuses de Terra de volta aos seus antros na desconhecida Kadath, e ora ao espaço inteiro para que jamais tornes a me encontrar sob minhas mil outras formas. Adeus, Randolph Carter, e cuidado, *porque sou Nyarlathotep, o Caos Rastejante!*"

E montado ofegante e estonteado no medonho *shantak*, Randolph Carter disparou aos gritos espaço afora rumo ao glacial clarão azulado da estrela boreal Vega e olhou para trás apenas uma vez, encarando as pequenas torres amontoadas e caóticas do pesadelo de ônix, de onde ainda emanava a lúgubre luz solitária da janelinha acima do ar e das nuvens das terras oníricas do planeta Terra. Imensos horrores poliposos passavam deslizando e numerosas asas de morcego invisíveis batiam nas trevas ao redor; no entanto, ele continuava agarrado firmemente à crina infecta do repugnante e hipocéfalo pássaro escamoso. As estrelas dançavam zombeteiras e de vez em quando quase pareciam deslocar-se para formar pálidos desenhos fatais que faziam Carter perguntar-se por que não os vira nem sentira medo deles antes; e sem cessar os ventos uivantes dos abismos evocavam as trevas vagas e a solidão que reinavam além do cosmo.

Então da cintilante abóbada celeste à frente caiu um silêncio assombroso, e todos os ventos e horrores esquivaram-se de maneira furtiva, como o fazem as criaturas da noite diante do amanhecer. A tremular em ondas que os fios dourados de nebulosidade tornavam misteriosamente visível, elevaram-se os tênues indícios de uma melodia muito distante, zumbindo em fracos acordes, desconhecido de nosso universo de estrelas. E, assim que a música intensificou-se, o *shantak* empertigou as orelhas e precipitou-se avante, e Carter também se curvou para captar cada belo tema musical. Tratava-se de um canto, mas não o canto que brota de alguma voz. A noite e as esferas celestes cantavam-na, e já era antiquíssimo quando o espaço, Nyarlathotep e os Outros Deuses nasceram.

Mais rápido voava o *shantak* e mais baixo curvava-se o cavaleiro, os dois inebriados pelas maravilhas de estranhos abismos, e rodopiando nos anéis de cristal da magia sideral. Então, chegou tarde demais a advertência do mal, a sardônica recomendação do legado demoníaco que mandara o viajante tomar cuidado com a loucura provocada por aquele canto. Apenas para ridicularizá-lo Nyarlathotep assinalara o caminho seguro que o levaria à maravilhosa cidade ao pôr do sol; apenas para escarnecer o mensageiro negro, revelara o segredo desses deuses ociosos, cujos passos ele podia com tanta facilidade reconduzir à sua verdadeira morada. Pois a loucura e a feroz vingança do vazio são os únicos presentes que Nyarlathotep reserva aos presunçosos; e por mais frenético que fosse o esforço do cavaleiro para desviar a repugnante montaria, o perverso *shantak* seguiu em frente impetuoso e inexorável, rindo à socapa e a bater as imensas asas escorregadias, cheio de alegria maligna, rumo aos abismos ímpios aonde os sonhos não chegam; rumo à última profanação amorfa do magma mais profundo, onde borbulha e blasfema no centro do infinito o desalmado sultão demoníaco Azathoth cujo nome lábios alguns ousam pronunciar em voz alta.

Inabalável e obediente às ordens do infame emissário, o pássaro infernal precipitava-se direto em frente, a passar por cardumes de seres amorfos que deslizavam às cambalhotas nas trevas, rebanhos vazios de entidades flutuantes à deriva que estendiam as patas e tateavam às cegas: as larvas inomináveis dos Outros Deuses, que, como eles, são cegas, idiotas e dotadas de fome e sede raras.

Direto em frente, firme e inexorável, a soltar gargalhadas hilárias sintonizadas com os risinhos de histeria em que o perigoso canto da sereia da noite e das esferas haviam se transformado, o sobrenatural monstro escamoso transportava o cavaleiro impotente a uma velocidade vertiginosa. Transpassou a extrema borda do universo, sobrevoou os abismos mais remotos, deixando atrás de si as estrelas e os reinos da matéria, a precipitar-se como um meteoro através da ausência total de forma. Seu guia sempre em direção às câmaras inconcebíveis, tenebrosas além do Tempo onde, o negro Azathoth rói amorfo e voraz em meio à enlouquecedora batida de tambores ignóbeis e ao lamento lânguido, monótono, de flautas malditas.

Adiante, adiante, pelos abismos tenebrosos, populosos, uivando e cacarejando. Então, de uma grande e abençoada distância, surgiram uma imagem e um pensamento na mente do condenado Randolph Carter. Nyarlathotep planejara bem demais seu plano provocador e torturante, pois suscitara no viajante o que nenhuma rajada de terror glacial conseguiria apagar. Seu lar, Nova Inglaterra, Beacon Hill, o mundo desperto.

"Pois sabe que a tua cidade maravilhosa de ouro e mármore é apenas a soma de tudo o que viste e amaste na juventude. É o esplendor nas encostas das colinas de Boston, onde os telhados e as janelas do lado oeste chamejam ao pôr do sol, na câmara dos Comuns perfumada de flores e no imponente domo que se ergue na colina e o emaranhado de empenas e chaminés no vale violeta, onde flui sonolento o rio Charles sob as inúmeras pontes... essa beleza, modelada, cristalisada e polida por anos de lembranças e sonhos, formam a mesma essência de tua ilusória maravilha com terraços banhados pelo sol poente; para encontrar aquele parapeito de mármore com curiosas urnas e apoiado em grades esculpidas, para descer enfim os infindáveis degraus guarnecidos de balaústres até a cidade de amplas praças e fontes multicoloridas, basta que te remontes aos pensamentos e visões de tua saudosa juventude."

Adiante, adiante, numa trajetória vertiginosa rumo ao juízo final através da escuridão onde patas cegas apalpavam-no, focinhos viscosos empurravam-no e criaturas inomináveis riam nervosas sem cessar. Mas a imagem e o pensamento haviam surgido, e Randolph Carter soube perfeitamente que sonhava, apenas sonhava, e que em algum lugar no segundo plano, o mundo desperto e a cidade de sua infância ainda existiam. Retornaram-lhe as palavras: "Basta que te remontes aos pensamentos e visões de tua saudosa juventude." Remontar! Remontar! Nada além de trevas em toda a volta; no entanto, Randolph Carter conseguiu desviar.

Apesar da força com que o impetuoso pesadelo agarrava-lhe os sentidos, Randolph Carter conseguiu virar-se e mexer-se. Podia mexer-se, e se assim quisesse, podia saltar do demoníaco *shantak* que, sob as ordens de Nyarlathotep, transportava-o com violência rumo à destruição. Podia saltar e enfrentar as profundezas da noite que se escancaravam interminavelmente para baixo, esses abismos de medo cujos terrores, contudo, não poderiam exceder o destino indescritível que espreitava de tocaia no centro do caos. Podia virar-se, mexer-se e pular... podia... queria-o... e ia fazê-lo...

Daquela imensa abominação hipocéfala saltou o sonhador condenado, desesperado, e precipitou-se pelos infindáveis vazios de trevas sencientes abaixo. Desenrolaram-se milhões e milhões de anos, universos extinguiram-se e nasceram de novo, as estrelas tornaram-se nebulosas e as nebulosas tornaram-se estrelas, e Randolph Carter continuou a cair pelos infindáveis vazios de trevas sencientes.

Enfim, no lento e arrastado curso da eternidade, o ciclo último do cosmo agitou-se e chegou a um novo e fútil término, e mais uma vez todo o universo voltou a ser como fora havia incontáveis *kalpas* atrás. Matéria e luz nasceram novamente como o espaço as conhecera outrora; cometas, sóis e mundos irromperam em chamas com vida, embora nada tenha sobrevivido para revelar que esses haviam existido e se extinguido, existido e desaparecido infinitas vezes, desde o mais remoto tempo, sem que jamais houvesse uma origem inicial.

E, novamente, havia um firmamento, um vento e um clarão de luz arroxeada nos olhos do sonhador cadente. Viam-se deuses, presenças e vontades, a beleza e o mal, além do grito estridente da noite nociva roubada de sua presa. Pois, sobrevivera durante todo o último ciclo desconhecido um pensamento e uma visão da juventude do sonhador, e eis que eram refeitos num mundo desperto e numa velha cidade amada para materializá-los e justificá-los. Do vazio, o gás violeta S'ngac apontara o caminho de saída, e o arcaico Nodens berrava sua orientação das profundezas jamais suspeitadas.

As estrelas inflaram-se em auroras, e as auroras irromperam em fontes de ouro, carmesim, e púrpura, e o sonhador continuava a cair. Gritos varavam o éter enquanto feixes de luz repeliam os demônios vindos do exterior. E Nodens, o encanecido, soltou um uivo de triunfo quando Nyarlathotep, próximo de sua presa, parou desnorteado por um clarão que queimou seus amorfos horrores e transformou-os em pó cinzento. Randolph Carter descera, afinal, a ampla escadaria de mármore que leva à sua maravilhosa cidade, pois mais uma vez chegava ao belo mundo da Nova Inglaterra que o gerara e formara.

Então, aos acordes harmônicos de milhares de assobios matinais e sob as deslumbrantes chamas do amanhecer refletidas pelo grande domo de ouro da Câmara dos Deputados na colina e derramadas no interior de seu quarto em Boston, Randolph Carter despertou com um grito. Pássaros gorjeavam em jardins invisíveis e o perfume melancólico desprendia-se das trepadeiras agarradas às treliças que o avô cultivara. Beleza e luz emanavam da lareira de estilo clássico, da cornija esculpida e das paredes grotescamente pintadas, enquanto um macio e lustroso gato preto acordava bocejando de um sono ao pé do fogo, o qual fora interrompido pelo susto e o grito do dono. E a inúmeros quilômetros de distância, além do Portão do Sono Mais Profundo, do bosque encantado, da terra dos jardins, do mar Cerenerian e das regiões crepusculares de Inganok, o caos rastejante Nyarlathotep entrou ressentido, a passos largos, no castelo de ônix acima da desconhecida Kadath no frio deserto, e escarneceu-se de maneira insolente dos complacentes deuses da Terra que arrancara bruscamente de suas folhas perfumadas na maravilhosa cidade ao pôr do sol.

O CASO DE CHARLES DEXTER WARD

"Os sais essenciais dos animais podem ser preparados e conservados de tal modo que um Homem engenhoso consegue ter toda uma Arca de Noé em seu gabinete e reproduzir, ao seu bel prazer, a perfeita forma de um animal a partir de suas cinzas; e pelo mesmo método, aplicado aos sais essenciais do Pó humano, um filósofo pode, sem nenhuma necromancia criminal, ressuscitar a forma de qualquer ancestral morto a partir do pó no qual se incinerou seu cadáver."

Borellus

I. UM RESULTADO E UM PRÓLOGO

1.

DE UM HOSPITAL particular para doentes mentais próximo a Providence, Rhode Island, desapareceu, há pouco, uma pessoa de extraordinária singularidade. Chamava-se Charles Dexter Ward e fora internado de maneira muito relutante pelo pesaroso pai, que vira sua aberração se intensificar de uma simples excentricidade numa sombria mania envolvendo, ao mesmo tempo, uma possibilidade de tendências assassinas e uma profunda e peculiar mudança de personalidade psicológica. Os médicos confessam-se bastante desnorteados por esse caso, pois apresentava excentricidades de caráter fisiológico geral, além de psicológico.

Em primeiro lugar, o paciente parecia estranhamente mais velho que seus 26 anos declarados. É verdade que um distúrbio mental envelhece rápido uma pessoa, porém, o rosto desse rapaz adquirira uma aparência sutil que só os muito idosos em geral adquirem. Em segundo lugar, seus processos orgânicos mostravam certa anomalia de proporções sem nenhum paralelo na experiência médica. A respiração e a atividade cardíaca tinham uma desnorteante falta de simetria, a voz desaparecera de modo que ele não conseguia emitir qualquer som acima de um sussurro. A digestão era incrivelmente prolongada e minimizada, e as reações nervosas aos estímulos-padrão não exibiam, em absoluto, qualquer relação com tudo o que até então se registrara, normal ou patológico. A pele tinha uma mórbida frieza e secura, e a estrutura celular do tecido parecia exageradamente áspera e flácida. Até uma grande marca de nascença cor de oliva no quadril direito desaparecera, enquanto se formara uma verruga muito singular ou mancha meio escura no peito, onde não existia antes nenhum sinal. Em geral, todos os médicos concordam que, em Ward, os processos metabólicos haviam se tornado retardados num grau sem precedentes.

Em termos psicológicos, também, Charles Ward era único. Sua loucura não tinha nenhuma afinidade com qualquer tipo registrado até mesmo nos tratados mais recentes e completos e associava-se a uma força mental que o teria tornado um gênio, ou um líder, se não tivesse se alterado em formas estranhas e grotescas. O dr. Willett, que era o médico da família Ward, afirma que toda a capacidade mental do paciente, como avaliada por sua reação às questões alheias à esfera de sua insanidade, de fato aumentara desde o acometimento da doença. Ward, na verdade, sempre fora um estudioso e um antiquário, embora sua mais brilhante obra anterior não revelasse o prodigioso domínio e a perspicácia demonstrados durante os últimos exames feitos pelos psiquiatras. Foi, na verdade, uma questão difícil obter-lhe a internação legal no hospital, tão poderosa e lúcida parecia a mente do rapaz, e apenas devido aos testemunhos prestados por pessoas relacionadas com o caso e a existência de muitas lacunas anormais no acervo de seus conhecimentos é que se conseguiu, afinal, confiná-lo. Até o momento de seu desaparecimento, foi um voraz leitor, um conversador e grande conversador na medida em que lhe permitia a debilidade da voz, e perspicazes observadores, sem prever a possibilidade de sua fuga, vaticinavam que não tardaria em sair do hospital curado.

Apenas o dr. Willett, que trouxera Charles Ward ao mundo e examinara-lhe o desenvolvimento do corpo e mente desde então, parecia assustado com a ideia da futura liberdade do paciente. Tivera uma terrível experiência e fizera uma terrível descoberta, a qual não se atrevia a revelar aos colegas céticos. Willett, na verdade, representa por si mesmo um mistério menor, no que se refere à sua relação com o caso. Foi o último a ver o paciente antes da fuga e saiu daquela conversa final num estado misto de horror e alívio que vários se lembraram quando, três horas depois, se tornou conhecida a fuga de Ward. A fuga em si é um dos mistérios não solucionados do hospital do dr. Waite. Uma janela aberta para uma queda abrupta de uma altura de 20 metros dificilmente a explicaria, apesar de haver dúvida de que, após aquela conversa com Willett, o rapaz desaparecera. O próprio médico não tem explicações públicas a oferecer, embora, por mais estranho que pareça, ele se mostre mais tranquilo agora que antes da fuga. Muitos, de fato, têm a impressão de que ele gostaria de revelar mais se julgasse que um número considerável de pessoas acreditaria. Encontrara Ward em seu quarto, mas logo depois que saíra, os atendentes bateram na porta em vão. Quando a abriram, o paciente não estava lá, e encontraram apenas a janela aberta, de onde soprava uma fria brisa de abril numa nuvem de fino pó cinza-azulado que quase os sufocou. Certo, os cachorros uivaram um pouco antes, mas isso ocorreu enquanto Willett continuava presente; os animais nada haviam pegado e não se mostraram, depois, agitados. Logo se comunicou, por telefone, a fuga ao pai de Ward, o qual, porém, pareceu mais entristecido que surpreso. Quando o dr. Waite visitou-o em pessoa, o dr. Willett já conversara com ele e ambos negaram qualquer conhecimento ou cumplicidade na fuga. As únicas pistas que haviam conseguido obter sobre o ocorrido vieram de certos amigos muito íntimos de Willett e do pai de Ward, mas eram demasiado fantásticas para que alguém lhes desse crédito. O único fato existente é que, até o momento presente, não se descobriu nenhum vestígio do louco desaparecido.

Charles Ward era aficionado por antiguidade desde a infância. Sem a menor dúvida, o gosto lhe viera da venerável cidade que o circundava e das relíquias do passado que enchiam cada canto da velha mansão dos pais em Prospect Street, na crista da colina. Com o passar dos anos, sua devoção às coisas antigas aumentou a ponto de história, genealogia e os estudos da arquitetura, do mobiliário e da arte coloniais acabarem por excluir tudo o mais de sua esfera de interesses. É importante lembrar essas predileções ao analisar-lhe a loucura, pois, embora não formem seu núcleo absoluto, desempenham um proeminente papel em sua manifestação superficial. Todas as lacunas de informação observadas pelos psiquiatras relacionavam-se a assuntos modernos e eram compensadas, de maneira invariável, por um excessivo conhecimento correspondente, embora disfarçado no exterior, de questões passadas, trazido à tona por hábil questionamento, tanto que, em alguns momentos, se imaginasse que o paciente se transferia, literalmente, para uma época anterior mediante um tipo obscuro de auto-hipnose. O estranho era que Ward não parecia mais interessado nas antiguidades que tão bem conhecia, como se sua prolongada familiaridade com elas lhes houvesse despojado de toda a atração, e todos os seus últimos esforços tenderam, sem dúvida, a travar conhecimento com aqueles fatos comuns do mundo moderno que, de um modo tão absoluto e inequívoco, lhe eliminara do cérebro. Ele fez o possível para esconder que ocorrera tal expunção. Contudo, ficou claro para todos os que o observavam que seu programa inteiro de leituras e conversas era determinado por um frenético desejo de absorver os conhecimentos de sua própria vida, das experiências culturais e práticas do século XX que ele devia ter, visto que nascera em 1902 e fora educado nas escolas do nosso tempo. Os psiquiatras agora se perguntam, diante de seu acervo de informações, vitalmente defasado e prejudicado, como o paciente fugitivo conseguirá lidar com o complicado mundo atual. A opinião dominante é que permanecerá numa situação humilde e obscura até que tenha conseguido pôr em dia seu acervo de informações modernas.

O início da loucura de Ward é objeto de discussão entre psiquiatras. O dr. Lyman, a eminente autoridade de Boston, situa-o em 1919 ou 1920, durante o último ano do jovem na Moses Brown School, quando, de repente, se desviou do estudo do passado para o das ciências ocultas e se recusou a se habilitar para a faculdade porque tinha pesquisas individuais de importância muito maior a fazer. Isso, sem dúvida, é confirmado pela mudança dos hábitos de Ward na ocasião, sobretudo, por sua contínua consulta aos registros da cidade e visitas a antigos cemitérios à procura de certa sepultura, aberta em 1771, de um ancestral chamado Joseph Curwen, do qual professou haver encontrado alguns documentos atrás do revestimento de madeira de uma casa muito antiga em Olney Court, Stampers Hill, que fora construída e ocupada por Curwen. Em termos gerais, é inegável que o inverno de 1919-20 testemunhou uma grande mudança em Ward; a partir de então, interrompeu bruscamente suas ocupações gerais como antiquário e se lançou em cheio numa desesperada pesquisa sobre assuntos de ocultismo locais e no exterior, alternada apenas com a procura estranha e persistente do túmulo do antepassado.

O dr. Willett, porém, discorda em essência dessa opinião, baseando seu veredicto no seu contato estreito e contínuo com o paciente, além de certas assustadoras investigações e descobertas que fez sobre ele. Tais investigações e descobertas lhe haviam impressionado tanto que, ao relatá-las, treme-lhe a voz, e a mão vacila quando tenta escrever a respeito. Willett admite que a mudança de 1919-20, em circunstâncias normais, pareceria assinalar o início de uma decadência progressiva que iria culminar na horrível e misteriosa loucura de 1928. Segundo sua observação pessoal, contudo, acredita que se deve fazer uma distinção mais sutil. Após reconhecer que o rapaz era por temperamento desequilibrado, tendia a ser excessivamente suscetível e entusiástico em suas reações aos fenômenos que o cercavam. Recusa-se, porém, a admitir que aquela primeira alteração assinalara a verdadeira passagem da sanidade à loucura e, em vez disso, dá crédito à declaração do próprio Ward, que descobrira ou redescobrira algo cujo efeito no pensamento humano haveria de ser maravilhoso e profundo. Está convencido de que a verdadeira loucura surgiu com uma mudança posterior, depois da descoberta do retrato e dos antigos documentos de Curwen; depois que fizera uma viagem a estranhos lugares estrangeiros; depois que entoara umas terríveis invocações em circunstâncias inusitadas e secretas; depois que recebera certas claras *respostas* àquelas invocações e que escrevera uma carta frenética em condições angustiantes e inexplicáveis; depois da onda de vampirismo e dos agourentos boatos em Pawtuxet e depois que o paciente começara a apagar de sua memória as imagens contemporâneas, ao mesmo tempo em que lhe faltava a voz, e o aspecto físico passava por sutis modificações que tantos observaram, passado algum tempo.

Willett salienta, com grande perspicácia, que só por volta dessa época o estado mental de Ward começou, de maneira inquestionável, a manifestar sintomas de pesadelo. Com estremecimento, o médico também afirma ter certeza da existência de provas suficientes que validam a afirmação do rapaz relacionada ao seu crucial achado. Primeiro: dois trabalhadores de inteligência notável foram testemunhas da descoberta dos antigos documentos de Joseph Curwen pelo rapaz. Segundo: o paciente, certa vez, mostrou-lhe esses documentos além de uma página do diário de Curwen, e tudo exibia uma aparência de autenticidade total. O buraco onde Ward afirmou tê-los encontrado é uma realidade visível, e Willett teve a oportunidade de dar-lhes uma rápida olhada final num lugar cuja existência é difícil de acreditar e talvez nunca possa ser provada. Depois, havia os mistérios e as coincidências das outras cartas de Orne e Hutchinson, além do problema da caligrafia de Curwen e do que os detetives descobriram sobre o dr. Allen; essas coisas e a terrível mensagem em caracteres medievais minúsculos encontrada no bolso de Willett quando recobrou a consciência após sua experiência chocante.

E ainda mais conclusivo de tudo, há os dois *resultados* hediondos obtidos pelo médico a partir de certas fórmulas durante suas investigações finais, resultados que quase provaram a autenticidade dos documentos e de suas monstruosas implicações ao mesmo tempo em que se subtraíram esses documentos do conhecimento humano para sempre.

2.

Deve-se rever a vida inicial de Charles Ward como uma coisa que pertence tanto ao passado quanto às antiguidades que ele amava de maneira tão ardente. No outono de 1918, com uma considerável demonstração de entusiasmo pelo treinamento militar da época, ele começara a cursar o primeiro ano na Moses Brown School, que fica bem próxima de sua casa. O antigo prédio principal, erguido em 1819, sempre lhe encantara o espírito de antiquário, e o espaçoso parque que abrigava a academia atraía-lhe o olho aguçado para paisagens. Tinha atividades sociais mínimas e passava a maior parte das horas em casa, em caminhadas aleatórias, em aulas, em disciplina militar e na busca de dados arqueológicos e genealógicos na Prefeitura, na Assembleia estadual, na Biblioteca Pública, no Ahenaeum, na Sociedade Histórica, nas bibliotecas John Carter Brown e John Hay da Brown University e na recém-inaugurada Biblioteca Shepley em Benefit Street. Ainda se

O CASO DE CHARLES DEXTER WARD

pode imaginá-lo como era nessa época: alto, magro, louro, com olhos pensativos e as costas levemente curvadas, vestido com tamanho desalinho que se tinha a impressão geral de um jovem mais desajeitado que atraente.

Seus passeios eram sempre aventuras no campo da antiguidade, durante os quais ele conseguia recapturar as miríades de relíquias de uma glamourosa cidade antiga, um quadro vívido e relacionado com os séculos passados. Morava numa grande mansão georgiana, no alto da colina de encostas escarpadas que se eleva logo a leste do rio, e das janelas nos fundos de suas alas sinuosas ele avistava vertiginosamente o amontoado de pináculos, domos, telhados e terraços de arranha-céus da cidade baixa até as colinas purpúreas do campo mais distante. Aí ele nasceu, e da linda varanda clássica na fachada de tijolos com portas duplas em arco, a babá o levou de carrinho ao primeiro passeio. Passavam pela casinha branca de fazenda construída duzentos anos antes, incorporada há muito tempo pela cidade, seguiam em frente rumo às grandiosas faculdades ao longo da rua sombreada e suntuosa, cujas antigas mansões quadradas de tijolos, além das casas menores de madeira com alpendres estreitos e pesadas colunas dóricas, devaneavam sólidas e exclusivas em meio aos seus generosos parques e jardins.

Também o levavam para passear pela sonolenta Congdon Street, um nível mais baixo na encosta da colina íngreme e com todas as casas a leste sobre altos terraços. As pequenas casas de madeira eram bem mais antigas aí, pois foi por essa colina acima que a cidade crescera, e nesses passeios Ward absorvera alguma coisa do colorido de uma singular aldeia colonial. A babá tinha o hábito de parar e sentar-se nos bancos de Prospect Terrace para conversar com policiais, e uma das primeiras lembranças da criança foi o imenso mar a leste de enevoados telhados, domos, campanários e colinas distantes que ele viu numa tarde de inverno desse enorme terraço gradeado, todo violeta e místico diante de um pôr do sol apocalíptico de vermelhos, dourados, púrpuras e estranhos tons de verde. O imenso domo de mármore da Assembleia Legislativa destacava-se em maciça silhueta, a estátua que o coroava envolta fantasticamente num halo por uma lacuna na faixa de nuvens baixas tingidas que riscava o céu em chamas.

Já maiorzinho, começaram suas famosas caminhadas, primeiro com a babá, a qual ele arrastava com impaciência, e depois sozinho, em sonhadora meditação. Cada vez mais abaixo, aventurava-se por aquela colina quase perpendicular e cada vez chegava aos níveis mais antigos e fantásticos da cidade anciã. Hesitava com todo cuidado ao descer a vertical Jenckes Street, com seus muros de arrimo e empenas coloniais, até a esquina da sombria Benefit Street, onde, diante de si, erguia-se um prédio centenário de madeira com um par de pórticos suportados por colunas jônicas. Ao lado, um telhado pré-histórico de duas águas com algumas sugestões de um primitivo curral e a imensa casa do juiz Durfee, com vestígios tombados de grandeza georgiana. Embora tudo indicasse que a área começava a virar uma favela, os olmos gigantescos lançavam uma sombra restauradora sobre o lugar, e o menino passeava em direção ao sul, depois de passar pelas longas fileiras das casas do período pré-revolucionário com imensas chaminés centrais e portais clássicos. No lado leste, assentavam-se bem altas em porões com lances duplos de escada de pedra rematada por balaústres de ferro, e o pequeno Charles conseguia imaginá-las iguais a quando a rua era nova, com saltos vermelhos e perucas a saírem dos frontões pintados cujos sinais de desgaste agora se tornavam tão visíveis.

No lado oeste, a colina precipitava-se encosta abaixo quase tão íngreme quanto acima até a velha "Town Street", a rua principal que os fundadores haviam aberto à beira do rio em 1636, da qual irradiavam inúmeras vielas com casas aglomeradas muitíssimo antigas; por mais fascínio que sentisse, Ward levou um bom tempo antes de ousar ziguezaguear-lhes a arcaica verticalidade por temer que se revelassem um sonho ou um portão para terrores desconhecidos. Achava muito menos temerário seguir ao longo de Benefit Street, passar pela cerca de ferro do cemitério escondido de St. John e pelos fundos da Colony House, de 1761, e o monte bolorento que restara da Golden Ball Inn, que alojara Washington. Em Meeting Street, a famosa Gaol Lane e King Street de épocas posteriores, ele erguia os olhos para o leste e observava o arqueado lance de degraus aos quais recorria o caminho para subir a encosta; depois, baixava os olhos para o leste e vislumbrava a antiga escola colonial de tijolos que sorri do outro lado da estrada sob a antiga Tabuleta da Cabeça de Shakespeare, onde se imprimiam o *Providence Gazette* e *Country-Journal* antes da Revolução. Em seguida, veio a refinada primeira Igreja Batista de 1775, luxuosa, com inigualável campanário de Gibbs rodeado de telhados georgianos e cúpulas que pareciam pairados no ar. Daí em direção ao sul, a vizinhança ia melhorando de aspecto até florescer, enfim, num maravilhoso grupo de mansões do princípio do século. As ruazinhas velhas, contudo, continuavam a despencar precipício abaixo, espectrais em seu arcaísmo de muitos frontões até fundir-se num caos de ruínas iridescentes, onde a antiga e fétida zona portuária recorda orgulhosa seus dias das Índias Orientais em meio a vícios e sordidez poliglotas, cais em desintegração e abastecedores de navio de olhos turvos, com nomes de ruas sobreviventes como Packet, Bullion, Gold, Silver, Coin, Doubloon, Sovereign, Guilder, Dollar, Dime e Cent.

Às vezes, assim que ficou mais crescido e mais aventureiro, o jovem Ward se aventurava nesse turbilhão abaixo de casas trôpegas, bandeiras de janelas quebradas, degraus caindo aos pedaços, balaustradas tortas, rostos morenos e odores inomináveis; Serpeava de South Main para South Water, vasculhando as docas onde os vapores ainda atracavam na baía, e retornava rumo ao norte até o nível inferior, depois de passar pelos armazéns de telhados pontiagudos de 1816 e pela ampla praça na Grande Ponte, onde a Market House de 1773 ainda se ergue firme em seus antigos arcos. Nessa praça, ele parava para absorver a estonteante beleza da cidade velha a elevar-se pela escarpa no lado leste, adornada com seus dois pináculos georgianos e coroada pelo imenso domo novo da igreja Christian Science, como Londres é coroada pelo da de St. Paul. Na maioria das vezes, gostava de chegar a essa área de tardinha, quando a luz inclinada do sol toca Market House e os antigos telhados e campanários da colina e os envolve em ouro, além de lançar magia ao redor dos cais sonhadores, onde os navios indianos em Providence ficavam fundeados. Depois de uma prolongada apreciação, sentia-se quase zonzo, com um amor de um poeta pela paisagem, e, em seguida, escalava a encosta de volta para casa, no crepúsculo, e passava pela antiga igreja branca, subia pelos caminhos estreitos e íngremes onde brilhos amarelados começavam a espiar nas janelas de vidraças pequenas e nas claraboias bem altas acima dos lances duplos de escadas com curiosas balaustradas de ferro forjado.

Em outras ocasiões e em anos posteriores, ele saía à procura de contrastes mais nítidos. Dedicava metade da caminhada aos bairros coloniais em desintegração a noroeste de sua casa, onde a colina precipita-se, vertiginosa, até a elevação inferior de Stampers Hill com o gueto e o bairro negro apinhados ao redor do lugar do qual partia a diligência de Boston antes da Revolução; a outra metade dedicava à graciosa área ao sul das ruas George, Benevolent, Power e Williams, onde a velha encosta abriga, incólumes, as belas propriedades e trechos de jardins murados e alamedas íngremes e verdejantes, em que subsistem tantas perfumadas lembranças. Essas andanças, junto com os estudos diligentes que as acompanhavam, sem dúvida, explicam o grande volume de conhecimentos relacionados ao antigo que acabaram por excluir o mundo moderno da mente de Charles Ward, além de ilustrar o terreno mental em que caíram, no fatídico inverno de 1919-20, as sementes que geraram tão estranhos e terríveis frutos.

O dr. Willett está certo de que, até esse malfadado inverno da primeira mudança, o gosto de Charles Ward por antiguidades não exibia nenhum traço de morbidez. Os cemitérios não lhe exerciam nenhuma atração específica além da magia do passado e de seu valor histórico, e ele era totalmente isento de qualquer coisa semelhante à violência ou instintos selvagens. Depois, por insidiosos graus, pareceu surgir uma curiosa sequela de um dos seus triunfos genealógicos do ano anterior, quando, entre os ancestrais maternos, ele descobrira certo homem muito longevo, chamado Joseph Curwen, que chegara de Salém em março de 1692, e a respeito do qual se acumulava uma série de rumores bastante peculiares e inquietantes.

O tataravô de Ward, Welcome Potter, casara-se em 1785 com uma certa "Ann Tillinghast, filha da sra. Eliza e do capitão James Tillinghast", de cuja paternidade a família não preservara nenhum traço. Em fins de 1918, enquanto examinava um volume de registros manuscritos originais da cidade, o jovem genealogista encontrou uma anotação descrevendo uma mudança legal de nome, pelo qual uma senhora Eliza Curwen, viúva de Joseph Curwen, retomava, junto com a filha Ann de 7 anos, o nome de solteira Tillinghast, porque "o nome do marido se tornara uma vergonha pública devido ao que noticiou após seu falecimento, confirmando um antigo rumor popular em que uma esposa leal não devia acreditar enquanto não se provasse ser inequívoco". Essa anotação veio à luz quando da separação acidental de duas folhas que haviam sido coladas com todo o cuidado uma na outra e tratadas como apenas uma até se fazer uma trabalhosa revisão dos números das páginas.

Logo ficou claro para Charles Ward que ele, de fato, descobrira um tetravô até então desconhecido. A descoberta o empolgou duplamente porque já tinha ouvido relatos vagos e visto menções dispersas relacionadas a essa pessoa; e sobre ela, restavam tão poucos registros públicos disponíveis, além dos que só se tornaram públicos nos tempos modernos, que quase parecia ter existido uma conspiração para apagá-lo da memória. O que se revelou, além disso, era de uma natureza tão singular e provocativa que não se poderia deixar de imaginar o que os escrivães coloniais estavam tão ansiosos por ocultar e esquecer, ou suspeitar que a exclusão se devesse a motivos bastante válidos.

Antes disso, Ward limitara-se a deixar que sua imaginação divagasse sobre o velho Joseph Curwen, mas após descobrir seu parentesco com esse personagem visivelmente "silenciado", passou a perseguir, da maneira mais sistemática possível, tudo o que conseguisse encontrar a seu respeito. Nessa excitante busca, ele acabou por superar, com êxito, as expectativas mais ousadas, pois velhas cartas, diários e pilhas de livros de memórias inéditas, encontrados em águas-furtadas cobertas de teias de aranhas de Providence e em outros lugares, renderam muitas passagens esclarecedoras cuja destruição seus autores não haviam julgado necessária. Mais uma informação acidental chegou de um lugar tão distante quanto Nova York, onde uma correspondência colonial de Rhode Island fora arquivada no museu da Taberna de Fraunces. O fato crucial mesmo, porém, e que segundo o dr. Willett constituiu a origem definitiva do desequilíbrio mental de Ward, foi o material encontrado em agosto de 1919, atrás do revestimento de madeira da casa caindo aos pedaços de Olney Court. Sem a menor dúvida, foi isso que revelou as visões sombrias cujo fim era mais profundo que o abismo.

II. UM ANTECEDENTE E UM HORROR

1.

Joseph Curwen, como revelado pelas lendas desconexas reunidas no que Ward ouviu e descobriu, era um indivíduo muito surpreendente, enigmático, que inspirava um obscuro horror. Ele fugira de Salém para Providence, refúgio universal dos seres estranhos, os livres e os dissidentes, no início da grande perseguição às bruxas, por temer a acusação de feitiçaria devido aos hábitos solitários e às misteriosas experiências químicas e alquímicas. Homem de aparência indefinível, de cerca de 30 anos, comprou um terreno para moradia, situado ao norte do de Gregory Dexter, na parte baixa de Olney Street, logo depois que o julgaram qualificado a tornar-se um cidadão honorário de Providence. Sua casa foi construída em Stampers Hill a oeste de Town Street, na área que mais tarde se tornou Olney Court, e em 1761, a substituiu por uma maior, no mesmo local, a qual continua de pé.

O que a princípio causou estranheza foi o fato de Joseph Curwen não parecer ter envelhecido nada desde a sua chegada. Após trabalhar em empreendimentos marítimos, adquiriu alguns direitos de cais para atracação próximos de Mile-End Cove, ajudou a reconstruir a Grande Ponte em 1713, e em 1723, foi um dos fundadores da Igreja da Congregação na colina, mas sempre conservou a mesma aparência indefinível de um homem com não mais de 30 ou 35 anos. Com o passar das décadas, essa qualidade singular começou a chamar ampla atenção; entretanto, Curwen sempre a explicava dizendo que descendia de antepassados robustos, e que a simplicidade de sua existência permitia-lhe não se desgastar. Como tal simplicidade podia reconciliar-se com as inexplicáveis idas e vindas do secreto armador e com as estranhas luzes que refletiam de suas janelas em todas as horas da noite não ficou muito claro para os habitantes da cidade, que se mostraram propensos a atribuir outros motivos para aquela contínua juventude e longevidade. A maioria acreditava que esse estado singular tinha muito a ver com as incessantes manipulações e fervuras de substâncias químicas. Corriam boatos sobre as estranhas substâncias que ele mandava vir de Londres e das Índias em seus navios, às vezes comprando-as em Newport, Boston e Nova York. Quando o velho dr. Jabez Bowen chegou de Rehoboth e abriu sua loja de boticário do outro lado da Grande Ponte, com a tabuleta do Unicórnio e o Almofariz acima da porta, ouviu-se interminável falatório a respeito das drogas, ácidos e metais que o taciturno recluso comprava ou encomendava o tempo todo. Na crença em que Curwen possuía uma maravilhosa e secreta habilidade médica, diversos enfermos que sofriam de várias doenças procuravam-no em busca de ajuda. Contudo, apesar de parecer incentivar-lhes a crença sem se comprometer, e sempre a dar-lhes poções de cores estranhas em resposta aos pedidos deles, observou-se que os medicamentos que receitava aos demais raras vezes tinham efeitos benéficos. Por fim, quando haviam transcorrido mais de cinquenta anos desde a chegada à Providence, sem que ele exibisse no rosto e no físico uma mudança visível de mais de cinco anos, as pessoas começaram a murmurar com mais desconfiança e a respeitar-lhe quase por completo o desejo de isolamento que sempre manifestara.

Cartas pessoais e diários do período também revelam inúmeros outros motivos pelos quais Joseph Curwen foi objeto, primeiro, de admiração, em seguida, temido e, por fim, evitado como a peste. Sua paixão pelos cemitérios, nos quais o entreviam em todas as horas e sob quaisquer condições atmosféricas, era notória, embora ninguém houvesse testemunhado qualquer ação de sua parte que pudesse, de fato, ser descrita como a de um *ghoul* a atacar túmulos e devorar cadáveres. Era proprietário de uma fazenda na Pawtuxet Road, onde, em geral, morava durante o verão, e rumo à qual o viam cavalgando nas horas mais estranhas do dia ou da noite. Ali, tinha como únicos empregados trabalhadores braçais e guardas visíveis um par mal-humorado de índios da tribo Narragansett: o marido mudo, com o rosto cheio de estranhas cicatrizes, e a mulher com um semblante muito repugnante, na certa devido à uma mistura de sangue negro. No telheiro da casa, ficava o laboratório onde se fazia a maioria das experiências químicas. Os carregadores e carroceiros que entregavam garrafas, sacos ou caixas na pequena porta dos fundos trocavam relatos sobre os fantásticos frascos, cadinhos, alambiques e fornalhas que viam no aposento de teto baixo revestido de prateleiras e profetizavam em sussurros que o "químico" caladão — referindo-se a "alquimista" — não tardaria a descobrir a Pedra Filosofal. Os vizinhos mais próximos dessa fazenda, os Fenner, a uns 400 metros de distância, tinham coisas ainda mais extraordinárias para contar sobre certos sons que, insistiam, vinham da casa de Curwen à noite. Diziam ouvir gritos e uivos prolongados e não gostavam do grande número de animais de fazenda que se amontoava nos pastos, pois essa quantidade não era necessária para abastecer de carne, leite e lã, um velho solitário e pouquíssimos empregados. A identidade dos animais parecia mudar de semana a semana quando novos rebanhos eram comprados dos fazendeiros de Kingstown. Além disso, também os inquietava um enorme anexo bastante detestável que, em vez de janelas, tinha estreitas fendas.

Do mesmo modo, os ociosos da Grande Ponte tinham muito a falar a respeito da residência urbana de Curwen em Olney Street, não tanto da bela casa nova construída em 1761, quando o homem já devia ter um século de vida. Referiam-se, porém, à primeira de teto baixo, telhado de duas inclinações, uma com água-furtada sem janelas, as laterais revestidas de telhas de madeira que ele teve o peculiar cuidado de queimar após a demolição. É verdade que, aí, havia menos mistério. Entretanto, nas horas em que se viam as luzes acesas, o sigilo dos dois estrangeiros morenos que eram os únicos empregados, os horríveis e indistintos murmúrios da governanta francesa velhíssima, a grande quantidade de comida que viam entrar por uma porta atrás da qual moravam apenas quatro pessoas e o *timbre* de certas vozes ouvidas muitas vezes em conversa abafada em horas inoportunas, tudo isso, unido ao que se sabia da fazenda Pawtuxet, contribuía para dar má reputação ao lugar.

Também, nos círculos mais seletos, a residência de Curwen era objeto de muitas discussões, pois, à medida que o recém-chegado fora participando da comunidade religiosa e da vida comercial de Providence, passou decerto a se relacionar com os membros mais ilustres da sociedade cuja companhia e conversa tinha condições de desfrutar graças à educação que recebera. Sabia-se que pertencia a uma boa família porque os Curwen de Salém não precisavam de apresentação na Nova Inglaterra. Era de conhecimento público que Joseph Curwen viajara muito desde bem jovem, residira algum tempo na Inglaterra e fizera, no mínimo, duas viagens ao Oriente. Quando se dignava a falar, empregava a linguagem de um inglês culto. Entretanto, por algum motivo qualquer, Curwen não gostava de confraternização. Embora, na verdade, não repelisse uma visita, sempre demonstrava tanta reserva que ocorria a poucos dizer-lhe alguma coisa que não soasse sem importância.

Parecia se ocultar sob sua atitude certa arrogância sardônica, enigmática, como se julgasse idiotas todos os seres humanos, depois de ter se relacionado com entidades estranhas e mais poderosas. Quando o famoso e brilhante dr. Checkley chegou de Boston em 1738 para ser o reitor da King's Church, não deixou de visitar um homem sobre o qual ouvira tanto falar, mas foi embora logo depois, porque detectou uma sinistra tendência oculta no discurso do anfitrião. Charles Ward disse ao pai, quando conversavam a respeito de Curwen numa noite de inverno, que daria qualquer coisa para se inteirar do que o misterioso velho dissera ao vivaz clérigo, mas todos os redatores de diários íntimos salientam a relutância do dr. Checkley em repetir qualquer coisa do que ouvira. O bom homem ficara terrivelmente chocado e jamais conseguira se lembrar de Joseph Curwen sem uma visível perda da cortesia jovial pela qual era famoso.

Por um motivo mais preciso, contudo, outro homem de boas maneiras e culto evitava o arrogante ermitão. Em 1746, o sr. John Merritt, cavalheiro inglês, idoso muito versado em literatura e ciências, chegou de Newport a Providence, cidade que, com tanta rapidez, superava a primeira em prestígio, e mandou construir uma bela casa de campo em Neck, que hoje constitui o centro do melhor bairro residencial. Vivia com considerável estilo e conforto, foi o primeiro a manter uma carruagem e criados de libré na cidade, e muito se orgulhava de seu telescópio, microscópio e a bem escolhida biblioteca de livros em inglês e latim. Depois de ouvir dizer que Curwen era proprietário da melhor biblioteca de Providence, o sr. Merritt não demorou a visitá-lo e foi recebido de maneira mais cordial que a demonstrada à maioria dos demais visitantes até então. Sua admiração pelas amplas estantes do anfitrião que, além dos clássicos gregos, latinos e ingleses, continham uma admirável coleção de obras filosóficas, matemáticas e científicas, entre elas Paracelsus, Agrícola, Van Helmont, Sylvius, Glauber, Boyle, Boerhaave, Becher e Stahl, levou Curwen a sugerir uma visita à casa da fazenda e ao laboratório para onde jamais convidara alguém antes, e os dois logo partiram na carruagem do sr. Merritt.

O sr. Merritt sempre confessou que nada viu de verdadeiramente horrível na casa da fazenda, mas afirmou que os títulos dos livros da biblioteca especial sobre temas taumatúrgicos, alquímicos e teológicos que Curwen mantinha numa sala da frente bastaram para inspirar-lhe uma aversão duradoura. Talvez, contudo, tenha sido a expressão facial do dono ao exibi-los que contribuiu para grande parte do preconceito. A bizarra coleção, além de uma hoste de obras comuns que não surpreendeu demais o sr. Merritt a ponto de invejá-la, incluía quase todos os cabalistas, demonólogos e mágicos conhecidos e era uma tesouraria do saber nos duvidosos domínios da alquimia e da astrologia. Hermes Trismegisto, a edição de Mesnard, *Turba Philosopharum*, *Liber Investigationis* de Geber e *A Chave da Sabedoria* de Artephous estavam todos lá, com o cabalístico *Zohar*, *Albertus Magnus* de Peter Jamm, *Ars Magna et Ultima* de Raymond Lully na edição de Zetzner, *Thesaurus Chemicus* de Roger Bacon, *Clavis Alchimiae* de Fludd e *De Lapide Philosophico* de Tritêmio. Os judeus e árabes medievais achavam-se representados em profusão, e o sr. Merritt empalideceu quando, ao retirar da estante um lindo volume conspicuamente intitulado de *Qanoon-é-Islam*, descobriu que era, de fato, o proibido *Necronomicon* do árabe louco Abdul Alhazred, sobre o qual ouvira sussurrarem coisas monstruosas alguns anos antes, em seguida à descoberta de ritos abomináveis na estranha aldeiazinha de pescadores de Kingsport, na província de Massachusetts-Bay.

O estranho, porém, é que o digno cavalheiro confessou se sentir mais inexplicavelmente perturbado por um detalhe sem importância aparente. Na imensa mesa de mogno encontrava-se, virado para baixo, um exemplar surrado de Borellus com muitas anotações à margem e em entrelinhas na caligrafia de Curwen. Um parágrafo no livro, aberto mais ou menos na metade, exibia traços de pena tão grossos e trêmulos debaixo das linhas em mística letra gótica que o visitante não pôde resistir a examiná-las do começo ao fim. Não soube dizer se foi a natureza do trecho sublinhado ou a espessura febril dos traços usados para grifá-lo; entretanto, alguma coisa nessa combinação o transtornou de maneira bastante intensa e peculiar. Lembrou-se dos dizeres até o fim de seus dias e os anotou de memória no diário que mantinha. Certa vez, tentou recitá-los para o amigo, dr. Checkley, até se dar conta da imensa perturbação que causou ao amável reitor. Dizia o seguinte:

> *"Os sais essenciais dos animais podem ser preparados e conservados de tal modo que um homem engenhoso consegue ter toda uma Arca de Noé em seu Gabinete e reproduzir, a seu bel-prazer, a perfeita Forma de um Animal a partir de suas cinzas; e pelo mesmo método, aplicado aos Sais essenciais do Pó humano, um filósofo pode, sem nenhuma necromancia criminal, ressuscitar a forma de qualquer ancestral morto a partir do Pó no qual se incinerou seu cadáver."*

Foi próximo às docas ao longo da parte mais ao sul de Town Street, contudo, que se murmuravam as piores coisas sobre Joseph Curwen. Os marinheiros são pessoas supersticiosas, e os curtidos lobos do mar que tripulavam as corvetas do infindável tráfico de rum, de escravos e de melaço, os arrojados corsários e os grandes brigues dos Brown, Crawford e Tillinghast, todos faziam estranhos e furtivos sinais de benzedura ao verem a figura delgada e enganosamente jovem, com os cabelos amarelados e os ombros meio curvados, quando ele entrava no entreposto Curwen em Doubloon Street ou conversava com capitães e comissários de bordo no longo cais, onde atracavam e zarpavam sem cessar os navios de Curwen. Seus próprios escriturários e capitães o odiavam e temiam, e todos os seus marinheiros eram mestiços, gentalha da Martinica, Santo Eustáquio, Havana ou Port Royal. Em certo aspecto, era a frequência com a qual se substituíam esses marinheiros que suscitava a parte mais aguda e essencial do medo inspirado pelo velho. Uma determinada tripulação recebia licença para desembarcar, alguns de seus membros, às vezes, incumbidos de uma ou outra tarefa na cidade. Finda a licença, quando a tripulação tornava a se reunir a bordo, quase com certeza absoluta faltava um ou outro homem. Como a maioria das incumbências relacionava-se à fazenda de Pawtuxet Road e pouquíssimos eram os marinheiros que haviam regressado de lá, com o tempo, Carter começou a enfrentar grande dificuldade para recrutar suas tripulações constituídas por um estranho sortimento. De forma quase invariável, vários desertavam logo depois de ouvir os boatos nos cais de Providence, e substituí-los nas Índias Ocidentais se transformou num problema cada vez maior para o armador.

Em 1760, Joseph Curwen tornara-se quase um proscrito, suspeito de horrores indefinidos e demoníacas alianças que pareciam mais ameaçadores pelo fato de não poderem ser explicados ou compreendidos e cuja existência nem sequer podia ser demonstrada. A última gota talvez tenha sido o caso dos soldados desaparecidos em 1758, pois em março e abril daquele ano, dois regimentos reais a caminho da Nova França aquartelaram-se em Providence e foram depauperados por um processo inexplicável muito superior à média de deserções. Os boatos enfatizavam a frequência com a qual se via Curwen a conversar com os estrangeiros de paletó vermelho. Como vários deles começaram a desaparecer, as pessoas associaram o desaparecimento aos estranhos sumiços de seus próprios marinheiros. Ninguém pode dizer o que teria acontecido se os regimentos não tivessem recebido ordem de prosseguir.

Enquanto isso, os negócios mundanos do mercador prosperavam. Ele quase tinha um monopólio do comércio da cidade em salitre, pimenta preta e canela e liderava fácil qualquer outra empresa de transporte marítimo, a não ser a dos Brown na importação de utensílios de latão, índigo, algodão, lãs, sal, cordas, ferro, papel e todo tipo de produtos ingleses. Lojistas como James Green, dono do estabelecimento Elefante, em Cheapside, os Russell, donos da Águia Dourada, no outro lado da Grande Ponte, ou Clark e Nightingale, proprietários de A Frigideira e o Peixe, próximo à New Coffee House, dependiam quase inteiramente dele para os estoques; seus acordos com os destiladores locais, os donos de leiterias, os criadores de cavalos de Narragansett e os fabricantes de velas de Newport transformaram-no num dos principais exportadores da Colônia.

Embora condenado ao ostracismo, não lhe faltava algum espírito cívico. Quando um incêndio destruiu a Colony House, Curwen participou generosamente da compra de rifas cujo arrecadamento possibilitou a reconstrução, em 1761, do novo prédio de tijolos ainda de pé na antiga rua principal. No mesmo ano, também contribuiu para a reconstrução da Grande Ponte após o vendaval de outubro. Substituiu muitos livros da biblioteca pública que haviam sido consumidos no incêndio da Colony House, além de participar generosamente das loterias do governo cujos impostos permitiram a pavimentação, com grandes pedras redondas, da lodosa Market Parade e da calçada de tijolos para pedestres na Town Street, repleta de sulcos profundos. Mais ou menos nessa ocasião também construiu a nova casa, simples, mas excelente, cujo portal subsiste um triunfo da arte de escultura em madeira. Quando em 1743, os seguidores de Whitefield romperam com a igreja na colina do dr. Cotton e fundaram a igreja Deacon Snow no outro lado da Grande Ponte, Curwen os acompanhara, embora seu zelo e assiduidade logo diminuíssem. Agora, porém, passou mais uma vez a cultivar a religiosidade, como se para dissipar a sombra que o atirara no isolamento e que logo começaria a arruinar-lhe o sucesso empresarial, se não controlado de imediato.

2.

A visão desse homem estranho, pálido, cuja aparência mal correspondia à meia-idade, embora de fato tivesse mais de um século de idade, a tentar, afinal, emergir de uma nuvem de pavor e ódio, vaga demais para ser especificada ou analisada, era, ao mesmo tempo, patética, dramática e desprezível. Tamanho, contudo, é o poder da riqueza e de certos gestos superficiais que se constatou, de fato, em um ligeiro arrefecimento da aversão pública exibida ao concidadão, sobretudo depois que os rápidos desaparecimentos dos marinheiros cessaram de chofre. Na certa, também, ele deve ter começado a se cercar de extremo cuidado e sigilo nas expedições aos cemitérios, pois nunca mais tornaram a surpreendê-lo nessas andanças, bem como diminuíram na mesma proporção os rumores sobre os misteriosos ruídos e manobras na fazenda de Pawtuxet, embora esta ainda recebesse quantidades anormais de alimentos para consumo, além de continuar a elevada substituição de animais domésticos. Nunca antes, porém, até Charles Ward examinar-lhe, já nos tempos modernos, os livros contábeis e as faturas na Biblioteca Shepley, não ocorreu a niguém, exceto talvez a um jovem amargurado, fazer sombrios cotejos entre o grande número de negros da Guiné, que Curwen importara até 1766, e o número assombrosamente reduzido dos mesmos por cuja venda ele pudesse apresentar notas de boa-fé tanto aos comerciantes de escravos da Grande Ponte quanto aos plantadores de Narragansett Country. Sem dúvida, a abominada personagem demonstrara astúcia e engenhosidade inconcebíveis assim que se revelou premente a necessidade de empregá-las.

Mas claro que o efeito de toda essa tardia regeneração tinha de ser superficial. Curwen continuava a ser evitado e encarado com desconfiança, pois, na verdade, o único fato de conservar aquele ar de juventude numa idade provecta bastava para justificá-lo, o que lhe permitiu compreender, enfim, que todo o sucesso conquistado iria, decerto, por água baixo. Tudo indica que quaisquer que fossem seus complexos estudos e experiências, estes exigiam uma considerável renda para mantê-los; e como uma mudança de ambiente o privaria dos lucros que obtivera nos negócios, começar de novo num lugar diferente àquela altura em nada lhe seria proveitoso. O bom-senso exigia-lhe que, de algum modo, melhorasse suas relações com os cidadãos de Providence a fim de que sua presença deixasse de ser, de repente, objeto de conversas silenciadas, de desculpas esfarrapadas para se retirar e de uma atmosfera geral de constrangimento e mal-estar. Seus empregados, agora reduzidos a um resíduo ocioso e indigente que ninguém mais contrataria, davam-lhe muitas preocupações, e conservava os capitães e imediatos apenas por astúcia, na tentativa de conseguir algum tipo de ascendência sobre eles: uma hipoteca, uma nota promissória ou informações pessoais muito íntimas.

Em diversos casos, os autores de diários registraram, com certo espanto, que Curwen mostrava quase o poder de um feiticeiro ao desenterrar segredos de família para uso questionável. Durante os últimos cinco anos de vida, parece que só as conversas diretas com os mortos há muito tempo poderiam ter-lhe dado as informações que ele transmitia de maneira tão loquaz.

Por volta dessa época, ocorreu ao ardiloso erudito encontrar um último e desesperado expediente para reconquistar a posição na comunidade. Até então um completo ermitão, decidiu contrair um vantajoso matrimônio, garantindo como noiva certa senhora cuja inquestionável situação social tornasse impossível todo o ostracismo de seu lar. É possível também que motivos mais profundos o fizessem desejar uma aliança, motivos tão fora da esfera cósmica conhecida que apenas os documentos encontrados 150 anos após sua morte possibilitaram suspeitar de sua existência; porém, nunca se saberá nada preciso a esse respeito. Decerto ele estava a par do horror e da indignação que despertaria qualquer galanteio de sua parte; por isso procurou uma candidata provável em cujos pais ele pudesse exercer a necessária pressão. Como tinha exigências muito específicas em relação à beleza, dons e posição social estável, Curwen constatou que não era nada fácil encontrá-las. Por fim, a pesquisa reduziu-se à casa de um dos melhores e mais antigos capitães, um viúvo de berço de ouro e posição imaculada chamado Dutie Tillinghast, cuja única filha, Eliza, parecia dotada de todos os proveitos concebíveis, menos a perspectiva de herdeira. O capitão Tillinghast, totalmente dominado por Curwen, consentiu, após uma terrível entrevista em sua casa encimada por uma cúpula na colina de Power's Lane, a monstruosa união.

Eliza Tillinghast tinha, na época, 18 anos e fora educada da maneira mais nobre, que permitia a reduzida situação financeira do pai. Frequentara a escola Stephen Jackson, defronte a Court House Parade, e fora diligentemente instruída pela mãe, antes de sua morte por varíola em 1757, em todas as artes e refinamentos da vida doméstica. Ainda se encontra nos salões da Sociedade Histórica de Rhode Island o mostruário de suas prendas artesanais, realizado em 1753 aos 9 anos. Após a morte da mãe, cuidara da casa, sendo ajudada apenas por uma velha preta. As discussões com o pai sobre a proposta de casamento de Curwen devem ter sido, de fato, dolorosas, embora não constem dos registros existentes. Sabe-se ao certo que seu noivado com o jovem Ezra Weeden, segundo marujo do paquete *Enterprise* de Crawford, foi devidamente desfeito, e que a união com Joseph Curwen, realizada em 7 de março de 1763, na igreja Batista, obteve a presença de uma das mais distintas reuniões de pessoas de que a cidade podia se vangloriar, sendo a cerimônia celebrada pelo caçula dos Winsons, Samuel. A *Gazette* citou o evento numa nota muito sucinta, e, na maioria dos exemplares remanescentes, a nota em questão parece ter sido cortada ou rasgada. Ward descobriu um único exemplar intacto, após muitas buscas, nos arquivos de um famoso colecionador particular de colunas sociais, observando, com diversão, a total insignificância de como a redigiram:

"Na tarde da última segunda-feira, o sr. Joseph Curwen, desta cidade, comerciante, casou-se com a srta. Eliza Tillinghast, filha do capitão Dutie Tillinghast, uma jovem que une verdadeiro mérito a uma bela pessoa para honrar o estado matrimonial e perpetuar a sua felicidade".

A coleção de correspondências de Durfee-Arnold foi descoberta na coleção particular de Melville F. Peters, de George Street, por Charles Ward pouco antes de apresentar os primeiros sintomas da suposta loucura, cobrindo esse período e outro que logo o antecedeu, e esclarece com vívida ênfase a indignação pública suscitada por essa união malcasada. Não se podia negar, contudo, a influência social dos Tillinghast, e mais uma vez, Joseph Curwen viu sua casa frequentada por pessoas que, de outro modo, ele jamais poderia convencer a transpor-lhe o limiar, embora nunca o houvessem aceitado completamente. Apesar de a esposa sofrer socialmente pelo risco obrigatório, ele pelo menos deixara de ser objeto de total ostracismo. O tratamento do estranho noivo para com a esposa surpreendera a ela e à comunidade, pois ele exibia amabilidade e consideração extremas. A nova casa em Olney Court agora se livrara de manifestações perturbadoras, e ainda que Curwen se ausentasse com frequência nas idas à fazenda Pawtuxet, aonde jamais levava a esposa, parecia um cidadão normal mais que em qualquer outra ocasião nos longos anos de residência em Providence. Apenas uma pessoa mantinha-se em aberta inimizade com ele, o jovem oficial naval, cujo noivado com Eliza Tillinghast fora rompido de maneira tão abrupta. Ezra Weeden jurara publicamente vingança e, apesar de seu temperamento em geral pacífico e calmo, passara então a abraçar um propósito obstinado nutrido de ódio que não pressagiava nada de bom para o marido usurpador.

Em 7 de maio de 1765 nasceu Ann, a única filha de Curwen, e foi batizada pelo reverendo John Graves da King's Church, igreja da qual marido e mulher haviam se tornado frequentadores pouco depois do casamento como uma forma de compromisso entre suas respectivas afiliações às igrejas da Congregação e Batista. Tanto o registro desse nascimento quanto o do casamento dois anos antes foi apagado da maioria das cópias da igreja e dos anais da cidade onde deveriam constar. Charles Ward localizou ambos com a maior dificuldade depois que a descoberta da mudança do nome da viúva o pusera a par de seu próprio parentesco, e lhe despertara o interesse febril que culminara em sua loucura. De fato, a anotação do nascimento foi encontrada por uma feliz coincidência, resultante da correspondência que manteve com os herdeiros do legalista dr. Graves, que levara consigo uma duplicata dos registros quando deixara seu pastorado na eclosão da Revolução. Ward tentara essa fonte porque sabia que sua trisavó, Ann Tillinghast Potter, era episcopal.

Pouco depois do nascimento da filha, acontecimento que pareceu acolher com um entusiasmo muitíssimo contrastante com a sua frieza habitual, Curwen resolveu posar para um retrato. Pintou-o um escocês de grande talento chamado Cosmo Alexander, então residente de Newport e que depois adquiriu fama por ter sido o primeiro professor de Gilbert Stuart. Consta que o retrato teria sido pintado num painel da parede da biblioteca na casa de Olney Court, mas nenhum dos dois velhos diários que o citam deu qualquer pista de seu destino final. Nesse período, o instável estudioso mostrava sinais de abstração incomum e passava a maior parte do tempo possível na fazenda de Pawtuxet Road. Segundo alguns, parecia tomado de reprimida excitação ou ansiedade, como se à espera de alguma coisa fenomenal ou na iminência de fazer alguma estranha descoberta. A química ou a alquimia davam a impressão de desempenhar um importante papel quanto a isso, pois levou da casa para a fazenda o maior número de livros sobre o assunto.

A simulação de interesse cívico não diminuiu, e ele não perdia as oportunidades de ajudar líderes como Stephen Hopkins, Joseph Brown e Benjamin West em seus esforços para elevar o nível cultural da cidade, na época, muito inferior ao de Newport no patrocínio das artes liberais. Ajudara Daniel Jenckes a abrir sua livraria em 1763 e tornou-se, em seguida, o melhor cliente, além de também proporcionar ajuda à *Gazette*, então em dificuldades, que era impressa às quartas-feiras no prédio sob a tabuleta do Busto de Shakespeare. Na política, apoiava, entusiástico, o governador Hopkins contra o partido de Ward, cujo maior eleitorado achava-se em Newport, e o discurso bastante eloquente proferido em Hacher's Hall, em 1765, contra a proclamação de North Providence como cidade independente, com um voto a favor de Ward na Assembleia Geral contribuiu, acima de qualquer coisa para extinguir o preconceito contra ele. Mas Erza Weeden, que o vigiava de perto, desprezava com cinismo toda essa atividade externa e não se furtava a afirmar que não passava de uma fachada para algum tipo de tráfico inominável com os mais tenebrosos abismos do Tártaro, inferno grego. O vingativo rapaz começou um estudo sistemático do homem e de suas ações sempre que estava no porto e passava horas à noite pelos cais, com um pequeno barco a remos de prontidão, quando via luzes nos armazéns de Curwen e lhe seguia a pequena embarcação que, às vezes, zarpava ou se aproximava às escondidas da baía. Também vigiava, sempre que possível, a fazenda Pawtuxet e foi uma vez gravemente mordido pelos cachorros que o velho casal de índios soltara em sua perseguição.

3.

Em 1766, deu-se a mudança final em Joseph Curwen. Foi muito repentina e ganhou ampla atenção dos curiosos cidadãos, pois o ar de ansiedade e expectativa que o envolvia caiu como uma capa velha para logo dar lugar a uma mal dissimulada exaltação de total triunfo. Curwen parecia ter dificuldades em se conter de arengar em público sobre o que descobrira, aprendera ou fizera. Entretanto, tudo indicava que a necessidade de sigilo era maior que o desejo de partilhar seu regozijo, pois jamais ofereceu qualquer explicação. Foi depois dessa transição, ocorrida ao que parece no início de julho, que o sinistro estudioso começou a surpreender as pessoas pela posse de informações que apenas seus ancestrais, mortos há muito tempo, poderiam fornecer.

Mas as febris atividades secretas de Curwen não cessaram em absoluto com essa mudança. Ao contrário, tenderam a aumentar, o que o fez deixar cada vez mais seu negócio marítimo nas mãos dos capitães que, agora, uniam-se a ele por laços de medo tão poderosos quanto haviam sido os da falência. Abandonara de todo o tráfico de escravos, alegando que os lucros caíam sem parar. Passava todos os momentos disponíveis na fazenda Pawtuxet; de vez em quando, porém, circulavam boatos sobre sua presença em lugares que, embora de fato não fossem próximos dos cemitérios, ainda assim se assemelhavam tanto a cemitérios que as pessoas atentas se perguntavam até que ponto ocorrera mesmo uma mudança de hábitos do velho. Ezra Weeden, embora seus períodos de espionagem fossem breves e intermitentes devido às viagens que lhe impunha a profissão, mantinha uma persistência vingativa que faltava à maior parte dos cidadãos e agricultores e submetia as atividades de Curwen sob uma vigilância sem precedentes até então.

Muitas das curiosas manobras dos barcos do estranho comerciante haviam sido julgadas aceitáveis por causa da instabilidade dos tempos, quando todos os colonos pareciam decididos a resistir às cláusulas da Lei do Açúcar, que dificultavam um importante comércio. O contrabando e a evasão constituíam uma prática comum na baía de Narragansett, e os desembarques noturnos de cargas ilícitas eram corriqueiros e constantes. Mas noite após noite, ao seguir as barcaças ou pequenas corvetas que ele via esgueirarem-se dos armazéns de Curwen nas docas de Town Street, Weeden não demorou a se certificar de que não se tratava apenas dos navios armados de Sua Majestade que o sinistro covarde ansiava por evitar. Antes da mudança de 1766, aquelas embarcações continham, na maioria das vezes, negros acorrentados que eram transportados pela baía e desembarcados num ponto obscuro do litoral, logo ao norte de Pawtuxet, sendo conduzidos depois, rochedo acima, e pelos campos até a fazenda Curwen, onde os trancafiavam num enorme anexo de pedra com apenas fendas altas e estreitas no lugar de janelas. Após aquela mudança, contudo, alterou-se todo o programa. A importação de escravos cessou de repente, e, durante algum tempo, Curwen abandonou as navegações noturnas. Então, por volta da primavera de 1767, estabeleceu-se um novo programa de ação. Mais uma vez, viam-se as corvetas partirem das silenciosas e escuras docas, só que, a partir de então, deslizavam há certa distância baía abaixo talvez até Nanquit Point, onde se encontravam com estranhos navios de considerável tamanho e dos mais variados aspectos dos quais recebiam a carga. Os marinheiros de Curwen, em seguida, desembarcavam essa carga num local determinado na costa, transportavam-na por terra até a fazenda e trancavam-na no mesmo prédio misterioso de pedra que antes recebia os negros. Quase toda a carga consistia em caixas, grande parte das quais eram pesadas e tinham um formato oblongo semelhante, perturbadoramente, à de caixões.

Weeden sempre vigiava a fazenda com assiduidade constante, visitando-a noite após noite por longos períodos. Raras vezes deixava passar uma semana sem se aproximar da casa, exceto quando o terreno coberto de neve pudesse revelar-lhe as pegadas. Mesmo assim, se aproximava o máximo possível pela estrada ou pelo gelo no rio vizinho para ver as marcas que outros talvez houvessem deixado. Para não interromper a vigilância durante as ausências impostas pelo trabalho, contratou um companheiro de taberna chamado Eleazer Smith para continuar a inspeção quando se ausentasse; os dois, juntos, poderiam espalhar boatos extraordinários. Só não o faziam pois sabiam que o resultado da publicidade alertaria a vítima e impossibilitaria qualquer progresso. Preferiam, em vez disso, se informar de alguma coisa definitiva antes de partir para a ação. O que eles acabaram sabendo deve ter sido assustador mesmo, pois Charles Ward muitas vezes falou aos pais sobre o quanto lamentava o fato de Weeden ter, depois, queimado seus livros de anotações. Tudo o que se pode dizer a respeito das descobertas dos dois é o que Eleazer Smith anotou às pressas num diário não muito coerente e o que outros redatores de diários e missivistas repetiram com timidez das declarações feitas, enfim, pelos dois vigilantes, segundo as quais a fazenda não passava da fachada de uma ameaça imensa e revoltante, de uma extensão e profundidade demasiado grandes e tangíveis que escapavam a toda compreensão.

Chegou-se à conclusão que Weeden e Smith logo se convenceram de que, sob a fazenda, estendia-se uma imensa rede de túneis e catacumbas habitados por um número considerável de pessoas, além do velho índio e da mulher. A casa era uma antiga relíquia pontiaguda de meados do século XVII, com uma enorme chaminé e janelas de treliça e os vidros em forma de losangos; o laboratório ficava num alpendre no lado norte cujo telhado de uma única inclinação chegava quase ao chão. Embora a construção ficasse isolada de todas as demais, a julgar pelas diferentes vozes ouvidas nas horas mais inusitadas no interior, devia ser acessível, embaixo, por passagens secretas. Essas vozes, antes de 1766, eram meros resmungos e sussurros de negros acompanhados por gritos frenéticos e curiosos cânticos ou invocações. Após essa data, porém, adquiriram um timbre muito terrível e singular ao percorrer toda a escala entre sussurros de melancólica aquiescência e explosões de fúria selvagem, murmúrios de conversas e lamentos de súplica, arquejos ansiosos e gritos de protesto. Pareciam ser em línguas diferentes, todas conhecidas de Curwen, cujas ásperas inflexões por ele proferidas eram, muitas vezes, distinguíveis em resposta, reprovação ou ameaça. Às vezes, parecia que várias pessoas deviam estar na casa: Curwen, alguns prisioneiros e os guardas destes. Havia vozes de uma linguagem que nem Weeden nem Smith jamais haviam ouvido antes, apesar do amplo conhecimento de lugares estrangeiros, e muitas que conseguiam identificar como dessa ou daquela nacionalidade. A natureza das conversas parecia sempre uma espécie de inquisição, como se Curwen arrancasse algum tipo de informação de prisioneiros apavorados ou rebeldes.

Weeden coletara no livro de anotações muitos relatos literais de fragmentos ouvidos às escondidas, porque inglês, francês e espanhol, línguas que ele conhecia, eram as faladas com mais frequência, mas nada sobreviveu desses. Acrescentou, porém que, com exceção de alguns diálogos mórbidos relacionados a antigas questões de famílias de Providence, a maioria das perguntas e respostas que ele conseguiu entender referia-se a assuntos históricos ou científicos, às vezes, relacionados a lugares e épocas muito remotos. Um dia, por exemplo, um indivíduo que alternava fúria e sisudez foi interrogado, em francês, sobre o massacre do príncipe negro em Limoges no ano de 1370, como se houvesse alguma razão oculta que ele devia conhecer. Curwen perguntou ao prisioneiro, se é que era um prisioneiro, se a ordem de matar fora dada devido ao Signo do Capricórnio encontrado no altar, na antiga cripta romana no subterrâneo da catedral, ou se o Homem Negro do conventículo dos bruxos da Haute Vienne proferira as Três Palavras. Sem obter respostas, parece que o inquisidor recorrera a meios extremos, pois se ouviram um terrível guincho seguido por silêncio, murmúrio e um baque.

Nenhum desses colóquios jamais teve testemunhas oculares, porque sempre se tampavam as janelas com pesadas cortinas. Uma vez, contudo, durante uma conversa numa língua desconhecida, uma sombra entrevista atrás da cortina causou um intenso sobressalto em Weeden, lembrando-lhe uma das marionetes num show que vira no outono de 1764, em Hatcher's Hall, quando um produtor de Germantown, Pensilvânia, montara um engenhoso espetáculo mecânico assim anunciado: "Panorama da Famosa Cidade de Jerusalém, na qual se acham representados a Cidade, o Templo de Salomão, seu Trono Real, as famosas Torres e Colinas, bem como os padecimentos do Nosso Salvador na Via Sacra, desde o Jardim de Getsêmani até a Cruz no topo do Calvário; uma criativa peça de Estatuária imperdível para os Curiosos". Foi nessa ocasião que o atento Weeden, após se aproximar, sorrateiro, da janela da sala da frente de onde provinha a conversa, teve um sobressalto que acordou o velho casal de índios e os fizeram soltar os cachorros ao encalço dele. Depois disso, não se ouviram mais conversas na casa, e Weeden e Smith concluíram que Curwen transferira seu campo de ação para regiões inferiores.

Que essas regiões existiam parecia um fato certo por vários detalhes. De vez em quando, elevavam-se fracos gritos e lamentos saíam inconfundivelmente do que parecia ser terra sólida, distantes de qualquer habitação; além disso, descobriu-se, escondida às margens do rio, nos fundos, onde o terreno inclinava-se íngreme até o vale do Pawtuxet, uma porta de carvalho em arco num caixilho de pesada alvenaria, decerto a entrada de cavernas no interior da colina. Weeden não sabia dizer quando ou como essas catacumbas poderiam ter sido construídas, mas salientou com frequência a facilidade com que turmas de trabalhadores chegariam até ali pelo rio sem serem vistos. Na verdade, Joseph Curwen empregava seus marujos mestiços nas mais diversas tarefas. Durante as pesadas chuvas da primavera de 1769, os dois vigilantes mantiveram os olhos bem atentos na íngreme margem do rio para ver se alguns dos segredos subterrâneos seriam atirados pela corrente e foram recompensados pela visão de inúmeros ossos humanos e animais em locais onde se haviam aberto profundas valas nos barrancos. Decerto, talvez, houvesse muitas explicações para a presença dessas coisas nos fundos de uma fazenda de animais domésticos e numa localidade em que eram comuns antigos cemitérios indígenas, mas Weeden e Smith preferiram chegar às próprias conclusões.

Foi em janeiro de 1770, enquanto os dois investigadores continuavam a debater, em vão, o que, de fato, pensar ou fazer a respeito de toda a intrigante situação, que ocorreu o incidente do *Fortaleza*. Exasperada pelo incêndio da corveta *Liberty*, do serviço aduaneiro em Newport no verão anterior, a frota da alfândega, sob o comando do almirante Wallace, reforçara a vigilância das embarcações estrangeiras, e, nessa ocasião, a escuna armada Cygnet, de Sua Majestade, comandada pelo capitão Harry Leshe, capturou, numa manhã muito cedo, após uma breve perseguição, a barcaça espanhola *Fortaleza*, de Barcelona, comandada pelo capitão Manuel Arruda, procedente de acordo com o diário de bordo do Gran Cairo, Egito, com destino a Providence. Quando vasculhado em busca de contrabando, o navio revelou o surpreendente fato de que a carga consistia exclusivamente de múmias egípcias, consignadas ao "Marinheiro A.B.C.", que viria retirar suas mercadorias numa barcaça ao largo de Nanquit Point e cuja identidade o capitão Arruda sentia-se obrigado pela honra a não revelar. O Tribunal do Vice-Almirantado de Newport, sem saber o que fazer diante da natureza daquela carga que, por um lado, não se classificava como contrabando e, por outro, continha um sigilo ilegal, aceitou a recomendação do coletor Robinson e liberou o navio, mas proibiu-o de atracar em qualquer porto nas águas de Rhode Island. Ouviram-se, depois, boatos de que teria sido visto ao largo de Boston, embora nunca houvesse entrado abertamente no porto.

Este extraordinário incidente não deixou de ser objeto de comentários generalizados dos habitantes de Providence, dentre os quais poucos duvidaram da existência de alguma relação entre a carga de múmias e o sinistro Joseph Curwen. Como eram de conhecimento público os estudos exóticos, as curiosas importações de natureza química e uma suspeita geral de que ele era aficionado por cemitérios, não era necessária muita imaginação para relacioná-lo com uma importação excêntrica que não podia ter sido destinada a ninguém mais da cidade. Como se cônscio consciente dessa crença natural, Curwen teve o cuidado de se referir em várias ocasiões, como quem não quer nada, ao valor químico dos bálsamos encontrados nas múmias, achando talvez que pudesse fazer o caso parecer menos anormal, porém, sem jamais admitir sua participação. Weeden e Smith, claro, não tinham qualquer dúvida sobre a importância do incidente e entregaram-se às mais fantásticas teorias a respeito do velho sinistro e de seus monstruosos trabalhos.

Na primavera seguinte, como na do ano anterior, caíram fortes chuvas, e os vigilantes rastrearam minuciosamente a margem do rio atrás da fazenda de Curwen. Grandes trechos do barranco foram levados pelas águas, deixando expostos alguns ossos, mas sem exibir nenhum vislumbre de quaisquer câmaras ou covas subterrâneas. No entanto, um boato espalhou-se na aldeia de Pawtuxet, a uma milha torrente abaixo, onde o rio flui em cascata por um terraço rochoso para desaguar na plácida enseada sem acesso ao mar. Ali, onde velhas e esquisitas cabanas estendiam-se morro acima, desde a ponte rústica e lanchas pesqueiras balançavam ancorados em cais sonolentos, circulou uma vaga informação de pescadores que haviam visto surgirem, à tona, corpos flutuantes por instante ao passar pela cascata. Sem dúvida, o Pawtuxet é um rio longuíssimo, que serpeia por muitas regiões povoadas onde proliferam cemitérios e que também as chuvas primaveris foram muito intensas, mas os pescadores próximos à ponte não gostaram do olhar terrível que lhes lançou uma daquelas criaturas ao se precipitar água tranquila abaixo; e tampouco do modo como outra gritou, embora seu estado houvesse perdido toda semelhança com os seres que, em geral, gritam. Esse boato fez Smith apressar-se rumo à margem do rio atrás da fazenda. Weeden estava ausente a trabalho no mar, onde, com toda a certeza, permaneceriam os indícios de um enorme deslizamento de terra. Não se via, contudo, vestígio de uma passagem ao interior do íngreme barranco, pois a miniavalanche deixara para trás um sólido muro feito de terra misturada com os arbustos arrancados do topo. Smith chegou a fazer uma escavação experimental, mas a falta de sucesso — ou talvez por medo de possível sucesso — o dissuadiu. É interessante especular o que teria feito o persistente e vingativo Weeden se estivesse em terra na ocasião.

4.

No outono de 1770, Weeden decidiu que chegara a hora de partilhar suas descobertas com os demais, pois ele dispunha do encadeamento de inúmeros fatos e de uma segunda testemunha ocular para refutar a possível acusação de que o ciúme e o espírito vingativo lhe haviam incitado a imaginação. Como primeiro confidente, escolheu o capitão James Mathewson, do *Enterprise*, que, além de conhecê-lo bem o bastante para não duvidar de sua veracidade, exercia suficiente influência na cidade para ser ouvido com respeito. O colóquio deu-se no quarto de um andar da Taberna de Sabin, perto das docas, com Smith presente para corroborar cada uma das afirmações, e o capitão Mathewson pareceu muitíssimo impressionado. Como quase todos os demais na cidade, ele também nutria sombrias suspeitas a respeito de Joseph Curwen; por isso, apenas essa confirmação e um número maior de dados bastaram para convencê-lo por completo. Ao fim da conferência, com a expressão muito grave, impôs rigoroso silêncio aos dois mais jovens. Disse que ia transmitir a informação em separado a dez dos cidadãos mais cultos e ilustres de Providence, se certificar de suas opiniões e seguir qualquer conselho que eles tivessem a oferecer. O sigilo decerto seria essencial em qualquer caso, pois não se tratava de uma questão a ser confiada aos policiais ou milicianos da cidade, e, acima de tudo, devia-se manter a multidão excitável na ignorância para evitar a repetição, nesses tempos já difíceis, do pânico assustador ocorrido em Salém há menos de um século, que fizera Curwen fugir para Providence.

Segundo o capitão, as pessoas mais indicadas para tomar conhecimento do caso incluíam: o dr. Benjamin West cujo panfleto sobre o último trânsito demonstrou tratar-se de um estudioso e perspicaz pensador; o reverendo James Manning, diretor do College, que acabara de se mudar de Warren e estava temporariamente hospedado no novo prédio da escola, em King Street, à espera do término da construção de seu prédio, na colina acima de Presbyterian Lane; o ex-governador Stephen Hopkins, homem de abrangente visão, que fora membro da Sociedade Filosófica de Newport; John Carter, editor da *Gazette*; os quatro irmãos Brown, John, Joseph, Nicholas e Moses, que formavam os notáveis magnatas locais, dentre os quais Joseph era um talentoso cientista amador; o velho dr. Jabez Bowen, destacado pela considerável erudição e grande conhecedor em primeira mão das estranhas aquisições de Curwen; e o capitão Abraham Whipple, corsário de audácia e energia fenomenais, com quem se poderia contar para liderar quaisquer medidas ativas. Caso eles se mostrassem favoráveis, esses homens poderiam se unir para uma deliberação conjunta e a eles caberia a responsabilidade de decidir se deveriam ou não informar o governador da Colônia, Joseph Wanton, de Newport, antes de partir para a ação.

A missão do capitão Mathewson prosperou além de suas mais altas expectativas, pois embora um ou dois dos confidentes escolhidos se mostrassem um tanto céticos quanto ao possível lado horripilante da história de Weeden, nenhum deles deixou de julgar necessário empreender algum tipo de ação secreta e coordenada. Ficou claro que Curwen representava uma vaga ameaça em potencial ao bem-estar da cidade e da Colônia e devia ser eliminado a todo custo. Em fins de dezembro de 1770, um grupo de eminentes cidadãos reuniu-se na casa de Stephen Hopkins e debateu várias medidas experimentais. As anotações de Weeden, que ele entregara ao capitão Mathewson, foram lidas atentamente, e ele e Smith convocados para explicar com precisão alguns detalhes a este respeito. Uma sensação muito semelhante ao medo apoderou-se de toda a assembleia antes do fim da reunião, embora se entremeasse com o medo uma implacável determinação mais bem expressa pela imprecação ressonante e sem rodeios do capitão Whipple. Eles não notificariam o governador porque parecia necessária uma ação extraoficial. Com os poderes sobrenaturais de alcance desconhecido que, decerto, tinha à sua disposição, Curwen não era um homem que pudessem advertir com segurança a partir da cidade. Represálias inomináveis poderiam desencadear-se em consequência; e mesmo que a sinistra criatura aquiescesse, a expulsão se limitaria à transferência de uma terrível ameaça para outro lugar. Eram tempos sem lei, e os homens que, durante anos a fio, haviam escarnecido das forças da alfândega real não recusariam medidas mais duras se o dever os obrigasse a isso. O velho sinistro devia ser surpreendido na fazenda de Pawtuxet pela incursão de um grande destacamento de experientes piratas que lhe dariam uma decisiva oportunidade de se explicar. Se o velho provasse ser louco, a se divertir com gritos estridentes e conversas imaginárias em diferentes vozes, eles o confinariam numa clínica de doentes mentais. Se algo mais grave se manifestasse e, se os horrores subterrâneos se revelassem reais de fato, ele e todos com ele deviam morrer. Tudo poderia ser feito em silêncio, nem sequer a viúva e o pai precisariam tomar conhecimento de como aconteceu.

Enquanto se discutiam essas sérias medidas, ocorreu na cidade um incidente tão terrível e inexplicável que, por algum tempo, não se falou de outra coisa por quilômetros ao redor. No meio de uma noite enluarada de janeiro, com o chão coberto por espessa camada de neve, ressoou sobre o rio e colina acima, uma chocante série de gritos que levou cabeças sonolentas a cada janela, e os moradores da redondeza de Weybosset Point avistaram uma grande coisa branca mergulhar freneticamente no espaço em frente à Cabeça do Turco. Ouviu-se um latir de cachorros ao longe que cessou assim que o clamor da cidade desperta se tornou audível. Grupos de homens com lanternas e mosquetes precipitaram-se casa afora para ver o que acontecia, mas nada resultou das buscas. Na manhã seguinte, porém, encontrou-se um corpo musculoso e gigantesco, nu em pelo, nos acúmulos de gelo ao redor dos píeres no lado sul da Grande Ponte, próximo à destilaria Abbott, e a identidade desse ser tomou-se tema de infindáveis especulações e sussurros. Não eram tanto os mais jovens quanto os mais velhos que murmuravam, pois só nos patriarcas o rosto rígido cujos olhos esbugalhados de horror tocavam um ponto sensível na memória. Trêmulos como haviam ficado, trocavam furtivos murmúrios de assombro e medo; pois se via naqueles traços enrijecidos e medonhos uma semelhança a ponto de ser quase uma identidade — e essa identidade era a de um homem que morrera fazia uns cinquenta anos.

Ezra Weeden estava presente na descoberta e, ao se lembrar do latido na noite anterior, seguiu por Weybosset Street e atravessou a ponte Muddy Dock em direção ao lugar de onde viera o som. Impelido por uma curiosa expectativa, não se surpreendeu quando, chegando ao fim do bairro habitado, onde a rua unia-se à Pawtuxet Road, encontrou umas estranhas pegadas no chão. O gigante nu fora perseguido por cachorros e muitos homens de botas, e, no caminho de volta, viam-se os nítidos rastros dos cachorros de caça e de seus donos. Haviam desistido da perseguição ao chegar perto demais da cidade. Weeden fechou a carranca e, como se fosse um detalhe rotineiro, refez as pegadas até o seu ponto de origem. Era a fazenda Pawtuxet de Joseph Curwen, como bem sabia, e teria dado tudo para que o terreno não se encontrasse pisoteado de forma tão confusa. De qualquer modo, não ousou parecer interessado demais em plena luz do dia. O dr. Bowen, a quem logo se dirigiu Weeden com seu relato, fez uma autópsia no estranho cadáver e descobriu peculiaridades que o deixaram em total perplexidade. O aparelho digestivo do homem imenso parecia nunca ter sido usado, enquanto toda a sua pele tinha uma textura áspera e flácida impossível de explicar. Impressionado com o que os patriarcas murmuravam a respeito da semelhança do cadáver com o ferreiro morto há muito tempo, Daniel Green, cujo bisneto, Aaron Hoppin, era comissário de bordo empregado por Curwen, Weeden fez algumas perguntas casuais até descobrir onde Green estava enterrado. Naquela noite, um grupo de dez visitou o antigo Cemitério Norte, defronte a Herrenden's Lane, e abriu um túmulo. Encontraram-no vazio, exatamente como imaginavam.

Nesse meio tempo, haviam sido feitos acordos com os cavaleiros das diligências dos correios para interceptar a correspondência de Joseph Curwen, e, pouco antes do incidente com o corpo nu, encontrou-se uma carta de certo Jedediah Orne, de Salém, que deu aos cooperativos cidadãos muito o que pensar. Trechos dela, copiados e preservados nos arquivos particulares da família Smith, onde Charles Ward a encontrou, diziam o seguinte:

"Alegra-me saber que o senhor continue a estudar matérias antigas à sua maneira e não me ocorre nada melhor que tenha sido feito na casa do sr. Hutchinson, no vilarejo de Salém. Certamente, testemunhou-se apenas o mais vivo horror no que H. evocou daquilo que só pudemos entender uma parte. O que o senhor enviou não funcionou, seja porque faltava alguma coisa ou porque não proferi ou o senhor não copiou as palavras certas. Sozinho, fico perplexo. Não domino a arte química para imitar Borellus e confesso que fiquei confuso com o *VII Livro do Necronomicon* que me recomenda. Mas gostaria que observasse o que nos foi dito a respeito de quem invocar, pois o senhor tem conhecimento do que o sr. Mather escreveu em *Maginalia de..........* e pode julgar que essa abominação é relatada com muita veracidade. Torno a dizer-lhe: não invoque ninguém que não possa subjugar, isto é, ninguém que, por sua vez, possa invocar algo contra o senhor em relação ao qual seus mais poderosos expedientes talvez de nada sirvam. Chame os menores para que os maiores não desejem responder e sejam mais poderosos que o senhor. Fiquei assustado quando li que o senhor sabe o que Ben Zaristnatmik guarda em sua Caixa de Ébano, pois soube quem deve ter lhe contado. E, mais uma vez, peço-lhe que me escreva como Jedediah e não como Simon. Nessa comunidade, um homem pode não viver por muito tempo, e o senhor está a par de meu Plano, pelo qual voltei como meu filho. Desejo que me faça o favor de me informar o que o Negro aprendeu com Sylvanus Cocidius na cripta debaixo do muro romano e lhe serei grato se emprestar-me o manuscrito ao qual se refere."

Outra carta não assinada de Filadélfia provocou igual preocupação, principalmente pelo seguinte trecho:

"Acatarei o que o senhor pede quanto ao envio das contas apenas por seus navios, mas não pode saber ao certo quando esperá-las. Com relação ao assunto tratado, solicito apenas mais uma coisa, mas desejo ter certeza de que o entendo perfeitamente. O senhor me informa que nenhuma parte deve estar faltando para que se obtenham os melhores resultados; entretanto, não deve ignorar como é difícil ter certeza. Parece um grande risco a carga levar toda a caixa, e na cidade (ou seja, na Igreja de São Pedro, São Paulo, Santa Maria e na Igreja de Cristo) é impossível fazê-lo. Mas sei das imperfeições daquele que invoquei em outubro passado e quantos espécimes vivos o senhor foi obrigado a empregar antes de chegar ao método certo em 1766; portanto, seguirei suas orientações em todas as questões. Aguardo impaciente seu brigue e indago todos os dias no cais do sr. Biddle."

Uma terceira carta suspeita estava escrita numa língua desconhecida e até num alfabeto desconhecido. No diário de Smith, encontrado por Charles Ward, uma única combinação de caracteres, várias vezes repetida, acha-se copiada de forma grosseira, e as autoridades da Brown University declararam ser o alfabeto amárico ou abissínio, embora não reconhecessem a palavra. Nenhuma dessas missivas jamais foi entregue a Curwen, embora o desaparecimento de Jedediah Orne, de Salém, relatado pouco depois, revelasse que os homens de Providence haviam tomado medidas com discrição. A Sociedade Histórica da Pensilvânia também tem algumas cartas curiosas recebidas pelo dr. Shippen referentes à presença de uma personagem doentia na Filadélfia. Medidas mais decisivas, contudo, iam ser tomadas, e é nas reuniões noturnas e secretas de marinheiros testados e obrigados por juramento, junto com velhos e fiéis corsários, nos armazéns de Brown à noite, que devemos procurar os principais frutos das revelações de Weeden. De forma lenta, mas segura, achava-se em andamento um plano de campanha destinado a eliminar, sem deixar pistas, os sinistros mistérios de Joseph Curwen.

Este, apesar de todas as precauções, parece ter percebido algo de anormal no ar, pois, a partir de então, passou a exibir uma expressão sempre preocupada. Sua carruagem era vista todas as horas na cidade e na Pawtuxet Road, e aos poucos foi perdendo o ar de forçada cordialidade com o qual, nos últimos tempos, tentara combater o preconceito da cidade. Uma noite, os vizinhos mais próximos da fazenda, os Fenner, viram disparar um grande feixe de luz no céu de alguma abertura do telhado daquela misteriosa construção de pedra com as janelas altas e demasiado estreitas; uma ocorrência que logo comunicaram a John Brown, em Providence, que se tornara o chefe executivo do seleto grupo decidido a acabar com Curwen. Brown informou aos fazendeiros que se ia empreender uma ação imediata contra o velho maléfico devido à impossibilidade de não testemunharem o ataque final e explicou seu procedimento pelo fato de Curwen ser um reconhecido espião das autoridades alfandegárias de Newport, contra as quais, de maneira aberta ou clandestina, todo fretador, negociante e fazendeiro de Providence sublevava. Não se sabe ao certo se os vizinhos que haviam visto tantas coisas estranhas acreditaram no estratagema; de qualquer modo, porém, os Fenner mostraram-se dispostos a associar todo mal a um homem de hábitos tão estranhos. A eles, o sr. Brown confiou a tarefa de vigiar a casa da fazenda de Curwen e de relatar com regularidade todo incidente que ali ocorresse.

5.

A probabilidade de que Curwen estivesse em guarda e tentasse fazer alguma coisa incomum, como sugerido pelo estranho feixe de luz, acabou por precipitar a ação tão cuidadosamente planejada pelo grupo de homens sérios. Segundo o diário de Smith, uma tropa de uns cem homens encontrou-se às 10h da noite na sexta-feira, 12 de abril de 1771, no grande salão da Taberna de Thurston com a Tabuleta do Leão Dourado, em Weybosset Point, do outro lado da ponte. O grupo, composto de homens proeminentes que os encabeçava, incluía, além do líder, John Brown, o dr. Bowen, com sua valise de instrumentos cirúrgicos, o diretor Manning, sem a grande peruca (a maior das Colônias) pela qual se distinguia, o governador Hopkins, envolto na capa escura e acompanhado pelo irmão Eseh, marinheiro incluído no último momento com a permissão dos demais, John Carter, o capitão Mathewson e o capitão Whipple, que chefiaria o grupo invasor. Esses chefes conferenciaram, isolados, num aposento dos fundos; depois, o capitão Whipple dirigiu-se ao salão, fez com que os marujos reunidos prestassem os juramentos finais de lealdade e lhes deu as últimas instruções. Eleazer Smith permaneceu com os líderes reunidos no aposento posterior, à espera da chegada de Ezra Weeden cuja missão era ficar de olho em Curwen e informar a saída de sua carruagem para a fazenda.

Às 10h30, ouviu-se o barulho de um veículo pesado na Grande Ponte, seguido pelo de uma carruagem na rua em frente; àquela hora, não havia necessidade de esperar Weeden para saber que o condenado partira ao encontro de sua última noite de profana feitiçaria. Passado algum tempo, enquanto ainda se discernia o fraco ruído da carruagem que se afastava rumo a Muddy Dock Bridge, Weeden apareceu, e os atacantes se enfileiraram silenciosamente em disposição militar na rua, carregando nos ombros os mosquetes, espingardas de caça, arpões de baleias, enfim, as armas que empunhavam. Weeden e Smith faziam parte do grupo, e, dos cidadãos deliberantes, estavam presentes para o serviço ativo o capitão Whipple, o líder, o capitão Eseh Hopkins, John Carter, o diretor Manning, o capitão Mathewson e o dr. Bowen, juntos com Moses Brown, que apareceu às 11h, embora ausente da sessão preliminar na taberna. Todos esses cidadãos e sua centena de marinheiros iniciaram a longa marcha sem demora, com semblante severo, um tanto apreensivos ao deixar Muddy Dock para trás e subir a suave inclinação de Broad Street em direção a Pawtuxet Road. Logo além da igreja de Elder Snow, alguns se viraram para dar um olhar de despedida a Providence que se estendia sob as estrelas do início da primavera. Campanários e frontões erguiam-se em silhuetas visualmente atraentes, e a maresia soprava de leve desde a enseada ao norte da ponte. Vega alçava-se acima da grande colina, na outra margem do rio, onde a crista das copas de árvores era interrompida pelo contorno do telhado do prédio inacabado do College. No sopé daquela colina e pelas estreitas ruelas que serpeavam pelas encostas acima, a cidade sonhava; a velha Providence, em defesa de cuja segurança e sanidade logo se eliminaria a uma abominação tão monstruosa e colossal.

Uma hora e um quarto mais tarde, os invasores chegaram, como combinado antes, à casa da fazenda Fenner, onde ouviram um relato final sobre a almejada vítima. Ele chegara fazia mais de meia hora, e logo depois, a estranha luz varara céu acima, embora não houvesse luzes nas janelas visíveis. Ultimamente, sempre ocorria a mesma coisa. Tão logo se transmitia essa informação, outro enorme clarão surgiu no céu ao sul, e o grupo percebeu que, na verdade, se aproximava do cenário de prodígios temerosos e sobrenaturais. O capitão Whipple, então, ordenou à tropa que se separasse em três divisões: um de vinte homens sob o comando de Eleazer Smith para atacar pelo litoral e defender o desembarcadouro contra possíveis reforços para Curwen até ser chamado por um mensageiro como recurso extremo; outros de vinte, comandados pelo capitão Eseh Hopkins, para se esgueirar até o vale do rio atrás da fazenda de Curwen e derrubar com machados ou pólvora a porta de carvalho na margem alta e íngreme; e um terceiro para cercar a casa e os prédios adjacentes. Desta divisão, um terço devia ser conduzido pelo capitão Mathewson à misteriosa construção de pedra com altas janelas estreitas; outro terço deveria seguir o próprio capitão Whipple até a casa grande da fazenda; e o terço restante formaria um círculo ao redor de todo o grupo de prédios até ser chamado por um último sinal de emergência.

O grupo do rio derrubaria a porta na encosta da colina ao ouvir ressoar um único apito e, em seguida, aguardaria e capturaria tudo o que pudesse emergir das regiões no interior. Ao som de dois sopros de apitos, avançaria pela abertura para enfrentar o inimigo ou se uniria ao restante do contingente invasor. O grupo postado no prédio de pedra interpretaria esses respectivos sinais de modo análogo, forçando a entrada ao ouvir o primeiro e o segundo descendo por qualquer passagem ao interior do terreno que pudessem descobrir, e se juntaria ao combate geral ou focal que se esperava ocorrer nas cavernas. Um terceiro sinal constituiria a chamada de emergência ao grupo de reserva, de três apitos, destacado para a tarefa de vigilância geral; seus vinte homens se dividiriam em duas equipes e desceriam às desconhecidas profundezas tanto pela casa quanto pelo prédio de pedra. O capitão Whipple tinha absoluta convicção da existência de catacumbas e não levou em consideração nenhuma alternativa ao fazer seus planos. Trazia consigo um apito de intensa potência e de som muito estridente, por isso, não temia qualquer equívoco ou confusão dos sinais. A reserva restante no desembarcadouro, claro, achava-se quase fora de alcance do apito e, em consequência, exigiria um mensageiro especial se ajuda fosse necessária. Moses Brown e John Carter foram com o capitão Hopkins para a margem do rio, enquanto o diretor Manning era destacado com o capitão Mathewson para o prédio de pedra. O dr. Bowen permaneceu com Ezra Weeden no grupo do capitão Whipple que deveria tomar de assalto a própria fazenda. O ataque deveria iniciar assim que um mensageiro do capitão Hopkins alcançasse o capitão Whipple para notificá-lo da prontidão do grupo do rio. O líder, então, apitaria uma única vez e os vários grupos de vanguarda começariam o ataque simultâneo a três pontos. Pouco antes de uma da manhã, as três divisões partiram da fazenda Fenner, uma para guardar o desembarcadouro, outra em direção ao vale do rio e à porta na encosta da colina, e o terceiro para se subdividir e ficar de olho nos prédios da fazenda Curwen.

Eleazer Smith, que acompanhara o grupo de guarda da praia, registra em seu diário uma marcha tranquila e uma longa espera no penhasco da baía, interrompida uma vez pelo que pareceu ser o som distante do apito de advertência e, de novo, uma mistura abafada e peculiar de estrondos e gritos, e uma explosão de pólvora que pareciam vir da mesma direção. Mais tarde, um homem julgou que ouvira tiros distantes, e ainda mais tarde, o próprio Smith captou a repercussão de palavras fortes e troantes ressoando muito acima. Foi logo antes do amanhecer que apareceu um único mensageiro transtornado, com os olhos ensandecidos, um odor repelente e desconhecido a exalar-lhe das roupas, mandando que o destacamento se dispersasse e voltasse em silêncio para as respectivas casas, e jamais tornasse a pensar nem mencionar as ações da noite ou daquele que fora Joseph Curwen. Desprendia-se alguma coisa da conduta do mensageiro mais convincente do que apenas suas palavras jamais conseguiriam transmitir, pois embora fosse um marujo conhecido da maioria, ele perdera ou ganhara na alma algo que o tornaria para sempre um ser à parte. O mesmo ocorreu quando, mais tarde, encontraram outros velhos companheiros que haviam entrado naquela zona de horror. A maioria perdera ou conquistara qualquer coisa imponderável e indescritível. Haviam presenciado, ouvido ou sentido algo que não era para seres humanos e do qual não conseguiriam se esquecer. Jamais falaram entre si do ocorrido, pois mesmo para os mais comuns dos instintos mortais existem terríveis limites. E daquele único mensageiro, o grupo na praia viu-se tomado de um pavor inominável que quase lhes selou os próprios lábios. Foram pouquíssimos os rumores relatados por qualquer um deles, e o diário de Eleazer Smith consiste no único registro escrito que sobreviveu de toda a expedição que partira da Taberna do Leão Dourado sob as estrelas.

Charles Ward, porém, descobriu mais algumas informações na correspondência de Fenner, encontrada em New London, onde sabia que vivera outro ramo da família. Parece que os Fenner, de cuja casa via-se a fazenda ao longe, haviam observado a partida das colunas de atacantes e ouvido com muita nitidez o raivoso latido dos cachorros de Curwen, seguido pelo primeiro som estridente do apito que precipitou o ataque. A esse primeiro apito, seguira-se a repetição de outro grande feixe de luz saído do prédio de pedra; e instantes depois, após a rápida repercussão do segundo sinal, ordenando uma invasão geral, chegou uma saraivada amortecida de tiros de mosquete e, em seguida, um horrível urro que o correspondente Luke Fenner representara em sua epístola com as letras "*Uaaaahrrrr-R'uaaahrrr*". Esse grito, contudo, trazia em si alguma coisa impossível de descrever por vocábulos onomatopeicos, e o correspondente acrescenta que a mãe desfaleceu ao ouvi-lo. Depois, repetiram-no com menos intensidade, ao qual se seguiram indícios de disparos mais abafados, simultâneos a uma explosão muito forte vinda da direção do rio. Cerca de uma hora mais tarde, todos os cachorros puseram-se a latir de maneira assustadora, e elevaram-se vagos ruídos surdos e prolongados do terreno tão acentuados que os castiçais tremeram no consolo da lareira. Notou-se um forte odor de enxofre quando o pai de Luke Fenner declarou que ouvira o terceiro apito, isto é, o sinal de emergência, embora os outros não o houvessem detectado. Uma saraivada de mosquetes tornou a ressoar, seguida por um grito profundo menos lancinante, embora ainda mais horrível que os que o haviam precedido; uma espécie de tosse ou gorgolejo gutural desagradável aos ouvidos, que se julgou ser um grito talvez mais pela continuidade e importância psicológica que pela acústica.

Então, a coisa chamejante irrompeu no campo visual onde devia se situar a fazenda de Curwen, e ouviram-se os gritos de homens desesperados e apavorados. Os mosquetes faiscaram e estouraram, e a coisa chamejante tombou ao chão. Uma segunda coisa chamejante apareceu, e um grito estridente de origem humana distinguiu-se nitidamente. Fenner escreveu que chegou a conseguir entender algumas palavras expelidas como num delírio: "Senhor todo-poderoso, protege teu cordeiro!". Seguiram-se, então, mais tiros, e a segunda coisa chamejante desabou. Depois disso, caiu o silêncio por uns três quartos de hora, ao cabo do qual o pequeno Arthur Fenner, irmão de Luke, exclamou que vira ao longe "uma névoa vermelha" se elevar da amaldiçoada fazenda maldita até as estrelas. Ninguém senão a criança pode confirmá-lo, mas Luke admite a coincidência significativa indicada pelo pânico de um terror quase convulsivo que, no mesmo instante, provocou o arqueamento do dorso e o eriçar do pelo dos três gatos presentes na sala.

Cinco minutos depois, soprou um vento gélido, e o ar encheu-se de um fedor tão intolerável que apenas a forte maresia pôde impedir que fosse sentido pelo grupo da praia ou por qualquer ser humano acordado na aldeia de Pawtuxet. O fedor nada tinha de parecido com o que os Fenner houvessem sentido até então e causou um tipo de medo amorfo, penetrante, muito mais intenso que o do túmulo ou do ossuário. Quase ao mesmo tempo, chegou a voz aterradora de que nenhum infeliz ouvinte jamais conseguirá esquecer. Saía estrondosa do céu como uma maldição, e as janelas trepidaram enquanto seus ecos se extinguiam. Era profunda, musical e possante como a de um órgão, mas maligna como os livros proibidos dos árabes. Embora ninguém entendesse o que dizia, pois se expressava numa língua desconhecida, assim Luke Fenner tratou de transcrever as demoníacas entonações: "DEES MEES–JESHET–BONE DOSEFE DUVEMA–ENTTEMOSS". Só no ano de 1919 alguém identificou a transcrição tosca com outra coisa do conhecimento humano, mas Charles Ward empalideceu ao reconhecer o que Mirandola denunciara, trêmulo como o supremo horror das feitiçarias de magia preta.

Um grito ou um coro inconfundivelmente humano pareceu responder àquela invocação maligna vinda da fazenda Curwen, após o qual se acrescentou ao fedor desconhecido outro tão intolerável quanto este. Uma lamentação bem diferente do grito irrompeu então, e prolongou-se, ululante, em paroxismos que se alteavam e baixavam. Às vezes, tornava-se quase articulado, embora nenhum ouvinte conseguisse identificar palavras definidas; a certa altura, pareceu beirar uma gargalhada histérica e diabólica. De repente, jorrou um berro de total e supremo terror e de extrema loucura de dezenas de gargantas humanas: um berro que se ouviu forte e claro, apesar da profundeza da qual deve ter irrompido, e, em seguida, a escuridão e o silêncio dominaram tudo o mais. Espirais de fumaça acre elevaram-se e ocultaram as estrelas, embora não houvessem surgido quaisquer chamas nem notado, no dia seguinte, prédios desaparecidos ou danificados.

Próximo ao amanhecer, dois mensageiros apavorados, com as roupas impregnadas de cheiros monstruosos e inclassificáveis, bateram na porta dos Fenner e pediram um pequeno barril de rum, pelo qual pagaram muito bem. Um deles disse à família que o caso de Joseph Curwen se encerrara e que os acontecimentos da noite jamais deveriam ser mencionados de novo. Por mais arrogante que a ordem talvez parecesse, a aparência daquele que a transmitiu a esvaziou de todo ressentimento e lhe emprestou uma assustadora autoridade; em consequência, para relatar tudo o que se viu e ouviu, restam apenas essas furtivas missivas de Luke Fenner, as quais ele exortara ao parente de Connecticut que as destruísse. Apenas o fato desse parente não o ter feito, salvando assim as cartas, impediu que o assunto caísse num misericordioso esquecimento. Charles Ward tinha mais um detalhe a acrescentar, resultante de uma longa pesquisa sobre as tradições ancestrais junto aos habitantes de Pawtuxet. O velho Charles Slocum, daquele vilarejo, contou que o avô soubera de um estranho boato referente a um corpo carbonizado e deformado, encontrado nos campos uma semana depois que se anunciou a morte de Joseph Curwen. O que fez subsistir o falatório foi a ideia de esse cadáver, pelo que se podia deduzir do estado em que se encontrava, não poder ser considerado totalmente humano nem semelhante a qualquer animal visto ou lido a respeito pelos moradores Pawtuxet.

6.

Jamais se conseguiu convencer um dos homens que participaram daquele terrível ataque repentino a dizer uma única palavra relacionada ao incidente, e cada fragmento dos vagos dados que sobrevivem vem de pessoas alheias ao grupo do combate final. Paira alguma coisa assustadora no cuidado com que os verdadeiros invasores destruíram cada mínimo detalhe relacionado à questão. Oito marinheiros haviam sido mortos, mas apesar de seus corpos não terem sido entregues às famílias, estas ficaram satisfeitas com a declaração de que ocorrera um conflito com funcionários da alfândega. Também se usou a mesma declaração para justificar os numerosos casos de ferimentos, todos enfaixados e tratados apenas pelo dr. Jabez Bowen, que acompanhara o grupo. Mais difícil de explicar foi o odor inominável que não desgrudava de todos os invasores, assunto discutido durante semanas. Dos líderes, o capitão Whipple e Moses Brown foram os que sofreram ferimentos mais graves, e cartas das respectivas esposas atestam a perplexidade que lhes causou a reticência e posição defensiva deles quanto aos curativos. Em termos psicológicos, além de ficar abalado, cada participante envelheceu e tornou-se sisudo. A sorte é que todos eram homens de ação, fortes, simples e religiosos ortodoxos, pois se fossem pessoas com uma introspecção mais sutil e com tendência a complicações mentais, teriam ficado muito mal. O mais atingido foi o diretor Manning; entretanto, ele também superou a mais sombria escuridão e sufocou as lembranças em orações. Todos os líderes tiveram funções importantes a desempenhar nos anos seguintes, o que talvez lhes permitissem reencontrar certa serenidade de espírito. Passado pouco mais de um ano, o capitão Whipple liderou a multidão que incendiou o barco aduaneiro *Gaspee*, e nessa intrépida ação podemos identificar um passo em busca do esquecimento de imagens perniciosas.

Foi entregue à viúva de Joseph Curwen um caixão de chumbo lacrado, de estranho design, obviamente encontrado pronto no local quando necessário, onde jazia o corpo do marido, segundo o que lhe foi dito. Explicou-se que ele fora morto numa batalha na alfândega sobre a qual não era prudente dar detalhes. Mais que isso, ninguém jamais proferiu a respeito do fim de Joseph Curwen, e Charles Ward tinha uma única pista a partir da qual formar uma teoria. Tratava-se de apenas um fio, um traço trêmulo sublinhando um trecho da carta confiscada de Jedediah Orne a Curwen, parte da qual fora copiada à mão por Ezra Weeden. A cópia foi encontrada em posse dos descendentes de Smith. Cabe a nós decidir se Weeden a deu ao companheiro depois do ataque final à fazenda como uma muda pista da anormalidade que ocorrera, ou se, decerto o mais provável, Smith a obtivera antes e acrescentara ele mesmo o grifo a partir daquilo que conseguira extrair do amigo mediante astuciosa adivinhação e hábeis perguntas. O trecho sublinhado é o seguinte:

> "Torno a dizer-lhe: não invoque ninguém que não possa subjugar, isto é, ninguém que, por sua vez, possa invocar algo contra o senhor em relação ao qual seus mais poderosos expedientes talvez de nada sirvam. Chame os menores para que os maiores não desejem responder e sejam mais poderosos que o senhor."

À luz desse trecho, e refletindo sobre que aliados inomináveis um homem derrotado talvez tentasse invocar em seu horrendo fim, Charles Ward bem poderia ter se perguntado se algum cidadão de Providence assassinou Joseph Curwen.

A deliberada extinção de tudo que lembrasse o morto da vida e dos anais de Providence foi muitíssimo facilitada pela influência dos líderes da invasão. Não pretenderam, a princípio, fazer uma eliminação tão abrangente e haviam ocultado da viúva, do pai e da filha a verdade do ocorrido; no entanto, o capitão Tillinghast, homem astuto, logo descobriu suficientes boatos para intensificar-lhe o horror e exigir que filha e neta mudassem o nome, queimassem a biblioteca e todos os documentos restantes e raspassem a inscrição da lápide de ardósia acima do jazigo de Joseph Curwen. Ele conhecia bem o capitão Whipple e, na certa, arrancou mais palpites daquele franco marinheiro que todos os demais sobre o fim do amaldiçoado feiticeiro.

Dali em diante, a obliteração da memória de Curwen começou a se tornar cada vez mais rigorosa, chegando, afinal, por comum acordo, aos registros da cidade e aos arquivos da *Gazette*. Em espírito, esse afã só é comparável ao silêncio que envolveu o nome de Oscar Wilde por uma década depois que caíra em desgraça, e em alcance apenas à sina do pecaminoso rei de Runazar na história de lorde Dunsany, quem os deuses decidiram que não só deveria deixar de existir, assim como deixar de haver existido.

A sra. Tillinghast, como a viúva passou a ser chamada a partir de 1772, vendeu a casa de Olney Court e residiu com o pai em Power's Lane até sua morte, em 1817. A fazenda de Pawtuxet, evitada por todos, permaneceu solitária, entregue à deterioração com o passar dos anos, e parece que desmoronou com misteriosa rapidez. Em 1780, só permaneciam de pé as obras de alvenaria e de pedra e, em 1800, mesmo estas haviam desmoronado em ruínas disformes. Ninguém se aventurava a transpor o matagal emaranhado à margem do rio, atrás do qual talvez se encontrasse a porta da encosta do morro, nem jamais tentou compor uma imagem definida do cenário no qual Joseph Curwen partiu dos horrores por ele acarretados.

Apenas o velho robusto capitão Whipple, de vez em quando, foi ouvido por curiosos alertas murmurar para si mesmo:

"Que a sífilis matasse aquele —, mas ele não tinha nada que rir enquanto gritava. Era como se o maldito — tivesse alguma coisa escondida. Por meia coroa, eu atearia fogo na sua — casa."

III. BUSCA E EVOCAÇÃO

1.

Como vimos, Charles Ward soube, pela primeira vez em 1918, que descendia de Joseph Curwen. Não é de admirar que logo manifestasse um intenso interesse em tudo o que se relacionava ao mistério do passado, pois cada vago rumor que ouvira sobre o ancestral agora se tornava algo vital para ele, no qual fluía o sangue de Curwen. Nenhum genealogista determinado e criativo teria feito de outro modo senão começar de imediato uma ávida e sistemática coleta de dados sobre o antepassado.

Em suas primeiras investigações, não manifestava a menor tentativa de guardar segredo, tanto que até o dr. Lyman hesita em datar-lhe a loucura a partir de qualquer período anterior ao final de 1919. Falava livremente com a família — embora não agradasse muito à mãe ter um antepassado como Curwen — e com os funcionários dos vários museus e bibliotecas que visitava. Ao solicitar documentos ou registros às famílias que julgava tê-los, não ocultava seu objetivo e compartilhava, um tanto divertido, o mesmo ceticismo com o qual se encaravam os relatos dos antigos redatores de diários e cartas. Com frequência, expressava uma entusiasmada vontade de saber o que, de fato, ocorrera um século e meio antes naquela fazenda de Pawtuxet cujo local tentara, em vão, encontrar, e quem fora mesmo Joseph Curwen.

Quando descobriu o diário e os arquivos de Smith e encontrou a carta de Jedediah Orne, decidiu visitar Salém e pesquisar as primeiras atividades de Curwen, além de suas relações na cidade e o que fez nas férias da Páscoa de 1919. No Instituto Essex, que ele conhecia bem de estadas anteriores, na fascinante e antiga cidade de frontões puritanos e telhados de duas inclinações aglomerados em desintegração, foi recebido com muita amabilidade e obteve um considerável volume de dados sobre Curwen. Descobriu que o ancestral nasceu em Salém-Village, hoje Danvers, a 11 quilômetros da cidade, em 18 de fevereiro de 1662-63 e que fugira de navio aos 15 anos e só tornou a aparecer nove anos depois, quando regressou com a fala, roupas e maneiras de um inglês nativo e se estabeleceu na própria Salém. Na época, quase não convivia com a família, mas passava quase o tempo todo com os curiosos livros comprados na Europa e as estranhas substâncias químicas que chegavam para ele em navios vindos da Inglaterra, França e Holanda. Certas viagens que fazia ao campo consistiam em objeto de muita curiosidade local, e as pessoas as associavam, em sussurros, a vagos rumores de fogueiras nas colinas à noite.

Os únicos amigos íntimos a Curwen haviam sido um tal de Edward Hutchinson, de Salém-Village, e um tal de Simon Orne, de Salém. Na companhia desses, viam-no muitas vezes em conferência no parque, e as visitas que faziam um ao outro eram assíduas. Hutchinson tinha uma casa bem distante da cidade, junto ao bosque, e os moradores sensíveis não gostavam nada do lugar devido aos ruídos que ouviam à noite. Diziam que ele recebia estranhos visitantes e as luzes das janelas variavam de cor. Também consideravam visivelmente doentio o conhecimento que revelava sobre pessoas mortas havia muito tempo, e sobre acontecimentos passados. Hutchinson desapareceu mais ou menos quando começou o pânico da caça às bruxas e nunca mais se ouviu falar nele. Joseph Curwen também partira nessa mesma época, mas logo se soube que se estabelecera em Providence. Simon Orne viveu em Salém até 1720, quando o fato de não mostrar quaisquer sinais visíveis de envelhecimento começou a chamar atenção. Ele desapareceu em seguida, embora trinta anos depois aparecesse um pretenso filho, Jedediah, cópia cuspida e escarrada do pai, para reivindicar-lhe a propriedade. A reivindicação foi aceita com base em documentos que exibiam a conhecida caligrafia de Simon Orne, e Jedediah Orne continuou a morar em Salém até 1771, quando certas cartas de cidadãos de Providence, endereçadas ao reverendo Thomas Barnard e a outros, resultaram na sua discreta retirada para local desconhecido.

Alguns documentos sobre todas essas estranhas personagens encontravam-se à disposição no Instituto Essex, no Palácio da Justiça e no Registro de Títulos e Documentos, e incluíam tanto coisas comuns e inofensivas quanto títulos de terras, notas fiscais, escrituras e fragmentos secretos de uma natureza mais instigadora. Havia quatro ou cinco menções inequívocas a eles nos registros dos julgamentos de bruxaria;

por exemplo, alguém chamado Hepzibah Lawson jurou em 10 de julho de 1692, no Tribunal de Oyer e Terminen, presidido pelo juiz Hathorne, que "40 bruxas e o Homem Negro reuniram-se na mata atrás da casa do sr. Hutchinson", e certa Amity How declarou, numa sessão de 8 de agosto, perante o juiz Gedney, que "o sr. G. B. (George Burroughs) naquela noite, pôs a Marca do Diabo em Bridget S., Jonathan A., Simon O., Deliverance W., Joseph C., Susan P., Mehitable C. e Deborah B". Também incluía um catálogo da sinistra biblioteca de Hutchinson como fora encontrada após o desaparecimento dele e um manuscrito inacabado em sua caligrafia, oculto numa linguagem cifrada que ninguém conseguia ler. Ward mandou fazer uma fotocópia desse manuscrito e começou a trabalhar de maneira intermitente no código assim que lhe foi entregue. Depois do mês de agosto seguinte, esses trabalhos no código tornaram-se intensos e febris, e, a julgar pela sua fala e conduta, há motivos para acreditar que conseguira decifrá-lo antes de outubro ou novembro, embora jamais afirmasse se tivera ou não êxito.

De maior interesse imediato, entretanto, era o material de Orne. Foi-lhe necessário apenas um breve tempo para que provasse, a partir da identidade daquela caligrafia, um fato que já considerava resolvido devido ao texto da carta enviada a Curwen, ou seja, que Simon Orne e seu suposto filho eram a mesma pessoa. Como Orne dissera ao seu correspondente, era perigoso viver demasiado tempo em Salém; por isso, ele recorreu à permanência de trinta anos no estrangeiro e só retornou para reivindicar suas terras como representante de uma nova geração. Parece que tivera o cuidado de destruir quase toda a correspondência pessoal, mas os cidadãos que agiram em 1771 encontraram e preservaram algumas cartas e documentos que lhe incitaram a curiosidade. Continham fórmulas e diagramas cifrados de próprio punho e no de outros, que Ward então copiara com cuidado ou fotografara, além de uma carta extremamente misteriosa numa caligrafia que o pesquisador reconheceu de imediato como a de Joseph Curwen, graças aos itens encontrados no Cartório de Títulos e Documentos.

Essa carta de Curwen, embora não datada quanto ao ano, não podia ser evidentemente aquela em resposta à escrita por Orne e confiscada por Erza Weeden; após examinar-lhe alguns detalhes, Ward a situou pouco depois de 1750. Talvez não seja inadequado apresentar o texto integral como amostra do estilo de alguém cuja história foi tão obscura e terrível.

O destinatário chama-se "Simon", mas o nome está riscado por um traço (Ward não soube identificar se foi feito por Curwen ou Orne).

> Providence, 1º de maio
> Irmão:
>
> Meu honrado e velho amigo, meus devidos respeitos e ardentes votos àquele que servimos pelo seu eterno poder. Acabo de descobrir aquilo que o senhor deve saber sobre a Questão de Último Extremo e o que fazer a respeito disso. Não estou disposto a segui-lo e partir por causa de minha idade, pois Providence não julga com a dureza de outros lugares as coisas que fogem do comum. Estou amarrado a navios e mercadorias e não poderia fazer o mesmo que o senhor, além do que minha fazenda em Pawtuxet esconde em suas estranhas e que não esperaria que eu voltasse como outro.
> Mas estou preparado para sofrer os reveses da sorte, como lhe disse, e tenho trabalhado muito sobre a maneira de recuperar o que perdi. Na noite passada, deparei-me com as palavras que invocam YOGGE-SOTHOTHE e vi pela primeira vez aquele rosto descrito por Ibn Schacabac no ——. E dizia que o Salmo III no *Liber-Damnatus* tem a clavícula. Com o Sol na casa V, Saturno na tríade, desenhe o Pentagrama do Fogo e recite o nono verso três vezes. Repita esse verso na véspera do dia da Cruz e de Todos os Santos, e a coisa se reproduzirá nas esferas exteriores.
> *E da semente do velho nascerá Um que olhará para trás, embora não saiba o que busca.*
> Entretanto, isso de nada servirá se não houver um herdeiro e se os sais, ou a maneira de fazer os sais, não estiverem prontos à mão. E nessa parte, confesso que não tomei as medidas necessárias nem descobri muito. O processo é danado de difícil de realizar e requer tantos espécimes que encontro dificuldade para conseguir o número suficiente, apesar dos marinheiros que mando trazer das Índias. As pessoas aqui começam a se mostrar curiosas, mas eu consigo despistá-las. As da classe mais elevada são piores do que as mais simples em suas ações, pois têm mais informações, e as demais lhe dão mais crédito. Receio, embora isso até então não ofereça perigo, o que o pastor e o sr. Merritt andam falando a respeito. É fácil de obter as substâncias químicas; há dois bons farmacêuticos na cidade, o dr. Bowen e Sam Carew. Sigo o que Borellus manda e busco

ajuda no Livro VII de Abdul Al-Hazred. O que eu conseguir passarei para o senhor. E nesse meio tempo, não deixe de empregar as palavras que lhe dei aqui. Estão certas, mas, se desejar vê-lo, repita as escritas no pedaço de —, que ponho nesse pacote. Diga os versos na véspera de cada dia da Santa Cruz e de Todos os Santos, *e se sua linhagem não se extinguir, haverá de surgir alguém nos anos vindouros que olhará para trás e usará os sais ou a substância dos sais que tu lhe deixares.* XIV Jó:14.

Alegra-me que se encontre mais uma vez em Salém, e espero poder vê-lo em breve. Criei um bom garanhão, e é minha intenção comprar uma carruagem, já tem uma (a do sr. Merritt) em Providence, embora as estradas sejam ruins. Se estiver disposto a viajar, não deixe de me visitar. De Boston, pegue a estrada da Posta que passa por Dedham, Wrentham e Attleborough, e em todas estas cidades existem boas tabernas. Hospede-se na do sr. Bolcom, em Wrentham, onde as camas são mais confortáveis do que as da taberna do sr. Hatch, mas coma nesta, pois o cozinheiro é melhor. Vire na estrada para Providence na altura das cataratas de Patucket, assim que passar pela taberna do sr. Sayles. Minha casa fica defronte à taberna do sr. Epenetus Olney, em Town Street, a primeira do lado norte de Olney Court. A distância de Boston Stone é de uns 71 quilômetros.

Seu velho e leal amigo, e servidor em *Almonsin-Metraton*.

Josephus C.
Ao Sr. Simon Orne,
William's-Lane, Salém.

O estranho é que essa carta foi a primeira que deu a Ward a localização exata da casa de Curwen em Providence, pois nenhum dos registros encontrados até então fora, de modo algum, tão específico. Revelou-se um sensacional duplo achado, porque indicava que se construíra a nova casa de Curwen, em 1761, no mesmo lugar da antiga, o prédio dilapidado que, além de continuar de pé em Olney Court, era bastante conhecido de Ward desde as antigas andanças à procura de antiguidades em Stampers Hill. De fato, o lugar ficava a poucas quadras de sua casa, no terreno mais elevado da grande colina, agora moradia de uma família de negros muito apreciados para serviços domésticos como lavagem de roupa e faxina de casas, assim como para manutenção de fornalhas. Encontrar na distante Salém prova tão inesperada da importância desse conhecido casebre na história da própria família foi algo que o impressionou muitíssimo, motivando-o a explorar o local assim que retornasse. Os trechos mais místicos da carta que ele julgou se tratar de uma forma extravagante de simbolismo francamente o desafiavam; embora constatasse trêmulo de curiosidade que a passagem bíblica referente à citada: XVI Jó: 14, era o conhecido versículo "*Morrendo o homem, porventura tornará a viver? Todos os dias da minha luta eu esperaria, até que fosse substituído*".

2.

O jovem Ward chegou a Providence num estado de agradável excitação e passou o sábado seguinte num longo e abrangente estudo da casa de Olney Court. O prédio, então em ruínas devido à idade, nunca fora uma mansão, mas uma modesta construção de madeira com dois andares e meio, no estilo colonial comum na cidade, teto pontiagudo, grande chaminé central, entrada artisticamente em baixo-relevo rematada por bandeira semicircular raiada e frontão triangular ornamentado por belas colunas dóricas. O exterior submetera-se a poucas modificações, e Ward sentiu que encarava algo relacionado muito de perto com o sinistro objetivo de sua busca.

Conhecia os atuais moradores negros e foi amavelmente convidado a visitar o interior pelo velho Asa e a obesa mulher Hannah. Ali, se via uma mudança maior do que a indicada pelo exterior, e Ward notou, pesaroso, que desapareceram, além da metade dos primorosos painéis decorados com arabescos em alto-relevo acima do consolo das lareiras, o revestimento esculpido em forma de conchas dos armários, assim como grande parte do excelente madeiramento das paredes e molduras das portas fora arranhada, gasta, arrancada ou toda coberta de papel de parede barato. No geral, a visita não rendeu ao rapaz tanto quanto ele esperava, mas pelo menos o emocionou ficar entre as paredes ancestrais que haviam abrigado um homem que tanto horror causara na cidade. Um calafrio o percorreu ao constatar que se apagara com todo o cuidado o monograma da antiga aldrava de latão.

Dali em diante, até o encerramento do curso escolar, Ward passou o tempo a destrinçar a fotocópia codificada de Hutchinson e na acumulação de dados locais a respeito de Curwen. Embora a cifra do manuscrito continuasse inacessível, ele conseguiu tantas pistas de dados semelhantes em outras partes que decidiu, em julho, fazer uma viagem a New London e Nova York para consultar antigas cartas cuja presença vira indicada nas cidades. A viagem revelou-se muito frutífera, pois lhe rendeu as cartas de Fenner, com a terrível descrição do ataque repentino à fazenda de Pawtuxet, e as de Nightingale-Talbot, nas quais se inteirou do retrato pintado no painel da biblioteca de Curwen. A questão do retrato o interessou muitíssimo, pois ele teria dado tudo para saber qual a exata aparência física de Joseph Curwen, o que lhe motivou a decisão de fazer uma segunda investigação na casa de Olney Court para ver se não haveria algum vestígio das feições antigas sob as camadas da pintura posterior ou das do papel de parede bolorento.

Realizou-se essa investigação no início de agosto, e Ward examinou com extremo cuidado as paredes de cada cômodo cujas dimensões fossem suficientes para ter abrigado a biblioteca do maligno colecionador. Prestou atenção específica aos amplos painéis acima do consolo das lareiras remanescentes e grande foi seu entusiasmo após uma hora, quando, numa larga área acima da lareira numa sala espaçosa no térreo, teve a certeza de que a superfície revelada pela raspagem de várias camadas de tinta era visivelmente mais escura que a pintura do interior da casa ou da que a madeira abaixo teria sido. Alguns testes mais cuidadosos com uma faca fina lhe comprovaram a descoberta de um retrato a óleo de grande tamanho. Com a contenção de um verdadeiro especialista, o jovem não arriscou o dano que decerto resultaria de uma tentativa imediata de desvelar a pintura oculta com a faca, mas apenas se retirou do cenário do seu achado para buscar a ajuda de um perito. Dali a três dias, voltou com um artista de longa experiência, o sr. Walter Dwight, cujo estúdio fica próximo ao sopé de College Hill, e o provecto restaurador de quadros logo pôs mãos à obra com métodos e substâncias químicas corretos. Como era de esperar, o velho Asa e a esposa ficaram bastante curiosos a respeito daqueles estranhos e receberam uma justa compensação pelo transtorno da invasão de seu lar.

À medida que, dia após dia, avançava o trabalho de restauração, Charles Ward contemplava, com crescente interesse, as linhas e sombras que gradativamente iam se revelando após o longo esquecimento. Dwight começara pela parte inferior da pintura, e, devido ao comprimento do quadro, o rosto só apareceu depois de transcorrido algum tempo. Nesse meio tempo, viu-se que o modelo era um homem magro, bem--proporcionado, com um paletó azul-marinho, colete bordado, calça de cetim preto e meias de seda branca, que estava sentado numa cadeira entalhada no primeiro plano diante de uma janela pela qual se viam cais e navios ao fundo. Quando surgiu a cabeça, observou-se que exibia uma elegante peruca Albemarle e envolvia um rosto fino, tranquilo, insignificante, vagamente familiar a Ward e ao artista. Só no fim do trabalho de restauração, porém, o especialista e seu cliente puseram-se a arquejar de estupefação com os detalhes daquele rosto magro e pálido e a reconhecer, com certo toque de pavor, a dramática peça que a hereditariedade havia pregado. Pois foi necessário o último banho de óleo e o toque final da delicada raspadeira para revelar, por completo, a expressão que os séculos haviam ocultado e para que o atônito Charles Dexter Ward, aficionado pela antiguidade, reconhecesse suas próprias feições vivas no semblante de seu horrível tetravô.

Ward levou os pais para ver a maravilha que descobrira, e o pai logo decidiu comprar o quadro, apesar de pintado num revestimento fixo de madeira. A semelhança para o rapaz era maravilhosa, apesar de aparentar uma idade muito avançada, e via-se que, por algum truque do atavismo, os traços físicos de Joseph Curwen haviam encontrado, um século e meio depois, uma perfeita duplicata. Não se detectava nenhuma semelhança marcante na sra. Ward com o antepassado, embora ela se lembrasse de parentes com algumas das características partilhadas pelo filho e o falecido Curwen. Tampouco se alegrou com a descoberta e disse ao marido que seria melhor ele queimar o retrato em vez de levá-lo para casa. Asseverou que se desprendia do velho alguma coisa malsã, não em termos intrínsecos, mas na própria semelhança com Charles. O sr. Ward, contudo, era um homem prático e empresário poderoso — fabricante de tecidos de algodão, com grandes tecelagens em Riverpoint e no vale do rio Pawtuxet —; não era alguém que dava ouvidos a escrúpulos femininos. A semelhança com o filho do retrato o impressionara imensamente e o fez achar que o jovem o merecia como um presente. Desnecessário dizer que Charles concordou entusiasmado com essa opinião, e, alguns dias mais tarde, o sr. Ward localizou o dono da casa — homem de feições semelhantes a um pequeno roedor e inflexão de voz gutural — e adquiriu o consolo e o painel acima que continha a pintura por um preço bom o bastante para interromper a iminente torrente de doce barganha.

Restava, agora, retirar o painel de madeira e transferi-lo para a casa dos Ward, onde as medidas necessárias foram tomadas para a total restauração e instalação com uma lareira elétrica de imitação no gabinete ou biblioteca de Charles no terceiro andar. Deixou-se a cargo do rapaz a incumbência de supervisionar-lhe a remoção e, em 28 de agosto, ele acompanhou dois empregados especializados da firma de decorações Crooker até a casa de Olney Court, onde o consolo e todo o painel com o retrato foram despregados com grande cuidado e precisão para transportá-los no caminhão da empresa. Restava um espaço de alvenaria exposta que demarcava o curso da chaminé, e, ali, o jovem Ward notou um recesso cúbico de mais ou menos 1 metro quadrado que devia ficar bem atrás da cabeça do retrato. Curioso quanto ao que aquele espaço pudesse significar ou conter, o jovem aproximou-se, olhou dentro e descobriu, embaixo das espessas camadas de pó e fuligem, alguns papéis soltos e amarelados, um grosso caderno de anotações feito à mão e alguns fios de tecido mofado que talvez houvessem formado a fita de encadernação. Após soprar o grosso do pó e das cinzas, ergueu o livro e examinou a inscrição em negrito na capa, numa caligrafia que ele aprendera a reconhecer no Instituto Essex, a qual anunciava o volume como o *Diário e Notas de Jos. Curwen, Gent., da Fazenda de Providence, Natural de Salém.*

Superexcitado com a descoberta, Ward mostrou o livro aos dois trabalhadores curiosos ao seu lado. O testemunho deles é categórico quanto à natureza e autenticidade do achado, e o dr. Willett baseia-se neles para estabelecer sua teoria de que o jovem não era louco quando começou a manifestar suas maiores excentricidades. Todos os outros papéis exibiam, do mesmo modo, a caligrafia de Curwen, e um deles parecia bastante insólito devido à inscrição: *"Àquele que Haverá de Vir Depois de mim, e como ele poderá chegar além do tempo e das esferas"*. Outro estava em código, tomara que o mesmo de Hutchinson, torceu Ward, que até então vinha lhe quebrando a cabeça. Um terceiro, e aí o pesquisador se regozijou, parecia ser a chave do código, enquanto o quarto e quinto eram endereçados respectivamente a "Edw: o armífero Hutchinson" e "Jedediah: o Fidalgo Orne", "ou ao Seu Herdeiro ou Herdeiros, ou a quem os Represente". O sexto e último tinha a inscrição: "Joseph Curwen, sua vida e viagens entre os anos 1678 e 1687: para onde viajou, onde se hospedou, além de quem visitou e o que aprendeu".

3.

Chegamos, agora, ao ponto a partir do qual a escola mais acadêmica de psiquiatras data a loucura de Charles Ward. Após a descoberta, o jovem logo examinara as páginas internas do livro e dos manuscritos e, evidentemente, vira alguma coisa que lhe causou tremenda impressão. Na verdade, após mostrar os títulos aos trabalhadores, ele pareceu proteger o texto com estranho cuidado e manifestar uma profunda inquietação que nem o significado arqueológico e genealógico do achado justificava. De volta para casa, deu a notícia com um ar quase sem graça, como se desejasse transmitir uma ideia de sua suprema importância, sem ter, porém, de exibir a prova. Nem sequer mostrou os títulos aos pais, mas disse-lhes apenas que encontrara alguns documentos escritos na caligrafia de Joseph Curwen, "a maioria em código", que precisavam ser estudados com extremo cuidado antes que ele pudesse revelar-lhes o verdadeiro significado. É improvável que houvesse mostrado qualquer trecho aos trabalhadores não fosse pela visível curiosidade destes. De certo modo, desejava, sem dúvida, ocultar qualquer manifestação de sigilo que contribuísse para estenderem a discussão sobre o assunto.

Naquela noite, Charles Ward ficou acordado no quarto, lendo o livro e os documentos recém-descobertos e, quando o dia clareou, continuou a ler. As refeições, segundo seu urgente pedido quando a mãe o procurou para saber o que estava acontecendo, foram servidas no quarto, e, à tarde, ele só apareceu por uns instantes quando os homens chegaram para instalar o retrato de Curwen e o painel da lareira no escritório. Na noite seguinte, dormiu de maneira intermitente, ainda vestido, enquanto lutava febrilmente para decifrar o manuscrito codificado. De manhã, a mãe o viu trabalhando na fotocópia do código de Hutchinson, que já lhe mostrara várias vezes, mas, em resposta à pergunta dela, limitou-se a dizer que a chave de Curwen não servia para decifrá-la. Naquela tarde, abandonou o trabalho e observou, com fascinação, os homens enquanto concluíam a instalação do quadro com o trabalho de madeira sobre lenhas elétricas que simulavam fogo com aspecto engenhosamente realista, fixando-o na lareira falsa como se atrás existisse uma chaminé, parecendo uma extensão do revestimento do escritório. O painel frontal, que continha a pintura, foi serrado e preso com dobradiças, a fim de deixar um espaço atrás do armário. Depois que os homens se foram, Charles transferiu o trabalho para o escritório e sentou diante do documento com metade da atenção no manuscrito e a outra metade no retrato, o qual parecia devolver-lhe a imagem como um espelho que envelhecia e remontava ao século passado.

Os pais, ao lembrar-se posteriormente do comportamento de Charles nesse período, deram interessantes detalhes com respeito à estratégia de encobrimento da atividade praticada por ele. Diante dos empregados, raras vezes escondia algum documento que estudava no momento, pois supunha, com razão, que a intrincada e arcaica caligrafia de Curwen lhes escapava à compreensão. Com os pais, contudo, era mais circunspeto, e a não ser que o manuscrito em questão fosse codificado, ou apenas uma massa de símbolos crípticos e ideogramas desconhecidos (como o intitulado "*Àquele que Haverá de Vir Depois etc*"), cobria-o com um papel até que a visita saísse do quarto. À noite, mantinha os papéis trancados num antigo armário, onde também os guardava sempre que saía do quarto. Não tardou a retomar os horários e hábitos regulares, embora houvesse interrompido as longas caminhadas e outros interesses externos. O reinício da escola, onde agora ia cursar o último ano, pareceu-lhe um grande tédio, e ele, muitas vezes, afirmou sua determinação a nunca mais frequentá-la. Dizia ter importantes pesquisas sociais a fazer, as quais lhe abririam mais acessos ao conhecimento e às ciências humanas que qualquer universidade que o mundo podia vangloriar-se.

Como seria de esperar, apenas alguém que sempre fora mais ou menos estudioso, excêntrico e solitário poderia seguir esse rumo durante muitos dias sem chamar a atenção. Como Ward, no entanto, era por natureza um estudioso e um ermitão, os pais ficaram menos surpresos que pesarosos com o rígido confinamento e o sigilo por ele adotados. Ao mesmo tempo, ambos consideravam estranha a atitude do filho de não lhes mostrar nem um fragmento de seu tesouro encontrado, e tampouco lhes desse a menor explicação referente aos dados já decifrados. Charles justificava esse silêncio como resultante de um desejo de aguardar até poder anunciar alguma descoberta completa; entretanto, com o passar de várias semanas sem outras revelações, passou a instalar-se entre o jovem e a família uma espécie de mal-estar, intensificado, no caso da mãe, por causa de sua manifesta desaprovação a tudo o que se relacionava a Curwen.

No decorrer de outubro, Ward começou, novamente, a visitar as bibliotecas, porém, já não mais buscava nelas as mesmas coisas que nos primeiros tempos. O que agora o interessava era bruxaria, magia, ocultismo e demonologia; e quando as fontes de Providence se revelavam infrutíferas, embarcava no trem para Boston e explorava a riqueza da imensa biblioteca de Copley Square, da Widener Library, em Harvard ou da Zion Research Library, em Brookline, onde se encontram, à disposição, certas obras raras sobre temas bíblicos. Além de comprar inúmeros livros, equipou o gabinete com todo um novo conjunto de prateleiras para as obras recém-adquiridas sobre temas sinistros, e nas férias de Natal, fez uma série de viagens fora da cidade, incluindo uma a Salém, para consultar alguns registros no Instituto Essex.

Em meados de janeiro de 1920, começou a se manifestar na atitude de Ward uma expressão de triunfo que ele não explicou, e já não o viam mais trabalhar no código de Hutchinson. Em vez disso, passou a empreender uma dupla atividade de pesquisa química e análise de registros, instalando para a primeira um laboratório no sótão desocupado da casa e para a última, caçando todas as fontes de estatísticas vitais em Providence. Os fornecedores de drogas e de instrumentos científicos da cidade, interrogados tempos depois, apresentaram catálogos espantosamente estranhos e sem sentido das substâncias e instrumentos que ele comprou, mas os funcionários da assembleia legislativa, da Prefeitura e de várias bibliotecas concordam quanto ao objeto definido de seu segundo interesse. Ward procurava, de maneira intensa e febril, o túmulo de Joseph Curwen, de cuja lápide uma geração mais antiga, apagara com tanta sensatez o nome.

Aos poucos, intensificou-se na família Ward a convicção de que havia algo anormal. Embora Charles já houvesse antes manifestado excentricidades e mudanças de interesses menores, o sigilo e a absorção cada vez maiores em atividades estranhas eram contrários ao seu jeito de ser. O trabalho escolar consistia em total simulação; e, apesar de passar em todas as provas, era visível que a antiga aplicação desaparecera por completo. Ele tinha outros interesses agora; quando não no laboratório com uma vintena de livros antiquados de alquimia, podia-se encontrá-lo estudando, com toda a atenção, velhos registros funerários no centro da cidade ou vê-lo colado aos volumes de saber oculto em seu escritório, onde as feições espantosamente, e cada vez mais semelhantes às de Joseph Curwen, encaravam-no com brandura do grande painel acima da lareira na parede norte.

No fim de março, Ward acrescentou à sua busca em arquivos uma série de excursões aos vários cemitérios antigos da cidade. A causa surgiu depois, quando funcionários da Prefeitura informaram que ele, na certa, encontrara uma importante pista. Desviara-se, de repente, da procura do túmulo de Joseph Curwen para o de certo Naphthali Field; essa mudança foi explicada quando os investigadores, ao examinarem os arquivos que ele pesquisara, encontraram, de fato, algo sobre seu enterro que escapara à determinação geral de apagar toda lembrança referente a Curwen: um registro fragmentado, no qual se declarava que o estranho caixão de chumbo fora enterrado "3 metros ao sul e 1,5 metros a oeste do túmulo de Naphthali Field no —". A ausência de um cemitério especificado na anotação sobrevivente complicou imensamente a procura, e o túmulo de Naphthali parecia tão esquivo quanto o de Curwen; no caso do primeiro, contudo, não ocorrera uma eliminação sistemática de dados, e seria razoável esperar encontrar a própria sepultura ainda que seu registro houvesse desaparecido. Por conseguinte, as excursões — das quais se exluíram o cemitério de St. John (antigo King) e o antigo cemitério da Congregação, no meio do cemitério de Swan Point, visto que outras estatísticas haviam mostrado que o único Naphthali Field (falecido em 1729), a quem podia referir-se à anotação, era batista.

4.

Foi por volta de maio que o dr. Willett, a pedido do sr. Ward, munido de todos os dados do caso Curwen, que a família colhera aos poucos de Charles, na época em que ainda não havia se tornado sigiloso, teve uma conversa com o jovem. A entrevista foi de pouca valia e não rendeu nada de conclusivo, pois Willett sentiu o tempo todo que Charles tinha total domínio de si e dedicava-se a assuntos de verdadeira importância, mas pelo menos obrigou o sigiloso rapaz a oferecer uma explicação racional de seu comportamento recente. Com o rosto pálido, impassível, sem mostrar constrangimento, ele pareceu bastante disposto a falar de suas atividades, embora não a revelar-lhes o objetivo. Afirmou que os documentos do antepassado continham notáveis segredos de saber científico antigo, a maioria codificada, de um alcance comparável apenas às descobertas do frei Bacon e talvez até superior a essas. Entretanto, eram desprovidas de sentido, exceto quando correlacionadas a um corpo de conhecimentos hoje totalmente caído em desuso, de modo que sua apresentação imediata a um mundo munido apenas de ciência moderna lhes retiraria toda a impressionante importância dramática. Para que pudessem ocupar o vívido lugar que lhe era devido na história do pensamento humano, necessitava-se, primeiro, correlacioná-las com os antecedentes dos quais haviam evoluído, e era a essa tarefa de correlação que Ward se dedicava no momento. Tentava adquirir o mais rápido possível as artes negligenciadas da antiguidade, que um verdadeiro intérprete dos dados Curwen precisa possuir, e esperava, no tempo oportuno, fazer uma apresentação e divulgação completa de maior interesse para a humanidade e o mundo das ideias. Declarou que nem sequer Einstein poderia revolucionar, de maneira mais profunda, a atual concepção das coisas.

Quanto à pesquisa nos cemitérios, cujo objetivo admitiu sem rodeios, embora omitisse os detalhes do progresso realizado, disse ter motivos para achar que a lápide mutilada de Joseph Curwen continha certos símbolos mágicos — inscritos segundo diretrizes especificadas no testamento do morto e poupadas pela ignorância daqueles que haviam apagado o nome — de todo essenciais à solução final de seu sistema cifrado. Acreditava que Curwen desejara guardar seu segredo com carinho e, em consequência, distribuíra as informações de uma forma muitíssimo curiosa. Quando o dr. Willett pediu para ver os documentos místicos, Ward expressou grande relutância e tentou dissuadi-lo com coisas como as fotocópias do código de Hutchinson, as fórmulas e os diagramas de Orne; mas acabou mostrando-lhe a página de rosto de algumas das verdadeiras descobertas sobre Curwen: o *"Diário e Notas"*, o código (título também em código) e a mensagem cheia de fórmulas *"Àquele que Haverá de Vir Depois"* — e o deixou dar uma olhada nos papéis escritos em caracteres obscuros.

Também abriu o diário numa página escolhida a dedo pelo seu conteúdo inócuo e permitiu que Willett desse uma olhada na caligrafia de Curwen em inglês. O médico observou com muita atenção as letras ininteligíveis e complicadas, além da aura geral do século XVII que envolvia a caligrafia e o estilo, apesar de o autor ter sobrevivido dentro no século XVIII, e teve imediata certeza da autenticidade do documento. O próprio texto era relativamente trivial, e Willett lembrava apenas um fragmento:

"Quarta-feira, dia 16 de outubro de 1754. Minha corveta *Wahefal* zarpou hoje de Londres com XX novos homens recrutados nas Índias, espanhóis da Martinica e holandeses do Suriname. Os holandeses parecem dispostos a desertar porque ouviram falar mal dessas expedições, mas tratarei de induzi-los a ficar. Para o sr. Knight Dexter do Bay and Book, 120 peças de chamalote, 100 peças sortidas de pelo de camelo, 20 peças de lã azul, 50 peças de calamanta, 300 peças cada de algodão das índias e shendsoy. Para o sr. Green do Elefante, 50 chaleiras de um galão, 20 panelas de aquecer, 15 assadeiras, 10 tenazes para defumar. Para o sr. Perrigo, 1 conjunto de furadores. Para o sr. Nightingale, 50 resmas de papel almaço de primeira qualidade. Recitei o SABBAOTH três vezes na noite passada, mas ninguém apareceu. Preciso saber mais do sr. H. na Transilvânia, embora seja difícil contatá-lo e ainda muito mais estranho ele não poder me explicar como se utiliza aquilo que ele tem usado tão bem nesses cem anos. Simon não escreveu nessas V semanas, mas espero logo ter notícia dele."

Ao chegar a esse ponto, o dr. Willett virou a página e foi impedido de chofre por Ward, que quase lhe arrancou o livro das mãos. Tudo o que o médico conseguiu ver na página recém-aberta foram duas frases, as quais, porém estranhamente, não lhe saíram da memória. Diziam: "Repita o verso do *Liber-Damnatus* na véspera do dia da Santa Cruz e de Todos os Santos e a coisa se reproduzirá nas esferas exteriores. Ele trará aquele que está para vir se eu me certificar de que haverá de existir, pensar nas coisas antigas e dirigir o olhar de volta ao remoto passado de todos esses anos, e para isso preciso ter os sais prontos ou o necessário para fazê-los".

Willett nada mais viu; no entanto, essa breve olhada bastou para incutir um novo e vago terror nas feições pintadas de Joseph Curwen, que o encarava benévolo acima do consolo da lareira. Desde então, conservou a estranha fantasia, a qual a experiência médica como psicanalista lhe garantiu decerto se tratar apenas de uma fantasia de que os olhos do retrato transmitiam uma espécie de desejo, ainda que não uma autêntica tendência, a seguir Charles Ward enquanto este se deslocava pelo aposento. Parou antes de ir embora para examinar de perto a pintura, maravilhou-se diante da semelhança com Charles e memorizou cada detalhe do rosto enigmático e exangue, até mesmo uma pequena cicatriz ou marca na testa lisa acima do olho direito. Cosmo Alexander, decidiu, era um pintor digno da Escócia que produziu Raeburn e um mestre digno de seu ilustre discípulo Gilbert Stuart.

Tranquilizados pelo médico de que a saúde mental de Charles não corria perigo, mas que, por outro lado, o jovem achava-se ocupado em pesquisas que poderiam revelar-se de grande importância, os Ward se mostraram mais permissivos do que em geral seriam quando, no mês de junho seguinte, o filho foi categórico ao se recusar a frequentar a faculdade. Declarou que tinha de se dedicar a estudos de importância muito mais vital e comunicou o desejo de ir para o exterior no ano seguinte, a fim de aproveitar certas fontes de dados inexistentes nos Estados Unidos. O pai, embora se negasse a aquiescer a esse último desejo para um rapaz de apenas 18 anos, concordou quanto à faculdade. Em consequência, após graduar-se de maneira não muito brilhante na Escola Moses Brown, seguiu-se para Charles um período de três anos de intensos estudos de ocultismo e pesquisas em cemitérios. Adquiriu fama de excêntrico e foi afastando-se completamente dos amigos da família, ainda mais do que jamais estivera; dedicava-se ao trabalho e só de vez em quando fazia viagens a outras cidades para consultar arquivos obscuros. Certa vez, foi ao sul conversar com um estranho mulato idoso que morava num pântano e a respeito do qual um jornal publicara um curioso artigo. Em outra ocasião, procurou uma pequena aldeia nos montes Adirondack, de onde haviam se originado relatos de cerimônias estranhas. Mas os pais continuavam a proibir-lhe a viagem ao Velho Mundo que tanto desejava.

Ao chegar à maioridade em abril de 1923, e tendo herdado do avô materno uma pequena pensão, Ward decidiu, afinal, realizar a viagem à Europa até então negada. Nada falaria sobre o itinerário a ser percorrido, a não ser que as necessidades de seus estudos o levassem a vários lugares, mas prometeu escrever aos pais com assiduidade. Quando estes viram que não conseguiriam dissuadi-lo, pararam com toda a oposição e o ajudaram o melhor possível, de modo que, em junho, o rapaz embarcou rumo à Liverpool com as bênçãos de despedida do pai e da mãe, que o acompanharam até Boston e acenaram para o filho até o navio desaparecer do cais White Star, em Charlestown. As cartas logo os informaram de sua chegada segura e de que arranjara aposentos confortáveis na rua Great Russell, em Londres, onde pretendia ficar, e assim evitar todos os amigos da família, até esgotar os recursos do Museu Britânico num determinado aspecto. De sua vida cotidiana pouco escrevia, pois quase não tinha o que relatar. Os estudos e as experiências químicas lhe consumiam todo o tempo, e, numa das cartas, mencionava um laboratório que instalara num dos aposentos. O fato de não falar das peregrinações arqueológicas na antiga e fascinante cidade, com o atraente horizonte de cúpulas e campanários antigos e seu emaranhado de ruas e ruelas cujas sinuosidades místicas e vistas repentinas alternadamente nos convidam e surpreendem, foi interpretado pelos pais como um bom sinal do grau em que os novos interesses do filho lhe absorviam a mente.

Em junho de 1924, um breve bilhete comunicava sua partida para Paris, cidade à qual já fizera duas ou três viagens antes em busca de material na Bibliotèque Nationale. Nos três meses seguintes, enviou apenas cartões-postais, dando um endereço na rua St. Jacques e referindo-se a uma pesquisa especial entre manuscritos raros na biblioteca de um colecionador particular anônimo. Evitava se encontrar com conhecidos, e nenhum turista retornava a Providence com a notícia de tê-lo encontrado. Seguiu-se, então, um repentino silêncio, e em outubro, os Ward receberam um cartão de Praga, capital da ex-Tchecoslováquia, dizendo que Charles se encontrava naquela antiga cidade com a finalidade de consultar um homem muito idoso, tido como o último ser vivo possuidor de algumas informações medievais muito raras. Dava um endereço em Neustadt, Alemanha, e anunciava que ali permaneceria até janeiro do ano seguinte, quando mandou vários cartões de Viena, falando de sua passagem por aquela cidade a caminho de uma região mais oriental, para a qual o convidara um de seus correspondentes e colega aficionado também por ocultismo.

O próximo cartão era de Klausenburg, na Transilvânia, e falava do progresso de Ward rumo ao seu destino. Ia visitar certo barão Ferenczy cuja propriedade ficava nas montanhas a leste de Rakus, e a correspondência deveria ser endereçada a Rakus aos cuidados desse nobre. Outro cartão de Rakus, enviado uma semana depois, contando que a carruagem do anfitrião fora buscá-lo e que ele ia partir da aldeia para as montanhas, foi sua última mensagem durante um período considerável. Na verdade, só respondeu às frequentes cartas dos pais em maio, quando escreveu para dissuadir a mãe do plano de um encontro em Londres, Paris ou Roma no verão, quando os Ward pretendiam viajar pela Europa. As pesquisas lhe exigiam tanto tempo que o impediam de deixar os atuais aposentos, além de que a localização do castelo do barão Ferenczy não favorecia visitas. Situava-se num penhasco nas sombrias montanhas cobertas de florestas, e a região era tão evitada pelos moradores do campo que as pessoas normais não se sentiam nada à vontade. E tampouco o barão era uma pessoa que tendia a despertar simpatia de um casal correto e conservador da Nova Inglaterra. Sua aparência e atitude tinham certas idiossincrasias e a idade era tão avançada que inquietava. Charles disse aos pais que seria melhor esperarem a volta dele a Providence, o que decerto não demoraria.

Essa volta, contudo, só ocorreu em maio de 1926, quando, depois de alguns cartões que a anunciavam, o jovem errante deslizou Nova York adentro a bordo do *Homeric* e percorreu os longos quilômetros até Providence de ônibus, absorvendo, com entusiasmo, as ondulantes e verdes colinas, os perfumados pomares em flor e as brancas cidadezinhas encimadas por campanários de Connecticut primaveril, no primeiro contato com a Nova Inglaterra em quase quatro anos. Assim que o ônibus cruzou a região de Pawcatuck e entrou em Rhode Island naquela atmosfera vespertina dourada e feérica de fins da primavera, sentiu o coração bater com intensificada força, e o acesso a Providence pelas avenidas Reservoir e Elmwood o emocionou a ponto de tirar-lhe o fôlego, apesar da profundidade do saber proibido no qual mergulhara. No cruzamento das ruas Broad, Weybosset e Empire, na elevada praça, viu mais adiante e abaixo de si, sob o incêndio do pôr do sol, as belas casas, cúpulas e os campanários da cidade velha de que tanto se lembrava; e sua cabeça começou a flutuar, enquanto o veículo descia o terminal atrás de Biltmore, descortinando o imenso domo e o verdor trespassado pelos pontiagudos telhados da antiga colina na outra margem do rio e o alto pináculo colonial da Primeira Igreja Batista, cuja silhueta contornada de vermelho sob a mágica luz crepuscular, sobressaía-se diante da íngreme encosta verdejante primaveril.

Ó velha Providence! Foram este lugar e as forças misteriosas de sua longa e contínua história que o haviam criado e o impelido de volta às maravilhas e aos segredos do longínquo passado cujas fronteiras nenhum profeta poderia delimitar. Ali se encontravam os arcanos, assombrosos ou apavorantes, como talvez fosse o caso, para os quais todos aqueles anos de viagens e estudos vinham-no preparando. Um táxi o conduziu em disparada pela praça do Correio, que deixava entrever o rio, o velho Mercado e o fundo da baía, e seguiu pela íngreme ladeira curva de Waterman Street acima até Prospect, onde o imenso domo resplandecente e as colunas jônicas avermelhadas pelo sol poente da Igreja de Cristo, Cientista, acenavam em direção ao norte. Passaram em seguida pelas oito quadras com as refinadas propriedades antigas, que conhecera com os olhos da infância, e pelas formosas calçadas de tijolos, tantas vezes pisadas por seus pés juvenis. E, afinal, pela pequena casa branca de fazenda tomada por vegetação à direita e, à esquerda, pela clássica varanda e imponente fachada com as janelas salientes da casa de tijolos onde nascera. Anoitecia, e Charles Ward voltava para casa.

5.

Uma escola de psiquiatras, um tanto menos acadêmica que a do dr. Lyman, determina o início de sua verdadeira loucura na viagem europeia de Ward. Admitindo que se tratasse de um rapaz são ao partir, acreditam que sua conduta ao retornar indica uma desastrosa mudança. Mas o dr. Willett recusa-se a concordar com essa afirmação. Insiste em que aconteceu alguma coisa depois e atribui as esquisitices do jovem, nessa fase, à prática de rituais aprendidos no exterior — coisas bastante estranhas, de fato, mas que em absoluto envolvem aberração mental por parte do celebrante. Ward, embora visivelmente envelhecido e calejado, continuava normal em suas reações gerais e, em várias conversas com Willett, exibira um equilíbrio que nenhum louco — mesmo um incipiente — poderia fingir de maneira continuada por muito tempo. O que originou a ideia de insanidade nesse período foram os *sons* provenientes em todas as horas do laboratório de Ward no sótão, onde permanecia trancado quase o tempo todo. Ouviam-se cânticos, repetições e estrondosas declamações em ritmos sinistros; e embora fosse sempre a voz dele que proferia os sons, discernia-se algo no timbre e nas inflexões dessa voz que só podia gelar o sangue de qualquer ouvinte. Notou-se que Nig, o venerando e adorado gato preto da família, eriçava-se e arqueava o dorso quando se ouviam certos sons.

Os odores que de vez em quando emanavam do laboratório também eram muitíssimo estranhos. Ás vezes, eram bem nocivos, porém, com mais frequência aromáticos, com um quê pungente e elusivo que parecia ter o poder de induzir imagens fantásticas. As pessoas que os aspiravam tinham uma tendência a vislumbrar miragens momentâneas de imensas paisagens, com estranhas colinas ou infindáveis avenidas de esfinges e hipogrifos que se estendiam infinito afora. Embora Ward não retomasse as andanças dos velhos tempos, aplicou-se com zelo aos estranhos livros que trouxera para casa e a atividades igualmente estranhas nos próprios aposentos, explicando que as fontes europeias haviam ampliado bastante as possibilidades de seu trabalho e prometendo grandes revelações nos anos futuros. O envelhecimento prematuro lhe aumentou de forma incrível a semelhança com o retrato de Curwen na biblioteca; o dr. Willett, muitas vezes, parava diante da imagem depois de uma visita e se maravilhava com a identidade quase perfeita, refletindo que permanecia apenas a pequena marca sobre o olho direito do retrato para diferenciar o bruxo morto há muito do jovem vivo. Essas visitas de Willett, feitas a pedido dos pais, eram um tanto curiosas. Ward em momento algum expulsou o médico; no entanto, o último percebia que jamais conseguiria compreender-lhe a psicologia íntima. Quase sempre notava coisas peculiares no gabinete: pequenas imagens de cera de desenho grotesco nas estantes ou nas mesas, além dos vestígios semiapagados de círculos, triângulos e pentagramas em giz ou carvão no espaço central desocupado do grande aposento. E sempre, à noite, retumbavam aqueles ritmos e fórmulas encantatórias até que se tornou muito difícil conservar os empregados ou abafar com o falatório furtivo sobre a loucura de Charles.

Em janeiro de 1927, ocorreu um raro incidente. Um dia, por volta da meia-noite, enquanto Charles salmodiava um ritual cuja cadência sobrenatural repercutia de maneira desagradável nos andares mais baixos da casa, soprou de repente da baía uma lufada de vento gelado, seguido de um ligeiro e inexplicável tremor de terra que todo mundo na vizinhança sentiu. Ao mesmo tempo, o gato começou a exibir espantosos sinais de terror, enquanto os cachorros se puseram a latir em mais de um quilômetro ao redor. Era o prelúdio de um violento temporal com relâmpagos e trovões, atípica naquela estação, que desencadeou uma pancada tão estrepitosa que o casal Ward achou que houvesse atingido a casa. Precipitaram-se escada acima até o sótão para ver a extensão dos danos, mas Charles os recebeu na porta, pálido, resoluto e solene, com uma combinação quase assustadora de triunfo e seriedade no rosto. Tranquilizou-os o fato de que a casa não fora atingida e que a tempestade logo cessaria. Eles pararam e, após olhar pela janela, viram que o filho tinha razão, pois o relampejar chamejava cada vez mais longe, e as árvores deixaram de se vergar na estranha lufada gelada proveniente do mar. O estrondo dos trovões diminuiu de intensidade até se tornar um tipo de risadinhas murmuradas e, por fim, extinguiu-se. As estrelas surgiram, e o ar de triunfo no rosto de Charles Ward imobilizou-se numa expressão muito excêntrica.

Durante dois ou mais meses depois desse incidente, Ward passou a ficar menos confinado no laboratório que o habitual. Exibia um singular interesse pelo tempo e fazia perguntas estranhas sobre a época do degelo primaveril no terreno. Numa noite, em fins de março, saiu de casa quando já passava da meia-noite e só voltou quase ao amanhecer, quando a mãe, acordada, ouviu o ronco de um motor subir até a entrada para carros. Distinguiam-se imprecações abafadas, e a sra. Ward, ao se levantar e se dirigir à janela, viu quatro vultos escuros retirarem uma caixa comprida e pesada de um caminhão sob a orientação de Charles, transportando-a ao interior da casa pela porta lateral. Ouviu, então, respirações ofegantes e passos pesados nos degraus e, por fim, um baque surdo no sótão, após o qual os passos tornaram a descer, os quatro homens reapareceram fora de casa e partiram no caminhão.

No dia seguinte, Charles reiniciou a estrita reclusão no sótão, baixou as venezianas escuras das janelas do laboratório e, ao que parece, começou a trabalhar em alguma substância metálica. Não abria a porta para ninguém e recusava categórico toda comida oferecida. Ao meio-dia, ouviu-se ruído lancinante ao qual se seguiram um grito terrível e uma queda, mas quando a sra. Ward bateu na porta, o filho, após um longo tempo, respondeu, enfraquecido, que não houve nada de errado e que o fedor repugnante e indescritível que agora se desprendia do sótão afora era inócuo e infelizmente necessário. A experiência lhe exigia isolar-se como o elemento fundamental, e ele desceria atrasado para o almoço.

Naquela tarde, findos os estranhos sons sibilantes saídos por detrás da porta trancada, ele acabou aparecendo com um aspecto bastante extenuado, quando proibiu a entrada no laboratório de qualquer pessoa sob qualquer pretexto. Tratava-se, na verdade, do início de uma nova estratégia de sigilo, pois, daí em diante, nunca mais tornaria a permitir que alguém visitasse a misteriosa sala de trabalho na água-furtada nem o depósito adjacente que ele limpara, mobiliara de maneira tosca e acrescentara ao seu domínio de inviolável intimidade como um aposento onde dormir. Ali, viveu com os livros trazidos da biblioteca do andar de baixo até comprar o bangalô de Pawtuxet e para lá se mudou com todas as posses científicas.

Escavadores Noturnos Surpreendidos no Cemitério Norte

Robert Hart, guarda-noturno do Cemitério Norte, descobriu, nessa manhã, um grupo de vários homens com um caminhão na parte mais antiga do cemitério; entretanto, parece que os afugentou antes de perpetrarem o ato que se propunham.

A descoberta ocorreu por volta das 4h da manhã, quando o ruído de um motor do lado de fora do abrigo atraiu a atenção de Hart. Ao investigar, viu um caminhão grande na entrada principal a vários metros de distância, mas não conseguiu alcançá-lo, pois logo o ruído de seus passos lhe revelara a presença. Os homens atiraram depressa uma grande caixa no caminhão e saíram em direção à rua antes que o guarda pudesse detê-los; visto que não se remexeu em nenhum túmulo conhecido, Hart acredita que a tal caixa era o objeto que eles desejavam enterrar.

Os escavadores deviam estar em ação fazia um longo tempo antes de serem flagrados, porque Hart encontrou um enorme buraco a uma distância considerável da pista no lote de Amasa Field, onde a maioria das antigas lápides há muito desapareceu. O buraco, tão largo e profundo como uma sepultura, estava vazio; e não coincidia com nenhum enterro citado nos registros do cemitério.

Na opinião do sargento Riley, do Segundo Posto Policial, que examinou o local, o buraco foi escavado por contrabandistas que, de forma revoltante e engenhosa, procuravam um esconderijo seguro para as bebidas num lugar improvável de ser perturbado. Em resposta às perguntas, Hart disse achar que o caminhão fugitivo rumara para a Rochambeau Avenue, embora não tivesse certeza.

Nos dias seguintes, a família quase não viu Charles Ward. Após anexar um aposento para dormir ao reino no sótão, isolava-se ali, com ordens para que levassem a comida até a porta, e a pegava apenas depois que o empregado se retirava. O zumbido de fórmulas encantatórias e a entoação de ritmos estranhos repetiam-se a intervalos, enquanto, em outros momentos, os ouvintes ocasionais detectavam o tinido de vidros, silvos de substâncias químicas, ruídos de água corrente ou de chamas de gás. Odores do tipo mais indefinível, diferentes de quaisquer outros sentidos anteriormente, às vezes, pairavam em volta da porta; e o ar de tensão observável no jovem recluso sempre que se aventurava a sair por breves instantes era tal que provocava as mais veementes especulações. Uma vez, deu uma rápida saída até a biblioteca Athenaeum para pegar um livro que necessitava e depois, em outra ocasião, contratou um mensageiro para buscar um volume muitíssimo obscuro em Boston. Toda essa situação suscitava uma profunda ansiedade a respeito da qual tanto a família quanto o dr. Willett se confessavam totalmente sem saber o que pensar ou fazer.

6.

Então, em 15 de abril, aconteceu um estranho incidente. Embora nada parecesse diferente no cenário, houve, com certeza, uma diferença bastante terrível em grau, e o dr. Willett de certa forma atribui grande importância à mudança. Era Sexta-Feira Santa, circunstância que motivou muitos comentários dos empregados, mas que outros descartam como uma coincidência irrelevante. No fim da tarde, o jovem Ward começou a repetir certa fórmula numa voz singularmente alta, ao mesmo tempo em que queimava uma substância tão pungente que os vapores escaparam por toda a casa. A fórmula era ouvida com tanta nitidez no corredor, defronte à porta trancada, que a sra. Ward não pôde deixar de decorá-la enquanto esperava, a escutar ansiosa, e depois conseguiu escrevê-la a pedido do dr. Willett. Os especialistas comentaram com o médico que se pode encontrar um texto muito semelhante nos escritos místicos do famoso ocultista "Eliphas Levi", espírito misterioso que se infiltrou por uma fenda da porta proibida e teve um rápido vislumbre das terríveis visões do vazio além. Dizia o seguinte:

"Per Adonai Eloim, Adonai Jehova,
Adonai Sabaoth, Metraton On Agla Mathon,
verbum pythonicum, mysterium salamandrae,
conventus sylvorum, antra gnomorum,
daemonia Coeli God, Almousin, Gibor, Jehosua,
Evam, Zariathnatmik, veni, veni, veni."

Fazia duas horas que a ladainha prosseguia sem modificação ou interrupção quando, de repente, iniciou-se por toda a redondeza um pandemônio de uivos de cachorros. A extensão desses uivos pode ser julgada pelo espaço que recebeu nos jornais no dia seguinte, mas para os presentes na casa dos Ward foi ofuscada pelo odor que logo se seguiu: um odor medonho que tudo permeou, e que nenhum deles jamais sentiu antes nem depois. Em meio a essa inundação fétida, elevou-se um clarão muito nítido como o do relâmpago, que decerto teria deslumbrado e cegado se não fosse pela luz do dia ao redor; e então, ouviu-se *a voz* que nenhum ouvinte jamais poderá esquecer devido ao estrondoso distanciamento, a incrível profundidade e a dessemelhança sobrenatural da voz de Charles Ward. Além de sacudir a casa, foi ouvida com toda nitidez por pelo menos dois vizinhos, apesar do uivo canino. A sra. Ward, que ficara ouvindo desesperada diante da porta trancada do laboratório do filho, sentiu calafrios ao reconhecer-lhe o significado satânico, pois Charles lhe contara sobre a má fama nos livros secretos e como retumbara, segundo as cartas de Fenner, quando a ouviram acima da fazenda Pawtuxet, condenada à destruição na noite do aniquilamento de Joseph Curwen. Era impossível se enganar em relação àquela frase de pesadelo, pois Charles a descrevera de forma bem vívida na época em que partilhava com franqueza as investigações Curwen. Tratava-se, porém, do seguinte fragmento de uma língua arcaica e esquecida: "DIES MIES JESCHET BOENE DOESEF DOUVEMA ENITEMAUS".

Assim que se extinguiu a voz estrondosa, escureceu por uns instantes a luz do dia, embora ainda faltasse uma hora para o pôr do sol, e, em seguida, mais uma baforada de odor surgiu, diferente do primeiro, mas também fétido e intolerável. Charles recomeçava a cantar em tom repetitivo e monótono, e a mãe ouvia sílabas que soavam assim: "Yi-nash-Yog-Sothoth-he-lgeb-fi-throdog", terminando com um "Yah!", cuja força ensandecida elevava-se de forma ensurdecedora. Instantes depois, todas as lembranças do impacto anterior se desfizeram com a frenética explosão de um grito lastimoso, o qual, aos poucos, se transformou num paroxismo de gargalhadas diabólicas e histéricas. A sra. Ward, impelida pelo medo misturado à cega coragem própria da maternidade, adiantou-se e bateu, apavorada, nos painéis de madeira que a ocultavam, mas não obteve nenhuma resposta. Tornou a bater, mas se interrompeu acovardada quando se elevou um segundo grito estridente, este na voz inconfundível e conhecida do filho, *que ressoava em uníssono com as risadas de escárnio ainda a eclodir*. Nesse momento, ela desmaiou, embora continue sem condições de lembrar a causa precisa e imediata. Misericordiosa a memória que às vezes apaga lembranças dolorosas.

O sr. Ward voltou do trabalho às 6h15 da tarde e, quando não encontrou a mulher no térreo, foi informado pelos empregados apavorados que ela, na certa, estava no sótão atenta à porta de Charles, de onde provinham sons mais estranhos que nunca antes ouviram. Ele logo subiu a escada e viu a sra. Ward estendida no chão do corredor defronte ao laboratório e, ao perceber que ela desmaiara, apressou-se a pegar um copo de água, um conjunto de jarra e bacia numa alcova próxima. Molhou-lhe o rosto com o líquido frio e sentiu-se animado ao notar uma imediata reação da parte dela. Observava-lhe a desnorteada abertura dos olhos, quando um calafrio o percorreu de cima a baixo e ameaçou reduzi-lo ao mesmo estado do qual ela se recobrava. Porque o laboratório não era tão silencioso quanto parecia ser, mas abrigava os murmúrios de uma conversa tensa e abafada, em tons baixos demais para compreendê-los, embora de um timbre profundamente perturbador para a alma.

Claro que não era novo o fato de que Charles murmurava fórmulas; porém, esse murmúrio era decididamente diferente. Percebia-se que consistia num diálogo, ou numa imitação de diálogo, sugerindo pergunta e resposta, declaração e reação. Uma voz era a inequívoca de Charles, mas a outra tinha uma profundidade e uma ressonância que nem dotado dos maiores poderes de imitação ritualística o jovem conseguiria emitir. Desprendia alguma coisa abominável, sacrílega e anormal, e se não fosse pelo grito da mulher se recobrando, que lhe desanuviou a mente e despertou os instintos protetores, não é provável que Theodore Howland Ward continuasse a se vangloriar por mais um ano do fato de jamais ter desmaiado. De qualquer modo, ele a ergueu nos braços, levando-a logo para o andar de baixo antes que ela percebesse as vozes que o haviam transtornado de tão horrível maneira. Mesmo assim, não foi rápido o bastante para impedi-lo de escutar algo que o fez cambalear perigosamente com o fardo que carregava. Pois o grito da sra. Ward com certeza fora ouvido por outros além dele, e, em resposta, saíram por detrás da porta trancada as primeiras palavras distinguíveis pronunciadas por aquele colóquio disfarçado e terrível. Era apenas um nervoso aviso na voz do próprio Charles, mas as implicações que envolvia causaram um terror inominável no pai. Disse o seguinte: "*Xiiu! — Escreva!*".

O sr. e a sra. Ward conversaram longamente após o jantar e o primeiro resolveu ter uma conversa firme e séria com Charles naquela mesma noite. Por mais importante que fosse o objetivo, não mais se podia permitir tal conduta, porque as últimas manifestações transcendiam todos os limites de sanidade e representavam uma ameaça à ordem e ao sistema nervoso de todos os que moravam na casa. O jovem decerto perdera completamente a razão, pois só a loucura total poderia ter incitado os gritos selvagens e as conversas imaginárias em vozes simuladas então proferidas. Tudo aquilo tinha de terminar de uma vez por todas, ou a sra. Ward adoeceria e a manutenção de empregados em casa se tornaria uma impossibilidade.

O sr. Ward levantou-se ao final da refeição e se pôs a subir as escadas para o laboratório de Charles. No terceiro andar, contudo, deteve-se diante dos ruídos que ouviu saírem da biblioteca do filho, agora em desuso. Parecia que se atiravam livros e se folheavam papéis com violência pelo aposento, e, ao parar na porta, o sr. Ward viu o filho dentro a juntar, de maneira agitada, uma enorme braçada de material literário de todos os tamanhos e formatos. Charles exibia um aspecto muito fatigado e maltratado e deixou tudo cair no chão do susto que levou ao ouvir a voz do pai. Obedecendo à ordem do pai, sentou-se por alguns instantes e ouviu as repreensões que merecia havia tanto tempo.

Não houve bate-boca. No final do sermão, concordou que o pai tinha razão e que os ruídos, as invocações, as fórmulas encantatórias e os odores químicos eram, de fato, incômodos indesculpáveis. Aceitou adotar um plano de ação mais discreto, embora insistisse num prolongamento de seu isolamento total. Explicou que, de qualquer modo, grande parte de seu trabalho futuro se limitaria à pesquisa de livros, e que poderia arranjar aposentos em outro lugar para quaisquer rituais vocais que talvez fossem necessários num estágio posterior. Pelo pavor e desmaio da mãe expressou veemente arrependimento e explicou que a conversação ouvida mais tarde fazia parte de um elaborado simbolismo destinado a criar uma determinada atmosfera mental. O uso de termos químicos quase ininteligíveis deixou o sr. Ward meio perplexo, embora a última impressão, ao despedir-se, fosse de inegável sanidade mental e equilíbrio, apesar de uma misteriosa tensão de extrema gravidade. Na verdade, a entrevista não foi nada conclusiva, e enquanto Charles erguia do chão a braçada de livros e saía do quarto, o sr. Ward mal sabia o que entender de toda a questão. Era tão misteriosa quanto a morte do coitado e velho gato da família Nig cuja forma enrijecida fora encontrada uma hora antes no porão da casa, com os olhos arregalados e a boca contorcida de medo.

Motivado por um vago instinto detetivesco, o perplexo pai examinava, curioso, as prateleiras vazias para ver o que o filho levara para o sótão. A biblioteca do jovem era classificada de maneira clara e rígida, tanto que se podia apenas com uma olhada saber quais livros, ou pelo menos o tipo de livros, haviam sido retirados. Nessa ocasião, o sr. Ward surpreendeu-se ao constatar que não faltava nada sobre ocultismo ou acontecimentos antigos além do que fora levado antes. Todas essas novas retiradas consistiam em livros modernos: história, tratados científicos, geografia, manuais de literatura, obras filosóficas e alguns jornais e revistas contemporâneos. Era uma mudança muito singular na sequência recente das leituras de Charles Ward e fez o pai imobilizar-se num crescente turbilhão de perplexidade e na sensação subjugadora de estranheza, a qual se revelou muito incisiva e pareceu ferir-lhe o peito, enquanto esforçava-se por entender o que acontecia ao seu redor. De fato, ocorrera algo de errado, tanto em âmbito palpável quanto espiritual. Notou-o desde que entrara nesse aposento, e acabou compreendendo o que houve.

Na parede norte ainda se encontrava o antigo painel de madeira esculpida retirado de cima do consolo da casa de Olney Court, mas a pintura rachada e precariamente restaurada do grande quadro de Curwen sofrera estragos. O tempo e a calefação desiguais haviam contribuído para sua deterioração, e em algum momento desde a última limpeza do aposento o pior acontecera. A pintura que se desprendera da madeira foi se enroscando cada vez mais e, por fim, se desintegrando com o que deve ter sido uma rapidez malignamente silenciosa. O retrato de Joseph Curwen renunciara para sempre a vigilância de olhos fixos no jovem com o qual se assemelhava de maneira tão estranha, e agora se estendia desfeito no chão como uma fina camada de pó cinza-azulado.

IV. MUTAÇÃO E LOUCURA

1.

Na semana seguinte àquela memorável Sexta-Feira Santa, Charles Ward foi visto com mais frequência que o habitual e sempre carregando livros entre sua biblioteca e o laboratório no sótão. Embora essas ações fossem tranquilas e racionais, desprendia-se de seu semblante uma expressão furtiva e assustada que desagradava à mãe. Além disso, adquiriu um apetite de incrível voracidade, proporcional às exigências que passara a fazer ao cozinheiro. O dr. Willett foi informado dos ruídos e acontecimentos daquela sexta-feira e, na terça-feira seguinte, teve uma conversa com o jovem na biblioteca onde o quadro já não mais encarava. Como sempre, a entrevista em nada resultou; ainda assim, Willett dispõe-se a jurar que o jovem continuava são na época. Prometeu fazer uma revelação em breve e falou da necessidade de encontrar um laboratório em outro lugar. Lamentou muito pouco a perda do retrato, levando-se em conta o entusiasmo inicial pela obra, parecendo, ao contrário, achar certa graça de sua repentina desintegração.

Na segunda semana, Charles começou a ausentar-se de casa por longos períodos, e um dia, quando Hannah, a boa e idosa preta, apareceu para ajudar na limpeza da primavera, ela comentou sobre as frequentes visitas dele à velha casa de Olney Court, aonde chegava com uma grande valise e efetuava estranhas buscas na adega. O jovem era muito generoso com ela e o velho Asa; contudo, achou-o mais preocupado que o habitual, o que muito a afligia, pois cuidara dele desde o nascimento. Outra notícia sobre suas ações veio de Pawtuxet, onde alguns amigos da família o haviam visto, de longe, um número surpreendente de vezes. Parecia frequentar o balneário e o hangar de canoas de Rhodes-on-the-Pawtuxet, e indagações posteriores do dr. Willett naquele lugar revelaram que tinha como finalidade constante garantir acesso à margem do rio bem guardada por cercas, pela qual caminhava em direção ao norte, em geral, só reaparecendo muito tempo depois.

Em fins de maio, ouviu-se uma repetição momentânea dos sons ritualísticos no laboratório do sótão que provocou uma severa reprovação do sr. Ward e a vaga promessa de emendar-se feita por Charles. Ocorreu numa manhã, e parecia constituir uma retomada da conversa imaginária daquela turbulenta Sexta-Feira Santa. O jovem discutia ou protestava violento consigo mesmo, pois, de repente, irrompeu uma série bastante perceptível de alaridos em diferentes inflexões de voz, como exigências e negativas alternadas, o que fez a sra. Ward precipitar-se escada acima e prestar atenção junto à porta. Não conseguiu ouvir mais que um fragmento cujas únicas palavras claras foram "tem de mantê-lo vermelho por três meses", e tão logo ela bateu na porta todos os sons logo cessaram. Quando indagado pelo pai mais tarde, Charles disse que existiam certos conflitos entre as diversas esferas da consciência que só uma grande habilidade conseguia resolver, mas que ele ia tratar de transferir-se para outro lugar.

Em meados de junho, ocorreu um misterioso incidente noturno. À noitinha, chegaram alguns ruídos e baques surdos vindos do laboratório no sótão, e o sr. Ward já ia investigar, quando, de repente, tudo silenciou. À meia-noite, depois que a família se recolhera, o mordomo trancava a porta da frente da casa quando, segundo sua declaração, Charles surgiu meio aturdido e instável no pé da escada com uma enorme mala e fez-lhe sinais que desejava sair. Embora o jovem nada tenha dito, o digno mordomo natural de Yorkshire lhe vislumbrou os olhos febris e estremeceu sem saber por quê. Abriu a porta e Ward saiu, mas, de manhã, apresentou seu pedido de demissão à sra. Ward. Explicou que se desprendeu alguma coisa terrível do olhar fixo com o qual Charles o encarara. Não era a forma correta de um jovem cavalheiro olhar uma pessoa honrada, e ele não se dispunha a passar nem mais uma noite ali. A sra. Ward permitiu que ele partisse, porém, não deu muita importância à sua afirmação. Era ridículo imaginar Charles alterado naquela noite, pois, por todo o tempo em que ela permanecera acordada, ouvira sons fracos vindos do laboratório acima, sons como se soluçasse e andasse de um lado para o outro, além do exalar de um suspiro que indicava o mais profundo dos desesperos. A sra. Ward habituara-se a prestar atenção aos ruídos da noite, pois o mistério que envolvia o filho logo lhe afugentava tudo o mais da mente.

Na noite seguinte, de modo muito semelhante ao de quase três meses antes, Charles Ward pegou o jornal de manhã bem cedo e, por acaso, perdeu a seção principal. Este incidente só foi lembrado mais tarde, quando o dr. Willett começou a analisar os detalhes e a procurar os elos que faltavam aqui e ali. Na redação do *Journal*, ele encontrou a seção que Charles perdera e assinalou duas notícias de possível importância. Diziam o seguinte:

Mais Escavações no Cemitério

O vigia noturno do Cemitério Norte, Robert Hart, descobriu, nesta manhã, ladrões de túmulos mais uma vez em ação no setor antigo. Encontrou-se a sepultura de Ezra Weeden, nascido em 1740 e morto em 1824, de acordo com a lápide arrancada e barbaramente despedaçada. Fora escavada e pilhada, utilizando-se uma pá roubada de um depósito de ferramentas adjacente.

Qualquer que fosse o conteúdo passado mais de um século, desaparecera tudo, exceto umas poucas lascas de madeira podre. Embora não houvesse rastos de rodas, a polícia mediu um único conjunto de pegadas que encontrara na redondeza e as quais indicam as botas de um homem refinado.

Hart tende a vincular esse incidente à escavação descoberta no último mês de março, quando se afugentou um grupo num caminhão que fugiu enquanto realizava uma profunda escavação, mas o sargento Riley, do Segundo Posto Policial, descarta essa teoria e salienta diferenças vitais nos dois casos. Em março, a escavação fora feita num local onde não se tinha conhecimento de nenhuma sepultura; dessa vez, no entanto, pilhara-se um túmulo bem identificado e cuidado, com todos os indícios de deliberado fim e uma perversidade consciente expressa na lápide despedaçada, a qual continuava intacta até o dia anterior.

Membros da família Weeden, informados do acontecimento, manifestaram surpresa e pesar e não conseguiram pensar num inimigo que desejasse violar o túmulo do antepassado Hazard Weeden, morador do número 598 de Angell Street. Lembraram-se de uma lenda da família, segundo a qual, Ezra Weeden se envolvera em algumas circunstâncias muito estranhas, embora não o houvessem desonrado, pouco antes da Revolução, mas declara francamente desconhecer qualquer inimizade ou mistério na recente violação. O inspetor Cunningham, incumbido do caso, tem esperança de descobrir indícios valiosos no futuro próximo.

Cães Barulhentos em Providence

Residentes de Pawtuxet foram despertados por volta das 3h da manhã de hoje com um fenomenal latido de cachorros que parecia concentrado perto do rio, logo ao norte de Rhodes-on-the-Pawtuxet. Segundo a maioria das pessoas que os ouviu, o volume e a veemência dos latidos eram de uma intensidade inusitada, e Fred Lemdin, vigia noturno em Rhodes, declarou que se misturavam ao que lembrava muito os berros de um homem dominado por terror e agonia mortais. Um intenso e breve temporal que pareceu desabar em algum lugar junto à margem do rio acabou com a perturbação. A população local relaciona esse incidente aos estranhos e desagradáveis odores emanados decerto dos tanques de óleo ao longo da baía, os quais talvez também tenham provocado a excitação dos cachorros.

O aspecto de Charles agora se tornara muito desleixado e amedrontado, e todos concordaram em retrospecto que ele talvez desejasse, nesse período, fazer alguma declaração ou confissão, mas foi impedido por puro terror. O hábito mórbido da mãe de ficar prestando atenção à noite trouxe à tona o fato de ele efetuava frequentes saídas sob o encobrimento da escuridão; e a maioria dos psiquiatras mais acadêmicos tende, no presente, a responsabilizá-lo pelos casos de vampirismo que a imprensa noticiou na época de forma tão sensacionalista, embora ainda não se tenha identificado com provas nenhum perpetrador. Esses casos, tão recentes e alardeados para precisar de detalhes, envolveram vítimas de todas as idades e tipos que pareciam se agrupar em duas localidades distintas: a colina residencial de North End, próxima à casa dos Ward, e os distritos suburbanos do outro lado da linha Cranston, perto de

Pawtuxet. Durante a noite, atacaram-se tanto viajantes a pé quanto moradores que dormiam com as janelas abertas, e os que sobreviveram para contar a história foram unânimes na descrição de um monstro magro, ágil, saltitante e com olhos em chama que cerrava os dentes na garganta ou no antebraço e banqueteava-se vorazmente.

O dr. Willett, que se recusa a datar a loucura de Charles Ward numa época que julga prematura, mostra-se cauteloso ao tentar explicar esses horrores. Declara que tem certas teorias próprias e limita suas afirmações positivas a um tipo de negação singular. "Não irei", disse, "afirmar quem ou o que acredito que tenha cometido esses ataques e assassinatos, mas afirmo que Charles Ward era inocente. Tenho motivos para garantir que ele ignorava o gosto de sangue, pois, na verdade, sua contínua anemia debilitante e a crescente palidez são provas mais contundentes que qualquer argumento verbal. Ward se envolveu com coisas terríveis, mas pagou por isso, e nunca foi um monstro ou um vilão. Quanto ao momento atual... nem gosto de pensar. Deu-se uma mudança e me limito a acreditar que o velho Charles Ward morreu com ela. Sua alma morreu, em todo caso, porque o corpo enlouquecido que desapareceu do hospital de Waite tinha outra".

Willett fala com autoridade, pois ia muitas vezes à casa dos Ward tratar da sra. Ward, cujos nervos haviam começado a fraquejar devido à tensão. O hábito de ficar na escuta à noite desencadeara certas alucinações mórbidas que a mãe confiava com hesitação ao médico, das quais ele zombava ao conversar com ela, embora o fizessem ponderar em profundidade quando a sós. Esses delírios sempre se relacionavam com os sons fracos que imaginava ouvir no laboratório e no quarto de dormir, e enfatizavam a ocorrência de suspiros e soluços abafados nas horas mais improváveis. No início de julho, Willett ordenou que a sra. Ward fizesse uma viagem a Atlantic City para uma permanência indefinida de convalescença e advertiu ao sr. Ward e ao pálido e maltratado Charles que escrevessem para ela somente cartas confortadoras. Decerto, é a essa fuga forçada e relutante que ela deve a vida e a saúde mental.

2.

Logo depois da viagem da mãe, Charles Ward começou a negociar a compra do bangalô de Pawtuxet. Era um esquálido e pequeno prédio de madeira, com uma garagem de concreto, empoleirado no alto da margem escassamente habitada do rio um pouco acima de Rhodes, mas, por algum estranho motivo, o jovem não queria nenhuma outra moradia. Atazanou as corretoras de imóveis até que uma delas fechou a compra a um preço exorbitante com o proprietário meio relutante, e assim que esvaziou, ocupou-o às escondidas sob a escuridão, transportando, num grande furgão fechado, todo o conteúdo do laboratório no porão, incluindo os livros antigos e modernos que levara da biblioteca. Carregou o furgão no escuro início da madrugada, e o pai lembra-se apenas de uma sonolenta percepção de pragas abafadas e fortes pisadas na noite em que retiraram os objetos. Depois disso, Charles mudou-se de volta aos antigos aposentos no terceiro andar e nunca tornou a aparecer no sótão.

Transferiu para o bangalô de Pawtuxet todo o sigilo com o qual envolvera os domínios do sótão, só que agora parecia compartilhar os mistérios com dois indivíduos: um mestiço português de aparência repugnante, da zona portuária de South Main St., que desempenhava o papel de empregado, e um estrangeiro magro, com ar de intelectual, óculos escuros e barba espessa e curta com o aspecto de tingida, cujo *status* era, sem dúvida, o de um colega. Os vizinhos tentavam, em vão, puxar conversa com essas estranhas pessoas. O mulato Gomes mal falava inglês, e o barbudo, que se apresentou como dr. Allen, seguia de bom grado o exemplo do outro. O próprio Ward tentava ser mais afável; no entanto, só conseguia provocar curiosidade com suas referências incoerentes às pesquisas químicas. Em seguida, começaram a circular relatos estranhos sobre luzes que permaneciam acesas a noite toda, e depois de algum tempo, quando cessou de repente a iluminação noturna, outros ainda mais estranhos sobre entregas desproporcionais de carne do açougueiro e sobre as abafadas cantilenas, gritaria, declamação, cantoria rítmica que pareciam elevar-se de algum porão muito profundo embaixo do prédio. Toda a burguesia honrada da vizinhança manifestou, sem desfaçatez, a indignada aversão pelos novos e estranhos moradores. E, em consequência, não é de admirar que viessem à tona sinistras suspeitas, relacionando a detestada mudança dele à recente epidemia de ataques vampirescos, sobretudo devido ao fato de que o raio dessa praga parecia, agora, inteiramente confinado em Pawtuxet e nas ruas adjacentes de Edgewood.

Ward passava a maior parte do tempo no bangalô, mas dormia de vez em quando em casa e ainda era reconhecido como "morando sob o teto do pai". Duas vezes ausentou-se da cidade em viagens de uma semana cujos destinos ainda não foram descobertos. Tornava-se, de forma constante, cada vez mais pálido e emaciado que antes e perdera um pouco da anterior segurança quando repetia ao dr. Willett aquela velha história sobre pesquisa vital e futuras revelações. Willett muitas vezes o surpreendia na casa do pai, pois o sr. Ward estava profundamente preocupado e perplexo e desejava que ele supervisionasse o estado do filho o quanto fosse possível, no caso de um adulto tão sigiloso e independente. O médico ainda insiste em dizer que o jovem é são ainda nessa época e apresenta muitas conversas para provar o que afirma.

Em setembro, o vampirismo declinou, mas, no mês de janeiro seguinte, Ward quase se envolveu em sérios apuros. Há algum tempo, ouviam-se comentários sobre a chegada e partida noturna de caminhões no bangalô de Pawtuxet, e, nessa ocasião, um acidente imprevisto expôs a natureza de pelo menos um item do conteúdo que transportavam. Num local solitário, próximo a Hope Valley, ocorrera uma das frequentes emboscadas sórdidas a caminhões por assaltantes atrás de carregamentos de bebida alcoólica, mas, dessa vez, os bandidos destinaram-se a receber o maior choque. Pois as longas embalagens arrebatadas revelaram conter coisas excessivamente repulsivas, de fato tão repulsivas que o incidente foi comentado entre todos os membros do submundo. Embora os ladrões houvessem enterrado, às pressas, o que descobriram, quando a polícia estadual ficou sabendo do caso, fez uma minuciosa investigação. Um vagabundo preso pouco antes, sob a promessa de imunidade de acusação extra, aceitou conduzir um grupo de soldados até o local, e encontrou-se naquele esconderijo precipitado uma coisa muitíssimo repugnante e vergonhosa. Não ficaria bem para o senso de decoro nacional — ou até internacional — se o público, algum dia, fosse informado do que aquele grupo aterrorizado descobrira. Mesmo para policiais pouco estudiosos não escapou o significado do achado, e, com febril rapidez, enviaram vários telegramas a Washington.

As caixas achavam-se endereçadas a Charles Ward no bangalô de Pawtuxet, e oficiais estaduais e federais logo lhe fizeram uma visita enérgica e séria. Encontraram-no pálido e preocupado com os dois estranhos companheiros e receberam dele o que lhes pareceu uma explicação válida, além de atestar-lhe a inocência. Ele necessitara de certos espécimes anatômicos como parte de um programa de pesquisa cuja profundidade e autenticidade qualquer um que o conhecesse na última década poderia comprovar, e encomendara o tipo e o número exigidos de agências que acreditara serem razoavelmente legítimas em se tratando dessas coisas. Da *identidade* dos espécimes nada sabia e mostrou-se bastante chocado quando os inspetores se referiram ao efeito monstruoso que o conhecimento do incidente exerceria no sentimento público e na dignidade nacional. Essa declaração teve a firme confirmação do colega barbudo, o dr. Allen, cuja estranha voz cavernosa transmitia ainda mais convicção mesmo com o tom nervoso de Charles, de modo que os policiais acabaram não empreendendo nenhuma ação, mas anotaram com todo o cuidado o nome e o endereço de Nova York que Ward os informou como base para uma investigação que não conduziu a nada. É preciso acrescentar que os espécimes foram devolvidos logo e sem alarde aos lugares de sua procedência, e o grande público jamais saberá de sua profana perturbação.

Em 9 de fevereiro de 1928, o dr. Willett recebeu uma carta de Charles Ward que ele considera de extraordinária importância e sobre a qual discutiu muitas vezes com o dr. Lyman, pois o último acredita que essa carta contém prova clara de um caso bem avançado de *dementia praecox*, mas Willett a encara como a última expressão de total sanidade do infeliz jovem. Chama especial atenção para a normalidade da caligrafia, a qual, embora mostre traços de nervos abalados, ainda assim é do próprio Ward. Segue-se o texto integral:

Prospect St., 100
Providence, R.I.,
8 de março de 1928.
Caro Dr. Willett:

Sinto que chegou, afinal, a hora de fazer as revelações que há tempos lhe prometi, as quais o senhor insistiu com tanta frequência. A paciência que tem mostrado ao esperar e a confiança que tem exibido em minha mente e integridade são coisas pelas quais jamais deixarei de ser-lhe grato.

E agora que estou pronto para falar, devo confessar, com humilhação, que o triunfo com que tanto sonhava jamais será meu. Em vez de triunfo, encontrei terror, e minha conversa com o senhor não será uma jactância de vitória, mas um pedido de ajuda e conselho para salvar-me, a mim e o mundo, de um horror que vai além de toda concepção ou previsão humanas. O senhor deve se lembrar do que relatavam aquelas cartas de Luke Fenner sobre o antigo grupo que atacou a fazenda Pawtuxet. Isso precisa ser feito mais uma vez, e rápido. De nós, depende mais do que se pode expressar em palavras — toda a civilização, toda lei natural, talvez até o destino do sistema solar e do universo. Eu fiz voltar à vida uma anormalidade monstruosa, mas o fiz em prol do conhecimento. Agora, pelo bem de toda a vida e natureza, o senhor tem de ajudar-me a atirá-lo de volta às trevas.

Parti para sempre daquele lugar em Pawtuxet, e devemos extirpar tudo o que é existente lá, vivo ou morto. Não hei de retornar àquela casa nunca mais, e o senhor não deve acreditar se ouvir dizer que estou lá. Vou contar-lhe por que digo tudo isso quando o vir. Voltei para casa de vez e gostaria que viesse me visitar assim que puder dispor de cinco ou seis horas seguidas para ouvir o que tenho a dizer. Precisarei de todo esse tempo — e creia em mim quando lhe digo que o senhor nunca teve um dever profissional mais verdadeiro que esse. Minha vida e razão são as coisas menos importantes que estão em jogo.

Não me atrevo a falar com meu pai, pois ele não entenderia todo o sentido da questão. Mas o informei de que corro perigo e ele mandou quatro homens de uma agência de detetives vigiarem a casa. Não sei o quanto conseguem fazer, pois vão enfrentar forças que nem sequer o senhor pode imaginar ou reconhecer. Por isso, venha depressa se desejar ver-me vivo e saber de que modo talvez salve o cosmos do inferno absoluto.

Escolha a hora que quiser, visto que não sairei de casa. Não telefone com antecedência, pois não tenho como saber quem ou o que pode tentar interceptá-lo. E roguemos a quaisquer deuses existentes para que nada impeça esse encontro.

Com extrema gravidade e desespero,
Charles Dexter Ward.

P.S. Atire no dr. Allen à queima-roupa e *dissolva seu corpo em ácido*. Não o queime.

O dr. Willett recebeu esta mensagem às 10h30 da manhã e logo tomou as providências que lhe permitissem ficar livre durante todo o final da tarde e à noite para a gravíssima conversa, e deixá-la estender-se noite adentro pelo tempo que fosse necessário. Planejava chegar às 4h da tarde, e até chegar a hora da saída ficou tão absorvido em variados tipos de especulações ensandecidas que desempenhou a maioria das tarefas de modo bastante mecânico. Por mais maníaca que a carta talvez parecesse a um estranho, Willett vira demasiadas excentricidades de Charles Ward para descartá-la como pura alucinação. Tinha toda a certeza de que alguma coisa muito sutil, antiga e horrível ameaçava acontecer, e a referência ao dr. Allen era quase compreensível, em vista do falatório em Pawtuxet a respeito do misterioso colega de Ward. Willett nunca o vira, mas ouvira muitos comentários sobre a aparência e conduta do homem e perguntava-se que olhos talvez ocultassem sob aqueles falados óculos escuros.

Às 4h em ponto, o dr. Willett apresentou-se à residência de Ward, mas descobriu, aborrecido, que Charles não permanecera fiel à determinação de não sair de casa. Os guardas estavam lá, mas disseram que o rapaz parecia ter perdido parte da insegurança. Naquela manhã, ele discutira e protestara ao telefone em tons assustados, informou um dos detetives, ao responder a uma voz desconhecida com frases como "Estou muito cansado e preciso descansar um pouco", "Não posso receber ninguém por algum tempo, terá de me desculpar", "Por favor, adie ação decisiva até conseguirmos chegar a um acordo" ou "Lamento muitíssimo, mas preciso tirar férias de tudo; falarei com o senhor depois". Em seguida, como se houvesse adquirido coragem por meio de meditação, esgueirara-se de modo tão silencioso que ninguém o vira partir nem lhe notara a ausência, até que ele retornou à 1h da manhã e entrou em casa sem uma palavra. Subira ao segundo piso, onde os temores sem dúvida haviam ressurgido, pois o ouviram gritar de maneira intensamente aterrorizada ao entrar na biblioteca e, depois, silenciar aos poucos numa espécie de suspiro abafado. Quando, porém, o mordomo subira para verificar o que acontecia, ele aparecera na porta com uma grande demonstração de ousadia e rechaçara, em silêncio, o empregado com um gesto que o apavorou de forma inexplicável. Em seguida, fizera, com certeza, uma nova arrumação nas estantes, pois se ouviram um grande estardalhaço, pancadas e estalos, após o que reaparecera e logo saíra. Willett perguntou se deixara ou não algum recado, mas se inteirou que não. O mordomo parecia estranhamente transtornado com alguma coisa na aparência e atitude de Charles; por isso, perguntou, ansioso, se havia muita esperança de cura para os nervos abalados do jovem.

Durante quase duas horas, o dr. Willett esperou, em vão, na biblioteca de Charles Ward a examinar as prateleiras empoeiradas com grandes lacunas, onde se haviam retirado livros, e fechando a carranca para o revestimento de madeira acima da chaminé na parede norte, de onde um ano antes, as suaves feições do velho Joseph Curwen o encaravam com brandura. Passado algum tempo, as sombras começaram a se avolumar, e a animação do pôr do sol deu lugar a um vago e crescente terror que flutuava, sombrio, antes do anoitecer. O sr. Ward chegou, afinal, e manifestou grande surpresa e raiva pela ausência do filho, depois de todos os esforços que haviam sido feitos para protegê-lo. Não soubera do encontro marcado por Charles e prometeu notificar Willett quando o jovem retornasse. Ao desejar boa noite ao médico, expressou total perplexidade a respeito do estado do filho e o exortou a fazer tudo que pudesse para o rapaz recuperar o equilíbrio. Willett sentiu-se aliviado por fugir daquela biblioteca, pois algo assustador e horrível parecia assombrá-la, como se o retrato desaparecido houvesse deixado um legado maligno. Jamais gostara do quadro e, mesmo agora, embora tivesse nervos de aço, espreitava do painel vazio alguma coisa que o fazia sentir a necessidade urgente de sair para o ar puro o mais rápido possível.

3.

Na manhã seguinte, Willett recebeu um bilhete do pai dizendo que Charles continuava ausente. O sr. Ward mencionava que o dr. Allen lhe telefonara para dizer que o filho permaneceria em Pawtuxet por algum tempo e não deveria ser incomodado. Isto se fazia necessário, porque o próprio Allen soube, de repente, que teria de se ausentar por um período indefinido e deixar as pesquisas, as quais precisavam da constante supervisão do colega mais jovem. Charles enviava saudações e lamentava qualquer aborrecimento que sua abrupta mudança de planos talvez tenha causado. Ao prestar atenção à mensagem, o sr. Ward ouviu pela primeira vez a voz do dr. Allen que lhe pareceu suscitar alguma vaga e fugidia lembrança que não conseguiu situar, mas que o perturbou a ponto de fazê-lo sentir pavor.

    Diante desses relatos desconcertantes e contraditórios, o dr. Willett ficou francamente sem saber o que fazer. Embora não desse para negar a desesperada sinceridade da carta de Charles, que se poderia pensar do imediato descumprimento de seu próprio plano de ação proposto? O jovem Ward escrevera que suas pesquisas se haviam tornado sacrílegas e ameaçadoras, e que elas e seu colega barbudo deviam ser eliminados a qualquer custo e que ele próprio jamais voltaria àquele bangalô; entretanto, segundo as últimas notícias, esquecera-se de tudo e retornara ao âmago do mistério. O bom-senso o mandava deixar o jovem sozinho com suas excentricidades; contudo, um instinto mais profundo não permitia que a impressão provocada por aquela frenética carta se extinguisse. Willett mais uma vez a releu por inteiro e não conseguia considerar a essência tão vazia e insana quanto a verbosidade bombástica e a falta de dados concretos pareciam indicar. O terror era demasiado profundo e real e, unido ao que o médico já sabia, evocava indícios de monstruosidades vívidas demais além do tempo e do espaço para permitir uma explicação cínica. Horrores inomináveis deviam existir naquele bangalô, e embora ele não tivesse meios de intervir, precisava ficar preparado para qualquer tipo de ação a qualquer momento.

    Durante mais de uma semana, o dr. Willett ponderou sobre o dilema que parecia lhe ter sido empurrado e começou a se sentir cada vez mais inclinado a fazer uma visita a Charles no bangalô de Pawtuxet. Nenhum amigo do jovem jamais se aventurara a atacar esse retiro proibido, e mesmo o pai só conhecia seu interior pelas descrições que ele escolhia dar, mas Willett julgava necessária uma conversa direta com seu paciente. O sr. Ward vinha recebendo bilhetes datilografados breves e evasivos do filho e disse que a senhora Ward, em seu retiro em Atlantic City, não recebera notícias mais abrangentes. Assim, o médico acabou por decidir-se a agir, e apesar de uma estranha sensação inspirada pelas antigas lendas sobre Joseph Curwen e as revelações e advertências mais recentes de Charles Ward, partiu destemido para o bangalô no penhasco rio acima.

    Willett visitara o local antes por pura curiosidade, embora, é claro, jamais houvesse entrado na casa nem anunciado a presença; por isso, sabia o caminho exato a tomar. Ao conduzir seu pequeno carro pela Broad Street no início de uma tarde em fins de fevereiro, pensou no sinistro grupo que tomara a mesma estrada 157 anos atrás numa terrível missão que ninguém jamais poderá compreender.

O trajeto pela periferia em decadência da cidade foi curto, e logo se descortinaram à frente a ordenada Edgewood e a sonolenta Pawtuxet. Willett virou à direita perto de Lockwood Street e seguiu de carro ao longo da estrada até onde foi possível, depois saltou e continuou a pé em direção ao norte até o local em que o penhasco elevava-se sobranceiro acima das belas curvas do rio e das enevoadas depressões calcárias mais além. As casas ainda eram bem dispersas ali, e logo ele avistou o bangalô isolado com a garagem de concreto numa elevação à esquerda. Percorreu com rapidez a alameda de cascalho desleixada acima, bateu à porta com mão firme e dirigiu, sem um tremor na voz, ao maligno mulato português de Brava, que abriu apenas uma fresta.

Disse que precisava ver, com urgência, Charles Ward para tratar de um assunto de vital importância. Não aceitaria nenhuma desculpa, e uma negativa resultaria num relatório completo da situação ao sr. Ward, o pai. O mulato ainda hesitava e empurrou a porta quando Willett tentou abri-la, mas o médico apenas alteou a voz e renovou suas exigências. Chegou, então, do interior escuro um sussurro rouco que gelou o ouvinte de cima a baixo, embora não soubesse por que o temia.

— Deixe-o entrar, Tony; é melhor que tenhamos já essa conversa.

Por mais perturbador que fosse o murmúrio, contudo, o medo maior foi do que logo se seguiu. O assoalho rangeu, e o homem que falara surgiu: o dono daqueles tons estranhos e ressoantes não era outro senão Charles Dexter Ward.

A minúcia com a qual o dr. Willett lembrou e registrou a conversa daquela tarde deve-se à importância que atribui a esse período específico. Pois, afinal, ele admite uma mudança vital na mente de Charles Dexter Ward e acredita que o jovem agora falava através de um cérebro irremediavelmente diferente daquele cujo desenvolvimento acompanhara por 26 anos. A controvérsia com o dr. Lyman obrigou-o a ser muito específico, e ele estipula a data definitiva da loucura de Charles Ward na época em que os bilhetes datilografados começaram a chegar aos seus pais. Esses bilhetes não exibem o estilo normal de Ward e tampouco o estilo daquela última e frenética carta a Willett. Em vez disso, são estranhos e arcaicos, como se a demência do autor houvesse liberado um fluxo de tendências e impressões adquiridas de forma inconsciente durante a adolescência em que era aficionado por antiguidades. Existe um óbvio esforço de ser moderno; no entanto, o espírito e, de vez em quando, a linguagem são as do passado.

O passado também se evidenciava em cada palavra e gesto de Ward ao receber o médico naquele bangalô cheio de sombras. Ele curvou-se, indicou com um gesto para Willett uma cadeira e começou a falar bruscamente naquele estranho sussurro que tentou explicar logo de saída.

— Fiquei tísico — começou — devido ao amaldiçoado ar desse rio. Queira desculpar minha fala. Suponho que o senhor veio a mando de meu pai para ver o que me aflige e espero que não diga nada capaz de alarmá-lo.

Willett estudava esse tom arranhado, mas examinava ainda com mais atenção o rosto do locutor. Tinha alguma coisa errada, e pensou no que a família lhe contara certa noite sobre o pavor daquele mordomo de Yorkshire. Queria que não estivesse tão escuro, mas não pediu para erguerem as venezianas. Limitou-se a perguntar a Ward por que mentira tanto na frenética carta de pouco mais de uma semana antes.

— Eu já ia chegar aí — respondeu o anfitrião. — O senhor deve saber que meus nervos se encontram num estado péssimo, e falo e faço coisas estranhas que não sei explicar. Como lhe disse muitas vezes, estou às voltas com investigações de grande importância, e a maior delas me deixa meio estouvado. Qualquer indivíduo teria se assustado com o que descobri; contudo, não vou me esquivar por muito mais tempo. Fui um estúpido em pedir aquela guarda e por enfurnar-me na casa de meus pais. Depois de ter chegado a esse ponto, meu lugar é aqui. Não gozo de boa reputação entre os meus vizinhos enxeridos e talvez tenha sido levado pela fraqueza a acreditar no que eles falam de mim. Não prejudico ninguém com o que faço desde que o faça bem-feito. Tenha a bondade de esperar seis meses e lhe mostrarei uma coisa que recompensará bastante a sua paciência.

"Você também deve, da mesma forma, saber que tenho uma forma de adquirir conhecimentos antigos de fontes mais seguras que livros e deixarei ao seu julgamento a importância do que posso dar à história, à filosofia e às artes por causa dos meios aos quais tenho acesso. Meu antepassado conquistara tudo isso quando aqueles *voyeurs* ignorantes apareceram e o assassinaram. Agora, eu o tenho de novo, ou estou prestes a obtê-lo, embora de maneira ainda muita imperfeita. Dessa vez, nada deve acontecer, muito menos por causa de meus medos idiotas.

Rogo, senhor, que esqueça tudo o que lhe escrevi e não tenha medo desse lugar nem de qualquer um aqui. O dr. Allen é um homem excelente e lhe devo um pedido de desculpas por tudo de mal que eu disse a seu respeito. Gostaria de não ter de dispensá-lo, mas ele tinha coisas a fazer em outro lugar. Seu zelo é igual ao meu em todas as questões e suponho que, quando tive medo da empreitada, também tive dele como meu maior auxiliar."

Ward interrompeu a si mesmo, e o médico mal soube o que dizer ou pensar. Sentia-se quase ridículo diante desse calmo repúdio da carta. Entretanto, não lhe deixava a mente o fato de que, ao mesmo tempo em que o discurso atual era estranho e alheio a quem o proferia e louco sem a menor dúvida, a carta fora trágica em sua semelhança e afinidade com o Charles Ward que ele conhecera. Willett tentou, então, desviar a conversa para assuntos mais antigos e lembrar ao jovem alguns fatos passados que restaurassem uma atmosfera conhecida, mas, ao fazê-lo, só obteve os resultados mais grotescos. Ocorreu o mesmo com todos os psiquiatras mais tarde. Partes importantes do conjunto de imagens mentais de Charles Ward, sobretudo às relacionadas aos tempos modernos e à vida pessoal, haviam sido inexplicavelmente apagadas, enquanto todas as referentes ao passado que acumulara na adolescência emergiram de algum profundo inconsciente e subjugaram as contemporâneas e individuais. O estreito conhecimento que tinha sobre história e fatos mais antigos, além de anormal era profano; por isso, ele se esforçava ao máximo para ocultá-lo. Quando Willett referia-se a algum objeto preferido de seus estudos arcaicos da juventude, Charles, com frequência, deixava escapar, por puro acidente, tamanha ilustração que nenhum ser normal teria condições de saber, e o médico sentia calafrios enquanto lhe observava a loquacidade fluir.

Não era salutar saber tanto sobre como a peruca do gordo xerife despencara quando ele se debruçou sobre o parapeito do balcão na apresentação da peça na Academia Histriônica do sr. Douglass, em King Street, em 11 de fevereiro de 1762, numa quinta-feira; nem que os atores cortaram tão mal o texto da peça *O Amante Consciente*, de Steele, que o público quase se alegrou quando o legislativo governado pelos batistas fechou o teatro 15 dias depois. Antigas cartas poderiam muito bem ter informado que a carruagem de Boston, de Thomas Sabin, era "danada de desconfortável", mas o que o pesquisador saudável de antiguidades poderia se lembrar como o ranger da nova tabuleta de Epenetus Olney (a vistosa coroa instalada após ele começar a chamar sua taberna de Cafeteria da Coroa) era idêntico às primeiras notas da nova peça de jazz tocada, então, em todas as rádios de Pawtuxet?

Ward, contudo, não se deixou interrogar por muito tempo com essa disposição. Descartava sumariamente temas modernos e pessoais, enquanto a respeito de assuntos antigos logo exibia o mais óbvio tédio. O que ele desejava com toda a clareza era apenas satisfazer o visitante o suficiente para fazê-lo partir sem a intenção de retornar. Com essa finalidade, ofereceu-se para mostrar a Willett a casa inteira e logo o conduziu por todos os aposentos, desde o porão até o sótão. Willett examinava tudo intensamente, mas notou que os livros visíveis eram muito poucos e triviais em relação aos amplos espaços vazios deixados nas prateleiras na casa da família e que o chamado "laboratório" não passava de uma insignificante fachada. Claro que tinha uma biblioteca e um laboratório em outro lugar, mas onde era impossível dizer. Derrotado de uma maneira essencial em sua busca de alguma coisa que não conseguia especificar, Willett retornou para a cidade antes do anoitecer e contou ao sr. Ward tudo o que ocorrera. Ambos concordaram que o jovem, sem a menor dúvida, devia ter enlouquecido, mas decidiram que não se precisava fazer nada drástico naquele momento. Acima de tudo, devia-se manter a sra. Ward em total ignorância do fato, enquanto os estranhos bilhetes datilografados do filho assim permitissem.

O sr. Ward decidiu, então, visitar o filho em pessoa, aparecendo de surpresa. O dr. Willett conduziu-o de carro numa noite, deixou-o próximo ao bangalô e esperou pacientemente sua volta. A sessão foi longa, e o pai surgiu num estado muito pesaroso e perplexo. Sua recepção transcorrera de forma muito semelhante à de Willett, com a exceção de que Charles levara um tempo longuíssimo para aparecer depois que o visitante forçara a entrada no vestíbulo e rechaçara o português com uma ordem imperativa. Na atitude do filho alterado não viu nenhum sinal de afeto filial. Embora a iluminação fosse fraca, o jovem se queixara de que o ofuscava em excesso. Ele não falara em voz alta, afirmando que sua garganta estava em péssimas condições, mas de seu rouco sussurro desprendia-se alguma coisa tão obscura e inquietante que o sr. Ward não conseguiu eliminá-la da mente.

Agora, decididamente aliados para tudo ao alcance de ambos em prol da salvação mental do jovem, o sr. Ward e o dr. Willett começaram a reunir todos os dados que o caso poderia fornecer. O falatório que circulava em Pawtuxet consistiu no primeiro objeto que estudaram, e este foi, mais ou menos, fácil de obter, pois os dois tinham amigos na região. O dr. Willett conseguiu se inteirar de mais rumores porque as pessoas se manifestavam de maneira mais franca com ele que com o pai da figura central e, a julgar por tudo que ouviu, se deu conta de que a vida do jovem Ward tornara-se, na verdade, muito estranha. Os comentários não dissociavam o bangalô do vampirismo do verão anterior, enquanto as idas e vindas noturnas dos caminhões ofereciam uma parcela de sinistra especulação. Os comerciantes locais falavam da estranheza das encomendas feitas pelo mulato de aparência maligna e, em particular, das quantidades desproporcionais de carne e sangue fresco fornecidos pelos dois açougues da vizinhança imediata. Para uma casa de apenas três pessoas, as quantidades eram bastante absurdas.

Havia ainda a questão dos barulhos subterrâneos. Os relatos sobre estes eram mais difíceis de especificar, porém, todos os vagos palpites concordavam em alguns detalhes fundamentais. Existiam, com certeza, ruídos de natureza ritualística e, às vezes, quando o bangalô ficava escuro. Podiam decerto ter vindo do porão, embora os boatos insistissem que havia criptas mais profundas e amplas. Ao lembrar-se das antigas histórias sobre as catacumbas de Joseph Curwen e, tomando como certo que o atual bangalô fora escolhido por causa da localização no antigo sítio de Curwen, como revelado num dos documentos encontrados atrás do quadro, Willett e o sr. Ward prestaram muita atenção a essa fase do falatório e procuraram várias vezes, sem sucesso, a porta na margem do rio citada pelos antigos manuscritos. Quanto à opinião popular sobre os vários habitantes do bangalô, logo ficou claro que o português era detestado, o barbudo dr. Allen, de óculos, temido e o jovem pálido estudioso malquisto ao extremo. Durante mais ou menos as duas últimas semanas, notou-se que Charles passara por uma óbvia mudança, pois abandonara as tentativas de ser afável e falava apenas em sussurros ásperos, mas estranhamente repelentes, nas poucas ocasiões em que se aventurava a sair de casa.

Sobre esses fragmentos reunidos aqui e ali, o sr. Ward e o dr. Willett tiveram muitas conversas longas e sérias. Esforçavam-se por exercitar a dedução, a indução e a imaginação construtiva à sua máxima extensão e correlacionar todos os fatos conhecidos sobre a vida recente de Charles, incluindo a carta frenética que o médico mostrou então ao pai, com as parcas provas documentais disponíveis referentes ao velho Joseph Curwen. Os dois dariam tudo em troca de uma olhada nos documentos que Charles encontrara, pois, com toda a certeza, a chave da loucura do jovem estava no que ele se inteirara a respeito do antigo feiticeiro e de suas atividades.

4.

E, no entanto, o seguinte passo decisivo nesse caso tão singular não se deu em consequência de nenhuma medida adotada pelo sr. Ward ou pelo médico. Os dois, repelidos e confusos por uma sombra demasiado amorfa e intangível para combater, haviam relaxado, constrangidos, seus esforços, enquanto os bilhetes datilografados do jovem Ward aos pais tornavam-se cada vez mais espaçados. Então, chegou o primeiro dia do mês com os ajustes financeiros habituais, e os funcionários em certos bancos começaram a balançar a cabeça e a telefonar uns aos outros. Os que conheciam Charles Ward de vista foram até o bangalô para perguntar qual o motivo de todo cheque dele a bater no banco na ocasião ser uma canhestra falsificação e se sentiram muito menos tranquilizados do que deveriam quando o jovem explicou, com a voz rouca, que pouco antes um choque nervoso lhe afetara tanto a mão que escrever de forma normal tornara-se impossível. Disse que só com grande dificuldade conseguia formar caracteres escritos e podia prová-lo pelo fato de que era obrigado a datilografar todas as suas cartas recentes, mesmo as endereçadas ao pai e à mãe, os quais poderiam confirmar-lhe a afirmação.

O que fez os investigadores pararem confusos não foi apenas essa circunstância em nada sem precedentes ou essencialmente suspeita nem sequer os rumores de Pawtuxet, alguns dos quais os haviam alcançado. Foi o discurso confuso do jovem que os impressionou, pois implicava uma perda de memória quase total de importantes transações monetárias que dominava até um ou dois meses atrás. Havia alguma coisa errada, pois, apesar da aparente coerência e racionalidade de seu discurso, motivo normal algum poderia explicar aquele desconhecimento mal disfarçado de detalhes de vital importância. Além disso, embora nenhum dos visitantes conhecesse bem Ward, não lhes passou despercebida a mudança de linguagem e atitude. Haviam ouvido dizer que ele se dedicava ao estudo do passado, mas mesmo o estudioso mais aficionado de antiguidades não usa fraseologia e gestos obsoletos no dia a dia. No geral, essa combinação de rouquidão, mãos paralisadas, má memória e fala e atitude alteradas representava algum transtorno ou doença de verdadeira gravidade, a qual sem a menor dúvida formava a base da maioria dos estranhos rumores. Em consequência, assim que foi embora, o grupo de funcionários do banco decidiu que era imperativa uma conversa com o pai de Ward.

Em 6 de março de 1928, portanto, houve uma longa e séria conferência no escritório do sr. Ward, após a qual o pai, totalmente perplexo, chamou o dr. Willett com uma espécie de desamparada renúncia. Willett examinou as assinaturas forçadas e desajeitadas nos cheques e as comparou na mente com a caligrafia daquela última carta frenética. Com certeza, ocorrera uma mudança radical e profunda, mas ainda assim, via-se alguma coisa sinistramente familiar na nova escrita. Tinha tendências intrincadas e arcaicas de uma forma bastante curiosa, além de parecer resultante de um traço de pena em tudo diferente do qual o jovem sempre usara. Era estranho, mas o médico perguntava-se onde o vira antes. De modo geral, era óbvio que Charles enlouquecera, disso não tinha dúvidas. E como parecia improvável que pudesse continuar a administrar seus bens ou lidar por muito mais tempo com o mundo exterior, era necessário tomar alguma medida de imediato para vigiá-lo e, talvez, curá-lo. Foi então que chamou os psiquiatras, os drs. Peck e Waite de Providence e o dr. Lyman de Boston, aos quais o sr. Ward e o dr. Willett forneceram o histórico mais completo possível do caso e com os quais ambos debateram por um longo tempo na biblioteca, agora abandonada, do jovem paciente, examinando os livros e documentos ali deixados, a fim de obter mais alguma ideia sobre sua disposição mental habitual. Depois de examinar esse material e a carta enviada a Willett, os três concordaram que os estudos de Charles Ward haviam sido suficientes para abalar ou transtornar qualquer intelecto comum e gostariam de ver seus volumes e documentos mais íntimos, embora soubessem que só o conseguiriam após uma ação no bangalô. Willett, então, analisou mais uma vez todo o caso com energia febril, e foi nessa ocasião que obteve as declarações dos trabalhadores que haviam visto Charles descobrir os manuscritos de Curwen, cotejando os incidentes descritos nos artigos dos jornais destruídos após encontrá-los na redação do *Journal*.

Na quinta-feira, 8 de março, os drs. Willett, Peck, Lyman e Waite, acompanhados pelo sr. Ward, fizeram ao jovem uma solene visita, não ocultando seu propósito e interrogando com extrema minúcia aquele que, agora, era reconhecidamente seu paciente. Charles, embora houvesse demorado demais para receber os visitantes e continuasse a emanar os estranhos e nocivos odores do laboratório, quando, enfim, apareceu agitado, revelou-se um paciente longe de recalcitrante; e admitiu, com toda a franqueza, que sua memória e equilíbrio haviam sofrido um pouco com a assídua aplicação a estudos muito complexos. Não ofereceu nenhuma resistência quando insistiram em transferi-lo para outro local e, na verdade, pareceu mostrar um elevado grau de inteligência, além de apenas a prodigiosa memória. Tal conduta teria feito os entrevistadores irem embora estupefatos se a persistente tendência arcaizante da linguagem e a inequívoca substituição de ideias modernas por antigas na consciência dele não o destacassem como alguém anormal. Sobre seu trabalho, não disse ao grupo de médicos mais do que dissera antes à família e ao dr. Willett, e quanto à carta frenética do mês anterior, atribuiu-a aos nervos abalados e à histeria. Insistiu em que o sombrio bangalô não tinha nenhuma biblioteca ou laboratório além dos que eram visíveis e tornou-se obscuro ao explicar a ausência na casa dos odores que agora lhe impregnavam as roupas. Atribuiu o falatório da vizinhança a nada além de invencionices baratas motivadas por curiosidade frustrada. Quanto ao paradeiro do dr. Allen, disse não ter liberdade para afirmar nada de concreto, mas garantiu aos inquisidores que o barbudo de óculos voltaria se fosse necessário. Ao pagar o frio português de Brava, que resistira a todo o questionamento feito pelos visitantes a fechar o bangalô, o qual continuava parecendo guardar tantos segredos obscuros, Ward não revelou sinal algum de nervosismo, a não ser uma tendência que imperceptível a parar como se tentando escutar algo muito indistinguível. Parecia animado por uma calma resignação filosófica, como se sua retirada não passasse de um incidente temporário que causaria menos problema se facilitado e resolvido de uma vez por todas. Ficou claro que confiava na perspicácia obviamente intacta de sua inteligência absoluta para superar todas as dificuldades resultantes da memória deformada, a perda da voz e da caligrafia, além do comportamento dissimulado e excêntrico. Concordou-se que não se iria informar a mãe sobre a mudança, e o pai enviaria as cartas datilografadas no nome de Charles, o qual foi levado para o hospital particular mantido pelo dr. Waite, situado num local calmo e pitoresco em Conanicut Island, na baía, e submetido a exame e interrogatório superminuciosos por todos os médicos ligados ao caso. Notaram-se, então, as excentricidades físicas, o metabolismo que se tornou mais lento, a pele alterada e as desproporcionais reações neurais. O dr. Willett foi, dos vários examinadores, o que mais ficou perturbado, pois cuidara de Charles durante toda a vida e podia constatar, com terrível preocupação, a extensão de sua desorganização física. Até o sinal de nascença azeitonado no quadril desaparecera, e no peito surgira uma grande mancha ou cicatriz preta jamais ali presente, o que levou Willett a perguntar-se se o jovem teria algum dia se submetido a alguns daqueles rituais para receber a "marca da bruxa", infligida, consta, em certos encontros noturnos insalubres, em lugares desertos e isolados. O médico não conseguia tirar da mente o registro transcrito de um julgamento de bruxos de Salém que Charles Ward mostrara-lhe na época em que não vivia em sigilo e que dizia: "O senhor G.B. naquela noite pôs a Marca do Diabo em Bridget S., Jonathan A., Simon O., Deliverance W. Joseph C., Susan P., Mehitable C. e Deborah B". O rosto de Ward também o preocupava de uma maneira terrível até que, por fim, descobriu, de repente, por que se horrorizara. Acima do olho direito do jovem, viu uma coisa que jamais notara antes: uma pequena cicatriz ou marca idêntica àquela presente no retrato desintegrado do velho Joseph Curwen que talvez revelasse alguma medonha inoculação ritualística à qual ambos haviam se submetido em certo estágio de suas carreiras ocultas.

Enquanto o próprio Ward intrigava todos os médicos no hospital, mantinha-se uma estrita vigilância em toda a correspondência endereçada a ele ou ao dr. Allen que o sr. Ward ordenara que fosse entregue na residência da família. Willett previra que pouco se encontraria, pois toda comunicação de natureza vital seria, decerto, feita por mensageiro; mas, em fins de março, chegou, de fato, uma carta de Praga para o dr. Allen que deu ao médico e ao pai muito em que pensar. Exibia uma caligrafia bem arcaica e indecifrável e, embora não devido ao esforço de um estrangeiro, revelava um desvio tão singular do inglês moderno quanto a fala do próprio jovem Ward. Dizia:

Kleinstrasse, 11,
Altstadt, Praga,11 de fevereiro de 1928.

Irmão em Almousin-Metraton! Recebi neste dia notícia do que apareceu dos sais que vos enviei. Saiu errado e significa claramente que vossas lápides haviam sido trocadas quando Barnabus me deu o espécime. Isso ocorre com frequência, como deveis ter percebido pela coisa que recebestes do cemitério de King' Chapel em 1769, e pela que recebestes do Cemitério Velho em 1690, que tinha chance de eliminá-lo. Ocorreu-me coisa semelhante no Egito, faz 75 anos, da qual apareceu aquela cicatriz que o jovem viu em mim em 1924. Como vos disse há muito tempo, não invoque aquilo que não puderes extinguir, seja nos sais mortos, seja nas esferas do além. Tende sempre prontas as palavras para proferir em todas as ocasiões e não esperais para ter certeza quando tiverdes alguma dúvida de *Quem* tendes. As lápides estão todas mudadas agora em nove de cada dez cemitérios. Jamais tereis certeza se não perguntardes. Neste dia, também recebi notícias de H., que teve dificuldades com os soldados. É provável que ele lamente o fato de a Transilvânia haver passado da Hungria para a Romênia e gostaria de mudar sua moradia se o castelo não estivesse tão cheio daquilo que sabemos. Mas sobre isso, ele, sem dúvida, vos escreveu. Vou enviar, em seguida, algo de um túmulo na colina do leste que vos agradará muitíssimo. Até lá, não vos esqueceis que desejo B. F. se puderes invocá-lo para mim. Conheceis G. na Filadélfia melhor do que eu. Fazei uso dele primeiro se quiser, mas não demais, ele se fará difícil, pois preciso falar com ele no fim.

Yogg-Sothotf Neblod Zin Simon O.
Para o sr. J. C. em Providence.

O sr. Ward e o dr. Willett pararam em total caos diante da visível exibição de insanidade que constituía a carta. Só aos poucos conseguiram absorver o que parecia indicar. Então, o ausente dr. Allen, e não Charles Ward, era o espírito dominante em Pawtuxet? Isso explicava a violenta referência e a denúncia da última carta frenética do jovem. Mas por que a carta fora endereçada ao estrangeiro de óculos e barba como "Sr. J. C."? Não havia como escapar à conclusão, mas existem limites a uma possível monstruosidade. Quem era "Simon O."? O velho que Ward visitara em Praga quatro anos antes? Talvez, contudo, séculos antes existira outro Simon O. Simon Orne, também conhecido como Jedediah, de Salém, que desaparecera em 1771, *e cuja caligrafia estranha o dr. Willett agora reconhecia inconfundivelmente como a das fotocópias das fórmulas de Orne que Charles certa vez lhe mostrara.* Que horrores e mistérios, que contradições e contravenções da natureza haviam voltado após um século e meio para atormentar a velha Providence com seus aglomerados pináculos e domos?

O pai e o velho médico, quase sem saber o que fazer ou pensar, foram visitar Charles no hospital e lhe indagaram, da maneira mais delicada possível, sobre o dr. Allen, a visita a Praga e o que ele soubera de Simon ou Jedediah Orne de Salém. A todas essas perguntas, o jovem manifestou uma educada reserva e limitou-se a latir naqueles sussurros que descobrira que o dr. Allen tinha uma admirável afinidade espiritual com certos seres do passado e que o correspondente do barbudo em Praga na certa devia ter dons semelhantes. Só quando saíram, o sr. Ward e o dr. Willett deram-se conta de que, para seu desapontamento, eles é que haviam sido investigados e que, sem fornecer nenhuma informação vital, o jovem internado havia, astutamente, arrancado deles tudo o que a carta de Praga continha.

Os drs. Peck, Waite e Lyman mostraram-se pouco inclinados a dar muita importância à estranha correspondência do companheiro do jovem Ward, pois conheciam a tendência de excêntricos e monomaníacos a formarem grupos entre si. Acreditavam, além disso, que Charles ou Allen apenas haviam descoberto um colega expatriado, talvez alguém que vira a caligrafia de Orne e a copiara na tentativa de posar como a reencarnação do finado personagem. O próprio Allen talvez fosse um caso semelhante e poderia ter persuadido o jovem a aceitá-lo como um avatar de Curwen morto tempos antes. Tinha-se conhecimento dessas circunstâncias antes, e, baseados na mesma convicção, os obstinados doutores descartaram a crescente inquietação de Willett referente à atual caligrafia de Charles Ward, como examinada nas amostras obtidas por vários artifícios. Willett acreditava ter identificado, enfim, a razão de sua estranha familiaridade, pois ela se assemelhava vagamente à caligrafia do falecido velho Joseph Curwen. Os outros médicos, no entanto, consideraram-no um fenômeno de imitação previsível nesse tipo de loucura e recusaram-se a atribuir-lhe alguma importância, favorável ou não. Ao constatar essa atitude prosaica em seus colegas, Willett aconselhou o sr. Ward a guardar a carta que chegara para o dr. Allen no dia 2 de abril de Rakus, Transilvânia, numa letra tão intensa e essencialmente idêntica à do código de Hutchinson que ambos, pai e médico, se detiveram, apavorados, antes de violar o selo. Segue-se o texto:

Castelo Ferenczy
7 de março de 1928,
Caro C.

Apareceu um esquadrão de 20 milicianos para falar sobre o que diz a gente do campo. Preciso escavar mais fundo e manter menos gado. Esses romenos me atormentam de forma execrável, são sujeitos intrometidos e específicos, muito diferentes daqueles húngaros que conseguíamos comprar com bebida e comida. Mês passado, M. me mandou o sarcófago das cinco esfinges da Acrópole onde aquele que eu invoquei me disse que estaria, e tive três conversas com *aquilo que estava sepultado em seu interior*. Irá direto para S. O. em Praga e, de lá, para vós. É obstinado, mas sabeis como agir. Mostrastes sabedoria em ter menos que antes, pois não havia a menor necessidade de manter os guardas em forma e comendo tanto, os quais podem ser achados em caso de dificuldade, como os senhores bem sabem. Agora, podeis vos mudar e trabalhar em outro lugar sem o inconveniente de matar, se necessário, embora espere que nada vos obrigue tão cedo a uma medida tão incômoda. Folgo que não estejais traficando muito com *os de fora*, pois nisso sempre houve um perigo mortal, e estais a par do que ele fez quando pediu proteção de alguém que não estava disposto a dá-la. Vós me superais em conseguir as fórmulas para que *outro* possa dizê-las com sucesso, mas Borellus imaginou que seria assim, bastando que se tivessem as palavras certas. O rapaz as usa com frequência? Lamento que ele esteja se tornando cada vez mais medroso, como eu temia quando esteve aqui há uns 15 meses, mas percebo que sabeis como lidar com ele. Não podeis mandá-lo de volta com as fórmulas, pois isso só funciona com aqueles que as fórmulas ressuscitam dos sais, mas ainda tendes mãos fortes, faca e pistola, além do que túmulos não são difíceis de cavar, nem os ácidos difíceis de queimar. O. diz que lhe prometestes B.F. Preciso tê-lo depois. B. irá logo para vós e poderá vos dar o que desejardes daquela coisa preta debaixo de Mênfis. Cuidado com aquilo que invocares e cuidado com o menino. Daqui a um ano, será o momento de convocar as legiões das profundezas, e, depois, não haverá limites ao nosso poder. Confiai no que digo, pois sabeis que O. e eu tivemos esses 150 anos mais que vós para estudar tais assuntos.

Nephreu-Ka nai Hadoth
Edw:H.
Para o Cavalheiro J. Curwen, Providence.

Embora Willett e o sr. Ward se abstivessem de mostrar essa carta aos psiquiatras, não deixaram de agir sozinhos. Nem o mais sábio dos sofistas teria como contestar o fato de que o dr. Allen, com aqueles estranhos óculos e barba, a quem a frenética carta de Charles descrevera como uma ameaça tão monstruosa, mantinha estreita e sinistra correspondência com duas criaturas inexplicáveis, que Ward visitara em suas viagens e que, claramente, afirmavam ser sobreviventes ou avatares dos velhos colegas de Curwen na antiga Salém; que ele se encarava como a reencarnação de Joseph Curwen e que cultivava, ou ao menos o aconselharam a cultivar, propósitos assassinos contra um "menino" que não poderia ser outro senão Charles Ward. O horror organizado achava-se em ação, e, independente de quem o houvesse começado, o ausente Allen, àquela altura, era quem estava no comando de tudo. Em consequência, dando graças aos céus por Charles agora estar protegido no hospital, o sr. Ward não perdeu tempo em contratar detetives para descobrirem tudo o que pudessem a respeito do misterioso dr. barbudo: de onde viera, o que Pawtuxet sabia sobre ele e, se possível, seu paradeiro atual. Após muni-los de uma das chaves do bangalô entregues por Charles, exortou-os a revistar o quarto vazio de Allen identificado quando se haviam empacotado os pertences do paciente e a obter todos os indícios possíveis de quaisquer bens que ele pudesse ter deixado lá. O sr. Ward conversou com os detetives na antiga biblioteca do filho e eles sentiram um visível alívio quando, por fim, saíram do aposento, pois parecia pairar ali uma vaga aura maligna. Talvez porque houvessem ouvido falar do infame velho bruxo cujo quadro outrora encarava do painel acima da lareira, ou talvez por outro motivo sem importância, mas ainda assim todos sentiram um intangível miasma concentrado naquele vestígio entalhado de uma moradia mais antiga e que, às vezes, alcançava a intensidade de uma emanação material.

V. PESADELO E CATACLISMO

1.

De repente, seguiu-se a abominável experiência que deixou uma marca indelével de terror na alma de Marinus Bicknell Willett e acrescentou uma década à visível idade de alguém cuja juventude mesmo então era muito remota. O dr. Willett conferenciou longamente com o sr. Ward e os dois chegaram a um consenso em vários pontos que, na opinião de ambos, os psiquiatras iriam ridicularizar. Reconheceram como indubitável a existência no mundo de um terrível movimento ativo, cuja ligação direta com uma necromancia era mais antiga ainda que a feitiçaria de Salém. O fato de que pelo menos dois homens vivos — e outro no qual não ousavam pensar — encontravam-se em absoluta possessão de mentes ou personalidades que haviam existido já em 1690, ou antes, fora, do mesmo modo, quase inquestionavelmente provado, mesmo contra todas as leis naturais conhecidas. O que essas terríveis criaturas, além de Charles Ward, vinham fazendo ou tentavam fazer parecia bastante claro a partir de sua correspondência e de todos os dados relativos ao passado e ao presente que eram conhecidos sobre o caso. Estavam violando túmulos de todos os períodos, incluindo os dos mais sábios e notáveis homens do mundo, na esperança de recuperar, das cinzas do passado, algum vestígio da consciência e do saber que outrora os animara e informara.

Um tráfico hediondo acontecia entre esses monstros de pesadelo, por meio do qual se barganhavam ossos ilustres com a tranquila postura calculista de meninos de escola trocando livros entre si; a julgar pelo que se conseguia arrancar dessa poeira secular eram de esperar um poder e uma sabedoria superiores a tudo o que o cosmos já vira concentrado num único homem ou grupo. Eles haviam descoberto meios pecaminosos de manter o cérebro no mesmo corpo ou em diferentes corpos e, evidentemente, encontrado uma maneira de canalizar a consciência dos mortos que reuniam. Parece que existia alguma verdade no quimérico velho Borellus, quando escreveu sobre como preparar, mesmo para os restos mais antigos, certos "sais essenciais", dos quais era possível invocar a sombra de uma criatura morta há muito tempo. Havia uma fórmula para invocá-la e outra para extingui-la, e agora fora tão aperfeiçoada que podia ser ensinada com sucesso. Precisava-se tomar muito cuidado com essas invocações, pois as gravações nas lápides de sepulturas antigas nem sempre são exatas.

Willett e o sr. Ward estremeciam ao passar de uma conclusão à outra. As coisas — presenças ou vozes — podiam ser baixadas de lugares desconhecidos, bem como do túmulo, e, nesse processo, também era preciso ser muito cuidadoso. Joseph Curwen, sem a menor dúvida, invocara muitas coisas proibidas, e quanto a Charles... que se podia pensar dele? Que forças "fora das esferas" haviam lhe alcançado do período de Joseph Curwen e feito sua mente se voltar para coisas esquecidas? Fora orientado a descobrir certas instruções e as pusera em prática. Conversara com o homem do horror em Praga e vivera muito tempo com a criatura nas montanhas da Transilvânia. Por fim, encontrara o túmulo de Joseph Curwen. Aquele artigo do jornal e o que a mãe ouvira à noite eram importantes demasiado para serem negligenciados. Em seguida, convocara a presença de alguma coisa, e esta aparecera. Aquela poderosa voz ressoada às alturas na Sexta-Feira Santa, e aqueles tons *diferentes* no laboratório do sótão trancado. Ao que se assemelhavam aquela profundidade e vácuo? Não constituiriam um apavorante presságio do assustador estrangeiro, o dr. Allen, com seu tom baixo espectral? Sim, foi *isso* o que o sr. Ward sentira com um vago horror em sua única conversa com o homem — se um homem fosse — ao telefone!

Que consciência ou voz infernal, que mórbida sombra ou presença surgira para responder aos secretos ritos de Charles Ward atrás daquela porta trancada? Aquelas vozes ouvidas numa discussão: "tem de mantê-lo vermelho por três meses". Santo Deus! Isso não ocorrera pouco antes da praga de vampirismo? A pilhagem do antigo túmulo de Ezra Weeden e os gritos posteriores em Pawtuxet! Que mente planejara a vingança e redescobrira o sítio por todos evitados onde haviam ocorrido as blasfêmias do passado mais remoto? E, em seguida, o bangalô e o estrangeiro barbudo, o falatório e o terror. Embora nem o pai nem o médico conseguissem tentar explicar a loucura final de

Charles, ambos tinham certeza de que a mente de Joseph Curwen ressurgira na Terra e dava continuidade às antigas tendências mórbidas. A possessão demoníaca era, de fato, uma possibilidade? Allen tinha algo a ver com isso, e os detetives tinham de descobrir mais sobre o sujeito cuja existência ameaçava a vida do rapaz. Nesse meio tempo, como a existência de alguma enorme cripta embaixo do bangalô parecia incontestável, era necessário fazer esforços para encontrá-la. Willett e o sr. Ward, conscientes da atitude cética dos psiquiatras, resolveram, durante sua última conferência, empreender uma busca conjunta secreta, sem precedentes, e combinaram de encontrar-se no bangalô na manhã seguinte com valises, instrumentos e acessórios próprios para inspeção arquitetônica e exploração subterrânea.

A manhã de 6 de abril despontou clara, e ambos os exploradores chegaram ao bangalô às 10h. O sr. Ward tinha a chave; então, entraram e fizeram uma busca superficial. O estado de desordem do quarto do dr. Allen revelava a óbvia presença anterior dos detetives, e os novos investigadores esperaram encontrar alguma pista valiosa. Claro que se realizavam as atividades principais no porão; por isso, não demoraram a descer, refazendo mais uma vez o circuito que cada um fizera antes, acompanhado pelo jovem proprietário louco. Por algum tempo, tudo pareceu desconcertante, cada trecho do chão de terra e paredes de pedra com um aspecto tão maciço e inofensivo que a ideia da existência ali de uma abertura escancarada parecia quase absurda. Willett refletiu que, como o porão original fora escavado sem o conhecimento de quaisquer catacumbas embaixo, o início da passagem corresponderia à escavação moderna do jovem Ward e seus parceiros, onde haviam sondado à procura das antigas criptas cuja existência talvez houvesse chegado a eles por meios nada benéficos.

O médico tentou se pôr no lugar de Charles para entender como um escavador decerto começaria, mas não conseguiu obter muita inspiração desse método. Então, decidiu pelo da eliminação e percorreu cuidadosamente toda a superfície subterrânea, no sentido vertical e horizontal, tentando explicar trecho por trecho. Logo as possibilidades se reduziram bastante, até restar apenas uma pequena plataforma diante das banheiras que ele já experimentara antes em vão. Tentando, agora, em todos os sentidos possíveis e exercendo uma força dupla nesse terraço, acabou por descobrir que ele de fato girava e deslizava na horizontal sobre um eixo no canto. Sob a plataforma, surgiu uma superfície lisa de concreto e o que parecia uma boca de acesso a níveis inferiores coberta por uma tampa de ferro, à qual o sr. Ward se dirigiu sem demora e com excitado zelo. Não se revelou difícil erguer a tampa, e o pai quase já a retirara por completo quando Willett notou-lhe a estranheza da aparência. Balançava e agitava a cabeça, estonteado, e na lufada de ar fétido que se elevou do poço preto embaixo, Willett logo reconheceu a causa.

Instantes depois, o médico deitava o companheiro desfalecido no chão e o ajudava a recobrar os sentidos com água fria. O sr. Ward reagiu fracamente, mas via-se que a lufada de ar putrefato da cripta, por algum motivo, lhe provocara uma profunda e grave náusea. Por não desejar correr riscos, Willett precipitou-se para Broad Street em busca de um táxi e despachou a toda velocidade o doente para casa, sem dar ouvido aos seus débeis protestos; em seguida, pegou uma lanterna à pilha, cobriu o nariz com uma gaze esterilizada e desceu mais uma vez para espreitar as profundezas recém-descobertas. O ar fétido amainara um pouco, e o médico pôde enviar um feixe de luz ao abismo satânico abaixo. Viu uma queda cilíndrica abrupta de uns três metros e meio, com paredes de concreto e uma escada de ferro; depois disso, parecia terminar num lance de antigos degraus de pedra, os quais deviam, na construção original antiga, emergir na superfície um pouco ao sul do prédio atual.

2.

Willett admite francamente que, por um instante, a lembrança das velhas lendas sobre Curwen o impediu de descer sozinho naquele abismo malcheiroso. Não podia deixar de pensar no que Luke Fenner relatara sobre aquela monstruosa última noite. Então, o dever impôs-se, e ele decidiu se lançar, levando uma grande valise para recolher quaisquer papéis que se revelassem de suprema importância. Devagar, como convinha a uma pessoa de sua idade, desceu a escada e alcançou os degraus limosos abaixo. Tratava-se de um trabalho de maçonaria antiga, a lanterna o informou, e, nas paredes gotejantes, viu o insalubre musgo acumulado durante séculos. Os degraus desciam sem parar, não em espiral, mas em três curvas abruptas e eram tão estreitos que mal dava para dois homens passarem juntos. Contara uns trinta quando um som muito fraco o alcançou; depois disso, não se sentiu mais disposto a contá-los.

Era um som afrontoso, um daqueles ultrajes da natureza insidiosos e de pouca intensidade que não tinham razão de existir. Descrevê-lo como um lamento triste, o lamento de um condenado à morte ou um uivo desesperado de uma angústia em uníssono da carne cortada sem mente, não bastaria para transmitir-lhe os tons da mais fundamental repugnância, capazes de nausear a alma. Seria isso que Ward pareceu escutar no dia em que o internaram? Era a coisa mais chocante que Willett ouvira até então e prosseguiu vinda de um ponto indeterminado quando o médico chegou ao pé dos degraus e projetou a luz da lanterna ao redor nas elevadas paredes do elevado corredor, rematadas por abóbadas gigantescas e perfuradas por inúmeras arcadas escuras. O corredor onde ele se encontrava talvez ficasse a mais de 4 metros abaixo do centro da abóbada e tinha mais de 3,50 metros de largura. O piso era de grandes lajes lascadas e as paredes e teto de alvenaria. Não dava para calcular-lhe o comprimento, pois se estendia a perder de vista pela escuridão adiante. Quanto aos arcos, alguns tinham portas de seis painéis, no antigo tipo colonial, enquanto outros, não.

Após superar o horror causado pelo fedor e pelos uivos, Willett começou a explorar os arcos, um por um, e encontrou, do outro lado deles, aposentos com tetos de pedra saliente, cada um de tamanho médio, e todos pareciam servir a usos bizarros; a maioria tinha lareira cuja parte superior das chaminés teria constituído um interessante estudo de engenharia. Jamais ele vira, nem veria depois, tais instrumentos ou sugestões de instrumentos como os que se entremostravam por todos os lados sob a grossa camada de pó e as teias de aranha de um século e meio, em muitos casos visivelmente despedaçados, como se pelos antigos invasores da fazenda. Em compensação, várias das câmaras pareciam não pisadas por pés modernos e deviam representar as primeiras e mais obsoletas fases das experiências científicas de Joseph Curwen. Por fim, surgiu uma sala de óbvia modernidade, ou ao menos de ocupação recente. Viam-se aquecedores a óleo, estantes, mesas, cadeiras, armários e uma escrivaninha com uma alta pilha de documentos de diversos níveis de antiguidade e contemporaneidade. Encontravam-se lampiões a querosene e castiçais em vários lugares; e, achando uma caixa de fósforos perto, Willett acendeu todos os prontos para uso.

Na luminosidade agora mais forte, parecia que esse apartamento era nada menos que o mais recente gabinete ou biblioteca de Charles

Ward. Grande parte dos livros, assim como do mobiliário, o médico vira antes na mansão de Prospect Street. Aqui e ali se destacava uma peça bem conhecida de Willett, e a sensação de familiaridade se tornou tão intensa que ele então se esqueceu do fedor nocivo e dos uivos, ambos mais nítidos aí que ao pé dos degraus. Seu primeiro encargo, como planejara com muita antecedência, era encontrar e recolher toda a papelada que talvez fosse de importância vital, sobretudo os monstruosos documentos encontrados há tanto tempo por Charles atrás do quadro em Olney Court. Enquanto procurava, foi se dando conta de que hercúlea tarefa seria o deslindamento final, pois um arquivo atrás do outro se achava repleto de papéis em estranhas caligrafias e ostentava desenhos igualmente estranhos, a tal ponto que talvez fossem necessários meses ou até anos para sua completa decifração e edição. De repente, encontrou grandes pacotes de cartas com carimbos postais de Praga e Rakus numa caligrafia claramente reconhecível como de Orne e Hutchinson, todos os quais ele levou consigo como parte do fardo a ser retirado na valise.

E, num gabinete de mogno trancado que antes enfeitava a casa dos Ward, Willett descobriu, afinal, a pilha dos antigos documentos de Curwen, reconhecendo-os devido à olhada relutante que Charles lhe concedera fazia tantos anos. Charles decerto os conservara juntos de forma muito semelhante à de quando os encontrara, pois todos os títulos lembrados pelos operários que haviam testemunhado a descoberta estavam presentes, exceto os endereçados a Orne e Hutchinson e o código dos manuscritos com a decifração. Willett colocou todo o lote na valise e continuou a examinar os arquivos. Como o estado de saúde imediato do jovem Ward era a mais importante questão em jogo, concentrou a pesquisa mais minuciosa entre o material de aspecto mais novo, e, nessa abundância de manuscritos contemporâneos, notava-se uma excentricidade desconcertante, isto é, a pequena quantidade de textos na caligrafia normal de Charles, a qual, de fato, não incluía nada mais recente que dois meses antes. Em compensação, havia literalmente resmas de símbolos e fórmulas, anotações históricas e comentários filosóficos, numa caligrafia de difícil leitura, idêntica à antiga escritura de Joseph Curwen, embora com inequívocas datas modernas. Ficou claro que parte do programa dos últimos dias fora uma meticulosa imitação da caligrafia do velho bruxo, em que Charles alcançara uma admirável perfeição. De qualquer terceira caligrafia que talvez pudesse ser a de Allen, não havia o menor vestígio. Se de fato ele tornara-se o líder, devia ter obrigado o jovem Ward a servir-lhe como amanuense.

Nesse novo material, uma fórmula mística, ou melhor, um par de fórmulas aparecia com tanta frequência que Willett as decorou antes de concluir metade de sua busca. Consistia em duas colunas paralelas, a da esquerda encimada pelo símbolo arcaico chamado "Cabeça do Dragão", usado em almanaques para indicar o nó ascendente; e a da direita encabeçada por um sinal correspondente a "Cauda do Dragão", ou nó descendente. O visual do conjunto era algo semelhante ao que se reproduziu abaixo; e, quase sem percebê-lo, o médico constatou que a segunda coluna nada mais era que a primeira escrita com as sílabas invertidas, com exceção dos últimos monossílabos e do estranho nome *Yog-Sothoth*, que ele passara a reconhecer em várias ortografias de outras coisas que vira em relação a esse terrível fato. As fórmulas eram as seguintes — *exatament*e, como Willett pôde testemunhar inúmeras vezes —, e a primeira suscitou-lhe a estranha impressão de uma desagradável lembrança latente, a qual ele reconheceu mais tarde ao rever os acontecimentos daquela horrível Sexta-Feira Santa do ano anterior.

Y'AI 'NG'NGAH
YOG-SOTHOTH
H'EE — L'GEB
F'AI THRODOG
UAAAH

OGTHROD AI'F
GEB'L — EE'H
YOG-SOTHOTH
'NGAH'NG AI'Y
ZHRO

Tão inesquecíveis eram as fórmulas as quais tantas vezes encontrou que, antes de dar por si, o médico as repetia baixinho. No devido tempo, porém, ao julgar que recolhera todos os papéis de interesse que aguentaria digerir no momento, resolveu não examinar mais nada até que pudesse trazer os céticos psiquiatras em massa para uma incursão mais ampla e sistemática. Ainda tinha de encontrar o laboratório oculto; por isso, deixou a valise na sala iluminada e retomou a busca pelo escuro e fétido corredor, cuja estrutura abobadada repercutia sem cessar aquele lamento angustiado e terrível.

Os poucos cômodos seguintes em que entrou estavam todos abandonados ou cheios apenas de caixas dilapidadas e caixões de chumbo de aspecto agourento, mas que o impressionaram profundamente com a magnitude das operações originais de Joseph Curwen. Pensou nos escravos e marinheiros desaparecidos, nos túmulos violados em todas as partes do mundo e no que o grupo do ataque final na certa viu; e, então, decidiu que era melhor não pensar mais nisso. Logo se via adiante uma grande escadaria de pedra à direita e deduziu que devia ter conduzido a um dos anexos de Curwen — talvez o famoso prédio de pedra com as janelas altas semelhantes a fendas —; no caso, como se os degraus que ele descera fossem dar na fazenda de teto íngreme. De repente, as paredes pareceram dissolver-se à frente; e o fedor e os lamentos intensificaram-se. Willett notou que chegara a um amplo espaço aberto, tão grande que a luz de sua lanterna não alcançava o outro lado e, à medida que avançava, descobria pilares aqui e ali que sustentavam os arcos do telhado.

Passado algum tempo, chegou a um círculo de pilares agrupados como os monólitos de Stonehenge e um imenso altar esculpido sobre uma base de três degraus no centro; os entalhes no altar eram tão estranhos que ele se aproximou para examiná-los com a lanterna, mas quando viu o que representavam, recuou trêmulo e não parou para investigar as manchas escuras que haviam descolorado a superfície superior e escorrido pelas laterais em filetes dispersos. Em vez disso, foi até a parede oposta e a contornou quando se abria num círculo gigantesco perfurado por entradas escuras, espaçadas entre si, que emolduravam uma miríade de celas pouco profundas, com grades de ferro, rematadas por algemas e calcetas presas a grilhões cimentados na pedra da parede côncava de alvenaria no fundo. Embora essas celas estivessem vazias, persistiam a fetidez e as deploráveis lamentações, agora mais insistentes que nunca e parecendo, às vezes, se alternarem com um escorregão seguido de uma queda.

3.

Willett não conseguia mais desviar a atenção do cheiro aterrador e do ruído sinistro que chegavam mais claros e medonhos naquele grande vestíbulo de pilares do que em qualquer outro lugar, além de transmitir a vaga impressão de virem de algum lugar muito mais embaixo até mesmo desse mundo obscuro de mistério subterrâneo. Antes de inspecionar uma por uma as escuras entradas em arco à procura dos degraus que conduziam mais abaixo, o médico apontou o feixe de luz para o chão de lajes. Pavimentado de maneira muito imprecisa, exibia, a intervalos irregulares, uma laje estranhamente perfurada com pequenos buracos, sem uma disposição definida, e, num dos cantos, via-se uma escada de mão muito comprida atirada com negligência ao chão, da qual parecia desprender grande volume do cheiro assustador que se infiltrava em toda parte. Ao deslocar-se devagar, ocorreu de repente a Willett que tanto o barulho quanto o fedor pareciam mais intensos bem em cima das lajes com os estranhos orifícios, como se talvez fossem toscos alçapões que conduziam a uma região de horror ainda mais profunda. Essa impressão o levou a ajoelhar-se perto de uma, apalpá-la e constatar que, com extrema dificuldade, conseguiria mexê-la. Ao tentar erguê-la, a lamúria abaixo se intensificou, e apenas acometido de forte tremor nervoso, o médico persistiu no levantamento da pesada pedra. Um fedor inominável elevou-se, então, das profundezas, e a cabeça de Willett pôs-se a rodopiar com vertigem quando retirou a laje, largou-a virada para trás e projetou o feixe de luz no metro quadrado exposto de escancarada escuridão.

Se ele esperava um lance de escada rumo a um imenso abismo de suprema abominação, decerto ficou desapontado, pois, em meio ao fedor e os lamentos enlouquecidos, discerniu apenas o topo revestido de tijolos de um poço cilíndrico de talvez 1,5 metros de diâmetro, desguarnecido de escada ou outros meios de descida. Quando a luz iluminou lá embaixo, os lamentos mudaram de repente para uma série de horríveis uivos, mais uma vez, em combinação com aquele ruído de arrastar de pés e escorregão seguido de baque surdo. O médico tremeu e recusou-se até mesmo a imaginar que coisa perniciosa poderia achar-se à espreita naquele abismo, mas, instantes depois, reuniu a coragem para espreitar pela beira, toscamente desbastada, deitado de corpo inteiro no chão e com a lanterna no braço esticado para ver o que poderia encontrar-se abaixo. Por um momento, não conseguiu distinguir nada senão as paredes verdes e escorregadias de musgo que mergulhavam infindáveis no miasma quase tangível de trevas, fetidez e angustiado frenesi; viu, então, que uma coisa escura pulava, de maneira trôpega e frenética, para cima e para baixo no fundo do estreito raio de luz, a uns 7 ou 8 metros, abaixo do piso de pedra no qual se deitava. A lanterna balançou em sua mão; no entanto, ele tornou a olhar para ver que espécie de criatura viva poderia estar presa ali, na escuridão daquele poço anormal, e fora deixada pelo jovem Ward para morrer de inanição depois de um mês inteiro, desde que os médicos o haviam levado; tratava-se, decerto, de apenas uma das inúmeras outras aprisionadas nos poços semelhantes, cujas tampas de pedra perfurada eram tão concentradas no piso da grande caverna abobadada. Fossem o que fossem aqueles seres, não puderam se deitar naqueles espaços apertados; porém, tiveram de agachar-se, gemer, esperar e pular sem forças durante todas as medonhas semanas desde que seu dono as abandonara, ignorando-as.

Mas Marinus Bicknell Willett arrependeu-se de olhar de novo, pois, embora fosse o cirurgião e o veterano da sala de dissecação, não tornou a ser o mesmo desde então. É difícil explicar como uma única visão de um objeto tangível de dimensões mensuráveis poderia abalar e mudar tanto um homem; podemos apenas dizer que certos vultos e entidades têm um poder de simbolismo e sugestão que agem de maneira assustadora na perspectiva de um pensador sensível, e sussurram terríveis insinuações de relações cósmicas obscuras e realidades inomináveis por trás das protetoras ilusões da visão comum. Naquela segunda olhada, Willett viu um vulto ou uma entidade assim, pois, durante os instantes seguintes, ficou, sem a menor dúvida, tão louco quanto qualquer paciente do hospital particular do dr. Waite. Deixou a lanterna cair da mão, então privada de força muscular ou coordenação nervosa, e tampouco prestou atenção ao ruído de dentes a mastigar que revelava o destino dela no fundo do poço. Ele gritou, gritou e gritou numa voz cujo falsete de pânico nenhum conhecido teria reconhecido; e, embora não tivesse condições de se levantar, rastejou e rolou, desesperado, para longe pelo pavimento úmido, onde dezenas de poços infernais emitiam aqueles lamentos e uivos exaustos em resposta aos seus gritos insanos. Esfolou as mãos nas pedras desconexas e ásperas e várias vezes machucou a cabeça de encontro aos frequentes pilares, mas ainda assim continuou. Então, ele acabou, aos poucos, voltando a si na total escuridão e fedor e tapou os ouvidos para não ouvir os lamentos melancólicos a que se reduzira a explosão de uivos. Estava encharcado de suor, sem ter nada com que iluminar o ambiente, ferido e debilitado nas trevas e nos horrores abissais, além de subjugado por uma lembrança que jamais conseguiria apagar. Abaixo de si, dezenas daquelas coisas continuavam vivas, e a tampa de um dos túneis fora retirada. Sabia que o que vira jamais poderia subir pelas paredes escorregadias; contudo, estremeceu à ideia de que talvez existisse algum ponto de apoio oculto na escuridão.

Jamais saberia dizer o que era aquela criatura. Assemelhava-se a algumas das esculturas entalhadas no altar infernal, só que tinha vida. A natureza jamais a fizera naquela forma, pois se tratava com certeza de uma criatura *inacabada*. As deficiências eram do tipo mais surpreendente e as anormalidades de proporção indescritíveis. Willett ousa dizer apenas que devia representar entidades que Ward invocara de *sais imperfeitos* e que conservava para fins servis ou ritualísticos. Se não tivesse alguma importância, sua imagem não teria sido esculpida naquela abominável pedra. Não era a pior coisa retratada nessa pedra, mas ele tampouco destampou os outros poços. No momento, a primeira ideia relacionada que lhe ocorreu foi um parágrafo de alguns dos dados do velho Curwen que assimilara mentalmente havia muito tempo, uma frase usada por Simon ou Jedediah Orne na assombrosa carta confiscada, enviada ao falecido feiticeiro: "Certamente, testemunhou-se apenas o mais vivo horror no que H. evocou daquilo que só pudemos entender uma parte".

Então, como se para intensificar de maneira horrível a imagem em vez de afastá-la, veio-lhe uma lembrança dos rumores antigos e prolongados a respeito da coisa queimada e retorcida encontrada nos campos uma semana após o ataque à fazenda de Curwen. Charles Ward, certa vez, contara ao médico o que o velho Slocum dissera do objeto: que não era todo humano nem parecido com qualquer animal que a gente de Pawtuxet já vira ou lera a respeito.

Essas palavras zumbiram na mente do médico enquanto ele se agitava de lá para cá, agachado no chão de pedra salitroso. Tentou expulsá-las e repetiu para si mesmo o Pai Nosso, uma oração que acabou por degenerar-se numa miscelânea mnemônica como o inovador poema "A Terra Desolada", de T. S. Eliot, e por último na fórmula dupla, tantas vezes repetida, que ele encontrara pouco antes na biblioteca subterrânea de Ward: "*Y'ai 'ng'ngah, Yog-Sothoth*", e assim por diante, até o "*Zhro*" final sublinhado. Pareceu acalmá-lo, e, passado algum tempo, ele levantou-se a cambalear, lamentando amargamente a perda da lanterna causada pelo horror que sentiu, enquanto olhava desesperado em volta à procura de algum vislumbre na opressiva escuridão daquele ar gelado. Decidira não pensar, mas aguçou a vista olhando para todos os lados, em busca de um fraco raio de luz ou reflexo da brilhante iluminação que deixara na biblioteca. Pouco depois, julgou ter detectado um indício de brilho infinitamente longe e, em direção a esse, arrastou-se de quatro com uma cautela atormentadora em meio ao fedor e aos uivos, sempre apalpando à frente para não colidir com os numerosos pilares enormes ou mergulhar no abominável poço que destampara.

De repente, os dedos trêmulos tocaram uma coisa que ele soube que se tratava dos degraus que levavam ao altar diabólico e, dali, recuou repugnado. Em seguida, encontrou a laje perfurada, cuja tampa retirara, e ali, seu cuidado tornou-se quase deplorável. Entretanto, não topara com a apavorante abertura nem com nada saído dela que o detivesse. O que havia no poço não se moveu nem emitiu o menor som. Sem a menor dúvida, a mastigação da lanterna caída não lhe fizera muito bem. Cada vez que tocava os dedos numa laje perfurada, Willett estremecia. Sua passagem por cima da laje, às vezes, aumentava a lamentação abaixo, mas, em geral, não causava nenhum efeito, pois ele movia-se muito silencioso. Em várias ocasiões durante o avanço, o brilho à frente diminuiu de maneira perceptível, o que o fez se dar conta de que as velas e lampiões que deixara deviam estar se extinguindo um a um. A ideia de achar-se perdido em total escuridão, sem fósforos, nesse mundo subterrâneo com labirintos de pesadelo o impeliu a levantar-se e correr, o que podia fazer em segurança, agora que passara pelo poço aberto, pois sabia que, assim que se apagasse a última luz, a única esperança de salvação e sobrevivência estaria em algum grupo de socorro que o sr. Ward enviasse, após sentir-lhe a falta por um período suficiente. Nesse momento, porém, saiu do espaço aberto para o corredor mais estreito e localizou, afinal, o brilho como vindo de uma porta à direita. Em instantes, dirigiu-se para lá e descobriu-se mais uma vez na biblioteca secreta do jovem Ward, tremendo de alívio, e viu a crepitação do último lampião que o levara a um lugar seguro.

4.

Logo começou a encher os lampiões extintos com querosene e, quando a sala iluminou-se de novo, olhou ao redor para ver se encontrava uma lanterna para continuar a exploração. Pois, por mais angustiado de horror que se sentisse, seu senso de rigorosa determinação vinha em primeiro lugar, e ele tomou a firme decisão de não deixar pedra sobre pedra na investigação dos hediondos fatos por trás da bizarra loucura de Charles Ward. Como não encontrou uma lanterna, escolheu o menor dos lampiões para carregar. Encheu também os bolsos de velas e fósforos, além de levar consigo uma lata de querosene a fim de guardá-la como reserva se por acaso descobrisse algum laboratório oculto no outro lado do terrível espaço aberto com o altar obsceno e inomináveis poços cobertos. Tornar a atravessar aquele espaço lhe exigiria o máximo de coragem, mas sabia que tinha de fazê-lo. Por sorte, nem o altar assustador nem o poço destampado ficavam perto da imensa parede perfurada de celas que delimitava a área da caverna e cujas obscuras passagens em arco indicavam as metas seguintes de uma busca lógica.

Willett, então, retornou ao enorme corredor inundado de fedor e angustiante lamentação, baixou o lampião para evitar qualquer vislumbre distante do altar infernal ou do poço descoberto com a laje de pedra perfurada ao lado. A maioria das passagens escuras levava apenas a pequenas câmaras, algumas vazias e algumas usadas como depósitos, e, em várias das últimas, viu uma curiosa acumulação dos mais variados objetos. Uma estava cheia de fardos de trajes putrefatos e envoltos em poeira, e o médico estremeceu ao notar que eram inequivocamente roupas de um século e meio antes. Em outra câmara, encontrou numerosas peças de trajes modernos que pareciam estar sendo guardadas aos poucos, ali, para equipar um grande número de homens. No entanto, o que mais o repugnou foram os imensos tonéis de cobre com sinistras incrustações, espalhados em várias salas. Inquietaram-no ainda mais que as tigelas de chumbo gravadas com desenhos estranhos, cujas bordas exibiam resíduos detestáveis, e das quais desprendiam odores repelentes, perceptíveis até mais que o fedor geral da cripta. Depois de ter percorrido mais ou menos a metade da extensão da parede, Willett descobriu outro corredor semelhante ao anterior, para o qual se abriam várias portas. Pôs-se a investigá-lo e, após entrar em três aposentos de tamanho médio, que nada continham de importante, chegou, afinal, a um grande apartamento retangular, cujos tanques, mesas, fornalhas, instrumentos modernos, alguns livros e infindáveis prateleiras com frascos e garrafas o proclamavam, de fato, o procurado laboratório de Charles Ward — e, sem a menor dúvida, do velho Joseph Curwen anteriormente.

O dr. Willett acendeu os três lampiões que encontrou cheios e prontos, examinou o local e todos os acessórios com intensa curiosidade e notou, a julgar pelas quantidades relativas dos vários reagentes nas prateleiras, que o interesse dominante do jovem Ward devia ter sido por algum ramo de química orgânica. No geral, pouco se podia deduzir do aparato científico, o qual incluía uma mesa de dissecação de aspecto horripilante, de modo que o laboratório revelou-se, na verdade, uma grande decepção. Entre os livros, via-se um antigo exemplar surrado de Borellus impresso em letra gótica, e foi estranhamente interessante notar que Ward sublinhara o mesmo trecho que tanto perturbara, mais de um século e meio antes, o bom sr. Merritt na fazenda de Curwen. Aquela cópia mais antiga, claro, deve ter sido destruída junto com o restante da biblioteca oculta de Curwen no ataque final. Três passagens arcadas saíam do laboratório, e o médico as investigou em sucessão. Nessa olhada superficial, viu que duas levavam apenas a pequenos depósitos, mas ele fez um exame minucioso nestes, observando as pilhas de caixões em vários estágios de deterioração, e estremeceu violentamente diante das duas ou três placas tumulares que soube decifrar. Também se viam muitas roupas estocadas nesses depósitos, além de várias caixas novas e fechadas com pregos que ele não parou para examinar. O mais interessante de tudo talvez fossem algumas peças soltas que julgou se tratar de fragmentos da aparelhagem de laboratório do velho Joseph Curwen. Embora houvessem sofrido danos nas mãos dos atacantes, ainda se podia reconhecer nelas a parafernália química do período georgiano.

A terceira passagem arcada conduzia a uma câmara bem ampla, repleta de prateleiras e tendo no centro uma mesa com dois lampiões. Willett acendeu-os e examinou as infindáveis prateleiras que o circundavam. Alguns dos níveis superiores estavam todos vazios, mas viam-se em quase todo o espaço pequenos vasos pesados de aspecto estranho e de dois tipos: um alto e sem asas como um *lekythos* grego ou vaso para armazenar óleo, e o outro com uma única asa e proporcionado como um jarro de Phaleron. Todos tinham tampas de metal e eram recobertos por símbolos de aspecto singular, moldados em baixo-relevo. O médico logo notou que haviam classificado esses jarros com extrema precisão; todos os *lekythoi* ficavam num lado da sala com uma grande tabuleta de madeira em cima, onde se lia "Custodes", e todos os jarros de Phaleron no outro, também rotulados com uma tabuleta dizendo "Materia". Cada um dos vasos ou jarros, exceto alguns nas prateleiras de cima que se revelaram vazios, tinha uma etiqueta de papelão com um número que parecia referir-se a um catálogo, e Willett resolveu procurá-lo. Por ora, contudo, interessava-o mais a natureza do conjunto em geral e abriu, de forma experimental, vários *lekythoi* e os jarros de Phaleron aleatórios, visando uma generalização aproximada. O resultado não variou. Ambos os tipos de jarros continham uma pequena quantidade de uma única substância: um fino pó seco de peso muito leve e várias tonalidades de cor neutra e baça. Era evidente que a disposição dos recipientes não correspondia a um método aparente e não havia nenhuma distinção entre o que ocorria nos *lekythoi* e o que ocorria nos Phalerons, pois um pó cinza-azulado podia estar ao lado de outro branco-rosado e o pó contido num de Phalerons podia ter um duplicado exato num *lekythos*. A característica mais marcante dos pós era a sua total falta de aderência. Willett podia despejar um na mão e devolvê-lo depois ao vaso, sem que ficasse qualquer resíduo na palma da mão.

O significado das duas tabuletas o intrigou, e ele se perguntou por que essa bateria de substâncias químicas se achava separada de forma tão radical das nos jarros de vidro nas prateleiras do laboratório propriamente dito. "Custodes" e "Materia": palavras em latim que correspondiam a "Guardas" e "Matéria" —, e logo lhe veio à memória o lugar em que ele vira a palavra "Guardas" antes em relação a esse terrível mistério. Fora, claro, na recente carta ao dr. Allen, que parecia ser do velho Edward Hutchinson, e a frase dizia: "Não havia a menor necessidade de manter os guardas em forma e comendo tanto, os quais podem ser achados em caso de dificuldade, como os senhores bem sabem". Que significava isso? Mas, espere — não tinha *outra* referência a "guardas" relacionada ao caso de que se esquecera totalmente ao ler a carta de Hutchinson? Nos dias em que ainda não se tornara tão reticente, Ward lhe falara a respeito do diário de Eleazer Smith, relatando a investigação de Smith e Weeden na fazenda de Curwen, e, naquela horrível crônica, fazia-se uma menção de conversas entreouvidas antes de o velho bruxo enfurnar-se totalmente debaixo da terra. Smith e Weeden insistiam na ocorrência de terríveis colóquios entre Curwen, certos prisioneiros seus e *os guardas desses prisioneiros*. Esses guardas, segundo Hutchinson, ou seu avatar, "empanturravam-se", de modo que, agora, o dr. Allen não os mantinha *em forma*. E se não em forma, como, a não ser como os "sais" nos quais parece que esse bando de feiticeiros se empenhava em reduzir o maior número de corpos ou esqueletos humanos que podia?

Então era *isso* que os *lekythoi* continham: o monstruoso fruto de rituais e ações iníquas, decerto subjugados ou acovardados até cederem a essa submissão para ajudar, quando invocados por alguma fórmula mágica diabólica, na defesa de seu blasfemo mestre ou na inquisição dos que não se mostravam tão dispostos? Willett estremeceu ao pensar no pó que despejara nas mãos e sentiu, por um instante, o impulso de fugir em pânico daquela caverna de prateleiras hediondas com suas silenciosas e talvez vigilantes sentinelas. Então, pensou na "Matéria" — na miríade de jarros de Phaleron do outro lado da sala. Sais também — e se não dos "guardas", os sais do quê? Santo Deus! Seria possível que ali jazessem as relíquias mortais de metade dos grandes pensadores de todas as épocas, roubados por supremos *ghouls* de criptas, onde o mundo os julgava em segurança, sujeitos às ordens de loucos que tentavam extrair-lhes a sabedoria, motivados por um propósito ainda mais louco e cuja consequência final talvez afetasse, como insinuara o infeliz Charles na carta frenética, "toda a civilização, toda lei natural, talvez até o destino do sistema solar e do universo"? E Marinus Bicknell Willett despejara nas mãos o pó deles!

Notou depois uma pequena porta na parede oposta da sala e acalmou-se o suficiente para aproximar-se e examinar a tosca figura gravada acima. Era apenas um símbolo, mas o encheu de vaga apreensão espiritual, pois um amigo mórbido sonhador, certa vez, o desenhara num pedaço de papel e lhe dissera algumas coisas que significavam no negro abismo do sono. Era o sinal de Koth que os sonhadores vêem fixado acima do arco de certa torre preta que se ergue sozinha no crepúsculo — e Willett não gostara do que o amigo Randolph Carter lhe contara a respeito de seus poderes. No entanto, passados alguns instantes, ele esqueceu-se do símbolo ao reconhecer um novo odor acre no ar malcheiroso. Era mais um cheiro químico do que um cheiro animal e vinha direto do aposento atrás da porta. Tratava-se inequivocamente do cheiro que impregnava as roupas de Charles Ward no dia em que os médicos o haviam levado.

Então fora ali que se interrompeu o jovem com a intimação final? Ele mostrara-se mais sábio que o velho Joseph Curwen, pois não resistira. Decidido a penetrar em todos os mistérios e pesadelos que esse domínio subterrâneo pudesse conter, Willett encheu-se de coragem, pegou o pequeno lampião e transpôs o umbral. Uma onda de terror indescritível desprendeu-se ao seu encontro, mas o médico não se rendeu a nenhuma fantasia e nem cedeu a nenhuma sensação. Não havia nada vivo ali para causar-lhe algum dano, e ele não se deixaria envolver pela nuvem sobrenatural que tragara seu paciente.

O aposento de tamanho médio em que entrou não tinha mobília, com exceção de uma mesa, uma única cadeira e dois grupos de curiosas máquinas com braçadeiras e rodas que Willett reconheceu após um instante como instrumentos medievais de tortura. Num dos lados da porta, via-se um cabide de chicotes e, acima deste, algumas prateleiras que ostentavam fileiras de taças rasas de chumbo com alças e o formato semelhante ao dos *kylikes* gregos. No outro lado, ficava a mesa com um forte candeeiro de Argand, um bloco de papel, lápis e dois *lekythoi* tampados parecidos com os das prateleiras do outro aposento, largados em lugares irregulares, como se deixados temporariamente ou às pressas. Willett acendeu o lampião e olhou com cuidado a prancheta para ver que anotações o jovem Ward teria rabiscado rápido quando o haviam interrompido; mas não descobriu nada mais inteligível do que os seguintes fragmentos desconexos na caligrafia intrincada de Curwen, que não elucidavam o caso como um todo:

"B. não fez. Fugiu paredes adentro e encontrou o lugar abaixo."
"Vi o velho V. recitar o Sabaoth e aprendi a maneira."
"Invoquei três vezes *Yog-Sabaoth* e fui libertado no dia seguinte."
"F. tentou eliminar todo o conhecimento para invocar os de fora."

Com a forte iluminação do candeeiro de Argand no cômodo inteiro, o médico viu que a parede defronte à porta, entre os dois grupos de instrumentos de tortura nos cantos, estava coberta de ganchos dos quais pendiam um conjunto de mantos lisos branco-amarelados com o aspecto meio lúgubre. Muito mais interessantes, entretanto, eram as duas paredes laterais, ambas cobertas de cima a baixo de símbolos e fórmulas gravadas de forma tosca na pedra lavrada. O chão úmido também exibia marcas entalhadas; sem muita dificuldade, Willett decifrou um grande pentagrama no centro, com um círculo simples de quase 1 metro de diâmetro situado num ponto equidistante a outros círculos idênticos nos quatro cantos da sala. Num desses quatro círculos, perto de um manto amarelado, que fora descuidadamente jogado ao chão, tinha um *kylix* raso igual ao encontrado nas prateleiras em cima do cabide de chicotes, e, logo depois da linha circular, via-se um vaso de Phaleron das prateleiras do outro cômodo com uma etiqueta assinalando o número 118. Este estava destampado e vazio, mas Willett, após examinar os dois vasos, viu, com um calafrio, que o *kylix* não estava. Dentro do interior raso da taça, e salvo de ter sido espalhado apenas pela ausência de vento naquela caverna isolada, restara uma pequena quantidade de pó seco, verde opaco e florescente; Willett quase cambaleou diante das implicações que lhe passaram a toda pela mente, quando correlacionou aos poucos os vários elementos e os antecedentes da cena. Os chicotes e os instrumentos de tortura, o pó ou sais do jarro da "Matéria", os dois *lekythoi* da prateleira dos "Guardas", as roupas, as fórmulas nas paredes, as anotações no bloco, as pistas das cartas e lendas, os milhares de vislumbres, dúvidas e suposições que haviam passado a atormentar os amigos e os pais de Charles Ward — tudo isso envolveu o médico numa onda gigantesca de horror enquanto ele olhava aquele pó esverdeado seco, espalhado na taça *kylix* no chão.

Com esforço, porém, Willett controlou-se e começou a examinar as fórmulas inscritas nas paredes. A julgar pelas letras manchadas e incrustadas, ficou óbvio que haviam sido entalhadas na época de Joseph Curwen, e o texto pareceu meio familiar a alguém que lera tanto material sobre o bruxo ou pesquisara de maneira tão intensa a história da magia. Uma delas o médico logo reconheceu como a que a sra. Ward ouvira o filho entoar naquela agourenta Sexta-Feira Santa, um ano antes, e que um especialista dissera-lhe consistir numa invocação muito terrível aos deuses secretos fora das esferas normais. Não fora gravada ali da forma exatamente expressa pela sra. Ward de memória, tampouco como a autoridade no assunto lhe mostrara nas páginas proibidas de "Eliphas Levi", mas exibia uma inequívoca identidade, e palavras como *Sabaoth*, *Metraton*, *Almonsin* e *Zariatnatmik* dispararam-lhe um calafrio de pavor da cabeça aos pés, depois de haver visto e sentido tanta abominação cósmica tão perto, naquele bangalô em que se encontrava.

Essa se encontrava na parede à esquerda de quem entrava. A da direita era igualmente coberta de inscrições, e Willett, mais uma vez, sentiu um sobressalto de reconhecimento e se deparou com duas fórmulas tão frequentes nas recentes anotações na biblioteca. Tratava-se, grosso modo, das mesmas, com os antigos símbolos da "Cabeça do Dragão" e da "Cauda do Dragão" encabeçando-as, como nos rabiscos de Ward. Mas a ortografia diferia bastante das versões modernas, como se o velho Curwen tivesse outra maneira de registrar som, ou se estudos posteriores houvessem passado por evoluções e aperfeiçoamentos das variantes nas invocações em questão. O médico tentou reconciliar a versão inscrita na parede com a que não parava de retornar-lhe com insistência à mente, mas achou difícil fazê-lo. A que ele decorara começava assim: "*Y'ai 'ng'ngah, Yog-Sothoth*", e esta epígrafe, "*Aye, engengah, Yogge-Sothotha*"; por isso, achava que fosse interferir seriamente com a silabação da segunda palavra.

Entranhado em sua consciência, como se achava o texto posterior gravado em sua consciência, a discrepância o perturbava, e ele se viu entoando a primeira das fórmulas em voz alta, num esforço de conciliar o som que imaginava com as letras gravadas na parede. Sua voz ressoava fantasmagórica e ameaçadora naquele abismo de antigos sacrilégios, suas inflexões sintonizadas com as de uma cantilena monótona pelo feitiço do passado e do desconhecido, ou pelo infernal exemplo daquela lamentação melancólica e ímpia dos poços cujas cadências desumanas elevavam-se e baixavam ritmadas ao longe através do fedor e da escuridão.

"Y'AI 'NG'NGAH,
YOG-SOTHOTHH'EE
L'GEB F'AI' THRODOG
UAAAH!"

Mas que vento gélido era esse que, de repente, se tornara ativo no início do cântico? Os lampiões crepitaram, como prestes a apagar-se, e a escuridão ficara tão densa que as letras na parede quase desapareceram da visão. Também se elevou fumaça, além de um odor que diluiu o fedor dos poços distantes, um odor semelhante ao que sentira antes, só que agora infinitamente mais forte e pungente. Virou-se de costas para as inscrições, a fim de ficar defronte ao aposento com aqueles objetos esdrúxulos, e viu o *kylix* no chão, no qual se assentava o fatídico pó eflorescente, desprender uma nuvem de vapor preto esverdeado denso, de volume e opacidade surpreendentes. Aquele pó — Santo Deus! — saíra da prateleira "Matéria" — o que fazia agora, e que o desencadeara? A fórmula que ele entoava —, a primeira do par — Cabeça do Dragão, *nó ascendente* —; Deus do céu, será que...

O médico cambaleou quando sentiu se precipitarem pela cabeça fragmentos desconexos de tudo aquilo que ele vira, ouvira e lera sobre o assustador caso de Joseph Curwen e Charles Dexter Ward. "Torno a dizer-lhe: não invoque ninguém que não possa subjugar... Tenha sempre prontas as palavras para dizer em todas as ocasiões, e certifique-se, quando tiver alguma dúvida, de *quem* o senhor tem... Três vezes conversou com *o que estava nesse sentido sepultado...*" Mãe santíssima, que forma era aquela atrás da fumaça que se dissipava?

5.

Marinus Bicknell Willett não esperava que acreditassem em sua história, a não ser alguns amigos solidários; em consequência, não fez qualquer tentativa de contá-la além do círculo dos mais íntimos. Apenas poucas pessoas fora desse círculo a ouviram, e a maioria ri e comenta que o médico, sem dúvida, está ficando velho. Foi aconselhado a tirar umas férias prolongadas e a evitar casos futuros de distúrbios mentais. Mas o sr. Ward sabe que o médico veterano relata apenas uma horrível verdade. Ele próprio não viu a repelente abertura no porão do bangalô? Willett não o mandara para casa oprimido e nauseado às 11h naquela agourenta manhã? Não telefonou ao médico em vão naquela noite e também no dia seguinte? Não pegara o carro e fora até o bangalô ao meio-dia, quando encontrou o amigo inconsciente, mas ileso, numa das camas do andar superior? Willett respirava com dificuldade e abriu os olhos devagar quando o sr. Ward lhe dera um pouco de conhaque que buscara no carro. Em seguida, ele estremeceu e gritou:

— Essa barba... esses olhos... Meu Deus, quem é você?

Palavras muito estranhas, levando-se em conta que as dirigia a um cavalheiro bem-arrumado, de olhos azuis, barbeado com apuro, a quem ele conhecia desde os fins da adolescência.

Na clara luz do meio-dia, o bangalô não mudara desde a manhã anterior. As roupas de Willett não exibiam qualquer descuido, além de certas manchas, lugares gastos nos joelhos e só um fraco odor acre que lembrou ao sr. Ward o que sentira desprender-se do filho no dia em que o haviam levado para o hospital. Faltava a lanterna, mas a valise continuava lá, vazia como quando ele a trouxera. Antes de dar explicações e obviamente com um grande esforço moral, Willett desceu cambaleando zonzo até o porão e tentou deslizar a fatídica plataforma diante dos tonéis. Não se mexeu. Atravessou o local e dirigiu-se ao lugar onde deixara na véspera a bolsa de ferramentas, pegou um formão e pôs-se a forçar uma por uma as tábuas renitentes. Abaixo, o concreto liso continuava visível, embora não houvesse mais qualquer abertura ou perfuração. Nada se escancarou dessa vez, o que assombrou o pai que seguira o médico no porão; via-se apenas o concreto liso sob as pranchas — haviam desaparecido o poço asqueroso, o mundo de horrores subterrâneos, a biblioteca secreta, os documentos de Curwen, as apavorantes fossas que desprendiam fedor e lamentação, o laboratório, as prateleiras e as fórmulas gravadas nas paredes, tudo, enfim... O dr. Willett empalideceu e agarrou-se ao homem mais moço.

— Ontem — perguntou baixinho — você o viu aqui... e o cheirou?

Quando o sr. Ward, transfixado, tomado de pavor e espanto, encontrou forças para fazer um aceno afirmativo com a cabeça, o médico deixou escapar um suspiro, seguido de um arquejo, e também assentiu com a cabeça.

— Pois bem, vou lhe contar tudo — disse.

Então, durante uma hora, no aposento mais ensolarado que conseguiram encontrar no andar de cima, o médico sussurrou o assustador relato ao pai estupefato. Nada mais restava para relatar depois da aparição gradual daquela forma quando o vapor preto-esverdeado desprendeu-se do *kylix*. Além disso, Willett sentia-se cansado demais para perguntar-se o que de fato ocorrera. Seguiram-se estupefatos e fúteis abanos de cabeça dos dois homens; de repente, o sr. Ward arriscou uma sugestão sussurrada.

— Acredita que uma escavação serviria para alguma coisa? — O médico ficou calado, pois não parecia adequado qualquer ser humano responder quando forças de esferas desconhecidas haviam, de maneira tão vital, ultrapassado os limites desse lado do Grande Abismo. Mais uma vez, o sr. Ward perguntou: — Mas para onde pode ter ido? Sem dúvida, alguém o trouxe aqui e de algum modo vedou o buraco.

E Willett, mais uma vez, deixou o silêncio responder por ele. Apesar de tudo, essa acabou não sendo a fase final do caso. Ao enfiar a mão no bolso à cata do lenço antes de levantar-se para partir, os dedos deles fecharam-se num pedaço de papel que não estava ali antes, acompanhado das velas e dos fósforos que pegara na biblioteca desaparecida. Era uma folha de papel comum, arrancada decerto do bloco de notas barato naquela fabulosa sala de horrores, em algum lugar subterrâneo; o que se lia na folha fora rabiscado com um lápis ordinário — sem dúvida, o mesmo que se encontrava ao lado do bloco de notas, e dobrado às pressas. Além do leve cheiro acre da câmara secreta, não trazia nenhuma marca de outro mundo senão deste. Mas o texto, de fato, transmitia algo de sobrenatural, embora os elaborados traços das trevas medievais, mal legíveis para o leigo que, agora, se esforçava por decifrá-lo, exibissem combinações de símbolos que lhe pareciam vagamente familiares. Segue-se a mensagem rabiscada de forma resumida, cujo mistério instigou os dois amigos abalados que logo se dirigiram ao carro de Ward e deram instruções ao chofer para que os conduzissem primeiro a um restaurante tranquilo e depois para a Biblioteca John Hay, na colina.

Na biblioteca, foi fácil encontrar bons manuais de paleografia, e, sobre estes, os dois homens perplexos debruçaram-se até se darem conta, pelas luzes acesas no grande candelabro, de que anoitecera. Por fim, acabaram achando o que necessitavam. As letras, na verdade, não constituíam nenhuma invenção fantástica, mas o sistema de escrita normal de um período medieval. Formadas pelas minúsculas saxônias do século VIII ou IX a.D., traziam consigo lembranças de tempos incultos em que, sob um recente verniz cristão, crenças religiosas e ritos antigos, se movimentavam às escondidas, e, às vezes, a pálida lua da Bretanha assistia estranhos feitos nas ruínas romanas de Caerleon e Hexham e perto das Torres ao longo da muralha de Adriano, caindo aos pedaços. As palavras eram num latim daquele período bárbaro, "*Corvinus necandus est. Cadaver aq(ua) forti dissolvendum, nec aliq(ui)d retinendum. Tace ut potes*", que, assim, pode-se traduzir grosso modo: "Curwen deve ser morto. O corpo deve ser dissolvido em água-forte, sem que nada reste. Mantenha silêncio o melhor que puder".

Willett e o sr. Ward viram-se emudecidos e perplexos. Haviam encontrado o desconhecido e constatado que lhe faltavam emoções para reagir como julgavam vagamente que deveriam. Em Willett, sobretudo, a capacidade de absorver novas impressões de horror quase se esgotara; em consequência, os dois ficaram ali sentados, imóveis e impotentes, sem saber o que fazer até o fechamento da biblioteca obrigá-los a sair. Depois, se dirigiram esgotados à mansão Ward em Prospect Street e conversaram, sem dizer coisa com coisa até bem entrada a noite. O médico descansou ao amanhecer, mas não voltou para casa. E continuava ali ao meio-dia de domingo quando chegou uma mensagem telefônica dos detetives que haviam sido designados a investigar o dr. Allen.

O sr. Ward, que caminhava nervoso de um lado para o outro, ainda de roupão, atendeu e mandou os homens virem na manhã seguinte cedo, ao ser informado que o relatório estava quase pronto. Ambos Willett e ele ficaram satisfeitos com a notícia, pois qualquer que fosse a origem do estranho e minúsculo bilhete, parecia certo que o "Curwen" que devia ser destruído não podia ser ninguém mais que o estrangeiro barbudo e de óculos. Charles temera esse homem e dissera na carta frenética que ele devia ser morto e dissolvido em ácido. Allen, além disso, vinha recebendo cartas dos estranhos feiticeiros na Europa sob o nome de Curwen, e era evidente que se encarava como uma reencarnação do falecido necromante de Salém. E agora, de uma fonte nova e desconhecida, surgia uma mensagem dizendo que "Curwen" devia ser morto e dissolvido em ácido. A ligação era demasiado inequívoca para ser ignorada; e mais, Allen não andava planejando assassinar o jovem Ward a conselho da criatura chamada Hutchinson? Decerto, a carta que eles haviam lido nunca chegara ao estrangeiro barbudo, mas, a julgar pelo texto, podiam ver que Allen já traçara planos para livrar-se do jovem, se este ficasse "melindroso" demais. Sem a menor dúvida, Allen tinha de ser preso e, ainda que não se aplicassem punições mais drásticas, deveria ser confinado em algum lugar do qual não pudesse infligir danos a Charles Ward.

Naquela tarde, esperando contra todas as probabilidades obter algum vislumbre de informação sobre os mistérios mais profundos e secretos do único ser capaz de dá-la, o pai e o médico contornaram a baía e visitaram o jovem Charles no hospital. De modo simples e sério, Willett lhe relatou tudo o que descobrira e notou como ele empalidecia a cada descrição que certificava a verdade da descoberta. O médico empregou o maior efeito dramático que pôde e observou com atenção o jovem, ao abordar a questão dos poços cobertos e dos inomináveis híbridos dentro em busca de algum estremecimento. Mas Ward nem pestanejou. Willett fez uma pausa, e a voz saiu cheia de indignação quando lhe comunicou que as coisas iam morrer de fome. Acusou-o de chocante desumanidade e estremeceu quando Charles lhe respondeu com apenas uma risada sardônica, pois o rapaz, após desistir do inútil fingimento de que a cripta não existia, parecia ver uma sinistra pilhéria no caso e desatava a dar risadas diabólicas de algo que o divertia. Então sussurrou, em tom duplamente terrível, devido à voz rouca:

— Maldito sejam, *comem à beça*, mas *não precisam!* Essa é a parte insólita! Um mês, disse o senhor, sem comida? És muito modesto! Sabe o senhor que se trata de uma piada sob medida para o coitado do velho capitão Whipple, com aquela virtuosa fanfarrice! Aniquilar tudo não era o que ele queria? Ora, dane-se, ficou meio surdo com o barulho vindo do lado de fora que jamais viu nem ouviu nada que saía dos poços. Nem sequer em sonho soube que estavam ali! Que o diabo as carregue, *aquelas almas penadas têm uivado ali embaixo desde que liquidaram Curwen, há cento e cinquenta anos!*

Não mais que isso, contudo, Willett conseguiu obter do jovem. Horrorizado, embora quase convencido contra sua vontade, continuou o relato na esperança de que algum incidente pudesse assustar para valer o ouvinte e o fizesse abandonar aquela atitude demente que mantinha. Ao examinar-lhe o rosto, o médico pôde apenas sentir uma espécie de terror com as mudanças que os últimos meses haviam provocado. Na verdade, o rapaz atraíra para este mundo horrores indescritíveis dos céus. Quando o médico referiu-se à câmara com as fórmulas e o pó esverdeado, Charles manifestou o primeiro sinal de animação. Um ar inquisidor espalhou-se por seu rosto enquanto ouvia o que Willett lera no bloco, e aventurou-se a fazer a moderada afirmação de que aquelas anotações eram antigas, sem nenhuma importância possível para alguém não profundamente iniciado na história da magia.

— Mas — acrescentou Ward — se conhecesse as palavras para invocar o que eu tinha na taça, o senhor não estaria aqui para me descrever o que viu. Aquele era o número 118, e creio que o senhor teria se chocado se houvesse examinado minha relação na outra sala. Não cheguei a revivê-lo, mas pretendia fazê-lo no dia em que o senhor foi à minha casa sugerir que eu viesse para cá.

Então, Willett falou-lhe da fórmula que ele entoara e da fumaça preto-esverdeada que se elevara; ao fazê-lo, viu verdadeiro medo despontar pela primeira vez no rosto de Charles Ward.

— Ele *veio* e o senhor está vivo?

Enquanto Ward grasnava as palavras, a voz parecia quase irromper livre de seus obstáculos e mergulhar em abismos cavernosos de sinistra ressonância. Willett, dotado de um lampejo de inspiração, acreditou que viu a situação e inseriu em sua resposta um aviso de uma carta de que se lembrava. "Número 118, dissestes? Mas não vos esqueceis de que *as lápides estão todas mudadas agora em nove de cada dez cemitérios. Jamais tereis certeza se não perguntardes!*" Então, de supetão, retirou do bolso o minúsculo bilhete em letras saxônicas e estendeu-a diante dos olhos do paciente. Não poderia ter desejado melhor resultado, pois Charles Ward caiu desmaiado em seguida.

Conduziu-se toda essa conversa, claro, no maior sigilo, para que os psiquiatras residentes não acusassem o pai e o médico de incentivarem um louco em seus delírios. Também sem ajuda, o dr. Willett e o sr. Ward ergueram o jovem surpreendido e deitaram-no no divã. Ao começar a voltar a si, o paciente murmurou várias vezes que precisava, sem demora, trocar uma palavra com Orne e Hutchinson; então, quando ele pareceu ter recobrado os sentidos por completo, o médico o informou que uma dessas criaturas estranhas era um inimigo implacável e aconselhara o dr. Allen a assassiná-lo. Essa revelação não lhe causou nenhuma reação visível, e, mesmo antes que essa houvesse sido concluída, os visitantes viram que o paciente já exibia a aparência de um homem perseguido. Depois disso, ele não quis mais conversa, e, por isso, Willett e o pai despediram-se em seguida, deixando um aviso contra o barbudo Allen, ao qual o jovem respondeu apenas que tal indivíduo não estava em condições de fazer mal a ninguém mesmo se quisesse. Disse isso com uma risada quase perversa e muito dolorosa de se ouvir. Não se preocuparam com qualquer comunicado que Charles pudesse escrever àquele monstruoso par na Europa, pois sabiam que as autoridades do hospital apreendiam todas as correspondências que de lá saíam para censura e não deixariam passar nenhuma missiva ensandecida ou fora do comum.

Entretanto, o caso de Orne e Hutchinson, se estes de fato eram os feiticeiros exilados, teve uma estranha sequela. Motivado por um vago pressentimento em meio aos horrores daquele período, Willett recorreu a uma agência internacional de serviço de *clipping* de imprensa para que lhe enviasse recortes de notícias sobre notáveis crimes e acidentes atuais em Praga e no leste da Transilvânia; passados seis meses, achou que descobrira dois fatos muito importantes entre os variados recortes recebidos e traduzidos. Um noticiava a destruição total de uma casa à noite, no bairro mais antigo de Praga, e o desaparecimento do perverso velho chamado Josef Nadeh, que morava ali sozinho fazia séculos. O outro informava que uma explosão gigantesca nas montanhas da Transilvânia, a leste de Rakus, levou pelos ares com todos os seus moradores o mal-afamado Castelo Ferenczy cujo proprietário era tão detestado por camponeses e soldados que, em breve, seria intimado a comparecer em Bucareste para grave interrogatório, se esse acidente não tivesse liquidado uma carreira tão longa que já antedatava toda a memória comum. Willett garante que a mão que escrevera aquelas minúsculas saxônias também podia empunhar armas mais fortes e que, embora assumisse a responsabilidade de eliminar Curwen, também se sentia capaz de encontrar e acabar com Orne e o próprio Hutchinson. O médico esforça-se por não pensar em qual deve ter sido o destino destes.

6.

Na manhã seguinte, o dr. Willett saiu às pressas para a residência dos Ward, a fim de estar presente quando os detetives chegassem. Em sua opinião, a destruição ou prisão de Allen — ou de Curwen, se o médico pudesse encarar como válida a tácita pretensão do barbudo a ser a reencarnação dele — devia ser levada a cabo a qualquer custo e comunicou essa convicção ao sr. Ward, enquanto esperavam a chegada dos homens no térreo da casa, porque os andares superiores começavam a ser evitados por causa de uma fetidez nauseante que pairava indefinidamente, uma fetidez que os empregados mais antigos associavam a alguma maldição deixada pelo retrato desaparecido de Curwen.

Às 9h, os três detetives apresentaram-se e comunicaram de imediato tudo o que tinham a dizer. Não haviam, lamentavelmente, localizado o português Tony Gomes, de Brava, como desejavam, e tampouco encontrado o menor vestígio da origem do dr. Allen nem de seu atual paradeiro, mas haviam conseguido descobrir um considerável número de impressões e fatos locais referentes ao calado estrangeiro. Allen impressionara os vizinhos de Pawtuxet como um ser vagamente sobrenatural. Tratava-se de uma crença generalizada em que aquela basta barba cor de areia fosse tingida ou postiça — crença que se revelou conclusiva pela descoberta de uma barba postiça junto a um par de óculos escuros em seu quarto no fatídico bangalô. A voz, o sr. Ward podia testemunhar pela única conversa telefônica que tivera com ele, tinha um timbre profundo e cavernoso que não lhe saía da lembrança, e o olhar parecia maligno mesmo através dos óculos escuros com aro de tartaruga. Um dono de loja, durante negociações com Allen, vira uma amostra de sua caligrafia e declarou que era muito estranha e intrincada, declaração confirmada pelas anotações a lápis de um significado bastante confuso, e que também haviam sido encontradas em seu quarto e identificadas pelo lojista. Em relação aos rumores de vampirismo do verão anterior, a maioria dos mexeriqueiros acreditava que Allen, em vez de Ward, era o verdadeiro vampiro. Também se obteve declarações dos policiais que haviam visitado o bangalô após o desagradável incidente do roubo do caminhão. Embora não houvessem detectado algo de sinistro no dr. Allen, reconheceram-no como a figura dominante no sombrio bangalô. O lugar estava escuro demais para que eles o pudessem observar com mais nitidez, mas o reconheceriam se tornassem a vê-lo. A barba lhes parecera estranha, e eles acreditavam ter visto uma leve cicatriz acima do olho direito coberto pelos óculos escuros. Quanto à busca no quarto de Allen, os detetives não encontraram nada decisivo, a não ser a barba e os óculos, além de várias anotações a lápis numa letra intrincada, a qual Willett logo viu que se tratava da caligrafia idêntica à dos manuscritos do velho Curwen e à das volumosas anotações do jovem Ward, descobertas nas desaparecidas catacumbas de horror.

O dr. Willett e o sr. Ward sentiram-se tomados por um medo cósmico profundo, sutil e insidioso por conta desses dados, assim que estes se desdobraram gradualmente e quase estremeceram quando uma vaga e descabida ideia lhes surgiu na mente ao mesmo tempo. A barba falsa e os óculos — a caligrafia intrincada de Curwen —, o antigo retrato com a minúscula cicatriz — *e o jovem alterado no hospital com igual cicatriz* —, a voz profunda e oca ao telefone —... não foi disso que o sr. Ward se lembrou quando o filho se pôs a emitir aqueles latidos em tom deplorável, aos quais afirmou estar reduzida sua voz agora? Quem algum dia vira Allen e Charles juntos? Sim, os policiais, apenas uma vez, mas quem mais dali em diante? Não foi depois da partida de Allen que Charles de repente perdeu aquele medo crescente e começou a morar em tempo integral no bangalô? Curwen — Allen — Ward —: em que fusão sacrílega e abominável duas idades e duas pessoas haviam se envolvido? Aquela diabólica semelhança do retrato com Charles — o tempo todo não observava e seguia com os olhos o rapaz pelo quarto? Por que, também, Allen e Charles copiavam a caligrafia de Joseph Curwen, mesmo quando sozinhos e desprevenidos? E depois o trabalho apavorante daqueles homens — a cripta de horrores desaparecida, que envelhecera o médico da noite para o dia; os monstros que morriam de fome nos poços fedorentos; a terrível fórmula que produzira tão inomináveis resultados; o bilhete em minúsculas encontrado no bolso de Willett; os documentos e as cartas, além de toda aquela conversa sobre túmulos, "sais" e descobertas — aonde levava tudo isso? Por fim, o sr. Ward tomou a decisão mais sensata. Fortalecendo-se contra qualquer compreensão do motivo que o levara a tomá-la, entregou aos detetives um item para que o mostrassem aos lojistas de Pawtuxet que haviam visto o agourento dr. Allen. Consistia numa fotografia do malfadado filho, na qual ele desenhara com esmero, à tinta, o par de pesados óculos e a barba preta e pontuda que os homens haviam trazido do quarto de Allen.

Durante duas horas ele esperou com o médico na opressiva casa, onde medo e miasmas acumulavam-se aos poucos enquanto o painel vazio na biblioteca lá em cima não parava de olhar perversamente. Então, os homens retornaram. Sim. *A fotografia alterada guardava uma semelhança bastante passável com o dr. Allen.* O sr. Ward empalideceu, e Willett enxugou com o lenço a testa que de repente umedecera. Allen — Ward — Curwen —: tudo se tornando hediondo demais para se pensar com coerência. O que o rapaz invocara do vazio e o que isso fizera com ele? O que, de fato, acontecera do início ao fim? Quem era esse Allen que tentava matar Charles como demasiado "melindroso", e por que sua vítima dissera no pós-escrito daquela carta frenética que ele deveria ser totalmente eliminado em ácido? Por que, também, o bilhete em minúsculas em cuja origem nem o pai nem o médico ousavam pensar, dissera que "Curwen" devia ser do mesmo modo destruído? Qual era a *mudança* e quando ocorrera o estágio final? No dia em que Willett recebera a carta frenética, ele ficara nervoso durante toda a manhã, e depois, houve uma alteração. Saíra sem ser visto e, na volta, passara, a passos destemidos, pelos homens contratados para protegê-lo. Fora então, na hora em que saíra. Mas não — não gritara de terror quando entrou no gabinete — nesse mesmo aposento em que achavam? Que encontrara ali? Ou, esperem —, o *que o encontrara*? Aquele simulacro que entrara a toda com um andar destemido, sem que o houvessem visto sair — era uma sombra e um horror alienígenas incorporados à força numa figura trêmula que jamais sequer saíra de casa? O mordomo não falara de ruídos fantásticos?

Willett chamou o empregado e lhe fez algumas perguntas em voz baixa. Fora, sem a menor dúvida, um incidente bastante desagradável. Ouviram-se barulhos — um grito horrorizado, um arquejo, uma sufocação, aos quais se seguiram um tipo de estardalhaço, atrito ou queda, ou tudo isso. E o sr. Charles não era mais o mesmo quando saiu de modo arrogante, sem uma palavra. O mordomo estremecia enquanto falava e torceu o nariz quando sentiu o ar pesado soprado de alguma janela aberta no andar acima. O terror instalara-se mesmo naquela casa, e apenas os formais detetives não lhe absorviam o imenso alcance, embora parecessem inquietos, pois o caso tinha como antecedentes vagos elementos que não os agradavam de modo algum. O dr. Willett pensava rápido e em profundidade sobre todas as terríveis ideias que lhe ocorriam. De vez em quando, quase se punha a murmurar ao examinar na mente uma cadeia nova, apavorante, e cada vez mais conclusiva de acontecimentos dignos de um pesadelo.

Em seguida, o sr. Ward fez um sinal encerrando a conferência, e todos, fora ele e o médico, saíram da sala. Embora já soasse meio-dia, as sombras, como se de uma noite iminente, pareciam envolver a casa assombrada por fantasmas. Willett iniciou uma conversa muito séria com o anfitrião e o exortou a que lhe deixasse cuidar da maior parte da futura investigação. Previa que um amigo teria mais condições de suportar certos elementos perniciosos do que um pai. Como médico da família, precisava ter liberdade de ação, e a primeira exigência que fez foi um período a sós e imperturbado na biblioteca abandonada, onde o antigo painel pintado acima da lareira acumulara ao redor de si uma aura de horror nocivo mais intenso de que quando as próprias feições de Joseph Curwen encaravam com malícia do alto desse painel.

O sr. Ward, estonteado pela inundação de grotesca morbidez e absurdas sugestões enlouquecedoras que fluíam de todo lado, só pôde aceitar; em consequência, meia hora depois, o médico trancava-se no aposento evitado por todos, com o painel trazido de Olney Court. O pai, que escutava diante da porta, ouviu ruídos atrapalhados de movimento e procura minuciosa, à medida que decorria o tempo; por fim, um violento puxão e um rangido, como o de abrir-se a porta de um armário fechada bem apertada. Em seguida, elevaram-se um grito abafado, um tipo de ronco sufocado e uma batida apressada do que se abrira. Tão logo a chave chocalhou, Willett apareceu no corredor com um ar emaciado e lívido, pedindo lenha para a lareira de verdade na parede ao sul da sala. Disse que a fornalha não bastava, e a lareira elétrica tinha pouca utilidade prática. Ansioso, mas sem atrever-se a fazer perguntas, o sr. Ward deu as ordens necessárias, e um homem trouxe grossos pedaços de pinho. Viu-o estremecer ao entrar no ar pestilento da biblioteca para largá-los na lareira. Nesse meio tempo, Willett subira ao laboratório desmantelado e trouxera para baixo algumas miudezas não incluídas na mudança do mês de julho anterior, dentro de uma cesta tapada; por isso o sr. Ward não viu o que eram.

Em seguida, o médico trancou-se mais uma vez na biblioteca e, pelas nuvens de fumaça que se elevavam da chaminé e deslizavam em rolos pela janela, soube-se que ele acendera o fogo. Depois, após uma longa farfalhada de folhas de jornais, tornou-se a ouvir aquela estranha série de barulhos estranhos, seguidos por uma queda que inquietou a todos os que prestavam atenção. De repente, chegaram dois gritos contidos de Willett e, quase ao mesmo tempo desses, ressoou um zunido sibilado de indefinível hostilidade. Por fim, a fumaça impelida pelo vento chaminé abaixo se tornou muito escura e acre, e todos desejaram que o tempo lhes poupasse dessa sufocante e venenosa inundação de vapores misteriosos. A cabeça do sr. Ward rodopiava vertiginosa, e todos os empregados agruparam-se bem junto uns dos outros para observar a horrível fumaça preta precipitar-se abaixo. Após séculos de espera, os vapores começaram a clarear e, atrás da porta fechada, ouviram-se ruídos que pareciam vir do médico a raspar, varrer e concluir outras operações menores. E, afinal, após fechar com força as portas de algum armário no interior, Willett apareceu tristonho, pálido e emaciado, com a cesta que trouxera do laboratório embrulhada num pano. Deixara a janela aberta e, no interior daquele aposento outrora amaldiçoado, entrava agora uma profusão de ar puro, saudável, para misturar-se a um cheiro novo e estranho de desinfetantes. O velho painel continuava acima da lareira, mas parecia despojado de malignidade agora e pendia tranquilo e majestoso do revestimento branco, como se jamais houvesse ostentado o retrato de Joseph Curwen. A noite aproximava-se, embora, dessa vez, suas sombras não transmitissem aquele medo latente, mas apenas uma tênue melancolia. O médico jamais contara o que fizera. Disse ao sr. Ward:

— Não posso responder a perguntas, só direi que existem diferentes tipos de magia. Fiz uma grande purificação, e os que moram nesta casa dormirão melhor graças a ela.

7.

Ficou demonstrado que a "purificação" do dr. Willett fora uma provação quase tão estressante quanto as horrendas andanças pela cripta desaparecida pelo fato de o idoso médico ter chegado totalmente esgotado em casa naquela noite. Durante três dias, não saiu do quarto, embora os empregados houvessem, depois, murmurado algo sobre tê-lo ouvido após a meia-noite, na quarta-feira, quando a porta de entrada abriu-se quase sem fazer barulho e fechou-se com surpreendente cuidado. Por sorte, a imaginação dos criados é limitada; do contrário, os comentários poderiam ter sido influenciados por uma matéria publicada na quinta-feira no *Evening Bulletin* que informava o seguinte:

Ladrões de Túmulos do Cemitério Norte Mais Uma Vez Em Ação

Após uma calmaria de dez meses, desde o vil vandalismo cometido na sepultura da família Weeden no Cemitério Norte, um ladrão noturno foi entrevisto no início da madrugada no mesmo cemitério por Robert Hart, o vigia da noite. Ao olhar por um instante de sua guarita às 2 h da manhã, Hart observou o brilho de uma lanterna não muito distante da área noroeste; ao abrir a porta, detectou o vulto de um homem com uma colher de pedreiro mostrada em silhueta sob uma luz elétrica próxima. De imediato, pôs-se a correr em perseguição e viu o vulto lançar-se a toda para a entrada principal, ganhar a rua e o perdeu em meio às sombras antes da possibilidade de aproximação e captura.

Como o primeiro dos violadores de túmulos em ação no ano passado, esse invasor não chegara a causar danos reais antes da detecção. Uma parte da sepultura dos Ward mostrava sinais de uma pequena escavação superficial, mas nada, nem sequer de perto do tamanho de um túmulo, fora atacado, assim como não se mexera em nenhum túmulo anterior.

Hart, que não pôde descrever o gatuno, exceto como um homem baixo, na certa, com uma barba basta, é da opinião de que todos os três incidentes de escavação no cemitério se devem ao mesmo bando; mas policiais da Segunda Delegacia discordam por conta da natureza selvagem do segundo incidente, quando roubaram um caixão antigo e despedaçaram violentamente sua lápide.

O primeiro dos incidentes, no qual se acredita ter sido uma tentativa frustrada de enterrar alguma coisa, ocorreu um ano antes, em março, e foi atribuído a contrabandistas de bebidas alcoólicas à procura de um esconderijo. É possível, disse o sargento Riley, que esse terceiro caso seja de natureza semelhante. Policiais da Segunda Delegacia têm feito um grande esforço para capturar a gangue de profanadores responsável por estas repetidas violações.

Durante toda a quinta-feira, o dr. Willett descansou como se tentasse recuperar-se de algum mal já sofrido ou revigorar-se para enfrentar alguma situação futura. À noite, escreveu uma carta ao sr. Ward, entregue na manhã seguinte, que levou o pai semientorpecido a ponderar longa e profundamente. O sr. Ward ainda não se sentira em condições de ir ao trabalho desde o choque da segunda-feira, com aqueles desconcertantes relatórios e a sinistra "purificação" do médico, mas encontrou certo reconforto na carta de Willett, apesar do desespero que parecia pressagiar e dos novos mistérios que parecia evocar.

Barnes St., n° 10
Providence, R.I.,
12 de abril de 1928

Caro Theodore: Sinto-me obrigado a dizer-lhe algumas palavras antes de levar a cabo o que vou fazer amanhã. Concluirá a terrível situação pela qual temos passado (pois creio que nenhuma pá jamais terá chance de chegar ao monstruoso lugar conhecido por nós dois), mas receio que não deixará seu espírito em paz, a não ser que eu lhe garanta, de modo explícito, que tal ação será o final definitivo desse mistério.

Conhece-me desde menino; por isso, acho que não desconfiará de mim quando insinuo que é melhor deixar certas questões não investigadas e ocultas. E também é melhor que não tente mais especular quanto ao caso de Charles, e quase imperativo que não conte à mãe dele mais do que ela já suspeita. Quando eu visitá-lo amanhã, Charles terá fugido. Isso é só o que precisa permanecer na mente de todos. Ele enlouqueceu e fugiu. Pode contar-lhe aos poucos e com delicadeza a parte do enlouquecimento quando parar de enviar-lhe as cartas datilografadas em nome dele. Aconselhá-lo-ia juntar-se a ela em Atlantic City e repousar ao seu lado. Sabe Deus que precisa de um repouso após tamanho choque, como eu também. Irei para o Sul por algum tempo para acalmar-me e fortalecer-me.

Assim, não me faça perguntas quando eu aparecer aí. Talvez alguma coisa saia errada, mas lhe contarei se assim for. Não creio que sairá. Não terá que se preocupar com mais nada, porque Charles estará muito, muito seguro. Aliás, está agora mais seguro do que você pode imaginar. Não precisa ter medo de Allen nem de quem ou do que possa ser. Ele faz parte do passado tanto quanto o quadro de Joseph Curwen, e, quando eu tocar sua campainha, pode se sentir seguro de que essa pessoa não existe. E o autor daquela mensagem em minúsculas nunca mais o perturbará e nem aos seus.

Mas precisa fortificar-se contra a melancolia e deve preparar sua mulher para fazer o mesmo. Tenho de dizer-lhe, com toda a franqueza, que a fuga de Charles não significará sua volta a vocês. Ele contraiu uma doença rara, como deve compreender pelas sutis alterações físicas e mentais que exibia, e não deve alimentar esperanças de tornar a vê-lo. Receba apenas este consolo — seu filho jamais foi demônio e tampouco um louco de verdade, mas apenas um menino impetuoso, estudioso e curioso cujo amor pelo mistério e pelo passado lhe causou a destruição. Envolveu-se em coisas que nenhum mortal jamais deveria conhecer e remontou a um passado muito longínquo, quando chegou a um lugar que ninguém devia alcançar; em consequência, desse passado surgiu algo que acabou por engoli-lo.

E agora, vem a parte na qual preciso pedir-lhe que confie em mim, acima de tudo. Pois, na verdade, não haverá mais incerteza sobre o destino de Charles. Daqui a um ano, digamos, você poderá, se quiser, criar uma versão adequada do fim dele, porque este não existirá mais. Pode erguer uma lápide em seu lote no Cemitério Norte, exatamente a 3 metros a oeste de onde repousa o senhor seu pai, defronte ao mesmo lado, e essa assinalará o verdadeiro local onde jaz Charles. Nem precisa temer que assinale alguma anormalidade ou algum monstro. As cinzas naquele túmulo serão as dos ossos e da carne inalterados — do verdadeiro Charles Dexter Ward, cujo crescimento físico e mental você acompanhou desde a infância —, o verdadeiro Charles, com o sinal azeitonado no quadril, mas sem a marca preta de bruxo no peito nem a covinha acima do olho direito. O Charles que, de fato, nunca praticou o mal e que terá pagado com a vida pelos seus 'melindres'.

Isto é tudo, Charles terá fugido, e daqui a um ano você poderá erguer sua lápide. Não me interrogue amanhã. E acredite que a honra de sua antiga família permanece imaculada agora, como sempre foi em todos os tempos no passado.

Com a mais profunda solidariedade e exortações à fortitude, calma e resignação, seu sempre e sincero amigo,
Marinus Bicknell Willett.

Assim, na manhã da sexta-feira, 13 de abril de 1928, Marinus Bicknell Willett visitou o quarto de Charles Dexter Ward no hospital particular do dr. Waite em Conanicut Island. O jovem, embora não fizesse qualquer tentativa de esquivar-se ao visitante, recebeu-o com mau humor e pareceu avesso a começar a conversa que Willett obviamente desejava. A descoberta da cripta e a monstruosa experiência que tivera ali criaram, decerto, uma nova fonte de embaraço, de modo a fazer com que os dois hesitassem de maneira evidente após a troca de poucas formalidades forçadas. Então, se interpôs um novo elemento de mal-estar, quando Ward pareceu ler por trás do rosto do médico, semelhante a uma máscara, um implacável propósito que jamais estivera ali. O paciente cedeu ao conscientizar-se de que, desde a última visita, ocorrera uma mudança devido à qual o solícito médico de família dera lugar ao cruel e implacável vingador.

Charles na verdade empalideceu, e Willett o interpelou primeiro:

— Muito mais foi descoberto e devo adverti-lo com toda a retidão que um ajuste de contas será necessário.

— Escavando de novo, doutor, e descobrindo mais animaizinhos de estimação esfomeados? — foi a irônica resposta.

Ficou evidente que o jovem pretendia exibir-se como um fanfarrão até o fim.

— Não — retorquiu Willet devagar —; dessa vez eu não precisei escavar. Contratamos alguns detetives para procurar o dr. Allen e eles descobriram a barba postiça e os óculos no bangalô.

— Excelente — comentou o inquieto anfitrião, num esforço para ser sutilmente ofensivo —, e creio que se revelaram mais autênticos do que a barba e os óculos que o senhor usa agora!

— Eles cairiam muito bem melhor em você — chegou a resposta precisa e estudada —, *como de fato pareciam cair*.

Enquanto Willett dizia isto, quase se teve a impressão de que uma nuvem deslizasse pelo sol, embora não houvesse nenhuma mudança nas sombras do chão. Então Ward arriscou:

— E é isto que requer de maneira tão incisiva um ajuste de contas? Suponha que alguém julgue, de vez em quando, proveitoso ter duas personalidades?

— Não — respondeu Willett num tom grave —, mais uma vez equivocou-se. Não é da minha conta se algum homem busca dualidade, *desde que tenha algum direito a existir e desde que não destrua o que o chamou espaço afora*.

Ward, então, se sobressaltou violentamente.

— Bem, senhor, *que descobriu e que quer comigo?*

O médico deixou passar algum tempo antes de responder, como se escolhesse as palavras para dar uma resposta eficaz.

— Descobri — acabou por proferir — uma coisa num armário atrás de um antigo painel que continha antes um retrato, queimei-a e enterrei as cinzas no lugar onde deveria estar o túmulo de Charles Dexter Ward.

O louco sufocou-se e levantou-se de um salto da cadeira na qual se sentava:

— Maldito seja! A quem contou, e quem acreditará que era ele após esses dois meses, comigo vivo? Que pretende fazer?

Willett, embora um homem pequeno, assumiu, então, um ar majestático de juiz ao acalmar o paciente com um gesto.

— A ninguém. Não se trata de um caso comum, mas de uma loucura fora do tempo, um horror vindo de além das esferas que nem a polícia, os advogados, os tribunais e os psiquiatras jamais teriam condições de entender ou atacar. Graças a Deus, a sorte me incutiu na mente a luz da imaginação, para que eu não me desviasse da verdade depois de pensar muito bem nisso. *Você não pode me enganar, Joseph Curwen, porque sei que sua mágica amaldiçoada é verdadeira!*

"Sei que você preparou o feitiço que subsistiu durante todos esses anos e incorporou-se no seu sósia e descendente; sei que você o arrastou para o passado e conseguiu que o retirasse de seu detestável túmulo; sei que ele o manteve escondido no laboratório, enquanto você estudava coisas modernas e vagava como um vampiro à noite e que passou depois a mostrar-se de barba e óculos para que ninguém se assombrasse com sua semelhança extraordinária e sacrílega com ele; sei o que você resolveu fazer quando ele se recusou a participar de seus monstruosos roubos dos túmulos de todo o mundo *e o que você planejou depois*, e como o fez.

"Você livrou-se da barba e dos óculos e enganou os guardas que vigiavam a casa. Eles pensaram que foi ele quem entrou e ele quem saiu no dia em que o estrangulou e o escondeu. Mas você não levou em consideração o diferente conteúdo de duas mentes. Foi um idiota, Curwen, em imaginar que uma simples identidade visual bastaria. Por que não pensou na fala, na voz e na caligrafia? Sabe, afinal, que não deu certo. Sabe melhor do que eu quem ou o que redigiu aquela mensagem em minúsculas, mas lhe advirto que essa não foi escrita em vão. Existem abominações e blasfêmias que devem ser aniquiladas, e acredito que o redator daquelas palavras cuidará de Orne e Hutchinson. Uma daquelas criaturas lhe escreveu uma vez: 'não invoque ninguém que não possa subjugar'. Você já foi aniquilado uma vez antes, talvez dessa mesma maneira, e talvez sua própria magia maligna torne a liquidá-lo. Curwen, um homem não pode interferir com a natureza além de certos limites, e todo o horror que você tramou ressurgirá para eliminá-lo."

Mas nesse momento, o médico foi interrompido por um grito convulsivo da criatura diante de si. Indefeso, encurralado, desarmado e cônscio de que qualquer demonstração de violência iria trazer um bando de atendentes em socorro do médico, Joseph Curwen recorreu ao seu velho aliado e começou uma série de movimentos cabalísticos com os indicadores, enquanto que, com a voz profunda e oca, agora, sem estar escondida, berrava as palavras iniciais de uma terrível fórmula.

— PER ADONAI ELOIM, ADONAI JEHOVA, ADONAI SABAOTH, METRATON...

Mas Willett foi rápido demais para ele. Mesmo quando os cachorros no quintal se puseram a uivar e um vento gélido soprou de repente da baía, começou a solene e ritmada entoação do que pretendia proferir desde que chegara.

— Olho por olho, magia por magia, que o resultado mostre como a lição do abismo fora bem aprendida!

Então, numa voz clara, Marinus Bicknell Willett iniciou a *segunda* daquele par de fórmulas, cuja primeira ressuscitara o autor daquelas palavras minúsculas, a invocação codificada cujo título era a Cauda do Dragão, o signo do *nó descendente*:

OGTHROD AI' F
GEB'L - EE'H
YOG-SOTHOTH
'NGAH'NG AI'Y
ZHRO!

Ao ouvir a primeira palavra saída da boca de Willett, o paciente interrompeu de repente a fórmula que começara a recitar antes. Sem conseguir falar, o monstro fez violentos movimentos com os braços até estes também se interromperem. Quando o terrível nome de *Yog-Sothoth* foi proferido, teve início a hedionda metamorfose. Não foi apenas uma *dissolução*, mas antes uma *transformação* ou *recapitulação*, e Willett fechou os olhos por temer desmaiar antes que a criatura pudesse pronunciar o restante das palavras da feitiçaria.

Mas ele não desmaiou, e aquele homem de séculos ímpios e segredos proibidos nunca mais perturbou o mundo. A loucura surgida do passado cessara, e o caso de Charles Dexter Ward foi encerrado. Ao abrir os olhos antes de sair cambaleando daquele quarto de horror, o dr. Willett viu que o que gravara na memória se revelara correto. Não houvera, como ele previra, a menor necessidade de ácidos. Porque, como seu amaldiçoado quadro um ano antes, Joseph Curwen agora jazia espalhado no chão como uma camada delgada de fino pó cinza-azulado.

A COR QUE VEIO DO ESPAÇO

A OESTE DE ARKHAM[1] as colinas sobem agrestes, e há vales com florestas fechadas que nenhum machado cortou. Existem vales escuros e estreitos, onde as árvores se inclinam de uma forma fantástica e onde pequenos regatos correm sem nunca terem recebido sequer o lampejo de um raio de sol. Nas encostas suaves há fazendas, antigas e pedregosas, com chalés baixos cobertos de musgo meditando eternamente os segredos da Nova Inglaterra sob o abrigo de grandes rochedos; mas, agora, estão todos vazios, as largas chaminés desmoronando e as paredes laterais revestidas abaulando perigosamente sob os tetos gambrel.[2]

As pessoas do passado se foram, e estrangeiros não gostam de viver lá. Franco-canadenses tentaram, italianos tentaram e os poloneses chegaram e partiram. Não por causa de alguma coisa que se veja, ou ouça, ou se possa manusear, mas por causa de alguma coisa imaginada. O lugar não é bom para a imaginação e não traz sonhos repousantes à noite. Deve ser isso o que mantém os estrangeiros à distância, pois o velho Ammi Pierce nunca lhes contou nenhuma lembrança dos dias estranhos. Ammi cuja cabeça foi um tanto excêntrica durante anos, é o único que ainda permanece, ou que fala dos dias passados; e ele tem coragem para tanto porque a sua casa é muito próxima do campo aberto e das estradas movimentadas em torno de Arkham.

---

[1] Nome de uma cidade fictícia do estado de Massachusets, nos EUA, usada pelo autor em diversos textos.
[2] Tipo de telhado com duas inclinações de cada lado, muito usado para construções agrícolas, como o celeiro americano.

Antes, houve uma estrada que corria sobre as colinas e atravessava os vales, passando exatamente onde é hoje a charneca; mas as pessoas deixaram de usá-la e a nova estrada foi aberta bem mais ao sul. Vestígios da antiga ainda podem ser encontrados no meio das ervas daninhas daquele lugar deserto, e alguns deles vão permanecer mesmo depois de muitas das depressões serem inundadas pelo novo reservatório. Então as florestas escuras serão derrubadas e a charneca se estenderá até bem abaixo das águas azuis cuja superfície vai refletir o céu e ondular sob o sol. E os segredos dos dias estranhos se juntarão aos segredos das profundezas; e se juntarão ao conhecimento do velho oceano e a todo o mistério da terra primal.

Quando percorri as colinas e os vales, executando o levantamento topográfico para o novo reservatório, me disseram que o lugar era diabólico. Foi o que me disseram em Arkham, e como ela é uma cidade muito antiga, cheia de lendas de feiticeiras, pensei que o mal estivesse ligado a algo que durante séculos as vovós contaram às crianças. O nome "charneca maldita" me pareceu muito estranho e teatral, e me perguntei como ele havia entrado no folclore de um povo puritano. Então vi por mim mesmo aquele sombrio entrelaçamento de vales e encostas a oeste, e nada que não o seu próprio mistério ancestral passou a me espantar. Era de manhã quando eu a vi, mas as sombras sempre pairam ali. As árvores cresciam muito fechadas, os troncos eram grandes demais para qualquer floresta da Nova Inglaterra. Havia um enorme silêncio nas trilhas escuras entre elas, e o terreno era muito macio, com o musgo e os tapetes úmidos de anos infinitos de decomposição.

Nos espaços abertos, principalmente ao longo da estrada velha, havia poucas fazendas nas encostas; às vezes com todos os edifícios de pé, às vezes com apenas um ou dois, e às vezes com uma chaminé solitária ou um celeiro. Ervas e arbustos daninhos reinavam, e coisas furtivas se arrastavam sob a vegetação. Acima de tudo isso pairava uma névoa agitada e opressiva; um toque de irreal e grotesco, como se algum elemento vital de perspectiva ou *chiaroscuro* estivesse torto. Não me espantou que os estrangeiros não quisessem ficar, pois essa não era uma região onde se pudesse dormir. Parecida demais com uma paisagem de Salvator Rosa;[3] parecida demais com alguma xilogravura proibida de um conto de terror.

---

[3] Salvator Rosa (1615–1673) foi um pintor, poeta e músico italiano, pertencente à escola Barroca.

Mas nem mesmo isso era tão ruim quanto a maldita charneca. Eu o soube no momento em que cheguei a ela, no fundo de um vale espaçoso; pois nenhum outro nome se ajustaria tão bem àquilo, e nada se ajustaria tão bem àquele nome. Era como se um poeta tivesse inventado a frase por ter visto exatamente aquela região. Ao vê-la, pensei que devia ser o resultado de um incêndio; mas por que nada de novo havia se desenvolvido naqueles cinco acres de desolação cinzenta que se espalhava, aberta para o céu como um lugar corroído por ácido nas florestas e campos? Espalhava-se principalmente ao norte da estrada antiga, mas ocupava um pouco do outro lado. Senti uma estranha relutância ao me aproximar, e finalmente cheguei, mas apenas porque o meu trabalho me obrigou a atravessá-la e deixá-la para trás. Não havia nenhuma vegetação de qualquer espécie naquela ampla extensão, mas somente uma poeira ou cinza fina que nenhum vento parecia mover. As árvores próximas eram doentias e atrofiadas, e muitos troncos mortos se erguiam ou jaziam em decomposição na margem. Ao caminhar apressado por ali, vi à minha direita tijolos e pedras caídos de uma velha chaminé e de um celeiro, e a boca negra escancarada de um poço abandonado, cujos vapores estagnantes executavam truques estranhos com as nuances da luz do sol. Mesmo a longa subida na floresta escura à frente me pareceu agradável, por comparação, e deixei de me espantar com os murmúrios assustados do povo de Arkham. Nunca houvera casa ou ruína nas proximidades; mesmo nos dias antigos, o lugar devia ter sido solitário e remoto. E, ao crepúsculo, temeroso de passar novamente por aquele lugar assustador, tomei outro caminho de volta à cidade, pela curiosa estrada ao sul. Tive um vago desejo de que algumas nuvens se juntassem, pois uma estranha timidez diante dos profundos vazios no céu acima havia tomado conta da minha alma.

À noite, perguntei aos velhos de Arkham sobre a charneca maldita, e o que significava a expressão "dias estranhos" evasivamente murmurada por tantas pessoas. Mas não obtive boas respostas, a não ser que o mistério era muito mais recente do que eu pensava. Não era uma questão de velhas lendas, mas alguma coisa ocorrida durante a vida das pessoas que falavam. Acontecera durante os "oitenta", e uma família havia desaparecido ou sido morta. Quem contava nunca era exato; e como todos me diziam para não dar atenção às histórias loucas do velho Ammi Pierce, eu o procurei na manhã seguinte, depois de saber que ele vivia sozinho num velho chalé instável, onde as árvores começam a se tornar bem grossas. Era um lugar assustadoramente antigo, e já tinha começado a exalar o leve odor miasmático que adere às casas que permanecem de pé há muito tempo. Só depois de bater com muita insistência consegui acordar o velho, e quando ele veio arrastando timidamente os pés até a porta, percebi que não estava feliz por me ver. Não era tão frágil como eu esperava; mas tinha os olhos abaixados de uma forma curiosa, e as suas roupas malcuidadas e barba branca o faziam parecer muito abatido e triste. Sem saber com o lançá-lo nas suas histórias, fingi um assunto de trabalho; falei a ele do meu levantamento e fiz perguntas vagas sobre o distrito. Ele era muito mais vivo e educado do que eu fora levado a acreditar, e antes que me desse conta, já estava entendendo tanto sobre o assunto quanto qualquer pessoa com quem eu tivesse conversado em Arkham. Ele não era igual aos outros caipiras que eu tinha conhecido nas áreas onde deveria haver um novo reservatório. Dele não vieram protestos pelas velhas florestas e terras de cultivo que seriam perdidas, embora talvez viessem se a sua casa não estivesse fora dos limites do futuro lago. Alívio era tudo que ele demonstrava; alívio diante da destruição dos antigos vales que havia percorrido durante toda a vida. Estariam melhor agora, sob a água, melhor sob a água desde os dias estranhos. E, com essa abertura, a sua voz rouca baixou enquanto o seu corpo se inclinava para a frente, e o seu indicador direito começou a apontar de forma trêmula e impressionante.

Foi então que ouvi a história, e enquanto a voz desconexa murmurava, rouca, tremi repetidamente, apesar do dia de verão. Muitas vezes tive de arrancar o narrador dos seus devaneios, separar pontos científicos que ele sabia apenas por uma lembrança de papagaio meio apagada da fala de algum professor, ou preencher as lacunas onde o seu senso de lógica e continuidade se rompia. Quando terminou, não me espantei por sua memória ter falhado um pouco, ou por o povo de Arkham não gostar de falar muito sobre a maldita charneca. Voltei correndo para o meu hotel, antes do pôr do sol, pois não queria ver as estrelas nascerem sobre mim em campo aberto; e no dia seguinte retornei a Boston, para me demitir do meu emprego. Não me sentia capaz de voltar àquele caos obscuro de velhas florestas e encostas, ou de voltar a enfrentar a maldita charneca cinzenta, onde um poço negro escancarava a boca ao lado de tijolos e pedras desmoronados. Agora, o reservatório logo vai ser construído, e todos aqueles velhos segredos estarão seguros sob muitos metros de água. Mas nem mesmo assim eu gostaria de visitar a região à noite, pelo menos não sob as estrelas; e nada me convenceria a beber a nova água da cidade de Arkham.

Tudo tinha começado, disse o velho Ammi, com o meteorito. Antes dele, desde os julgamentos das bruxas, nunca houvera lendas loucas e, mesmo então, aquelas florestas a oeste não provocavam nem a metade do medo da pequena ilha no Miskatonic, onde o demônio tinha o seu tribunal ao lado de um altar solitário mais antigo que os índios. Não havia florestas assombradas, e a sua escuridão fantástica nunca foi terrível antes dos dias estranhos. Então, chegou aquela nuvem branca ao meio-dia, aquela fileira de explosões no ar, e o pilar de fumaça do vale, bem longe na floresta. E, à noite, toda Arkham ficou sabendo da grande rocha que caiu do céu e se enterrou no chão, ao lado do poço na fazenda de Nahum Gardner. Era a casa que ficava onde depois estaria a maldita charneca; a bela casa branca de Nahum Gardner, entre jardins e pomares férteis.

Nahum havia ido à cidade para avisar ao povo sobre a pedra e, no caminho, parou na casa de Ammi Pierce. Ammi tinha então quarenta anos, e todas as coisas estranhas se fixavam com força na sua mente. Ele e a mulher foram até lá com os três professores da Universidade Miskatonic, que na manhã seguinte, correram a ver o estranho visitante vindo de algum espaço estelar desconhecido. Perguntavam-se por que no dia anterior Nahum havia dito que a pedra era muito grande. Tinha encolhido, disse Nahum, indicando o monte marrom sobre a terra rasgada e o capim queimado, próximo ao poço arcaico na frente do seu jardim; mas os homens sábios responderam que pedras não encolhem. O seu calor se prolongou persistentemente, e Nahum declarou que ela havia emitido um brilho fraco à noite. Os professores testaram com um martelo de geólogo e descobriram que, estranhamente, ela era macia. Na verdade, era tão macia que quase parecia plástico; eles então cortaram uma amostra com uma goiva — em vez de lascar com uma talhadeira — para levar à universidade e fazer testes. Usaram um balde velho da cozinha de Nahum, pois até mesmo aquele pequeno pedaço se recusava a esfriar. Na viagem de volta, pararam na casa de Ammi para descansar e ficaram preocupados quando a Sra. Pierce observou que o fragmento se tornava cada vez menor e estava queimando o fundo do balde. Na verdade, não era grande, mas talvez eles tivessem extraído menos do que pensavam.

No dia seguinte — tudo isso aconteceu em junho de 82 —, os professores partiram novamente, em grande excitação. Ao passarem pela casa de Ammi, contaram a ele as coisas estranhas que ocorreram com a amostra, como ela desaparecera completamente quando a colocaram em uma proveta de vidro. A proveta também havia desaparecido, e os sábios falaram da estranha afinidade da pedra pela sílica. Ela tinha agido de forma quase inacreditável naquele laboratório bem-ordenado; não reagia e não mostrava gases oclusos ao ser aquecida no carvão, era completamente negativa no bórax, e depois, se mostrou não volátil em qualquer temperatura, inclusive na da chama do maçarico de oxi-hidrogênio. Sobre uma bigorna, ela se revelou bastante maleável, e no escuro a sua luminosidade era muito marcante. Recusou-se teimosamente a ficar fria, e logo a universidade ficou realmente empolgada. Ao ser aquecida diante do espectroscópio, expôs faixas brilhantes diferentes de todas as cores conhecidas do espectro normal, assim houve muitas conversas agitadas sobre novos elementos, bizarras propriedades óticas e outras coisas que os homens de ciência, perplexos, costumam dizer quando se veem diante do desconhecido.

Como ela era muito quente, testaram-na num cadinho com todos os reagentes adequados. Água não resultou em nada. O mesmo com ácido clorídrico. Ácido nítrico e até mesmo *aqua regia* simplesmente chiaram e esguicharam contra a sua tórrida invulnerabilidade. Ammi teve dificuldade em lembrar todas essas coisas, mas reconheceu alguns dos solventes quando os mencionei na ordem comum de uso. Amônia, soda cáustica, álcool e éter, o nauseabundo dissulfeto de carbono e muitos outros; mas, apesar de o peso diminuir de forma contínua com o tempo, e o fragmento parecer esfriar lentamente, não houve mudança nos solventes que provasse ataque à substância. Mas, sem dúvida, tratava-se de um metal. Em primeiro lugar, era magnético; e depois da imersão em solventes ácidos parecia haver traços dos padrões de Widmanstäten, encontrados em ferro meteórico. Quando o resfriamento se tornou considerável, os testes foram conduzidos em vidro; e foi numa proveta de vidro que os professores deixaram todos os fragmentos tirados durante os trabalhos da amostra original. Na manhã seguinte, fragmentos e proveta haviam desaparecido sem deixar vestígios, e somente uma área queimada marcava o lugar na prateleira de madeira onde tinham sido deixados.

Os professores disseram tudo isso a Ammi quando pararam à sua porta, e mais uma vez, ele os acompanhou para ver o mensageiro pétreo das estrelas, embora dessa vez sua mulher não fosse junto. O meteorito com certeza havia diminuído, e mesmo os sóbrios professores não podiam duvidar da verdade do que viam. Em volta da massa marrom que encolhia perto do poço havia um espaço vago, exceto onde a terra afundara; apesar de no dia anterior a pedra ter sete pés,[4] agora mal tinha cinco.[5] Ainda estava quente, e os sábios estudaram a sua superfície com curiosidade ao tirar outro pedaço maior, com martelo e talhadeira. Dessa vez, cortaram profundamente e, quando afastaram a massa menor, viram que o núcleo da coisa não era homogêneo.

Expuseram o que parecia ser o lado de um grande glóbulo colorido embutido na substância. Era quase impossível descrever a cor, que lembrava uma das faixas do estranho espectro do meteoro; só por analogia eles a chamaram de cor. De textura brilhante, ao ser batido de leve pareceu quebradiço e oco. Um dos professores bateu com força com um martelo e ele se abriu com um estalo nervoso. Nada foi emitido, e todo traço da coisa desapareceu com a perfuração, deixando um espaço esférico oco de cerca de três polegadas[6] de diâmetro; todos pensaram ser provável que outros seriam descobertos à medida que a substância externa desaparecesse.

Inútil conjeturar. Assim, após uma tentativa fútil de perfurar para encontrar outros glóbulos, os pesquisadores partiram novamente com o novo espécime, que no laboratório se mostrou tão desconcertante quanto o seu predecessor. Além de ser quase plástico, ter calor, magnetismo, uma leve luminosidade, esfriar levemente sob ácidos fortes, possuir um espectro desconhecido, desaparecer no ar e atacar compostos de sílica, resultando em destruição mútua, não apresentava nenhuma característica identificadora; e, ao final dos testes, os cientistas da universidade foram forçados a reconhecer que não eram capazes de classificá-lo. Não tinha

---

[4] Dois metros e dez centímetros.
[5] Um metro e meio.
[6] Setenta e cinco milímetros.

nada do planeta, mas um pedaço do grande espaço exterior; e, como tal, dotado de propriedades externas e obediente a leis externas.

Naquela noite, houve uma tempestade, e no dia seguinte, quando os professores saíram da casa de Nahum, tiveram mais um triste desapontamento. A pedra, apesar de magnética, devia ter alguma propriedade elétrica peculiar; pois, como disse Nahum, ela havia "atraído raios" com uma persistência singular. Seis vezes, no espaço de uma hora, o fazendeiro viu um raio atingir o sulco no jardim da frente, e quando a tempestade chegou ao fim não sobrava nada, a não ser um buraco afogado em terra desbarrancada, ao lado do velho poço. As escavações não deram frutos, e os cientistas confirmaram o fato do completo desaparecimento. O fracasso era total, e, assim sendo, não havia mais nada a fazer a não ser voltar para o laboratório e testar novamente o fragmento evanescente guardado com cuidado em chumbo. Aquele fragmento tinha durado uma semana, no fim da qual nada de valor fora aprendido sobre ele. Ao terminar, não sobrou nenhum resíduo, e com o tempo os professores já não tinham tanta certeza de que realmente haviam visto com olhos alertas aquele vestígio oculto dos abismos espaciais; aquela única, estranha mensagem de outros universos e outros reinos da matéria, força e existência.

Como era natural, os jornais de Arkham exploraram o incidente com patrocínio universitário, e enviaram repórteres para entrevistar Nahum Gardner e sua família. Pelo menos um diário de Boston também enviou um escritor, e Nahum se tornou rapidamente uma espécie de celebridade local. Era um homem magro e amável, de mais ou menos cinquenta anos, que vivia com a mulher e três filhos na simpática casa da fazenda, no vale. Ele e Ammi, bem como as suas mulheres, se visitavam com frequência; depois de todos aqueles anos, Ammi só tinha para ele palavras elogiosas. Nas semanas seguintes, ele parecia levemente orgulhoso pela atenção que sua fazenda atraía, e sempre falava do meteorito. Os meses de julho e agosto seguintes foram quentes; Nahum trabalhou duro na colheita de feno no seu pasto, do outro lado do Regato Chapman; seu carro barulhento cortava fundos sulcos nas faixas sombreadas. O trabalho o cansava mais que nos outros anos, e ele sentia que a idade começava a pesar sobre ele.

Chegou, então, o tempo das frutas e da colheita. Peras e maçãs amadureciam devagar, e Nahum jurou que os seus pomares prosperavam como nunca antes. As frutas cresciam até alcançar um tamanho fenomenal e um brilho raro, e com tal abundância que ele teve de comprar barricas extras para guardar a colheita futura. Mas, com o amadurecimento veio o amargo desapontamento, pois toda aquela linda produção tinha doçura ilusória, nem um único item era bom para comer. No sabor delicioso das peras e maçãs surgiu um amargor secreto e nauseante, de forma que mesmo uma leve mordidela induzia uma aversão duradoura. O mesmo se deu com os melões e tomates, e Nahum viu, amargurado, que toda a sua colheita estava perdida. Ligando rapidamente os acontecimentos, declarou que o meteorito tinha envenenado o solo, e agradeceu aos céus por a maior parte das outras culturas estar num terreno mais alto, junto da estrada.

O inverno chegou cedo e foi muito frio. Ammi via Nahum cada vez mais raramente e observou que ele começava a parecer preocupado. O restante da sua família também parecia mais taciturno; as idas à igreja ou a vários eventos sociais da região ficaram mais esparsas. Ninguém encontrou causa para essa reserva ou melancolia, embora todos na família confessassem vez por outra uma saúde mais debilitada ou uma sensação de vaga inquietude. O próprio Nahum deu a declaração mais definitiva quando disse que se sentia perturbado por algumas pegadas na neve. Eram as pegadas normais de esquilos vermelhos, coelhos brancos e raposas, mas o fazendeiro, pensativo, afirmou duvidar disso; não estava muito certo quanto à natureza das pegadas e sua disposição na neve. Ele nunca foi mais específico, mas parecia pensar que elas não eram tão características da anatomia e hábitos conhecidos de esquilos, coelhos e raposas. Ammi ouvia sem interesse essa conversa, até uma noite em que algo cruzou o seu trenó diante da casa de Nahum, quando voltava de Clark's Corners. A lua apareceu mais cedo, um coelho cruzou a estrada e os saltos daquele animal eram mais longos do que gostariam Ammi ou o seu cavalo. Este último, na realidade, quase fugiu correndo e precisou ser contido por uma rédea firme. Desde então, Ammi teve mais respeito pelas histórias de Nahum, e se perguntou por que os cachorros de Gardner pareciam tão medrosos e trêmulos toda manhã, sem a menor vontade de latir.

Em fevereiro, os garotos McGregor, de Meadow Hill, saíram para caçar marmotas, e não muito longe da fazenda de Gardner recolheram um espécime muito peculiar. As proporções do corpo pareciam levemente alteradas, de uma forma estranha, impossível de descrever, ao passo que a cara tinha uma expressão que ninguém jamais havia visto numa marmota. Os garotos ficaram muito assustados e logo jogaram a coisa fora, e assim só seus relatos grotescos chegaram às pessoas da região. Mas os cavalos assustados perto da casa de Nahum já eram coisa conhecida, e o ponto de partida de um ciclo de lenda murmurada estava rapidamente assumindo forma.

As pessoas juravam que a neve derretia mais depressa perto da fazenda de Nahum do que em qualquer outro lugar, e no início de março houve uma discussão assustada no armazém de Potter, em Clark's Corners. Stephen Rice passou pela casa de Gardner pela manhã e observou copos-de-leite brotando da lama na margem da floresta, do outro lado da estrada. Nunca antes se viram coisas daquele tamanho, com cores tão estranhas que não caberiam em palavras. As suas formas eram monstruosas, e o cavalo bufou devido à um cheiro que pareceu a Stephen completamente sem precedentes. Naquela tarde, várias pessoas passaram por ali para ver as plantas anormais, e todos concordaram que coisas como aquelas nunca deveriam brotar num mundo saudável. As frutas ruins do outono anterior foram livremente mencionadas, e circulou de boca em boca que havia veneno na terra de Nahum. Claro, foi o meteorito; e, lembrando-se do quanto os homens da universidade tinham achado estranha aquela pedra, vários fazendeiros falaram a eles sobre o veneno.

Um dia, eles fizeram uma visita a Nahum; mas, por não gostar de histórias fantásticas, foram muito conservadores nas suas inferências. As plantas eram certamente diferentes, mas os copos-de-leite são um tanto estranhos na forma e cor. Talvez algum elemento mineral da pedra tenha penetrado o solo, mas logo seria lavado. E quanto às pegadas e aos cavalos assustados, claro que eram apenas conversa de caipira, certamente iniciada pelo meteorito. Na verdade, não havia nada que homens sérios pudessem fazer em casos de fofoca descontrolada, pois caipiras supersticiosos dizem e acreditam em qualquer coisa. E assim, durante todos os dias estranhos os professores se mantiveram afastados, com desprezo. Apenas um deles, mais de um ano e meio depois, ao receber dois frascos de poeira para análise num caso policial, lembrou-se de que a cor estranha dos copos-de-leite era muito parecida com uma das faixas anômalas de luz exibida pelo fragmento de meteoro no espectroscópio, igual ao frágil glóbulo encontrado dentro da pedra caída do espaço infinito. De início, as amostras na análise desse caso emitiram as mesmas faixas estranhas, embora mais tarde, elas tenham perdido essa propriedade.

As árvores floresciam prematuramente na fazenda de Nahum, e à noite, elas balançavam ominosamente ao vento. O segundo filho de Nahum, Thaddeus, um rapaz de quinze anos, jurava que elas também balançavam quando não havia vento; mas a isso nem mesmo os rumores davam crédito. Porém, com certeza havia agitação no ar. Toda a família Gardner desenvolveu o hábito de não falar das coisas que ouvia, sons aos quais não poderia dar nome de maneira consciente. Ouvir era, de fato, mais um produto dos momentos em que a consciência parecia quase fugir. Infelizmente, esses momentos aumentavam a cada semana, até tornar conhecimento comum que "havia alguma coisa errada com a família de Nahum". Quando brotaram, as primeiras saxífragas tinham outra cor estranha; não igual, mas claramente aparentada à dos copos-de-leite e também desconhecida de qualquer um que as visse. Nahum levou alguns brotos a Arkham e os mostrou ao editor do Gazette, mas aquele dignitário se limitou a escrever sobre eles um artigo cômico, em que os receios dos caipiras eram expostos a um educado ridículo. Nahum errou ao contar ao insensível homem da cidade como as gigantescas borboletas manto-de-luto se comportavam em relação àquelas saxífragas.

Abril trouxe uma espécie de loucura para o povo da região, a estrada que passava pela casa de Nahum caiu em desuso, até finalmente ser abandonada. Era a vegetação. Todas as árvores do pomar floresciam em cores estranhas, e através do solo pedregoso do jardim e da pastagem adjacente surgiu uma planta bizarra, que somente um botânico seria capaz de associar à flora da região. Não se via nenhuma cor saudável, com exceção do capim e das folhagens verdes; mas, por toda a parte, se viam aquelas variantes prismáticas de algum tom primário subjacente, doentio, sem lugar entre as cores conhecidas do planeta Terra. As "culatras de holandês" tornaram-se uma ameaça sinistra, e as raízes cresciam insolentes na sua perversão cromática. Ammi e os Gardners pensaram que grande parte daquelas cores tinha uma espécie de familiaridade perturbadora e decidiram que elas lembravam o glóbulo quebradiço no meteoro. Nahum arou e semeou os dez acres de pasto e o terreno do alto, mas não fez nada na terra em volta da casa. Sabia que não valeria a pena, e esperou que as estranhas germinações do verão retirassem todo o veneno do solo. Agora, estava preparado para praticamente tudo, acostumara-se à sensação de algo ao seu lado prestes a emitir um ruído. A marginalização da sua casa pelos vizinhos afetou-o, claro; mas afetou ainda mais sua mulher. Os meninos não sofreram tanto, pois passavam o dia na escola; mas não conseguiam evitar o medo dos boatos. Thaddeus, um garoto especialmente sensível, foi quem sofreu mais.

Em maio, chegaram os insetos, e a casa de Nahum se transformou num pesadelo de zumbidos e rastejamentos. Muitos bichos não eram comuns no aspecto e nos movimentos e os seus hábitos noturnos contradiziam toda a experiência anterior. A família começou a vigiar durante a noite, vigiar em todas as direções aleatoriamente, à procura de alguma coisa, não sabiam o quê. Foi então que souberam que Thaddeus estava certo quanto às árvores. A Sra. Gardner foi a próxima a vê-las da sua janela, quando observava os galhos inchados de um bordo contra o céu enluarado. Os galhos sem dúvida se moviam, e não havia vento. Devia ser a seiva. O estranhamento tinha entrado em tudo que crescia. Mas a descoberta seguinte não foi feita por ninguém da família Gardner, pois a familiaridade os havia embotado. O que eles já não viam foi visto por um tímido vendedor de moinhos de vento de Bolton que, desconhecedor das lendas da região, passou por ali certa noite. O que ele contou em Arkham mereceu um parágrafo curto no Gazette; foi lá que todos os fazendeiros, inclusive Nahum, o viram pela primeira vez. A noite era escura e as lâmpadas da charrete eram fracas, mas nas proximidades de uma fazenda no vale que, todos entenderam do relato, devia ser a fazenda de Nahum, a escuridão não era tão densa. Uma luminosidade fraca, mas distinta, parecia inerir a toda a vegetação — capim, folhas e flores —, e em certo momento, um elemento separado de fosforescência se moveu furtivamente no terreno próximo ao celeiro.

Até então, o capim parecera intocado e as vacas pastavam livremente no terreno perto da casa, mas já no final de maio, o leite começou a ficar ruim. Então Nahum levou as vacas para as terras altas e o problema acabou. Pouco tempo depois, a mudança no capim e nas folhas se tornou evidente aos olhos: toda a verdura se tornava cinzenta e desenvolvia uma qualidade singular de fragilidade. Ammi era então a única pessoa que ainda visitava o lugar, e as suas visitas se tornavam a cada dia mais espaçadas. Quando terminaram as aulas, os Gardners se viram totalmente isolados do mundo, e por vezes, permitiam que Ammi resolvesse coisas para eles na cidade. Curiosamente, enfraqueciam física e mentalmente, e ninguém se surpreendeu quando circulou a notícia da loucura da Sra. Gardner.

Aconteceu em junho, mais ou menos na data do aniversário da queda do meteoro, e a pobre mulher gritou por causa de certas coisas no ar que ela não conseguia descrever. Nos seus desvarios, não havia um único substantivo específico, apenas verbos e pronomes. As coisas se moviam, se alteravam e esvoaçavam, e os ouvidos reagiam a impulsos que não eram realmente sons. Alguma coisa lhe estava sendo tomada, ela estava sendo drenada de alguma coisa, e alguma coisa se prendia a ela que não devia se prender, alguém tinha de afastá-la, nada ficava imóvel à noite, as paredes e janelas se moviam. Nahum não a mandou para o asilo do condado; deixou-a andar pela casa enquanto ela não fizesse mal a si própria ou aos outros. Mesmo quando a sua expressão mudou, ele não fez nada. Mas quando os filhos passaram a ter medo dela e Thaddeus quase desmaiou diante das caretas que ela lhe fazia, ele decidiu mantê-la trancada no sótão. Em julho ela já não falava, rastejava de quatro e, antes do fim daquele mês, Nahum teve a ideia louca de que ela parecia levemente luminosa no escuro, como agora lhe parecia ser o caso da vegetação próxima.

Um pouco antes de tudo isso os cavalos debandaram. Algo os tinha assustado durante a noite, e os relinchos e coices nas baias foram terríveis. Parecia não haver nada que os acalmasse, e quando Nahum abriu a porta do estábulo eles todos saltaram para fora, como veados assustados. Foi necessária uma semana para encontrar os quatro, e quando foram encontrados estavam inúteis e intratáveis. Alguma coisa havia se rompido nos seus cérebros, e todos tiveram de ser sacrificados a tiros. Nahum tomou um cavalo emprestado de Ammi para fazer feno, mas o animal se recusou a se aproximar do celeiro. Recuava, empacava, relinchava e, no fim, não fez nada além de levá-lo para o pátio enquanto os homens usavam sua própria força para levar a pesada carroça suficientemente perto do celeiro para ser manejado com o forcado. E durante todo esse tempo a vegetação se tornava cinzenta e quebradiça; até as flores, antes de cores tão estranhas, agora ficavam cinzentas, e as frutas nasciam cinzentas, deformadas e sem gosto. Ásteres e arnicas floresciam cinzentas e distorcidas, e as rosas, zínias e malvas-rosa no jardim tinham uma aparência tão blasfema que o filho mais velho de Nahum as arrancou a enxada. Os insetos estranhamente inchados morreram por essa época, e até as abelhas deixaram as suas colmeias e fugiram para a floresta.

Por volta de setembro, toda a vegetação se desmanchava num pó cinzento, e Nahum temia que as árvores morressem antes que o veneno fosse lavado do solo. A sua mulher agora tinha acessos de gritos horríveis, ele e os filhos viviam em constante estado de tensão nervosa. Agora, eram eles que evitavam as pessoas, e quando a escola reabriu, os rapazes não compareceram. Mas foi Ammi, numa das suas raras visitas, que percebeu que a água do poço já não era boa. Tinha um gosto horrível, que não era exatamente fétido nem exatamente salobro, e ele aconselhou o amigo a cavar outro poço nas terras altas, para ser usado enquanto o solo não voltasse a ser bom. Mas Nahum ignorou o conselho, pois já estava insensível para as coisas estranhas e desagradáveis. Ele e os filhos continuaram a usar a água estragada tão descuidada e mecanicamente como comiam suas refeições pobres e mal cozidas; e executavam suas tarefas ingratas e monótonas ao longo dos dias sem propósito. Havia neles uma resignação impassível, como se caminhassem em outro mundo, entre linhas de guardas sem nome, até o destino certo e conhecido.

Thaddeus enlouqueceu em setembro, depois de uma visita ao poço. Tinha ido com um balde e voltou de mãos vazias, gritando e agitando os braços, caindo, às vezes, num riso nervoso ou num cochicho a respeito do "movimento das cores lá em baixo". Dois casos numa única família já era ruim demais, mas Nahum manteve a coragem. Deixou o filho correr louco durante uma semana, até começar a tropeçar e se machucar; então trancou-o num quarto no sótão, na frente do quarto de sua mãe. A maneira como gritavam um com o outro de trás das portas trancadas era terrível, em especial para o pequeno Merwin, para quem eles conversavam numa língua terrível, que não era desta terra. Merwin estava ficando assustadoramente imaginativo, e sua agitação piorou depois que seu irmão, o amigo preferido, foi trancado no sótão.

Quase ao mesmo tempo, começou a mortandade entre os animais. As galinhas se tornavam cinzentas e morriam depressa, com a carne muito seca e ruidosa ao corte. Os porcos engordavam muito além do comum e depois passavam por mudanças repugnantes, que ninguém conseguia explicar. A carne era evidentemente inútil, e Nahum não sabia mais o que fazer. Nenhum veterinário rural ousava se aproximar da sua fazenda, e os veterinários da cidade de Arkham estavam perplexos. Os suínos começaram a se tornar cinzentos e frágeis e cair aos pedaços antes de morrerem, e seus olhos e focinhos desenvolveram alterações singulares. Era tudo muito inexplicável, pois eles nunca tinham sido alimentados com a vegetação corrompida. Então, alguma coisa atacou as vacas. Certas áreas, às vezes todo o corpo, se tornavam secas ou comprimidas, e eram comuns colapsos atrozes ou desintegrações. Nos estágios finais, e o resultado era sempre a morte, haveria passagem ao cinzento e a fragilização, como acontecia aos porcos. Não se tratava de envenenamento, pois todos os casos ocorriam num estábulo fechado e sem perturbações. Nenhuma mordida de animais ambulantes poderia ter trazido o vírus, pois qual animal da terra pode passar através de obstáculos maciços? Só podia ser uma doença natural, mas que doença poderia provocar tais resultados estava além da capacidade de entendimento de todos. Quando chegou a colheita, não havia animal sobrevivente no lugar, pois gado e aves estavam mortos e os cachorros tinham fugido. Os cachorros, três no total, desapareceram todos uma noite, e nunca mais se soube deles. Os gatos já tinham fugido algum tempo antes, mas a sua fuga quase não foi notada, pois agora não parecia haver mais ratos, e somente a Sra. Gardner estimava os graciosos felinos.

No dia dezenove de outubro, Nahum chegou cambaleando à casa de Ammi com notícias pavorosas. A morte havia chegado para o pobre Thaddeus no seu quarto, no sótão, e de uma forma indescritível. Nahum cavou um túmulo no cemitério da família, atrás da fazenda, e colocou lá o que tinha encontrado. Não podia ser nada vindo de fora, pois a janelinha com barras e a porta trancada estavam intactas; mas parecia o que havia acontecido no estábulo. Ammi e sua mulher consolaram o homem aflito da melhor forma possível, mas tremeram ao fazê-lo. O terror puro parecia se prender aos Gardners e a tudo que tocavam, e a própria presença de um deles na casa era um sussurro de regiões inominadas e inomináveis. Ammi acompanhou Nahum até a casa com a maior relutância, e fez o que pôde para acalmar os soluços histéricos do pequeno Merwin. Zenas não precisava ser acalmado, pois, ultimamente, não fazia nada além de olhar o espaço e obedecer às ordens do pai; Ammi pensou que o seu destino foi misericordioso.

Vez por outra, os gritos de Merwin recebiam uma resposta abafada do sótão, e em resposta a um olhar interrogador Nahum disse que a esposa estava cada dia mais fraca. Quando a noite se aproximava, Ammi conseguiu ir embora; pois nem mesmo a amizade era suficiente para fazê-lo ficar naquele lugar quando começasse o brilho fraco da vegetação e as árvores talvez balançassem sem vento. Era muita sorte Ammi não ser mais imaginativo. Mesmo como estavam as coisas, sua mente se alterava muito pouco; mas fosse ele capaz de ligar e refletir sobre todos os portentos à sua volta, teria se tornado um maníaco absoluto. Ao crepúsculo, ele correu para casa, os gritos da louca e do menino nervoso soando horrivelmente em seus ouvidos.

Três dias depois, Nahum irrompeu bem cedo da manhã na cozinha de Ammi e, na ausência do anfitrião, gaguejou uma história desesperada enquanto a Sra. Pierce ouvia, aterrada. Dessa vez, era o pequeno Merwin. Havia desaparecido. Saíra tarde da noite com uma lanterna e um balde para água e não tinha voltado. Havia dias ele vinha se desestruturando, e mal sabia o que estava fazendo. Gritava por tudo. Houve um grito desvairado vindo do jardim, mas antes que o pai pudesse chegar à porta, o menino tinha desaparecido. Não se via o brilho da lanterna que ele levara e nenhum vestígio do menino. Naquele momento, Nahum pensou que a lanterna e o balde também haviam desaparecido; mas quando chegou a manhã e o homem voltou da busca de toda a noite nas florestas e campos, descobriu algumas coisas muito curiosas perto do poço. Havia uma massa de ferro, esmagada e meio fundida que certamente parecia ser a lanterna; ao passo que, ao lado, um cabo curvado e aros tortos de ferro ambos também meio fundidos, pareciam indicar o que sobrara do balde. E era tudo. Nahum estava além da capacidade de imaginar, a Sra. Pierce estava pasmada e Ammi, quando voltou e ouviu a história, não foi capaz de sugerir nada. Merwin tinha desaparecido e não valia a pena contar às pessoas da vizinhança, pois agora elas evitavam todos os Gardners. Também não valia a pena contar às pessoas em Arkham, que riam de tudo. Thad estava morto, e agora Merwin estava morto. Alguma coisa se aproximava, aproximava... e esperava para ser vista e ouvida. Nahum morreria logo e queria que Ammi cuidasse da sua mulher e de Zenas, se sobrevivessem a ele. Tudo aquilo tinha de ser algum tipo de julgamento, embora ele não conseguisse perceber para quê, pois, até onde sabia, sempre havia andado de cabeça erguida nos caminhos do Senhor.

Durante duas semanas Ammi não viu Nahum; então, preocupado com o que poderia ter acontecido, superou o medo e fez uma visita à casa de Gardner. Não saía fumaça da grande chaminé, e por um momento o visitante temeu o pior. O aspecto de toda a fazenda era chocante: capim cinzento e seco, folhas no chão, trepadeiras caindo em ruínas frágeis de paredes e telhados arcaicos, e grandes árvores nuas agarrando o céu cinzento de novembro com uma malevolência que Ammi sentiu ter vindo de alguma mudança sutil no arranjo dos galhos. Mas Nahum estava vivo, afinal. Fraco, deitado num sofá na cozinha de teto baixo, mas perfeitamente consciente e capaz de dar ordens simples a Zenas. O cômodo estava mortalmente frio; e enquanto Ammi tremia de forma visível, o dono da casa gritava em voz rouca, pedindo a Zenas mais lenha. E lenha, de fato, era muito necessária, pois a lareira cavernosa estava apagada e vazia, com uma nuvem de fuligem pairando no vento frio que descia pela chaminé. Logo Nahum lhe perguntou se a lenha extra havia lhe trazido conforto, e então Ammi viu o que tinha acontecido. A corda mais forte por fim se rompera, e a mente do infeliz fazendeiro estava protegida de mais tristeza.

Ammi perguntou com muito tato, mas não conseguiu obter informações claras sobre o desaparecimento de Zenas. "No poço… ele vive no poço…" era tudo que o pai melancólico conseguia dizer. Passou então pela mente do visitante a lembrança repentina da esposa louca, e mudou a linha de inquirição. "Nabby? Ora, aqui está ela!" foi a resposta surpresa do pobre Nahum, e Ammi logo viu que teria de procurar sozinho. Deixou o inofensivo balbuciante no sofá, pegou as chaves no prego ao lado da porta e subiu as escadas rangentes até o sótão. Lá era muito apertado e fétido, e não se ouvia som algum, vindo de nenhuma direção. Das quatro portas, apenas uma estava trancada, e nesta ele experimentou várias chaves do chaveiro que levava consigo. A terceira chave serviu, e depois de algum trabalho, Ammi abriu a porta branca e baixa.

Dentro estava muito escuro, pois a janela era pequena e meio obscurecida pelas barras grosseiras de madeira; e Ammi não viu nada no chão de tábuas largas. O fedor era insuportável, e antes de avançar ele teve de recuar para outro cômodo e voltar com os pulmões cheios de ar respirável. Quando entrou, viu algo escuro no canto e, ao ver mais de perto, deu um grito. Enquanto gritava, teve a impressão de que uma nuvem momentânea eclipsou a janela, e um segundo depois, sentiu um sopro, como de uma corrente odiosa de vapor. Cores estranhas dançavam diante dos seus olhos; se um horror presente não o tivesse entorpecido, teria pensado no glóbulo do meteoro que o martelo do geólogo havia quebrado e na vegetação mórbida que brotara na primavera. Tal como estava, só pensou na monstruosidade blasfema à sua frente, que tinha claramente compartilhado o destino inominável do jovem Thaddeus e do gado. Mas, o mais terrível em todo aquele horror era a coisa se mover lenta e imperceptivelmente enquanto continuava a se desmanchar.

Ammi não me deu outros particulares daquela cena, mas a figura no canto escuro do sótão não reaparece na sua história como um objeto móvel. Há coisas que não podem ser mencionadas, e o que é feito na humanidade comum é por vezes cruelmente julgado pela lei. Entendi que não havia mais nenhuma coisa móvel no sótão, e que abandonar lá qualquer coisa capaz de se mover teria sido um ato tão monstruoso que condenaria ao tormento eterno todo ser responsável. Qualquer um que não um fazendeiro impassível teria desmaiado ou enlouquecido, mas Ammi atravessou a porta baixa e trancou o segredo amaldiçoado atrás de si. Agora teria de cuidar de Nahum, que tinha de ser alimentado e transportado para um lugar onde pudesse receber cuidados.

Começando a descer a escada escura, Ammi ouviu uma pancada abaixo de si. Teve a impressão de que um grito fora abafado, e se lembrou, nervoso, do vapor pegajoso que havia soprado por ele no quarto pavoroso do andar de cima. Qual presença fora animada pelo seu grito e sua entrada no local? Imobilizado por um medo indefinido, ouviu outros sons lá em baixo. Sem dúvida, alguma coisa pesada estava sendo arrastada, e fazia um barulho detestável e pegajoso, como uma espécie demoníaca e suja de sucção. Com o senso associativo aguçado, elevado a alturas febris, pensou inexplicavelmente no que vira no andar de cima. Meu Deus! Que mundo de sonhos assustador era aquele em que se metera? Não ousava se mover nem para frente nem para trás; ficou ali tremendo diante da curva negra da escada. Cada mínimo detalhe da cena ardia em seu cérebro. Os sons, a sensação de terror expectante, a escuridão, a dificuldade do degrau estreito e, graças ao Bom Deus, a leve, mas inconfundível, luminosidade visível na madeira trabalhada: nos degraus, chapas, ripas expostas e vigas.

A COR QUE VEIO DO ESPAÇO

Ouviu-se então um relincho frenético do cavalo de Ammi lá fora, seguido imediatamente por um tropel que indicava a fuga furiosa. No momento seguinte, cavalo e charrete já estavam fora do alcance dos ouvidos, deixando um homem assustado nas escadas escuras a adivinhar o que teria espantado o animal. Mas isso não foi tudo. Houve outro som lá fora. Algo caindo dentro de um líquido — água —, possivelmente um poço. Tinha deixado Herói solto ao lado dele, e uma roda da charrete devia ter encostado no parapeito e derrubado uma pedra dentro do poço. E, para completar, a fosforescência pálida brilhava naquele trabalho em madeira detestavelmente antigo. Deus! Como era velha a casa! A maior parte construída antes de 1670, e o teto gambrel no máximo, em 1730.

Agora se ouvia com clareza um ruído fraco, como algo raspando no chão, e Ammi apertou na mão o porrete que por algum motivo havia pego no sótão. Enchendo-se lentamente de coragem, ele terminou de descer e foi até a cozinha. Mas não completou a caminhada, porque o que procurava já não estava ali. Tinha vindo encontrá-lo e ainda estava pouco mais que vivo. Se havia se arrastado sozinho ou por forças externas, Ammi não sabia; mas a morte o habitara. Tudo tinha ocorrido na última meia hora, mas o colapso, a perda de cor e a desintegração já estavam muito avançados. Era horrivelmente quebradiço, e fragmentos secos se soltavam. Ammi não podia tocá-lo, mas olhou horrorizado a paródia distorcida do que antes fora um rosto.

— O que foi isso, Nahum... o que foi isso? — sussurrou ele.

E os lábios fendidos e inchados só conseguiram estalar uma última resposta.

— Nada... a cor... ela queima... fria e úmida, mas queima... vivia no poço... eu vi... uma espécie de fumaça... igual às flores na última primavera... o poço brilhava à noite... Thad e Merwin e Zenas... tudo vivo... chupava a vida de tudo... naquela pedra... deve ter vindo naquela pedra que amaldiçoou todo o lugar... não sei o que ela quer... aquela coisa redonda que os homens da universidade arrancaram da pedra... eles quebraram... era da mesma cor... a mesma, como as flores e as plantas... devia ter mais delas... sementes... sementes... elas cresceram... vi esta semana pela primeira vez... ficou forte com Zenas... era um menino grande, cheio de vida... abate a sua mente e depois te pega... te esgota... na água do poço... você tinha razão...

água do mal... Zenas nunca voltou do poço... não deu para fugir... atrai você... você sabe que alguma coisa vai acontecer, mas não adianta... já vi muitas vezes depois que Zenas foi tomado... onde está Nabby, Ammi?... Minha cabeça não está bem... não sei há quanto tempo eu não lhe dou comida... vai tomar ela se não tomarmos cuidado... só uma cor... o rosto dela já está começando a ter aquela cor, às vezes, à noite... e ela queima e suga... vem de algum lugar onde as coisas não são como aqui... um daqueles professores disse... e ele tinha razão... cuidado Ammi, ele vai fazer mais... suga a vida...

Mas foi só isso. Não conseguiu mais falar porque desabou completamente. Ammi estendeu uma toalha de mesa vermelha xadrez sobre o que sobrou e saiu para os campos pela porta dos fundos. Subiu a encosta até o pasto de dez acres e foi cambaleando até em casa pela estrada do norte e as florestas. Não podia passar pelo poço do qual o seu cavalo tinha fugido. Tinha olhado pela janela e visto que não faltava nenhuma pedra no parapeito. Então, a charrete não havia soltado coisa alguma, o som de água viera de outra coisa, outra coisa que entrara no poço depois de ter acabado com o pobre Nahum.

Quando Ammi chegou a sua casa, os cavalos e a charrete já estavam lá, por isso sua mulher tivera acessos de ansiedade. Depois de acalmá-la sem dar explicações, ele partiu imediatamente para Arkham e notificou as autoridades de que a família Gardner já não existia. Não ofereceu detalhes, apenas informou sobre as mortes de Nahum e Nabby, pois a de Thaddeus já era conhecida, e mencionou que a causa parecia ser a mesma estranha condição que já havia matado o gado. Também declarou que Merwin e Zenas tinham desaparecido. Houve muitas perguntas na polícia, e no fim Ammi foi forçado a acompanhar três policiais à fazenda dos Gardner, junto com o juiz criminal, o médico-legista e o veterinário que tinha tratado dos animais doentes. Ele foi contra a vontade, pois a tarde avançava e ele temia o cair da noite naquele lugar amaldiçoado, mas era reconfortante ter a companhia de tanta gente.

Os seis homens foram numa charrete de quatro lugares, seguindo a charrete de Ammi, e chegaram a casa da fazenda pesteada por volta das quatro horas. Por mais acostumados que estivessem a experiências repulsivas, os policiais não deixaram de se emocionar com o que foi encontrado no sótão e sob a toalha vermelha xadrez no chão da sala. Todo o aspecto da fazenda, com sua desolação cinzenta, era terrível demais, mas os dois objetos desintegrados estavam além de todos os limites. Ninguém conseguiu olhar muito tempo para eles, e até mesmo o médico-legista confessou que não havia muito a ser examinado. Seria possível analisar amostras, é claro, e ele se ocupou em obtê-las, e então ocorreu algo muito desconcertante no laboratório da universidade para onde foram levados os dois frascos de pó. Sob o espectroscópio, as duas amostras emitiram um espectro desconhecido, em que muitas das faixas eram exatamente iguais às produzidas pelo estranho meteoro no ano anterior. A propriedade de emitir esse espectro desapareceu depois de um mês, e o pó passou a ser formado principalmente de fosfatos e carbonatos alcalinos.

Ammi não teria contado aos homens sobre o poço se pensasse que eles iriam fazer alguma coisa ali naquele momento. Já se aproximava o ocaso, e ele estava ansioso para se afastar dali. Mas, não conseguiu evitar um olhar nervoso ao guarda-corpo do poço e, quando um detetive perguntou, admitiu que Nahum tinha tanto medo de alguma coisa lá no fundo do buraco, que nem chegou a pensar em procurar Merwin e Zenas lá dentro. Depois disso, todos insistiram que seria necessário esvaziar e explorar o poço, e Ammi teve de esperar, tremendo, enquanto baldes e mais baldes de água fétida eram trazidos para cima e derramados no terreno encharcado. Os homens cheiraram enojados aquele fluido, e perto do fim taparam o nariz por causa do fedor que descobriam. Não demorou tanto quanto esperavam, pois a água estava muito baixa. Não houve necessidade de descrever com muita exatidão o que tinham encontrado. Merwin e Zenas estavam lá, em parte, embora os restos fossem principalmente ossos. Encontraram também um pequeno cervo e um cachorro grande mais ou menos no mesmo estado, e vários ossos de animais pequenos. O lodo e a lama no fundo pareciam inexplicavelmente porosos e borbulhantes, e um homem que desceu com uma vara comprida descobriu que a vara descia até o fundo do poço sem encontrar nenhuma obstrução sólida.

O ocaso caíra, e trouxeram lanternas de dentro da casa. Então, quando se constatou que examinar o poço não traria mais nada de novo, todos entraram e discutiram na antiga sala de estar, enquanto a luz intermitente da meia-lua brincava com a desolação cinzenta de fora. Os homens estavam francamente embaraçados por todo aquele caso, e não conseguiam encontrar nenhum elemento comum que ligasse as estranhas condições vegetais, a doença desconhecida do gado e dos humanos e as mortes inexplicáveis de Merwin e Zenas no poço envenenado. Haviam ouvido a conversa do povo, é verdade; mas não acreditavam que tivesse ocorrido algo tão contrário à lei natural. Não havia dúvida de que o meteoro envenenara o solo, mas a doença de animais e pessoas que não tinham consumido nada produzido naquele solo era outra história. Seria a água do poço? Muito possivelmente. Talvez fosse uma boa ideia analisá-la. Mas que loucura peculiar poderia ter levado os dois meninos a saltar dentro do poço? Os seus atos foram muito semelhantes, e os fragmentos mostraram que os dois sofreram da morte cinzenta quebradiça. Por que tudo ficou tão cinzento e quebradiço?

Foi o juiz criminal, sentado junto à janela que dava para o jardim, quem primeiro notou o brilho em torno do poço. Já era noite, e todo o terreno horroroso parecia levemente iluminado para além da luz incerta do luar; mas esse novo brilho era algo definido e distinto, parecia sair de dentro do buraco negro como a luz suavizada de uma lanterna, dando reflexos embaçados nas pequenas poças do chão, onde a água derramara. Era uma cor estranha, e Ammi, bem como todos os homens reunidos em volta da janela, deu um salto violento. Pois, para Ammi, esse estranho raio de pálido miasma não era desconhecido. Ele já havia visto aquela cor e tinha medo de pensar o que ela poderia significar. Já a vira no glóbulo, naquele aerólito, dois verões antes, já a vira na vegetação louca da primavera e, pensara tê-la visto por um instante naquela mesma manhã, contra a pequena janela gradeada daquele horrível sótão, onde coisas sem nome tinham acontecido. Ela brilhou lá por um segundo, e uma corrente úmida e odiosa de vapor havia passado por ele... e depois, Nahum fora tomado por alguma coisa daquela mesma cor. Havia dito, no final, que era igual ao glóbulo e às plantas. Depois, veio a fuga no jardim e o barulho de água no poço, e agora, aquele poço emitia o raio pálido e insidioso com a mesma cor demoníaca.

Faz justiça à vigilância da mente de Ammi o fato de ele, mesmo naquele momento tenso, ter se intrigado com um ponto essencialmente científico. Ele só conseguia pensar na impressão que também tivera quando viu um vapor durante o dia, contra uma janela que se abria para o céu da manhã, e na exalação noturna em forma de névoa fosforescente que encobria a paisagem negra e amaldiçoada. Não estava certo, era contra a natureza; e então se lembrou das terríveis últimas palavras do amigo ferido: "vem de algum lugar, de onde as coisas não são como são aqui... um daqueles professores disse..."

Os três cavalos amarrados a dois arbustos retorcidos na estrada agora estavam relinchando e batendo os cascos freneticamente. O cocheiro foi à porta para tentar fazer alguma coisa, mas Ammi colocou a mão trêmula no seu ombro.

— Não saia — sussurrou. — Aí tem mais coisas do que sabemos. Nahum disse que alguma coisa vive dentro do poço e suga a sua vida. Disse que devia ser algo que cresceu de uma bola redonda como a que nós todos vimos na pedra do meteoro que caiu um ano atrás, em junho. Suga e queima, ele disse, e é da cor daquela luz que está lá fora agora, que mal conseguimos ver e não sabemos o que é. Nahum pensava que ela se alimenta de tudo que é vivo, e fica a cada dia mais forte. Ele disse que a viu nesta última semana. Deve ser alguma coisa que vem de muito longe no céu, como os homens da universidade disseram do meteoro no ano passado. Como é feito e como funciona não tem nada a ver com o mundo de Deus. É alguma coisa de mais longe.

Então os homens pararam, indecisos, enquanto a luz do poço ficava mais forte e os cavalos batiam os cascos e relinchavam num frenesi crescente. Foi um momento muito terrível; o terror imperava naquela casa antiga e amaldiçoada, quatro conjuntos monstruosos de fragmentos, dois na casa e dois saídos do poço, do barracão nos fundos e o raio de iridescência desconhecida e diabólica do fundo lodoso na frente. Ammi conteve o cocheiro por impulso, esquecendo-se de que ele próprio não fora ferido pelo contato com o vapor úmido colorido no quarto do sótão; mas talvez tenha sido bom ele ter agido daquela forma. Ninguém jamais vai saber o que havia lá fora naquela noite, e embora a blasfêmia do além não tivesse ferido nenhum ser humano de mente sã, ninguém sabe o que ela poderia ter feito naquele último momento, com sua força aparentemente aumentada e os sinais especiais de propósito que ela logo passaria a exibir sob o céu enluarado e meio nebuloso.

De repente, um dos detetives à janela deu um suspiro forte e curto. Os outros se voltaram para ele e seguiram o seu olhar em direção ao alto. Não houve necessidade de palavras. O que tinha sido objeto de discussões na região já não era mais discutível, e isso porque todos os homens daquele grupo combinaram, sussurrando, que os dias estranhos não seriam mais mencionados em Arkham. É necessário estabelecer a premissa de que não havia vento naquela hora da noite. Um vento começou pouco depois, mas naquele momento, não havia absolutamente nenhum. Mesmo as pontas da cerca-viva cinzenta e doente e as franjas do teto da charrete continuaram imóveis. E, ainda assim, em meio a essa calma tensa e ateia, os galhos mais altos de todas as árvores no jardim se moviam. Torciam-se de forma mórbida e espasmódica, agarrando as nuvens enluaradas numa loucura convulsiva e epilética; agitavam-se impotentemente no ar pernicioso, como se movidos aos trancos por uma linha de ligação incorpórea com os horrores subterrâneos que lutavam e se retorciam abaixo das raízes negras.

Nenhum deles respirou durante vários segundos. Então, uma nuvem mais escura passou diante da lua, e a silhueta dos galhos agitados desapareceu momentaneamente. Houve um grito geral abafado de horror, mas rouco e quase idêntico em todas as gargantas. Pois o horror não desapareceu com a silhueta, e num instante assustador da mais profunda escuridão eles viram, coleando no alto daquela árvore, mil pontos luminosos de uma radiância fraca e assustadora, tocando a ponta de cada galho como o fogo de Santelmo ou as chamas que desceram sobre as cabeças dos apóstolos no pentecostes. Era uma constelação monstruosa de luz antinatural, como um enxame de vaga-lumes nascidos de cadáveres dançando sarabandas infernais sobre um pântano amaldiçoado, e a sua cor era a mesma intrusão sem nome que Ammi acabou por reconhecer e temer. Durante todo esse tempo, o eixo de fosforescência que saía do poço se tornava cada vez mais brilhante, trazendo à mente dos homens ali reunidos uma sensação de condenação e anormalidade que superava qualquer imagem que a mente consciente pudesse formar. Ela já não brilhava mais; derramava-se; e enquanto a corrente disforme de cor inclassificável deixava o poço, parecia fluir diretamente para o céu.

O veterinário tremeu e foi até a porta da frente para colocar nela a barra extra. Ammi não tremeu menos e, por não conseguir controlar a voz, teve de arrastar as pessoas e apontar quando quis atrair a atenção para a luminosidade crescente das árvores. Os relinchos e pancadas dos cascos dos cavalos eram agora absolutamente assustadores, mas nenhuma alma daquele grupo na velha casa teria se aventurado a sair, por nada neste mundo. Com o passar do tempo, o brilho das árvores aumentou, ao passo que os galhos agitados pareciam cada vez mais tensos, em busca da verticalidade. A madeira da alavanca do poço agora brilhava, e logo um policial apontou estupidamente alguns barracões de madeira e colmeias próximas da parede de pedra a oeste. Eles também começavam a brilhar, embora as carruagens amarradas dos visitantes parecessem ainda não ter sido afetadas. Então, houve uma enorme comoção e o som de cascos de cavalos irrompeu na estrada; quando Ammi reduziu a lâmpada para verem melhor, eles perceberam que os cavalos, frenéticos, haviam se soltado dos arbustos e fugido com a charrete.

O choque soltou várias línguas e sussurros embaraçados foram trocados.

— Isso contagia tudo que é orgânico por aqui — murmurou o médico legista.

Ninguém respondeu, mas o homem que fora ao poço deu o palpite de que a longa vara que usara devia ter agitado alguma coisa intangível.

— Foi terrível — acrescentou. — Não tinha fundo, só lodo e bolhas, e a sensação de alguma coisa oculta lá em baixo.

O cavalo de Ammi ainda batia os cascos e relinchava ensurdecedoramente na estrada lá fora, e quase abafou a voz trêmula e fraca do dono ao murmurar as suas reflexões disformes.

— Ela veio daquela pedra... cresceu lá no fundo... sugou tudo que vivia... alimentou-se de mentes e corpos... Thad e Merwin, Zenas e Nabby... Nahum foi o último... todos beberam a água... a coisa se fortaleceu deles... veio do além... onde as coisas não são como aqui... agora está indo embora.

A coluna de cor desconhecida de repente brilhou mais forte e começou a se tecer em sugestões fantásticas de formatos, que cada espectador descreveu de forma diferente; veio do pobre Herói amarrado um som que homem nenhum, nem antes nem depois, jamais ouviu de um cavalo. Todos naquela sala de estar de teto baixo taparam os ouvidos, e Ammi se afastou da janela com horror e náusea. Palavras não conseguiam explicar... Quando Ammi tornou a olhar, o infeliz animal jazia inerte no terreno, ao luar, entre os varais da charrete. Foi o último grito de Herói, enterrado no dia seguinte. Mas aquele não era um tempo de luto, pois quase nesse momento um detetive chamou silenciosamente a atenção para uma coisa terrível naquela mesma sala, com eles. Na ausência de luz, tornou-se claro que uma leve fosforescência havia começado a impregnar todo o aposento. Brilhava nas tábuas largas do chão e no pedaço de tapete rasgado, e tremulava sobre os vidros das janelas. Subia e descia pelos pilares expostos dos cantos, coruscava em volta da prateleira e da cornija da lareira e infectou as portas e a mobília. A cada minuto eles a viam se fortalecer, e finalmente se tornou claro que todas as coisas vivas saudáveis tinham de sair da casa.

Ammi lhes mostrou a porta dos fundos e o caminho pelos campos, até o pasto de dez acres. Andaram e cambalearam como num sonho, e não ousaram olhar para trás até estarem muito longe, já no terreno alto. Estavam felizes pelo caminho, pois não poderiam ter saído pela porta da frente, passando pelo poço. Já era ruim demais ter de passar pelo celeiro e barracões brilhantes e pelas árvores do pomar que brilhavam com seus contornos retorcidos, demoníacos; mas, graças aos céus, os galhos estavam mais retorcidos no alto. Quando cruzaram a ponte sobre o Córrego Chapman, a lua se ocultou atrás de nuvens muito escuras, e tiveram de tatear dali até os campos abertos.

Quando olharam para trás, para o vale e a distante fazenda Gardner no fundo, tiveram uma visão aterradora. A fazenda brilhava com uma mistura medonha e desconhecida de cores; árvores, edifícios e mesmo o capim e a vegetação, que ainda não tinham se convertido à fragilidade cinzenta e letal. Todos os galhos se estendiam para o alto, encimados por línguas de chama repugnante, e rios tremeluzentes do mesmo fogo monstruoso rastejavam pelas vigas do telhado da casa, do celeiro e dos barracões. Era uma cena de uma pintura de Füssli,[7] e acima de todo o resto, reinava aquela exuberância de amorfia luminosa, aquele arco-íris estranho e unidimensional de veneno misterioso do poço em ebulição, envolvente, sensível, penetrante, cintilante, extenuação e malignamente borbulhante no seu cromatismo cósmico e irreconhecível.

Então, sem aviso, a coisa pavorosa partiu verticalmente para o céu, como um foguete ou meteoro, sem deixar vestígio, desaparecendo através de um buraco redondo e curiosamente regular nas nuvens antes que qualquer um deles tivesse tempo de suspirar ou gritar. Nenhum dos espectadores é capaz de esquecer aquela visão, e Ammi olhou

---

[7] Johann Heinrich Füssli (1741–1825) foi um pintor suíço. Em suas obras, apesar de mostrarem traços inicialmente classicistas, pode-se notar a predominância do Romantismo, das emoções e da composição dramática.

estupefato as estrelas do Cisne, Deneb cintilando acima das outras, onde a cor desconhecida se fundiu na Via Láctea. Mas o seu olhar foi atraído em seguida para a terra, devido a estalos no vale. Foi apenas isso. Só o som de madeira rasgando e estalando, não uma explosão, como juraram muitos outros do grupo. Ainda assim, o resultado foi o mesmo, pois, num instante caleidoscópico febril, da fazenda amaldiçoada e condenada explodiu um cataclismo eruptivo cintilante de faíscas e substâncias antinaturais, ofuscando a visão de alguns que o viram e enviando para o zênite uma nuvem explosiva de fragmentos coloridos e fantásticos, que o nosso universo deve por força repudiar. Atravessaram os vapores, que rapidamente se fechavam e seguiram a grande morbidez que havia desaparecido e, após mais um segundo eles também desapareceram. Atrás e abaixo só havia uma escuridão a que os homens não ousaram voltar, e por toda parte um vento crescente pareceu cair sobre a escuridão, como rajadas geladas do espaço interestelar. Gritava e uivava, castigava os campos e distorcia as florestas num louco frenesi cósmico, até que pouco depois, o grupo trêmulo percebeu que não valeria a pena esperar que a lua mostrasse o que havia sobrado lá em baixo na terra de Nahum.

Aterrorizados demais até para sugerir teorias, os sete homens trêmulos se arrastaram até Arkham pela estrada do norte. Ammi estava pior que os seus companheiros, e implorou para que o deixassem na sua cozinha em vez de seguirem diretamente para a cidade. Não queria cruzar sozinho a floresta amaldiçoada, castigada pelo vento, até a sua casa na estrada principal. Isso porque ele sofreu um choque a mais, de que os outros foram poupados, e ficou arrasado, com um medo melancólico que não ousou mencionar por muitos anos. Enquanto os outros naquela colina tempestuosa fixavam os olhos na estrada, impassíveis, Ammi olhou para trás, por um instante, para o vale de desolação que abrigara o seu desafortunado amigo. E, daquele ponto distante viu alguma coisa se erguer languidamente para depois voltar a cair sobre o lugar de onde o grande horror disforme se lançara para o céu. Era apenas uma cor mas não qualquer cor da nossa terra ou do céu. E, como Ammi reconheceu aquela cor e sabia que aquele último resquício devia ainda se ocultar no fundo do poço, desde então nunca foi completamente são.

Ammi nunca chegou novamente perto daquele lugar. Já se passaram quarenta e quatro anos desde o horror, mas ele nunca mais foi lá, e ficará feliz quando o novo reservatório o apagar. Eu também vou ficar feliz, pois não gosto do modo como a luz do sol mudou de cor perto do poço abandonado por onde passei. Espero que a água fique para sempre muito profunda, mas mesmo assim nunca vou beber dela. Acho que não volto mais à área rural de Arkham. Três dos homens que lá estiveram com Ammi voltaram na manhã seguinte para ver as ruínas à luz do dia, mas não havia ruínas. Somente os tijolos da chaminé, as pedras do celeiro, aqui e ali algum lixo metálico e mineral, e a boca daquele poço nefando. Não fosse o cavalo morto de Ammi, que eles arrastaram e enterraram, e a charrete que pouco depois lhe foi devolvida, toda coisa viva que passara por ali havia desaparecido. Ficaram cinco acres irreais de deserto cinzento, e ali nada mais cresceu. Até hoje a área se espalha para o céu como uma grande mancha queimada por ácido nas florestas e campos, e os poucos que já ousaram olhá-la, apesar das histórias do povo, lhe deram o nome de "charneca maldita".

As histórias rurais são estranhas. Seriam ainda mais estranhas se os homens da cidade e os químicos da universidade se interessassem a ponto de analisar a água daquele poço abandonado ou a poeira cinzenta que nenhum vento dispersa. Os botânicos também deveriam estudar a flora deformada nos limites daquele lugar, pois talvez lançassem luz sobre a noção popular de que a influência maligna está se espalhando, pouco a pouco, talvez uma polegada por ano. Dizem que a cor da vegetação vizinha não é normal na primavera, que coisas estranhas deixam pegadas na neve fina do inverno. A neve nunca parece tão pesada na charneca amaldiçoada quanto em outros lugares. Cavalos, os poucos que sobraram nesta era motorizada, ficam agitados no vale silencioso, e caçadores que se aproximam da mancha de poeira cinzenta sabem que não podem confiar nos seus cachorros.

Dizem que as influências mentais também não são boas; muitos enlouqueceram nos anos que se seguiram à morte de Nahum, e sempre lhes faltou força para fugir. Então, as pessoas mais corajosas deixaram a região, e somente os estrangeiros tentaram viver nas fazendas em ruínas. Mas não conseguiram ficar; e, às vezes, ficamos a imaginar que ideias além das nossas lhes deram as estranhas histórias de magia que correm em rumores. Os seus sonhos à noite, protestam eles, são horríveis demais naquela região grotesca; e certamente a própria aparência do reino da escuridão é suficiente para agitar uma imaginação mórbida.

Nenhum viajante já conseguiu escapar ao senso de estranhamento naquelas ravinas profundas, e os artistas tremem ao pintar florestas espessas cujo mistério tanto é do espírito quanto dos olhos. Eu mesmo sou curioso quanto à sensação que tive no meu único passeio sozinho antes de Ammi me contar a sua história. Quando veio o crepúsculo, desejei que algumas nuvens se juntassem, pois uma estranha timidez quanto aos vazios profundos do céu tinha penetrado a minha alma.

Não me peçam a minha opinião. Não sei, e isso é tudo. Não existe ninguém além de Ammi a quem se possa perguntar, pois o povo de Arkham se recusa a falar dos dias estranhos, e os três professores que viram o aerólito e o seu glóbulo colorido já estão mortos. Houve outros glóbulos, podem ter certeza. Um deles deve ter se alimentado e fugido, e, provavelmente, havia outro que chegou muito tarde. Não existe dúvida de que ele ainda está no fundo do poço; sei que existe alguma coisa errada na luz do sol que vi acima daquela boca miasmática. Os rústicos dizem que a influência maligna avança uma polegada por ano, então, talvez ainda haja uma espécie de crescimento ou nutrição. Mas qualquer que seja o filhote de demônio lá no fundo, ele deve estar amarrado a alguma coisa, caso contrário, se espalharia rapidamente. Estaria preso às raízes das árvores que agarram o ar? Uma das atuais histórias de Arkham conta dos gordos carvalhos que brilham e se movem à noite, de uma forma inesperada.

O que é isso, só Deus sabe. Em termos de matéria, suponho que a coisa descrita por Ammi poderia ser chamada de gás, mas esse gás obedecia a leis que não são do nosso cosmos. Não era fruto dos mundos e sóis que brilham nos telescópios e placas fotográficas dos nossos observatórios. Não era a respiração dos céus cujos movimentos e dimensões os nossos astrônomos medem ou consideram vastos demais para serem medidos. Era apenas a cor do espaço distante, um mensageiro assustador de reinos não formados do infinito, além de toda a natureza tal como a conhecemos; reinos cuja simples existência atordoa o cérebro e nos entorpece com as voragens que abrem diante de nossos olhos em frenesi.

Duvido muito que Ammi tenha mentido para mim conscientemente, e não acredito que a sua história fosse apenas um ataque de loucura, como me disse o povo da cidade. Alguma coisa terrível chegou às colinas e vales naquele meteoro, e alguma coisa terrível, embora eu não saiba em que proporção, ainda está lá. Vou ficar feliz ao ver a água chegar. Enquanto isso, espero que nada aconteça a Ammi. Ele viu muito daquela coisa, e a sua influência era por demais insidiosa. Por que ele nunca foi capaz de se mudar? Com que clareza ele se lembrava das palavras de morte de Nahum: "não consegue fugir… atrai você… você sabe que alguma coisa vai acontecer, mas não adianta…" Ammi é um homem muito bom, quando a turma do reservatório começar a trabalhar vou escrever para o engenheiro-chefe para cuidar bem dele. Não quero pensar nele como a monstruosidade cinzenta, retorcida e frágil que insiste cada vez mais em perturbar o meu sono.

O DESCENDENTE

EM LONDRES, vive um homem que grita quando tocam os sinos da igreja. Ele mora sozinho com seu gato listrado na Pousada de Gray, e as pessoas o descrevem como um louco inofensivo. Tem o quarto repleto de livros do tipo mais ameno e pueril e, hora após hora, tenta se perder nas páginas suaves. Só o que almeja na vida é não pensar. Por algum motivo, pensar lhe é muito horrível, e tudo o que lhe incita a imaginação o faz fugir como se de uma peste. Embora seja um homem muito magro, grisalho e enrugado, alguns declaram que não é nem de perto tão velho quanto parece. O medo cravou suas pavorosas garras nele, e o menor ruído o faz se sobressaltar com os olhos arregalados e testa coberta de suor. Evita amigos e companheiros, pois não quer responder às suas perguntas. Os que o conheceram outrora, como erudito e esteta, dizem que, ao vê-lo agora, sentem muita pena. Abandonou-os há anos, e ninguém sabe ao certo se ele partiu do país ou apenas sumiu de vista em algum beco obscuro. Faz uma década desde que se mudou para a Pousada de Gray e não quis dizer de onde viera até a noite que o jovem Williams comprou o *Necronomicon*.

Williams era um sonhador de apenas 23 anos e, ao se mudar para a antiga pousada, sentiu uma estranheza e um sopro de vento cósmico no encanecido e seco vizinho do quarto ao lado. Obrigou-o a aceitar sua amizade quando os velhos amigos não ousavam impor a deles e estranhou o pavor que dominava aquele magro e pálido observador e ouvinte. Pois ninguém tinha dúvidas de que o homem vivia a observar e a escutar. Ele observava e escutava mais com a mente do que com os olhos e os ouvidos, além de esforçar-se o tempo todo por afogar alguma coisa em sua incessante leitura atenta de romances alegres e insípidos. E quando os sinos da igreja tocavam, tapava os ouvidos e gritava, e o gato cinzento que morava com ele uivava em uníssono até o último repique se extinguir reverberante.

Por mais que Williams desejasse, não conseguia fazer o vizinho falar sobre nada profundo ou oculto. O idoso não vivia de acordo com seu aspecto e postura, mas fingia um sorriso, um tom animado, e tagarelava de maneira febril, frenética, de divertidas insignificâncias, e a voz não parava de elevar-se e engrossava até irromper num falsete agudo e incoerente. Seus comentários mais triviais deixavam bastante claro que tinha conhecimentos profundos e completos, e Williams não se surpreendeu ao saber que estudara em Harrow e Oxford. Mais tarde, veio à tona que se tratava de nenhum outro senão lorde Northam, de cujo antigo castelo hereditário, no litoral de Yorkshire, contavam-se muitas histórias estranhas, mas quando Williams tentava falar do castelo e de sua renomada origem romana, o lorde recusava-se a admitir a existência de qualquer coisa incomum na propriedade. Chegava a rir com a voz esganiçada quando se suscitava o assunto das supostas criptas subterrâneas, desbastadas do sólido penhasco que contempla de cara fechada o mar do Norte.

Assim se desenrolaram os acontecimentos até a noite em que Williams trouxe para casa o infame *Necronomicon*, do árabe louco Abdul Alhazred. Tomara conhecimento do pavoroso volume desde os 16 anos, quando seu amor incipiente pelo bizarro o levara a fazer perguntas estranhas sobre um velho livreiro curvado de Chandos Street e, em consequência, sempre se perguntava por que os homens empalideciam ao falar da obra. O velho livreiro lhe dissera que só se sabia da sobrevivência de cinco exemplares após os chocados éditos dos sacerdotes e legisladores contra o livro e que todos esses cinco achavam-se trancados com apavorado cuidado pelos guardas que haviam se aventurado a iniciar uma leitura do odioso tratado escrito em letras góticas. Agora, contudo, ele não apenas encontrara, afinal, um exemplar acessível, mas a um preço ridículo. Foi na loja de um judeu nos miseráveis arredores de Clare Market, onde antes comprara muitas vezes coisas estranhas, e quase lhe pareceu ver o velho e nodoso levita sorrir sob o emaranhado da barba diante da grande descoberta feita. A volumosa capa de couro com o fecho de metal era tão chamativamente visível, e o preço um absurdo de baixo.

O DESCENDENTE

O único vislumbre que tivera do título bastou para deixá-lo arrebatado, e alguns dos diagramas impressos no vago texto em latim lhe excitaram as mais tensas e inquietadoras lembranças na mente. Sentiu que era muitíssimo necessário levar o pesado volume para casa e começar a decifrá-lo; e saiu da loja com tanta pressa precipitada que o velho judeu deu uma perturbadora risada atrás dele. Entretanto, quando viu o livro seguro em seu quarto, achou a combinação de letras góticas e língua deturpada demasiado difícil para seus poderes como um linguista e, com relutância, visitou o estranho e assustado amigo em busca de ajuda com o tortuoso latim medieval. Lorde Northam dizia, sorridente, futilidades ao gato listrado e levou um enorme susto quando o jovem entrou. Então, viu o volume e estremeceu violentamente, desfalecendo quando Williams proferiu o título. Foi quando recobrou os sentidos que o idoso contou a sua história, contou sua fantástica invenção de loucura em sussurros frenéticos para que o amigo não demorasse a queimar o livro amaldiçoado e espalhasse as cinzas bem longe dali.

* * *

"Devia haver alguma coisa errada desde o início", sussurrou lorde Northam, mas jamais teria chegado a um ponto crítico se ele não tivesse avançado tanto em sua exploração. Ele era o décimo nono barão de uma linhagem cuja origem remontava, de forma inquietante, ao passado que, aliás, era incrivelmente distante se levarmos em conta o que dizia a vaga tradição, porque existem relatos de família referentes a uma descendência de tempos pré-saxônios, quando um certo Cnaeus Gabinius Capito, tribuno militar na Terceira Legião augustana, então aquartelada em Lindum, na Britânia romana, fora deposto de maneira sumária de seu comando por participação em certos ritos não relacionados a nenhuma religião conhecida. Gabinius, segundo os rumores, encontrara uma caverna na encosta de um penhasco, onde pessoas estranhas reuniam-se e faziam o Símbolo Antigo na escuridão; pessoas estranhas que os bretões não conheciam, exceto no medo, e que foram as últimas a sobreviver de um grande território no Oeste que afundara, deixando apenas as ilhas com as fortificações pré-históricas, os círculos e os santuários dos quais Stonehenge era o maior. Não se tinha a menor certeza, claro, da lenda em que Gabinius construíra uma inexpugnável fortaleza acima da caverna proibida e fundou uma linhagem a qual os pictos, saxônios, dinamarqueses e normandos não tiveram poder para destruir; nem na tácita suposição de que dessa linhagem descendeu o intrépido companheiro e tenente do Príncipe Preto, a quem Eduardo III instituiu barão de Northam. Embora não fossem dadas como certas, essas coisas eram contadas com frequência; na verdade, o trabalho de pedra da fortaleza de Northam assemelhava-se, assustadoramente, à maçonaria da Muralha de Adriano. Na infância, lorde Northam tivera sonhos estranhos sempre que dormia nas partes mais antigas do castelo e adquirira um hábito constante de procurar, em retrospecto na memória, por cenas, padrões e impressões semiamorfas que não faziam parte da experiência que tinha quando desperto. Tornou-se um sonhador que achava a vida sem graça e insatisfatória, um explorador em busca de reinos estranhos, e os relacionamentos antes familiares, agora não se encontravam em lugar algum nas regiões visíveis da Terra.

Dominado por uma sensação de que nosso mundo tangível não passa de um átomo numa estrutura imensa e nefasta e que domínios desconhecidos pressionam e permeiam a esfera do conhecido em todo ponto, Northam, na juventude e início da idade adulta, esgotou, uma por uma, as fontes da religião formal e do mistério oculto. Em lugar algum, porém, conseguiu encontrar tranquilidade e contentamento; à medida que foi envelhecendo, o marasmo e as limitações da vida tornaram-se cada vez mais exasperadoras. Durante os anos 1990, interessou-se por satanismo e sempre devorou, com entusiasmo, qualquer doutrina ou teoria que parecesse prometer escapar das estreitas visões da ciência e das tediosamente invariáveis leis da natureza. Livros como a versão quimérica de um oitavo continente, *Atlântida, o mundo antediluviano*, de Ignatius Donnelly, ele absorvia com prazer, e uma dezena de precursores obscuros de Charles Fort o encantavam com suas excentricidades. Viajou quilômetros para seguir a pista de um relato sobre uma aldeia furtiva de prodígios anormais e, certa vez, percorreu o deserto da Arábia em busca de uma Cidade Sem Nome citada por relatos vagos e que ninguém jamais viu. Em seu íntimo, intensificou-se a fé irresistível em que existia, em algum lugar, um portão fácil, o qual, se ele encontrasse, receberia-o de bom grado naquelas profundezas exteriores cujos ecos matraqueavam bem baixo no fundo de sua memória.

O DESCENDENTE

Porventura, localizava-se no mundo visível, embora, quem sabe, existisse apenas em sua mente e alma. Talvez guardasse no interior de seu cérebro semiexplorado aquele elo secreto que o despertaria para vidas mais antigas e futuras em dimensões esquecidas, que o uniria às estrelas, à infinitude e às eternidades além delas.

A HISTÓRIA DO NECRONOMICON

TINHA COMO TÍTULO original *Al-Azif*, *azif*, sendo a palavra empregada pelos árabes para designar o ruído noturno (feito por insetos), que acreditavam ser o uivo dos demônios.

Foi escrito por Abdul Alhazred, um poeta louco de Sanná, no Iêmen, que dizem ter prosperado durante o período dos califas Ommiade, por volta de 700 a.D. O autor visitou as ruínas da Babilônia e os subterrâneos secretos de Mênfis, passando 10 anos em solidão no grande deserto que se estende ao sul da Arábia — o Roba El Khaliyeh ou "Espaço Vazio", dos antigos — e no deserto "Dahna" ou "Carmesim", dos árabes modernos. Dizem que é habitado por espíritos malignos e monstros da morte. Todos os que afirmam ter penetrado nesse deserto relatam que viram prodígios estranhos e inacreditáveis. Nos últimos anos de vida, Alhazred morou em Damasco, onde escreveu o *Necronomicon* (*Al-Azif*), e contam-se muitas versões terríveis e contraditórias sobre sua morte final ou desaparecimento (738 a.D.). Segundo Ibn Khallikan (biógrafo do século XII), ele foi agarrado por um monstro invisível em plena luz do dia e devorado horrivelmente diante de um grande número de testemunhas imobilizadas de terror. Também se contam muitas coisas sobre sua loucura. Ele afirmou ter visto a fabulosa Irem, ou Cidade dos Pilares, e descoberto sob as ruínas de certa inominável cidade deserta, os anais secretos e chocantes de uma raça mais antiga que a humanidade. Tratava-se apenas de um muçulmano indiferente que adorava entidades desconhecidas, as quais ele chamava de Yog-Sothot e Cthulhu.

Em 950 a.D., o *Azif*, que ganhara uma circulação considerável, embora clandestina, entre os filósofos da época, foi traduzido em segredo para o grego por Theodorus Philetas, de Constantinopla, com o título de *Necronomicon*. Durante um século, o livro instigou alguns pesquisadores a realizar experiências que tiveram terríveis consequências, até ser proibido e queimado pelo patriarca Miguel. Daí em diante, só se ouviu falar da obra de maneira furtiva, mas em 1228, Olaus Wormius fez uma tradução do grego para o latim, de fins da Idade Média, e esse texto em latim foi impresso duas vezes — uma no século XV, em letras góticas (sem dúvida, na Alemanha) e outra no século XVII (decerto na Espanha); ambas as edições não continham marca de identificação, e apenas pela prova intrínseca tipográfica era possível supor a data e o lugar de impressão. A obra, tanto na versão latina quanto na grega, foi proibida pelo papa Gregório IX em 1232, pouco depois que sua tradução para o latim atraiu generalizada atenção. A edição original em árabe perdeu-se ainda nos tempos de Wormius, como indicado por sua nota prefacial. Nunca mais se teve conhecimento da edição grega, impressa na Itália entre 1500 e 1550, desde o incêndio da biblioteca de certo cidadão de Salém em 1692. A tradução feita pelo dr. Dee, nunca foi impressa, e existe apenas em fragmentos recuperados do manuscrito original. Dos textos em latim, resta apenas um exemplar do século XV, que se encontra guardado a sete chaves no Museu Britânico, e outro do século XVII, na Biblioteca Nacional de Paris. Existe uma edição do século XVII na Biblioteca Widener, em Harvard, uma na Biblioteca da Universidade de Miskatonic, em Arkham, e também uma na Biblioteca da Universidade de Buenos Aires. Outros numerosos exemplares, na certa, existem em segredo; circulam insistentes rumores de uma cópia do século XV, que faz parte da coleção de um célebre milionário norte-americano. Um rumor ainda mais vago diz que um exemplar do texto grego do século XVI pertence à família Pickman de Salém; no entanto, se foi preservado, é quase certo que esse tenha se extinguido com o desaparecimento do artista plástico R. U. Pickman, ainda em 1926. O livro é proibido com extremo rigor pelas autoridades da maioria dos países e por todas as denominações de congregações eclesiásticas. Ler o *Necronomicon* acarreta terríveis consequências. Foi, segundo rumores a respeito desse livro, o qual relativamente poucos leitores têm conhecimento, que R. W. Chambers tirou a ideia para escrever a coletânea de contos de terror fantástico "O Rei de amarelo".

Cronologia

Al Azif, escrito em Damascus, em cerca de 730 a.D. por Abdul Alhazred.

Traduzido para o grego em 950 a.D. como *Necronomicon* por Theodorus Philetas.

Queimado pelo patriarca Miguel em 1050 (i.e., texto em grego) —, o texto em árabe agora se perdeu.

Olaus Wormius traduz em 1228, do grego para o latim.

Edição latina (e grega) de 1232, proibida pelo papa Gregório IX.

Edição impressa em letras góticas em 14... na Alemanha.

Texto grego impresso na Itália em 15...

Edição em espanhol do texto latino, 16...

O POVO MUITO ANTIGO

Quinta-feira

3 de novembro de 1927

Caro Melmoth:

ENTÃO VOCÊ ESTÁ ocupado pesquisando o sombrio passado daquele insuportável jovem asiático Varius Avitus Bassianus? Arre! São poucas as pessoas a quem eu detesto mais do que aquele amaldiçoado ratinho sírio!

Transportei-me de volta aos tempos romanos pela minha recente leitura compenetrada da *Æneid*, de James Rhoades, uma tradução que eu nunca tinha lido antes e mais fiel a P. Maro do que qualquer outra versão versificada que já vi, incluindo a de meu falecido tio, dr. Clark, que não chegou a ser publicada. Essa digressão virgiliana, junto com os pensamentos espectrais relacionados à véspera do Dia de Todos os Santos, em que se comemora o *Halloween*, com os sabás de bruxas nas colinas, motivou em mim, na última noite de segunda-feira, um sonho romano de clareza e vividez tão elevadas e esboços tão gigantescos de horror oculto que creio, de verdade, que hei de usá-lo algum dia na ficção. Os sonhos romanos não eram fenômenos incomuns em minha juventude — eu seguia o Divino Júlio César por toda a Gália como um tribuno militar à noite, mas parei de tê-los há tanto tempo, pois esse último me impressionou com extraordinária força.

Foi durante um pôr do sol resplandecente ou à tardinha na minúscula cidade provinciana de Pompelo, no sopé dos Pirineus, em Hispania

Citerior. O ano deve ter sido em fins do período republicano, porque a província ainda era governada por um procônsul senatorial em vez de um embaixador pretoriano de Augusto, e o dia era o primeiro das calendas de novembro. As colinas elevavam-se escarlates e douradas ao norte da cidadezinha, e o sol poente brilhava avermelhado e místico nos prédios de pedra bruta e argamassa do foro empoeirado e nas paredes de madeira do circo um pouco afastado em direção ao leste. Grupos de cidadãos — colonizadores romanos e nativos romanizados de cabelos bastos, junto com óbvios híbridos das duas descendências, vestidos igualmente com togas de lã barata —, além de alguns legionários protegidos por capacete e túnicas em tecido grosso, membros tribais de barba preta da circundante Vascônia —, todos afluíram às poucas ruas pavimentadas e no foro, impelido por algum vago e indefinível mal-estar.

Eu mesmo acabara de descer de uma liteira que os condutores ilíricos davam a impressão de ter trazido com alguma pressa de Calagurris, do outro lado da Ibéria, em direção ao sul. Parece que eu era um provincial questor chamado L. Cælius Rufus e que fora chamado pelo procônsul, P. Scribonius Libo, o qual chegara de Tarraco alguns dias antes. Os soldados compunham a quinta coorte da XII legião, sob o comando do tribuno militar Sex. Asellius; e o legado da região inteira, cel. Balbutius, também viera de Calagurris, onde ficava a base permanente do exército.

A causa da conferência foi um horror que pairava ameaçador nas colinas. Todos os habitantes estavam assustados e haviam implorado a presença de uma coorte de Calagurris. Era a Terrível Estação do outono, e as pessoas incultas nas montanhas preparavam-se para as cerimônias apavorantes, sobre as quais se comentava apenas em rumores nas cidades. Pertenciam ao mesmo povo antigo que habitava mais acima nas colinas e falavam uma língua picotada, que os vascões não entendiam. Raras vezes eram vistos; no entanto, algumas vezes por ano, enviavam mensageiros baixinhos, amarelados e de olhos oblíquos (os quais se assemelhavam aos citos) para negociar com os mercadores por meio de gestos, e toda primavera e outono realizava os infames ritos nos cumes, suas uivadas e fogos de altares lançando terror nas aldeias. Sempre na mesma noite: a anterior às calendas de maio e a anterior às calendas de novembro. Os habitantes das cidades desapareciam pouco antes dessas noites e não tornavam a aparecer. Também se ouviam sussurros relatando que os pastores e fazendeiros nativos não eram hostis com o povo muito antigo — e que mais de uma cabana colmada ficava vazia antes da meia-noite nos dois horríveis sabás.

Nesse ano, o horror foi imenso, porque as pessoas sabiam que a ira do povo muito antigo era pelos moradores de Pompelo. Três meses antes, cinco dos baixinhos comerciantes de olhos oblíquos haviam descido das colinas, e, num mercado, vociferaram que três deles foram assassinados. Os dois restantes haviam retornado mudos às suas montanhas — e nesse outono, nem um único aldeão desaparecera. Pressentia-se ameaça nessa imunidade. Não parecia provável que o povo muito antigo poupasse suas vítimas no sabá. Era demasiado bom para ser normal, e os aldeões estavam com medo.

Durante várias noites, ouviu-se um tamborilar surdo nas colinas, e, afinal, o edil Tib. Annæus Stilpo (meio nativo de sangue) foi solicitar a Balbutius, em Calagurris, uma coorte para acabar com o sabá na noite terrível. Balbutius a isso recusara-se negligentemente, pois o medo que os aldeões sentiam era infundado e os detestáveis ritos do povo da colina não diziam respeito ao povo romano, a não ser que ameaçassem nossos cidadãos. Eu, porém, que parecia ser um amigo íntimo de Balbutius, discordara dele, afirmando que estudara em profundidade o saber oculto proibido e considerava o povo muito antigo capaz de visitar quase todo lugar inominável na cidade, a qual consistia, afinal, numa colônia romana e abrigava um grande número de nossos cidadãos. O queixoso edil disse que a própria mãe Helvia era uma romana de sangue, a filha de M. Helvius Cinna, que viera com o exército de Scipio. Em consequência, despachei um escravo — um grego ágil e pequeno chamado Antipater — ao procônsul com cartas, e Scribonius atendeu ao meu apelo e ordenou Balbutius que mandasse a quinta coorte, sob Asellius, a Pompelo; entraram nas colinas ao entardecer na véspera das calendas de novembro, acabaram com todas as inomináveis orgias que encontraram e levaram o maior número de prisioneiros que puderam a Tarraco para o tribunal do legado seguinte. Balbutius, contudo, protestara; em consequência, seguira-se mais correspondência. Eu escrevera tantas vezes ao procônsul que ele ficara seriamente interessado, e decidira fazer uma investigação pessoal do horror.

Acabou dirigindo-se a Pompelo com seus lictores e ajudantes; lá, após ouvir suficientes rumores que o deixaram bastante impressionado e perturbado, manteve-se firme em sua ordem de extirpar o sabá.

Desejoso de trocar ideias com alguém que houvesse estudado o assunto, mandou-me acompanhar a coorte de Asellius — e Balbutius também foi para pressionar seu conselho adverso, pois acreditava mesmo que uma ação militar drástica incitaria um perigoso sentimento de desassossego entre os vascões tribais e colonizados.

Assim, estamos todos ali no místico pôr do sol das colinas outonais — o velho Scribonius Libo, em sua toga pretexta branca, a luz dourada cintilando na cabeça calva e rosto enrugado de falcão, Balbutius com o reluzente capacete e armadura peitoral, lábios comprimidos em oposição de consciente obstinação, o jovem Asellius com as polidas armaduras nas pernas e olhar de superior desdém, além da curiosa multidão de habitantes, legionários, membros de tribo, camponeses, lictores, escravos e assistentes. Parece que eu usava uma toga comum e não tinha nenhuma característica que me distinguisse em particular. E, em toda parte, pairava o horror. Os habitantes da cidade e do campo mal ousavam falar em voz alta, e os homens do séquito de Libo, que se encontravam ali fazia quase uma semana, pareciam ter captado algo do inominável pavor. O próprio velho Scribonius exibia uma expressão muito grave, e as vozes elevadas de nós, os recém-chegados, pareciam desprender qualquer coisa de singular inadequação, como num lugar de morte ou o templo de algum deus místico.

Entramos no pretório e entabulamos uma séria conversa. Balbutius insistiu em suas objeções e foi apoiado por Asellius, o qual parecia encarar todos os nativos com extremo desprezo, embora, ao mesmo tempo, julgasse desaconselhável incitá-los. Ambos os soldados afirmavam que seria melhor nos permitirmos hostilizar a minoria de colonos e nativos civilizados pela inação do que combater uma provável maioria de membros de tribo e trabalhadores rurais, eliminando os terríveis ritos.

Eu, por outro lado, renovei minha exigência de ação e me ofereci a acompanhar a coorte em qualquer expedição que empreendesse. Salientei que os bárbaros vascões eram, na melhor das hipóteses, turbulentos e incertos, de modo que escaramuças com eles seriam inevitáveis mais cedo ou mais tarde, qualquer que fosse a decisão que tomássemos; que não haviam, no passado, se revelado perigosos adversários para nossas legiões, e que não ficava bem para os representantes do povo romano tolerarem a interferência dos bárbaros numa linha de ação que a justiça e o prestígio da República exigiam. Que, por outro lado, a administração bem-sucedida de uma província dependia, em primeiro lugar, da segurança e boa vontade do elemento civilizado em cujas mãos repousava a maquinaria local do comércio e prosperidade, e em cujas veias fluía uma grande mistura de nosso próprio sangue italiano. Esses, embora formassem, em número, uma minoria, constituíam o elemento estável em cuja constância se podia confiar e cuja cooperação vincularia com mais firmeza a província ao Império do Senado e o povo romano. Era, ao mesmo tempo, um dever e uma vantagem proporcionar-lhes a proteção devida aos cidadãos romanos, mesmo (e aqui disparei um olhar sarcástico em Balbutius e Asellius) que à custa de algum incômodo e atividade, além de uma pequena interrupção do jogo de damas e briga de galo no acampamento em Calagurris. E que, de acordo com meus estudos, eu não podia duvidar que o perigo para a cidade e os habitantes de Pompelo era verdadeiro. Eu lera muitos pergaminhos da Síria e do Egito, bem como das cidades crípticas da Etrúria, e conversara longamente com o sanguinário sacerdote de Diana Aricina no templo dele, no bosque que margeava o Lacus Nemorensis. Existiam chocantes maldições que se podia evocar das colinas nos sabás, maldições que não deviam existir nos territórios do povo romano. Permitir orgias do tipo que se sabia predominar nos sabás não estaria de acordo com os costumes daqueles cujos antepassados, sob o cônsul A. Postumius, executaram tantos cidadãos pela prática da Bacchanalia — um fato mantido para sempre na memória pelo Senatus Consultum de Bacchanalibus, gravado em bronze e aberto para todos verem. Reprimido a tempo, antes que o avanço dos ritos pudesse evocar qualquer coisa, a qual o ferro de um pilo romano talvez não bastasse para erradicar, o sabá não seria demais para as forças de uma única coorte. Apenas os participantes precisavam ser presos, e a liberdade de um grande número de meros espectadores diminuiria consideravelmente o ressentimento que qualquer um dos agricultores simpatizantes sinta. Em suma, tanto o princípio quanto a estratégia exigiam ação severa; e eu não tinha a menor dúvida de que Publius Scribonius, tendo em mente a dignidade e as obrigações do povo romano, iria manter-se fiel ao seu plano de despachar a coorte, acompanhando-me, apesar das objeções de Balbutius e Asellius — que se expressam mais como provincianos que romanos.

O Sol inclinado a essa altura estava muito baixo, e toda a cidade silenciada parecia envolta num encantamento irreal e maligno. Então,

P. Scribonius, o procônsul, anunciou a aprovação de minhas palavras e me aquartelou com a coorte no recinto provisório da primeira centúria; Balbutius e Asellius assentiram, o primeiro com mais boa vontade que o último. À medida que caía o crepúsculo nas ermas encostas outonais, a batida hedionda e cadenciada de estranhos tambores flutuava colina abaixo, vindo de muito distante, num terrível ritmo. Alguns dos legionários demonstraram hesitação, mas comandos incisivos os fizeram se alinhar, e toda a coorte foi logo conduzida à planície aberta a leste do circo. O próprio Libo, assim como Balbutius, insistiram em acompanhar a coorte, a qual, porém, encontrou grande dificuldade para conseguir que um guia nativo indicasse os caminhos montanha acima. Afinal, um rapaz chamado Vercellius, filho de pais romanos puros, concordou em nos acompanhar pelo menos até passar o sopé. Pusemo-nos a marchar no recente crepúsculo, com a fraca foicinha prateada de uma lua nova a tremular acima da mata à esquerda. O que mais nos inquietava consistia *no fato de que se ia realizar mesmo o sabá.* Relatos da aproximação da coorte devem ter chegado às colinas, e até a falta de uma decisão final não podia tornar o rumor menos alarmante —, no entanto, ouviam-se os sinistros tambores como se do passado distante, como se os celebrantes tivessem algum motivo singular para ser indiferentes se as forças do povo romano marchavam contra eles ou não. O som ficava cada vez mais alto à medida que íamos entrando por uma brecha inclinada nas colinas íngremes e escarpas cobertas de mata, que nos encerrava estreitamente de cada lado e exibiam curiosos e fantásticos troncos de árvores à luz de nossas tochas balançantes. Todos seguiam a pé, exceto Libo, Balbutius, Asellius, dois ou três dos centuriões e eu, até que a passagem tornou-se tão inclinada e estreita que os que subiam montados foram obrigados a deixar os cavalos sob a guarda de dez homens, embora fosse improvável que bandos de ladrões saíssem numa noite de tanto terror. De vez em quando, parecia que detectávamos um vulto à espreita na mata próxima, e depois de uma subida de meia hora, a declividade e estreiteza do caminho tornaram o avanço de um contingente de homens tão grande — mais de 300, incluídos todos — extremamente trabalhoso e difícil. Então, com repentinidade total e assustadora, ouvimos um apavorante som que se elevou de mais abaixo na colina. Saiu dos cavalos amarrados — haviam *gritado*... não relinchado, mas *gritado*... e não se via nenhuma luz lá embaixo, nem se ouvia o ruído de qualquer ser humano, para mostrar por que os animais o haviam feito. No mesmo momento, fogueiras irromperam em chamas por todos os cumes adiante; por isso, aquele terror parecia espreitar do mesmo modo bem antes e atrás de nós. Ao procurarmos nosso guia, o jovem Vercellius, encontramos apenas uma trouxa amassada ensopada numa poça de sangue. Tinha na mão uma pequena espada arrancada do cinturão de D. Vibulanus, um subcenturião, e do rosto desprendia-se um olhar de terror que os mais valentes veteranos empalideceram diante da visão. Ele se matara quando os cavalos gritaram... ele, que nascera e morara toda a vida naquela região, e sabia o que os homens sussurravam sobre as colinas. Todas as tochas começaram, então, a extinguir-se, e os gritos dos assustados legionários misturaram-se com os incessantes gritos dos cavalos amarrados. O ar ficou perceptivelmente muito mais frio do que é habitual na iminência de novembro e parecia agitado por terríveis ondulações que não pude evitar relacionar com a batida de enormes asas. Toda a coorte, em seguida, permaneceu imobilizada, e, enquanto as tochas extinguiam-se, observei o que julguei serem sombras fantásticas contornadas no céu pela luminosidade espectral da Via Láctea, enquanto fluía pelas constelações de Perseus, Cassiopeia, Cefeu e Cisne. Então, de repente, todas as estrelas obscureceram-se — até as brilhantes Deneb e Vega, à frente de nós, e as solitárias Altair e Fomalhaut, atrás. E quando as tochas extinguiram-se por completo, restaram acima da coorte estarrecida, aos gritos agudos, apenas as nefastas e horríveis chamas de altar nos cumes elevados; essas, infernais e rubras, logo começaram a mostrar em silhuetas diante delas formas saltitantes e colossais de feras monstruosas sobre as quais jamais um sacerdote frígio nem um ancião da época campaniana sussurrou no mais desvairado dos relatos furtivos. E acima da gritaria noturna de homens e cavalos, aquele demoníaco rufar de tambores intensificou-se ao máximo, enquanto daquelas incríveis alturas chegava um vento gélido, de chocante senciência e deliberação, e colhia em espiral cada homem separadamente, até a coorte inteira debater-se e gritar na escuridão, como se encenasse a luta de Laoconte e seus filhos contra o destino. Só o velho Scribonius Libo parecia resignado. Em meio à gritaria, proferia palavras que continuam a ecoar em meus ouvidos: "*Malitia vetus... malitia vetus est... venit... tandem venit...*".

E, nesse momento, acordei. Trata-se do sonho mais vívido em anos, que atraíram, do inconsciente, poços há muito intatos e esquecidos. Não existe nenhum registro do destino daquela coorte, mas a cidade pelo menos foi salva, pois enciclopédias nos falam da sobrevivência de Pompelo até hoje sob o moderno nome espanhol de Pamplona...

Seu para a Supremacia Gótica —

CIVLIVS VERVS MAXIMINVS.

O HORROR EM DUNWICH

Górgonas, Hidras e Quimeras — horrendas histórias como a de Celeno e as Harpias — podem se reproduzir na mente supersticiosa — mas estavam lá anteriormente. São transcrições, tipos — os arquétipos estão em nós e são eternos. De que outra maneira poderia a narrativa daquilo que racionalmente sabemos que é falso nos afetar a todos? Será que naturalmente desenvolvemos um terror por esses objetos porque os consideramos capazes de nos infligir um mal físico? Oh, de modo algum! Esses terrores são mais antigos. Eles datam de uma época além do corpo — em outras palavras, sem o corpo, eles teriam sido os mesmos... O fato de o tipo de medo aqui tratado ser puramente espiritual — de ele ser muito intenso e não corresponder a um objeto na Terra, de ele predominar no período de nossa infância inocente — estes são enigmas que, se solucionados, poderão nos permitir talvez um insight de nossa condição antemundana, e pelo menos um vislumbre do sombrio território da preexistência.

Charles Lamb. *Witches and Other Night-Fears*
[*Bruxas e outros terrores noturnos*]

I

QUANDO, NA REGIÃO centro-norte de Massachusetts, um viajante toma o caminho errado no cruzamento da estrada que vai para Aylesbury, um pouco além de Dean's Corners, ele chega a um lugar solitário e curioso. O terreno fica mais alto, e os paredões de pedra, margeados por espinheiros, vão se fechando cada vez mais sobre os sulcos daquela estrada poeirenta e sinuosa. As árvores dos frequentes cinturões de mata parecem grandes demais, e as plantas daninhas, arbustos e o mato atingem uma exuberância que raramente se encontra em regiões habitadas. Ao mesmo tempo, os terrenos cultivados parecem estranhamente raros e desolados, e as poucas e esparsas casas exibem um aspecto surpreendentemente uniforme de esqualidez, miséria e ruína. Sem entender por quê, as pessoas hesitam em pedir informações às decrépitas e solitárias figuras que, de vez em quando, se avistam em soleiras caindo aos pedaços ou nas oblíquas campinas cobertas de pedras. Essas figuras são tão silenciosas e furtivas que temos a sensação de um confronto com seres proibidos, com os quais seria melhor não ter nada a ver. Quando uma elevação na estrada traz à vista as montanhas acima dos profundos bosques, a sensação de estranho desassossego aumenta. Os topos são por demais arredondados e simétricos para nos proporcionar um senso de bem-estar e naturalidade, e sobre muitos deles há bizarros círculos compostos de altos pilares de pedra cujo contorno certas vezes se destaca claramente contra o céu.

Desfiladeiros e grotões de profundidade intrigante cruzam o caminho, e as toscas pontes de madeira sempre parecem precárias. Nas regiões mais baixas, há extensões de solo pantanoso que provocam uma instintiva aversão que quase se transforma em medo ao cair da noite, quando bacuraus e pirilampos aparecem em anormal profusão para dançar ao ritmo do coaxar rouquenho e pavorosamente insistente dos sapos-boi. O rio Miskatonic desenha uma linha estreita e reluzente em seus pontos mais altos, produzindo uma singular sugestão de serpente, descendo por caminhos sinuosos até o sopé das colinas arredondadas entre as quais ganha corpo.

Quando as colinas estão mais próximas, ficam mais visíveis suas encostas cobertas de vegetação do que seus topos coroados por pedras. Essas encostas se erguem de forma tão ominosa e escarpada que chegamos a desejar que elas se mantivessem à distância, mas não há um caminho pelo qual se possa fugir delas. Do outro lado de uma ponte coberta, se vê um pequeno vilarejo espremido entre o rio e o flanco vertical do Monte Redondo, e causa admiração o agrupamento de telhados chanfrados de tipo holandês em franco estado de deterioração, marca de um período arquitetônico anterior ao da região vizinha. Não tranquiliza nada observar, chegando mais perto, que a maioria das casas está abandonada e em ruínas, e que a igreja com seu campanário quebrado abriga atualmente o pouco asseado estabelecimento comercial do vilarejo. Dá medo confiar no tenebroso túnel da ponte, mas não há como evitá-lo. Já do outro lado, é difícil não sentir nos entornos da rua principal um ligeiro odor maligno, como uma denúncia de toda a deterioração e o bolor acumulados durante séculos. Sempre é um alívio ir embora desse lugar e seguir a estrada que contorna a base das colinas e segue pelo terreno plano além delas até retornar à estrada de Aylesbury. Ao fazer isso, às vezes a pessoa fica sabendo que passou por Dunwich.

Gente de fora visita Dunwich o menos possível, e desde uma certa temporada de horror as placas que indicavam o caminho para lá foram retiradas. O cenário, julgado por um cânone estético comum, está acima do ordinariamente bonito; entretanto, não há um influxo de artistas ou turistas no verão. Dois séculos atrás, quando ninguém ria de assuntos como bruxas, adoração do demônio e estranhas presenças na floresta, era comum as pessoas darem motivos para evitar o local. Em nossa época racional — desde que o horror de Dunwich ocorrido em 1928 foi silenciado por aqueles que se preocupavam com o bem-estar da municipalidade e do mundo —, as pessoas evitam aquele povoado sem saber exatamente por quê. Talvez um motivo — inaplicável, entretanto, a forasteiros desinformados — é que os habitantes locais são, agora, repulsivamente decadentes, tendo avançado muito no caminho do retrocesso tão comum em muitos dos rincões perdidos da Nova Inglaterra. Eles acabaram formando uma raça entre si, com os bem definidos estigmas mentais e físicos da degeneração e da consanguinidade. A inteligência média entre eles é lamentavelmente baixa, ao passo que seus registros históricos estão infestados de evidente depravação e assassinatos semiocultos, incestos e feitos de quase inominável violência e perversidade. A antiga pequena nobreza, representada por duas ou três famílias tradicionais vindas de Salém em 1692, manteve-se um pouco acima do nível geral de decadência, embora muitos ramos tenham afundado tanto na sórdida ralé que apenas seus nomes permanecem como sinal da origem que eles desgraçam. Alguns dos Whateleys e Bishops ainda mandam seus filhos mais velhos para as universidades de Harvard e Miskatonic, embora esses filhos raramente retornem aos decaídos telhados chanfrados onde eles e seus ancestrais nasceram.

Ninguém, nem mesmo aqueles que estão informados sobre os fatos do recente horror, pode dizer com exatidão qual é o problema de Dunwich, embora antigas lendas mencionem ritos pagãos e conclaves dos índios, durante os quais se invocavam formas ocultas de sombra que saíam das grandes colinas arredondadas, com orgiásticas orações que eram respondidas por ruidosos estampidos e rufos provindos das entranhas da terra. Em 1747, o reverendo Abijah Hoadley, recém-chegado à Igreja Congregacional da vila de Dunwich, fez um sermão memorável sobre a presença próxima de Satã e seus auxiliares, no qual ele disse:

> É preciso admitir que essas blasfêmias sobre um infernal séquito de demônios são assuntos muito comuns para serem negados; as amaldiçoadas vozes de *Azazel* e *Buzrael*, de *Belbezu* e *Belial* foram ouvidas, vindas de baixo da terra, por muitas testemunhas confiáveis. Eu mesmo, menos de 15 dias atrás, entreouvi uma conversa explícita sobre poderes malignos na colina que fica atrás de minha casa, onde havia sons de chocalhos, ribombos, gemidos, gritos e murmúrios que os seres desta Terra não emitiriam, e que necessariamente vieram daquelas cavernas que só a magia negra pode descobrir, e apenas o Demônio pode abrir.

O Reverendo Hoadley desapareceu logo após esse seu sermão, mas o texto publicado em Springfield ainda existe. Ruídos nas colinas continuaram a ser relatados anos a fio e ainda constituem um mistério para os geólogos e fisiógrafos.

Outras tradições falam de odores pútridos perto dos círculos de pilares de pedra que encimam as colinas e de fugazes presenças etéreas que podem ser ouvidas ao longe a determinadas horas em certos locais no fundo dos grotões, ao passo que outras ainda tentam explicar o Quintal do Diabo — uma encosta desolada e inóspita, onde não nasce árvore nem arbusto nem capim. Além disso, os locais têm um medo mortal dos numerosos bacurauas que soltam sua voz nas noites quentes. Eles juram que esses pássaros estão à espera das almas dos moribundos e que eles soltam seus lúgubres gritos em sintonia com a respiração da pessoa que está prestes a morrer. Se eles conseguem capturar a alma quando ela deixa o corpo, imediatamente saem voando e chilreando num riso demoníaco; se eles fracassam, vão se calando gradualmente, até caírem num desapontado silêncio.

Sem dúvida, essas histórias são obsoletas e ridículas, porque vêm de tempos muito antigos. Na verdade, Dunwich é extremamente antiga — muito mais velha que qualquer uma das comunidades em um raio de 40 quilômetros de distância. Ao sul do vilarejo se pode ainda avistar as paredes do celeiro e a chaminé da antiga casa dos Bishops, que foi construída antes de 1700, ao passo que as ruínas do moinho junto à cascata, construído em 1806, formam a mais moderna peça de arquitetura visível. A indústria não floresceu nessa região, e o movimento das fábricas no século XIX não vingou. Os mais velhos elementos são os grandes círculos de colunas de pedra toscamente esculpida nos topos das colinas, mas esses são em geral atribuídos mais frequentemente aos índios que aos colonizadores. Depósitos de crânios e ossos, encontrados dentro desses círculos e ao redor de uma grande mesa de pedra sobre a Colina Sentinela, sustentam a crença popular de que esses pontos foram em outros tempos cemitérios dos Pocumtucks, embora muitos etnólogos, desconsiderando a absurda improbabilidade dessa teoria, persistam em acreditar que os restos são caucasianos.

II

Foi no município de Dunwich, numa grande e parcialmente habitada propriedade rural construída na encosta de uma colina a seis quilômetros da vila e a mais de dois quilômetros da casa mais próxima, que Wilbur Whateley nasceu, às cinco horas da manhã, num domingo, dia 2 de fevereiro de 1913. Essa data era relembrada, porque era o dia da Candelária, que o povo de Dunwich curiosamente celebra com outro nome, e porque se ouviram ruídos nas colinas, e todos os cachorros haviam latido sem parar, durante toda a noite anterior. Menos digno de nota era o fato de a mãe ser um membro dos Whateleys decadentes, uma mulher meio deformada, albina e nem um pouco atraente de 35 anos, que vivia com o pai já velho e meio louco, sobre o qual as mais apavorantes histórias de feitiçaria haviam sido sussurradas em sua juventude. Lavínia Whateley não tinha marido, mas, de acordo com o costume da região, não fizera esforço algum para renegar a criança, sobre cuja ascendência paterna as pessoas puderam especular — e de fato o fizeram — tanto quanto lhes aprouve. Ao contrário, ela parecia estranhamente orgulhosa da criança morena com feições de bode, que fazia um contraste tão marcante com seu albinismo doentio e seus olhos vermelhos. As pessoas a ouviam murmurando curiosas profecias sobre os poderes incomuns e o maravilhoso futuro do menino.

Não surpreendia que Lavínia murmurasse coisas desse tipo, pois era uma criatura solitária, dada a vagar em meio a tempestades nas colinas e a ler os grandes livros malcheirosos que seu pai herdara ao longo de dois séculos da família, e que estavam rapidamente se desfazendo com o tempo e as traças. Ela nunca frequentara a escola, mas sabia muitos retalhos incoerentes de conhecimentos antigos que o velho Whateley lhe transmitira. A propriedade, bastante afastada, sempre fora temida por causa da reputação do velho Whateley, relacionada com a magia negra; além disso, as circunstâncias violentas e mal explicadas da morte da sra. Whateley, quando Lavínia tinha 12 anos, não ajudavam a conferir popularidade ao lugar. Isolada em meio a estranhas influências, Lavínia era dada a alucinados e grandiosos devaneios e a ocupações incomuns. Além do mais, suas horas de lazer não eram muito ocupadas por tarefas domésticas, em uma casa de onde todos os parâmetros de ordem e limpeza haviam desaparecido havia muito tempo.

Ouviram-se gritos medonhos, que ecoaram ainda mais forte que os ruídos das colinas e dos latidos dos cães, na noite em que Wilbur nasceu, mas nenhum médico ou parteira conhecida foi auxiliar o parto. Os vizinhos nada souberam sobre ele até uma semana depois, quando o velho Whateley atravessou a neve com seu trenó até a vila de Dunwich e fez um discurso desconexo para os presentes no armazém-geral de Osborn. Parecia ter havido uma mudança no velho homem — um elemento a mais de dissimulação naquela mente nebulosa que sutilmente o transformou de objeto em sujeito de medo —, embora ele não se perturbasse com nenhum acontecimento familiar comum. Em meio a tudo, ele demonstrava algum traço do orgulho, mais tarde observado na filha, e o que ele disse da paternidade da criança ainda foi, depois de muitos anos, lembrado pelas pessoas que o ouviram.

— Num ligo pro que as pessoa pensa; se o filho da Lavínia parecesse com o pai, não era parecido com nada que ocêis esperaria. Ocêis não precisa pensá que as única pessoa no mundo são as pessoa aqui das redondeza. Lavínia leu umas coisa; e viu umas coisa que a maioria docêis só ouviu falá. Eu calculo que o marido dela é tão bom quanto qualqué um que se possa encontrá desse lado de Aylesbury; e se vocêis soubesse sobre as colina tudo o que eu sei, vocêis não ia pedi nem casamento na igreja. Vou lhes contar uma coisa: *algum dia vocêis vão ouvir o filho da Lavínia chamando o nome do pai no topo da Colina Sentinela.*

As únicas pessoas que viram Wilbur durante o primeiro mês foram o velho Zacarias Whateley, do lado não decaído da família, e a companheira de Earl Sawyer, Mamie Bishop. A visita de Mamie fora francamente motivada pela curiosidade, e suas narrativas subsequentes faziam jus a suas observações. Mas Zacarias viera para trazer um par de vacas Alderney que o velho Whateley comprara de seu filho Curtis. Esse evento marcou uma série de compras de gado por parte da família do pequeno Wilbur, que só teve fim em 1928, quando o horror de Dunwich veio e se foi; mesmo assim, em momento algum o estábulo arruinado dos Whateleys deu mostras de estar cheio de animais. Chegou um tempo em que as pessoas ficaram curiosas o bastante para espiar e contar o gado que pastava precariamente na escarpada colina sobre a velha propriedade, e elas nunca achavam mais que dez ou doze anêmicos animais. Com certeza, alguma praga ou desarranjo, proveniente das insalubres pastagens ou das madeiras e fungos doentios do estábulo nojento, causava um alto índice de mortalidade entre o gado dos Whateleys. Estranhas feridas e chagas, que tinham aspecto de incisões, pareciam afligir o gado visível; e uma ou duas vezes durante os primeiros meses alguns visitantes imaginaram ter visto feridas semelhantes na garganta daquele velho grisalho e com a barba por fazer, e na de sua desleixada filha albina de cabelo emaranhado.

Na primavera após o nascimento de Wilbur, Lavínia retomou suas habituais caminhadas pelas colinas, levando em seus braços desproporcionais a morena criança. O interesse do povo pelos Whateleys foi diminuindo depois que a maioria das pessoas do local tinha visto o bebê, e ninguém se deu ao trabalho de comentar o rápido desenvolvimento que aquele recém-chegado exibia dia após dia. O crescimento de Wilbur era de fato fenomenal, pois dentro de três meses após seu nascimento ele já atingira um tamanho e força muscular que não se observam em um bebê de quase um ano de idade. Seus movimentos e até seus sons vocais mostravam um comedimento e uma deliberação extremamente raros em um bebê, e na verdade ninguém se surpreendeu muito quando, aos sete meses, ele começou a andar por conta própria, com vacilos que mais um mês foi suficiente para sanar.

Foi mais ou menos depois dessa época — no Halloween — que uma grande fogueira foi vista à meia-noite no topo da Colina Sentinela, onde está a pedra em formato de mesa e o cemitério de ossos antigos. Provocou grande burburinho o comentário de Silas Bishop — dos Bishops não decaídos —, que disse ter visto o menino subindo a colina a passos largos à frente de sua mãe, cerca de uma hora antes de a fogueira ter sido avistada. Silas estava recolhendo uma novilha desgarrada, mas quase esqueceu sua tarefa quando de relance viu as duas figuras na fraca luz de sua lanterna. Mãe e filho se lançavam impetuosos e quase sem ruído através do mato rasteiro, e o atônito observador teve a impressão de que eles estavam completamente nus. Depois, ele não podia ter certeza sobre o menino, que talvez vestisse algum tipo de cinto com franjas e um macacão ou par de calças de cor escura. Depois disso, Wilbur nunca mais foi visto em sã consciência sem um traje completo e abotoado muito justo junto ao corpo, cujo desalinho ou ameaça de desalinho sempre parecia enchê-lo de raiva e inquietação. O contraste que ele fazia com sua esquálida mãe e com o avô nesse aspecto era considerado muito curioso, até que chegou o horror de 1928, sugerindo a mais válida das razões.

No janeiro seguinte, o interesse dos fofoqueiros foi razoavelmente despertado pelo fato de que o "escurinho da Lavínia" tinha começado a falar, e apenas com 11 meses. Sua fala chamava uma certa atenção, tanto porque se diferenciava dos sotaques comuns da região quanto porque não apresentava aquele chiado infantil do qual muitas crianças de três ou quatro anos podem muito bem se orgulhar. O menino não era comunicativo, mas quando falava parecia refletir algum elemento indefinível totalmente alheio a Dunwich e seus habitantes. A estranheza não residia no que ele falava, nem nas expressões simples que usava, mas parecia vagamente ligada com sua entonação ou com os órgãos internos que produziam os sons falados. Além disso, seu aspecto facial era notável por seu ar maduro; pois, embora ele tivesse o mesmo queixo diminuto da mãe e do avô, seu nariz firme e precocemente formado se unia com a expressão de seus olhos grandes, escuros, quase latinos, para lhe dar um ar meio adulto e uma inteligência praticamente sobrenatural. Assim, ele era extremamente feio, apesar da aparência de brilhantismo; havia algo de bode ou de outro animal em seus lábios grossos, em sua pele amarelada e de poros dilatados, no cabelo áspero e encrespado.

Logo as pessoas passaram a gostar dele menos ainda que de sua mãe e avô, e todas as conjeturas sobre ele eram apimentadas com referências às magias antigas do velho Whateley e ao fato de as colinas certa vez terem estremecido quando ele gritou o pavoroso nome de *Yog-Sothoth* no meio de um círculo de pedras com um grande livro aberto à sua frente. Os cachorros abominavam o menino, e ele sempre se via obrigado a tomar várias medidas de defesa contra suas ameaças e investidas.

III

Enquanto isso, o velho Whateley continuava a comprar gado sem que o tamanho de seu rebanho aumentasse consideravelmente. Ele também cortava lenha e havia começado a reformar as partes não usadas de sua casa — uma construção espaçosa de telhado pontiagudo cujo fundo estava inteiramente enterrado na encosta rochosa da colina, e cujas três salas menos arruinadas, sempre tinham sido suficientes para ele e a filha. Devia haver prodigiosas reservas de força no velho, que lhe permitiam realizar tanto trabalho pesado; e embora ele ainda balbuciasse feito um demente, de vez em quando, seu trabalho de carpintaria parecia ter sido feito com base em cálculos sensatos. A reforma começara assim que Wilbur nasceu, quando um dos vários ranchos de ferramentas tinha de repente sido colocado em ordem, com novos revestimentos de tábuas e uma nova fechadura bastante robusta. Agora, reformando o andar superior da casa que estava abandonado, o velho mostrava a mesma habilidade. Sua insanidade se expressava apenas no fato de ele vedar com tábuas todas as janelas da parte recuperada — embora muitos declarassem que, afinal de contas, era loucura se incomodar com a recuperação em si. Menos inexplicável foi o fato de ele ter construído um novo cômodo no térreo para o recém-chegado neto — um quarto que foi visto por vários visitantes, embora nenhum deles tivesse sido admitido no andar de cima todo vedado. O quarto do neto ele revestira com prateleiras firmes nas paredes, ao longo das quais começou aos poucos a arrumar, em uma ordem aparentemente cuidadosa, todos os antigos livros e partes de livros caindo aos pedaços que, na sua época, haviam sido empilhados sem cuidado algum pelos cantos de vários cômodos.

— Eu usei eles — dizia o velho enquanto tentava restaurar uma página rasgada com uma cola preparada no rústico fogão da cozinha — mas o menino vai fazê melhor uso. É bom que ele tenha esses livro no melhor estado possive, pois eles vão ser o único estudo dele.

Quando Wilbur tinha um ano e sete meses de idade — em setembro de 1914 —, seu tamanho e seus feitos eram quase alarmantes. Ele atingira a estatura de uma criança de quatro anos e conversava de forma fluente e incrivelmente brilhante. Ele corria à vontade pelos campos e colinas, além de acompanhar a mãe em suas perambulações. Em casa, ele examinava diligentemente as bizarras figuras e gráficos dos livros do avô, enquanto o velho Whateley o instruía e catequizava durante longas e tranquilas tardes. Por essa época, a reforma da casa estava quase terminada, e aqueles que a acompanharam ficavam se perguntando por que uma das janelas superiores havia sido transformada em uma sólida porta de madeira. Tratava-se de uma janela na parte traseira, na extremidade do outão do lado leste, próxima da colina, e ninguém podia imaginar por que um passadiço de madeira reforçada havia sido construído do chão até ela. Pela época da finalização desse trabalho, as pessoas notaram que o velho rancho de ferramentas, que desde o nascimento de Wilbur estivera firmemente trancado e com as janelas cobertas por placas de madeira, havia sido outra vez abandonado. A porta ficava aberta sem que ninguém se preocupasse, e quando Earl Sawyer uma vez entrou ali, após uma visita para vender gado para o velho Whateley, ele ficou completamente desconcertado com o odor que sentiu — um fedor, asseverava ele, que nunca havia sentido em toda a sua vida, exceto perto dos círculos feitos pelos índios nas colinas, e que com certeza não vinha de nada são neste mundo. Por outro lado, as casas e barracões de Dunwich nunca haviam sido notáveis por sua pureza olfativa.

Os próximos meses não trouxeram eventos que chamassem a atenção, a não ser pelo fato de que todos juravam que os misteriosos ruídos nas montanhas estavam aumentando, devagar, mas continuamente. Na véspera do 1º de Maio de 1915, houve tremores que até mesmo o povo de Aylesbury sentiu, e no Halloween seguinte se produziu um ribombar subterrâneo estranhamente sincronizado com explosões de chamas — "bruxaria dos Whateleys" — que vinham da Colina Sentinela. Wilbur crescia de forma sinistra, assumindo o aspecto de um menino de dez anos quando atingiu quatro. Nessa época, lia avidamente por si mesmo, mas falava muito menos que antes. Um constante ar taciturno tomava conta dele, e, pela primeira vez, as pessoas começaram a comentar especificamente sobre uma expressão de maldade que surgia em sua cara de bode. Algumas vezes ele pronunciava um jargão desconhecido e cantava ritmos bizarros que causavam arrepios em quem ouvia, despertando uma sensação de inexplicável terror. A aversão que os cães tinham por ele agora era de conhecimento de toda a gente, e ele era obrigado a carregar uma pistola para atravessar sozinho o campo. O fato de ele, às vezes, usar uma arma não aumentou sua popularidade entre os donos de cães de guarda.

Os raros visitantes daquela casa com frequência encontravam Lavínia sozinha no térreo, enquanto estranhos gritos e passos ressoavam no segundo andar todo vedado. Ela nunca dizia o que seu pai e o menino estavam fazendo lá em cima, embora uma vez tenha empalidecido e demonstrado um grau incomum de medo quando um vendedor ambulante de peixe, jocoso, forçara o trinco da porta que dava para a escada. O ambulante contou aos presentes no armazém da vila de Dunwich que teve a impressão de ouvir um cavalo batendo com força os cascos no andar de cima. As pessoas refletiram, pensando na porta de madeira e no passadiço, e também no gado que desaparecia tão depressa. Então estremeceram quando recordaram as histórias da juventude do velho Whateley e dos seres estranhos que são invocados do mundo subterrâneo quando um boi é sacrificado no momento certo para certos deuses pagãos. Há algum tempo já se notara que os cães tinham começado a abominar e temer toda a propriedade dos Whateleys com a mesma violência com que abominavam e temiam a pessoa do jovem Wilbur.

Em 1917 veio a guerra, e o ilustríssimo Sawyer Whateley, como diretor da comissão de alistamento local, tivera dificuldade para encontrar um número mínimo de jovens rapazes de Dunwich preparados para serem enviados ao campo de treinamento. O governo, alarmado com esses sinais de decadência regional generalizada, enviou vários funcionários e médicos para investigar o assunto, realizando um levantamento que os leitores dos jornais da Nova Inglaterra provavelmente ainda recordam. Foi a publicidade gerada por essa investigação que colocou os repórteres à procura dos Whateleys e fez o *Boston Globe* e o *Arkham*

Advertiser publicarem extravagantes histórias sobre a precocidade do jovem Wilbur, a magia negra do velho Whateley, as prateleiras de estranhos livros, o segundo andar vedado da antiga propriedade e a bizarrice da região como um todo, com seus ruídos vindos das colinas. Wilbur na época tinha quatro anos e meio e parecia um rapaz de quinze. Seus lábios e faces eram cobertos por uma penugem áspera e escura e sua voz começara a falsear.

Earl Sawyer foi até a residência dos Whateleys, acompanhando um grupo de repórteres e fotógrafos, e chamou-lhes a atenção para o bizarro fedor que agora parecia gotejar dos espaços superiores vedados. Era, segundo dizia ele, exatamente igual ao cheiro que ele sentira no rancho de ferramentas abandonado quando a casa estava finalmente reformada e como os odores que ele, às vezes, julgava sentir perto dos círculos de pedra nas montanhas. O povo de Dunwich leu as histórias quando elas foram publicadas e riu dos óbvios equívocos. Eles também acharam estranho os jornalistas darem tanta importância ao fato de o velho Whateley pagar por seu gado em moedas de ouro que datavam de tempos extremamente antigos. Os Whateleys receberam os visitantes com um desprazer muito mal disfarçado, mas não resistiram nem se recusaram a falar para não alimentar ainda mais a curiosidade da imprensa.

IV

Durante uma década, os anais dos Whateleys se misturaram com a vida geral de uma comunidade mórbida acostumada a seus hábitos estranhos e insensível a suas orgias de 1º de Maio e Todos os Santos. Duas vezes por ano eles acendiam fogueiras no topo da Colina Sentinela, e nessas ocasiões, os estrondos nas montanhas ocorriam com violência cada vez maior, embora em todas as épocas houvesse acontecimentos estranhos e portentosos na solitária residência dos Whateleys. Ao longo do tempo, visitantes manifestaram ter ouvido sons no andar superior vedado mesmo quando toda a família estava no térreo, e eles se admiravam com a frequência, ora maior e ora menor, com que geralmente acontecia o sacrifício de um boi ou de uma vaca. Falou-se em uma denúncia à Sociedade para a Prevenção da Crueldade contra os Animais, mas isso não deu em nada, já que o povo de Dunwich não estava nem um pouco interessado em chamar sobre si a atenção do mundo lá fora.

Por volta de 1923, quando Wilbur era um garoto de dez anos cuja mente, voz, estatura e face barbada davam toda a impressão de maturidade, um segundo grande esforço de carpintaria começou na velha casa. Tudo aconteceu dentro do andar superior vedado, e a partir de pedaços de madeira descartados, as pessoas concluíram que o jovem e seu avô tinham derrubado as divisórias e até mesmo removido o assoalho do sótão, deixando apenas um grande vão aberto entre o andar térreo e o telhado pontiagudo. Eles também tinham derrubado a grande chaminé central e adaptado o fogão enferrujado a um tubo externo feito de lata fina.

Na primavera seguinte, o velho Whateley notou o crescente número de bacuraus que vinham do Vale da Fonte Fria para chilrear sob sua janela à noite. Ele parecia dar muita importância a esse fato e disse aos fregueses do armazém de Osborn que achava que sua hora já tinha quase chegado.

— Eles pia no exato ritmo da minha respiração agora — disse ele — e eu acho que eles está se preparando pra pegá minha alma. Eles sabe que ela vai sair, e não qué perder ela. Ocêis vai ficá sabendo, rapaziada, depois que eu for, se eles me pegaro ou não. Se eles pega, eles continua cantando e rindo até o raiá do dia. Se eles não pega, eles vão meio que se aquietando. Eu acho que eles e as alma que eles caça às vêis têm umas briga feia.

Foi na Noite de Lammas, em 1º de agosto de 1924, que o dr. Houghton de Aylesbury foi chamado às pressas por Wilbur Whateley que, rasgando a escuridão num dos poucos cavalos que lhe restavam, chegou até o armazém de Osborn no vilarejo para telefonar ao médico. Ele encontrou o velho Whateley em estado muito grave, com o coração fraco e a respiração estertorosa, condição que indicava que o fim não estava distante. A disforme filha albina e o singularmente barbado neto mantinham-se ao pé da cama, enquanto do espaço vazio sobre eles vinha a inquietante sugestão de vagas ou batidas ritmadas, como ondas em alguma praia plana. O médico, porém, estava mais incomodado com os pássaros noturnos chilreando lá fora, uma aparentemente infinita legião de bacuraus que gritavam sua infinda mensagem em repetições que diabolicamente tinham o mesmo ritmo dos chiados ofegantes do moribundo. Era estranho e inatural — tudo muito igual, pensou o dr. Houghton, à toda aquela região em que ele entrara com tanta relutância para atender ao chamado urgente.

Por volta de uma hora o velho Whateley recobrou a consciência e interrompeu seu chiado ofegante para sussurrar algumas poucas palavras sufocadas para o neto.

— Mais espaço, Willy, mais espaço logo. Você cresce, e *aquilo* cresce mais rápido. Ele vai tá pronto para te servi logo, rapaz. Abra os portão para Yog-Sothoth com o longo encantamento que você vai achá na *página 751 da edição completa*, e depois bote fogo na prisão. O fogo da terra não pode queimar ele agora.

Sem dúvida, estava louco. Depois de uma pausa, durante a qual o bando de bacuraus lá fora ajustou seus gritos ao ritmo alterado da respiração e indícios dos ruídos estranhos das colinas chegaram de muito longe, ele acrescentou uma ou duas palavras.

— Alimenta sempre ele, Willy, e repare na quantidade; mas não deixa ele crescê depressa demais pro lugar, porque se ele destruir o quarto ou sair antes de você abrir o portal para Yog-Sothoth, é o fim, e tudo o que fizemo foi à toa. Só eles do além pode fazer ele se multiplicar e trabalhá. Só eles, os ancestral que qué voltá...

Mas a fala foi mais uma vez substituída pelas arfadas ofegantes, e Lavínia gritou ao perceber como os bacuraus seguiam as alterações de ritmo. Foi a mesma coisa por mais de uma hora, e então veio o último estertor. O dr. Houghton fechou as pálpebras enrugadas sobre os vidrados olhos cinzentos e o tumulto dos pássaros se transformou imperceptivelmente em silêncio. Lavínia soluçava, mas Wilbur apenas riu baixinho, enquanto as colinas ribombavam vagamente.

— Eles não levaro ele — murmurou, com sua pesada voz grave.

Por essa época, Wilbur era um estudioso de tremenda erudição, em seu modo unilateral, e travara um discreto contato, por meio de correspondência, com muitos bibliotecários de lugares distantes, onde antigos livros raros e proibidos eram guardados. Ele era cada vez mais odiado e temido em Dunwich, por causa do desaparecimento de certos jovens, a suspeita recaindo vagamente sobre sua porta; mas ele era sempre capaz de silenciar os curiosos pelo medo ou pelo uso daquela antiga reserva de ouro que, ainda, como no tempo de seu avô, era destinada, regularmente e com frequência crescente, para a compra de gado. Agora ele tinha um aspecto tremendamente maduro, e sua altura, tendo chegado ao limite adulto normal, parecia inclinada a ultrapassá-lo. Em 1925, quando certo dia um estudioso correspondente da Miskatonic University o visitou e partiu pálido e intrigado, ele já media mais de dois metros.

Ao longo dos anos, Wilbur tratara sua semideformada mãe albina com um desprezo cada vez maior, finalmente proibindo-a de ir às colinas com ele no 1º de Maio e no dia de Todos os Santos. Em 1926, a pobre criatura se queixou a Mamie Bishop de que tinha medo dele.

— Tem mais coisa dele que eu sei, mas não posso te contá, Mamie — disse ela — e agora tem umas coisa que eu mesmo não sei. Juro por Deus, não sei o que ele qué nem o que está tentando fazê.

Naquele Halloween, os ruídos vieram das colinas mais fortes do que nunca, o fogo queimou na Colina Sentinela como de costume, mas as pessoas prestaram mais atenção aos gritos ritmados de enormes bandos de bacurais que estavam estranhamente atrasados e pareciam estar reunidos perto da sombria propriedade dos Whateleys. Depois da meia-noite, seus gritos explodiram em um tipo de gargalhada pandemoníaca que encheu toda a região, e as aves só se calaram finalmente ao romper do dia. Depois desapareceram, voando apressadas para o sul, onde já deveriam ter chegado um mês antes. Do significado daquilo, ninguém teve certeza até bem depois. Nenhum dos habitantes do campo parecia ter morrido, mas a pobre Lavínia Whateley, a deformada albina, nunca mais foi vista.

No verão de 1927, Wilbur reformou dois ranchos do pátio e começou e levar todos os seus livros e pertences para lá. Logo após, Earl Sawyer contou aos fregueses do armazém de Osborn que mais serviço de carpintaria estava acontecendo na casa dos Whateleys. Wilbur estava fechando todas as portas e janelas do andar térreo e parecia estar retirando as divisórias, assim como ele e o avô tinham feito no andar superior quatro anos antes. Ele estava morando em um dos ranchos, e Sawyer achava que ele parecia incomumente preocupado e trêmulo. As pessoas em geral suspeitavam de que ele sabia algo sobre o desaparecimento da mãe, mas muito pouca gente chegava perto de sua propriedade nessa época. Sua altura já era superior a 2,10 metros e ainda não parecia ter estacionado.

V

O inverno seguinte trouxe o insólito evento da primeira viagem de Wilbur para fora da região de Dunwich. Correspondências com a Biblioteca Widener em Harvard, a Bibliothèque Nationale de Paris, o Museu Britânico, a Universidade de Buenos Aires e a Biblioteca da Miskatonic University, em Arkham não lhe puderam proporcionar o empréstimo de um livro que ele queria desesperadamente; assim, ele acabou indo em pessoa, maltrapilho, sujo, com a barba por fazer e seu dialeto rude, consultar o exemplar na Miskatonic, que ficava mais próxima geograficamente. Com quase 2,50 metros, carregando uma valise barata recém-comprada no armazém geral de Osborn, aquela escura e gargulesca figura com feições de bode apareceu certo dia em Arkham em busca do temido volume mantido sob chave e cadeado na biblioteca da faculdade — o temido *Necronomicon,* do insano árabe Abdul Alhazred, na versão latina de Olaus Wormius, impressa na Espanha, no século XVII. Wilbur nunca vira uma cidade antes, mas não pensava em nada a não ser encontrar o caminho para a universidade, onde, na realidade, ele passou sem cuidado algum pelo enorme cão de guarda de brancos dentes afiados, que latiu com incomum fúria e hostilidade, forçando, frenético, sua corrente.

Wilbur trazia consigo o inestimável, mas incompleto, exemplar da tradução para o inglês do dr. Dee que herdara de seu avô e, assim que teve acesso à versão latina, imediatamente começou a cotejar os dois textos a fim de descobrir uma determinada passagem que viria na página 751 de seu volume defeituoso. Tudo isso ele não pôde deixar de polidamente dizer ao bibliotecário — o mesmo estudioso, Henry Armitage (mestre em Línguas pela Miskatonic University, doutor em Filosofia pela Princeton University e doutor em Literatura pela Johns Hopkins), que uma vez o visitara na propriedade rural e que agora o enchia de perguntas educadas. Ele estava procurando, foi obrigado a admitir, um tipo de fórmula ou encantamento que continha o temível nome *Yog-Sothoth,* e ficou intrigado ao encontrar discrepâncias, duplicações e ambiguidades que dificultavam consideravelmente a determinação exata do texto. Enquanto ele copiava a fórmula que por fim escolheu, o dr. Armitage espiou involuntariamente sobre seus ombros o livro aberto; numa página à esquerda da tradução latina, havia estas ameaças monstruosas à paz e à sanidade do mundo:

"Nem se deve pensar [dizia o texto que Armitage traduziu mentalmente] que o homem é o mais antigo ou o último dos senhores do universo, nem que a maior parte dos seres que têm vida e substância está sozinha. Os Ancestrais foram, os Ancestrais são, e os Ancestrais serão. Não nos espaços que conhecemos, mas entre eles, os Ancestrais caminham serenos e primais, sem dimensão e invisíveis para nós. *Yog-Sothoth* conhece o portal. *Yog-Sothoth* é o portal. *Yog-Sothoth* é a chave e o guardião do portal. O passado, o presente e o futuro são uma só coisa em *Yog-Sothoth*. Ele sabe onde os Ancestrais irromperam antigamente, e onde Eles irromperão mais uma vez. Ele sabe onde Eles pisaram os campos da Terra, e onde Eles ainda os pisam, e por que ninguém os vê quando pisam. Pelo Seu cheiro, às vezes, os homens conseguem percebê-los perto, mas Sua aparência nenhum homem pode saber, *a não ser nos traços daqueles que Eles geraram na humanidade* e dos quais há muitos tipos, que variam amplamente, assumindo desde a aparência do mais verdadeiro espectro humano até aquela que não tem substância, que os constitui. Eles caminham, malévolos e invisíveis, em lugares ermos onde as palavras foram proferidas e os ritos realizados nas suas datas. O vento traz sons desconexos de suas vozes, e a terra murmura com a consciência Deles. Eles dobram a floresta e esmagam a cidade, mas floresta e cidade não podem ver a mão que as atinge. Kadath, no ermo inverno, os conheceu, e que homem conhece Kadath? O deserto de gelo do sul e as ilhas submersas do Oceano contêm pedras nas quais está gravado o selo Deles, mas quem foi que viu a profunda cidade de gelo ou a torre selada há muito encoberta por algas e crustáceos marinhos? O grande Cthulhu é primo Deles, mas ele os pode enxergar apenas de forma vaga. Iä! Shub-Niggurath! Como impureza vocês os conhecerão. A mão Deles está em suas gargantas, porém, vocês não os veem; e Sua habitação está lado a lado com as protegidas soleiras de suas casas. *Yog-Sothoth* é a chave do portal através do qual as esferas se encontram. O homem governa agora onde Eles já governaram; Eles logo deverão governar onde o homem governa agora. Depois do verão vem o inverno, depois do inverno, o verão. Eles aguardam, pacientes e poderosos, pois Eles irão governar aqui mais uma vez".

O dr. Armitage, associando o que estava lendo ao que tinha ouvido falar sobre Dunwich e suas sinistras presenças, e a Wilbur Whateley com sua sombria e medonha aura que começava com um nascimento duvidoso e se estendia até uma nuvem de provável matricídio, sentiu uma onda de terror tão tangível quanto uma corrente de ar trazendo a pegajosa frieza de um túmulo. Aquele gigante com feições de bode, inclinado diante dele, parecia ser criatura de outro planeta ou dimensão, algo apenas parcialmente humano, e ligado a abismos negros de essências e entidades que se estendem como titânicos fantasmas além de todas as esferas de força e matéria, espaço e tempo. De repente, Wilbur levantou a cabeça e começou a falar daquela forma estranha e fanhosa que dava a impressão de órgãos fonadores diferentes dos da espécie humana.

— Sr. Armitage — disse ele — acho que tenho de levar este livro pra casa. Tem umas coisa nele que eu tenho que experimentar em determinadas condição que não consigo ter aqui, e é um pecado mortal eu não podê levar ele por causa de uma burocracia. Deixa eu levar ele comigo, senhor, e eu juro que ninguém vai notar a diferença. Não preciso lhe dizê que vô tomá muito cuidado com ele. Não fui eu que deixei essa tradução do Dee no estado que ela tá...

Ele interrompeu o que dizia ao ver uma firme negativa no rosto do bibliotecário, e suas próprias feições de bode expressaram astúcia. Armitage, quase pronto a lhe dizer que ele poderia copiar qualquer parte que desejasse, pensou de repente nas possíveis consequências e se deteve. Era responsabilidade demais dar para uma pessoa daquelas a chave de esferas exteriores tão blasfemas. Whateley percebeu como iam as coisas e tentou responder com polidez.

— Então tá bom, se o senhor pensa assim. Acho que Harvard não vai tê tanto escrúpulo que nem o senhor. — E sem dizer mais nada ele se levantou e saiu do prédio a largos passos, abaixando-se ao passar em cada porta.

Armitage ouviu o enlouquecido ladrar do grande cão de guarda e observou o passo gorilesco de Whateley enquanto ele atravessava a parte do *campus* que ele conseguia ver pela janela. Pensou nas extravagantes histórias que tinha ouvido e recordou as velhas reportagens dominicais no *Advertiser;* tudo isso ele adicionou aos contos que tinha ouvido da boca dos rústicos moradores de Dunwich em sua única visita lá. Coisas invisíveis que não são desta Terra — ou pelo menos não da Terra tridimensional — corriam fétidas e horríveis através dos vales da Nova Inglaterra e se concentravam obscenas nos topos das montanhas.

Disso ele tinha certeza havia muito tempo. Agora ele tinha a impressão de que se aproximava alguma parte terrível desse horror invasivo, e vislumbrava um avanço infernal do domínio negro daquele antigo e temporariamente adormecido pesadelo. Ele trancou o *Necronomicon* com um estremecimento de repugnância, mas a sala ainda tinha um fedor ímpio e indefinível. "Como impureza vocês Os conhecerão", repetiu ele. Sim – o cheiro era o mesmo que o havia deixado enjoado na propriedade dos Whateleys menos de três anos antes. Pensou mais uma vez em Wilbur, aquele bode ominoso, e riu com ironia dos boatos da aldeia sobre seus parentes.

"Consanguinidade?", Armitage murmurou para si mesmo. "Meu Deus, que simplórios! Mostre a eles o Grande Deus Pan de Arthur Machen e eles vão achar que se trata de um escândalo comum de Dunwich! Mas que coisa — que maldita influência disforme exercida dentro ou fora desta Terra tridimensional — seria o pai de Wilbur Whateley? Nascido na noite da Candelária, nove meses depois do 1º de Maio de 1912, quando os bizarros ruídos subterrâneos chegaram até Arkham — o que vagava nas montanhas naquela noite de maio? Que horror de Roodmas se anexara a este mundo num corpo de carne e osso semi-humanos?"

Nas semanas seguintes, o dr. Armitage começou a coletar todas as informações possíveis sobre Wilbur Whateley e as disformes presenças em torno de Dunwich. Ele entrou em contato com o dr. Houghton de Aylesbury, que havia cuidado do velho Whateley em sua derradeira doença, e obteve muito em que pensar quando ouviu o médico citar as últimas palavras do moribundo. Uma visita à vila de Dunwich não proporcionou nada além do que já se sabia; mas uma análise mais detida do *Necronomicon*, naquelas partes que Wilbur buscara com tanta avidez, parecia fornecer novas e terríveis pistas sobre a natureza, os métodos e os desejos do estranho mal que tão vagamente ameaçava este planeta. Conversas com vários pesquisadores do folclore arcaico de Boston, e cartas para muitos outros de outras regiões, provocaram nele um medo crescente, que foi se transformando em vários graus de assombro, e chegou a um estado de verdadeiro pânico espiritual. À medida que o verão se aproximava, ele sentia de certa forma que alguma providência deveria ser tomada em relação aos terrores à espreita no vale superior do Miskatonic, e em relação ao ser monstruoso conhecido pelo mundo humano como Wilbur Whateley.

VI

O horror de Dunwich propriamente dito veio entre o Lammas e o equinócio do ano de 1928, e o dr. Armitage estava entre aqueles que testemunharam seu monstruoso prólogo. Entrementes, ele ouvira falar da grotesca viagem de Whateley até Cambridge e de seus desvairados esforços na Biblioteca Widener para tomar emprestado o *Necronomicon* ou fazer dele uma cópia. Esses esforços haviam sido em vão, já que Armitage enviara veementes advertências para todos os bibliotecários que tinham em suas instituições o terrível volume. Wilbur ficara escandalosamente nervoso em Cambridge, ávido pelo livro, e quase igualmente ávido para voltar para casa, como se temesse os resultados de sua ausência prolongada.

No início de agosto, o já esperado resultado sobreveio, e nas primeiras horas do dia 3, o dr. Armitage foi despertado pelos ferozes e selvagens gritos do cão de guarda no *campus* da faculdade. Profundos e graves, os rosnados, semidementes urros e latidos continuaram, sempre num volume cada vez mais alto, mas com pausas medonhamente significativas. Então retumbou um berro de uma garganta totalmente diferente — grito tal que acordou metade dos habitantes de Arkham e assombrou os sonhos deles desde então —, grito que não poderia ser emitido por um ser deste planeta, ou totalmente deste planeta.

Armitage, vestindo apressado alguma roupa e correndo através da rua e do gramado em direção aos prédios da faculdade, viu que outros já tinham chegado antes dele, e ouviu os ecos do alarme contra ladrões ainda soando agudos na biblioteca. Uma janela negra se escancarava para a noite. O que quer que tinha vindo conseguira entrar, pois os latidos e os gritos, agora rapidamente dando lugar a um misto de rosnados e gemidos baixos, vinham sem dúvida lá de dentro. Algum tipo de instinto advertiu Armitage de que o que estava acontecendo não era algo que pudesse ser contemplado por olhos mais delicados, e assim ele afastou a multidão com autoridade, à medida que destrancava a porta de entrada. Entre as pessoas, ele viu o professor Warren Rice e o dr. Francis Morgan, homens com quem ele havia comentado algumas de suas conjeturas e apreensões; esses dois ele convidou a acompanhá-lo e entrar no prédio. Os sons internos, a não ser por um ganido rouco e alerta do cão, tinham nesse momento quase desaparecido, mas Armitage agora se dava conta, com um susto, que um estrondoso coro de bacuraus havia começado entre os arbustos, num piar abominavelmente rítmico, como se em uníssono com os últimos suspiros de um homem à beira da morte.

O prédio estava infestado com um lamentável mau cheiro que o Dr. Armitage conhecia muito bem, e os três homens atravessaram correndo o salão até a sala de leitura de obras históricas, de onde vinham os ganidos. Por um momento ninguém ousou acender a luz; então dr. Armitage reuniu toda a sua coragem e acionou o interruptor. Um dos três homens — não se sabe ao certo qual deles — soltou um grito agudo diante do que se via espalhado na frente deles entre mesas desarrumadas e cadeiras viradas para cima. O professor Rice declara que perdeu completamente a consciência por um instante, embora não tenha cambaleado nem caído ao chão.

A coisa, que jazia deitada de lado e meio curvada sobre si mesma em uma fétida e pegajosa poça de linfa verde-amarelada, tinha uma estatura de quase três metros, e o cão havia rasgado toda a sua roupa e parte de sua pele. A criatura não estava completamente morta, mas se contraía em espasmos silenciosos enquanto seu peito se movia em um monstruoso uníssono com o alucinado piar dos bacuraus que esperavam do lado de fora. Pedaços de couro de sapato e fragmentos de roupas estavam espalhados por toda a sala, e um saco de lona vazio jazia perto da janela onde evidentemente havia sido jogado. Perto da escrivaninha central estava caído um revólver, e um cartucho picotado, mas não descarregado, explicou mais tarde por que a arma não fora disparada. A coisa em si, entretanto, ofuscava todas as outras imagens naquele momento. Seria trivial e não muito exato dizer que nenhuma pena humana poderia descrevê-la, mas é possível dizer com propriedade que ela não poderia ser visualizada de forma vívida por qualquer pessoa cujas ideias de aspecto e contorno estão muito ligadas às formas comuns de vida deste planeta e de suas três dimensões conhecidas. Era em parte humana, com toda a certeza, com mãos e cabeça bastante semelhantes às de um humano, e o rosto sem queixo e semelhante a um bode tinha a marca dos Whateleys. Mas o torso e as partes inferiores do corpo eram teratologicamente fabulosos, de modo que apenas vestes muito generosas poderiam ter permitido que a criatura andasse pela Terra sem ser desafiada ou eliminada.

Acima da cintura, ela era semiantropomórfica, embora seu peito, onde ainda se apoiavam as inquietas e dilacerantes patas do cão, fosse coberto por uma espécie de couro reticulado como o de um crocodilo ou jacaré. As costas eram malhadas de amarelo e negro, sugerindo levemente a pele escamosa de certas cobras. A região abaixo da cintura, porém, era pior, pois ali qualquer semelhança com um ser humano desaparecia, dando lugar à mera imaginação. A pele era coberta por pelos grossos e negros, e do abdome se projetavam, lassos, cerca de vinte longos tentáculos de coloração cinza-esverdeada, que terminavam em bocas vermelhas e sugadoras. Seu arranjo era muito estranho e parecia seguir as simetrias de alguma geometria cósmica desconhecida na Terra ou no sistema solar. Em cada um dos quadris, bem afundados em um tipo de órbita rosada com cílios em volta, estava o que poderia ser considerado um olho rudimentar, enquanto do lugar onde haveria uma cauda pendia um tipo de tromba ou tentáculo com sinais anulares cor de púrpura, dando muitas evidências de ser uma boca ou garganta não desenvolvida. Os membros inferiores, a não ser pela pelagem negra, pareciam um pouco com as pernas traseiras de pré-históricos lagartos gigantes e terminavam em patas almofadadas com muitos sulcos e que não eram nem cascos nem garras. Quando a coisa respirava, sua cauda e tentáculos mudavam de cor ritmadamente, como se houvesse para isso uma causa circulatória própria do lado não humano de sua ancestralidade. Nos tentáculos isso se observava como um escurecimento do tom verde, ao passo que na cauda o fenômeno se manifestava em uma aparência amarelada que se alternava com o branco cinzento e doentio dos espaços entre os anéis púrpura. De sangue genuíno a criatura não tinha nada; apenas a fétida linfa verde-amarelada que gotejava pelo chão pintado e ia além do raio de substância grudenta, deixando atrás de si uma curiosa descoloração.

A presença dos três homens pareceu despertar o ser moribundo, e ele começou a murmurar sem se voltar ou levantar a cabeça. O dr. Armitage não registrou por escrito o que foi pronunciado, mas assevera com segurança que não foi nada em inglês. No início, as sílabas desafiavam qualquer correlação com qualquer língua desta Terra, mas perto do final surgiram fragmentos desconexos evidentemente retirados do *Necronomicon*, aquela monstruosa blasfêmia em busca da qual a criatura havia perecido. Esses fragmentos, recordados por Armitage, eram algo como 'N'gai, n'gha'ghaa, bugg-shoggog, y'hah: Yog-Sothoth, Yog-Sothoth...'. Eles foram se espaçando e acabaram em nada, enquanto os bacuraus soltavam gritos ritmados que iam num crescendo anunciando o pior.

A respiração então se interrompeu, e o cão ergueu a cabeça, soltando um uivo longo e lúgubre. Sobreveio uma mudança no rosto amarelo e caprino da criatura, e os grandes olhos negros se afundaram de forma pavorosa. Do lado de fora, os gritos dos bacuraus haviam cessado de repente, e acima dos murmúrios da multidão ouviu-se um chiado de puro pânico e o som de asas batendo. À luz da lua, levantaram-se e sumiram de vista vastas nuvens de observadores emplumados, ensandecidos diante daquilo que haviam procurado como sua presa.

Na mesma hora, o cão pôs-se de pé, deu um latido amedrontado e pulou nervosamente a janela pela qual havia entrado. Um brado veio da multidão, e o dr. Armitage gritou para as pessoas do lado de fora que ninguém poderia entrar ali até que viesse a polícia ou um legista. Sentiu-se grato por as janelas serem altas o bastante para impedir que as pessoas espiassem lá dentro, e cerrou cuidadosamente as escuras cortinas sobre cada uma delas. A essa altura dois policiais já haviam chegado, e o dr. Morgan, indo encontrá-los na entrada, insistiu que, para o seu próprio bem, eles esperassem um pouco antes de entrar na fétida sala de leitura, até que o legista viesse e o ser prostrado pudesse ser coberto.

Enquanto isso, assustadoras mudanças ocorriam no chão. Não é necessário descrever o *tipo* e a *dimensão* do encolhimento e desintegração que ocorreram diante dos olhos do dr. Armitage e do professor Rice; mas é permissível dizer que, fora a aparência externa do rosto e das mãos, o elemento verdadeiramente humano em Wilbur Whateley devia ter sido muito pequeno. Quando o legista chegou, só havia uma massa esbranquiçada e grudenta no assoalho pintado, e o monstruoso odor já tinha praticamente desaparecido. Aparentemente, Whateley não tivera crânio ou um esqueleto ósseo; pelo menos, em nenhum sentido verdadeiro ou estável. Ele provavelmente se parecia com seu desconhecido pai.

VII

Porém, tudo isso foi apenas o prólogo do verdadeiro horror de Dunwich. As formalidades foram cumpridas por funcionários perplexos, detalhes anormais foram devidamente mantidos a salvo do público e da imprensa, e homens foram enviados a Dunwich e Aylesbury para identificar propriedades e notificar qualquer pessoa que pudesse ter direito à herança do falecido Wilbur Whateley. Eles encontraram a região do campo em grande agitação, tanto por causa dos crescentes estrondos sob as colinas arredondadas quanto por causa do fedor nada usual, além dos sons de batidas que vinham como ondas cada vez mais fortes da grande casca vazia em que havia se transformado a casa vedada dos Whateleys. Earl Sawyer, que cuidara do cavalo e do gado durante a ausência de Wilbur, tinha entrado numa crise extraordinariamente aguda de nervos. Os funcionários inventaram desculpas para não entrar no ruidoso lugar vedado, satisfazendo-se em restringir sua investigação a uma única visita aos cômodos onde o falecido vivia, os ranchos reformados. Eles entregaram um enfadonho relatório no tribunal de Aylesbury, e os litígios em torno da herança ainda estão, segundo comentários, tramitando entre os inúmeros Whateleys, decaídos e não decaídos, da parte superior do Vale do Miskatonic.

Um quase interminável manuscrito em estranhos caracteres, registrado num livro enorme que foi considerado uma espécie de diário, em virtude do espaçamento e das variações na tinta e caligrafia, colocou um desconcertante enigma àqueles que o encontraram na velha cômoda que servia como escrivaninha para seu dono. Depois de uma semana de discussões, ele foi enviado para a Miskatonic University, juntamente com a coleção de estranhos livros do falecido, para estudo e possível tradução; mas mesmo os melhores linguistas logo perceberam que, provavelmente, as inscrições não seriam decifradas com facilidade. Nenhum sinal do antigo ouro com o qual Wilbur e o velho Whateley sempre tinham pagado suas dívidas havia ainda sido encontrado.

Foi no meio da noite do dia 9 de setembro que o horror de Dunwich irrompeu desenfreado. Os ruídos nas colinas tinham sido muito pronunciados desde o anoitecer, e os cães ladraram frenéticos todo o tempo. No dia 10, os madrugadores sentiram no ar um mau cheiro muito esquisito. Por volta das sete horas, Luther Brown, o rapaz que era empregado na casa de George Corey, entre o Vale da Fonte Fria e o povoado, chegou correndo e esbaforido, após abandonar as vacas que vinha conduzindo desde a Campina dos Dez Acres. Ele estava quase convulsionando de terror quando irrompeu na cozinha; no pátio lá fora o rebanho não menos apavorado pisoteava o chão e abaixava a cabeça num estado deplorável, tendo compartilhado com o rapaz o pânico que o fizera correr para casa. Com a respiração entrecortada, Luther tentou balbuciar sua história para a sra. Corey:

— Lá em cima na estrada pra lá do vale, sra. Corey, alguma coisa sucedeu lá! Cheira que nem trovão, e todos os arbusto e as árvore pequena foi afastada da estrada, parece que uma casa passou por lá. E isso não é o pior, não. Tem pegada na estrada, sra. Corey, umas pegada grande e redonda, grande que nem a tampa de um barril; elas tão afundada na terra, parece que um elefante passou por lá, só que lá tem muito mais pegada do que quatro pata podia fazê! Olhei para uma e outra antes de saí correndo, e vi que cada pegada tinha umas linha saindo dela. E o cheiro era horrive, parecido com o cheiro que sai da casa velha do bruxo Whateley...

Nesse ponto, sua voz falhou, ele estremeceu de novo com o terror que o fizera vir correndo para casa. A sra. Corey, incapaz de arrancar dele mais informações, começou a telefonar para os vizinhos; dessa forma, se iniciou o prelúdio do pânico que anunciou os maiores terrores. Quando fez contato com Sally Sawyer, empregada na casa de Seth Bishop, o lugar mais próximo da propriedade dos Whateleys, foi sua vez de ouvir em vez de falar; o filho de Sally, Chauncey, que tinha dormido mal, subira a colina na direção da casa dos Whateleys e voltara correndo apavorado depois de ver a propriedade deles e o pasto onde as vacas do sr. Bishop tinham sido deixadas a noite toda.

— É sim, sra. Corey — vinha a voz trêmula de Sally pela linha de telefonia comunitária. — Chauncey acabô de voltá correndo e não conseguia falá de tão apavorado! Ele disse que a casa do velho Whateley está caída e as madeira tá tudo espalhada, parece que alguém explodiu dinamite lá dentro; só a parte de baixo tá inteira, mas tá tudo coberta com uma gosma que parece piche, tem um cheiro horrive e fica pingando das beirada até o chão onde as madeira tá caída. E tem umas marca horrorosa no pátio, duas marcona redonda maior que a cabeça de um capado, e tá tudo melecado de uma gosma igual aquela que tem na casa explodida. Chauncey tá dizendo que as pegada vai pros prado, e lá tem um rastro de chão maior que um celeiro, tudo pisado, e os paredão de pedra tá tudo caído na direção que as pegada vai.

— E ele disse também, sra. Corey, que ele tentô procurar as vaca do Seth, com aquele medo todo, e ele encontrô elas na parte de cima do pasto perto do Quintá do Diabo num estado de dá dó. Metade delas se foi, e quase metade das que sobrô tá chupada e quase sem sangue, com umas ferida igual àquelas que tinha no gado do Whateley desde que o escurinho da Lavínia nasceu. Seth saiu agora pra ver elas, mas eu garanto que ele num vai querê chegá muito pertinho da casa do bruxo Whateley! Chauncey não foi olhá pra vê até onde as pegada ia depois do pasto, mas ele disse que pensa que elas ia da estrada do vale pra vila.

— Vou lhe dizê, sra. Corey, tem alguma coisa acontecendo que não devia acontecê, e eu por mim digo que o negro Wilbur Whateley, que teve o fim ruim que mereceu, está por trás de tudo. Ele mesmo não era gente, eu sempre disse isso pra todo mundo; e eu acho que ele e o Velho Whateley deve ter criado alguma coisa naquela casa fechada que também não é gente que nem ele. Sempre existiu coisas estranha aqui em Dunwich — coisas viva que não são humana e não são boa pros ser humano.

— O chão tava resmungando onte à noite, e de madrugada, Chauncey ouviu os bacurau piando tão alto no Vale da Fonte Fria que ele não conseguiu dormi nada. Daí ele achô que ouviu outro som meio abafado na direção do bruxo Whateley — parecia madeira rachando ou se partindo, uma caixa ou caixote grande se abrindo lá longe. E com tudo isso ele não conseguiu pegá no sono até de manhã, e logo já estava de pé e já foi no Whateley ver qual era o problema. Ele viu muita coisa, lhe garanto, sra. Corey! Isso não pode sê coisa boa, e eu acho que todos os home da vila devia se juntá e tomar alguma providência. Eu sei que alguma coisa horrive tá prá acontecê, e eu acho que minha hora tá chegando, mas só Deus sabe a nossa hora.

— Seu fio Luther descobriu aonde as pegada ia dá? Não? Olha, sra. Corey, se elas tava na trilha do vale deste lado e ainda não chegou na sua casa, acho que elas deve ter ido pro vale mesmo. Acho que é isso. Eu sempre digo que o Vale da Fonte Fria não é um lugar saudave nem decente. Os bacurau e os pirilampo de lá nunca se comportaro como criaturas verdadeira de Deus, e tem gente que fala que ouve umas coisa estranha cochichando e falando no ar lá embaixo se fica no lugar certo, entre as cachoeira e a Toca do Urso.

O HORROR EM DUNWICH

Ao meio-dia, três quartos dos homens e rapazes de Dunwich estavam cruzando os caminhos e prados entre as recentes ruínas dos Whateleys e o Vale da Fonte Fria, examinando aterrorizados as enormes e monstruosas pegadas, os desfigurados animais dos Bishops, a estranha e estapafúrdia destruição da propriedade dos Whateleys e a vegetação machucada e emaranhada dos campos e da beira do caminho. O que quer que fosse que havia escapado e invadido o mundo, com certeza descera a sinistra ravina, pois todas as árvores nas encostas estavam inclinadas ou quebradas, e uma grande avenida se abrira na vegetação rasteira do precipício. Era como se uma casa, empurrada por uma avalanche, tivesse deslizado através da vegetação emaranhada que cobria a encosta quase vertical. De lá de baixo não vinha som algum, mas apenas um fedor distante e indefinível; não causava surpresa o fato de os homens preferirem ficar na beira da ravina discutindo, em vez de descer e enfrentar o desconhecido e ciclópico horror em sua toca. Três cães que acompanhavam o grupo haviam latido furiosamente no início, mas pareciam acovardados e relutantes quando se aproximaram do vale. Alguém passou por telefone as notícias para o *Aylesbury Transcript*, mas o editor, acostumado com as histórias extravagantes de Dunwich, não foi além de inventar um parágrafo jocoso sobre o acontecido, texto que logo depois foi reproduzido pela Associated Press.

Naquela noite, todos foram para casa e todas as casas e estábulos foram protegidos com barricadas tão fortes quanto possível. Não é necessário dizer que nenhuma cabeça de gado ficou pastando ao ar livre. Por volta de duas da madrugada, um odor pavoroso e os latidos enfurecidos dos cães acordaram as pessoas da casa de Elmer Frye, na extremidade leste do Vale da Fonte Fria; todos disseram ter ouvido um tipo de chiado ou um marulho vindo de algum ponto lá fora. A sra. Frye propôs que telefonassem para os vizinhos, e Elmer já ia fazer isso quando um ruído de madeira se partindo interrompeu suas deliberações. Vinha, ao que parecia, do estábulo; logo em seguida, se ouviram gritos medonhos e as patas do gado batendo contra o chão. Os cachorros babavam e se abaixavam próximos aos pés dos membros da família, paralisados de medo. Frye acendeu uma lanterna por força de hábito, mas sabia que sair naquele terreno negro como breu significaria a morte. As crianças e mulheres se lamuriavam baixinho, impedidas de gritar por algum obscuro e vestigial instinto de defesa que lhes dizia que suas vidas dependiam do silêncio. Finalmente o ruído do gado foi diminuindo e se transformou num gemido penoso, após o que se ouviram sons de coisas se arrebentando, se chocando e se quebrando. Os Fryes, aconchegados uns aos outros na sala de estar, não ousaram se mover até que os últimos ecos cessaram lá embaixo no Vale da Fonte Fria. Então, em meio aos gemidos fracos vindos do estábulo e aos demoníacos pios dos tardios bacuraus no vale, Selina Frye cambaleou até o telefone e espalhou as informações que conseguiu sobre a segunda fase do horror.

No dia seguinte, toda a região rural estava em pânico; grupos amedrontados e silenciosos passavam para ver onde fora o perverso acontecimento. Dois titânicos rastros de destruição se estendiam do vale até o terreiro dos Frye, monstruosas pegadas cobriam os trechos de solo descobertos e um lado do velho estábulo vermelho havia ruído completamente. Do gado, apenas um quarto pôde ser encontrado e identificado. Alguns animais estavam em curiosos fragmentos, e todos os sobreviventes tiveram de ser sacrificados. Earl Sawyer sugeriu que fossem pedir ajuda em Aylesbury ou Arkham, mas outros garantiam que de nada adiantaria. O velho Zebulon Whateley, de um ramo da família que ficava a meio caminho entre a integridade e a decadência, fez aterradoras sugestões sobre ritos que deviam ser praticados nos topos das colinas. Ele vinha de uma linhagem onde se mantinha viva a tradição, e suas recordações de cantos entoados nos grandes círculos de pedra não estavam inteiramente ligadas a Wilbur e seu avô.

A noite caiu sobre uma abatida região cujos habitantes eram passivos demais para organizarem uma verdadeira defesa. Em alguns poucos casos, famílias muito próximas se reuniam e ficavam espreitando na escuridão sob um único teto, mas em geral, o que se viu foi apenas a repetição das barricadas da noite anterior, e um gesto fútil e ineficaz de carregar mosquetes e deixar forcados à mão. Entretanto, nada ocorreu além de alguns ruídos nas colinas e, quando chegou o dia, houve muitos que alimentavam a esperança de que o novo horror tivesse partido com a mesma rapidez com que havia chegado. Algumas almas corajosas até propuseram uma expedição ofensiva descendo o vale, embora essas pessoas não se tenham aventurado a dar o exemplo real para a maioria ainda relutante.

Quando chegou a noite, as barricadas foram refeitas, embora várias famílias já não se reunissem sob o mesmo teto. De manhã, tanto a família Frye quanto a de Seth Bishop relataram uma agitação entre os cães e vagos sons e odores que vinham de longe, ao passo que exploradores matinais notaram assombrados um novo conjunto de pegadas monstruosas na estrada que contornava a Colina Sentinela. Como antes, as machucadas laterais da estrada exibiam um indicativo do tamanho estupendo e blasfemo do horror, enquanto a conformação das marcas de pegadas parecia sugerir uma passagem em duas direções, como se a montanha móvel tivesse vindo do Vale da Fonte Fria e a ele retornado ao longo da mesma trilha. Na base da colina, via-se uma vegetação jovem pisoteada cobrindo um espaço de cerca de nove metros; dali as marcas subiam pela íngreme colina, e os exploradores se espantaram ao ver que mesmo os trechos mais perpendiculares não fizeram desviar a inexorável trilha. Independentemente do que fosse o horror, ele podia escalar uma encosta de pedra quase totalmente vertical; e quando os investigadores chegaram ao topo da montanha por meio de trilhas alternativas mais seguras, eles perceberam que as pegadas terminavam — ou melhor, invertiam sua direção — ali.

Era nesse ponto que os Whateleys costumavam fazer suas fogueiras demoníacas e realizar demoníacos rituais junto à mesa de pedra na véspera do 1º de Maio e no dia de Todos os Santos. Agora, a própria pedra era o centro de um vasto espaço castigado pelo montanhoso horror e, sobre sua superfície ligeiramente côncava, havia um espesso e fétido depósito da mesma substância pegajosa observada no chão das ruínas da propriedade dos Whateleys quando o horror escapou. Os homens se entreolharam, murmurando. Depois, observaram o sopé da colina. Aparentemente, o horror descera por uma trilha muito parecida com a de sua subida. Especular de nada adiantava. O raciocínio, a lógica e as ideias comuns de motivação nada esclareciam. Apenas o velho Zebulon, que não estava junto com o grupo, poderia ter feito justiça à situação ou sugerido uma explicação plausível.

A noite de quinta-feira começou como as outras, mas terminou com menos alegria. Os bacuraus no vale tinham gritado com uma persistência tão incomum que muitas pessoas não haviam conseguido dormir e, por volta das 3 horas, todos os telefones comunitários produziram um toque trêmulo. Aqueles que atenderam ouviram em seus aparelhos uma voz enlouquecida de terror gritando "Socorro!! Ai meu Deus...", e alguns tiveram a impressão de ter ouvido logo em seguida o som de algo se estilhaçando, interrompendo os gritos. E não houve mais nada. Ninguém ousou fazer nada, e até amanhecer ninguém ficou sabendo de onde viera esse chamado. Então, os que o tinham ouvido telefonaram a todos na linha comunitária e perceberam que apenas os Fryes não respondiam. A verdade apareceu uma hora mais tarde, quando um grupo de homens armados, reunidos às pressas, partiu na direção da propriedade dos Fryes, no topo do vale. Foi horrível, mas surpreendeu pouco. Havia mais trechos de vegetação rasteira esmagada e pegadas monstruosas, mas já não se via casa alguma. Ela havia implodido como uma casca de ovo e, em meio às ruínas, nada se via, com ou sem vida. Apenas um terrível mau cheiro e a substância pegajosa semelhante ao piche. A família de Elmer Frye havia sido apagada de Dunwich.

VIII

Nesse meio tempo, uma fase mais calma e, no entanto, mais espiritualmente pungente do horror estava se desenvolvendo atrás da porta fechada de uma sala cheia de prateleiras em Arkham. O curioso registro ou diário manuscrito de Wilbur Whateley, encaminhado à Miskatonic University para ser traduzido, havia causado muita preocupação e perplexidade entre os peritos em línguas antigas e modernas; seu próprio alfabeto, apesar de uma semelhança geral com a pesada caligrafia árabe usada na Mesopotâmia, era totalmente desconhecido de todas as autoridades disponíveis. A conclusão final a que chegaram os linguistas foi que o texto representava um alfabeto artificial, causando o efeito de cifras, embora nenhum dos métodos conhecidos de solução criptográfica parecesse trazer luz alguma, mesmo quando aplicado com base em todas as línguas que o escritor pudesse ter usado. Os livros antigos trazidos da residência dos Whateleys, embora fossem extremamente interessantes e, em muitos casos, prometessem inaugurar novas e terríveis linhas de pesquisa entre filósofos e homens de ciência, de nada ajudaram nesse aspecto. Um deles, um pesado tomo com uma fivela de ferro, estava em outro alfabeto desconhecido — este com caracteres muito diferentes, mais próximos do sânscrito que de qualquer outra escrita. O antigo volume foi finalmente entregue à completa responsabilidade do dr. Armitage, tanto por causa de seu especial interesse no caso Whateley

O HORROR EM DUNWICH

quanto em virtude de seus amplos conhecimentos linguísticos e suas habilidades com fórmulas místicas da antiguidade e da Idade Média.

Armitage tinha um palpite de que o alfabeto pudesse ser algo esotericamente usado por determinados cultos proibidos que vinham de tempos antigos e que herdaram muitas formas e tradições dos feiticeiros do mundo sarraceno. Essa questão, entretanto, ele não considerava vital, já que seria desnecessário saber a origem dos símbolos se, como ele suspeitava, eles fossem usados como uma cifra em uma língua moderna. Ele acreditava que, considerando-se a grande quantidade de textos envolvida, o escritor dificilmente teria se dado ao trabalho de usar outra língua que não a sua nativa, a não ser talvez em certas fórmulas e encantamentos especiais. Dessa forma, ele atacou o manuscrito com a suposição preliminar de que a maior parte dele estava escrita em inglês.

O dr. Armitage sabia, com base nos repetidos fracassos de seus colegas, que o enigma era profundo e complexo e que um modo único de solução não deveria nem ser tentado. Durante todo o mês de agosto, ele se muniu de livros sobre criptografia, fazendo uso total dos recursos de sua própria biblioteca e mergulhando noite após noite nos arcanos da *Poligrafia* de Tritêmio, da obra *De Furtivis Literarum Notis*, de Giambattista Porta, do *Traité des Chiffres*, de De Vigenere, do *Cryptomenysis Patefacta*, de Falconer, dos tratados de Davys e Thicknesse, datados do século XVIII, de trabalhos de autores bastante modernos como Blair, van Marten, além do *Kryptographik*, de Kluber. Ele intercalava seu estudo dos livros com abordagens do manuscrito em si, e com o tempo ficou convencido de que tinha a sua frente um dos mais sutis e engenhosos criptogramas, em que muitas linhas separadas de letras correspondentes são arranjadas como uma tabuada e a mensagem é construída com palavras-chave arbitrárias que são conhecidas apenas dos iniciados. As autoridades mais antigas pareciam ser muito mais úteis que as mais modernas, e Armitage concluiu que o código do manuscrito era muito antigo, sem dúvida, passado de geração em geração, ao longo de uma extensa linhagem de experimentadores místicos. Em várias ocasiões, ele teve a impressão de estar próximo da solução, mas era impedido por algum obstáculo imprevisto. Então, quando setembro se aproximava, as nuvens começaram a se dissipar. Algumas letras, que eram usadas em algumas partes do manuscritos, surgiram definitiva e inequivocamente, e ficou óbvio que o texto estava mesmo escrito em inglês.

Na noite de 2 de setembro, o último obstáculo importante cedeu, e o dr. Armitage leu pela primeira vez uma passagem contínua dos anais de Wilbur Whateley. Era de fato um diário, como todo mundo pensara, escrito num estilo que deixava evidente a mistura de erudição oculta com a falta de instrução geral do estranho ser que o escrevera. Uma das primeiras passagens longas que Armitage decifrou, um registro feito em 26 de novembro de 1916, revelou ser altamente assustadora e inquietante. Fora escrita, ele recordava, por uma criança de três anos porém parecia um rapazinho de doze ou treze.

"Hoje aprendi o Aklo do Sabaoth [assim dizia o trecho], que não gostei, porque dá pra responder pra ele da colina e não do ar. Aquilo no andar de cima está mais pra frente de mim do que eu achei que ia estar, e não parece ter muito cérebro deste planeta. Atirei no *collie* de Elam Hutchins, Jack, quando ele veio me morder, e Elam disse que me mataria se tivesse coragem. Acho que não vai não. O Vô me fez ficar repetindo a fórmula do Dho ontem à noite e eu acho que vi a cidade interna nos dois polos magnéticos. Devo ir para esses polos quando a Terra for varrida, se eu não conseguir atravessar com a fórmula Dho-Hna quando pronunciar ela. Os do ar me disseram no Sabbat que vai levar muitos anos antes de eu poder evacuar a Terra, e eu acho que o Vô vai estar morto nessa época; por isso tenho de aprender todos os ângulos dos planos e todas as fórmulas entre o Yr e o Nhhngr. Os de fora vão ajudar, mas não podem assumir um corpo sem sangue humano. Aquilo lá em cima dá a impressão de que vai ter a forma certa. Posso ver ele um pouco quando faço o sinal do Voorish ou sopro o pó de Ibn Ghazi nele, e ele é bem parecido com aqueles que aparecem na véspera do 1º de Maio na Colina. O outro rosto pode se desfazer um pouco. Fico me perguntando que aparência vou ter quando a Terra for evacuada e não sobrar mais nenhum ser terrestre. Aquele que veio com o Aklo Sabaoth disse que posso ser transfigurado e haverá muito em que trabalhar na parte externa".

De manhã, o dr. Armitage estava suando frio de pavor e num transe de concentração insone. Estivera lendo o manuscrito durante toda a noite, mas ainda se sentava à mesa sob a luz elétrica, virando página após página com mãos trêmulas, tão rápido quanto sua decifração do texto críptico lhe permitia. Havia telefonado à esposa, com voz nervosa, dizendo que não iria para casa, e quando ela lhe trouxe o café da manhã ele praticamente não tocou em nada. Durante todo o dia, ele continuou lendo, e de repente parou furioso, já que se fazia necessária uma reaplicação da complexa chave dos enigmas. O almoço e o jantar lhe foram trazidos, mas ele comeu uma mínima fração de ambas as refeições. No meio da noite seguinte, ele cochilou na cadeira, mas logo despertou de um emaranhado de pesadelos quase tão medonhos quanto as verdades e ameaças à existência humana que ele havia descoberto.

Na manhã de 4 de setembro, o professor Rice e o dr. Morgan insistiram em vê-lo por uns momentos, e saíram de lá trêmulos e pálidos. Naquela noite ele foi para a cama, mas teve um sono muito agitado. Na quarta-feira — o dia seguinte —, ele retornou ao manuscrito e começou a fazer muitas notas, tanto das seções que estava decifrando naquele momento quanto das já decifradas. Nas primeiras horas daquela noite ele dormiu um pouco em uma poltrona de seu escritório, mas voltou ao manuscrito de novo antes do amanhecer. Um pouco antes do meio-dia, seu médico, o dr. Hartwell, veio vê-lo e insistiu para que ele fizesse uma pausa no trabalho. Ele se recusou, argumentando que, para ele, era de vital importância completar a leitura do diário e prometendo explicar tudo quando chegasse a hora certa.

Ao cair da noite, ele terminou sua terrível análise e afundou na poltrona exausto. Sua mulher, trazendo-lhe o jantar, o encontrou em um estado semicomatoso; mas ele estava suficientemente consciente para adverti-la com um grito agudo quando viu os olhos dela vagando na direção das anotações que fizera. Levantando-se com certa dificuldade, ele juntou todos os papéis que continham o que escrevera, os lacrou em um grande envelope que imediatamente colocou no bolso interno do casaco. Ele tinha força bastante para chegar em casa, mas era tão evidente que precisava de cuidados médicos que o dr. Hartwell foi chamado na mesma hora. Quando o médico o colocou na cama, ele só conseguia murmurar repetidas vezes *"Mas o que, em nome de Deus, podemos fazer?"*.

O dr. Armitage adormeceu, mas passou o dia seguinte num estado semidelirante. Ele não deu explicação nenhuma ao dr. Hartwell, mas em seus momentos mais tranquilos falou da necessidade imperiosa de uma longa conversa com Rice e Morgan. Suas divagações mais tresloucadas eram realmente assustadoras, incluindo apelos frenéticos para que alguma coisa em uma propriedade rural toda vedada fosse destruída, e fantásticas referências a um plano de extirpação de toda a raça humana e toda a vida vegetal e animal da Terra, por alguma raça mais antiga de seres vindos de outra dimensão. Ele gritava que o mundo corria perigo, já que os Seres Ancestrais desejavam esvaziá-lo e levá-lo embora do sistema solar e do cosmos de matéria para um outro plano ou fase da qual caíra, vintilhões de eras atrás. Em outros momentos, ele mencionava o temido *Necronomicon* e a *Daemonolatreia* de Remigius, livros em que ele nutria a esperança de encontrar alguma fórmula para deter o perigo que ele invocava.

— Detenham-nos, detenham-nos — gritava ele. — Aqueles Whateleys tinham a intenção de deixá-los entrar, e o pior de todos ainda está aí! Digam a Rice e Morgan que precisamos fazer algo — é uma tarefa às cegas, mas eu sei como fazer o pó... A coisa não foi alimentada desde 2 de agosto, quando Wilbur veio até aqui ao encontro de sua morte, e nesse ritmo...

Mas Armitage tinha uma constituição sólida apesar dos 73 anos de idade, e o sono o livrou daquela confusão mental na mesma noite, sem desenvolver uma febre verdadeira. Ele acordou tarde na sexta-feira, com a mente lúcida, embora sentisse um medo a lhe corroer as entranhas e um tremendo senso de responsabilidade. Naquela mesma tarde, ele se sentiu apto a ir até a biblioteca e chamar Rice e Morgan para uma reunião, e pelo resto daquele dia e início da noite os três homens torturaram seus cérebros nas especulações mais extravagantes e no debate mais desesperado. Muitos livros estranhos e terríveis foram retirados das estantes e de lugares onde ficavam guardados com toda a segurança; diagramas e fórmulas foram copiados com uma pressa febril e numa profusão desconcertante. De ceticismo, nada havia. Todos os três tinham visto o corpo de Wilbur Whateley jazendo no chão em uma sala daquele mesmo prédio, e depois disso nenhum deles podia sentir a menor inclinação a tratar o diário como o desvario de um alucinado.

Discutiram a possibilidade de notificar os fatos à Polícia Estadual de Massachusetts, mas finalmente decidiram por não fazer isso. Havia coisas envolvidas que simplesmente não seriam levadas a sério por pessoas que não tivessem visto uma amostra, como de fato ficou evidente em algumas investigações posteriores. Tarde da noite, o grupo se separou sem ter conseguido desenvolver um plano definitivo, mas durante todo o domingo, Armitage se ocupou em comparar fórmulas e misturar substâncias químicas que obteve do laboratório da faculdade. Quanto mais ele refletia sobre o diabólico diário, mais ele se inclinava a duvidar da eficácia de qualquer agente material para eliminar a entidade que Wilbur Whateley deixara atrás de si — a entidade que ameaçava o planeta e que, sem que ele soubesse, iria em poucas horas irromper no mundo visível e transformar-se no memorável horror de Dunwich.

A segunda-feira foi, para o dr. Armitage, uma repetição do domingo, pois a sua tarefa exigia uma infinidade de pesquisas e experiências. Mais consultas ao monstruoso diário promoveram várias mudanças de plano, e ele sabia que, mesmo no final, uma grande fração de incerteza ainda perduraria. Na terça-feira, ele tinha uma sequência de ações já planejadas e acreditava que tentaria fazer uma viagem a Dunwich no prazo de uma semana. Então, na quarta-feira, veio o grande choque. Num canto obscuro do *Arkham Advertiser* estava uma nota zombeteira da Associated Press, comentando sobre o inusitado monstro que o uísque clandestino de Dunwich despertara. Armitage, meio aturdido, só conseguiu telefonar para Rice e Morgan. Os três ficaram discutindo noite adentro, e no dia seguinte houve um turbilhão de preparativos da parte dos três. Armitage sabia que estaria mexendo com poderes terríveis, mas percebia que não havia outra maneira de anular as intromissões mais profundas e malignas que outros já haviam realizado antes dele.

IX

Na sexta-feira cedo, Armitage, Rice e Morgan partiram de carro para Dunwich, chegando ao vilarejo por volta de uma da tarde. O dia estava agradável, mas mesmo sob o sol mais brilhante um tipo de terror e portento silencioso parecia pairar sobre as estranhamente arredondadas colinas e as profundas e sombrias ravinas da região afetada. Ocasionalmente, em alguns cimos de montanha, um esquelético círculo de pedras podia ser visto contra o céu. Pelo clima de terror silenciado no armazém de Osborn, eles perceberam que algo medonho havia acontecido e logo ficaram sabendo da aniquilação da casa e da família de Elmer Frye. Durante toda a tarde, eles percorreram a região em torno de Dunwich, interrogando os habitantes locais sobre tudo o que acontecera e vendo pelos próprios olhos, com crescentes espasmos de horror, as lúgubres ruínas no terreiro dos Frye, o gado de Seth Bishop todo ferido, os enormes trechos de vegetação esmagada em vários lugares. A trilha que subia para a Colina Sentinela e de lá descia pareceu a Armitage de um significado quase cataclísmico, e ele ficou um longo tempo contemplando a sinistra pedra no topo, que parecia um altar.

Finalmente, os visitantes, informados sobre um destacamento da Polícia Estadual que viera de Aylesbury naquela manhã, em resposta aos primeiros relatos telefônicos da tragédia dos Fryes, decidiram procurar os policiais e comparar suas observações da melhor maneira possível. Isso, entretanto, foi mais fácil planejar do que fazer, já que não puderam encontrar sinais do grupo em lugar algum. Cinco deles haviam circulado de carro, mas agora o veículo estava estacionado, vazio, perto das ruínas do terreiro dos Fryes. Os habitantes locais, que tinham todos conversado com os policiais, pareceram no início tão perplexos quanto Armitage e seus companheiros. Então, algo veio à mente do velho Sam Hutchins e ele ficou branco, cutucando Fred Farr e apontando para o fosso úmido e profundo que se abria ali perto.

— Deus! — exclamou — Eu disse pra eles não descer o vale, e eu nunca achei que alguém ia fazer isso com aquelas pegada e aquele cheiro e os bacurau gritando lá embaixo na escuridão em pleno meio-dia...

Um arrepio gelado percorreu o corpo dos habitantes locais e também o dos visitantes, e todos os ouvidos pareciam concentrados tentando, instintiva e inconscientemente, ouvir alguma coisa. Armitage, agora que de fato encontrara o horror e seus feitos monstruosos, tremeu diante da responsabilidade que julgava ser sua. A noite em breve cairia, e era nessa hora que a incomensurável blasfêmia se movia em seu curso sinistro. *Negotium perambulans in tenebris...* O velho bibliotecário ensaiava as fórmulas que havia memorizado e amassava na mão o papel contendo as fórmulas alternativas que não tinha conseguido memorizar. Verificou que sua lanterna estava funcionando direito. Rice, ao seu lado, tirou da valise um pulverizador de metal do tipo usado no combate a insetos, ao passo que Morgan tirou do seu estojo um rifle para caça pesada, no qual ele confiava, apesar das advertências de seu amigo, segundo o qual nenhuma arma concreta e feita de matéria poderia ajudar.

Armitage, tendo lido o medonho diário, para sua tristeza sabia bem que tipo de manifestação deveria esperar, mas ele não quis aumentar o terror dos habitantes de Dunwich dando qualquer pista. Ele esperava que o horror pudesse ser conquistado sem que fosse necessário revelar nada sobre a monstruosa coisa de que o mundo havia escapado. À medida que a escuridão se adensava, os habitantes locais começaram a se dispersar indo para casa, ansiosos por se fecharem nela, apesar da evidência de que todas as fechaduras e trincos humanos eram inúteis diante de uma força que podia entortar árvores e derrubar casas quando bem quisesse. Eles sacudiram a cabeça em desaprovação quando os visitantes lhes expuseram seu plano de montar guarda nas ruínas dos Fryes perto do vale; quando partiram, alimentavam poucas esperanças de vê-los outra vez.

Naquela noite, houve estrondos sob as colinas e os bacuraus piaram de forma ameaçadora. De vez em quando um vento, subindo do Vale da Fonte Fria, trazia para o pesado ar noturno um toque de indescritível fedor, um fedor que todos os três vigilantes já haviam sentido antes, quando ficaram diante de um ser moribundo que durante 15 anos e meio fora tido como um ser humano. Mas o terror que antecipavam não apareceu. O que quer que estivesse lá no fundo do grotão, essa coisa estava esperando o momento propício, e Armitage disse aos colegas que uma tentativa de atacar no escuro seria suicídio.

A manhã chegou pálida, e os sons noturnos cessaram. Fez um dia cinzento, melancólico, com uma chuva fina caindo de quando em quando; e nuvens cada vez mais pesadas pareciam estar se juntando além das colinas a noroeste. Os homens de Arkham não sabiam o que fazer. Buscando abrigo da chuva, que ficava cada vez mais intensa, sob um dos poucos barracões não destruídos dos Fryes, eles discutiram se era sensato esperar ou tomar uma atitude mais agressiva e descer até o fundo do vale em busca de sua presa monstruosa e inominável. A chuva ficou mais forte, e um ribombar de trovões vinha, a intervalos, de distantes horizontes. Um relâmpago difuso brilhou no céu e, em seguida, um raio forcado faiscou mais perto, como se estivesse descendo e entrando no maldito vale. O céu ficou muito escuro, e os observadores alimentavam a esperança de que a tempestade, apesar de intensa, seria curta, dissipando-se rapidamente.

Ainda estava terrivelmente escuro quando, não muito mais que uma hora depois, ouviu-se uma confusa babel de vozes na estrada. No momento seguinte, surgiu um grupo aterrorizado de mais de doze homens correndo, gritando e até choramingando histericamente. Alguém que vinha à frente começou pronunciar entre soluços alguns fragmentos de frase, e os homens de Arkham tiveram um violento sobressalto quando as palavras formaram um todo coerente.

— Ai meu Deus, meu Deus — gritava a voz rouca. — Tá acontecendo de novo, e agora, de dia! A coisa saiu, tá se mexendo agora mesmo, só Deus sabe quando vai atacá nóis de novo!

Quem falava silenciou, recuperando o fôlego, mas um outro continuou a mensagem.

— Faz uma hora o Zeb Whateley aqui ouviu um telefone tocando, e era a sra. Corey, mulher do George, que mora pra lá, na encruzilhada. Ela disse que o empregadinho, Luther, tava recolhendo as vaca por causa do temporal depois do raio forte, e ele viu todas árvore tombando na boca do vale, lá do outro lado, e sentiu o mesmo cheiro horrive que ele sentiu quando encontrô aquelas pegada enorme segunda passada de manhã. E ela disse que ele disse que tinha um som de onda batendo, muito mais forte que as árvore e arbusto podia fazê, e de repente as árvore da estrada começaro a tombá pro lado, e teve um barulho horroroso de passos pesado, chapinhando na lama. Mas veja bem, Luther não viu nadinha de nada, só as árvore tombada e o mato pisado.

— Depois, lá longe, no lugar que o Riacho dos Bishop passa embaixo da estrada ele ouviu um barulho que parecia que tinha alguma coisa pesada na ponte, e ele achô que as tábua ia arrebentá. E sempre ele nunca viu nada, só as árvore e arbusto entortado. E depois o som de onda ficou muito longe — indo pra estrada que dá na propriedade do bruxo Whateley e na Colina Sentinela — Luther, ele teve a corage de ir até lá onde ele ouviu o barulho primeiro e olhar o chão. Era tudo lama e água, e o céu estava escuro, e a chuva estava varrendo todas as pegada muito depressa; mas começando na boca do vale, ali onde as árvore tinha saído do lugar, ainda ele viu algumas das terrive pegada, grande como barril, que ele viu na segunda-feira.

Nesse ponto, o que tinha falado primeiro interrompeu o outro.

— Mas isso não é o problema agora — aquilo foi só o começo. O Zeb aqui estava acordando as pessoa e todo mundo estava prestando atenção quando telefonaro da casa do Seth Bishop. A empregada dele, Sally, tava desesperada; ela tinha acabado de ver as árvore tombando do lado da estrada, e disse que ouviu um tipo de barulho meio abafado, que nem um elefante bufando e pisando e indo na direção da casa. Daí ela falou de um cheiro de repente, de dá arrepio, e diz que o menino dela, Chauncey, estava gritando porque era igualzinho o cheiro que ele sentiu nas ruína dos Whateleys na segunda de manhã. E os cachorro latindo e ganindo muito.

— E então ela soltou um grito terrive e disse que o abrigo perto da estrada tinha desabado que nem se a tempestade tivesse levado ele, mas o vento não era forte o bastante pra fazer isso. Todos tava escutando e nós pudemo ouvi muita gente que estava na linha do telefone comunitário ofegando. E de repente Sally gritou de novo e disse que a cerca da frente tinha ido pelos ar, mas não tinha sinal de quem fez aquilo. Então todo mundo que tava na linha ouviu o Chauncey e o velho Seth Bishop gritando também, e a Sally falou num berro que algo pesado tava batendo na casa — não era raio nem nada, mas alguma coisa pesada batendo na frente, batendo de novo e de novo, mas não dava pra ver nada pelas janela. E depois, e depois...

Linhas de preocupação se aprofundaram em cada rosto; Armitage, perturbado como estava, mal podia pedir que o outro prosseguisse.

— E depois... Sally gritô bem alto "Socorro, a casa está caindo... e na linha nós ouvimo um estrondo horrive e muitos grito... igualzinho quando a casa de Elmer Frye foi atacada, só...

O homem interrompeu o que dizia, e outro na multidão falou.

— Isso foi tudo, nenhum som nem grito pelo telefone depois disso. Tudo quieto. Nós, que tinha ouvido, pegamo uns caminhão e umas carroça e reunimo na casa do Corey todos homem forte que pudemo, e viemo aqui para ver o que vocêis acha melhor fazê. Mas eu acho que é o julgamento que Deus está fazendo das nossa iniquidade, que nenhum mortal pode evitá.

Armitage viu que chegara o momento adequado para uma ação ofensiva e falou de forma decidida para o grupo vacilante de pessoas rústicas e amedrontadas.

— Temos de ir atrás dele, pessoal — ele imprimiu em sua voz o tom mais tranquilizador que pôde. — Acho que existe uma chance de o derrotarmos. Vocês sabem que aqueles Whateleys eram feiticeiros; bem, essa coisa é coisa de feitiçaria, e deve ser derrotada pelos mesmos meios. Eu vi o diário de Wilbur e li alguns daqueles estranhos livros velhos que ele lia; acho que conheço o tipo certo de encantamento que precisa ser pronunciado para que a coisa desapareça. É claro que não podemos ter certeza, mas sempre podemos tentar. Ele é invisível; eu sabia que seria. Mas existe um pó neste pulverizador de longa distância que pode fazê-lo aparecer por um segundo. Mais tarde vamos experimentá-lo. É perigoso ter essa coisa viva por perto, mas não é tão ruim quanto aquilo que Wilbur teria introduzido no mundo, se tivesse vivido mais. Vocês nunca saberão do que o mundo escapou. Agora, temos apenas essa coisa para combater, e ela não consegue se multiplicar. Mas ela pode fazer muito estrago; não devemos hesitar em bani-la da comunidade.

— Devemos seguir a coisa, e devemos começar pelo local que acabou de ser destruído. Peço que alguém me leve até lá. Não conheço muito bem estas estradas, mas faço ideia que devam existir atalhos cortando terrenos. O que me dizem?

Os homens tergiversaram por um momento, e então, Earl Sawyer falou baixinho, apontando com um dedo encardido através da chuva que diminuía cada vez mais.

— Acho que o senhor pode ir até a casa do Seth Bishop, cortando pela vargem mais baixa, passando pelo riacho, onde ele é raso, e subindo o gramado do Carrier e o bosque mais além. Ele dá na estrada de cima, bem perto da casa do Seth, um pouco pro outro lado.

Armitage, acompanhado de Rice e Morgan, começou a caminhar na direção indicada; a maioria dos homens o seguiu lentamente. O céu estava clareando, dando sinais de que a tempestade tinha acabado. Quando Armitage sem querer tomou a direção errada, Joe Osborn o avisou e foi à frente para mostrar o caminho correto. A coragem e a confiança estavam crescendo, embora fosse um desafio e tanto para essas qualidades a sombra da floresta que cobria a colina quase perpendicular ao final do atalho, por entre cujas impressionantes árvores ancestrais eles tinham que subir como se fosse uma escada.

Finalmente, eles emergiram em uma estrada enlameada para encontrar o sol reaparecendo. Estavam um pouco além da propriedade de Seth Bishop, mas as árvores tombadas e as inconfundíveis e medonhas pegadas indicavam o que havia passado por ali. Apenas alguns momentos foram consumidos na verificação das ruínas logo após a curva. Era a repetição do incidente com os Fryes, e nada, morto ou vivo foi encontrado em nenhuma das construções desmoronadas que antes eram a casa e o rancho. Ninguém quis ficar ali em meio ao fedor e àquele líquido pegajoso, mas todos se viraram instintivamente para a linha de terríveis pegadas que levavam mais além, na direção da propriedade arruinada dos Whateleys e das encostas da Colina Sentinela, encimada por seu altar de pedra.

Quando passaram pelo local onde havia morado Wilbur Whateley, eles estremeceram visivelmente e mais uma vez deram a impressão de misturar hesitação e coragem. Não era brincadeira seguir as pegadas de alguma coisa que tinha o tamanho de uma casa e que não era visível, mas tinha a viciosa malignidade de um demônio. Em frente à base da Colina Sentinela, as pegadas abandonavam a estrada e viam-se mais árvores tombadas e mais mato pisado ao longo do amplo trecho que marcava a primeira trilha do monstro, indo para o topo e saindo dele.

Armitage pegou um telescópio portátil de considerável potência e observou a encosta íngreme da colina. Em seguida, passou o instrumento para Morgan, que enxergava melhor. Depois de um momento olhando, Morgan soltou um grito repentino, passando o telescópio para Earl Sawyer, e indicando com o dedo um determinado ponto da encosta. Sawyer, desajeitado como são quase todas as pessoas que nunca lidaram com instrumentos óticos, ficou um pouco atrapalhado, mas acabou conseguindo focar as lentes com a ajuda de Armitage. No momento em que fez isso, soltou um grito menos contido que o de Morgan.

— Deus do céu, a grama e os arbusto tá se mexendo! Ele está subindo, devagar, se arrastando, até o topo, só Deus sabe para quê!

Então o germe do pânico pareceu se espalhar entre os que olhavam. Caçar uma entidade sem nome era uma coisa; encontrá-la era bem diferente. Os encantamentos podem ser coisas boas — mas, e se não forem? Vozes começaram a questionar Armitage sobre o que sabia sobre a coisa, e nenhuma resposta que ele deu parecia satisfatória. Todos se sentiam em íntima proximidade com fases da natureza e da existência completamente proibidas e inteiramente externas à experiência saudável da humanidade.

X

No final, os três homens de Arkham — o velho Armitage, com sua barba branca, o forte professor Rice, com seus cabelos grisalhos, e o esbelto e jovem dr. Morgan — subiram a montanha sozinhos. Depois de meticulosas instruções sobre como focalizá-lo e usá-lo, eles deixaram o telescópio com o amedrontado grupo que permaneceu na estrada; e à medida que escalavam, eles eram observados de perto por quem recebia o telescópio, que passava de mão em mão. Foi uma escalada difícil, e Armitage precisou de auxílio mais de uma vez. Bem acima do destemido trio, a grande área marcada estremecia quando seu demoníaco causador passava mais uma vez com a deliberação de uma lesma. Então, ficou óbvio que os perseguidores estavam ganhando terreno.

Curtis Whateley — do ramo não decaído da família — estava segurando o telescópio quando viu o grupo de Arkham desviar radicalmente da trilha pisada no chão. Ele disse ao grupo que os homens estavam evidentemente tentando alcançar um pico adjacente que se debruçava sobre o trecho pisado em um ponto consideravelmente à frente de onde os arbustos estavam agora tombando. E, de fato, ele estava falando a verdade; o grupo foi visto chegando à elevação menor apenas pouco tempo depois que a invisível blasfêmia havia passado por ela.

Então Wesley Corey, que pegara o telescópio, gritou que Armitage estava ajustando o pulverizador que Rice segurava nas mãos e que alguma coisa provavelmente estava para acontecer. O grupo se agitava nervoso, lembrando que o pulverizador deveria conferir ao horror ainda não contemplado um momento de visibilidade. Dois ou três homens fecharam os olhos, mas Curtis Whateley pegou de volta o telescópio e forçou os olhos ao máximo. Ele viu que Rice, do ponto em que os três homens estavam, acima e atrás da entidade, tinha uma chance excelente de espargir o extraordinário pó com um efeito maravilhoso.

Os que não tinham telescópio viram apenas um *flash* instantâneo de nuvem cinzenta — uma nuvem mais ou menos do tamanho de um edifício médio — perto do topo da montanha. Curtis, que segurava o telescópio, deixou-o cair com um grito lancinante, e o instrumento afundou na lama da estrada. Ele cambaleou e teria caído no chão se dois ou três não o tivessem segurado e apoiado. Tudo o que ele podia fazer era produzir um gemido quase inaudível.

— Oh, oh, meus Deus... aquela... aquela...

Sobreveio uma tempestade de perguntas, e só Henry Wheeler pensou em resgatar o telescópio caído e retirar a lama que o cobria. Curtis não falava coisa com coisa, e mesmo respostas isoladas eram quase demais para ele.

— Maior que um estábulo... feito de um monte de corda retorcida, tem forma de ovo de galinha e é maior que qualqué coisa, com dezenas de perna que parece umas cabeça de porco que abre e fecha quando pisa... é tudo mole, tudo que nem geleia, e feito de um monte de corda separada e balançando que se junta... um monte de olho saltado sobre todo o corpo... dez ou vinte boca ou tromba que nasce dos lado, grande como chaminé e todas se mexendo e abrindo e fechando... tudo cinza, com umas argola azul ou roxa... e Deus do céu — aquela metade de cara lá em cima...

Esta última recordação, o que quer que fosse, revelou-se intensa demais para Curtis, que desfaleceu completamente antes de poder dizer mais. Fred Farr e Will Hutchins o levaram para a margem da estrada e o deitaram no capim úmido. Henry Wheeler, trêmulo, assestou o telescópio resgatado para a montanha para ver o que pudesse. Através das lentes pôde ver três diminutas figuras, aparentemente correndo na direção do topo tão depressa quanto a inclinação íngreme lhes permitia. Só isso — nada mais. Então, todos perceberam um extemporâneo ruído no profundo grotão atrás deles, e até mesmo na vegetação rasteira da própria Colina Sentinela. Era o piar de inúmeros bacuraus, e em seu coro eles pareciam imprimir uma nota de tensa e malévola expectativa.

Earl Sawyer nesse momento pegou o telescópio e disse que as três figuras estavam sobre o ponto mais alto do cimo, quase no mesmo nível que o altar de pedra, mas a considerável distância dele. Um dos homens, disse ele, parecia estar elevando as mãos acima da cabeça a intervalos rítmicos, e quando Sawyer mencionou esse detalhe o grupo teve a impressão de ouvir um som fraco, meio musical, vindo de longe, como se um canto acompanhasse os gestos. A estranha silhueta naquele pico remoto deve ter sido um espetáculo infinitamente grotesco e impressionante, mas nenhum dos observadores estava inclinado a apreciações estéticas.

— Acho que ele tá falando as palavra do encantamento — sussurrou Wheeler, pegando de volta o telescópio. Os bacuraus piavam alucinados e em um singularmente curioso ritmo irregular, muito diferente daquele do ritual que podiam ver.

De repente, teve-se a impressão de que o brilho do sol diminuíra sem a intervenção de nenhuma nuvem discernível. Foi um fenômeno muito peculiar, que todos notaram. De trás das colinas parecia crescer um ribombar, que estranhamente se mesclava com um ribombar semelhante que vinha do céu. Viu-se o faiscar de um raio lá em cima, e as pessoas perplexas buscaram em vão os prenúncios de uma tempestade. O canto dos homens de Arkham agora havia se tornado inequívoco, e Wheeler viu pelo telescópio que eles estavam todos erguendo os braços no ritmo do encantamento. De alguma propriedade rural distante veio o latido frenético de cães.

A mudança na qualidade da luz do dia aumentou e as pessoas contemplaram espantadas o horizonte. Uma mancha púrpura, que nascera apenas de uma espectral intensificação do azul do céu, descia sobre as colinas retumbantes. Depois, o relâmpago brilhou de novo, um pouco mais intenso que antes, e as pessoas tiveram a impressão de que ele revelou uma certa névoa em volta da pedra-altar na altura distante. Ninguém, entretanto, estava usando o telescópio nesse momento. Os bacuraus continuavam seu piado irregular, e os homens de Dunwich buscavam forças para enfrentar alguma imponderável ameaça que parecia sobrecarregar a atmosfera.

Sem aviso vieram os profundos, estridentes, rouquenhos sons vocais que nunca abandonarão a memória daquele grupo estupefato que os ouviu. Eles não vinham de nenhuma garganta humana, pois os órgãos humanos não produzem tais perversões acústicas. Era mais fácil alguém ter dito que os sons vinham da própria fenda do vale, se não fosse tão evidente que eles vinham da pedra-altar, lá no pico. É quase um erro chamá-los de sons, pois muito de seu timbre espectral e gravíssimo falava a pontos obscuros de consciência e terror muito mais sutis que o ouvido; mas é preciso dizer que eram sons, pois a forma que assumiam era, sem dúvida, embora vagamente, de palavras semiarticuladas. Eram altos — altos como o ribombar e o trovão que eles ecoavam —, mas não vinham de um ser visível. E como a imaginação poderia sugerir uma fonte conjetural no mundo das coisas não visíveis, o grupo amontoado na base da montanha se amontoou mais ainda, e cada um se encolheu como se esperasse um golpe.

— *Ygnailh... ygnaiih... thflthkh'ngha... Yog-Sothoth...* — soava o medonho grasnado que vinha do espaço — *Y'bthnk... h'ehye — n'grkdl'lh...*

O impulso da fala parecia vacilar nesse ponto, como se estivesse ocorrendo alguma terrível luta psíquica. Henry Wheeler forçou os olhos no telescópio, mas só pôde ver as três figuras humanas grotescamente desenhadas no pico, todas as três mexendo os braços em estranhos gestos, enquanto seu encantamento chegava ao clímax. De que negros abismos de terror aquerôntico, de que insondáveis fossos de consciência extracósmica ou hereditariedade obscura há muito latente vinham aqueles grasnados que mais pareciam trovões semiarticulados? De repente, eles começaram a recobrar a força e a coerência, crescendo em um total e acabado frenesi.

— *Eh-y-ya-ya-yahaah - e'yayayaaaa... ngh'aaaaa... ngh'aaa... h'yuh... h'yuh... SOCORRO! SOCORRO!... p- p- pp- PAI! PAI! YOG-SOTHOTH!...*

Mas isso foi tudo. As pálidas pessoas na estrada, ainda cambaleantes depois de ouvirem as sílabas que inequivocamente reconheceram *como de sua língua* e que se derramaram espessas e trovejantes daquele espaço vazio ao lado da terrível pedra-altar, nunca as ouviriam de novo. Tiveram, porém, um violento sobressalto quando veio o fabuloso estrondo que pareceu rasgar as montanhas, o ensurdecedor e cataclísmico estrépito cuja origem, fossem as entranhas da Terra ou o céu, nenhum ouvido foi capaz de localizar. Um único raio se lançou do céu arroxeado para a pedra-altar, e uma enorme onda de força invisível e um indescritível fedor inundaram tudo, desde a colina até a região lá embaixo. Árvores, grama, arbustos, tudo foi açoitado por aquela fúria; e as amedrontadas pessoas na base da montanha, enfraquecidas pelo letal cheiro que por pouco não as asfixiou, foram quase derrubadas ao chão. Cães uivavam na distância, a grama e as folhagens verdes assumiram um tom curioso, um doentio amarelo-acinzentado, e sobre campo e floresta se espalhavam os corpos de bacuraus mortos.

O mau cheiro se foi rapidamente, mas a vegetação nunca mais voltou ao normal. Até hoje existe alguma coisa sinistra e maligna nas coisas que crescem naquela terrível colina e em torno dela. Curtis Whateley estava recobrando a consciência quando os homens de Arkham desciam lentamente a montanha sob os raios de um sol mais uma vez brilhante e sem manchas. Eles estavam sérios e taciturnos e pareciam abalados por memórias e reflexões ainda mais terríveis que aquelas que tinham reduzido o grupo de habitantes locais a um estado de trêmulo terror. Em resposta a uma saraivada de perguntas, eles apenas abanavam a cabeça e reafirmavam um único fato fundamental.

— A coisa se foi para sempre — disse Armitage. — Ela foi desfeita, transformando-se naquilo que originalmente era, e nunca poderá existir de novo. Era uma impossibilidade em um mundo normal. Apenas uma minúscula parte dela era realmente matéria em qualquer sentido que conheçamos. Era como seu pai, e a maior parte dela retornou para ele em alguma vaga dimensão fora de nosso universo material, algum vago abismo do qual apenas os ritos mais amaldiçoados da blasfêmia humana poderiam tê-la evocado por um momento nas colinas.

Fez-se um breve silêncio, e naquela pausa os sentidos do pobre Curtis Whateley começaram a se recompor numa certa continuidade; assim, ele pôs as mãos na cabeça com um gemido. A recordação parecia ter sido retomada a partir do ponto em que fora interrompida, e o horror da visão que havia prostrado aquele homem mais uma vez explodiu dentro dele.

— *Ai, ai, meu Deus, aquela cara pela metade, aquela metade de rosto em cima da coisa... aquele rosto com os olho vermelho e cabelo albino e crespo, sem queixo, que nem os Whateley... Parecia um polvo, uma centopeia, uma aranha, mas em cima de tudo tinha uma cabeça que parecia de gente, e ela parecia o Feiticeiro Whateley, só que tinha muitos metro de largura...*

Ele fez uma pausa, exausto, e todos os locais ficaram olhando com uma perplexidade que ainda não se cristalizara em novo terror. Apenas o velho Zebulon Whateley, que vagamente se lembrava de coisas antigas e que estivera calado até aquele momento, disse em voz alta:

— Quinze ano atrás — disse ele de forma vacilante — ouvi o velho Whateley dizê como algum dia nós ia ouvir um fio da Lavínia chamando o nome do pai no topo da Colina Sentinela...

Mas Joe Osborn o interrompeu para interrogar mais uma vez os homens de Arkham.

— *No fim das conta, o que era essa coisa*, e como foi que o bruxinho Whateley chamou ela do céu de onde ela veio?

Armitage escolheu as palavras com muito cuidado.

— A coisa era... bem, era principalmente um tipo de força que não pertence à nossa parte do espaço; um tipo de força que age e cresce e se conforma, obedecendo a outras leis, diferentes daquelas da nossa natureza. Nós não temos nada que ficar chamando essas coisas lá de fora, e apenas pessoas muito más e cultos muito perversos tentam fazer isso. Havia algo da coisa no próprio Wilbur Whateley, o suficiente para transformá-lo em um demônio e em um monstro precoce, e fazer de sua morte uma visão de terror. Vou queimar seu maldito diário, e se vocês forem sensatos, devem dinamitar a pedra-altar lá em cima e derrubar todos os círculos de pilares de pedra em cima das outras colinas. Coisas assim trouxeram os seres de quem os Whateleys tanto gostavam, os seres que eles iam permitir que entrassem para literalmente banir a raça humana e arrastar a Terra para algum lugar sem nome, por alguma razão inominável.

— Mas, quanto a esta coisa que acabamos de mandar de volta, os Whateleys a criaram para que desempenhasse um terrível papel nas coisas que seriam feitas no futuro. Ela cresceu rápido e muito, pelo mesmo motivo que Wilbur cresceu rápido e muito — mas a coisa superou Wilbur, porque tinha em si uma proporção maior de seu caráter alheio. Vocês não precisam perguntar como Wilbur a chamou do espaço. Ele não chamou a coisa. *A coisa era seu irmão gêmeo, mas era mais parecida com o pai que Wilbur.*

SUSSURROS NA ESCURIDÃO

I

QUERO DEIXAR CLARO que no fim eu não testemunhei nenhum horror visual concreto. Dizer que um choque mental foi a causa do que inferi — aquela gota d'água que me fez sair correndo da solitária propriedade rural de Akeley, passando como um relâmpago pelas colinas abobadadas de Vermont em um veículo furtado à noite — é ignorar os fatos mais triviais da minha experiência final. Embora eu estivesse bastante inteirado das informações e especulações de Henry Akeley, apesar das coisas que vi e ouvi e da perfeita nitidez da impressão que elas causaram em mim, nem mesmo agora posso provar se eu estava certo ou errado em minha medonha inferência. Afinal de contas, o desaparecimento de Akeley não prova nada. Não foi encontrado nada suspeito na casa, apesar das marcas de balas nas partes interna e externa. Foi como se ele simplesmente tivesse saído para um passeio casual nas colinas, para nunca mais voltar. Não havia nem mesmo um sinal de que ele recebera uma visita, ou de que aqueles horríveis cilindros e máquinas haviam sido guardados no escritório. Também não significa nada o pavor que ele tinha das verdes colinas sobrepostas e do infindável gorgolejar dos riachos da região onde nascera e fora criado, já que milhares de pessoas são vítimas desses temores mórbidos. Além disso, a excentricidade poderia facilmente explicar seus estranhos atos e apreensões, no final.

A história toda começou, pelo que sei, com a inaudita enchente ocorrida em Vermont, em 3 de novembro de 1927, acontecimento que entrou para a história. Na época eu era, e sou até agora, professor de Literatura na Miskatonic University, em Arkham, Massachusetts, e um entusiasta pesquisador informal do folclore da Nova Inglaterra. Logo após a enchente, em meio aos muitos relatos jornalísticos de agruras, sofrimentos e socorro prestado às vítimas, apareceram umas histórias bizarras de coisas que foram encontradas flutuando em alguns dos rios cheios; dessa forma, muitos de meus amigos embarcaram em curiosas discussões e me pediram para esclarecer o assunto como me fosse possível. Eu me senti lisonjeado quando vi meu estudo sobre folclore sendo levado tão a sério, e fiz o que pude para minimizar as imprecisas e alucinadas histórias que me pareciam tão claramente resultar de antigas superstições rústicas. Eu achava engraçado que muitas pessoas com bom nível de estudo insistissem que poderia haver algum elemento factual, obscuro e distorcido por trás dos boatos.

As histórias que chegavam ao meu conhecimento vinham principalmente de recortes de jornais, embora um relato tivesse uma fonte oral, tendo sido repetido a um amigo meu em uma carta de sua mãe, que morava em Hardwick, Vermont. O tipo de coisa descrita era essencialmente o mesmo em todos os casos, embora parecessem existir três instâncias envolvidas — uma ligada ao Rio Winooski, perto de Montpelier, outra relacionada ao West River, no Condado de Windham, além de Newfane, e uma terceira envolvendo o Rio Passumpsic, no Condado da Caledônia, acima de Lyndonville. É claro que muitas das histórias individuais mencionavam outras instâncias, mas numa análise mais detalhada, todas elas pareciam se resumir a essas três. Em todos os casos, as pessoas do interior relatavam ter visto um ou mais bizarros e muito perturbadores objetos boiando nas turbulentas águas que desciam das montanhas desabitadas, e havia uma tendência generalizada de ligar essas visões a um ciclo primitivo e semiesquecido de lendas sussurradas que os velhos ressuscitaram nessa ocasião.

O que as pessoas pensavam ter visto eram formas orgânicas diferentes de tudo o que conheciam. Naturalmente, houve muitos corpos humanos varridos pelas águas ao longo dos rios naquele trágico período, mas as pessoas que descreveram essas estranhas formas tinham certeza de que elas não eram humanas, apesar de algumas semelhanças superficiais em tamanho e contornos gerais. Além disso, diziam as testemunhas, elas não poderiam ser nenhum tipo de animal conhecido em Vermont.

Eram seres rosados de cerca de um metro e meio de comprimento, com corpo de crustáceo que tinha vastos pares de nadadeiras dorsais, ou asas membranosas e vários conjuntos de membros articulados; no lugar onde estaria normalmente uma cabeça, tinham um tipo de elipsoide torcido, coberto com miríades de antenas muito curtas. Era realmente digno de nota o fato de que os relatos de diferentes fontes tendiam a coincidir, embora a surpresa fosse diminuída pelo fato de que velhas lendas, que circularam em certa época por todo o interior, criavam uma figura morbidamente vívida que poderia muito bem ter alimentado a imaginação de todas as testemunhas envolvidas. Concluí que essas testemunhas — em todos os casos pessoas simples e ingênuas do interior — tinham visto os corpos inchados e desfigurados de seres humanos ou de animais do campo nas fortes correntezas e haviam permitido que as memórias de um folclore nebuloso atribuíssem a esses deploráveis objetos características fantásticas.

As histórias antigas, embora vagas, evasivas e em grande medida esquecidas pela geração atual, tinham um caráter altamente singular, sem dúvida, refletindo a influência de tradições indígenas ainda mais antigas. Embora nunca tivesse estado em Vermont, eu as conhecia muito bem, por meio da monografia extremamente rara de Eli Davenport, que coligiu relatos orais anteriores a 1839 junto aos habitantes mais antigos do estado. Além disso, esses relatos eram muito semelhantes a histórias que eu tinha pessoalmente ouvido de rústicos anciões das montanhas de New Hampshire. Em termos resumidos, elas aludiam a uma raça oculta de seres monstruosos que espreitavam em algum ponto entre as colinas mais remotas — nas profundezas das matas dos mais altos picos e nos escuros vales percorridos por riachos vindos de fontes desconhecidas. Esses seres quase nunca eram vistos, mas provas de sua presença eram relatadas por pessoas que haviam se aventurado a ir mais longe que o habitual, subindo encostas de determinadas montanhas ou descendo por gargantas escarpadas que até os lobos evitavam.

Havia bizarras pegadas de pés ou garras na lama das margens dos riachos e em trechos de solo estéril e curiosos círculos de pedra, com a grama em torno deles desgastada, que não pareciam ter sido colocados ali e nem mesmo moldados pela Natureza. Havia também certas cavernas de intrigante profundidade nas encostas das montanhas, cujas aberturas eram tapadas com grandes pedras arredondadas de um formato que não parecia nada acidental, e com uma profusa quantidade das estranhas pegadas, levando até elas e também delas se afastando — se na verdade a direção dessas pegadas pudesse ser determinada de forma precisa. E, pior de tudo, havia as coisas que as pessoas aventureiras tinham visto muito raramente na penumbra dos vales mais remotos e nas densas florestas perpendiculares acima dos limites em geral alcançados pelas pessoas.

Seria bem menos desconfortável se os relatos isolados sobre esses seres não coincidissem tanto. Na realidade, quase todos os rumores tinham muitos pontos em comum, afirmando que os seres eram um tipo de enorme caranguejo avermelhado com muitos pares de pernas e duas grandes asas de morcego no meio das costas. Algumas vezes, eles andavam com todas as pernas e, outras vezes, se apoiavam apenas no par traseiro, usando os outros membros para transportar grandes objetos de natureza indeterminada. Certa ocasião, haviam sido vistos em um número considerável, um grupo deles andando ao longo de um riozinho raso da floresta, três lado a lado, em uma formação evidentemente disciplinada. Numa ocasião, um deles havia sido visto voando — lançara-se na noite do topo de uma colina descoberta e solitária, desaparecendo no céu depois que a silhueta de suas grandes asas em movimento se desenhou por um instante contra a luz da lua cheia.

Em geral, esses seres pareciam satisfeitos em deixar a humanidade em paz, embora algumas vezes fossem considerados responsáveis pelo desaparecimento de pessoas aventureiras — em especial aquelas que construíam casas muito perto de determinados vales ou em pontos muito altos das montanhas. Vários locais acabaram sendo classificados como não recomendáveis para morar, e essa impressão persistia mesmo após a causa ter sido esquecida. Quando olhavam alguns precipícios ali perto, as pessoas sentiam um arrepio, mesmo sem recordar quantas pessoas tinham desaparecido e quantas propriedades haviam sido reduzidas a cinzas, nas encostas mais baixas daquelas sombrias sentinelas verdes.

Mas, embora as lendas mais antigas dissessem que as criaturas aparentemente atacavam apenas aqueles que invadiam sua privacidade, havia relatos mais recentes de sua curiosidade em relação aos homens e de suas tentativas de estabelecer postos avançados secretos no mundo humano. Havia histórias sobre estranhas marcas de garras que haviam sido vistas perto de janelas de casas ao amanhecer e de ocasionais desaparecimentos fora das áreas obviamente assombradas. Além do mais, contavam-se histórias de vozes sussurradas que ensaiavam uma imitação da fala humana e faziam surpreendentes ofertas a viajantes solitários em estradas e carreiros nas profundas florestas, e de crianças aterrorizadas por coisas vistas ou ouvidas nos pontos em que a floresta primal se aproximava de seus quintais. Na camada mais recente das lendas — a camada que precede o declínio da superstição e o abandono de um contato íntimo com os lugares temidos —, existem referências escandalizadas a eremitas e remotos agricultores que, em algum período da vida, parecem ter passado por uma repulsiva alteração mental; esses eram evitados e despertavam os comentários das pessoas, que diziam que eles eram mortais que haviam se vendido aos seres estranhos. Em um dos condados na região nordeste, ao que parece era moda, por volta de 1800, acusar reclusos excêntricos e pouco populares de serem aliados ou representantes dos seres abomináveis.

Quanto ao que seriam esses seres, com certeza as explicações variavam. O nome comum a eles aplicado era "aqueles" ou "os ancestrais", embora outros termos tivessem um emprego local e transitório. Talvez a maior parte dos colonos puritanos os tenham descartado como parentes do demônio, transformando-os na base de uma assombrada especulação teológica. Os que traziam em seu legado as lendas celtas – principalmente os escoceses e irlandeses de New Hampshire e suas famílias, que haviam se assentado em Vermont nas terras doadas pelo Governador Wentworth — vagamente os ligavam às fadas malignas e aos "diabretes" dos pântanos e brejos, e se protegiam com trechos de encantamentos que lhes haviam chegado desde gerações muito antigas. Mas eram os índios que tinham as teorias mais fantásticas. Embora as lendas tribais divergissem, havia um marcado consenso em se acreditar em algumas características importantes, sendo que todos concordavam que as criaturas não eram nativas desta Terra.

Os mitos dos Pennacook, que eram os mais consistentes e pitorescos, diziam que "Os Alados" tinham vindo da Ursa Maior lá no céu, que tinham minas em nossas colinas terrestres de onde eles extraíam um tipo de pedra que não podiam obter em nenhum outro mundo. Eles não viviam aqui, segundo os mitos, mas simplesmente mantinham postos avançados e voavam com enormes carregamentos de pedra para suas estrelas, no norte. Eles só prejudicavam as pessoas da Terra que chegavam muito perto deles ou os espionavam. Os animais os evitavam com um ódio instintivo, e não porque fossem caçados. Eles não podiam comer os seres e animais terrestres e traziam das estrelas sua própria comida. Era ruim se aproximar deles, e algumas vezes jovens caçadores que entravam em suas montanhas nunca mais voltavam. Também não era bom ouvir o que eles sussurravam à noite na floresta, com vozes como as de abelhas que tentavam se parecer com as vozes dos homens. Eles sabiam as línguas de todos os tipos de homens — Pennacooks, Hurons, homens das Cinco Nações — mas não pareciam ter ou precisar de nenhuma língua própria. Eles falavam com suas cabeças, que mudavam de cor de modos diferentes para significar coisas diferentes.

É claro que todas as lendas, tanto dos índios quanto dos brancos, foram desaparecendo durante o século XIX, à exceção de alguns recrudescimentos atávicos. Os costumes dos habitantes de Vermont foram se solidificando e, uma vez estabelecidos seus caminhos e suas habitações de acordo com um plano fixo, eles se lembravam cada vez menos dos temores e precauções que tinham determinado aquele plano, e até mesmo de que houvera temores e precauções. A maioria das pessoas simplesmente sabia que certas regiões montanhosas eram consideradas insalubres, inaproveitáveis e que morar nelas dava azar; quanto mais longe as pessoas se mantivessem delas, melhor estariam. Com o tempo as rotinas dos costumes e interesses econômicos se tornaram tão bem marcadas nos lugares aprovados que deixou de haver motivo para ir além deles, e as colinas assombradas foram abandonadas muito mais por acidente que por desígnio. Exceto por ocasião de infrequentes acessos de pânico, apenas as vovós que gostavam de histórias fantásticas e os nonagenários saudosistas sussurravam sobre seres que moravam naquelas colinas; e até mesmo esses sussurros admitiam que não havia muito motivo para temer aqueles seres agora que eles haviam se habituado à presença de casas e assentamentos, e agora que os seres humanos haviam deixado o território deles rigorosamente em paz.

Tudo isso eu já sabia de longa data, devido às minhas leituras e também por causa de algumas histórias populares coligidas em New Hampshire; por isso, quando os boatos começaram a aparecer na época da enchente, eu pude facilmente deduzir qual fora o contexto imaginativo que os havia gerado. Tive muito trabalho para explicar isso aos meus amigos e fiquei bastante surpreso quando vários espíritos teimosos continuaram a insistir em um possível elemento de verdade nos relatos. Essas pessoas tentavam mostrar que as antigas lendas tinham uma persistência e uma uniformidade significativas e que a natureza praticamente inexplorada das colinas de Vermont desaconselhava qualquer dogmatismo sobre o que poderia ou não habitar aquela região. Tampouco elas foram silenciadas por minha declaração de que todos os mitos pertenciam a um padrão bem conhecido, manifesto na maioria das comunidades humanas e determinado por fases antigas de experiência imaginativa, que sempre produziam o mesmo tipo de ilusão.

Não adiantou nada demonstrar a meus oponentes que os mitos de Vermont eram, em sua essência, pouquíssimo diferentes das lendas universais sobre personificações de elementos da natureza que encheram o mundo antigo de faunos, e dríades, e sátiros, sugeriram os *kallikanzarai* da Grécia moderna, e deram à extravagante Irlanda e ao País de Gales seus sombrios vestígios de estranhas, pequenas e terríveis raças ocultas de trogloditas e seres subterrâneos. Também de nada adiantou citar a crença ainda mais assustadoramente semelhante das tribos das montanhas nepalesas nos temíveis *Mi-Go* ou "Abomináveis Homens das Neves", que espreitam por entre o gelo e os pináculos de pedra do Himalaia. Quando mostrei essas provas, meus oponentes contra-argumentaram que isso devia indicar alguma historicidade verdadeira das lendas antigas, que devia ser prova da real existência de alguma bizarra e ancestral raça da Terra, que fora levada a se esconder depois do advento e do domínio da humanidade e que poderia muito bem ter sobrevivido em pequeno número até tempos relativamente recentes —, ou mesmo até o presente.

Quanto mais eu ria dessas teorias, mais esses amigos teimosos as afirmavam, acrescentando que, mesmo sem a herança das lendas, os relatos recentes eram por demais claros, consistentes, detalhados e saudavelmente prosaicos em sua transmissão para serem completamente ignorados. Dois ou três extremistas fanáticos chegaram a ponto de sugerir que havia algum significado nas antigas lendas indígenas que conferiam aos seres ocultos uma origem extraterrestre, citando os extravagantes livros de Charles Fort, com suas alegações de que viajantes de outros mundos e do espaço muitas vezes visitaram a Terra. Muitos de meus adversários eram, entretanto, simplesmente românticos que insistiam em tentar transferir para a vida real as histórias fantásticas de "diabretes" à espreita, popularizadas pelos magníficos livros de horror de Arthur Machen.

II

Como se poderia esperar nessas circunstâncias, esse acalorado debate acabou indo parar na imprensa na forma de cartas para o *Arkham Advertiser*, algumas das quais foram reproduzidas nos jornais das regiões de Vermont, de onde tinham vindo as histórias da enchente. O *Rutland Herald* publicou meia página com trechos de cartas defendendo os dois lados, ao passo que o *Brattleboro Reformer* republicou na íntegra um dos meus longos ensaios históricos e mitológicos, com alguns comentários adicionais na sensata coluna do "Errante da Pena", que apoiava e aplaudia minhas conclusões céticas. Por volta da primavera de 1928, eu era quase uma personalidade pública em Vermont, apesar do fato de nunca ter colocado meus pés naquele estado. Vieram, então, as desafiadoras cartas de Henry Akeley, que me impressionaram tão profundamente e que me levaram pela primeira e última vez àquela região fascinante de compactos precipícios verdes e murmurantes córregos da floresta.

Quase tudo o que sei sobre Henry Wentworth Akeley foi obtido por cartas trocadas com seus vizinhos e com seu único filho que mora na Califórnia, depois de minha experiência em sua solitária propriedade rural. Ele era, acabei descobrindo, o último representante em sua terra natal de uma longa linhagem de juristas, administradores e proprietários de terra muito respeitados localmente. Nele, entretanto, a família havia se desviado mentalmente das questões práticas para se dedicar à pura pesquisa acadêmica, de modo que ele fora um notável estudioso de matemática, astronomia, biologia, antropologia e folclore na Universidade de Vermont. Eu nunca antes ouvira falar de Akeley, e ele não me deu muitos detalhes autobiográficos em suas comunicações, mas, desde o início, percebi que era um homem de caráter, estudo e inteligência, embora fosse um recluso, com pouca sofisticação mundana.

Apesar da natureza incrível do que ele alegava, desde o princípio, não pude deixar de levá-lo mais a sério do que levara qualquer um dos outros que desafiavam minhas opiniões. Em primeiro lugar, ele estava realmente próximo dos fenômenos concretos — visíveis e tangíveis — sobre os quais especulava de forma tão grotesca; em segundo lugar, ele estava surpreendentemente disposto a deixar suas conclusões em um estágio provisório, como um verdadeiro homem de ciência. Ele não tinha preferências pessoais para defender, e era sempre guiado pelo que julgava ser uma prova concreta. É claro que no início achei que ele estava enganado, mas dei-lhe crédito por estar inteligentemente enganado, e em tempo algum eu me comportei como alguns de seus amigos, que atribuíam suas ideias e o medo que ele tinha das solitárias colinas verdes a uma suposta loucura sua. Eu percebia que o homem era uma pessoa respeitável e sabia que o que ele relatava, com certeza, vinha de alguma circunstância estranha que merecia ser investigada, mesmo que tivesse pouco a ver com as causas fantásticas atribuídas ao caso por ele. Mais tarde, recebi de Akeley algumas provas materiais que colocaram a questão em uma base um pouco diferente e desconcertantemente bizarra.

O melhor que tenho a fazer é transcrever na íntegra, na medida do possível, a longa carta em que Akeley se apresentou, carta essa que foi um marco muito importante na minha história intelectual. A carta não está mais comigo, mas minha memória retém, quase palavra por palavra, aquela portentosa mensagem, e volto a afirmar minha confiança na sanidade do homem que a escreveu. Aqui está o texto — um texto que chegou até mim nas garatujas tortuosas e de aparência arcaica de alguém que, com certeza, não se mesclara com o mundo durante sua tranquila vida acadêmica.

Correio Rural 2, Townshend, Windham Co., Vermont. 5 de maio de 1928.
Excelentíssimo Senhor
Albert N. Wilmarth.
118, Saltonstall St.
Arkham, Massachusetts.

Prezado Senhor:
Foi com grande interesse que li no *Brattleboro Reformer* a reprodução (23 de abril de 1928) de sua carta sobre as recentes histórias de estranhos corpos que foram vistos boiando em nossos rios durante a enchente do último outono e sobre o curioso folclore com o qual elas coincidem. É fácil entender por que uma pessoa de fora como o senhor assume a posição que assume e por que o "Errante da Pena" concorda com o senhor. Essa é a atitude que geralmente tomam as pessoas estudadas, tanto em

Vermont quanto fora daqui, e foi também minha atitude quando eu era jovem (agora tenho 57 anos), antes que meus estudos, tanto gerais como do livro de Davenport, me levassem a realizar umas explorações em partes dos entornos das montanhas que, em geral, não são visitadas.

Fui direcionado para esses estudos pelas bizarras histórias antigas que eu costumava ouvir de velhos agricultores do tipo mais ignorante, mas agora gostaria de ter deixado todo esse assunto em paz. Posso dizer, com toda a modéstia apropriada para a situação, que os assuntos relacionados à antropologia e ao folclore não me são de modo algum desconhecidos. Estudei bastante essas disciplinas na faculdade e conheço a maioria das autoridades respeitadas, como Tylor, Lubbock, Frazer, Quatrefages, Murray, Osborn, Keith, Boule, G. Elliott Smith e muitos outros. Para mim não é novidade alguma que histórias de raças ocultas são tão antigas quanto a própria humanidade. Vi as reproduções das cartas escritas pelo senhor e também daqueles que discutiam com o senhor, no *Rutland Herald*, e acho que sei em que pé está sua controvérsia atualmente.

O que desejo dizer agora é que receio que seus adversários estão mais próximos da verdade que o senhor, embora pareça que toda a razão está do seu lado. Eles estão mais certos do que eles próprios percebem —, pois, sem dúvida, se apoiam apenas na teoria e não podem saber o que eu sei. Se eu soubesse do assunto tão pouco quanto eles, eu não veria motivos para acreditar no que eles acreditam. Eu estaria inteiramente do seu lado.

O senhor pode perceber que, para mim, está sendo difícil chegar ao ponto, provavelmente porque eu realmente tenho pavor de chegar ao ponto; mas a conclusão do assunto é que *eu tenho provas de que seres monstruosos realmente vivem nas florestas das altas montanhas que não são visitadas por ninguém.* Eu não vi nenhum dos seres boiando nos rios, como foi relatado, mas vi seres como eles em circunstâncias que temo repetir. Eu vi pegadas e ultimamente as tenho visto mais perto da minha casa (eu moro na velha propriedade Akeley, ao sul da Townshend Village, na encosta do Monte Escuro) do que agora ouso lhe dizer. E eu entreouvi vozes na floresta em certos pontos que não vou nem começar a descrever no papel.

Em um determinado local, eu os ouvi com tanta nitidez que levei um fonógrafo até lá com um ditafone e um cilindro de cera — e vou tentar providenciar para que o senhor ouça a gravação que fiz. Eu reproduzi minha gravação na máquina diante das pessoas velhas daqui, e uma das vozes quase as deixou paralisadas de medo por ser tão parecida com uma certa voz (a voz sussurrada das florestas que Davenport menciona) sobre as quais suas avós lhes haviam contado, imitando-a para eles. Eu sei o que a maioria das pessoas pensa de um homem que fala sobre "ouvir vozes" —, mas antes que o senhor tire alguma conclusão, ouça essa gravação e pergunte aos habitantes locais mais antigos o que acham dela. Se o senhor conseguir explicá-la normalmente, muito que bem; mas deve haver algo por trás dela. *Ex nihilo nihil fit,* o senhor sabe.

Meu objetivo em lhe escrever não é iniciar uma discussão, mas dar-lhe informações que eu julgo que um homem com seus critérios vai considerar profundamente interessantes. *Isto é particular. Publicamente, estou do seu lado,* pois algumas coisas me indicam que não é bom que as pessoas saibam demais sobre esses assuntos. Meus próprios estudos são, hoje em dia, completamente privados, e eu não pensaria em dizer qualquer coisa que atraísse a atenção das pessoas e as motivasse a visitar os lugares que explorei. É verdade — uma terrível verdade — que existem *criaturas não humanas nos vigiando o tempo todo*, com espiões entre nós que coletam informações. Foi de um pobre coitado, que *era um desses espiões* (se é que não era um louco, e eu acho que não era), que eu consegui a maior parte das pistas sobre esse assunto. Depois ele se matou, mas tenho motivos para pensar que existem outros agora.

Os seres vêm de outro planeta, sendo capazes de viver no espaço interestelar e voar através dele com asas desajeitadas e poderosas que têm um modo de resistir ao éter mas que, sendo muito ruins de controlar, não têm muita utilidade para eles se moverem na Terra. Vou contar-lhe sobre isso depois, se o senhor não me rechaçar imediatamente, considerando-me um louco. Eles vêm para cá para obter metais de minas que ficam no fundo das montanhas, *e acho que sei de onde eles vêm.* Eles não irão nos machucar se os deixarmos em paz, mas ninguém pode saber o que vai acontecer se ficarmos curiosos demais a seu respeito. Sem dúvida, um bom exército de homens poderia eliminar a colônia de mineração deles. É isso o que eles temem. Mas se isso acontecesse, mais deles viriam de *fora* — qualquer número deles. Eles poderiam facilmente conquistar a Terra, mas ainda não tentaram fazer isso porque não tiveram a necessidade. Eles preferem deixar as coisas como estão para evitar complicações.

Acho que eles querem se livrar de mim por causa do que descobri. Existe uma grande pedra negra com hieróglifos desconhecidos e meio apagados que encontrei na floresta do Monte Redondo, a leste daqui; e depois que a trouxe para casa tudo ficou diferente. Se acharem que suspeito demais, eles vão me matar *ou me levar para longe da Terra, de onde vieram*. Eles gostam de levar homens eruditos, de vez em quando, para se manterem informados do estado das coisas no mundo humano.

Isso me conduz ao segundo motivo pelo qual lhe escrevo — a saber, solicitar que o senhor silencie o debate atual, em vez de dar a ele mais publicidade. *As pessoas devem se manter distantes dessas colinas* e, para que isso aconteça, sua curiosidade não deve ser ainda mais estimulada. De qualquer forma, já existe perigo suficiente com empresários e especuladores imobiliários vindo para Vermont com hordas de turistas de verão que pretendem invadir os locais selvagens e cobrir as colinas com chalés baratos.

Gostaria de um novo contato com o senhor, e tentarei enviar-lhe a gravação fonográfica e a pedra negra (cujas fotos não revelariam as inscrições, estando a pedra muito gasta) pelo correio expresso, se o senhor me autorizar. Digo "tentar" porque acho que esses seres têm um jeito de atrapalhar as coisas por aqui. Há um sujeito sombrio e dissimulado chamado Brown, de um sítio perto da vila, que eu acho que é espião deles. Pouco a pouco eles estão tentando me isolar de nosso mundo porque sei demais sobre o mundo deles.

Eles têm o mais surpreendente modo de descobrir o que faço. Talvez o senhor nem receba esta carta. Acho que deverei deixar esta parte do país para ir viver com meu filho em San Diego, na Califórnia, se as coisas piorarem, mas não é fácil deixar o lugar onde nascemos e onde nossa família viveu por seis gerações. Além disso, eu não ousaria vender esta casa para ninguém, agora que os seres a notaram. Eles parecem estar tentando obter a pedra negra de volta e destruir a gravação fonográfica, mas, se eu puder, não deixarei que eles façam isso. Meus grandes cães policiais os mantêm afastados, pois ainda há bem poucos deles por aqui, e eles são desajeitados para se locomover. Como já disse, as asas deles não são de grande utilidade para voos curtos na Terra. Eu estou prestes a decifrar a inscrição daquela pedra — o que é apavorante — e com seu conhecimento de folclore talvez o senhor consiga fornecer os elos que estão faltando e assim me ajudar. Suponho que o senhor saiba tudo sobre os temíveis mitos anteriores à vinda do ser humano à Terra — os ciclos de Yog-Sothoth e de Cthulhu — aos quais se faz alusão no *Necronomicon*.

Certa vez, tive acesso a um exemplar dessa obra e ouvi falar que o senhor tem um na biblioteca de sua faculdade, guardado sob chave e cadeado.

Concluindo, Sr. Wilmarth, acho que nós, cada um com seus estudos, podemos ser úteis um para o outro. Eu não desejo colocá-lo em perigo e suponho que devo adverti-lo de que não será muito seguro ter em seu poder a pedra e a gravação; mas acho que o senhor considerará que vale a pena correr qualquer risco pelo bem do conhecimento. Vou de carro até Newfane ou Brattleboro para enviar o que o senhor me autorizar, pois as agências do correio expresso de lá são mais confiáveis. Posso dizer que, atualmente, vivo bastante sozinho, já que não tenho mais condições de manter empregados. Eles não permanecem por causa dos seres que tentam se aproximar da casa durante a noite e que fazem os cães latirem continuamente. Fico feliz por não ter me aprofundado tanto nesse assunto enquanto minha mulher estava viva, pois esta situação toda a teria deixado louca.

Na esperança de não estar incomodando o senhor de forma indevida e de que o senhor decida entrar em contato comigo, em vez de jogar esta carta no cesto de lixo, tomando-a pelo delírio de um alucinado, subscrevo-me.

Atenciosamente,
Henry W. Akeley

P.S. Estou fazendo cópias de algumas fotografias que tirei e acho que podem ajudar a provar vários dos pontos que mencionei. As pessoas de mais idade as consideram monstruosamente verdadeiras. Posso enviá-las em breve se o senhor estiver interessado. H. W. A.

Seria difícil descrever meus sentimentos quando li aquele estranho documento pela primeira vez. Seguindo as regras convencionais, eu deveria ter rido muito mais alto dessas extravagâncias do que das teorias bem mais comedidas que anteriormente me haviam levado à hilaridade; no entanto, algo no tom da carta me fez levá-la paradoxalmente a sério. Não que eu acreditasse na raça oculta vinda dos astros mencionada por meu correspondente; o que aconteceu foi que, após algumas sérias dúvidas preliminares, eu comecei a ter certeza absoluta de sua seriedade e sanidade e de que ele realmente tinha tido um confronto com algum fenômeno genuíno, embora singular e anormal, que ele não podia explicar a não ser de uma forma imaginativa. Refleti que não podia ser como ele pensava, mas, por outro lado, aquilo sem dúvida merecia uma investigação. O homem parecia exageradamente agitado e alarmado por alguma coisa, mas era difícil pensar que não houvesse causa alguma. Ele era de certa forma tão específico e lógico — e afinal de contas, sua narrativa se encaixava desconcertantemente bem com alguns dos antigos mitos — e até com as mais extravagantes lendas indígenas.

Que ele realmente ouvira perturbadoras vozes nas montanhas e realmente encontrara a pedra negra que mencionara era completamente possível, apesar das estranhas inferências que ele havia feito —, provavelmente sugeridas pelo homem que alegara ser um espião dos seres extraterrestres e que depois havia se suicidado. Era fácil deduzir que esse homem era completamente alucinado, mas que ele provavelmente tinha uma veia de perversa lógica superficial que levou o ingênuo Akeley — já predisposto a essas coisas por seus estudos do folclore — a acreditar em sua história. Quanto aos últimos acontecimentos — parecia, por sua incapacidade de manter empregados na casa, que os vizinhos mais rústicos e humildes estavam tão convencidos quanto ele de que a casa estava sendo vítima do cerco de misteriosas criaturas durante a noite. Os cães também latiam de verdade.

E também a questão da gravação fonográfica, que eu não podia deixar de acreditar que ele obtivera da forma por ele descrita. Aquilo significava alguma coisa, talvez ruídos animais que pareciam vozes, ou a fala de algum ser humano oculto, decaído num estado não muito acima daquele dos animais inferiores, que assombrava a noite. Da gravação meus pensamentos retornaram à pedra negra com hieróglifos e às especulações sobre seu significado. Além disso, que dizer das fotografias que Akeley dissera estar prestes a me enviar, e que as pessoas mais velhas haviam considerado tão convincentemente terríveis?

Relendo aquela caligrafia retorcida, senti como nunca antes que meus crédulos oponentes poderiam ter mais argumentos a seu favor do que eu havia admitido. Afinal de contas, deveria haver, naquelas colinas inóspitas, algumas pessoas banidas e talvez deformadas por problemas hereditários, mesmo que não se tratasse de nenhuma raça de monstros dos astros como asseverava o folclore. E se as houvesse, então, a presença de corpos estranhos nas águas da enchente não seria de todo inacreditável. Seria muita presunção minha supor que tanto as antigas lendas quanto os relatos recentes tinham essa base de realidade? Mas, mesmo acolhendo essas dúvidas, eu me sentia envergonhado pelo fato de que uma peça tão bizarra quanto a carta de Akeley as tivesse provocado.

No final, acabei respondendo à carta de Akeley, adotando um tom de amigável interesse e solicitando mais detalhes. Sua resposta chegou quase que imediatamente, contendo, em cumprimento à promessa, várias fotos Kodak de cenas e objetos que ilustravam o que ele tinha a contar. Observando as fotos ao tirá-las do envelope, senti uma curiosa sensação de medo e proximidade a coisas proibidas, pois, apesar da imprecisão da maioria delas, tinham um terrível poder de sugestão que era intensificado pelo fato de serem fotografias genuínas — concretos elos visuais com o que elas representavam e o produto de um processo de transmissão impessoal, sem vieses, falibilidade ou truques.

Quanto mais as observava, mais eu percebia que a seriedade com que considerei Akeley e sua história tinha suas justificativas. Com certeza, as fotos traziam provas conclusivas da existência de algo nas montanhas de Vermont, algo que, no mínimo, estava muito fora do alcance de nosso conhecimento e de nossa crença comum. A pior coisa de todas era a pegada — uma foto tirada onde o sol brilhava sobre um lamaçal em algum ponto das desertas terras lá em cima. Não se tratava de alguma falsificação barata, eu pude imediatamente ver, pois a nitidez dos seixos e do capim no campo de visão dava uma indicação clara de escala e excluía a possibilidade de um truque de montagem. Chamei aquilo de "pegada", no sentido de "marca de pé", mas acho que "marca de garra" seria um termo mais adequado. Até mesmo agora me é difícil descrevê-la a não ser dizendo que ela se parecia medonhamente com um caranguejo, e era difícil determinar sua direção. Não era uma pegada muito profunda ou recente, mas parecia ser mais ou menos do tamanho do pé de um homem normal. De uma região central meio arredondada, pares de garras serrilhadas se projetavam em direções opostas — e intrigava que aquilo funcionasse; isso se, de fato, o objeto como um todo fosse exclusivamente um órgão de locomoção.

Outra fotografia — evidentemente uma exposição longa feita sob uma sombra densa — era da abertura de uma caverna na floresta, com uma grande pedra bastante arredondada que a fechava. No chão descoberto em frente a ela, era possível discernir uma densa rede de curiosas pegadas e, quando estudei a foto com uma lupa, tive uma perturbadora certeza de que as pegadas eram semelhantes às da outra foto. Uma terceira foto mostrava um círculo druídico de pilares de pedra no topo de uma montanha inóspita. Em torno daquele misterioso círculo, a grama estava muito pisoteada e desgastada, embora eu não tenha conseguido discernir ali pegadas, mesmo com a lupa. A aparência extremamente remota do lugar ficava visível a partir do verdadeiro oceano de montanhas desabitadas que compunham o fundo e se estendiam na direção de um horizonte nebuloso.

Mas se a mais perturbadora de todas as fotos era a da pegada, a que mais despertava curiosidade era a da grande pedra negra encontrada na mata do Monte Redondo. Akeley a havia fotografado sobre o que evidentemente era sua escrivaninha, pois eu conseguia ver prateleiras de livros e um busto de Milton ao fundo. O objeto, numa descrição aproximada, estava de frente para a câmera em posição vertical e tinha uma superfície irregularmente curva de 30 por 60 centímetros, mas dizer qualquer coisa definitiva sobre aquela superfície, ou sobre o formato geral do objeto como um todo, praticamente desafia o poder da linguagem. Que grotescos princípios geométricos haviam guiado o corte — pois tratava-se, com certeza, de uma pedra cortada artificialmente — eu não podia nem sequer começar a imaginar; nunca antes eu vira algo que me parecesse tão estranha e inegavelmente de fora deste mundo. Dos hieróglifos na superfície eu pude distinguir muito pouco, mas um ou dois que vi me provocaram um choque. É claro que aquelas letras poderiam ser fruto de uma fraude, pois outras pessoas além de mim tinham lido o monstruoso e abominado *Necronomicon*, do insano árabe Abdul Alhazred; mas mesmo assim, estremeci ao reconhecer certos ideogramas que o estudo me ensinou a relacionar com as sugestões mais apavorantes e blasfemas de coisas que tiveram um tipo de semiexistência alucinada antes da criação da Terra e dos mundos internos que fazem parte do Sistema Solar.

Das outras cinco fotos restantes, três eram de cenas de pântanos e montanhas que pareciam revelar traços de habitantes ocultos e nefastos. Outra era de uma bizarra marca no chão muito perto da casa de Akeley, que ele dissera ter fotografado na manhã seguinte a uma noite em que os cachorros tinham latido mais violentamente que o costumeiro.

Estava muito desfocada, e não era possível tirar conclusões definitivas a partir dela, mas ela, de fato, era malignamente semelhante àquela outra pegada ou marca de garra fotografada nas regiões desérticas das colinas. A última foto era da propriedade de Akeley; uma casa branca bem conservada, de dois andares e um sótão, com cerca de 120 anos de existência, e com um gramado bem cuidado e um caminho margeado por pedras que levava a uma porta entalhada no estilo georgiano, de muito bom gosto. Havia vários cães policiais enormes no gramado, agachados perto de um homem de rosto agradável e uma barba grisalha cortada rente, que eu supus ser o próprio Akeley — seu próprio fotógrafo, era possível inferir pela lâmpada conectada a um tubo em sua mão direita.

Das fotos voltei-me para a extensa carta com suas letras apertadas; e durante as três horas seguintes fiquei imerso em um abismo de horror inexprimível. Nos pontos sobre os quais Akeley havia feito apenas uma descrição geral na carta anterior, ele agora entrava em minuciosos detalhes, apresentando longas transcrições de palavras que entreouvira na mata durante a noite, extensos relatos sobre monstruosas formas rosadas vistas em moitas nas colinas ao crepúsculo, e uma terrível narrativa cósmica derivada da aplicação de conhecimentos eruditos profundos a variadas e infindáveis falas do autodenominado espião, o louco que tinha se suicidado. Encontrei-me frente a frente com nomes e termos que eu ouvira em outras ocasiões, ligados ao que há de mais medonho — Yuggoth, o Grande Cthulhu, Tsathoggua, YogSothoth, R'lyeh, Nyarlathotep, Azathoth, Hastur, Yian, Leng, o Lago de Hali, Bethmoora, o Sinal Amarelo, L'mur-Kathulos, Bran, o *Magnum Innominandum* — e fui arrastado através de inomináveis eras e inconcebíveis dimensões para mundos ancestrais de identidade alienígena, que o alucinado autor do *Necronomicon* havia apenas adivinhado da forma mais vaga. Fiquei sabendo sobre os abismos de vida primal e sobre correntes que haviam gorgolejado a partir de lá; e, finalmente, sobre o diminuto regato que vinha de uma dessas correntezas e que tinha se enredado com os destinos de nossa Terra.

Minha mente girava em torvelinho e, nas passagens diante das quais antes eu tentara racionalizar, agora eu começava a acreditar nos mais anormais e incríveis portentos. O conjunto de provas vitais era terrivelmente vasto e arrasador, e a atitude desapaixonada e científica de Akeley — uma atitude completamente distante de uma imaginação demente, fanática, histérica e até mesmo extravagantemente especulativa — exerceu um efeito fortíssimo em meu pensamento e juízo. Quando depus a horrenda carta na mesa, pude entender os terrores que ele viera a sentir, e estava pronto a fazer qualquer coisa que estivesse ao meu alcance para manter as pessoas longe daquelas montanhas assombradas. Até mesmo agora, quando o tempo já amorteceu a impressão e me faz questionar, pelo menos em parte, minha própria experiência e terrível dúvida, há coisas naquela carta de Akeley que eu não conseguiria citar, e nem mesmo colocar em palavras no papel. Fico quase feliz por as cartas, a gravação e as fotografias não estarem mais comigo — e eu gostaria, por motivos que logo ficarão claros, que o novo planeta além de Netuno não tivesse sido descoberto.

Com a leitura daquela carta, minhas discussões públicas sobre o horror de Vermont cessaram definitivamente. Os argumentos de meus opositores permaneceram sem respostas ou foram adiados com promessas e, por fim, a controvérsia foi caindo no esquecimento. Durante o final de maio e o início de junho, eu me correspondi constantemente com Akeley, embora de vez em quando uma carta fosse extraviada e nós tivéssemos de refazer nossas investigações e realizar um laborioso trabalho de cópia. O que estávamos tentando fazer, em termos gerais, era comparar anotações sobre obscuros conhecimentos mitológicos e chegar a uma correlação mais clara entre os horrores de Vermont e o conjunto geral das lendas primitivas do mundo.

Em primeiro lugar, praticamente ficou decidido que aqueles seres mórbidos e os diabólicos Mi-Go do Himalaia eram da mesma ordem de pesadelo encarnado. Havia também conjeturas zoológicas que tomavam muito tempo e que teriam me feito consultar o professor Dexter, de minha faculdade, se não fosse pela imperativa ordem de Akeley, para que eu não revelasse esse assunto a ninguém. Se pareço desobedecer a essa ordem agora, é só porque acho que, neste estágio, uma advertência sobre aquelas distantes montanhas de Vermont — e sobre os picos do Himalaia, que bravos exploradores estão cada vez mais determinados a escalar —, é mais proveitosa para a segurança pública do que seria o silêncio. Uma coisa específica que estávamos buscando era decifrar os hieróglifos da infame pedra negra — uma decifração que poderia com certeza nos tornar cientes de segredos mais profundos e assustadores que quaisquer outros já conhecidos pelo homem.

III

Mais para o final de junho, chegou a gravação fonográfica — enviada de Brattleboro, já que Akeley não confiava na filial da região norte. Ele começara a experimentar uma sensação crescente de estar sendo espionado, que foi agravada pelo extravio de algumas de nossas cartas; falava, também, sobre as pérfidas ações de determinados homens que ele considerava serem instrumentos e agentes dos seres ocultos. Acima de todos, ele suspeitava do mal-encarado agricultor Walter Brown, que vivia sozinho em um lugar decadente, numa encosta de montanha bem dentro da mata e que fora várias vezes visto perambulando por locais em Brattleboro, Bellows Falls, Newfane e South Londonderry da forma mais inexplicável e aparentemente imotivada. A voz de Brown, ele tinha certeza, era uma daquelas que ele entreouvira em determinada ocasião em uma terrível conversa; e certa vez, ele encontrara uma pegada ou marca de garra perto da casa de Brown, o que poderia ter o significado mais agourento. Essa marca estava curiosamente perto de algumas das próprias pegadas de Brown — pegadas que estavam na direção da marca.

Assim, a gravação foi enviada de Brattleboro, para onde Akeley se dirigira em seu carro Ford ao longo das estradas secundárias de Vermont. Ele confessou em uma nota anexa que estava começando a suspeitar daquelas estradas e que agora nem se aventuraria a ir para Townshend em busca de suprimentos, a não ser em plena luz do dia. Não valia a pena, ele repetiu várias vezes, saber demais, a não ser que se estivesse muito longe daquelas silenciosas e problemáticas montanhas. Ele iria para a Califórnia muito em breve para viver com o filho, embora fosse difícil deixar um lugar onde se concentravam todas as suas recordações e sentimentos ancestrais.

Antes de tentar tocar a gravação no aparelho que tomei emprestado do prédio administrativo da faculdade, eu cuidadosamente revisei todas as explicações de Akeley em várias cartas. Essa gravação, dissera ele, fora obtida por volta de uma hora da madrugada do dia 1º de maio de 1915, perto da abertura fechada de uma caverna onde a encosta oeste do Monte Escuro se ergue a partir do Pântano Lee. O lugar sempre fora estranhamente infestado por estranhas vozes, sendo essa a razão pela qual ele trouxera o fonógrafo, o ditafone e a cera, na expectativa de obter resultados. Experiências anteriores lhe haviam ensinado que a véspera do 1º de maio — a medonha noite do *Sabat* das ocultas lendas europeias — provavelmente seria mais frutífera que qualquer outra data, e ele não ficou desapontado. No entanto, era digno de nota o fato de ele nunca mais ter ouvido vozes naquele ponto em particular.

Diferentemente da maioria das vozes ouvidas na floresta, a essência dessa gravação era quase ritualística, incluindo uma voz perceptivelmente humana que Akeley nunca fora capaz de localizar. Não era a voz de Brown, mas parecia ser de um homem de mais estudo. A segunda voz, entretanto, era o ponto crucial de toda a gravação — pois era o maldito zumbido que não parecia nada humano, apesar das palavras humanas que ele pronunciava em um registro culto e com um sotaque erudito.

O fonógrafo e o ditafone usados nas gravações não tinham funcionado com uniformidade, e é claro que sofreram uma grande desvantagem por causa da natureza remota e abafada do ritual que foi entreouvido; assim, a fala realmente gravada era muito fragmentária. Akeley me enviara uma transcrição do que ele acreditava serem as palavras pronunciadas, e eu examinei esse texto várias vezes enquanto me preparava para colocar a máquina em ação. O texto era sombriamente misterioso e não abertamente horrível, embora um conhecimento de sua origem e forma de captação lhe emprestassem todo o horror associativo que qualquer palavra poderia muito bem possuir. Vou apresentá-lo aqui como consigo recordá-lo — e estou bastante confiante de que sei corretamente as palavras de cor, não apenas por ter lido a transcrição, mas por ter ouvido a gravação várias e várias vezes. Não é algo que uma pessoa possa facilmente esquecer!

(Sons indistintos)

(Voz de homem erudito)

... é o Senhor da Floresta, até mesmo... e as dádivas dos homens de Leng... assim, dos poços da noite até os abismos do espaço, e dos abismos do espaço até os poços da noite, sempre os louvores ao Grande Cthulhu, a Tsathoggua e Àquele-Que-Não-Deve-ser-Nomeado. Sempre Seus louvores, e abundância para o Bode Negro da Floresta. Iä! Shub-Niggurath! O Bode com Mil Crias!

(Zumbido imitando a fala humana)
Iä! Shub-Niggurath! O Bode Negro da Floresta com Mil Crias!

(Voz Humana)
E aconteceu que o Senhor da Floresta, tendo... 79 anos, descendo os degraus de ônix... (tri)butos a Ele no Abismo, Azathoth, Ele de Quem Tu nos ensinaste marav(ilhas)... nas asas da noite do espaço além, muito além d... para Aquele de quem Yuggoth é o filho mais novo, flutuando em negro éter junto à borda...

(Zumbido)
... ande entre os homens e descubra os caminhos deles, para que Ele no Abismo possa saber. A Nyarlathotep, Poderoso Mensageiro, todas as coisas devem ser ditas. E Ele deve assumir a aparência dos homens, a máscara de cera e o manto que oculta, e descer do mundo dos Sete Sóis para zombar...

(Voz Humana)
(Nyarl)athotep, Grande Mensageiro, que traz estranho júbilo para Yoggoth através do vazio, Pai dos Milhões de Favorecidos, Aquele que Vaga Imponente entre...

(Fala interrompida pelo fim da gravação)
Essas eram as palavras que eu deveria escutar quando começasse a tocar o fonógrafo. Foi com um sentimento de genuíno pavor e relutância que acionei a alavanca e ouvi os primeiros arranhões da agulha de safira, e fiquei contente por as primeiras palavras, fracas e fragmentárias, serem pronunciadas por voz humana — uma voz suave e instruída, que parecia ter um vago sotaque bostoniano, e que, certamente, não era de nenhum nativo das montanhas de Vermont. Ouvindo à torturantemente débil reprodução, tive a impressão de encontrar falas idênticas à transcrição cuidadosamente preparadas por Akeley. A gravação continuava entoando, naquela suave voz bostoniana... "Iä! Shub-Niggurath! O Bode com Mil Crias!".

E então ouvi *a outra voz*. Até agora volto a estremecer quando penso em como aquela voz me impressionou, embora eu estivesse bem preparado pelos relatos de Akeley. Aquelas pessoas para quem, desde essa época, descrevi a gravação garantem que nela só há loucura e truque barato; mas se elas a tivessem ouvido diretamente, ou se pudessem ler todas as cartas que troquei com Akeley (especialmente a enciclopédica e terrível segunda carta), tenho certeza de que pensariam de forma diferente. Afinal de contas, é uma grande pena que eu não tenha desobedecido às ordens de Akeley e tocado a gravação para outras pessoas — assim como é uma grande pena o fato de todas as suas cartas terem sido perdidas. Para mim, que ouvi direta e concretamente os sons, e com meu conhecimento do contexto e das circunstâncias envolvendo todo o caso, a voz era monstruosa. Ela rapidamente seguia a voz humana em uma resposta ritualística, mas na minha imaginação era um eco mórbido, sobrevoando os inimagináveis abismos de inimagináveis infernos exteriores. Faz mais de dois anos agora que me livrei daquele blasfemo cilindro de cera; mas, neste momento, e em todos os outros momentos, ainda posso ouvir aquela voz sussurrada, aquele zumbido maligno e baixo tal qual ele chegou a mim pela primeira vez.

"*Iä! Shub-Niggurath! O Bode Negro da Floresta com Mil Crias!*".

Mas, embora a voz esteja constantemente em meus ouvidos, não fui ainda capaz de analisá-la de forma suficientemente completa para fazer uma descrição gráfica. Era como o zumbido de algum inseto gigante e odioso que houvesse sido adaptado ao discurso articulado de uma espécie alienígena, e eu tenho certeza de que os órgãos que produziam aquele som não tinham semelhança alguma com os órgãos vocais humanos ou mesmo com os de qualquer animal mamífero. Havia singularidades de timbre, alcance e sons secundários que localizavam esse fenômeno totalmente fora da esfera da humanidade e da vida na Terra. Seu repentino advento, naquela primeira vez, quase me atordoou, e eu ouvi o resto da gravação distraído, em uma espécie de torpor. Quando chegou o trecho mais longo com os mesmos zumbidos, ficou muito mais intensa aquela sensação de blasfema infinitude que havia me atingido enquanto eu ouvia a passagem anterior, mais curta. No final, a gravação terminava de forma abrupta, em meio a uma fala incomumente nítida da voz humana de Boston; mesmo assim, fiquei ali paralisado um longo tempo depois que a máquina se desligou automaticamente.

Nem seria preciso dizer que toquei muitas outras vezes aquela gravação e que fiz tentativas exaustivas de analisá-la, comparando minhas impressões com as anotações de Akeley. Além de perturbador, seria inútil repetir aqui tudo o que concluímos, mas posso dizer que concordamos em acreditar que tínhamos em nosso poder uma pista da origem de alguns dos mais repulsivos costumes primordiais das crípticas religiões antigas da espécie humana. Também nos parecia claro que havia ancestrais e elaboradas alianças entre as ocultas criaturas do espaço e alguns membros da raça humana. Não havia como estabelecer o alcance dessas alianças, nem como compará-las em seu estado atual ao que haviam sido em estágios anteriores; na melhor das hipóteses, só havia espaço para uma ilimitada especulação cheia de horror. Parecia haver uma horrenda e imemorial ligação em vários estágios definidos entre o homem e o inominado infinito. Sugeria-se que as blasfêmias que apareciam na Terra vinham do obscuro planeta Yuggoth, na borda do Sistema Solar, mas esse planeta era apenas um populoso posto avançado de uma temível raça interestelar cuja verdadeira origem deveria se localizar muito longe do contínuo espaço-temporal eisteiniano, ou mesmo do mais amplo cosmo que nos é conhecido.

Enquanto isso, continuávamos a discutir a pedra negra e a melhor maneira de transportá-la até Arkham — sendo que Akeley considerava desaconselhável que eu fosse visitá-lo no próprio local dos seus aflitivos estudos. Por alguma razão, Akeley temia confiar o objeto a qualquer meio de transporte comum ou costumeiro. Sua ideia final foi levar a pedra até Bellows Falls e despachá-la pelo sistema ferroviário entre Boston e Maine, através de Keene e Winchendon e Fitchburg, mesmo que isso implicasse a necessidade de ele viajar pelas estradas mais solitárias e entranhadas na mata do que a estrada principal de Battleboro. Ele disse ter notado, na ocasião em que enviara a gravação fonográfica, nas imediações do guichê da estação de Brattleboro, um homem cujas ações e expressões não eram nada confiáveis. Esse homem lhe parecera por demais aflito para conversar com os funcionários, e tomara o mesmo trem em que fora despachada a gravação. Akeley confessou que não se sentira totalmente tranquilo a respeito da gravação até que ficou sabendo que ela chegara a salvo até mim.

Por volta dessa época — a segunda semana de julho —, outra carta minha se extraviou, segundo fiquei sabendo por um ansioso comunicado de Akeley. Depois disso, ele me disse para não lhe enviar a correspondência em Townshend, mas para enviá-la aos cuidados do Correio Geral de Brattleboro, para onde ele faria viagens frequentes, de carro ou pela linha de coletivos que nos últimos tempos substituíra o serviço de passageiros do lento ramo ferroviário. Eu percebia que ele estava ficando cada vez mais aflito, pois entrava em muitos detalhes sobre os latidos cada vez mais intensos dos cães nas noites sem luar e sobre as novas marcas de garras que algumas vezes ele encontrava na estrada e na lama dos fundos de seu terreiro ao amanhecer. Uma ocasião, ele me contou sobre um verdadeiro exército de pegadas que descreviam uma linha que fazia frente a uma linha igualmente grossa e bem definida de pegadas de cães e me enviou uma odiosa reprodução fotográfica para comprovar o relato. Isso aconteceu depois de uma noite em que os cães se superaram em sua capacidade de latir e uivar.

Na manhã de 18 de julho, uma quarta-feira, recebi um telegrama de Bellows Falls, no qual Akeley dizia que estava despachando a pedra negra pela B. & M., trem nº 5508, que sairia de Bellows Falls às 12h15, horário comum, e chegaria à Estação Norte de Boston às 16h12. A encomenda deveria, pelos meus cálculos, chegar a Arkham depois das 12h do dia seguinte; e de fato, fiquei em casa toda a manhã de quinta-feira para recebê-la. Mas até o meio-dia, e ainda mais tarde, a pedra não chegara. Telefonei ao escritório de entregas e fui informado de que não chegara nenhuma encomenda para mim. Minha próxima providência, tomada em meio a uma inquietação crescente, foi fazer uma ligação interurbana para o escritório de entregas na Estação Norte de Boston, e não fiquei muito surpreso diante da notícia de que minha encomenda nem aparecera lá. O trem nº 5508 tinha chegado com um atraso de apenas 35 minutos no dia anterior, mas não continha nenhuma caixa endereçada a mim. O funcionário prometeu, no entanto, instituir um inquérito; terminei o dia enviando para Akeley um telegrama noturno, descrevendo a situação.

Com louvável prontidão, chegou-me na tarde seguinte um relatório da central em Boston, o agente tendo telefonado assim que ficou inteirado dos fatos. Parecia que o funcionário do trem expresso nº 5508 conseguira recordar um incidente que talvez tivesse alguma ligação com o extravio — uma discussão com um homem de voz muito curiosa, magro, de cabelos claros e aparência rústica, quando o trem estava parado em Keene, N. H., pouco após a uma hora da tarde, horário padrão.

O homem, disse ele, estava muito agitado por causa de uma caixa pesada que ele dizia estar esperando, mas que não estava nem no trem nem tinha sido registrada nos livros da empresa. Ele dera o nome de Stanley Adams e tinha uma estranhíssima voz ciciada que deixou o funcionário incomumente tonto e sonolento ao ouvi-lo. O funcionário não conseguia se lembrar exatamente de como a conversa havia terminado, mas se recordava de estar voltando a um estado de total vigília quando o trem começou a se mover. O funcionário de Boston acrescentou que esse atendente era um jovem em que se podia acreditar e confiar totalmente, tendo um histórico longo e irreprochável na empresa.

Naquela noite fui até Boston para conversar pessoalmente com o atendente, tendo obtido seu nome e endereço na agência. Ele era um sujeito franco e cativante, mas percebi que ele não podia acrescentar nada a seu relato original. O mais estranho é que ele não se sentia capaz nem mesmo de reconhecer o estranho homem se o visse outra vez. Percebendo que ele não tinha mais nada a dizer, retornei a Arkham e fiquei acordado noite adentro escrevendo cartas a Akeley, à empresa de entregas, ao departamento policial e ao funcionário da estação em Keene. Eu sentia que o homem de voz estranha que afetara de forma tão bizarra o atendente tinha um papel central naquele acontecimento ominoso e esperava que os empregados da estação de Keene e os registros telegráficos pudessem dizer algo sobre ele, e sobre como ele fizera essa busca, e como e quando a fizera.

Devo admitir, entretanto, que todas as minhas investigações foram inúteis. O homem de voz estranha realmente fora notado nos arredores da estação de Keene no início da tarde de 18 de julho e, ao que parecia, um circunstante o viu com uma caixa pesada; mas ele era completamente desconhecido e não havia sido visto ali nem antes nem depois. Ele não entrara no escritório dos telégrafos; nem recebera nenhuma mensagem pelo que se sabia; nem houvera nenhuma mensagem que pudesse ser considerada uma notificação sobre a presença da pedra negra no trem n º 5508. Naturalmente, Akeley me acompanhou nessas investigações, chegando até a fazer uma viagem para Keene no intuito de interrogar as pessoas nas imediações da estação, mas sua atitude em relação ao assunto era mais fatalista que a minha. Ele parecia julgar que o extravio da caixa era um portentoso e ameaçador cumprimento de tendências inevitáveis e não tinha nenhuma esperança real de recuperá-la. Ele falava dos indubitáveis poderes telepáticos e hipnóticos das criaturas das montanhas e de seus agentes, e em uma carta sugeriu que não acreditava que a pedra estivesse ainda nesta Terra. De minha parte, fiquei justificadamente enfurecido, pois eu sentira que havia pelo menos uma oportunidade de aprender sobre coisas profundas e fabulosas a partir dos antigos e apagados hieróglifos. O assunto teria ficado amargurando meus pensamentos se cartas imediatamente posteriores de Akeley não me tivessem levado a uma nova fase do problema das montanhas, fase que de imediato me absorveu a atenção.

IV

Os seres desconhecidos, escreveu Akeley em uma caligrafia que se tornara lamentavelmente trêmula, tinham começado a fechar-lhe o cerco com um grau totalmente novo de determinação. Os latidos noturnos, todas as vezes que a lua estava encoberta ou ausente, agora estavam se tornando medonhos, e houvera tentativas de molestá-lo nas solitárias estradas que ele tinha de atravessar durante o dia. No dia 2 de agosto, indo para a aldeia em seu carro, ele deparara com um tronco de árvore atravessando seu caminho, em um ponto em que a estrada passava por um trecho de mata cerrada. Os latidos selvagens dos dois cães enormes que ele levava consigo o advertiram claramente sobre seres que deveriam estar por perto, à espreita. O que teria acontecido se os cães não estivessem com ele, ele nem ousava pensar — mas, a partir desse dia, ele nunca mais saiu sem pelo menos dois de seus fiéis e fortes cães. Outras experiências na estrada haviam ocorrido em 5 e 6 de agosto: na primeira, um tiro atingiu de raspão seu carro; na segunda, os latidos dos cães anunciaram presenças malignas na mata.

No dia 15 de agosto, recebi dele uma carta desesperada que me perturbou muito, fazendo-me desejar que Akeley deixasse de lado sua solitária reserva e pedisse ajuda aos representantes da lei. Acontecera uma coisa terrível na noite do dia 12 para o dia 13; balas voaram no exterior da casa, e três dos doze cães foram encontrados mortos de manhã. Havia milhares de marcas de garras na estrada, com as pegadas humanas de Walter Brown entre elas. Akeley começara a ligar para Brattleboro para pedir mais cães, mas a linha telefônica emudecera antes que ele tivesse a chance de dizer muito. Mais tarde, ele foi em seu carro até Brattleboro e ficou sabendo que os funcionários da companhia telefônica haviam achado o cabo principal habilmente cortado em um ponto onde se passava pelas colinas desertas ao norte de Newfane. Mas ele estava prestes a retornar para casa com quatro novos e excelentes cães e muitas caixas de munição para seu rifle de repetição para caças pesadas. A carta foi escrita na agência dos correios de Brattleboro e chegou até mim sem demora.

Minha atitude em relação ao assunto estava rapidamente deixando de ser científica e assumindo um alarmado tom pessoal. Eu receava por Akeley em sua propriedade solitária e remota e tinha um certo medo por mim mesmo, em virtude de minha agora evidente conexão com o estranho problema das colinas. A coisa estava, então, *se alastrando*. Será que ela iria me sugar e tragar? Ao responder a essa carta, insisti para que ele buscasse ajuda e insinuei que eu mesmo tomaria providências se ele não o fizesse. Mencionei a possibilidade de ir pessoalmente a Vermont, mesmo contra a vontade dele, e de ajudá-lo a explicar a situação para as autoridades competentes. Em resposta, no entanto, recebi apenas um telegrama de Bellows Falls no qual se lia o seguinte:

Aprecio sua atitude mas não posso fazer nada. Não faça nada também pois poderia nos prejudicar a ambos. Aguarde explicação.
Henry Akely

Mas o caso estava se complicando. Depois de responder ao telegrama, recebi um bilhete de Akeley com letras trêmulas, com a espantosa informação de que não só ele jamais enviara o telegrama, mas também não havia recebido a minha carta à qual esse telegrama era uma óbvia resposta. Uma investigação apressada em Bellows Falls apurou que a mensagem havia sido depositada por um estranho homem de cabelo amarelado e com uma voz curiosamente grossa e chiada, mas apenas essa informação foi obtida. O atendente mostrou a ele o texto original, escrito a lápis pelo emissor, mas a caligrafia era totalmente desconhecida. Era fácil perceber que a assinatura estava grafada incorretamente — A-K-E-L-Y, sem o segundo "E". Certas conjeturas eram inevitáveis, mas, em meio à crise óbvia, ele não parou para pensar nelas.

Ele mencionou a morte de mais cães e a compra de alguns outros, bem como a troca de tiros que se transformara em uma ocorrência regular em todas as noites sem lua. As pegadas de Brown, bem como as de pelo menos mais uma ou duas outras figuras humanas calçadas, eram agora encontradas regularmente por entre as marcas de garras, e também no fundo do terreiro. Essa era, Akeley admitia, uma péssima situação, e logo ele provavelmente teria de ir morar com o filho na Califórnia, tendo ou não conseguido vender a velha propriedade. Mas não era fácil abandonar o único lugar que ele poderia considerar realmente como a sua casa. Ele deveria tentar permanecer um pouco mais; talvez pudesse afugentar os intrusos — em especial se explicitamente desistisse de penetrar seus segredos.

Escrevendo em seguida para Akeley, renovei minhas ofertas de auxílio e falei mais uma vez em visitá-lo e ajudá-lo a convencer as autoridades de seu terrível perigo. Em sua resposta, ele parecia menos defensivo contra esse plano do que sua atitude anterior levaria a prever, mas disse que gostaria de resistir mais um pouco — tempo suficiente para organizar suas coisas e se reconciliar com a ideia de abandonar o local de nascimento que estimava quase morbidamente. As pessoas olhavam desconfiadas para seus estudos e especulações, e seria melhor partir em surdina, sem provocar um furacão entre o povoado e disseminar dúvidas sobre sua própria sanidade mental. Já sofrera bastante, admitia ele, mas queria sair de forma digna, se pudesse.

Essa carta chegou até mim no dia 28 de agosto, e eu preparei e enviei a resposta mais encorajadora que consegui. Ao que pareceu, o encorajamento teve efeito, pois Akeley tinha menos terrores a relatar quando acusou o recebimento da minha mensagem. Entretanto, não estava muito otimista, e expressou a convicção de que era apenas a estação da lua cheia que estava mantendo as criaturas afastadas. Ele esperava que não houvesse noites com nuvens muito densas, e falou vagamente em dormir em Brattleboro na época da lua minguante. Outra vez escrevi para ele uma mensagem encorajadora, mas em 5 de setembro, chegou um novo comunicado que, com certeza, havia cruzado com minha última carta nos correios; a este último, não pude dar nenhuma palavra de esperança. Em vista de sua importância, acho melhor transcrevê-lo na íntegra — da melhor forma que eu puder recuperar em minha memória aquela caligrafia trêmula. A carta era essencialmente o que segue:

Segunda-feira
Prezado Wilmarth:

Um P.S. bastante desencorajador a minha última carta. Ontem à noite o céu estava coberto de pesadas nuvens — embora não tenha chovido — e nenhum raio de luar as atravessava. As coisas pioraram muito, e acho que o fim está próximo, apesar de todas as esperanças que havíamos alimentado. Depois da meia-noite algo aterrissou no telhado da casa, e os cães correram todos para ver o que era. Eu podia ouvi-los agitados, mordendo e rasgando o que viam pela frente, e então um deles conseguiu chegar até o telhado saltando a partir da edícula, que tem teto mais baixo. Houve uma luta terrível lá em cima, e eu ouvi um abominável *zumbido* que nunca esquecerei. E então espalhou-se no ar um odor nojento. Mais ou menos na mesma hora balas atravessaram a janela e quase me atingiram. Acho que o principal destacamento das criaturas das montanhas chegou perto da casa quando os cães se dividiram por causa do que estava acontecendo no telhado. O que havia lá em cima eu ainda não sei, mas temo que as criaturas estejam aprendendo a se locomover melhor com suas asas espaciais. Eu desliguei a luz e usei as janelas como pontos de mira e varri de balas toda a área em torno da casa, mirando a uma altura suficiente para não atingir os cães. Ao que parece, isso deu cabo da coisa toda, mas na manhã seguinte, encontrei grandes poças de sangue no terreiro, ao lado de poças de uma substância verde e pegajosa que tinha o pior cheiro que eu jamais havia sentido. Subi no telhado e encontrei mais da mesma substância pegajosa ali. Cinco dos cães haviam sido mortos — receio ter eu mesmo atingido um deles, mirando muito baixo, pois ele foi alvejado pelas costas. Agora estou consertando as vidraças que os tiros quebraram e vou até Brattleboro para comprar mais cães. Acho que os homens dos canis pensam que sou louco. Mais tarde escrevo mandando mais notícias. Acho que estarei pronto para me mudar dentro de uma ou duas semanas, embora realmente para mim seja a morte pensar no assunto.

Apressadamente,
Akeley

Mas essa não foi a única carta de Akeley que cruzou com a minha. Na manhã seguinte, 6 de setembro, uma outra chegou; desta vez, uma caligrafia perturbada que realmente me enervou e me deixou sem saber o que dizer ou fazer em seguida. Mais uma vez, o melhor é citar o texto com a maior fidelidade que minha memória permitir.

Terça-feira

As nuvens não se dissiparam, portanto, outra vez não haverá luar — e de qualquer forma, agora estamos entrando no quarto minguante. Eu colocaria fios para ter eletricidade na casa e ligaria um holofote se não soubesse que eles cortariam os cabos assim que fossem consertados.

Acho que estou ficando louco. Pode ser que tudo o que escrevi a você seja sonho ou loucura. Já estava ruim antes, mas agora está demais. *Eles falaram comigo ontem à noite — falaram* naquela maldita voz ciciante, e me disseram coisas *que não ouso repetir para você*. Eu os ouvi distintamente, num volume acima dos latidos dos cães, e uma vez, quando a voz deles ficou abafada, uma *voz humana os ajudou*. Fique longe disso, Wilmarth — é pior do que você ou até eu suspeitávamos. *Eles não querem permitir que eu vá para a Califórnia agora – eles querem me levar vivo, ou o que teórica e mentalmente corresponde a "vivo"* — não só para Yuggoth, mas para mais além — para longe, fora da galáxia e, *possivelmente, além da última curva de espaço*. Eu lhes disse que não iria para onde eles querem que eu vá, ou do terrível modo que eles se propõem a me levar, mas receio que isso não adiantará nada. Minha residência fica tão afastada de tudo que em pouco tempo acho que eles poderão chegar aqui tanto de dia quanto de noite. Mais seis cães mortos, e eu senti presenças ao longo de todas as partes da estrada cobertas de mata quando fui de carro até Brattleboro hoje. Foi um erro tentar enviar-lhe aquela gravação fonográfica e a pedra negra. Melhor você destruir a gravação antes que seja tarde demais. Amanhã lhe escrevo alguma coisa se ainda estiver por aqui. Eu gostaria de poder enviar meus livros e pertences para Brattleboro e embarcar lá. Eu fugiria sem levar nada se pudesse, mas algo dentro de minha mente me detém. Posso ir até Brattleboro, onde pensei que estaria a salvo, mas sinto-me prisioneiro, tanto lá quanto aqui em minha casa. E parece que sei que não conseguiria chegar muito longe mesmo se deixasse tudo para trás e tentasse fazê-lo. É horrível — não se meta nisso.

Um abraço, Akeley

Não consegui dormir durante toda a noite depois de receber essas notícias terríveis, e fiquei completamente perplexo diante da sanidade que ainda restava em Akeley. O assunto da carta era completamente alucinado, mas a maneira de expressão — em vista de tudo o que acontecera antes — tinha uma capacidade terrivelmente forte de convencimento. Não tentei responder à carta, julgando melhor esperar até que Akeley tivesse tempo para responder a meu último comunicado. Essa resposta de fato veio no dia seguinte, mas o novo conteúdo ofuscava todos os pontos mencionados na carta a que ela respondia nominalmente. Abaixo está o que recordo do texto, rabiscado e borrado, como foi no curso de uma composição frenética e apressada.

Quarta-feira
W —
Sua carta chegou, mas não adianta discutir mais nada. Estou completamente resignado. Causa-me surpresa que ainda me restem forças para rechaçá-los. Não conseguiria escapar, mesmo se estivesse disposto a deixar tudo para trás e fugir. Eles vão me pegar.

Recebi uma carta deles ontem — O funcionário do Correio Rural a trouxe enquanto eu estava em Brattleboro. Escrita à máquina e com o carimbo de Belllows Falls. Diz o que eles querem fazer comigo — não posso repeti-lo. Cuide-se, você também! Destrua aquela gravação. As nuvens continuam cobrindo o céu de noite, e a lua diminui o tempo todo. Eu queria ousar pedir ajuda — isso poderia alavancar minha força de vontade —, mas todas as pessoas que ousariam vir até aqui me chamariam de louco, a não ser que vissem alguma prova. Eu não poderia pedir que as pessoas viessem sem lhes apresentar um motivo — estou sem comunicação com ninguém, e isso há anos.

Mas ainda não lhe contei o pior, Wilmarth. Prepare-se para ler isto, pois você vai ficar chocado. No entanto, estou lhe dizendo a verdade. É o seguinte: *— eu vi e toquei um dos seres, ou parte de um dos seres.* Meus Deus, é horripilante! Estava morto, é claro. Um dos cachorros o pegou, e eu o encontrei perto do canil esta manhã. Tentei conservá-lo no depósito de lenha para convencer as pessoas da coisa toda, mas ele evaporou completamente em poucas horas. Não restou nada. Você sabe, todas aquelas coisas nos rios foram vistas apenas na primeira manhã após a enchente. E o pior é isto: Tentei fotografá-lo para você, mas quando revelei o filme *não havia nada visível, a não ser o depósito de lenha.* Do que poderia ter sido feito esse ser? Eu o vi e senti, e eles todos deixam pegadas. Era com certeza feito de matéria — mas de que tipo de matéria? É impossível descrever a forma. Era um enorme caranguejo com um monte de anéis ou nós carnudos feitos de uma matéria espessa e pegajosa, cobertos de tentáculos no lugar onde estaria a cabeça de um homem. Aquela substância verde e pegajosa é o sangue ou linfa deles. E a cada minuto que passa chegam mais deles à Terra.

Walter Brown desapareceu — não tem sido visto andando pelos lugares que costumava frequentar nos arredores das aldeias. Talvez eu o tenha atingido com um dos meus tiros, mas as criaturas sempre dão a impressão de tentar levar embora seus mortos e feridos.

Fui à cidade esta tarde sem nenhum problema, mas temo que eles estejam mantendo distância porque têm certeza sobre mim. Estou escrevendo esta carta na agência dos correios de Brattleboro. Talvez este seja um adeus — se for, escreva a meu filho George Goodenough Akeley, 176 Pleasant St., San Diego, Califórnia, *mas não venha até aqui.* Escreva ao rapaz se não tiver notícias minhas no prazo de uma semana, e acompanhe os jornais para saber se há notícias.

Agora, vou dar minhas duas últimas cartadas — se tiver forças para isso. Primeiro, tentar jogar gás venenoso nas criaturas (tenho os produtos químicos adequados e fiz máscaras para mim e para os cães) e depois, se isso não der certo, vou avisar o delegado. Eles podem me trancar num hospício se quiserem — será melhor do que aquilo que *as criaturas* fariam. Talvez eu consiga fazê-los dar atenção às pegadas em torno da casa — estão fracas, mas ainda as encontro de manhã. Apesar disso, suponho que a polícia diga que eu as forjei, pois todos eles acham que sou um tipo esquisito.

Vou tentar conseguir que um policial do estado passe aqui uma noite e veja por si mesmo, embora poderia muito bem ser que as criaturas tomassem conhecimento disso e não viessem naquela noite. Eles cortam meus fios toda vez que tento telefonar durante a noite — os funcionários da empresa telefônica acham muito estranho e podem testemunhar a meu favor se não acharem que estou louco a ponto de eu mesmo cortar os fios. Já faz uma semana que não tento consertá-los.

Eu poderia pedir que alguma pessoa simples aqui da região testemunhasse por mim sobre a realidade dos horrores, mas todos riem do que eles dizem e, de qualquer forma, eles evitam minha propriedade há tanto tempo que não sabem nada sobre os acontecimentos recentes. Seria impossível trazer um desses agricultores decaídos para dentro de um raio de dois quilômetros da minha casa: não viriam nem por dinheiro nem por nada neste mundo. O carteiro ouve o que eles dizem e faz piadas sobre isso comigo. Deus! Se eu ousasse lhe contar que as histórias são reais! Acho que vou tentar fazê-lo examinar as pegadas, mas ele vem à tarde e, em geral, elas já sumiram nessa hora. Se eu preservasse uma delas colocando sobre ela uma caixa ou lata, ele com certeza acharia que era algo forjado, ou uma brincadeira.

Eu queria não ter me transformado em um ermitão, para que as pessoas passassem por aqui como costumavam fazer. Nunca ousei mostrar a pedra negra e as fotografias nem tocar aquela gravação a ninguém, exceto às pessoas ignorantes. Os outros diriam que eu forjei as provas todas e apenas ririam. Mas ainda assim posso tentar mostrar as fotos. Elas exibem claramente aquelas marcas de garras, mesmo que os seres que as deixaram não possam ser fotografados. É lamentável que ninguém mais tenha visto aquela *coisa* hoje cedo, antes que ela se desfizesse em nada!

Mas nada mais importa. Depois de tudo aquilo pelo que passei, um hospício é um lugar tão bom quanto qualquer outro. Talvez os médicos consigam me convencer a deixar esta casa, e é só isso que poderia me salvar.

Escreva para meu filho George se não tiver notícias de mim logo. Adeus, destrua aquela gravação e não se meta nisto.

Abraço
Akeley

Essa carta literalmente me afundou no mais negro dos terrores. Eu não sabia o que responder, mas rabisquei algumas palavras incoerentes de conselhos e encorajamento e as enviei numa carta registrada. Lembro-me de ter insistido pedindo que Akeley se mudasse imediatamente para Brattleboro e se pusesse sob proteção das autoridades, acrescentando que eu poderia ir até aquela cidade levando a gravação fonográfica para ajudá-lo a convencer os tribunais de sua sanidade. Era oportuno também, acho que escrevi, advertir as pessoas em geral contra essas criaturas que estavam em meio a elas. Fica evidente que, nesse momento de tensão, minha própria crença em tudo o que Akeley havia me dito e asseverado era quase plena, embora me passasse pela cabeça que o fato de ele não ter conseguido uma foto do monstro morto se devesse não a alguma aberração, mas sim a algum lapso dele, motivado pela agitação.

V

Então, aparentemente cruzando com meu bilhete incoerente e chegando a mim na tarde de sábado, dia 8 de setembro, chegou aquela carta estranha, curiosamente tranquilizadora, muito bem datilografada em máquina nova, aquela inusitada carta que era ao mesmo tempo um alívio e um convite, e que deve ter marcado a transição tão prodigiosa em todo o pesadelo das solitárias montanhas. Mais uma vez vou citar a partir do que recordo — buscando, por motivos especiais, preservar ao máximo o sabor do estilo. A carta foi enviada de Bellows Falls, e tanto a assinatura quanto o corpo da carta estavam datilografados — como frequentemente acontece com os datilógrafos iniciantes. O texto, entretanto, era maravilhosamente preciso para o trabalho de um novato; concluí que Akeley devia ter usado uma máquina em épocas anteriores — talvez durante a faculdade. Seria mais que justo dizer que a carta me aliviou; mas por trás de meu alívio havia um substrato de ansiedade. Se Akeley havia mantido a sanidade em seu terror, estaria agora ele são em sua libertação? E o "relacionamento melhorado" que ele mencionou... O que seria aquilo? A coisa toda implicava uma inversão tão diametral da atitude anterior de Akeley! Mas eis a essência do texto, cuidadosamente transcrito a partir da memória da qual chego a me orgulhar.

> Townshend, Vermont,
> Quinta-feira, 6 de setembro de 1928.
> Prezado Wilmarth —
>
> É com imenso prazer que lhe digo para ficar tranquilo em relação a todas as coisas bobas sobre as quais tenho escrito. Digo "bobas", mas com isso me refiro a minha atitude amedrontada, e não a minhas descrições de determinados fenômenos. Esses fenômenos são bastante reais e importantes; meu erro foi ter assumido uma atitude anômala em relação a eles.
>
> Acho que mencionei que meus estranhos visitantes estavam começando a se comunicar comigo e a tentar essa comunicação. Na noite passada essa conversação se tornou real. Em resposta a certos sinais, deixei entrar na casa um mensageiro dos seres de fora — um ser humano como nós, devo logo dizer. Ele me falou de muitas coisas que nem você nem eu

nem sequer começamos a imaginar, e mostrou claramente como nós havíamos interpretado de forma totalmente errônea o propósito dos Seres Externos em relação a manter sua colônia secreta neste planeta.

Ao que parece, as malignas lendas sobre o que eles ofereceram aos homens, e o que eles desejam da Terra são totalmente fruto de uma concepção ignorante do discurso alegórico — um discurso moldado, sem dúvida, por contextos culturais e hábitos arraigados muito diferentes de qualquer coisa que possamos imaginar. Minhas próprias conjeturas, devo admitir, erraram o alvo na mesma medida daquelas dos agricultores mais analfabetos e os selvagens índios. O que eu havia considerado mórbido e vergonhoso e ignominioso é, na verdade, assombroso e liberador e até glorioso – *minha* estimativa anterior tendo sido apenas uma fase da eterna tendência humana a odiar, temer e evitar o que é *completamente diferente*.

Veja bem, lamento o mal que infligi a essas criaturas alienígenas e seres incríveis no decurso de nossas escaramuças noturnas. Lamento não ter, de saída, consentido em conversar pacífica e racionalmente com eles. Mas eles não me guardam rancor; suas emoções são organizadas de forma muito diferente das nossas. É uma pena que, como seus agentes, eles tenham tido em Vermont alguns dos mais vis indivíduos — o falecido Walter Brown, sendo um exemplo. Ele me envenenou muito contra eles. Na verdade, que se saiba, eles jamais ofenderam os homens, mas muitas vezes foram cruelmente injustiçados e espionados por nossa espécie. Existe todo um culto secreto de homens maldosos (um homem com sua erudição mística me entende quando os ligo a Hastur e o Sinal Amarelo) dedicado a rastreá-los e prejudicá-los em nome de forças monstruosas e outras dimensões. É contra esses agressores — não contra a humanidade em termos gerais — que as drásticas precauções dos Seres Externos se dirigem. Incidentalmente, fiquei sabendo que muitas de nossas cartas extraviadas foram roubadas não pelos Seres Externos, mas pelos emissários do culto maligno.

Tudo o que os Seres Externos desejam dos homens é paz e não agressão, sem molestar ninguém e incrementando o relacionamento intelectual. Este último é absolutamente necessário, agora que nossas invenções e recursos estão expandindo nossos conhecimentos e ações, o que torna cada vez mais impossível para os Seres Externos manter *em segredo* seus postos avançados neste planeta. Os seres alienígenas desejam conhecer a humanidade de forma mais plena e proporcionar a alguns dos líderes humanos no campo da filosofia e da ciência um melhor conhecimento sobre eles. Com tal intercâmbio de conhecimento, todos os perigos se dissiparão, e um *modus vivendi* satisfatório será estabelecido. A própria ideia de *escravizar* ou *degradar* a humanidade é ridícula.

Como um início desse relacionamento melhorado, os Seres Externos naturalmente escolheram a mim — que já os conheço bastante bem — como seu principal intérprete na Terra. Muito me foi dito ontem à noite — fatos da mais estupenda e libertadora natureza — e mais será comunicado oralmente e por escrito. Não serei convocado para fazer nenhuma viagem ao *exterior* por agora, embora provavelmente eu *queira* fazer algo assim mais tarde — fazendo uso de recursos especiais e transcendendo tudo aquilo a que até agora estivemos acostumados a considerar como experiência humana. Minha casa não será mais assediada. Tudo voltou ao normal, e os cães não terão mais o que fazer. No lugar do pavor, recebi uma grande dádiva de conhecimento e aventura intelectual que raros mortais experimentaram.

Os Seres Externos são provavelmente os mais maravilhosos seres orgânicos existentes dentro ou além do espaço e do tempo — membros de uma raça cósmica da qual todas as outras formas de vida são simplesmente variantes degeneradas. Eles são mais vegetais do que animais, se é que esses termos são aplicáveis ao tipo de matéria que os compõe, e têm uma estrutura até certo ponto fungoide, embora a presença de uma substância semelhante à clorofila e de um sistema nutritivo muito singular os diferencie totalmente dos verdadeiros fungos cormófitos. De fato, esse tipo é composto por uma espécie de matéria totalmente alheia a nossa parte do espaço — seus elétrons tendo uma frequência de vibração inteiramente diferente. É por isso que esses seres não podem ser fotografados com as câmeras e chapas *comuns*, conhecidas em nosso universo, mesmo que nossos olhos possam vê-los. Com os conhecimentos adequados, entretanto, qualquer químico competente poderia produzir uma emulsão fotográfica que gravasse as imagens deles.

Esse gênero é único em sua habilidade de atravessar o vácuo interestelar sem ar ou calor em plena forma corpórea, e algumas de suas variantes não podem fazer isso sem instrumentos mecânicos ou curiosas transposições cirúrgicas. Apenas algumas espécies têm as asas resistentes ao ar que são características da variedade de Vermont. Aqueles que habitam certos picos remotos no Velho Mundo foram trazidos de outras maneiras.

A semelhança externa que guardam com a vida animal e com o tipo de estrutura que entendemos como material é muito mais uma questão de evolução paralela do que de parentesco próximo. Sua capacidade mental excede a de qualquer outra forma de vida sobrevivente, apesar de os tipos alados de nossa região de colinas não serem de forma alguma os mais desenvolvidos. A telepatia é em geral sua forma comum de comunicação, embora tenham órgãos vocais rudimentares que, após uma pequena operação (pois a cirurgia é uma atividade comum e corriqueira entre eles), podem mais ou menos imitar a fala dos organismos que ainda a utilizam.

Sua habitação *imediata* principal é um planeta ainda desconhecido e quase totalmente sem luz na extremidade do Sistema Solar — além de Netuno, sendo o nono em distância a partir do Sol. Trata-se, como inferimos, do objeto mencionado misticamente como Yuggoth em certas escrituras antigas e proibidas; logo esse lugar será o centro de uma estranha focalização de pensamento sobre nosso mundo, num esforço de facilitar um relacionamento mental. Eu não me surpreenderia se os astrônomos ficassem suficientemente sensíveis a essas correntes de pensamento a ponto de descobrirem Yuggoth, agora que os Seres Externos desejam que eles o façam. Mas é claro que Yuggoth é apenas um ponto de passagem. O grupo principal desses seres habita abismos estranhamente organizados inteiramente fora do alcance máximo de qualquer imaginação humana. O glóbulo de tempo-espaço que reconhecemos como a totalidade de toda a entidade cósmica é apenas um átomo da genuína infinitude que é a deles. *E a fração dessa infinitude que uma mente humana pode conceber deverá ser revelada a mim, assim como foi para não mais de 50 outros homens, desde que existe a raça humana.*

Provavelmente, no início, você classifique isso tudo de delírio, mas com o tempo você poderá apreciar a titânica oportunidade com a qual deparei. Gostaria de partilhar com você essa experiência tanto quanto possível, e com esse fim, preciso contar-lhe milhares de coisas que não são colocáveis no papel. No passado, o adverti que não viesse me visitar. Agora que tudo está seguro, é com grande prazer que retiro aquela advertência e o convido.

Você não poderia vir até aqui antes que seu semestre na faculdade comece? Seria um prazer imenso se você pudesse. Traga consigo a gravação fonográfica e todas as cartas que lhe mandei, para usarmos como material de consulta — podemos precisar delas para montar o conjunto dessa extraordinária história. Você poderia trazer as fotografias também, já que aparentemente perdi os negativos e minhas próprias fotos nestes últimos dias de grande agitação. É uma riqueza de fatos o que tenho a acrescentar a este material tentativo e provisório — e *que recurso estupendo tenho para acrescentar os novos elementos!*

Não hesite — não há mais ninguém me espionando, e você não encontrará aqui nada inatural ou perturbador. Venha e permita que meu carro vá buscá-lo na estação de Brattleboro — prepare-se para ficar quanto tempo quiser, e espere muitas noites de discussão sobre coisas que estão além de qualquer conjetura humana. É claro que você não deve contar a ninguém sobre isso — pois esse assunto não deve ser de conhecimento do grande e promíscuo público.

O serviço de trem até Brattleboro não é ruim — você pode conseguir os horários em Boston. Tome o B. & M. até Greenfield e depois, faça a conexão para o breve trecho restante. Sugiro que você tome o trem no conveniente horário das 16h10, no carro comum que vem de Boston. Ele chega a Greenfield às 19h35, e às 21h19 um trem parte de lá chegando a Brattleboro às 22h01. Isso é nos dias de semana. Diga-me a data de sua vinda e meu carro estará à sua disposição na estação.

Perdoe esta carta datilografada, mas ultimamente minha caligrafia tem ficado muito trêmula, como você sabe, e eu não me sinto apto a escrever cartas muito longas a mão. Comprei ontem esta nova máquina Corona em Brattleboro — ela parece funcionar muito bem.

Aguardo um comunicado seu, e espero vê-lo em breve com a gravação fonográfica e todas as minhas cartas — e as fotos Kodak.

Em seu aguardo,
Henry W. Akeley

Exmo. Sr.
Albert N. Wilmarth,
Miskatonic University,
Arkham, Mass.

Seria impossível fazer uma descrição adequada do que senti ao ler, reler e pensar sobre essa estranha e inesperada carta. Eu disse que ao mesmo tempo me senti aliviado e ansioso, mas isso só expressa de forma grosseira as nuanças de sentimentos diversos e em grande medida inconscientes que compunham tanto o alívio quanto a ansiedade. Para começar, a situação era tão completamente oposta a toda a cadeia de horrores que a precedeu — a mudança de atitude, de total terror para uma calma complacência e até uma exaltação era tão imprevista, fulminante e completa! Eu mal podia acreditar que um único dia pudesse alterar tanto assim a perspectiva psicológica de alguém que havia escrito aquela carta tão atormentada na quarta-feira, independentemente dos eventos apaziguadores que pudessem ter ocorrido. Em determinados momentos, uma sensação de irrealidades conflitantes me fazia questionar se todo esse drama vagamente relatado de forças fantásticas não era algum tipo de sonho meio ilusório criado, em grande medida, por minha própria mente. Então, eu pensava na gravação fonográfica e ficava ainda mais perplexo.

A carta parecia tão diferente de tudo o que se poderia esperar! Analisando minhas impressões, percebi que elas tinham duas fases diferentes. Em primeiro lugar, concedendo-se que Akeley estivera são antes e ainda permanecia são, a mudança indicada na própria situação era por demais rápida e inconcebível. Em segundo lugar, a mudança na atitude, nos modos e na linguagem de Akeley estava absolutamente além do que é normal ou previsível. Toda a personalidade daquele homem parecia ter sofrido uma insidiosa mutação — uma mutação tão profunda que era quase impossível reconciliar seus dois estados com a suposição de que ambos igualmente representavam sanidade mental. A escolha de palavras, a ortografia — tudo era sutilmente diferente. E com minha sensibilidade acadêmica para a escrita em prosa, eu conseguia detectar profundas divergências no ritmo de suas reações e respostas mais comuns. Com certeza, um cataclismo emocional ou uma revelação que produzisse uma mudança tão radical deveriam mesmo ser muito extremos! Apesar disso, por outro lado, a carta parecia bastante característica de Akeley. A mesma antiga paixão pelo infinito — a mesma velha curiosidade acadêmica. Eu não pude conceber nem por um momento — ou por mais de um momento — a ideia de fraude ou maligna impostura. O convite — a disposição de me permitir testar em pessoa a veracidade da carta — isso não provava que ela era genuína?

Eu não me recolhi no sábado à noite, mas fiquei acordado pensando no que havia de sombrio e espantoso por trás da carta que tinha recebido. Minha mente, sofrendo com a rápida sucessão de monstruosas concepções que fora forçada a confrontar nos últimos quatro meses, trabalhava nesse novo e surpreendente material em um ciclo de dúvida e aceitação que repetiu a maioria dos estágios experimentados diante dos prodígios anteriores; muito antes do amanhecer, um candente interesse e curiosidade haviam começado a substituir a primeira tempestade de perplexidade e desconforto. Louco ou são, metamorfoseado ou simplesmente aliviado, Akeley, ao que tudo indicava, havia realmente vivenciado uma estupenda mudança de perspectiva em sua arriscada pesquisa, uma mudança que, ao mesmo tempo, diminuía o perigo — fosse ele real ou imaginado — e abria novos e estonteantes horizontes de conhecimento cósmico e super-humano. Meu próprio interesse pelo desconhecido se incendiou acompanhando o dele, e me senti contagiado pela mórbida quebra de barreira. Livrar-se das enlouquecedoras e cansativas limitações de tempo, espaço e lei natural — ligar-se ao vasto exterior — chegar perto dos obscuros e abismais segredos do infinito e do supremo — com certeza, por essas oportunidades valia arriscar a vida, a alma e a sanidade! E Akeley dissera que não havia mais perigo algum — ele me convidara a visitá-lo, em vez de me advertir para manter distância, como antes. A curiosidade me mordia quando eu pensava no que ele poderia ter para me revelar agora — havia uma fascinação quase paralisante na ideia de sentar-me naquela solitária e recém-assediada casa com um homem que havia conversado com verdadeiros emissários do espaço sideral, sentar-me ali com a terrível gravação e a pilha de cartas em que Akeley havia resumido suas conclusões anteriores.

Assim, no final da manhã de domingo telegrafei a Akeley, dizendo que o encontraria em Brattleboro na quarta-feira seguinte, dia 12 de setembro — se essa data lhe fosse conveniente. Em apenas um aspecto eu não acolhi suas sugestões, e foi em relação à escolha do trem. Francamente, eu não gostava da ideia de chegar àquela assombrada região de Vermont tarde da noite; então, em vez de tomar o trem que ele sugeriu, liguei para a estação e fiz outro arranjo. Levantando mais cedo e embarcando no trem das 8h07 (carro comum) para Boston, eu tomaria o trem das 9h25 para Greenfield, chegando lá às 12h22. Esse trem fazia uma conexão perfeita com um outro que chegava em Brattleboro à 13h08 — um horário muito mais confortável do que 22h01 para encontrar Akeley e viajar com ele por aquelas montanhas tão cerradas e que guardavam tantos segredos.

Mencionei essa escolha no telegrama, e fiquei feliz em saber, quando recebi a resposta que chegou ao cair da tarde, que meu anfitrião concordava com ideia. O telegrama dele dizia o seguinte:

Proposta satisfatória. Vou encontrar o trem das 13h08 na quarta-feira. Não esqueça gravação cartas e fotos. Não revele seu destino. Aguarde grandes surpresas.

Akeley

Receber essa mensagem em resposta direta à que eu havia mandado para Akeley — e que fora necessariamente entregue em sua casa, trazida da estação de Townshend ou por um mensageiro oficial ou pelo serviço telefônico restaurado — dissipou quaisquer dúvidas subconscientes que pudessem restar sobre a autoria da perturbadora carta. Meu alívio foi nítido — na verdade, foi maior do que pude perceber naquele momento — já que todas aquelas dúvidas estavam completamente sepultadas. Mas dormi profundamente a noite toda, e me ocupei diligentemente dos preparativos nos dois dias subsequentes.

VI

Parti na quarta-feira como combinado, levando comigo uma mala cheia de itens básicos e dados científicos, inclusive a medonha gravação fonográfica, as fotografias Kodak e toda a correspondência de Akeley. Como ele havia solicitado, não comentei com ninguém sobre meu destino, pois eu percebia que o assunto exigia a máxima reserva, mesmo levando-se em conta seus efeitos extremamente favoráveis. O pensamento de um efetivo contato mental com entidades extraterrestres era já bastante espantoso para minha mente treinada e de certa forma preparada; e, sendo assim, que se poderia dizer do efeito desse mesmo pensamento sobre as vastas massas de leigos desinformados? Não sei se a emoção dominante em mim era o terror ou a expectativa aventureira no momento em que mudei de trem em Boston e iniciei a viagem deixando regiões conhecidas e entrando em outras que me eram menos familiares. Waltham — Concord — Ayer — Fitchburg — Gardner — Athol.

Meu trem chegou a Greenfield com 7 minutos de atraso, mas a conexão rumo ao norte estava esperando. Fazendo uma apressada transferência, senti uma curiosa falta de fôlego à medida que os vagões avançavam, com seu ruído surdo e prolongado, através do início da tarde por territórios sobre os quais eu sempre lera, mas que nunca havia visitado. Eu sabia que estava adentrando uma Nova Inglaterra muito mais antiga e primitiva que as mecanizadas e urbanizadas áreas do sul e do litoral, onde eu havia passado toda a minha vida; era uma Nova Inglaterra ancestral e intacta, sem os forasteiros e a fumaça das fábricas, sem as grandes placas e as estradas de concreto características das regiões já tocadas pela modernidade. Eu esperava encontrar singulares sobreviventes daquela contínua vida nativa cujas profundas raízes a transformam em um autêntico prolongamento da paisagem — a contínua vida nativa que mantém vivas estranhas memórias antigas e fertiliza o solo, preparando-o para crenças obscuras, fantasiosas e raramente mencionadas.

De quando em quando, eu avistava o azul Rio Connecticut brilhando ao sol, e depois de passar por Northfield, nós o atravessamos. À frente, assomavam verdes e crípticas montanhas e, quando o condutor se aproximou, fiquei sabendo que havíamos finalmente chegado a Vermont. Ele me instruiu a atrasar o relógio em uma hora, já que a região das montanhas do norte não acolhia esquemas de horário modernos. Movendo os ponteiros para trás, tive a impressão de estar também movendo o calendário para o século anterior.

O trem se mantinha próximo ao rio e, do outro lado, em New Hamphshire, eu podia ver se aproximando a encosta da escarpada Wantastiquet, montanha sobre a qual se acumulam singulares lendas antigas. Então, à minha esquerda, surgiram ruas, e uma ilha verde em meio ao rio despontou à minha direita. Os passageiros se levantaram e se organizaram em uma fila na direção da porta, e eu os segui. O trem parou e eu desci sob a longa marquise da estação de Brattleboro.

Examinando a fila de carros à espera, hesitei por um momento, tentando descobrir qual deles seria o Ford de Akeley, mas minha identidade foi descoberta antes que eu pudesse tomar a iniciativa. Entretanto, ficou claro que não era Akeley em pessoa quem avançou com a mão estendida para me cumprimentar e perguntando numa voz melosa se eu era mesmo o Sr. Albert N. Wilmarth, de Arkham. Esse homem não tinha semelhança alguma com o Akeley da fotografia, barbudo e grisalho; era mais jovem e urbano, estava vestido de forma elegante e tinha no rosto apenas um pequeno bigode escuro. Sua voz cultivada tinha um traço estranho e quase perturbador de vaga familiaridade, embora eu não pudesse de forma alguma localizá-la em minha memória.

Enquanto o observava, ele me explicou que era amigo de meu futuro anfitrião e que viera até Townshend no lugar dele. Akeley, declarou ele, sofrera um ataque repentino de uma espécie de asma, e não se sentia apto a fazer uma viagem ao ar livre. Mas não era nada sério e não haveria mudança de planos em relação à minha visita. Eu não consegui saber em que medida esse sr. Noyes — como ele disse que se chamava — sabia das pesquisas e descobertas de Akeley, embora parecesse, pela sua maneira casual, que ele era relativamente leigo sobre o caso. Lembrando-me da vida de ermitão que Akeley levava, eu fiquei ligeiramente surpreso diante da pronta disponibilidade de um amigo assim; no entanto, não deixei minha perplexidade impedir-me de entrar no carro que ele indicou. Não era o pequeno carro antigo que eu havia esperado com base nas descrições de Akeley, mas um modelo recente, grande e impecável — aparentemente, do próprio Noyes, com placas de Massachusetts exibindo o divertido "bacalhauzinho" característico daquele ano. Meu guia, concluí eu, devia estar de passagem na região de Townshend durante o verão.

Noyes entrou no carro ao meu lado e deu a partida imediatamente. Fiquei feliz porque ele não puxou muita conversa, pois alguma peculiar tensão no ambiente me deixou sem vontade de conversar. A cidade parecia muito bonita ao sol da tarde à medida que subimos uma ladeira e viramos à direita para chegar à rua central. O lugar era envolvido por uma modorra, como as mais antigas cidades da Nova Inglaterra que recordamos da infância, e algo na disposição dos tetos, campanários, chaminés e muros de tijolos formava um conjunto que despertava em mim profundas emoções ancestrais. Eu poderia dizer que estava no pórtico de uma região meio encantada pelo acúmulo de muitas eras, uma região onde seres antigos e estranhos tinham a oportunidade de crescer e permanecer porque nunca foram perturbados.

Quando saímos de Brattleboro, minha sensação de ansiedade e maus pressentimentos se intensificou, pois uma vaga qualidade daquela região interiorana e cheia de montanhas com suas altaneiras, ameaçadoras e opressoras encostas cobertas de verde e granito sugeria obscuros segredos e imemoriais sobreviventes que poderiam ou não ser hostis com a humanidade. Por um tempo, nosso caminho acompanhou um rio raso e largo que descia de montanhas desconhecidas ao norte, e eu tremi quando meu companheiro me disse que aquele era o West River. Foi naquele rio, eu me lembrava pelos relatos dos jornais, que um dos mórbidos seres que pareciam caranguejos fora avistado flutuando após a enchente.

Pouco a pouco, o ambiente a nossa volta foi ficando mais selvagem e deserto. Arcaicas pontes cobertas permaneciam nas montanhas, projetando-se temíveis, como testemunhas de eras passadas, e a semiabandonada linha de trem que acompanhava o rio parecia exalar um ar de desolação nebulosamente visível. Viam-se espantosos trechos de vales muito nítidos onde grandes encostas se erguiam, o granito bruto da Nova Inglaterra se exibindo cinzento e austero em meio ao verde que escalava as cimeiras. Havia gargantas onde saltitavam corredeiras indômitas, levando para o rio os inimagináveis segredos de milhares de picos sem trilhas ou caminhos. De vez em quando, algumas estreitas e semiocultas estradas se ramificavam a partir da principal, abrindo seu caminho através de florestas densas e luxuriantes entre cujas árvores primais exércitos de espíritos elementares poderiam muito bem estar à espreita. Vendo esse cenário, pensei em como Akeley havia sido molestado por agentes invisíveis em suas viagens por aquela mesma estrada e não duvidei de que essas coisas pudessem acontecer.

A estranha e vistosa aldeia de Newfane, à qual chegamos em menos de uma hora, foi nosso último elo com aquele mundo que o homem pode definitivamente chamar de seu, em virtude de conquistas ou de uma plena ocupação. Depois disso, perdemos todo e qualquer contato com coisas imediatas, com a marca do tempo, adentrando um mundo fantástico de irrealidade sufocada no qual a estrada, tão estreita que mais parecia uma fita, subia e descia e fazia curvas com um capricho quase deliberado e senciente em meio aos desabitados picos e semidesertos vales. À exceção do som do motor e do distante movimento das poucas e solitárias propriedades pelas quais passávamos a infrequentes intervalos, a única coisa que chegava aos meus ouvidos era o gorgolejar insidioso daquelas estranhas águas que vinham de inúmeras fontes ocultas nos bosques sombrios.

A proximidade, a intimidade com as agora diminuídas e arredondadas colinas era literalmente de tirar o fôlego. Sua natureza escarpada e abrupta era mais intensa ainda do que eu tinha imaginado ao ouvir falar delas, e não sugeria nada semelhante ao mundo prosaico e objetivo que conhecemos. Os densos e intocados bosques que cobriam aquelas encostas inacessíveis pareciam dar abrigo a incríveis seres alienígenas, e eu sentia que o próprio contorno das colinas tinha algum estranho e muito antigo significado, como se fossem enormes hieróglifos deixados por alguma raça titânica cujas glórias sobrevivem apenas em sonhos raros e profundos. Todas as lendas do passado e todas as assombrosas imputações das cartas e materiais de Henry Akeley foram intensificadas em minha memória, aumentando a atmosfera de tensão e crescente ameaça. O propósito de minha visita e as temíveis anormalidades que ela postulava me vieram de repente à cabeça, trazendo uma fria sensação que quase superou meu ardente desejo de me aprofundar em coisas singulares.

Meu guia deve ter percebido minha atitude perturbada, pois à medida que a estrada ia ficando mais deserta e irregular, e nosso avanço mais lento e cheio de solavancos, seus agradáveis comentários ocasionais foram se transformando em um fluxo mais contínuo de discurso. Ele falou da beleza e da estranheza da região e revelou ter alguma familiaridade com os estudos sobre folclore de meu futuro anfitrião. Em suas perguntas educadas, ficava óbvio que ele sabia que eu viera com algum propósito científico e estava trazendo dados de considerável importância, mas ele não dava sinais de conhecer a profundidade e o terrível caráter do conhecimento que Akeley finalmente alcançara.

O jeito dele era tão alegre, normal e urbano que suas observações deveriam ter me acalmado, mas não foi bem assim. Eu só me sentia mais perturbado à medida que avançávamos, em meio a solavancos e desvios, dentro do território desabitado cheio de montanhas e florestas. Às vezes, parecia que ele estava me sondando para ver o que eu sabia sobre os monstruosos segredos do lugar, e a cada nova coisa que ele falava ficava mais intensa aquela vaga, perturbadora e intrigante *familiaridade* em sua voz. Não era uma familiaridade comum ou saudável, apesar da natureza plenamente salutar e cultivada de sua voz. De alguma forma, eu a ligava a esquecidos pesadelos, e sentia que eu poderia enlouquecer se a reconhecesse. Se tivesse havido alguma boa desculpa, acho que desistiria ali mesmo de minha visita. Naquela situação, eu não podia fazer isso — e me ocorreu que uma conversa sóbria e científica com o próprio Akeley, após minha chegada, me ajudaria muito a me recompor.

Além disso, havia um elemento estranhamente calmante de beleza cósmica na paisagem hipnótica pela qual nós subíamos e descíamos numa viagem fantástica. O tempo se perdera nos labirintos atrás de nós, e à nossa volta se estendiam apenas as ondas florescentes de feérica e fantástica beleza recapturada de séculos desaparecidos — os bosques grisalhos, as perfeitas pastagens emolduradas por alegres flores outonais e, a grandes intervalos, os pequenos ranchos castanhos que se acomodavam em meio a enormes árvores sob precipícios verticais com fragrantes roseiras-bravas e relva cobrindo as colinas. Até a luz do sol assumia um encanto sublime, como se alguma atmosfera ou exalação especial cobrisse a região toda. Eu nunca vira nada parecido antes, a não ser nas paisagens mágicas que algumas vezes formam os fundos dos quadros dos primitivos italianos. Sodoma e Leonardo conceberam essas vastidões, mas apenas à distância, e através das arcadas renascentistas. Agora, estávamos nos entranhando no meio do quadro, e eu parecia encontrar em sua necromancia algo que eu soubera de forma inata ou herdara, algo que eu sempre estivera vagamente buscando.

De repente, depois de fazer uma curva aberta no topo de uma ladeira íngreme, o carro parou. À minha esquerda, depois de um gramado bem cuidado, que vinha até a estrada e ostentava uma margem de pedras caiadas, erguia-se uma casa branca de dois andares e meio, de proporções e elegância incomuns para a região, com um conjunto de várias dependências ligadas por arcadas, e que correspondiam aos estábulos, ranchos e ao moinho de vento, mais abaixo e à direita. Reconheci imediatamente o lugar, lembrando-me da fotografia que recebera, e não fiquei surpreso ao ver o nome de Henry Akeley na caixa postal de ferro galvanizado junto à estrada. Ao fundo da casa, o terreno se estendia plano, com um solo pantanoso e poucas árvores; além desse trecho, assomava uma encosta escarpada e coberta de mata que terminava em um pico denteado e coberto de folhas. Este último, eu sabia, era o pico do Monte Escuro, na direção do qual já devíamos ter subido metade do caminho.

Descendo do carro e pegando minha mala, Noyes me pediu que esperasse enquanto ele entrava para avisar Akeley de minha chegada.

Ele próprio tinha coisas importantes a fazer em outro lugar, e não poderia ficar mais que um momento. Enquanto ele subia decidido o caminho até a casa, eu desci do carro, desejando esticar as pernas antes de enfrentar uma conversa sedentária. Minha sensação de nervosismo e tensão havia atingido um nível máximo de novo, agora que eu estava na real cena do mórbido cerco descrito de forma tão sombria nas cartas de Akeley, e eu, honestamente, temia as discussões vindouras que me ligariam a mundos tão estranhos e proibidos.

Um contato próximo com o que é totalmente bizarro é muitas vezes mais aterrorizante que inspirador, e não me animava nada pensar que exatamente aquele trecho de estrada poeirenta fora o local onde as monstruosas pegadas e a fétida linfa verde haviam sido encontradas, após noites sombrias cheias de medo e morte. Distraído, acabei notando que nenhum dos cães de Akeley parecia estar por ali. Teria ele vendido todos os animais tão logo os Seres Externos fizeram as pazes com ele? Por mais que eu tentasse, eu não podia ter a mesma confiança na profundidade e sinceridade daquela paz que foi demonstrada na última carta de Akeley, tão bizarramente diferente. Afinal de contas, ele era um homem muito simples e com pouca experiência de mundo. Será que não havia, talvez, alguma corrente profunda e sinistra sob a superfície da nova aliança?

Levados por meus pensamentos, meus olhos voltaram para a estrada poeirenta que exibira testemunhos tão medonhos. Os últimos dias tinham sido secos, e rastros de todos os tipos se amontoavam na estrada irregular e cheia de sulcos, apesar da natureza desabitada do local. Com uma vaga curiosidade, comecei a distinguir o contorno de algumas das heterogêneas marcas, tentando ao mesmo tempo reprimir os surtos de fantasia macabra sugerida pelo lugar e suas memórias. Havia algo ameaçador e desconfortável na quietude funérea, no som abafado e sutil de distantes riachos, nos verdes picos amontoados e nos precipícios cobertos com mata negra que sufocavam o estreito horizonte.

E então, uma imagem surgiu em minha consciência como numa explosão, que fez aquelas vagas ameaças e surtos de fantasia parecerem realmente suaves e insignificantes. Eu disse que estava examinando as várias marcas na estrada com uma curiosidade descompromissada — mas, de repente, aquela curiosidade foi ofuscada de forma abrupta por uma onda paralisante de ativo terror. Pois, embora as marcas na terra fossem em geral confusas e se sobrepusessem, tendo assim pouca probabilidade de chamar especial atenção, meus olhos irrequietos tinham captado certos detalhes perto do ponto onde o caminho para a casa se unia à estrada, tendo reconhecido, acima de qualquer dúvida ou esperança, o temível significado desses detalhes. Não era à toa, ai de mim, que eu tinha examinado durante horas aquelas fotos das pegadas dos Seres Externos que Akeley enviara. Eu conhecia, até bem demais, as marcas daquelas odiosas garras e aqueles sinais ambíguos de direção que estampavam horrores como nenhuma criatura deste planeta poderia fazer. Não havia nenhuma possibilidade de algum engano misericordioso. Ali, de fato, em forma objetiva diante dos meus olhos e feitas não muitas horas antes, estavam pelo menos três marcas que sobressaíam blasfemas em meio à surpreendente abundância de pegadas confusas que levavam à propriedade de Akeley e dela saíam. *Eram as demoníacas pegadas dos fungos vivos de Yuggoth.*

Tive de me controlar em tempo para sufocar um grito. Afinal de contas, que mais poderia eu ter esperado, supondo que eu realmente acreditara nas cartas de Akeley? Ele havia falado em selar a paz com os seres. Sendo assim, por que seria estranho que alguns deles o tivessem visitado em sua residência? Mas o terror foi mais forte que a confiança. Seria de esperar que um homem permanecesse impassível ao deparar pela primeira vez com marcas de garras de seres das longínquas profundezas do espaço? Foi nesse momento que Noyes surgiu na porta e veio a passos rápidos ao meu encontro. Eu devia, refleti, manter o autocontrole, pois provavelmente esse camarada cordial não sabia nada das sondagens mais profundas e mais estupendas de Akeley no campo do proibido.

Akeley, Noyes se apressou em me informar, estava contente e pronto para me ver, embora seu repentino ataque de asma o impedisse de ser um anfitrião adequado por um ou dois dias. Quando acometido desses ataques, ele ficava muito abatido, tendo febres debilitantes e uma fraqueza geral. Ele não se sentia bem durante todo o tempo de sua vigência — tinha de falar em sussurros e se mostrava desajeitado e fraco para se locomover. Seus pés e tornozelos também inchavam, e assim ele tinha que os manter enfaixados como os de um velho carnívoro atacado pela gota. Hoje ele estava se sentindo muito mal, de modo que eu deveria cuidar de minhas necessidades por mim mesmo; mas ele não estava, por isso, menos ansioso para iniciarmos nossas conversas. Eu o encontraria no escritório à esquerda do salão principal — o cômodo onde as janelas estavam fechadas. Ele tinha de se manter longe da luz do sol quando estava doente, pois seus olhos eram muito sensíveis.

Quando Noyes se despediu e foi embora em seu carro rumo ao norte, comecei a caminhar lentamente na direção da casa. A porta fora deixada aberta para mim, mas antes de me aproximar e entrar, lancei um olhar perscrutador em volta do lugar como um todo, tentando identificar o que ali me parecia tão intangivelmente esquisito. Os estábulos e ranchos me pareciam bem conservados e prosaicos, e eu observei o velho Ford de Akeley em seu abrigo espaçoso e aberto. Então, o segredo da estranheza me atingiu. Havia um silêncio total. Em geral, um sítio é pelo menos moderadamente ruidoso, em virtude dos vários tipos de animais, mas aqui não havia sinal algum de vida. Onde estavam as galinhas e os cachorros? As vacas, que Akeley dissera possuir várias, poderiam talvez estar fora pastando, e os cães podiam ter sido vendidos, mas a ausência de qualquer tipo de cacarejo ou grunhido era realmente singular.

Não me detive no caminho por muito tempo; entrei resoluto pela porta aberta e a fechei atrás de mim. Isso me custara um considerável esforço psicológico, e agora que eu estava fechado no interior da casa tive um desejo momentâneo de fugir precipitadamente. Não que o lugar tivesse algo de sinistro em sua sugestão visual; ao contrário, considerei gracioso o agradável corredor em estilo colonial de muito bom gosto, e admirei a evidente boa estirpe do homem que o havia construído. O que me fazia querer fugir era algo muito atenuado e indefinível. Talvez fosse um certo odor estranho que julguei ter sentido — embora eu soubesse muito bem como eram comuns odores bolorentos, mesmo nas melhores propriedades rurais antigas.

VII

Recusando-me a permitir que essas obscuras apreensões me dominassem, lembrei-me das instruções de Noyes e abri a porta branca de seis almofadas com trincos de bronze. O cômodo estava no escuro, como Noyes havia me dito; quando entrei, percebi que aquele cheiro esquisito era mais forte ali. Parecia também haver algum ritmo ou vibração sutil e meio irreal no ar. Por um momento, as janelas fechadas permitiram que eu enxergasse muito pouco, mas então um som sussurrado ou chiado num tom de desculpas chamou minha atenção para uma grande poltrona no canto mais distante e escuro do cômodo. Dentro dessas profundezas escuras eu vi a mancha branca do rosto e das mãos de um homem, e no momento seguinte fui até aquele ponto cumprimentar a figura que tentara falar algo. Embora a luz estivesse muito fraca, percebi que era mesmo meu anfitrião. Eu examinara a fotografia muito detalhadamente, e não podia haver dúvidas sobre aquele rosto firme e marcado pelo tempo, com a grisalha barba bem-aparada.

Mas no momento em que o encarei de novo, meu reconhecimento se mesclou à tristeza e à ansiedade, pois, certamente, seu rosto era o de um homem muito doente. Senti que devia haver algo além da asma por trás daquela expressão tensa, rígida e imóvel, por trás daquele olhar vidrado e estático; percebi também o efeito fortíssimo que suas terríveis experiências deviam ter tido sobre ele. Tudo aquilo com certeza poderia arruinar qualquer ser humano — mesmo um homem mais novo que esse intrépido pesquisador do campo proibido. O estranho e repentino alívio, temia eu, haviam chegado tarde demais para salvá-lo de algo como um colapso geral. Causava certa pena o modo como suas magras mãos, flácidas e sem vida, repousavam sobre seu colo. Ele vestia um roupão largo e tinha a cabeça e o pescoço envolvidos em um gorro ou uma echarpe de um tom amarelo bem vivo.

Então, percebi que ele estava tentando falar naquele mesmo sussurro chiado com o qual me saudara. Era um sussurro difícil de entender no início, já que o bigode cinzento escondia todos os movimentos dos lábios, e algo em seu timbre me perturbava muito; mas concentrando minha atenção logo passei a entender surpreendentemente bem o que ele dizia. O sotaque não era de forma alguma rústico, e a língua era até mais refinada do que a correspondência me fizera esperar.

— Suponho que seja o sr. Wilmarth. Peço desculpas por não me levantar. Estou muito doente, como o sr. Noyes deve ter-lhe dito; mas não pude resistir ao desejo de recebê-lo mesmo assim. O senhor sabe sobre o que eu lhe escrevi em minha última carta — há muito que preciso lhe contar amanhã, quando estarei me sentindo melhor. Não consigo expressar minha satisfação em tê-lo aqui em pessoa, após tantas cartas que trocamos. O senhor está com elas aí, naturalmente? E as fotos e as gravações? Noyes colocou sua mala no saguão — acho que o senhor a viu. Quanto a esta noite, temo que o senhor deverá cuidar de suas necessidades por si mesmo. Seu quarto é no andar de cima — exatamente em cima deste — e o senhor verá a porta do banheiro aberta no topo da escada. Há uma refeição servida para o senhor na sala de jantar — passando por esta porta, à sua direita — que o senhor poderá consumir quando quiser. Serei um anfitrião melhor amanhã, mas neste momento a fraqueza me deixa praticamente inválido.

— Sinta-se em casa. O senhor poderá trazer as cartas, fotos e gravações e colocá-las sobre esta mesa antes de subir para o quarto com sua mala. É aqui que deveremos discutir todo esse material — o senhor pode ver meu fonógrafo naquele canto.

— Não obrigado, não preciso de nada. Conheço estes ataques há muito tempo. Mas venha me fazer uma visitinha à noite, e então se recolha quando quiser. Vou ficar aqui — talvez durma aqui a noite toda, como muitas vezes faço. De manhã estarei bem melhor e apto para conversar as coisas que temos para discutir. O senhor percebe, é claro, a absolutamente estupenda natureza do assunto que temos diante de nós. Para nós, como para poucos homens nesta Terra, vão se abrir abismos de tempo e espaço e conhecimento além de qualquer coisa dentro da concepção da ciência e da filosofia humanas.

— O senhor sabe que Einstein está errado e que alguns objetos e forças *podem se mover* com uma velocidade maior que a da luz? Com um auxílio adequado, tenho a expectativa de poder ir para a frente e para trás no tempo, e verdadeiramente, *ver* e *sentir* a Terra de remotas épocas do passado e do futuro. O senhor não pode imaginar a que patamar esses seres alçaram a ciência. Não há nada que não possam fazer com a mente e o corpo de organismos vivos. Espero visitar outros planetas e até mesmo outros astros e galáxias. A primeira viagem será para Yuggoth, o mundo mais próximo que é completamente povoado pelos seres. É um estranho e escuro globo localizado bem na borda de nosso Sistema Solar — ainda desconhecido dos astrônomos terrestres. Mas devo ter-lhe escrito sobre isso. No momento certo, o senhor sabe, os seres de lá vão direcionar correntes de pensamentos para nós e fazer com que o planeta seja descoberto — ou talvez vão permitir que um de seus aliados humanos dê uma pista aos homens de ciência.

— Há poderosas cidades em Yuggoth — grandes camadas de torres enfileiradas e construídas de pedra negra, como o espécime que tentei lhe enviar. Aquela veio de Yuggoth. O sol lá não brilha mais que uma estrela, mas os seres não precisam de luz. Eles têm outros sentidos mais sutis e não colocam janelas em suas grandes casas e templos. A luz até os fere, os atrapalha e os confunde, pois ela não existe no negro cosmo fora do tempo e do espaço de onde eles vieram originalmente. Uma visita a Yuggoth deixaria louco qualquer homem fraco — mas eu vou até lá. Os rios negros de piche que correm embaixo daquelas misteriosas pontes ciclópicas — coisas construídas por alguma raça ancestral extinta e esquecida antes de os seres irem para Yuggoth, partindo do supremo vazio — tudo isso deve ser o suficiente para transformar qualquer homem em um Dante ou um Poe, se ele conseguir manter a sanidade para relatar o que viu.

— Mas lembre-se — aquele mundo escuro de jardins fungoides e cidades sem janelas não é na verdade terrível. É apenas para nós que ele pareceria assim. É provável que este nosso mundo tenha parecido igualmente terrível para os seres quando eles o exploraram pela primeira vez, na era primal. O senhor sabe que eles estavam aqui muito antes de a fabulosa época de Cthulhu terminar, e recordam tudo sobre a imersa R'lyeh, quando ela ainda estava acima das águas. Eles estiveram também no interior da Terra — há aberturas que os seres humanos não conhecem — algumas nestas próprias colinas de Vermont — e grandes mundos de vida desconhecida lá em baixo; K'n-yan de luz azul, Yoth de luz vermelha e N'kai, que é negro e não tem luz alguma. É de N'kai que veio o temível Tsathoggua — o senhor sabe, o deus amorfo com aparência de sapo mencionado nos *Manuscritos Pnacóticos* e no *Necronomicon* e no ciclo mítico de Commorium, preservado pelo sumo sacerdote de Atlântida, Klarkash-Ton.

— Mas conversaremos sobre isso depois. Agora já devem ser 4 ou 5 horas. É melhor que traga as coisas que estão em sua mala, coma algo e depois volte para uma conversa tranquila.

Vagarosamente, me virei e comecei fazer o que meu anfitrião determinara, pegando minha mala, tirando dela e depositando os artigos desejados e, finalmente, subindo até o quarto que me fora designado. Com a vívida lembrança daquela marca de garra na lateral da estrada, os parágrafos sussurrados por Akeley tinham me afetado de um modo esquisito; e os sinais de familiaridade com esse mundo desconhecido de vida fúngica — o proibido Yuggoth — me davam mais calafrios do que eu gostaria de admitir. Sentia-me muito pesaroso pela doença de Akeley, mas tinha de confessar que seu sussurro rouco tinha uma natureza odiosa que ao mesmo tempo me despertava um sentimento de pena. Seria melhor se ele não *exultasse* tanto quando falava de Yuggoth e seus negros segredos!

Meu quarto era muito agradável e bem mobiliado, sem aquele odor embolorado nem a perturbadora sensação de vibração. Depois de deixar lá minha mala, desci mais uma vez para saudar Akeley e comer a refeição que ele providenciara para mim. A sala de jantar era logo após o escritório, e eu vi que um outro cômodo que fazia as vezes de cozinha se estendia mais além na mesma direção. Sobre a mesa de jantar me aguardava uma grande variedade de sanduíches, bolos e queijos; uma garrafa térmica ao lado de uma xícara com pires provavam que o café quente não tinha sido esquecido. Depois de uma saborosa refeição, me servi de uma bela xícara de café, mas constatei que o padrão culinário havia pecado neste único detalhe. Minha primeira colherada revelou um sabor ligeiramente azedo e desagradável, de modo que não bebi mais. Durante toda a refeição, pensei em Akeley sentado quieto na grande poltrona da sala escurecida logo ao lado. Cheguei a ir até lá e convidá-lo a partilhar o repasto comigo, mas ele sussurrou que não conseguiria comer nada naquele momento. Mais tarde, um pouco antes de dormir, ele tomaria um pouco de leite maltado — tudo o que iria ingerir naquele dia.

Depois da refeição, eu insisti em tirar a mesa e lavar a louça na pia da cozinha — incidentalmente despejando o café que eu não conseguira apreciar. Então, retornando ao escritório escurecido, puxei uma cadeira para perto do canto onde estava meu anfitrião e me preparei para qualquer conversa que ele se sentisse inclinado a entabular. As cartas, as fotos e a gravação ainda estavam sobre a grande mesa central, mas naquele momento nós não tínhamos que falar sobre elas. Logo, eu esqueci até o bizarro odor e as curiosas sugestões de vibração.

Eu disse que havia coisas em algumas das cartas de Akeley — especialmente a segunda e mais longa — que eu não ousaria citar ou mesmo expressar verbalmente no papel. Essa hesitação se aplica ainda com mais força às coisas que eu o ouvi sussurrar naquela noite na sala escurecida em meio às solitárias montanhas. A extensão dos horrores cósmicos revelados por aquela voz rouquenha eu não ouso nem mencionar. Ele conhecera coisas medonhas antes, mas o que tinha aprendido desde que fizera o pacto com os Seres Externos era quase demais para a sanidade suportar. Até agora eu absolutamente me recusava a acreditar no que ele sugeria sobre a constituição da infinidade suprema, a justaposição das dimensões e a terrível posição do cosmo de espaço e tempo que conhecemos na infindável cadeia de átomos cósmicos que estão ligados, e que constituem o supremo supercosmo de curvas, ângulos e organização eletrônica material e semimaterial.

Nunca um homem são esteve tão perigosamente perto dos arcanos da entidade básica — nunca uma mente orgânica chegou tão perto da completa aniquilação no caos que transcende forma e força e simetria. Eu aprendi de onde Cthulhu veio *originalmente* e por que metade das grandes estrelas temporárias da história passou a brilhar. Eu imaginei — a partir de pistas que forçavam até mesmo meu informante a fazer pausas, timidamente — o segredo por trás das Nuvens Magalhânicas das nebulosas globulares e a negra verdade velada pela imemorial alegoria de Tao. Foi a mim plenamente revelada a natureza dos Doels, e ele me falou da essência (embora não da fonte) dos Cães de Tíndalos. A lenda de Yig, Pai das Serpentes, deixou de ser simbólica, e eu tive um sobressalto cheio de repulsa quando ele me contou sobre o monstruoso caos nuclear, além do espaço angulado que o *Necronomicon* havia generosamente velado sob nome de Azathoth. Foi chocante ter os mais malignos pesadelos de ocultos mitos esclarecidos em termos concretos, cujo caráter odioso, evidente e mórbido excedia as alusões mais ousadas dos místicos antigos e medievais. Fui levado inelutavelmente a acreditar que os primeiros a sussurrarem aquelas amaldiçoadas lendas tinham conversado com os Seres Externos de Akeley, e talvez tivessem visitado regiões cósmicas externas, como Akeley agora se propunha a fazer.

Fiquei sabendo da Pedra Negra e do que ela implicava, e me senti aliviado por ela não ter chegado até mim. Minhas suspeitas sobre aqueles hieróglifos tinham sido totalmente fundadas! E, no entanto, Akeley parecia agora reconciliado com todo o sistema torpe que havia descoberto, reconciliado e ansioso por se aprofundar mais ainda no monstruoso abismo. Eu me perguntava com que seres ele havia se comunicado desde sua última carta endereçada a mim, e se muitos deles eram tão humanos como aquele primeiro emissário que ele havia mencionado. A tensão dentro de mim tornou-se insuportável, e eu formulei toda sorte de teorias alucinadas sobre aquele bizarro e persistente odor e aquelas insidiosas sugestões de vibração no escritório envolto em sombras.

A noite já estava caindo e, lembrando-me do que Akeley escrevera sobre aquelas noites anteriores, estremeci quando pensei que não haveria luar. Também não gostava nada da forma como a propriedade estava aninhada sob aquela colossal encosta coberta de mata que levava até o pico intocado do Monte Escuro. Com a permissão de Akeley, acendi uma pequena lamparina a querosene, regulei-a para que a chama ficasse baixa e a coloquei em uma distante prateleira ao lado do fantasmagórico busto de Milton; mas depois me arrependi de ter feito isso, pois aquela iluminação fez o rosto tenso e imóvel de meu anfitrião, bem como suas mãos inertes, assumir uma aparência anormal e cadavérica. Ele parecia quase incapaz de se mexer, embora eu o visse mover ligeiramente a cabeça uma vez ou outra em sinal de afirmação.

Depois do que ele havia contado, eu mal podia imaginar que segredos mais profundos ele estava guardando para o outro dia; mas pelo desenrolar da conversa, pareceu-me que sua viagem a Yuggoth e mais além — e *minha possível participação nela* — comporiam o tópico do dia seguinte. Ele deve ter ficado surpreso com meu sobressalto de terror quando ouvi a proposta de uma viagem cósmica feita por mim, pois sua cabeça oscilou violentamente quando expressei meu medo. Na sequência, ele falou de forma muito suave sobre como os seres humanos poderiam realizar — e várias vezes tinham realizado — o aparentemente impossível voo através do abismo interestelar. *Ao que parecia, corpos humanos completos de fato não faziam a viagem*, mas as prodigiosas habilidades cirúrgicas, biológicas, químicas e mecânicas dos Seres Externos tinham descoberto um modo de transportar os cérebros humanos sem sua estrutura física correspondente.

Havia um modo inofensivo de extrair um cérebro e um modo de manter vivo o resíduo orgânico durante sua ausência. A matéria cerebral compacta em si era imersa em um fluido que era reposto de quando em quando dentro de um cilindro hermeticamente fechado, feito de um metal obtido em Yuggoth, onde estavam certos eletrodos que eram conectados livremente a elaborados instrumentos capazes de reproduzir as três faculdades vitais da visão, audição e fala. Para os seres fungoides alados, carregar os cilindros cerebrais intactos através do espaço era uma tarefa simples. Depois, em cada planeta habitado por sua civilização, eles encontrariam em abundância instrumentos ajustáveis de reprodução das faculdades, capazes de conectar-se com os cérebros trazidos dentro dos cilindros; assim, depois de alguns ajustes, essas inteligências viajantes podiam receber uma vida plena de sentidos e articulada — embora fosse uma vida mecânica sem corpo — a cada estágio de sua jornada através do contínuo tempo-espaço e além dele. Era simples como carregar uma gravação fonográfica e tocá-la onde quer que houvesse um fonógrafo da marca correspondente. Do sucesso dessa atividade, não poderia haver dúvidas. Akeley não estava com medo. Ela não tinha sido tantas vezes realizada com brilhantismo?

Pela primeira vez, uma das mãos inertes e inúteis se ergueu e apontou, muito rígida, para uma prateleira alta do outro lado da sala. Ali, dispostos em uma fileira bem ordenada, estavam mais de doze cilindros de um metal que eu nunca vira antes — cilindros de cerca de 30 centímetros de altura e um pouco menos de diâmetro, com três curiosos soquetes formando um triângulo isósceles na superfície frontal convexa de cada um deles. Um deles tinha dois de seus soquetes conectados a um par de máquinas de aparência estranha que ficavam no fundo. Sobre a finalidade delas, nem precisei perguntar, e estremeci como se estivesse com febre. Então, vi a mão apontar para um canto bem mais próximo, onde estavam amontoados alguns complexos instrumentos com cabos e plugues afixados, vários deles muito parecidos com as duas máquinas na prateleira atrás dos cilindros.

— Há quatro tipos de instrumentos aqui, Wilmarth — sussurrou a voz. — Quatro tipos — três faculdades para cada um —, totalizando 12 peças. Veja que há quatro tipos diferentes de seres representados naqueles cilindros lá em cima. Três humanos, seis seres fungoides, que não podem navegar pelo espaço corporeamente, dois seres de Netuno (Céus, se você pudesse ver o corpo que esse tipo tem no planeta dele!) e o restante são entidades das cavernas centrais de uma estrela escura além da galáxia que é especialmente interessante. No posto avançado principal, dentro do Monte Redondo, de vez em quando é possível encontrar mais cilindros e máquinas — cilindros de cérebros extracósmicos com sentidos diferentes daqueles que conhecemos, de aliados e exploradores oriundos do mais remoto Espaço Externo, e máquinas especiais que lhes conferem impressões e expressão de vários modos, cada uma adequada ao mesmo tempo a eles e à compreensão de diferentes tipos de interlocutores. O Monte Redondo, como a maioria dos principais postos avançados desses seres em todos os vários universos, é um local bastante cosmopolita. É claro que apenas os tipos mais comuns me foram emprestados para eu fazer experiências.

— Aqui, pegue essas três máquinas que estou apontando e coloque-as sobre a mesa. Aquela alta com as duas lentes de vidro na frente, depois a caixa com os tubos a vácuo e a placa de som, e agora a outra com o disco de metal no topo. Agora, o cilindro com o rótulo "B-67". Você pode subir naquela cadeira Windsor para alcançar a prateleira. Pesado? Não se preocupe! Certifique-se do número — B-67. Não ligue para aquele cilindro novo e brilhante conectado aos dois instrumentos de teste — aquele com o meu nome escrito nele. Coloque o B-67 na mesa perto de onde você colocou as máquinas — empurre os interruptores de todas as três máquinas para a extrema esquerda.

— Agora, conecte o cabo da máquina das lentes ao soquete superior do cilindro — aí! Conecte a máquina do tubo ao soquete no ponto inferior esquerdo, e o aparelho com o disco ao soquete externo. Agora mova todos os botões da máquina para a extrema direita — primeiro o das lentes, depois o do disco e depois o do tubo. Assim. Eu poderia muito bem lhe dizer que esse é um ser humano — exatamente como nós dois. Vou lhe dar uma amostra de alguns dos outros amanhã.

Até hoje não sei por que obedeci àqueles sussurros de forma tão servil, ou se achei ou não que Akeley era louco. Depois do que acontecera antes, eu deveria estar preparado para qualquer coisa: mas aquela parafernália mecânica se parecia tanto com as excentricidades típicas de inventores ou cientistas malucos que semeou em mim uma dúvida que nem o discurso anterior fora capaz de despertar. O que o sussurador sugeria estava além de toda crença humana — entretanto, as outras coisas não eram ainda mais inacreditáveis, e menos absurdas somente por causa de seu caráter mais remoto em relação a qualquer prova concreta?

Enquanto minha mente girava em meio ao caos, dei-me conta de um som que era um misto de chiado e rangido e vinha de todas as três máquinas recém-conectadas ao cilindro — um chiado e um rangido que logo foram ficando mais fracos, até chegarem praticamente ao silêncio total. O que iria acontecer? Será que eu ouviria uma voz? E, em caso afirmativo, que prova eu teria de que aquilo não era um aparelho de rádio engenhosamente montado e pelo qual falava alguém escondido que nos observava de perto? Até mesmo agora não posso jurar sobre o que ouvi, ou sobre que fenômeno realmente ocorreu diante de mim. Mas algo, certamente, pareceu ocorrer.

Para ser simples e direto, a máquina com o tubo e a caixa de som começou a falar, e com argumentos e inteligência que não deixavam dúvidas de que o falante estava realmente presente e nos observava. A voz era alta, metálica, sem vida e praticamente mecânica em todos os detalhes de sua produção. Era incapaz de inflexões ou expressividade, mas continuava arranhando e taramelando com precisão e deliberação impressionantes.

— Sr. Wilmarth — disse a voz — espero não estar assustando o senhor. Sou um ser humano como o senhor, embora meu corpo esteja agora descansando em segurança e recebendo um tratamento vitalizador adequado dentro do Monte Redondo, cerca de três quilômetros a leste daqui. Eu mesmo estou aqui com o senhor — meu cérebro está naquele cilindro e eu vejo, escuto e falo por meio desses vibradores eletrônicos. Dentro de uma semana vou atravessar o vazio como fiz muitas vezes antes, e espero ter o prazer da companhia do sr. Akeley. Eu gostaria de contar com sua presença também, pois o conheço de vista e sei de sua reputação, tendo acompanhado de perto sua correspondência com seu amigo. Sou, é claro, um dos homens que se tornou aliado dos seres alienígenas que visitam nosso planeta. Eu me encontrei com eles pela primeira vez no Himalaia, e os ajudei de várias formas. Em retribuição, eles me proporcionaram experiências que raras pessoas puderam ter.

— O senhor percebe o que isso significa quando digo que estive em 37 diferentes corpos celestes — planetas, estrelas escuras e objetos menos definíveis — inclusive oito fora de nossa galáxia e dois fora do cosmo curvo de espaço e tempo? E isso não me prejudicou em nada. Meu cérebro foi retirado de meu corpo por uma remoção tão hábil que seria tosco chamar o procedimento de "cirurgia". Os seres visitantes têm métodos que tornam essas extrações fáceis e quase normais — e o corpo não envelhece nada quando o cérebro está fora dele. O cérebro, posso acrescentar, é praticamente imortal, com suas faculdades mecânicas e uma alimentação limitada suprida por mudanças ocasionais do fluido conservante.

— Em resumo, gostaria muito que o senhor decidisse vir com o sr. Akeley e comigo. Os visitantes estão ansiosos por conhecer homens estudados como o senhor e mostrar a eles os grandes abismos que a maioria de nós pôde apenas sonhar em nossa imaginativa ignorância. No início, pode parecer estranho conhecê-los, mas eu sei que o senhor está acima de preocupações desse tipo. Acho que também virá conosco o sr. Noyes — o homem que certamente o trouxe até aqui em seu carro. Ele já é um de nós há muitos anos — suponho que o senhor tenha reconhecido a voz dele como uma das vozes na gravação que o sr. Akeley lhe enviou.

Diante de meu violento sobressalto, o ser que falava fez uma breve pausa antes de concluir.

— Portanto, sr. Wilmarth, vou deixar a decisão em suas mãos, simplesmente acrescentando que um homem como o senhor, que tanto se interessa por coisas diferentes e folclóricas, nunca deveria perder uma oportunidade como esta. Não há o que temer. Todas as transições são indolores, e há muito o que apreciar em um estado de sensações completamente mecanizado. Quando os eletrodos estão desconectados, a gente simplesmente adormece e entra num sono de sonhos especialmente vívidos e fantásticos.

— E agora, se o senhor não se importar, devemos suspender nossa reunião até amanhã. Boa-noite — simplesmente empurre todos os interruptores de volta para o lado esquerdo; não se importe com a ordem exata, embora fosse melhor que o senhor deixasse a máquina das lentes por último. Boa-noite, Sr. Akeley — trate bem o nosso hóspede. Tudo certo agora com os botões?

E isso foi tudo. Eu obedeci mecanicamente e desliguei os três botões, embora cheio de dúvidas sobre tudo o que havia acontecido. Minha cabeça ainda estava atordoada quando ouvi a voz sussurrante de Akeley me dizendo que eu podia deixar todo o equipamento sobre a mesa, como estava. Ele não ensaiou nenhum comentário a respeito do que tinha acontecido, e na verdade nenhum comentário poderia ser comunicado a minhas faculdades tão sobrecarregadas. Eu o ouvi dizer que eu podia levar a lamparina para usá-la em meu quarto, e deduzi que ele queria descansar sozinho no escuro. Com certeza, já era hora de ele descansar, pois seu discurso durante a tarde e a noite poderia ter deixado exausto até mesmo um homem vigoroso. Ainda atordoado, disse boa-noite a meu anfitrião e subi a escada com a lamparina, embora eu tivesse comigo uma excelente lanterna de bolso.

Fiquei aliviado por ter saído daquele escritório no andar de baixo, com seu odor bizarro e suas vagas sugestões de vibração; mesmo assim, não pude deixar de sentir uma medonha sensação de pavor, perigo e anormalidade cósmica quando pensei no lugar em que estava e nas forças que estava enfrentando. A região deserta e solitária, a encosta negra coberta por aquela misteriosa floresta, que ficava tão próxima dos fundos da casa; as pegadas na estrada, o doente e imóvel sussurrador no escuro, os diabólicos cilindros e máquinas e, acima de tudo, todos aqueles convites para estranhas cirurgias e viagens mais estranhas ainda — essas coisas, todas tão novas e vindas naquela sucessão tão repentina, invadiam-me com uma força cumulativa que consumia minha vontade e quase minava minha força física.

Descobrir que meu guia Noyes era o celebrante humano naquele monstruoso e ancestral ritual sabático da gravação fonográfica foi um choque e tanto, embora eu tivesse percebido uma distante e repelente familiaridade em sua voz. Outro forte choque foi com minha própria atitude em relação ao meu anfitrião sempre que eu parava para analisá-lo, pois, por mais que instintivamente eu apreciasse o Akeley que foi se revelando nas correspondências, ele agora me enchia com uma evidente repulsa. Sua doença deveria ter provocado em mim a pena, mas, em vez disso, ela me dava calafrios. Ele era tão rígido e inerte e parecido com um cadáver — e aquele sussurrar incessante era tão odioso e inumano!

Ocorreu-me que o sussurrar dele era diferente de qualquer coisa semelhante que eu já ouvira; ocorreu-me que, apesar da curiosa imobilidade dos lábios cobertos pelo bigode, a fala de Akeley tinha uma força e um poder de convencimento latentes, extraordinários para a respiração ofegante de um asmático. Eu conseguira entender o que ele dizia mesmo quando estava do outro lado do cômodo, e uma vez ou outra tive a impressão de que os sons baixos, mas penetrantes, representavam não tanto fraqueza, mas sim uma repressão deliberada — por que motivo, eu não podia imaginar. Desde o início, eu sentira uma qualidade perturbadora em seu timbre. Agora, quando tentava ponderar os fatos, achei que poderia localizar essa impressão em um tipo de familiaridade subconsciente, como aquela que tornara a voz de Noyes tão vagamente ominosa. Mas quando ou onde eu havia encontrado o ser que ela me fazia lembrar, eu não conseguia dizer.

Uma coisa era certa — eu não passaria outra noite ali. Meu interesse científico havia desaparecido em meio ao medo e ao ódio, e agora não sentia nada a não ser um desejo de escapar daquela rede de morbidez e revelação inatural. Agora eu sabia o bastante. Devia ser mesmo verdade que existem estranhas ligações cósmicas — mas seres humanos normais não devem se imiscuir com essas coisas.

Influências blasfemas pareciam me cercar e sufocar meus sentidos. Dormir, eu concluí, estava fora de questão, então simplesmente apaguei a lamparina e me atirei na cama completamente vestido. Com certeza isso era absurdo, mas eu estava pronto para alguma emergência desconhecida, agarrando com a mão direita um revólver que trouxera e segurando no bolso esquerdo minha lanterna. Nenhum som vinha lá de baixo, e eu pude imaginar que meu anfitrião estava sentado lá, imóvel como um cadáver, no escuro.

Em algum lugar eu ouvi o tique-taque de um relógio e me senti vagamente grato pela normalidade do som. Isso me lembrou, entretanto, de outra coisa sobre a região que me perturbava — a total ausência de vida animal. Com certeza, não havia animais domésticos por ali, e agora eu percebia que mesmo os habituais ruídos noturnos de seres vivos selvagens estavam ausentes. A não ser pelo murmurar sinistro de águas distantes e invisíveis, aquela quietude era anômala — interplanetária — e eu me perguntava que influência maligna e intangível vinda dos astros poderia estar pairando sobre aquela região. Eu recordava, pelas antigas lendas, que cachorros e outros animais sempre haviam odiado os Seres Externos, e pensava no que poderiam significar aquelas pegadas na estrada.

VIII

Não pergunte quanto durou meu cochilo inesperado, ou em que medida o que se seguiu foi puro sonho. Se eu disser que acordei a uma determinada hora e ouvi e vi certas coisas, provavelmente você, leitor, vai simplesmente responder que eu não despertei e que tudo foi um sonho até o momento em que corri para fora da casa, fui aos trancos e barrancos até o abrigo onde vira o velho Ford e entrei no antigo veículo para fazer uma corrida alucinada e sem destino pelas assombradas montanhas, que finalmente me levou — após horas de solavancos e curvas através de labirintos ameaçados pela floresta — a uma aldeia que descobri ser Townshend.

    É claro, leitor, que você também vai desconsiderar todo o resto do meu relato e declarar que todas as fotos, gravações, sons de cilindro e máquina e evidências semelhantes eram truques de puro ilusionismo que o desaparecido Henry Akeley me preparou. Você vai até sugerir que ele estava mancomunado com outras pessoas excêntricas para me pregar uma peça tola e elaborada — que ele retirara a encomenda expressa em Keene e que mandara Noyes fazer aquela terrível gravação em cera. É estranho, entretanto, que Noyes ainda não tenha sido identificado; que ele seja um desconhecido em todas as aldeias próximas da propriedade de Akeley, embora deva ter estado frequentemente na região. Eu lamento não ter parado para memorizar o número da placa do carro dele — ou talvez, afinal de contas, seja melhor que eu não o tenha feito. Pois eu, apesar de tudo o que puderem dizer, e apesar de tudo o que às vezes tento dizer a mim mesmo, sei que odiosas influências externas devem estar espreitando lá nas montanhas quase desconhecidas — e que essas influências têm espiões e emissários no mundo dos homens. Ficar tão longe quanto possível dessas influências e desses emissários é tudo o que peço da vida no futuro.

    Quando minha história alucinada atraiu um destacamento policial até a propriedade de Akeley, ele havia desaparecido sem deixar nenhum rastro. Seu roupão solto, sua echarpe amarela e as bandagens dos pés estavam no chão do escritório perto da poltrona no canto, e não se conseguiu determinar se suas outras roupas haviam desaparecido com ele. Os cães e o gado estavam de fato ausentes, e havia alguns curiosos buracos de bala tanto no exterior da casa quanto em algumas paredes internas; mas, além disso, nada incomum pôde ser detectado. Nenhum cilindro ou máquina, nenhuma das provas que eu trouxera em minha mala, nenhum odor bizarro ou sensação de vibração, nenhuma pegada na estrada e nenhuma das coisas que vislumbrei no final.

    Fiquei uma semana em Brattleboro depois de minha fuga, fazendo perguntas entre pessoas de todo tipo que haviam conhecido Akeley, e os resultados me convencem de que o assunto não é fruto de sonho ou imaginação. A estranha compra de cães, munição e produtos químicos feita por Akeley e o corte de seus fios de telefone são fatos verdadeiros, e todos os que o conheciam — incluindo seu filho na Califórnia —

concordam que suas obsevações ocasionais sobre estranhos estudos tinham uma certa consistência. Cidadãos respeitáveis acreditam que ele era louco e, sem hesitar, declaram que todas as provas relatadas são farsas criadas com intenções doentias e talvez incitadas por mentes excêntricas; mas as pessoas mais humildes do campo confirmam as declarações dele em cada detalhe. Ele havia mostrado a algumas daquelas pessoas rústicas as fotos e a Pedra Negra e tinha tocado para eles a medonha gravação; e todos disseram que as pegadas e a voz ciciante eram como as descritas nas lendas ancestrais.

Eles disseram, também, que visões e sons suspeitos haviam sido cada vez mais notados em torno da casa de Akeley depois que ele encontrara a Pedra Negra, e que a propriedade, agora, era evitada por todos, exceto o carteiro e alguns eventuais e destemidos visitantcs. O Monte Escuro e o Monte Redondo eram pontos sabidamente assombrados e eu não consegui encontrar ninguém que os tivesse explorado de perto. Desaparecimentos ocasionais de habitantes locais ao longo de toda a história do distrito estavam bem atestados, e agora incluíam o semivagabundo Walter Brown, que havia sido mencionado nas cartas de Akeley. Até me encontrei pessoalmente com um agricultor que julgava ter visto um dos bizarros corpos na época da enchente boiando no West River, mas a história dele era confusa demais para ser levada em conta.

Quando parti de Brattleboro, resolvi nunca mais voltar a Vermont, e tenho muita certeza de que manterei essa resolução. Aquelas inóspitas montanhas certamente são o posto avançado de alguma temível raça cósmica — como não duvido nem um pouco desde que li que um novo planeta foi avistado, além de Netuno, exatamente como aqueles seres haviam dito que iria acontecer. Os astrônomos, com uma precisão medonha de que mal suspeitam, nomearam essa coisa de "Plutão". Sinto, acima de qualquer suspeita, que ele seja nada menos que o noturno Yuggoth — e estremeço quando tento descobrir o real motivo *por que* seus monstruosos habitantes queiram que ele se faça conhecido dessa forma, nesta época em especial. Eu tento em vão me tranquilizar, pensando que essas criaturas demoníacas não estão gradualmente promovendo uma nova política prejudicial à Terra e a seus habitantes normais.

Mas antes preciso relatar o final daquela terrível noite na propriedade de Akeley. Como eu disse, eu finalmente caí num cochilo agitado, um cochilo cheio de sonhos truncados que envolviam vislumbres de monstruosas paisagens. O que exatamente me acordou não sei dizer ainda, mas que realmente acordei nesse momento determinado eu tenho certeza. Minha primeira impressão confusa foi de um furtivo estalido nas tábuas do assoalho do corredor externo ao meu quarto e de um movimento hesitante na maçaneta, que produzia um ruído abafado. Isso, entretanto, cessou quase imediatamente, de modo que minhas impressões realmente claras começaram com as vozes que ouvi no escritório, no andar térreo. Parecia haver várias pessoas falando, e eu achei que eles estavam envolvidos em uma discussão.

Depois de ter escutado por alguns segundos, eu estava perfeitamente desperto, pois a natureza das vozes tornava ridícula qualquer ideia de dormir. Os tons eram curiosamente variados, e ninguém que tivesse ouvido aquela maldita gravação fonográfica teria alguma dúvida em relação à natureza de pelo menos duas delas. Embora a ideia fosse medonha, eu sabia que eu estava sob o mesmo teto com seres inomináveis do espaço abismal, pois essas duas vozes eram, sem dúvida, os blasfemos sussurros que os Seres Externos usavam em suas comunicações com os homens. As duas eram diferentes entre si — diferentes no tom, no sotaque e no ritmo —, mas eram ambas do mesmo maldito gênero.

Uma terceira voz sem dúvida vinha de uma máquina conectada a um dos cérebros guardados nos cilindros. Restava tão pouca dúvida em relação a essa voz quanto em relação às outras vozes zumbidas, pois a voz alta, metálica e sem vida da noite anterior, com seu som arranhado e taramelado, sem expressão nem inflexão, era realmente inesquecível. Por um tempo, não parei para questionar se a inteligência por trás da voz metálica era a mesma que havia conversado comigo anteriormente; mas logo depois refleti que *qualquer* cérebro emitiria sons vocais da mesma qualidade se ligado à mesma máquina produtora de fala; as únicas diferenças possíveis seriam na linguagem, no ritmo, na velocidade e na pronúncia. Para completar o absurdo colóquio, havia duas vozes verdadeiramente humanas — uma delas a fala tosca de alguma pessoa desconhecida e evidentemente rústica, e a outra os suaves tons bostonianos daquele que fora meu guia, Noyes.

Tentando entender as palavras que o robusto assoalho abafava bastante, também percebi uma grande agitação de pés se arrastando e arranhando o chão na sala lá embaixo, tanto que eu não pude evitar a impressão de que ela estava cheia de seres vivos — muitos mais do que aqueles cuja fala eu podia distinguir. A exata natureza dessa movimentação é extremamente difícil de descrever, pois existem poucas bases boas de comparação. Objetos pareciam, de vez em quando, se mover pelo cômodo como entidades conscientes, o som das passadas sendo um pouco semelhantes a um patear numa superfície dura — semelhante ao contato de peças mal coordenadas de chifre ou borracha dura. Era, para usar uma comparação mais concreta, mas menos precisa, como se pessoas com calçados largos feitos de madeira áspera estivessem andando meio bêbadas sobre a madeira polida do assoalho. Sobre a natureza e a aparência daqueles responsáveis pelos sons, eu nem me atrevi a especular.

Logo eu vi que seria impossível discernir qualquer fala que tivesse uma sequência. Palavras isoladas — inclusive os nomes de Akeley e o meu — de vez em quando surgiam, especialmente quando emitidas pela máquina produtora de discurso; mas seu verdadeiro significado se perdia pela falta de um contexto contínuo. Hoje em dia me recuso a fazer qualquer dedução definida a partir delas, e mesmo seu terrível efeito sobre mim era mais da ordem de *sugestão* do que de *revelação*. Um conclave terrível e anormal, eu tinha certeza, estava acontecendo abaixo de mim, e quais seriam suas monstruosas deliberações eu não sabia. Era curioso como esse senso inquestionado do maligno e do blasfemo invadiu-me, apesar de Akeley ter garantido que os Externos eram amigos.

Ouvindo pacientemente, comecei a distinguir bem as vozes, mesmo não podendo entender muito do que elas diziam. Eu tinha a impressão de captar algumas emoções típicas na fala de alguns dos participantes. Uma das vozes sussurradas, por exemplo, tinha um indubitável tom de autoridade, ao passo que a voz mecânica, apesar de sua intensidade e regularidade artificiais, parecia estar em uma posição de suplicante subordinação. Os tons de Noyes expressavam uma espécie de atmosfera conciliadora. Os outros eu não consegui nem tentar interpretar. Eu não ouvi o sussurrar conhecido de Akeley, mas sabia muito bem que esse som nunca penetraria o sólido assoalho de meu quarto.

Vou tentar transcrever algumas das poucas palavras e outros sons desconexos que ouvi, indicando da melhor maneira possível quem falava. Foi da máquina que eu captei primeiro algumas frases reconhecíveis.

(A Máquina de Falar)
... eu mesmo trouxe... mandou de volta as cartas e a gravação... acabar com isso... capturado... vendo e ouvindo... maldito... força impessoal, afinal de contas... cilindro novo e brilhante... meu Deus...

(Primeira Voz Sussurrante)
... hora de acabar com isso... pequeno e humano... Akeley... cérebro... dizendo...

(Segunda Voz Sussurrante)
"Nyarlathotep... Wilmarth... gravações e cartas... impostura barata..."

(Noyes)
... [palavra ou nome impronunciável, possivelmente *N'gah-Kthun*] inofensivo... paz... algumas semanas... teatral... disse isso a você antes...

(Primeira Voz Sussurrante)
... razão alguma... plano original... efeitos... Noyes pode vigiar o Monte Redondo... cilindro novo... carro de Noyes...

(Noyes)
... bem... todo seu... aqui embaixo... descanso... lugar...

(Várias Vozes Simultaneamente em Conversa Incompreensível)
(Muitas passadas, inclusive as peculiares tropelias)
(Um Curioso Som de Bater de Asas)
(Som automóvel sendo ligado e se afastando)
(Silêncio)

Essa é a essência do que pude ouvir deitado e tenso naquela cama estranha no andar de cima, na assombrada propriedade rural, em meio às demoníacas colinas — deitado ali completamente vestido, agarrando um revólver com minha mão direita e uma lanterna de bolso com a esquerda. Permaneci, como já disse, totalmente desperto, mas mesmo assim um tipo de obscura paralisia me manteve inerte por um longo tempo depois que os últimos ecos silenciaram. Ouvi o deliberado tique-taque daquele antigo relógio de madeira de Connecticut em algum distante ponto lá embaixo e finalmente discerni o ronco irregular de alguém que dormia. Akeley devia ter adormecido depois da estranha reunião, e eu podia muito bem acreditar que ele precisava disso.

Estava acima de minha capacidade decidir o que fazer ou o que pensar. Afinal de contas, o que eu *ouvira* além de coisas que informações anteriores poderiam ter me feito esperar? Eu não sabia que os inomináveis Seres Externos eram agora livremente admitidos na propriedade de Akeley? Sem dúvida, Akeley havia sido surpreendido por uma visita inesperada deles. Mas algo naquele discurso fragmentário havia gelado meu sangue, despertado as dúvidas mais grotescas e horríveis, fazendo-me desejar ardentemente poder acordar e constatar que tudo fora um sonho. Acho que meu subconsciente havia captado alguma coisa que em nível consciente eu não reconhecia. Mas que dizer de Akeley? Ele não era meu amigo, e não teria protestado se quisessem me fazer algum mal? O pacífico ronco lá embaixo parecia tornar ridícula a repentina intensificação de meus receios.

Seria possível que Akeley tivesse sido submetido a alguma imposição e sido usado como isca para me trazer até as montanhas com as cartas, as fotos e a gravação fonográfica? Será que esses seres pretendiam nos envolver em uma destruição conjunta porque sabíamos demais? Mais uma vez pensei na natureza abrupta e inatural daquela mudança de situação que deve ter ocorrido entre a penúltima carta de Akeley e a última. Alguma coisa, meu instinto me dizia, estava terrivelmente errada. Nem tudo era o que parecia. Aquele café com sabor azedo que recusei — não teria sido uma tentativa de alguma entidade oculta e desconhecida de colocar alguma droga nele? Eu precisava imediatamente falar com Akeley e restaurar seu senso de proporção. Eles o haviam hipnotizado com promessas de revelações cósmicas, mas agora ele devia dar ouvidos à razão. Nós precisávamos sair dali antes que fosse tarde demais. Se ele não tivesse força de vontade para se libertar, eu daria essa força a ele. Ou, se eu não conseguisse convencê-lo a ir, eu poderia pelo menos partir sozinho. Com certeza ele me emprestaria o Ford, e eu o deixaria em um estacionamento em Brattleboro. Eu havia notado o carro no abrigo — a porta fora deixada destrancada e aberta agora que o perigo era considerado extinto — e eu acreditava que havia uma grande chance de o carro estar pronto para ser usado. Aquela passageira indisposição com Akeley que eu sentira durante e depois da conversa da noite já não existia mais. Ele estava numa situação muito parecida com a minha, e nós devíamos permanecer juntos. Sabendo que ele estava indisposto, eu odiava ter de acordá-lo naquele momento, mas sabia que isso era necessário. Do jeito que as coisas estavam, eu não podia ficar naquele lugar até a manhã seguinte.

Finalmente me senti pronto para agir e me espreguicei vigorosamente para recuperar o comando de meus músculos. Levantando-me com um cuidado mais impulsivo que deliberado, pus meu chapéu, peguei a mala e desci a escada com o auxílio da lanterna. Em meu nervosismo, segurei o revólver apertado na mão direita, sendo capaz de carregar a mala e também a lanterna na mão esquerda. Por que eu tive essas precauções não consigo realmente saber, já que eu estava a caminho de acordar o único outro ocupante da casa.

Os degraus rangiam à medida que eu descia na ponta dos pés e, próximo ao corredor inferior, eu conseguia discernir com mais clareza o ronco daquele que dormia, e percebi que ele deveria estar no cômodo à minha esquerda — a sala de estar que eu não visitara. À minha direita estava a escuridão escancarada do escritório em que eu ouvira as vozes. Abrindo a porta destrancada da sala de estar, fiz um caminho com a lanterna na direção da fonte dos roncos, e finalmente a luz incidiu no rosto daquele que dormia. Mas no segundo seguinte, eu apressadamente afastei a luz e comecei a me retirar para o corredor como um gato, minha precaução, desta vez, nascendo do raciocínio, e não apenas do instinto. Pois quem dormia no sofá não era Akeley, mas a pessoa que fora meu guia, Noyes.

Qual era a real situação eu não podia imaginar, mas o bom-senso me dizia que a coisa mais segura a fazer era descobrir o máximo possível antes de acordar alguém. Chegando de volta ao corredor, eu silenciosamente fechei e passei o trinco na porta da sala de estar atrás de mim, diminuindo assim as chances de acordar Noyes. Depois, eu cuidadosamente entrei no escuro escritório, onde esperava encontrar Akeley, dormindo ou acordado, na grande poltrona no canto que era evidentemente seu lugar preferido de descanso. Enquanto eu ia avançando, a luz de minha lanterna atingiu a grande mesa central, revelando um dos diabólicos cilindros acoplados a máquinas de visão e audição, e com uma máquina de fala por perto, prontos para serem conectados a qualquer momento. Aquele, refleti, devia ser o cérebro armazenado que eu ouvira falando durante a terrível conferência; e por um segundo, tive o perverso impulso de conectar a máquina e ver o que ele diria.

Ele deveria, pensava eu, estar consciente de minha presença naquele exato momento, já que os aparelhos de visão e audição não poderiam deixar de revelar os raios de minha lanterna e o leve rangido do assoalho sob meus pés. Mas no final, não ousei me meter com a coisa. Eu sem querer notei que era o cilindro novo e brilhante com o nome de Akeley, que eu vira mais cedo aquela noite na prateleira e que meu anfitrião pedira para ignorar. Lembrando aquele momento, só posso lamentar minha timidez e desejar que eu tivesse tido a coragem de fazer o aparelho falar. Só Deus sabe quais mistérios e terríveis dúvidas e questões de identidade eu poderia ter esclarecido. Mas também pode ter sido uma sorte ter deixado o cilindro em paz.

Da mesa, foquei minha lanterna no canto onde eu achava que Akeley estaria, mas descobri, para minha perplexidade, que na grande poltrona não havia nenhum ser humano, adormecido ou acordado. Da cadeira pendia o velho e conhecido roupão, e perto dele no chão estavam a echarpe amarela e as enormes bandagens para os pés que considerei tão esquisitas. Enquanto hesitava tentando pensar onde Akeley poderia estar, e por que ele havia tão repentinamente se desfeito de suas necessárias roupas de enfermo, observei que na sala não havia mais o bizarro odor nem a sensação de vibração. O que os teria causado? Curiosamente, ocorreu-me que eu os havia notado apenas perto de Akeley. Eles eram mais fortes onde ele estava sentado e totalmente ausentes a não ser na sala com ele ou nos lugares externos, perto das portas daquele cômodo. Parei, deixando a lanterna vagar no escuro escritório e fustigando meu cérebro em busca de explicações para o rumo tomado pelos acontecimentos.

Oxalá eu tivesse deixado o lugar em silêncio antes de permitir que a luz pousasse mais uma vez na poltrona vazia. No final das contas, não saí em silêncio, mas sim com um grito abafado que deve ter perturbado, embora não tenha acordado, a sentinela dormente do outro lado do corredor. Aquele grito e o ronco ainda contínuo de Noyes foram os últimos sons que ouvi naquela casa infestada de morbidez sob o pico negro da montanha assombrada — aquele foco de horror transcósmico em meio às solitárias colinas verdes e os riachos que murmuravam maldições em uma espectral região rústica.

É incrível que eu não tenha deixado cair a lanterna, a mala e o revólver naquela corrida alucinada, mas de alguma forma não perdi nenhum dos três. Realmente consegui sair daquele cômodo e daquela casa sem fazer mais nenhum ruído, corri levando meus pertences até o velho Ford que estava no abrigo, coloquei o arcaico veículo para funcionar e parti na direção de algum ponto seguro desconhecido na noite negra e sem luar. A viagem que se seguiu foi um delírio que poderia ter saído dos escritos de Poe ou Rimbaud, ou dos desenhos de Doré; mas finalmente cheguei a Townshend. Isso é tudo. Se minha lucidez ainda está intacta, sou uma pessoa de sorte. Algumas vezes tenho medo do que o futuro trará, principalmente desde que o novo planeta Plutão foi tão curiosamente descoberto.

Como já mencionei, deixei minha lanterna retornar até a poltrona vazia, depois de haver feito com ela uma volta por todo o escritório; foi então que notei, pela primeira vez, a presença de alguns objetos na poltrona, que haviam ficado meio ocultos pelas dobras do roupão ali deixado. Esses são os objetos, três em número, que os investigadores não encontraram ao chegar mais tarde. Como eu disse no princípio, não havia nenhum horror visual neles. O problema era o que eles levavam a deduzir. Até agora tenho momentos de dúvida — momentos em que quase aceito o ceticismo daqueles que atribuem toda a minha experiência ao sonho e aos nervos e à alucinação.

As três coisas eram objetos incrivelmente bem construídos, providos de engenhosos grampos metálicos para prendê-los a desenvolvimentos orgânicos sobre os quais não ouso nem fazer conjeturas. Espero — com todas as forças do meu ser —, que fossem produtos feitos de cera por um mestre-artista, apesar do que meus receios mais íntimos me dizem. Meu Deus! O sussurrador na escuridão com seu odor e vibrações mórbidas! Feiticeiro, emissário, bastardo, alienígena... aquele medonho sussurrar reprimido... e todo o tempo naquele cilindro novo e brilhante na prateleira... pobre diabo!... "Prodigiosas habilidades cirúrgicas, biológicas, químicas e mecânicas".

Pois as coisas na poltrona, absolutamente perfeitas, com sutis detalhes de microscópica semelhança — ou identidade — eram o rosto e as mãos de Henry Wentworth Akeley.

NAS MONTANHAS DA LOUCURA

I.

SINTO-ME OBRIGADO a falar, pois os homens de ciência recusaram-se a seguir meu conselho sem saber o porquê. É de todo contra a minha vontade que relato os motivos pelos quais me oponho a essa pretendida invasão da Antártica — com a imensa busca de fósseis, além da maciça perfuração e descongelamento da antiga calota glacial — e reluto ainda mais porque talvez minha advertência seja em vão. É inevitável que os fatos reais, da forma que tenho de revelá-los, suscitem dúvida; se eu suprimisse, contudo, o que vai parecer bizarro e inacreditável, nada restaria. As fotografias ocultadas até agora, tanto as comuns quanto as aéreas, falarão a meu favor, pois são muitíssimo vívidas e gráficas. Mesmo assim, despertarão dúvidas por causa dos extremos a que uma hábil falsificação pode chegar. Os desenhos a tinta serão, claro, ridicularizados como óbvias imposturas, apesar de uma estranheza de técnica que os especialistas em arte deverão notar e ficar intrigados.

Por fim, terei de contar com o discernimento e o prestígio dos poucos líderes científicos que têm, por um lado, suficiente independência de pensamento para avaliar meus dados pelos seus próprios méritos horríveis e convincentes ou à luz de certos ciclos míticos primordiais e decerto desconcertantes; e, por outro lado, suficiente influência para dissuadir os exploradores em geral de qualquer programa irrefletido e superambicioso na região daquelas montanhas de loucura. Trata-se de um fato deplorável que homens relativamente desconhecidos como eu e meus colegas, ligados a apenas uma universidade pequena, tenhamos pouca chance de causar impacto no que diz respeito às questões de uma natureza bastante bizarra ou altamente controversa.

Além disso, contribui contra nós o fato de não sermos, no sentido estrito, especialistas nos campos que, acima de tudo, são uma preocupação para nós. Como geólogo, meu objetivo ao chefiar a Expedição da Universidade Miskatonic era obter, de várias partes do continente antártico, espécimes de rochas e de solo existentes a grande profundidade, ajudado pela notável furadeira criada pelo professor Frank H. Pabodie, de nosso departamento de engenharia. Eu não tinha o menor desejo de ser um pioneiro em qualquer outro campo senão nesse, embora, de fato, esperasse que o uso desse novo aparelho mecânico em diferentes pontos ao longo de caminhos antes explorados trouxesse à luz materiais de um tipo até então inalcançáveis pelos métodos comuns de coleta. O aparelho de perfuração de Pabodie, como o público já tem conhecimento a partir de nossos relatórios, era sem igual e radical em sua leveza, portabilidade e capacidade de unir o princípio da broca comum para poço artesiano ao princípio da pequena broca circular para rochas de uma maneira capaz de perfurar estratos de dureza variada. Cabeçote de aço, hastes articuladas, motor a gasolina, torre de madeira desmontável, parafernália para dinamitar, cordas, trado de remoção de detritos e tubulação secional para perfurações de 12,7 centímetros de diâmetro, que alcançavam 300 metros de profundidade; tudo isso, junto com os acessórios necessários, formava uma carga que podia ser transportada por três trenós puxados por sete cachorros, graças à engenhosa liga de alumínio da qual era feita a maioria dos objetos de metal. Quatro grandes aviões Dornier, projetados especialmente para a tremenda altitude de voo, necessária no planalto antártico, acrescidos de dispositivos para aquecimento de combustível e rápido levantamento de voo, elaborados por Pabodie, podiam transportar toda a nossa expedição de uma base na borda da grande barreira de gelo a vários pontos adequados no interior; e desses pontos, usaríamos um número suficiente de cachorros para nos deslocar.

Planejávamos cobrir uma área tão extensa quanto nos permitisse uma única estação antártica — ou mais tempo, se absolutamente necessário —, operando, sobretudo, nas cordilheiras e no planalto ao sul do mar de Ross; tratava-se de regiões já exploradas, em graus vários, por Shackleton, Amundsen, Scott e Byrd. Com mudanças frequentes de acampamento, feitas por avião, que abrangiam distâncias grandes o bastante para serem de importância geológica, esperávamos desenterrar um volume de material sem precedentes — em especial, nos estratos pré-cambrianos, dos quais fora antes extraída uma variação muito limitada de espécimes antárticos. Também desejávamos obter a maior variedade possível das rochas fossilíferas superiores, visto que a história biológica primitiva desse lúgubre ambiente de gelo e de morte é de altíssima importância para o conhecimento do passado da Terra. É de conhecimento generalizado que o continente antártico foi outrora temperado e mesmo tropical, com uma abundante vida vegetal e animal, da qual os líquenes, a fauna marinha, os aracnídeos e pinguins da região Norte são os únicos sobreviventes; por isso, esperávamos expandir essa informação em variedade, precisão e detalhe. Quando um simples furo revelasse sinais fossilíferos, iríamos ampliar a abertura com explosivos, a fim de obter amostras de tamanho e condição adequados.

Nossas perfurações, de profundidade variada de acordo com a promessa oferecida pelo solo ou rocha superior, se limitariam às superfícies de terra expostas ou quase expostas — sendo que essas, de modo inevitável, seriam encostas e cumes por causa da espessura de 2 ou 3 quilômetros de gelo compacto sobrejacente aos níveis mais baixos. Não podíamos perder tempo perfurando qualquer volume considerável de simples glaciação, embora Pabodie houvesse elaborado um plano para introduzir eletrodos de cobre em feixes densos de perfurações e degelar áreas glaciais limitadas com a corrente de um dínamo a gasolina. É esse plano — o qual nós não poderíamos pôr em prática, a não ser de forma experimental, numa expedição como a nossa — que a próxima Expedição Starkweather-Moore dispõe-se a seguir, apesar das advertências que tenho publicado desde nosso regresso da Antártica.

O público sabe da Expedição Starkweather pelos nossos frequentes relatórios enviados por rádio ao *Arkham Advertiser* e à agência de notícias, Associated Press, além dos recentes artigos escritos por Pabodie e por mim. A expedição era formada de quatro pessoas da Universidade: Pabodie, Lake, do Departamento de Biologia, Atwood, do Departamento de Física (também Meteorologista), e eu, representante do setor de Geologia e chefe nominal. Incluía ainda dezesseis assistentes: sete estudantes de graduação da universidade e nove exímios mecânicos. Desses dezesseis, doze eram pilotos aeronáuticos qualificados, e todos, exceto dois, eram competentes operadores de rádio. Oito deles entendiam de navegação com bússola e sextante, como Pabodie, Atwood e eu. Além disso, claro, nossas duas embarcações — antigas baleeiras de madeira, reforçadas para condições de gelo com um auxiliar sistema a vapor — e suas tripulações completas. A Fundação Nathaniel Derby Pickman, ajudada por algumas contribuições especiais, financiou a expedição; em consequência, nossos preparativos foram bastante criteriosos, apesar da ausência de grande publicidade. Os cachorros, trenós, máquinas, materiais de acampamentos e partes desmontadas de nossos cinco aviões foram entregues em Boston, onde se carregaram nossos navios. Partíamos muitíssimo bem equipados para nossos objetivos específicos, e, em todas as questões relacionadas a abastecimento, alimentação, transporte e construção de acampamento, aproveitamos o excelente exemplo de nossos muitos recentes e excepcionalmente brilhantes predecessores. O número e a fama extraordinários desses predecessores foram os principais motivos de nossa própria expedição — por mais ampla que fosse — ter passado tão desapercebida por quase o mundo todo.

Como noticiaram os jornais, zarpamos do porto de Boston em 2 de setembro de 1930, seguimos sem pressa pela costa, atravessamos o Canal do Panamá e paramos em Samoa e Hobart, na Tasmânia, onde carregamos nossos últimos suprimentos. Nenhum de nosso grupo de exploração estivera nas regiões polares antes; por isso, contávamos todos muito com os capitães de nossos navios — J. B. Douglas, comandante do brigue *Arkham*, que também desempenhava a função de comandante do grupo marítimo, e Georg Thorfinnssen, no comando da barca *Miskatonic*, ambos baleeiros veteranos em águas antárticas. À medida que deixávamos para trás o mundo habitado, o Sol afundava cada vez mais ao norte e demorava mais todos os dias a se ocultar atrás do horizonte. A uns 62° de latitude sul, avistamos os primeiros *icebergs* — objetos semelhantes a mesas com as laterais verticais —, e justo antes de chegar ao Círculo Antártico, que atravessamos em 20 de outubro, com as estranhas e oportunas cerimônias, tivemos consideráveis dificuldades com os bancos de gelo. A temperatura declinante me incomodava muito depois de nossa longa viagem pelos trópicos, mas tentei preparar-me para os rigores piores futuros. Em muitas ocasiões, os singulares fenômenos atmosféricos me encantavam à beça; entre eles, uma miragem de surpreendente vividez — a primeira que eu vira — em que distantes *icebergs* tornavam-se as ameias de castelos cósmicos inimagináveis.

Abrindo caminho entre o gelo, o qual, por sorte, não era nem extenso nem muito compacto, tornamos a alcançar água aberta a 67° de latitude sul, 175° de longitude leste. Na manhã de 26 de outubro, surgiu um forte brilho intermitente de terra ao sul, e, antes do meio-dia, todos sentimos um calafrio de emoção ao contemplar uma imensa e imponente cordilheira envolta em neve, que cobria todo o campo visual à frente. Afinal, encontráramos um posto avançado do grande continente desconhecido e seu mundo enigmático de morte congelada. Aqueles picos constituíam, sem a menor dúvida, a cadeia de montanhas do Almirantado, descoberta por Ross, e agora teríamos de contornar o cabo Adare e seguir pela costa leste de Victoria Land, rumo ao lugar onde pensáramos em estabelecer nossa base, na orla do estreito de McMurdo, no sopé do vulcão Erebo, latitude 77° 9' sul.

A última etapa da viagem revelou-se cheia de vida e do tipo de estimular a fantasia; imensos cumes estéreis de mistério assomavam o tempo todo ao leste, enquanto o baixo sol do meio-dia, ao norte, ou o sol ainda mais baixo da meia-noite, que quase tocava o horizonte, derramava enevoados raios avermelhados na neve branquinha, no gelo, nos cursos de água azulados e em trechos de granito exposto nas encostas. Pelos desolados picos, varriam rajadas intensas e intermitentes do terrível vento antártico cujas cadências, às vezes, emitiam vagas sugestões de um violento e meio senciente flauteio musical, com notas que se estendiam por um amplo alcance e que, por algum motivo mnemônico inconsciente, parecia-me inquietante e mesmo um tanto terrível. Alguma coisa na cena me fazia lembrar as estranhas e perturbadoras pinturas asiáticas de Nicholas Roerich, além das descrições ainda mais estranhas e perturbadoras do funesto e fabuloso planalto de Leng, contidas no horripilante *Necronomicon* do árabe louco, Abdul Alhazred. Mais tarde, lamentei muito ter examinado esse livro monstruoso na biblioteca da universidade.

Em 7 de novembro, após a cordilheira a oeste ter desaparecido temporariamente do campo visual, passamos pela Ilha Franklin e, no dia seguinte, distinguimos os cones dos montes Erebo e do Terror na ilha Ross à frente, com a longa fileira das montanhas dos montes Parry mais distantes. Estendia-se agora, em direção à leste, a linha baixa e branca da grande barreira glacial, que se elevava no sentido perpendicular a uma altura de uns 60 metros, como os penhascos rochosos de Quebec, e assinalava o fim da navegação rumo ao sul. À tarde, entramos no estreito de McMurdo e nos mantivemos próximos da costa, a sotavento do fumegante monte Erebo. O pico, coberto de escórias vulcânicas, elevava-se a pouco mais de 3.800 metros, mostrado em silhueta diante do céu nascente como uma gravura japonesa do sagrado Fujiyama, enquanto mais além se alçava às alturas o branco e fantasmático monte do Terror, com 3.220 metros de altura, hoje um vulcão extinto. Baforadas de fumaça brotavam intermitentes do Erebo, e um dos estudantes — um jovem brilhante chamado Danforth — indicou o que parecia lava na encosta coberta de neve e comentou que aquela montanha, descoberta em 1840, fora, sem a menor dúvida, a fonte da inspiração de Edgar Allan Poe quando, sete anos depois, escreveu:

>...Era então o meu peito vulcânico
>qual torrente de lava que no solo
>salta, vinda dos cumes do Yaanek,
>nas mais longínquas regiões do polo,
>que ululando se atira do monte
>nos panoramas árticos do polo

Danforth era um grande leitor de material bizarro e já conversara bastante a respeito de Poe. Eu mesmo me interessei, devido ao cenário antártico do único conto longo de Poe — o perturbador e enigmático *As Aventuras Extraordinárias de Arthur Gordon Pym*. No litoral desolado e barreira glacial imponente ao fundo, miríades de grotescos pinguins grasnavam e batiam as nadadeiras, enquanto se viam na água gordas focas nadando ou esparramadas em grandes pedaços de gelo flutuante.

Na madrugada do dia 9, pouco depois da meia-noite, realizamos um difícil desembarque na ilha de Ross, a bordo de pequenos botes, estendemos um cabo de cada navio e nos preparamos para desembarcar suprimentos mediante um sistema de boias que deslizavam num cabo. Nossas sensações, ao pisarmos pela primeira vez o solo antártico, foram comoventes e complexas, embora, naquele ponto específico, as expedições de Scott e de Shackleton nos houvessem precedido. O acampamento na orla gelada, abaixo da encosta do vulcão, era apenas temporário, pois o quartel-general continuava a bordo do *Arkham*. Desembarcamos toda a maquinaria de perfuração, cachorros, trenós, barracas, víveres, tanques de gasolina, o equipamento experimental para derreter o gelo, câmeras fotográficas convencionais e aéreas, peças de aviões e outros acessórios, incluindo três pequenos aparelhos portáteis transmissores e receptores de rádio (além dos que estavam nos aviões), capazes de se comunicar de qualquer parte da Antártica que desejássemos visitar com o maior equipamento do *Arkham*. A emissora do navio, que se comunicava com o mundo exterior, transmitiria os relatórios à potente estação que o *Arkham Advertiser* tinha em Kingsport Head, Massachusetts. Esperávamos concluir nosso trabalho durante um único verão antártico, mas se isso se revelasse impossível, passaríamos o inverno no *Arkham*, após enviar a barca *Miskatonic* para o norte, antes que o gelo o bloqueasse e impedisse a busca de novos suprimentos para outro verão.

Não é necessário repetir aqui o que os jornais já publicaram sobre o nosso trabalho inicial: a ascensão ao monte Erebo; as bem-sucedidas perfurações minerais em vários pontos da ilha Ross e a extraordinária rapidez com que o aparato de Pabodie as efetuou, inclusive através de estratos de rocha sólida; o teste experimental com o pequeno equipamento de degelo; a perigosa subida pela grande barreira com trenós e suprimentos e a montagem final dos cinco enormes aviões no acampamento que montamos no alto da barreira. A saúde de nosso grupo terrestre — 20 homens e 55 cachorros alasquianos de trenós — era extraordinária, embora, por certo até então, não houvéssemos encontrado temperaturas nem tempestades verdadeiramente destrutivas. Quase o tempo todo, o termômetro variava de -16°C a -6,5°C ou -4°C, e nossa experiência com os invernos da Nova Inglaterra nos havia habituado a rigores desse tipo. O acampamento na barreira era semipermanente e destinava-se a servir de depósito de gasolina, provisões, dinamite e outros suprimentos. Apenas quatro de nossos aviões eram necessários para transportar o material de exploração específico, o quinto era deixado no depósito com um piloto e dois homens dos navios para permitir que o *Arkham* pudesse chegar onde nos achássemos no caso do desaparecimento de todos os nossos aviões de exploração. Mais tarde, quando não usando todos os outros aviões para transportar equipamento, empregaríamos um ou dois num serviço de transporte rápido de ida e volta entre esse depósito e outra base permanente no grande planalto, em torno de 1.500 ou 1.600 quilômetros ao sul, além da geleira de Beardmore. Apesar dos relatos quase unânimes de ventos aterrorizantes e de tempestades que desabam do planalto, decidimos dispensar as bases intermediárias e correr os riscos em benefício da economia e provável eficiência.

Os informes telegráficos que enviamos haviam noticiado o espetacular voo de quatro horas sem escalas de nosso esquadrão, em 21 de novembro, sobre o imponente banco de gelo, com imensos picos elevando-se a oeste, e dos silêncios insondáveis que repercutiam o barulho de nossos motores. O vento não chegava a representar uma grande dificuldade, e os radiogoniômetros nos ajudaram a atravessar o único nevoeiro opaco que enfrentamos. Quando a imensa elevação assomou diante de nós entre as latitudes 83° e 84°, soubemos que havíamos chegado à geleira de Beardmore, o maior vale glacial do mundo, e que o mar congelado dava lugar, agora, a uma costa sombria e montanhosa. Entrávamos, afinal, no verdadeiro mundo branco do polo, morto há bilhões de anos, dos confins meridionais, e, tão logo nos dávamos conta disso, avistamos o cume do monte Nansen, bem distante a leste, o qual se agigantava naquela altura de mais de 4.500 metros.

O estabelecimento bem-sucedido da base sul, acima da geleira na latitude 86° 7' e longitude leste 174° 23', além das perfurações e explosões, extremamente rápidas e eficazes, em vários pontos alcançados por viagens de trenó e por breves voos, passaram à história, assim como a árdua e triunfante ascensão ao monte Nansen, por Pabodie e dois dos estudantes diplomados, Gedney e Carroll, em 13 e 15 de dezembro. Estávamos a uns 2.600 metros acima do nível do mar, e quando perfurações experimentais revelaram terreno sólido a apenas 3,5 metros abaixo da neve e do gelo, em certos pontos, fizemos considerável uso do pequeno aparelho de degelo, perfurando e explodindo dinamite em vários lugares, nos quais nenhum explorador anterior jamais pensara em coletar amostras minerais. Os granitos e os depósitos de Beacon (que contém um rico registro de formas de vida da extinta Antártica, incluindo fósseis de peixe de água doce) pré-cambrianos coletados confirmaram nossa convicção de que aquele planalto era homogêneo com a grande massa principal a oeste do continente, mas um tanto diferente das partes que se estendiam a leste, abaixo da América do Sul — o que nos levou, então, a pensar que se tratava de um continente menor, separado, dividido do maior por uma junção congelada dos mares de Ross e Weddell, embora Byrd, desde então, houvesse refutado a hipótese.

Em alguns dos arenitos, dinamitados e cinzelados após a perfuração revelar-lhe a natureza, encontramos sinais e fragmentos fósseis interessantíssimos, com destaque para samambaias, algas marinhas, trilobites, crinoides e moluscos como *lingulae* e gastrópodes — os quais pareciam ter tido verdadeira importância para a história dos primórdios da região. Também descobrimos uma estranha marca estriada e triangular, com uns 30,5 centímetros no diâmetro maior, o qual Lake recompôs a partir dos três fragmentos de ardósia extraídos de uma profunda abertura dinamitada. Esses fragmentos provinham de um ponto a oeste, perto da cordilheira Rainha Alexandra, e Lake, como biólogo, pareceu considerar-lhe as estranhas marcas excepcionalmente provocantes e difíceis de explicar, embora, com meus olhos de geólogo, eu não a achasse diferente de alguns dos efeitos ondulados, bastante comuns nas rochas sedimentares. Como a ardósia não passa de uma formação metamórfica, na qual é pressionado um estrato sedimentar, e levando-se em conta que a própria pressão produz um singular efeito de distorção em quaisquer marcas que possam existir, não vi motivo para aquela extrema admiração pela depressão estriada.

Em 6 de janeiro de 1931, Lake, Pabodie, Daniels, todos os seis estudantes, quatro mecânicos e eu sobrevoamos o Polo Sul em dois dos grandes aviões, sendo uma vez obrigados a descer devido à uma ventania repentina e forte que, por sorte, não se intensificou numa típica tempestade. Tratou-se, como afirmaram os jornais, de um entre os vários voos de reconhecimento, durante os quais tentamos discernir novos aspectos topográficos em áreas não alcançadas por exploradores anteriores. Os primeiros voos foram decepcionantes quanto aos nossos objetivos, embora nos tenham proporcionado alguns magníficos exemplos de miragens fantásticas e enganosas das regiões polares, das quais nossa viagem por mar já nos oferecera breves indícios. Montanhas distantes flutuavam no céu como cidades encantadas, e, com frequência, todo aquele mundo branco dissolvia-se numa terra dourada, prateada e escarlate de sonhos *dunsanianos* e a promissora expectativa sob a luz espectral do baixo sol da meia-noite. Nos dias nublados, tínhamos considerável dificuldade para voar devido à tendência do céu e da terra, envoltos pela neve, a se fundir num místico vazio opalescente, sem nenhum horizonte visível que assinalasse a junção de ambos.

Decidimos, afinal, aplicar nosso plano original de voar cerca de 800 quilômetros rumo à leste com todos os quatro aviões de exploração e estabelecer uma nova sub-base num ponto que, na certa, ficasse na menor divisão continental, como erroneamente o concebemos. Os espécimes geológicos obtidos ali seriam desejáveis para fins de comparação. Nossa saúde, até então, permanecera excelente, e o suco de limas compensava bem a constante dieta de alimentos enlatados e salgados. Além disso, temperaturas, em geral acima de zero, nos permitiam prescindir das peles mais grossas. Eram meados de verão, e, com pressa e cuidado, talvez tivéssemos condições de concluir o trabalho em março e evitar uma tediosa hibernação durante a longa noite antártica. Várias tempestades violentas vindas do oeste se haviam precipitado, de repente, sobre nós, mas escapáramos ilesos dos danos graças ao talento de Atwood na criação e construção de abrigos rudimentares para os aviões e quebra-ventos de pesados blocos de neve, além de reforçar os principais prédios do acampamento com neve. Nossa boa sorte e eficiência haviam sido, na verdade, quase sobrenaturais.

O mundo exterior conhecia, decerto, nosso programa e também tinha conhecimento da estranha e obstinada insistência de Lake numa viagem de exploração rumo à oeste ou, melhor, noroeste, antes de nossa mudança definitiva para a nova base. Parece que ele premeditara muito, com ousadia alarmantemente radical, sobre aquela marca triangular estriada na ardósia, após atribuir-lhe certas contradições de natureza e de período geológico, que lhe despertaram extrema curiosidade e o deixaram ansioso por abrir novos furos e fazer mais perfurações na formação que se entende a oeste à qual pertenciam, sem a menor dúvida, os fragmentos desenterrados. Convencera-se de que as marcas constituíam a pegada de um organismo volumoso, desconhecido, inclassificável e de evolução muitíssimo avançada, apesar de a rocha, onde apareceram, ser de um período remotíssimo — Cambriano, senão de fato, Pré-Cambriano — que excluía a existência provável de não apenas toda fase de vida bem avançada, mas de qualquer vida acima do estágio unicelular ou, no máximo, dos trilobites. Esses fragmentos, com as estranhas marcas, teriam entre 500 milhões e 1 bilhão de anos.

II.

Suponho que a imaginação popular reagiu ativamente aos nossos boletins radiodifundidos sobre a partida de Lake rumo ao noroeste para regiões jamais pisadas por pés humanos nem sequer imaginadas pelo homem, embora não houvéssemos mencionado suas disparatadas esperanças de revolucionar toda a ciência biológica e geológica. Sua primeira jornada de trenó, com o objetivo de empreender perfurações, realizou-se entre 11 e 18 de janeiro, com Pabodie e outros cinco — e frustrada pela perda de dois cachorros numa queda, ao atravessarem uma das grandes cumeeiras de alta pressão no gelo —, e rendera outros espécimes de ardósia da fase arqueana, a mais antiga do período Pré-Cambriano; e até eu fiquei interessado pela singular profusão de evidentes marcas fósseis naquele estrato de incrível antiguidade. Essas marcas, contudo, eram de formas de vida muito primitivas, que não envolviam grande paradoxo, exceto o da própria ocorrência de qualquer forma de vida em rochas tão decididamente pré-cambrianas quanto pareciam ser as últimas descobertas. Em consequência, eu ainda não conseguia julgar razoável a exigência de um intervalo, feita por Lake em nosso programa, destinado a poupar tempo; intervalo que, além disso, exigiria a utilização de todos os quatro aviões, muitos homens e o aparato mecânico inteiro de nossa expedição. Acabei, porém, não vetando o plano, embora decidisse não acompanhar o grupo rumo à noroeste, apesar do apelo de Lake, pedindo-me assistência geológica. Enquanto eles estivessem fora, eu iria permanecer na base com Pabodie e cinco homens e elaborar os planos finais da mudança para o leste. Em preparação para essa transferência, um dos aviões começara a transportar um considerável abastecimento de gasolina do estreito de McMurdo, o que, no entanto, poderia esperar por algum tempo. Conservei comigo um trenó e nove cachorros, visto ser imprudente ficar sem nenhuma possibilidade de transporte num mundo totalmente desabitado e morto há um bilhão de anos.

A expedição secundária de Lake ao interior do desconhecido, como todos hão de recordar, enviava seus próprios boletins pelos transmissores de ondas curtas nos aviões, os quais eram simultaneamente captados por nossos aparelhos da base sul e pelo *Arkham*, no estreito McMurdo, de onde eram retransmitidos ao mundo exterior em comprimentos de onda de até 50 metros. A partida deu-se às 4h da manhã de 22 de janeiro; e a primeira mensagem que recebemos chegou passadas apenas duas horas, quando Lake comunicou que pousara e iniciara um degelo e uma perfuração, em pequena escala, num ponto distante a uns de 480 quilômetros de nós. Seis horas depois, uma segunda mensagem muito animada nos falava do trabalho frenético, semelhante ao de um castor, onde se introduzira uma haste pouco profunda, cuja perfuração logo se alargou com dinamite, culminando na descoberta de fragmentos de ardósia com várias marcas, quase iguais àquela que causara a perplexidade original.

Três horas depois, um breve boletim anunciou o reinício do voo, apesar de um temporal brutal e penetrante. Quando despachei uma mensagem de protesto contra novos riscos, Lake respondeu, curto e grosso, que seus novos espécimes justificavam enfrentar qualquer risco. Dei-me conta de que o entusiasmo dele tocara as raias do motim e que eu nada podia fazer para evitar esse perigo precipitado que, agora, podia correr o êxito de toda a expedição. Entretanto, era terrível pensar nele mergulhando cada vez mais fundo naquela traiçoeira e sinistra imensidão branca de tempestades e mistérios insondáveis que se estendia por uns 2.300 quilômetros, em direção ao litoral semiconhecido, semiduvidoso, das Terras da Rainha Mary e de Knox.

Então, passada mais uma hora e meia, chegou essa mensagem duplamente exaltada do avião de Lake, em voo, que quase virou meus sentimentos ao contrário e me fez desejar que eu houvesse acompanhado o grupo:

"Eram 10h05. Em pleno voo. Depois do temporal, descortinou-se uma cordilheira à frente, maior que qualquer outra conhecida. Talvez igual à do Himalaia, levando-se em conta a altitude do planalto. Latitude provável: 76° 5'; longitude: 113° 10'. Estende-se à direita e à esquerda até onde a vista alcança. Suspeita-se de dois cones fumegantes. Todos os picos obscuros e sem neve. O vendaval que sopra deles impede navegação."

Depois disso, Pabodie, os homens e eu permanecemos sem respirar junto ao receptor. A ideia daquela gigantesca muralha montanhosa, a mais 1.100 quilômetros de distância, inflamava nosso mais profundo sentido de aventura e nos regozijava o fato de que nossa expedição a houvesse descoberto, mesmo sem a nossa participação direta. Passada meia hora, Lake nos chamou mais uma vez:

"Avião de Moulton obrigado a fazer um pouso forçado nos contrafortes do maciço, nenhum ferido, e talvez possa ser consertado. Vamos transferir tudo o que for imprescindível aos outros três para o retorno ou novos deslocamentos se for preciso, porém, agora, não são mais necessárias viagens em aviões pesados. As montanhas superam tudo na imaginação. Vou fazer um reconhecimento no avião de Carroll, sem nenhum peso. Vocês não podem imaginar nada igual a isso. Os picos mais altos devem se alçar a mais de 10.500 metros. O Everest está fora da disputa. Atwood vai calcular as alturas com o teodolito enquanto Carroll e eu levantamos voo. Na certa, nos enganamos sobre os cones, pois as formações parecem estratificadas. Possivelmente ardósia pré-cambriana misturada com outros estratos. Efeitos estranhos no horizonte: seções regulares de cubos agarradas aos picos mais altos. Toda a paisagem maravilhosa, à luz dourado-avermelhada do sol baixo. Como terra misteriosa vista em sonhos ou como portal de acesso ao mundo proibido de maravilhas jamais contempladas. Gostaria que você estivesse aqui para estudar."

Embora tecnicamente fosse hora de dormir, nenhum de nós, dentre os ouvintes, pensou, nem sequer por um momento, em se recolher. O mesmo devia ocorrer no estreito McMurdo, onde o depósito de suprimentos e o *Arkham* também vinham captando as mensagens, pois o capitão Douglas nos chamou parabenizando a todos pelo importante achado, e Sherman, o encarregado do depósito, também apoiou a felicitação. Embora, decerto, lamentássemos muito o acidente com o avião, esperávamos que fosse consertado com facilidade. Então, às 11 h da noite, chegou outra mensagem de Lake:

"Sobrevoo com Carroll os contrafortes mais elevados. Não ousamos nesse tempo tentar os picos altos mesmo, mas faremos isso depois. Assustador o trabalho de alçar voo, e muito difícil voar a essa altitude, ainda que valha a pena. A grande cordilheira é bastante cerrada; por isso, não dá para se ver nada do que tem além. Os principais cumes maiores excedem o Himalaia em altura e são muito estranhos. A cordilheira parece constituir-se de ardósia pré-cambriana, com claros sinais de muitos outros estratos soerguidos. Enganei-me sobre vulcanismo. Estende-se nas duas direções mais além do que a vista alcança. Limpa de neve acima de 6.500 metros. Formações singulares nas encostas das montanhas mais altas. Grandes blocos baixos e quadrados, com lados exatamente verticais e linhas retangulares de muralhas baixas e verticais, como os velhos castelos asiáticos, suspensos em montanhas íngremes, nas pinturas de Roerich. Impressionantes desde longe. Voamos próximo a algumas, e Carroll achou que eram formadas de partes menores separadas, mas na certa se trata de erosão. Maioria das arestas desgastadas e arredondadas, como se expostas às tempestades e mudanças climáticas por milhões de anos. Algumas partes, sobretudo as superiores, parecem ser de rocha mais clara que quaisquer estratos visíveis nas encostas propriamente ditas; em consequência, de evidente origem cristalina. Voos mais próximos mostram muitas aberturas de cavernas, algumas de contornos singularmente regulares, quadrados ou semicirculares. Você precisa vir investigar. Creio ter visto muralha assentada no topo de um pico. A altura parece de uns 9.000 a 10.500 metros. Estou a 6.500 m, num frio diabólico e cortante. O vento assovia e uiva através de desfiladeiros e ao entrar e sair de cavernas, mas nenhum perigo real para o voo até agora."

A partir daí, por mais meia hora, Lake manteve uma enxurrada de comentários, manifestando a intenção de escalar, a pé, alguns picos. Respondi que me juntaria a ele assim que pudesse mandar um avião e que Pabodie e eu elaborássemos o melhor plano de abastecimento da gasolina — onde e como concentrarmos nossas provisões, em vista da mudança de programa da expedição. Era evidente que os trabalhos de perfuração de Lake, além de suas atividades aeronáuticas, necessitariam de um grande volume de combustível para a nova base que ele deveria instalar no sopé das montanhas, e bem possível, afinal, que talvez nem sequer se empreendesse o voo rumo à leste naquela estação. Em relação a isso, chamei o capitão Douglas e lhe pedi que retirasse o máximo possível de apetrechos dos navios e que o levasse para o alto da barreira usando a única junta de cachorros que deixáramos lá. O que devíamos, de fato, estabelecer era uma rota direta pela região desconhecida entre Lake e o estreito McMurdo.

Lake me chamou mais tarde para dizer que havia decidido instalar o acampamento no lugar em que o avião de Moulton fora obrigado a fazer o pouso e onde também já se haviam iniciado os reparos. A cobertura de gelo era muito fina, o solo escuro entremostrava-se aqui e ali, e ele faria algumas perfurações e explosões naquele mesmo local antes de fazer quaisquer viagens de trenó ou escaladas a pé. Falou sobre a inefável suntuosidade de todo o panorama e sobre o estado de suas sensações causadas pelo fato de se ver ao abrigo de imensos e silenciosos pináculos, cujas fileiras se precipitavam acima, como uma muralha que alcançasse o céu nos confins do mundo. Segundo as observações pelo teodolito, Atwood fixara a altura dos cinco picos mais elevados entre 9.000 a 10.200 metros. A natureza do terreno varrido pelo vento inquietava Lake, pois prenunciava a existência esporádica de prodigiosos vendavais, mais violentos que tudo por nós enfrentado até então. Seu acampamento ficava a uns 8 quilômetros do ponto onde os contrafortes mais altos se elevavam bruscamente. Eu quase conseguia perceber um tom de alarme inconsciente em suas palavras — transmitidas através de um vazio glacial de 1.100 quilômetros —, enquanto ele exortava que todos nos apressássemos o máximo possível para terminar de explorar aquela estranha e nova região. Ia descansar então, após um dia contínuo de trabalho de rapidez, exaustão e resultados sem precedentes.

De manhã, tive uma conversa tripartida pelo rádio com Lake e o capitão Douglas, quando combinamos que um dos aviões de Lake viria à minha base buscar Pabodie, os cinco homens e a mim, além de transportar todo o combustível que pudesse carregar. A questão sobre o restante do combustível, dependendo de nossa decisão sobre uma viagem para o leste, poderia esperar alguns dias, visto que, por ora, Lake tinha o suficiente no acampamento para aquecimento e perfurações. No devido momento, a velha base no Sul teria de ser reabastecida; no entanto, se adiássemos a viagem para o leste, não a usaríamos até o verão seguinte, e nesse meio tempo, Lake deveria mandar um avião explorar uma rota direta entre as montanhas da cordilheira recém-descoberta e o estreito McMurdo.

Pabodie e eu nos preparamos para fechar a base por um período curto ou longo, como talvez fosse o caso. Se hibernássemos na Antártica, decerto voaríamos direto da base de Lake para o *Arkham*, sem retornar a essa base no sul. Algumas de nossas barracas cônicas já haviam sido reforçadas com blocos de neve endurecida, e então decidimos completar o trabalho criando uma aldeia esquimó permanente. Devido ao abundante suprimento de barracas, Lake tinha consigo tudo o que sua base poderia precisar mesmo depois de nossa chegada. Informei pelo rádio que Pabodie e eu estaríamos prontos para a mudança rumo ao noroeste dali a mais um dia de trabalho e uma noite de repouso.

Nossos esforços, contudo, não foram muito constantes depois que, às 4h da tarde, Lake começou a enviar as mais extraordinárias e entusiasmadas mensagens. Seu dia de trabalho começara de modo pouco promissor, visto que um reconhecimento aéreo das superfícies de rochas quase expostas exibiu total ausência daqueles estratos do período arqueano e primordial que ele procurava e os quais constituíam a maior parte dos colossais picos que se agigantavam a uma distância irresistível do acampamento. A maioria das rochas avistadas pareciam ser arenitos do período jurássico e comanchiano, além de xistos permianos e triássicos com, de vez em quando, um brilhante afloramento escuro sugerindo carvão duro ou antracito. Isso desanimou um pouco Lake cujos planos almejavam desenterrar espécimes com mais 500 milhões de anos. Para ele ficou claro que, a fim de recuperar o veio de ardósia arqueana na qual encontrara as marcas tão singulares, teria de fazer uma longa viagem dos contrafortes até as íngremes encostas das próprias montanhas gigantescas.

Decidira, porém, efetuar algumas perfurações ali mesmo como parte do programa geral da expedição. Por isso, montou o equipamento e pôs cinco homens para operá-lo, enquanto os demais terminavam de montar o acampamento e reparar o avião danificado. A rocha visível mais macia — um arenito a 400 metros do acampamento — fora escolhida para a primeira amostragem, e a perfuradora fez excelente progresso sem muitas explosões suplementares. Foi depois de umas três horas, após a primeira explosão de fato pesada da operação, que se ouviu a gritaria da equipe de perfuração; também foi neste momento que o jovem Gedney, que desempenhava a função de supervisor do trabalho, precipitou-se acampamento adentro com a assombrosa notícia.

Haviam atingido uma caverna. No começo da perfuração, o arenito dera lugar a um veio de calcário comanchiano, onde proliferavam minúsculos fósseis: cefatópodes, corais, equinodermos e, de vez em quando, indícios de esponjas silicosas e ossos de vertebrados marinhos, estes, na certa, teleósteos, tubarões e ganoides. Isso em si era muitíssimo importante, pois se tratava dos primeiros vertebrados fósseis que a expedição conseguira, mas logo depois, quando o cabeçote da broca introduziu-se mais fundo através do estratono vazio aparente, uma emoção nova e duplamente intensa espalhou-se entre os escavadores. Uma explosão de bom tamanho expôs o secreto subterrâneo; e então, por uma abertura irregular de talvez 1,5 metros de largura e 90 centímetros de espessura, escancarou-se diante dos entusiasmados pesquisadores parte de um fino estrato calcário, escavado há mais de 50 milhões de anos pelo escoamento das águas subterrâneas de um extinto mundo tropical.

A camada escavada, embora não tivesse mais de uns 2 ou 2,5 metros de profundidade, estendia-se indefinidamente em todas as direções e dela emanava uma fresca e leve corrente de ar, a qual sugeria fazer parte de um extenso sistema subterrâneo. Tanto o teto quanto o piso exibiam uma profusão de grandes estalagmites e estalactites, algumas das quais se encontravam e formavam colunas, embora o mais importante de tudo fosse o enorme depósito de conchas e ossos que, em certos lugares, quase obstruíam a passagem. Transportada pelas águas de desconhecidas selvas de fetos e fungos mesozoicos, além de florestas terciárias de cicadáceas, palmáceas e primitivas angiospermas, essa mistura óssea continha mais representantes de animais do período Cretáceo, da época eocena e de outras épocas do que o maior dos paleontologista poderia contar ou classificar num ano. Moluscos, carapaças de crustáceos, peixes, anfíbios, répteis, aves e primitivos mamíferos: grandes e pequenos, conhecidos e desconhecidos. Não admira que Gedney tenha voltado correndo para o acampamento aos gritos, e tampouco que todos os demais interrompessem o trabalho e se precipitassem, impetuosos, pelo frio de rachar para o lugar onde a alta torre de perfuração assinalava um recém-descoberto acesso a segredos do interior da Terra e de bilhões de anos.

Depois de haver satisfeito a primeira aguilhoada de curiosidade, Lake rabiscou uma mensagem em sua caderneta e mandou o jovem Moulton correr de volta ao acampamento para despachá-la pelo rádio. Foi essa a primeira notícia que recebi da descoberta, comunicando a identificação de conchas, ossos de ganoides e placodermos, vestígios de labirintodontos e tecodontes, grandes fragmentos de crânios de mossassauros, vértebras e placas de couraça de dinossauros, dentes e ossos de asas de pterodátilos, restos de arqueópterix, dentes de tubarões miocênicos e crânios de aves primitivas, além de outros ossos de mamíferos arcaicos: paleópteros, xifodontes, hiracotério, oreodontes e titanotérios. Nada havia ali de recente, como um mastodonte, elefante, camelo verdadeiro, veado ou animal bovino; por isso, Lake concluiu que os últimos depósitos haviam ocorrido durante a época oligocena e que o estrato escavado permanecera em seu estado presente seco, morto e inacessível, durante pelo menos 30 milhões de anos.

Por outro lado, a predominância de formas de vida muito primitivas era singular ao extremo. Embora a formação calcária fosse, à luz de fósseis que continha, tão característica com os ventricosos inequivocamente da época Comanchiana, sem nenhuma partícula anterior, os fragmentos livres no espaço escavado incluíam uma surpreendente proporção de organismos até então considerados característicos de períodos muito mais antigos — até mesmo peixes, moluscos e corais rudimentares de períodos ainda remotos, como o Siluriano ou o Ordoviciano. A inevitável inferência era que, nessa parte do mundo, houvera um notável e inusitado grau de continuidade entre a vida de 300 milhões de anos e a de apenas 30 milhões de anos atrás. A que distância no passado essa continuidade se estendera além do Oligoceno, quando a caverna fora fechada, escapava, claro, a qualquer especulação. De qualquer modo, a chegada do aterrador gelo do Plistoceno, há uns 500 mil anos — pouco mais que um ontem, comparado à antiguidade daquela caverna —, devia ter liquidado todas as formas de vida primitivas que naquele local haviam conseguido sobreviver além do limite geral alcançado pelos semelhantes.

Não satisfeito com a primeira mensagem, Lake escreveu e despachou outro boletim para o acampamento antes que Moulton pudesse voltar. Depois disso, o último permaneceu junto ao rádio de um dos aviões, transmitindo — a mim e ao *Arkham* — as mensagens, a fim de retransmiti-las ao mundo exterior — os frequentes pós-escritos que Lake lhe enviava por uma série de mensageiros. Os que acompanharam os jornais hão de lembrar-se da comoção gerada entre os homens de ciência pelas notícias daquela tarde — notícias que acabaram resultando, afinal, depois de tantos anos, à organização da própria Expedição Starkweather-Moore cujos fins com tanta ansiedade desejo dissuadir. Será melhor transcrever as mensagens literalmente, como Lake as enviou, e McTighe, o operador de nossa base, traduziu-as das notas taquigráficas escritas à mão:

"Fowler faz descoberta de máxima importância em fragmentos de arenito e de calcário após perfurações e explosões. Várias diferentes impressões estriadas triangulares, como as da ardósia arqueana, demonstram que sua fonte sobreviveu desde mais de 600 milhões de anos atrás até o período Comanchiano, com apenas alterações morfológicas moderadas e diminuição no tamanho médio, sendo as impressões desse período visivelmente mais primitivas ou decadentes que as mais antigas. Enfatizar a importância da descoberta na imprensa. Significará para a Biologia o que Einstein significou para a Matemática e a Física. Integra meu trabalho anterior e amplia as conclusões. Como eu desconfiava, tudo parece indicar que a Terra passou por todo um ciclo ou ciclos de vida orgânica, anteriores ao que conhecemos, que começa com células da era Arqueozoica. Evoluiu e se especializou há não menos de um bilhão de anos, quando o planeta era jovem e até pouco antes inabitável por quaisquer formas de vida ou estrutura protoplásmica normal. Suscita a questão de quando, onde e como ocorreu o desenvolvimento".

"Mais tarde. Após examinar certos fragmentos de esqueletos de grandes sáurios terrestres e marinhos e de mamíferos primitivos, encontrei singulares contusões ou lesões não atribuíveis a qualquer animal predador ou carnívoro de qualquer período. São de dois tipos: furos retos, penetrantes, e incisões maiores e cortantes. Um ou dois casos de ossos claramente decepados. Não muitos espécimes atingidos. Vou mandar buscar lanternas elétricas no acampamento e ampliar a área subterrânea de busca, cortando as estalactites."

"Mais tarde ainda. Localizamos um peculiar fragmento de esteatita com uns 15 centímetros de largura e 4 centímetros de espessura, inteiramente diferente de qualquer formação local visível. Embora esverdeada, nada ostenta que possa indicar-lhe o período. Exibe lisura e regularidade estranhas. Tem forma de estrela de cinco pontas com os vértices quebrados e sinais de outra clivagem em ângulos internos e no centro da superfície. Pequena e lisa depressão no meio da superfície intacta. Desperta muita curiosidade quanto à origem e à erosão. Na certa, devido à algum fenômeno inusitado da ação da água. Carroll, com a lupa, julga poder ver outras marcas de importância geológica. Grupos de minúsculos pontinhos em desenhos regulares. Os cachorros ficam cada vez mais inquietos enquanto trabalhamos e parecem detestar essa esteatita. Precisamos verificar se a pedra exala algum cheiro singular. Torno a informar quando Mills voltar com as lanternas e começarmos na área subterrânea."

"10h15 da noite. Descoberta importante. Ao trabalharem na área subterrânea às 21h45 com lanternas, Orrendorf e Watkins encontraram um monstruoso fóssil em forma de barril de natureza inteiramente desconhecida; decerto vegetal, a não ser que se trate de um espécime superdesenvolvido de radiados marinhos desconhecido. Tecidos preservados por evidente ação de sais minerais. Duro como couro, embora em certos pontos conserve espantosa flexibilidade. Marcas de partes quebradas nas extremidades e em volta dos lados. Tem 1,83 metros de ponta a ponta, quase um metro de diâmetro central, afunilando a 30,5 centímetros em cada extremidade. Assemelha-se a um barril com cinco protuberâncias abauladas em vez de aduelas. Rupturas laterais, como talos bem finos no meio dessas rugas. Em sulcos entre os abaulamentos, veem-se estranhas excrescências: grandes cristas ou asas que se dobram e desdobram como leques. Todas bastante lesadas, menos uma que alcança uma envergadura de quase 2 metros com as asas abertas. A estrutura lembra certos monstros de mitos primitivos, sobretudo os fabulosos Seres Ancestrais do *Necronomicon*. As asas parecem membranosas, estendidas numa armadura de tubos glandulares. Visíveis minúsculos orifícios na armadura da ponta das asas. As extremidades do corpo ressecadas não revelam pistas quanto ao interior nem do que se quebrou ali. Precisamos dissecá-lo quando voltarmos ao acampamento. Não consigo decidir se é vegetal ou animal. Muitas características são, sem a menor dúvida, de um primitivismo quase inacreditável. Incumbi todos os homens de cortarem estalactites e procurarem outros espécimes. Encontrados outros ossos marcados com cicatrizes, mas esses terão de esperar. Problemas com os cachorros. Não suportam o novo espécime e o despedaçariam se não os mantivéssemos afastados."

"23h30. Atenção: Dyer, Pabodie, Douglas. Questão de máxima — eu diria transcendental — importância. O Arkham deve comunicar-se com a Estação de Kingsport Head imediatamente. A estranha forma arqueana semelhante a um barril foi a coisa que deixou as impressões nas rochas. Mills, Boudrau e Fowler descobriram um grupo de mais treze num ponto subterrâneo a uns 12 metros da abertura do subterrâneo. Misturados com fragmentos de esteatita curiosamente arredondados e configurados, menores que o localizado antes com forma de estrela, mas sem marcas de fratura, exceto em algumas das pontas. Dos espécimes orgânicos, oito parecem perfeitos com todos os apêndices. Trouxeram todos para a superfície e levaram os cachorros para longe. Estes não suportam as coisas. Prestem muita atenção na descrição e a repitam de volta para mim, porque os jornais têm de recebê-la com toda exatidão.

"Os objetos têm 2,44 metros de uma ponta à outra. Torso em forma de barril, com 1,83 metros, com quase 1 metro de diâmetro central, 30 centímetros de diâmetro nas extremidades. Cinza-escuros, flexíveis e duríssimos. Asas membranosas de 2,10 metros, da mesma cor, encontradas dobradas, as quais de abrem de sulcos entre as protuberâncias. A estrutura das asas é tubular ou glandular, de um cinza mais claro, com orifícios nas pontas das asas. As asas abertas têm as bordas serrilhadas. Ao redor do equador, um no ápice central de cada uma das cinco protuberâncias verticais semelhantes a aduelas de barril, têm cinco sistemas de braços ou tentáculos flexíveis cinza-claros, encontrados bem comprimidos no torso, mas expansíveis até o comprimento máximo de quase 1 metro, parecidos com os braços de crinoide primitivo. Talos simples, de uns 8 centímetros de diâmetro, subdividem-se após 25 centímetros em cinco subpedúnculos, cada um dos quais se subdividem 30 centímetros depois em pequenos tentáculos afunilados ou gavinhas, dando a cada pedúnculo um total de 25 tentáculos.

"No alto do torso do pescoço curto, grosso e bulboso de um cinzento mais claro, com sugestões lembrando guelras, segura uma aparente cabeça, em forma de estrela-do-mar amarelada de cinco pontas, coberta por cílios cerdosos de uns 8 centímetros e várias cores prismáticas. Cabeça grossa e inchada, uns 60 centímetros de uma ponta à outra, tinha tubos amarelados e flexíveis de 8 centímetros que se projetam de cada ponta. Fenda no centro exato da parte superior, na certa um orifício de respiração. Na extremidade de cada tubo, há uma expansão esférica, coberta por uma membrana amarelada que se recolhe ao tocá-la e revela um globo vítreo, com íris vermelha, sem a menor dúvida um olho. Cinco tubos avermelhados, ligeiramente mais longos, saem dos ângulos internos da cabeça em forma de estrela e terminam em intumescências semelhantes a bolsas da mesma cor, as quais, sob pressão, se abrem para orifícios campanuláceos, com uns 5 centímetros de diâmetro máximo e revestidos de projeções brancas parecidas com dentes, prováveis bocas. Todos estes tubos, cílios e as pontas da cabeça estrelada foram encontrados bem apertados para baixo; os tubos e as pontas agarrados ao pescoço bulboso e ao torso. Surpreendente flexibilidade, apesar de extrema dureza.

"Na parte inferior do torso, há uma reprodução mais primitiva da cabeça, embora de funcionamento dessemelhante. Um pseudopescoço cinza-claro e bulboso, sem sugestões de guelras, segura acima uma configuração esverdeada de uma estrela de cinco pontas. Braços resistentes, musculosos, de 1,20 metros de comprimento e afunilados, com uns 17,5 centímetros na base e uns 7 na extremidade. Prende-se a cada ponta dos braços uma pequena terminação triangular esverdeada e membranosa com cinco finas veias que medem 20 centímetros de comprimento e 15 de largura na ponta externa. Trata-se de um pseudópode ou nadadeira que deixou impressões nas rochas com idades que variam de 1 bilhão a 50 ou 60 milhões de anos. De ângulos internos das formas estreladas, projetam-se tubos avermelhados de uns 60 centímetros de comprimento que se afunilam de 8 centímetros de diâmetro nas bases até 2,5 nas extremidades, as quais têm orifícios. Embora todas essas partes sejam duríssimas e coriáceas, também são bastante flexíveis. Braços de 1,20 metros, com nadadeiras sem dúvida utilizadas para alguma forma de deslocamento marinho ou terrestre. Quando movimentados, exibem sugestões de exagerada musculosidade. Como as encontramos, essas projeções achavam-se dobradas e bem apertadas no pseudopescoço e na parte inferior do torso, correspondentes a projeções na outra extremidade.

"Não posso ainda situá-los com certeza no reino vegetal ou animal, mas as probabilidades agora apontam para o animal. Representam, decerto, uma evolução incrivelmente avançada de radiados, sem perda de certas características primitivas. Inequívocas semelhanças com equinodermos, apesar de sinais contraditórios localizados. A estrutura alada intriga, em vista do provável hábitat marinho, mas talvez sejam usadas em movimentação aquática. A simetria é estranhamente vegetal, sugerindo a estrutura essencial para cima e para baixo do vegetal, em vez da longitudinal do animal. A época de evolução fabulosamente antiga, precedendo até mesmo os mais simples protozoários arqueanos conhecidos, frustra qualquer conjetura quanto à origem.

"Os espécimes completos exibem uma semelhança tão sinistra com certas criaturas de mitos antigos que a ideia de antiga existência fora da Antártica se torna inevitável. Dyer e Pabodie leram o *Necronomicon* e viram os quadros baseados no texto, dignos de pesadelo, de Clark Ashton Smith; e hão de entender quando me refiro aos Seres Ancestrais que teriam criado toda a vida terrestre, por pilhéria ou engano. Estudos sempre julgaram essa concepção como resultado de uma interpretação imaginativa e mórbida, muito remota, de radiados tropicais. Lembram também seres pré-históricos folclóricos de que falou Wilmarth: apêndices de cultos de Cthulhu etc.

"Abriu-se vasto campo de estudo. Os depósitos datam decerto de fins do período Cretáceo ou início da época Eocena, a julgar por espécimes associados. Maciças estalagmites depositadas acima deles. Cortá-las tem sido um trabalho árduo, mas sua dureza evitou danos. Estado de preservação miraculoso, com certeza devido à ação dos calcários. Não se encontraram outros até agora, mas recomeçaremos a busca mais tarde. Difícil agora será transportar catorze gigantescos espécimes para o acampamento sem cachorros, que latem furiosamente, e receamos deixá-los se aproximarem deles. Com nove homens, pois deixamos três para cuidar dos cachorros, poderemos manobrar os trenós muito bem, embora o vento seja forte. Necessário estabelecer comunicação aérea com o estreito McMurdo e começar a transportar material. Mas preciso dissecar um desses seres antes de tirarmos algumas horas de descanso. Quem dera que eu tivesse um verdadeiro laboratório aqui. Melhor seria Dyer chutar-se por ter tentado impedir minha viagem ao noroeste. Primeiro, as maiores montanhas do mundo, e depois esses achados. Se esse não é o ponto alto da expedição, não sei qual será. Triunfamos no que se relaciona à ciência. Parabéns, Pabodie, pela furadora que abriu a caverna. Agora, por favor, *Arkham*, poderia repetir a descrição?"

As sensações de Pabodie e minhas ao recebermos esse relatório foram quase indescritíveis; e tampouco ficou muito atrás o entusiasmo de nossos companheiros. McTighe, que traduzira, às pressas, alguns pontos mais importantes assim que saíam zunindo do receptor, reescreveu toda a mensagem a partir de sua versão taquigráfica, assim que o operador de Lake encerrou a transmissão. Todos avaliaram a importância da descoberta divisora de águas de nossa época, e enviei congratulações a Lake assim que o operador do *Arkham* terminara de repetir as partes descritivas, como solicitado, e logo meu exemplo foi seguido por Sherman de sua estação no depósito de suprimentos do estreito McMurdo, além de pelo capitão Douglas, do *Arkham*. Depois, acrescentei como chefe da expedição algumas observações a serem transmitidas do *Arkham* a todo o mundo. Claro que era um absurdo pensar em repouso em meio a tantas emoções; e meu único desejo era chegar ao acampamento de Lake o mais rápido possível. Decepcionei-me quando ele avisou que uma crescente tempestade de vento, vinda das montanhas, tornava impossível o transporte aéreo.

Mas dali a uma hora e meia, o interesse tornou a intensificar-se e baniu a decepção. Novas mensagens de Lake informavam o êxito total do transporte dos catorze grandes espécimes para o acampamento. Fora um empreendimento conjunto difícil devido ao surpreendente peso das criaturas, embora nove homens o houvessem realizado à perfeição. Naquele momento, alguns integrantes do grupo construíam, às pressas, um curral com blocos de neve a uma distância segura do acampamento, para o qual os cachorros podiam ser levados para maior conveniência de alimentação. Os espécimes tinham sido estendidos na neve dura, próximo ao acampamento, com exceção de um, no qual Lake fazia tentativas rudimentares de dissecação.

Essa parecia ser uma tarefa mais árdua do que se esperava, porque, apesar do calor de um fogão a gasolina na barraca recém-montada do laboratório, os tecidos enganosamente flexíveis do espécime escolhido — um forte e intacto — não perderam nada de sua dureza mais que coriácea. Lake quebrava a cabeça para encontrar um modo de fazer as incisões necessárias sem recorrer a uma força bruta o bastante para alterar todas as precisões estruturais que procurava. Na verdade, tinha outros sete espécimes perfeitos, mas eram poucos demais para usá-los de maneira imprudente, a não ser que a caverna pudesse, mais tarde, render um suprimento ilimitado. Por isso, ele removeu o espécime e arrastou outro que, embora conservasse restos da configuração em forma de estrela em ambas as extremidades, estava bastante esmagado e parcialmente deformado ao longo de um dos sulcos do enorme tronco.

Os resultados, logo comunicados pelo rádio, foram desconcertantes e decididamente polêmicos. Revelou-se impossível fazer uma dissecação de maneira delicada ou precisa com instrumentos que mal conseguiam cortar o tecido anômalo, mas o pouco que se realizou nos deixou a todos intimidados e perplexos. A biologia existente teria de ser totalmente revisada, pois aquela criatura não fazia parte de qualquer evolução celular conhecida pela ciência. Quase não ocorrera alguma substituição mineral, e, apesar da idade de talvez 40 milhões de anos, os órgãos internos continuavam totalmente intactos. Aquela característica coriácea, não deteriorável e quase indestrutível, constituía um atributo inerente da forma de organização da criatura e pertencia a algum ciclo paleogêneo de evolução dos invertebrados que transcendia todas nossas faculdades especulativas. A princípio, tudo que Lake encontrou era seco, mas quando a barraca aquecida começou a degelá-lo, ele constatou umidade orgânica, de odor pungente e repulsivo, no lado não lesionado da criatura. Não era de sangue, mas de um fluido espesso verde-escuro, que parecia ter a mesma função. Quando Lake chegou a esse estágio, todos os trinta e sete cachorros haviam sido conduzidos ao curral ainda inconcluso perto do acampamento, mas, mesmo àquela distância, iniciaram um violento latido e uma demonstração de nervosismo diante do cheiro acre e difuso.

Longe de ajudar a classificar a estranha entidade, a dissecação improvisada apenas lhe aprofundou o mistério. Todas as suposições a respeito de seus membros externos revelaram-se acertadas, e, em vista dessas, não se podia evitar chamá-la de animal, mas a inspeção interna trouxe à tona tantas características vegetais que Lake ficou a ver navios. A criatura tinha sistema digestório e circulatório, além de eliminar resíduos orgânicos pelos tubos avermelhados de sua base em forma de estrela. Após um exame superficial, se poderia dizer que o aparelho respiratório controlava o oxigênio em vez de dióxido de carbono, e viam-se estranhos indícios de câmaras de armazenamento de ar e métodos bastante desenvolvidos de transferir a respiração — guelras e poros. Sem sombra de dúvida, tratava-se de um anfíbio, também decerto adaptado para longos períodos de hibernação sem ar. Pareciam presentes órgãos vocais conectados ao principal sistema respiratório, mas esses apresentavam anomalias muito além de imediata solução. Fala articulada, no sentido de pronunciação silábica, parecia pouco concebível, mas era muito provável que pudessem emitir notas musicais como sibilos de uma ampla escala. O sistema muscular desenvolvera-se de forma quase prematura.

O sistema nervoso, de tão complexo e desenvolvido, deixou Lake atônito. Embora excessivamente primitivo e arcaico em certos aspectos, a criatura possuía um conjunto de centros ganglionares e conectivos que revelavam os próprios extremos de desenvolvimento especializado. O cérebro, de cinco lobos, era surpreendentemente evoluído e havia sinais de um equipamento sensorial, servido em parte pelos cílios semelhantes a arames da cabeça e que envolviam fatores estranhos a qualquer outro organismo terrestre. Na certa, teria mais de cinco sentidos, de modo que não se podia prever-lhes os hábitos, segundo qualquer analogia existente. Lake achou que devia se tratar de uma entidade com forte sensibilidade e funções delicadamente diferenciadas em seu mundo primitivo, muito semelhante às formigas e abelhas atuais. Reproduzia-se como os vegetais criptógamos, sobretudo, as pteridófitas, e tinha invólucros de esporos nas pontas das asas, nascidos com certeza de um talo ou prótalo.

Mas dar-lhe um nome nesse estágio seria apenas loucura. Parecia um radiado, embora nitidamente se tratasse de algo mais. Ainda que fosse em parte vegetal, tinha três quartos das características essenciais da estrutura animal. O contorno simétrico e alguns outros atributos lhe indicavam uma clara origem marinha; no entanto, não se podia determinar com certeza o limite de suas posteriores adaptações. Enfim, as asas sugeriam, de modo persistente, tratar-se de um ser voador. Como pôde sofrer uma evolução tão tremendamente complexa numa Terra recém-nascida e a tempo para deixar pegadas em rochas arqueanas escapava tanto à compreensão quanto a fazer Lake lembrar-se de forma fantasiosa dos mitos primitivos sobre os "Grandes Antigos", que baixaram das estrelas e tramaram a vida terrestre como uma brincadeira ou um engano; além de se lembrar das histórias estapafúrdias sobre criaturas cósmicas vindas do espaço sideral, que habitam as colinas, narradas por um colega folclorista do departamento de inglês da Universidade Miskatonic.

Claro que ele levou em conta a possibilidade de as impressões pré-cambrianas terem sido feitas por um ancestral menos evoluído dos espécimes presentes, mas logo rejeitou essa teoria, demasiado fácil, ao considerar as avançadas características estruturais dos fósseis mais antigos. De fato, contornos anteriores revelavam mais decadência que evolução superior. O tamanho dos pseudópodes diminuíra, e toda a morfologia parecia mais primitiva e simplificada. Além disso, os nervos e órgãos que ela acabara de examinar ostentavam singulares sugestões de retrogressão de formas ainda mais complexas. Partes atrofiadas e vestigiais predominavam de forma surpreendente. No geral, pouco se poderia considerar resolvido; por isso, Lake recorreu à mitologia à procura de um nome provisório, jocosamente apelidando suas descobertas como os "Seres Ancestrais".

Às 2h30 da manhã, após decidir adiar a continuação do trabalho e descansar um pouco, cobriu o organismo dissecado com um oleado, saiu da barraca-laboratório e examinou os espécimes intactos com renovado interesse. O incessante sol antártico começara a amolecer-lhes um pouco os tecidos, a ponto de as pontas da cabeça estelar e os tubos de dois ou três mostrarem sinais de desdobrar-se, mas Lake não acreditou que houvesse algum perigo imediato de decomposição naquele ambiente a menos de 0 grau. Decidiu, contudo, juntar todos os espécimes não dissecados e jogou sobre eles uma barraca de reserva, a fim de protegê-los da incidência direta dos raios solares; isso também ajudaria a manter o possível cheiro longe dos cachorros cuja hostil agitação começava a se tornar, de fato, um problema, mesmo àquela considerável distância em que se achavam, atrás das paredes de neve cada vez mais altas que um número maior de homens apressava-se a erguer ao redor do cercado. Ele teve de prensar os cantos do tecido da barraca com pesados blocos de neve para fixá-la no lugar em meio ao vendaval a intensificar-se porque as montanhas gigantescas pareciam prestes a lançar alguns rigorosos golpes de vento. Reviveram-se as apreensões iniciais com repentinos ventos antárticos e, sob a supervisão de Atwood, tomaram-se precauções para escorar as barracas, o novo curral dos cachorros e os toscos abrigos dos aviões com neve no lado voltado para as montanhas. Esses últimos abrigos, levantados, de vez em quando, com blocos de neve, não ficaram, de modo algum, tão altos quanto deveriam; em consequência, Lake acabou liberando todos os homens de outras tarefas para trabalharem neles.

Passava das 4h da manhã quando Lake preparou-se, enfim, para se desconectar da transmissão e nos aconselhou a partilhar o período de descanso que seu grupo tiraria quando as paredes dos abrigos estivessem um pouco mais altas. Bateu um papo amistoso com Pabodie pelo rádio e repetiu os elogios às brocas realmente maravilhosas que o haviam ajudado a fazer sua descoberta. Atwood enviou saudações e louvores. Também expressei a Lake uma calorosa palavra de congratulação e reconheci que tivera razão em insistir na viagem para o oeste; concordamos todos em tornar a entrar em contacto pelo rádio às 10h da manhã. Se a tempestade com vento então houvesse cessado, Lake mandaria um avião para buscar o grupo em nossa base. Pouco antes de me retirar, despachei uma mensagem final ao *Arkham* com instruções para que diminuíssem o tom ao transmitirem as notícias do dia ao mundo exterior, visto que os detalhes completos pareciam radicais o bastante para despertar uma onda de incredulidade, até que fossem comprovados.

III.

Imagino que nenhum de nós dormiu pesada e continuamente naquela manhã, pois tanto a excitação da descoberta de Lake quanto a fúria crescente dos ventos impediram um sono profundo. As rajadas do vendaval, mesmo onde nos encontrávamos, eram tão violentas que não podíamos deixar de imaginar o quanto estaria pior no acampamento de Lake, diretamente abaixo dos imensos cumes desconhecidos, dos quais desabava o temporal. Já desperto às 10h da manhã, McTighe tentou falar com Lake pelo rádio, como combinado, mas algum problema elétrico no ar agitado no Oeste parecia impedir a comunicação. Conseguimos, no entanto, conectar-nos com o *Arkham*, e Douglas disse-me que também tentara em vão estabelecer contato com Lake. Não soubera do vendaval, pois no estreito McMurdo soprava pouco vento, apesar de sua persistente fúria onde estávamos.

Durante o dia inteiro, ficamos todos ansiosos prestando atenção a algum sinal e tentamos estabelecer contato a intervalos com Lake, porém, sempre sem resultados. Ao meio-dia, irrompeu do Oeste um verdadeiro frenesi de vento, o qual nos fez temer pela segurança de nosso acampamento, mas acabou diminuindo, com apenas uma moderada reincidência, às 2h da tarde. Depois das 3h, tudo ficou muito calmo, e redobramos nossos esforços para falar com Lake. Após nos darmos conta de que ele tinha quatro aviões, cada um provido de um excelente equipamento de rádio em ondas curtas, não imaginávamos qualquer acidente comum capaz de inutilizar todos os equipamentos de rádio de uma só vez. Apesar disso, continuou um silêncio total, e quando pensamos na força delirante que o vento devia ter alcançado no seu acampamento, não conseguimos afastar da mente as mais terríveis conjeturas.

Às 6h da tarde, nossos temores se haviam tornado intensos e concretos, e após uma consulta pelo rádio com Douglas e Thorfinnssen, decidi tomar medidas necessárias a uma investigação. O quinto avião, que havíamos deixado no depósito de suprimentos do estreito McMurdo com Sherman e dois marinheiros, estava em boas condições e pronto para uso imediato. Parecia ter se apresentado à própria emergência para a qual o havíamos reservado. Chamei Sherman pelo rádio e lhe dei ordens para que viesse juntar-se a mim o mais rápido possível na base do Sul, com o avião e os dois marinheiros, pois as condições meteorológicas pareciam bastante favoráveis. Depois, conversamos sobre o pessoal do grupo da iminente investigação e decidimos incluir todos os homens junto com os trenós e os cachorros que conservara comigo. Mesmo uma carga tão grande não seria excessiva para um dos imensos aviões construídos sob nossa encomenda especial para o transporte de maquinaria pesada. De vez em quando, continuei a tentar comunicar-me com Lake pelo rádio, mas sem sucesso.

Sherman, com os marinheiros Gunnarsson e Larsen, decolou às 7h30 da noite e, de várias etapas no voo, nos informou uma viagem tranquila. Chegaram à nossa base à meia-noite, e logo todos se puseram a debater o que fazer em seguida. Era arriscado sobrevoar o continente antártico num único avião, sem qualquer linha de bases, mas ninguém recuou do que parecia a mais óbvia necessidade. Recolhemo-nos às 2h da manhã para um breve descanso após o carregamento preliminar do avião, embora em quatro horas houvéssemos nos levantado de novo para terminar o carregamento e os demais preparativos.

Às 7h15 da manhã do dia 25 de janeiro, começamos o voo rumo à noroeste com o piloto McTighe, dez homens, sete cachorros, um trenó, um abastecimento de combustível e alimentos, além de outros materiais, entre eles o equipamento de rádio do avião. Atmosfera clara, bastante calma, e temperatura relativamente amena. Por isso, esperávamos enfrentar pouquíssimos problemas para alcançarmos a latitude e longitude designadas por Lake como a da localização de seu acampamento. Nossas apreensões relacionavam-se ao medo do que poderíamos, ou não, encontrar no fim da viagem, pois o silêncio continuava a ser a única resposta a todos os chamados enviados ao acampamento.

Cada incidente daquele voo de quatro horas e meia ficou gravado na minha memória por se tratar de posição crucial em minha vida. Marcou-me a perda, aos 54 anos, de toda aquela paz e equilíbrio que a mente normal tem pela concepção habitual da natureza externa e de suas leis naturais. Dali em diante, os dez de nós, acima de todos os demais, porém, o estudante Danforth e eu, deveríamos enfrentar um mundo hediondamente ampliado de horrores à espreita que nada pode apagar de nossas emoções, e que gostaríamos de não partilhar com a humanidade em geral, se pudéssemos. Os jornais publicaram os boletins que enviamos em pleno voo, descrevendo nossa jornada sem escalas, as duas batalhas contra os ventos traiçoeiros na atmosfera superior, o vislumbre da superfície destruída, onde Lake introduzira três dias antes, sua perfuradora no meio da viagem e a visão de um grupo daqueles estranhos cilindros de neve algodoados. Estes, observados por Amundsen e Byrd, rolavam no vento pelas infindáveis léguas de planalto congelado. Chegou uma hora, contudo, em que se tornou impossível expressar nossas sensações em palavras que a imprensa entendesse, e um ponto posterior em que, de fato, tivemos de adotar uma verdadeira norma de estrita censura.

O marinheiro Larsen foi o primeiro a avistar a linha denteada de cones e pináculos de aparência diabólica à frente e seus gritos levaram todos às janelas da enorme cabine de passageiros do avião. Apesar de nossa velocidade, eles demoraram muito para se destacar no campo visual; em consequência, demo-nos conta que deviam estar a uma distância infinita, e eram visíveis apenas por causa de sua anormal altura. Aos poucos, porém, elevaram-se ameaçadores no horizonte céu ocidental e nos permitiram distinguir vários cumes expostos, lúgubres e escurecidos, além de captar a estranha sensação de fantasia que inspiravam, quando vistos em silhueta à luz avermelhada diante do sugestivo pano de fundo das iridescentes nuvens. Desprendia-se de todo aquele espetáculo uma insinuação persistente e penetrante de estupendo segredo e revelação em potencial, como se aqueles nítidos pináculos de pesadelo assinalassem os pilares de um assustador pórtico que conduzisse a esferas oníricas proibidas e complexos abismos remotos de tempo e espaço ultradimensionais. Eu não podia deixar de sentir que se tratava de coisas malignas — montanhas de loucura, cujas encostas mais longínquas, agigantavam-se acima de infinitos abismos. Aquele pano de fundo de trêmulas e semiluminosas nuvens guardava sugestões nefastas de uma vaga e etérea *transcendência*, muito mais que de um espaço terrestre, além de transmitir apavorantes lembretes de uma natureza remotíssima de distanciamento e desolação, e extinta há bilhões de anos desse mundo austral insondável não pisado pelo homem.

Foi o jovem Danforth quem nos chamou a atenção para a estranha regularidade das montanhas mais elevadas, regularidade como de fragmentos aderidos de cubos perfeitos, citadas por Lake em suas mensagens e que, de fato, justificavam-lhe a comparação com as sugestões oníricas de ruínas de templos primitivos, em nublados cumes asiáticos, tão sutis e estranhamente pintados por Roerich. Na verdade, via-se naquele continente sobrenatural de mistério montanhoso qualquer coisa assombrosamente semelhante a Roerich. Eu o sentira em outubro, quando avistamos pela primeira vez a Terra Victory, e voltei a senti-lo agora. Também senti outra onda de inquietante consciência de míticas semelhanças arqueanas; a aflitiva forma como esse panorama letal correspondia ao platô de Leng, de sinistro renome, nos escritos primitivos. Os mitólogos têm situado o planalto de Leng na Ásia Central, mas a memória racial do homem — ou de seus predecessores — é longa e talvez possa ser que certos relatos houvessem chegado de terras, montanhas e templos de horror mais antigos que a Ásia e do que qualquer mundo humano que conhecemos. Alguns místicos ousados referiram-se a uma origem pré-plistocênica para os fragmentários Manuscritos Pnakóticos e sugeriram que os devotos de Tsathoggua estavam tão longe de serem humanos quanto o próprio Tsathoggua. Leng, qualquer que tenha sido sua localização no tempo e no espaço, não era uma região onde eu gostaria de encontrar-me ou aproximar-me, e tampouco apreciava a proximidade de um mundo que algum dia gerara monstruosidades tão ambíguas e arqueanas como as que Lake acabara de mencionar. Naquele momento, lamentei ter lido o abominável *Necronomicon* ou ter conversado tanto com aquele folclorista Wilmarth, desagradavelmente erudito, na universidade.

Sem a menor dúvida, esse ânimo contribuiu para agravar minha reação diante da estranha miragem que irrompeu sobre nós do zênite cada vez mais opalescente ao nos aproximarmos das montanhas e começarmos a distinguir as ondulações cumulativas dos contrafortes. Nas semanas anteriores, víramos dezenas de miragens polares, algumas de um realismo tão misterioso e fantástico quanto a amostra atual, só que essa tinha uma qualidade inteiramente nova e obscura de ameaçador simbolismo, e estremeci quando o labirinto borbulhante de fabulosas muralhas, torres e minaretes surgiu dos turbulentos vapores gelados acima de nós.

O efeito era o de uma cidade ciclópica, de arquitetura não conhecida nem imaginada pelo homem, com imensas aglomerações de maçonaria preta azeviche, incorporando monstruosas distorções das leis geométricas e conseguindo os mais grotescos extremos de bizarra esquisitice. Viam-se cones truncados, às vezes, dispostos em terraços ou estriados, rematados por altas torres cilíndricas, aqui e ali ampliadas de forma bulbosa e encimadas com frequência por fileiras de finos discos recortados; e estranhas construções ressaltadas, semelhantes a mesas, que sugeriam pilhas de numerosas lajes retangulares, ou placas circulares ou estrelas de cinco pontas, cada uma sobreposta sobre a inferior, além de cones e pirâmides compostos, isolados ou coroados por cilindros, cubos ou cones e pirâmides truncados mais achatados, e, de vez em quando, pináculos afilados como agulhas em curiosos grupos de cinco. Todas essas estruturas febris pareciam interligadas por pontes tubulares que passavam de umas às outras em várias alturas vertiginosas, e a escala implícita de todo o conjunto era aterrorizante e opressiva devido às suas gigantescas dimensões. O tipo geral da miragem não era diferente de algumas das formas mais loucas observadas e desenhadas pelo baleeiro ártico William Scoresby em 1820, mas ali, então, com aqueles cumes de montanha tenebrosos, desconhecidos e elevadíssimos à frente, aquela anômala descoberta de um mundo ancestral na mente e a mortalha de provável desastre, atingindo a maior parte da expedição, parecíamos todos pressentir nela uma mancha de perversidade latente e prodígio infinitamente maligno.

Fiquei aliviado quando a miragem começou a se dissolver, embora no processo os vários cones e torres de pesadelo adquirissem formas distorcidas temporárias de horror ainda maior. Quando toda a ilusão extinguiu-se em ebuliente opalescência, começamos mais uma vez a olhar para a Terra e nos demos conta de que se aproximava o fim de nossa viagem. As desconhecidas montanhas à nossa frente elevavam-se à frente de maneira vertiginosa, como uma apavorante muralha de gigantes, as curiosas regularidades expostas com surpreendente nitidez, mesmo sem binóculos. Sobrevoávamos agora os contrafortes mais baixos e avistávamos em meio à neve, gelo e os trechos desnudos de seu platô principal dois pontos mais escuros que julgamos ser o acampamento e as perfurações de Lake. Os contrafortes mais altos precipitavam-se céu acima a uns 8 e 10 quilômetros de distância e formavam uma cordilheira quase independente da apavorante cordilheira ao fundo, com cumes mais altos que os do Himalaia. Por fim, Popes (o estudante que socorrera McTighe nos controles de voo) começou a descer rumo ao local mais escuro à esquerda cujo tamanho o assinalava como o acampamento. Enquanto o fazia, McTighe enviou a última mensagem não censurada que o mundo iria receber de nossa expedição.

Todos, decerto, leram os boletins breves e insatisfatórios do restante de nossa estada na Antártica. Algumas horas depois do pouso, enviamos um relatório cauteloso sobre a tragédia que encontramos e anunciamos, com relutância, o extermínio de todo o grupo de Lake pelo assustador vento da véspera ou da noite anterior a essa. Onze mortos, e o jovem Gedney desaparecido. As pessoas desculparam nossa nebulosa falta de detalhes pela compreensão do choque que o triste acontecimento deve ter nos causado e acreditaram em nós quando explicamos que a força mutiladora do vento deixara todos os 11 corpos num estado que tornara impossível o translado. Na verdade, vanglorio-me pelo fato de que, mesmo dominados pela aflição, total estupefação e horror dilacerante, mal nos desviamos da verdade em qualquer ocorrência específica. A tremenda importância está no que não nos ousamos contar, no que, mesmo nesse momento, eu não revelaria senão pela necessidade de advertir outras pessoas que se mantenham longe de inomináveis horrores.

É um fato que o vento acarretara terrível devastação. Suscita sérias dúvidas saber se todos conseguiram sobreviver aos efeitos desse fenômeno, mesmo sem a outra coisa. A tempestade, com o furor de partículas de gelo disparadas com força infernal, deve ter superado qualquer outra que nossa expedição enfrentou antes. Um dos abrigos de avião — parecia que todos haviam ficado num estado demasiado frágil e inconsistente — achava-se quase pulverizado, e a torre, no afastado local de perfuração, inteiramente despedaçada. O metal exposto dos aviões em terra e a maquinaria de perfuração haviam adquirido um brilho intenso após tanta fricção de golpes do gelo, e duas das pequenas barracas foram achatadas, apesar dos blocos de neve erguidos ao redor. As superfícies expostas de madeira, açoitadas pela rajada de vento e gelo, além de perderem a pintura, exibiam inúmeros buracos, e todos os sinais de trilhas na neve se haviam apagado por completo. Também é verdade que não encontramos nenhum dos exemplares biológicos em condições de podê-lo retirar por inteiro. Juntamos, de fato, alguns minerais de uma enorme pilha tombada, incluindo diversos dos fragmentos de esteatita esverdeada cujos estranhos padrões de cinco pontas e esmaecidos pontos agrupados haviam dado motivo para tantas comparações questionáveis, além de alguns ossos fósseis, entre os quais os mais típicos dos espécimes singularmente machucados.

Nenhum dos cachorros sobrevivera, e o cercado construído às pressas perto do acampamento achava-se em destruição quase total. O vento talvez o tenha feito, embora a ruptura maior no lado junto ao acampamento e não exposto diretamente ao vento sugerisse um arremetido cercado afora dos próprios animais impelidos por frenesi. Todos os três trenós haviam desaparecido, e procuramos explicar que o vento talvez os houvesse arrastado para o desconhecido. A perfuradora e a maquinaria de degelo que achamos no local de perfuração estavam demasiado destroçadas para pensar em salvá-los, por isso as usamos para cobrir aquela entrada sutilmente perturbadora para o passado que Lake abrira com dinamite. Também deixamos no acampamento os dois aviões mais danificados, pois nosso grupo sobrevivente tinha só quatro pilotos profissionais: Sherman, Danforth, McTighe e Ropes, com Danforth impossibilitado de pilotar no estado de nervos em que se achavam. Trouxemos de volta todos os livros, equipamentos científicos e acessórios secundários encontrados, embora grande parte houvesse desaparecido de maneira meio inexplicável. As barracas de reserva e as peles também haviam desaparecido ou estavam inutilizáveis.

Eram aproximadamente 4h da tarde, depois de um prolongado voo de reconhecimento obrigar-nos a dar Gedney como desaparecido, quando transmitimos nossa primeira mensagem cautelosa ao Arkham, e acho que fizemos bem em dar-lhe um tom tranquilo e pouco comprometedor como conseguimos fazê-lo. O máximo que dissemos sobre agitação se referiu aos cachorros, cuja frenética intranquilidade perto dos espécimes biológicos era de se esperar em vista dos relatos do infeliz Lake. Acho que não havíamos mencionado antes a exibição de igual inquietação ao farejarem as estranhas estatuetas esverdeadas e outros objetos na região desordenada que incluíam instrumentos científicos, aviões e maquinaria, tanto no acampamento quanto no local perfurado e cujas peças haviam sido soltas, deslocadas ou manipuladas por ventos que deviam ser dotados de singular curiosidade e senso inquisitivo.

Quanto aos 14 espécimes biológicos, fomos compreensivelmente imprecisos. Dissemos que os únicos que descobrimos estavam danificados, mas que restara deles o bastante para comprovar que a descrição de Lake fora, em tudo, exata. Revelou-se uma árdua tarefa separar nossas emoções pessoais dessa tragédia; não demos números nem descrevemos ao pé da letra como encontramos o que, de fato, encontramos. Àquela altura, havíamos combinado não transmitir nada que sugerisse loucura dos homens de Lake, embora, decerto, parecesse loucura encontrar seis monstruosidades imperfeitas cuidadosamente sepultadas de pé, em sepulturas de neve de 2,75 metros de profundidade, sob montes, em forma de estrela de cinco pontas, cobertos por pontos perfurados, idênticos aos vistos nas estranhas estatuetas esverdeadas, enterradas em eras mesozoicas ou terciárias. Os oito espécimes perfeitos mencionados por Lake pareciam ter sido completamente eliminados pelo vento.

Também tivemos o cuidado de não perturbar a paz de espírito geral do público; em consequência, Danforth e eu quase nada falamos sobre a assustadora viagem acima das montanhas no dia seguinte. Foi o fato de que apenas um avião radicalmente aliviado de peso conseguiria sobrevoar uma cordilheira de tão imensa altura que, por sorte, limitou a nós dois aquela missão de reconhecimento. Quando retornamos à 1h da manhã, Danforth beirava a histeria, mas manteve um admirável domínio de si, sem deixá-lo transparecer. Não foi preciso muita insistência para fazê-lo prometer que não mostraria os esboços e as outras coisas que trouxéramos nos bolsos nem revelaria nada aos outros senão o que concordáramos em transmitir ao público, além de esconder nossos filmes para revelação privada mais tarde; assim, a parte de minha história presente será tão nova para Pabodie, McTighe, Ropes, Sherman e os demais quanto para o mundo em geral. Na verdade, Danforth é mais discreto que eu, pois viu, ou acha que viu, uma coisa que não dirá nem sequer a mim.

Como todos sabem, nosso relatório incluiu um informe da difícil ascensão, a confirmação da opinião de Lake de que os grandes cumes são de ardósia arqueana e outros estratos esmagados muito arcaicos, mantidos inalterados desde pelo menos meados do período Comanchiano; um comentário convencional sobre a regularidade das formações de muralhas e cubos grudados; uma conclusão de que as bocas das cavernas indicam veios calcários dissolvidos; uma conjetura de que certas encostas e desfiladeiros permitiriam a escalada e travessia da cordilheira inteira por alpinistas experientes; uma observação de que, no misterioso lado oposto, havia um alto e imenso superplanalto, tão antigo e inalterado quanto as próprias montanhas: uns 6.000 metros de elevação, com grotescas formações rochosas, projetadas através de uma fina camada glacial e com graduais contrafortes mais baixos, entre a superfície do planalto geral e os abruptos precipícios dos cumes mais altos.

Esse conjunto de dados é, em todos os aspectos, verdadeiro e satisfez em tudo os homens que ficaram no acampamento. Atribuímos nossa ausência de dezesseis horas — um tempo superior ao exigido pelo programa de nosso anunciado voo, pouso, reconhecimento do terreno e coleta de rochas — a imaginários ventos adversos, e contamos a verdade sobre a aterrissagem nos contrafortes mais distantes. Por sorte, nossa história soou realista e prosaica o bastante para não tentar nenhum dos outros a emular o voo. Se alguém tentasse fazê-lo, eu teria usado cada grama de minha forte persuasão para impedi-lo — e não sei o que Danforth teria feito. Enquanto nos ausentamos, Pabodie, Sherman, Ropes, McTighe e Williamson haviam trabalhado com extremo afinco nos dois melhores aviões de Lake, preparando-os de novo para voarem, apesar da destruição sem o menor sentido de seu mecanismo operacional.

Decidimos carregar todos os aviões na manhã seguinte e partir para a base assim que possível. Embora indireta, constituía a rota mais segura para voltar ao estreito McMurdo, pois um voo em linha direta por extensões inteiramente desconhecidas do continente morto há bilhões de anos envolveria perigos muito maiores. Outra exploração seria inexequível, em vista da trágica dizimação de nosso grupo e da destruição da maquinaria de perfuração; além disso, as dúvidas e os horrores à nossa volta, os que não revelamos, faziam-nos desejar apenas fugir o mais rápido possível desse mundo austral de desolação e sinistra loucura.

Como também sabe o público, nosso retorno ao mundo realizou-se sem mais desastres. Todos os aviões chegaram à velha base na noite do dia seguinte, 27 de janeiro, após um rápido voo sem escalas, e no dia 28, ao estreito McMurdo, em duas etapas, a única e brevíssima pausa causada pela avaria do leme de direção defeituoso, na fúria do vento sobre a plataforma de gelo, depois de atravessarmos o imenso platô. Passados mais cinco dias, o *Arkham* e o *Miskatonic*, com todos os homens e equipamentos a bordo, afastavam-se do campo de gelo cada vez mais espesso e avançavam pelo mar de Ross, as escarnecedoras montanhas da Terra de Victoria, que se agigantavam a oeste diante do agitado céu antártico e distorciam os uivos do vento num sibilo musical de amplo alcance, gelando-me a alma até a medula. Menos de uma quinzena depois, deixávamos para trás o último indício das regiões polares e dávamos graças ao céu por estarmos livres de um território mal-assombrado e maldito, onde vida e morte, espaço e tempo fizeram alianças ocultas e profanas nas épocas desconhecidas desde que se contorceu e nadou na escassa crosta resfriada do planeta.

Desde nosso regresso, todos temos trabalhado constantemente para desestimular a exploração antártica e guardado em segredo entre nós certas dúvidas e suposições com esplêndida união e lealdade. Nem o jovem Danforth, apesar do colapso nervoso, hesitou nem revelou nada para os médicos; na verdade, como relatei antes, tem algo que ele acredita ter visto sozinho e que não quer contar nem a mim, embora eu ache que seu estado psicológico decerto melhoraria se o rapaz concordasse em fazê-lo. Poderia explicar e aliviar muito, embora talvez o que ele tenha visto não passasse da enganosa consequência de um choque anterior. Trata-se da impressão que tive após os raros momentos irresponsáveis em que Danforth me sussurrava coisas desconexas, coisas que ele repudia com veemência assim que recupera o domínio de si mesmo.

Será uma árdua tarefa dissuadir a ida de outros à imensa brancura do Polo Sul, e alguns de nossos esforços talvez prejudiquem de maneira direta a nossa causa, atraindo uma atenção curiosa. Deveríamos ter sabido desde o início que a curiosidade humana é infindável e que os resultados anunciados por nós bastariam para incentivar outros a embarcarem na mesma busca de longa data do desconhecido. Os relatórios de Lake sobre aquelas monstruosidades biológicas haviam incitado naturalistas e paleontólogos ao máximo, embora houvéssemos tido sensibilidade o suficiente para não mostrar as partes isoladas que havíamos retirado dos espécimes sepultados, ou as fotografias daqueles espécimes como encontrados. Também nos abstivemos de mostrar os fragmentos mais intrigantes dos ossos com cicatrizes e as esteatitas esverdeadas, assim como Danforth e eu tivemos o cuidado de guardar a sete chaves as fotografias que tiramos e os desenhos feitos no superplatô do outro lado da cordilheira, além dos objetos amassados que alisamos, estudamos aterrorizados e trouxemos de volta nos bolsos. Mas, agora, estão organizando a expedição Starkweather-Moore com uma minuciosidade muito além de tudo que nosso grupo tentou. Se não dissuadidos, chegarão ao mesmo núcleo da Antártica, degelarão e farão perfurações até trazerem à tona o que talvez elimine o mundo que conhecemos. Por isso, tenho de, afinal, acabar com todas as reticências, levar ao conhecimento mesmo aquela coisa suprema e inominável que espreita além das montanhas da loucura.

IV.

Só com enorme hesitação e repugnância, deixo minha mente retornar ao acampamento de Lake e ao que, de fato, encontramos lá, bem como àquela outra coisa além da apavorante muralha montanhosa. Sou tentado o tempo todo a esquivar-me dos detalhes e deixar que as insinuações representem os verdadeiros fatos e as inelutáveis deduções. Espero já ter dito o suficiente para permitir-me deslizar de maneira sucinta pelo restante, isto é, o horror no acampamento. Descrevi o terreno devastado pelo vento, os abrigos danificados, a maquinaria desmantelada, a agitação dos cachorros, o desaparecimento dos trenós e outros objetos, a morte de homens e cachorros, a ausência de Gedney e os seis espécimes biológicos sepultados de forma ensandecida, a textura estranhamente intacta, apesar de todas as lesões estruturais de um mundo morto há 40 milhões de anos. Não me lembro se contei que, durante a procura dos cadáveres caninos, constatamos a falta de um. Só demos importância a esse fato mais tarde; na verdade, apenas Danforth e eu o fizemos.

As informações principais que me abstive de dar relacionam-se aos corpos e a certos pontos sutis que podem ou não emprestar um hediondo e inacreditável tipo de fundamento lógico ao visível caos. Na ocasião, tentei manter as mentes dos homens afastadas desses pontos, pois me pareceu muito mais simples, mais normal, atribuir tudo a um surto de loucura por parte de alguns integrantes do grupo de Lake. Ao que parecia, aquele demoníaco vento de insanidade deve ter bastado para enlouquecer qualquer um em meio daquele centro de todo mistério e desolação terrestres.

A anormalidade culminante, decerto, era o estado em que se encontravam os cadáveres igualmente dos homens e dos animais. Todos se haviam envolvido em algum tipo terrível de conflito e terminaram despedaçados, mutilados de forma diabólica e em tudo inexplicável. A morte, pelo que nos pareceu, devera-se, em cada caso, a estrangulamento ou laceração. Com toda a certeza, os cachorros haviam desencadeado o tumulto, pois o estado do cercado, construído às pressas, comprovava que fora arrombado de dentro para fora. Fora erguido a alguma distância do acampamento por causa da aversão dos animais por aqueles infernais organismos arcaicos, embora a precaução parecesse ter sido em vão. Quando deixados a sós naquele vento monstruoso, atrás de frágeis paredes de altura insuficiente, devem ter debandado tomados de pânico, não se sabe se do próprio vento ou se de algum odor sutil e crescente desprendido pelos espécimes dignos de pesadelo. Cobriram-se, claro, aqueles espécimes com uma lona de barraca, mas o baixo sol antártico batera com constância na lona, e Lake comentara que o aquecimento solar tendia a fazer os tecidos rijos e estranhamente incólumes relaxarem e se expandirem. Talvez o vento houvesse varrido a lona de cima deles e os sacudido de uma maneira em que suas características olfativas mais pungentes se tornassem manifestas, apesar da inacreditável antiguidade das criaturas.

No entanto, o que quer que tenha acontecido, foi bastante horrível e revoltante. Talvez seja preferível eu deixar de lado esse melindre e contar, afinal, o pior, embora com uma opinião categórica que se baseou nas observações de primeira mão e nas mais rígidas deduções minhas e de Danforth de que o então desaparecido Gedney não foi, de modo algum, responsável pelos repugnantes horrores que encontramos. Eu disse que os corpos exibiam assustadoras mutilações. Agora, preciso acrescentar que alguns mostravam incisões e subtrações, feitas da maneira mais estranha, cruel e inumana possível. O mesmo se aplicava aos cachorros e aos homens: todos os corpos mais saudáveis, mais carnosos, quadrúpedes ou bípedes tiveram suas massas de tecido mais sólido, talhadas e removidas, como que por um cuidadoso açougueiro; em torno das mutilações, via-se uma estranha polvilhação de sal — tirado dos saqueados baús de provisões nos aviões —, o que trazia à lembrança as mais horríveis imagens. Tudo se passara num dos abrigos improvisados do qual se retirara o avião, e os ventos posteriores haviam apagado todos os rastos que talvez houvessem oferecido alguma teoria plausível. Pedaços espalhados de roupas, arrancadas com brutalidade dos corpos que exibiam incisões e mutilações, não indicavam quaisquer pistas. É inútil trazer à baila a semi-impressão de certas fracas pegadas na neve, num canto protegido do cercado arruinado, pois essa impressão não se relacionava, de modo algum, com pegadas humanas, mas com todas as referências às marcas nos fósseis que o pobre Lake descrevera durante as semanas anteriores. Tínhamos que conter a imaginação no sopé daquelas obscurecidas montanhas de loucura.

Como indiquei antes, constatou-se no fim que Gedney e um cachorro haviam desaparecido. Quando chegamos àquele terrível abrigo, havíamos notado a falta de dois cachorros e dois homens, mas a barraca de dissecação, não muito danificada, na qual entramos após investigarmos as abomináveis sepulturas, tinha algo a revelar. Não estava como Lake deixara-a, pois as partes cobertas da monstruosidade primitiva tinham sido retiradas da mesa improvisada. Na verdade, já nos déramos conta de que uma das seis entidades imperfeitas enterradas daquela maneira insana encontradas por nós — a que conservara vestígios de um cheiro singularmente odioso — devia corresponder ao conjunto das partes da criatura que Lake tentara analisar. Na mesa do laboratório e ao redor, viam-se espalhadas outras coisas, e não levamos muito tempo para adivinhar que essas coisas consistiam nas partes dissecadas de maneira cuidadosa, embora estranha e inexperiente, de um homem e um cachorro. Irei poupar os sentimentos dos sobreviventes, omitindo menção da identidade desse homem. Os instrumentos anatômicos de Lake haviam desaparecido, embora alguns indícios mostrassem que se submeteram a uma cuidadosa lavagem. O fogão a gasolina também desaparecera, mas encontramos ao redor uma confusão de fósforos.

Enterramos as partes humanas ao lado dos outros dez homens e as caninas com os outros 35 cachorros. Quanto às manchas esquisitas na mesa do laboratório e à bagunça de livros ilustrados, espalhados ao lado e que haviam sido manuseados com violência, sentíamo-nos demasiado perplexos para especular.

Tratava-se do pior horror encontrado no acampamento; no entanto, outras coisas causavam igual estupefação enigmática. O desaparecimento de Gedney, do cachorro, dos oito espécimes biológicos ilesos, dos três trenós e de certos instrumentos, livros técnicos e científicos ilustrados, materiais de escrita, lanternas elétricas e pilhas, comida e combustível, aparelho de aquecimento, barracas de reserva, casacos de pele e assim por diante, superava qualquer conjetura sã. Tampouco havia explicação imaginável para as manchas de tinta em alguns pedaços de papel nem para os indícios de curiosos manuseios e manipulação desajeitada por estranhos em volta dos aviões e de todos os demais dispositivos mecânicos, tanto no acampamento quanto na área de perfuração. Os cachorros pareceram abominar essa maquinaria misteriosamente desordenada. Além disso, também tinha a desordem na despensa, o desaparecimento de certos alimentos de primeira necessidade, a pilha dissonantemente cômica de latas abertas das formas mais inusitadas e nos lugares mais improváveis. A profusão de fósforos espalhados e intactos, quebrados ou consumidos, formava outro enigma menor, além das duas ou três lonas de barracas e abrigos de peles que encontramos atirados ao chão com cortes estranhos e incomuns, abertos, ao que parecia, por desajeitados esforços para adaptações inimagináveis. Os maus-tratos cometidos nos corpos humanos e caninos, assim como o ensandecido enterro dos espécimes arqueanos lesados, pareciam fazer parte da mesma loucura desintegradora. Em vista de uma eventualidade como a recém-ocorrida, tiramos minuciosas fotos de todos os principais indícios de desordem insana do acampamento e pretendemos utilizá-las como apoio às nossas súplicas contra a partida da planejada Expedição Starkweather-Moore.

Nossa primeira ação após a descoberta dos cadáveres no abrigo dos aviões foi fotografar e abrir a fileira das insanas sepulturas com os montículos de neve em forma de estrela de cinco pontas. Não pudemos senão observar a semelhança entre aqueles monstruosos montículos, com seus conjuntos de pontos agrupados, e a descrição que o pobre Lake fizera das estranhas esteatitas esverdeadas; e quando vimos algumas das próprias esteatitas, na grande pilha de minerais, a semelhança, de fato, nos pareceu bastante próxima. Toda a formação geral, é necessário esclarecer, parecia sugerir, em termos abomináveis, a cabeça em forma de estrela das entidades arqueanas, e fomos unânimes em concordar que a sugestão deve ter exercido uma profunda influência na mente do grupo exausto de Lake. Nossa primeira visão das entidades reais enterradas constituiu um momento horrível e precipitou a imaginação de Pabodie e a minha de volta a alguns dos chocantes mitos primitivos que lêramos. Todos concordamos que a simples visão e a presença continuada das coisas devem ter contribuído para a opressiva solidão polar e o demoníaco vento das montanhas que desencadeou a loucura do grupo de Lake.

Porque a loucura — centrada em Gedney como o único agente sobrevivente possível — foi a explicação adotada espontaneamente por todos, pelo menos quanto à manifestação expressa em palavras; no entanto, não serei tão ingênuo a ponto de negar que cada um de nós talvez abrigasse loucas suposições que a sanidade o proibia de formular por completo. Sherman, Pabodie e McTighe realizaram, à tarde, um exaustivo voo por todo o território circundante, rastreando o horizonte com binóculos à procura de Gedney e das várias coisas desaparecidas, mas nada encontraram. O grupo comunicou que a gigantesca cordilheira--barreira de montanhas se estendia infinitamente à direita e à esquerda, sem diminuição de altura nem de estrutura essencial. Em alguns cumes, porém, as formações regulares de cubos e muralhas destacavam-se com mais nitidez e clareza, exibindo semelhanças duplamente fantásticas com as ruínas nas colinas asiáticas pintadas por Roerich. A distribuição de crípticas entradas de cavernas nos cumes obscuros e desnudos de neve na cordilheira parecia mais ou menos regular até onde a vista alcançava.

Apesar de todos os horrores predominantes, restaram-nos suficiente zelo científico e amor por aventuras para nos perguntarmos sobre as regiões desconhecidas além daquelas misteriosas montanhas. Como afirmavam nossas cautelosas mensagens, descansamos à meia-noite, após nosso dia de terror e dilema, mas não sem um plano experimental para sobrevoarmos uma ou mais vezes a uma altitude suficiente para atravessarmos a cordilheira, num avião pouco carregado, com câmera fotográfica aérea e equipamento de geólogo, a começar na manhã seguinte. Decidiu-se que eu e Danforth faríamos a primeira tentativa, e acordamos às 7h da manhã com a intenção de decolar cedo, embora ventos intensos, mencionados em nosso breve boletim para o mundo exterior, tenham retardado nossa partida até quase as 9h.

Já repeti o relato não comprometedor que fizemos aos homens no acampamento e transmitimos para o exterior após nosso retorno, dezesseis horas depois. Agora, é meu terrível dever ampliar essa versão, preenchendo os misericordiosos vazios com insinuações do que de fato vimos naquele oculto mundo transmontano — insinuações das revelações que acabaram por provocar um colapso nervoso em Danforth. Eu gostaria que ele acrescentasse uma palavra franca sobre a coisa que acredita ter sido vista apenas por ele — embora, na certa, não houvesse passado de um delírio nervoso, o qual talvez tenha a última gota que o mergulhou no estado atual, mas o piloto se nega com firmeza. Só o que me resta a fazer é repetir os sussurros desconexos emitidos por ele sobre o que o impeliu a soltar os gritos estridentes, enquanto o avião elevava-se para retornar através do desfiladeiro torturado pelo vento, depois daquele verdadeiro e tangível choque que compartilhei. Nada mais direi. Se os sinais claros de horrores antigos sobreviventes no que eu revelar não bastarem para impedir outros de interferirem no âmago do continente antártico — ou pelos menos de espreitar demasiado abaixo da superfície daquele supremo deserto de segredos proibidos e desolação amaldiçoada de bilhões de anos —, não será minha a responsabilidade por inomináveis e talvez incomensuráveis males.

Danforth e eu, ao estudarmos as anotações feitas por Pabodie em seu voo vespertino e munidos de um sextante, havíamos calculado que a garganta mais baixa existente na cordilheira ficava um pouco à direita, no campo visual do acampamento e a uns 7.000 ou quase 7.500 metros acima do nível do mar. Em consequência, foi rumo a esse ponto que iniciamos, no avião livre de peso desnecessário, nossa viagem de descobrimento. O acampamento, nos contrafortes que se alçavam de um elevado planalto continental, ficava a uns 3.600 metros de altitude; por isso, o aumento real de altura necessária não era tão grande quanto parecia. Entretanto, à medida que subíamos, ficamos intensamente conscientes do ar rarefeito e do frio intenso, pois, devido às condições de visibilidade, tivemos de deixar as janelas da cabine abertas. Pusemos, claro, nossos abrigos de pele mais pesados.

Ao nos aproximarmos dos cumes ameaçadores, sombrios e sinistros acima da linha de neve varada por fendas e geleiras intersticiais, notamos cada vez mais as formações singularmente e regulares agarradas às encostas, as quais nos fizeram mais uma vez pensar nas estranhas pinturas asiáticas de Nicholas Roerich. O antiquíssimo estrato rochoso varrido pelo vento confirmava à perfeição todos os boletins de Lake e provavam que aqueles pináculos anciões vinham se agigantando exatamente da mesma maneira desde surpreendentemente remotos na história da Terra — talvez mais de 50 milhões de anos. Seria uma vã tentativa especular a imensa altura que tiveram um dia, embora tudo ao redor dessa estranha região indicasse obscuras influências atmosféricas desfavoráveis à mudança e calculadas para retardar os habituais processos climáticos de desintegração rochosa.

No entanto, era o emaranhado de cubos regulares, baluartes e entradas de cavernas que mais nos fascinava e inquietava. Estudei-os com binóculos e tirei fotografias aéreas, enquanto Danforth pilotava; e, às vezes, o revezava nos controles — apesar de meu conhecimento de navegação fosse apenas de um amador — para permitir-lhe usar os binóculos. Víamos sem dificuldade que grande parte das formações consistia num leve quartzito arqueano, diferente de qualquer formação visível em amplas áreas da superfície geral, e que sua regularidade era tão extrema e misteriosa, que o infeliz Lake mal dera a entender.

Como ele relatara, tinham as arestas em desagregação e arredondadas por bilhões de anos violentos, desgaste resultante de intempéries; mas a solidez sobrenatural e o material resistente que exibiam as haviam salvado do desaparecimento. Muitas partes, sobretudo as mais próximas das encostas, pareciam constituir-se de substância idêntica à da superfície rochosa circundante. Toda a estrutura assemelhava-se às ruínas de Macchu Picchu, nos Andes, ou às muralhas primitivas dos alicerces de Kish, como escavadas pela Expedição de Campo do Museu de Oxford em 1929; de vez em quando, Danforth e eu tivemos aquela impressão de *blocos ciclópicos separados* que Lake atribuíra ao seu companheiro de voo, Carroll. Com toda a franqueza, explicar tudo o que víamos ali escapava à minha capacidade, o que fez com que eu sentisse uma misteriosa humildade como geólogo. As formações ígneas muitas vezes apresentam estranhas regularidades — como a famosa Calçada dos Gigantes, na Irlanda —, mas aquela cordilheira estupenda, apesar da desconfiança original de Lake relacionada à existência de cones fumegantes, era, acima de tudo, de evidente estrutura não vulcânica.

As curiosas bocas de cavernas, perto das quais as singulares formações pareciam mais abundantes, apresentavam outro enigma, apesar de menor, devido à regularidade de contorno. Como descrevera o boletim de Lake, pareciam com frequência quase quadradas ou semicirculares — como se os orifícios naturais houvessem sido moldados com maior simetria pela ação de mãos mágicas. A numerosa e ampla distribuição era admirável e sugeria que toda a região devia ser perfurada como uma colmeia por túneis dissolvidos em estratos calcários. Essas olhadas de relance não se estendiam muito no interior das cavernas, porém, nos permitiram ver que pareciam livres de estalactites e estalagmites. Do lado de fora, as partes das encostas vizinhas às aberturas pareciam invariavelmente lisas e regulares; e Danforth achou que as pequenas fendas e sulcos causados pela intempérie tendiam a formar desenhos insólitos. Dominado pelos horrores e estranhezas descobertos no acampamento, insinuou que tais sulcos guardavam vaga semelhança com aqueles desconcertantes grupos de pontos salpicados nas esteatitas esverdeadas primitivas, duplicados de forma tão hedionda nos montículos insanamente concebidos acima das seis monstruosidades enterradas.

Havíamos ascendido aos poucos ao sobrevoar os contrafortes mais altos e ao longo da rota rumo à garganta relativamente baixa que selecionáramos. À medida que avançávamos, olhávamos, de vez em quando, para a neve e o gelo da rota terrestre, perguntando-nos se teríamos conseguido realizar a viagem com o equipamento mais simples do passado. Vimos, com certa surpresa, que o terreno era longe de ser difícil, como costuma ser nesse tipo de lugar, e que, apesar das fendas de geleiras e outros trechos com alguns obstáculos, seria improvável que houvesse detido os trenós de Scott, Shackleton ou Amundsen. Algumas das geleiras pareciam conduzir a desfiladeiros expostos pelo vento, com incomum continuidade, e, ao chegar à garganta que escolhêramos, verificamos que não se tratava de uma exceção.

Dificilmente podemos descrever, em papel, as sensações de tensa expectativa ao nos prepararmos para contornar a crista e surgir acima de um mundo virgem, embora não tivéssemos motivos para julgar as regiões além da cordilheira, diferentes em essência das já vistas e atravessadas. O toque de maligno mistério nessas barreiras montanhosas e no incitante mar de céu opalescente, que se entrevia nos cumes, era algo muitíssimo sutil e atenuado, que não podia ser explicado com simples palavras. Consistia, em vez disso, num vago simbolismo psicológico e associação estética — uma coisa que tinha mais a ver com poesia e pinturas exóticas, com mitos arcaicos ocultos em livros evitados e proibidos. Até a força do vento ostentava uma estranha tensão de consciente perversidade; e, por um instante, pareceu que o som composto incluía um insólito assobio ou sibilo musical que abrangia várias escalas, quando a rajada forte e repentina de vento precipitou-se pelas bocas de cavernas, onipresentes e ressoantes, adentro e afora. Desprendia-se um tom nebuloso de repugnância desse som, tão complexo e indefinível quanto todas as demais impressões sinistras.

Sobrevoávamos, então, após uma lenta ascensão, a uma altitude de 7.010, metros segundo o aneroide; deixáramos definitivamente para trás a região coberta de neve. Ali no alto, viam-se apenas encostas rochosas escuras e desnudas e o início das geleiras de arestas ásperas, mas com os provocativos cubos, muralhas e bocas de caverna ecoantes, para acrescentar um presságio do sobrenatural, fantástico e onírico. Ao contemplar a fileira de altos cumes, julguei ter identificado o mencionado pelo infeliz Lake, com uma muralha bem no centro. Parecia semiperdido numa estranha névoa antártica, névoa que talvez houvesse sido a responsável pela ideia inicial de vulcanismo, tida por Lake. A garganta assomava em nossa direção, lisa e varrida pelo vento entre íngremes e elevações de ameaçadora malignidade. Além dela, descortinava-se um céu agitado por vapores serpeantes e iluminado pelo baixo sol polar — o céu daquele misterioso reino longínquo que sentíamos jamais ter sido visto por olhos humanos.

Mais alguns metros de altitude e contemplaríamos aquele reino. Danforth e eu, sem poder nos comunicar senão por meio de gritos, em meio ao vento a rugir e sibilar que atravessava o desfiladeiro a toda e se juntava ao estrondo dos motores sem silenciadores, trocávamos olhares eloquentes. E então, após ter ascendido esses poucos metros, vimos, de fato, a monumental divisória defronte e os segredos não desentranhados de uma terra anciã e inteiramente alienígena.

V.

Creio que ambos gritamos ao mesmo tempo de estupefação, admiração, terror e incredulidade em nossos próprios sentidos, depois que transpusemos, afinal, a garganta e vimos o que se encontrava além. Claro que devíamos ter alguma teoria natural no fundo da mente para estabilizar nossas faculdades naquele momento. Na certa, pensamos em coisas como as pedras que exibiam grotescos desgastes causados pelas intempéries do Jardim dos Deuses, no estado do Colorado, ou as rochas fantasticamente simétricas, esculpidas pelo vento do deserto do Arizona. Talvez chegássemos a achar que se tratava de uma miragem como a que víramos na manhã anterior, quando nos aproximamos pela primeira vez daquelas montanhas de loucura. Devemos ter tido algumas ideias normais como essas, às quais pudéssemos recorrer, enquanto varríamos com os olhos aquele planalto infinito, marcado por cicatrizes de tempestades, e absorvíamos o labirinto quase infindável de massas rochosas colossais, regulares e de geométrica euritmia, que alçavam as cristas desintegradas e esburacadas acima de um lençol glacial, com não mais que uns 12 ou 15 metros nos trechos de maior espessura e que, de vez em quando, era mais fino.

O efeito do monstruoso panorama era indescritível, pois, desde o primeiro instante, pareceu indubitável uma maligna violação da conhecida lei natural. Ali, num altiplano de diabólica antiguidade, com 6.000 metros de altura e em meio a um clima letal para habitação, desde uma era pré-humana, com não menos que 500 mil anos, e até onde a vista alcançava, estendia-se um conjunto ordenado de rochas que só o desespero da legítima defesa mental poderia atribuir a uma causa consciente e artificial. Havíamos descartado antes, como alheia à razão, qualquer teoria de que os cubos e muralhas das encostas montanhosas não tivessem senão uma origem natural. Como poderia haver sido de outro modo quando mal era possível diferenciar o próprio homem dos grandes macacos na época em que a região sucumbira ao presente reino ininterrupto de morte glacial?

Agora, contudo, o domínio da razão parecia irrefutavelmente abalado, pois aquele conjunto gigantesco de blocos quadrados, recurvados e dispostos em ângulos tinha características que excluíam todo refúgio confortável. Era, com nítida clareza, a cidade blasfema da miragem numa realidade crua, objetiva e inelutável. Aquele prodígio maldito, afinal, tivera uma base material — existira algum estrato horizontal de poeira de gelo na atmosfera superior e a chocante sobrevivência de rochas projetara sua imagem no outro lado das montanhas, segundo as simples leis da reflexão. A miragem, decerto, deformada e exagerada, continha coisas que a fonte real não contém, mas agora, enquanto víamos a fonte real, julgamo-la ainda mais hedionda e ameaçadora que sua imagem distante.

Só a incrível e inumana solidez dessas torres e muralhas de pedra imensas salvara o assustador conjunto de total aniquilação durante as centenas de milhares, talvez milhões, de anos em que permanecera ali, em meio aos vendavais de um lúgubre planalto. "Corona Mundi... Teto do Mundo..." Todos os tipos de expressões de frases nos saltaram aos lábios enquanto olhávamos, com vertigem, o espetáculo incrível abaixo de nós. Tornei a pensar nos mitos primitivos sobrenaturais que, com tanta persistência, me obcecaram desde que vi pela primeira vez esse mundo antártico morto. Do mesmo modo como vi pela primeira vez o demoníaco platô de Leng, o Mi-Go, ou o Abominável Homem das Neves, do Himalaia, os Manuscritos Pnakóticos com suas implicações pré-humanas, o culto de Cthulhu, o *Necronomicon*, as lendas hiperbóreas do amorfo Tsathoggua e os seres cósmicos, piores que amorfos, associados a essa semientidade.

Por quilômetros ilimitados, em todas as direções, aquele conjunto se estendia quase sem atenuação; na verdade, enquanto o seguíamos com os olhos ao longo da base dos baixos e graduais contrafortes que o separavam da borda da verdadeira cordilheira, decidimos que não conseguíamos ver nenhuma diminuição, exceto uma interrupção à esquerda da garganta pela qual havíamos chegado. Apenas por acaso topáramos com uma parte limitada de alguma coisa que tinha incalculável extensão. Os contrafortes eram salpicados, de maneira mais esparsa, de grotescas estruturas de pedra ligando a terrível cidade aos já conhecidos cubos e muralhas e que, sem a menor dúvida, formavam seus postos avançados na montanha. Os últimos, além das estranhas bocas de cavernas, proliferavam tanto do lado posterior da cordilheira quanto do anterior.

A maior parte do inominável labirinto de pedra consistia em muros de 3 a mais de 45 metros de altura e com espessura que variava de 1,5 a

5 metros. Compunha-se, sobretudo, de blocos imensos de ardósia, xisto e arenito primitivos — blocos que, em muitos casos, chegavam a ter l,20 x 1,80 x 4 metros —, embora em vários lugares parecessem esculpidos de uma rocha estratificada sólida irregular de ardósia pré-cambriana. Os prédios, longe de terem dimensões iguais, incluíam configurações semelhantes a colmeias, de enorme extensão, assim como estruturas menores separadas. A forma geral dessas estruturas tendia a ser cônica, piramidal, ou disposta em terraços, embora houvesse vários cilindros e cubos perfeitos, outras formas retangulares, além de poucos prédios angulosos e estranhos, cuja planta baixa de cinco pontas, sugeria vagamente fortificações modernas. Os construtores haviam empregado, de maneira constante e exímia, o princípio do arco, e na certa haviam existido domos no auge da cidade.

Todo o emaranhado sofrera monstruoso desgaste, e a superfície glacial da qual se projetavam as torres encontrava-se juncada de blocos e escombros imemoriais caídos. Onde a glaciação era transparente, víamos as bases de gigantescos pilares e as pontes de pedra preservadas pelo gelo, que ligaram as diversas torres a variadas distâncias acima do terreno. Nos muros expostos, detectávamos vestígios dos lugares onde haviam existido outras pontes mais altas do mesmo tipo, agora desabadas. Uma inspeção mais próxima revelou inúmeras janelas muito largas, algumas fechadas com venezianas de um material petrificado que fora outrora madeira, embora a maioria se escancarasse de uma forma sinistra e ameaçadora. Várias das ruínas, por certo, achavam-se destelhadas e tinham empenas desiguais arredondadas pelo vento, enquanto outras, de um modelo mais acentuadamente cônico ou piramidal, ou então protegidas por construções circundantes mais altas, preservavam contornos intactos, apesar do desmoronamento e da corrosão onipresentes. Com o binóculo, mal dava para distinguir o que pareciam ser decorações esculturais em faixas horizontais, as quais incluíam aqueles curiosos grupos de pontos, cuja presença nas esteatitas antigas, agora, assumia uma importância muito mais ampla.

Em muitos lugares, os prédios estavam arruinados de cima a baixo, e o lençol de gelo exibia profundos rasgos, resultantes de várias causas geológicas. Em outros lugares, a alvenaria desgastara-se até o nível da glaciação. Numa larga faixa, que se estendia do interior do planalto até uma fenda nos contrafortes, a uns 2 quilômetros da garganta que havíamos atravessado, os prédios haviam sido totalmente destruídos; concluímos que, na certa, correspondia ao curso de algum imenso rio que, durante o período terciário — há milhões de anos —, fluía pela cidade e desaguava em algum prodigioso abismo subterrâneo da grande cordilheira-barreira. Sem dúvida, consistia, sobretudo, numa região de cavernas, golfos e segredos subterrâneos além da compreensão humana.

Lembrando-nos de nossas sensações e a perplexidade diante dessa monstruosa sobrevivência de bilhões de anos que pensávamos ser pré-humana, só posso maravilhar-me com o fato de termos conservado uma atitude semelhante ao equilíbrio. Sabíamos, claro, que alguma coisa — cronologia, teoria científica ou nossa própria consciência — estava terrivelmente distorcida, embora mantivéssemos suficiente equilíbrio para pilotar o avião, observar várias coisas de maneira bastante minuciosa e tirar uma cuidadosa série de fotografias que talvez possam servir tanto a nós quanto ao mundo em boas condições. Em meu caso, o entranhado hábito científico pode ter ajudado, pois, acima de toda a minha estupefação e a sensação de ameaça, dominava a curiosidade de compreender esse segredo antiquíssimo: saber que espécie de seres construíra e habitara aquele lugar de incalculável gigantismo e qual relação com o mundo geral de seu tempo ou de outros tempos poderia ter tido uma concentração de vida tão singular.

Porque o lugar não podia ser uma cidade comum. Deve ter formado o núcleo e o centro principal de algum capítulo arcaico e inacreditável da história do planeta, cujas ramificações externas, relembradas apenas fracamente nos mais obscuros e distorcidos mitos, haviam se extinguido por completo, em meio ao caos de convulsões terrenas, muito antes de qualquer raça humana de que temos conhecimento haver saído a bambolear do mundo dos símios. Ali se alastrara uma megalópole pala-eugênica em comparação com a qual as legendárias Atlântida, Lemúria, Commoriom, Uzuldaroum ou Olathoë, na terra de Lomar, são coisas recentes de hoje — nem sequer de ontem: uma megalópole que se classificava na categoria das sussurradas blasfêmias pré-humanas, como Valusia, R'lyeh, Ib da terra de Mnar e a Cidade Sem Nome da Arábia Deserta. Enquanto sobrevoávamos aquele emaranhado de torres titânicas rígidas, minha imaginação às vezes se soltava de todos os grilhões e vagava a esmo por reinos de fantásticas associações —, chegando até a enredar ligações entre esse mundo perdido e alguns de meus próprios sonhos mais desvairados referentes ao brutal horror encontrado no acampamento.

O tanque de combustível do avião, com a finalidade de maior leveza, só fora enchido em parte, e, em consequência, nossas explorações exigiam cautela. Mesmo assim, cobrimos uma enorme extensão de terreno — ou melhor, de ar — após mergulhar até um nível onde o vento se tornou quase desprezível. Parecia não haver limites para a cordilheira nem para o perímetro da hedionda cidade pétrea que margeava seus contrafortes. Oitenta quilômetros nas duas direções não mostraram nenhuma modificação importante no labirinto de rocha e alvenaria que se agarrava como um cadáver ao gelo eterno. Viam-se, porém, certas diversificações muitíssimo interessantes, como os entalhes no cânion onde aquele largo rio outrora perfurara os contrafortes e aproximara-se para desaguar grande cordilheira adentro. Os promontórios na entrada da corrente haviam sido esculpidos em pilares gigantescos, e alguma coisa nos desenhos protuberantes, em forma de barril, provocou lembranças vagas, detestáveis e confusas em Danforth e em mim.

Também nos deparamos com vários espaços abertos em forma de estrela, com toda certeza praças públicas, e notamos diversas ondulações no terreno. Onde se elevava uma colina íngreme, esses espaços eram, em geral, escavados e formavam um tipo de construção irregular de pedra; no entanto, viam-se pelo menos duas exceções. Destas, uma achava-se desgastada demais por erosão para expor o que existira no topo saliente, enquanto a outra ainda ostentava um fantástico monumento cônico, entalhado na rocha maciça e, grosso modo, semelhante à famosa Tumba da Serpente, no antigo vale de Petra.

Na saída das montanhas, voando ao interior do continente, descobrimos que a cidade não tinha largura infinita, embora o perímetro ao longo dos contrafortes parecesse infindável. Depois de mais ou menos 50 quilômetros, os grotescos prédios de pedra começavam a escassear, e, a pouco mais de 15 quilômetros, chegamos à um deserto ininterrupto, quase sem sinais de construções. O curso do rio além da cidade parecia marcado por uma larga depressão, e a terra adquiria uma aspereza um tanto maior e parecia inclinar-se um pouco acima, ao recuar rumo ao oeste enevoado.

Até então, não havíamos feito nenhum pouso, mas deixar o planalto sem uma tentativa de penetrar em algumas daquelas monstruosas estruturas teria sido inconcebível. Em consequência, decidimos encontrar uma extensão nivelada nos contrafortes, próxima à nossa garganta navegável, para ali pousar o avião e prepararmo-nos para fazer uma exploração a pé. Embora parte das encostas graduais estivesse coberta por uma difusão de ruínas, voando baixo, logo localizamos um grande número de possíveis lugares de aterrissagem. Escolhemos o mais próximo à garganta, visto que nosso voo seguinte seria atravessar a cordilheira e voltar ao acampamento, e às 12h30, conseguimos pousar num campo de neve nivelada e compacta, sem obstáculos e bem adaptada para, mais tarde, uma decolagem rápida e favorável.

Não pareceu necessário proteger o avião com uma parede de neve por tão pouco tempo e na ausência tão tranquila de ventos altos naquele nível; por isso, apenas checamos se os trens de aterrissagem estavam assentados com segurança e se as partes vitais do motor estavam protegidas do frio. Para nossa jornada a pé, largamos no avião os casacos de pele mais pesados e levamos conosco um pequeno equipamento consistindo numa bússola de bolso, câmera manual, alimentos leves, volumoso bloco de anotações, martelo e cinzel de geólogo, sacos para espécimes, um rolo de corda de alpinismo e lanternas elétricas possantes com baterias extras. Havíamos trazido esse equipamento no avião, na probabilidade de conseguirmos pousar, tirar fotografias em terra e fazer desenhos e esboços topográficos, além de obter espécimes de rochas em alguma encosta exposta, afloramento ou caverna na montanha. Por sorte, tínhamos um suprimento extra de papel para rasgar, pôr numa bolsa sobressalente e utilizar para assinalar nosso caminho em qualquer labirinto em que pudéssemos entrar. Esse fora trazido para o caso de encontrarmos algum sistema de cavernas com o ar calmo o suficiente para permitir esse método rápido e fácil, em vez da habitual marcação em rochas.

Ao seguirmos com cuidado colina abaixo pela neve incrustada, em direção ao estupendo labirinto de pedra que assomava diante do opalescente céu ocidental ao fundo, sentimo-nos tomados por uma sensação de maravilhas iminentes, quase tão emocionante quanto a que sentíramos quatro horas antes, quando nos aproximamos da inexplorada garganta na cordilheira. Na verdade, havíamos nos habituado, em termos visuais, ao incrível segredo oculto pelos cumes da barreira; contudo, a perspectiva de penetrar mesmo naquelas muralhas, edificada por seres conscientes fazia talvez milhões de anos — antes da existência de qualquer raça conhecida de homens —, não era, ainda assim, apavorante e terrível em potencial devido às suas implicações de anormalidade cósmica. Embora a rarefação do ar naquela prodigiosa altitude tornasse o esforço um pouco mais difícil que o habitual, Danforth e eu aguentávamos muito bem e nos sentíamos à altura de quase qualquer tarefa que recaísse sobre nós. Bastaram apenas alguns passos para levar-nos a uma ruína amorfa, que a erosão destruíra ao nível da neve, e a uns 50 ou 70 metros adiante se via um baluarte imenso, destelhado, ainda intacto em seu gigantesco contorno de cinco pontas e a elevar-se a uma altura irregular de uns 3 ou 3,5 metros. Caminhamos nessa direção e, quando conseguimos, afinal, tocar-lhe os desgastados blocos gigantescos, sentimos que havíamos estabelecido uma ligação sem precedentes e quase profana com bilhões de anos esquecidos, em geral, fechados à nossa espécie.

Esse baluarte, em forma de estrela e com talvez 91 metros de uma ponta à outra, fora construído com blocos de arenito jurássico de tamanho irregular cuja média era de 1,80 metros por 2,50 metros. Havia uma fileira de seteiras ou janelas em arco, de 1,20 de largura por 1,50 metros de altura, separadas umas das outras com muita simetria ao longo das pontas da estrela e em seus ângulos internos e cujas extremidades inferiores ficavam a 1,20 metros da superfície coberta de gelo. Olhando por essas aberturas, vimos que a parede não tinha menos de 1,50 metros de espessura, no interior não restavam divisões de ambiente e subsistiam vestígios de esculturas ou baixos-relevos em sancas nas paredes interiores — fatos que, na verdade, já tínhamos adivinhado antes, ao sobrevoarmos, baixinho, aquele baluarte e outros parecidos. Embora, a princípio, devessem existir as partes inferiores, todos os traços haviam, ali, sido ocultos pela profunda camada de gelo e de neve.

Rastejamos por uma das janelas adentro e tentamos, em vão, decifrar os desenhos murais quase apagados, mas não tentamos perturbar o piso coberto de gelo. Os voos de orientação haviam indicado que muitos prédios na cidade propriamente dita estavam menos obstruídos pelo gelo e que talvez pudéssemos encontrar interiores limpíssimos que conduziam ao verdadeiro térreo, se entrássemos em construções ainda encimadas por telhados. Antes de deixá-lo, fotografamos minuciosamente o baluarte e examinamos, com total perplexidade, a gigantesca alvenaria sem argamassa. Desejávamos a presença de Pabodie, pois seu conhecimento de engenharia poderia nos ter ajudado a compreender como haviam trabalhado com aqueles blocos titânicos na era de incrível antiguidade em que se construíram a cidade e suas cercanias.

A caminhada de quase um quilômetro encosta abaixo até a verdadeira cidade, com o vento das alturas a uivar de maneira estrepitosa e violenta nos cumes atrás de nós, é uma circunstância cujos mínimos detalhes ficarão para sempre gravados em minha mente. Só em pesadelos fantásticos poderia qualquer ser humano, exceto Danforth e eu, conceber efeitos ópticos como aqueles. Entre nós e os vapores agitados do Oeste, estendia-se aquele monstruoso conjunto de torres de pedra escura, cujas formas singulares e incríveis, recomeçaram a impressionar-nos a cada novo ângulo de visão. Tratava-se de uma miragem em pedra sólida, e, se não fossem pelas fotografias, eu continuaria a duvidar da existência de coisa igual. O tipo geral de alvenaria era idêntico ao do baluarte que examináramos, mas as formas extravagantes que essa alvenaria assumia em suas manifestações urbanas superavam a possibilidade de qualquer descrição.

Mesmo as fotografias ilustram apenas uma ou duas fases daquela infinita bizarrice, solidez sobrenatural e seu exotismo totalmente alienígena. Viam-se formas geométricas para as quais nem Euclides, o pai da geometria, encontraria um nome: cones de todos os graus de irregularidade e truncamento, terraços de todo tipo de provocativa desproporção, respiradouros com estranhos alargamentos bulbosos, colunas quebradas em curiosos grupos ou estruturas de cinco pontas ou cinco arestas de ensandecida distorção. Ao aproximarmo-nos, conseguimos ver sob certas partes transparentes do lençol de gelo e detectar algumas das pontes tubulares de pedras que ligavam as estruturas loucamente dispostas a várias alturas. Parecia não existirem ruas ordenadas; a única via ampla ficava a cerca de 1,5 quilômetros à esquerda, onde o antigo rio sem dúvida fluía pela cidade e desaguava nas montanhas.

Os binóculos mostraram a predominância das faixas externas e horizontais de gravações rupestres quase apagadas e os grupos de pontos, o que nos permitia fazer uma ideia do aspecto que teria tido outrora a cidade — embora a maioria dos telhados e as coroas das torres houvessem desabado. De modo geral, a cidade constituíra um complexo emaranhado de ruelas e caminhos tortuosos, todos sendo profundas gargantas, e alguns um pouco melhores que túneis devido às estruturas suspensas de alvenaria ou aos arcos das pontes que passavam acima delas. Agora, espraiada a nossos pés, agigantava-se como uma fantasia onírica que tinha como pano de fundo uma névoa no Oeste, através de cuja extremidade norte o sol antártico baixo e avermelhado de início da tarde lutava para brilhar; e quando, por um instante, esse sol encontrava uma obstrução mais densa e mergulhava o cenário em sombra temporária, o efeito era sutilmente ameaçador, de uma forma que jamais poderei esperar retratar. Mesmo os uivos e sibilos fracos do vento nas profundas gargantas da cordilheira atrás de nós adquiriam um timbre mais enfurecido de intencional perversidade. O último estágio de nossa descida à cidade foi singularmente íngreme e abrupto, e um afloramento rochoso na borda em que a inclinação mudava nos fez achar que ali, outrora, existira um terraço artificial. Acreditávamos que, sob a glaciação, deveria haver um lance de escada ou coisa que o valha.

Quando, afinal, mergulhamos na cidade labiríntica a caminhar com dificuldade sobre os escombros de alvenaria e tolhidos diante da opressiva proximidade e da altura intimidadora dos onipresentes destroços e das muralhas esburacadas, nossas sensações, mais uma vez, chegaram a tal ponto que me admira o nível de autocontrole que conservamos. Danforth se mostrava visivelmente nervoso e começou a fazer algumas conjeturas de revoltante irrelevância sobre o horror que encontráramos no acampamento, das quais eu me ressentia ainda mais por não poder evitar partilhar certas conclusões impostas a nós por muitos aspectos daquela sobrevivência mórbida da antiguidade, digna de pesadelo. As conjeturas também mexeram com a imaginação de Danforth, pois, em dado momento, onde uma ruela entulhada de escombros fazia uma volta brusca, ele insistiu em ter visto vestígios de marcas no terreno que não o agradaram de modo algum, enquanto, em outros lugares, parava para escutar um som sutil e imaginário, vindo de algum ponto indefinido. Dizia que se tratava de um sibilo musical abafado, muito semelhante ao do vento nas cavernas, mas de alguma forma perturbadoramente diferente. A incessante presença da arquitetura circundante, em forma de *estrela de cinco pontas*, e dos poucos arabescos murais discerníveis continha sugestões vagamente sinistras, das quais não nos podíamos escapar, além de dar-nos um toque de terrível certeza inconsciente relacionada às entidades primais que haviam criado e habitado esse lugar iníquo.

Apesar disso, a alma científica e aventureira não se extinguira por completo em nós e fazia com que realizássemos, de maneira mecânica, nosso programa de raspar espécimes de todos os diferentes tipos de rochas representados na alvenaria. Desejávamos reunir um conjunto bem completo para tirar conclusões melhores referentes à idade do lugar. Nada nas grandes muralhas externas parecia datar de tempos posteriores ao período Jurássico e o Comanchiano, nem qualquer fragmento de pedra em todo aquele local era mais recente que a época Pliocena. Com quase absoluta certeza, perambulávamos em meio à uma morte que reinava havia pelo menos 500 mil anos; com toda a probabilidade, fazia ainda mais tempo.

À medida que avançávamos por aquele labirinto de crepúsculo sombreado, parávamos diante de todas as aberturas existentes para examinar os interiores e investigar possibilidades de entrada. Algumas se encontravam além de nosso alcance, enquanto outras conduziam apenas a ruínas obstruídas pelo gelo, tão vazias e destelhadas quanto o baluarte da montanha. Uma dessas, embora espaçosa e promissora, abria-se para um abismo que parecia insondável, sem qualquer meio visível de descida. De vez em quando, tínhamos a oportunidade de examinar a madeira petrificada de uma veneziana sobrevivente, e nos impressionou a fabulosa antiguidade implícita na grã ainda perceptível. Aquelas janelas tinham vindo de gimnospermas e coníferas mesozoicas — sobretudo cicadáceas cretáceas — e de palmáceas e angiospermas anteriores de óbvia origem terciária. Não se via nada que fosse com certeza posterior à época Pliocena. A colocação das venezianas cujas arestas revelavam a presença antiga de dobradiças estranhas e desde há muito desaparecidas, parecia ter finalidades variadas, algumas no exterior, outras no interior dos vãos de grande altura. Pareciam ter se encaixado no lugar certo, sobrevivendo, desse modo, à oxidação de suas dobradiças e ferrolhos originais, decerto metálicos.

Passado algum tempo, vimo-nos diante de uma fileira de janelas — nas protuberâncias de um colossal cone de cinco arestas e de vértice intacto — que conduziam a um cômodo enorme e bem-conservado, com piso de pedra, mas eram demasiado altas para permitir uma descida sem usar uma corda. Na verdade, levávamos um rolo de corda conosco, mas não quisemos nos dar ao trabalho de realizar aquela descida de 6 metros, a não ser que nos víssemos obrigados a fazê-lo, sobretudo naquele planalto ar rarefeito onde se exigiam grandes esforços do músculo cardíaco. Esse cômodo enorme seria decerto um lugar de algum tipo de reunião ou assembleia, e nossas lanternas revelavam gravuras ousadas, imponentes e potencialmente assustadoras, dispostas ao redor das paredes, em largas faixas horizontais, separadas por faixas verticais também largas de arabescos convencionais. Fizemos minuciosas anotações desse lugar, planejando entrar ali só se encontrássemos um acesso mais fácil ao interior.

Acabamos, porém, encontrando a abertura exata que desejávamos, uma arcada com de 1,82 metros de largura e 3 metros de altura, demarcando a antiga extremidade de uma ponte suspensa que passara sobre uma ruela, a 1,50 metros acima do presente nível do gelo. Essas arcadas se nivelavam, claro, com pisos de andares superiores, e nesse caso ainda existia um dos pisos. O prédio acessível assim consistia numa série de terraços retangulares à esquerda, voltados para o oeste. O que ficava do outro lado da ruela, onde se escancarava a outra arcada, era um cilindro decrépito, sem janelas e com uma estranha protuberância a uns 3 metros acima da abertura. No interior, a escuridão era total, e a arcada parecia abrir-se num poço de ilimitado vazio.

Uma pilha de escombros facilitava ainda mais o acesso ao enorme prédio da esquerda; mesmo assim, por alguns instantes, hesitamos antes de aproveitar a oportunidade que desejávamos há tanto tempo. Embora houvéssemos penetrado nesse labirinto de mistério arcaico, precisamos de renovada determinação para nos fazer entrar, de fato, num prédio completo e sobrevivente de um fabuloso mundo antigo cuja natureza tornava-se cada vez mais terrivelmente clara. Por fim, contudo, transpusemos os escombros e chegamos ao vão escancarado. O piso além da arcada constituía-se de grandes lajes de ardósia e parecia formar a saída de um longo e alto corredor com paredes esculpidas.

Após observarmos as várias arcadas internas que saíam do salão e compreender a provável complexidade do ninho de apartamentos no interior, resolvemos dar início à nossa estratégia de marcação de trilha com os papeizinhos. Até então, nossas bússolas, junto com as frequentes olhadas na imensa cordilheira, entre as torres na retaguarda, bastaram para impedir que perdêssemos o caminho, mas, dali em diante, seria necessário o substituto artificial. Em consequência, rasgamos os papéis extras em tiras de tamanho conveniente, guardamo-las num saco a ser carregado por Danforth e nos preparamos para usá-las da maneira mais econômica que permitisse a segurança. Esse método na certa nos imunizava contra o risco de nos extraviarmos, visto que não pareciam soprar fortes correntes de ar dentro do antiquíssimo prédio. Se essas se intensificassem, ou se nosso suprimento de papel acabasse, é claro que podíamos recorrer ao método mais seguro, embora mais trabalhoso e demorado, de raspagem de lascas da alvenaria.

Que extensão teria o território que havíamos acabado de descobrir era impossível adivinhar sem fazer uma tentativa. A estreita e frequente comunicação entre os diferentes prédios tornava provável que pudéssemos passar de um ao outro por pontes abaixo do gelo, exceto nos casos em que nos impedissem os desmoronamentos e as fissuras locais, pois parecia que entrara pouquíssima formação glacial nas maciças construções. Quase todas as áreas de gelo transparente haviam revelado as janelas submersas fortemente fechadas, como se a cidade houvesse sido deixada naquele estado uniforme até a chegada do lençol glacial que lhe cristalizara a parte inferior para sempre. Na verdade, o lugar transmitia mais a estranha impressão de que fora deliberadamente fechado e abandonado num obscuro e antiquíssimo período do que vitimado por alguma calamidade repentina ou mesmo por uma desintegração gradual. Será que uma população sem nome conhecido teria previsto o advento do gelo e abandonado em massa a cidade para procurar uma moradia menos condenada? As condições fisiográficas precisas existentes na formação do lençol glacial àquela altura teriam de esperar solução posterior. Via-se, de maneira muito clara, que não fora um impulso esmagador e repentino que motivara o abandono. Talvez a pressão de neves acumuladas tivesse sido o responsável, ou talvez uma enchente do rio ou o rompimento de alguma antiga barragem glacial na imensa cordilheira houvesse contribuído para criar a situação especial agora observável. A imaginação podia conceber quase tudo em relação àquele lugar.

VI.

Seria tedioso fazer uma descrição minuciosa e consecutiva de nossas andanças dentro daquele favo de mel cavernoso e arcaico de alvenaria primitiva — daquele monstruoso covil de segredos antigos que ecoava pela primeira vez, depois de incontáveis eras, o ruído de passos humanos. Isso é, sobretudo, verdadeiro porque grande parte do drama e da revelação terríveis resultou de um simples estudo dos onipresentes entalhes mural. Feitas à luz de lanternas, as fotografias dessas obras muito contribuirão para provar a verdade do que agora revelamos, e é lamentável que não levássemos conosco maior quantidade de filmes. Na verdade, depois que acabaram todos os nossos rolos, fizemos esboços de alguns dos detalhes mais destacados nos blocos de papel.

O prédio em que entráramos tinha enorme dimensão e complexidade e nos deu uma ideia da impressionante arquitetura daquele obscuro passado geológico. As divisórias internas eram menos grandiosas que as paredes externas, embora preservadas à perfeição nos andares inferiores. Uma complexidade labiríntica caracterizava toda a construção, a qual incluía estranhas e irregulares diferenças de níveis dos pavimentos; com certeza, teríamos nos perdido logo de início, se não fosse a trilha de papéis rasgados deixados atrás de nós. Decidimos explorar primeiro as partes superiores mais decrépitas e, para isso, ascendemos ao topo do labirinto, após subir uma distância de uns 30 metros até o lugar no qual se escancarava voltado para o céu polar o pavimento superior de salas em ruínas e coberto de neve. A subida foi efetuada pelas íngremes rampas ou planos, inclinados de pedra com reforços que em toda parte serviam como escadas. Os cômodos que encontramos tinham todas as formas e proporções imagináveis que variavam de estrelas de cinco pontas a triângulos e cubos perfeitos. Talvez possamos afirmar com certa segurança que a área média desses aposentos era de 9 metros quadrados, com uns 6 metros de altura, embora existissem muitos outros maiores. Após uma rigorosa examinada nas áreas superiores e no nível glacial, descemos piso por piso até a parte soterrada, onde, de fato, logo constatamos que nos encontrávamos num contínuo labirinto de salas interligadas e passagens, as quais, na certa, levavam às áreas ilimitadas do lado de fora desse prédio específico. A solidez ciclópica e o gigantismo de tudo à nossa volta tornaram-se estranhamente opressivos, e alguma coisa vaga, mas inumana em profundidade, desprendia-se de todos os contornos, dimensões, decorações e nuanças estruturais daquela arcaica e profana construção de pedra. Logo nos demos conta, a julgar pelo que revelavam os baixos-relevos, que aquela cidade monstruosa tinha vários milhões de anos.

Ainda não sabemos explicar os princípios de engenharia aplicados nos anômalos balanceamento e ajuste das imensas massas de pedra, embora fosse clara a extensa utilização de arcos. Todas as salas que visitamos não tinham qualquer conteúdo portável, uma circunstância que confirmava nossa crença no deliberado abandono da cidade. A principal característica decorativa consistia no sistema quase universal da escultura mural, a qual tendia a estender-se em contínuas faixas horizontais de 1 metro de largura e dispostas do piso ao teto, que se alternavam com faixas de igual largura destinadas a arabescos geométricos. No entanto, viam-se exceções a essa regra de distribuição, mas sua predominância era impressionante. Com frequência, porém, embutia-se, ao longo de uma das faixas de arabesco, uma série estranhamente padronizada de agrupamentos de pontos.

Logo percebemos que se tratava de uma técnica bem-desenvolvida, exímia e esteticamente evoluída, correspondente a um elevadíssimo nível de maestria civilizada, embora alheia, em todos os aspectos, a qualquer tradição artística conhecida da raça humana. No que se refere à delicadeza de feitura, jamais vi uma escultura equiparável. Os mínimos detalhes de uma esmerada vegetação, ou de vida animal, eram representados com impressionante realismo, apesar da arrojada escala das esculturas, e os desenhos convencionais eram maravilhas de primorosa complexidade. Os arabescos exibiam uma visível manifestação de princípios matemáticos, empregados com misteriosa simetria em curvas e ângulos baseados no número cinco. As faixas pictóricas seguiam uma tradição bastante formal e envolviam um tratamento singular de perspectiva, embora com uma força artística que nos causava profunda emoção, apesar do imenso abismo de períodos geológicos que nos separava delas. O método do desenho baseava-se numa singular justaposição do corte transversal com a silhueta bidimensional e expressava uma psicologia analítica superior à de qualquer raça conhecida da antiguidade. Também é inútil tentar comparar essa arte com qualquer uma das representadas em nossos museus. Os que virem nossas fotografias na certa encontrarão seu mais estreito análogo em certas criações grotescas dos futuristas mais ousados.

De modo geral, o traçado dos arabescos consistia em linhas escavadas cuja profundidade em paredes não desgastadas pela erosão variava de uns 2,50 a 5 centímetros. Quando surgiam cártulas com agrupamentos de pontos — evidentemente como inscrições em alguma língua e alfabeto primitivos e desconhecidos —, a depressão da superfície lisa era talvez de 4 centímetros de profundidade e a dos pontos talvez 2 centímetros a mais. As faixas pictóricas eram embutidas em baixo-relevo, ficando o fundo rebaixado a uns 5 centímetros da superfície da parede. Em algumas dessas, detectavam-se leves sinais de uma cor anterior, apesar de, na maioria dos casos, os incontáveis milhões de anos houvessem desintegrado e eliminado quaisquer pigmentos que talvez tenham sido aplicados ali. Quanto mais se estudava a maravilhosa técnica, mais se admirava as obras. Sob aquele estrito convencionalismo, captava-se a minuciosa e precisa observação e o talento gráfico dos artistas, e, na verdade, as próprias convenções serviam para simbolizar e acentuar a verdadeira essência ou a diferenciação vital de todo objeto delineado. Sentíamos, ademais, que, a par dessas excelências perceptíveis, havia outras que se situavam além do alcance de nossa percepção. Aqui e ali, certos toques faziam vagas alusões a símbolos e estímulos latentes que um outro lastro mental e emocional, bem como um aparelho sensório mais completo ou diferente, poderia ter tornado de profundo e pungente significado para nós.

Os temas dos baixos-relevos rupestres referiam-se, obviamente, à vida da época desaparecida de sua criação e continham uma grande proporção de evidente história. Foi essa tendência anormal da raça primitiva ao registro histórico — circunstância inesperada que, por coincidência, trabalhou de forma miraculosa em nosso favor — que tornou as gravuras tão informativas para nós, além de nos fazer pôr a fotografia e transcrição delas acima de todas as demais considerações. Em certas salas, a presença de mapas, cartas celestes e outros desenhos científicos, em escala aumentada, alterava o arranjo predominante, e esses elementos davam uma ingênua e terrível corroboração ao que havíamos concluído das frisas pictóricas. Ao indicar o que o todo revelava, resta-me apenas torcer para que esse relato não desperte naqueles que acreditam em mim uma curiosidade maior que a justificada pela sã cautela. Seria uma tragédia se alguém se sentisse atraído por esse reino de morte e horror pela própria advertência destinada a desencorajá-los.

Interrompiam as paredes esculpidas janelas altas e portas maciças de quase 3,50 metros, ambas retendo, de vez em quando, as pranchas de madeira petrificada, primorosamente entalhadas e polidas. Todas as ferragens metálicas haviam desaparecido fazia muito tempo, embora algumas portas permanecessem no lugar e tinham de ser afastadas com força para o lado, à medida que avançávamos de um aposento ao outro. Molduras de janelas, com estranhas vidraças transparentes — quase todas elípticas — subsistiam aqui e ali, mas em pequena quantidade. Também se viam com frequência nichos de imensa magnitude, em geral vazios, mas um ou outro contendo algum objeto bizarro, esculpido de esteatita verde, que estava quebrado ou era demasiado inferior para levar na mudança. Outras aberturas ligavam-se, sem a menor dúvida, a desaparecidas instalações mecânicas — para aquecimento, iluminação, e assim por diante — de um tipo sugerido em muitos dos entalhes. Os tetos tendiam a ser planos, mas, às vezes, haviam sido incrustados com esteatita verde ou outros azulejos, a maioria, agora, caída. Esses azulejos também revestiam os pisos, embora predominassem os com pedras aplainadas.

Como eu disse antes, não se viam mais o mobiliário e outros objetos móveis; contudo, os baixos-relevos davam uma clara ideia dos estranhos dispositivos que outrora haviam mobiliado os aposentos sepulcrais e ecoantes. Acima do lençol glacial, os pisos em geral achavam-se repletos de detritos, lixo e escombro, estado que diminuía em níveis inferiores onde alguns dos aposentos e corredores quase nada mais tinham que poeira arenosa ou incrustações antigas, enquanto em áreas esparsas pairava uma sinistra atmosfera de limpeza recente. Claro que nos lugares onde haviam ocorrido rachaduras ou desabamentos, os níveis inferiores eram tão entulhados quanto os superiores. Um pátio central — como os que víramos do ar em outras estruturas — livrava as regiões inferiores da escuridão total; por isso, raras vezes tivemos de usar as lanternas elétricas nas salas superiores, exceto quando examinávamos detalhes esculpidos. Sob a calota de gelo, contudo, o crepúsculo intensificava-se, e, em muitas partes do intrincado andar térreo, a obscuridade era quase total.

Para se ter uma ideia, mesmo rudimentar, de nossos pensamentos e sensações enquanto penetrávamos no silencioso e antiquíssimo labirinto de alvenaria inumana, é necessário correlacionar um caos desesperadamente desnorteante de estados de espírito, lembranças e impressões fugidias. A antiguidade assustadora e a desolação letal absolutas do lugar bastavam para esmagar quase qualquer pessoa sensível, mas a esses elementos acrescentava-se o recente e inexplicável horror no acampamento, intensificado pelas revelações demasiado rápidas dos terríveis desenhos murais ao nosso redor. Assim que nos vimos diante de um fragmento de baixo-relevo intacto, no qual não existia nenhuma ambiguidade de interpretação, bastou um breve exame para descobrir a hedionda verdade — uma verdade que seria uma ingenuidade fingir que Danforth e eu não havíamos desconfiado antes, cada um por sua conta, embora tivéssemos nos refreado até de mencioná-la entre nós. Agora se tornava impossível haver qualquer dúvida misericordiosa sobre a natureza dos seres que haviam construído e habitado aquela cidade monstruosa, morta fazia milhões de anos, quando os ancestrais do homem eram mamíferos primitivos arcaicos e imensos dinossauros vagavam pelas estepes tropicais da Europa e Ásia.

Havíamos nos apegado a uma alternativa desesperada e insistido — cada um em seu íntimo — em que a onipresença do motivo de cinco pontas significava apenas alguma exaltação cultural ou religiosa do objeto natural que, de maneira tão evidente, concretizava esse formato, assim como os temas decorativos da Creta minoica exaltavam o touro sagrado, os do Egito o escaravelho, os de Roma o lobo e a águia e os de várias tribos selvagens, em algum animal totêmico. Esse solitário refúgio, porém, fora, então, arrancado de nós, obrigando-nos a enfrentar definitivamente aquela ideia perigosa para a mente, o que o leitor destas páginas, sem dúvida, há muito tem adivinhado. Mal consigo suportar escrevê-la em preto e branco, nem sequer agora, mas talvez isso não seja necessário.

As criaturas que outrora criaram e ocuparam aquela arquitetura assustadora na era dos dinossauros não eram, na verdade, dinossauros, mas muito piores. Os simples dinossauros não passavam de seres novos e quase sem cérebro, mas os construtores da cidade eram sábios e antigos, e haviam deixado certos vestígios em rochas mesmo, então assentadas, fazia quase um bilhão de anos... antes mesmo que a verdadeira vida na Terra houvesse avançado além de grupos de células maleáveis... antes mesmo que verdadeira vida na Terra existisse, em qualquer forma. Tratavam-se dos que criaram e escravizaram essa vida e, acima de qualquer dúvida, os modelos em que se basearam coisas, como os antiquíssimos mitos diabólicos insinuados de maneira assustadora nos Manuscritos Pnakóticos e no *Necronomicon*. Eram os "Grandes Antigos" que haviam descido das estrelas quando a Terra era Jovem — os seres cuja substância uma evolução alienígena moldara e cujos poderes eram maiores que todos os gerados neste planeta. E pensar que apenas na véspera, Danforth e eu havíamos contemplado, de fato, fragmentos de sua substância milenarmente fossilizada... e cujos contornos completos o desafortunado Lake e seu grupo haviam visto...

Claro que me é impossível relatar, na ordem certa, os estágios pelos quais assimilamos aquilo que sabemos desse monstruoso capítulo da vida pré-humana. Após o choque inicial da revelação incontestável, precisamos de um intervalo para nos recuperar, e só às 3 h da tarde começamos a presente excursão de pesquisa sistemática. As esculturas do prédio em que entramos eram de uma época relativamente tardia — talvez 2 milhões de anos atrás, de acordo com as características geológicas, biológicas e astronômicas verificadas, e incorporavam uma arte que seria definida como decadente em comparação com a dos espécimes que encontramos em prédios mais antigos, após atravessar pontes abaixo do lençol glacial. Um desses prédios, talhado na rocha maciça, parecia remontar a 40 ou talvez até 50 milhões de anos, à época Eocena inferior ou ao período Cretáceo superior, e continha baixos-relevos de um talento artístico que superava qualquer outra, com uma tremenda exceção encontrada por nós. Concordamos depois que era o mais antigo exemplo de estrutura doméstica que já percorremos.

Não fosse pela confirmação das fotografias tiradas à luz de lanterna que logo serão publicadas, eu me absteria de dizer o que encontrei e deduzi para não ser internado como louco. Por certo, as partes infinitamente primitivas desse relato — composto de muitos fragmentos e que representa a vida pré-terrestre dos seres de cabeça em forma de estrela em outros planetas, outras galáxias e outros universos — podem ser interpretadas de imediato como a mitologia fantástica desses próprios seres; contudo, essas partes, às vezes, se acompanhavam de desenhos e diagramas tão misteriosamente próximos das mais recentes descobertas da Matemática e da Astrofísica que mal sei o que pensar. Que outros julguem quando examinarem as fotografias que hei de publicar.

Como seria de esperar, nenhum dos grupos de baixos-relevos que encontramos contava mais que apenas uma fração de qualquer história contínua, nem sequer começamos a descobrir os vários estágios da história na ordem certa. Algumas das imensas salas eram unidades independentes no que se refere aos seus desenhos, enquanto, em outros casos, narrava-se uma crônica contínua por uma série de salas e corredores. Os melhores mapas e diagramas ficavam nas paredes de um abismo assustador, localizado abaixo até do antigo nível térreo, uma caverna com talvez 60 metros quadrados e 18 metros de altura e que fora, quase com toda a certeza, um centro educativo de algum tipo. Viam-se muitas repetições provocativas do mesmo material em salas e prédios diferentes, pois certos capítulos da experiência e certos sumários ou fases da história racial haviam, decerto, sido os preferidos de diferentes decoradores ou moradores. Às vezes, no entanto, variantes do mesmo tema mostravam-se úteis para dirimir dúvidas e preencher lacunas.

Ainda me surpreende que tenhamos deduzido tanto no breve tempo que dispúnhamos. Claro que mesmo agora só temos um contorno geral reduzido da história — e obtivemos grande parte desta depois, a partir de um estudo das fotografias e dos esboços que fizemos. Talvez tenha sido o efeito desse estudo posterior, as lembranças e as vagas impressões revividas, agindo em conjunto com a sensibilidade e aquele suposto vislumbre final de horror de Danforth cuja essência ele não revela sequer para mim, a origem de seu presente colapso. Mas era inevitável, pois não poderíamos fazer uma advertência documentada sem as informações mais completas possíveis — e sua publicação é uma necessidade prioritária. Certas influências persistentes naquele desconhecido mundo antártico de tempo desordenado e alheio às leis naturais tornam imperativo que novas explorações sejam desencorajadas.

VII.

A história completa, como decifrada até agora, aparecerá em breve num boletim oficial da Universidade Miskatonic. Vou esboçar aqui só os destaques importantes de uma maneira informe e desordenada. Mito ou não, os baixos-relevos relatavam a chegada daquelas criaturas com cabeça de estrela, caídas do espaço cósmico, à Terra nascente e sem vida — a chegada delas e de muitas outras entidades alienígenas que, em certas épocas, embarcam em missões espaciais pioneiras. Pareciam capazes de transpor o éter interstelar com suas imensas asas membranosas — o que confirma, desse modo singular, algumas curiosas lendas folclóricas montanhesas há muito contadas a mim por um colega investigador de antiguidades. Tinham vivido abaixo das águas do mar por um longo tempo, construíram cidades fantásticas e travaram batalhas terríveis com inomináveis adversários mediante intricados aparatos ativados por princípios energéticos desconhecidos. Fica evidente que seus conhecimentos científicos e mecânicos superavam de longe o do homem atual, embora só usassem suas formas mais expandidas e complexas quando obrigados. Alguns dos baixos-relevos sugeriam que haviam passado por uma fase de vida mecanizada em outros planetas, mas se retiraram ao considerar insatisfatórios os efeitos emocionais desse tipo de vida. A dureza orgânica sobrenatural e a simplicidade das necessidades naturais dessas entidades as tornavam singularmente capazes de viver num plano elevadíssimo sem os frutos da manufatura artificial e até mesmo sem roupas, exceto para proteção esporádica contra os elementos.

Foi debaixo da água do mar, a princípio, à procura de comida e, mais tarde, para outros fins, que criaram pela primeira vez a vida terrestre, usando as substâncias existentes de acordo com métodos conhecidos desde os tempos antigos. As experiências mais complicadas vieram depois do aniquilamento de vários inimigos cósmicos. Haviam feito a mesma coisa em outros planetas, após produzir não apenas alimentos necessários, mas também certas massas protoplásmicas multicelulares capazes de moldar-lhes os tecidos em todo tipo de órgãos temporários, sob influência hipnótica e, assim, criarem os escravos ideais para fazerem o trabalho pesado da comunidade. Essas massas viscosas constituíam, sem dúvida, o que Abdul Alhazred sussurrava a respeito como "shoggoths", no aterrador *Necronomicon*, embora nem sequer aquele árabe louco houvesse insinuado a existência de alguns na Terra, a não ser nos sonhos de quem mascava uma determinada erva alcaloide. Depois de sintetizarem seus alimentos simples e produzirem uma boa quantidade de *shoggoths* aqui neste planeta, os Antigos de cabeça em forma de estrela permitiram que outros grupos celulares se desenvolvessem em outras formas de vida animal e vegetal para diversos fins, extirpando todas as criaturas cuja presença se tornasse incômoda.

Com ajuda dos *shoggoths*, cujos prolongamentos tinham a capacidade de erguer pesos prodigiosos, as pequenas e baixas cidades subaquáticas transformaram-se em vastos e imponentes labirintos de pedra, semelhantes aos que criaram, mais tarde, em terra. Na verdade, os Antigos, muitíssimo adaptáveis, viveram bastante em terra, em outras partes do universo, e, na certa, conservavam muitas tradições de construção terrestre. Enquanto estudávamos a arquitetura de todas essas cidades esculpidas paleogênicas, incluindo aquelas cujos corredores de bilhões de anos continuávamos a investigar, uma curiosa coincidência que ainda não tentamos explicar nem a nós mesmos nos deixou impressionados. Os topos dos prédios, os quais, na cidade concreta em que nos encontrávamos, haviam se transformado, decerto, em ruínas amorfas fazia remotas épocas, eram retratados claramente nos baixos-relevos, onde se viam enormes grupos de finíssimas agulhas de torres, delicados remates em certos ápices cônicos e piramidais, além de fileiras de finos discos horizontais, em forma de festões, encimando respiradouros cilíndricos. Era exatamente isso que víramos naquela miragem monstruosa e agourenta, projetada por uma cidade morta destituída dessas silhuetas no horizonte havia milhares e dezenas de milhares de anos, que se agigantara diante de nossos olhos ignorantes do outro lado das insondáveis montanhas da loucura ao nos aproximar do malfadado acampamento do infeliz Lake.

Inúmeros livros poderiam ser escritos sobre a vida dos Antigos, tanto a vida no fundo do mar quanto a na terra, depois que, para lá, parte deles migrou. Aqueles em águas rasas haviam continuado com o uso pleno dos olhos, nas pontas de seus cinco principais tentáculos cefálicos, e haviam praticado as artes da escultura e da escrita de maneira bastante comum, esta última realizada com um estilete em superfícies de cera à prova d'água. Os que habitavam as profundezas mais baixas do oceano usavam um singular organismo fosforescente para fornecer luz e ampliavam a visão mediante obscuros sentidos especiais que funcionavam através dos cílios prismáticos na cabeça — sentidos que tornavam todos os Antigos quase independentes de luz, em situações de emergência. As formas de escultura e escrita haviam mudado singularmente durante a descida e incorporado certos processos de revestimento químicos — na certa, para conservar a fosforescência que os baixos-relevos não esclareciam para nós. Os seres moviam-se no mar, em parte nadando com os braços crinoides laterais e em parte contorcendo-se, impulsionados pela fileira inferior de tentáculos que continha as pseudopatas. De vez em quando, conseguiam fazer longos mergulhos com o emprego de dois ou mais conjuntos auxiliares de asas dobráveis, semelhantes a leques. Em terra, usavam as pseudopatas, mas, às vezes, voavam a grandes alturas ou cobriam enormes distâncias com as asas. Os vários tentáculos delgados em que se subdividiam os braços crinoides eram extremamente delicados, flexíveis, fortes e precisos na coordenação neuromuscular, o que garantia o máximo de habilidade e destreza em todas as atividades artísticas e outras operações manuais.

A dureza das criaturas era quase incrível. Nem sequer as tremendas pressões das maiores profundidades marinhas pareciam capazes de prejudicá-los. Podia-se dizer que pouquíssimos morriam, a não ser por violência, e seus lugares de enterro eram muito escassos. O fato de cobrirem os mortos verticalmente insepultos, com montículos inscritos de cinco pontas, desencadeou em Danforth e em mim pensamentos que tornaram necessária uma nova pausa para recuperação, depois que os baixos-relevos o revelaram. Os seres multiplicavam-se mediante espórios, do mesmo modo que as plantas pteridófitas, como Lake desconfiara, mas, devido à sua prodigiosa dureza e longevidade e à consequente falta de necessidades de reposição, não incentivavam o desenvolvimento em grande escala das células sexuais, exceto quando tinham novas regiões para colonizar. Os jovens amadureciam depressa e recebiam uma educação de evidente superioridade a qualquer padrão imaginável. A vida intelectual e estética era bastante desenvolvida, tendo produzido um conjunto extremamente duradouro de costumes e instituições que vou descrever de maneira mais completa e minuciosa na monografia que publicarei em breve. Variavam muito pouco de acordo com a residência marinha ou terrestre, mas tinham em essência os mesmos princípios básicos.

Embora, como vegetais, fossem capazes de se nutrir de substâncias inorgânicas, preferiam de longe a alimentação orgânica, sobretudo animal. No mar, comiam crus os alimentos da vida marinha, porém, cozinhavam suas carnes em terra. Caçavam e criavam gado de corte, matando os animais com armas afiadas cujas estranhas marcas em certos ossos fósseis nossa expedição notara. Resistiam às mil maravilhas a todas as temperaturas ambientais, e em seu estado natural conseguiam viver em águas cujas temperaturas baixavam até a do congelamento. Com a aproximação da grande glaciação da época Plistocena, porém, há quase um milhão de anos, os habitantes da terra tiveram de recorrer a medidas especiais, entre elas o aquecimento artificial, até por fim, o frio mortal acabar rechaçando-os de volta ao fundo do mar. Para realizar os voos pré-históricos pelo espaço cósmico, dizia a lenda, haviam absorvido certas substâncias químicas que os tornaram quase independentes de alimentação, respiração ou condições de temperatura, mas, na época do grande frio, já tinham se esquecido do método. Seja como for, não poderiam ter prolongado esse estado artificial indefinidamente sem causarem dano.

Sendo constituídos por uma estrutura semivegetal e de não acasalamento, os Antigos não tinham base biológica para a fase familiar de vida mamífera, embora parecessem organizar grandes comunidades, de acordo os princípios de confortável utilização do espaço e, como deduzimos pelas ocupações e diversões dos coabitantes retratadas nos baixos-relevos, de associação por afinidades de espírito. O mobiliário na casa deles ocupava o centro das salas imensas, deixando livre para tratamento decorativo toda a superfície das paredes. A iluminação, no caso dos habitantes da terra, era realizada por um aparato de natureza decerto eletroquímica. Tanto em terra quanto debaixo da água, usavam insólitas mesas, cadeiras e poltronas semelhantes a bastidores cilíndricos para bordar, só que enormes, pois repousavam e dormiam em posição ereta, com os tentáculos dobrados para baixo, além de suportes para as tábuas de superfícies pontilhadas que constituíam seus livros.

O governo evidentemente complexo era, sem dúvida socialista, embora não pudéssemos tirar dos baixos-relevos que examinamos quaisquer conclusões comprovadoras a esse respeito. Havia um extenso comércio local e entre diferentes cidades; empregavam-se fichas pequenas e chatas, de cinco pontas e gravadas, as quais serviam como moeda. Na certa, as menores das várias esteatitas esverdeadas encontradas por nossa expedição correspondiam a essas moedas. Embora a cultura predominante fosse urbana, existia um cultivo agrícola de pequeno porte e grande atividade de criação de gado. Também se exploravam a mineração e alguns empreendimentos industriais limitados. As viagens eram muitíssimo frequentes, mas a migração permanente parecia um tanto rara, com exceção dos grandes movimentos colonizadores pelos quais se expandia a raça. Para os deslocamentos pessoais, não necessitavam de ajuda mecânica, visto que, por terra, ar ou água, os Antigos conseguiam alcançar, sozinhos, incríveis velocidades. Os carregamentos, porém, eram puxados por animais de carga — *shoggoths* debaixo das águas e uma singular variedade de vertebrados primitivos nos últimos anos de vida terrestre.

Esses vertebrados, além de uma infinidade de outras formas de vida — animal e vegetal, marinha, terrestre e aérea —, constituíam produtos de uma evolução não controlada que agia em células criadas pelos Antigos, mas que lhe escapavam ao raio de ação. Deixaram que se desenvolvessem em liberdade, pois não haviam entrado em conflito com os seres dominantes. As formas incômodas, claro, eram exterminadas por meios mecânicos. Interessou-nos ver, em alguns dos últimos e mais decadentes baixos-relevos, um mamífero primitivo que se deslocava sem firmeza, usado, às vezes, como alimento e outras como um divertido bufão pelos habitantes de terras cujas prefigurações simiescas e humanas eram inequívocas. Na construção de cidades terrestres, os gigantescos blocos de pedra eram, em geral, erguidos por pterodáctilos de asas imensas, de uma espécie até então desconhecida da paleontologia.

A persistência com que os Antigos sobreviveram a várias mudanças geológicas e a convulsões da crosta terrestre ficava pouco aquém de milagrosa. Apesar de parecer que poucas, ou nenhuma, de suas primeiras cidades subsistiram além da fase arqueana não se via nenhuma descontinuidade na civilização nem na transmissão dos registros delas. O lugar original do advento desses seres ao planeta foi o oceano Antártico, e é provável que não tenham chegado muito depois que se arrancou do vizinho Pacífico Sul a matéria constitutiva da Lua. Segundo um dos mapas esculturais, todo o globo estava, então, submerso, com as cidades de pedra alastrando-se cada vez mais para longe da Antártica no transcorrer de bilhões de anos. Outro mapa mostra uma grande massa de terra árida ao redor do polo sul, onde fica evidente que alguns desses seres estabeleceram colônias experimentais, embora seus centros principais fossem transferidos para o fundo do mar mais próximo. Mapas posteriores, os quais exibem essa massa terrestre com fissuras e à deriva, enviando algumas partes separadas em direção ao norte, confirmam, de maneira impressionante, a teoria da deriva continental, defendida há pouco tempo por Taylor, Wegener e Joly.

Devido à sublevação de novas terras no Pacífico Sul, iniciaram-se tremendos acontecimentos. Algumas cidades marinhas ficaram irremediavelmente destroçadas, mas essa não foi a pior desgraça dos Antigos. Uma outra raça — raça terrestre de seres em forma de polvo e que, na certa, corresponde à fabulosa progênie pré-humana de Cthulhu — logo começou a infiltrar-se na Terra, saída do infinito cósmico, e precipitou uma monstruosa guerra que, por algum tempo, rechaçou todos os Antigos de volta ao mar. Isso lhes deferiu um terrível golpe, em vista das crescentes povoações terrestres. Mais tarde, fez-se a paz, e entregaram-se as novas terras à raça de Cthulhu, enquanto aos vencidos couberam o mar e as terras mais antigas. Fundaram-se novas cidades em terra, as maiores na Antártica, pois essa região, a primeira que eles haviam pisado, era sagrada. Daí em diante, como antes, o continente permaneceu o centro da civilização dos Antigos, e todas as cidades ali erigidas pelos descendentes de Cthulhu foram aniquiladas. Então, de repente, as terras do Pacífico tornaram a se afundar, levando com elas para o fundo do mar a assustadora cidade de pedra de R'lyeh e todos os povos cósmicos, fazendo com que os Antigos recuperassem a suprema soberania do planeta, exceto por uma única ameaça obscura, sobre a qual não gostavam de falar. Num período posterior, suas cidades pontilharam todas as superfícies terrestres e marinhas do globo — daí a recomendação que farei em minha futura monografia de que algum arqueólogo realize perfurações sistemáticas com o tipo do equipamento de Pabodie, em certas regiões demasiado separadas umas das outras.

A tendência constante através dos tempos era da água para a terra, movimento incentivado pelo surgimento de novas massas terrestres, embora o oceano nunca fosse abandonado por completo. Outro motivo para o deslocamento em direção à terra deve-se à nova dificuldade surgida para a criação e direção dos *shoggoths*, dos quais dependia a vida bem-sucedida no mar. Com o avanço do tempo, como confessavam pesarosamente os baixos-relevos, perdera-se a arte de gerar vida nova da matéria inorgânica, o que obrigou os Antigos a dependerem da modelação de formas já existentes. Em terra, os imensos répteis revelaram-se muitíssimo maleáveis; mas os *shoggoths* do mar, que se reproduziam por fissão e haviam adquirido um perigoso grau de inteligência ocidental, representaram um problema formidável.

Sempre foram controlados pela sugestão hipnótica dos Antigos, os quais lhes modelaram a dura plasticidade em diversos membros e órgãos úteis, mas agora seus poderes de automodelação eram exercidos, às vezes, de maneira independente e em diversas formas imitativas, incutidas por sugestões passadas. Parece que haviam desenvolvido um cérebro semiestável, cuja volição separada e, de vez em quando, obstinada ecoava a vontade dos Antigos sem que a obedecessem sempre. As imagens desses *shoggoths* nos encheram, a Denforth e a mim, de horror e repugnância. Eram entidades, em geral, amorfas, compostas de uma geleia gosmenta, semelhante a uma aglutinação de bolhas, e cada uma media uns 4,50 metros de diâmetro quando assumiam a forma esférica. No entanto, tinham a forma e o volume em constante transformação e projetavam excrescências temporárias ou formavam aparentes órgãos de visão, audição e fala, em imitação de seus governantes, de maneira espontânea ou de acordo com a sugestão.

Parecem ter se tornado singularmente intratáveis por volta de meados do período Permiano, talvez 150 milhões de anos atrás, quando uma verdadeira guerra, com o objetivo de mais uma vez subjugá-los, foi travada contra eles pelos Antigos marinhos. Imagens dessa guerra e dos corpos decapitados, cobertos de uma substância viscosa, das vítimas que *shoggoths*, de praxe, deixavam desprendiam uma força extremamente assustadora, apesar do abismo de incontáveis eras que os separavam de nós. Os Antigos usaram estranhas armas de desintegração molecular contra as entidades rebeldes e acabaram por conquistar uma vitória total. Daí em diante, então, as esculturas mostravam um período em que os *shoggoths* foram amansados e subjugados por Antigos armados, assim como os caubóis do Oeste americano amansaram os cavalos selvagens. Apesar de, durante a revolta, os *shoggoths* exibirem a capacidade de viver fora da água, não se incentivou essa transição pelo fato de a utilidade deles em terra não se equipararem à dificuldade de governá-los.

Durante o período jurássico, os Antigos enfrentaram nova adversidade, na forma de uma outra invasão do espaço sideral, dessa vez, de criaturas semifungosas, semicrustáceas, de um planeta identificável como o remoto e descoberto há pouco: Plutão; sem dúvida, as mesmas que constam em certas lendas contadas aos sussurros, originárias das montanhas boreais e lembradas na região do Himalaia como os Mi-Go ou Abomináveis Homens das Neves. Para combater esses seres, os Antigos tentaram, pela primeira vez, desde a chegada na Terra, precipitar-se de volta ao éter planetário adentro, embora, apesar de todos os preparativos preliminares, houvessem constatado que não lhes era mais possível deixar a atmosfera terrestre. Qualquer que fosse o antigo segredo da viagem interstelar, a raça o perdera para sempre. Por fim, os Mi-Go expulsaram os Antigos de todas as terras do Norte, apesar de não terem conseguido incomodar os do mar. Aos poucos, começava a lenta retirada da raça anciã para seu original hábitat antártico.

Foi interessante notar nas cenas de batalha retratadas nos baixos-relevos que tanto os descendentes de Cthulhu quanto os Mi-Go pareciam ter sido feitos de uma matéria muitíssimo diferente da que conhecemos como a substância dos Antigos. Eles conseguiam submeter-se a transformações e reintegrações impossíveis para seus adversários, o que nos leva a supor que tenham vindo, a princípio, de abismos ainda mais remotos do espaço cósmico. Os Antigos, a não ser pela dureza anormal e pelas singulares propriedades vitais, continuavam estritamente materiais e deviam, portanto, ter sua origem absoluta no *continuum* conhecido de espaço-tempo, enquanto só podemos adivinhar, com a respiração presa, as origens dos outros seres. Tudo isso, decerto, supondo-se que as anomalias e os predicados não terrestres, atribuídos aos inimigos invasores, não são pura mitologia. É concebível que os Antigos tenham inventado uma estrutura cósmica para explicar suas derrotas esporádicas, uma vez que a paixão histórica e o orgulho consistiam no principal e manifesto elemento psicológico da raça. É significativo o fato de que suas crônicas murais não mencionavam muitas raças avançadas e poderosas cujas admiráveis culturas e imponentes cidades figuram persistentemente em certas lendas misteriosas.

O estado do mundo, em constante transformação através de longas eras geológicas, aparecia com surpreendente realidade em muitos dos mapas e das cenas esculpidas. Em alguns casos, a ciência então existente exigirá revisão, enquanto, em outros, suas audaciosas conclusões se veem magnificamente confirmadas. Como já comentei, a hipótese de Taylor, Wegener e Toly de que todos os continentes constituem fragmentos de uma terra antártica original rachada sob a força centrífuga, que se separaram e se afastaram à deriva por uma superfície inferior viscosa em princípio —uma hipótese sugerida, entre outros perfis, pelos contornos complementares da África e da América do Sul e pela maneira como as grandes cadeias de montanhas se acham roladas e empurradas —, recebe notável apoio dessa misteriosa fonte.

Mapas que retratavam o evidente mundo do período carbonífero, de 100 milhões de anos ou mais atrás, exibiam acentuadas fissuras e fossas destinadas a separar depois a África dos reinos outrora contínuos da Europa (então a Valúsia das diabólicas lendas remotas), Ásia, Américas e o continente antártico. Outras cartas geográficas, entre elas a mais significativa relacionada à fundação há 50 milhões de anos da imensa cidade morta ao nosso redor, mostravam todos os continentes atuais bem diferenciados. E no mais recente espécime descoberto por nós, datando talvez da época Pliocena, via-se com bastante clareza o mundo aproximado do atual, apesar da ligação do Alasca com a Sibéria, da América do Norte com a Europa através da Groenlândia, e da América do Sul com o continente antártico através da Terra de Graham. No mapa do período carbonífero, o globo inteiro — os leitos oceânicos assim como as massas de terra rachadas — ostentavam símbolos das imensas cidades de pedra dos Antigos; mas, nas cartas posteriores, a gradual recessão em direção à Antártica tornava-se muito nítida. O mapa final da época Pliocena não mostrava cidades terrestres, a não ser no continente antártico e na extremidade inferior da América do Sul, e tampouco cidades oceânicas ao norte do paralelo 50 de latitude sul. O conhecimento e interesse pelo mundo do Norte, com exceção de um estudo do litoral realizado decerto durante longos voos de exploração naquelas asas membranosas, semelhantes a leques, haviam declinado visivelmente até reduzir-se a zero entre os Antigos.

A destruição de cidades, causada pela sublevação de montanhas, pelo despedaçamento centrífugo de continentes, pelas convulsões sísmicas em terra ou no fundo do mar, e por outras causas naturais, não passava de um registro histórico comum; e era curioso observar como se faziam cada vez menos substituições com o passar dos tempos. A vasta megalópole morta que se esparramava ao nosso redor parecia ser o último centro geral da raça, construída no princípio do período Cretáceo, depois que um gigantesco abalo sísmico varreu do mapa uma antecessora ainda mais imensa, não muito distante. Parecia que aquela região geral era o mais sagrado de todos os lugares onde os primeiros Antigos haviam estabelecido uma colônia no fundo de um mar primitivo. Na nova cidade — muitos aspectos da qual reconhecíamos nos baixos-relevos, mas que se estendia por 160 quilômetros ao longo da cordilheira, em ambas as direções, além dos limites mais distantes de nosso levantamento aéreo — diziam que foram conservadas certas pedras sagradas que tinham formado parte da primeira cidade no fundo do mar, e que emergiu à luz, passadas longas épocas, no desmoronamento geral dos estratos.

VIII.

Claro que Danforth e eu estudamos com interesse especial e um sentimento de dever pessoal tudo o que fazia parte do distrito imediato em que estávamos. Esse material local decerto proliferava ali, e, no emaranhado nível térreo da cidade, fomos felizardos o bastante para encontrar uma casa de data muito tardia, cujas paredes, embora meio danificadas por uma fissura próxima, continham esculturas de artesanato decadente; e estas levavam a história da região muito posterior ao período do mapa plioceno, em que absorvemos o último vislumbre geral do mundo pré-humano. Aquele foi o último lugar que examinamos em detalhes, pois o que descobrimos nos proporcionou um novo e imediato objetivo.

Estávamos, sem dúvida, num dos mais estranhos, sobrenaturais e lúgubres de todos os cantos do globo terrestre. Das terras existentes, tratava-se da infinitamente mais antiga, e aprofundou-se em nós a convicção de que esse hediondo planalto de fato devia ser o fabuloso e digno de pesadelo planalto de Leng, que até mesmo o louco autor do *Necronomicon* relutava em descrever. A grande cordilheira tinha um desmedido comprimento; começava como uma cadeia montanhosa na Terra de Luitpold, na costa do mar de Weddell, e percorria o continente quase interior. A grande cadeia montanhosa alçava-se num imenso arco, desde 82° de latitude e 60° de longitude sul à latitude de 70° sul e longitude de 115° leste, com o lado côncavo voltado para o nosso acampamento e a extremidade voltada para o mar, na região daquela longa costa congelada e isolada por gelo cujas colinas foram vislumbradas por Wilkes e Mawson no círculo antártico.

Entretanto, exageros ainda mais monstruosos da natureza pareciam se situar a uma proximidade aflitiva. Eu disse que esses cumes são mais elevados que os do Himalaia, embora os baixos-relevos me proíbam de dizer que são os mais elevados da Terra. Sem a menor dúvida, essa sinistra honra está reservada a algo que metade dos entalhes hesitava até em registrar, enquanto outros o exibiam com óbvia repugnância e temor. Parece que uma parte da terra antiga — a primeira que emergiu das águas depois que a Terra se desembaraçou da Lua e os Antigos se infiltraram vindo das estrelas — passara a ser evitada como vaga e inominavelmente maldita. As cidades ali construídas haviam desmoronado antes de seu tempo e logo se viram abandonadas. Depois, quando a primeira grande deformação da Terra convulsionara a região na era comanchiana, uma assustadora linha de picos disparara de repente céu acima em meio aos mais aterradores estrondos e caos, e a Terra recebeu suas montanhas mais elevadas e terríveis.

Se a escala dos baixos-relevos estiver correta, essas coisas abomináveis deveriam ter muito mais do que 12.000 metros de altitude — muitíssimo maiores que as das chocantes montanhas da loucura que havíamos transposto. Estendiam-se, parecia, desde 77° de latitude leste e 70° de longitude até 70° de latitude leste e 100° de longitude leste — a menos de 500 quilômetros da cidade morta, de modo que teríamos observado seus terríveis cumes, na obscura distância ocidental, não fosse por aquela névoa indefinida e opalescente. A extremidade norte da cadeia também devia ser visível desde o litoral do círculo antártico, na Terra da Rainha Mary.

Alguns dos Antigos, nos tempos decadentes, haviam dedicado estranhas preces àquelas montanhas, mas jamais ninguém se aproximou delas ou se atreveu a descobrir o que se estendia do outro lado. Nenhum mortal as contemplara alguma vez, e, enquanto eu examinava as emoções transmitidas nos entalhes, roguei para que ninguém chegasse a vê-las. Avistam-se colinas protetoras ao longo do litoral além delas — a Terra da Rainha Mary e a do Kaiser Guilherme —, e agradeço ao céu por homem algum ter conseguido desembarcar e escalar essas colinas. Já não sou mais tão cético sobre os velhos relatos e lendas como antes, nem rio mais da ideia do escultor pré-humano de que o raio, às vezes, interrompia a descida de forma significativa em cada um dos cumes sombrios e que se desprendia um brilho inexplicável de um daqueles terríveis pináculos durante toda a longa noite polar. Talvez haja um significado muito real e monstruoso nos velhos sussurros Pnakóticos sobre Kadath no frio deserto.

Contudo, o terreno mais próximo não era nada menos estranho, embora menos indefinivelmente amaldiçoado. Logo depois da fundação da cidade, a grande cordilheira tornou-se a sede dos principais templos, e vários entalhes mostravam as inúmeras torres grotescas e fantásticas que haviam perfurado o céu, onde, agora, só víamos os cubos e baluartes agarrados de estranha maneira à rocha. Com o passar dos tempos, haviam surgido as cavernas, que se adaptaram como anexos dos templos. Com o avanço de épocas ainda posteriores, todos os veios calcários da região foram escavados por águas superficiais, de modo que as montanhas, os contrafortes e as planícies abaixo deles constituíam uma verdadeira rede de cavernas e galerias interligadas. Muitos baixos-relevos gráficos registravam explorações a grandes profundidades e a descoberta final do tenebroso mar estígio que espreitava nas entranhas da Terra.

Esse vasto abismo sombrio fora escavado, sem a menor dúvida, pelo grande rio que fluía das inomináveis e horríveis montanhas do Oeste abaixo e que, outrora, mudara de curso na base da cordilheira dos Antigos para correr paralela a ela até desaguar no oceano Índico, entre as Terras de Budd e de Totten, no litoral descrito por Wilkes. Aos poucos, o rio desgastara a base calcária da montanha ao mudar de curso até suas correntes alcançarem, afinal, as cavernas das águas inferiores e se juntar a elas na escavação de um abismo mais profundo. Por fim, despejou todo o seu volume nas colinas ocas e deixou seco o velho leito que seguia em direção ao mar. Grande parte da cidade morta, como vista agora, fora construída sobre aquele antigo leito fluvial. Os Antigos, ao compreenderem o que acontecera e exercendo seus sensos artísticos sempre aguçados, haviam esculpido em colunas ornamentadas os promontórios dos contrafortes, onde a grande corrente começava sua descida para a eterna escuridão.

Esse rio, outrora atravessado por dezenas de majestosas pontes de pedra, era, com toda certeza, aquele curso extinto que víramos em nosso levantamento aéreo. Sua presença em diferentes baixos-relevos da cidade nos ajudou a reconstituir o cenário como fora em vários estágios da história antiquíssima e há muito extinta da região, de modo que nos permitiu esboçar um mapa apressado, embora meticuloso, dos locais mais destacados — praças, prédios importantes e assim por diante — para orientar futuras explorações. Logo conseguimos reconstruir na imaginação todo aquele conjunto estupendo, como era havia 1 milhão, 10 milhões ou 50 milhões de anos atrás, pois os baixos-relevos nos descreveram a imagem exata dos prédios, das montanhas, das praças, dos arredores, do panorama e da luxuriante vegetação do período terciário. Deve ter sido uma cidade de maravilhosa e mística beleza, e, ao pensar nela, quase me esqueci da sensação pegajosa de sinistra opressão que a sua antiguidade sobrenatural, a enormidade, o silêncio, o vazio e o crepúsculo glacial daquela cidade me haviam sufocado e pesado no espírito. De acordo com alguns entalhes, porém, os próprios habitantes da cidade haviam conhecido o peso do terror opressivo, pois havia certa cena recorrente e sombria em que se viam os Antigos no ato de recuarem, assustados, diante de um objeto — que nunca aparecia na cena — encontrado no grande rio e que parecia ter sido trazido pelas águas, por entre sinuosas florestas de cicadáceas, envoltas de trepadeiras, desde aquelas sinistras montanhas do Oeste.

Foi apenas numa casa de construção tardia e com os baixos-relevos decadentes que obtivemos um presságio da calamidade final que levara ao abandono da cidade. Sem dúvida, devia haver muitos baixos-relevos da mesma época em outros lugares, mesmo levando-se em conta as energias e aspirações afrouxamento enfraquecidos de um período estressante. Na verdade, logo depois, chegamos até a encontrar certos indícios da existência de outros. Pretendíamos procurá-los mais tarde; no entanto, como eu já disse, as condições imediatas nos impuseram outro objetivo imediato. Deveria, porém, haver um limite — pois, após perderem toda a esperança de uma longa ocupação futura do lugar, os Antigos não poderiam senão abandonar, por completo, a decoração mural. O golpe final, decerto, foi a chegada do grande frio que, a certa altura, dominou a maior parte da Terra e que jamais deixou os malfadados polos — o grande frio que, na outra extremidade do planeta, arrasou as fabulosas terras de Lomar e Hiperbórea.

Seria difícil dizer, em termos de anos exatos, quando começou essa tendência na Antártica. Hoje, estipulamos o início dos períodos glaciais gerais a uma distância de 500 mil anos do presente, mas, nos polos, o terrível flagelo deve ter começado muito antes. Todas as estimativas quantitativas são, em grande parte, conjeturais, mas é bastante provável que os baixos-relevos decadentes tenham sido feitos há muito menos de um milhão de anos e que o verdadeiro abandono final da cidade houvesse terminado bem antes da inauguração convencional da época Plistocena — há 500 mil anos —, como reconhecido em termos da superfície total da Terra.

Nos baixos-relevos decadentes, viam-se sinais de uma vegetação mais escassa em outros lugares e de uma redução da vida campestre por parte dos Antigos. Retratavam-se equipamentos de aquecimento nas casas e viajantes encapotados com tecidos protetores. Vimos, em seguida, uma série de cártulas (sua disposição em faixa contínua aparecia, muitas vezes, interrompida nessas esculturas posteriores) descrevendo uma migração crescente para os refúgios mais próximos de maior calor. Alguns fugiam para cidades subterrâneas, ao largo da distante costa; outros se embrenhavam pelas redes de cavernas calcárias nos montes côncavos até o tenebroso abismo de águas subterrâneas.

No fim, parece ter sido o abismo vizinho que acolheu a colonização mais numerosa. Em parte, isso se deveu, sem dúvida, ao tradicional caráter sagrado daquela região especial, porém, com mais certeza devido às oportunidades que davam de continuarem a usar os grandes templos escavados nas montanhas e de conservarem a imensa cidade em terra, como local de veraneio e base de comunicação com várias minas. A ligação entre as antigas e as novas residências tornou-se mais eficaz por meio de vários planos inclinados e melhorias nas vias de comunicação, entre elas a escavação de numerosos túneis diretos desde a antiga metrópole ao abismo tenebroso — túneis muito íngremes cujas entradas desenhamos com muito cuidado, segundo os cálculos mais poderosos, no mapa-guia que compilávamos. Era óbvio que pelo menos dois desses túneis ficavam a uma razoável distância de exploração de onde nos encontrávamos, ambos na borda da cidade voltada para as montanhas; o primeiro a menos de 400 metros, na direção do antigo leito fluvial; o segundo a talvez o dobro dessa distância, na direção oposta.

Parecia que o abismo tinha em certos lugares margens de terra, embora os Antigos construíssem sua cidade debaixo da água sem dúvida porque oferecia maior garantia de uma temperatura mais quente. A profundidade do mar oculto devia ser imensa, fazendo com que o calor interno da Terra pudesse torná-la habitável por um período indefinido. Os seres parecem não ter tido qualquer dificuldade em se adaptar à vida como residência temporária (e com o tempo, claro, permanente) sob a água, porque jamais permitiram que se atrofiassem seus sistemas de guelras. Muitos baixos-relevos mostravam que sempre haviam visitado com frequência os parentes submarinos em outros lugares e que tinham o hábito de se banharem no fundo do grande rio. A escuridão no âmago da Terra tampouco poderia representar um impedimento para uma raça acostumada às longas noites antárticas.

Por mais decadente que, sem dúvida, fosse o estilo, esses últimos baixos-relevos tinham uma verdadeira qualidade épica no relato da construção da nova cidade no mar recôndito. Os Antigos haviam lidado com a tarefa cientificamente, extraindo rochas insolúveis do centro das montanhas labirínticas e empregando trabalhadores especializados da cidade submarina mais próxima para realizarem a construção segundo os melhores métodos. Esses trabalhadores haviam trazido tudo o que era necessário para estabelecer o novo empreendimento — tecido orgânico de *shoggoth* para gerar levantadores de pedras e posteriores bestas de carga para a cidade abissal, além de outras matérias protoplásmicas das quais se modelariam organismos fosforescentes para fins de iluminação.

Afinal, ergueu-se uma grandiosa metrópole no fundo daquele mar estígio, a arquitetura muito semelhante à da cidade outrora na superfície acima, e a manufatura exibia relativamente pouca decadência graças à matemática precisa, inerente às operações de construção. Os *shoggoths* recém-gerados chegaram a ter um tamanho enorme e uma singular inteligência, além de, como mostram as representações murais, receberem e cumprirem ordens com maravilhosa rapidez. Pareciam conversar com os Antigos copiando-lhes a voz: um tipo de sibilação musical que abrangia várias escalas de tons, se a dissecação feita pelo infeliz Lake estava correta, e trabalhar mais mediante ordens faladas do que sugestões hipnóticas como nos primeiros tempos. Eram, no entanto, mantidos sob admirável controle. Os organismos fosforescentes forneciam luz com ampla eficácia e sem dúvida redimiam-se da perda das familiares auroras polares da noite do mundo exterior.

Continuou-se a prática da arte e da decoração, embora, decerto, com certa decadência. Parecia que os próprios Antigos entendiam esse declínio; em muitos casos, anteciparam a política de Constantino, o Grande, mandando buscar excelentes blocos antigos de entalhes da cidade terrestre, assim como o imperador, num período semelhante de queda, despojou a Grécia e a Ásia de suas mais magníficas obras de arte para dar à nova capital bizantina um esplendor maior que seu próprio povo podia criar. O motivo de a transferência de blocos esculpidos não ter sido mais extensa deveu-se com certeza ao fato de que, no início, não se abandonou inteiramente a cidade na superfície terrestre. Na época em que acabou ocorrendo de vez o abandono total, o qual decerto deve ter acontecido antes que a época plistocena polar avançasse demais, os Antigos talvez se satisfizessem com sua arte decadente ou haviam deixado de reconhecer o mérito superior das esculturas mais antigas. De qualquer modo, as ruínas silenciosas de bilhões de anos ao nosso redor não haviam sofrido um desnudamento escultural em grande escala, embora todas as melhores estátuas isoladas, como outros objetos móveis, houvessem sido levadas.

As cártulas e os lambris decadentes que relatavam essa história, como eu já disse, eram as mais recentes que pudemos encontrar em nossa limitada exploração. Deixaram-nos com uma imagem dos Antigos em constante vaivém entre a cidade terrestre, no verão, e a cidade do abismo marinho, no inverno, às vezes negociando com as cidades no fundo do mar da costa antártica. A essa altura, já deviam ter reconhecido a condenação inevitável da cidade terrestre, pois os baixos-relevos mostravam muitos sinais das intrusões malignas do frio. A vegetação declinava, e as terríveis neves do inverno não mais se derretiam completamente, mesmo em pleno verão. Quase toda a pecuária de sáurios extinguira-se, e os mamíferos tampouco não vinham se saindo melhor. Para continuar o trabalho na superfície, tornou-se necessário adaptar alguns dos *shoggoths*, amorfos e singularmente resistentes ao frio, à vida terrestre, o que os Antigos outrora hesitavam em fazer. O grande rio agora carecia de vida animal, e o mar superior perdera a maioria de seus habitantes, a não ser as focas e as baleias. Todas as aves haviam migrado, exceto os enormes e grotescos pinguins.

Só podíamos nos perguntar o que ocorrera depois. Por quanto tempo sobrevivera a nova cidade na caverna marinha? Continuaria lá embaixo, um cadáver de pedra mergulhado em eternas trevas? As águas subterrâneas haviam congelado, afinal? Que destino encontraram as cidades oceânicas? Teriam alguns dos Antigos se mudado para o Norte antes do avanço arrepiante da calota glacial? A geologia existente não indica nenhum vestígio da presença desses seres. Será que, àquela altura, os abomináveis Mi-Go continuavam a representar uma ameaça no mundo exterior? Havia como saber ao certo o que poderia ou não subsistir até hoje nos abismos obscuros e insondáveis das águas mais profundas da Terra? Aquelas criaturas pareciam ter aparentes condições de suportar qualquer pressão... e, de vez em quando, homens do mar têm fisgado objetos bastante singulares. Enfim, será que a teoria da baleia assassina explicou mesmo as selvagens e misteriosas cicatrizes observadas em focas antárticas há uma geração por Borchgrevingk?

Os espécimes localizados pelo malfadado Lake não entravam nessas indagações, pois o ambiente geológico deles comprovava que viveram numa época que devia ser muito anterior à da história da cidade terrestre. Segundo essa localização, os espécimes não teriam menos de 30 milhões de anos, o que nos levou à conclusão que, no seu tempo, a cidade na caverna marinha, e na verdade até a própria caverna, não existia. Faziam parte de um cenário mais antigo, com a luxuriante vegetação terciária em toda parte, uma cidade terrestre mais jovem, de artes florescentes ao redor, e um caudaloso rio que fluía a toda rumo ao norte, margeando a base das poderosas montanhas em direção a um distante oceano tropical.

E, no entanto, não podíamos nos impedir de pensar nesses espécimes — sobretudo nos oito, intactos, que faltavam no acampamento de Lake, devastado daquela hedionda maneira. Havia algo de anormal em toda a história — os estranhos fatos que nos empenháramos em atribuir à loucura de alguém... os túmulos aterradores... a quantidade e *a natureza* do material desaparecido ... Gedney... A dureza sobrenatural daquelas monstruosidades arcaicas e as extraordinárias aberrações vitais que os baixos-relevos agora mostravam que a raça tinha... Danforth e eu víramos tanto nas últimas horas, que ficamos dispostos a nos calar sobre muitos segredos apavorantes e inacreditáveis de natureza primitiva.

IX.

Repito que nosso estudo dos baixos-relevos decadentes provocou uma mudança em nosso objetivo imediato, o qual, claro, tinha a ver com os caminhos escavados que conduziam ao tenebroso mundo interior, do qual ignorávamos a existência até então, mas que agora ansiávamos por descobrir e visitar. Pela evidente escala dos baixo-relevos, deduzimos que uma caminhada íngreme de cerca de l,5 quilômetros por qualquer um dos túneis abaixo nos levaria à beira dos penhascos estonteantes e tenebrosos acima do grande abismo. Dali, caminhos laterais aperfeiçoados pelos Antigos conduziam ao litoral rochoso do oculto e obscuro oceano. Contemplar esse abismo fabuloso em sua austera realidade era uma tentação irresistível assim que tomamos conhecimento de sua existência, sabendo, contudo, que precisávamos empreender a exploração de imediato se quiséssemos de fato incluí-lo em nosso voo atual.

Eram agora 8h00 da noite, e não tínhamos pilhas sobressalentes o bastante para deixar as lanternas acesas para sempre. Havíamos feito tantos minuciosos estudos e cópias sob o nível glacial que nosso suprimento de bateria servira pelo menos para quase cinco horas de uso contínuo; e, apesar da fórmula de pilha seca, só daria por apenas mais quatro horas, embora mantivéssemos uma lanterna apagada, exceto para lugares difíceis ou de interesse excepcional, talvez pudéssemos conseguir uma margem de segurança. De nada adiantaria vermo-nos sem luz naquelas catacumbas gigantescas; por isso, a fim de fazer a descida até o abismo, tínhamos de abrir mão de todo o trabalho de decifração dos murais. Claro que pretendíamos visitar de novo o lugar durante dias e talvez semanas para intensivos estudos e fotografias após a curiosidade há muito ter vencido o horror, embora, nesse momento, precisássemos apressar-nos. Nossa provisão de papéis para marcar o caminho estava longe de ser ilimitado, e relutávamos em sacrificar blocos de nota ou de esboços sobressalentes para aumentá-lo, mas nos desfizemos de um grosso bloco de notas. Se a difícil situação piorasse, sempre poderíamos recorrer ao método de lascar rochas, e decerto seria possível, mesmo no caso de nos perdermos de fato, retornar à plena luz do dia por um ou outro caminho se tivéssemos tempo suficiente para experiência e erro. Então, acabamos seguindo com entusiasmo, ansiosos, na direção indicada do túnel mais próximo.

De acordo com os baixo-relevos, os quais fizéramos nosso mapa, a desejada entrada do túnel não podia se situar a muito mais de 400 metros de onde nos encontrávamos; o espaço até lá mostrava construções de aspecto tão maciço que poderiam, sem dúvida, ser atravessados num nível subglacial. A abertura, de fato, deveria ficar no subsolo ou no ângulo mais próximo dos contrafortes de uma vasta estrutura em cinco pontas, de evidente natureza pública e, talvez, cerimonial que tentamos identificar a partir de nosso levantamento aéreo das ruínas. Recapitulando o nosso voo de reconhecimento das ruínas, não nos ocorreu nenhuma estrutura a ela semelhante, donde concluímos que suas partes superiores haviam sido extensamente danificadas, ou que fora toda destruída numa fratura glacial que observáramos. Neste caso, acabaríamos constatando, na certa, que o túnel estava obstruído, de modo que teríamos de tentar o seguinte mais próximo, localizado a pouco menos de 1,6 quilômetros ao norte. O leito fluvial interpunha-se na passagem e impedia que tentássemos qualquer outro dos túneis mais ao sul nessa excursão, e, na verdade, se os dois vizinhos estivessem obstruídos, era duvidoso que as pilhas garantissem uma tentativa no seguinte ao norte, a mais ou menos l, 5 quilômetros de nossa segunda opção.

Enquanto atravessávamos com dificuldade o escuro labirinto com a ajuda do mapa e da bússola, passamos por aposentos e corredores em todos os estágios de ruína ou preservação, transpondo pisos e pontes superiores e, depois, tornando a descer, encontrando vãos obstruídos e pilhas de detritos. Acelerávamos de vez em quando ao longo de estirões preservados à perfeição e misteriosamente imaculados, errando o caminho e refazendo-o (casos em que retirávamos a pista falsa com os marcadores de papel que deixáramos), e, às vezes, chegávamos à base de um respiradouro aberto, pelo qual a luz do dia entrava ou se infiltrava; sem cessar, sentíamo-nos provocados pelas paredes esculpidas que encontrávamos, sabendo que muitas das quais deviam exibir relatos de imensa importância histórica, e só a perspectiva de visitas posteriores fez-nos aceitar a impossibilidade de examiná-las. Na verdade, diminuíamos o passo de vez em quando e acendíamos a segunda lanterna. Se tivéssemos mais filmes, sem dúvida faríamos breves pausas para fotografar certos baixos-relevos, mas perder tempo para desenhar esboços a mão estava claramente fora de questão.

Mais uma vez chego a um ponto em que a tentação de hesitar, ou de insinuar em vez de afirmar, é muito forte. Faz-se necessário, porém, revelar o resto, a fim de justificar minha iniciativa de desestimular outras explorações. Seguíramos o caminho tortuoso até bem perto do local da suposta abertura do túnel, após atravessarmos uma ponte do segundo andar que nos levou ao que parecia a extremidade de uma parede pontuda. Descemos, em seguida, até um corredor em ruínas repleto de esculturas decadentes e visivelmente ritualísticas quando, às 8h30 da noite, o jovem e sutil olfato de Danforth nos deu a primeira pista de alguma coisa anormal. Creio que se tivéssemos um cachorro conosco, ele nos teria alertado primeiro. A princípio, não soubemos precisar o que poluíra o ar, antes puro e cristalino; passados alguns instantes, porém, nossa memória reagiu com demasiada nitidez. Tentarei dizê-lo, sem esquivar-me. Percebia-se um odor, e um odor vaga, sutil e inequivocamente semelhante ao que nos nauseara ao abrirmos a sepultura insana do horror que o desafortunado Lake dissecara.

Claro que a revelação não surgiu, então, com tanta nitidez como parece agora. Havia várias explicações concebíveis, e sussurramos por um bom tempo sem nos decidir. O mais importante foi que não recuamos sem mais investigação, pois, tendo chegado tão longe, relutávamos em ser impedidos, a não ser diante de um desastre iminente. De qualquer modo, do que devíamos ter desconfiado era louco demais para acreditar. Essas coisas não aconteciam num mundo normal. Na certa, foi o puro instinto irracional que nos fez diminuir a luz de nossa única lanterna, pois não nos sentíamos mais tentados pelas esculturas decadentes e sinistras que nos encaravam de maneira ameaçadora das opressivas paredes, fazendo-nos avançar com mais cautela nas pontas dos pés ou rastejar pelo chão cada vez mais entulhado de lixo e pilhas de escombros.

Tanto os olhos quanto o nariz de Danforth revelaram-se melhores que os meus, pois também foi quem primeiro notou o estranho aspecto dos escombros depois de haver passado por muitos arcos semiobstruídos que levavam a salas e corredores no andar térreo. Não eram o que deveriam ser após incontáveis milhares de anos de abandono, e quando, com todo o cuidado, aumentamos a luz, vimos que se abrira, havia pouco tempo, uma faixa no meio dos escombros que revelava pegadas recentes. A natureza irregular dos escombros impedia quaisquer marcas definidas, porém, nos lugares mais limpos, havia sutis indícios de que objetos pesados tivessem sido arrastados. A natureza irregular dos escombros impedia quaisquer marcas claras, embora nos lugares mais limpos houvesse sugestões do arrastamento de objetos pesados. De repente, acreditamos ter visto um indício de rastos paralelos, como se de patins de trenós. Foi isso que nos levou a fazer nova pausa.

E foi durante essa pausa que captamos — dessa vez simultaneamente — o outro odor à frente. Paradoxalmente, era um odor ao mesmo tempo menos e mais assustador; menos assustador em termos intrínsecos, embora, infinitas vezes, mais aterrador naquele local e nas circunstâncias conhecidas... a não ser, claro, que Gedney... pois se tratava do cheiro nítido e conhecido de petróleo, isto é, de gasolina.

Nossa motivação, depois disso, deixarei aos psicólogos. Sabíamos agora que algum terrível prolongamento dos horrores do acampamento teria deslizado por aquele tenebroso cemitério dos tempos imemoriais adentro, e não podíamos, portanto, duvidar mais da existência de condições inomináveis — presentes ou pelo menos recentes — logo adiante. Por fim, no entanto, permitimos que a pura e ardente curiosidade... ou a angústia... ou o auto-hipnotismo... ou vagas ideias de responsabilidade por Gedney... ou sei lá o quê... nos impelisse a seguir em frente. Danforth sussurrou mais uma vez sobre a pegada que ele julgara ter visto na curva da ruela, nas ruínas acima, e a suave sibilação musical, talvez de uma tremenda importância, à luz do relatório de dissecação de Lake, apesar da clara semelhança com os ecos dos cumes ventosos na entrada da caverna, os quais ele julgou ter ouvido logo depois vindos das profundezas abaixo. Quanto a mim, sussurrei sobre o estado em que ficara o acampamento, sobre o que desaparecera e como a loucura de um sobrevivente solitário poderia ter concebido o inconcebível, sobre uma excursão enlouquecida ao outro lado das monstruosas montanhas e uma descida até as entranhas daquela desconhecida alvenaria primitiva...

Contudo, não conseguimos convencer um ao outro, nem sequer a nós mesmos, de qualquer coisa definida. Havíamos apagado toda a luz e, enquanto ali permanecíamos imóveis, demo-nos conta vagamente de que uma tênue luz diurna, se infiltrando de grandes alturas, fazia com que a escuridão não fosse absoluta. Depois que nos pusemos a avançar como autômatos, guiamo-nos por clarões esporádicos de nossa lanterna. Os escombros varridos deixaram uma impressão de que não conseguíamos nos livrar, e o cheiro de gasolina começou a se intensificar. Uma quantidade de ruínas cada vez maior nos fazia tropeçar, além de dificultar nosso caminho, até, em seguida, vermos que logo não seria mais possível qualquer avanço. Havíamos acertado em cheio na nossa suposição pessimista sobre aquela fissura geológica vislumbrada do ar.

A busca no túnel nos levara a uma passagem sem saída, e não conseguiríamos sequer chegar ao subsolo do qual se abria a entrada do abismo.

A lanterna iluminava as paredes grotescamente esculpidas do corredor bloqueado onde nos estávamos e revelava diversas portas em vários estados de obstrução; de uma delas, o cheiro de gasolina submergia por completo aquele outro indício de odor e chegava com especial intensidade. Após examinar com mais atenção, constatamos, sem sombra de dúvida, que ocorrera uma ligeira e recente remoção dos escombros daquela abertura específica. Qualquer que fosse, ali, o horror à nossa espreita, compreendemos que o caminho que levava para ele era agora patente. Não creio que alguém se admire de saber que aguardáramos um bom tempo antes de ousarmos fazer algum outro movimento.

No entanto, quando de fato nos arriscamos a entrar por aquele arco obscuro, a primeira sensação foi de anticlímax. Pois, em meio ao espaço repleto de escombros daquela cripta esculpida, um cubo perfeito, com as faces de uns 6 metros, não se via nenhum objeto recente de dimensões logo discerníveis. Por isso, o instinto nos levou a procurar, embora em vão, uma outra entrada mais distante; porém, a aguçada visão de Danforth discerniu de longe um espaço em que haviam removido os detritos do chão; acendemos, então, as duas lanternas com a opção de maior iluminação. Embora o que vimos àquela luz fosse, de fato, simples e insignificante, ainda assim hesito em dizer do que se tratava por causa de que implicava: um grosseiro nivelamento dos escombros, sobre os quais se achavam espalhados vários objetos de maneira descuidada, e num canto do qual se derramara uma razoável quantidade de gasolina havia pouco tempo, o bastante para deixar um forte cheiro, mesmo naquela extrema altitude do superplanalto. Em outras palavras, era apenas uma espécie de acampamento — um acampamento feito por seres inquisitivos que, como nós, haviam sido obrigados a refazer o caminho quando, de repente, se viram diante do acesso ao abismo bloqueado.

Serei claro. Os objetos espalhados vinham todos do acampamento de Lake e consistiam em: latas abertas de maneira tão singular quanto as que víramos naquele lugar devastado; muitos fósforos usados; três livros ilustrados, manchados com estranhas nódoas; um tinteiro vazio ainda na embalagem de papelão; uma caneta quebrada; alguns fragmentos de peles e de lonas de barraca, picotados de modo estranho; uma bateria elétrica gasta, com o folheto de instruções; um livreto que acompanhava o tipo de aquecedor de barracas que usávamos; um punhado de papéis amassados. Tudo aquilo era bastante inquietante, mas, quando alisamos os papéis e lemos o que diziam, pressentimos que chegáramos ao pior. Havíamos encontrado no acampamento certas folhas com manchas inexplicáveis, que talvez nos houvesse preparado, mas o efeito de vê-los ali, nas criptas pré-humanas de uma cidade digna de pesadelo, era quase insuportável.

No caso de ter enlouquecido, Gedney poderia ter desenhado os grupos de pontos em imitação dos encontrados nas esteatitas esverdeadas, assim como os pontos naquelas insanas sepulturas de cinco pontas; e é concebível imaginar que ele também houvesse feito croquis grosseiros e apressados, de variada exatidão ou ausência desta, que esboçavam os arredores da cidade e assinalavam o caminho desde um lugar representado como um círculo, fora de nossa rota anterior; lugar que identificamos com uma grande torre cilíndrica nos baixos-relevos e como um enorme abismo circular vislumbrado em nosso levantamento aéreo, até a presente estrutura em cinco pontas e a entrada de túnel que nela se abria. Ele podia, repito, ter preparado esses esboços, pois os diante de nós haviam, com toda certeza, sido compilados, como os nossos, de esculturas tardias localizadas em algum lugar no labirinto glacial, embora não das mesmas que víramos e em que nos baseáramos. Uma coisa, porém, que o jovem sem qualquer talento ou conhecimento artístico jamais poderia ter feito era traçar aqueles esboços com uma técnica estranha e segura, talvez superior, apesar da pressa e descuido, de qualquer um dos relevos decadentes dos quais foram reproduzidos: a técnica característica e inequívoca dos próprios Antigos no apogeu da cidade morta.

Alguns dirão que Danforth e eu havíamos perdido toda a sanidade por não fugirmos a toda dali para salvar a vida depois disso, visto que, apesar de ensandecidas, havíamos chegado, então, a conclusões bastante firmes e de uma natureza que não preciso sequer mencionar aos que leram meu relato até aqui. Talvez estivéssemos mesmo insanos, pois eu já não disse que aqueles horríveis cumes eram as montanhas da loucura? Creio, no entanto, conseguir detectar algo do mesmo espírito, embora numa forma menos extrema, nos homens que caçam à espreita de animais ferozes e letais, nas selvas da África, para fotografá-los ou estudar-lhes os hábitos. Apesar de semiparalisados de terror como estávamos, ardia em nosso íntimo uma chama de assombro e curiosidade que acabou por triunfar.

Decerto, não pretendíamos enfrentar o ser — ou os seres — que sabíamos haver estado ali, mas pressentíamos que já deviam ter ido embora. Àquela altura, teriam encontrado a outra entrada vizinha, adentrado o abismo e chegado a quaisquer fragmentos tenebrosos do passado que os aguardavam no derradeiro precipício, que nunca tinham visto. Ou, se houvessem encontrado aquela entrada também bloqueada, teriam se dirigido rumo ao norte, à procura de outra.

Em retrospecto, mal consigo lembrar-me de qual forma precisa assumiram nossas novas emoções naquele momento; até que ponto a mudança de objetivo imediato aguçou tanto a nossa sensação de expectativa? Com certeza, não pretendíamos enfrentar o que temíamos, mas não vou negar que talvez alimentássemos um desejo secreto e inconsciente de espionar certas coisas, de algum ponto de observação privilegiado e seguro. É provável que não tivéssemos desistido da vontade de vislumbrar o abismo em si, embora se interpusesse agora um novo objetivo entre nós e essa vontade, na forma daquele grande espaço circular retratado nos esboços amassados que encontráramos. O espaço que havíamos reconhecido de imediato como uma monstruosa torre cilíndrica presente nos baixos-relevos muitíssimo mais antigos, que aparecia, porém, apenas como uma prodigiosa abertura redonda, quando vista de cima. Alguma coisa relacionada ao impressionante aspecto de sua reprodução, mesmo naqueles diagramas apressados, nos fez pensar que seus níveis subglaciais deviam apresentar um aspecto de importância ainda mais singular. Talvez abrigasse maravilhas arquitetônicas que ainda não havíamos encontrado. Tinha decerto uma idade de incrível antiguidade, segundo as esculturas murais que a ostentavam; incluía-se, na verdade, entre as primeiras obras construídas na cidade. Seus baixos-relevos, se preservados, não podiam deixar de ser muito importantes. Além disso, talvez formasse um útil elo atual com o mundo superior: um caminho mais curto do que o que assinaláramos com papéis de modo tão cuidadoso e, na certa, pelo qual desceram aqueles outros seres.

Em todo caso, examinamos os terríveis esboços que confirmavam à perfeição os nossos e tornamos a partir pelo caminho indicado até o espaço circular, o caminho que nossos inomináveis predecessores deviam ter percorrido duas vezes antes de nós. A outra entrada vizinha para o abismo estendia-se além dali. Não preciso falar de nosso itinerário, durante o qual continuamos a deixar uma econômica trilha de papéis, pois foi exatamente o mesmo que nos levara ao beco sem saída, a não ser que tendia a manter-se mais próximo do andar térreo e até descer aos corredores do subsolo. De vez em quando, notávamos certas marcas inquietantes nos detritos e lixo sob os pés; e depois que saímos do raio de alcance do cheiro de gasolina, vimo-nos mais uma vez conscientes, de forma tênue e espasmódica, daquele odor mais hediondo e persistente. Depois que o caminho desviara-se de nosso itinerário anterior, às vezes fazíamos uma rápida varredura com a tocha da lanterna nas paredes, observando, na maioria dos casos, as esculturas quase onipresentes, as quais, de fato, pareciam ter sido a principal manifestação estética para os Antigos.

Às 21h30, ao atravessarmos um corredor longo e abobadado, cujo piso cada vez mais gelado, parecia um tanto abaixo do nível do solo e cujo teto tornava-se mais baixo à medida que avançávamos, começamos a ver forte luz diurna adiante e pudemos desligar a lanterna. Parecia que nos aproximávamos do imenso espaço circular e que nossa distância do ar livre não podia ser muito grande. O corredor terminava num arco surpreendentemente baixo para aquelas ruínas megalíticas, mas vimos muito através dele, mesmo antes de deixá-lo. A esse arco, seguia-se um prodigioso espaço redondo — de no mínimo 60 metros de diâmetro — entulhado de escombros e contendo muitas passagens em arco obstruídas, correspondentes à que já íamos atravessar. Nos espaços disponíveis das paredes, viam-se numerosos baixos-relevos esculpidos numa faixa espiralada de gigantescas proporções e, apesar do desgaste causado pela ação de agentes atmosféricos devido à exposição do lugar, um esplendor artístico muito superior a tudo que encontráramos antes. Uma grossa camada de gelo revestia o piso entulhado, e imaginamos que o fundo verdadeiro se situava a uma profundidade bastante maior.

O destaque do lugar, contudo, era a titânica rampa de pedra que, após se esquivar das passagens em arco por uma curva fechada, elevava-se em espiral ao redor da estupenda parede cilíndrica, como uma contraparte interior das que, outrora, subiam pela superfície externa das monstruosas torres piramidais ou zigurates da antiga Babilônia.

Só a rapidez do voo e a perspectiva, que confundira a descida com a parede interna da torre, haviam-nos impedido de perceber do ar essa atração arquitetônica e, em consequência, procurar outro caminho para o nível subglacial. Talvez Pabodie soubesse nos dizer que tipo de técnica de engenharia a mantinha no lugar, mas Danforth e eu apenas a admirávamos e nos maravilhávamos. Aqui e ali, víamos grandiosas mísulas e pilares de pedra, mas que nos pareciam inadequados à função que desempenhavam. A obra exibia um excepcional estado de conservação até o topo da torre atual, uma circunstância admirável em vista da exposição ao ar livre, e seu abrigo muito contribuíra para proteger os estranhos e perturbadores baixos-relevos cósmicos nas paredes.

Ao sairmos para a aterradora penumbra em que à meia-luz deixava aquela monstruosa base cilíndrica, de 50 milhões de anos e, sem dúvida, a estrutura mais primitivamente antiga de todas as que já víramos, percebemos que os lados, varados por rampas, se alçavam a uma vertiginosa altura de, no mínimo, 20 metros, o que, lembramo-nos da exploração aérea, significava uma glaciação externa de uns 12 metros, pois o buraco escancarado que víramos do avião situava-se no topo de uma alvenaria desmoronada de uns 6 metros, meio protegida por três quartos de sua circunferência pelas imponentes muralhas curvadas de um perímetro de ruínas mais altas. De acordo com os baixos-relevos, a torre original erguera-se no centro de uma imensa praça circular e tinha talvez 150 ou 180 metros de altura, com camadas de discos horizontais próximos ao topo e uma fileira de agulhas de torres ao longo da borda superior. Quase toda a alvenaria tombara em ruínas obviamente para o lado de fora em vez de para o de dentro; feliz circunstância, pois, do contrário, a rampa poderia ter sido despedaçada e todo o interior obstruído. Na verdade, essa rampa sofrera vários desgastes, enquanto o acúmulo de escombros fora tão grande que todas as passagens em arco na parte inferior pareciam ter sido recém-abertas.

Bastou-nos apenas um instante para concluirmos que se tratava, de fato, do caminho por onde os outros seres haviam descido e que seria o caminho lógico para nossa própria subida, apesar da longa trilha de papéis que deixáramos em outro lugar. A entrada da torre não ficava mais distante dos contrafortes e de nosso avião do que o grande prédio disposto em terraços pelo qual entráramos, e qualquer exploração subglacial extra que talvez fizéssemos durante a excursão atual se estenderia por essa região geral. De modo estranho, continuávamos a pensar em possíveis excursões futuras — mesmo depois de tudo o que víramos e adivinháramos. Foi então que, enquanto escolhíamos o caminho com todo o cuidado pelos destroços do imenso nível, surgiu no campo visual algo tão surpreendente que por algum tempo excluiu de nossa mente tudo o mais.

Tratava-se dos três trenós bem-arrumados no ângulo mais distante da parte inferior e mais saliente da rampa, que até então nos escapara à visão. Ali estavam eles, os três trenós desaparecidos do acampamento de Lake, surrados por um tratamento rude que deve ter incluído arrastamento forçado por longos trechos de alvenaria, sem neve e escombros, ou transportados por espaços inteiramente intransponíveis. Haviam sido carregados e amarrados de maneira engenhosa e continham objetos de uma familiaridade inesquecível para nós: o aquecedor a gasolina, latas de combustível, caixas de instrumentos, latas de mantimentos, oleados bojudos que decerto embrulhavam livros e outros protuberantes, com conteúdo menos óbvios, tudo retirado do equipamento de Lake. Depois do que encontráramos naquela outra sala, ficamos mais ou menos preparados para essa descoberta. O choque verdadeiramente grande se deu quando nos aproximamos e desamarramos um oleado, cujos contornos nos haviam inquietado de estranha maneira. Parece que outros, além de Lake, tinham se interessado em coletar espécimes típicos, pois ali se encontravam dois, ambos congelados com extrema rigidez, muito bem-preservados, com algumas contusões nos pescoços tapadas com esparadrapo, e embrulhados com cuidado para evitar maiores danos. Eram os cadáveres do jovem Gedney e do cão desaparecido.

X.

Muitos na certa nos julgarão insensíveis, além de loucos, por pensarmos no túnel do lado norte e no abismo tão logo depois de nossa sombria descoberta, e não estou disposto a dizer que teríamos logo revivido essas ideias, se não fosse uma circunstância específica que caiu sobre nós e desencadeou toda uma nova série de especulações. Haviam recolocado o oleado sobre o desgraçado Gedney e ficado imóveis, numa espécie de muda estupefação, quando os sons, afinal, chegaram à nossa consciência — os primeiros que ouvíamos, desde que saíramos ao ar livre, onde o vento da montanha gemia baixinho do alto de seus cumes fantasmagóricos. Por mais conhecidos e banais, sua presença nesse remoto mundo de morte era mais inesperada e intimidante do que quaisquer sons grotescos ou fabulosos teriam sido, pois vinham mais uma vez transtornar todas as nossas concepções de harmonia cósmica.

Tivessem aqueles sons algum vestígio dos estranhos sibilos entoados de uma ampla escala musical que o laudo da dissecação de Lake nos induzira a esperar naqueles seres — e, na verdade, nossa exacerbada imaginação reconhecera em todas as lamentações dos ventos que ouvíramos desde o horror do acampamento —, também teriam um tipo de infernal congruência com a região morta há bilhões de anos ao nosso redor. Uma voz de outras épocas convém a necrópoles de outras épocas. De certo modo, contudo, o ruído despedaçou todas as nossas convenções profundamente estabelecidas — toda a nossa tácita aceitação do centro da Antártica como um deserto esvaziado, de forma total e irrevogável, de qualquer vestígio de vida normal. O que ouvimos não consistiu na nota fabulosa de qualquer blasfêmia enterrada na terra antiquíssima, de cuja dureza sobrenatural um sol polar, quase extinto, houvesse evocado uma monstruosa resposta. Em vez disso, tratou-se de uma coisa tão comicamente normal, com a qual tanto nos habituáramos desde a travessia marítima ao largo da Terra de Vitória e os dias em que acampáramos no estreito McMurdo, que nos sobressaltamos ao imaginá-la ali, onde tais coisas não podiam existir. Em suma, foi apenas o grasnido estridente de um pinguim.

O som abafado flutuava vindo de recessos subglaciais quase defronte ao corredor pelo qual chegáramos — regiões manifestamente na direção daquele outro túnel para o imenso abismo. A presença de uma ave aquática viva naquela direção — num mundo cuja superfície a ausência total de vida era característica milenar e uniforme — só podia levar a uma conclusão. Por isso, nosso primeiro pensamento foi verificar a realidade objetiva do som. Na verdade, repetia-se e, de vez em quando, parecia desprender-se de mais de uma garganta. Em busca da fonte, entramos numa passagem em arco, da qual se haviam retirado muitos escombros, e recomeçamos a marcar o caminho com papéis — arrancados, com curiosa repugnância, de uma das trouxas de oleado nos trenós — quando deixamos para trás a luz do dia.

À medida que o piso coberto de gelo dava lugar a uma desordem de detritos, discernimos com muita clareza estranhas marcas de rastros de arrastamento, e uma vez Danforth viu uma nítida pegada cuja descrição se revelaria supérflua. O caminho indicado pelos grasnidos dos pinguins era o mesmo que o mapa e a bússola prescreviam como o que conduzia à boca do túnel mais ao norte, e nos alegrou constatar que uma passagem sem ponte, nos níveis do térreo e do subsolo, parecia estar aberta. Segundo o mapa, o túnel devia começar na base de uma grande estrutura piramidal, da qual tínhamos uma vaga lembrança através do nosso voo de levantamento aéreo de estar em excelente estado de conservação. Ao longo do caminho, a lanterna mostrava a habitual profusão de baixos-relevos, mas não paramos para examiná-los.

De repente, uma volumosa forma branca alçou-se diante de nós, e acendemos a segunda lanterna. É estranho como essa nova busca nos afastara a atenção dos medos iniciais do que poderia estar à espreita por perto. Aqueles outros, depois de largarem os suprimentos no grande espaço circular, deviam ter planejado retornar após a expedição de reconhecimento em direção ou ao interior do abismo, mas agora havíamos descartado toda a cautela relacionada a eles, como se não existissem. A criatura branca, bamboleante, media mais de 1,80 metro de altura, embora logo percebêssemos que não se tratava de um dos outros seres. Estes eram maiores e mais escuros e, segundo os baixos--relevos, deslocavam-se em terra com rapidez e segurança, apesar da estranheza de seu sistema marinho de tentáculos. No entanto, fingir que a coisa branca não nos assustou em profundidade seria enganador. Na verdade, sentimo-nos oprimidos durante alguns instantes por um temor primitivo quase mais penetrante do que o pior de nossos medos daqueles outros seres. Então, deu-se um repentino relaxamento, quando, de repente, o vulto branco entrou por uma arcada lateral, à esquerda, para se juntar a outros dois de sua espécie que o haviam chamado com grasnidos guturais. Pois se tratava apenas de um pinguim, embora de uma espécie gigantesca e desconhecida, maior até do que o maior dos chamados pinguins-reais, além de monstruosos devido à combinação do albinismo e da ausência quase total de olhos.

Ao seguirmos o animal pela passagem em arco, giramos os fachos das duas lanternas para o trio indiferente e despreocupado e vimos que eram todos albinos sem olhos, da mesma espécie desconhecida e gigantesca.

O tamanho nos lembrou alguns dos pinguins arcaicos retratados nos baixos-relevos dos Antigos, e não precisamos de muito tempo para concluir que descendiam da mesma raça e que tinham sobrevivido sem dúvida graças à migração para alguma região subterrânea mais quente, cujas trevas eternas lhes haviam destruído a pigmentação e atrofiado os olhos até se tornarem meras fendas inúteis. Que seu presente *hábitat* fosse o imenso abismo que procurávamos, não duvidamos sequer por um instante, e essa prova de que continuava quente e habitável nos encheu das mais singulares e sutilmente perturbadoras fantasias.

Também nos perguntamos o que teria impelido as três aves a se arriscarem a sair de seu hábitat habitual. O estado e o silêncio da grande cidade morta deixavam claro que em nenhum tempo ela fora uma colônia de criação sazonal habitual, enquanto a manifesta indiferença do trio à nossa presença tornava improvável que a passagem de qualquer grupo dos outros seres os houvesse assustado. Será que os outros tentaram alguma agressão ou quiseram aumentar as reservas de carne? Duvidávamos que o odor pungente que os cachorros detestaram pudesse provocar igual aversão naqueles pinguins, pois seus ancestrais haviam decerto coexistido em excelentes termos com os Antigos — um relacionamento amistoso que deve ter continuado no abismo inferior pelo tempo que sobrevivessem alguns desses Antigos. Lamentamos, num novo arroubo do velho espírito de ciência pura, não poder fotografar aquelas criaturas anômalas, logo as deixando com seus grasnidos, e nos impelimos para o abismo, de cuja abertura agora tínhamos certeza, e cuja direção exata os rastos dispersos dos pinguins nos indicavam com toda a nitidez.

Pouco depois, uma descida íngreme por um corredor longo, baixo, sem portas e singularmente sem paredes esculpidas nos levou a acreditar que nos aproximávamos, afinal, da abertura do túnel. Passáramos por mais dois pinguins e ouvíramos outros logo à frente. Em seguida, o corredor terminou num grandioso espaço aberto, que nos fez arquejar sem querer. Era um hemisfério invertido perfeito que se prolongava, sem dúvida, em grande profundidade na terra. Tinha, no mínimo, 30 metros de diâmetro e 15 metros de altura, com arcadas baixas que se abriam ao redor de toda a circunferência, com exceção de um lugar, o qual se escancarava como uma caverna de abertura obscura em arco que interrompia a simetria da abóbada e alçava-se a uma altura de quase 15 metros. Era aquela a entrada do grande abismo.

Nesse imenso hemisfério, cujo teto côncavo exibia impressionantes baixos-relevos, embora decadentes, à semelhança de uma abóbada celestial primitiva, bamboleavam alguns pinguins albinos — estranhos ali, mas indiferentes e cegos. O túnel tenebroso escancarava-se a perder de vista numa íngreme descida em diferentes níveis, a abertura adornada com pilares e dintéis grotescamente esculpidos a cinzel. Deu-nos a impressão de que emanava daquela entrada enigmática uma corrente de ar um pouco mais quente e talvez até uma suspeita de vapor, e nos perguntamos: que entidades vivas, além de pinguins, poderiam ocultar aquele ilimitado vazio abaixo e os favos contíguos da terra e as montanhas gigantescas? Também nos perguntamos se o indício de fumaça no topo de uma das montanhas, que a princípio desconfiara o malfadado Lake, assim como a singular névoa que percebêramos ao redor do cume encimado por baluartes, não poderia ser causado pela ascensão por canais tortuosos de algum vapor desse tipo, que brotava das insondáveis regiões ignotas no âmago da Terra.

Ao entrar no túnel, vimos que media, pelo menos de início, uns 4,5 metros de cada lado e que as paredes, o piso e o teto eram compostos da habitual alvenaria megalítica. Tinha as paredes decoradas com cártulas esparsas de desenhos rupestres convencionais, em estilo tardio e decadente; e toda a obra de engenharia e as inscrições se encontravam em esplêndido estado de conservação. No chão bastante limpo, via-se apenas uma leve camada de pó, com os rastos da saída dos pinguins e da entrada daqueles outros. Quanto mais avançávamos, mais quente tornava-se, e não tardamos a desabotoar os pesados agasalhos. Tivemos curiosidade de saber se ocorriam, de fato, fenômenos ígneos lá abaixo e se as águas daquele mar tenebroso eram quentes. Após uma curta distância, a alvenaria deu lugar à rocha maciça, embora o túnel mantivesse as mesmas proporções e apresentasse o mesmo aspecto de construção regular. De vez em quando, o declive de variada graduação tornava-se tão íngreme que se haviam aberto ranhuras no piso. Em várias ocasiões, observamos as bocas de pequenas galerias laterais não registradas em nossos diagramas; nenhuma que pudesse dificultar nosso retorno e todas bem-vindas como possíveis refúgios para o caso de encontrarmos entidades indesejáveis voltando do abismo. O cheiro abominável daqueles seres era muito nítido. Sem dúvida, foi uma aventura suicida nos arriscarmos por aquele túnel adentro nas condições conhecidas, mas a atração do insondável é mais intensa do que desconfia a maioria. Na verdade, para começo de conversa, fora uma atração assim que nos levara a esse deserto polar sobrenatural. Vimos vários pinguins ao passarmos por lá e especulamos a distância que ainda restava a percorrer. As gravuras nos haviam levado a esperar uma descida em torno de 50 quilômetros até o abismo; porém, nossas andanças anteriores haviam mostrado que não podíamos confiar nelas às cegas em questões de escala.

Após uns 600 metros, intensificou-se aquele cheiro inominável e ficamos muito atentos às várias aberturas laterais por onde passávamos. Não havia nenhum vapor visível como na entrada, mas sem dúvida isso se devia à falta de um ar mais frio contrastante. A temperatura subia com rapidez, e não nos surpreendeu topar com uma pilha descuidada de materiais que nos eram arrepiantemente familiares. Compunha-se de peles e tecidos de barracas retirados do acampamento de Lake, mas não paramos para examinar os estranhos rasgões feitos no tecido. Logo depois, notamos um aumento considerável no tamanho e no número das galerias laterais e concluímos que chegáramos à região densamente alveolada sob os contrafortes mais altos. O cheiro detestável agora se mesclava, de maneira estranha, com um outro odor dificilmente menos agressivo cuja natureza não pudemos adivinhar, embora nos parecesse vir de organismos em decomposição e talvez de fungos subterrâneos desconhecidos. Então, vimo-nos diante de uma surpreendente extensão do túnel, para a qual os baixos-relevos não nos haviam preparado; tratava-se de um alargamento e uma elevação que desembocava numa caverna elíptica, de aspecto natural, com o piso nivelado, com mais de 20 metros de comprimento e 4,50 metros de largura e muitas imensas passagens laterais que conduziam à misteriosa escuridão.

Embora a caverna tivesse a aparência natural, uma inspeção com as duas lanternas indicou que fora formada pela destruição artificial de várias paredes entre os favos vizinhos. Ostentava paredes ásperas e o teto abobadado recoberto de estalactites, mas o piso de rocha maciça fora nivelado e esvaziado de escombros, detritos ou até mesmo de poeira, numa extensão de visível anormalidade. Com exceção do caminho pelo qual viéramos, isso se aplicava aos pisos de todas as grandes galerias que dele se abriam; e a singularidade do estado era tão grande que nos deixou perplexos em vão. O novo e estranho fedor que suplementara o odor repugnante era, ali, pungente em excesso, tanto que eliminava todo o vestígio do outro. Alguma coisa naquele lugar, com o chão polido e quase brilhante, pareceu-nos mais enigmático e horrível, de maneira vaga e desconcertante, do que todos os cenários monstruosos que já encontráramos antes.

A regularidade do caminho que ficava logo à frente, além da maior proporção dos excrementos de pinguins, impedia qualquer confusão quanto à direção certa em meio àquela pletora de entradas de caverna igualmente grandes. No entanto, decidimos recomeçar a trilha com papéis para o caso de se apresentarem complicações, pois, decerto, não podíamos mais encontrar pegadas na poeira. Ao retomarmos a caminhada, dirigimos um facho de luz às paredes do túnel... e paramos de chofre, estupefatos, diante da modificação extrema e radical sofrida pelos baixos-relevos naquele trecho do caminho. Decerto, percebemos a grande decadência das gravuras rupestres dos Antigos, à época da abertura do túnel e havíamos, de fato, observado a qualidade inferior dos arabescos nos trechos que deixáramos para trás. Mas agora, nessa seção mais profunda além da caverna, notava-se uma diferença repentina que transcendia todas as explicações — tanto na natureza básica quanto na simples qualidade, e envolvendo uma degradação artística tão profunda e calamitosa que nada no ritmo de declínio, até então observado, podia levar alguém a esperá-la.

O novo e degenerado trabalho rupestre era grosseiro, impudente e carente de delicadeza em todos os detalhes. O entalhe tinha uma profundidade exagerada nas faixas que seguiam a mesma linha geral das cártulas esparsas dos trechos anteriores; no entanto, a altura dos relevos não chegava ao nível da superfície geral. Ocorreu a Danforth a ideia de que se tratava de uma segunda gravação — um tipo de palimpsesto obtido pela obliteração da gravura anterior. Era, em essência, decorativo e convencional, consistindo em espirais e ângulos toscos que obedeciam, de certa maneira, à tradição matemática de cinco lados dos Antigos, embora parecesse mais uma paródia do que a perpetuação dessa tradição. Não conseguíamos afastar da mente que se acrescentara algum elemento sutil, mas bastante diferente, do senso estético por trás da técnica — um elemento exótico, sugeriu Danforth, responsável pela laboriosa substituição. Assemelhava-se e, de uma forma meio inquietante, nada tinha de semelhante à arte que passáramos a reconhecer como a dos Antigos. Traziam-me à mente, com persistência, coisas híbridas, como as deselegantes esculturas do Império de Palmira, talhadas no estilo romano. O fato de que outros haviam notado em tempos recentes aquela faixa de baixos-relevos era sugerido pela presença de uma pilha usada de uma lanterna caída no chão, diante de um dos desenhos mais característicos.

Como não podíamos perder muito tempo examinando-os, recomeçamos o avanço após uma olhada superficial, embora projetássemos com frequência fachos nas paredes, para ver se exibiam novas mudanças decorativas. Não percebemos nada nesse aspecto, embora, em certos lugares, as esculturas fossem mais esparsas devido às numerosas entradas de túneis laterais que tinham os pisos desobstruídos. Víamos e ouvíamos cada vez menos os pinguins, mas julgamos ter captado uma vaga suspeita de um coro deles, a uma infinita distância, nas profundezas da terra. O novo e inexplicável odor tornou-se abominavelmente intenso, e mal conseguíamos detectar um indício daquele outro cheiro inominável. Baforadas de vapor visível, à nossa frente, anunciavam crescentes contrastes de temperatura e a relativa proximidade dos tenebrosos penhascos marinhos do grande abismo. Então, de maneira bastante inesperada, vimos certas obstruções no piso polido à frente — obstruções que, decididamente, não eram pinguins — e acendemos a segunda lanterna depois de nos certificarmos que os objetos estavam imóveis.

XI.

Mais uma vez ainda, chego a um ponto em que é muito difícil prosseguir. A essa altura, eu já devia estar calejado, mas algumas experiências e suposições deixam cicatrizes demasiado profundas para permitir-nos a cura e fazem apenas reavivar a sensibilidade de modo que a memória reacende em nós todo o horror original. Como eu disse, vimos certas obstruções à nossa frente no chão lustroso e talvez deva acrescentar que, quase ao mesmo tempo, nossas narinas foram invadidas por uma curiosíssima intensificação do estranho fedor predominante, agora nitidamente mesclado com o cheiro abominável dos outros seres que haviam passado por ali antes. A luz da segunda lanterna não deixou dúvida sobre o que eram as obstruções, e só ousamos nos aproximar porque constatamos, mesmo de certa distância, que, com certeza, também haviam perdido toda a capacidade de nos fazer mal, como os seis espécimes semelhantes desenterrados das monstruosas sepulturas, sob os montes em forma de cinco estrelas, no acampamento do malfadado Lake.

Na verdade, estavam tão incompletos quanto a maioria dos que exumáramos — embora ficasse claro, pela poça espessa verde-escura acumulada ao redor delas, que a desintegração sofrida por eles era infinitas vezes mais recente. Parecia haver apenas quatro, enquanto os boletins de Lake sugeriram que não menos de oito formavam o grupo que nos precedera. Encontrá-los naquele estado foi um acontecimento em tudo inesperado, e nos perguntamos que tipo de luta monstruosa ocorrera ali embaixo na escuridão.

Atacados em conjunto, os pinguins retaliam barbaramente com os bicos. A essa altura, nossos ouvidos garantiam a existência de uma colônia de criação deles mais além. Teriam aqueles primeiros seres perturbado o lugar e desencadeado uma perseguição assassina? As obstruções não endossavam essa ideia, pois o ataque de bicos de pinguins contra os tecidos tenazes que Lake dissecara não explicava as terríveis lesões que nossa olhada cada vez mais próxima começava a discernir. Além disso, as imensas aves cegas que víramos pareciam ser singularmente pacíficas.

Houvera, então, uma luta entre aqueles seres, e os quatro ausentes seriam os responsáveis? Nesse caso, onde se encontravam? Estariam bem próximos e, na certa, representavam uma ameaça imediata a nós? Olhávamos cheios de ansiedade algumas das passagens laterais de pisos brilhantes, enquanto continuávamos nosso avanço vagaroso e com franca relutância. Qualquer que tenha sido o conflito, fora isso, sem a menor dúvida, que assustara os pinguins e os impelira naquela insólita perambulação. Então, a luta deve ter se iniciado perto daquela colônia de criação cujos sons mal ouvimos, e que se situava no incalculável abismo à frente, pois não se viam sinais de que aves viviam ali. Refletimos que talvez houvesse ocorrido uma retirada de um violento embate com o grupo mais fraco tentando recuar de volta aos trenós ocultos, onde os perseguidores os liquidaram. Podia-se imaginar a luta diabólica entre entidades monstruosas, irrompendo do abismo tenebroso com grandes nuvens de pinguins frenéticos aos grasnidos em desabalada fuga.

Digo que nos aproximamos daquelas obstruções devagar e com franca relutância. Quisera Deus que jamais houvéssemos nos aproximado, mas fugido a toda velocidade daquele túnel blasfemo de pisos lisos e viscosos, onde os murais degenerados macaqueavam e escarneciam das criaturas que haviam suplantado; houvéssemos batido em retirada antes de ver o que vimos e antes de nossa mente ser gravada a fogo por algo que jamais nos deixará respirar de novo sem dificuldade!

Tínhamos as duas lanternas apontadas para os objetos prostrados; por isso, logo percebemos o fator dominante em sua desintegração. Por mais mutilados, comprimidos, retorcidos e lacerados, a lesão comum e principal de todos foi decapitação total. De cada um, arrancara-se a cabeça em forma de estrela-do-mar e tentaculada; e, ao nos aproximarmos, vimos que a remoção se assemelhava mais a alguma sucção ou rasgamento demoníacos do que qualquer forma comum de instrumento de corte. A fétida serosidade verde-escura das criaturas formava uma poça grande que se espalhava, embora esse fedor fosse semiofuscado por um cheiro horrível mais novo e estranho, ali mais pungente que em qualquer outro lugar ao longo de nossa rota. Só quando chegamos bem perto das obstruções esparramadas pudemos identificar aquele segundo e inexplicável fedor a uma fonte imediata — e assim que o fizemos, Danforth, lembrando-se de certas esculturas vívidas da história dos Antigos no período Permiana, há 150 milhões de anos, soltou um grito torturado de angústia, que repercutiu histericamente por aquele corredor abobadado e arcaico, com malignos palimpsestos.

Também eu quase lhe ecoei o grito, pois também vira aquelas esculturas primais e admirara, estremecido, o modo como o artista anônimo sugerira aquela hedionda secreção viscosa encontrada em alguns Antigos mutilados e prostrados — aqueles que os apavorantes *shoggoths* haviam caracteristicamente abatido e sugado até deixá-los sem cabeça de forma aterradora na grande guerra para tornar a subjugá-los. Eram baixos-relevos infames, dignos de pesadelo, mesmo quando narravam atos passados havia bilhões e bilhões de anos, pois os *shoggoths* e suas obras não deveriam ser vistos por seres humanos nem retratados por quaisquer criaturas. Dominado pelo nervosismo, o louco autor do *Necronomicon* tentara jurar que jamais um deles fora gerado neste planeta e que apenas em sonhos induzidos por drogas alguns os haviam concebido. Protoplasmas amorfos, capazes de imitar e refletir todas as formas de órgãos e processos... aglutinações viscosas de células borbulhantes... esferoides borrachudos de quase 5 metros, infinitamente plásticos e dúcteis... escravos da sugestão, construtores de cidades... cada vez mais sombrios, cada vez mais inteligentes, cada vez mais ambiciosos e cada vez mais imitadores — Santo Deus! Que loucura fizera com que algum dia mesmo os sacrílegos Antigos ousassem utilizar e esculpir essas aberrações?

E agora, assim que Danforth e eu vimos a secreção escura — de recentes cintilação e reflexo iridescente, grudada em espessa camada naqueles corpos degolados, e exalando um fedor obsceno com aquele novo e desconhecido cheiro cuja causa só uma imaginação desvairada podia imaginar... grudada nos corpos e cintilando com menos intensidade numa parte lisa, detestavelmente entalhada *numa série de pontos agrupados* —, assimilamos a essência do terror cósmico em suas mais remotas profundezas. Não se tratava de medo daqueles quatro seres desaparecidos, pois sabíamos bem demais que não tornariam a fazer mal. Pobres diabos! Afinal, não eram criaturas malignas de sua espécie. Eram os homens de outra época e outro modo de ser. A natureza lhes havia envolvido numa brincadeira de diabólico mau gosto — como haverá de envolver outros que a loucura, a calosidade ou a crueldade talvez venham no futuro a escavar naquele deserto polar hediondamente morto ou adormecido —, e essa foi a trágica volta deles ao lar.

Nem sequer haviam sido selvagens, pois, na verdade, o que haviam feito? Aquele horrível despertar no frio de uma época desconhecida, talvez um ataque dos quadrúpedes peludos, latindo frenéticos, e uma defesa estupefata contra eles e contra os igualmente frenéticos símios brancos com os estranhos invólucros e parafernália... Ai de Lake, ai de Gedney.... e ai dos Antigos! Cientistas até o fim... que fizeram que não teríamos feito, no lugar deles? Deus do céu, que inteligência e persistência! Que enfrentamento do inacreditável, assim como os parentes e ancestrais retratados nos baixos-relevos haviam enfrentado coisas apenas um pouco menos inacreditáveis! Radiados, vegetais, monstruosidades, prole das estrelas... não importa o que haviam sido, agora eram homens!

Haviam atravessado os cumes gelados, em cujas encostas repletas de templos, haviam, outrora, prestado culto e vagado por entre as samambaias. Haviam encontrado a cidade morta sob o peso de sua maldição e lido a história esculpida de seus últimos dias, como nós. Haviam tentado alcançar os irmãos vivos em fabulosas profundezas de terrível escuridão, que jamais haviam visto... e que haviam encontrado?

Tudo isso atravessou, a toda, as mentes em uníssono de Danforth e minha, enquanto afastávamos o olhar daquelas formas decapitadas e cobertas de substância viscosa e o dirigíamos para os horríveis entalhes em palimpsesto e os diabólicos grupos de pontos, de secreção recente, na parede ao lado... observávamos e assimilávamos o que devia ter triunfado e sobrevivido ali embaixo, na ciclópica cidade aquática daquele abismo tenebroso e orlado de pinguins, de onde naquele instante, uma sinistra névoa ondulante começara a arrotar, empalidecida, como que em resposta ao grito histérico de Danforth.

O choque que nos causaram o reconhecimento daquela monstruosa secreção e a decapitação nos gelou em estátuas mudas e imóveis, e só depois de conversas posteriores conseguimos entender a completa natureza de nossos pensamentos naquele momento. A impressão era de que ficamos ali assim durante milênios, mas, na verdade, não pode ter passado mais de dez ou quinze segundos. Aquela névoa odiosa e pálida aproximava-se, ondulante, como se verdadeiramente impelida por algum vulto mais remoto a avançar... e, então, chegou um som que abalou grande parte do que acabáramos de decidir; e, ao fazê-lo, desfez o feitiço e nos permitiu correr como loucos pelos pinguins confusos, aos grasnidos, por nosso caminho de volta à cidade, ao longo de corredores megalíticos enterrados no gelo até o grande círculo aberto, e subir aquela rampa arcaica espiralada numa investida frenética e automática em busca do ar exterior saudável e da luz do dia.

Como afirmei há pouco, o novo som abalou muito do que decidíramos, pois era aquilo que a dissecação feita pelo pobre Lake nos levava a atribuir àqueles que julgáramos mortos. Era, disse-me Danforth depois, exatamente o que ele captara de maneira muitíssimo abafada quando estávamos naquele local além da esquina do beco, acima do nível glacial e que tinha, sem dúvida, uma chocante semelhança com as sibilações que ambos escutáramos ao redor das elevadas cavernas da montanha. Ao risco de parecer pueril, também acrescentarei outra coisa, no mínimo porque Danforth, de surpreendente forma, teve a mesma impressão que eu. Decerto, foi a leitura comum que nos preparou para chegar à mesma interpretação, embora Danforth tenha evocado ideias estranhas a respeito de fontes insuspeitas e proibidas, às quais Poe talvez houvesse tido acesso ao escrever *Arthur Gordon Pym*, um século atrás. Lembrar-se-á que, nesse conto fantástico, há uma palavra de significado desconhecido, mas terrível e prodigioso, ligada à Antártica e gritada eternamente pelas gigantescas aves, brancas como a neve e de aparência espectral, do centro daquela maligna região.

— *Tekeli-li! Tekeli-li!*

Devo admitir que foi exatamente isso o que julgamos ter ouvido naquele repentino som atrás da névoa branca a avançar — a insidiosa sibilação musical, que abrangia uma extensão singularmente ampla.

Achávamo-nos em plena e desenfreada fuga antes que as três notas ou sílabas houvessem sido pronunciadas, embora soubéssemos que a rapidez dos Antigos permitiria a qualquer sobrevivente do massacre, alertado pelo grito de Danforth, sair ao nosso encalço e nos alcançar de imediato, se, de fato, quisesse fazê-lo. Tínhamos, contudo, a vaga esperança de que uma conduta não agressiva e a manifestação racional semelhante talvez nos poupassem, ainda que fosse apenas por curiosidade científica, em caso de captura. Afinal, se não visse nada que temer, não teria qualquer motivo para nos fazer mal. Sendo inútil nas circunstâncias nos escondermos, usamos a lanterna para lançar um olhar atrás, ainda correndo, e percebemos que a névoa se dissipava. Veríamos, enfim, um espécime vivo e intacto daqueles outros seres? Mais uma vez chegou aquela insidiosa sibilação musical:

— *Tekeli-li! Tekeli-li!*

Então, notando que na verdade ganhávamos distância de nosso perseguidor, ocorreu-nos que a entidade talvez estivesse ferida. Mas não podíamos correr nenhum risco, pois era óbvio que ela se aproximava em reação ao grito de Danforth, e não em fuga de qualquer outra entidade. A coincidência foi demasiado clara para admitir dúvida. Não fazíamos a menor ideia do paradeiro daquele pesadelo ainda mais inconcebível e indefinível — aquela montanha fétida de protoplasma que vomitava a secreção viscosa, cuja raça conquistara o abismo e enviara pioneiros terrestres para tornarem a esculpir e se contorcerem pelas tocas das colinas; e nos custou uma pontada de dor abandonar aquele Antigo, na certa mutilado — talvez um sobrevivente solitário —, ao perigo de recaptura e de um destino abominável.

Graças a Deus não diminuímos o ritmo da corrida. A névoa ondulante tornara a se espessar e avançava com crescente velocidade, enquanto os pinguins desgarrados às nossas costas grasnavam, gritavam e exibiam sinais de um pânico bastante surpreendente em vista de sua confusão bem menos intensa quando passamos por eles. Mais uma vez, ouviu-se aquela sinistra sibilação de escala bem extensa:

— *Tekeli-li! Tekeli-li!*

Havíamos nos enganado. A coisa não estava ferida, mas apenas parara ao encontrar os corpos dos semelhantes abatidos e a diabólica inscrição feita com secreção nos cadáveres. Jamais saberíamos o que dizia a mensagem demoníaca — no entanto, as sepulturas no acampamento de Lake mostraram a grande importância que aqueles seres atribuíam aos seus mortos. Nossa lanterna, usada de maneira temerária, revelava à frente a imensa caverna aberta para a qual convergiam vários caminhos, e ficamos aliviados por deixar para trás aqueles mórbidos entalhes em palimpsesto que quase sentíamos mesmo quando mal os víamos.

Outro pensamento inspirado pelo aparecimento da caverna foi a possibilidade de perdermos de vista nosso perseguidor naquela atordoante encruzilhada de grandes galerias. Viam-se vários dos pinguins albinos e cegos no espaço aberto, e parecia claro que o medo que sentiam da aproximação da entidade se tornara um pânico inacreditável. Se naquele ponto diminuíssemos a luz da lanterna ao mínimo indispensável para avançarmos na fuga, mantendo-a apontada direto em frente, talvez os assustados movimentos e grasnidos das imensas aves, em meio à névoa, abafassem nossos passos, encobrissem nosso verdadeiro caminho e, de alguma forma, criasse uma pista falsa. No nevoeiro espiralado e agitado, mal se distinguia o piso opaco entulhado do túnel principal a partir dali, tão diferente dos demais, com aquele mórbido polimento, nem mesmo, até onde podíamos imaginar, para os sentidos especiais que tornavam os Antigos em parte, embora de maneira imperfeita, independentes da luz, em emergências. Na verdade, nós mesmos ficamos um tanto receosos de nos perder. Havíamos, claro, decidido seguir em linha reta, na direção da cidade morta, pois um erro naquele labirinto de passagens desconhecidas dos contrafortes teria as consequências impensáveis.

O fato de termos sobrevivido e saído é prova suficiente de que a criatura entrou por uma galeria errada enquanto quis a sorte que tomássemos a correta. Os pinguins sozinhos não poderiam ter nos salvado, mas, com a ajuda da névoa, parece terem-no feito. Só um destino benigno mantivera os vapores ondulantes densos o bastante no momento certo, pois não cessavam de mudar e ameaçar desaparecerem. Na verdade, dissiparam-se por um instante, pouco antes de sairmos do túnel com os nauseantes palimpsestos e entrarmos na caverna, de modo que tivemos apenas um primeiro e único vislumbre da entidade a se aproximar quando demos, receosos, um último e desesperado olhar, antes de diminuir o facho de luz e nos misturar aos pinguins, na esperança de nos esquivarmos à perseguição. Se o destino que nos dissimulou foi benigno, o que nos permitiu, por um segundo, entrever a entidade foi infinitas vezes o contrário, pois a esse vislumbre podemos atribuir pelo menos a metade do horror que, desde então, não cessou de nos assombrar.

O exato motivo que nos levou a olharmos mais uma vez para trás talvez tenha sido o simples instinto imemorial do perseguido de avaliar a natureza e a direção do perseguidor, ou talvez uma tentativa automática de responder a uma pergunta subconsciente suscitada por um de nossos sentidos. No meio de nossa fuga, com todas as faculdades concentradas no problema de escapar, não estávamos em condições de observar e analisar detalhes; apesar disso, nossas latentes células cerebrais devem ter se interrogado sobre a mensagem que nossas narinas lhes transmitiram. Mais tarde percebemos do que se tratava; o afastamento da fétida cobertura de secreção viscosa daquelas obstruções acéfalas e a simultânea aproximação da entidade perseguidora não trouxeram até nós a troca de fedores que, pela lógica, cabia esperar. Na vizinhança dos seres prostrados, aquele novo fedor inexplicável fora predominante, embora, àquela altura, já devesse ter dado lugar ao abominável mau cheiro associado com aqueles outros. Essa substituição não ocorrera; ao contrário, a fetidez mais nova tornara-se menos suportável, pois agora estava quase não diluído, além de adquirir uma peçonhenta insistência a cada instante.

— *Tekeli-li! Tekeli-li!*

Então, parecia que olhávamos para trás ao mesmo tempo, embora sem dúvida o movimento inicial de um tivesse provocado o do outro. Ao fazê-lo, dirigimos as duas lanternas com toda a intensidade luminosa para a névoa rarefeita, naquele momento, por um simples instinto primitivo de ver tudo que pudéssemos ou, num esforço menos primitivo, mas também inconsciente, de ofuscar a entidade antes de baixar os fachos de luz e nos esquivar entre os pinguins no centro labiríntico à frente. Que ato infeliz!

Nem o próprio Orfeu, nem a mulher de Lot pagaram mais caro por um olhar sobre o ombro. E mais uma vez, sobreveio aquele silvo chocante, enregelante.

— *Tekeli-li! Tekeli-li!*

É preferível ser franco, ainda que eu não consiga ser bastante direto, ao declarar o que vimos, embora, no momento, sentíssemos que não conseguiríamos admiti-la nem um para o outro. As palavras que chegam ao leitor jamais poderão nem sequer dar uma ideia do horror daquela visão. Paralisou-nos a consciência de maneira tão total que me causa espanto nos ter restado bom-senso residual o bastante para diminuirmos o facho de luz das lanternas como planejado, e nos precipitarmos túnel certo adentro para a cidade morta. Só o instinto nos deve ter guiado até o fim, talvez melhor do que o teria feito a razão, embora se tivesse sido isso o que nos salvou, exigiu-nos um alto preço. Sem dúvida, sobrara-nos pouquíssima razão. Danforth estava totalmente esgotado, e a primeira coisa que me lembro do resto do percurso foi ouvi-lo entoar, como se abobalhado, uma fórmula histérica na qual apenas eu, em toda a humanidade, poderia encontrar alguma coisa além de insana irrelevância. Reverberava em ecos esganiçados entre os grasnidos dos pinguins, reverberava entre as abóbadas à nossa frente e — graças a Deus — pelas abóbadas agora vazias atrás de nós. Não pode tê-la começado imediatamente; do contrário, não estaríamos vivos e correndo às cegas. Estremeço ao pensar no que uma mínima diferença em suas reações nervosas poderia ter acarretado.

— South Station Under... Washington Under... Park Street Under... Kendall... Central... Harvard...

O desafortunado rapaz entoava as conhecidas estações do túnel Boston-Cambridge, que corria sob nosso pacífico solo nativo, a milhares de quilômetros dali, na Nova Inglaterra, embora para mim o ritual não tivesse importância e nem traduzisse saudades do lar. Tinha apenas horror, porque eu sabia, com absoluta certeza, qual analogia monstruosa e nefanda o sugerira. Esperáramos, ao olhar para trás, avistar uma terrível e inacreditável entidade a deslocar-se, se as névoas estivessem bastante rarefeitas, mas daquela entidade formáramos uma ideia clara. O que de fato vimos — pois as névoas estavam mesmo malignamente rarefeitas — foi algo de todo diferente e imensuráveis vezes mais hediondo e detestável. Era a encarnação total e objetiva da "coisa que não devia existir" do romancista fantástico; e sua mais próxima analogia compreensível é um imenso e veloz trem tal como é visto de uma plataforma de estação do metrô — a grande dianteira preta agigantando-se, colossal, a uma infinita distância subterrânea, constelada de estranhas luzes coloridas e preenchendo o prodigioso túnel como um pistão enche um cilindro.

Mas não estávamos numa plataforma de estação. Estávamos na própria via à frente, enquanto a coluna plástica terrível, de fétida iridescência preta, exsudava à frente, através de seu sinus de 4,50 metros, ganhando espantosa velocidade e impelindo diante de si uma nuvem espiralada, e mais uma vez espessa, do pálido vapor do abismo. Era uma coisa terrível e indescritível, mais enorme que qualquer trem subterrâneo — uma acumulação amorfa de bolhas protoplásmicas, meio fosforescentes, e com miríades de olhos temporários; estes se formavam e se desfaziam como pústulas de luz esverdeada por toda a fachada que enchia o túnel e avançavam sobre nós, esmagando os frenéticos pinguins e deslizando sobre o piso reluzente que, com os de sua espécie, esvaziara de forma tão maligna todos os detritos. Ouvia-se sem cessar aquele sobrenatural grito escarnecedor:

— *Tekeli-li! Tekeli-li!*

Acabamos, enfim, por nos lembrar de que os demoníacos *shoggoths* — aos quais só os Antigos deram vida, pensamentos e órgãos maleáveis, e tendo como linguagem apenas aquela expressa pelos grupos de pontos — *tampouco tinham outra voz, além dos sons que imitavam de seus amos extintos.*

XII.

Danforth e eu temos lembranças de haver saído para o grande hemisfério esculpido e refeito o caminho de volta pelos aposentos e corredores imensos da cidade morta; não passam, contudo, de meros fragmentos de sonhos, sem envolver lembranças de atos, detalhes ou esforço físico, voluntárias. Era como se flutuássemos num mundo nebuloso ou dimensão atemporal, sem causa e efeito, nem orientação. A meia-luz acinzentada daquele enorme espaço circular nos acalmou um pouco, mas não nos aproximamos dos trenós escondidos, nem tornamos a olhar para o malfadado Gedney e o cachorro. Os dois descansam num estranho e titânico mausoléu, e torço para que o fim deste planeta os encontre ainda intocados.

Foi enquanto nos esforçávamos na colossal rampa espiralada acima que sentimos pela primeira vez a terrível fadiga e a falta de fôlego, resultantes de nossa desabalada corrida no ar rarefeito do planalto. Entretanto, nem sequer o temor de um colapso nos faria parar antes de chegarmos ao reino exterior normal de sol e céu. Uma coincidência bastante oportuna assinalou nossa partida daquelas épocas soterradas, pois, enquanto avançávamos ofegantes, em círculos, pelo cilindro de quase 20 metros de alvenaria primitiva acima, entrevimos ao lado um contínuo desfile de faixas com baixos-relevos heroicos na técnica inicial, anterior à decadência, da raça extinta — uma despedida dos Antigos, gravada 50 milhões de anos antes.

Ao sair afinal, com dificuldade da rampa e aos trambolhões, vimo-nos diante de uma enorme pilha de rochas tombadas, com as paredes curvas de uma construção de pedra mais alta que se alçava em direção ao oeste e os cumes altaneiros das grandes montanhas, entrevistas além das estruturas em pior estado de desmoronamento, no lado leste. O baixo sol antártico da meia-noite espreitava avermelhado do horizonte boreal através de fissuras nas ruínas irregulares, e a antiguidade terrível e o entorpecimento da cidade pareciam ainda mais gritantes em contraste com coisas relativamente conhecidas e habituais, como os elementos da paisagem polar. O céu era uma massa agitada e opalescente de tênues vapores glaciais, e o frio nos gelava as estranhas. Fatigados, largamos no chão as sacolas de equipamento a que nos havíamos agarrado por instinto durante a fuga desesperada, tornamos a abotoar nossos pesados abrigos para descer cambaleando a pilha de escombros e nos encaminhamos pelo antiquíssimo labirinto de pedra até os contrafortes, onde nosso avião aguardava. Nada dissemos sobre o que nos impelira em fuga da escuridão dos abismos secretos e arcaicos da Terra.

Em menos de um quarto de hora, encontráramos a íngreme subida até os contrafortes — o provável terraço antigo — pelo qual descêramos e vimos a escura massa do grande avião entre as ruínas esparsas da encosta ascendente adiante. Na metade do caminho colina acima, paramos uns instantes para recuperar o fôlego e nos viramos para contemplar o fantástico emaranhado paleogênico de inacreditáveis formas de pedra abaixo, mais uma vez recortado em silhueta misticamente diante do desconhecido Oeste. Ao fazê-lo, vimos que o céu naquele lado perdera a névoa matinal, os agitados vapores glaciais haviam ascendido ao zênite, onde suas silhuetas enganosas pareciam estar a ponto de se fixar em algum desenho bizarro, que temiam tornar bastante definido ou conclusivo.

Revelava-se agora no longínquo horizonte branco, atrás da cidade grotesca, uma tênue e feérica linha de pináculos violetas, cujas alturas pontiagudas como agulhas, agigantavam-se, oníricas, contra o acolhedor céu ocidental rosado. Em direção a essa borda tremeluzente, elevava-se o antigo platô que o escavado leito do rio desaparecido atravessava como uma fita de sombra irregular. Por um instante, arquejamos de admiração pela beleza cósmica e sobrenatural do panorama, mas então, um indefinido horror começou a infiltrar-se em nossas almas. Pois aquela distante linha violeta não podia ser senão as terríveis montanhas da terra proibida — os mais altos cumes terrestres e o foco do mal na Terra; abrigos de inomináveis horrores e segredos arcaicos; evitadas e invocadas por aqueles que temiam desvendar-lhes o significado; que nenhum ser vivo na Terra pisara, porém, têm sido visitadas pelos sinistros relâmpago, os quais lançavam feixes estranhos de luz às planícies na noite polar; sem a menor dúvida, o arquétipo desconhecido daquele temido Kadath do Frio Deserto, além do abominável platô de Leng, ao qual fazem alusões evasivas as iníquas lendas.

Se os mapas e baixos-relevos entalhados da cidade pré-humana narravam a verdade, aquelas misteriosas montanhas violetas não podiam estar a muito menos de uns 500 quilômetros de distância; não obstante, exibiam a essência feérica de maneira bem definida acima daquela borda longínqua e coberta de neve, como o contorno serrilhado de um monstruoso planeta alienígena prestes a surgir no insólito céu. A altitude delas, então, devia ser colossal, além de qualquer comparação possível, e as elevava a tênues estratos atmosféricos povoados por espectros gasosos, sobre os quais os aviadores intrépidos mal puderam sussurrar, não tendo vivido o suficiente após quedas inexplicáveis. Olhando-as, eu pensava, nervoso, em certas insinuações esculpidas de tudo o que o caudaloso rio desaparecido despejara na cidade de suas encostas malditas, e me perguntava quanto de bom-senso e quanto de loucura havia nos medos daqueles Antigos, que as gravaram com tanta reticência. Lembrei-me que a extremidade norte daqueles colossos devia chegar perto da costa na Terra da Rainha Mary, onde, naquele momento, mesmo a expedição de sir Douglas Mawson, sem dúvida, trabalhava a uns 1.600 quilômetros de onde nos encontrávamos; e desejei que nenhum destino nefasto não lhe permitisse entrever, nem aos seus homens, um vislumbre do que talvez se escondesse atrás da protetora cordilheira litorânea. Essas ideias davam uma medida de meu esgotamento, e Danforth parecia ainda pior.

Muito antes de ultrapassarmos a grande ruína em forma de estrela e chegarmos ao nosso avião, porém, nossos temores haviam se transferido para a cordilheira menor, embora também imensa, que ainda teríamos de tornar a transpor mais adiante. Daqueles contrafortes em diante, as encostas escuras e incrustadas de ruínas alçavam-se escarpadas e detestáveis no leste, mais uma vez fazendo-nos lembrar daquelas estranhas pinturas asiáticas de Nicholas Roerich; e quando pensamos nos abomináveis labirintos no interior delas e nas assustadoras entidades amorfas que poderiam ter impelido sua substância fétida e ondulante até mesmo aos pináculos ocos, mais elevados, não podíamos encarar, sem pânico, a perspectiva de mais uma vez passar por perto daquelas sugestivas entradas de cavernas, onde o vento soprava com uma maligna sibilação musical em amplas escalas. Para piorar tudo, vimos nítidos indícios de névoa ao redor de vários dos cumes, os mesmos que o desafortunado Lake deve ter visto quando cometeu aquele erro inicial sobre vulcanismo. Pensamos, então, com calafrios naquela névoa semelhante da qual acabáramos de escapar; dela e do abismo blasfemo e gerador de horror de onde saíam esses vapores.

Tudo estava bem no avião e vestimos, de forma desajeitada, os pesados abrigos de voo. Danforth ligou o motor sem problemas e fizemos uma decolagem bem tranquila sobre a cidade digna de pesadelo. Abaixo, as construções ciclópicas espalhavam-se como quando as vimos pela primeira vez, num passado tão próximo e, contudo, infinitamente longo. Em seguida, começamos a nos alçar e virar, a fim de testarmos o vento para atravessarmos a garganta. A um nível muito alto, devia ocorrer grande turbulência, pois as nuvens de poeira glacial do zênite faziam todo tipo de coisas fantásticas, mas a 7.200 metros, altura necessária para atravessar a garganta, a navegação estava bem praticável. Ao nos aproximar dos cumes pontiagudos, a estranha sibilação musical do vento tornou-se manifesta, e vi as mãos de Danforth trêmulas nos controles. Apesar de amador, pensei, naquele momento, que talvez eu pudesse pilotar o avião melhor do que ele na perigosa travessia entre os pináculos, e quando fiz sinais para trocar de lugar e assumir suas tarefas, ele não protestou. Tentei manter toda habilidade e autocontrole e encarei o setor mais distante de céu avermelhado, entre as paredes da garganta, recusando-me decidido a ficar atento às baforadas de vapor vindas dos topos e desejando ter tapado os ouvidos com cera, como os homens de Ulisses na costa da Sereia, para afastar aquela angustiante sibilação da consciência.

Danforth, porém, liberado da pilotagem e de uma perigosa tensão nervosa, não conseguia acalmar-se. Eu o sentia virando-se de um lado para outro, enquanto olhava para a cidade terrível que ficava para trás; lançava olhares nos picos cheios de cavernas e cubos à frente; no mar pálido de contrafortes nevados e repletos de baluartes, dos lados e os imobilizava acima, no céu fervilhando grotescamente de nuvens. Foi então, no momento em que eu tentava transpor o desfiladeiro em segurança, que seu berro enlouquecido nos levou quase ao desastre, ao destruir o rígido autodomínio que eu exercia sobre mim mesmo e fazer com que eu tateasse impotente nos aparelhos. Instantes depois, minha determinação levou a melhor, e fizemos a travessia em segurança, embora receie que Danforth nunca mais seja o mesmo.

Já disse que ele se recusou a me contar qual foi o horror final que o fez gritar como demente, horror que, tenho lamentável certeza, é o principal responsável por seu presente colapso nervoso. Os fragmentos de conversa que mantivemos aos gritos acima da sibilação do vento e o ronco do motor quando chegamos ao lado seguro da cordilheira, descendo devagar em direção ao acampamento se referiam mais aos juramentos de segredo que fizéramos ao nos preparar para deixar a cidade de pesadelo. Concordáramos que certas coisas não devem ser levadas ao conhecimento, nem discutidas de maneira leviana pelas pessoas — e eu não falaria delas agora se não fosse a necessidade de dissuadir, a todo custo, a partida da expedição Starkweather-Moore e de outras. É absolutamente indispensável, em nome da paz e da segurança da humanidade, que alguns dos recônditos escuros e mortos, além de algumas profundezas insondáveis da Terra, sejam deixados em paz para que anormalidades adormecidas não despertem, nem pesadelos sobreviventes blasfemos deixem seus covis negros em busca de novas e maiores conquistas.

Tudo que Danforth, algum dia, insinuou foi que o horror final era uma miragem. Disse que não se tratava de alguma coisa ligada aos cubos e às cavernas daquelas montanhas da loucura ressoantes, vaporosas e esburacadas que atravessamos; mas um único vislumbre fantástico, demoníaco, entre as agitadas nuvens do zênite e que se estendia atrás daquelas outras montanhas violetas que os Antigos haviam evitado e temido. É bem provável que a coisa não passasse de pura ilusão, nascida das tensões a que nos havíamos submetido, e da miragem real, embora não reconhecida, da cidade ultramontana, vista perto do acampamento de Lake no dia anterior. Foi tão real, contudo, que Danforth ainda sofre disso.

Em raras ocasiões, sussurrou coisas desconexas e irresponsáveis sobre "abismo tenebroso", "borda esculpida", "proto-Soggoths", "sólidos sem janelas com cinco dimensões", "cilindro inominável", "o Farol antigo", "Yog-Sothoth", "geleia branca primitiva", "a cor caída do espaço", "as asas", "os olhos na escuridão", "a escada para a Lua", "o original, o eterno, o imorredouro" e outras extravagâncias; mas quando está em pleno domínio de si, repudia tudo isso, e o atribui às leituras curiosas e macabras dos primeiros anos de estudo. Na verdade, sabe-se que Danforth é um dos poucos que se atreveram a ler do começo ao fim o exemplar, meio carcomido por traças, do *Necronomicon*, guardado a sete chaves na biblioteca da universidade.

O céu mais alto, ao atravessarmos a cordilheira, estava, sem dúvida, vaporoso e muito agitado; e embora eu visse o zênite, bem posso imaginar que seus torvelinhos de poeira glacial tenham assumido formas estranhas. A imaginação, sabendo com que veracidade as cenas distantes podem ser refletidas, refratadas e ampliadas por essas camadas de nuvens inquietas, poderia ter facilmente feito o resto... e, claro, Danforth não mencionou esses horrores específicos até que sua memória tivesse uma oportunidade de procurá-los em leituras antigas. Ele jamais poderia ter visto tanto num único olhar instantâneo.

Na época, seus gritos se limitaram à repetição de apenas uma palavra insana, cuja fonte era óbvia:

— *Tekeli-li! Tekeli-li!*

A SOMBRA SOBRE INNSMOUTH

I.

DURANTE O INVERNO de 1927-28, autoridades do governo federal fizeram uma misteriosa e secreta investigação sobre certas instalações no antigo porto marítimo de Innsmouth, em Massachusetts. O público só tomou conhecimento disso em fevereiro, depois de ocorrer uma ampla série de incursões policiais e prisões, seguida por incêndio proposital e explosão com dinamite — com as precauções cabíveis — de um enorme número de casas caindo aos pedaços, carcomidas e supostamente vazias na zona portuária abandonada. As almas menos curiosas consideraram essas ocorrências um dos maiores confrontos numa guerra intermitente ao contrabando de bebidas alcoólicas.

Os leitores de jornais mais assíduos, contudo, admiraram-se com o prodigioso número de prisões, com as excepcionais forças policiais empregadas para efetuá-las e o sigilo envolvendo o destino dos detidos. Não se publicaram notícias de julgamentos nem de acusações definidas, e tampouco se viram depois quaisquer detidos nas prisões regulares do país. Circularam várias declarações imprecisas sobre doenças e campos de concentração, e depois, de dispersão em várias prisões navais e militares, mas jamais se soube de nada positivo. A própria cidade de Innsmouth ficou quase despovoada, e mesmo agora apenas começa a mostrar sinais de um lento renascer.

Os protestos de muitas organizações liberais foram recebidos por longos debates confidenciais, e alguns representantes foram levados em excursões a certos campos e prisões. Em consequência, essas sociedades tornaram-se surpreendentemente passivas e reticentes. As autoridades tiveram mais dificuldade para lidar com os jornalistas, grande parte dos quais, porém, pareceu acabar cooperando com o governo. Apenas um jornal, um tabloide sempre desacreditado devido ao seu sensacionalismo, fez referências ao submarino de exploração de águas profundas que detonou torpedos no abismo marinho, pouco além do Recife do Diabo. Essa notícia, colhida por acaso num bar frequentado por marinheiros, pareceu, de fato, muito inverossímil, pois o recife baixo e escuro situa-se a uns 2,5 quilômetros do porto de Innsmouth.

Pessoas em toda a região e nas cidades vizinhas sussurraram muito entre si, mas quase nada disseram ao mundo exterior. Haviam falado da agonizante e semideserta Innsmouth durante quase um século, e o que acabara de acontecer não podia ser mais ensandecido ou hediondo do que já haviam comentado aos sussurros e insinuado anos antes. Muitos incidentes lhes haviam ensinado discrição, e agora de nada adiantaria tentar pressioná-las. Além disso, sabiam na verdade muito pouco, pois vastos pântanos salgados, desolados e inabitados mantinham os vizinhos afastados de Innsmouth no interior da região.

Mas vou desafiar, afinal, a lei do silêncio que se impôs a essa questão. Tenho certeza de que as conclusões são tão criteriosas que nenhum dano público, a não ser um choque de repugnância, poderá resultar do que aqueles horrorizados investigadores encontraram quando irromperam em Innsmouth. Além disso, o que se encontrou talvez tenha mais de uma explicação. Ignoro até que ponto me foi contada a história toda, e tenho muitos motivos para não desejar aprofundar-me mais na questão. Pois meu envolvimento com o caso foi mais estreito que o de qualquer outro leigo, e trago em mim impressões que ainda me impelirão a tomar medidas drásticas.

Fui eu quem fugiu frenético de Innsmouth no amanhecer de 16 de julho de 1927, e cujos apelos horrorizados ao governo para abrir um inquérito e empreender as ações necessárias desencadearam todo o episódio noticiado. Decidi permanecer em silêncio enquanto o caso estivesse recente e incerto, mas agora que se trata de uma velha história, a qual não desperta mais o interesse e a curiosidade do público, sinto um estranho desejo de contar, em voz baixa, sobre as poucas horas assustadoras naquele porto mal-afamado e malignamente obscuro de morte e anormalidade blasfema. O simples ato de contar ajuda-me a recuperar a confiança em minhas faculdades, a me tranquilizar de que não fui o primeiro a sucumbir a uma alucinação contagiante, digna de pesadelo. Ajuda-me também a decidir enfrentar um passo terrível que ainda tenho de dar.

Jamais ouvira falar de Innsmouth até o dia em que a vi pela primeira e — até agora —, última vez. Comemorava minha maioridade com uma excursão pela Nova Inglaterra — como turista, amador de antiguidades e genealogia — e planejara ir direto da antiga Newburyport a Arkham, de onde vinha a família de minha mãe. Não tinha carro e viajava de trem, bonde e ônibus, sempre procurando o trajeto mais barato. Em Newburyport, disseram-me que o trem a vapor era o que se podia tomar para Arkham, e foi só no guichê da estação, quando hesitei por achar o preço da passagem caro demais, que tomei conhecimento de Innsmouth. O corpulento empregado de rosto sagaz, cujo sotaque revelava que ele não era do lugar, solidarizou-se com minha preocupação de economia e sugeriu-me uma solução que nenhum dos outros informantes oferecera.

— Acho que você *poderia* tomar o velho ônibus — disse, com certa hesitação —, apesar de não ser muito apreciado aqui. Vai por Innsmouth, talvez deva ter ouvido a respeito, por isso não agrada às pessoas. Quem o conduz é um camarada de Innsmouth, Joe Sargent, mas suponho que ele nunca pega nenhum passageiro daqui ou de Arkham. Admira-me que continue até mesmo a rodar. Acho que é muito barato, só que nunca vi mais de duas ou três pessoas dentro, ninguém senão o pessoal de Innsmouth. Sai da praça, em frente à farmácia Hammond's, às 10h da manhã e às 7h da noite, a não ser que o horário tenha mudado recentemente. Parece uma terrível ratoeira, nunca pisei dentro.

Foi a primeira vez que ouvi falar na obscura Innsmouth. Qualquer referência a uma cidade não existente em mapas, nem mencionada nos guias recentes, teria me interessado, e a estranha maneira do empregado referir-se ao lugar despertou-me algo muito próximo à verdadeira curiosidade. Uma cidade capaz de inspirar tanta aversão em seus vizinhos, pensei, devia ser, no mínimo, incomum e digna da atenção de um turista. Se ficasse antes de Arkham, eu saltaria lá, por isso pedi ao empregado que me falasse alguma coisa a respeito. Cauteloso, ele respondeu com um ar de quem sabia mais do que dizia.

— Innsmouth? Bem, é um povoado estranho na foz do rio Manuxet. Era quase uma cidade, um porto marítimo e tanto antes da guerra de 1812, mas tudo ficou arruinado nos últimos cem anos ou por aí. Não tem mais ferrovia, a linha Boston e Maine nunca chegou lá e o ramal de Rowley foi abandonado há anos.

"Creio que tem mais casas vazias do que pessoas, e quase não existe comércio, por assim dizer, exceto a pesca de peixes e de lagostas. Todos negociam, sobretudo aqui, ou em Arkham ou Ipswich. Outrora, já houve um bom número de fábricas, mas agora nada restou, a não ser uma refinaria de ouro, que passa muito tempo sem funcionar.

"Essa refinaria, no entanto, foi um bom negócio em seu tempo, e o velho dono, Marsh, deve ser mais rico do que o rei Creso. Tipo estranho, aliás, vive trancado em casa. Acredita-se que contraiu alguma doença de pele ou deformidade na velhice que o impede de se mostrar. Neto do capitão Obed Marsh, que fundou o negócio. Parece que a mãe era estrangeira, dizem que de uma ilha dos Mares do Sul, pois se levantou um escarcéu quando ele se casou com uma garota de Ipswich, há cinquenta anos. Sempre fazem isso com as pessoas de Innsmouth, e aqui e nas redondezas sempre tentam esconder qualquer sangue de Innsmouth que tenham nas veias. Aliás, pelo que vi deles, os filhos e netos de Marsh são normais como todos os demais. Pedi que os apontassem para mim, mas, pensando bem, não tenho visto os filhos mais velhos aqui faz um bom tempo. Nunca vi o velho.

"Por que todo mundo vê Innsmouth com tanta má vontade? Bem, meu rapaz, não se deve atribuir muita importância ao que dizem as pessoas daqui. Elas são difíceis de abrir a boca, mas assim que começam a falar não param nunca. Acho que andam contando coisas sobre Innsmouth, principalmente baixinho, nos últimos cem anos, e suponho que têm mais medo que qualquer outra coisa. Alguns dos relatos fariam você rir, como aquele a respeito de o velho capitão Marsh fechar negócio com o diabo e trazer duendes do inferno para viverem em Innsmouth, ou de uma espécie de adoração do diabo e terríveis sacrifícios em algum lugar perto do cais, que os habitantes derrubaram em 1845, ou por aí, mas sou de Panton, em Vermont, e não engulo esse tipo de história.

"No entanto, você devia ouvir o que um pessoal dos velhos tempos conta sobre o recife sombrio ao largo da costa, que chamam de Recife do Diabo. Fica bem acima da água na maior parte do tempo e jamais muito abaixo da superfície, mas mesmo assim, não se pode defini-lo como uma ilha. Segundo eles, às vezes, uma legião inteira de diabos é vista espalhada por aquele recife, ou a entrar e sair de cavernas próximas ao topo. Trata-se de um penedo escarpado a mais de 2 quilômetros de distância, e próximo ao fim dos tempos áureos da navegação, os marinheiros faziam grandes desvios só para evitá-lo.

"Quer dizer, os marinheiros que não eram de Innsmouth. Diziam que uma das coisas que eles tinham contra o velho capitão Marsh é que ele, às vezes, desembarcava no recife durante a noite, quando a maré permitia. Ouso dizer que talvez o fizesse, porque a formação do penedo era interessante, e também é possível que procurasse butim de piratas e até os tenha encontrado, embora circulassem rumores de que ele negociava com demônios ali. Imagino que, de fato, tenha sido o capitão quem deu a má reputação ao recife.

"Isso aconteceu antes da grande epidemia de 1846, que varrera deste mundo mais da metade da população de Innsmouth. Embora nunca se houvesse explicado a causa específica da desgraça, na certa foi em consequência de algum tipo de doença estrangeira trazida da China ou de outro lugar pelos navios. Deve ter sido muito terrível, pois se desencadearam distúrbios e todos os tipos de ações medonhas, dos quais creio que a cidade jamais se libertou. Além de deixá-la em péssimo estado, do qual tampouco se recuperou: talvez não vivam mais de trezentas ou quatrocentas pessoas em Innsmouth.

"Mas o verdadeiro motivo por trás desse sentimento de aversão é apenas preconceito racial, e não posso dizer que censuro aqueles que o têm. Também detesto essa gente de Innsmouth e não gostaria de ir à sua cidade. Suponho que você tenha conhecimento, embora eu veja pelo sotaque que não é nativo do Oeste, da quantidade de navios da Nova Inglaterra que faziam negócios em portos malfadados na África, Ásia, nos Mares do Sul, além de todos os demais lugares, e os tipos estranhos trazidos de volta por eles. Na certa, deve ter ouvido falar do cidadão de Salém que voltou para casa com uma esposa chinesa e talvez saiba que um monte de nativos das ilhas Fiji ainda vive perto do Cape Cod.

"Bem, deve haver uma história desse gênero com relação às pessoas de Innsmouth. O lugar sempre foi muitíssimo isolado do restante da região por pântanos e córregos, e não podemos ter certeza dos detalhes do caso, ainda que fosse bastante provável que o velho capitão Marsh tenha trazido de volta ao lar alguns espécimes estranhos quando tinha seus três navios em atividade, nas décadas de 1920 e 1930. Os atuais moradores de Innsmouth exibem, sem a menor dúvida, alguma característica singular. Não sei como explicá-la, mas se trata de algo que nos causa calafrios. Você vai notá-la um pouco em Sargent, se pegar o ônibus dele. Alguns têm a cabeça estreita com o nariz chato e carnudo, olhos salientes e fixos que parecem nunca se fechar, a pele não parece normal. Áspera e sarnenta, e toda enrugada ou preguead nos lados do pescoço. Também ficam calvos muito cedo. Os mais velhos têm a pior aparência. Na verdade, creio que jamais vi um deles muito velho mesmo. Acho que devem morrer de se olhar no espelho! Os animais os detestam, e também tinham muitos problemas com os cavalos antes da chegada dos automóveis.

"Ninguém daqui, nem de Arkham, nem de Ipswich quer nada com eles, os quais também se mostram distantes quando vêm à cidade ou quando alguém tenta pescar em suas águas. É estranho como os peixes proliferam perto do porto de Innsmouth, quando não são vistos em nenhum outro lugar ao redor, mas tente pescá-los ali e os moradores vão expulsar você! Eles antes vinham aqui de trem, que tomavam após uma caminhada, em Rowley, depois do abandono do ramal. Agora, tomam esse ônibus.

"Sim, há um hotel em Innsmouth, chamado Gilman House, mas não me parece grande coisa. Eu não o aconselharia a se hospedar lá. Melhor ficar por aqui e tomar o ônibus das 10h da manhã, amanhã, e depois, tomar o ônibus noturno de lá a Arkham, às 8h da noite. Um inspetor de fábrica pernoitou no Gilman há dois anos e fez um monte de queixas do hotel. Parece que hospedam clientes estranhos, pois ele ouviu vozes em outros quartos, embora a maioria estivesse vazia, que lhe causaram arrepios. Pareceu-lhe uma língua estrangeira, mas disse que o pior era que se tratava de um tipo de voz que só falava de vez em quando. Soava tão pouco humana, tipo um chape, que nem ousou tirar a roupa e dormir. Apenas esperou acordado e se mandou tão logo amanheceu. A conversa continuou quase a noite inteira.

"Esse camarada, que se chamava Casey, tinha muito o que dizer sobre a desconfiança das pessoas de Innsmouth, que o olhavam como se estivessem em guarda. Achou a refinaria de Marsh muito esquisita. Ficava instalada numa velha fábrica às margens do Manuxet, na altura das cataratas inferiores. O que ele disse corresponde ao que me haviam contado. Livros em péssimo estado de conservação e sem contas precisas de nenhuma das diferentes transações. Sabe, sempre pairou certo mistério relacionado a onde os Marsh obtêm o ouro que refinam. Nunca pareceram fazer muitas compras desse metal precioso, mas alguns anos atrás eles enviaram por navio uma enorme quantidade de lingotes.

"Corria um falatório sobre um singular tipo de joia estrangeira que os marinheiros e empregados da refinaria às vezes vendiam às escondidas, ou que era visto em uma ou duas ocasiões em mulheres da família Marsh. Diziam que o velho capitão Obed talvez as permutasse em algum porto pagão, sobretudo porque sempre encomendava montes de contas de vidro e bijuterias, como as que os marinheiros levavam para negociar com nativos. Outros achavam e ainda acham que ele teria encontrado um antigo tesouro de pirata no Recife do Diabo. Mas ouça só que coisa estranhíssima. O velho capitão morreu há 60 anos, e não saiu do porto um único navio de grande calado desde a Guerra civil, mas me disseram que os Marsh continuam a comprar dessas quinquilharias e bugigangas para permutar com os nativos, sobretudo de vidro e de borracha. Talvez os moradores de Innsmouth também gostem de usá-las. Só Deus sabe se não passaram a ser tão perversos quanto os canibais dos Mares do Sul e os selvagens guinéus.

"A peste de 1846 deve ter eliminado os melhores da população. Em todo caso, tornaram-se um tipo de pessoas suspeitas, os Marsh e outros ricaços não valem nada como os demais. Já lhe disse que a probabilidade é de que não haja mais de quatrocentas pessoas na cidade inteira, apesar de todas as ruas que eles afirmam existir. Acho que parecem ser o que se chama de "lixo branco", lá no Sul: malfeitores, dissimulados e cheios de coisas secretas. Pescam uma enorme quantidade de peixes e lagostas, as quais exportam em caminhões. Estranho como os peixes se enxameiam lá, como em nenhum outro lugar.

"Ninguém jamais consegue fiscalizar aquelas pessoas; as autoridades escolares e os recenseadores do estado enfrentam sérias dificuldades. Pode apostar que forasteiros curiosos não são bem-vindos em Innsmouth. Eu soube, em primeira mão, que mais de um comerciante ou funcionário público desapareceu lá, e circula na redondeza uma história sobre um sujeito que enlouqueceu e está agora internado num asilo em Danvers. Na certa, devem ter aprontado alguma coisa que deixou o pobre coitado morto de medo.

"Por isso é que, se eu fosse você, não iria à noite. Nunca estive lá e não tenho a menor vontade, mas acho que uma viagem durante o dia não pode fazer-lhe mal, embora as pessoas daqui vão aconselhá-lo a não ir. Se viaja apenas como turista em busca de coisas de antigamente, Innsmouth deverá ser um lugar ideal para você."

E assim passei parte daquela noite na biblioteca pública de Newburyport à procura de informações sobre Innsmouth. Quando tentei interrogar os nativos nas lojas, no restaurante, em garagens e no posto de bombeiros, achei-os ainda mais difíceis de começar a falar do que previra o empregado da estação ferroviária; dei-me conta então de que não devia perder tempo tentando vencer-lhes a reticência instintiva inicial. Eles tinham uma espécie de desconfiança obscura, como se houvesse alguma coisa errada em alguém se interessar demais por Innsmouth. Na ACM, Associação Cristã de Moços, onde eu ia pernoitar, o funcionário apenas desestimulou minha ida a um lugar tão sinistro e decadente, e o pessoal da biblioteca expressou uma opinião muito semelhante. Ficou claro que, aos olhos das pessoas cultas, Innsmouth não passava de um caso exagerado de degeneração cívica.

As histórias do Condado de Essex, nas estantes da biblioteca, tinham muito pouco a informar, além de que se fundara em 1643 a cidade, famosa pela construção naval antes da Revolução, centro de grande prosperidade naval no início do século XIX e mais tarde, de uma indústria fabril que usava o Manuxet como fonte de energia. Quase não se mencionavam a epidemia e as sublevações de 1846, como se fossem um descrédito para o condado.

Faziam-se poucas referências ao declínio, embora o significado do último registro fosse inequívoco. Depois da Guerra civil, toda a vida industrial restringiu-se à Companhia de Refinamento Marsh, sendo que a comercialização de lingotes de ouro subsistira como o único comércio importante fora a eterna pesca. Esta, porém, passou a render cada vez menos, à medida que o preço da mercadoria caía e empresas pesqueiras de grande escala foram se tornando concorrentes, embora nunca houvesse falta de peixes ao redor do porto de Innsmouth. Raras vezes forasteiros se estabeleceram lá, e alguns fatos velados com toda a discrição comprovam que alguns poloneses e portugueses que o haviam tentado foram dispersos de maneira bastante drástica.

O mais interessante de tudo era uma breve referência às estranhas joias associadas a Innsmouth. Com certeza haviam impressionado muitíssimo todo o campo, pois se viam no livro referências a algumas peças no museu da Universidade Miskatonic, em Arkham e na sala de exposição da Newburyport Historic Society. As descrições fragmentárias desses objetos eram banais e insignificantes, mas me causaram uma impressão de persistente estranheza. Desprendiam alguma coisa tão estranha e provocadora que não consegui tirá-las da cabeça, por isso decidi, apesar da hora um tanto avançada, ver a amostra local, se fosse possível. Pela descrição, tratava-se de um objeto grande, de singulares proporções, que representava decerto uma tiara.

O bibliotecário entregou-me um bilhete de apresentação à curadora da Sociedade, uma srta. Anna Tilton, que morava perto, e após uma breve explicação, a velha senhora teve a bondade de me conduzir ao interior do prédio fechado, pois ainda não era tarde demais. A coleção era de fato admirável, mas, naquele estado de espírito, eu não tinha olhos senão para o objeto incomum que reluzia num armário de canto sob lâmpadas elétricas.

Não era necessária uma sensibilidade excessiva à beleza para me fazer literalmente arquejar diante do estranho e sobrenatural esplendor da opulenta maravilha acomodada numa almofada de veludo roxo. Mesmo agora mal consigo descrever o que vi, embora fosse, com toda a certeza, um tipo de tiara, como dizia a descrição. Alta na frente, tinha o aro da base enorme e com uma estranha irregularidade, como se desenhada para uma cabeça de excêntrico contorno, quase elíptico. Parecia ser quase toda de ouro, embora um insólito brilho mais claro sugerisse uma liga estranha com algum metal igualmente belo e difícil de identificar. Estava em condições quase perfeitas, e eu poderia passar horas ali a examinar os desenhos admiráveis e incomuns: alguns apenas geométricos e outros visivelmente marítimos, cinzelados ou moldados em alto-relevo na superfície com uma arte de graça e habilidade incríveis.

Quanto mais eu a observava, mais a coisa me fascinava, e desse fascínio desprendia-se um elemento perturbador, difícil de classificar ou explicar. A princípio, decidi que era a misteriosa qualidade sobrenatural da arte o que me causava inquietação. Todos os outros objetos de arte que eu já vira faziam parte de alguma tradição racial ou nacional conhecida ou eram intencionais desafios modernistas às tendências dominantes.

Essa tiara não se incluía em nenhum dos dois casos. Resultava visivelmente de alguma técnica arraigada, de infinita maturidade e perfeição, embora essa técnica fosse inteiramente remota a qualquer outra, ocidental, oriental, antiga ou moderna, que eu tivesse ouvido falar ou visto exemplificada. Parecia obra de outro planeta.

No entanto, logo percebi que minha intranquilidade tinha outra origem, talvez tão poderosa quanto à primeira, que eram as sugestões pictóricas e matemáticas dos singulares desenhos. Todas as formas evocavam segredos remotos e abismos inimagináveis no tempo e espaço, e a monotonia da natureza aquática dos relevos tornava-se quase sinistra. Entre esses relevos, viam-se monstros fabulosos de estranheza e perversidade abomináveis — metade píscea, metade batráquia —, impossíveis de dissociar de certa sensação assustadora e incômoda de pseudolembrança, como se evocassem uma imagem das células e tecidos profundos cujas funções de memorização são totalmente primitivas e ancestrais. Em alguns momentos, imaginei que cada contorno daqueles blasfemos peixes-sapos derramava a extrema quintessência de um mal desconhecido e inumano.

Em estranho contraste com o aspecto da tiara estava sua breve e banal história, relatada pela srta. Tilton. Fora penhorada por uma quantia ridícula num prego da rua State, em 1873, por um bêbado de Innsmouth, pouco antes de ser morto numa briga. A Sociedade adquirira-a direto do dono da casa de penhor, dando-lhe de imediato uma vitrine digna de sua qualidade, com uma etiqueta que lhe indicava provável proveniência das Índias Orientais ou da Indochina, embora essa origem não passasse de uma suposição.

A srta. Tilton, após cotejar todas as hipóteses possíveis referentes à origem e presença da tiara na Nova Inglaterra, tendia a acreditar que fazia parte de algum butim exótico de piratas descoberto pelo velho capitão Obed Marsh. Reforçavam-lhe a suposição as insistentes ofertas de compra a um elevadíssimo preço que os Marsh começaram a fazer assim que souberam de sua existência e continuam a fazer até hoje, apesar da constante determinação da Sociedade em não vender.

Enquanto me conduzia até a saída do prédio, a boa senhora deixou claro que a teoria sobre a origem pirata da fortuna dos Marsh era popular entre as pessoas instruídas da região. Sua própria atitude para com a soturna Innsmouth — que nunca conhecera — consistia na aversão a uma comunidade decaída a um nível tão baixo na escala cultural. Garantiu-me também que os rumores sobre adoração do diabo eram em parte justificados por um singular culto secreto que ganhara força lá e engolira todas as igrejas ortodoxas.

Chamava-se, disse, "A Ordem Esotérica de Dagon", e, sem dúvida, tratava-se de alguma religião aviltante, quase pagã, importada do Oriente um século antes, numa época em que a pesca de Innsmouth parecia periclitante. A persistência entre a gente simples era bastante natural, em vista de a pesca, de repente, ter recuperado, em caráter permanente, a prosperidade e abundância; em consequência, o culto logo passou a ser a maior influência na cidade, substituindo por completo a maçonaria e instalando sua sede no antigo Masonic Hall, em New Church Green.

Tudo isso constituía, segundo a devota srta. Tilton, um excelente motivo para evitar a velha cidade decadente e desolada, mas, para mim, foi apenas um renovado incentivo. Às expectativas arquitetônicas e históricas que eu já trazia, acrescentou-se então um intenso entusiasmo antropológico e mal consegui dormir no quartinho da "ACM" no decorrer da noite.

II.

Pouco antes das 10h da manhã seguinte, parei com uma pequena valise diante da farmácia Hammond's, na praça do velho mercado, à espera do ônibus para Innsmouth. Com a aproximação do horário da chegada, notei um deslocamento generalizado dos vagabundos para outros lugares da rua ou para o Ideal Lunch, do outro lado da praça. O empregado da ferrovia não exagerara a aversão que os moradores locais tinham a Innsmouth e seus habitantes. Passados poucos minutos, um pequeno ônibus de cor cinza-sujo e de extrema decrepitude surgiu a chacoalhar mais à frente da rua State, deu uma volta e parou no meio-fio ao meu lado. Pressenti num piscar de olhos que era o certo, o que o letreiro pouco legível no para-brisa, Arkham-Innsmouth-Newb'port, logo confirmou.

Chegavam apenas três passageiros: homens moreno-mate, muito jovens, desleixados, o semblante sombrio — e, quando o veículo parou, eles desceram com passos pesados, desajeitados, e seguiram pela rua

State de maneira silenciosa, quase furtiva. O motorista também desceu e observei-o quando entrou na farmácia para fazer umas compras. Esse, pensei, deve ser o Joe Sargent de quem falou o empregado da ferrovia, e antes mesmo de eu notar algum detalhe, invadiu-me uma onda de aversão espontânea que não pude reprimir nem explicar. De repente, pareceu-me muito natural que as pessoas do local não quisessem viajar no ônibus nem ser conduzidas por aquele sujeito, e tampouco visitar com maior frequência o hábitat de um homem como ele e seus semelhantes.

Quando o motorista saiu da loja, observei-o com mais atenção, tentando determinar a origem de minha má impressão. Era um homem magro de quase 1,80 metros de altura, com os ombros curvados, usando roupas tradicionais azuis gastas e um boné de golfe puído. Embora talvez tivesse uns 35 anos, as pregas estranhas e profundas nos lados de seu pescoço faziam-no parecer mais velho quando não se examinava o rosto apagado e sem expressão. Tinha uma cabeça estreita, olhos azuis lacrimosos, salientes, que pareciam nunca piscar, um nariz chato, testa e queixo afundados e orelhas singularmente atrofiadas; lábios compridos, grossos; maçãs do rosto cinzentas e com os poros dilatados, pareciam quase imberbes, a não ser por uns esparsos fios louros, rebeldes e encaracolados em tufos ralos espalhados, e, em alguns pontos, a superfície exibia uma textura de singular irregularidade, como se descamada por alguma doença cutânea. As mãos grandes e de veias salientes tinham um tom azul-acinzentado muito raro. Os dedos, demasiado curtos em relação ao restante da constituição física, pareciam ter uma tendência a enroscar-se na palma enorme. Enquanto ele se encaminhava para o ônibus, observei seu estranho andar balançante e os pés desmedidos. Quanto mais os examinava, mais me perguntava onde ele conseguia comprar sapatos que lhes cabiam.

Alguma coisa gordurosa naquele indivíduo intensificou minha aversão. Ele decerto trabalhava ou vadiava ao redor dos cais pesqueiros, pois o cheiro característico desses lugares estava impregnado nele. Impossível adivinhar que tipo de sangue estrangeiro corria-lhe nas veias. Com certeza, as singularidades físicas que exibia não pareciam asiáticas, polinésias, levantinas nem negroides, mas vi por que as pessoas consideravam-no estrangeiro. Eu mesmo teria pensado mais em degeneração biológica do que em descendência estrangeira.

Lamentei constatar que não viajariam outros passageiros no ônibus além de mim. Desagradava-me, por algum motivo, a ideia de viajar sozinho com aquele motorista. Mas, quando se aproximou a hora da partida, dominei minhas apreensões e segui o homem ônibus adentro, estendi-lhe uma nota de um dólar e murmurei a única palavra:

— Innsmouth.

Sargent olhou-me com curiosidade por um instante e devolveu-me quarenta centavos de troco sem falar. Escolhi um lugar bem longe dele, mas do mesmo lado do ônibus, pois desejava apreciar o litoral durante a viagem.

Por fim, o decrépito veículo arrancou com um solavanco e passou sacudindo ruidosamente pelos velhos prédios de tijolo da rua State, em meio a uma nuvem de vapor do cano de descarga. Ao lançar um olhar aos passantes nas calçadas, tive a impressão de detectar neles um estranho desejo de não olhar para o ônibus ou, pelo menos, o desejo de evitar parecer que estavam olhando. Em seguida, viramos à esquerda na rua principal, onde o avanço tornou-se mais estável, passando pelas velhas mansões dos primórdios da República e as fazendas coloniais ainda mais antigas, transpondo o Lower Green e o Parker River e saindo enfim num longo e monótono estirão da região litorânea descampada.

O dia estava quente e ensolarado, mas a paisagem de areia, junça e arbustos atrofiados tornava-se cada vez mais desolada à medida que avançávamos. Eu via pela janela a água azul e a linha de areia da Plum Island e, nesse momento, rodávamos bem próximo ao litoral, depois que a estradinha estreita desviou-se da rodovia principal de Rowley a Ipswich. Não havia casas visíveis, e constatei pelo estado do caminho costeiro que o tráfego era muito leve ali. Os pequenos postes telefônicos, desgastados pelas intempéries, sustentavam apenas dois fios. De vez em quando, cruzávamos pontes rudimentares de madeira sobre riachos sujeitos às marés, que serpeavam bem adentrados pelo interior e contribuíam para o isolamento geral da região.

Observei pedaços de troncos atrofiados e muros de fundações dispersos na areia ondulada e me recordava da velha tradição narrada numa das histórias que eu lera, de que ali já fora uma região fértil e densamente habitada. A transformação, pelo que se dizia, ocorrera na mesma época que a epidemia de 1846, em Innsmouth, e as pessoas simples acreditavam que tinha uma relação obscura com forças malignas ocultas. Na verdade, fora consequência do absurdo desmatamento da região florestal próxima à praia que roubara do solo a sua melhor proteção e abriu caminho para a invasão de ondas de areia impelidas pelo vento.

Afinal, perdemos de vista Plum Island, e descortinou-se à esquerda a imensa vastidão do Atlântico. Nosso estreito caminho levou a uma subida íngreme, e tive uma sensação singular e inquietante enquanto olhava a crista solitária à frente, onde a estrada sulcada encontrava-se com o céu. Era como se o ônibus quisesse continuar a subir, deixando para sempre a terra sã e fundir-se com os arcanos desconhecidos das camadas superiores da atmosfera e do misterioso céu. O cheiro do mar adquiriu insinuações agourentas, e as costas rígidas e encurvadas, e a cabeça estreita do silencioso motorista tornaram-se cada vez mais detestáveis. Olhando-o, vi que tinha a parte de trás da cabeça quase tão calva quanto o rosto, com apenas poucos tufos de fios louros dispersos por uma escabrosa superfície cinzenta.

Chegamos então à crista e avistamos o vale espraiado à frente, onde o Manuxet deságua no mar logo ao norte da extensa fileira de penhascos que culmina em Kingsport Head, e daí se desvia para Cape Ann. No horizonte distante e enevoado, apenas consegui discernir o vertiginoso perfil do Promontório, encimado pela estranha casa antiga sobre a qual se contam tantas lendas, embora nesse momento toda a minha atenção fosse absorvida pelo panorama mais próximo, bem abaixo de mim. Dei-me conta de que estava cara a cara com a nefasta Innsmouth.

Apesar da ampla extensão e da densa aglomeração das construções, constatava-se na cidade uma assombrosa falta de vida visível. Do emaranhado de chaminés, mal se elevava um fio de fumaça, e os três altos campanários agigantavam-se nítidos e despojados no horizonte do lado do mar. Um deles exibia o topo em desintegração, e neste e num outro se viam apenas escancarados buracos escuros onde deviam outrora estar os mostradores de relógio. O enorme amontoado de telhados arqueados de duas águas e empenas pontiagudas transmitia com desagradável clareza a ideia de decadência carcomida, e, conforme nos aproximávamos ao longo da estrada agora descendente, vi que muitos tetos haviam desmoronado. Também se espalhavam alguns casarões quadrados no estilo georgiano, com telhados de quatro águas, cúpulas e terraços balaustrados, dos quais se descortinavam paisagens panorâmicas. A maioria situava-se longe do mar, e uma ou duas pareciam continuar em estado moderadamente bom. Do espaço entre elas, vi estenderem-se em direção ao interior os trilhos enferrujados, invadidos pelo mato, da antiga ferrovia abandonada, com os postes inclinados de telégrafo, agora destituídos de fios e as pistas semiapagadas da antiga estrada de transporte rodoviário para Rowley e Ipswich.

A decadência era pior perto do cais, embora bem no meio dele eu distinguisse o campanário branco de uma construção de tijolos muitíssimo bem-conservada que se assemelhava a uma pequena fábrica. O porto, há muito obstruído por bancos de areia, era protegido por um antigo quebra-mar de pedra, no qual comecei a discernir as minúsculas formas de alguns pescadores sentados e em cuja extremidade havia o que me pareceram as fundações de um antigo farol. Uma língua de areia formara-se no interior dessa barreira, e nela vi algumas cabanas decrépitas, botes a remos amarrados e dispersas armadilhas para lagostas. Não parecia haver água profunda senão no lugar em que o rio fluía caudaloso ao passar pela construção com a torre e desviar-se rumo ao sul para juntar-se ao oceano, no final do quebra-mar.

De um lado ao outro, as ruínas de cais projetavam-se da costa e acabavam numa podridão indeterminada, cujo extremo sul parecia o mais decadente. E bem distante no mar, apesar da maré alta, vislumbrei uma linha longa e preta que mal se elevava acima da água, mas que desprendia uma sugestão de latente perversidade. Eu logo me dei conta de que devia ser o Recife do Diabo. Enquanto o observava, uma estranha e sutil sensação de que me acenava convidativo pareceu intensificar a sinistra repulsa e, por mais estranho que pareça, essa nova nuance transtornou-me mais que a primeira impressão.

Não encontramos ninguém na estrada, mas logo em seguida, começamos a passar por fazendas desertas, em vários estágios de ruína. Então notei poucas casas habitadas cujas janelas quebradas haviam sido tapadas com trapos. Os quintais, já entulhados de lixo, exibiam conchas e peixes mortos espalhados. Uma ou duas vezes, vi pessoas de aparência apática trabalhando em hortas estéreis ou catando mariscos na praia abaixo, impregnada de um penetrante cheiro de peixe, além de grupos de crianças imundas de feições simiescas brincando ao redor das soleiras invadidas por ervas daninhas. Em certo aspecto, essas pessoas pareceram mais inquietantes que os prédios lúgubres, pois quase todas apresentavam singularidades de traços faciais e gestos que me causaram uma instintiva repugnância, sem conseguir defini-los nem compreendê-los. Por um momento, imaginei que esse físico característico evocava algum quadro que eu vira, talvez num livro, em circunstâncias de particular horror ou melancolia, mas essa falsa lembrança logo se desfez.

Quando o ônibus chegou a um nível mais baixo, comecei a captar o ruído constante de uma cascata a quebrar aquele silêncio anormal. As casas inclinadas e sem pintura tornaram-se mais aglomeradas, enfileiradas nos dois lados da estrada, e exibiam uma tendência mais urbana que as que deixávamos para trás. O panorama à frente reduzira-se a um cenário de rua, e em alguns lugares observei que existiram outrora um calçamento de pedra e trechos de uma calçada de tijolos. Todas as casas pareciam desertas e, de vez em quando, se viam lacunas nas quais chaminés e paredes de porões assinalavam o desabamento de antigos prédios. Impregnava todo o ambiente o mais nauseante cheiro de peixe imaginável.

Logo começaram a surgir cruzamentos e bifurcações de ruas. Aqueles à esquerda, em direção à costa, conduziam a redutos sem calçamento, sórdidos e decadentes; aqueles à direita ainda guardavam imagens de grandiosidade passada. Até então eu não vira pessoas na cidade, mas agora apareciam sinais de uma esparsa habitação: janelas com cortinas aqui e ali e um ou outro automóvel surrado encostado no meio-fio. Pavimentação e calçadas ficavam cada vez mais bem-definidas, e, apesar de muitíssimo antigas, a maioria das casas — construções de tijolo e madeira do início do século XIX — continuava em visíveis condições de habitação. Como antiquário amador, eu quase perdi a repugnância olfativa, além da sensação de ameaça e repulsa, em meio àquela sobrevivência rica, inalterada, do passado.

Mas eu não iria desembarcar no meu destino sem uma fortíssima impressão desagradável ao extremo. O ônibus chegara a uma espécie de praça ou núcleo radial que levava às áreas circundantes, com igrejas dos dois lados e os desordenados remanescentes de um gramado circular no centro, e eu observava um grande prédio público sustentado por colunas na rua à direita e defronte a mim. A construção, outrora pintada de branco, agora cinzenta e descascada, exibia uma placa preta e dourada no frontão triangular tão desbotada que só com dificuldade consegui distinguir as palavras "Ordem Esotérica de Dagon". Esse era então o antigo Masonic Hall, entregue a um culto infame. Enquanto me esforçava para decifrar a inscrição, minha atenção foi distraída pelos sons estridentes de um sino rachado do outro lado da rua e logo me virei para olhar pela janela do meu lado do ônibus.

O som vinha de uma igreja de pedra com o campanário atarracado, de uma época sem dúvida muito posterior à da maioria das outras casas, construída num deselegante estilo pseudogótico, que ostentava um porão desproporcionalmente alto e com as janelas de venezianas fechadas. Apesar de faltarem os ponteiros do relógio lateral que entrevi, eu ouvi as badaladas roucas anunciarem 11h da manhã. Então, todos os pensamentos no tempo apagaram-se diante do súbito aparecimento de uma imagem fugaz de acentuada intensidade e indizível horror que se apoderou de mim antes que eu soubesse do que se tratava. A porta do porão da igreja abriu-se e revelou um retângulo de negrume no interior. E enquanto eu olhava, um objeto cruzou, ou pareceu cruzar, esse retângulo obscuro, e gravou-me na mente a impressão instantânea de um pesadelo ainda mais enlouquecedora, porque, se submetida a análise, esta não lhe detectaria o menor atributo de pesadelo.

Consistia num ser vivo, aliás, o primeiro, fora o motorista, que eu vira desde a entrada na parte mais compacta da cidade; e, se eu estivesse com os nervos menos instáveis, não veria nada de aterrorizante nele. Era, sem a menor dúvida, como me dei conta instantes depois, do pastor, metido em vestes sacerdotais singulares, decerto introduzidas quando a Ordem de Dagon modificara o culto dos templos locais. A coisa que na certa me captou o primeiro olhar inconsciente, e a responsável pelo toque de horror inexplicável que senti, foi a tiara alta que o homem usava, uma réplica quase idêntica da que a srta. Tilton mostrara-me na noite anterior. Isso, ao estimular-me a imaginação, atribuíra qualidades sinistras ao rosto indefinido e à silhueta paramentada a bambolear sob as vestes. Não tardei a concluir que não tivera motivo algum para haver sentido aquele toque assustador de maligna lembrança. Não era natural que uma misteriosa seita local adotasse entre seus ornamentos sacerdotais um tipo de adorno de cabeça único, mas familiar à comunidade por alguma singularidade, talvez como um tesouro encontrado?

Alguns jovens de aparência repelente começaram a espalhar-se pelas calçadas — indivíduos sozinhos ou em pequenos grupos silenciosos de dois ou três. O rés do chão das casas desmoronadas às vezes abrigava pequenas lojas com tabuletas esmaecidas, e notei um ou dois caminhões estacionados enquanto seguíamos aos sacolejos. O barulho de cachoeiras tornou-se cada vez mais nítido e, logo depois, localizei uma garganta fluvial muito profunda à frente, transposta por uma larga ponte rodoviária, com balaustrada de ferro, além da qual se descortinava uma grande praça. Ao cruzarmos estrepitosamente a ponte, olhei para os dois lados e observei galpões de fábrica na borda da escarpa coberta de capim ou na encosta mais embaixo. Quanto mais descíamos, mais volumosa fluía a água, e vi duas vigorosas cachoeiras rio acima, à direita, e pelo menos uma corrente abaixo, à esquerda. Daí em diante, o barulho era bastante ensurdecedor. Depois, desembocamos na grande praça semicircular do outro lado do rio e paramos no lado direito, defronte a um prédio alto, encimado por uma cúpula, com restos de pintura amarela e uma placa semiapagada que anunciava Gilman House.

Senti-me aliviado por sair daquele ônibus e tratei logo de encaminhar-me com a mala para o saguão daquele hotel miserável. Só havia uma pessoa à vista, um velho sem o que eu passara a chamar de "visual de Innsmouth", e decidi não lhe fazer nenhuma das perguntas que me ocorreram ao lembrar-me das coisas estranhas que haviam sido observadas nesse hotel. Em vez disso, fui dar um passeio na praça, da qual o ônibus já partira, e examinei o cenário de maneira minuciosa e crítica.

Um lado do espaço aberto com pavimentação de pedras arredondadas acompanhava a linha reta do rio; o outro era um semicírculo com prédios de tijolos e telhado oblíquo que datava mais ou menos de 1800, de onde saíam várias ruas rumo ao sudeste, sul e sudoeste. Os lampiões eram poucos e pequenos, todos do tipo incandescente e baixa potência. Alegrei-me por ter planejado minha partida antes de escurecer, mesmo sabendo que faria um belo luar à noite. As construções estavam todas em ótimo estado e incluíam talvez uma dezena de lojas em atividade, entre elas uma filial da cadeia First National, um lúgubre restaurante, uma farmácia e um escritório atacadista de peixes e, no extremo leste da praça, perto do rio, o escritório da única indústria da cidade: a Refinaria Marsh. Havia uma dezena de pessoas visíveis, talvez, e quatro ou cinco automóveis e caminhões dispersos parados. Não precisei que me dissessem que ali era o centro cívico de Innsmouth. Do leste, eu captava vislumbres azuis do porto, contra os quais se recortavam em silhueta os vestígios decadentes de três, outrora, belos campanários em estilo georgiano. E, em direção à praia, na margem oposta do rio, vi a torre branca a elevar-se acima do que, equivocado, julguei ser a Refinaria Marsh.

Sem saber bem por quê, optei por começar a pedir minhas informações, primeiro no armazém, pois os empregados de uma sucursal tinham menos chance de ser nativos de Innsmouth. Encontrei como único encarregado um jovem solitário, de uns 17 anos, e fiquei feliz em notar a vivacidade e a afabilidade que prometiam informações agradáveis. Pareceu-me excepcionalmente ansioso para falar e logo deduzi que ele não gostava do lugar, do cheiro intenso de peixe e das pessoas dissimuladas. Trocar algumas palavras com um forasteiro era um alívio para ele. Nativo de Arkham, o jovem hospedara-se na casa de uma família vinda de Ipswich e voltava para casa sempre que tinha uma folga. Sua família não gostava que trabalhasse em Innsmouth, mas a loja o transferira para ali e ele não quisera desistir do emprego.

Disse-me que não existia biblioteca pública nem câmara de comércio em Innsmouth, mas eu decerto conseguiria me virar. A rua pela qual eu chegara era a Federal. A oeste desta, partiam as antigas ruas residenciais elegantes — Broad, Washington, Lafayette e Adams —, e a leste dali, ao litoral, as favelas. Seria nestas, ao longo da rua principal, que eu iria encontrar as antigas igrejas em estilo georgiano, embora fizesse muito tempo que todas estivessem abandonadas. Não era aconselhável chamar muita atenção nem se demorar naquelas redondezas, sobretudo ao norte do rio, onde predominavam pessoas mal-humoradas e hostis. Alguns forasteiros chegaram a desaparecer.

Certos locais consistiam em territórios quase proibidos, como ele aprendera a duras penas. Não se devia, por exemplo, permanecer muito tempo próximo da Refinaria Marsh, nem ao redor de alguma das igrejas ainda em atividade, e tampouco do salão da Ordem de Dagon, sustentado por pilares, em New Church Green. Essas igrejas muito singulares, todas violentamente desacreditadas pelas respectivas denominações em outros lugares, adotavam, parece, os mais insólitos tipos de cerimoniais e vestes clericais. O culto heterodoxo e misterioso insinuava certas prodigiosas transformações que conduziam à imortalidade corpórea na Terra. O pastor do jovem, dr. Wallace, da Igreja Metodista de Asbury Church, em Arkham, exortara-o seriamente a não se afiliar a nenhuma igreja em Innsmouth.

Quanto aos habitantes de Innsmouth, o rapaz mal sabia o que entender a respeito. Eram tão esquivos e raras vezes vistos, como animais que vivem em tocas, que ele não fazia a menor ideia de como passavam o tempo, além da pesca assistemática. Talvez, a julgar pela quantidade de bebidas alcoólicas de contrabando que consumiam, devessem passar quase todas as horas do dia em estupor alcoólico. Eles pareciam agrupar-se em algum tipo de companheirismo e entendimento taciturnos, desprezando o mundo como se tivessem acesso a outras e preferíveis esferas de existência. Sua aparência, sobretudo os olhos fixos que não piscavam e os quais ninguém jamais vira fechados, era com certeza muito chocante, e as vozes causavam aversão. Era horrível ouvi-los salmodiar nas igrejas à noite e em especial durante as principais festividades religiosas ou cerimônias de renovação que aconteciam duas vezes por ano, em 30 de abril e 31 de outubro.

Adoravam a água e nadavam muito, tanto no rio quanto no porto. Os torneios de natação até o Recife do Diabo eram muito comuns e todos pareciam capazes de participar desse árduo esporte. Aliás, as pessoas vistas em público eram quase todas jovens, e as mais velhas entre elas pareciam as mais sujeitas a deformações. Quando ocorriam exceções, em geral eram pessoas sem nenhum sinal de aberração, como o velho gerente do hotel. Eu me perguntava o que acontecera com a maioria dos velhos e se o "visual de Innsmouth" não seria uma doença insidiosa e estranha que se agravava com o passar dos anos.

Só uma enfermidade muito rara, claro, podia causar mudanças anatômicas tão generalizadas e radicais num indivíduo depois da maturidade, mudanças que envolviam fatores ósseos tão básicos quanto a forma do crânio; por outro lado, mesmo esse aspecto não era mais desconcertante e inaudito que as características visíveis da doença como um todo. O rapaz deduzia que seria difícil tirar conclusões reais relacionadas à questão, pois jamais se chegava a conhecer pessoalmente os nativos, não importava quanto tempo se vivesse em Innsmouth.

Ele tinha certeza de que se mantinham muitos espécimes ainda piores do que os piores visíveis trancados dentro de casa em alguns lugares. Ouviam-se, às vezes, os mais estranhos ruídos. Diziam que as cabanas decrépitas às margens do rio ao norte eram ligadas por túneis ocultos e formavam uma verdadeira coelheira de anormalidades invisíveis. Que tipo de sangue estrangeiro tinham essas criaturas — se é que o tinham — era impossível saber. Às vezes, escondiam-se alguns dos indivíduos repulsivos demais, quando apareciam na cidade agentes do governo e outros do mundo exterior.

De nada adiantaria, explicou meu informante, perguntar aos nativos alguma coisa sobre o lugar. O único que se dispunha a falar era um homem muito idoso, mas de aparência normal, que vivia no asilo de indigentes no limite norte da cidade e passava o tempo andando de um lado para outro passeando ao redor do corpo de bombeiros. Esse ancião, Zadok Allen, tinha 96 anos e não batia bem, além de ser o bêbado da cidade. Criatura esquisita, furtiva, não parava de olhar para trás, como se temesse alguma coisa e, quando sóbrio, ninguém conseguia convencê-lo a falar com estranhos. No entanto, não resistia a uma oferta de seu veneno preferido e, assim que se embriagava, punha-se a revelar em voz baixa os mais espantosos fragmentos de lembranças.

Apesar de tudo, porém, poucas informações úteis poderiam ser extraídas dele, pois todos os seus relatos eram sugestões incompletas, insanas, de prodígios e horrores impossíveis que não tinham outra fonte senão sua própria e confusa imaginação. Ninguém jamais acreditava em Zadok, mas os nativos não gostavam que ele bebesse e conversasse com estranhos, e nem sempre era seguro ser visto fazendo-lhe perguntas. Na certa, provinham dele alguns dos mais alucinados rumores e quimeras populares.

Muitos residentes não nativos haviam comunicado monstruosas aparições, de vez em quando, mas entre os relatos do velho Zadok e os moradores malformados, não surpreendia que proliferassem esses devaneios. Nenhum dos não nativos ficava na rua tarde da noite, pois se tinha a impressão generalizada de que isso seria imprudente. Além disso, as ruas viviam detestavelmente às escuras.

Quanto aos negócios, a abundância de peixes era, decerto, quase sobrenatural, embora os nativos cada vez menos aproveitassem essa vantagem. Além disso, os preços vinham caindo e a concorrência, crescendo. Claro que o verdadeiro empreendimento da cidade era, com certeza, a refinaria, cujo escritório comercial ficava na praça, algumas portas a leste de onde nos encontrávamos. Jamais se via o velho Marsh, embora, às vezes, fosse à fábrica num carro fechado e provido de cortinas.

Circulava todo tipo de rumor sobre como se tornara a aparência de Marsh, o qual fora outrora um verdadeiro dândi, e alguns diziam que ele ainda usava a sobrecasaca do período eduardiano, estranhamente adaptada para algumas deformidades. Seus filhos antes administravam o escritório na praça, porém, nos últimos tempos não eram vistos com muita frequência, após legarem a maior parte dos negócios à geração mais nova. Eles e as irmãs haviam adquirido uma aparência bem esquisita, sobretudo os mais velhos, e dizia-se que sua saúde declinava.

Uma das filhas de Marsh era uma mulher repulsiva com feições reptilianas, que usava um excesso de joias estranhas da mesma tradição exótica da famosa tiara. Meu informante notara-as várias vezes e ouvira dizer que vinham de algum tesouro secreto de piratas ou demônios. Os clérigos, ou sacerdotes, ou fosse qual fosse o nome que usavam no presente, também haviam adotado esse tipo de ornamento como um adereço de cabeça, mas raras vezes captava-se algum vislumbre deles. O rapaz ainda não observara outros modelos, embora rumores falassem da existência de muitos ao redor de Innsmouth.

Os Marshs, como as outras três famílias bem-nascidas da cidade — os Waites, os Gilmans e os Eliots —, agiam todos de maneira bem discreta. Moravam em imensas casas ao longo da rua Washington e diziam que vários deles abrigavam em segredo alguns parentes vivos cuja aparência proibia a visão pública e cujas mortes haviam sido noticiadas e registradas.

Após advertir-me que muitas ruas haviam perdido as placas, o rapaz esboçou em meu proveito um mapa resumido, mas amplo e detalhado, dos pontos de maior destaque da cidade. Após examiná-lo por alguns instantes, achei que me seria de grande ajuda e guardei-o no bolso, com meus profusos agradecimentos. Por não gostar da imundície do único restaurante que encontrei, comprei um bom suprimento de biscoitos de queijo e *wafers* recheados de gengibre, que serviriam de almoço mais tarde. Decidi que meu programa seria percorrer as ruas principais, conversar com os não nativos que encontrasse e tomar o ônibus das 8h da noite para Arkham. Constatei que a cidade oferecia um exemplo significativo e extremo de decadência comunal, mas, não sendo sociólogo, eu limitaria minhas observações sérias ao campo da arquitetura.

Assim, comecei minha excursão sistemática, embora meio desordenada, pelas ruas estreitas e condenadas às sombras de Innsmouth. Após cruzar a ponte e virar na direção do estrondo das cachoeiras a jusante, passei perto da Refinaria Marsh, que parecia estranhamente silenciosa para uma indústria. Esse prédio ficava acima do íngreme rochedo do rio, perto da ponte e de uma confluência espaçosa de ruas que julguei antes ser o centro cívico mais antigo, substituído depois da Revolução pelo atual em Town Square.

Atravessando novamente a garganta pela ponte da rua principal, cheguei à uma região tão deserta que por algum motivo fez-me estremecer. Amontoados de telhados de duas águas em ruínas formavam uma denteada e fantástica linha do horizonte, acima da qual se elevava o aterrador campanário decapitado de uma antiga igreja. Algumas casas da rua principal tinham moradores, porém, a maioria fora hermeticamente fechada por tábuas. Por algumas ruas laterais sem calçamento abaixo, vi as janelas sombrias e escancaradas de barracos desertos, muitos deles inclinados em ângulos perigosos e inacreditáveis, devido à parte afundada dos alicerces. Essas janelas encaravam de maneira tão espectral que exigia coragem desviar a leste em direção à zona portuária. Com certeza, o terror de uma casa deserta cresce mais em progressão geométrica que aritmética, quando as casas multiplicam-se para formar uma cidade em total desolação. A visão dessas infindáveis avenidas, tão vazias e mortas quanto os olhos de peixes, e a ideia de uma imensidão de compartimentos soturnos e ameaçadores interligados, entregues às teias de aranha, às lembranças e ao verme vencedor intensificava medos e aversões residuais que nem a mais firme filosofia consegue dissipar.

A rua Fish estava tão deserta quanto a rua principal, embora fosse diferente dela, porque se viam muitos armazéns de pedra e tijolo ainda em excelente estado. A rua Water era quase uma réplica da última, a não ser pelas grandes brechas em direção ao mar, onde antes ficavam os cais destruídos. Não vi um único ser vivo, além dos pescadores dispersos no quebra-mar distante, e tampouco ouvi outro ruído, senão o marulho das ondas no porto e o rugido das cachoeiras do Manuxet. A cidade começava a dar-me cada vez mais nos nervos e fazer-me olhar furtivamente para trás, enquanto escolhia o caminho de volta à oscilante ponte da rua Water. A ponte da rua Fish, segundo o desenho, estava em ruínas.

Ao norte do rio, havia traços de vida miserável — casas de conservação e empacotamento de peixes na rua Water, chaminés fumegantes e telhados remendados e esparsos, ruídos intermitentes de proveniência indeterminada, além de poucos vultos a cambalear por lúgubres ruas e vielas sem calçamento; no entanto, isso me pareceu ainda mais opressivo que o abandono à jusante do rio. Em primeiro lugar, as pessoas eram mais hediondas e anormais que as próximas do centro da cidade, e várias vezes faziam suscitar em mim a lembrança maligna de alguma coisa totalmente inverossímil que eu não conseguia identificar. Sem a menor dúvida, a descendência estrangeira nos nativos de Innsmouth era, com certeza, mais acentuada ali que mais interior adentro; a não ser, decerto, que o "visual de Innsmouth" fosse mais uma doença que um traço hereditário, situação na qual esse bairro talvez fosse o responsável por abrigar as enfermidades mais adiantadas.

Um detalhe que me irritava era a *distribuição* dos poucos sons fracos que me chegavam aos ouvidos. Todos decerto haveriam de desprender-se das casas visivelmente habitadas, embora na verdade, chegassem, muitas vezes, mais fortes do interior das fachadas mais hermeticamente fechadas com tábuas. Destas desprendiam-se rangidos, corridinhas rápidas, ruídos ásperos e obscuros, os quais me fizeram pensar com aflição nos túneis secretos sugeridos pelo rapaz do armazém. De repente, vi-me a perguntar como seriam as vozes daqueles moradores. Eu não ouvira nenhuma fala até então nesse lugar e sentia uma inexplicável ansiedade para não vir a ouvir.

Após parar pelo tempo suficiente apenas para observar duas velhas e belas igrejas, embora em ruínas, na rua principal e na rua Church, apressei-me a sair daquela detestável favela à beira-mar. Minha meta lógica seguinte era a New Church Green, mas por algum indefinível motivo não suportei a ideia de tornar a passar diante da igreja em cujo porão eu entrevira o vulto assustador daquele padre ou pastor com o estranho diadema. Além disso, o rapaz do armazém dissera-me que as igrejas, assim como o salão da Ordem de Dagon, não eram lugares aconselháveis para forasteiros.

Em consequência, continuei rumo ao norte, ao longo da rua principal e da Martin; em seguida, desviei-me em direção à região mais afastada da costa, atravessei com segurança a rua Federal, acima da Green, e entrei no decadente bairro aristocrático das ruas Broad, Washington, Lafayette e Adams, ao norte. Embora mal calçadas e descuidadas, a dignidade sombreada por olmos dessas antigas e majestosas avenidas não desaparecera inteiramente. Mansão após mansão atraía-me o olhar, a maioria delas decrépita e fechada com tábuas em meio a terrenos ao abandono, apesar de uma ou duas em cada rua mostrarem sinais de ocupação. Na rua Washington, restava uma fileira de quatro ou cinco em excelente estado, com jardins e gramados muitíssimo bem cuidados. A mais suntuosa, com amplos passeios gramados entre os canteiros escalonados que se estendiam até a rua Lafayette, decerto devia ser propriedade do velho Marsh, o contaminado dono da refinaria.

Em todas essas ruas não se via um único ser vivo, e admirou-me a total ausência de cachorros e gatos em Innsmouth. Outra coisa que me intrigou e afligiu mesmo nas mansões mais bem preservadas foi ver muitas janelas de terceiro andar e de sótão hermeticamente fechadas. A dissimulação e a ocultação pareciam abranger tudo nessa cidade silenciosa de alienação e morte, e não pude deixar de sentir-me vigiado de todos os lados por olhos arregalados e furtivos que jamais se fechavam.

Estremeci ao ouvir um relógio rachado soar 3h de um campanário à esquerda. Lembrava-me bem demais da igreja atarracada da qual vieram esses sons. Após seguir pela rua Washington em direção ao rio, vi-me diante de uma nova zona de comércio e indústria antigos, notando as ruínas da fábrica defronte e examinando outras, com vestígios de uma velha estação ferroviária e uma ponte ferroviária coberta além, acima da garganta à direita.

Embora a ponte incerta, agora diante de mim, ostentasse um aviso de advertência, aceitei o risco e tornei a transpô-la para a margem sul, onde reapareceram os vestígios de vida. Criaturas furtivas e bamboleantes encaravam com expressões enigmáticas em minha direção e os rostos mais normais me examinaram com frieza e curiosidade. Innsmouth estava se tornando intolerável muito rápido; por isso, encaminhei-me para a rua Paine rumo à praça, na esperança de conseguir algum veículo que me levasse para Arkham antes do ainda distante horário de saída daquele ônibus sinistro.

Foi então que vi o arruinado prédio do corpo de bombeiros à esquerda e notei o velho corado e de barba basta, olhos marejados, em trapos indescritíveis, sentado num banco diante do prédio, conversando com dois bombeiros desleixados, mas de aparência normal. Devia, é claro, ser Zadok Allen, o nonagenário ébrio e amalucado cujos causos sobre a velha Innsmouth e sua sombra eram tão horríveis e inacreditáveis.

III.

Só pode ter sido algum diabinho perverso, ou alguma influência sardônica de fontes obscuras e secretas, que me levou a mudar os planos, como fiz. Já decidira, muito antes, limitar minhas observações à arquitetura e até me apressava rumo à praça, para tentar conseguir transporte rápido e sair dessa cidade apodrecida de morte e dissolução, mas a visão do velho Zadok Allen estabeleceu um novo rumo em minha mente, fazendo-me afrouxar o passo de maneira incerta.

Haviam-me afirmado que o velho nada podia, senão se referir a lendas ensandecidas, inverossímeis, desarticuladas, e me advertido contra o perigo de ser visto conversando com ele pelos nativos; no entanto, a ideia dessa anciã testemunha da decadência da cidade, com lembranças que remontavam aos primeiros tempos dos navios e das fábricas, revelou-se uma atração à qual toda a minha razão não podia resistir. Afinal, muitas vezes os mais estranhos e loucos dos mitos não passam de símbolos ou alegorias baseados na verdade, e o velho Zadok deve ter visto tudo o que se passara em Innsmouth nos últimos noventa anos. A curiosidade irrompeu com mais intensidade que o bom-senso e a cautela e, no meu egoísmo juvenil, imaginei que talvez conseguisse filtrar um núcleo de verdade da efusão confusa, extravagante, que na certa, conseguiria extrair-lhe com a ajuda de uísque puro.

Eu sabia que não podia interpelá-lo ali naquele momento, pois os bombeiros com certeza perceberiam e impediriam. Refleti que, em vez disso, devia me preparar comprando uma bebida clandestina num lugar onde o rapaz da mercearia me disse que se encontrava em quantidade. Em seguida, como quem não quer nada, eu ia ficar próximo ao quartel dos bombeiros e topar com o velho Zadok depois que ele saísse para uma de suas frequentes perambulações. O rapaz comentara que o ancião era muito irrequieto, raras vezes ficando sentado defronte aos bombeiros mais de uma ou duas horas de cada vez.

Obtive facilmente, embora não tenha sido barata, uma garrafa de um quarto de litro de uísque nos fundos de uma sombria loja de variedades na rua Eliot, perto da praça. O camarada desmazelado que me atendeu tinha um toque do olhar de peixe-morto do "visual de Innsmouth", mas se mostrou muito civilizado à sua maneira, talvez habituado ao convívio com forasteiros: caminhoneiros, compradores de ouro, e assim por diante, de passagem às vezes pela cidade.

De volta à praça, percebi que a sorte estava comigo, pois vi ninguém menos que a compleição alta, magra e esfarrapada do velho Zadok Allen, o qual saía a arrastar os pés da rua Paine e contornava a esquina do hotel Gilman. De acordo com meu plano, atraí-lhe a atenção brandindo a garrafa recém-comprada; logo notei que ele me seguia a passos arrastados, desejoso, quando eu dobrava a esquina para a rua Waite, a caminho da região que julgava ser a mais deserta.

Orientava-me graças ao mapa que o rapaz do armazém preparara e pretendia chegar à faixa totalmente deserta da zona portuária na extremidade sul, que eu visitara antes. As únicas pessoas que avistei ali foram os pescadores no distante quebra-mar; após percorrer algumas quadras rumo ao sul, talvez conseguisse ficar fora do alcance deles, encontrar onde me sentar num cais abandonado e interrogar o velho Zadok à vontade, sem ser observado e sem pressa. Antes de chegar à rua principal, ouvi: "Ei, senhor!", numa voz fraca e ofegante atrás de mim, e no mesmo instante deixei o velho alcançar-me e sorver vários goles da garrafa.

Comecei a jogar verde, ao avançarmos e virarmos rumo ao sul pela desolação onipresente e pelas ruínas de absurda inclinação, mas logo me dei conta de que o velho não soltava a língua tão rápido quanto eu esperara. Afinal, avistei uma brecha invadida pelo mato na direção do mar, entre muros de tijolo ruídos, além da extensão de um cais de terra e alvenaria, juncado de ervas daninhas, projetando-se mais à frente. Pilhas de pedras, cobertas de musgo à beira-mar, prometiam assentos aceitáveis, e um armazém em ruínas ao norte abrigava o cenário contra todos os olhares possíveis. Achei que ali seria um lugar ideal para uma longa e secreta conversa, por isso tratei de guiar meu acompanhante pelo caminho e escolhi lugares para nos sentarmos entre as pedras cobertas de musgo. A atmosfera de morte e desolação era detestável, e o fedor de peixe, quase insuportável, mas eu estava decidido a não deixar que nada me detivesse.

Restavam-me quatro horas para a conversa, se eu quisesse tomar o ônibus às 8h para Arkham, e pus-me a oferecer mais goles de bebida alcoólica ao idoso beberrão, enquanto comia minha refeição frugal. Tomei o cuidado de não exagerar em minhas doações, pois não queria que a loquacidade etílica de Zadok se apagasse num estupor. Passada uma hora, aquela dissimulada taciturnidade mostrou sinais de extinguir-se, porém, para meu desânimo, o ancião ainda se desviava de minhas perguntas sobre Innsmouth e seu passado envolto em sombras fantasmagóricas. Tagarelava a respeito de atualidades, sobre as quais revelava amplo conhecimento da imprensa escrita e uma acentuada tendência a filosofar de maneira sentenciosa, comum aos vilarejos.

Próximo ao término da segunda hora, temi que um quarto de uísque não bastasse e perguntava-me se era melhor deixar o velho Zadok ali e buscar mais. Nesse momento, o acaso ofereceu a abertura que minhas perguntas não conseguiram, e as divagações do velho ofegante deram uma reviravolta que fez com que me curvasse para ouvi-lo atentamente. Eu tinha as costas para o mar, que desprendia aquele mau cheiro de peixe, mas Zadok encarava-o de frente, e não sei o que o levara a cravar o olhar errante na silhueta baixa e distante do Recife do Diabo, o qual se alçava nítido e quase fascinante acima das ondas. A visão pareceu desagradá-lo, pois começou a praguejar baixinho, terminando num sussurro confidencial e um olhar astucioso. Curvou-se para mim, agarrou-me as lapelas do paletó e soprou algumas pistas que não permitiam equívocos.

— Foi lá que tudo começou: naquele lugar amaldiçoado de toda a perversidade, lá onde começam as águas profundas. Portão do inferno... Nenhuma sonda, por maior que seja, chega até o fundo. O velho capitão Obed foi o culpado... Descobriu mais do que devia nas ilhas do Mar do Sul.

"Naqueles tempos, todo mundo andava mal. O comércio degringolava, as fábricas perdiam trabalho... mesmo as novas... e os nossos melhores homens foram mortos por piratas na guerra de 1812, ou desapareceram com o brigue *Elizy* e o *Ranger*, os dois de Gilman. Obed Marsh tinha três navios em circulação, o bergantim *Columby*, o brigue *Hetty* e a barca *Sumatry Queen*. Foi o único que manteve o comércio com as Índias Orientais e o Pacífico, embora a goleta *Malay Bride*, de Esdras Martin, tenha feito uma viagem já em 1928.

"Nunca existiu alguém como o capitão Obed, aquele... velho diabo! Eh-eh! Ainda vejo o homem falar das terras de muito longe e chamar todos os rapazes de idiotas porque iam à igreja cristã e suportavam suas dificuldades com mansidão e humildade. Dizia que deviam arranjar deuses melhores como os da gente das Índias; uns deuses que lhes trouxessem boa pescaria em troca de seus sacrifícios e atendessem de verdade as preces dos rapazes.

"Matt Eliot, o imediato, também falava muito, só que ele era contra os rapazes fazerem coisas pagãs. Falava de uma ilha a leste do Taiti, onde tinha uma enorme quantidade de ruínas de pedras tão velhas que ninguém sabia nada a respeito, meio parecidas com as de Ponape, nas Ilhas Carolinas, mas com os rostos esculpidos semelhantes às enormes estátuas da Ilha de Páscoa. Também tinha uma ilhota vulcânica lá perto, onde existiam ruínas com esculturas diferentes, ruínas muito desgastadas, como se tivessem ficado submersas durante muito tempo, e cheias de imagens de monstros abomináveis.

"Bem, senhor, Matt dizia que os nativos de lá tinham todos os peixes que conseguiam fisgar e usavam braceletes, pulseiras e apliques de cabeça feitos de um tipo estranho de ouro e cobertos de imagens de monstros como as esculpidas nas ruínas da ilhota, como sapos parecidos com peixes ou peixes parecidos com sapos, desenhados em todos os tipos de posição como se fossem seres humanos. Ninguém jamais conseguiu fazê-los contar onde haviam encontrado tudo aquilo, e todos os outros nativos se perguntavam como eles podiam pescar tanta profusão de peixes, quando nas ilhas mais próximas não pegavam quase nada. Matt também ficou intrigado, assim como o capitão Obed, o qual percebeu, além disso, que muitos dos rapazes bem-apessoados desapareciam para sempre a cada ano, e que quase não havia mais velhos no lugar. Ele achava ainda que alguns dos sujeitos tinham uma aparência danada de estranha, mesmo para canacas.

"Coube a Obed extrair a verdade daqueles pagãos. Não sei como ele fez isso, mas começou barganhando aquelas peças semelhantes ao ouro que eles usavam. Perguntou-lhes de onde vinham os adornos, e se podiam conseguir mais, e acabou arrancando a história do velho chefe, que chamavam de Walakea. Ninguém senão Obed jamais iria acreditar no velho diabo gritalhão, mas o capitão conseguia ler esse tipo de gente como se fossem livros. Eh-eh! Ninguém acredita em mim agora quando conto, e não acho que você vai acreditar em mim, mocinho, embora, olhando melhor, vejo que você tem o tipo de olhos que sabem ler como os de Obed."

O sussurro do velho foi ficando mais fraco e surpreendi-me estremecendo diante da terrível solenidade e franqueza de sua entonação, ainda que soubesse que aquela história não passava de fantasia de um bêbado.

— Bem, senhor, Obed sabia que há coisas nessa arte de que a maioria das pessoas nunca ouviu falar e não ia acreditar se ouvisse. Parece que esses canacas sacrificavam seus próprios rapazes e donzelas para alguma espécie de criaturas divinas que vivia no fundo do mar e ganhava todos os tipos de favores em troca. Encontravam essas criaturas na ilhota com as ruínas estranhas e parece que aqueles terríveis pintores de monstros sapo-peixe deviam ser os pintores dessas entidades. Talvez seja a espécie de criatura que deu início a todas as histórias de sereias e o que se seguiu. Tinham todas as formas de cidade no fundo do mar, e essa ilha se levantou de lá. Parece que tinha algumas coisas vivas nos prédios de pedra quando a ilha de repente se deslocou superfície acima. Foi assim que os canacas tomaram conhecimento da presença delas lá. Eles se comunicaram com as criaturas por sinais, assim que perderam o medo, e não tardaram a fazer uma barganha.

"Essas entidades gostavam de sacrifícios humanos. Já os faziam eras antes, mas haviam perdido contato com o mundo superior depois de algum tempo. Sabe Deus o que faziam com as vítimas, e creio que Obed preferiu não se atrever a perguntar. Mas tudo bem para os pagãos, porque vinham passando por tempos difíceis e estavam desesperados com relação à tudo. Davam certo número de jovens para as entidades do mar duas vezes por ano, na véspera de 1º de maio e de Halloween, sempre que podiam. Também as presenteavam com algumas bugigangas esculpidas por eles. Em troca, as criaturas concordaram em lhes dar uma abundância de peixes, que traziam de toda parte do mar, além de alguns objetos que pareciam de ouro, de vez em quando.

"Bem, como eu disse, os nativos se encontravam com as criaturas na pequena ilhota vulcânica aonde chegavam de canoas com os sacrifícios humanos etc. e traziam de volta essas joias que pareciam de ouro. A princípio, elas jamais iam à ilha principal, mas depois de algum tempo, quiseram ir. Parece que desejavam misturar-se com os moradores e festejar com eles as cerimônias nos grandes dias: véspera de 1º de maio e Halloween. Sabe, eram capazes de viver tanto dentro quanto fora da água, creio que se trata de espécimes chamados de anfíbios. Os canacas disseram-lhes que os nativos das outras ilhas talvez quisessem eliminá-las se soubessem que estavam ali, mas elas responderam que não se preocupavam, pois tinham poderes suficientes para acabar com toda a raça humana, se quisessem; isto é, com todos os que não tivessem certos sinais como os usados pelos desaparecidos Antigos, sejam lá quem for. Mas, como não queriam criar problemas, escondiam-se quando alguém visitava a ilha.

"Quando se trouxe à tona o acasalamento com os peixes-sapos, os canacas recuaram hesitantes, porém, acabaram se inteirando de algo que os fez mudar de ideia. Parece que os seres humanos tiveram algum parentesco com essas criaturas aquáticas, pois todo ser vivo saíra da água, em alguma época, e só precisava de uma pequena mudança para voltar ao antigo hábitat de novo. As criaturas explicaram aos canacas que se eles misturassem os sangues, nasceriam crianças que teriam a aparência humana no início, mas depois se tornariam mais parecidas com elas, até por fim, regressar à água para juntar-se à maioria dos semelhantes. E ouça a parte importante, rapaz: os que se transformassem em peixes-sapos e entrassem na água *jamais morreriam*. Essas criaturas não morriam nunca, a não ser que fossem mortas com violência.

"Bem, senhor, parece que quando Obed conheceu aqueles ilhéus, eles estavam cheios do sangue de peixe das coisas do fundo do mar. Quando envelheciam e começavam a mostrar sinais, eram mantidos escondidos até que desejassem entrar na água e partir. Alguns eram mais instruídos que os outros, e alguns nunca mudavam o bastante para entrar de vez na água, mas a maioria ficava como as criaturas haviam descrito. Os que tinham nascido mais semelhantes aos peixes-sapos mudavam logo, porém, os que eram semi-humanos, às vezes, continuavam na ilha até bem adentrado os 70 anos, embora quase sempre fizessem antes uma viagem experimental ao fundo do mar. Os rapazes que iam para a água em geral voltavam muitas vezes de visita, por isso, um homem muitas vezes podia conversar com o tataravô do tataravô que deixara a superfície da terra havia duzentos anos ou mais.

"Todo mundo se livrava da ideia de morrer, exceto nas guerras de canoa com os moradores das outras ilhas, ou nos sacrifícios para os deuses das profundezas do mar, ou de mordida de cobra, ou peste, ou doenças graves galopantes, ou de coisa que o valha, antes que pudessem partir para a água, apenas aguardavam uma mudança que nada tinha de horrível, passado algum tempo. Eles achavam que o que recebiam valia tudo que haviam doado, e creio que o próprio Obed também passou a pensar da mesma maneira, quando refletiu um pouco sobre o relato do chefe Walakea, embora este fosse um dos poucos que não tinham sangue de peixe, pois era de uma linhagem real que se casou com alguém também de uma família real de outras ilhas.

"Walakea ensinou a Obed vários ritos e encantamentos que tinham a ver com as criaturas marinhas e mostrou alguns rapazes na aldeia que haviam mudado bastante da forma humana. Por algum motivo, nunca lhe permitiu ver as que saíam do mar. Por fim, deu-lhe um objeto mágico feito de chumbo, ou coisa assim, que, segundo ele, podia trazer as coisas-peixes de qualquer profundidade do mar onde pudesse haver um ninho delas. A ideia era lançá-lo dentro da água com o tipo certo de reza ou coisa assim. Walakea afirmou que as criaturas estavam espalhadas pelo mundo inteiro e que quem procurasse encontraria uma profusão delas e poderia trazê-las para a superfície, se quisesse.

"Matt não gostou nada desse negócio e queria que Obed ficasse longe da ilha, mas o capitão ansiava por ganhar dinheiro e achou que podia obter aquelas coisas semelhantes a ouro tão barato que compensava fazer disso uma especialidade. As coisas continuaram assim por anos, e Obed obteve o bastante daqueles enfeites parecidos com ouro para fazê-lo abrir a refinaria no velho engenho de Waite, à beira da falência. Ele não ousava vender as peças originais, pois as pessoas não paravam de fazer perguntas. Apesar disso, suas tripulações pegavam uma peça, de vez em quando, para vender, embora jurassem guardar segredo, e ele deixava as mulheres da família que tinham mais aparência humana que a maioria usar algumas das joias.

"Bem, por volta de 1838, quando eu tinha 7 anos, Obed descobriu ao retornar de uma viagem que toda a população da ilha desaparecera. Parece que os moradores das outras ilhas haviam tomado conhecimento do que se passava, expulsara os habitantes e assumiram os problemas com as próprias mãos. Acho que eles deviam ter seus velhos símbolos mágicos que as criaturas marinhas diziam tratar-se das únicas coisas que elas temiam. Sem contar que os canacas deviam ter chances de apoderar-se desses símbolos numa ilha com ruínas mais velha que o dilúvio, que o fundo do mar vomitava, talvez em consequência de abalo sísmico ou acomodação geológica. Que gente danada, não deixou nada de pé na ilha principal, nem na ilhota vulcânica, senão as áreas das ruínas grossas demais para derrubar. Nesses lugares, havia umas pedrinhas espalhadas, como amuletos, com um símbolo gravado em cima, semelhante ao que hoje chamamos de suástica. Na certa eram os símbolos dos Antigos. Tudo e todos haviam sido varridos do mapa, nada restara dos ornamentos de ouro, e nenhum dos canacas dos arredores dissera uma única palavra sobre o caso. Nem sequer admitira que vivesse alguém naquela ilha.

"Claro que ver seu comércio normal quase não dar lucro atingiu Obed em cheio. E também atingiu toda Innsmouth, porque na época da navegação o que era bom para o capitão de um navio, em geral, era bom para a tripulação. A maioria das pessoas da cidade aceitou os tempos difíceis com resignação, mas elas também passavam dificuldade, pois a pesca esgotava-se e os engenhos também não andavam bem.

"Foi então que Obed começou a maldizer os nativos de Innsmouth por serem umas ovelhas e rezar para um Deus cristão que não lhes ajudava em nada. Dizia a eles que conhecia pessoas que rezavam a um deus que nos dava o que a gente precisava de verdade; e se um bom número de homens decidisse apoiá-lo, ele poderia talvez recorrer a certos poderes que iriam proporcionar-lhes uma pesca abundante e um considerável carregamento de ouro. Sem dúvida, os que haviam servido no *Sumatra Queen* e desembarcado na ilha sabiam a que o capitão se referia, e a nenhum agradou muito a ideia de aproximar-se das criaturas marinhas sobre as quais lhes haviam contado; mas os que não sabiam do que se tratava ficaram assentindo com a cabeça para o que Obed tinha a dizer e logo se puseram a fazer perguntas sobre como o capitão podia conduzi-los pelo caminho dessa nova fé que lhes proporcionaria resultados."

Aqui, o velho vacilou, resmungou e caiu num silêncio taciturno e apreensivo, olhando nervosamente para trás e, em seguida, tornando a virar-se para fitar fascinado o distante recife preto. Interpelei-o, mas ele não respondeu; por isso, vi que teria de deixá-lo terminar a garrafa. A história insana que eu ouvia interessava-me profundamente, pois imaginei que se tratasse de algum tipo de alegoria grosseira baseada na estranheza de Innsmouth, elaborada por uma imaginação ao mesmo tempo criativa e cheia de reminiscências de lenda exótica. Nem por um instante acreditei que o relato tivesse o menor fundamento, mas ainda assim desprendia uma sugestão de verdadeiro terror, talvez porque se referisse às joias estranhas que guardavam clara semelhança à tiara maligna que eu vira em Newburyport. É possível que os ornatos tivessem, afinal, vindo de alguma ilha estrangeira, e também que os contos extravagantes fossem mentiras do falecido Obed e não desse ébrio ancião.

Entreguei a garrafa a Zadok, que a esvaziou até a última gota. Era estranho como ingeria tanto uísque sem ficar com a menor falta de clareza na voz alta e ofegante. Ele lambeu o gargalo da garrafa e enfiou-a no bolso, antes de se pôr a assentir com a cabeça e sussurrar baixinho para si mesmo. Curvei-me para perto na tentativa de entender alguma palavra articulada que viesse a proferir, e pareceu-me ter visto um sorriso sardônico por baixo do bigode basto e manchado. Sim, o velho de fato pronunciava palavras e consegui compreender um razoável número delas.

— Coitado do Matt... Matt sempre foi contra isso... Tentou fazer os rapazes ficarem do seu lado e tinha longas conversas com os pregadores... De nada adiantou... Eles rechaçaram o pastor da congregação e o metodista se demitiu... Nunca mais vi Resolved Babcock, o pastor batista... Ira de Jeová! Eu era uma criaturazinha bem pequena, mas sei bem o que ouvi e o que vi... Dagon e Ashtoreth... Belial e Belzebu... Bezerro de Ouro e os ídolos de Canaã e dos Filisteus... Abominações babilônicas... Mene, mene, tekel, upharsin...

Zadok tornou a interromper-se, e, a julgar pela expressão de seus olhos azuis lacrimosos, temi que estivesse próximo de um estupor etílico. Mas, quando lhe toquei o ombro delicadamente, ele virou-se para mim com surpreendente agilidade e vociferou mais algumas frases obscuras.

— Não acredita em mim, hein? Eh-eh, eh-eh! Então me diga, mocinho, por que o capitão Obed e vinte outros rapazes remavam até o Recife do Diabo na calada da noite e entoavam coisas tão altas que as ouvíamos em toda a cidade, quando o vento soprava do mar? Por quê, hein? E me diga por que Obed sempre jogava uns vultos pesados nas profundezas do outro lado do recife, onde este se precipita a pique como um penhasco inalcançável por sonda? Então me diga o que ele fez com aquele objeto de chumbo de forma esquisita que o chefe Walakea lhe deu? Hein, menino? E o que todos uivavam na véspera de 1º de maio e de novo no Halloween seguinte? E por que os párocos da nova igreja, camaradas habituados à vida de marinheiro, vestiam aqueles mantos estranhos e se cobriam com aqueles adornos de um tipo de ouro, semelhantes aos que Obed trazia? Hein?

Os olhos azuis lacrimosos emanavam agora um brilho quase selvagem e maníaco, e a barba branca suja eriçava-se, como se eletrizada. O velho Zadok na certa me viu recuar de susto, pois se pusera a cacarejar com uma expressão maligna.

— Eh-eh, eh-eh, eh-eh! Começando a ver, hein? Talvez você quisesse estar no meu lugar naqueles tempos, quando eu via à noite o que se passava no mar do terraço da minha casa. Ah, posso lhe garantir que os guris têm ouvidos grandes, e eu não perdia nada do que se bisbilhotava sobre o capitão Obed e os rapazes que iam ao recife! Eh-eh, eh-eh! E a noite em que levei a luneta do barco do meu pai ao terraço e vi o recife apinhado de umas formas que mergulharam assim que a Lua subiu? Obed e os rapazes estavam num barquinho a remo, mas essas formas mergulharam do outro lado na água profunda e não reapareceram... Que tal ser um garoto sozinho num terraço olhando formas *que não eram humanas?*... Hein?... Eh-eh, eh-eh, eh-eh...

O velho começava a ficar histérico e eu desatei a tremer, ao sentir uma indefinível aflição. Ele pôs a mão nodosa em meu ombro e pareceu-me que seu tremor não era, de modo algum, hilário.

— Suponha que uma noite você visse alguma coisa jogada do bote do Obed além do recife, e então, no dia seguinte, soubesse que um jovem marinheiro desapareceu de casa, hein? Alguém tornou a ver Hiram Gilman ou teve notícia dele? Viu? E Nick Pierce, Luelly Waite, Adoniram Southwick e Henry Garrison? Hein? Eh-eh, eh-eh, eh-eh... Formas que usavam a linguagem de sinais com as mãos, que tinham mãos de verdade...

"Bem, senhor, foi nessa época que Obed recomeçou a erguer-se. Viam-se as três filhas dele usando os enfeites daquela espécie de ouro como nunca antes, e fumaça mais uma vez tornar a sair pela chaminé da refinaria. Outros também prosperavam; a pesca passou de novo a proliferar no porto, com peixes bons para o consumo, e sabe Deus como eram imensas as cargas que começamos a despachar de navio para Newsbury, Arkham e Boston. Foi também nessa época que Obed mandou terminar a instalação do velho ramal ferroviário. Alguns pescadores de Kingsport ouviram falar da fartura de peixes e aproximaram-se de Innsmouth em chalupas, mas todos desapareceram. Ninguém jamais tornou a vê-los. Nessa mesma ocasião, nossa gente instituiu a Ordem Esotérica de Dagon e, para isso, comprou o salão maçônico da Comenda do Calvário.

Eh-eh, eh-eh! Matt Eliot era franco-maçom e contrário à venda, mas desapareceu da cidade desde então.

"Lembre-se, não quero dizer que Obed decidiu deixar as coisas aqui iguais às daquela ilha dos canacas. Não acredito que no início ele pretendesse fazer alguma mistura de sangue nem criar jovens para oferecer como sacrifício, os quais se transformariam em peixes com vida eterna. Ele queria as joias de ouro e se dispunha a pagar caro por elas, o que deixou os *outros* satisfeitos por algum tempo...

"Em 1846, porém, a cidade fez algumas investigações e se pôs a tirar as próprias conclusões: muitas pessoas haviam desaparecido, ouviam-se muitas pregações nas reuniões de domingo e muito falatório sobre aquele recife. Creio que contribuí um pouco, contando ao membro do conselho municipal, Mowry, o que eu vira do terraço. Certa noite, uma pequena força-tarefa seguiu o grupo de Obed até o recife, e pouco depois ouvi uns tiros entre os barcos. No dia seguinte, Obed e vinte e dois outros estavam na cadeia, com todo mundo se perguntando o que estava acontecendo e do que exatamente eles iam ser acusados. Santo Deus, se alguém pudesse ter previsto o que aconteceria duas semanas depois, porque durante todo esse tempo nada fora atirado no mar!"

Zadok manifestava sinais de medo e exaustão, por isso o deixei ficar em silêncio por algum tempo, embora sem parar de checar as horas no meu relógio. A maré virara e subia agora, e o ruído das ondas pareceu despertá-lo. Alegrou-me a virada, pois na maré alta o cheiro forte de peixes não seria tão intenso. Mais uma vez, esforcei-me para captar-lhe os cacarejos.

— Naquela noite horrível, eu os vi. Eu estava no terraço, vi hordas, enxames deles, dispersos por todo o recife e a nadar porto acima rumo ao rio Manuxet. Deus do céu, o que aconteceu nas ruas de Innsmouth naquela noite... Eles sacudiram nossa porta, mas o pai não abriu. Logo saltou da janela da cozinha com seu mosquete atrás do membro do conselho municipal, Mowry, para ver o que se podia fazer. Inúmeros os mortos e moribundos, tiros e gritaria, clamor por toda parte, em Old Square, Town Square e em New Church Green... Derrubaram a porta da cadeia... Decretos... traição... Disseram que foi a peste quando as autoridades do governo chegaram e viram que metade da nossa população desapareceu... Não sobrou ninguém, a não ser os partidários de Obed, e os que não se dispunham a falar. E nunca mais eu soube de meu pai...

O velho estava ofegante e suava em profusão. Apertava meu ombro com mais força.

— Tudo amanheceu limpo, embora restassem *vestígios*. Obed assumiu, por assim dizer, o comando e anunciou que a situação iria mudar: *outros* iriam participar de nossos encontros religiosos, certas casas receberiam alguns *hóspedes*; *eles* queriam misturar-se conosco, como fizeram com os canacas, e não seria ele que os impediria. Obed cedeu demais no acordo, aliás, parecia enlouquecido. Disse que as criaturas iam trazer pesca e tesouro para Innsmouth e que tínhamos de dar a eles tudo o que quisessem depois...

"Nada iria mudar do lado de fora, precisávamos apenas manter tudo às escondidas dos estrangeiros pelo nosso próprio bem. Tivemos todos de prestar o Juramento de Dagon, e depois, houve um segundo e um terceiro juramento que alguns de nós fizeram. Os que ajudassem em serviços especiais receberiam recompensas especiais: ouro e coisas assim. De nada adiantava se rebelar, pois existiam milhares de criaturas no fundo do mar. Eles prefeririam não começar uma aniquilação da humanidade, mas, se fossem traídos e obrigados, podiam fazer muitos estragos nesse sentido. Não tínhamos aqueles antigos amuletos para eliminá-los, como fizeram os habitantes das ilhas dos Mares do Sul, e aqueles canacas jamais revelavam os seus segredos.

"Se lhes déssemos muitos sacrifícios, bugigangas nativas e os abrigássemos na cidade quando quisessem, eles deixariam muitos em paz. Não fariam mal a estrangeiros, porque poderiam contar histórias no exterior, isto é, desde que não espionassem. Todos no bando dos fiéis, a Ordem de Dagon, e os filhos jamais morreriam, mas voltariam para a Mãe Hidra e o Pai Dagon de onde viemos todos... Iä! Iä! Cthulhu fhtagn! Ph'nglui mglw'nafh Cthulhu R'yleh wgah-nagl fhtagn..."

O velho Zadok deslizava rápido para um delírio total, e prendi a respiração. Coitada daquela alma velha, a que deploráveis profundezas de alucinação a bebida, o ódio pela decadência, a alienação e a morbidez que o cercavam haviam levado sua mente fértil e imaginativa! Ele começou então a gemer, e lágrimas escorriam-lhe pelas faces sulcadas até os recessos da barba.

— Santo Deus, o que não vi desde que eu tinha 15 anos — *Mene, mene, tekel, upharsin!* Os rapazes que haviam desaparecido, ou se matado, ou contado os segredos em Arkham, Ipswich ou outros lugares, foram todos chamados de loucos, como você está me chamando agora mesmo. Deus do céu, mas o que vi! Eles já teriam me matado havia muito tempo pelo que sei; no entanto, eu tinha prestado o primeiro e o segundo Juramentos de Dagon com Obed, por isso me tornei protegido, exceto se um júri de fiéis provasse que contei coisas consciente e propositalmente. Contudo, eu preferiria morrer a prestar o terceiro Juramento.

"Tudo piorou na época da Guerra civil, *quando as crianças nascidas em 1846 começaram a crescer*. Isto é, algumas. Eu sentia medo, jamais fiz outra prece depois daquela noite horrível, jamais vi uma *delas* de perto, em toda a vida. Quer dizer, jamais uma puro-sangue. Fui para a guerra e, se eu tivesse coragem ou bom-senso, nunca teria retornado, porém, teria me estabelecido bem longe daqui. Mas o pessoal me escreveu que a situação não estava tão ruim. Acho que disseram isso porque as tropas de recrutamento militar do governo ocuparam a cidade depois de 1863. Com o fim da guerra, ficou tudo tão ruim quanto antes. As pessoas começaram a ficar ociosas de novo, as usinas e as lojas fecharam as portas, o comércio marítimo paralisou-se, o acúmulo de areia obstruiu o porto e a ferrovia foi abandonada, mas *eles*... *eles* jamais pararam de nadar acima e abaixo do rio vindo daquele amaldiçoado recife de Satanás; cada vez mais, fechavam-se janelas de sótãos com tábuas, e cada vez mais se ouviam ruídos em casas em que não devia ter ninguém...

"Os rapazes de fora têm suas histórias sobre nós, suponho que você ouviu muitas delas, pelo que deduzo das perguntas que me fez. Histórias sobre coisas que eles viram de vez em quando, e sobre aquelas joias estranhas que ainda chegam de algum lugar e não são fundidas por completo, mas nada dizem de definido. Ninguém vai acreditar em nada. Descrevem-nas como objetos de metal parecido com ouro de butim de piratas; também se convenceram de que as pessoas de Innsmouth têm sangue estrangeiro ou sofrem de não sei qual enfermidade, ou coisa que o valha. Além disso, os que vivem aqui afugentam o maior número de estrangeiros que podem e acuam o restante para não ficar muito curioso, sobretudo à noite. Os animais empacam diante das criaturas, os cavalos mais que as mulas; entretanto, desde que andem de automóveis está tudo bem.

"Em 1846, o capitão Obed se casou pela segunda vez com uma mulher *que ninguém na cidade jamais viu*. Alguns dizem que a contragosto, mas foi obrigado por aqueles que ele invocara das profundezas do mar. Teve três filhos com ela, dos quais dois desapareceram novinhos, e uma menina que não se parecia com ninguém e foi educada na Europa. Obed acabou casando-a, mediante um truque, com um cara de Arkham que não suspeitava de nada. Mas agora, ninguém de fora quer ter qualquer coisa a ver com a gente de Innsmouth. Barnabas Marsh, que dirige a refinaria hoje, é neto do Obed com sua primeira mulher, filho de Onesiphorus, o filho mais velho, *embora a mãe dele fosse outra das que nunca não eram vistas fora de casa.*

"Agora Barnabas está se submetendo à mutação. Não consegue mais fechar os olhos e já exibe as deformações. Dizem que ainda usa roupas, mas logo deverá ir para a água. Talvez até já tenha tentado. Às vezes, submergem por algum tempo antes de ir para sempre. Faz uns nove ou dez anos que ninguém o vê em público. Não sei como a família da infeliz mulher se sente. Ela veio de Ipswich, e quase lincharam Barnabas quando ele a cortejou há uns cinquenta anos. Obed morreu com 78 anos, e toda a geração seguinte já se foi. Os filhos da primeira mulher também já morreram e os que ainda sobrevivem, sabe Deus..."

O ruído da maré montante tornou-se então muito insistente e, aos poucos, parecia alterar o humor do velho, de um sentimentalismo lacrimoso provocado pela embriaguez para o de medo vigilante. Ele parava, de vez em quando, para renovar aquelas olhadas nervosas para trás ou em direção ao recife, e apesar do absurdo desvairado de seu relato, comecei a partilhar aquela vaga apreensão. A voz de Zadok saiu superaguda, como se o ancião tentasse intensificar a própria coragem falando mais forte.

— E você aí, por que não diz alguma coisa? Que acha de viver numa cidade assim, com tudo apodrecendo e morrendo, e os monstros trancados se arrastando, berrando, latindo e pulando na escuridão dos porões e sótãos? Hein? Que lhe parece ouvir noite após noite os uivos que saem da igreja e do salão da Ordem de Dagon, e *saber o que faz parte desses uivos?* Que tal escutar o que vem daquele horrível recife toda véspera de 1º de maio e de Halloween? Hein? Acha que o velho está louco, é? Pois bem, senhor, deixe-me lhe dizer o que é ainda o pior!

Zadok agora gritava mesmo, e o frenesi enlouquecido de sua voz transtornou-me mais do que posso admitir.

— Maldito seja, não me encare assim com esses olhos. Afirmo que Obed Marsh está no inferno, e é lá mesmo que ele tem de ficar! Eh-eh, no inferno, repito! Ele não pode me pegar, não fiz nada nem disse nada a ninguém...

"Ah, você, rapazinho? Bem, embora nunca tenha contado a ninguém, vou contar agora! Fique aí sentado quieto e me escute, garoto, pois se trata do que nunca contei a ninguém. Eu nunca mais saí para espreitar, desde aquela noite, *só que acabei descobrindo umas coisas mesmo assim!*

"Quer saber o que é o horror de verdade, quer? Bem, aqui está: não é o que aqueles diabos-peixes *fizeram, mas o que vão fazer!* Eles estão trazendo criaturas de onde vêm aqui para a cidade. Andam fazendo isso há alguns anos, e ultimamente mais devagar. As casas ao norte do rio, entre as ruas Water e Principal, estão repletas desses diabos *e tudo o mais que eles trazem.* Quando estiverem prontos... repito: quando... já ouviu falar de um *shoggoth*?

"Ei, está me ouvindo? Vou lhe dizer, *sei como as coisas são, vi-as uma noite quando...* EH-AHHH-AH! E'YAHHH..."

A hedionda repentinidade e o pavor inumano do grito do velho quase me fizeram desmaiar. Seus olhos cravados no mar malcheiroso atrás de mim quase lhe saltavam da cabeça, enquanto o rosto era uma máscara de medo digna de uma tragédia grega. A mão ossuda afundou monstruosamente em meu ombro, e o velho imobilizou-se quando virei a cabeça para ver o que ele avistara.

Não havia nada visível para mim. Apenas a maré enchente com talvez uma série de ondulações mais próximas que a extensa linha da arrebentação. Mas Zadok se pôs a sacudir-me, e tornei a virar-me para observar aquele rosto petrificado de pavor dissolver-se num caos de pálpebras retorcidas e mandíbula a balbuciar. Logo em seguida, a voz retornou-lhe, embora num sussurro trêmulo.

— *Saia daqui!* Saia daqui! *Eles nos viram*, fuja daqui para salvar sua vida! Não espere nada! *Eles agora sabem.* Fuja para salvá-la, rápido, *para fora desta cidade...*

Outra onda pesada quebrou-se contra a alvenaria solta do antigo cais e transformou o murmúrio do louco ancião num renovado grito inumano de gelar o sangue:

— E-YAAHHH!... YHAAAAAA!

Antes que eu pudesse recompor-me, ele afrouxara o aperto no meu ombro e precipitava-se enlouquecido, afastando-se da beira d'água para a rua, a passos vacilantes rumo ao norte, após contornar o muro em ruínas do armazém.

Tornei a olhar para o mar, mas não havia nada visível ali. Quando cheguei à rua Water e olhei em direção ao norte, não vi o menor rastro de Zadok Allen.

IV.

Mal consigo descrever o estado de ânimo em que me deixou esse angustiante episódio, um episódio ao mesmo tempo louco, lamentável, grotesco e apavorante. Embora o rapaz da venda me houvesse preparado, a realidade me deixara perplexo e transtornado. Por mais pueril que fosse o relato, o horror e a franqueza insana do velho Zadok me contagiaram com uma crescente inquietação que se juntou à minha sensação anterior de aversão à cidade e sua influência maligna de sombra intangível.

Mais tarde, talvez eu pudesse destrinçar o relato e extrair algum núcleo de alegoria histórica; por enquanto, desejava apenas expulsá-lo de minha mente. Ficara perigosamente tarde: meu relógio indicava 7h15 da noite e o ônibus para Arkham saía de Town Square às 8h, por isso tentei concentrar meus pensamentos em questões neutras e práticas, ao caminhar acelerado pelas ruas desertas de telhados escancarados e casas inclinadas rumo ao hotel, onde deixara a valise e tomaria o ônibus.

Embora a luz dourada de fim de tarde envolvesse os antigos telhados e as chaminés decrépitas numa atmosfera mística de beleza e paz, não pude evitar olhar para trás de vez em quando. Com certeza, eu ficaria muito satisfeito de sair daquela malcheirosa Innsmouth, onde dominava a sombra do medo, e desejei que houvesse outro veículo além do ônibus, conduzido por aquele sujeito de aparência sinistra, Sargent. Apesar disso, não acelerei demais os passos, porque havia detalhes arquitetônicos dignos de se apreciar em cada recanto silencioso e, como eu calculara, dava para cobrir a distância necessária em meia hora.

Após examinar o mapa do rapaz da mercearia, à procura de um itinerário que eu ainda não percorrera, escolhi a rua Marsh, em vez da State, para chegar à Town Square. Próximo à esquina da rua Fall, comecei a ver grupos dispersos de furtivos sussurrantes e, quando cheguei enfim à praça, notei que quase todos os ociosos estavam agrupados diante do hotel Gilman. Pareceu-me que muitos olhos de peixe-morto olharam-me curiosos, sem piscar, enquanto eu pedia minha valise no saguão e torcia para que nenhuma daquelas desagradáveis criaturas partilhasse o ônibus comigo.

Um tanto adiantado, o ônibus chegou a chocalhar com três passageiros, antes das 8h, e um sujeito de expressão maligna na calçada dirigiu algumas palavras indistinguíveis ao motorista. Sargent atirou pela janela um saco do correio e um rolo de jornais e entrou no hotel. Em seguida, desceram os passageiros — os mesmos que eu vira chegar a Newburyport naquela manhã —, que seguiram bamboleantes para a calçada e trocaram algumas palavras guturais baixinho com um dos ociosos, numa língua que eu juraria não ser inglês. Subi ao ônibus vazio e ocupei o mesmo assento da vinda; porém, mal me instalara, Sargent reapareceu e se pôs a murmurar numa voz gutural bastante repulsiva.

Parecia que a sorte não queria nada comigo. Ocorrera um problema com o motor, apesar do excelente tempo feito desde Newburyport, e o ônibus não poderia concluir a viagem até Arkham. Não seria possível consertá-lo naquela noite, nem havia outro meio de transporte para sair de Innsmouth, nem para Arkham nem para outro destino. Sargent lamentava, mas eu teria de pernoitar no Gilman. Na certa, o gerente cobraria de mim um preço acessível, mas não havia outra solução. Quase entorpecido por esse obstáculo repentino e tomado de violento pavor da ideia de presenciar a chegada da noite naquela cidade decadente e mal iluminada, desci do ônibus e tornei a entrar no saguão do hotel, onde o taciturno e estranho gerente da noite ofereceu-me o quarto 428 no penúltimo andar: grande, mas sem água corrente, por um dólar.

Apesar do que eu ouvira desse hotel em Newburyport, assinei o registro, paguei o dólar, deixei o empregado pegar a minha valise e segui-o por três lances de escada rangendo e corredores empoeirados, que pareciam totalmente destituídos de vida. Meu lúgubre quarto de fundos tinha duas janelas, mobília esparsa e barata, voltado para um pátio sombrio, cercado de prédios de tijolos baixos e desertos e dominava um panorama de telhados vetustos que se estendiam para o oeste, com uma zona rural pantanosa a distância. No fim do corredor, ficava um banheiro, uma sombria relíquia com uma pia de mármore antiga, banheira de estanho, luz elétrica fraca e revestimento de madeira mofado em volta de todas as instalações hidráulicas.

Como ainda estava claro, desci para a praça e olhei ao redor à procura de um restaurante, notando ao fazê-lo os olhares estranhos que recebi dos ociosos doentios. Como o armazém estava fechado, fui obrigado a escolher o restaurante que antes evitara; atendeu-me um homem encurvado, de cabeça estreita e olhos de peixe-morto e uma moça de nariz achatado, com mãos enormes e desajeitadas. A comida era toda do tipo balcão, e aliviou-me saber que quase tudo saía de latas e pacotes. Uma sopa de legumes com bolachas bastou-me, e tratei de voltar logo para o meu quarto soturno no Gilman, após conseguir um jornal vespertino e uma revista manchada com o funcionário carrancudo que os pegou num suporte instável ao lado de sua escrivaninha.

Quando o crepúsculo intensificou-se, acendi a única lâmpada fraca acima da cama barata de ferro e foi só com grande esforço que continuei lendo o que começara. Achei aconselhável manter a mente bastante ocupada, para não refletir sobre as anormalidades dessa cidade antiga e envolta em sombras malignas, enquanto continuasse dentro de seus limites. A história insana que ouvira do velho beberrão não prometia sonhos muito agradáveis, e senti que devia manter o mais longe possível de minha imaginação a imagem de seus olhos marejados e ensandecidos.

Também não devia deter-me no que o inspetor de fábrica contara ao empregado da ferrovia de Newburyport sobre o hotel Gilman e as vozes de seus ocupantes noturnos; nem nisso e tampouco no rosto sob a tiara na entrada da igreja obscura, o rosto cujo horror meu pensamento consciente não soube explicar. Talvez tivesse sido mais fácil manter os pensamentos longe de tópicos angustiantes se o quarto não estivesse mofado de forma tão horrível. Na verdade, o bolor letal misturava-se de maneira repulsiva ao cheiro intenso de peixe que dominava a cidade, e insistia em concentrar a imaginação de uma pessoa em pensamentos de decomposição e morte.

Outro detalhe que me inquietava era a ausência de um ferrolho na porta do quarto. Ali tivera um, a julgar pelo que mostravam com nitidez as marcas, mas também se viam sinais de retirada recente. Sem a menor dúvida, teria se tornado inútil, como muitas outras coisas naquele prédio decrépito. Em meu nervosismo, olhei em volta e descobri um ferrolho no guarda-roupa que parecia do mesmo tamanho do que ficara antes na porta. Para aliviar parte de minha tensão geral, ocupei-me com a transferência dessa ferragem para o lugar vazio, com a ajuda de um providencial canivete com três tipos de chaves, entre elas, uma de fenda, que eu trazia sempre preso no chaveiro. O ferrolho encaixou-se com perfeição e fiquei mais aliviado quando vi que poderia fechá-lo com firmeza ao deitar-me. Não que eu tivesse alguma apreensão concreta de sua necessidade, embora qualquer símbolo de segurança contribuísse para relaxar num ambiente como aquele. Havia parafusos adequados nas duas portas laterais de comunicação com os quartos contíguos e usei-os para fixar o ferrolho.

Não me despi, decidi ler até ficar sonolento, e então me deitar, sem apenas o casaco, o colarinho e os sapatos. Peguei uma lanterna da valise e coloquei-a no bolso da calça para checar as horas no meu relógio de pulso, se acordasse mais tarde no escuro. A sonolência, porém, não chegava, e quando parei de analisar meus pensamentos constatei, para minha inquietação, que eu ouvia inconscientemente alguma coisa que me assustava, mas não consegui definir. A história do inspetor influenciara minha imaginação com mais intensidade do que pensei. Mais uma vez, tentei ler, porém, constatei que não avançava.

Passado algum tempo, tive a impressão de ouvir as escadas e os corredores rangerem a intervalos, como se com passos, e perguntei-me se os demais quartos começavam a encher. Não se ouviam vozes, contudo, e pareceu-me detectar algo sutilmente furtivo nos rangidos. Isso me desagradou e comecei a pensar se não seria melhor eu nem sequer tentar dormir. A cidade abrigava pessoas muito estranhas e houvera sem a menor dúvida vários desaparecimentos. Será que me hospedara numa daquelas pousadas onde assassinavam os viajantes para roubá-los? Claro que eu não tinha a menor aparência de endinheirado. Ou será que os moradores ressentiam-se mesmo dos visitantes curiosos? Os meus óbvios passeios turísticos e as frequentes consultas ao mapa teriam causado má impressão? Ocorreu-me que eu devia estar muitíssimo nervoso para deixar que uns rangidos aleatórios me fizessem especular dessa maneira, mas, ainda assim, lamentei estar desarmado.

Por fim, sentindo uma fadiga que não tinha nada de sonolência, girei o ferrolho reinstalado na porta do corredor, apaguei a luz e atirei-me na cama dura e irregular, de casaco, colarinho, sapatos e tudo o mais. No escuro, cada ruído fraco da noite parecia amplificado, e invadiu-me uma onda de pensamentos duplamente desagradáveis. Arrependi-me de ter apagado a luz, mas estava cansado demais para levantar-me e tornar a acendê-la. Então, após um longo e apavorante intervalo, antecedido por um novo rangido na escada e no corredor, chegou o ruído baixo e abominavelmente inequívoco que parecia a maléfica concretização de minhas apreensões. Sem a menor sombra de dúvida, experimentaram uma chave, de maneira cautelosa, furtiva e hesitante, na fechadura da porta do meu quarto.

Minhas sensações ao identificar o sinal de perigo concreto talvez tenham sido menos intensas por causa dos vagos temores anteriores. O instinto pusera-me, embora sem motivo definido, em guarda, o que me ajudaria na crise nova e real, qualquer que pudesse ser. Entretanto, a mudança na ameaça de vaga premonição para uma realidade imediata foi um profundo choque que me atingiu com a força de um verdadeiro golpe. Nem sequer uma vez me ocorreu que aquele manuseio experimental na fechadura talvez fosse apenas um engano. Imaginando tratar-se apenas de uma intenção maligna, mantive-me em silêncio de morte, à espera do próximo movimento do intruso.

Depois de algum tempo, cessou o manuseio e ouvi entrarem no quarto à direita do meu com uma chave mestra. Em seguida, a fechadura da porta de ligação com o meu quarto foi testada com cautela. O ferrolho resistiu, é claro, e ouvi o assoalho ranger quando o espreitador saiu do quarto. Pouco depois, um novo manuseio suave informou-me que haviam entrado no quarto ao sul do meu. Mais uma vez, uma furtiva tentativa na fechadura da porta de comunicação e mais uma vez o ruído de passos que se afastam. Desta vez, os rangidos continuaram pelo corredor e escada abaixo, por isso eu soube que o intruso percebera a condição trancada de minhas portas e desistira da tentativa, por um longo ou breve tempo, como mostraria o futuro.

A rapidez com que tracei um plano de ação prova que eu vinha temendo, no inconsciente, alguma ameaça e analisando, há horas, possíveis meios de fuga. Desde o início, eu sentira que o invisível que tentava invadir significava um perigo que eu não devia interpelar nem enfrentar, mas do qual devia fugir sem pestanejar. A única coisa a fazer era me mandar vivo daquele hotel o mais rápido que eu pudesse, e por alguma outra saída que não a escada principal e o saguão.

Ergui-me em silêncio, apontei o interruptor com o facho da lanterna e procurei acender a luz acima da cama, a fim de escolher e pôr no bolso alguns pertences para uma fuga rápida sem a valise. Quando nada aconteceu, dei-me conta de que haviam cortado a energia. Ficou claro que entrara em ação algum movimento secreto e maligno, em larga escala; exatamente qual, eu não tinha como saber. Parado ali a refletir, com a mão no agora inútil interruptor, ouvi um rangido abafado no andar de baixo, pareceu-me distinguir algumas vozes conversando. Passado um instante, tive menos certeza de que os sons mais graves fossem vozes, pois os aparentes latidos roucos e coaxados mal articulados quase não tinham semelhança com a fala humana. Então pensei com renovada força no que o inspetor de fábrica ouvira à noite nesse prédio mofado e pestilento.

Após encher os bolsos com a ajuda da lanterna, pus o chapéu e encaminhei-me na ponta dos pés até a janela para examinar minhas chances de descida. Apesar do regulamento de segurança estadual, não havia escada de emergência contra incêndio naquele lado do hotel, e vi que uma altura abrupta, correspondente a três andares, separava minha janela do pátio calçado de pedras arredondadas. Ao norte e ao sul, contudo, alguns antigos blocos de salas comerciais de tijolo ficavam colados nas laterais do hotel, e os telhados inclinados desses prédios estavam a uma distância razoável do quarto andar, onde eu me encontrava, de modo que era possível saltar. Para chegar a qualquer uma dessas fileiras de prédios, eu precisava estar num quarto a duas portas no lado norte ou no sul do meu, por isso minha mente logo se pôs a calcular quais as chances que eu teria de fazer a transferência.

Decidi que não poderia arriscar deslocar-me pelo corredor, onde meus passos com certeza seriam ouvidos, o que resultaria em insuperáveis dificuldades para entrar no quarto desejado. Meu avanço, se eu quisesse mesmo consegui-lo, teria de ser pelas portas de comunicação de construção menos sólida entre os quartos cujas fechaduras e ferrolhos eu teria de forçar com violência, usando o ombro como aríete sempre que necessário. Julguei que seria possível fazê-lo, devido à condição dilapidada da casa e suas ferragens, mas não sem fazer barulho. Teria de contar apenas com a minha rapidez e a chance de chegar à janela antes que forças hostis tivessem tempo de coordenar-se para abrir a porta certa ao meu encalço com uma chave mestra. Reforcei minha porta externa, empurrando e encostando a escrivaninha no lado de dentro, devagarzinho, para fazer o mínimo de ruído.

Eu tinha certeza de que minhas chances eram muito escassas e preparei-me de forma detalhada para qualquer calamidade. Apenas chegar ao outro telhado não resolveria o problema, pois restaria a tarefa de alcançar a rua e fugir da cidade. Uma coisa favorável a mim era o estado de abandono e ruína dos prédios contíguos ao hotel e as numerosas claraboias que se escancaram tenebrosas em cada fileira.

Após concluir, de acordo com o mapa do rapaz da mercearia, que a melhor rota de saída da cidade era pelo sul, olhei primeiro para a porta de comunicação com o quarto do lado correspondente. Projetaram-na para abrir-se em minha direção, por isso vi, depois de deslizar o ferrolho e descobrir outras fechaduras trancadas, que seria muito difícil arrombá-la. Em consequência, abandonei-a como saída, empurrei com cuidado o estrado da cama até encostá-lo no vão, para impedir algum ataque que viesse do quarto contíguo. A porta de comunicação com o quarto ao norte abria-se para o lado oposto, o qual, embora um teste provasse que estava trancada ou aferrolhada do outro lado, teria de ser minha rota. Se eu conseguisse alcançar os telhados dos prédios da rua Paine e chegar são e salvo ao chão, talvez pudesse lançar-me a toda pelos pátios e as construções adjacentes ou opostas até a rua Washington ou a Bates — ou então sair na Paine e contornar pelo sul até a Washington. Em todo caso, minha meta era chegar, de algum modo, à última e sair rápido da região da Town Square. Minha preferência era evitar a Paine, visto que o quartel do corpo de bombeiros talvez ficasse aberto durante a noite toda.

Enquanto pensava nessas coisas, olhava abaixo de mim o mar esquálido de telhados em desintegração, agora clareado pelos raios de uma lua quase cheia. À direita, a abertura profunda e escura da garganta do rio dividia o panorama: fábricas desertas e a estação de trem aderiam-se como cracas às laterais. Além delas, a ferrovia enferrujada e a estrada Rowley atravessavam um terreno pantanoso nivelado, pontilhado de montículos mais elevados e secos, repleto de pequenos arbustos. À esquerda, o campo mais próximo, entremeado de riachos, a estradinha para Ipswich, cintilando branquinha ao luar. Eu não conseguia ver, do lado do hotel onde me encontrava, a estrada rumo ao sul para Arkham que eu decidira tomar.

Hesitante, eu especulava sobre qual seria o melhor momento de atacar a porta do lado norte e como conseguiria fazê-lo da maneira menos audível possível, quando notei que os ruídos indistintos embaixo tinham dado lugar a um novo e mais forte rangido dos degraus. Uma luz trêmula infiltrou-se pelas frestas do batente da porta e as tábuas do piso do corredor puseram-se a gemer sob muitos passos pesados. Sons amortecidos de possível origem vocal aproximaram-se até ouvir-se afinal uma forte batida na porta do meu quarto.

Por um instante, apenas prendi a respiração e esperei. Tive a impressão de que se passou uma eternidade e o nauseante cheiro de peixe das imediações pareceu intensificar-se de forma repentina e espetacular. Então, se repetiu a batida sucessivas vezes e com crescente insistência. Vi que chegara o momento de agir e logo deslizei o ferrolho da porta de comunicação do norte, preparando-me para a tentativa de arrombá-la. As batidas tornaram-se mais altas, o que me aumentou a esperança de que encobrissem o barulho de meus esforços. Dando início, enfim, à minha tentativa, lancei-me repetidas vezes com o ombro esquerdo de encontro à fina madeira da porta sem dar importância ao choque nem à dor. A porta resistiu bem mais do que eu imaginara, mas não desisti. E, o tempo todo, intensificava-se o barulho na porta do corredor.

Por fim, a porta de comunicação cedeu, mas com tamanho estrondo que eu sabia que os de fora deviam ter escutado. No mesmo instante, as batidas na porta tornaram-se uma agressão violenta, ao mesmo tempo que chaves soavam ameaçadoras nas portas para o corredor dos quartos laterais ao meu. Após precipitar-me pela ligação aberta, consegui aferrolhar a porta do corredor do quarto do norte antes que abrissem a fechadura, mas ao fazê-lo ouvi a porta do corredor do terceiro quarto, o de cuja janela eu esperava alcançar o telhado abaixo, ser girada com uma chave mestra.

Por um momento, mergulhei em total desespero, visto que meu aprisionamento num quarto sem janelas para o exterior parecia concreto. Uma onda de terror quase anormal percorreu-me de cima a baixo e investiu de uma singularidade terrível, mas inexplicável, as pegadas que vislumbrei sob o facho da lanterna, deixadas no pó pelo intruso que pouco antes tentara abrir a porta desse quarto que se comunicava com o meu. Então, impelido por um automatismo mais forte que o desespero, encaminhei-me para a porta de comunicação seguinte e fiz o movimento cego de empurrá-la no esforço de transpô-la e, desde que encontrasse as fechaduras providencialmente intactas, como as desse segundo quarto, eu aferrolharia a porta do corredor antes que pudessem abri-la por fora.

Uma verdadeira sorte proporcionou-me alívio temporário, pois a porta de comunicação não só estava destrancada como, de fato, entreaberta. Num piscar de olhos, transpunha e empurrava com o joelho e o ombro direito a porta do corredor prestes a ser aberta para dentro. Minha pressão pegou o invasor de surpresa, porque a porta se fechou com o empurrão e permitiu-me deslizar o ferrolho bem-conservado como fizera na porta anterior. Enquanto eu aproveitava esse alívio temporário, ouvi a pancadaria nas outras duas portas diminuir, enquanto uma algazarra confusa elevava-se diante da porta que eu reforçara com a cama. Na certa, o grosso de meus atacantes entrara no quarto do lado sul e reunia-se em massa para uma investida lateral. Mas, ao mesmo tempo, ouvi uma chave mestra girar na porta seguinte no lado norte, quando me dei conta da existência de um perigo mais próximo.

A porta de comunicação do lado norte estava escancarada, mas não havia tempo para pensar em verificar a fechadura que já girava do corredor. Só pude fechar e aferrolhar a porta de comunicação aberta, assim como a que ficava no lado oposto, empurrando uma cama contra a primeira e uma escrivaninha contra a segunda, e deslocando uma penteadeira diante da entrada do corredor. Vi que precisava confiar nessas barreiras improvisadas para proteger-me até chegar à janela e o telhado do prédio da rua Paine. No entanto, mesmo naquele momento crítico, meu principal horror nada tinha a ver com a fraqueza imediata de minhas defesas. Eu tremia, porque nenhum de meus perseguidores, apesar de alguns arquejos, grunhidos e latidos amortecidos e detestáveis, a intervalos irregulares, proferia algum som vocal inteligível ou não abafado.

Enquanto eu arrastava os móveis e precipitava-me para a janela, ouvi uma correria assustada pelo corredor até o quarto ao norte do que eu ocupava e percebi que as batidas do lado sul haviam cessado. Ficou claro que a maioria dos meus adversários ia concentrar-se na frágil porta de comunicação que sabiam que se abriria direto em mim. No lado de fora, a lua banhava a viga-mestra do telhado do prédio abaixo e vi que o salto seria muitíssimo perigoso, por causa da íngreme superfície na qual eu precisava pousar.

Nessas condições, entre as duas janelas, escolhi a que ficava mais ao sul como minha rota de saída, planejando pousar na inclinação interna do telhado e dirigir-me à claraboia mais próxima. Assim que eu entrasse nas decrépitas construções de tijolo, eu teria de enfrentar uma perseguição, mas esperava descer e fugir pelas entradas e saídas ao longo do pátio obscuro até a rua Washington e esgueirar-me para fora da cidade na direção sul.

A algazarra na porta de comunicação ao norte tornou-se então tremenda, e vi que a madeira da porta começava a lascar. Claro que os sitiantes haviam trazido algum objeto pesado e empregavam-no como aríete. A cama, porém, manteve-se firme, o que me proporcionava pelo menos uma pequena chance de realizar a fuga. Ao abrir a janela, notei que era flanqueada por pesadas cortinas de veludo, suspensas por argolas de metal em uma barra horizontal; também vi um grande gancho para prender as venezianas no lado externo. Vendo ali um possível meio de evitar o salto perigoso, puxei as cortinas com força e tombei-as, arrancando a barra e tudo o mais; prendi logo duas argolas no gancho externo da janela e empurrei a cortina para fora. As pesadas dobras caíram em cheio no telhado contíguo colado, e constatei que as argolas e o gancho decerto suportariam meu peso. Então, subi no parapeito da janela, desci pela escada de corda improvisada e deixei para sempre a construção mórbida e repleta de horrores do hotel Gilman.

Pousei com segurança nas telhas soltas de ardósia do íngreme telhado e consegui alcançar a escura claraboia escancarada sem um escorregão. Ergui os olhos para a janela de onde eu saíra e notei que continuava às escuras, embora além das chaminés em ruínas do outro lado, ao norte, as luzes brilhassem agourentas no salão da Ordem de Dagon, na Igreja Batista e na Igreja da Congregação, cuja lembrança me fazia estremecer. Como não vi ninguém no pátio abaixo, achei que tinha uma chance de fugir antes de espalhar-se o alarme geral. Apontei o facho da lanterna na claraboia e constatei a inexistência de degraus. Mas a distância era pequena; por isso, subi até a borda e deixei-me cair, tocando com os pés um piso empoeirado juncado de caixotes e barris quebrados.

Embora o lugar fosse monstruoso, não dei importância a essas impressões e dirigi-me logo à escada que a lanterna me revelara, após uma rápida conferida no relógio de pulso, que mostrava 2h da manhã. Os degraus rangiam, mas pareciam razoavelmente sólidos, e precipitei-me escada abaixo a toda velocidade para um segundo andar com aparência de celeiro até chegar ao térreo. Na completa desolação, apenas ecos repercutiam o ruído de meus passos. Cheguei, afinal, ao saguão térreo, numa ponta do qual vi um retângulo mal-iluminado que indicava a arruinada passagem para a rua Paine. Dirigi-me ao lado oposto e encontrei também aberta a porta dos fundos, da qual saí desembestado pelos cinco degraus de pedra abaixo até as pedras arredondadas invadidas pela vegetação do pátio.

Embora os raios do luar não chegassem ali, consegui ver o caminho sem usar a lanterna. Algumas janelas do lado do hotel Gilman emanavam um fraco brilho, e pareceu-me ouvir sons confusos no interior. Encaminhei-me silencioso em direção à rua Washington e, ao notar várias entradas abertas, escolhi a mais próxima da minha rota de saída. O corredor dentro era escuro como breu e, quando cheguei à outra ponta, vi que a porta para a rua estava hermeticamente fechada. Decidido a tentar outro prédio, voltei às apalpadelas para o pátio, mas parei pouco antes da entrada.

Por uma porta aberta no hotel Gilman, saía uma grande multidão de vultos suspeitos, lanternas a balançar na escuridão, e horríveis vozes coaxantes trocavam gritos baixos em alguma língua que, com certeza, não era inglês. Os vultos movimentavam-se vacilantes, e percebi aliviado que não sabiam que rumo eu tomara; mas, nem por isso, deixei de sentir um arrepio de horror da cabeça aos pés. Embora não desse para distinguir-lhes as feições, aquele andar bamboleante e curvado era abominavelmente repelente. O pior foi quando notei uma figura de manto estranho e encimado por uma tiara alta de um design inconfundível e conhecido demais. Enquanto os vultos espalhavam-se pelo pátio, meus temores intensificaram-se. E se eu não conseguisse encontrar uma saída daquele prédio para a rua? O odor forte de peixe era detestável, e perguntei-me se o suportaria por muito tempo sem desmaiar. Mais uma vez, tateando na direção da rua, abri uma porta do saguão e entrei num quarto vazio com janelas bem fechadas, mas sem caixilhos. Deslizando o facho de luz da lanterna, constatei que poderia abrir as venezianas; instantes depois, eu transpunha a janela e tornei a fechá-la com cuidado para deixá-la em sua forma original.

Encontrei-me então na rua Washington e, por um instante, não vi sequer uma alma, nem qualquer luz, exceto a da lua. De várias direções ao longe, porém, distingui o ruído de vozes ásperas, de passos e de um tipo estranho de andar que não soava bem como passos. Decerto, não havia tempo a perder. Os pontos cardeais estavam claros para mim e alegrou-me que todos os postes de luz instalados nas ruas estivessem apagados, como é o frequente costume em noites enluaradas nas regiões rurais não prósperas. Alguns ruídos vinham do sul, no entanto, mantive a decisão de fugir nessa direção. Sabia que encontraria inúmeras entradas desertas que poderiam abrigar-me, caso eu topasse com alguma pessoa ou grupos que parecessem perseguidores.

Encaminhava-me rápido, sem fazer barulho e junto às casas arruinadas. Embora sem chapéu e desgrenhado após a árdua escalada, não exibia uma aparência que chamasse a atenção e tinha uma boa chance de passar despercebido, se obrigado a encontrar-me com algum viajante casual. Na rua Bates, entrei num vestíbulo escancarado, enquanto duas figuras bamboleantes atravessaram diante de mim, mas logo retomei o caminho e aproximei-me do espaço aberto onde a rua Eliot atravessa no sentido diagonal a Washington, no cruzamento com a South. Embora eu jamais houvesse visto aquele espaço, pareceu-me perigoso no mapa do rapaz da mercearia, pois, ali, a luz do luar derramava-se sem impedimento. De nada adiantava tentar evitá-lo, pois qualquer caminho alternativo envolveria desvios de visibilidade e resultante atraso, talvez desastrosos. A única coisa a fazer era atravessá-lo destemido e sem me ocultar, imitando o melhor que eu conseguisse o andar bamboleante característico dos nativos de Innsmouth e torcendo para que ninguém, ou, pelo menos, nenhum de meus perseguidores, aparecesse.

Até que ponto eles haviam organizado a perseguição e, de fato, com que finalidade, eu não fazia a menor ideia. Parecia haver uma atividade incomum na cidade, mas imaginei que a notícia de minha fuga do Gilman ainda não se espalhara. Decerto, eu teria de sair da Washington para alguma outra rua rumo ao sul, pois aquele grupo do hotel, sem dúvida, viria atrás de mim. Devo ter deixado pegadas no pó daquele último prédio velho, revelando como eu cheguei à rua.

Como eu previra, o espaço aberto estava inundado pela claridade lunar e permitiu-me distinguir os restos de um parque com o gramado circundado por uma grade de ferro no centro. Por sorte, não tinha ninguém nas proximidades, embora uma estranha agitação ou burburinho parecesse aumentar na direção da Town Square. A rua South era muito larga, seguia direto numa inclinação suave até a zona portuária e oferecia uma extensa visão do mar; eu esperava que ninguém olhasse de longe enquanto eu a atravessava sob aquele claro luar.

Avancei desimpedido, sem nenhum ruído novo a sugerir que me haviam avistado. Olhei em volta e, sem querer, afrouxei o passo um instante para absorver a visão do mar, deslumbrante sob o luar em chamas, no fim da rua. Muito além do quebra-mar estendia-se o contorno escuro do Recife do Diabo; ao vislumbrá-lo, não pude evitar pensar em todas aquelas lendas odiosas que ouvira nas últimas trinta e quatro horas, lendas que retratavam aquele recife acidentado como um verdadeiro portão para reinos de insondável horror e inconcebível anormalidade.

Então, sem nenhum aviso, vi os clarões intermitentes de luz no recife distante. Eram definidos e inconfundíveis e despertaram-me na mente um horror cego e irracional. Meus músculos retesaram-se prontos para uma fuga em pânico, refreada apenas por certa cautela inconsciente e fascinação semi-hipnótica. Para piorar tudo, seguiu-se então da alta cúpula do hotel Gilman, que se erguia atrás de mim, voltada para o nordeste, uma série de clarões análogos, mas a diferentes intervalos, que não podiam ser senão sinais de resposta.

Controlando os músculos e me dando mais uma vez conta do quanto eu estava exposto, recomecei mais veloz a simulação de andar bamboleante, sem despregar os olhos daquele recife diabólico e agourento, enquanto a abertura da rua South oferecia-me a visão do mar. Não imaginava o que todo aquele procedimento significava; talvez se tratasse de algum estranho rito associado ao Recife do Diabo, ou talvez algum grupo houvesse desembarcado de um navio naquele rochedo sinistro. Virei então à esquerda, depois de contornar o gramado esquálido, ainda de olho no mar em chamas sob o luar espectral de verão, e a vigiar o misterioso clarão daqueles inomináveis e inexplicáveis sinais luminosos.

Foi então que senti a mais terrível impressão de todas; a impressão que me destruiu o último vestígio de autocontrole e me pôs a correr frenético para o sul, deixando para trás as escuras entradas escancaradas e as janelas estranhamente arregaladas daquela rua deserta, digna de pesadelo. Porque, numa olhada mais atenta, vi que as águas enluaradas entre o recife e a praia estavam longe de vazias. Estavam vivas com uma horda fervilhante de figuras nadando para a cidade, e, mesmo àquela enorme distância e em meu único instante de percepção, percebi que as cabeças balançantes e os membros que batiam na água eram sobrenaturais e aberrantes, e dificilmente poderiam ser expressos ou formulados de modo consciente.

Minha corrida frenética cessou antes que eu houvesse completado uma quadra, pois comecei a ouvir à esquerda uma coisa como um clamor público de uma perseguição organizada. Distinguiam-se passos e sons guturais, e um motor barulhento engasgado dirigia-se ao sul pela rua Federal. Num instante, todos os meus planos foram mudados, pois, se a rodovia para o sul estava bloqueada à minha frente, eu teria de encontrar outra saída de Innsmouth. Parei e entrei numa abertura escancarada, refletindo sobre a sorte que tivera por sair do espaço aberto e enluarado antes de aqueles perseguidores passarem pela rua paralela.

Uma segunda reflexão foi menos reconfortante. Como a perseguição estava sendo feita em outra rua, era evidente que o grupo não estava me seguindo diretamente. Esse não me vira e apenas obedecia a um plano geral de interceptar minha fuga. Contudo, isso indicava que todos os caminhos que levavam para fora de Innsmouth também estariam patrulhados, pois os moradores não poderiam ter sabido qual eu pretendia tomar. Se assim fosse, eu teria de fazer minha escapada pelo campo, longe de qualquer estrada; mas como fazê-lo, em vista daquela natureza pantanosa e acidentada de toda a região circunvizinha? Por um instante, minha mente vacilou, ao mesmo tempo por total desespero e por um rápido aumento do onipresente odor forte de peixe.

Então, pensei na ferrovia abandonada para Rowley cuja sólida via de terra invadida por mato e cascalho ainda se estendia no sentido noroeste, saindo da estação decadente na borda da garganta do rio. Havia uma única chance de os moradores da cidade não terem pensado nela: seu estado de abandono e os arbustos espinhosos que a obstruíam tornavam-na quase intransitável, e o mais improvável de todos os caminhos que algum fugitivo escolheria. Eu vira-a com nitidez da minha janela no hotel e sabia onde ela ficava. A maior parte de sua extensão anterior era visível da estrada para Rowley e dos lugares altos da própria cidade, mas talvez eu conseguisse rastejar sem ser visto por entre os arbustos. De qualquer forma, esta seria minha única chance de fuga e não me restava outra opção senão tentar.

Dentro do saguão de meu abrigo abandonado, consultei uma vez mais o mapa do rapaz da mercearia com a ajuda da lanterna.

O problema imediato consistia em como chegar à antiga ferrovia, e percebi, então, que o caminho mais seguro seria seguir direto em frente pela rua Babson, depois para o oeste pela Lafayette; daí, contornar sem atravessar um espaço aberto semelhante ao que atravessara, e depois, de volta rumo ao norte e oeste numa linha em ziguezague pelas ruas Lafayette, Bates, Adams e Bank — esta margeava a garganta do rio até a estação deserta e dilapidada, que eu vira da janela do hotel. O motivo de seguir pela Babson era eu não querer atravessar de novo o espaço aberto nem começar minha rota rumo ao oeste por uma rua transversal tão larga quanto a South.

Tornando a partir, atravessei a rua à direita, para contornar devagar a esquina da Babson sem ser visto. Ainda se ouviam ruídos na Federal e, quando olhei para trás, julguei ter visto um brilho de luz perto do prédio pelo qual eu fugira. Ansioso por sair da rua Washington, irrompi num silencioso trote, confiando na sorte de não me deparar com nenhum olhar atento. Quase na esquina da Babson, vi com um susto, que uma das casas continuava habitada, como atestavam as cortinas na janela, mas não iluminadas no interior, e passei por ela sem problemas.

Na rua Babson, transversal à Federal, que podia revelar-me aos perseguidores, segui grudado o mais perto que pude às paredes desconjuntadas e irregulares dos prédios, parando duas vezes numa entrada, quando os ruídos atrás de mim pareceram intensificaram-se momentaneamente. O espaço aberto à frente brilhava imenso e desolado sob o luar, mas meu percurso não me obrigaria a cruzá-lo. Durante minha segunda parada, comecei a captar uma nova distribuição dos sons vagos; estiquei a cabeça com cuidado para fora do esconderijo e vi um automóvel disparando pelo espaço aberto na direção da rua Eliot, que ali se cruzava com a Babson e a Lafayette.

Enquanto olhava, sufocado por um repentino aumento do cheiro de peixe, depois de um breve período de diminuição, vi um bando de formas encurvadas e grosseiras deslocarem-se às pressas e bamboleando na mesma direção; soube então que devia tratar-se do grupo que guardava a estrada para Ipswich, pois essa era uma continuação da rua Eliot. Duas das figuras que vislumbrei usavam mantos volumosos e uma delas ostentava um diadema pontiagudo que cintilava palidamente ao luar. O modo de andar dessa figura era tão estranho que me fez arrepiar da cabeça aos pés, pois me pareceu que a criatura quase *saltitava*.

Quando o último do bando sumiu da visão, retomei meu avanço, contornando como um raio a esquina para a Lafayette, e atravessei a Eliot a toda pressa, por temer que algum desgarrado do grupo ainda avançasse por essa rua. De fato, ouvi coaxos e tropéis distantes vindos de Town Square, mas completei a passagem sem problemas. Meu maior pavor era ter de atravessar mais uma vez a larga e enluarada rua South, com aquela vista para o mar, e precisei criar coragem a fim de enfrentar mais essa provação. Alguém poderia estar olhando e os desgarrados na rua Eliot não deixariam de me ver dos dois lados. No último momento, decidi que seria melhor eu afrouxar o passo e fazer a travessia como antes, com aquele andar bamboleante da maioria dos nativos de Innsmouth.

Quando a visão do mar tornou a descortinar-se, dessa vez à direita, eu estava meio decidido a não o olhar de modo algum. Não pude, contudo, resistir, mas lancei um olhar de lado, enquanto me encaminhava bamboleante, em minha cuidadosa imitação, para as sombras protetoras adiante. Não havia nenhum navio visível, como de certa forma eu esperava que houvesse. Em vez disso, a primeira coisa que me chamou a atenção foi um pequeno barco a remo aproximar-se na direção do cais abandonado, e carregado com um objeto volumoso envolto em oleado. Os remadores, embora eu os visse de longe e indistintos, tinham um aspecto de acentuada repelência. Vários nadadores continuavam discerníveis; no longínquo recife preto, um fraco e constante brilho, diferente daquele visível clarão do farol pisca-pisca anterior, e de uma singular que eu não saberia identificar com precisão. Acima dos telhados inclinados à frente e à direita, erguia-se a alta cúpula do hotel Gilman, mas estava toda escura. O intenso odor de peixe, dissipado durante algum tempo por uma misericordiosa brisa, reaproximava-se, então, com furiosa intensidade.

Mal atravessara a rua, ouvi um bando avançar murmurando ao longo da Washington, vindo do norte. Assim que eles chegaram ao amplo espaço aberto, onde eu tivera meu primeiro vislumbre inquietador da água enluarada, pude vê-los com nitidez a apenas uma quadra de distância, e fiquei horrorizado com a anomalia bestial daqueles rostos e a condição subumana de semelhança canina de seu andar encurvado. Um homem deslocava-se de maneira bastante simiesca, com os compridos braços muitas vezes tocando o chão, enquanto outra figura, de manto e tiara, parecia locomover-se de forma quase saltitante. Julguei que o grupo fosse o que eu vira no pátio do hotel Gilman; o grupo, portanto, que vinha mais próximo ao meu encalço. Quando algumas figuras se voltaram para olhar em minha direção, fiquei quase imobilizado de terror, mas dei um jeito de manter o andar bamboleante e casual que adotara. Até hoje não sei se me viram ou não. Se sim, meu estratagema deve tê-los enganado, porque atravessaram o espaço enluarado sem se desviar do caminho, ao mesmo tempo coaxando e tagarelando em algum detestável dialeto gutural que não consegui identificar.

Mais uma vez na sombra, retomei o trote leve anterior, ao passar pelas casas inclinadas e decrépitas que fitavam inexpressivamente a noite. Após atravessar para a calçada no lado oeste, contornei a esquina mais próxima para a rua Bates, onde me mantive colado nas construções do lado sul. Passei por duas casas que mostravam sinais de habitação, uma das quais com luzes fracas nos aposentos superiores, embora não encontrasse obstáculo. Ao virar para a Adams, senti-me muitíssimo mais seguro, porém, recebi um choque quando um homem saiu a cambalear de uma passagem escura, bem na minha frente. No entanto, mostrou-se demasiado bêbado para ser alguma ameaça; assim, cheguei são e salvo às lúgubres ruínas dos armazéns da rua Bank.

Não vi ninguém se mexer nessa rua morta ao lado da garganta do rio, e o rugido das cachoeiras abafava por completo o ruído dos meus passos. Foi uma longa corridinha até a estação arruinada, e os grandes muros dos armazéns de tijolo ao meu redor pareceram-me mais assustadores que as fachadas das casas particulares. Afinal, vi a antiga estação em arcos, isto é, o que restara dela; sem demora, dirigi-me aos trilhos que partiam de sua extremidade oposta.

Os trilhos estavam enferrujados, mas, fora isso, intatos, e não mais que a metade dos dormentes apodrecera. Andar ou correr numa superfície assim era muito difícil, no entanto, me saí bem e, no geral, o fiz num ótimo tempo. Por alguma extensão, os trilhos acompanharam a margem da garganta, mas acabei chegando à longa ponte coberta onde eles cruzavam o abismo numa altura vertiginosa. O estado dessa ponte determinaria meu próximo passo. Se humanamente possível, eu a usaria; se não, teria de arriscar mais perambulação pelas ruas e tomar a ponte mais próxima da rodovia.

A enorme extensão da velha ponte com visual de celeiro brilhava espectral ao luar e notei que os dormentes estavam firmes pelo menos em alguns metros. Entrando, acendi a lanterna e quase fui derrubado pela nuvem de morcegos que passou voando por mim. Mais ou menos na metade da travessia, havia uma perigosa lacuna entre os dormentes, e temi por um instante que me impedisse de avançar, mas acabei arriscando um salto desesperado que felizmente deu certo.

Alegrei-me ao tornar a ver o luar quando saí daquele túnel macabro. Os velhos trilhos cruzavam a rua River e, em seguida, desviavam-se para uma região cada vez mais rural e com cada vez menos o abominável cheiro de peixe de Innsmouth. Ali, a densa profusão de ervas daninhas e arbustos espinhosos dificultava meu avanço e rasgava-me cruelmente as roupas, embora ainda assim fosse um alívio saber que iam esconder-me em caso de perigo. Eu sabia que grande parte desse percurso devia ser visível da estrada para Rowley.

A região pantanosa começou logo depois, com a única via estendida num terrapleno baixo, onde as ervas daninhas eram um pouco mais escassas. Então, vinha uma espécie de ilha de terreno mais alto, onde a via passava por um corte raso e aberto, juncado de moitas e arbustos espinhosos. Alegrou-me muito esse abrigo parcial, já que naquele ponto a estrada de Rowley ficava a uma inquietante proximidade, de acordo com a visão da janela do hotel. No fim do corte, atravessava a via e desviava-se para uma distância segura, mas até chegar lá eu precisava ser bastante cauteloso. Àquela altura, eu adquirira a grata certeza de que a própria ferrovia não era patrulhada.

Pouco antes de entrar no trecho sulcado, olhei para trás, mas não vi nenhum seguidor. Os antigos pináculos e telhados da decadente Innsmouth brilhavam adoráveis e etéreos sob o mágico luar amarelado, e imaginei como deviam ter sido nos velhos tempos antes de pairar a sombra. Então, ao afastar o olhar da cidade em direção ao interior, uma coisa menos tranquila atraiu-me a atenção e manteve-me imóvel por um instante.

O que vi, ou imaginei ter visto, foi uma perturbadora sugestão de um movimento ondulante ao longe no sentido sul, o qual me fez concluir que uma horda imensa saía da cidade pela estrada nivelada para Ipswich. A distância era grande e não pude distinguir nada em detalhes, embora não me agradasse nada naquela coluna móvel. Ondulava demais e brilhava com excessiva luminosidade sob os raios da Lua, que agora pairava no oeste. Também se ouvia uma sugestão de sons, apesar de o vento soprar na direção oposta: uma sugestão de arranhadura e uivos bestiais ainda piores que os murmúrios dos grupos que eu ouvira recentemente.

Todo tipo de conjeturas desagradáveis atravessou-me a mente. Pensei naqueles tipos extremos de Innsmouth que eram escondidos nos antros centenários em ruínas perto da zona portuária. Pensei também naqueles inomináveis nadadores que eu vira. Contando os grupos avistados até então, além dos que vigiavam as outras estradas, o número de meus perseguidores parecia estranhamente grande demais para uma cidade tão despovoada quanto Innsmouth.

De onde viria o considerável pessoal da coluna que eu via nesse momento? Proliferavam naqueles antros antigos e insondáveis seres monstruosos, não catalogados e desconhecidos? Ou teria algum navio invisível desembarcado uma legião de forasteiros estranhos naquele recife infernal? Quem eram eles? Por que estavam ali? E se uma coluna deles percorria a estrada para Ipswich, teriam do mesmo modo aumentado as patrulhas nas outras estradas?

Eu entrara na trincheira invadida pelo mato e esforçava-me para seguir em frente a um ritmo muito lento, quando aquele maldito odor de peixe voltou a ser dominante. Teria o vento mudado de repente para o leste, de modo que soprava agora do mar em direção à cidade? Devia ter ocorrido isso, concluí, assim que comecei a ouvir murmúrios guturais assustadores vindos daquela direção, até então silenciosa. Também se elevou um outro ruído, como de pisadas ou saltos colossais em massa, que, de algum modo inexplicável, evocava as mais detestáveis imagens. Fez-me pensar contra toda lógica naquela desagradável coluna ondulante na distante estrada para Ipswich.

Então, o fedor e os sons intensificaram-se tanto que parei trêmulo, grato pela proteção da brecha. Lembrei-me de que era ali o lugar aonde a estrada para Rowley chegava perto da velha ferrovia antes de atravessá-la para o oeste e desviar-se. Alguma coisa aproximava-se por aquela estrada, por isso eu precisei ficar escondido até ela passar e desaparecer ao longe. Graças a Deus, essas criaturas não usavam cães para a perseguição, porém, isso talvez fosse impossível em meio ao odor onipresente na região. Agachado entre os arbustos daquela brecha arenosa, senti-me um pouco mais seguro, embora soubesse que os perseguidores teriam de atravessar a via férrea diante de mim a não mais de 100 metros de distância. Eu poderia vê-los, mas eles não me veriam, exceto por um milagre maligno.

No mesmo instante, comecei a ter medo de olhá-los ao passarem. Vira o espaço enluarado por onde iriam surgir e ocorreram-me estranhas ideias escabrosas sobre a irredimível poluição daquele espaço. Talvez fossem os piores dentre todos os tipos de Innsmouth — algo de que ninguém gostaria de lembrar-se.

O fedor intensificou-se além do suportável e os ruídos tornaram-se uma babel bestial de coaxos, ganidos e latidos sem a mínima sugestão de fala humana. Seriam mesmo as vozes de meus perseguidores? Teriam cães, afinal? Até então, eu não vira nenhum desses animais inferiores em Innsmouth. Os saltos ou patadas eram monstruosos, eu não poderia olhar para as criaturas degeneradas responsáveis por eles. Manteria os olhos fechados até que os ruídos houvessem se extinguido em direção ao oeste. A horda estava muito próxima agora, o ar infectado com seus rosnados roucos e o chão quase tremendo com o ritmo anormal de seus passos. Quase parei de respirar e pus cada grama de força de vontade na tarefa de manter os olhos fechados.

Nem sequer agora eu saberia dizer se o que se seguiu foi um fato hediondo ou apenas uma alucinação de pesadelo. A ação posterior do governo, depois de meus frenéticos apelos, tenderia a confirmar que tudo constituíra uma monstruosa verdade, mas não poderia uma alucinação ter-se repetido sob o feitiço quase hipnótico daquela cidade vetusta, mal-assombrada e envolta em sombra? Esses lugares têm estranhas propriedades e o legado de lendas insanas talvez pudesse muito bem ter influenciado mais de uma imaginação humana em meio àquelas fétidas ruas mortas e amontoados de telhados podres e campanários arruinados. Não é possível que o germe de uma loucura contagiosa espreita nas profundezas daquela sombra sobre Innsmouth? Quem pode ter certeza da realidade, depois de ouvir coisas como o relato do velho Zadok Allen? Os enviados do governo jamais encontraram o pobre Zadok e não têm a menor ideia do que lhe aconteceu. Onde termina a loucura e começa a realidade? Mesmo esse meu pavor mais recente não seria apenas uma ilusão?

No entanto, preciso tentar contar o que julguei ter visto naquela noite sob a escarnecedora lua amarela, a surgir e saltitar pela estrada de Rowley bem diante de mim, quando me agachei entre os arbustos espinhosos daquela depressão escavada da ferrovia. Claro que minha determinação de manter os olhos fechados malogrou, a qual desde o início predestinava-se ao malogro; quem conseguiria ficar agachado, sem olhar, enquanto uma legião de entidades de origem desconhecida passava saltitante, malcheirosa, a coaxar e uivar, a menos de 100 metros de distância?

Julgara-me preparado para o pior, e de fato deveria estar preparado, considerando tudo o que eu já vira antes. Meus outros perseguidores eram amaldiçoadamente anormais; então, por que não estaria preparado para encarar um *reforço* do elemento anormal, olhar formas nas quais não houvesse mais nada de normal? Só abri os olhos quando o clamor ruidoso chegou altíssimo de um ponto obviamente à frente. Compreendi então, que grande parte deles ficaria bem visível ali, onde as encostas da escavação abaixavam-se e a estrada atravessava a ferrovia, e não pude mais impedir-me de descobrir que horror tinha a oferecer aquela furtiva lua amarela.

Foi o fim, pelo tempo que me restar de vida na superfície da Terra, de todo vestígio de paz mental e confiança na integridade da natureza e da mente humana. Nada que eu pudesse ter imaginado nem nada que eu pudesse ter deduzido, se houvesse acreditado na história maluca do velho Zadok da maneira mais literal, seria de modo algum comparável à realidade blasfema e demoníaca que vi, ou julguei ter visto. Tentei sugerir o que foi para adiar o horror de descrevê-lo sem rodeios. Teria de fato este planeta gerado semelhantes coisas, que os olhos humanos viram em carne e osso, o que o homem até então conhecia apenas em febris fantasias e tênues lendas?

No entanto, vi-os num fluxo interminável: chapinhavam, saltitavam, coaxavam, baliam, surgindo como uma onda inumana sob o luar espectral, sarabanda grotesca e maligna, de fantástico pesadelo. Alguns deles exibiam as altas tiaras daquele inominável metal dourado--esbranquiçado... Alguns usavam mantos estranhos... E o que liderava o grupo vinha com uma capa preta sobre uma corcova horripilante, calças listradas e um chapéu masculino de feltro empoleirado na coisa amorfa que tinha no lugar da cabeça.

Creio que a cor predominante deles era um verde-acinzentado, embora o ventre fosse branco. Pareciam todos brilhantes e escorregadios, mas tinham as pregas das costas cobertas de escamas. A compleição era mais ou menos antropomórfica, à parte a cabeça de peixe, com prodigiosos olhos esbugalhados que nunca piscavam. Dos lados do pescoço, viam-se guelras palpitantes; tinham as patas compridas e palmadas. Deslocavam-se aos saltinhos irregulares, às vezes com duas pernas, às vezes com quatro. Por algum motivo, fiquei satisfeito por não terem mais que quatro membros. Os coaxos e latidos da voz deles, usados claramente para uma fala articulada, continham todos os tons sombrios de expressão que lhes faltavam nas feições.

Apesar de toda essa monstruosidade, contudo, não me pareceram desconhecidos. Sabia muito bem o que deviam ser, pois não continuava fresca a lembrança da tiara maligna de Newburyport? Eram os blasfemos peixes-sapos do abominável desenho, vivos e horríveis; enquanto os olhava, também soube do que o sacerdote corcunda de tiara, no porão escuro da igreja, me fizera lembrar com tanto pavor. O número era incontável, pareceu-me haver enxames ilimitados deles, e minha olhadela momentânea só pode ter mostrado uma fração mínima. Instantes depois, tudo se apagou num misericordioso desmaio, o primeiro que eu tivera.

V.

Foi uma leve chuva ao amanhecer que me despertou do estupor na escavação da ferrovia invadida por arbustos; quando saí trôpego para a rodovia à frente, não vi qualquer marca de pegadas na lama fresca. O fedor de peixe também desaparecera. Os telhados em ruínas e os altos campanários quase derrubados de Innsmouth alçavam-se cinzentos em direção ao sudoeste, mas não localizei uma única criatura viva em todos aqueles pântanos desertos e salgados ao redor. Meu relógio continuava funcionando e mostrou-me que passava do meio-dia.

A realidade do que eu passara ainda me parecia duvidosa na mente, embora eu sentisse no fundo a presença de alguma coisa hedionda. Precisava escapar da Innsmouth envolta em sombras malignas; assim, comecei a testar minhas exaustas e doloridas faculdades de locomoção.

Apesar da fraqueza, fome, horror e perplexidade, vi-me, passados alguns instantes, em condições de caminhar; assim, encaminhei-me devagar para a estrada lamacenta de Rowley. Antes do anoitecer, chegava ao vilarejo, onde fiz uma refeição e adquiri roupas apresentáveis. Tomei o trem noturno para Arkham e no dia seguinte tive uma conversa longa e séria com as autoridades locais, e fiz o mesmo mais adiante, em Boston. O público já tem conhecimento do principal resultado dessas conversas, e eu gostaria, em prol da normalidade, que não houvesse mais nada a acrescentar. Talvez seja loucura o que tem se apoderado de mim, mas talvez eu me encontre sob a ameaça de um horror maior, ou de um prodígio maior.

Como bem se pode imaginar, desisti de quase tudo que eu previra para o resto de minha viagem: as diversões paisagísticas, arquitetônicas e de estudo do passado com que eu tanto contara. Também não ousei procurar aquela peça de joalheria estranha que diziam estar exposta no Museu da Universidade de Miskatonic. No entanto, melhorei a estada em Arkham reunindo anotações genealógicas que desde há muito desejava possuir; dados apressados e muito toscos, verdade, mas suscetíveis de um bom aproveitamento posterior, quando eu tivesse tempo para cotejá-los e classificá-los. O curador da sociedade histórica local, o sr. E. Lapham Peabody, teve a bondade de ajudar-me e manifestou um excepcional interesse quando lhe contei que era neto de Eliza Orne, de Arkham, que nascera em 1867 e se casara com James Williamson, de Ohio, aos 17 anos.

Parece que um tio meu estivera ali, muitos anos antes, numa pesquisa parecida com a minha, e a família de minha avó era assunto de certa curiosidade local. O sr. Peabody contou-me que houvera muito falatório sobre o casamento do pai dela, Benjamin Orne, pouco depois da Guerra Civil, pois a noiva tinha uma descendência singularmente misteriosa. Acreditava-se que fosse uma órfã dos Marsh, de New Hampshire, prima dessa família do Condado de Essex, mas, educada fora, na França, sabia muito pouco a respeito da família. Um tutor depositava fundos num banco de Boston para o sustento da jovem e de sua governanta francesa; contudo, esse tutor, cujo nome os moradores de Arkham desconheciam, acabara por desaparecer, e a governanta assumiu-lhe a função, por nomeação judicial. A francesa, há tempos falecida, era muito taciturna e diziam que ela poderia ter contado mais do que contou.

O mais desconcertante, no entanto, foi o fato de ninguém conseguir encontrar os registros dos pais da jovem, Enoch e Lydia (Meserve) Marsh, entre as famílias conhecidas de New Hampshire. Muitos sugeriam que talvez se tratasse da filha natural de algum Marsh ilustre, de cuja família tinha os mesmos olhos. Grande parte do quebra-cabeça acabou depois da morte prematura dela, ocorrida no nascimento de minha avó, sua única filha. Após haver formado algumas impressões desagradáveis relacionadas com o nome Marsh, não recebi bem a notícia de que ele se inclui na minha própria árvore genealógica, nem me agradou a sugestão de Peabody de que eu também tinha os verdadeiros olhos dos Marshs. Fiquei grato, porém, pelas informações, que me seriam valiosas, e fiz copiosas anotações e listas de referências bibliográficas sobre a bem documentada família Orne.

Viajei direto de Boston à minha nativa Toledo, e depois, passei um mês em Maumee, para recuperar-me dessa provação. Em setembro, retornei a Oberlin para meu último ano de faculdade, e a partir de então, até junho, dediquei-me aos estudos e a outras atividades saudáveis, lembrando-me do terror passado apenas nas visitas oficiais esporádicas de enviados governamentais, relacionadas à campanha suscitada pelos meus apelos e testemunhos. Em meados de julho, um ano depois daquela experiência em Innsmouth, passei uma semana com a família de minha falecida mãe, em Cleveland, cotejando alguns dos novos dados genealógicos com as diversas anotações, tradições e peças de relíquia familiar ali existentes, para desenhar um mapa de relações coerente.

Essa tarefa não me agradou em especial, porque a atmosfera da casa dos Williamsons sempre me deprimira. Desprendia-se certa morbidez e minha mãe nunca me incentivara a visitar seus pais quando eu era criança, embora sempre acolhesse com prazer o pai quando ele vinha a Toledo. Minha avó de Arkham me parecia estranha e quase apavorante, e creio não ter sofrido quando ela faleceu. Eu tinha 8 anos então, e dizia-se que morrera de tristeza, depois do suicídio do meu tio Douglas, seu filho mais velho. Ele se matara após uma viagem à Nova Inglaterra — a mesma viagem, sem dúvida, que fizera com que fosse lembrado na Sociedade Histórica de Arkham.

Esse tio parecia-se com ela, e eu também jamais gostara dele. Não sei o que na expressão fixa e de olhos arregalados, sem piscar, dos dois causava-me um mal-estar vago, inexplicável. Minha mãe e o tio Walter não tinham essa aparência, pois se pareciam com o pai, embora o infeliz primo Lawrence, filho de Walter, fosse quase uma imagem viva da avó antes de seu estado mental levá-lo à reclusão permanente num sanatório em Canton. Eu não o via fazia quatro anos, mas meu tio sugeriu, certa vez, que seu estado, tanto físico quanto mental, era péssimo. Esse tormento talvez tivesse sido o principal motivo da morte de sua mãe há dois anos.

Toda a família de Cleveland, agora, incluía apenas meu avô e o filho viúvo, Walter, mas a lembrança dos velhos tempos pairava opressiva. Continuava a não gostar do lugar e tentei fazer minhas pesquisas o mais rápido possível. Os registros e tradições dos Williamsons me foram fornecidos em profusão pelo meu avô, embora, para material sobre os Ornes, eu tivesse de contar com meu tio Walter, que pôs à minha disposição o conteúdo de todos os seus arquivos, incluindo anotações, cartas, recortes de jornal, lembranças, fotos e miniaturas.

Foi ao percorrer as cartas e fotos dos membros da linha de Orne que comecei a adquirir uma espécie de terror de minha própria ascendência. Como já disse antes, minha avó e meu tio Douglas sempre me perturbaram. Agora, anos depois do falecimento dos dois, eu olhava seus rostos retratados com uma intensificada sensação de repulsa e estranheza. Não consegui compreender a mudança a princípio; aos poucos, porém, uma terrível *comparação* começou a impor-se ao meu inconsciente, apesar da tenaz recusa de minha consciência a admitir a mínima desconfiança disso. Ficou claro que a expressão típica de seus rostos passou a sugerir uma coisa que não sugerira antes, a qual desencadearia um pânico intenso se eu pensasse nela com demasiada franqueza.

O pior choque, contudo, veio quando meu tio me mostrou as joias dos Ornes, guardadas num cofre-forte bancário, no centro da cidade. Algumas das peças eram bastante delicadas e inspiradoras, mas havia uma caixa com antigas peças estranhas que meu tio ficou meio relutante em mostrar. Disse que tinham um desenho muito grotesco e quase repulsivo, e pelo que ele sabia jamais foram usadas em público, embora minha avó gostasse de admirá-las. Lendas vagas atribuíam-lhes má sorte, além de a governanta francesa de minha bisavó dizer que não deviam ser usadas na Nova Inglaterra, embora fosse seguro usá-las na Europa.

Quando meu tio começou a desembrulhar devagar e com má vontade as peças, recomendou-me com insistência que não ficasse chocado com a estranheza e frequente hediondez dos desenhos. Artistas e arqueólogos que as viram declararam-nas uma obra de insuperáveis refinamento e requinte exóticos, embora nenhum soubesse definir o material exato ou ligá-las a alguma tradição artística específica. Compunham-se de dois braceletes, uma tiara e um tipo de peitoral, este com certas figuras em alto-relevo de uma extravagância quase insuportável.

Durante essa descrição, eu conseguira dominar as emoções, embora minha expressão deva ter traído meus crescentes temores. Meu tio pareceu preocupado e parou de desembrulhar para examinar-me. Pedi-lhe com um gesto que continuasse, e ele o fez com renovados sinais de relutância. Parecia esperar alguma demonstração quando a primeira peça, a tiara, tornou-se visível, mas duvido que tenha previsto o que de fato aconteceu. Também me surpreendeu, pois me julgava bem prevenido do que seriam as joias. O que fiz foi desmaiar em silêncio, como acontecera um ano antes naquela escavação da ferrovia coberta de arbustos espinhosos.

Desse dia em diante, minha vida tem sido um pesadelo de reflexões e apreensão, sem mais saber qual é a parte da verdade hedionda e qual a da loucura. Minha bisavó fora uma Marsh de origem desconhecida cujo marido vivera em Arkham; e o velho Zadok não contara que a filha de Obed Marsh, nascida de uma mãe monstruosa, casara-se com um homem de Arkham mediante uma fraude? Que fora que o ébrio ancião murmurara sobre a semelhança de meus olhos com os do capitão Obed? Em Arkham, também, o curador dissera-me que eu tinha os olhos dos Marshs. Seria Obed Marsh o meu próprio tataravô? Quem, ou o quê, então era minha tataravó? Mas talvez tudo isso não passasse de loucura. Esses ornamentos de ouro esbranquiçado poderiam ter sido comprados de algum marinheiro de Innsmouth pelo pai de minha bisavó, fosse quem fosse. E aquele olhar fixo nos rostos de minha avó e meu tio suicida talvez não passasse de total fantasia de minha parte, instigada pelas sombras de Innsmouth que tanto me haviam obscurecido a imaginação. No entanto, por que meu tio se matara depois de uma pesquisa do passado na Nova Inglaterra?

Durante mais de dois anos, consegui combater essas reflexões com sucesso parcial. Meu pai conseguiu um emprego para mim num escritório de seguros e enterrei-me o mais fundo que pude na rotina. No inverno de 1930-31, porém, começaram os sonhos. Esparsos e insidiosos no início, tornaram-se mais frequentes e intensos, com o passar das semanas. Imensos espaços aquáticos abriam-se diante de mim, e eu parecia vagar por titânicos pórticos e labirintos submersos de paredes ciclópicas cobertas de ervas daninhas, na companhia de peixes grotescos. Então, começaram a aparecer as *outras formas*, enchendo-me de um horror inominável assim que eu acordava. Durante os sonhos, porém, elas não me horrorizavam de modo algum, eu era uma delas, usava os mesmos adornos inumanos, chapinhava pelos seus caminhos aquáticos e orava monstruosamente em seus templos malignos no fundo do mar.

Havia muito mais do que eu poderia me lembrar, mas mesmo aquilo de que eu me lembrava a cada manhã teria bastado para me classificar em louco ou gênio se eu ousasse algum dia escrever tudo. Eu sentia que alguma influência tenebrosa tentava arrastar-me aos poucos do mundo racional de uma vida salutar para inomináveis abismos de escuridão e desconhecido, e o processo consumia-me. Minha saúde e aparência pioraram de maneira constante até que acabei sendo obrigado a desistir do emprego e adotar a vida reclusa e estática de um inválido. Alguma enfermidade nervosa estranha apoderara-se de mim e, em alguns momentos, eu quase não conseguia fechar os olhos.

Foi então que comecei a examinar-me diante do espelho com uma crescente inquietação. Não é agradável ver os lentos estragos da doença, mas, no meu caso, a alteração era mais sutil e desconcertante. Meu pai também parecia notar, pois começou a olhar-me de maneira curiosa e quase assustada. Que estava acontecendo comigo? Será que eu começava a parecer-me com minha avó e meu tio Douglas?

Uma noite, tive um sonho apavorante em que encontrei minha avó no fundo do mar. Ela morava num palácio fosforescente com muitos terraços, jardins com estranhos corais leprosos e monstruosas flores, e saudou-me com uma cordialidade que talvez fosse sardônica. Mudara como mudam os que vão para a água e contou-me que não morrera. Em vez disso, fora para um lugar do qual o filho morto tomara conhecimento, e saltara para um reino cujas maravilhas, também destinadas a Douglas, ele rejeitara com uma pistola fumegante. Esse também seria meu reino, do qual eu não poderia escapar. Eu jamais morreria, porém, viveria com aqueles que existiam desde muito antes de o homem andar na Terra.

Encontrei também a que fora a sua avó. Por 80 mil anos, Pth'thya-l'yi vivera em Y'ha-nthlei e para ali voltara depois da morte de Obed Marsh. Y'ha-nthlei não fora destruída quando os homens da superfície da Terra atiraram explosivos mortais no fundo do mar. Fora ferida, mas não destruída. Os Seres Abissais jamais poderiam ser destruídos, embora a magia paleogênea dos hoje esquecidos Antigos, às vezes, conseguisse reduzi-los à impotência. Por ora, descansavam, mas algum dia, caso se lembrassem, eles tornariam a erguer-se para o tributo que o Grande Cthulhu almejava. Seria uma cidade maior que Innsmouth da próxima vez. Haviam planejado disseminar-se e haviam criado aquilo que os ajudaria, porém, agora precisavam esperar mais uma vez. Eu teria de fazer uma penitência por ter levado a morte aos homens da superfície, mas não seria uma pena muito pesada. Esse foi o sonho em que vi um *shoggoth* pela primeira vez, e a visão despertou-me num frenesi de gritos. Naquela manhã, o espelho informou-me decididamente que eu adquirira o *visual de Innsmouth*.

Até agora, não me matei como meu tio Douglas. Comprei uma automática e quase acabei com a minha vida, mas certos sonhos me dissuadiram. Os tensos extremos de horror têm diminuído e sinto uma curiosa atração pelas profundezas marítimas desconhecidas, em vez de temê-las. Ouço e faço coisas estranhas durante o sono e desperto com uma espécie de exaltação em vez de terror. Não creio que tenha de esperar pela transformação completa como a maioria. Se o fizer, é bem provável que meu pai me interne num asilo como aconteceu com meu desafortunado priminho. Esplendores estupendos e desconhecidos aguardam-me abaixo, e logo hei de procurá-los. *Iä-R'lyeh! Cthulhu fhtagn! Iä! Iä!* Não, não me matarei, não posso ser levado a me matar!

Vou planejar a fuga de meu primo daquele sanatório de Canton e iremos juntos à encantada Innsmouth. Nadaremos para o recife que medita no mar e mergulharemos para os abismos negros da ciclópica Y'ha-nthlei de muitas colunas, e viveremos naquele covil dos Seres Abissais em meio a prodígios e glória para sempre.

ATRAVÉS DOS PORTAIS DA CHAVE DE PRATA

(com E. Hoffmann Price)

I.

NUMA GRANDE SALA, com paredes ornadas com tapeçarias de desenhos bizarros e chão coberto por tapetes persas de respeitável idade e primorosa execução, quatro homens sentavam-se diante de uma mesa repleta de documentos espalhados. Dos cantos distantes do salão, onde, de vez em quando, tripés esquisitos de ferro trabalhado eram reabastecidos por um negro velhíssimo que usava uma sóbria libré, vinham os vapores hipnóticos de incenso; e num nicho profundo, do outro lado, tiquetaqueava um estranho relógio em forma de esquife cujo mostrador exibia hieróglifos indecifráveis e cujos ponteiros não se moviam em consonância com nenhum sistema horário conhecido neste planeta. Era um aposento singular e perturbador, bem adequado ao que ali acontecia. Porque ali, na casa de Nova Orleans do maior místico, matemático e orientalista do continente, estava afinal sendo concluído o levantamento do patrimônio de um quase tão grande místico, professor, autor e sonhador, que desaparecera da face da Terra quatro anos antes.

Randolph Carter, que durante a vida inteira procurou escapar do tédio e das limitações da realidade pelas paisagens atraentes e pelas fabulosas avenidas de outras dimensões, desaparecera da visão humana em 17 de outubro de 1928, aos 54 anos. Teve uma trajetória estranha e solitária, e são vários os que lhe atribuem, com base em seus romances, muitas aventuras ainda mais extraordinárias do que as registradas em sua biografia oficial. Sua associação com Harley Warren, o místico da Carolina do Sul cujos estudos sobre a primitiva língua Naacal dos sacerdotes do Himalaia levaram a conclusões tão chocantes, terminara. De fato, foi ele, numa noite terrível, nebulosa, num antigo cemitério, quem viu Warren penetrar numa cripta fria e úmida para nunca mais aparecer. Carter morava em Boston, mas foi das selvagens e assombradas colinas situadas atrás da velha e amaldiçoada Arkham que vieram todos os seus antepassados. E foi em meio àquelas antigas colinas misteriosas que ele por fim desapareceu.

Seu velho criado Parks — falecido no início de 1930 — falara de uma horrível caixa de madeira esculpida em madeira aromática que encontrara no sótão e dos pergaminhos indecifráveis e da chave de prata com formato estranho que ela continha; sobre esses assuntos, Carter tinha também escrito a outras pessoas. Carter, ele disse também, tinha lhe contado que essa chave lhe chegara por meio de seus antepassados e que o ajudaria a abrir a porta para sua infância perdida, para dimensões desconhecidas e para lugares fantásticos, que até então visitara apenas em sonhos vagos, breves e ilusórios. Então, certo dia, Carter pegou a caixa com seu conteúdo, partiu em seu carro e nunca mais voltou.

Depois, as pessoas encontraram o carro largado numa velha estrada coberta de mato, nas colinas por trás da decadente Arkham — as colinas onde antigamente viviam os antepassados de Carter e onde as ruínas da adega da imponente propriedade dos Carter ainda se abriam para o céu. Foi num bosque de elevados olmos ali perto que um outro Carter desaparecera misteriosamente em 1781, e não muito longe ficavam os restos do chalé onde Goody Fowler, a bruxa, tinha preparado suas sinistras poções mais cedo. O lugar começara a ser povoado em 1692 por fugitivos do processo contra as feiticeiras de Salém e seu nome ainda se associava a algo vagamente ameaçador e imprevisível. Edmund Carter escapara na hora certa da sombria Colina dos Enforcados, e já circulavam muitas histórias sobre suas feitiçarias. E agora, parecia que seu descendente solitário fora juntar-se a ele em algum lugar.

No carro, encontraram a horrível caixa esculpida em madeira aromática e os pergaminhos que ninguém conseguia ler. A Chave de Prata desaparecera: na certa, Carter levara-a. Fora isso, não havia qualquer pista segura. Detetives vindos de Boston disseram que as vigas de madeira da velha casa dos Carter pareciam estranhamente abaladas, e alguém encontrou um lenço entre as árvores que margeiam a encosta sinistra por trás das ruínas, perto da amedrontadora caverna conhecida como "Toca das Cobras". Foi então que as crendices locais sobre a Toca das Cobras ganharam nova força. Os fazendeiros murmuravam coisas sobre o uso pecaminoso que o velho Edmund Carter, o bruxo, fizera da horrenda caverna, e acrescentavam histórias mais recentes sobre a fixação que o próprio Randolph Carter tinha pelo lugar quando criança. Quando Carter ainda era um menino, a venerável propriedade, com o telhado de duas águas, ainda estava de pé, sob os cuidados do seu tio-avô, Christopher. Ele ia até lá com frequência e falava muito sobre o Toca das Cobras. As pessoas recordavam o que contara sobre uma fenda profunda na rocha e uma caverna desconhecida lá embaixo, e comentavam como tinha mudado depois de passar ali um dia inteiro, inesquecível, quando tinha nove anos. Isso aconteceu num mês de outubro também — e desde então, ele pareceu possuir uma misteriosa aptidão para profetizar acontecimentos.

Chovera até tarde na noite em que Carter desapareceu, e ninguém conseguiu encontrar-lhe as pegadas a partir do carro. A Toca das Cobras achava-se inundada por uma lama líquida, em consequência de copiosa infiltração. Apenas os rústicos ignorantes sussurravam a respeito das marcas que encontraram ao investigar o lugar onde os grandes olmos cobriam a estrada e da sinistra encosta da colina perto da Toca das Cobras, onde o lenço foi encontrado. Quem daria atenção aos cochichos que falavam de pequenas pegadas profundas, como as produzidas pelas botinas quadradas usadas por Randolph Carter quando tinha nove anos? Era uma ideia tão maluca quanto um outro rumor, segundo o qual as pegadas peculiares das botas de sola lisa do velho Benijah Corey haviam se encontrado com as pequenas e profundas na estrada. O velho Benijah fora um empregado dos Carter quando Randolph era jovem, mas morrera havia trinta anos.

Deve ter sido por causa desses rumores, além da afirmação do próprio Carter a Parks e a outros, de que a Chave de Prata com estranhos arabescos o ajudaria a abrir a porta da infância perdida, que levou um grupo de estudantes místicos a declarar que o desaparecido decerto voltara no tempo 45 anos àquele outro dia de outubro em 1883, no qual Carter foi à Toca das Cobras ainda garoto. Quando apareceu naquela noite, eles observaram, Carter fizera de algum modo obscuro toda a viagem até 1928 e retornara, pois não foi a partir daí que passou a ter conhecimento de coisas que ainda iriam acontecer? E, contudo, ele nunca falara de nada que aconteceria após 1928.

Um dos estudantes, um idoso excêntrico de Providence, Rhode Island, que mantivera uma longa e íntima correspondência com Carter, tinha uma teoria ainda mais intrincada e acreditava que ele não só voltara à infância como também adquirira uma nova sabedoria que lhe permitia perambular pelas paisagens prismáticas dos sonhos de menino. Depois de uma estranha visão, esse homem publicou um conto sobre o desaparecimento de Carter, no qual insinuava que ele agora reinava, ocupando o trono de opala de Ilek-Vad, a fabulosa cidade de torreões acima de penhascos ocos de vidro voltados para o mar crepuscular, onde o barbudo e pisciforme Gnorri construiu seus singulares labirintos.

Foi esse senhor, Ward Phillips, que se opôs de maneira mais vigorosa à partilha dos bens de Carter entre seus herdeiros, todos os primos distantes, alegando que o homem ainda estava vivo numa outra dimensão e poderia muito bem voltar qualquer dia. Contra ele ergueu-se o talento jurídico de um dos primos, Ernest B. Aspinwall, de Chicago, dez anos mais velho que Carter, embora ardoroso como um jovem em batalhas forenses. Durante quatro anos travara-se a contenda, mas chegara a hora de resolver a partilha, e o imenso e estranho salão em Nova Orleans seria o cenário da conciliação.

Era a casa do testamenteiro financeiro e literário de Carter — o eminente estudioso crioulo dos mistérios e antiguidades orientais, Etienne-Laurent de Marigny. Carter conhecera Marigny durante a guerra, quando ambos serviram na Legião Estrangeira Francesa, e logo se apegou a ele por terem gostos e opiniões semelhantes. Quando, numas férias inesquecíveis, o jovem e culto crioulo levou o ávido sonhador bostoniano a Bayonne, no sul da França, e mostrou-lhe certos segredos terríveis nas sombrias e imemoriais criptas escavadas sob essa cidade ameaçadora, erguida há eras, a amizade entre os dois foi selada para sempre. Em seu testamento, Carter nomeara Marigny como testamenteiro e agora o eloquente professor presidia com relutância o acordo dos bens. Era um trabalho triste para ele, pois, como o idoso morador de Rhode Island, não acreditava que Carter estava morto. Mas que peso têm os sonhos dos místicos contra a implacável sabedoria mundana?

Em torno da mesa naquele estranho salão do velho bairro francês, sentavam-se os homens que reivindicavam proveitos no processo. Primeiro, fizeram-se as advertências legais de praxe da conferência dos documentos relativos aos herdeiros de Carter que ainda podiam estar vivos, embora apenas quatro se reunissem ali, ouvindo o tique-taque anormal do relógio em forma de esquife, o qual não mostrava a hora terrestre, além do borbulhar do chafariz do pátio defronte à janela de vidro semiencoberta pelas cortinas. Com o passar das horas, os quatro tinham o rosto envolto nas espirais de fumaça a se elevarem dos tripés, que, abastecidos sem cessar de incenso, pareciam precisar cada vez menos dos cuidados do velho negro, o qual deslizava pelo salão em silêncio, cada vez mais nervoso.

Ali se encontrava o próprio Etienne de Marigny — esbelto, escuro, bonito, bigodudo e ainda jovem. Aspinwall, representando os herdeiros, de cabelos brancos, suíças, corpulento e rosto apoplético. Phillips, o místico de Providence, era magro, cabelos grisalhos, narigudo, sem barba e um pouco encurvado. O quarto homem tinha idade indefinida: magro, pele morena, barba, rosto singularmente imóvel e de contorno muito regular, a cabeça coberta pelo turbante da alta classe dos brâmanes, olhos negros como a noite, flamejantes, quase sem íris, que pareciam encarar de uma longa distância por trás das feições. Apresentou-se como *Swami* Chandraputra, um iniciado com importantes informações a dar; e tanto Marigny quanto Phillips — que haviam se correspondido com ele — logo reconheceram a legitimidade de suas pretensões místicas. Sua fala soava estranhamente forçada, monótona e metálica, como se o uso do inglês exigisse demais do aparelho vocal; porém, sua linguagem era fluente e correta como a de qualquer anglo-saxão nativo. Em trajes normais, seria visto como um cidadão europeu, mas as roupas largas caíam-lhe bastante mal, enquanto a espessa barba preta, o turbante oriental e as luvas brancas compridas davam-lhe um aspecto de exótica excentricidade.

Marigny, apontando o pergaminho encontrado no carro de Carter, dizia:

— Não, não consegui compreender nada do pergaminho. O sr. Phillips também desistiu. O coronel Churchward declara que não é alfabeto Naacal, e em nada se parece com os hieróglifos daquele bastão de madeira da Ilha de Páscoa, embora os desenhos na caixa de madeira sugiram de forma acentuada figuras da Ilha de Páscoa. A coisa mais parecida com os caracteres desse pergaminho que me vem à mente — reparem como todas as letras parecem penduradas em linhas de palavras horizontais — é escrita de um livro que o desafortunado Harley Warren tinha. Chegara da Índia na ocasião em que eu e Carter o visitávamos, em 1919, e Warren nunca quis nos falar sobre ele. Dizia que era melhor não sabermos, dando a entender que talvez houvesse vindo de um lugar que não a Terra. Em dezembro, quando ele penetrou na cripta daquele antigo cemitério, levou-o consigo, mas nem ele nem o livro jamais retornaram à superfície. Há algum tempo, enviei ao nosso amigo aqui, o *Swami* Chandraputra, um resumo de algumas dessas cartas e também uma cópia fotostática do pergaminho de Carter. Ele acha que talvez possa esclarecer alguns pontos depois de pesquisar certas referências e fazer algumas consultas.

"Mas a chave, Carter me mandou uma fotografia dela. Seus intrigantes arabescos não eram letras, mas parecem ter pertencido à mesma tradição cultural que os hieróglifos do pergaminho. Ele sempre dizia que estava prestes a desvendar o mistério, embora nunca desse detalhes. Certa vez, foi quase poético ao se referir ao assunto. Afirmava que a antiga Chave de Prata abriria as sucessivas portas que barram nosso livre acesso aos poderosos corredores de espaço e tempo, que nos conduzem ao próprio Limite, que nenhum homem transpôs desde que Shaddad, com seu talento excepcional, construiu e ocultou nas areias da Arábia Petraea as magníficas cúpulas e os minaretes de milhares de pilares de Iram. Dervixes quase mortos de fome e nômades sedentos regressaram para contar sobre o monumental portal e sobre a Mão esculpida acima da chave da abóbada, escreveu Carter, mas ninguém entrou e voltou para dizer que as pegadas na areia no interior testemunham-lhe a visita. Ele supunha que era aquela chave que a enorme Mão esculpida tentava em vão segurar.

"Por que Carter não levou o pergaminho com a chave é impossível sabermos. Talvez ele tenha esquecido, ou talvez tenha desistido ao se lembrar de alguém que levou um livro com caracteres semelhantes ao penetrar numa cripta e nunca mais saiu. Ou talvez não precisasse mesmo do documento para o que pretendia fazer."

Quando Marigny calou-se, o velho sr. Phillips tomou a palavra, a voz estridente e áspera:

— Só podemos nos inteirar do que Carter fez por meio de nossos sonhos. Também estive em muitos lugares estranhos em sonhos e ouvi muitas coisas notáveis e estranhas em Uthar, além do rio Skai. Não parece que esse pergaminho foi necessário, pois, com certeza, Carter tornou a entrar nos seus sonhos de criança e agora é rei em Ilek-Vad.

O sr. Aspinwall pareceu ainda mais apoplético ao vociferar:

— Será que ninguém pode fazer esse velho tolo fechar a matraca? Chega dessas sandices. O problema é a divisão dos bens, e já está na hora de irmos direto ao ponto.

Pela primeira vez, *Swami* Chandraputra falou com sua voz singular e alienígena:

— Senhores, há mais nessa questão do que imaginam. O senhor Aspinwall não faz bem em rir do que os sonhos revelam. O senhor Phillips faz uma ideia incompleta do que se trata, talvez não tenha sonhado o suficiente. Sempre sonhei muito; na Índia, sempre o fazemos, assim como todos os Carter parecem ter feito. Sem dúvida o senhor Aspinwall, como primo pelo lado materno, não é um Carter. Meus próprios sonhos, e decerto outras fontes de informação, esclareceram-me muitas coisas que Aspinwall ainda considera obscuras. Por exemplo, Randolph Carter esqueceu o pergaminho, o qual na ocasião não conseguia decifrar, mas teria sido bom para ele lembrar-se de levá-lo. Vejam: descobri muito bem o que aconteceu com Carter depois que ele saiu do carro com a Chave de Prata ao pôr do sol do dia 17 de outubro, quatro anos atrás.

Aspinwall bufou com audível escárnio, mas os outros se empertigaram com intensificado interesse. A fumaça dos tripés avolumou-se, e o ruído maluco do relógio-esquife pareceu adquirir um padrão rítmico bizarro, formado por pontos e traços de alguma mensagem telegráfica alienígena e obscura, vinda de outro espaço. O indiano recostou-se, semicerrou os olhos e prosseguiu com sua fala estranhamente elaborada, porém correta, enquanto diante dos seus ouvintes começou a flutuar uma imagem do que acontecera a Randolph Carter.

II.

As colinas por trás de Arkham são repletas de uma estranha magia — talvez de alguma coisa que o velho bruxo Edmund Carter invocava das estrelas para baixo, ou das criptas para cima, ou de qualquer lugar para onde tivesse voado de Salém em 1692. Tão logo Randolph Carter voltou para junto delas, soube que estava perto de um dos portais que um grupo de homens audaciosos, abomináveis e de almas repugnantes explodira entre as muralhas titânicas que separam o mundo do exterior absoluto.

Ali, ele sentiu, e nesse dia do ano, que conseguiria transmitir com sucesso a mensagem que decifrara meses antes nos arabescos daquela Chave de Prata manchada e de incrível antiguidade. Ele sentia agora como devia girá-la, como devia expô-la ao sol poente e que sílabas rituais deviam ser entoadas ao chegar ao espaço vazio entre a nona e a última volta. Num lugar tão próximo de uma polaridade tão misteriosa e definitiva, tal ação não poderia falhar. Certamente ele iria descansar aquela noite na infância perdida, pela qual nunca deixou de chorar.

Com a chave no bolso, saiu do carro e penetrou cada vez mais fundo no coração daquele cenário fantasmagórico e ventoso, subindo entre muros de pedra cobertos por videiras, árvores nodosas, hortas abandonadas, casas de fazendas desertas e sem janelas e ruínas sem nome. Quando o sol baixou e as distantes torres de Kingsport cintilaram contra o céu avermelhado, pegou a chave e fez os necessários giros e entonações. Só mais tarde compreenderia como foi rápido o efeito do ritual.

Então, à meia-luz do crepúsculo, ouviu uma voz do passado. O velho Benijah Corey, empregado do seu tio-avô. O velho Benijah não tinha morrido havia trinta anos? Trinta anos quando? O que era tempo? Por onde ele andara? Por que era estranho que Benijah o chamasse nesse dia, 17 de outubro de 1883? Não passara da hora que tia Marta mandou que não ficasse fora de casa? Que era aquela chave no bolso do casaco, onde o pequeno telescópio — dado pelo pai quando ele fez 9 anos, dois meses antes — devia estar? Será que a encontrara em casa, no sótão? Será que ela abriria o pilono místico que seu olho aguçado descobrira entre as rochas irregulares no fundo daquela caverna que fica atrás da Toca das Cobras, na colina? Era àquele lugar que ia sempre com o velho Edmund Carter, o feiticeiro. As pessoas não deviam ir lá e ninguém senão ele reparara na fenda produzida por uma raiz, nem se introduzira por ela naquela grande câmara interna e escura com o pilono. Que mãos teriam escavado a rocha viva até conseguir chegar ao pilono? O velho mago Edmund — ou *outros* que ele convocara e comandara? Naquela noite, o pequeno Randolph jantou com o tio Chris e a tia Marta na velha casa da fazenda, com seu telhado de duas inclinações.

Na manhã seguinte, o menino levantou-se cedo e percorreu o pomar pelos galhos retorcidos das macieiras até chegar à cabana de madeira onde a boca da Toca das Cobras ocultava-se, soturna e sinistra, entre os carvalhos grotescos e supernutridos. Tomado por uma expectativa indescritível, nem percebeu que deixara cair o lenço ao apalpar o bolso para ver se a Chave de Prata estava a salvo. Rastejou através do orifício com segurança tensa e aventurosa, iluminando o caminho com os fósforos da sala de estar. Mais adiante, espremeu-se pela fenda na rocha feita pela raiz e chegou, enfim, à imensa e desconhecida gruta interna cuja parede do fundo era uma rocha com o formato de um pilono monumental. Diante daquela parede úmida e gotejante, ficou calado e boquiaberto, acendendo um fósforo após o outro, enquanto a encarava. A protuberância acima da pedra angular do arco imaginado seria mesmo uma gigantesca mão esculpida? Pegou então a chave e fez os movimentos e entonações cuja origem mal podia recordar. Teria esquecido alguma coisa? Sabia apenas que desejava atravessar a barreira para chegar ao território livre dos seus sonhos e aos vórtices onde todas as dimensões se dissolvem no absoluto.

III.

É difícil descrever em palavras o que aconteceu em seguida. Foi uma sucessão de paradoxos, contradições e anomalias que não têm cabimento na vida desperta, embora encham nossos sonhos mais fantásticos e sejam consideradas corriqueiras, até voltarmos ao nosso mundo objetivo, estreito e rígido de limitada causalidade e lógica tridimensional. Ao prosseguir com sua narrativa, o indiano teve dificuldade para evitar o que parecia — ainda mais que a ideia de um homem transferido para a infância através dos anos — um ar de extravagância trivial e pueril. O sr. Aspinwall, indignado, bufou de maneira apoplética e quase parou de ouvi-lo.

Em relação ao ritual da Chave de Prata, conforme praticado por Randolph Carter na escura e fantasmagórica caverna dentro de uma caverna, o resultado foi eficiente. Desde o primeiro gesto e a primeira sílaba pronunciada, uma aura de estranha e macabra mutação tornou-se visível; uma sensação de incalculável perturbação e confusão de tempo e espaço, embora uma sensação a qual nada sugerisse do que se pode reconhecer como movimento e duração. De maneira imperceptível, coisas como idade e localização deixaram de ter qualquer sentido. Na véspera, Randolph Carter saltara miraculosamente um abismo de anos.

Agora, não havia mais diferença entre menino e homem, mas apenas a entidade Randolph Carter, com certa provisão de imagens que tinham perdido toda ligação com cenas terrestres e com circunstâncias de aquisição. Um instante antes, existira o interior de uma caverna com vagas sugestões de um monstruoso arco de pedra e uma gigantesca mão esculpida na parede mais distante. Agora, não havia mais caverna nem ausência de caverna; nem parede nem ausência de parede. Havia só um fluxo de impressões não tão visuais quanto cerebrais, em meio ao qual a entidade Randolph Carter tinha percepções ou fazia registros de tudo o que girava em sua mente, ainda que sem consciência clara de como as recebia.

Quando o ritual terminou, Carter sabia que não estava numa região identificável por algum geógrafo da Terra e em nenhuma era que pudesse ser estipulada por historiadores. Porque a natureza daquilo que estava acontecendo não lhe era de todo desconhecida. Havia indícios dela nos misteriosos Fragmentos Pnakóticos, e um capítulo inteiro do *Necronomicon*, livro proibido escrito pelo árabe louco, Abdul Alhazred, adquirira importância quando ele decifrara os desenhos gravados na Chave de Prata. Um portal fora destrancado. De fato, não se tratava do Último Portal, mas de um que leva da Terra e do tempo àquela extensão da Terra situada fora do tempo, e na qual por sua vez, encontra-se o Último Portal, que, de maneira temerária e perigosa, leva ao Último Vazio, que se situa fora de todas as terras, de todos os universos e de toda a matéria.

Haveria um Guia, muitíssimo terrível; um guia que fora uma entidade que habitara a Terra havia milhões de anos, quando não se podia sequer imaginar a existência do homem, e quando formas esquecidas se moviam num planeta fumegante construindo estranhas cidades em cujas últimas ruínas em desintegração os primeiros mamíferos iriam brincar. Carter lembrava-se do que o monstruoso *Necronomicon* esboçara de forma vaga e desconcertantemente confusa a respeito daquele Guia.

"E embora haja pessoas", escreveu o árabe louco, "que ousaram vislumbrar o outro lado do Véu e aceitá-LO como o Guia, elas seriam mais prudentes se evitassem qualquer contato com ELE; pois está escrito no Livro de Thoth quão terrível será o preço de um mero relance. Aqueles que atravessarem jamais hão de retornar, pois na Imensidão transcendente ao nosso mundo existem Formas tenebrosas

ATRAVÉS DOS PORTAIS DA CHAVE DE PRATA

que capturam e prendem. A Entidade a flutuar na noite, o Mal a desafiar o Símbolo Antigo, o Rebanho que vigia o portal secreto de cada tumba e prospera com o crescimento dos que moram lá dentro, todas essas Trevas são inferiores a ELE, que guarda o Portal. ELE, que guiará o imprudente além de todos os mundos, até o Abismo dos inomináveis Devoradores. ELE é UMR AT-TAWIL, o Mais Antigo, aquele que o escriba apresenta como O PROLONGAMENTO DA VIDA."

Em meio ao caos, suas lembranças e imaginação apresentaram-lhe vagas imagens incompletas, com contornos indefinidos, mas Carter sabia que não tinham consistência, visto que não passavam de projeções de sua mente. Também acreditava que essas imagens não haviam surgido por acaso em sua consciência, mas sim, de alguma realidade ampla, indescritível, não mensurável, que o cercava e esforçava-se por traduzir-se nos únicos símbolos que ele conseguia compreender. Porque nenhum espírito na Terra é capaz de captar, senão apenas por símbolos, as extensões das formas que se entrelaçam nos tortuosos abismos de fora do tempo e das dimensões que conhecemos.

Diante de si, flutuava um enevoado desfile de silhuetas e cenas que ele, às vezes, conseguia associar às eras primordiais da Terra, sepultadas num passado de milhões e milhões de anos. Monstruosas formas de vida moviam-se deliberadamente por cenários fantásticos, feitos à mão, que jamais apareceram em sonhos sãos do homem, e paisagens que ostentavam uma vegetação incrível, penhascos e montanhas, além de obras de alvenaria sem nenhum padrão humano. Viam-se cidades submersas com seus habitantes, e torres alçavam-se em imensos desertos e, delas, precipitavam-se em disparada globos, cilindros e inomináveis seres alados espaço adentro, ou afora de seus limites. Carter absorvia tudo isso, embora para ele, as imagens não tivessem relação fixa umas com as outras, nem consigo mesmo. Ele próprio não tinha forma e posição estáveis, mas apenas aquelas sugestões mutáveis de forma e posição que sua fantasia em redemoinho proporcionava.

Carter desejara encontrar as regiões encantadas de seus sonhos de infância, onde galeras navegavam rio Oukranos acima, depois de passarem pelos dourados pináculos de Thran. E caravanas de elefantes caminhavam a passos pesados pelas selvas perfumadas de Kled, mais além dos esquecidos palácios com colunas de marfim que dormiam belos e intactos sob a luz da lua. Entretanto, inebriado por visões mais amplas e profundas, ele mal sabia, agora, o que procurava. Pensamentos de infinita e sacrílega ousadia surgiram-lhe na mente e fizeram-no compreender que enfrentaria sem medo o temido Guia e lhe perguntaria coisas monstruosas e terríveis.

De repente, o desfile de impressões pareceu adquirir uma vaga sensação de estabilidade. Havia ali grandes massas de enormes pedras de torres quebradas, revestidas de desenhos estranhos e incompreensíveis, dispostas de acordo com alguma lei de uma geometria invertida e desconhecida. A luz filtrava-se do céu de cor indeterminada em direções desconcertantes e contraditórias e brincava quase como um ser dotado de intencionalidade acima do que parecia ser uma linha curva de gigantescos pedestais hexagonais cobertos de hieróglifos e encimados por Formas encobertas e mal definidas.

Outra Forma, que não ocupava um pedestal, parecia deslizar ou flutuar acima de um patamar mais baixo e enevoado. Não tinha um contorno bastante estável, mas apresentava efêmeras sugestões de um remoto antepassado do homem ou talvez de algum ser que houvesse seguido uma evolução paralela à humana, embora com a metade do tamanho de um homem comum. Parecia envolta num manto pesado de cor neutra, como as Formas sobre os pedestais, e Carter não detectou orifícios pelos quais olhar. Na certa, não precisava olhar, pois parecia pertencer a uma classe de seres de estruturas e faculdades bem distantes do mundo físico que conhecemos.

Um momento depois, verificou que era isso mesmo, pois a Forma falou à sua mente sem nenhum som ou linguagem. E, embora o nome por ela pronunciado fosse terrível e amedrontador, Randolph Carter não se acovardou. Em vez disso, também respondeu, sem som ou linguagem, e prestou as homenagens que o hediondo *Necronomicom* ensinara-o fazer. Pois essa Forma não era senão a daquele que todos temiam, desde que o território de Lomar ergueu-se do fundo do mar e os Seres Alados baixaram na Terra para ensinar o Saber Ancestral ao homem. Foi de fato o temível Guia e Guardião do Portal, 'Umr at-Tawil, o antigo cujo nome o escriba traduziu como o da Vida Prolongada.

Como era onisciente, o Guia sabia da busca e chegada de Carter e que esse buscador de sonhos e segredos mantinha-se sem medo diante dele. Não se desprendiam horror nem malignidade dele, e Carter perguntou-se por um instante se talvez as terríveis insinuações profanas do árabe e os trechos do Livro de Thoth não resultassem de inveja e de um desejo jamais realizado de fazer o que ele logo iria fazer. Ou, talvez, o Guia reservasse seu horror e a malignidade para aqueles que o temiam. Como as radiações telepáticas prosseguiam, Carter interpretou-as na mente sob a forma de palavras.

— Eu sou mesmo o Mais Antigo — disse o Guia — dos que você conhece. Nós, os Antigos e eu, o esperamos. Seja bem-vindo, embora esteja muito atrasado. Sei que tem a Chave e abriu o Primeiro Portal. Agora precisa cruzar o Último Portal, já preparado para a sua prova. Se sente medo, não deve avançar. Ainda pode regressar incólume pelo caminho que o trouxe até aqui. Mas, se preferir seguir adiante...

A pausa soou ameaçadora, mas as radiações continuavam amistosas. Carter hesitou por um momento, mas uma curiosidade irresistível impeliu-o adiante.

— Vou continuar — ele irradiou de volta — e o aceito como meu Guia.

Diante dessa resposta, o Guia pareceu fazer um sinal por certos movimentos da roupagem que podem ou não ter envolvido o levantamento de um braço ou de algum membro equivalente. Seguiu-se um segundo sinal, e, devido aos seus conhecimentos do oculto, Carter soube que estava, afinal, bem perto do Último Portal. A luz adquiriu, então, outra cor inexplicável, e as Formas sobre os pedestais quase hexagonais tornaram-se mais bem definidas. Ao assumirem uma postura mais ereta, seus contornos ficaram mais semelhantes aos de homens, embora Carter soubesse que não podiam ser homens. Na cabeça coberta, portavam mitras altas e de cores indistintas, que guardavam estranha semelhança com aquelas entalhadas por um escultor esquecido nos penhascos de uma elevadíssima e proibida montanha da Tartária; enquanto em algumas dobras de seus mantos havia cetros compridos cujos castões esculpidos davam forma a um mistério grotesco e arcaico.

Carter adivinhou quem eram eles, de onde vinham e a Quem serviam; também adivinhou o preço que cobravam pelo seu serviço. Mas ainda se sentia satisfeito, pois graças a uma aventura tão extraordinária estava prestes a conhecer todos os segredos do universo. A danação, disse a si mesmo, não passa de uma palavra espalhada por aqueles cuja cegueira leva-os a condenar todos os que podem ver, mesmo que com um olho só. E surpreendeu-se ao pensar nos que cochichavam sobre os *malignos*

Antigos, como se Eles pudessem abandonar seus sonhos eternos para desatar sua ira sobre a humanidade. Seria tão absurdo, pensou Carter, quanto imaginar um mamute detendo-se para maltratar uma minhoca. Agora o grupo inteiro sobre os pilares hexagonais saudava-o com um gesto dos bastões de estranhos relevos e irradiava uma mensagem que ele entendeu:

— Nós o saudamos, o Mais Antigo, e a você, Randolph Carter, que, por sua audácia, se tornou um de nós.

Carter viu então que havia um pedestal vazio, e um gesto do Mais Antigo informou-o que estava reservado para ele. Notou ainda outro pedestal, mais alto que os demais, bem no cento da fileira formada por eles, que não era um semicírculo nem uma elipse, parábola ou hipérbole. Devia ser o trono do Guia, pensou. Caminhando e subindo de maneira singular e indefinível, ocupou seu lugar; e ao fazê-lo viu o Guia também sentar-se.

Aos poucos, e entre névoas, tornou-se visível que o Mais Antigo segurava alguma coisa, algum objeto retirado do interior das pregas do manto, como se para a visão, ou para um sentido equivalente, de seus companheiros encobertos. Era uma grande esfera, ou assim parecia, de algum metal desconhecido iridescente; e, quando o Guia exibiu-a, uma surda e penetrante semi-impressão de *som* pôs-se a subir e a descer em intervalos que pareciam cada vez mais rítmicos, embora não seguissem nenhum ritmo da Terra. Desprendia uma sugestão de cântico, ou do que a imaginação humana talvez interpretasse como cântico. Logo a quase esfera começou a adquirir luminosidade e, ao cintilar numa luz fria e pulsante de cor indefinível, Carter viu as centelhas entrarem no estranho ritmo do cântico. Então, todas as Formas sobre os pedestais, encimadas por mitras e munidas de bastões, começaram uma singular oscilação no mesmo ritmo inexplicável, enquanto halos de uma luz indefinível, semelhante àquela das semiesferas, giravam ao redor de suas cabeças cobertas.

O indiano interrompeu a narrativa e fitou com curiosidade o relógio alto, em forma de esquife, com os quatro ponteiros e o mostrador em hieróglifos cujo tique-taque desconcertante seguia um ritmo alheio à Terra.

— Não preciso explicar-lhe, sr. Marigny — disse o indiano de supetão ao sábio anfitrião —, que se trata do ritmo bastante sobrenatural com que cantavam e balançavam-se as Formas encobertas sobre os pilares hexagonais. O senhor é a outra única pessoa nos Estados Unidos que teve a experiência da Dimensão Exterior. Imagino que esse relógio foi-lhe enviado pelo iogue sobre o qual falava o infeliz Harley Warren, o vidente que se dizia o único entre os vivos a pisar Yian-Ho, o oculto legado da sinistra e antiquíssima Leng, e que trouxe alguns objetos dessa terrível cidade proibida. Imagino quantas das propriedades sutis deste relógio o senhor conhece? Se meus sonhos e suposições estiverem corretos, ele foi feito por aqueles que conheciam muito bem o Primeiro Portal. Mas permita-me prosseguir com a minha história.

Por fim, continuou o *Swami*, o balanceio e as insinuações de cânticos cessaram e os halos cintilantes que lhes rodeavam a cabeça, agora pendente e imóvel, extinguiram-se, enquanto as Formas encapuzadas afundaram estranhamente em seus pedestais. A semiesfera, contudo, continuava a pulsar com uma inexplicável luz. Carter sentiu que os Antigos dormiam, assim como da primeira vez que os viu. Teve vontade de saber que sonhos cósmicos sua chegada lhes despertara. Devagar, infiltrou-se em sua mente a verdade de que esse estranho ritual entoado fora uma instrução, e que os Companheiros tinham sido encantados pelo Mais Antigo para um novo e peculiar sono, para que seus sonhos permitissem abrir o Último Portal, para o qual a Chave de Prata era o passaporte. Sabia que na profundidade de seu sono eles contemplavam a insondável vastidão da total e absoluta Exterioridade, com a qual a Terra nada tinha a ver, e que cumpririam aquilo que sua presença demandara.

O Guia não compartilhou desse sono, mas parecia continuar a dar instruções, de um modo sutil e silencioso. Decerto, implantava imagens das coisas com que desejava que os Companheiros sonhassem; e Carter sabia que, enquanto cada um dos Antigos imaginasse o pensamento prescrito, nasceria o núcleo de uma manifestação visível aos seus próprios olhos terrestres. Quando os sonhos de todas as Formas adquirissem unicidade, essa manifestação ocorreria e tudo o que ele desejava se materializaria mediante a concentração. Também testemunhara coisas semelhantes na Terra: na Índia, onde a vontade combinada e projetada de um círculo de adeptos consegue fazer um pensamento adquirir substância palpável, e na arcaica Atlaanât, da qual muito poucos ousam falar.

Embora Carter não tivesse certeza do que era exatamente o Último Portal e como se devia transpô-lo, uma sensação de tensa expectativa dominou-o. Tinha a consciência de possuir um tipo de corpo e de segurar na mão a crucial Chave de Prata. As enormes massas de pedra que se erguiam à sua frente pareciam ter a regularidade de uma muralha, e sentia que seus olhos eram atraídos de maneira irresistível para o centro delas. Então, de súbito, ele sentiu as correntes mentais do Mais Antigo cessarem de ser emitidas.

Pela primeira vez, Carter compreendeu como pode ser terrível o silêncio absoluto, físico e mental. Os minutos iniciais nunca deixaram de conter algum ritmo perceptível, ainda que apenas o esmaecido e profundo pulsar da extensão tridimensional da Terra, mas agora a quietude do abismo parecia cobrir tudo. Apesar das intimações de seu corpo, sua respiração não era audível; e a cintilação da semiesfera de 'Umr at-Tawil petrificara-se, fixa e sem vibrações. Um halo fortíssimo e mais brilhante que os que haviam girado ao redor das cabeças das Formas congelou-se em chamas, acima do crânio encoberto do terrível Guia.

Uma vertigem invadiu Carter cujo senso de orientação desaparecera por completo. As luzes estranhas pareceram adquirir a mais impenetrável escuridão acumulada sobre as mesmas trevas, enquanto acima dos Mais Antigos, tão cerrados em seus tronos pseudo-hexagonais, pairava a atmosfera de distanciamento quase estupefaciente. Então, sentiu-se transportado a profundezas incomensuráveis, com ondas mornas e perfumadas lambendo-lhe o rosto. Era como se flutuasse num mar tórrido tingido de rosa; um mar de vinho embriagante cujas ondas se quebravam espumosas contra praias de fogo abrasador. Um grande temor dominou-o, conforme vislumbrou aquela vasta propagação das ondas se chocar contra a longínqua costa. O momento de silêncio, porém, terminou; os vagalhões estavam falando com ele numa língua que não era de sons físicos ou palavras articuladas.

— O homem da Verdade está além do bem e do mal — entoou uma voz que não era uma voz. — O homem da Verdade cavalgou ao encontro do Todo-É-Um. O homem da Verdade aprendeu que a Ilusão é a única realidade, e que a Substância é uma impostura.

E então, naquela muralha de pedras para a qual seus olhos haviam sido atraídos de maneira tão irresistível, surgiu o contorno de um arco titânico, não muito diferente do qual julgara ter vislumbrado tanto tempo atrás, numa caverna dentro de outra caverna, na longínqua e irreal superfície da Terra tridimensional. Compreendeu que vinha usando a Chave de Prata, movendo-a de acordo com um ritual instintivo não aprendido, bem semelhante ao que abrira o Portal Interno. Compreendeu que o mar embriagante de cor rosada, que lhe lambera o rosto, nada mais era que a massa diamantina da sólida muralha a dissolver-se diante de seu feitiço e do turbilhão de pensamentos com os quais os Antigos ajudaram a sua magia. Ainda guiado pelo instinto e por cega determinação, ele flutuou para frente — e através do Último Portal.

IV.

O avanço de Randolph Carter por aquele volume ciclópico de maçonaria anormal parecia uma vertiginosa precipitação através dos insondáveis abismos interestelares. De uma enorme distância, sentiu enlevos triunfantes e divinos de mortal doçura; depois, o farfalhar de imensas asas e as impressões de som semelhante aos gorjeios e murmúrios de objetos desconhecidos na Terra ou no Sistema Solar. Ao olhar para trás, viu não apenas uma entrada, mas uma multiplicidade de portões, e em alguns deles clamavam algumas Formas das quais ele esforçava-se para não se lembrar.

Então, de repente, sentiu um terror ainda maior do que qualquer das Formas poderia causar-lhe, um terror do qual não tinha como fugir, porque se arraigava nele. Mesmo o Primeiro Portal roubara-lhe parte da estabilidade e deixara-o incerto sobre sua forma corpórea e sobre sua relação com os objetos enevoados e difusos que o rodeavam, mas não lhe alterara a sensação de unidade. Continuara sendo Randolph Carter, um ponto fixo no caos dimensional. Agora, ao cruzar o Último Portal, num momento de medo aniquilador, ele compreendeu que não era uma pessoa, mas muitas pessoas.

Encontrava-se em muitos lugares ao mesmo tempo. Na Terra, em 7 de outubro de 1883, um menininho chamado Randolph Carter saía da Toca das Cobras à luz silenciosa da tardinha, corria pela encosta rochosa abaixo e atravessava a horta de galhos entrelaçados em direção à casa do tio Christopher, nas colinas além de Arkham; e, no entanto, nesse mesmo momento, o qual de alguma maneira também era o ano terrestre de 1928, uma vaga sombra que também era Randolph Carter se achava sentada num pedestal entre os Antigos, no prolongamento tridimensional da Terra. Ali, também, havia um terceiro Randolph Carter no desconhecido e informe abismo cósmico além do Último Portal. E em outro lugar, num caos de cenas cuja infinita multiplicidade e monstruosa diversidade o levaram à beira da loucura, via-se uma confusão ilimitada de seres que ele sabia tratar-se de si mesmo tanto quanto a manifestação local que agora se achava do outro lado do Último Portal.

Havia dezenas de Carter em cenários que faziam parte de toda época conhecida e suspeitada da história da Terra, e de eras ainda mais remotas do planeta que transcendem conhecimento, suspeita e credibilidade. Esses Carters existiam das seguintes formas: humana, não humana, vertebrada, invertebrada, dotada de consciência e desprovida desta, animal e vegetal. E mais, havia "Carters" que nada tinham em comum com a vida terrestre, porém, se moviam de maneira revoltante em meio aos contextos de outros planetas, sistemas, galáxias e contínuo tempo-espaço cósmico. Entreviam-se células reprodutoras de vida eterna a deslocar-se de mundo para mundo, universo para universo, e todas eram igualmente ele mesmo. Alguns dos vislumbres lembravam sonhos ao mesmo tempo confusos e vívidos, fugazes e persistentes, que ele tivera durante os longos anos, desde que começara a sonhar, e alguns deles guardavam uma familiaridade assombrosa, fascinante e quase horrível, que nenhuma lógica terrestre saberia explicar.

Diante dessa experiência, Randolph Carter vacilava, presa de horror supremo, horror de cuja existência ele não desconfiara nem sequer no clímax daquela hedionda noite em que dois homens aventuraram-se numa antiga e detestável necrópole sob a lua minguante, e só um retornara. Nem a morte, nem a perdição nem a angústia supera o desespero que resulta da perda de *identidade*. Mesclado ao nada se instala um tranquilo esquecimento. Mas ter conhecimento de sua existência e, no entanto, saber que não se é mais um ser definitivo diferente dos outros seres, que não se tem mais uma identidade individual, é uma inominável culminação de agonia e pavor.

Sabia que existira um Randolph Carter, de Boston, contudo, não tinha certeza de que ele — o fragmento ou a faceta de uma entidade terrestre que se achava agora no outro lado do Último Portal, fora esse ou algum outro. Aniquilara-se seu *eu*; entretanto, se de fato pudesse haver, em vista da total nulidade de existência individual, tal coisa como *eu*, *ele*, tinha igual consciência de ser, de algum modo inconcebível, uma legião de *eus*. Parecia que seu corpo, de repente, se houvesse transformado numa daquelas esfinges de membros e cabeças múltiplas, esculpidas em templos indianos, e contemplasse a agregação resultante, numa desnorteada tentativa de discernir quais eram os originais e quais os acréscimos — se é que, de fato (que pensamento supremamente monstruoso!), *havia* algum original distinto das outras encarnações.

Então, em meio a essas devastadoras reflexões, o fragmento de Carter que transpusera o Último Portal foi arremessado, do que lhe parecera o cúmulo do horror, aos abismos tenebrosos, opressivos, de um horror ainda mais profundo. Dessa vez, grande parte vinha do exterior: uma força ou personalidade que, de imediato, o confrontou, cercou e inundou, e a qual, além de sua presença local, também parecia fazer parte de si mesmo e também coexistir com o todo o tempo e espaço. Não havia uma imagem visual, mas a sensação de entidade e a terrível ideia de uma combinação dos conceitos de localidade, identidade e infinidade causavam-lhe um terror paralisante que superava tudo o que qualquer fragmento-Carter até então julgou capaz de suportar.

Diante desse assombroso prodígio, o fragmento-Carter esqueceu o horror da individualidade destruída. Consistia numa entidade Todo-É-Um e Um-É-Todo de infinito ser e identidade, não apenas uma coisa do contínuo tempo-espaço, porém, parte da mesma essência animada do turbilhão caótico da vida e do ser; do último, do absoluto turbilhão sem confins que ultrapassa o limite da fantasia, assim como o da matemática. Talvez fosse o que certos cultos secretos da Terra têm sussurrado com o nome YOG-SOTHOTH, e o que também foi uma divindade adorada com outros nomes; a quem os crustáceos de Yuggoth veneram como O-do-Mais-Além, e os cérebros vaporosos da nebulosa espiral conhecem por um Símbolo intraduzível. Contudo, num instante de clarividência, o fragmento-Carter se deu conta de como todas essas ideias são inconsistentes e fracionárias.

E então, o SER dirigiu-se ao fragmento-Carter em ondas prodigiosas que golpeavam, queimavam e ensurdeciam, mediante uma concentração de energia, a qual aniquilava aquele que o recebia com violência quase insuportável, além de acompanhar, com certas variações definidas, o singular ritmo extraterrestre que assinalara a entonação e balanceio dos Antigos, e a tremulação das monstruosas luzes, naquela desconcertante região do outro lado do Primeiro Portal. Era como se os sóis, os mundos e os universos houvessem convergido para um ponto cuja própria posição no espaço todos tinham conspirado de aniquilar com um impacto de irresistível fúria. Mas, em meio ao terror maior, atenuam-se outros terrores menores; parecia que aquelas ondas ferinas isolavam o Carter que estava além do Último Portal de sua infinidade de duplicatas, fazendo com que ele, por assim dizer, recuperasse parte da ilusão de identidade. Passado algum tempo, começou a traduzir as ondas em formas linguísticas que lhe eram conhecidas, e sua sensação de horror e opressão diminuiu. O pavor tornou-se puro temor respeitoso, e o que lhe parecera uma blasfêmia anormal agora adquiria a aparência de uma inefável majestade.

— Randolph Carter — disse Aquilo —, MINHAS manifestações no prolongamento de seu planeta, os Antigos, enviaram-no a mim como alguém que há pouco tempo retornou às regiões menores do sonho com a infância que perdeu; porém, com liberdade maior você se elevou aos desejos e curiosidades mais grandiosas e nobres. Desejava navegar pelo dourado Oukranos acima, em busca das esquecidas cidades de marfim, repletas de orquídeas, de Kled; e também ocupar o trono de opala de Ilek-Vad, cujas fabulosas torres e incontáveis domos elevam-se, poderosos, em direção à uma única estrela vermelha, num firmamento alheio à sua Terra e a toda a matéria. Agora, após haver transposto os dois Portais, deseja coisas ainda mais elevadas. Não fuja como um menino de uma visão desagradável para um sonho prazeroso; em vez disso, mergulhe como um homem nesse último e mais recôndito dos segredos que estão por trás de todas as visões e sonhos.

"Achei louvável o que deseja; e estou disposto a conceder-lhe o que concedi apenas onze vezes a seres de seu planeta, cinco vezes apenas àqueles que você chama de homens, ou aos seres que se assemelham ao homem. Disponho-me a mostrar o Último Mistério, ao qual uma olhada atenta faz um espírito fraco voar pelos ares. Mas, antes de encarar esse último e primeiro dos segredos, você é livre para ainda exercer o livre-arbítrio e regressar, se quiser, pelos dois Portais, porque ainda não lhe foi retirado o Véu diante dos olhos.

V.

A brusca interrupção das ondas mergulhou Carter num silêncio frio e espantoso, cheio de absoluta desolação. De todos os lados, oprimia a ilimitável imensidão do vazio, mas ele sabia que o SER continuava ali. Passado um instante, formulou as palavras cujo sentido desejava transmitir ao abismo:

— Aceito. Não recuarei.

As ondas tornaram a agitar-se e Carter entendeu que o SER ouvira. E então, emanou daquela MENTE ilimitada uma inundação de conhecimento e explicações que abriu diante de si novos panoramas e preparou-o para uma compreensão do cosmo que jamais esperara ter. Foi-lhe explicado como era infantil e limitada a ideia de um mundo tridimensional e que infinidade de direções existe, além das direções conhecidas acima-abaixo, frente-atrás, direita-esquerda. Mostrou-lhe a pequenez e a ostentação vazia dos pequenos deuses da Terra, com seus insignificantes interesses humanos e ligações; seus ódios, iras, amores, vaidades; os desejos por louvores e sacrifícios, assim como as exigências de fé contrária à razão e à Natureza.

Embora a maioria das impressões se traduzisse a Carter em palavras, chegavam-lhe outras a que os demais sentidos davam interpretação. Talvez com os olhos ou talvez com a imaginação, ele percebia que se encontrava numa região de dimensões além das concebíveis ao olho e cérebro dos homens. Via agora, nas sinistras sombras do que primeiro parecera uma concentração de poder e depois um ilimitado vazio, um turbilhão de forças criadoras que lhe estonteavam os sentidos. De algum ponto privilegiado de inconcebível altitude, via prodigiosas formas cujas múltiplas extensões transcendiam qualquer ideia de ser, tamanhos e limites, que até então sua mente tivera condições de conceber, apesar de dedicar-se a vida toda ao estudo do misterioso e oculto. Começava a entender vagamente por que podia existir ao mesmo tempo o menino Randolph Carter na casa de fazenda de Arkham, em 1883, a nebulosa forma no pedestal quase hexagonal depois que transpôs o Primeiro Portal, o fragmento que agora se achava diante da PRESENÇA, no infindável abismo, e todos os demais "Carters" percebidos por sua imaginação ou sentidos.

Então as ondas, com força intensificada, tentaram aperfeiçoar-lhe o entendimento, reconciliando-o com a entidade multiforme da qual seu fragmento presente era uma parte infinitesimal. Explicaram-lhe que cada figura do espaço não é mais que o resultado da interseção, por um plano, de alguma figura correspondente composta de mais de uma dimensão, como um quadrado é cortado de um cubo ou um círculo de uma esfera. O cubo e a esfera de três dimensões são, desse modo, cortados de formas correspondentes de quatro dimensões que os homens só conhecem por conjeturas e sonhos; e estes, por sua vez, são seccionados de formas de cinco dimensões, e assim por diante, até remontar às estonteantes e inalcançáveis da infinidade arquetípica. O mundo dos homens e dos deuses dos homens não passa de uma fase infinitesimal de uma coisa infinitesimal — a fase tridimensional daquela pequena totalidade alcançada pelo Primeiro Portal, de onde 'Umr at-Tawil impõe sonhos aos Antigos. Embora os homens a proclamem como única e autêntica realidade e tachem de irreais as ideias sobre a existência de um universo original de dimensões múltiplas, a verdade consiste no exato oposto. O que chamamos de substância e realidade é sombra e ilusão, e o que chamamos de sombra e ilusão é substância e realidade.

O tempo — continuaram as ondas — é imóvel e não tem princípio nem fim. Trata-se de um engano a ideia de que tem movimento e é a causa de mudança. Na verdade, o tempo em si é, de fato, uma ilusão, porque, exceto a visão estreita de seres em dimensões limitadas, não existem coisas como passado, presente e futuro. Os homens compreendem o tempo apenas devido ao que chamam de mudança, a qual, no entanto, também é uma ilusão. Tudo o que foi, é e será existe simultaneamente.

Essas revelações chegaram a Carter com tão divina solenidade que o deixaram sem condições de duvidar. Ainda que quase lhe escapassem à compreensão, ele sentia que deviam ser verdadeiras à luz daquela realidade cósmica final que desmente todas as perspectivas e visões parciais estreitas; de sua parte, aprofundara-se nas mais importantes questões filosóficas para libertar-se da servidão imposta por todas as ideias fragmentárias e parciais. Não se baseara toda essa sua busca numa fé na irrealidade do que é fragmentário e parcial?

Após uma pausa impressionante, as ondas continuaram, dizendo-lhe que o que os habitantes das regiões de menos dimensões chamam de mudança não passa de uma função de sua consciência, a qual vê o mundo externo de vários ângulos cósmicos. As formas obtidas ao seccionar-se um cone parecem variar com os ângulos do corte, resultando num círculo, numa elipse, parábola ou hipérbole, segundo o ângulo, sem qualquer mudança no próprio cone; do mesmo modo que os aspectos locais de uma realidade imutável e infinita parecem mudar com o ângulo cósmico de observação. Os seres fracos dos mundos internos são escravos dessa variedade de ângulos de consciência, visto que, com raras exceções, não conseguem aprender a controlá-los. Só alguns estudiosos de matérias proibidas adquiriram parte desse controle e, em consequência, dominaram o tempo e a mudança. Mas as entidades que habitam mais além dos Portões dominam todos os ângulos e veem, de acordo com sua vontade, as inumeráveis facetas do cosmo em termos de perspectiva fragmentária e submetida à mudança, ou da totalidade imutável não deformada por nenhuma perspectiva.

Quando as ondas tornaram a interromper-se, Carter começou a compreender, vagamente e apavorado, o último sentido daquele enigma de individualidade perdida que a princípio tanto o horrorizou. Sua intuição encaixou os fragmentos da revelação e levou-o cada vez mais perto da compreensão do segredo. Entendeu que grande parte da assustadora revelação — a divisão de seu *eu* em milhares de contrapartes terrestres — teria chegado a penetrá-lo ao cruzar o Primeiro Portal, se a magia de 'Umr at-Tawil não o houvesse impedido, a fim de que ele pudesse usar a Chave de Prata com precisão para a abertura do Último Portal. Ansioso por mais esclarecimento, enviou ondas telepáticas, fazendo mais perguntas sobre a exata relação entre suas várias facetas: o fragmento, agora do outro lado do Último Portal, o fragmento imóvel no pedestal quase hexagonal além do Primeiro Portal, o menino de 1883, o homem de 1928, os diversos seres ancestrais que lhe haviam formado a descendência e o baluarte do ego, além dos abomináveis habitantes das outras eras remotíssimas e outros universos perdidos que, naquele primeiro e hediondo lampejo de percepção absoluta, identificara consigo mesmo. Aos poucos, as ondas do SER surgiram em resposta, tentando esclarecer o que estava quase além do alcance de uma mente humana.

Todas as linhas de seres descendentes das dimensões finitas — continuaram as ondas — e todas as fases de evolução em cada um desses seres são simples manifestações de um ser eterno e arquetípico no espaço externo às dimensões. Cada ser local, filho, pai, avô e assim por diante, e cada fase de ser individual: bebê, criança, adolescente, jovem, velho, é apenas uma das infinitas fases desse mesmo arquetípico e eterno ser, originada por uma variação no ângulo do plano da consciência que o secciona. Randolph Carter em todas as idades; Randolph Carter e todos os seus antepassados humanos e pré-humanos, terrestres e pré--terrestres, não passavam de fases de um "Carter" último e eterno fora do espaço e tempo: projeções fantasmagóricas, diferenciadas apenas pelo ângulo no qual o plano de consciência, por acaso, seccionou o eterno arquétipo em cada caso.

Uma ligeira mudança de ângulo podia transformar o estudioso de hoje na criança de ontem; podia transformar Randolph Carter naquele mago Edmund Carter que fugira de Salém para as colinas atrás de Arkham, em 1692, ou naquele Pickman Carter que, no ano 2169, empregará estranhos meios para rechaçar da Austrália as hordas mongóis; podia transformar um Carter humano numa daquelas entidades que habitaram a arcaica Hyperbórea e adoraram o negro e borrachento Tsathoggua, depois de fugir de Kythanil, o planeta duplo que outrora girou ao redor de Arcturus; podia transformar o terrestre Carter num antepassado remotíssimo e informe, habitante do próprio Kythanil, ou numa criatura ainda mais remota, da transgaláctica Shonhi, ou numa consciência etérea de quatro dimensões, num contínuo espaço-tempo mais antigo, ou num cérebro vegetal do futuro, habitante de um cometa radioativo de órbita inconcebível, e assim por diante, no infinito círculo cósmico.

Os arquétipos — vibraram as ondas — são os povoadores informes, inefáveis, do último abismo, e nos mundos inferiores só raros sonhadores os vislumbram. Superior a todos eles, imperava o mesmo SER que lhe revela essas informações, *o qual, na verdade, era o arquétipo do próprio Carter*. O insaciável ardor de Carter e de todos os seus antepassados por segredos cósmicos proibidos consistiu num resultado natural da procedência do SUPREMO ARQUÉTIPO. Em cada mundo, todos os grandes magos, todos os grandes pensadores e todos os grandes artistas são facetas DELE.

Quase estupefato de assombro, mas com certo apavorante deleite, a consciência de Randolph Carter prestou homenagem àquela ENTIDADE transcendente, da qual ele originara-se. Quando as ondas tornaram a interromper-se, meditou no poderoso silêncio, a pensar em estranhos tributos, perguntas estranhas e solicitações ainda mais estranhas. Ideias singulares e contraditórias flutuavam em sua mente deslumbrada por imagens de paisagens insólitas e revelações imprevistas. Ocorreu-lhe que, se essas revelações fossem verdades literais, ele poderia visitar, *em pessoa*, todas aquelas eras infinitamente distantes e partes do universo que, até então, só conhecera em sonhos. Bastar-lhe-ia apenas dominar a magia para mudar o ângulo do plano de sua consciência. E não proporcionaria essa magia a Chave de Prata? Na primeira vez, não o mudara de um homem em 1928 para um menino em 1883, e em seguida, para alguma coisa bastante exterior ao tempo e espaço? Era fantástico, mas, apesar de sua atual ausência de corpo, ele sabia que ainda tinha consigo a Chave.

Enquanto durava o silêncio, Randolph Carter emitiu os pensamentos e perguntas que o atacavam. Sabia que nesse último abismo estava equidistante de todas as facetas de seu arquétipo — humano ou não humano, terrestre ou extraterrestre, galáctico ou transgaláctico; e sentia uma curiosidade febril em relação às outras fases de seu ser, sobretudo as mais afastadas no tempo e espaço da do ano terrestre de 1928, ou que com mais persistência assombrara-lhe os sonhos a vida toda. Dava-se conta de que sua ENTIDADE arquetípica, se quisesse, podia enviá-lo, em pessoa, a qualquer uma dessas fases passadas e longínquas da vida, mediante apenas uma simples mudança em seu plano de consciência. Assim, devido às maravilhas às quais se submetera, ardia de desejos de sentir esse outro prodígio de caminhar, em carne e osso, por aqueles cenários grotescos e incríveis que as visões noturnas haviam-lhe mostrado de maneira fragmentária.

Sem intenção definida, viu-se pedindo à PRESENÇA acesso a um mundo crepuscular, fantástico, habitado por seres com garras e focinho de anta, em cujos cinco sóis multicoloridos, inauditas constelações, penhascos misteriosos e vertiginosos, torres metálicas bizarras, inexplicáveis túneis e misteriosos cilindros flutuantes deslizara-se repetidas vezes em seus sonhos. Pressentia vagamente que esse mundo era, em todo o cosmo concebível, o que mais devia manter contato com os demais universos. Ansiava também explorar a fundo as paisagens que apenas começara a vislumbrar e navegar pelo espaço, até aqueles mundos ainda mais remotos com os quais traficavam os habitantes de garra e focinho de anta. Não havia tempo para medo. Como em todas as crises de sua estranha vida, a pura curiosidade cósmica triunfou acima de tudo o mais.

Quando as ondas reiniciaram as assombrosas vibrações, Carter soube que sua terrível solicitação foi concedida. O SER falava-lhe dos tenebrosos abismos através dos quais ele teria de passar, da desconhecida estrela quíntupla numa galáxia insuspeitada, ao redor da qual girava esse mundo alienígena, e das horríveis criaturas que viviam em tocas subterrâneas, contra as quais a raça de garras e focinho travava perpétuo combate. Falou-lhe também de como o ângulo do plano pessoal de sua consciência e o ângulo do plano de sua consciência relativo às coordenadas espaço-temporais do mundo desejado teriam de inclinar-se simultaneamente, a fim de fazer restaurar a esse respectivo mundo a faceta-Carter que lá habitara.

A PRESENÇA advertiu-o que conservasse seus símbolos, se algum dia desejasse retornar do remoto e alienígena mundo que escolhera, e ele respondeu com uma impaciente afirmação; tinha certeza de que a Chave de Prata, com esses citados símbolos, continuava consigo e sabia que, com ela, conseguira inclinar ao mesmo tempo seus planos pessoal e universal, ao arremessá-lo de volta a 1883. E então o SER, captando-lhe a impaciência, o informou de sua disposição a empreender a monstruosa precipitação. As ondas abruptamente cessaram, e sobreveio uma quietude momentânea, tensa, de inominável e assustadora expectativa.

Logo depois, sem aviso, ouviram-se zumbidos e o rufar de tambores que se intensificaram até se tornar um apavorante estrondo. Mais uma vez, Carter sentiu-se o ponto focal de uma intensa concentração de energia que o golpeava, martelava e queimava-o de maneira insuportável, no agora conhecido ritmo do espaço sideral. No entanto, não soube ao certo se essa energia era o calor dilacerante de uma estrela brilhante ou o frio petrificador do último abismo. Diante de si, brincavam, enredavam-se, entrelaçavam-se faixas e raios de cores inteiramente alheias a qualquer espectro de nosso universo, e ele conscientizou-se de uma assustadora velocidade de movimento. De forma muito fugaz, viu uma silhueta sentada *sozinha* num trono enevoado de aspecto hexagonal.

VI.

Quando o indiano interrompeu seu relato, viu que De Marigny e Phillips observavam-no absortos. Aspinwall fingia ignorar a narrativa e mantinha os olhos de maneira ostensiva nos documentos diante de si. O tique-taque sobrenatural do estranho relógio em forma de esquife adquiriu um novo e portentoso significado, enquanto as vaporadas dos abandonados tripés, recarregados em excesso, se entrelaçavam em fantásticas e inexplicáveis formas e criavam inquietantes combinações com as figuras grotescas das tapeçarias balançadas pelo vento. O velho negro que os enchia fora embora, talvez porque a crescente tensão afugentara-o assustado da casa. Uma hesitação meio apologética dificultou o orador quando reiniciou em sua singular linguagem laboriosa, embora idiomática.

— Os senhores decerto acharam difícil acreditar em tudo a respeito do abismo — disse —; no entanto, ainda mais inacreditáveis vão parecer-lhes as coisas tangíveis e materiais a seguir. É assim que funcionam nossas mentes. Os prodígios são duplamente incríveis quando trazidos das vagas regiões dos sonhos possíveis a este mundo tridimensional. Não hei de estender-me muito nisso, porque resultaria numa outra história bem diferente. Vou contar-lhes apenas o que precisam saber.

Depois daquele último turbilhão de ritmo sobrenatural e policromático, Carter virá-se, por instantes, no que julgou tratar-se de seu velho e insistente sonho. Como em tantas noites anteriores, achava-se em seus passeios oníricos, em meio a multidões de seres com garras e focinho, pelas ruas de um labirinto metálico, construído de forma inexplicável, sob um esplendor de diversas cores solares; e quando baixou os olhos viu que seu corpo era igual ao dos demais: rugoso, parcialmente escamoso e articulado de maneira singular, muito parecido com o de um inseto, embora guardasse uma caricatural semelhança com o contorno humano. Ainda levava consigo a Chave de Prata, embora segura por uma garra de perniciosa aparência.

Em outro instante, desapareceu a sensação onírica, e ele se sentiu mais como se acabasse de despertar de um sonho. O último abismo, o SER, a entidade chamada "Randolph Carter", de uma de raça absurda, remota, num mundo do futuro ainda não existente — algumas dessas coisas faziam parte dos sonhos persistentes, reincidentes, do mago

Zkauba, no planeta Yaddith. Demasiado persistentes, esses sonhos interferiam no cumprimento dos deveres de Carter em preparar feitiços para manter os temíveis *bholes* em suas tocas, e às vezes se confundiam com as lembranças da miríade de mundos reais que ele visitara em seu invólucro luminoso. E agora se haviam tornado mais reais que nunca. A pesada e material Chave de Prata que levava na garra direita, a imagem exata de uma com a qual sonhara, não pressagiava nada de bom. Ele tinha de repousar, refletir, e consultar as Tabuletas de Nhing em busca de conselho sobre o que fazer. Após subir a um muro de metal num beco afastado dos lugares de maior afluência, entrou em seu apartamento e aproximou-se da estante de tabuletas.

Passadas sete frações de dia, Zkauba agachou-se em seu prisma, tomado de medo e quase desespero, pois a verdade revelara um novo e contraditório conjunto de lembranças. Nunca mais tornaria a conhecer a paz de ser uma entidade. Por todo o tempo e espaço se via duplicado: Zkauba, o Mago de Yaddith, repugnado com a ideia do repelente mamífero terrestre chamado Carter, que ele seria e fora, e Randolph Carter, de Boston, na Terra, trêmulo de medo da criatura de garras e focinho que fora outrora e que se tornara mais uma vez.

Durante as unidades de tempo passadas em Yaddith — coaxou o *Swami* cuja elaborada voz começava a mostrar sinais de fadiga —, ocorreram incidentes que constituem em si outra história que não poderia ser relatada em poucas palavras. Houve expedições a Shonhi, Mthura e Kath, além de aos outros mundos, nas vinte e oito galáxias acessíveis aos invólucros luminosos das criaturas de Yaddith, e viagens de ida e volta através de bilhões de anos, realizadas com a ajuda da Chave de Prata e vários outros símbolos conhecidos pelos magos de Yaddith. Houve hediondos combates com os esbranquiçados e viscosos *bholes* nos túneis primitivos que perfuravam o planeta como uma colmeia. Houve aterrorizantes sessões de estudo em bibliotecas, entre os acumulados saberes de 10 mil mundos, vivos e extintos. Houve tensas conferências com outros espíritos de Yaddith, entre eles o do Arquiancião Buo. Zkauba não contou a ninguém o que acontecera com sua personalidade, mas quando nela predominava a faceta Randolph Carter, estudava furiosamente todos os meios possíveis de retornar à Terra e à forma humana e exercitava de maneira desesperada a fala humana com seus estranhos órgãos de zumbidos guturais tão mal adaptados a ela.

O fragmento-Carter logo comprovou com horror que a Chave de Prata não servia para realizar sua volta à forma humana. Ele deduziu tarde demais, com base nas coisas das quais se lembrava, de coisas de seus sonhos e da sabedoria de Yaddith, que se tratava de um produto de Hyperbórea, na Terra, com poder sobre os ângulos de consciência pessoal apenas de seres humanos. Podia, contudo, mudar o ângulo planetário e enviar o usuário à vontade através do tempo num corpo imutável. Havia um feitiço extra que dava à chave ilimitados poderes; esse, porém, também era uma descoberta humana, característico de uma região espacial inalcançável, e jamais poderia ser duplicado pelos magos de Yaddith. Achava-se redigido no indecifrável pergaminho na caixa de madeira esculpida com horríveis arabescos, que continha a Chave de Prata, e Carter lamentou muitíssimo não a ter levado. O agora inacessível SER do abismo advertira-o a conservar seus símbolos e certificar-se de que não lhe faltasse nada.

À medida que escoava o tempo, esforçava-se para aprofundar-se cada vez mais na utilização do monstruoso saber de Yaddith para encontrar um caminho de volta ao abismo e a onipotente ENTIDADE. Com os novos conhecimentos, poderia ter-se beneficiado da leitura do misterioso pergaminho; mas esse poder, nas presentes condições, era pura ironia. Nas ocasiões, porém, em que a faceta Zkauba predominava, ele se esforçava para apagar as contraditórias lembranças de Carter, que tanto o angustiavam.

Assim, transcorreram-se períodos de tempo mais longos que o cérebro humano pode conceber, pois os seres de Yaddith só morrem depois de prolongados ciclos. Passadas muitas centenas de revoluções, a faceta Carter pareceu adquirir a faceta Zkauba e passava grandes períodos calculando a distância espacial e temporal que haveria entre Yaddith e a Terra humana. As figuras revelaram-se descomunais — incontáveis milhões de anos-luz —, mas o imemorial saber de Yaddith permitiu a Carter aprender tudo isso. Ele cultivou o poder de sonhar consigo mesmo, percorrendo momentaneamente a trajetória rumo à Terra e aprendeu muitas coisas sobre nosso planeta que jamais soubera. Só não conseguia, porém, sonhar com a fórmula necessária contida no pergaminho que se esquecera de trazer.

Então, acabou por formular um plano ensandecido para escapar de Yaddith, e começou a redigi-lo tão logo descobriu uma droga capaz de manter sua faceta Zkauba sempre adormecida, embora sem a dissolução do conhecimento e lembranças de Zkauba. Acreditava que seus cálculos o levariam a realizar uma viagem num leve invólucro luminoso como nenhum ser de Yaddith jamais empreendera: tratava-se de uma viagem *corpórea* através de inauditos milhões de anos e através de incríveis extensões galácticas ao Sistema Solar e à própria Terra. Assim que lá chegasse, embora no corpo de uma criatura com garras e focinho, talvez conseguisse de algum modo encontrar e terminar de decifrar o pergaminho com estranhos hieróglifos que deixara no carro em Arkham; e com essa ajuda e a da Chave, recuperar a normal semelhança terrestre.

Não ignorava os perigos da tentativa. Sabia que, quando inclinasse o ângulo do planeta para a época certa (ação impossível durante sua vertiginosa precipitação através do espaço), Yaddith consistiria num mundo morto, dominado por triunfantes *bholes*, e que sua fuga no invólucro de onda luminosa seria uma questão de grave incerteza. Tinha, do mesmo modo, consciência de que precisava suspender sua vida, à maneira de um adepto, para suportar a jornada de bilhões de anos através de insondáveis abismos. Também sabia que, no caso de ser bem-sucedido, precisava imunizar-se contra as bactérias e outras condições terrestres hostis a um corpo de Yaddith. Além disso, teria de arranjar um meio de simular a forma humana na Terra, até que conseguisse recuperar e decifrar o pergaminho e reassumir essa forma de verdade. Do contrário, seria descoberto e na certa destruído pelas pessoas horrorizadas diante um ser que não devia existir. E precisava ainda levar consigo algum ouro, por sorte, fácil de obter em Yaddith, para sustentá-lo nesse período de buscas.

Aos poucos, os planos de Carter progrediram. Muniu-se de um invólucro de onda luminosa de excepcional dureza, capaz de resistir tanto à prodigiosa transição temporal quanto ao voo sem precedentes através do espaço. Comprovou todos os cálculos e orientou repetidas vezes seus sonhos para a Terra, aproximando-os o máximo possível de 1928. Exercitou a suspensão das funções vitais com esplêndido sucesso. Descobriu os agentes bactericidas de que precisava e encontrou a variada força de gravidade à qual precisava habituar-se. Modelou com muita destreza uma máscara de cera e uma vestimenta larga que lhe possibilitava circular entre os homens como um ser humano, normal e atual. Também inventou um feitiço duplamente poderoso com o qual poderia conter os *bholes* no momento de sua partida do sombrio e consumido Yaddith do inconcebível futuro. Teve ainda a precaução de juntar uma grande provisão das drogas — impossíveis de obter na Terra — que manteriam sua faceta Zkauba em letargia até que ele pudesse despojar-se do corpo de Yaddith; tampouco deixou de fazer uma pequena reserva de ouro para uso terrestre.

No dia da partida, passou por momentos repletos de dúvida e apreensão. Subiu à plataforma de lançamento, com o pretexto de navegar rumo à estrela tripla Nython, e deslizou para o interior de seu invólucro de brilhante metal. Tinha espaço apenas para efetuar o ritual da Chave de Prata, e, ao fazê-lo, começou a lenta levitação do invólucro. Desencadeou-se uma apavorante comoção, o dia escureceu, e ele sentiu uma pontada de dor lancinante. O cosmo pareceu cambalear de maneira irresponsável, e as outras constelações dançaram num céu retinto.

No mesmo instante, Carter sentiu um novo equilíbrio. O frio dos abismos interestelares corroía o exterior de seu invólucro, quando ele constatou que flutuava livre e solto no espaço; a construção metálica da qual acabara de partir deteriorara-se em ruínas eras antes. Abaixo de si, o solo apodrecia com gigantescos *bholes*; e mesmo enquanto ele olhava, um deles se incorporou várias centenas de metros atrás e estendeu-lhe uma extremidade esbranquiçada e viscosa. Mas seus feitiços foram eficazes; instantes depois, se afastava de Yaddith sem ter sido alcançado.

VII.

Naquela bizarra sala em Nova Orleans, da qual o velho empregado negro fugira por instinto, a voz estranha do *Swami* Chandraputra soou ainda mais rouca.

— Senhores — ele continuou —, eu não lhes pedirei que acreditem nessas coisas até que lhes tenha mostrado uma prova especial. Aceitem, então, como mitos, quando me referir aos *milhares de anos-luz, aos milhares de anos de tempo e aos incontáveis bilhões de quilômetros* que foram necessários à viagem de Randolph Carter através do espaço, como uma entidade abominável, desconhecida, num pequeno invólucro de metal eletroativo. Ele cronometrara seu período de suspensão das funções vitais com extremo cuidado, planejando interrompê-lo poucos anos antes de aterrissar na Terra em ou próximo a 1928.

"Ele jamais se esquecerá desse despertar. Lembrem-se, senhores, de que, antes de induzir aquele sono de milhões de anos, *vivera conscientemente durante milhares de anos terrestres em meio aos prodígios extraterrestres monstruosos de Yaddith*. Sentiu intensas fisgadas de frio, cessaram os sonhos ameaçadores, e assombrou-se com o que viu pelos olhais do invólucro. Estrelas, aglomerados, constelações, nebulosas, dos dois lados, e *por fim, seus contornos exibiram algum parentesco com as constelações da Terra que ele conhecia*.

"Algum dia, se poderá contar sua descida ao Sistema Solar. Ele viu Kynarth e Yuggoth na borda, passou perto de Netuno e vislumbrou os infernais fungos brancos que sujam a superfície, descobriu um segredo inenarrável ao passar pelas névoas de Júpiter e viu o horror num dos satélites, contemplou as ruínas gigantescas que se espalham pelo disco avermelhado de Marte. Ao aproximar-se da Terra, viu-a como um delgado crescente que aumentava de tamanho de maneira assustadora. Afrouxou a velocidade, embora suas sensações de volta ao lar o fizessem não querer parar nem um instante. Não tentarei contar-lhes essas sensações como as soube de Carter.

"Bem, por fim Carter teve de pairar imóvel na camada de ar superior da Terra, à espera da chegada da luz do dia ao hemisfério ocidental. Queria pousar no mesmo lugar de onde partira: perto da Toca das Cobras nas colinas atrás de Arkham. Se algum de vocês já passou um longo tempo longe de casa — e sei que um de vocês passou —, que imagine como a visão das ondulantes colinas, os majestosos olmos, os pomares com as árvores nodosas e as antigas muralhas de pedra da Nova Inglaterra devem tê-lo emocionado.

"Ele desceu ao amanhecer no prado que se estende mais abaixo da antiga casa dos Carter e sentiu-se grato pelo silêncio e a solidão. Era outono, como quando partira, e o aroma das colinas chegou como um bálsamo para sua alma. Embora conseguisse arrastar o invólucro de metal encosta do lote de madeira acima e ao interior da Toca das Cobras, não passou pela fenda obstruída por ervas daninhas até a caverna interna. Foi também ali que cobriu o corpo extraterrestre com o traje humano e a máscara de cera que seriam necessárias. Guardou o invólucro ali por um ano, até que certas circunstâncias obrigaram-no a procurar um novo esconderijo.

"Seguiu a pé para Arkham, o que contribuiu, por acaso, para que exercitasse o manejo do corpo na postura humana e contra a gravidade terrestre, e trocou o ouro por dinheiro num banco. Também pediu algumas informações após se fazer passar por um estrangeiro que não dominava bem o inglês e descobriu que o ano era 1930, apenas dois anos da época em que almejara chegar.

"Claro que se encontrava numa terrível situação. Sem poder revelar sua identidade, obrigado a viver em guarda o tempo todo, com certas dificuldades relacionadas à comida e com a necessidade de conservar a droga alienígena que lhe mantinha a faceta Zkauba adormecida, sentia que precisava agir o mais rápido possível. Foi a Boston, arranjou um quarto no decadente bairro de West End, onde podia viver sem grandes gastos e com discrição, e logo se pôs a fazer perguntas a respeito da propriedade e bens de Randolph Carter. Foi então que ficou sabendo como o senhor Aspinwall, aqui presente, estava ansioso por dividir o patrimônio, e da valentia com que os senhores De Marigny e Phillips esforçavam-se por mantê-lo intacto."

O indiano fez uma mesura, embora sem manifestar nenhuma expressão em seu rosto moreno, tranquilo e de espessa barba.

— Por meios indiretos — continuou —, Carter obteve uma boa cópia do pergaminho desaparecido e começou o difícil trabalho de decifrá-lo. Alegra-me dizer que pude ajudá-lo em tudo isso, pois ele recorreu sem demora a mim e por minha mediação comunicou-se com outros místicos do mundo inteiro. Fui viver com ele em Boston, num lugar miserável na rua Chambers. Quanto ao pergaminho, tenho o prazer de tirar as dúvidas do senhor De Marigny. Permita-me informá-lo de que a língua daqueles hieróglifos não é Naacal, mas R'lyehian, que foi trazida para a Terra pelos descendentes de Cthulhu, há incontáveis ciclos geológicos. Trata, decerto, de uma tradução de um original hyperboreano de milhões de anos anteriores, redigido na língua primitiva de Tsath-yo.

"Havia mais para decifrar do que Carter imaginara, porém, em momento algum ele abandonou a esperança. No início deste ano, fez grandes progressos graças a um livro que importou do Nepal, e não há a menor dúvida de que conseguirá terminar dentro de pouco tempo. Lamentavelmente, porém, surgiu um impedimento, acabou a droga alienígena que mantém a faceta Zkauba adormecida. Não se trata, contudo, de uma calamidade tão grande quanto ele temia. A personalidade de Carter predomina cada vez mais no corpo e, quando Zkauba alcança certa preponderância — por períodos cada vez mais curtos, e agora só quando invocada por alguma excitação inusitada —, ele, em geral, fica demasiado entorpecido para desfazer o trabalho de Carter. Não consegue encontrar o invólucro de metal que o levaria de volta a Yaddith, pois, embora uma vez quase o fizesse, Carter tornou a escondê-lo numa ocasião em que a faceta Zkauba tornara a mergulhar em total letargia. Todo o mal que tem feito limita-se a assustar algumas pessoas e dar origem a certos rumores aterrorizantes entre os poloneses e lituanos do bairro West End, de Boston. Até o momento, jamais danificou o cuidadoso disfarce preparado pela faceta Carter, embora, às vezes, o atire de tal maneira que exigiu a substituição de algumas partes. Vi o que se encontra sob esse disfarce e não é nada agradável vê-lo.

"Há um mês, Carter viu o anúncio desta reunião e soube que precisava agir rápido para salvar seus bens. Não poderia esperar terminar de decifrar o pergaminho e retomar sua forma humana. Em consequência, incumbiu-me de agir por ele, e como seu representante encontro-me aqui.

"Senhores, afirmo-lhes que Randolph Carter não está morto; que se acha temporariamente numa condição anômala, mas que, dentro de dois ou três meses, no máximo, ele poderá apresentar-se em sua legítima forma e exigir a custódia de seu patrimônio. Estou disposto a oferecer provas, se necessário. Portanto, rogo-lhes que adiem essa reunião por tempo indefinido."

VIII.

De Marigny e Phillips encaravam o indiano como se hipnotizados, enquanto Aspinwall emitia uma série de grunhidos. A indignação do velho advogado a essa altura irrompeu numa fúria desenfreada, e ele deu um violento soco na mesa com um apoplético punho venoso. Quando falou, mais pareceu que latia.

— Quanto tempo mais terei de suportar essa palhaçada? Levei uma hora ouvindo esse louco, esse impostor, e agora ele tem o maldito descaramento de dizer que Randolph Carter está vivo, de pedir que adiemos o acordo da herança sem nenhum bom motivo! Por que não atira esse canalha porta afora, De Marigny? Você pretende fazer de todos nós os alvos de um charlatão ou idiota?

De Marigny ergueu com tranquilidade as mãos e falou em voz baixa.

— Reflitamos com calma e clareza. Tratou-se de uma história muito singular na qual eu, que me considero um místico não de todo ignorante, identifico algumas coisas como muito longe de impossíveis. Além disso, desde 1930 tenho recebido cartas do *Swami* que concordam com o relato que acabamos de ouvir.

Quando ele interrompeu-se, o velho sr. Phillips aventurou-se a dizer:

— *Swami* Chandraputra falou de provas. Também eu reconheço muitas coisas importantes nessa história, e também recebi do *Swami*, durante os últimos dois anos, diversas cartas estranhas que a corroboram, mas algumas dessas declarações parecem bastante extremas. Não tem algo palpável que possa apresentar?

Afinal, o *Swami* de semblante impassível respondeu, devagar e com a voz rouca, retirando um objeto do bolso de seu casacão folgado, enquanto falava.

— Embora nenhum de vocês aqui jamais tenha *visto* a Chave de Prata, os senhores De Marigny e Phillips já a viram em fotografias. *Isto lhes parece familiar?*

Tomado de nervosismo, ele largou na mesa, com aquela enorme mão enfiada em luvas brancas, uma pesada chave de prata manchada, medindo uns 13 centímetros de comprimento, de manufatura em tudo misteriosa, desconhecida, e recoberta de uma ponta à outra com hieróglifos de estranhíssima descrição. De Marigny e Phillips arquejaram.

— É a própria! — gritou De Marigny. — A máquina fotográfica não mente. Não pode haver erro!

Mas Aspinwall já disparara uma resposta.

— Tolos! Que é que isso prova? Se essa é mesmo a chave que pertenceu ao meu primo, cabe a esse estrangeiro, esse maldito negro, explicar como a conseguiu! Randolph Carter desapareceu com a chave há quatro anos. Como podemos saber se ele não foi roubado e assassinado? Meu próprio primo era meio louco e se relacionava com pessoas ainda mais loucas. Escute aqui, seu negro, onde obteve essa chave? Você matou Randolph Carter?

As feições do *Swami*, anormalmente plácidas, não se alteraram, embora os olhos pretos afundados, sem íris, chamejassem perigosamente. Ele se expressou com grande dificuldade.

— Por favor, controle-se, sr. Aspinwall. Eu *poderia* dar outro tipo de prova, mas o efeito que causaria em todos não seria nada agradável. Sejamos razoáveis. Vejam alguns documentos escritos obviamente em 1930, e no inequívoco estilo de Randolph Carter. — Desajeitado, retirou de dentro do casacão folgado um comprido envelope e entregou-o ao furioso advogado, enquanto De Marigny e Phillips observavam a cena com pensamentos caóticos e uma incipiente sensação de assombro sobrenatural.

— Decerto que a caligrafia está quase ilegível, mas lembre-se de que Randolph Carter agora não tem mãos com uma configuração adequada à escrita humana.

Aspinwall passou os olhos às pressas pelos documento, e ficou visivelmente perplexo, embora não mudasse a atitude.

A sala desprendia tensa inquietação resultante de pavor indefinível, e o estranho ritmo do relógio em forma de caixão parecia inteiramente diabólico para De Marigny e Phillips, apesar de o advogado não se mostrar nada afetado por isso. Aspinwall tornou a falar.

— Estas parecem falsificações bem engenhosas. Se não forem, podem muito bem significar que Randolph Carter se encontra sob o controle de pessoas com péssimas intenções. Só temos uma coisa a fazer: mandar prender esse impostor. De Marigny, quer telefonar para a polícia?

— Vamos esperar — respondeu o anfitrião. — Não creio que esse caso caiba à polícia. Tenho uma ideia, sr. Aspinwall, esse cavalheiro é um místico indiano de verdadeiras realizações que afirma manter estreita comunicação com Randolph Carter. Ficaria satisfeito se ele souber responder a certas perguntas que só poderiam ser respondidas por alguém de sua confiança? Conheço Carter e posso fazer essas perguntas. Permita-me pegar um livro, o qual poderá proporcionar um bom teste.

Encaminhou-se em direção à porta da biblioteca, e Phillips, perplexo, seguiu-o como um autômato. Aspinwall permaneceu onde estava, examinando com toda a atenção o indiano que o enfrentava com uma expressão de anormal impassibilidade. De repente, enquanto Chandraputra recolhia de maneira desajeitada a Chave de Prata e a devolvia ao bolso, o advogado soltou um grito gutural que fez De Marigny e Phillips pararem de chofre.

— Escutem, em nome de Deus, eu percebi! Esse patife está disfarçado. Não acredito de modo algum que se trate de um indiano da Ásia. Esse rosto não é um rosto, mas uma *máscara*! Suponho que o relato dele me fez pensar nisso, porém é verdade. Nunca se move; e o turbante e a barba ocultam as bordas. Esse sujeito não passa de um criminoso comum! Não é sequer estrangeiro. Andei observando-lhe a língua. É norte-americano. E vejam essas luvas, ele sabe que poderiam identificar-lhe as impressões digitais. Maldito seja, vou arrancá-la!

— Pare! — A voz rouca e estranha do *Swami* denotava um terror extraterrestre. — Eu lhe disse *que poderia dar outra forma de prova se necessário*, e adverti-o que não me provocasse a fazê-lo. O velho rubicundo intrometido tem razão, realmente não sou indiano. *Este rosto é uma máscara, e o que ela cobre não é humano*. Vocês também desconfiaram, percebi faz poucos minutos. Não seria agradável se eu tirasse esta máscara, deixe-a em paz, Ernest. De qualquer modo, já está na hora de dizer-lhes que *sou Randolph Carter*.

Ninguém se mexeu. Aspinwall grunhiu e fez movimentos vagos. De Marigny e Phillips, do outro lado da sala, observavam-lhe as contrações do rosto corado e examinavam as costas da figura com turbante que o encarava. O anormal tiquetaque do relógio desprendia algo hediondo, e as baforadas dos tripés e as figuras em movimento das tapeçarias balançavam-se numa dança macabra. O enfurecido advogado quebrou o silêncio.

— Não, você não é meu primo, seu escroque, nem me mete medo! Deve ter seus motivos pessoais para não querer tirar essa máscara. Talvez soubéssemos quem você é. Fora com ela...

Quando se lançou para arrancá-la, o *Swami* agarrou-lhe a mão com as suas, enfiadas nas luvas, evocando um singular grito de dor e surpresa mescladas. De Marigny partiu em direção aos dois para interpor-se entre eles, mas parou confuso quando o grito de protesto do pseudoindiano transformou-se numa espécie de zumbido matraqueado inexplicável. Aspinwall tinha o rosto congestionado e furioso, e com a mão livre, fez outra investida contra a barba cerrada do adversário. Dessa vez, conseguiu segurá-la e com um frenético puxão todo o rosto de cera soltou-se do turbante e ficou colado no punho apoplético do advogado.

Ao fazê-lo, Aspinwall deixou escapar um assustador grito gorgolejante; Phillips e De Marigny, então, o viram contrair o rosto na mais selvagem, na mais enlouquecida, mais profunda e hedionda convulsão de absoluto pânico do que já haviam visto num semblante humano antes. Nesse meio tempo, o falso Swami soltara-lhe a outra mão e levantava-se como se atordoado, a emitir uma série de zumbidos entrecortados dos mais anormais. Em seguida, desabou numa estranha postura em nada humana, e se pôs a arrastar-se de maneira singular, fascinada, em direção ao relógio em forma de esquife que tiquetaqueava aquele ritmo cósmico e anormal. Tinha então o rosto descoberto voltado para o outro lado, e De Marigny e Phillips não viam o que o advogado expusera ao puxar-lhe a máscara. Logo desviaram a atenção para Aspinwall, que desabara pesado no chão. O encanto se desfizera, mas, quando se aproximaram do velho, ele estava morto.

Ao se virar rápido para o falso indiano, que retornava arquejante, De Marigny viu que de um de seus fracos e pendentes braços desprendia-se uma enorme luva branca. As vaporadas do olíbano eram densas e só lhe permitiram distinguir na mão descoberta algo comprido e preto. Antes que o crioulo alcançasse a figura que retornava, o idoso sr. Phillips reteve-o pelo ombro.

— Não! — ele sussurrou. — Não sabemos o que vamos enfrentar. Aquela outra faceta, você sabe, Zkauba, o mago de Yaddith...

A figura de turbante chegara então ao relógio anormal, e os observadores entreviram através das densas vaporadas uma garra preta manusear de maneira atrapalhada a alta porta coberta de hieróglifos. O manuseio desprendia um estranho tique-taque. Depois a figura entrou no estojo em forma de esquife e fechou a porta atrás de si.

De Marigny não pôde mais conter-se; porém, quando alcançou e abriu o relógio, ele estava vazio. O tique-taque anormal continuou, no sinistro ritmo cósmico subjacente a todos os portais de acesso ao êxtase místico. No chão, a enorme luva branca e o morto com uma máscara barbuda agarrada à mão nada mais tinham a revelar.

Passou-se um ano, e não se tiveram mais notícias de Randolph Carter. Seus bens ainda permanecem intactos. O endereço em Boston, do qual certo "*Swami* Chandraputra" enviara informações a vários místicos em 1930-31-32, estava, na verdade, ocupado por um estranho indiano, mas que partira logo depois da data da conferência de Nova Orleans e jamais tornara a ser visto. Diziam que se tratava de um indivíduo escuro, sem expressão e barbudo, e seu senhorio acredita que a máscara de cor trigueira que lhe mostraram parece muito com ele. Entretanto, nunca se suspeitou que houvesse alguma relação entre o desaparecido indiano e as aparições, dignas de pesadelo, sussurradas pelos eslavos locais. Vasculharam-se as colinas atrás de Arkham à procura do "invólucro de metal", mas jamais se encontrou nada semelhante. Um empregado do First National Bank, contudo, lembra-se de um estrangeiro de turbante que trocou por dinheiro uma estranha barra de ouro, em outubro de 1930.

De Marigny e Phillips não sabem o que pensar do caso. Afinal, o que ficou provado? Um relato, uma chave que talvez pudesse ter sido forjada de uma das fotografias que Carter distribuíra em 1928, alguns documentos... Tudo inconclusivo. Existiu um estrangeiro mascarado, mas vivia ainda alguém que vira o que a máscara ocultava? Em meio à tensão nervosa e às vaporadas de incenso, aquele ato de desaparecer no relógio bem poderia ter sido uma dupla alucinação. Os hinduístas conhecem a fundo o hipnotismo. A razão declara o "*Swami*" um criminoso com planos de usurpar os bens de Randolph Carter. Mas a autópsia disse que Aspinwall morrera de choque. Teria sido causado *apenas* por cólera? Certos detalhes nessa história...

Numa imensa sala com tapeçarias de estranhas figuras e impregnada pela fumaça de olíbano, Etienne-Laurent de Marigny muitas vezes se senta e ouve com sensações vagas o ritmo anormal daquele relógio em forma de esquife, coberto de estranhos hieróglifos.

O PERVERSO CLÉRIGO

UM HOMEM SÉRIO, de aparência inteligente, com roupas discretas e barba grisalha, conduziu-me a um aposento no sótão e falou-me nestes termos:

— Sim, *ele* viveu aqui — mas aconselho-o a não mexer em nada. Sua curiosidade torna-o irresponsável. *Nós* jamais subimos aqui à noite, e só por causa do testamento *dele* o conservamos assim como está. Você sabe o que ele fez. Essa abominável sociedade encarregou-se de tudo, afinal, e não sabemos onde *o* enterraram. Nem a lei nem ninguém conseguiram chegar a essa sociedade.

"Espero que não fique aqui após escurecer. Rogo-lhe que não toque naquela coisa na mesa, a coisa parecida com uma caixa de fósforos. Não sabemos do que se trata, mas desconfiamos que tenha algo a ver com o que *ele* fez. Chegamos até a evitar olhá-la fixamente."

Pouco depois, o homem me deixou sozinho no aposento do sótão. Embora muito sujo, empoeirado e mobiliado de maneira rudimentar, tinha uma elegância que indicava não ser o refúgio de um plebeu. Viam-se prateleiras repletas de livros clássicos e de teologia e uma estante com tratados de magia: Paracelso, Alberto Magno, Tritêmio, Hermes Trismegisto, Borellus e outros, em estranhos alfabetos cujos títulos eu não consegui decifrar. Os móveis eram simplíssimos. Havia uma porta, mas dava apenas para um armário tipo *closet*. A única saída consistia na abertura no chão, à qual a escada rústica e íngreme me conduzira. As janelas assemelhavam-se a claraboias, e as vigas de carvalho preto revelavam uma antiguidade inacreditável. Sem a menor dúvida, essa casa parecia saída no velho mundo. Eu tinha a impressão de saber onde estava, embora não me lembre do que sabia então, a não ser que a cidade *não* era Londres. Acho que se tratava de um pequeno porto marítimo.

O pequeno objeto na mesa me fascinou intensamente. Creio que sabia o que fazer com ele, pois peguei uma lanterna elétrica do meu bolso, ou qualquer coisa semelhante a uma lanterna, e testei com nervosismo seus feixes luminosos. A luz não era branca, porém, violeta, e o feixe que projetava parecia menos uma verdadeira luz que uma espécie de bombardeio radioativo. Recordo que não a considerava uma lanterna comum — de fato, *levava* uma normal no outro bolso.

Começava a escurecer, e os antigos telhados e chaminés, no lado de fora, pareciam muito estranhos através dos vidros das claraboias. Enfim, reuni coragem, apoiei o pequeno objeto num livro em cima da mesa, depois lhe dirigi os raios da singular luz violeta. A luz, então, adquiriu uma semelhança ainda maior com uma chuva ou granizo de minúsculas partículas arroxeadas do que com um feixe contínuo de luz. Quando incidiram na vítrea superfície do estranho objeto, as partículas emitiram uma crepitação, como a de um tubo vazio pelo qual passam centelhas. A escura superfície adquiriu uma incandescência também arroxeada, e uma vaga figura branca pareceu tomar forma no centro. De repente, percebi que não estava sozinho no aposento e logo tornei a guardar o projetor de raios no bolso.

Mas o recém-chegado não falou, nem ouvi nenhum ruído durante os momentos que se seguiram. Tudo era uma indistinta pantomima, como se vista de imensa distância, através de alguma neblina interposta, embora, por outro lado, o recém-chegado e todos os que chegaram depois parecessem grandes e próximos, como se estivessem ao mesmo tempo longe e perto, obedecendo a alguma geometria anormal.

O recém-chegado era um homem magro, moreno, de estatura média, vestido com o hábito clerical da Igreja Anglicana. Aparentava uns 30 anos, tinha a tez lívida, azeitonada, e feições harmoniosas, mas a testa anormalmente alta; os cabelos retintos haviam sido bem cortados, penteados com todo esmero, e a barba feita, embora lhe azulasse o queixo, devido aos pelos começando a crescer. Usava óculos sem armação e com hastes de aço. Sua compleição e as feições da metade inferior do rosto eram como as dos clérigos que eu já vira, apesar da testa de assombrosa altura, da expressão mais rude, inteligente, ao mesmo tempo mais sutil e secretamente perversa. Nesse momento, acabava de acender um lampião a óleo. Parecia nervoso e, quando eu menos esperava, pusera-se a atirar os livros de magia numa lareira junto a uma janela do aposento (onde a parede inclinava-se num ângulo acentuado), em que até então eu não reparara. As chamas devoravam os volumes com avidez, saltavam em estranhas cores e emitiam cheiros hediondos ao extremo, enquanto as páginas cobertas de misteriosos hieróglifos e as carcomidas encadernações sucumbiam ao elemento devastador. De repente, observei que havia outras pessoas no aposento: homens de aparência grave, vestidos de clérigo, entre os quais um usava gravata-borboleta e calças curtas de bispo. Ainda que não ouvisse nada, percebi que comunicavam uma decisão de enorme importância ao primeiro dos delegados. Parecia que o odiavam e temiam ao mesmo tempo, e que esses sentimentos eram recíprocos. Ele contraiu o rosto numa lúgubre expressão, mas pude ver que sua mão direita tremia ao tentar agarrar o encosto de uma cadeira. O bispo apontou a estante vazia e a lareira cujas chamas se haviam apagado em meio a um monte de resíduos carbonizados e informes, tomado, parecia de uma singular repugnância. O primeiro dos recém-chegados esboçou, então, um sorriso forçado e estendeu a mão esquerda para o pequeno objeto da mesa. Todos pareceram sobressaltar-se. O cortejo de clérigos começou a descer pela íngreme escada, sob o alçapão do piso, ao mesmo tempo que se viravam e faziam gestos ameaçadores ao partir. O bispo foi o último a abandonar o aposento.

O primeiro deles dirigiu-se a um armário no fundo do aposento e retirou um rolo de corda. Subiu numa cadeira, amarrou uma ponta da corda a um gancho que pendia da grande viga central de carvalho escuro e começou a fazer um nó corrediço na outra ponta.

Ao me dar conta de que ia se enforcar, adiantei-me com a ideia de dissuadi-lo ou salvá-lo. Então ele me viu, cessou os preparativos e olhou-me com uma espécie de *triunfo* que me desnorteou e encheu de aflição. Desceu da cadeira devagar e se pôs a avançar em minha direção com um sorriso claramente lupino no rosto escuro de lábios finos.

Senti-me, por algum motivo, em perigo mortal e saquei o estranho projetor como uma arma de defesa. Não sei por que achei que poderia ajudar-me. Liguei-o em cheio no rosto dele e vi suas feições amareladas se iluminarem, no início, com uma luz violeta e logo depois, rosada.

Sua expressão lupina exultante pareceu dar lugar a uma outra, de profundo medo, embora não chegasse a apagá-la por completo. Parou de supetão; em seguida, agitou os braços violentamente no ar e começou a recuar cambaleante, em total descontrole. Vi que se aproximava do alçapão e gritei para avisá-lo, mas ele não me ouviu. Um instante depois, atravessou de costas a abertura e desapareceu.

Tive dificuldade para avançar em direção ao alçapão; no entanto, quando, de fato, cheguei lá, não encontrei nenhum corpo esmagado no piso abaixo. Em vez disso, ouviu-se o alvoroço de pessoas que subiam com lanternas, pois se quebrara o encanto do silêncio fantasmagórico, e, mais uma vez, passei a ouvir ruídos e ver figuras tridimensionais normais. Claro que alguma coisa atraíra uma multidão àquele lugar. Propagara-se algum barulho que eu não ouvira? Logo em seguida, as duas pessoas, simples aldeões, que encabeçavam os demais viram-me de longe e ficaram paralisadas. Uma delas deu um grito alto e reverberante:

— Arre! É você? De novo?

Então todos deram meia-volta e fugiram freneticamente. Isto é, todos menos um. Depois que a multidão desapareceu, vi o homem sério de barba grisalha que me trouxera a esse lugar, parado sozinho, com uma lanterna na mão. Encarava-me boquiaberto, fascinado, mas não com medo. Logo começou a subir a escada e juntou-se a mim no sótão. Disse:

— Então você *não o deixou* em paz! Sinto muito. Sei o que aconteceu. Aconteceu uma vez antes, mas o homem se assustou e suicidou-se com um tiro. Você não devia *tê-lo* feito voltar. Sabe o que ele quer. Mas não deve apavorar-se como se apavorou o outro. Alguma coisa muito estranha e terrível aconteceu a você, embora não ao extremo de prejudicar-lhe a mente e a personalidade. Se mantiver a cabeça fria e aceitar a necessidade de fazer certos reajustes radicais em sua vida, pode continuar aproveitando o mundo e os frutos de sua sabedoria. Entretanto, não pode continuar a viver aqui, e não creio que deseje regressar a Londres. Eu aconselharia os Estados Unidos.

"Tampouco deve tentar mais nada com esse... objeto. Agora, nada mais voltará a ser como antes. Fazer ou invocar qualquer entidade só serviria para piorar os problemas. Não se saiu tão mal como poderia ter ocorrido... contudo, precisa sair logo daqui e estabelecer-se em outro lugar. Seria melhor dar graças a Deus por não ter sido mais grave.

"Vou prepará-lo da maneira mais direta possível. Ocorreu certa mudança em sua aparência física. *Ele* sempre a provoca. Mas num novo país você pode habituar-se a essa mudança. Tem um espelho na outra extremidade do aposento, e vou levá-lo até lá. Embora vá sofrer um choque, não sentirá nada repulsivo."

Pus-me a tremer, dominado por um medo mortal, e o barbudo quase teve de amparar-me enquanto me acompanhava até o espelho no outro lado do aposento, com um lampião fraco, isto é, o que se achava antes na mesa, não a lanterna, ainda mais fraca que trouxera na mão. Segue-se o que vi no espelho:

Um homem magro, moreno, de estatura média, vestindo o hábito clerical da Igreja Anglicana, aparentando uns 30 anos, de óculos sem armação e com hastes de aço, cujos cristais brilhavam abaixo de uma testa anormalmente alta, lívida e azeitonada.

Era o indivíduo silencioso que chegara primeiro e queimara os livros. Pelo resto de minha vida, na aparência exterior, eu seria esse homem!

O LIVRO

MINHAS LEMBRANÇAS são muito confusas. As dúvidas quanto a onde elas começam são ainda maiores, pois, às vezes, tenho visões apavorantes dos anos que se estendem atrás de mim, enquanto em outras, parece que o momento presente é um ponto isolado num infinito informe e cinzento. Nem sequer sei ao certo como transmitir esta mensagem. Embora saiba que estou falando, tenho a vaga impressão de que talvez seja necessária uma estranha e terrível mediação para levar minhas palavras aos lugares onde desejo que me ouçam. Minha identidade, também, encontra-se desconcertantemente enevoada. Parece que sofri um tremendo choque que poderia ser uma monstruosa consequência dos ciclos dessa minha experiência única e incrível.

Claro que todos esses ciclos de experiência derivam daquele livro carcomido por traças. Lembro-me de quando o encontrei numa casa mal iluminada, próxima ao rio preto e oleoso acima do qual sempre rodopiam as névoas. Tratava-se de uma casa antiquíssima, com estantes até o teto repletas de volumes em desintegração, que se estendiam, intermináveis, pelos quartos e alcovas sem janelas até os fundos. Viam-se, além disso, grandes e desordenadas pilhas de livros no chão e em toscos caixotes; e foi numa dessas pilhas que o encontrei. Jamais soube o título, visto que lhe faltavam as primeiras páginas, mas acabou caindo aberto no chão e sua visão deu-me um vislumbre de algo que quase me fez perder os sentidos.

Continha uma fórmula — um tipo de relação de coisas a fazer e dizer — que reconheci como algo proibido associado ao ocultismo; alguma coisa que eu lera antes, com uma mistura de repugnância e fascinação, em furtivos parágrafos redigidos por aqueles antigos pesquisadores e guardiões dos segredos do universo em cujos textos deteriorados eu amava mergulhar. Era uma chave — um guia — para certos portais e transições com os quais os místicos têm sonhado e sussurrado desde que a raça humana era jovem e os quais conduzem a liberdades e descobertas situadas além das três dimensões e dos reinos da vida e matéria que conhecemos. Durante séculos, nenhum homem lembrava-se de sua substância vital, nem soubera onde encontrá-lo, mas esse livro era de fato antiquíssimo. Não resultara de um trabalho impresso, mas da mão de algum monge meio louco que traçara aquelas agourentas frases latinas de escrita uncial de assombrosa antiguidade.

Lembro-me de como o velho olhou-me de soslaio, riu e fez um estranho sinal com a mão quando o levei comigo. Recusou-se a aceitar pagamento por ele, e só passado muito tempo deduzi por quê. Ao voltar às pressas para casa pelas ruas estreitas, tortuosas e sufocadas de névoa da zona portuária, tive a assustadora impressão de ser seguido por passos furtivos e cautelosos. As casas seculares e cambaleantes, em ambos os lados, pareciam animadas por uma nova e mórbida perversidade, como se um canal de maligna percepção, até então obstruído, se abrisse de repente. Eu sentia que aquelas paredes e frontões salientes de tijolos bolorentos, vigas e emboço fungosos, com as janelas de vidro em forma de losangos que pareciam encarar-me, maldosas, mal conseguissem refrear-se de avançar e esmagar-me. No entanto, eu só lera um mínimo fragmento daquela runa blasfema antes de fechar o livro e levá-lo embora.

Lembro-me ainda de como acabei por ler o livro: o rosto pálido, trancado em meu quarto no sótão, onde durante tanto tempo dedicara-me a estranhas buscas. O enorme casarão achava-se em total silêncio, pois eu só subira depois da meia-noite. Creio que na época eu tinha uma família, embora os detalhes sejam muito confusos, e sei que havia muitos empregados. Não saberia dizer, porém, que ano era, porque desde então, conheci tantas eras e dimensões que todas as minhas noções de tempo se dissolveram e remodelaram. Lia à luz de velas, das quais me lembro do incessante gotejar de cera, e, de vez em quando, me chegava dos distantes campanários o repique de carrilhões. Parece que eu os escutava com uma singular intensidade, como se temesse ouvir alguma nota muito alheia e remota entre as badaladas.

Então veio o primeiro ruído de arranhões e apalpadelas na janela do quarto, que se elevava muito acima dos demais telhados da cidade. Chegou quando eu entoava em voz alta o nono verso desse canto primitivo, e compreendi em meio aos meus tremores o que significavam: "Pois aquele que transpõe os portais, obtém para sempre uma sombra, e jamais volta a ficar sozinho". Eu entoara a invocação, e o livro era, de fato, o que eu desconfiara. Naquela noite, transpus o limiar para um turbilhão de tempos e visões distorcidos, e, quando a manhã encontrou-me no quarto do sótão, vi paredes, estantes e móveis que jamais vira antes.

Tampouco pude tornar a ver o mundo como o conhecera. Misturado com o cenário presente, sempre se encontrava alguma coisa do passado e do futuro, e todos os objetos outrora familiares pareciam assomar, estranhos, na nova perspectiva trazida pela minha visão ampliada. Desde então, passei a caminhar envolto num fantástico sonho de formas desconhecidas e semiconhecidas; e a cada novo portal transposto, com menos clareza eu conseguia reconhecer as coisas da estreita esfera, à qual durante tanto tempo permanecera ligado. O que eu via ao meu redor ninguém mais via; passei, então, a ficar duplamente calado e distante, por temer que me considerassem louco. Os cachorros também tinham medo de mim, pois pressentiam a sombra exterior que jamais se afastava do meu lado. Entretanto, continuei a ler ainda mais textos de livros e pergaminhos ocultos e esquecidos, aos quais me conduzia a nova visão que eu adquirira; também continuei e transpor novos portais de espaço, de seres e formas de vida nessa trajetória, rumo ao cerne do cosmo desconhecido.

Lembro-me da noite em que fiz cinco círculos concêntricos de fogo no chão, e fiquei no mais interior deles, a entoar a monstruosa litania que o mensageiro do Tártaro trouxera. As paredes dissolveram-se e fui arrebatado por um vento tenebroso que me arrastou por abismos sinistros e insondáveis, com pináculos de montanhas desconhecidas, a quilômetros abaixo de mim. Pouco depois, fez-se total escuridão e, em seguida, a luz das miríades de estrelas que formavam estranhas e desconhecidas constelações. Por fim, vi uma planície iluminada de verde, ainda mais abaixo de mim, na qual distingui as retorcidas torres de uma cidade construída num estilo que eu jamais vira, lera, ou sonhara. Ao aproximar-me, a flutuar, dessa cidade, localizei um enorme prédio de pedra, num espaço aberto, e senti um abominável medo dominar-me.

Gritei, debati-me, e, após um desfalecimento, tornei a despertar em meu quarto no sótão, estatelado no meio dos cinco círculos fosforescentes no chão. Na perambulação dessa noite, embora não houvesse mais estranheza do que nas experiências das noites anteriores, senti mais terror, porque soube que chegara mais perto dos abismos e mundos exteriores do que antes. Tornei-me, dali em diante, mais cauteloso com minhas fórmulas encantatórias, porque não tinha o menor desejo de separar-me de meu corpo e da Terra e cair nos abismos desconhecidos, dos quais eu jamais poderia retornar.

A SOMBRA VINDA DO TEMPO

I.

DEPOIS DE VINTE E DOIS ANOS de pesadelo e terror, salvo apenas por uma desesperada convicção da origem mítica de certas impressões, recuso-me a atestar a veracidade daquilo que julgo ter descoberto na Austrália Ocidental, na noite de 17-18 de julho de 1935. Pode-se ter esperança de que minha experiência tenha sido toda, ou em parte, uma alucinação, para a qual, na verdade, existiram inúmeros motivos. E, no entanto, seu realismo foi tão atroz que em alguns momentos toda esperança pareceu impossível. Se o incidente aconteceu de fato, o homem deve estar preparado para aceitar ideias sobre o universo e sobre o lugar que ele próprio ocupa no fervilhante turbilhão do tempo cujo enunciado mais simples é paralisante. Também precisa pôr-se em guarda contra um perigo específico e à espreita que, embora jamais vá engolir a raça inteira, talvez imponha horrores monstruosos e inauditos a certos membros mais aventureiros. Por este último motivo é que exorto, com toda a força de meu ser, o abandono final de todas as tentativas de desenterrar esses fragmentos de alvenaria primitiva e desconhecida que minha expedição propôs-se a estudar.

Partindo do princípio de que eu estava são e acordado, posso afirmar que nenhum ser humano viveu algo semelhante à minha experiência naquela noite, a qual, além disso, foi uma terrível confirmação de tudo o que tentara rejeitar como mito ou fantasia. Por sorte, não existe prova alguma, pois em meu pavor perdi o objeto assombroso que, se real e retirado de tão nefasto abismo, teria representado prova irrefutável.

Quando encontrei o horror, estava sozinho, e até agora não contei a ninguém sobre isso. Não podia impedir os outros de escavar em sua direção, mas a sorte e a areia movediça até então os poupou de encontrá-lo. Agora, preciso redigir alguma declaração definitiva, não apenas pelo meu equilíbrio mental, mas para advertir os demais que possam lê-la com seriedade.

Estas páginas, muitas das quais, sobretudo as primeiras, parecerão familiares aos leitores assíduos da imprensa geral e científica, são escritas na cabine do navio que me leva de volta para casa. Hei de entregá-las ao meu filho, o professor Wingate Peaslee, da Universidade Miskatonic, o único membro de minha família que permaneceu ao meu lado após a estranha amnésia que sofri, há muitos anos, e o homem mais bem informado dos fatos essenciais de meu caso. De todas as pessoas vivas, ele é o menos inclinado a ridicularizar o que vou contar sobre aquela fatídica noite. Não quis informá-lo de viva voz antes de embarcar, porque creio ser preferível ele inteirar-se da revelação por escrito. Ler e reler devagar o deixará com uma imagem mais convincente do que poderia transmitir minha língua confusa. Ele fará o que julgar melhor com este relato, mostrando-o, com comentários adequados, em todos os lugares onde poderá ser útil. É em benefício dos leitores que desconhecem as fases iniciais de meu caso que prefacio a própria revelação com um resumo bastante amplo dos antecedentes.

Chamo-me Nathaniel Wingate Peaslee, e os que se lembram das matérias de jornais, de uma geração precedente, ou da correspondência e dos artigos em revistas de psicologia de seis ou sete anos, hão de saber quem e o que sou. A imprensa estava cheia de detalhes da estranha amnésia que se abateu sobre mim, entre 1908 e 1913, muitos dos quais advêm das tradições de horror, loucura e bruxaria por trás da antiga cidade em Massachusetts, na qual residia então e agora. No entanto, preciso informá-los de que não existe nada de louco ou sinistro em minha hereditariedade e juventude. Trata-se de um fato de suma importância, devido à sombra que caiu tão de repente em mim, vinda de origens *exteriores*. É possível que séculos de sombrias meditações houvessem dado às ruínas assombradas por sussurros de Arkham uma vulnerabilidade singular a essas sombras, embora até isso pareça duvidoso, à luz dos outros casos que passei a estudar depois. Mas o ponto principal é que minha ancestralidade e meu meio são absolutamente normais.

O que veio, veio de *outro lugar*, o qual mesmo agora não ouso falar com palavras claras.

Sou filho de Jonathan e Hannah (Wingate) Peaslee, ambos descendentes de famílias antigas e saudáveis. Nasci e fui criado em Haverhill, na antiga propriedade rural da rua Boardman, perto de Golden Hill, e fui para Arkham apenas quando ingressei na Universidade Miskatonic, aos 18 anos, em 1889. Depois de minha graduação, estudei economia em Harvard e retornei para Miskatonic como Instrutor de Economia Política em 1895. Durante os treze anos seguintes, minha vida transcorreu sem percalços e feliz. Casei-me com Alice Keezar, de Haverhill, em 1896, e meus três filhos, Robert K., Wingate e Hannah, nasceram em 1898, 1900 e 1903, respectivamente. Em 1898, tornei-me professor adjunto e, em 1902, professor titular. Em momento algum tive o menor interesse por ocultismo nem por psicologia anormal.

Foi na quinta-feira, 14 de maio de 1908, que me sobreveio a estranha amnésia. Embora houvesse acontecido de maneira bastante repentina, dei-me conta mais tarde de que certas visões breves e vagas de várias horas antes — visões caóticas que me perturbaram muitíssimo porque eram tão sem precedentes — devem ter formado sintomas premonitórios. Doía-me a cabeça, e tive uma sensação singular, inteiramente nova para mim, de que alguém mais tentava apoderar-se de meus pensamentos.

O colapso ocorreu às 10h20 da manhã, enquanto eu dava uma aula de Economia Política VI — história e tendências atuais da economia — para alunos do primeiro e alguns do segundo ano. Comecei a ver estranhas formas diante de meus olhos e a sentir que me encontrava numa sala grotesca, diferente da sala de aula. Meus pensamentos e fala desviaram-se do tema, e os alunos viram que alguma coisa grave me acontecia. Então, desabei inconsciente em minha cadeira, num estupor do qual ninguém conseguiu despertar-me. Minhas faculdades sãs só retornaram à luz do dia de nosso mundo normal depois de cinco anos, quatro meses e treze dias.

Foi, por certo, de outros que tomei conhecimento do que se seguiu. Não mostrei sinal de consciência por dezesseis horas e meia, embora tenham me levado para casa na rua Crane, nº 27, onde recebi os melhores cuidados médicos. Às 3h da manhã de 15 de maio, tornei a abrir os olhos e pus-me a falar, mas logo o médico e minha família ficaram bastante assustados pela tendência de minha expressão e linguagem. Claro que eu não tinha a mínima lembrança de minha identidade ou passado, ainda que por algum motivo me visse ansioso para esconder essa falta de conhecimento. Fixava os olhos de uma maneira estranha nas pessoas que me rodeavam, e as flexões de meus músculos faciais pareciam desconhecidas por completo.

Até minha fala parecia canhestra e estrangeira. Usava os órgãos vocais de modo atabalhoado e vacilante, e a dicção desprendia um timbre de curiosa afetação, como se eu houvesse aprendido arduamente o inglês de livros. A pronúncia era bárbara e misteriosa, enquanto a língua dava a impressão de incluir ao mesmo tempo fragmentos de singular arcaísmo e expressões incompreensíveis. Dentre as últimas, uma específica foi lembrada de forma poderosa, até apavorante, vinte anos depois, pelo mais jovem dos médicos. Pois, nessa época, a frase começou a ganhar verdadeira circulação — primeiro na Inglaterra e depois nos Estados Unidos; entretanto, apesar de muita complexidade e insólita novidade, eram em cada mínimo detalhe as palavras sobrenaturais do estranho paciente de Arkham de 1908.

A força física retornou de imediato, embora me tenha sido necessária uma reeducação singularmente longa para o emprego coordenado das mãos, pernas e aparato corpóreo em geral. Por causa disso e de outras deficiências físicas inerentes ao lapso mnemônico, mantiveram-me por algum tempo sob rigoroso cuidado médico. Ao constatar que as tentativas de dissimular a amnésia haviam malogrado, confessei-a sem rodeios e tornei-me ávido por informações de todos os tipos. De fato, pareceu aos médicos que eu perdera o interesse em minha própria personalidade assim que vi o caso de amnésia aceito como uma coisa natural. Eles notaram que meus principais esforços eram dominar certos pontos de história, ciência, arte, idioma e folclore: alguns tremendamente obscuros e alguns de simplicidade infantil e que permaneciam, de forma muitíssimo estranha, em vários casos, fora de minha consciência.

Ao mesmo tempo, perceberam que eu possuía um inexplicável corpo de diversos tipos de conhecimento quase desconhecidos, um conhecimento que eu parecia desejar mais ocultar que exibir. Sem querer, referia-me, com casual segurança, a eventos específicos de épocas obscuras fora do âmbito da história aceita, e quando eu via a surpresa que suscitavam fazia passar essas referências como uma brincadeira. E tinha um modo de falar do futuro que por duas ou três vezes causou pavor. Esses misteriosos lampejos logo deixaram de aparecer, embora alguns dos observadores lhes atribuíssem o desaparecimento mais a certa precaução furtiva de minha parte do que a alguma diminuição do estranho conhecimento por trás deles. Na verdade, eu parecia anormalmente ávido por absorver a fala, os costumes e as perspectivas da época que me cercava, como se fosse um viajante estudioso de uma terra longínqua e estrangeira.

Assim que recebi permissão, passei a frequentar a biblioteca da faculdade em todas as horas e logo comecei a tomar providências para as viagens estranhas e cursos especiais em universidades americanas e europeias, os quais provocaram tantos comentários durante os anos seguintes. Em momento algum sofri a falta de contatos intelectuais, pois meu caso desfrutava de uma relativa celebridade entre os psicólogos da época; estes me apresentaram em palestras como um típico exemplo de "Transtorno Dissociativo de Identidade", antes muitas vezes chamado de "dupla personalidade", embora, às vezes, eu parecesse intrigar os palestrantes com algum sintoma estranho ou traço extravagante de gozação, cuidadosamente velado.

De amizade sincera, porém, pouco encontrei. Algo em meu aspecto e modo de falar parecia incitar vagos medos e aversões em todos os que eu conhecia, como se eu fosse um ser infinitamente afastado de tudo o que é normal e saudável. A ideia de um horror obscuro e oculto, associada a abismos de incalculável *distância*, disseminou-se de forma generalizada e persistente. Minha própria família não foi exceção. Desde o momento de meu estranho despertar, minha mulher encarava-me com horror e aversão extremos, jurando que eu era algum estranho total que usurpara o corpo do marido. Em 1910, obteve o divórcio legal e jamais consentiu me ver algum dia, mesmo depois de meu retorno à normalidade em 1913. Esses sentimentos foram partilhados por meu filho mais velho e minha filha pequena, nenhum dos quais vi desde então.

Só meu segundo filho, Wingate, pareceu dominar o terror e a repugnância suscitados pela minha mudança. De fato, sentia que eu era um estranho, embora, com apenas 8 anos, tenha se apegado à fé de que meu eu normal retornaria. Quando este retornou de fato, Wingate procurou-me, e os tribunais concederam-me sua guarda. Nos anos seguintes, ajudou-me nos estudos aos quais fui impelido, e hoje, com 35 anos, é professor de psicologia na Miskatonic. Mas não me surpreendo com o horror que causei, porque, com toda a certeza, a mente, voz e expressão facial do ser que despertaram em 15 de maio de 1908 não eram de Nathaniel Wingate Peaslee.

Não tentarei relatar muito minha vida de 1908 a 1913, visto que os leitores talvez consultem todos os fundamentos externos de meu caso, como o fiz muitíssimo, de arquivos de antigos jornais e publicações científicas. Quando me concederam a responsabilidade de meus fundos, gastava-os devagar, e no geral com sensatez, em viagens e estudos em vários centros de saber. Minhas viagens, porém, eram singulares ao extremo; envolviam longas visitas a lugares remotos e desolados. Em 1909, passei um mês na cordilheira do Himalaia e em 1911 despertei viva curiosidade por uma viagem a camelo que fiz pelos desconhecidos desertos da Arábia adentro. Nunca consegui saber o que aconteceu nessas jornadas. Durante o verão de 1912, fretei um navio para navegar no Ártico, ao norte do arquipélago de Spitzbergen, e manifestei ao regressar sinais de decepção. Mais tarde, naquele ano passei semanas, sozinho, além dos limites de exploração anterior ou posterior, nos imensos sistemas de caverna de rocha calcária da Virgínia Ocidental — labirintos escuros tão complexos que ninguém jamais sequer achou que conseguiria refazer meus passos.

Minhas curtas estadas nas universidades foram marcadas por assimilação de anormal rapidez, como se a personalidade secundária tivesse uma inteligência imensamente superior à minha própria. Também constatei que meu nível de leitura e estudo solitário era fenomenal. Eu conseguia dominar cada detalhe de um livro apenas passando os olhos pelo texto tão depressa quanto virava as folhas, enquanto a capacidade de interpretar figuras complexas num instante era verdadeiramente espantosa. Em algumas ocasiões, circularam rumores quase comprometedores sobre meu poder de influenciar os pensamentos e os atos de outros, embora conste que eu tomava cuidado para minimizar demonstrações dessa faculdade.

Outros comentários temíveis diziam respeito à minha intimidade com líderes de grupos ocultistas, e estudiosos suspeitaram de ligação com bandos de detestáveis e inomináveis hierofantes do mundo ancestral. Esses rumores, embora jamais comprovados na época, foram, sem a menor dúvida, estimulados pelo conhecido teor de algumas de minhas leituras, pois não se pode fazer em segredo a consulta de livros raros em bibliotecas. Existe prova tangível, na forma de anotações marginais, de que estudei minuciosamente obras como os *Cultes des Goules*, do Conde d'Erlette, *De Vermis Mysteriis*, de Ludvig Prinn, *Unaussprechlichen Kulten*, de Von Junzt, os fragmentos sobreviventes do intrigante *Livro de Eibon* e o terrível *Necronomicon*, do árabe louco Abdul Alhazred. Então, também, é inegável que uma onda de atividade de cultos clandestinos recebeu novo e maligno impulso mais ou menos na época de minha estranha mutação.

No verão de 1913, comecei a manifestar sinais de tédio e desinteresse, dando a entender a vários associados que se podia em breve esperar uma mudança em mim. Falei de lembranças que me retornavam de minha vida anterior, embora a maioria dos auditores me julgasse insincero, pois tudo o que eu citava era fortuito e do tipo que poderia ter sido tirado de minhas antigas anotações pessoais. Em meados de agosto retornei a Arkham e reabri minha casa há muito fechada na rua Crane. Ali instalei um mecanismo de singularíssimo aspecto, construído, peça por peça, por diferentes fabricantes de aparatos científicos na Europa e nos Estados Unidos, e o mantive oculto com todo o cuidado da visão de qualquer um inteligente o bastante para analisá-lo. Os que o viram, um trabalhador, uma empregada e a nova governanta, dizem que consistia numa estranha mistura de hastes, rodas e espelhos, embora com apenas 1 metro de altura, uns 30 centímetros de largura e 30 centímetros de espessura. O espelho central era circular e convexo. Tudo isso foi confirmado pelos fabricantes das peças que conseguiram localizar.

Na noite de sexta-feira, 26 de setembro, dispensei a governanta e a empregada até o meio-dia do dia seguinte. As luzes ficaram acesas na casa até tarde, e um homem magro, moreno, com singular aspecto estrangeiro, chegou de automóvel. Era 1h da manhã quando se viram pela última vez as luzes acesas. Às 2h15 da manhã, um policial notou o lugar na obscuridade, mas com o carro do estranho ainda parado no meio-fio. Às 4h, o carro desaparecera com certeza. Foi às 6h da manhã que uma voz estrangeira hesitante no telefone pediu ao dr. Wilson que aparecesse em minha casa e me tirasse de um estranho desfalecimento. Localizou-se depois o telefonema interurbano como dado de uma cabine pública na Estação Norte em Boston, porém jamais se revelou algum sinal do estrangeiro magro.

Quando o médico chegou à minha casa, encontrou-me inconsciente na sala de estar, numa poltrona diante da qual se aproximara uma mesa.

Na superfície polida da mesa, viam-se arranhões que mostravam o lugar onde estivera algum objeto pesado. A máquina estranha sumira, e não se tomou mais conhecimento de nada a respeito. Sem dúvida, o estrangeiro magro e moreno a levara. Na grelha da lareira da biblioteca, uma profusão de cinzas testemunhava que se queimara até o último pedaço de papel em que eu escrevera desde o início da amnésia. O dr. Wilson achou minha respiração muito estranha, embora depois de uma injeção hipodérmica tenha se tornado mais regular.

Às 11h15 da manhã de 27 de setembro, agitei-me vigorosamente, e a máscara até então impassível de meu rosto começou a mostrar sinais de expressão. O dr. Wilson observou que a expressão não era a de minha personalidade secundária, mas parecia muito semelhante à do meu eu normal. Por volta das 11h30 da manhã, murmurei umas sílabas muito singulares que pareciam desvinculadas de qualquer fala humana. Também parecia que eu lutava contra alguma coisa. Então, pouco após o meio-dia, depois que a governanta e a empregada haviam retornado nesse meio-tempo, pus-me a sussurrar em inglês.

— ... dentre os economistas ortodoxos desse período, Jevons simboliza a tendência predominante a estabelecer correlações científicas. Sua tentativa de relacionar o ciclo de prosperidade e depressão comerciais ao ciclo físico das manchas solares talvez constitua o ápice de...

Nathaniel Wingate Peaslee retornara — um espírito cuja escala de tempo, contudo, ainda estava naquela manhã de quinta-feira em 1908, quando a turma da aula de economia tinha os olhares erguidos na surrada escrivaninha sobre a plataforma.

II.

Minha readaptação à vida normal consistiu num processo doloroso e difícil. A perda de mais de cinco anos cria mais complicações do que se pode imaginar, e em meu caso inúmeras questões precisavam ser ajustadas. O que fiquei sabendo de meus atos desde 1908 surpreendeu-me e transtornou-me, embora eu tentasse encarar o problema da maneira mais filosófica possível. Ao recuperar enfim a custódia de meu segundo filho, Wingate, instalei-me com ele na casa da rua Crane e esforcei-me para reiniciar a tarefa docente, após a faculdade ter a bondade de oferecer-me minha antiga cátedra.

A SOMBRA VINDA DO TEMPO

Comecei a trabalhar no período letivo iniciado em fevereiro de 1914 e continuei apenas durante um ano, quando me dei conta da gravidade com que minha experiência abalara-me. Embora em perfeita sanidade, eu esperava-o, e sem nenhuma falha em minha personalidade original, eu perdera a vitalidade dos velhos tempos. Assombravam-me continuamente vagos sonhos e estranhas ideias, e quando a eclosão da Primeira Guerra Mundial dirigiu-me a mente à história, vi-me pensando em períodos e acontecimentos da maneira mais estranha possível. Minha concepção de *tempo* e a capacidade de distinguir entre sucessão e simultaneidade pareciam sutilmente alteradas, fazendo com que eu formasse ideias quiméricas sobre viver numa época e projetar a mente por toda a eternidade, em busca de conhecimento de épocas passadas e futuras.

A guerra dava-me estranhas impressões de *lembrar-me* de algumas de suas *consequências* longínquas, como se, por saber qual seriam os desfechos, eu pudesse reexaminá-los *em retrospecto* à luz de informações futuras. Todas essas quase memórias vinham acompanhadas de muita dor e um sentimento de que alguma barreira psicológica artificial interpunha-se entre mim e elas. Quando meio acanhado referia-me a essas impressões com os demais, deparava-me com variadas reações. Algumas pessoas olhavam-me com inquietação, mas, no departamento de matemática, alguns falavam de novos avanços nas teorias da relatividade, então discutidas apenas em círculos científicos, as quais mais tarde tornariam o dr. Albert Einstein tão famoso. Diziam que essas vinham rapidamente reduzindo o *tempo* ao status de uma simples dimensão.

No entanto, os sonhos e os sentimentos conturbados acabaram por dominar-me a tal ponto que tive de abandonar o trabalho regular em 1915. Certas impressões adquiriam um aspecto inquietante, incutindo-me a ideia persistente de que minha amnésia deveu-se a algum tipo profano de *troca*; que a personalidade secundária na verdade viera de regiões ignoradas, em consequência de uma força desconhecida e remota ter-se alojado dentro de mim, enquanto minha personalidade original sofrera um deslocamento. Por isso, sentia-me impelido a vagas e assustadoras especulações relacionadas ao paradeiro de meu verdadeiro eu durante os anos que o outro ocupara meu corpo. A inteligência singular e a estranha conduta desse intruso foram me perturbando cada vez mais, à medida que eu inteirava-me de outros detalhes por pessoas, jornais e revistas. A estranheza que desconcertava os demais parecia harmonizar-se terrivelmente com algum pano de fundo de tenebrosos conhecimentos que me supuravam os abismos do inconsciente. Comecei uma busca febril de todas as mínimas informações referentes aos estudos e viagens desse *outro* durante os anos obscuros.

Nem todos os meus tormentos eram assim semiabstratos. Os sonhos, por exemplo, pareciam tornar-se cada vez mais vívidos e concretos. Sabendo como a maioria dos outros iria encará-los, eu raras vezes mencionava-os, a não ser com meu filho ou certos psicólogos de confiança, porém, acabei começando um estudo científico de outros casos, a fim de averiguar até que ponto essas visões eram características ou não entre vítimas de amnésia. Meus resultados, ajudados por psicólogos, historiadores, antropólogos e especialistas em doenças mentais, de ampla experiência, além de um estudo que incluía todos os registros de dupla personalidade desde os tempos das lendas de possessão demoníaca às realidades médicas do presente, a princípio, transtornaram-me mais do que me consolaram.

Logo descobri que meus sonhos de fato não tinham nenhum equivalente no imenso corpo de casos de amnésia verdadeira. Restava, porém, um resíduo minúsculo de descrições que por anos me desconcertaram e chocaram pela semelhança com a minha própria experiência. Algumas delas constituíam fragmentos de folclore antigo; outras, históricos de casos nos anais de medicina; uma ou duas eram anedotas obscuramente enterradas em histórias clássicas. Em consequência, parecia que, embora meu tipo especial de aflição fosse de uma prodigiosa raridade, exemplos dela ocorreram em longos intervalos desde o início das publicações da humanidade. Alguns séculos podiam conter um, dois ou três casos; outros, nenhum, ou pelo menos nenhum cujo registro sobreviveu.

Tratava-se em essência sempre da mesma história: uma pessoa de forte poder de reflexão via-se presa de uma estranha vida secundária a levar, por um período maior ou menor, uma existência totalmente diferente, caracterizada, a princípio, por desajeitamento verbal e corporal, e depois por uma maciça aquisição de conhecimento científico, histórico, artístico e antropológico: uma aquisição empreendida com entusiasmo febril e com uma capacidade de absorção em tudo anormal. Sucedia-se um repentino retorno da consciência legítima, atormentada intermitentemente, desde então, por vagos sonhos indeterminados que sugeriam fragmentos de lembranças horríveis de algo que a pessoa apagara com todo cuidado. E a estreita semelhança desses pesadelos com os meus, mesmo em alguns mínimos detalhes, não me deixou na mente a menor dúvida da significativa natureza comum. Um ou dois dos casos desprendiam um quê extra de leve blasfema e familiaridade, como se eu soubera deles antes por algum canal cósmico demasiado mórbido e assustador para contemplar. Em três exemplos, fazia-se menção específica a uma máquina misteriosa parecida com a que tive em casa antes da segunda transformação.

O que também me inquietava durante a pesquisa foi a frequência um pouco maior de casos em que um vislumbre breve e fugidio dos mesmos pesadelos afetara pessoas não acometidas pela amnésia bem definida. Tratava-se de pessoas em grande parte com inteligência medíocre ou inferior: algumas tão rudimentares que ninguém imaginaria que poderiam ser consideradas veículos de erudição anormal e aquisições mentais sobrenaturais. Por um instante, viam-se tomadas por uma força alienígena; em seguida, porém, ocorria um lapso de volta ao estado subdesenvolvido e uma lembrança rápida, fugidia, de horrores inumanos.

Houvera pelo menos três desses casos durante os últimos cinquenta anos, um deles apenas quinze anos antes. Seria alguma entidade que *andava às cegas através dos tempos*, vinda de um insuspeitado abismo na Natureza? Não seriam esses poucos casos *experiências* monstruosas, sinistras, das quais era preferível ignorar a natureza e a autoria para não se perder a sanidade? Eram essas algumas das imprecisas divagações de minhas horas mais sombrias, fantasias incitadas pelos mitos desvendados por esses estudos. Pois eu não duvidava de que certas lendas persistentes de antiguidade imemorial, que pareciam desconhecidas pelas vítimas e os médicos ligados aos casos recentes de amnésia, formavam uma impressionante e temerosa elaboração de lapsos de memória como os meus.

Quanto à natureza dos sonhos e das impressões que se tornavam cada vez mais tumultuosos, eu continuava quase com medo de falar. Pareciam cheirar a loucura, e, às vezes, eu acreditava que estava de fato enlouquecendo. Seria um tipo especial de alucinação que afligia aqueles que haviam sofrido lapsos de memória? Os esforços do inconsciente por preencher com pseudolembranças uma lacuna intrigante poderiam suscitar estranhos caprichos da imaginação? Isso, na verdade (embora uma teoria folclórica alternativa acabasse por parecer-me mais plausível), era a crença de muitos dos psiquiatras que me ajudaram em minha busca a casos paralelos e também ficaram intrigados como eu com as exatas semelhanças, às vezes, descobertas. Embora não definissem o estado como insanidade verdadeira, classificavam-no entre os transtornos neuróticos. Endossavam calorosamente, como o caminho correto, a decisão de eu tentar identificar e analisar, em vez de procurar em vão a descartar ou esquecer, segundo os melhores princípios psicológicos. Eu valorizava em particular a opinião dos médicos que me haviam acompanhado enquanto possuído pela outra personalidade.

Meus primeiros distúrbios não foram de modo algum visuais, mas relacionados a problemas mais abstratos sobre os quais já falei. Também nutria um sentimento de profunda e inexplicável aversão a *mim mesmo*. Adquiri um medo estranho de ver minha própria figura física, como se eu fosse achá-la inteiramente desconhecida e de um horror inconcebível. Quando eu arriscava enfim um olhar em mim e via a forma humana conhecida, vestida em discreto terno cinza ou azul, sempre sentia um curioso alívio, embora, para obter esse alívio, eu precisasse vencer um infinito terror. Evitava espelhos o máximo possível e fazia a barba no barbeiro.

Passou-se um longo tempo até eu estabelecer uma relação entre esses sentimentos de frustração e as impressões visuais passageiras que começaram a manifestar-se. A primeira vez teve a ver com a estranha sensação de uma restrição externa e artificial à minha memória. Sentia que as imagens entrevistas tinham um profundo e terrível significado, além de uma assustadora relação comigo, mas que alguma influência proposital impedia-me de compreender esse significado e essa relação. Em seguida, teve início a estranheza sobre o elemento *tempo* e com ela os desesperados esforços para situar as fragmentárias visões oníricas no padrão cronológico e espacial.

As visões em si eram a princípio mais estranhas que horríveis. Parecia-me estar numa enorme sala abobadada, cujos elevados arcobotantes de pedra quase se perdiam nas sombras acima. Qualquer que fosse a época ou o lugar em que se desenrolava a cena, o princípio do arco era conhecido e usado com tanta frequência quanto pelos romanos. Viam-se colossais janelas redondas, elevadas portas encimadas por arco, pedestais ou mesas tão altos quanto o pé-direito de um quarto comum. Imensas prateleiras de madeira escura cobriam as paredes, contendo o que parecia ser volumes de enorme tamanho, com estranhos hieróglifos nas lombadas. O revestimento de pedra exposta exibia singulares entalhes, sempre em desenhos matemáticos curvilíneos, além de inscrições cinzeladas nos mesmos caracteres existentes nos livros enormes. A alvenaria de granito escuro era de um monstruoso tipo megalítico. Não havia cadeiras, mas as superfícies das imensas mesas achavam-se repletas de livros, papéis, e o que pareciam ser materiais de escrita: recipientes de metal arroxeado com ornamentos esquisitos e varas com pontas manchadas. Por mais altas que fossem as mesas, parecia que eu conseguia, às vezes, vê-las de cima. Em algumas, grandes globos de cristal luminoso serviam de abajures, e havia máquinas inexplicáveis formadas de tubos de vidro e hastes de metal. As janelas de vidraças tinham treliças com ripas de madeira de aparência sólida. Embora eu não ousasse aproximar-me e espreitar o exterior por elas, de onde eu estava dava para distinguir os topos ondulantes de uma singular vegetação semelhante à samambaia. O piso revestia-se de maciças lajes octogonais, e não se viam tapetes nem cortinas.

Mais tarde, vieram as visões em que eu atravessava gigantescos corredores de pedra e subia e descia por ciclópicos planos inclinados da mesma alvenaria monstruosa. Não havia escadas em lugar algum, nem qualquer passagem com largura inferior a uns 10 metros. Algumas das construções pelas quais eu flutuava deviam alçar-se céu adentro por milhares de metros. Abaixo, estendiam-se múltiplos níveis de abóbadas escuras e alçapões nunca abertos, fechados com tiras de metal, sugerindo algum perigo especial. Eu parecia ser um prisioneiro, e o horror pairava ameaçador, acima de tudo o que eu via. Sentia que os escarnecedores hieróglifos curvilíneos nas paredes iriam explodir-me a alma com sua mensagem, se eu não fosse protegido por uma misericordiosa ignorância.

Ainda mais tarde, meus sonhos incluíram panoramas vistos das grandes janelas redondas e do titânico telhado plano, com seus curiosos jardins, extensa área árida e parapeito elevado e recortado de pedra, ao qual conduzia o mais alto dos planos inclinados. Havia léguas quase infindáveis de prédios gigantescos, cada um em seu jardim, enfileirados ao longo de avenidas calçadas de uns 60 metros de largura. Embora de aspecto muito diferente entre si, poucos tinham menos de 100 metros de altura e uns 50 metros quadrados de área. Muitos pareciam tão ilimitados que deviam ter uma fachada de vários milhares de metros, enquanto alguns se precipitavam acima, até altitudes montanhosas, no céu cinzento e vaporoso. Todos eram feitos de pedra ou concreto, e a maioria expressava o estranho tipo de construção curvilínea visível no prédio em que me encontrava. Em vez de telhados, tinham terraços planos cobertos de jardim e circundados por parapeitos recortados. Às vezes, viam-se terraços em níveis mais altos, e largos espaços vazios entre os jardins. Embora houvesse sugestões de movimento nas grandes avenidas, em minhas primeiras visões, não consegui distinguir os detalhes dessa impressão.

Em certos lugares, eu avistei enormes torres cilíndricas escuras que se elevavam muito acima de qualquer uma das outras estruturas, as quais pareciam de uma natureza totalmente única, além de exibirem sinais de prodigiosa antiguidade e dilapidação. Construídas num bizarro tipo de alvenaria de basalto de corte quadrado, afunilavam-se ligeiramente em direção aos topos arredondados. Em lugar algum, em qualquer uma delas, não se encontravam os menores vestígios de janelas nem de outras aberturas, exceto imensas portas. Também notei alguns prédios mais baixos, todos desgastados por eternidades de intempéries, semelhantes às escuras torres cilíndricas, na arquitetura básica. Ao redor de todas essas aberrantes pilhas de construção de pedra com corte quadrado pairava uma inexplicável aura de ameaça e de medo concentrados, como a que envolvia os alçapões barrados.

Os jardins onipresentes eram quase apavorantes em sua estranheza, com formas de vegetação insólitas e desconhecidas a balançar acima de atalhos ladeados por monólitos singularmente esculpidos e a predominância de samambaias de tamanho anormalmente imenso, algumas verdes e algumas de uma horrenda palidez fungosa. Entre essas, erguiam-se grandes plantas fósseis espectrais semelhantes às calamites, cujos troncos parecidos com bambus, alçavam-se a alturas fabulosas. E ainda tufos que lembravam fabulosas cicadáceas, além de arbustos e árvores verde-escuros de aspecto conífero. Era impossível identificar as flores pequenas, incolores, que desabrochavam em canteiros geométricos e à solta, em meio ao verdor. Em alguns dos jardins dos terraços e topos de telhado, viam-se flores maiores e mais vívidas, de contornos quase ofensivos, que pareciam sugerir cultivo artificial. Fungos de tamanho, desenhos e cores inconcebíveis salpicavam o cenário em padrões e indicavam alguma tradição de horticultura desconhecida, mas bem estabelecida. Nos jardins maiores no nível do chão, parecia existir certa tentativa de preservar as irregularidades da natureza, embora nos telhados houvesse mais seletividade e mais indícios da arte topiária.

O céu era quase sempre chuvoso e enevoado, e, às vezes, eu testemunhava tremendas tempestades. Com menos frequência, porém, apareciam vislumbres fugazes do Sol, o qual parecia demasiado grande, e da Lua, cujas manchas tinham um toque de diferença que jamais consegui explicar. Nas noites em que o céu estava claro o bastante, o que era muito raro, eu mal reconhecia as constelações visíveis. Tinham contornos, às vezes, aproximados das nossas, porém, quase nunca iguais; da posição dos poucos grupos que conseguia reconhecer, achava que eu devia estar no hemisfério Sul da Terra, perto do Trópico de Capricórnio. O horizonte longínquo estava sempre vaporoso e confuso, embora permitisse distinguir que extensas selvas de desconhecidos xaxins de samambaias, calamites, lepidodendrales e sigilariáceas estendiam-se na periferia da cidade, a fantástica frondosidade a acenar zombeteira nos vapores sempre em movimento. De vez em quando, surgiam sugestões de movimento no céu, mas, em minhas primeiras visões, jamais determinei do que se tratava.

No outono de 1914, comecei a ter sonhos esporádicos com estranhas flutuações acima da cidade e pelas regiões que a circundavam. Vi infindáveis estradas por florestas de assustadores cultivos com troncos mosqueados, estriados e listrados, ou diante de outras cidades tão estranhas quanto a que me obcecava com persistência. Vi monstruosas construções de pedra preta ou iridescente em brechas e clareiras onde reinava crepúsculo perpétuo, e percorri longos caminhos elevados sobre pântanos tão escuros que mal distinguia sua úmida e alta vegetação. Notei certa vez, uma área de incalculáveis quilômetros juncada de ruínas basálticas destruídas pelo tempo cuja arquitetura era parecida com a das torres sem janelas, de topos arredondados, na cidade mal-assombrada. E em outra ocasião, vi o mar, uma ilimitada expansão vaporosa além dos colossais píeres de pedra de uma enorme cidade de domos e arcos. Imensas sugestões de sombras amorfas deslizavam acima da água, e dispersos esguichos anômalos perturbavam-lhe a superfície.

III.

Como eu já disse, não foi de imediato que essas visões adquiriram seu aspecto aterrador. Com certeza, muitas pessoas sonham com coisas até mais estranhas, compostas de fragmentos dissociados de vida diária, retratos, leituras e combinadas sob formas novas e surpreendentes pelos caprichos desenfreados do sono. Por algum tempo, aceitei as visões como naturais, embora nunca antes tenha sido um sonhador extravagante. Eu argumentava que muitas das anomalias vagas deviam vir de origens triviais, demasiado numerosas para identificá-las, ao passo que outras pareciam refletir o conhecimento de um compêndio comum das plantas e outras condições do mundo primitivo de cento e cinquenta milhões de anos atrás: o mundo do período Permiano ou do Triássico. No decorrer de alguns meses, porém, o elemento de terror surgiu de fato com intensa força. Foi quando os sonhos começaram de maneira inequívoca a ter o aspecto de *lembrança* e minha mente começou a relacioná-los com as crescentes perturbações abstratas que me acometiam: o sentimento de limitação mnemônica, as impressões estranhas sobre o *tempo*, a sensação de uma repugnante troca com minha personalidade secundária de 1908-13 e, muito depois, a inexplicável aversão à minha própria pessoa.

À medida que certos detalhes definidos passaram a entrar nos sonhos, o horror deles intensificou-se mil vezes, até que, em outubro de 1915, senti que precisava fazer alguma coisa. Foi nessa ocasião que comecei um estudo intensivo de outros casos de amnésia e visões, sentindo que assim eu poderia objetivar minha dificuldade e livrar-me de seu domínio emocional. Entretanto, como mencionado antes, o resultado a princípio revelou-se quase o exato oposto. Causou-me imensa angústia constatar que outras pessoas haviam tido sonhos tão semelhantes aos meus, sobretudo, porque alguns dos precedentes remontavam a épocas demasiado antigas, em que não cabia admitir nenhum conhecimento geológico e, em consequência, nenhuma ideia de paisagens primitivas da parte dos pacientes. E mais, muitos desses relatos ofereciam detalhes horripilantes e explicações referentes às visões de grandes prédios e jardins selvagens, além de outras coisas. As visões reais e as vagas impressões já eram bastante ruins, porém, o que davam a entender ou afirmavam os outros sonhadores desprendia algo de loucura e sacrilégio. Pior de todo, minha própria pseudomemória suscitou delirantes sonhos e sugestões de revelações próximas. Contudo, a maioria dos médicos julgou aconselhável, no conjunto, eu dar continuidade à pesquisa.

Estudava psicologia a fundo, e, pelos mesmos motivos, meu filho Wingate seguiu-me o exemplo, estudos que o acabaram levando ao seu atual magistério. Em 1917 e 1918, frequentei cursos especiais na Miskatonic. Enquanto minha consulta a registros médicos, históricos e antropológicos se tornaram infatigáveis, envolvendo viagens a bibliotecas distantes e, por fim, incluindo até uma leitura dos hediondos livros de antiga tradição proibida, pelos quais parecia interessar-se minha personalidade secundária de maneira tão perturbadora. Algumas dessas obras constituíam as mesmas que eu consultara naquele estado alterado, e fiquei muitíssimo angustiado com certas anotações marginais e *correções* ostensivas do abominável texto, feitas numa escrita e em termos que pareciam esquisitamente não humanos.

A maioria desses comentários era redigida nas respectivas línguas dos vários livros, todas as quais o escritor parecia conhecer com igual, embora obviamente acadêmica, facilidade. Uma nota anexa ao *Unaussprechlichen Kulten*, porém, mostrava, ao contrário, uma alarmante originalidade. Consistia em certos hieróglifos curvilíneos traçados na mesma tinta das correções alemãs, mas sem seguir nenhum padrão humano. E esses hieróglifos revelaram-se estreita e inequivocamente análogos aos caracteres que se encontravam de forma constante em meus sonhos; caracteres cujo significado eu imaginava, às vezes, por um instante que conhecia ou do qual estava prestes a lembrar-me. Para completar minha absoluta confusão, muitos bibliotecários garantiram-me que, em vista de exames anteriores e registros de consulta dos volumes em questão, todas as anotações deviam ter sido feitas por mim mesmo no meu estado secundário, apesar do fato de que eu continuava e continuo ignorante das três línguas envolvidas.

Após reunir os registros esparsos, antigos e modernos, antropológicos e médicos, encontrei uma mistura bastante coerente de mitos e alucinações cuja amplidão e estranheza deixaram-me em total estupefação. Apenas uma coisa consolou-me: o fato de que se tratava de mitos antiquíssimos. Não consegui sequer imaginar que ciência perdida fora capaz de introduzir naquelas fábulas primitivas imagens da paisagem das eras Paleozoica ou Mesozoica, mas ali estavam e, por conseguinte, existia uma base para a formação de um tipo fixo de delírio. Sem dúvida, casos de amnésia criavam o padrão-mito geral; depois, porém, os fantasiosos acréscimos dos mitos deviam agir nos amnésicos e colorir-lhes as pseudolembranças. Eu mesmo lera, e ouvira, e aprendera todas as lendas primitivas durante meu lapso de memória, como o comprovaram meus estudos posteriores. Não era natural, então, que os sonhos e as impressões emocionais subsequentes que passei a ter se colorissem e se moldassem pelo que minha memória sutilmente assimilou de meu estado secundário? Alguns dos mitos tinham significativas ligações com outras lendas obscuras do mundo pré-humano, sobretudo os contos hindus que envolvem estupefacientes abismos de tempo e formam parte do saber dos teósofos modernos.

Os mitos primitivos e as alucinações modernas coincidiam na suposição de que a humanidade é apenas uma — talvez a menor — das raças altamente evoluídas e dominantes da longa e em grande parte desconhecida trajetória deste planeta. Davam a entender que seres de forma inconcebível haviam erguido torres até o céu e se aprofundado em todos os segredos da natureza antes do primeiro ancestral anfíbio do homem ter-se arrastado mar quente afora, há 300 trezentos milhões de anos. Alguns haviam descido das estrelas; uns poucos eram tão antigos quanto o próprio cosmo; outros haviam se originado rápido de germes terrestres tão distanciados dos primeiros germes de nosso ciclo evolutivo de vida como estes se distanciavam de nós mesmos. Referiam-se, à vontade, a milhares de milhões de anos, além de relações com outras galáxias e universos. Na verdade, inexistia essa ideia de tempo no sentido aceito por nós.

Mas a maioria desses relatos e visões dizia respeito à raça relativamente tardia, de uma forma estranha e complexa, que não se assemelhava a nenhuma forma de vida conhecida em âmbito científico, que se extinguira apenas cinquenta milhões de anos antes do advento do homem. Indicavam que se tratou da raça mais poderosa de todas, porque só ela conquistara o segredo do tempo. Aprendera tudo o que se soubera em todo o passado *ou seria conhecido no futuro* na Terra, pelo poder das mentes mais aguçadas de projetar-se no passado e no futuro, mesmo através dos abismos de milhões de anos, para estudar o saber de todas as eras. Das realizações dessa raça surgiram todas as lendas dos *profetas*, entre elas as da mitologia humana.

Em suas imensas bibliotecas, encontravam-se volumes de textos e gravuras contendo todos os anais da Terra: histórias e descrições de cada uma das espécies que já havia existido ou que chegaria a existir, com registros completos de suas artes, realizações, línguas e psicologias. Com esse conhecimento que abrangia bilhões de anos, a Grande Raça selecionou de cada era e forma de vida ideias, artes e métodos que mais conviessem à sua própria natureza e situação. O conhecimento do passado, conseguido mediante um tipo de mentalidade independente dos sentidos reconhecidos, era mais difícil de adquirir do que o conhecimento do futuro.

No último caso, o método era mais fácil e mais concreto. Com ajuda mecânica adequada, a mente projetava-se adiante no tempo, tateando seu obscuro caminho extrassensorial até aproximar-se do período desejado. Em seguida, após testes preliminares, apoderava-se de um dos melhores exemplares que conseguisse descobrir das formas de vida mais evoluídas do período; introduzia-se no cérebro do organismo e impunha-lhe suas próprias vibrações, enquanto a mente desalojada remontava de volta ao período do usurpador, permanecendo no corpo dele até que se efetuasse um processo inverso. A mente projetada no corpo do organismo do futuro então se comportava como um membro da raça cuja forma externa usava, absorvendo o mais rápido possível tudo que se podia aprender do período escolhido e do que havia de informações e técnicas acumuladas.

Enquanto isso, a mente desalojada, lançada de volta à época e ao corpo do usurpador, era cuidadosamente defendida. Impediam-no de machucar o corpo que ocupava, e interrogadores especializados extraíam-lhe todos os seus conhecimentos. Muitas vezes o questionavam em sua própria língua, quando buscas anteriores no futuro houvessem trazido de volta registros dela. Se a mente viesse de um corpo cuja língua a Grande Raça não conseguia reproduzir fisicamente, fabricavam-se máquinas inteligentes, nas quais se tocava a língua estrangeira como num instrumento musical. Os membros da Grande Raça eram imensos cones rugosos de uns 3 metros de altura, com a cabeça e outros órgãos fixados a membros extensíveis de mais de 30 centímetros de espessura, que partiam do ápice do cone. Eles se exprimiam fazendo estalar ou arranhar as enormes patas ou garras em que terminavam as pontas de dois dos seus quatro membros e caminhavam pela expansão e contração de uma camada viscosa presa às suas imensas bases de 3,5 metros de diâmetro.

Assim que se houvessem dissipado o assombro e o ressentimento da mente cativa, e quando (supondo que viesse de um corpo muitíssimo diferente do da Grande Raça) ela perdesse o horror por sua desconhecida forma temporária, permitiam-lhe estudar seu novo ambiente e adquirir a prodigiosa sabedoria aproximada do usurpador. Com precauções adequadas, e em troca de serviços prestados, também lhe permitiam percorrer todo o mundo habitável em aeronaves gigantescas ou nos imensos veículos de propulsão atômica, semelhantes a barcos, que sulcavam as imensas estradas, além de pesquisar livremente nas bibliotecas que continham os registros do passado e futuro do planeta. Isso reconciliava muitas mentes cativas com seu destino, visto que se tratava de inteligências elevadíssimas, para as quais o desvendamento de mistérios ocultos da Terra — capítulos concluídos de inconcebíveis passados e de turbilhões vertiginosos do futuro de suas próprias eras naturais — sempre forma, apesar dos horrores muitas vezes desvelados, a experiência suprema de vida.

De vez em quando, permitiam que certos cativos se encontrassem com outras mentes arrebatadas do futuro para trocarem ideias com consciências que viviam cem, mil, ou um milhão de anos antes ou depois de suas próprias épocas. E a todas essas almas se exortava que escrevessem minuciosas informações em suas próprias línguas, a respeito de si mesmas e de seus respectivos períodos; depois se arquivavam esses documentos nos grandes arquivos centrais.

Pode-se acrescentar que um triste tipo de cativo especial desfrutava privilégios muito maiores que os da maioria. Tratava-se dos exilados moribundos *permanentes*, cujos corpos no futuro, haviam sido apreendidos por membros de mente mais elevada da Grande Raça que, diante da morte, tentavam escapar à extinção mental. Esses exilados melancólicos não eram tão comuns quanto se podia esperar, pois a longevidade da Grande Raça diminuía-lhes o amor pela vida, sobretudo entre as mentes superiores capazes de projeção. Dos casos da projeção permanente de espíritos mais antigos, originaram-se muitas das mudanças duradouras de personalidade observadas na história mais recente, incluindo a da humanidade.

Quanto aos casos comuns de exploração, depois que o espírito houvesse aprendido o que desejava no futuro, construía um aparato semelhante ao que lhe propulsara o voo e invertia o processo de projeção. Mais uma vez, tornaria a existir em seu próprio corpo e época, enquanto o espírito-cativo recuperaria seu corpo orgânico do futuro correspondente. Só quando um dos corpos morria durante a troca, a restauração tornava-se impossível. Em tais casos, claro, o espírito explorador — como os dos que haviam fugido da morte — via-se obrigado a passar o resto da vida num corpo estranho do futuro; ou então o espírito cativo — como os exilados moribundos permanentes — tinha de terminar os dias na forma e na era da Grande Raça.

Esse destino era menos horrível quando o espírito cativo também pertencia à Grande Raça, uma ocorrência não infrequente, pois essa raça sempre sentiu intensa preocupação com o seu futuro. O número de exilados moribundos permanentes da Grande Raça era muito limitado, em grande parte pelas terríveis penalidades impostas aos moribundos que pretendiam usurpar mentes da Grande Raça do futuro. Mediante a projeção, tomavam-se medidas para infligir essas penalidades aos transgressores em seus novos corpos futuros invadidos; e, às vezes, efetuavam-se reversões obrigatórias das trocas. Casos complexos do deslocamento de mentes exploradoras ou já cativas por mentes em várias regiões do passado haviam sido constatados e cuidadosamente corrigidos. Em cada época, desde a descoberta da projeção de mente, uma parcela ínfima, mas bem identificada, da população compunha-se de espíritos da Grande Raça de eras passadas, que permaneciam em corpos tomados de empréstimos por um período mais longo ou menor.

Quando se restituía uma mente cativa de origem estrangeira ao seu próprio corpo no futuro, purificavam-na mediante uma intricada hipnose mecânica de tudo o que ela aprendeu na era da Grande Raça, para evitar certas consequências inoportunas inerentes à difusão prematura de grandes quantidades de conhecimento do futuro. Os raros casos existentes de clara transmissão sem controle haviam causado, e causariam em tempos futuros conhecidos, grandes desastres. Diziam os antigos mitos que foi em consequência de dois casos desse tipo de transmissão que a humanidade tomou conhecimento da Grande Raça. De todos os vestígios *físicos e diretos* desse mundo, bilhões de anos distante, restavam apenas certas ruínas de imensas pedras em lugares longínquos e debaixo do mar, além de partes do texto dos assustadores Manuscritos Pnakóticos.

Assim, a mente liberada chegava à sua própria época com apenas as imagens mais indistintas e mais fragmentárias do que vivera desde a captura. Erradicavam todas as lembranças que podiam ser erradicadas, de modo que na maioria dos casos apenas um vazio sombreado de sonhos remontava ao tempo da primeira troca. Algumas mentes lembravam-se mais do que outras e, em raras ocasiões, o agrupamento fortuito levava suas lembranças enevoadas do passado às eras futuras. Na certa, jamais existiu uma época na Terra em que grupos ou cultos não houvessem venerado, em segredo, essas insinuações de outro mundo. No *Necronomicon*, sugeriu-se a presença de um culto assim entre seres humanos, um culto que, às vezes, prestava ajuda aos espíritos para que tornassem a percorrer os bilhões de anos de volta aos dias da Grande Raça.

Enquanto isso, os espíritos da própria Grande Raça, que se haviam tornado quase oniscientes, dedicavam-se à tarefa de estabelecer trocas com os espíritos de outros planetas, além de explorar-lhes o passado e futuro. Também tentavam remontar ao passado e sondar os últimos anos e a origem daquele orbe tenebroso no longínquo espaço, morto bilhões de anos atrás, de onde viera sua própria herança mental, pois o espírito da Grande Raça era mais antigo que sua forma corpórea. Os seres de um mundo ancião agonizante, conhecedores dos últimos segredos, haviam buscado no futuro um outro mundo e uma nova espécie, para que pudessem ter vida longa. Assim que haviam determinado a raça do futuro mais bem adaptada e equipada para alojá-los, enviaram-lhe os espíritos *em massa*: os seres em forma de cone que povoaram nossa Terra há um bilhão de anos. Assim nascera a Grande Raça, enquanto milhares de espíritos despojados foram reenviados ao passado e viram-se abandonados para morrer no horror de formas estranhas. Mais tarde, a raça enfrentaria de novo a morte, no entanto, sobreviveria lançando adiante mais uma migração de suas melhores mentes nos corpos de outra espécie biológica que tinha uma longevidade futura maior.

Esse era o pano de fundo em que se haviam entrelaçado as lendas e alucinações estudadas por mim. Quando em 1920, terminei de pôr minhas pesquisas em forma coerente, senti um leve relaxamento da tensão que me dominara no início. Afinal, e apesar das fantasias desencadeadas por emoções cegas, não fora a maioria de meus fenômenos de desvarios logo explicável? Qualquer acaso poderia ter dirigido minha mente aos estudos esotéricos durante a amnésia; em consequência, eu começara a ler as lendas proibidas e a relacionar-me com os membros de cultos antigos e malvistos. O que, claramente, forneceu o material para os sonhos e transtornos emocionais que se haviam seguido ao retorno da memória. No que se refere às notas marginais em hieróglifos fantásticos e em línguas desconhecidas para mim, mas cuja autoria os bibliotecários me atribuíram, eu poderia com facilidade ter captado um conhecimento superficial das línguas durante meu estado secundário; quanto aos hieróglifos, sem dúvida tratava-se dos resultados de minha imaginação, com base nas descrições em lendas antigas que *depois* se enredaram em meus sonhos. Tentei conferir certos pontos por meio de conversas com conhecidos líderes de cultos, porém, jamais consegui estabelecer relações satisfatórias.

Às vezes, o paralelismo de tantos casos em tantas épocas distantes continuava a preocupar-me, como no início; por outro lado, contudo, refleti que o excitante folclore era de maneira incontestável muito mais generalizado no passado que no presente. Provavelmente, todas as outras vítimas cujos casos assemelhavam-se ao meu tinham um longo e profundo conhecimento dos relatos dos quais eu ficaria sabendo apenas quando em meu estado secundário. Ao perder a memória, elas se identificaram com as criaturas de seus mitos familiares — os fabulosos invasores que substituíam os espíritos dos homens — e assim embarcaram em buscas de conhecimento; conhecimento que julgavam possível levar de volta a um passado imaginário, não humano. Então, quando a memória retornava-lhes, invertiam o processo de identificação e passavam a se ver como os antigos cativos, em vez de como os usurpadores. Daí os sonhos e pseudolembranças segundo o mito-padrão convencional.

Apesar da aparente complexidade dessas explicações, elas acabaram por suplantar todas as demais em minha mente, em grande parte, devido à verossimilhança maior que a de qualquer teoria rival. E um número significativo de destacados psicólogos e antropólogos passou, aos poucos, a concordar comigo. Quanto mais eu refletia, mais convincente pareceu meu raciocínio, até que afinal consegui erguer uma proteção realmente eficaz contra as visões e impressões angustiantes que ainda me atormentavam. Via eu coisas estranhas à noite? Elas não passavam do que eu soubera ou lera a respeito. Ocorriam-me repugnâncias, perspectivas e pseudolembranças bizarras? Também essas consistiam apenas em repercussões de mitos absorvidos em meu estado secundário. Nada com que eu sonhava e nada que eu talvez sentisse tinha verdadeiro significado.

Fortalecido por essa filosofia, meu equilíbrio nervoso melhorou muitíssimo, embora as visões (mais que as impressões abstratas) se tornassem cada vez mais frequentes e perturbadoramente detalhadas. Em 1922, senti-me, mais uma vez, em condições de empreender trabalho regular, e pus em prática meus conhecimentos recém-adquiridos, aceitando um cargo de professor de psicologia na universidade. Fazia muito tempo que minha antiga cátedra de economia política fora ocupada por um titular competente; além disso, os métodos de ensino dessa disciplina haviam evoluído muitíssimo desde meu auge. Meu filho, nessa época, ingressava no curso de pós-graduação que o conduziria à sua atual cátedra, e trabalhávamos bastante juntos.

IV.

Continuei, porém, a manter um minucioso registro dos excêntricos sonhos que me assediavam de forma tão frequente e vívida. Afirmava a mim mesmo que esse registro era de real valor como documento psicológico. Os lampejos ainda se assemelhavam diabolicamente a *lembranças*, embora eu afugentasse essa impressão com uma razoável medida de sucesso. Ao escrever, descrevia os fantasmas como coisas vistas, mas em todas as outras ocasiões, afastava-os como desvarios caprichosos da noite. Embora eu jamais comentasse esses assuntos em conversas, como é de praxe acontecer com esse tipo de coisa, algumas pessoas haviam de algum modo se inteirado a respeito, e rumores referentes à minha saúde mental começaram a circular. Diverte-me constatar que esses rumores circulavam apenas em meio a leigos de escassos conhecimentos, sem um único paladino entre médicos ou psicólogos.

Das minhas visões após 1914, só mencionarei poucas aqui, pois explicações e relatos mais completos encontram-se à disposição de estudantes que desejem consultá-los. É evidente que com o tempo as estranhas inibições de minha memória atenuaram-se um pouco, pois o campo de minhas visões ampliou-se imensamente. Jamais deixaram de ser, contudo, senão fragmentos desconexos que pareciam destituídos de clara motivação. Nos sonhos, eu tinha a impressão de adquirir aos poucos uma liberdade cada vez maior de movimentos. Flutuava por muitos prédios de pedra estranhos, indo de um ao outro por imensas passagens subterrâneas que pareciam formar as vias comuns de trânsito. Às vezes, deparava-me com aqueles gigantescos alçapões selados no nível mais baixo, ao redor dos quais se desprendia tão distinta aura de medo e proibição. Vi enormes tanques revestidos de mosaico e salas repletas de utensílios curiosos e inexplicáveis, de infinita variedade. Localizei ainda cavernas colossais de complexa maquinaria cujos contornos e finalidade me eram totalmente estranhos, e cujo *ruído* só se manifestou depois de muitos anos de sonhos. Quero observar aqui que a visão e a audição são os únicos sentidos que exercitei no mundo visionário.

O verdadeiro horror começou em maio de 1915, quando vi pela primeira vez os *seres vivos*. Isso aconteceu antes que os estudos me houvessem ensinado, em vista dos mitos e históricos de caso, a esperar. Com a dissolução das barreiras mentais, passei a distinguir volumosas massas de vapor tênue em várias partes do prédio e nas ruas abaixo. Elas se tornaram constantemente mais sólidas e definidas, até afinal me permitirem acompanhar-lhes os monstruosos contornos com angustiante facilidade. Pareciam enormes cones iridescentes, de 3,5 metros de altura e também 3,5 metros de largura na base, e feitos de algum material enrugado, escamoso, semielástico. De seus ápices, projetavam-se quatro membros flexíveis, cilíndricos, cada um com 30 centímetros de espessura, e de uma substância enrugada como a dos próprios cones. Esses membros às vezes se contraíam quase a desaparecer e, às vezes, estendiam-se até alcançar 1,20 metro. Dois deles terminavam em enormes garras ou pinças. Na extremidade de um terceiro, tinham quatro apêndices vermelhos, em forma de trompetes. O quarto terminava num globo irregular amarelado, de 60 centímetros de diâmetro, no qual se alinhavam três grandes olhos escuros ao longo de sua circunferência central. Encimavam-lhe a cabeça quatro pedúnculos cinzentos rematados por apêndices que pareciam flores, enquanto de sua face inferior pendiam oito antenas ou tentáculos esverdeados. A grande base do cone central era orlada com uma substância cinzenta emborrachada que, por sucessivas dilatações e contrações, garantia o deslocamento da entidade inteira.

Suas ações, embora inofensivas, horrorizavam-me ainda mais que a aparência, pois não é salutar observar objetos monstruosos fazendo o que se acreditava que apenas seres humanos faziam. Esses objetos se moviam de maneira inteligente ao redor de imensas salas, onde pegavam livros das prateleiras e levavam-nos para as grandes mesas, ou vice-versa, e às vezes escreviam com presteza, valendo-se de uma vara singular que seguravam nos tentáculos esverdeados da cabeça. As enormes pinças serviam para transportar os livros e conversar, e a fala consistia num tipo de clique e arranhão. Os objetos não usavam roupas, mas levavam bolsas ou mochilas penduradas no alto do tronco cônico. Em geral, mantinham a cabeça e o membro que a suportava no nível superior do cone, embora muitas vezes a elevassem ou baixassem. Os outros três grandes membros pendiam, quando em repouso, nos lados do cone, contraídos a 1,5 metro cada. A julgar pela rapidez com que liam, escreviam e operavam suas máquinas (as que ficavam nas mesas pareciam de algum modo ligadas ao pensamento), concluí que a inteligência deles era enormemente maior que a do homem.

Mais tarde, passei a vê-los em todos os lugares; enxameavam-se em todos os salões e corredores, supervisionando monstruosas máquinas em criptas abobadadas, e correndo ao longo das avenidas imensas em gigantescos carros em forma de barco. Deixei de temê-los, pois pareciam integrados ao seu ambiente com suprema naturalidade. As diferenças individuais entre eles começaram a manifestar-se e alguns davam a impressão de sofrer algum tipo de limitação. Estes, embora não mostrassem nenhuma variação física, tinham uma diversidade de gestos e hábitos que os diferenciavam não apenas da maioria, mas bastante entre si. Escreviam sem cessar no que parecia à minha visão nublada uma vasta variedade de caracteres, jamais nos característicos hieróglifos curvilíneos da maioria. Tive a impressão de que uns poucos empregavam o nosso próprio alfabeto conhecido. A maioria desses limitados trabalhava muito mais devagar que a massa geral das entidades.

Durante todo esse tempo, *minha participação* nos sonhos parecia ser a de uma consciência desencarnada com um campo de visão mais amplo que o normal, que flutuava livremente, embora confinada às avenidas comuns e às vias expressas. Só em agosto de 1915, algumas sugestões de existência corporal começaram a atormentar-me. Digo *atormentar*, porque a primeira fase não passou de uma associação apenas abstrata, mas não menos terrível, da repugnância já assinalada antes, entre meu corpo e as cenas de minhas visões. Por algum tempo, minha principal preocupação durante os sonhos consistia em evitar me olhar, e lembro-me de como me senti grato pela total ausência de espelhos grandes nas estranhas salas. Fiquei bastante transtornado pelo fato de que sempre via as enormes mesas cuja altura não podia ser inferior a 3 metros, de um nível não abaixo das suas superfícies.

Depois, a tentação mórbida de olhar-me foi se tornando cada vez maior, até que uma noite não pude resistir a ela. Quando lancei a primeira olhada, não vi nada. Passado um instante, dei-me conta de que isso se deveu ao fato de que eu tinha a cabeça situada na ponta de um pescoço flexível de enorme comprimento. Após encolher esse pescoço e baixar o olhar com muita atenção, distingui a massa escamosa, rugosa, iridescente de um imenso cone de 3 metros de altura e 3 metros de diâmetro na base. Foi então que acordei metade de Arkham com meus gritos, quando me precipitei como um louco para fora do abismo de sono.

Só depois de semanas de medonha repetição desse sonho, consegui mais ou menos habituar-me a essas monstruosas visões de mim mesmo. Nos sonhos, agora me deslocava encarnado entre as outras entidades desconhecidas, lia terríveis livros das prateleiras infindáveis e escrevia durante horas às imensas mesas manejando um estilo com os tentáculos verdes que me pendiam da cabeça. Fragmentos do que eu lia e escrevia perduravam em minha memória. Tratava-se de horríveis anais de outros mundos e outros universos, além de manifestações de vida amorfa fora de todos os universos. Havia registros de estranhas ordens de seres que haviam povoado o mundo em esquecidos passados, e assustadoras crônicas de criaturas de prodigiosa inteligência e corpo grotesco que o habitariam milhões de anos depois que morresse o último ser humano. E descobri capítulos da história humana, de cuja existência nenhum estudioso de hoje algum dia suspeitou. A maioria desses textos era escrita em hieróglifos que estudei de maneira estranha com a ajuda de máquinas zunidoras, e que consistia numa clara fala aglutinante com sistemas de raízes totalmente diferentes dos encontrados em línguas humanas. Aprendi da mesma maneira estranha as línguas desconhecidas de outras obras. Havia pouquíssimas em línguas que eu conhecia. Engenhosas ilustrações, tanto inseridas nos registros quanto formando coleções separadas, ajudaram-me muitíssimo. E durante todo o tempo parece que eu redigia uma história de minha própria época em Inglês. Ao despertar, lembrava-me apenas de fragmentos sem sentido das línguas desconhecidas que meu eu onírico jamais dominara, embora frases inteiras da história permanecessem comigo.

Aprendi, mesmo antes de meu eu desperto ter estudado os casos análogos ao meu ou os antigos mitos dos quais, sem dúvida, originaram-se os sonhos, que as entidades que me circundavam pertenciam à raça mais evoluída do mundo, conquistara o tempo e enviara exploradores a todas as eras. Também soube que me haviam arrancado de minha época, enquanto *outro* usava meu corpo, e que algumas das outras formas estranhas abrigavam espíritos capturados de maneira semelhante. Eu parecia conversar em alguma língua esquisita de estalos de garra com intelectos exilados de todos os cantos do sistema solar.

Havia um espírito do planeta que conhecemos como Vênus, que iria viver em incalculáveis épocas futuras, e outro de uma lua de Júpiter 6 milhões de anos no passado. Entre os espíritos terrestres, incluíam-se alguns da raça alada, semivegetal e com cabeça em forma de estrela, da Antártida paleogênea; um do povo reptiliano da fabulosa Valúsia; três dos seres peludos hiperbóreos pré-humanos que haviam adorado Tsathoggua; um dos totalmente abomináveis Tcho-Tchos; dois dos habitantes aracnídeos da última era da Terra; cinco das resistentes espécies coleópteras que imediatamente seguiram a humanidade, para as quais a Grande Raça um dia transferiria suas mentes mais evoluídas em razão de um horrível perigo; e várias de diferentes ramos da humanidade.

Conversei com o espírito de Yiang-Li, um filósofo do cruel império de Tsan-Chan, de 5000 a.C.; com o de um general do povo negro de cabeça enorme que ocupou a África do Sul, 50 mil anos antes de Cristo; com o de um monge florentino do século XII, chamado Bartolomeo Corsi; com o de um rei de Lomar que governara aquela terrível terra polar 100 mil anos antes de os amarelos atarracados Inutos virem do Ocidente para invadi-la; com o de Nug-Soth, mago dos conquistadores do ano 16000 de nossa era; com o de um romano chamado Titus Sempronius Blaesus, que fora um questor na época de Sulla; com o de Khephnes, um egípcio da 14ª Dinastia que me revelou o horroroso segredo de Nyarlathotep; com o de um sacerdote do império médio da Atlântida; com o de um cavalheiro de a Suffolk dos tempos de Cromwell, James Woodville; com o de um astrônomo da corte do Peru pré-incas; com o do físico australiano Nevil Kingston-Brown, que morrerá em 2518 d.C.; com o de um grande feiticeiro da desaparecida Yhe, no Pacífico; com o de Theodotides, oficial greco-báctrio de 200 a.C.; com o de um idoso francês do período de Luís XIII, chamado Pierre-Louis Montmagny; com o de Crom-Ya, caudilho cimério de 15000 a.C.; e com tantos outros dos quais aprendi os segredos chocantes e as atordoantes maravilhas que não consigo reter na mente.

Eu acordava toda manhã com febre, às vezes tentando com frenesi verificar ou questionar se as informações dos sonhos encaixavam-se no campo do conhecimento humano moderno. Os fatos tradicionais adquiriam aspectos novos e duvidosos, e maravilhava-me o imaginário onírico capaz de inventar acréscimos tão surpreendentes à história e à ciência. Estremecia diante dos mistérios que o passado pode ocultar, e sentia calafrios diante das ameaças que o futuro talvez traga. O que insinuavam as entidades pós-humanas a respeito do destino da humanidade causou-me tamanho efeito que prefiro não relatar aqui. Depois do homem, haverá a poderosa civilização dos coleópteros de cujos corpos os membros da nata da Grande Raça se apoderará quando uma monstruosa catástrofe abater-se sobre seu mundo ancestral. Mais tarde, quando concluir o ciclo da Terra, as mentes transferidas mais uma vez migrarão, através do tempo e do espaço, para os corpos bulbosos das entidades vegetais de Mercúrio. Mas existirão raças depois delas, a se aferrarem de modo patético ao nosso frio planeta e escavando até seu centro repleto de horror, antes da extinção final.

Enquanto isso, nos sonhos, eu escrevia sem cessar a história de minha própria época que vinha preparando, motivado em parte por vontade e em parte pelas promessas de maiores oportunidades nos arquivos centrais da Grande Raça. Os arquivos ficavam numa colossal construção subterrânea próxima ao centro da cidade, que passei a conhecer bem pelos frequentes trabalhos e consultas. Destinado a durar tanto quanto a raça, a resistir às mais violentas convulsões de Terra, esse gigantesco repositório superava todos os outros prédios pela sua maciça e firme construção de montanha.

Os registros, escritos ou impressos em grandes folhas celulósicas de uma singular resistência, eram encadernados em livros que se abriam pela parte superior, e eram conservados em estojos individuais de um estranho metal inoxidável acinzentado, extremamente leve, decorados com desenhos matemáticos com o título nos hieróglifos curvilíneos da Grande Raça. Esses estojos eram armazenados em fileiras de cofres retangulares trancados, como prateleiras fechadas, do mesmo metal inoxidável e fechados por botões com combinações intricadas. Designara-se à história que eu escrevia um lugar específico nos cofres do nível mais baixo ou dos vertebrados — a seção dedicada às civilizações da humanidade e às raças peludas e reptilianas que a haviam imediatamente precedido no domínio terrestre.

No entanto, nenhum dos sonhos jamais me proporcionou um quadro completo da vida cotidiana. Todos não passavam dos mais simples fragmentos nebulosos, desconexos, e que decerto não se apresentavam em sua verdadeira sequência. Tenho, por exemplo, uma ideia muito imperfeita da organização de minha vida no mundo onírico, embora acredite que existia um grande quarto de pedra para uso pessoal. Minhas restrições como prisioneiro foram desaparecendo aos poucos, de modo que algumas das visões passaram a incluir vívidas viagens acima das imponentes estradas da selva, estadas em cidades estranhas e explorações de algumas extensas ruínas sombrias sem janelas, diante das quais a Grande Raça recuava, tomada de estranho medo. Eu também embarcava em longas viagens marítimas, em enormes barcos com muitos conveses de incrível velocidade, e em excursões acima de regiões selvagens em aeronaves fechadas, semelhantes a projéteis, alçadas e impelidas por propulsão elétrica. Além do cálido e amplo mar, erguiam-se outras cidades da Grande Raça, e num longínquo continente, vi os vilarejos primitivos das criaturas aladas, de focinho preto, que se tornariam uma estirpe dominante, depois que a Grande Raça houvesse enviado seus espíritos mais evoluídos ao futuro para escapar ao horror rastejante. As paisagens planas e o exuberante verdor sempre predominavam no cenário. As colinas eram baixas e escassas, além de em geral exibirem sinais de forças vulcânicas.

Eu poderia escrever livros inteiros sobre os animais que vi. Todos selvagens, porque a cultura mecanizada da Grande Raça há muito acabara com os animais domésticos, enquanto a comida era toda vegetal ou sintética. Répteis desajeitados de grande volume surgiam vacilantes de pântanos fumegantes, sacudiam as asas na atmosfera pesada, ou borbulhavam nos mares e lagos; entre esses, imaginei poder reconhecer vagamente protótipos arcaicos e menores de muitas formas —

dinossauros, pterodátilos, ictiossauros, labirintodontes, plesiossauros e outros — que a paleontologia trouxe ao nosso conhecimento. De pássaros ou mamíferos, não consegui discernir nenhum.

Em terra e nos pântanos pululavam, o tempo todo, serpentes, lagartos e crocodilos, enquanto os insetos zumbiam sem cessar, em meio à luxuriante vegetação. E, no mar bem distante, monstros insuspeitados e desconhecidos cuspiam montanhosas colunas de espuma no céu vaporoso. Uma vez, levaram-me ao fundo do mar num gigantesco submarino munido de holofotes, que me permitiram vislumbrar alguns horrores vivos de assombrosa magnitude. Também vi as ruínas de incríveis cidades submersas, e a riqueza de crinoides, braquiópodes, corais e da vida ictíica que proliferava por toda parte.

Minhas visões oníricas preservaram pouquíssimas informações referentes à fisiologia, psicologia, costumes sociais e história detalhada da Grande Raça, e muitos dos elementos dispersos que relatei foram colhidos mais em meu estudo de lendas antigas e outros casos que nos meus sonhos. Na verdade, com o tempo, minhas leituras e pesquisas alcançaram e ultrapassaram os sonhos em muitos aspectos, fazendo com que certos fragmentos oníricos fossem explicados de antemão e constituíssem confirmações do que eu aprendera. Essa observação consoladora estabeleceu minha crença de que as leituras e pesquisas semelhantes, realizadas pelo meu eu secundário, haviam formado a origem de todo o terrível enredo de pseudolembranças.

Parece que o período de meus sonhos remontava a pouco menos de 150 milhões de anos, quando a era Paleozoica cedia lugar à Mesozoica. Os corpos ocupados pela Grande Raça não correspondiam a nenhum estágio de evolução terrestre sobrevivente — nem sequer conhecido em âmbito científico —, mas de uma estrutura orgânica peculiar, bastante homogênea e muitíssimo especializada, que tendia tanto ao estado vegetal quanto ao animal. A atividade celular e metabólica consistia num tipo excepcional que quase excluía a fadiga e eliminava por completo a necessidade de dormir. A nutrição, assimilada pelos apêndices vermelhos em forma de trombeta, na extremidade dos grandes membros flexíveis, era sempre semifluida e em muitos aspectos inteiramente diferente dos alimentos dos animais existentes. Os seres tinham apenas dois dos sentidos que reconhecemos: visão e audição, esta realizada pelos apêndices em forma de flor na ponta dos talos cinzentos acima da cabeça; no entanto, tinham muitos outros sentidos incompreensíveis (porém, não bem utilizáveis pelas mentes cativas que lhes habitavam os corpos). Seus três olhos situavam-se de maneira a proporcionar-lhes um alcance de visão mais amplo que o normal. Seu sangue era um tipo de licor verde-escuro muito espesso. Não tinham sexo, mas se reproduziam por sementes ou esporos que se acumulavam em suas bases e só podiam se desenvolver debaixo d'água. Utilizavam-se grandes tanques de pouca profundidade para o desenvolvimento dos embriões, os quais eram, contudo, criados apenas em pequenos números, em razão da longevidade dos indivíduos, quatro ou cinco mil anos sendo a expectativa de vida comum.

As crias que revelavam acentuadas imperfeições eram eliminadas em silêncio, assim que se notavam seus defeitos. Por carecerem de tato e de dor física, reconheciam doenças e a aproximação da morte pelos simples sintomas visuais. Incineravam os mortos em meio a majestosas cerimônias. Volta e meia, como já comentei antes, um perspicaz escapava da morte pela projeção adiante no tempo, embora esses casos não fossem numerosos. Quando isso ocorria, o espírito exilado do futuro era tratado com extrema bondade até a dissolução de sua insólita moradia.

A Grande Raça parecia formar uma única nação, de características variadas, com as principais instituições em comum, embora houvesse quatro divisões definidas. O sistema político e econômico de cada unidade consistia num tipo de socialismo fascista cujos recursos eram distribuídos de maneira racional, e o poder delegado a um pequeno conselho governamental eleito pelos votos daqueles capazes de passar em certas provas educacionais e psicológicas. Não havia organização familiar normatizada, mas se reconheciam laços entre os que tinham descendência comum, e os jovens, em geral, eram criados pelos pais.

As semelhanças com atitudes e instituições humanas destacavam-se mais no campo dos elementos abstratos ou no que dizia respeito aos impulsos básicos elementares, comuns a toda vida orgânica. Também se viam semelhanças adicionais resultantes de uma escolha consciente de membros da Grande Raça que sondavam e copiavam o que lhes agradava. Como a indústria altamente mecanizada exigia pouco tempo de cada cidadão, atividades intelectuais e estéticas de vários tipos preenchiam as longas horas de lazer. As ciências haviam alcançado um nível de inacreditável desenvolvimento e a arte constituía uma parte essencial da vida, embora no período de meus sonhos já houvesse passado seu auge e apogeu. A tecnologia recebia imenso incentivo da constante luta pela sobrevivência e pela preservação da estrutura material das grandes cidades, imposta pelos prodigiosos cataclismos geológicos daqueles dias primitivos.

O índice de criminalidade era surpreendentemente baixo, e a manutenção da ordem garantida por um policiamento muitíssimo eficaz. As punições variavam desde a perda de privilégios à pena de morte, passando por encarceramento e ao que chamavam de "profundo sofrimento emocional", todas as quais nunca administradas sem um cuidadoso estudo das motivações do criminoso. As guerras, sobretudo civis, durante os últimos poucos milênios, embora às vezes travadas contra invasores reptilianos e octópodes, ou contra os Antigos alados, de cabeça em forma de estrela, concentrados na Antártida, eram infrequentes, mas devastadoras. Mantinha-se de prontidão um exército enorme, equipado com armas elétricas semelhantes às câmeras fotográficas atuais que produziam terríveis fenômenos, para fins raras vezes explícitos, mas, evidentemente, relacionados ao incessante medo das sombrias ruínas anciãs sem janelas e dos enormes alçapões lacrados nos níveis subterrâneos inferiores.

Esse pavor das ruínas basálticas e de alçapões constituía em grande parte objeto de sugestão não verbalizada ou expressa, no máximo, por vagos e furtivos sussurros. Tudo específico a respeito achava-se significativamente ausente dos livros que se encontravam nas prateleiras comuns. Tratava-se do único assunto sob um rigoroso tabu entre a Grande Raça, e deu-me a impressão de que se relacionava com as horríveis lutas do passado assim como com o perigo por vir que um dia obrigaria a raça a enviar em massa suas mentes mais elevadas ao futuro. Imperfeita e fragmentária como as outras coisas apresentadas por sonhos e lendas, essa questão era ainda mais obscura. Os vagos mitos antigos evitavam-na, ou talvez se houvessem, por algum motivo, extirpado todas as referências. E tanto nos meus sonhos quanto nos de outros as pistas eram raríssimas. Os membros da Grande Raça jamais se referiam à questão de forma deliberada, e o que eu sabia vinha apenas de alguns espíritos cativos dotados de singular capacidade de observação.

Segundo esses fragmentos de informação, o objeto do pavor era uma horrível raça ancestral de seres espantosos inteiramente extraterrestres, semelhantes a pólipos, que chegara através do espaço de universos situados a imensurável distância e dominara a Terra, além de três outros planetas solares, seiscentos milhões de anos atrás. Tinham apenas parte da compleição material, segundo o que entendemos como matéria, e seu tipo de consciência e meios de percepção em nada se pareciam com os de organismos terrestres. Por exemplo, seus sentidos não incluíam o da visão e seu mundo mental consistia num estranho padrão não visual de impressões. Eram, porém, materiais o suficiente para utilizar instrumentos de matéria normal nas regiões que a continham; também necessitavam de moradia, embora de um tipo singular. Ainda que seus *sentidos* conseguissem penetrar todas as barreiras materiais, sua *substância* não, e algumas formas de energia elétrica podiam destruí-las por completo. Tinham a capacidade de deslocamento aéreo, apesar da ausência de asas e de quaisquer outros meios visíveis de levitação, e as mentes de uma determinada textura que impedia o estabelecimento de qualquer comunicação feita pela Grande Raça.

Depois da chegada à Terra, essas entidades haviam construído poderosas cidades basálticas de torres sem janelas, e devorado de maneira terrível todos os seres que encontraram. Foi então que as mentes da Grande Raça lançaram-se a toda através do vazio, procedente daquele obscuro mundo transgaláctico conhecido no inquietante e discutível *Eltdown Shards* como Yith. Os recém-chegados, com os instrumentos que criaram, não encontraram nenhuma dificuldade para subjugar as entidades predatórias e rechaçá-las para aquelas cavernas subterrâneas que, comunicadas com suas torres basálticas, já haviam começado a habitar. Em seguida, vedaram as entradas e entregaram as criaturas ao seu destino, ocupando depois a maioria das imensas cidades delas e preservando certos prédios importantes, por motivos relacionados mais à superstição que à indiferença, ousadia ou zelo científico e histórico.

No entanto, à medida que transcorriam as eras, começaram a surgir sinais vagos e malignos de que os Seres Ancestrais cresciam em força e número nas entranhas da Terra. Viram-se irrupções esporádicas de uma natureza muito estranha em certas cidades pequenas e remotas da Grande Raça e em algumas de suas cidades desertas mais antigas e não povoadas, onde os acessos aos abismos inferiores não haviam sido vedados ou protegidos de maneira adequada. Em seguida, redobraram-se as precauções e fecharam-se para sempre quase todos os acessos, embora tivessem conservado alguns vedados por alçapões, com a finalidade estratégica de usá-los no combate aos Seres Ancestrais, no caso de conseguirem surgir em lugares inesperados: novas fissuras causadas por aquela idêntica mudança geológica que obstruíra alguns dos caminhos e diminuíram aos poucos o número de estruturas e ruínas do mundo sobrevivente das entidades conquistadas.

As incursões dos Seres Ancestrais devem ter sido de um horror indescritível, visto que haviam modificado de forma permanente a psicologia da Grande Raça. A impressão tenaz desse horror foi tamanha que ninguém se atrevia sequer a referir-se ao *aspect*o das criaturas. Em momento algum consegui obter uma descrição clara de como eles eram. Ouviam-se veladas sugestões de uma monstruosa *plasticidade* e de *lapsos de visibilidade* temporários, enquanto outros sussurros fragmentários referiam-se ao seu controle e utilização para fins militares dos *grandes ventos*. Parece que também se associavam a esses seres singulares de ruídos *sibilantes* e colossais pegadas circulares de cinco dedos.

Ficou evidente que o destino fatídico e próximo tão desesperadamente temido pela Grande Raça, o destino cruel que um dia precipitaria milhões de espíritos notáveis através do abismo do tempo para incorporar-se em corpos estranhos no futuro mais seguro, tinha a ver com uma invasão final e vitoriosa dos Seres Ancestrais. Por meio de suas projeções mentais ao longo do tempo, a Grande Raça prognosticara tamanho horror de forma tão clara que considerou insensatos todos aqueles que, embora pudessem fugir, tentassem enfrentá-lo. Sabiam, pela recente história do planeta, que os ataques seriam motivados mais por uma questão de vingança do que para reconquistar o mundo exterior, pois suas projeções mostravam as idas e vindas de raças posteriores sem ser incomodadas pelas entidades monstruosas. Talvez essas entidades houvessem passado a preferir os abismos internos da Terra à superfície variável, assolada por tempestades, visto que a luz nada significava para elas. Talvez, também, viessem lentamente enfraquecendo com o transcorrer de milênios. Na verdade, sabia-se que estariam eliminadas por completo na época da raça pós-humana dos coleópteros que as mentes fugitivas iriam habitar. Enquanto isso, a Grande Raça mantinha sua cautelosa vigilância, com armas poderosas sempre prontas, apesar da amedrontadora interdição do tema nas conversas comuns e nos documentos acessíveis. E a sombra de um medo inominável pairou para todo o sempre acima dos alçapões hermeticamente fechados e das tenebrosas torres ancestrais sem janelas.

V.

Tal é o mundo de onde todas as noites meus sonhos traziam-me repercussões dispersas. Não posso esperar dar qualquer ideia verdadeira do horror e apreensão contidos nessas repercussões, porque esses sentimentos dependiam em grande parte de um elemento totalmente intangível: a nítida impressão de *pseudolembranças*. Como observei antes, meus estudos aos poucos me proporcionaram uma defesa contra semelhantes sentimentos, na forma de explicações psicológicas racionais, e essa benéfica influência viu-se intensificada pelo toque sutil do hábito que vem com a passagem do tempo. Apesar de tudo, porém, o terror vago e insidioso retornava momentaneamente, volta e meia. No entanto, não me dominara como antes, e depois de 1922, passei a levar uma vida muito normal de trabalho e recreação.

No decorrer dos anos, comecei a achar que minha experiência assim como os casos clínicos análogos e o folclore com tema relacionado deviam ser resumidos e publicados em benefício de pesquisadores sérios; em consequência, preparei uma série de artigos cobrindo em poucas palavras todas as situações e ilustrando com esboços rudimentares algumas das formas, cenários, motivos decorativos e hieróglifos lembrados dos sonhos. Esses artigos apareceram em várias ocasiões durante 1928 e 1929 no *Jornal da Sociedade Americana de Psicologia*, mas não atraíram muita atenção. Enquanto isso, eu continuei a registrar meus sonhos com minuciosíssimo cuidado, embora a crescente pilha de relatórios adquirisse proporções gigantescas.

Só em 10 de julho de 1934 me foi encaminhada pela Sociedade de Psicologia a carta que inaugurou a culminante e mais horrível fase de toda essa provação enlouquecedora. Postada de Pilbarra, Austrália Ocidental, ostentava a assinatura de um indivíduo que acabei constatando tratar-se de um engenheiro de minas de considerável proeminência. Anexos, viam-se alguns instantâneos muito singulares. Reproduzirei o texto em sua totalidade, e nenhum leitor deixará de entender o prodigioso efeito que tiveram em mim o texto e as fotos.

Fiquei, por algum tempo, quase imobilizado de estupor e incredulidade, porque, embora eu houvesse muitas vezes acreditado que certos fatos deviam achar-se na base das lendas que haviam colorido meus sonhos, não estava, nem por isso, preparado para enfrentar algo como a sobrevivência tangível de um mundo perdido, num passado além da imaginação. Mais devastadoras que tudo foram as fotografias, pois nelas, em frio e incontestável realismo, viam-se diante de um pano de fundo arenoso alguns blocos de pedra escavados pela erosão, desgastados pelas intempéries cujos topos ligeiramente convexos e bases meio côncavas contavam sua própria história. E quando as examinei com uma lupa, vi tudo com demasiada nitidez, em meio às superfícies surradas e esburacadas, os vestígios daqueles imensos desenhos curvilíneos e hieróglifos dispersos, cujo significado tornara-se tão hediondo para mim. Mas segue-se a carta, que fala por si mesma:

> Rua Dampier, 49, Pilbarra, Austrália Ocidental
> 18 de maio de 1934.

Prof. N. W. Peaslee,
A/C Sociedade Americana de Psicologia,
30, E. Rua 41,
N. Y., EUA.

Meu caro sr:

Uma recente conversa com o dr. E. M. Boyle, de Perth, e alguns jornais com seus artigos que ele acabou de enviar-me, fizeram-me julgar aconselhável escrever esta carta para inteirá-lo a respeito de certas coisas que vi no Grande Deserto Arenoso a leste de nossa jazida aurífera. Pareceu-me, em vista das singulares lendas sobre cidades com imensa maçonaria de pedra, com desenhos estranhos e hieróglifos que o senhor descreve, que fiz sem querer uma descoberta muito importante.

Os nativos negros daqui falam sem cessar sobre "grandes pedras com marcas em cima" e parecem sentir um medo terrível dessas coisas. De algum modo, relacionam-nas com suas lendas raciais comuns a respeito de Buddai, o gigantesco ancião que jaz adormecido, há milhares de anos, debaixo da terra com a cabeça apoiada no braço, e que um dia despertará para devorar o mundo. Circulam alguns relatos muito antigos e quase esquecidos de enormes construções subterrâneas de imensas pedras, das quais saem passagens que conduzem a regiões ainda mais profundas, onde ocorreram coisas abomináveis. Os negros afirmam que outrora alguns guerreiros, em fuga de combate, precipitaram-se por uma dessas passagens abaixo e jamais retornaram. Logo depois que eles desapareceram, começaram a soprar ventos apavorantes do lugar. Em geral, os relatos desses nativos, porém, não são muito fidedignos.

No entanto, preciso contar-lhe mais que isso. Há dois anos, enquanto fazíamos uma prospecção no deserto, a uns 800 quilômetros em direção ao leste, encontrei inúmeros blocos estranhos de pedra talhada, muitíssimo desgastados e esburacados, que mediam talvez 1 metro de comprimento por 70 centímetros de largura e 70 centímetros de altura. A princípio, não vi nenhuma das marcas descritas pelos nativos, mas, quando examinei bem de perto, distingui algumas linhas de profundo entalhe, apesar do desgaste causado pelas intempéries. Consistiam em curvas singulares, iguais às que os negros haviam tentado descrever. Imagino que devia haver uns trinta ou quarenta blocos, alguns quase enterrados na areia e todos agrupados no interior de um círculo de uns 400 metros de diâmetro.

Quando vi o primeiro, olhei em volta com toda atenção à procura de mais e fiz, em seguida, um cuidadoso reconhecimento do lugar com meus instrumentos. Também tirei fotografias de dez ou doze dos blocos mais característicos, dos quais anexo as provas para o senhor ver. Enviei essas informações e fotos ao governo em Perth, embora nada tenham feito com elas. Pouco depois, conheci o dr. Boyle, que lera os seus artigos no *Jornal da Sociedade Americana de Psicologia* e com quem durante uma conversa comentei a respeito das pedras. Ele ficou muitíssimo interessado e empolgou-se sobremaneira quando lhe mostrei os instantâneos, afirmando que as pedras e as inscrições eram exatamente as mesmas da maçonaria com a qual o senhor sonhara e que vira descrita nas lendas. Ele tivera a intenção de escrever-lhe, mas lhe faltou tempo, então. Enviou-me, enquanto isso, quase todas as revistas com seus artigos, e confirmei num estalo, com base em seus esboços e descrições, que as minhas pedras são, sem a menor dúvida, do tipo ao qual se refere. O senhor poderá fazer a apreciação pelas provas anexas. Também receberá mais tarde notícias diretas do dr. Boyle.

Agora entendo como tudo isso será importante para o senhor. Com certeza, estamos diante dos vestígios de uma civilização desconhecida mais antiga que qualquer outra com a qual já se sonhou antes, além de formar uma base para as suas lendas. Como engenheiro de minas, tenho algum conhecimento de geologia e posso garantir-lhe que esses blocos são tão antigos que me assustam. Embora constituídos, sobretudo, de arenito e granito, um deles com quase toda certeza é feito de um estranho tipo de *cimento* ou *concreto*. Exibem visíveis sinais da ação da água, como se essa parte do mundo ficara submersa e ressurgira depois de longas eras: tudo isso desde que se talharam e utilizaram os blocos. Trata-se de uma questão de centenas de milhares de anos ou, sabe Deus quanto tempo mais. Prefiro nem pensar a respeito.

Devido ao seu assíduo trabalho anterior em identificar as lendas e tudo relacionado elas, não duvido que deseje empreender uma expedição ao deserto para fazer algumas escavações arqueológicas. Tanto o dr. Boyle como eu estamos dispostos a cooperar nesse trabalho se o senhor, ou organizações que conheça, puder fornecer os fundos. Podemos reunir uma dezena de mineiros para as escavações pesadas; de nada adianta contar com os negros, pois constatei que sentem um medo quase maníaco desse local específico. Boyle e eu não revelamos nada aos outros, porque decerto cabe ao senhor a prioridade de quaisquer descobertas ou crédito.

Partindo de Pilbarra, alcança-se o sítio em cerca de quatro dias, em tratores, dos quais precisamos para transportar nossos equipamentos. Situa-se um pouco na direção sudoeste da rodovia de Warburton, construída em 1873 e a uns 150 quilômetros a sudeste de Joanna Spring. Também poderíamos embarcar os equipamentos pelo rio De Grey acima, em vez de partir de Pilbarra, porém falaremos de tudo isso mais tarde. As pedras encontram-se, *grosso modo*, num ponto por volta de 22° 3' 14" de latitude sul e 125° 0' 39" de longitude leste. O clima é tropical, e as condições do deserto, penosas. Seria melhor empreender qualquer expedição no inverno, em junho, julho ou agosto. Será um prazer continuar a correspondência sobre esse assunto, e é imenso meu desejo de ajudá-lo em qualquer plano que o senhor possa conceber. Após estudar seus artigos, impressionou-me profundamente a grande importância de toda a questão. O dr. Boyle escreverá mais tarde. Quando se fizer necessária uma rápida comunicação, um telegrama para Perth pode ser transmitido por rádio.

Na sincera esperança de receber prontas notícias do senhor, peço-lhe que aceite minha mais elevada consideração,

Robert B. F. Mackenzie.

Pode-se tomar conhecimento de quase todos os resultados imediatos dessa carta pela imprensa. Tive a grande sorte de obter o financiamento da Universidade Miskatonic, e tanto o sr. Mackenzie quanto o dr. Boyle proporcionaram-me inestimável ajuda na solução dos problemas no lado australiano. Evitamos ser demasiado específicos com o público sobre nossos objetivos, visto que toda a questão teria se prestado de maneira desagradável ao tratamento sensacionalista e jocoso dos tabloides. Em consequência, publicaram-se matérias esparsas, embora o suficiente para informar de nossa partida para pesquisar as recém-descobertas ruínas australianas e de nossos vários preparativos anteriores.

Acompanharam-me os professores William Dyer, do departamento de geologia da faculdade (chefe da expedição à Antártida de 1930-31, patrocinada pela Universidade Miskatonic), Ferdinand C. Ashley, do departamento de História Antiga, e Tyler M. Freeborn, do departamento de Antropologia, além de meu filho Wingate. Meu correspondente, Mackenzie, veio para Arkham no início de 1935, e ajudou nos nossos preparativos finais. Homem de imensa competência e amabilidade, na faixa dos 50 anos, tinha enorme cultura e profundo conhecimento de todas as condições da viagem australiana. Deixara tratores à espera em Pilbarra, e fretamos um barco a vapor mercante de calado suficientemente baixo para navegar rio acima até aquele ponto. Viajávamos equipados para escavar da maneira mais minuciosa e científica, a fim de examinar cada partícula de areia, sem alterar a posição de nada que descobríssemos próximo ou em sua situação original.

Partimos de Boston a bordo do *Lexington* em 28 de março de 1935. Chegamos ao nosso destino após uma travessia aprazível pelo Atlântico e o Mediterrâneo, pelo Canal de Suez, o Mar Vermelho e o Oceano Índico. Inútil dizer a que ponto deprimiu-me a visão da costa baixa, arenosa, da Austrália Ocidental e como detestei a rudimentar cidade mineira e as sombrias jazidas auríferas onde os tratores receberam suas últimas cargas. O dr. Boyle, que nos recebeu, revelou-se idoso, agradável e inteligente; seu profundo conhecimento de psicologia levou-o a muitas conversas longas comigo e meu filho.

O mal-estar e a expectativa misturaram-se de maneira estranha na maioria de nós quando, afinal, os dezoito membros da expedição se puseram em ruidosa marcha pelas áridas léguas de areia e pedra. Na sexta-feira, dia 31 de maio, passamos a vau um braço do rio De

Grey e penetramos no reino de total desolação. Um autêntico terror intensificou-se em mim, enquanto avançávamos para o verdadeiro sítio do mundo ancestral por trás das lendas, um terror decerto auxiliado pelo fato de que meus sonhos e pseudolembranças angustiantes me atormentavam com renovada força.

Foi na segunda-feira, 3 de junho, que vimos o primeiro dos blocos semienterrados. Eu não saberia descrever as emoções com as quais toquei de verdade, na realidade objetiva, um fragmento da alvenaria ciclópica igual, em todos os aspectos, aos blocos nas paredes de meus prédios oníricos. Distinguiam-se acentuados traços entalhados, e minhas mãos tremeram quando reconheci parte de um esquema decorativo curvilíneo, que os anos de pesadelos torturantes e pesquisas desconcertantes tornaram diabólicos para mim.

Um mês de escavações colheu um total de 1.250 blocos em vários estágios de desgaste e desintegração. Em sua maioria, tratava-se de megálitos esculpidos com topo e base curvos. Uma minoria era de tamanho menor, mais nivelado, com a superfície plana e de corte quadrado ou octogonal, como o dos pisos e pavimentos em meus sonhos; por fim, também encontramos alguns singularmente maciços, com linhas arredondadas ou oblíquas que pareciam partes de arcos ou umbrais de janelas redondas. Quanto mais aprofundávamos as escavações e avançávamos em direção ao nordeste, mais blocos descobríamos, embora sem encontrar ainda algum vestígio de construção entre eles. O professor Dyer ficou apavorado com a incomensurável idade dos fragmentos, e Freeborn descobriu vestígios de símbolos que se encaixavam em certas lendas obscuras indonésias e polinésias de infinita antiguidade. O estado e a dispersão dos blocos testemunhavam em silêncio vertiginosos ciclos de tempo e sublevações geológicas de selvageria cósmica.

Dispúnhamos de uma aeronave, e meu filho Wingate muitas vezes sobrevoava a diferentes alturas para rastrear o deserto de areia e rocha, à procura de sinais de contornos grandes e vagos, de diferenças de nível ou fileiras de blocos dispersos. Seus resultados eram quase sempre negativos, pois, todo dia que ele achava ter vislumbrado alguma tendência significativa, encontrava na viagem seguinte a impressão substituída por outra também infundada, em consequência dos deslocamentos constantes da areia arrastada pelo vento. Uma ou duas dessas sugestões efêmeras, entretanto, afetaram-me de maneira estranha e desagradável. Pareciam, de certo modo, corresponder horrivelmente a alguma coisa com a qual eu sonhara, ou lera a respeito, embora não me lembrasse mais. Havia nelas uma terrível *pseudofamiliaridade* que, não sei por quê, me fazia lançar olhares furtivos e apreensivos ao abominável e estéril terreno em direção ao noroeste.

Na primeira semana de julho, eu passei a sentir uma inexplicável série de emoções contraditórias por essa região nordeste em geral. Era horror, curiosidade; porém, mais que isso, uma ilusão persistente e desconcertante de *lembrança*, embora eu tentasse todos os tipos de expedientes psicológicos para expulsar essas ideias da minha mente, sem o menor sucesso. Também comecei a padecer de insônia; no entanto, isso quase me aliviou, devido à consequente redução de meus períodos de sonho. Adquiri o hábito de dar longas caminhadas solitárias no deserto, tarde da noite, em geral em direção ao norte ou nordeste, ou aonde a soma de meus estranhos e novos impulsos parecia sutilmente me impelir.

Às vezes, durante esses passeios, eu tropeçava em fragmentos da antiga maçonaria enterrados quase por completo. Embora se vissem menos blocos ali que no lugar onde havíamos começado, eu tive certeza da existência de uma enorme quantidade deles sob a superfície. O terreno era menos nivelado que em nosso acampamento, e os ventos altos predominantes volta e meia empilhavam a areia em fantásticos montículos temporários e expunham alguns vestígios das pedras mais antigas, ao mesmo tempo que ocultavam outros. Ainda que eu sentisse uma estranha ansiedade por estender as escavações a esse território, também morria de medo do que talvez fosse revelado. Ficou óbvio que meu estado vinha piorando, tanto mais porque eu não sabia explicar o que me acontecia.

Pode-se ter uma indicação desse meu frágil equilíbrio nervoso pela reação que tive a uma estranha descoberta feita numa de minhas perambulações noturnas. Aconteceu na noite de 11 de julho, quando uma lua quase cheia inundou os misteriosos montículos com uma misteriosa palidez. Perambulava um tanto afastado de meus limites habituais e deparei com uma enorme pedra que exibia acentuada diferença de todas que encontráramos até então. Embora estivesse quase toda recoberta, agachei-me, retirei a areia com as mãos e depois examinei o objeto cuidadosamente, intensificando o luar com a minha lâmpada elétrica. Ao contrário das outras pedras enormes, essa ostentava um corte quadrado perfeito, sem superfície convexa ou côncava. Também parecia ser de uma substância basáltica escura, em nada semelhante à composição de granito, arenito e dos vestígios de concreto dos fragmentos agora familiares.

De repente, levantei-me, dei meia-volta e precipitei-me para o acampamento a um ritmo desenfreado. Tratou-se de uma fuga totalmente inconsciente, irracional, e só quando me aproximei da barraca compreendi de fato por que eu correra. Então, me ocorreu o motivo daquele pavor. A estranha pedra escura era algo com que eu sonhara e lera a respeito, e estava associada aos piores horrores da tradição lendária de milênios de existência. Tratava-se de um dos blocos daquela maçonaria basáltica antiquíssima que incutia tamanho pavor na fabulosa Grande Raça: as altas ruínas com torres sem janelas deixadas por aquelas Coisas alienígenas semimateriais e ameaçadoras que envenenavam as entranhas abissais da Terra e contra cujas forças invisíveis semelhantes ao vento fechavam-se hermeticamente os alçapões e mantinham-se as sentinelas de vigília.

Permaneci acordado aquela noite toda, mas ao amanhecer dei-me conta de como eu fora tolo por deixar a sombra de um mito transtornar-me. Em vez de ficar assustado, eu devia ter sentido o entusiasmo do descobridor. Na manhã seguinte, contei aos demais sobre meu achado, e Dyer, Freeborn, Boyle, meu filho e eu nos pusemos em marcha para ver o bloco anômalo. Sofremos, porém, uma decepção. Eu não tinha uma ideia clara da localização da pedra, e um golpe recente de vento alterara por completo os montículos de areia movediça.

VI.

Chego agora à parte crucial e mais difícil de minha narrativa — ainda mais difícil, porque não tenho absoluta certeza de sua realidade. Às vezes, sinto uma inquietante certeza de que não se tratou de um sonho nem de uma ilusão; e é essa sensação, devido às estupendas implicações que a verdade objetiva de minha experiência suscitará, que me impele a redigir este relatório. Meu filho, competente psicólogo com o mais completo e solidário conhecimento de todo o meu caso, será o melhor juiz do que tenho a dizer.

Primeiro, deixe-me descrever em linhas gerais as circunstâncias da questão, como podem confirmar meus colegas de acampamento. Na noite de 17-18 de julho, após um dia de muito vento, recolhi-me cedo, mas não consegui dormir. Levantei-me, então, pouco antes das 11h, e, aflito como de hábito com aquela estranha sensação relacionada ao terreno a nordeste, saí num de meus típicos passeios noturnos, vendo e cumprimentando apenas uma pessoa, um mineiro australiano chamado Tupper, ao deixar nosso acampamento. A Lua, que começava a minguar, brilhava no céu claro e inundava as antigas areias com um resplendor lívido, leproso, que por algum motivo me pareceu infinitamente maligno. O vento cessara de todo e não retornou por quase cinco horas, como testemunhado por todos, Tupper e outros, que não dormiram à noite, além do australiano que me vira pela última vez caminhando às pressas pelos claros montículos indecifráveis rumo ao nordeste.

Às 3h30 da manhã, levantou-se um vento violento, o qual acordou todo mundo no acampamento e derrubou três das barracas. O céu estava sem nuvens, e o deserto continuava em chamas com aquele luar leproso. Quando o pessoal foi reerguer as barracas, notou minha ausência, mas, em vista de meus passeios anteriores, essa circunstância não preocupou ninguém. No entanto, três homens, todos australianos, disseram ter sentido algo sinistro no ar. Mackenzie explicou ao professor Freeborn que se tratava de um medo adquirido do folclore dos negros nativos, os quais haviam criado um singular enredo de mito maligno sobre os ventos altos que a longos intervalos varriam as areias sob o céu claro. Murmuravam que esses ventos sopravam dos enormes abrigos de pedra subterrâneos, onde ocorreram coisas terríveis, e sopram apenas perto de lugares onde se encontram dispersas as grandes pedras esculpidas. Próximo às 4h da manhã, o vendaval abrandou com a mesma repentinidade com que começara, deixando as dunas com formas novas e desconhecidas.

Mal passara das 5h da manhã, com a inchada e fungosa lua a afundar no oeste, quando entrei cambaleante no acampamento — sem chapéu, esfarrapado, as feições arranhadas, ensanguentado e também sem a lanterna. Embora a maioria dos homens houvesse retornado para a cama, o prof. Dyer fumava um cachimbo diante de sua barraca. Ao ver meu estado ofegante e quase frenético, ele chamou o dr. Boyle, e os dois levaram-me para a cama e acomodaram-me confortavelmente. Meu filho, despertado pela agitação, logo se juntou a eles, e todos insistiram que eu ficasse imóvel e tentasse dormir.

Mas não consegui dormir. Meu estado psicológico era muito extraordinário, diferente de tudo o que eu sofrera antes. Passado algum tempo, insisti em explicar-lhes de maneira nervosa e elaborada o que me aconteceu. Contei-lhes que me sentira cansado e deitara-me na areia para tirar um cochilo. Tive sonhos ainda mais assustadores que de hábito e, quando o repentino vendaval despertou-me, meus nervos em frangalhos escaparam do meu controle. Pusera-me a fugir em pânico, caindo muitas vezes sobre pedras semienterradas e por isso ganhei aquele aspecto maltrapilho e desgrenhado. Devo ter dormido por muito tempo, daí as horas de minha ausência.

A respeito de tudo o que vi ou senti de estranho, não disse uma palavra, exercitando o maior autocontrole nesse sentido. Falei, contudo, de uma mudança de objetivo relacionada a todo o trabalho da expedição e exortei com veemência que se suspendesse toda a escavação rumo ao nordeste. Meus argumentos foram manifestamente pouco convincentes, pois mencionei a ausência de blocos, o desejo de não ofender os mineiros supersticiosos, uma possível escassez de fundos da faculdade e outras alegações não verdadeiras ou sem importância. Por certo, ninguém deu a menor atenção aos meus novos desejos, nem sequer meu filho cuja preocupação com minha saúde era bastante óbvia.

No dia seguinte, levantei-me e circulei pelo acampamento, mas não participei das escavações. Vendo minha impotência para conseguir a suspensão do trabalho, decidi retornar para casa o mais rápido possível pelo bem de meus nervos, e fiz meu filho prometer levar-me de avião a Perth, a 1.600 quilômetros no sentido sudoeste, assim que ele sobrevoasse a região que eu desejava que deixassem em paz. Refleti que, se a coisa que eu vira continuasse visível, eu poderia decidir tentar uma advertência específica mesmo à custa do ridículo. Era bem possível que os mineiros conhecedores do folclore local me apoiassem. Para satisfazer-me, meu filho fez o voo de reconhecimento naquela mesma tarde; sobrevoou toda a extensão do terreno que na certa percorri em meu passeio. No entanto, nada do que eu encontrara permanecia no campo visual. Mais uma vez, como no caso do insólito bloco de basalto, a areia movediça eliminara todo o vestígio. Por um instante, quase lamentei ter perdido certo objeto espantoso em minha fuga apavorada, porém, agora sei que essa perda foi misericordiosa, pois ainda posso acreditar que toda a experiência não passou de uma ilusão, sobretudo se, como tenho a fervorosa esperança, jamais encontrarem o abismo diabólico.

Wingate levou-me a Perth em 20 de julho, embora tenha se recusado a abandonar a expedição e voltar para casa. Permaneceu comigo até o dia 25, quando zarpou no barco a vapor para Liverpool. Nesse momento, na cabine do *Empress*, repensei longa e freneticamente todo o caso e decidi que pelo menos meu filho devia ser informado. Caberá a ele levá-lo ou não ao conhecimento de um público maior. A fim de evitar qualquer eventualidade, preparei o seguinte resumo de meus antecedentes, como outros já conhecem de um modo disperso, e contarei agora, o mais breve possível, o que pareceu acontecer durante minha ausência do acampamento naquela hedionda noite.

Com os nervos à flor da pele e tomado de um tipo de ardor perverso por aquele impulso pseudomnemônico inexplicável, mesclado com medo, fui em direção ao nordeste, caminhando sob a maligna lua em chamas. Volta e meia eu via, semiencobertos pela areia, aqueles blocos primitivos ciclópicos abandonados desde milênios inauditos e esquecidos. A incalculável antiguidade e o sinistro horror do deserto monstruoso começaram a oprimir-me como nunca antes, e eu não conseguia parar de pensar em meus sonhos enlouquecedores, nas assustadoras lendas por trás deles e nos medos atuais dos nativos e mineiros referentes ao deserto e suas pedras esculpidas.

No entanto, continuei a caminhar como se rumo à um encontro sobrenatural — cada vez mais atacado por fantasias, compulsões e pseudolembranças desconcertantes. Pensava em alguns dos possíveis contornos das linhas de pedras vistas do ar por meu filho e perguntava-me por que de imediato me pareceram tão agourentas e conhecidas. Alguma coisa remexia e chocalhava a tranca de minha memória, ao mesmo tempo que outra força desconhecida tentava manter o portal barrado.

Nessa noite sem vento, a clara areia ondulava como ondas imóveis do mar. Embora sem uma meta, eu continuava a seguir em frente como se impelido pelo destino. Meus sonhos derramavam-se no mundo desperto, fazendo com que cada megálito embutido na areia parecesse parte de infindáveis salas e corredores de maçonaria pré-humana, revestidos de baixo-relevos e hieróglifos com símbolos que eu conhecia bem demais dos anos de prática como uma mente cativa da Grande Raça. Em certos momentos, eu fantasiava que via aqueles horrores cônicos oniscientes ocupados em suas tarefas rotineiras, e não ousava baixar os olhos por temer descobrir-me com a mesma compleição. Mas o tempo todo eu também via os blocos cobertos de areia, assim como as salas e os corredores; a lua maligna em chamas, assim como as luminárias de cristal luminoso; o deserto infindável, assim como as samambaias ondulantes e as cicadáceas além das janelas. Eu estava acordado e sonhava ao mesmo tempo.

Não sei por quanto tempo, nem até onde, e tampouco em que direção eu caminhara, quando distingui pela primeira vez a pilha de blocos desnudados pelo vento do dia. Era o maior agrupamento num único lugar que eu vira até então nas escavações, e o panorama impressionou-me de maneira tão real que as visões de fabulosos milênios desapareceram no mesmo instante. Mais uma vez, havia apenas o deserto, a lua maligna e os fragmentos de um passado inaudito. Aproximei-me, parei e dirigi o facho de luz da lanterna para cima da pilha tombada. Uma duna desfizera-se, deixando uma massa baixa e irregularmente redonda de megálitos e fragmentos menores, de uns 12 metros de largura e de 60 centímetros a 2,5 metros de altura.

Desde o início, dei-me conta de que algo totalmente sem precedentes diferenciava essas pedras de todas as demais. Não apenas a simples quantidade delas as tornava sem paralelo, mas alguma coisa nos traços de desenho desgastados pela areia prendera-me a atenção, enquanto as examinava sob os raios de luar e de minha lanterna. Não que qualquer uma se diferenciasse em essência dos espécimes anteriores que havíamos encontrado. Tratava-se de algo mais sutil. A impressão não surgia quando eu examinava um bloco isolado, mas só quando eu deslizava o olhar por vários, quase ao mesmo tempo. Então, afinal, a verdade tornou-se clara para mim. Os padrões curvilíneos em muitos desses blocos mantinham *estreita relação*: faziam parte de um imenso esquema decorativo. Pela primeira vez nesse deserto subvertido há milhões de anos eu encontrara a núcleo arquitetônico em sua antiga posição, tombado e fragmentário, é verdade, porém nem por isso menos existente num sentido muito definido.

Subindo primeiro num lugar baixo, alcei-me com dificuldade ao amontoado; volta e meia retirava a areia com os dedos, e o tempo todo me esforçava para interpretar variedades de dimensões, forma, estilo e relações de desenho. Passado algum tempo, consegui vagamente imaginar a natureza da estrutura ancestral e dos desenhos que outrora se haviam estendido pelas imensas superfícies da construção primitiva. A identidade perfeita do conjunto com alguns de meus vislumbres oníricos me apavoraram e enervaram. Há inúmeros milênios, aquilo consistiu num corredor gigantesco de quase 10 metros de altura, pavimentado com blocos octogonais e encimado por uma maciça abóbada. Devia ter havido salas que se abriam à direita, e na outra extremidade um daqueles estranhos planos inclinados devia serpentear rumo a profundidades maiores.

Sofri um violento sobressalto quando me ocorreram essas ideias, pois elas superavam o que os próprios blocos me informavam. Como eu sabia que esse nível devia ficar bem abaixo no subterrâneo? Como eu sabia que o plano inclinado que conduzia para cima devia ficar atrás de mim? Como eu sabia que a longa passagem subterrânea para a Praça dos Pilares devia ficar à esquerda, acima de mim? Como eu sabia que a sala de máquinas e o túnel à direita, que levava aos arquivos centrais, devia ficar dois níveis abaixo? Como eu sabia que teria um daqueles horríveis alçapões vedados com faixas de metal na parte mais inferior, quatro níveis abaixo? Em pânico por essa intrusão do mundo onírico, vi-me tremendo e banhado em suor frio.

Então, como um último e intolerável toque, senti aquela leve e insidiosa corrente de ar frio que subia de uma depressão próxima ao centro da imensa pilha. No mesmo instante, como uma vez antes, minhas visões dissiparam-se, e tornei a ver apenas o luar maligno, o deserto sinistro e os túmulos dispersos de maçonaria paleogênea. Em seguida, dei-me conta de enfrentar alguma coisa real e tangível, porém, carregada de infinitas sugestões de mistério obscuro como a noite. Porque aquela corrente de ar só podia indicar o seguinte: um abismo oculto de grande dimensão abaixo dos blocos desordenados na superfície.

Meu primeiro pensamento foi nas sinistras lendas dos nativos negros sobre imensos abrigos subterrâneos entre os megálitos, onde ocorrem horrores e nascem os vendavais. Depois, retornaram pensamentos de meus próprios sonhos, e senti vagas pseudolembranças arrastarem-me a mente. Que tipo de lugar estendia-se abaixo de mim? Que inconcebível fonte primitiva, de ciclos míticos imemoriais e pesadelos obcecantes, talvez eu estivesse prestes a descobrir? Foi apenas por um instante que hesitei, pois o que me impelia adiante e trabalhava contra meu crescente medo era mais que curiosidade e zelo científico.

Eu tinha a impressão de mover-me quase automaticamente, como se vítima do domínio de algum destino inexorável. Com a lanterna no bolso e uma força que eu não acreditava possuir, afastei para o lado o primeiro fragmento titânico de pedra e em seguida outro, até levantar-se uma forte corrente, cuja umidade contrastava estranhamente com o ar seco do deserto. Começou a escancarar-se uma brecha obscura, e por fim, depois de eu ter afastado todos os fragmentos pequenos o bastante para ser removidos, o luar leproso iluminou uma abertura de ampla largura para receber-me.

Saquei a lanterna e projetei na abertura o facho luminoso. Abaixo de mim, via-se um caos de maçonaria tombada, que descia de forma abrupta em direção ao norte, em um ângulo de uns 45°, e consistia no evidente resultado de algum colapso antigo no nível acima. Entre sua superfície e o nível do chão, abria-se um abismo de impenetrável escuridão, cuja borda superior exibia sinais de uma colossal abóbada de arco de volta inteira. Parecia que nesse ponto as areias do deserto estendiam-se diretamente pelo piso de alguma construção gigantesca dos primórdios da Terra, num estado de tão grande preservação através de bilhões de anos de convulsão geológica que eu não soube então nem saberia agora tentar explicar.

Em retrospecto, a simples ideia de uma descida solitária e repentina num abismo tão suspeito, e num momento em que nenhuma vivalma sabia de meu paradeiro, parece-me um sintoma de total insanidade. Talvez o fosse, porém naquela noite, eu desci sem hesitação. Mais uma vez, manifestaram-se a atração e o impulso de fatalidade que pareciam o tempo todo dirigir meus passos. Com a lanterna iluminando de forma intermitente para poupar as pilhas, comecei a louca e difícil descida ao longo da sinistra inclinação gigantesca abaixo da abertura, às vezes, de frente, quando encontrava apoio para os pés e as mãos, às vezes, me virando para o amontoado de megálitos, quando me agarrava e tateava de maneira mais precária. À direita e à esquerda, paredes desfeitas de alvenaria esculpida em ruínas assomavam vagamente sob os feixes de luz da lanterna. Adiante, porém, eu só via ininterruptas trevas.

Perdi toda a noção de tempo durante essa difícil descida. A mente fervia tanto com sugestões e imagens desconcertantes que todos os problemas objetivos pareciam afastados a distâncias incalculáveis. Eu não tinha nenhuma sensação física, e mesmo o medo se petrificara como uma gárgula inerte que me encarava malévola e impotente. Por fim, cheguei ao nível do chão, repleto de blocos tombados, fragmentos amorfos de pedra e detritos de areia de todos os tipos. Em cada lado, distantes uns 10 metros umas das outras, erguiam-se maciças paredes encimadas por imensos arcobotantes. Discerni que eram cobertas de baixos-relevos, cuja natureza, porém, não identifiquei. O que mais me prendia a atenção era a abóbada acima. O feixe de luz da lanterna não alcançava a parte mais alta, mas as inferiores dos arcos monstruosos destacavam-se com muita nitidez. E tão exata era sua semelhança com o que eu vira em incontáveis sonhos com o mundo ancestral, que me pus a tremer violentamente pela primeira vez.

Atrás e bem acima, uma indistinta nódoa luminosa lembrava o distante mundo enluarado no exterior. Um vago resto de prudência advertiu-me a não a perder de vista, para que eu não ficasse sem um guia em meu retorno. Eu avançava então para a parede à esquerda, onde os vestígios de baixos-relevos eram mais distintos. O chão repleto de detritos revelou-se tão difícil de atravessar quanto fora a descida pela inclinação, mas consegui encontrar um caminho. A certa altura, afastei alguns blocos e chutei os detritos para ver como era o pavimento e estremeci diante da total e fatídica familiaridade das enormes pedras octogonais cuja superfície ainda mantinha alguma coesão.

Ao chegar a uma distância conveniente da parede, projetei devagar o facho de luz com cuidado nos vestígios do entalhe desgastado. Notava-se que, embora a água outrora houvesse desbastado a superfície de arenito, restavam singulares incrustações que eu não soube explicar. Em certos lugares, a maçonaria achava-se muito solta e distorcida, e perguntei-me por mais quantos bilhões de anos esse prédio primitivo oculto conservaria seus restos de forma em meio às convulsões da Terra.

No entanto, foram os motivos ornamentais que mais me impressionaram. Apesar do estado desfeito pelo tempo, era possível distingui-los de perto com relativa facilidade; e a completa e íntima familiaridade de cada detalhe quase me fez desfalecer. O fato de que os traços dessa venerável arquitetura eram familiares não fugia à credibilidade normal. Como, porém, eu podia explicar a coincidência exata e minuciosa de cada traço e espiral desses estranhos desenhos com aqueles com que eu sonhara por mais de vinte anos? Que iconografia obscura e esquecida poderia ter reproduzido a sutileza das sombras e as nuances que com tanta persistência atormentavam-me a visão nos sonhos, noite após noite?

Pois não se tratava de uma semelhança longínqua ou fortuita. De maneira definitiva e absoluta, o corredor oculto antiquíssimo no qual eu estava era o original de alguma coisa que eu conhecia no sono com tanta intimidade quanto conhecia minha casa na rua Crane, em Arkham. É verdade que meus sonhos mostravam o lugar em sua intacta perfeição, mas nem por isso a identidade era menos real. Eu tinha um horrível e completo conhecimento dessa construção, assim como de seu lugar naquela terrível cidade ancestral de sonhos. Com assustadora e instintiva certeza, dei-me conta de que podia visitar sem errar qualquer ponto nessa construção ou naquela cidade que escapara às mudanças e devastações de incontáveis eras. Que, em nome de Deus, podia significar tudo isso? Como eu passara a conhecer o que conheço? E que abominável realidade podia estar por trás das antigas histórias dos seres que haviam morado nesse labirinto de pedra primordial?

As palavras só podem transmitir pouquíssimo do tumulto de pavor e perplexidade que me devoraram o espírito. Eu conhecia o lugar. Sabia o que tinha abaixo de mim e o que se estendera acima antes que as miríades de andares superiores houvessem desmoronado e reduzido a pó, detritos e deserto. Pensei com um calafrio que agora era desnecessário não perder de vista aquela indistinta mancha de luar. Dividia-me entre um desejo louco de fugir e uma febril mistura de curiosidade ardente e imperiosa fatalidade. Que acontecera com essa monstruosa megalópole de antiguidade nos milhões de anos transcorridos desde a época de meus sonhos? Dos labirintos subterrâneos que haviam alicerçado a cidade e ligado entre si todas as torres gigantescas, quantos haviam sobrevivido às convulsões de crosta terrestre?

Teria eu topado com um mundo de profano arcaísmo todo enterrado? Poderia eu ainda encontrar a casa do mestre de escrita e a torre onde S'gg'ha, uma mente cativa originária dos vegetais carnívoros da Antártida com cabeça em forma de estrela, cinzelara certas gravuras nos espaços vazios das paredes? Continuaria desobstruída e transitável a passagem no segundo subsolo que levava ao salão das mentes estrangeiras? Foi nesse salão que a mente cativa de uma entidade incrível, um habitante semiplástico do interior oco de um desconhecido planeta transplutoniano 18 milhões de anos no futuro, guardara certo objeto que ele modelara do barro.

Fechei os olhos e levei a mão à cabeça num esforço vão e lamentável de afugentar da consciência esses insanos fragmentos oníricos. Então, pela primeira vez, senti intensamente a frieza, o movimento e a umidade do ar circundante. De repente, dei-me conta de que uma imensa cadeia de abismos tenebrosos extintos há milhões de anos devia de fato abrir-se escancarada em algum lugar além e abaixo de mim. Pensei nas assustadoras salas, corredores e inclinações, ao lembrar-me deles de meus sonhos. Estaria ainda aberto o acesso aos arquivos centrais? Mais uma vez, aquela imperiosa fatalidade arrastava com insistência minha mente enquanto eu me relembrava dos impressionantes documentos que outrora ficavam fechados a chave naqueles cofres retangulares de metal inoxidável.

Diziam os sonhos e as lendas que ali repousava toda a história, passada e futura, do contínuo espaço-tempo cósmico, escrita pelas mentes cativas de todos os orbes e de todas as épocas do sistema solar. Pura loucura, na certa, mas eu não acabava de submergir num mundo soturno tão louco quanto eu? Pensei nas estantes metálicas trancadas e na singular manipulação de botões necessária para abrir cada uma. A minha veio-me à consciência com todo o realismo. Quantas vezes eu efetuara aquela intrincada rotina de variadas rotações e pressões na seção de vertebrados terrestres no nível inferior! Cada detalhe era-me recente e conhecido. Se houvesse ali essa estante como a sonhara, eu a abriria num piscar de olhos. Foi então que a loucura dominou-me por completo. Um instante depois, eu saltava e tropeçava nos escombros rochosos em direção à bem lembrada inclinação profundezas abaixo.

VII.

Desse ponto em diante, minhas impressões são muito pouco confiáveis; na verdade, continuo a alentar uma última esperança desesperada de que todas fazem parte de algum sonho diabólico ou ilusão nascida de delírio. Uma febre assolava-me o cérebro, e tudo me vinha por uma espécie de névoa, às vezes apenas por intermitência. O feixe de luz da lanterna projetava uma luz fraca no abismo de trevas, revelando *flashes* fantasmagóricos de conhecidas paredes e muros entalhados, todos degradados pela ação do tempo. Num lugar, tombara uma enorme extensão da caverna, obrigando-me a subir com dificuldade por um poderoso monte de pedras que quase alcançava o teto irregular, com grotescas estalactites. Era o supremo ápice de pesadelo, agravado pelo blasfemo assédio da pseudolembrança. Apenas uma coisa pareceu-me pouco conhecida: meu próprio tamanho em relação à monstruosa maçonaria. Senti-me oprimido por uma sensação de extraordinária pequenez, como se a visão dessas paredes grandiosas fosse alguma coisa nova e anormal para um simples corpo humano. Repetidas vezes, baixei os olhos nervosamente para mim, meio transtornado pela minha forma humana.

Sempre adiante pelas trevas do abismo, eu saltava, mergulhava e vacilava, muitas vezes caindo e me arranhando; uma vez, quase espatifei a lanterna. Eu conhecia cada pedra e canto daquela demoníaca abertura, e em vários lugares parei para projetar feixes de luz por passagens em arco obstruídas e em ruínas, mas mesmo assim familiares. Algumas salas haviam desabado por completo; outras estavam vazias ou cheias de escombros. Em algumas, eu via massas metálicas quase intactas, algumas quebradas e algumas esmagadas ou danificadas, que reconheci como os pedestais ou mesas colossais de meus sonhos. Não ousei adivinhar o que de fato podiam ter sido.

Encontrei o plano inclinado e comecei a descida, embora passado algum tempo deteve-me uma fissura escancarada, irregular cujo ponto mais estreito não tinha menos de 1,20 metros de largura. Ali a alvenaria desabara, revelando incalculáveis profundezas retintas abaixo. Eu sabia que havia mais dois níveis de porão nesse prédio gigantesco e tremi com renovado pânico quando me lembrei dos alçapões vedados com metal no nível mais baixo. Já não existiam guardas, pois o que espreitara embaixo terminara seu abominável trabalho e afundara fazia tempos imemoriais e afundara num longo declínio. Na época da raça pós--humana dos coleópteros, tudo estaria morto. E, no entanto, quando pensei nas lendas nativas, tornei a tremer.

Custou-me um esforço terrível transpor aquela fenda escancarada, pois o chão entulhado impedia-me uma corrida desembestada, mas a loucura incitava-me. Escolhi um lugar perto da parede à esquerda, onde a fenda era menos larga e o local onde eu pousaria estava mais ou menos livre de escombros perigosos; e após um momento frenético cheguei ao outro lado são e salvo. Após alcançar afinal o nível mais baixo, passei aos tropeços pela passagem em arco da sala de máquinas, no interior da qual se viam fantásticas ruínas de metal semienterradas sob a abóbada. Tudo se encontrava onde eu sabia que se encontraria, e escalei confiantemente as pilhas que barravam a entrada de um imenso corredor transversal. Lembrei-me que ele me levaria abaixo dos arquivos centrais, sob a cidade.

Eternidades infindáveis pareciam se desenrolar, enquanto eu tropeçava, saltava, e rastejava ao longo daquele corredor repleto de detritos. De vez em quando, distinguia baixos-relevos nas paredes manchadas pelo tempo, algumas familiares, outras decerto acrescentadas desde o período de meus sonhos. Como se tratava de uma pista subterrânea de comunicação entre vários prédios, não havia passagens em arco, a não ser quando a via conduzia aos níveis mais baixos de diversos prédios. Em algumas dessas interseções, eu virava-me de lado o tempo suficiente para olhar corredores e salas de que me lembrava bem. Apenas duas vezes, encontrei mudanças radicais em relação ao que sonhara, e num desses casos, consegui refazer os contornos do arco de que me lembrava.

Ao passar pela cripta de uma daquelas imensas torres arruinadas, sem janelas, cuja estranha construção estrangeira de basalto indicava sua horrível e sussurrada origem, tive um violento sobressalto e pus-me a correr feito louco. Essa cripta primitiva e redonda tinha uns 60 metros de diâmetro, sem nada gravado na alvenaria de pedra escura. O piso ali estava livre de qualquer coisa, além de pó e areia, e permitiu-me ver as aberturas que conduziam acima e abaixo. Não havia escadas nem planos inclinados; na verdade, meus sonhos haviam retratado essas torres ancestrais como intocadas pela fabulosa Grande Raça. Os que as haviam construído não precisaram de escadas nem de planos inclinados. Nos sonhos, a abertura descendente fora hermeticamente fechada e vigiada com grande inquietação. Agora se estendia soturna e escancarada e exalava uma corrente de ar frio e úmido. Não me permitiria pensar naquelas infindáveis cavernas de eterna noite de onde talvez proviesse esse sinistro sopro.

Mais tarde, abri caminho com dificuldade por um trecho muito obstruído do corredor e cheguei a um lugar onde o telhado desabara inteiro. Os escombros elevavam-se como uma montanha, e os transpus passando por um imenso espaço vazio, onde a lanterna não revelava paredes nem arcos. Refleti que devia constituir o porão da casa dos fornecedores de metal, situado no terceiro quadrado e não longe dos arquivos. Não dava para conjeturar o que acontecera com o lugar.

Tornei a encontrar o corredor, além da montanha de detritos e pedras, mas passada uma pequena distância encontrei um lugar inteiramente obstruído onde a abóbada tombada quase tocava o teto, que ameaçava perigosamente cair. Não sei como consegui arrastar e afastar suficientes blocos para prover uma passagem nem como me atrevi a desarrumar os fragmentos amontoados e bem compactos, quando o menor deslocamento de equilíbrio poderia fazer desabar todas as toneladas de maçonaria sobreposta para me esmagar e reduzir a nada. Era a pura loucura que me impelia e guiava, se, de fato, toda a minha aventura subterrânea não consistiu, como eu torcia, numa ilusão diabólica ou fase de sonho. Mas fiz uma abertura, ou sonhei que fiz, por onde pude me esgueirar. Ao arrastar-me sobre o monte de detritos, lanterna bem enfiada na boca, senti-me arranhado pelas estalactites fantásticas do piso irregular acima de mim.

Eu estava então próximo ao grande centro subterrâneo dos arquivos, que parecia ser meu objetivo. Após escorregar e descer com dificuldade pelo lado oposto da barreira, percorri com cuidado a extensão restante do corredor, acendendo a lanterna intermitentemente, e cheguei afinal a uma cripta circular baixa e com arcos, ainda num esplêndido estado de preservação, que se abria dos dois lados. As paredes, ou as partes delas que se encontravam ao alcance da luz da lanterna, eram cobertas de hieróglifos e inscrições gravadas a cinzel com os símbolos curvilíneos característicos, algumas das quais acrescentadas depois do período de meus sonhos.

Esse, eu percebi, era meu destino, e transpus de imediato uma porta em arco familiar, à esquerda. Avançava com uma estranha certeza de que encontraria uma passagem acima e abaixo do plano inclinado para todos os níveis subsistentes. Esse imenso prédio subterrâneo que abrigava os anais de todo o Sistema Solar fora construído com habilidade e força sobrenaturais para durar tanto quanto a própria Terra. Blocos de estupendas dimensões, equilibrados com genialidade matemática e unidos por cimentos de incrível solidez, formavam uma massa tão firme quanto o núcleo rochoso do planeta. Ali, após tempos mais prodigiosos do que eu saberia calcular em sã consciência, sua parte mais volumosa enterrada conservava todos os contornos essenciais; embora tivesse os enormes pavimentos cobertos de pó, não se viam, escombros tão dominantes nos demais lugares.

A relativa facilidade de caminhar desse ponto em diante subiu-me à cabeça. Todo o frenético ardor até então frustrado por obstáculos agora se manifestava numa espécie de febril velocidade, e eu pus-me literalmente a correr pelos corredores de teto baixo, além das arcadas, dos quais me lembrava com terrível precisão. Já não me impressionava mais com a familiaridade do que eu via. À esquerda e à direita, as imensas portas das prateleiras metálicas gravadas com hieróglifos assomavam, monstruosas; algumas de pé no mesmo lugar, outras abertas, e ainda outras entortadas e vergadas sob tensões geológicas do passado, mas não fortes o bastante para destroçar a gigantesca maçonaria. Volta e meia, uma pilha coberta de poeira abaixo de um compartimento aberto e vazio parecia indicar onde estojos haviam sido projetados por tremores da Terra. Em pilares dispersos, viam-se grandes símbolos ou letras proclamando classes e subclasses de volumes.

Parei uma vez diante de um cofre aberto, onde identifiquei alguns dos habituais estojos metálicos ainda no mesmo lugar em meio ao onipresente pó arenoso. Levantei o braço e retirei um dos exemplares mais finos com alguma dificuldade e coloquei-o no chão para inspecioná-lo. Exibia o título nos predominantes hieróglifos curvilíneos, embora alguma coisa na distribuição dos caracteres parecesse sutilmente incomum. Como eu conhecia muito bem o estranho mecanismo do fecho enganchado, ergui a tampa ainda sem ferrugem e manejável e peguei o livro dentro. Este, como previsto, tinha cerca de 50 por 35 centímetros de superfície, e 5 centímetros de espessura; o fino estojo de metal abria-se na parte superior. As resistentes páginas de celulose não pareciam afetadas pela ação de miríades de ciclos de tempo imemorial; por isso, examinei com uma obsessiva e semidesperta lembrança as letras traçadas a pincel em esquisita pigmentação, símbolos em tudo diferentes dos habituais hieróglifos curvos e de qualquer alfabeto conhecido por estudiosos humanos. Ocorreu-me que se tratava da língua usada por um espírito cativo que eu conhecera de maneira superficial em sonhos, vinda de um enorme asteroide no qual sobrevivera grande parte da vida arcaica e o saber do planeta primitivo do qual se tornara um fragmento. Ao mesmo tempo, lembrei-me de que esse nível dos arquivos dedicava-se às obras relacionadas com os planetas não terrestres.

Ao terminar de estudar esse incrível documento, percebi que a luz da lanterna começava a agonizar; em consequência, logo inseri a pilha extra que eu sempre levava comigo. Em seguida, armado com a luminosidade mais forte, reiniciei minha corrida febril pelos infindáveis emaranhados de galerias e corredores, reconhecendo de vez em quando alguma estante familiar, e um tanto irritado pelas condições acústicas que faziam minhas pisadas ecoarem de maneira incongruente nessas catacumbas de morte e silêncio milenares. As próprias pegadas de meus sapatos atrás de mim no pó não pisado há milênios faziam-me estremecer. Nunca antes, se meus sonhos loucos continham alguma coisa de verdade, pés humanos haviam pisado nesses pavimentos imemoriais. Da meta específica daquela insana corrida, minha mente consciente não tinha a menor pista. A influência de alguma potência maligna, porém, agia sobre minha vontade ofuscada e as lembranças enterradas, fazendo com que eu tivesse a vaga sensação de não estar correndo ao acaso.

Cheguei a um plano inclinado e segui-o até regiões ainda mais profundas. Pisos eram iluminados por mim enquanto eu corria a toda, mas não parei para explorá-los. Em meu cérebro vítima de vertigem começara a bater uma pulsação ritmada que fazia a minha mão direita mexer em uníssono. Queria destrancar alguma coisa e senti que conhecia todas as complicadas rotações e pressões necessárias. Era como um moderno cofre-forte com uma fechadura de combinação. Sonho ou não, eu soubera outrora e ainda sabia. Nem tentei explicar a mim mesmo como poderia um sonho qualquer, ou um fragmento de lenda absorvido de maneira inconsciente, ter me ensinado um detalhe tão minucioso, tão intricado e tão complexo. Escapava a qualquer pensamento coerente. Pois não era essa experiência inteira, essa chocante familiaridade com um conjunto de ruínas desconhecidas, além dessa identidade monstruosamente exata de tudo diante de mim — que apenas os sonhos e os fragmentos de mito teriam —, um horror que superava toda a razão? Na certa, era minha convicção básica então, como o é agora em meus momentos mais sãos, que de modo algum eu estava acordado, e que a cidade enterrada inteira não passava de um fragmento de febril alucinação.

Cheguei, enfim, ao nível mais baixo e desviei-me à direita do plano inclinado. Por algum motivo obscuro, tentei suavizar meus passos, embora por isso eu perdesse velocidade. Eu temia atravessar um espaço nesse último pavimento, profundamente enterrado, e, quando me aproximei, lembrei-me da causa do medo. Tratava-se apenas de mais um dos alçapões fechados com barra de metal e guardados com absoluto rigor. A ideia de que já não haveria mais guardas me pôs a tremer e a avançar nas pontas dos pés, assim como eu fizera ao passar por aquela caverna de basalto, onde semelhante alçapão estava totalmente aberto. Senti uma corrente de ar fresco, úmido, como também sentira lá, e desejei que meus passos seguissem em outra direção. Por que percorria aquele caminho específico, eu não sabia.

Quando cheguei ao espaço, vi o alçapão escancarado. À frente, começavam mais uma vez as estantes, e entrevi no chão diante de uma delas, sob uma camada de pó muito fina, uma pilha onde um monte de estojos caíra recentemente. No mesmo instante, uma nova onda de pânico apoderou-se de mim, embora por algum tempo eu não pudesse descobrir por quê. Pilhas de estojos caídos não eram incomuns, pois desde tempos infinitos naquele labirinto tenebroso, assolado por cataclismos geológicos, ecoara o estrépito ensurdecedor de objetos tombados. Foi só quando eu já percorrera metade do caminho que me dei conta do motivo que me fizera tremer de maneira tão violenta.

Não a pilha, mas alguma coisa relacionada ao pó que cobria o chão afligia-me. Sob a luz da lanterna, parecia que o pó não estava tão nivelado quanto deveria estar, pois em alguns lugares a camada era mais fina, como se houvesse sido perturbada poucos meses antes. Eu não tinha como confirmar, pois mesmo nesses lugares, sob uma camada mais fina, via-se bastante pó; no entanto, certa aparência de regularidade nas desigualdades imaginárias causou-me grande inquietação. Quando aproximei a lanterna para examinar um dos lugares estranhos, não gostei do que vi, pois a impressão de regularidade pareceu-me bem mais nítida. Era como se houvesse filas uniformes regulares de pegadas agrupadas que avançavam de três em três; cada uma media uns 35 centímetros quadrados e consistia de cinco pegadas quase circulares de uns 8 centímetros de diâmetro, uma na frente das outras quatro.

Essas supostas filas de 35 centímetros quadrados pareciam seguir em duas direções opostas, como se alguma coisa fora a algum lugar e retornara. Embora elas fossem muito pouco acentuadas e talvez apenas ilusórias ou acidentais, o caminho de ida e volta que davam a impressão de seguir encheu-me de confuso e insidioso terror. Pois, numa extremidade desse caminho ficava o monte de estojos que devem ter desabado não muito tempo antes, e na outra havia o alçapão ameaçador que exalava o vento frio e úmido, escancarado sem vigilância para abismos além da imaginação.

VIII.

Aquela estranha compulsão à qual eu obedecia era tão profunda e dominadora que venceu meu medo. Nenhum motivo racional poderia ter-me impelido atrás daquela terrível suspeita de pegadas e das lembranças oníricas invasoras que despertara em mim. Minha mão direita, contudo, mesmo trêmula de pavor, ainda se contraía ritmada, como num reflexo da ansiedade que me fazia girar uma fechadura que esperava encontrar. Antes que me desse conta, eu passara pelo monte de estojos recém-caídos e lançava-me na ponta dos pés pelos corredores de pó intacto, em direção a um ponto que parecia conhecer mórbida e horrivelmente bem. Minha mente fazia perguntas, cuja origem e importância eu mal começara a distinguir. Seria a estante alcançável por um corpo humano? Conseguiria eu dominar com a mão de homem todos os movimentos da fechadura, lembrados por uma memória de milhões de anos? Estaria a fechadura em bom estado e manejável? E o que eu faria — o que ousaria fazer — com o que (como então comecei a me dar conta) ao mesmo tempo esperava e temia encontrar? Seria isso a prova da realidade de alguma coisa assombrosa, alucinante, que ultrapassava os limites normais da razão, ou a simples confirmação de que estava sonhando?

Instantes depois, eu cessava aquela corrida na ponta dos pés e parava imóvel, a encarar uma fileira de estantes cobertas com aqueles hieróglifos de enlouquecedora familiaridade. Achavam-se num estado de preservação quase perfeita, e apenas três das portas foram arrombadas. Eu não saberia descrever em palavras os sentimentos que a visão dessas estantes despertou em mim, tão absoluta e insistente era a sensação de que éramos velhos conhecidos. Ergui a cabeça e examinei uma fileira próxima ao teto, inteiramente fora de meu alcance, e perguntei-me qual seria a melhor maneira de escalar até ali. Uma porta aberta a quatro fileiras da parte inferior ajudaria, e as fechaduras das portas fechadas serviriam como possíveis apoios para as mãos e os pés. Eu prenderia a lanterna entre os dentes como fizera em outros lugares onde necessitei das duas mãos. Acima de tudo, precisava não fazer barulho. Trazer para baixo o que eu desejava seria difícil, mas na certa conseguiria enganchar-lhe o fecho móvel na gola de meu casaco e carregá-lo como uma mochila. Mais uma vez, perguntei-me se a fechadura estaria em bom estado. Não tinha a menor dúvida de que poderia repetir cada movimento conhecido. Torcia, porém, para que a coisa não chiasse ou rangesse e que minha mão não tremesse.

Ainda pensando nisso tudo, pus a lanterna na boca e comecei a subir. As fechaduras salientes revelaram-se apoios insatisfatórios, embora a estante aberta tenha me ajudado muitíssimo, como eu previra. Usei ao mesmo tempo a porta balançante e a borda da própria abertura para subir, e consegui evitar qualquer rangido alto. Equilibrado na borda superior da porta, inclinei-me o máximo possível à direita e alcancei com precisão a fechadura que procurava. Meus dedos, meio dormentes da escalada, foram muito desajeitados a princípio, mas logo vi que tinham a anatomia adequada para a tarefa. E a memória rítmica retornou-lhes com força. Dos desconhecidos abismos do tempo, os complicados movimentos secretos haviam de algum modo obscuro chegado ao meu cérebro corretamente em todos os detalhes, pois, passados menos de cinco minutos, fez-se um estalo cuja familiaridade me surpreendeu ainda mais, porque não havia previsto. No instante seguinte, a porta de metal abria-se devagar com um levíssimo rangido.

Estupefato, percorri com o olhar a fileira de estojos cinzentos então expostos, e senti-me invadido por uma imensa onda de alguma emoção de todo inexplicável. Bem ao alcance de minha mão direita, encontrava-se um estojo cujos hieróglifos curvilíneos fizeram-me estremecer com uma angústia infinitamente mais complexa que o simples pavor. Ainda trêmulo, consegui desalojá-lo em meio a uma chuva de flocos arenosos e deslizá-lo em minha direção, sem nenhum ruído violento. Como o outro estojo que manuseara, esse tinha pouco mais de 50 centímetros de comprimento por 35 centímetros de largura, com desenhos matemáticos curvos em baixo-relevo. A grossura mal excedia a 8 centímetros.

Prendi-o como pude entre mim e a superfície pela qual acabara de subir, atrapalhei-me com o fecho e por fim soltei o gancho. Ergui-o pela tampa, deslizei o pesado objeto até as costas e deixei o gancho encaixar-se na gola de meu casaco. Com as mãos então livres, desci com dificuldade até o piso empoeirado e preparei-me para inspecionar meu prêmio.

Após me ajoelhar no pó arenoso, peguei o estojo e apoiei-o diante de mim. Com as mãos trêmulas, temia retirar o livro de dentro quase tanto quanto o desejava — e sentia-me compelido a fazê-lo. Aos poucos, foi se tornando muito claro para mim o que eu deveria encontrar, e essa constatação quase paralisou minhas faculdades. Se a coisa estivesse ali, e se eu não estivesse sonhando, as consequências superariam tudo o que o espírito humano pode suportar. O que mais me atormentava era a incapacidade momentânea de sentir que o ambiente circundante não passava de um sonho. A sensação de realidade era abominável; e mais uma vez o é, enquanto relembro a situação.

Por fim, retirei tremendo o livro do estojo e encarei fascinado os hieróglifos tão conhecidos na capa. Parecia em perfeitas condições, e a letras curvilíneas do título mantinham-me quase hipnotizado, como se eu soubesse lê-las. Na verdade, não posso jurar que de fato não os li em algum transitório e terrível acesso de memória anormal. Não sei quanto tempo se passou antes de eu ousar erguer aquela fina tampa de metal. Contemporizei e dei desculpas a mim mesmo. Tirei a lanterna da boca e desliguei-a para poupar a pilha. Então, na escuridão, reuni coragem e acabei levantando a tampa, sem iluminá-la. Por último, acendi-a e apontei a página exposta com o feixe de luz, preparando-me de antemão para reprimir qualquer exclamação diante do que eu encontrasse.

Olhei por um instante e, em seguida, quase desabei em colapso. Cerrei os dentes, porém, e contive-me. Tombado no chão, levei a mão à testa, em meio às trevas devoradoras. O que temia e esperava estava ali. Ou eu sonhava, ou tempo e espaço haviam se tornado um escárnio. Devia estar sonhando, mas poria o horror à prova, levando aquela coisa de volta para mostrá-la ao meu filho, se fosse de fato realidade. A cabeça girava de maneira assustadora, embora não houvesse objetos visíveis na ininterrupta escuridão para rodopiar em volta. Uma multidão de ideias e imagens aterradoras, suscitada pelas possibilidades do que meu achado revelara, me invadiu e nublou os sentidos.

Pensei naquelas supostas pegadas no pó e tremi de medo do som de minha própria respiração ao fazê-lo. Mais uma vez, acendi a lanterna e olhei a página como a vítima de uma serpente talvez encare os olhos e os caninos de seu destruidor. Então, com os dedos desajeitados na escuridão, fechei o livro, guardei-o no estojo e fechei a tampa e o singular prendedor. A todo custo, eu tinha de levá-lo ao mundo exterior, se é que o abismo inteiro existia de verdade — se eu e o próprio mundo existíamos de verdade.

Não me lembro do momento exato em que me levantei trôpego e comecei o caminho de volta. Estranhamente, ocorreu-me que me sentia tão afastado do mundo normal que não olhei sequer uma vez para meu relógio de pulso durante aquelas horríveis horas no subterrâneo. Com a lanterna na mão e o agourento estojo debaixo do braço, acabei vendo-me passar de novo, na ponta dos pés e em silencioso pânico, pelo abismo do qual o vento soprava e por aquelas vagas suposições de passos. Tomei menos precauções enquanto subia os infindáveis planos inclinados, mas não consegui livrar-me de uma sombra de apreensão que eu não sentira na jornada descendente.

Apavorava-me ter de tornar a passar por aquela cripta de basalto preta, mais antiga que a própria cidade, onde sopros de ar frio elevavam-se de profundidades já sem a vigilância de sentinelas. Pensava no que a Grande Raça temera, que, por mais fraco e agonizante, talvez continuasse à espreita ali embaixo. Pensava nas possíveis pegadas de cinco círculos e no que meus sonhos me haviam dito a respeito, além dos ventos estranhos e dos ruídos sibilantes associados a eles. E pensava nos relatos atuais dos negros, que expressavam sem cessar o horror de ventos colossais e abomináveis ruínas subterrâneas.

Reconheci um símbolo gravado na parede do andar onde eu devia entrar e cheguei afinal ao imenso espaço circular de onde se bifurcavam as passagens em arco, após passar por aquele outro livro que eu examinara. À direita, também logo reconheci o arco pelo qual eu chegara e o qual transpunha então, consciente de que o resto do percurso seria mais penoso por causa do estado da maçonaria tombada fora do prédio dos arquivos. A nova carga do estojo metálico pesava-me, e constatei ser cada vez mais difícil não fazer ruído, ao tropeçar entre escombros e fragmentos de todo tipo.

Então cheguei ao monte de detritos que alcançava o teto pelo qual me espremera para passar. O pavor que sentia de refazer aquela passagem revelou-se imenso, pois na primeira travessia fizera algum ruído, e agora, após ver aquelas possíveis pegadas, fazer barulho assustava-me mais que tudo. O estojo, também, redobrava o problema de atravessar a estreita fissura. No entanto, escalei a barreira o melhor que pude e empurrei o estojo pela abertura à frente. Em seguida, lanterna na boca, atravessei, arranhando as costas como antes nas estalactites. Quando tentei pegar de novo o estojo, ele caiu um pouco mais longe pela inclinação de escombros, com um inquietante estrépito, cujos ecos fizeram-me suar frio. Lancei-me para pegá-lo de imediato e recuperei-o sem mais ruído; um instante depois, porém, os blocos que escorregaram sob os meus pés desencadearam um barulho repentino e sem precedentes.

Todo esse barulho foi minha perdição, pois, verdade ou não, julguei ter ouvido uma terrível resposta dos espaços atrás de mim. Acreditei ter ouvido um sibilo agudo, diferente de tudo o mais na Terra e além de qualquer descrição verbal adequada. Talvez tenha sido apenas minha imaginação. Se assim foi, o que se seguiu trata-se de uma sinistra ironia, porque, exceto pelo pânico desse primeiro alerta, o segundo incidente jamais poderia ter ocorrido.

De qualquer forma, dominou-me um terror total e implacável. Após pegar a lanterna com uma das mãos e agarrar o estojo como podia, pus-me a saltar e precipitar-me como um louco à frente, sem a menor ideia na cabeça, além de um frenético desejo de sair logo daquelas ruínas de pesadelo para o mundo desperto de deserto e luar que se estendia tão acima. Cheguei, sem me dar conta, à montanha de detritos que assomava na imensa escuridão além do telhado desabado, a me machucar e cortar repetidas vezes na difícil escalada pelo declive abrupto de blocos e fragmentos irregulares. Então aconteceu o grande desastre. Tão logo comecei a transpor o ápice, às cegas, desprevenido quanto ao súbito mergulho à frente, escorreguei e vi-me coberto por uma mutiladora avalanche de maçonaria deslizante, cujo estrondo alto como de canhão, varou o ar da caverna tenebrosa numa ensurdecedora série de reverberações fantásticas.

Não tenho a menor lembrança de sair desse caos, porém, um fragmento momentâneo de consciência mostrara-me mergulhando, tropeçando e rastejando ao longo do corredor em meio ao tumulto, sem soltar o estojo e a lanterna. Em seguida, assim que me aproximei daquela cripta de basalto primitiva que eu tanto temera, a loucura total apoderou-se de mim. Pois, à medida que se extinguiam os ecos da avalanche, foi se tornando audível uma repetição do apavorante e insólito sibilo que julguei ter ouvido antes. Dessa vez, não tive a menor dúvida; e o pior era que vinha de um ponto não atrás, mas *à minha frente*.

Na certa, gritei a plenos pulmões. Tenho uma vaga imagem de mim mesmo a atravessar correndo a diabólica caverna basáltica dos Seres Antigos e a ouvir aquela maldita sibilação sobrenatural elevar-se do alçapão aberto, sem sentinelas, para as infinitas trevas subterrâneas. Também soprava um vento, não apenas uma corrente fria e úmida, mas uma violenta e proposital rajada que arrotava de maneira selvagem e glacial daquele abominável abismo, de onde vinha o sibilo obsceno.

Restam-me lembranças de saltos desajeitados sobre obstáculos de todo tipo, com a ventania e o sibilo estridente intensificando-se a cada instante, parecendo enroscar-se e serpentear deliberadamente à minha volta como se em golpes perversos desferidos dos espaços atrás e abaixo. Embora soprasse na retaguarda, essa ventania tinha o estranho efeito de retardar meu avanço, em vez de favorecê-lo; dava a impressão de que agia como um nó corrediço ou laço lançado ao meu redor. Sem me preocupar mais com o ruído que eu fazia, transpus com estrépito uma grande barreira de blocos e vi-me de novo na construção que levava à superfície. Lembro que entrevi a passagem em arco para a sala de máquinas e quase gritei ao ver o declive que conduzia, dois níveis abaixo, ao lugar onde um daqueles infernais alçapões escancarava-se. Mas, em vez de gritar, preferi repetir baixinho para mim mesmo que tudo não passava de um sonho, do qual eu precisava logo acordar. Talvez eu estivesse no acampamento, talvez em casa, em Arkham. Todas essas esperanças reforçaram-me a sanidade, quando comecei a subir o plano inclinado até o nível superior.

Embora eu, decerto, soubesse que ainda tinha de tornar a transpor a fenda de um metro e vinte de largura, achava-me demasiado atormentado por outros medos para me dar conta do total horror antes de chegar lá. Na descida, o salto para o outro lado fora fácil, mas será que eu conseguiria transpô-la com a mesma desenvoltura na subida, estorvado pelo medo, pela exaustão, pelo peso do estojo metálico e pelo anormal vento demoníaco que me puxava para trás? Pensei em tudo isso até o último instante e também pensei nas abomináveis entidades que poderiam encontrar-se à espreita nos abismos tenebrosos abaixo da fenda.

A luz vacilante da lanterna enfraquecia, mas uma obscura lembrança avisou-me quando me aproximei da fissura. As frias rajadas de vento e os detestáveis gritos estridentes atrás de mim pareceram-me, por uns instantes, um ópio misericordioso, que me entorpecia a imaginação quanto ao horror do abismo escancarado à frente. Então me conscientizei das rajadas e sibilos extras *diante de mim*. Ondas de abominação elevavam-se pela própria fenda desde as profundezas inauditas e inimagináveis.

Logo depois, na verdade, a essência de puro pesadelo abateu-se sobre mim. Minha sanidade extinguiu-se de vez. Ignorando tudo, exceto o instinto animal de fuga, apenas lutei e esforcei-me ao máximo sobre os escombros da subida íngreme, como se não existisse abismo algum. Então vi a borda da brecha, dei um salto frenético, no qual pus toda a força que me restara, e fui, no mesmo instante, engolido num vertiginoso pandemônio de sons detestáveis e trevas materialmente palpáveis.

Pelo que consigo me lembrar, aqui termina minha experiência. Todas as impressões que se seguiram pertencem ao domínio do delírio fantasmagórico. Os sonhos, a loucura e as lembranças mesclaram-se numa febril série de ilusões fragmentárias e fantásticas que não tem nenhuma relação com a realidade. Houve uma terrível queda através de incalculáveis léguas de escuridão viscosa, sensível, e uma babel de ruídos inteiramente alheios a tudo o que sabemos da Terra e de sua vida orgânica. Os sentidos dormentes e rudimentares pareceram recuperar a vitalidade em mim, revelando fossas e vazios povoados por horrores flutuantes que conduziam a penhascos abruptos, a oceanos sem sol e cidades repletas de torres basálticas sem janelas, nas quais jamais brilhou alguma luz.

Os segredos do planeta primitivo e suas eras imemoriais vararam-me velozes a mente, sem a ajuda da visão ou da audição, e conheci coisas que nem os mais loucos de meus antigos sonhos haviam algum dia sugerido. E, o tempo todo, os dedos frios de vapor úmido me agarravam e atormentavam, e aquele sibilo sobrenatural, maldito, elevava-se com perversidade acima de todas as alternâncias de alvoroço e silêncio nos turbilhões de trevas ao redor.

Seguiram-se as visões da ciclópica cidade de meus sonhos, não em ruínas, mas igual àquela com que sonhava. Encontrava-me de novo em meu corpo cônico, não humano, e rodeado de numerosos membros da Grande Raça e o espírito cativo que carregava livros para cima e para baixo pelos elevados corredores e imensos planos inclinados. Em sobreposição a essas ameaças, surgiam assustadores e momentâneos *flashes* de uma consciência não visual que incluía meus combates desesperados e as violentas contorções para livrar-me dos tentáculos do vento sibilante; um voo insano, semelhante ao de um morcego no ar denso, esforços febris pelas trevas varridas por ciclone e violentos tropeços e quedas sobre maçonaria tombada.

Houve um instante curioso e intrusivo em que entrevi algo — uma suspeita vaga, difusa, de esplendor azulado bem acima. Então, surgiu um sonho em que eu escalava e rastejava, perseguido pelo vento em que eu serpenteava até sair num espaço banhado pelo sardônico luar entre escombros e ruínas que deslizaram e desabaram depois de mim, no meio de um mórbido furacão. Foi a pulsação desse maligno e monótono luar que por fim me indicou o retorno do que outrora conheci como o mundo desperto objetivo.

Achava-me de bruços, com as mãos cravadas como garras nas areias do deserto australiano, e ao redor de mim uivava um vento mais tumultuoso do que todos os que eu já conhecera antes na superfície de nosso planeta. Tinha a roupa em frangalhos e o corpo cheio de arranhões e contusões. Minha plena consciência retornou tão devagar que em momento algum eu soube dizer quando me deixaram as verdadeiras lembranças e começou o sonho delirante. Parecera-me haver um monte de blocos gigantescos, abismos subterrâneos, uma revelação monstruosa do passado e um horror digno de pesadelo no fim; no entanto, o que era real em tudo isso? A lanterna, assim como qualquer estojo metálico que eu possa ter descoberto, desaparecera. Houvera mesmo semelhante estojo, ou algum abismo, ou alguma pilha de escombros? Ergui a cabeça, olhei para trás e vi apenas as áridas e ondulantes areias do deserto.

O diabólico vento dissipara-se e a inchada e fungosa lua afundava avermelhada no poente. Levantei-me com dificuldade e comecei a cambalear rumo ao sudoeste, em direção ao acampamento. Que, na verdade, acontecera comigo? Teria eu apenas desabado no deserto e arrastado um corpo por quilômetros de areia e blocos enterrados? Se não, como poderia suportar viver pelo tempo que me restava? Porque, nessa nova incerteza, todas as esperanças anteriores, baseadas na não realidade da origem mitológica de minhas visões, tornaram a dissolver-se nas antigas dúvidas infernais que me atormentavam. Se aquele abismo era real, também o era a Grande Raça, e as incursões e sequestros ímpios realizados, em todo o turbilhão cósmico de tempo e espaço, não eram mitos nem pesadelos, mas uma terrível e dilacerante realidade.

Teria eu sido, portanto, arrastado de fato a um remoto mundo pré-humano de 150 milhões de anos atrás, naquele sombrio e desconcertante período da amnésia? Teria meu corpo atual sido o veículo de uma apavorante consciência surgida de abismos da origem do tempo? Teria eu, de fato, como espírito de cativo daqueles horrores de andar bamboleante, conhecido a amaldiçoada cidade de pedra em seu apogeu primordial e ziguezagueado por aqueles corredores familiares, na repugnante forma de meu sequestrador? Não eram aqueles sonhos atormentadores, de mais de 20 anos, senão consequência de lembranças nítidas e *monstruosas*? Teria eu outrora conversado mesmo com mentes dos recônditos abissais do tempo e espaço, tomado conhecimento dos segredos passados e futuros, redigido os anais de meu próprio mundo para os dossiês metálicos daqueles gigantescos arquivos? E, de fato, constituíam aqueles outros — aqueles monstruosos Seres Ancestrais, senhores dos ventos violentos e sibilações demoníacas — uma ameaça prolongada, à espreita, à espera e a enfraquecer lentamente nos tenebrosos abismos, enquanto variadas formas de vida arrastavam suas existências milenares evolutivas na superfície do planeta?

Não sei. Se esse abismo e o que ele continha eram reais, não há esperança. Então, paira de fato sobre a humanidade uma incrível e sarcástica sombra fora do tempo. Mas, por sorte, não existe prova de que tudo isso não passou de novas fases de meus sonhos baseados em lendas. Eu não trouxe o estojo metálico que teria sido uma prova, e até agora não se encontraram aqueles corredores subterrâneos. Se as leis do universo são misericordiosas, eles nunca os encontrarão. No entanto, preciso contar ao meu filho o que vi ou acreditei ter visto, deixando ao seu discernimento como psicólogo a preocupação de avaliar a realidade de minha experiência e comunicar este relato aos outros.

Eu disse que a terrível verdade por trás de meus anos torturados depende inteiramente da realidade do que julguei ter visto naquelas gigantescas ruínas enterradas. Custou-me grande esforço deixar a crucial revelação documentada por escrito, embora o leitor não possa ter deixado de adivinhar. É claro que consiste no livro dentro do estojo de metal, o estojo que arranquei de seu esquecido esconderijo no meio do pó de um milhão de séculos. Nenhum olho vira e nenhuma mão tocara aquele livro desde o advento do homem neste planeta. E, no entanto, quando apontei a lanterna para aquele aterrador abismo megalítico, vi que as letras de estranha pigmentação, nas quebradiças páginas de celulose amarelada pelo tempo, não eram, na verdade, hieróglifos desconhecidos de épocas remotas. Eram, em vez disso, as letras do nosso conhecido alfabeto, formando as palavras da língua inglesa em minha própria caligrafia.

O ASSOMBRADOR DAS TREVAS

(*Dedicado a Robert Bloch*)

*Eu vi o escuro universo se abrindo
Onde negros planetas perdidos
Vão girando em horror envolvidos,
Na ignorância que nem nome tem.*

Nêmesis

CAUTELOSOS investigadores hesitarão em desafiar a crença comum de que Robert Blake foi morto por um raio, ou por algum grave choque nervoso causado por uma descarga elétrica. É verdade que a janela diante dele estava intacta, mas a própria natureza tem se mostrado capaz de muitas atuações caprichosas. A expressão em seu rosto pode facilmente ter sido provocada por alguma obscura causa muscular, independentemente do que quer que ele tenha visto, embora os registros em seu diário resultem claramente de uma imaginação fantasiosa estimulada por certas superstições locais e por certos fatos antigos que ele descobriu. Quanto às condições anômalas na igreja deserta da Federal Hill, o arguto analista mais do que depressa as atribuirá a alguma espécie de charlatanice, consciente ou inconsciente, à qual pelo menos em parte Blake estava secretamente vinculado.

Pois, no fim das contas, a vítima era um escritor e pintor totalmente dedicado ao campo do mito, sonho, terror e superstição, que era ávido em sua busca de cenas e efeitos de natureza bizarra, espectral. Sua estada anterior na cidade — uma visita a um velho estranho dedicado tão profundamente quanto ele ao conhecimento oculto e proibido — havia terminado em meio a chamas e morte, e deve ter sido algum mórbido instinto que o fez voltar de sua casa em Milwaukee. Talvez ele tivesse conhecimento das antigas histórias, apesar das afirmações no sentido oposto encontradas em seu diário, e sua morte pode ter cortado pela raiz alguma estupenda farsa destinada a refletir-se de algum modo na literatura.

Todavia, entre aqueles que examinaram e compararam todas essas provas, há alguns que se atêm a teorias menos racionais e comuns. Eles tendem a interpretar grande parte do diário de Blake, aceitando seu sentido manifesto, e significativamente, apontam para certos fatos como a indubitável autenticidade do registro da velha igreja, a existência constatada do repugnante e heterodoxo culto da Sabedoria Estelar antes de 1877, o desaparecimento documentado de um repórter curioso chamado Edwin M. Lillibridge em 1893 e — acima de tudo — a expressão de pavor monstruoso e deformante no rosto do jovem escritor por ocasião de sua morte. Foi uma das pessoas que acreditavam nisso que, levada por um fanatismo extremo, jogou na baía a pedra curiosamente angulada e a caixa de metal com seus estranhos adornos, ambas encontradas na torre da velha igreja — a negra torre sem janelas, e não a torre na qual o diário de Blake disse que essas coisas originalmente se encontravam. Embora amplamente censurado oficial e oficiosamente, esse homem — um respeitável médico que gostava do folclore bizarro — afirmou que ele havia livrado a Terra de algo perigoso demais para permanecer sobre ela.

Entre essas duas escolas de opinião o leitor deve decidir por si mesmo. Os jornais publicaram os detalhes tangíveis a partir de um ângulo cético, deixando para outros o desenho do quadro tal qual Robert Blake o viu — ou pensou ter visto — ou fingiu ter visto. Agora, estudando o diário atentamente, sem paixão, e com calma, vamos resumir a tenebrosa sequência de acontecimentos do ponto de vista do ator principal.

O jovem Blake voltou a Providence no inverno de 1934-1935, alugando o andar superior de uma respeitosa residência num beco coberto de relva perto da College Street — no topo de uma grande colina da zona leste perto do *campus* da Brown University e atrás da marmórea John Hay Library. Era um lugar confortável e atraente, num pequeno oásis ajardinado semelhante ao de antigas aldeias, onde gatos enormes e amistosos tomavam sol no alto de algum cômodo alpendre. A casa quadrada, no estilo georgiano, tinha teto solar, uma entrada clássica com porta arredondada, janelas com vidraças pequenas e todos os outros sinais de identificação da arte do início do século XIX. Dentro, havia portas com seis almofadas, assoalhos de tábuas largas, uma escada colonial em curva, consolos de lareira brancos no estilo Adam e, no fundo, um conjunto de quartos que ficava três degraus abaixo do nível geral da casa.

O estúdio de Blake, um aposento amplo na parte sudoeste, dava vista para o jardim da frente de um dos lados, ao passo que suas janelas na parte oeste — diante de uma das quais estava sua escrivaninha — tinham uma vista para o cimo da colina e proporcionavam um esplêndido panorama dos tetos esparramados da parte baixa da cidade e dos flamejantes, místicos crepúsculos por trás deles. No distante horizonte estavam os purpúreos declives do campo. Contra eles, a alguns quilômetros de distância, surgia a espectral corcunda da Federal Hill, onde se apinhavam telhados e agulhas de torres cujos remotos contornos tremulavam misteriosamente, assumindo formas fantásticas quando a fumaça da cidade subia enovelada e os envolvia. Blake tinha uma sensação curiosa de que estava contemplando algum mundo desconhecido, etéreo, que poderia ou não se desmanchar em sonho se ele tentasse examiná-lo e penetrar nele pessoalmente.

Tendo mandado buscar em sua casa a maioria de seus livros, Blake comprou alguns móveis antigos adequados a seus aposentos e dedicou-se a escrever e pintar — morando sozinho e cuidando pessoalmente das tarefas domésticas. Seu estúdio ficava numa sala do lado norte do sótão, onde as vidraças do teto solar lhe proporcionavam uma luz maravilhosa. Durante aquele primeiro inverno, ele produziu cinco de seus contos mais conhecidos — "O coveiro das profundezas", "Os degraus da cripta", "Shaggai", "No vale de Pnath" e "O festeiro das estrelas" — e pintou sete telas, estudos de monstros sem nome, não humanos e paisagens profundamente estranhas, não terrestres.

Ao pôr do sol, ele muitas vezes ficava sentado à sua escrivaninha, contemplando sonhadoramente o leste estendido diante de si — as escuras torres do Memorial Hall logo abaixo, o campanário georgiano do Palácio da Justiça, os altivos pináculos do centro da cidade e, na distância, o tremeluzente monte coroado por agulhas de torres cujas ruas desconhecidas e labirínticas cumeeiras provocavam tão fortemente sua fantasia. De seus poucos conhecidos locais, ele soube que na encosta mais distante ficava um vasto bairro italiano, embora as casas fossem remanescentes da época mais antiga de ianques e irlandeses. De vez em quando, ele dirigia seu binóculo para aquele mundo inatingível além da espiralada fumaça, escolhendo telhados, chaminés e torres individuais e especulando sobre os bizarros e curiosos mistérios que eles poderiam abrigar. Até mesmo com esse auxílio ocular, a Federal Hill parecia um pouco estranha, meio fabulosa e vinculada aos irreais, intangíveis prodígios dos próprios contos e quadros de Blake. O sentimento persistia por muito tempo depois que a colina havia desaparecido no crepúsculo violeta, e as estrelas das lâmpadas de rua, e a inundação das luzes do Palácio da Justiça, e do avermelhado farol da torre da Industrial Trust se haviam acendido para tornar a noite grotesca.

Dentre todos os objetos distantes da Federal Hill, era uma certa igreja enorme e escura que mais fascinava Blake. Destacava-se com características distintas a certas horas do dia, e na hora do crepúsculo, a grande torre e o campanário pontiagudo pairavam negros contra o flamejante céu. Ela parecia repousar num terreno particularmente elevado, pois a fachada encardida e a lateral norte que aparecia oblíqua com seu teto inclinado e os vértices das grandes janelas pontiagudas erguiam-se intrépidos acima do emaranhado cinturão de cumeeiras e coifas de chaminés. Peculiarmente sinistra e austera, ela parecia uma construção de pedra, manchada e desgastada pela fumaça e tempestades de um século ou mais. O estilo, pelo que o binóculo podia mostrar, era uma forma experimental do mais antigo reflorescimento gótico que precedeu o majestoso período Upjohn e conservou alguns dos contornos e proporções da época georgiana. Talvez essa igreja tivesse sido erigida por volta de 1810 ou 1815.

À medida que os meses iam passando, Blake contemplava a distante e ameaçadora estrutura com um interesse estranhamente crescente. Como as vastas janelas nunca estavam iluminadas, ele sabia que ela devia estar abandonada. Quanto mais ele contemplava, mais sua imaginação trabalhava, até que com o tempo ele começou a imaginar coisas curiosas. Ele acreditava que uma vaga, singular aura de desolação pairava sobre o lugar, de modo que até os pombos e as andorinhas evitavam seus enegrecidos beirais. Em torno de outras torres e campanários, seu binóculo mostrava grandes bandos de pássaros, mas ali, eles nunca pousavam. Pelo menos, isso é o que ele pensou e anotou em seu diário. Referiu-se várias vezes ao lugar falando com amigos, mas nenhum deles sequer estivera na Federal Hill ou fazia e menor ideia do que aquela igreja era ou tinha sido.

Na primavera, uma profunda inquietação se apoderou de Blake. Ele havia começado seu romance planejado muito tempo antes — baseado no suposto reflorescimento de um culto de bruxaria no estado de Maine —, mas sentia-se estranhamente incapaz de progredir nesse projeto. Cada vez mais ele ficava sentado à sua janela com vista para o oeste, observando a colina distante, com sua negra torre sombria, que os pássaros evitavam. Quando as delicadas folhas começaram a aparecer nos galhos do jardim, uma nova beleza encheu o mundo, mas a inquietação de Blake simplesmente aumentou. Foi então que ele pensou pela primeira vez em atravessar a cidade e subir pessoalmente aquela ladeira e penetrar no onírico mundo envolto em fumaça.

No fim de abril, pouco antes da festa de Santa Valburga e suas tenebrosas eternidades, Blake fez sua primeira viagem rumo ao desconhecido. Percorrendo as infinitas ruas do centro e as sombrias e deterioradas praças mais além, ele, por fim, chegou à ascendente avenida de degraus desgastados pelo século, de pórticos dóricos caindo aos pedaços e de cúpulas escurecidas que, a seu ver, deviam levá-lo ao inatingível mundo além das névoas, conhecido dele havia muito tempo. Havia nas ruas desbotadas placas de sinalização em azul e branco que para ele nada significavam, e logo ele notou os estranhos, escuros rostos na multidão errante e os anúncios estrangeiros em curiosas lojas que ficavam em edifícios marrons marcados por décadas de intempéries. Em parte alguma ele conseguiu encontrar algum dos objetos antes divisados de longe, de modo que mais uma vez, ele chegou a imaginar que a Federal Hill daquela paisagem distante era um mundo onírico que nunca seria pisado por pés de seres humanos vivos.

De quando em quando, uma dilapidada fachada de igreja ou um pináculo em ruínas aparecia, mas nunca a torre enegrecida que ele procurava. Quando Blake perguntou a um lojista sobre uma igreja grande de pedra, o homem sorriu sacudindo a cabeça, embora falasse inglês fluentemente. À medida que Blake ia subindo, a região parecia cada vez mais estranha, com sombrios meandros de apinhadas ruelas escuras, sempre rumo ao sul. Ele atravessou duas ou três avenidas largas, e uma vez pensou ter vislumbrado uma torre familiar. Novamente ele perguntou a um comerciante sobre a maciça igreja de pedra, e dessa vez, ele poderia jurar que a alegação de ignorância foi fingida. No rosto escuro desse homem havia uma expressão de medo que ele tentava esconder, e Blake o viu fazendo um sinal curioso com a mão direita.

Depois, de repente, um negro pináculo assomou contra o céu nublado à sua esquerda, acima das camadas de telhados marrons que riscavam o emaranhado de ruelas ao sul. Blake soube de imediato o que era, e enveredou naquela direção, percorrendo esquálidas ruas de terra que subiam a partir da avenida. Duas vezes ele se perdeu, mas não ousou de forma alguma perguntar a nenhum dos cavalheiros ou donas de casa sentados nas soleiras de seus domicílios, nem a nenhuma das crianças que gritavam e brincavam na lama das ruas escuras.

Finalmente, ele viu a torre nitidamente projetada contra o sudoeste, e uma enorme estrutura de pedra surgiu sombria no fim de uma ruazinha. Dali a pouco, ele estava parado numa ampla praça aberta e sem árvores, pavimentada com bizarras pedras, com um alto muro de contenção no extremo oposto. Sua busca chegara ao fim, pois sobre o amplo platô que o muro suportava, rodeada por uma cerca de ferro tomada pelo mato — um mundo à parte, menor, que se elevava dois metros acima das ruas circundantes — assomava uma sinistra estrutura titânica cuja identidade, apesar da nova perspectiva de Blake, era indiscutível.

A igreja desativada encontrava-se num estado de grande decadência. Alguns dos altos pilares de pedra haviam caído, e vários arremates delicados se perdiam em meio ao mato e o capim escuro. As janelas góticas cobertas de fuligem estavam em geral inteiras, embora faltassem muitos dos mainéis de pedra. Blake se perguntou como as vidraças obscuramente pintadas puderam sobreviver tão bem, tendo em vista os conhecidos hábitos dos meninos do mundo inteiro. As portas maciças estavam intactas e firmemente fechadas. Em volta do topo do muro de contenção, rodeando completamente o recinto, havia uma enferrujada cerca de ferro cujo portão — no alto de um lance de escadas que partia da praça — estava visivelmente trancado com cadeado. O caminho do portão até a construção estava completamente coberto de mato. Desolação e deterioração pairavam como um manto funéreo sobre o lugar, e nos beirais sem pássaros e nos negros muros sem heras, Blake sentiu um toque do vago sinistro que ia além de sua capacidade de definir.

Havia poucas pessoas na praça, mas Blake viu um policial no lado norte e se aproximou dele com algumas perguntas sobre a igreja. Tratava-se de um alto e robusto irlandês, e pareceu estranho que ele pouco mais fizesse além de benzer-se e murmurar que as pessoas nunca falavam daquele edifício. Pressionado por Blake, ele disse muito às pressas que os padres italianos alertavam todo mundo contra aquela igreja, jurando que um mal monstruoso ali habitara outrora e deixara sua marca. Ele mesmo ouvira sussurros sinistros sobre ela da boca de seu pai, que se lembrava de certos sons e rumores dos tempos da infância.

Tinha ali existido uma seita nos velhos tempos — uma seita ilegal que evocava coisas de algum desconhecido abismo da noite. Fora exigida a ação de um bom sacerdote para exorcizar o que ali chegara, embora houvesse quem dizia que a simples luz poderia resolver o caso. Se o Padre O'Malley fosse vivo, ele poderia contar muitas coisas. Mas agora não havia nada a fazer, a não ser deixar a coisa em paz. Aquilo já não prejudicava ninguém, e seus donos estavam mortos ou distantes dali. Haviam fugido como ratos depois da conversa ameaçadora de 1877, quando o povo começou a prestar atenção à maneira como as pessoas da vizinhança, de quando em quando, desapareciam. Algum dia, a cidade iria interferir e desapropriar o local por falta de herdeiros, mas pouca coisa boa adviria se alguém mexesse naquilo. Melhor deixar que os anos a derrubassem, para não despertar coisas que deveriam ficar para sempre em seu negro abismo.

Depois que o policial foi embora, Blake ficou olhando para o lúgubre campanário do enorme edifício. Emocionou-se pensando que aquela estrutura parecia tão sinistra para outros como para ele, e perguntou-se que resquício de verdade poderia estar por trás das histórias que o policial havia repetido. Provavelmente eram simples lendas evocadas pela maligna aparência do lugar, mas, mesmo assim, eram como um estranho reavivamento de uma de suas próprias histórias.

O sol da tarde apareceu por trás de nuvens que se dispersavam, mas parecia incapaz de iluminar as paredes manchadas e fuliginosas do velho templo que assomava sobre seu elevado platô. Era estranho que o verde da primavera não tivesse afetado o capim seco do adro elevado dentro de sua cerca de ferro. Blake viu-se caminhando para junto da área elevada e examinando o muro de contenção e a cerca enferrujada em busca de possíveis maneiras de ingresso. Havia um terrível fascínio naquele templo enegrecido a que não era possível resistir. A cerca não apresentava nenhuma abertura perto dos degraus, mas, após uma esquina no lado norte, algumas barras de ferro estavam faltando. Ele poderia subir os degraus e caminhar em volta sobre o estreito muro fora da cerca até chegar àquela abertura. Se as pessoas temiam tanto o lugar, ele não sofreria nenhuma interferência.

Ele já estava sobre o muro de contenção e quase dentro da cerca antes que alguém o notasse. Depois, olhando para baixo, viu algumas pessoas na praça afastando-se cautelosamente e fazendo com a mão direita o mesmo sinal que o lojista da avenida fizera. Várias janelas foram fechadas com violência, e uma senhora gorda correu para a rua e arrastou algumas criancinhas para dentro de uma casa frágil e sem pintura. Foi fácil passar pelo vão da cerca, e Blake logo se encontrou caminhando no meio do apodrecido mato do adro abandonado. Aqui e ali o resto de uma pedra tumular lhe dizia que outrora houvera sepulturas naquele espaço; mas isso, percebeu ele, devia ter sido muito tempo antes. O simples tamanho da igreja era opressivo agora que estava perto dela, mas ele dominou seus sentimentos e aproximou-se para tentar passar por uma das três grandes portas da fachada. Estavam todas muito bem trancadas, e por isso, ele começou a andar ao redor do ciclópico edifício em busca de uma abertura menor e mais transponível. Mesmo nesse momento, ele não tinha certeza de que desejava entrar naquele antro de abandono e sombra. Mas a atração de sua natureza estranha o arrastava automaticamente.

Nos fundos, uma janela do porão escancarada e sem proteção ofereceu-lhe a abertura necessária. Espiando para dentro, Blake viu um abismo subterrâneo de teias de aranha e pó ligeiramente iluminado pelos raios do sol poente. Entulho, velhos barris, caixas quebradas e móveis de vários tamanhos apareceram diante de seus olhos, embora tudo estivesse sob um lençol de pó que suavizava os contornos definidos. Os restos enferrujados de um sistema de calefação mostravam que o prédio havia sido usado e mantido até meados da era vitoriana.

Agindo quase inconscientemente, Blake entrou rastejando pela janela e foi descendo até atingir o chão de concreto coberto por um tapete de pó e entulho. O porão abobadado era vasto e não tinha divisórias. Num canto mais distante à direita, entre densas sombras, ele viu uma arcada escura que evidentemente conduzia para cima. Teve uma sensação peculiar de opressão por estar, de fato, dentro do grande edifício espectral, mas controlou-se enquanto cautelosamente investigava ao seu redor —, descobrindo um barril ainda intacto em meio ao pó e rolando-o para junto da janela aberta, a fim de usá-lo mais tarde na saída. Depois, criando coragem, atravessou o vasto espaço enfeitado de teias de aranha na direção do arco. Quase engasgou devido à onipresença do pó e, coberto de espectrais fibras de teias, avançou e começou a subir os desgastados degraus de pedra na direção das trevas. Ele não tinha nenhuma lanterna, mas guiava-se tateando com as mãos. Depois de uma curva acentuada, ele percebeu diante de si uma porta fechada e, apalpando-a por uns segundos, descobriu sua tranca antiga. A porta se abria para dentro, e além dela ele viu um corredor fracamente iluminado revestido com lambris carunchados.

Quando chegou ao piso térreo, Blake iniciou uma exploração apressada. Todas as portas internas estavam destrancadas, de modo que ele foi passando livremente de recinto a recinto. A nave colossal era um lugar sinistro com sua quietude e acúmulo de pó sobre bancos da igreja, o altar, o púlpito com sua ampulheta, a concha acústica e suas titânicas cordas de teias estendendo-se entre os arcos pontiagudos da galeria e enlaçando as apinhadas colunas góticas. Por sobre toda essa desolação sufocada projetava-se uma horrível luz plúmbea, à medida que o sol poente enviava seus raios através das estranhas e enegrecidas vidraças das grandes janelas da abside.

As figuras pintadas naquelas janelas estavam tão obscurecidas pela fuligem que Blake mal conseguiu decifrar o que elas haviam representado, mas, a partir do pouco que conseguiu distinguir, ele não as apreciou nem um pouco. Os desenhos eram em grande medida convencionais, e seu conhecimento do obscuro simbolismo lhe disse muito sobre alguns dos padrões antigos. Os poucos santos pintados tinham expressões que se prestavam a críticas óbvias, enquanto uma das janelas parecia mostrar simplesmente um espaço escuro com espirais de curiosa luminosidade espalhadas a sua volta. Deixando de lado as janelas, Blake notou que a cruz coberta de teias em cima do altar não era a do tipo comum, mas parecia a primordial *ankh* ou cruz ansata do misterioso Egito.

Numa sacristia nos fundos, ao lado da abside, Blake descobriu uma escrivaninha apodrecida e estantes subindo até o teto, nas quais livros bolorentos se desintegravam. Aqui pela primeira vez ele positivamente sentiu um choque de horror objetivo, pois os títulos daqueles livros lhe diziam muitas coisas. Eram as tenebrosas obras proibidas que a maioria das pessoas sãs jamais viu ou delas ouviu falar, ou somente ouviu em sussurros furtivos, temerosos; os banidos e temidos repositórios de segredos equívocos e fórmulas imemoriais que nos foram trazidos pelo rio do tempo desde a juventude do homem e dos obscuros dias míticos anteriores à existência humana. Ele mesmo havia lido muitos deles — uma versão latina do detestado *Necronomicon*, o sinistro *Liber Ivonis*, o infame *Cultes de Goules*, do Comte d'Erlette, o *Unaussprechlichen Kulten*, de von Junzt, e o *De Vermis Mysteriis*, do velho infernal Ludwig Prinn. Mas havia outros que ele conhecera apenas pela fama ou que simplesmente desconhecia — os Manuscritos Pnacóticos, o *Livro de Dzyan* e um volume caindo aos pedaços, em caracteres completamente não identificáveis, mas contendo certos símbolos e diagramas assustadoramente reconhecíveis para o estudioso do ocultismo. Ficava claro que os persistentes boatos locais não haviam mentido. O lugar fora outrora a sede de um mal mais antigo que a humanidade e mais amplo que o universo conhecido.

Na escrivaninha arruinada, havia um livrinho de registros encadernado em couro e repleto de anotações transcritas numa forma criptográfica. A escrita consistia em símbolos tradicionais empregados hoje em astronomia e, antigamente, em alquimia, astrologia e outras artes dúbias — os emblemas do Sol, da Lua, dos planetas, de aspectos e signos do zodíaco — aqui acumulados em compactas páginas de texto, com divisões e paragrafação sugerindo que cada símbolo correspondia a alguma letra do alfabeto.

Esperando resolver o criptograma depois, Blake colocou esse volume no bolso do casaco. Muitos dos grandes tomos nas estantes o fascinaram de modo indizível, e ele se sentiu tentado a tomá-los emprestados em alguma ocasião futura. Ele se perguntava como essas obras puderam ficar imperturbadas por tanto tempo. Seria ele o primeiro a dominar o angustiante, agudo medo que durante quase 60 anos protegeu de visitantes aquele lugar abandonado?

Tendo explorado cuidadosamente o andar térreo, Blake foi de novo abrindo caminho através do pó da nave espectral em direção ao vestíbulo da frente, onde ele havia visto a porta e as escadas que deveriam conduzi-lo à enegrecida torre e seu pináculo — objetos que havia tanto tempo lhe eram familiares à distância. A subida foi uma experiência sufocante, pois o pó era espesso, e as aranhas haviam trabalhado com capricho nesse lugar exíguo. A escada era uma alta espiral, com estreitos degraus de madeira, e, de vez em quando, Blake passava por uma nebulosa janela vertiginosamente projetada sobre a cidade. Embora não houvesse visto cordas lá embaixo, ele esperava encontrar um sino ou um carrilhão na torre cujas estreitas janelas ogivais com persianas ele estudara muitas vezes com seu binóculo. Aqui ele estava fadado à decepção, pois, quando atingiu o alto da escada, encontrou o recinto da torre desprovido de sinos e claramente dedicado a finalidades muito diferentes.

Com cerca de cinco metros quadrados, o recinto tinha uma iluminação fraca proveniente de quatro janelas ogivais, uma de cada lado, envernizadas na parte interna de seu revestimento feito de deterioradas persianas de madeira. Essas haviam sido por sua vez protegidas com telas cerradas e opacas, agora já muito desgastadas. No centro do chão poeirento, erguia-se um pilar de pedra angulado, de aproximadamente um metro e vinte centímetros de altura e sessenta centímetros, em média, de diâmetro, coberto nas laterais com bizarros hieróglifos grosseiramente esculpidos e totalmente irreconhecíveis. Sobre esse pilar repousava uma caixa de metal de forma peculiarmente assimétrica; sua tampa com dobradiça estava aberta, e ela continha o que, sob o pó de décadas, parecia ser um objeto oval ou irregularmente esférico de dez centímetros de diâmetro. Em volta do pilar, formando uma espécie de círculo, estavam sete cadeiras góticas de espaldar alto ainda praticamente intactas, ao passo que atrás delas, dispostas ao longo das paredes com painéis escuros, havia sete carcomidas imagens colossais de gesso pintado de preto que faziam lembrar, mais do que qualquer outra coisa, os misteriosos megálitos esculpidos da Ilha de Páscoa. Num dos cantos cobertos de teias, havia uma escada engastada na parede que conduzia para a porta do alçapão fechado da agulha da torre sem janelas, lá no alto.

À medida que foi se acostumando à luz fraca, Blake notou singulares baixos-relevos no exterior da estranha caixa de metal amarelado. Aproximando-se, ele tentou remover o pó com as mãos e um lenço e viu que as figurações eram de uma espécie monstruosa e totalmente desconhecida, representando entidades que, embora aparentemente vivas, não se pareciam com nenhuma forma de vida existente neste planeta. A aparente esfera de dez centímetros resultou ser um poliedro quase preto, com estrias vermelhas e muitas superfícies planas e irregulares. Ou se tratava de alguma espécie de cristal muito extraordinário, ou era um objeto artificial feito de matéria mineral esculpida e muito bem polido. Ele não tocava o fundo da caixa, mas estava preso e suspenso por uma fita metálica em volta de seu centro, com sete suportes estranhamente projetados e distribuídos horizontalmente pelos ângulos da parede interior da caixa perto do topo. Assim que ficou exposta, essa pedra exerceu um fascínio quase alarmante sobre Blake. Ele mal conseguia desviar os olhos dela, e enquanto fixava suas facetas cintilantes, ele quase imaginou que ela era transparente, contendo em si maravilhosos mundos em formação. Vieram-lhe à mente flutuantes imagens de orbes estranhos com grandes torres de pedra, e outros orbes com titânicas montanhas e nenhum sinal de vida, e espaços ainda mais remotos onde apenas uma agitação no vago negror acusava a presença de consciência e vontade.

Quando ele desviou o olhar, foi para observar um estranho montículo de pó no canto oposto perto da escada que conduzia à agulha da torre. Por que aquilo simplesmente lhe chamou a atenção ele não sabia dizer, mas algo em seus contornos enviava uma mensagem para seu inconsciente. Abrindo caminho em direção àquilo e afastando as teias suspensas enquanto avançava, ele começou a discernir algo sinistro ali presente. A mão e o lenço logo revelaram a verdade, e Blake quase perdeu o fôlego numa desconcertante mistura de emoções. Era um esqueleto humano, e devia estar ali há muito tempo. As roupas estavam em farrapos, mas alguns botões e fragmentos de tecido revelavam o terno cinza de um homem. Havia outras pequenas provas — sapatos, fivelas de metal, abotoaduras enormes, um alfinete de gravata num padrão antigo, um distintivo de repórter com o nome do antigo jornal *Providence Telegraph* e uma carteira de couro que se desintegrava. Esta foi cuidadosamente examinada por Blake, que dentro dela encontrou várias cédulas antiquadas, um calendário de celuloide com anúncios de 1893, alguns cartões com o nome "Edwin M. Lillibridge" e um pedaço de papel com memorandos anotados a lápis.

Esse papel tinha uma natureza intrigante, e Blake o leu com cuidado à fraca luz da janela que dava para o oeste. Seu texto desconexo incluía frases tais como:

"Prof. Enoch Bowen volta do Egito maio 1844 — compra a velha Igreja Batista Livre em julho — sua obra arqueológica e estudos de ocultismo são famosos."

"Dr. Drowne da 4ª Batista adverte contra Sabedoria Estelar em sermão 29 de dez., 1844."

"Congregação 97 no fim de 1845."

"1846 — três desaparecimentos — primeira menção do Trapezoedro Brilhante."

"Sete desaparecimentos 1848 — começam histórias de sacrifícios de sangue."

"Investigação de 1853 não dá em nada — histórias de ruídos."

"Pe. O'Malley fala de adoração do demônio com caixa descoberta nas grandes ruínas egípcias — diz que elas evocam algo que não pode existir na luz. Foge ante um pouco de luz, é banido por luz forte. Depois, precisa ser evocado novamente. Provavelmente soube disso na confissão feita no leito de morte por Francis X. Feeney, que aderiu à Sabedoria Estelar em 1849. Essas pessoas dizem que o Trapezoedro Brilhante lhes mostra o céu e outros mundos, e que o Assombrador das Trevas de algum modo lhes conta segredos."

"História de Orrin B. Eddy, 1857. Eles o evocam olhando fixamente o cristal, e falam uma língua secreta que é só deles."

"Duzentos ou mais na congregação de 1863, exclusiva para homens no front."

"Rapazes irlandeses atacam igreja em 1869, depois do desaparecimento de Patrick Regan."

"Artigo velado no *Journal*. 14 de março, 1872, mas ninguém fala disso."

"Seis desaparecimentos 1876 — comissão secreta visita Prefeito Doyle."

"Ação prometida fev. de 1877 — igreja fecha em abril."

"Gangue — Rapazes da Federal Hill — ameaçaram Dr. — e membros do Conselho Paroquial em maio."

"Cento e oitenta e uma pessoas deixam a cidade antes do fim de 1877 — nenhum nome mencionado."

"Histórias de fantasmas começam por volta de 1880 — tentativa de verificar a verdade de que nenhum ser humano entrou na igreja desde 1877."

"Pedir a Lanigan fotografia do lugar tirada em 1851."...

Recolocando o papel na carteira e pondo-a no bolso, Blake voltou a observar o esqueleto no pó. As implicações das anotações eram claras, e não poderia haver dúvida: esse homem viera para o edifício deserto 42 anos antes em busca de um furo jornalístico que ninguém fora suficientemente ousado para enfrentar. Talvez ninguém mais tinha tido conhecimento de seu plano — quem poderia dizer? Mas ele nunca voltara para seu jornal. Será que algum medo corajosamente reprimido aparecera para vencê-lo e provocar um repentino ataque cardíaco? Blake curvou-se sobre os ossos esbranquiçados e notou seu estado peculiar. Alguns deles estavam muito espalhados, e alguns pareciam estranhamente *dissolvidos* nas extremidades. Outros estavam estranhamente amarelados, com vagas sugestões de queimaduras. As queimaduras estendiam-se a alguns dos fragmentos das roupas. O crânio estava num estado muito peculiar — com manchas amareladas e com uma abertura carbonizada no topo, como se algum potente ácido houvesse carcomido o sólido osso. O que havia acontecido com o esqueleto durante suas quatro décadas de inumação neste lugar Blake não conseguia imaginar.

Antes de se dar conta disso, ele estava novamente fixando o olhar na pedra e deixando que sua curiosa influência evocasse uma nebulosa pompa em sua mente. Viu procissões de figuras paramentadas e encapuzadas cujos perfis não eram humanos e contemplou infinitas léguas de deserto orlado de monólitos esculpidos que atingiam os céus. Viu torres e muros em profundezas noturnas sob o mar e vórtices de espaço onde nuvens de fumaça negra flutuavam diante de tênues bruxuleios de uma névoa de cor púrpura. E, além de tudo, ele vislumbrou um imenso abismo de trevas, onde formas sólidas e semissólidas eram conhecidas apenas por suas agitações ruidosas e nebulosos padrões de força pareciam dominar o caos e apresentar uma chave para todos os paradoxos e arcanos dos mundos que conhecemos.

Depois, de repente, o encantamento foi quebrado por um acesso de pânico devorador, indeterminado, medonho. Blake sentiu falta de ar e desviou os olhos da pedra, consciente de alguma presença estranha e informe a seu lado, observando-o com horrível atenção. Sentiu-se enredado em alguma coisa — algo que o seguia sem cessar com uma percepção que não era a da visão física. Evidentemente, o local estava afetando seus nervos — o que bem poderia ser possível em vista de sua repulsiva descoberta. A luz também estava diminuindo e, como não tinha consigo nenhuma lanterna, ele sabia que teria de sair logo dali.

Foi então, na hora do crepúsculo, que ele julgou ter visto um leve sinal de luminosidade na pedra estranhamente angulada. Ele havia tentado desviar dela o olhar, mas alguma obscura compulsão trouxe de volta seus olhos. Será que havia nela uma sutil fosforescência de radioatividade? Que diziam as anotações do morto a respeito do *Trapezoedro Brilhante*? O que era, afinal, este antro abandonado de maldade cósmica? Que acontecera ali, e o que poderia ainda estar oculto nas sombras evitadas pelos pássaros? Blake tinha agora a impressão de que um toque evasivo de fedor se originara de algum ponto perto dele, embora não pudesse determinar sua origem. Blake tocou a tampa da caixa aberta havia tanto tempo e a fechou com violência. Ela se moveu com facilidade sobre suas estranhas dobradiças e fechou-se completamente sobre a pedra que, sem dúvida alguma, brilhava.

Após o ruído seco da caixa se fechando, um leve som buliçoso pareceu advir da eterna escuridão da agulha da torre, acima do alçapão. Ratos, sem dúvida — os únicos seres vivos capazes de revelar sua presença nesse antro maldito desde que ele ali entrara. E, no entanto, aquele ruído no pináculo o assustou de modo horrível, e assim ele precipitou-se quase aos trambolhões pela espiral da escada, atravessou a nave macabra, passou pelo porão abobadado e saiu para a praça deserta onde o crepúsculo se adensava, desceu pelas apinhadas ruelas e avenidas assombradas pelo medo de Federal Hill rumando para as ruas normais do centro e para as familiares calçadas da área da faculdade.

Durante os dias subsequentes, Blake não contou a ninguém sobre sua expedição. Em vez disso, fez muitas leituras de certos livros, examinou longos anos de arquivos de jornal no centro da cidade e trabalhou febrilmente no criptograma daquele volume de capa de couro que retirara da sacristia cheia de teias de aranha. O código, ele logo percebeu, não era simples; depois de um longo período de esforço, teve certeza de que sua língua não podia ser o inglês, o latim, o grego, o espanhol, o italiano ou o alemão. Evidentemente, ele teria de haurir conhecimento dos mais profundos poços de sua estranha erudição.

Todas as tardes o velho impulso do olhar para o oeste voltava, e ele via a negra torre, como outrora, entre os apinhados tetos de um mundo distante e meio fabuloso. Mas agora ela tinha para ele um novo cunho de terror. Ele conhecia a herança de tradição maligna que ela mascarava, e com esse conhecimento sua visão descontrolava-se violentamente de modo esquisito e estranho. Os pássaros da primavera estavam de volta e, enquanto ele contemplava seus voos ao sol poente, imaginava que eles agora evitavam a lúgubre, solitária torre mais do que nunca. Quando um bando se aproximava dela, pensava, esse desviava e se espalhava em confuso pânico — e ele podia adivinhar o chilreio assustado que não chegava até seus ouvidos através dos quilômetros de permeio.

Foi em junho que o diário de Blake contou sua vitória sobre o criptograma. O texto estava escrito, descobriu ele, na obscura língua Aklo, usada por certos cultos de maligna antiguidade, língua que ele conhecera aos sobressaltos por meio de pesquisas anteriores. O diário é estranhamente reticente acerca do que Blake decifrou, mas está claro que ele experimentou assombro e desconcerto diante de seus resultados. Há referências a um Assombrador das Trevas despertado pelo fitar do Trapezoedro Brilhante, e insanas conjeturas acerca de negros abismos de caos de onde ele foi evocado. Fala-se desse ser como sendo o detentor de todo conhecimento e exigindo monstruosos sacrifícios. Alguns dos registros no diário de Blake mostram medo de que a coisa, que ele parecia considerar como evocada, saísse por aí; embora ele acrescente que a iluminação das ruas constitui um baluarte que ele não pode ultrapassar.

Sobre o Trapezoedro Brilhante, ele fala com frequência, chamando-o de janela para todo tempo e espaço e traçando sua história desde os dias em que ele foi formado no tenebroso Yuggoth, antes até que os Ancestrais o trouxessem para a Terra. Ele foi entesourado e colocado em sua curiosa caixa pelos seres crinoides da Antártica, resgatado de suas ruínas pelos homens-serpentes de Valúsia, e contemplado eternidades depois em Lemúria pelos primeiros seres humanos. Ele cruzou terras e mares desconhecidos e afundou com Atlântida antes que um pescador minoico o apanhasse em sua rede e o vendesse a morenos mercadores da tenebrosa Khem. O faraó Nefrem-Ka construiu ao redor dele um templo com uma cripta sem janelas, o que fez que seu nome fosse apagado de todos os monumentos e registros. Depois, ele dormiu nas ruínas daquele templo do mal que os sacerdotes e o novo faraó destruíram, até que a pá do escavador mais uma vez o trouxe de volta para amaldiçoar a humanidade.

No início de julho, os jornais suplementam de modo extravagante os registros de Blake, embora de forma tão breve e casual que apenas o diário chamou a atenção geral para a contribuição deles. Parece que um novo temor vinha crescendo na Federal Hill depois que um estranho entrara na temida igreja. Os italianos falavam sussurrando de incomuns ruídos e batidas e arranhões na negra torre sem janelas, e recorreram a seus sacerdotes para expulsar uma entidade que assombrava os sonhos deles. Alguma coisa, diziam, estava constantemente fitando uma porta para verificar se estava escuro o suficiente para aventurar-se a sair. Notas de jornal mencionavam as já antigas superstições locais, mas não lançavam muita luz sobre o contexto histórico do horror. Era óbvio que os jovens repórteres de hoje não são antiquários. Escrevendo sobre essas coisas em seu diário, Blake expressa uma curiosa espécie de remorso e fala do dever de sepultar o Trapezoedro Brilhante e de expulsar o que ele havia evocado mediante a introdução da luz do dia na hedionda torre pontiaguda. Ao mesmo tempo, porém, ele expõe a perigosa extensão de seu fascínio e admite um desejo mórbido — que impregna até mesmo seus sonhos — de visitar a maldita torre e contemplar de novo os cósmicos segredos da pedra reluzente.

Foi então que algo no *Journal* da manhã de 17 de julho precipitou o autor do diário numa verdadeira febre de horror. Era apenas uma variação dos outros artigos semi-humorísticos sobre a agitação da Federal Hill, mas para Blake aquilo de algum modo era de fato muito terrível. Durante a noite, uma tempestade havia interrompido o sistema de iluminação durante uma hora inteira e, naquele intervalo de escuridão, os italianos haviam quase enlouquecido de medo. Os que moram perto da temida igreja haviam jurado que a coisa na torre havia aproveitado a ausência de iluminação nas ruas e descera para o corpo da nave, baqueando e trombando pelo recinto de um modo repugnante, absolutamente horrível. No fim, ela subiu aos trambolhões para a torre, onde houve sons de vidro sendo estilhaçado. Ela podia ir até onde chegavam as trevas, mas a luz sempre a afugentava.

Quando a luz voltou novamente, viu-se que havia ocorrido uma enorme confusão na torre, pois até a fraca luz que se infiltrava através das encardidas e negras persianas das janelas era demais para a coisa. Ela havia serpenteado aos trambolhões, subindo para sua tenebrosa torre ainda a tempo — pois uma longa exposição à luz a teria enviado de volta para o abismo de onde o maluco forasteiro a havia evocado. Durante a hora de trevas, multidões haviam se reunido sob a chuva para orar em volta da igreja, segurando velas acesas e lamparinas e protegendo-as de algum modo com papel dobrado e guarda-chuvas — uma guarda de luz para salvar a cidade do pesadelo que ataca nas trevas. Uma vez, declararam os que estavam mais perto da igreja, a porta da saída rangeu terrivelmente.

Mas isso não foi o pior. Naquela noite, no *Bulletin,* Blake leu sobre o que os repórteres haviam descoberto. Despertando finalmente para o valor das extravagantes notícias do pânico, dois deles haviam desafiado as desvairadas multidões de italianos e rastejado para dentro da igreja através da janela do porão, depois de tentarem, em vão, abrir as portas. Descobriram que no vestíbulo e na nave espectral o pó fora marcado de forma singular, e havia pedaços de almofadas podres e do revestimento de cetim dos bancos estranhamente espalhados pelo recinto. Havia um cheiro desagradável por todo o ambiente, e aqui e ali havia pequenas manchas amarelas e sinais que pareciam queimaduras. Abrindo a porta para a torre e parando um momento, com a suspeita de ter ouvido o som de algo sendo quebrado lá no alto, descobriram que a estreita escada espiral fora varrida e estava praticamente limpa.

Dentro da própria torre, constatou-se um estado semelhante de parcial varredura. Falava-se do pilar de pedra heptagonal, das cadeiras góticas derrubadas e das bizarras imagens de gesso; mas, muito estranho, a caixa de metal e o esqueleto mutilado não eram mencionados. O que mais perturbou Blake — à exceção das sugestões de manchas e queimaduras amareladas e mau cheiro — foi o detalhe final, que explicava o estilhaçamento de vidros. Todas as janelas ogivais estavam quebradas e duas delas haviam sido escurecidas de um modo grosseiro e apressado enfiando-se pedaços do revestimento de cetim dos bancos e crina de cavalo das almofadas nas aberturas oblíquas das persianas externas. Mais fragmentos de cetim e tufos de crinas estavam espalhados sobre o chão recém-varrido, como se alguém tivesse sido interrompido no ato de restituir à torre a absoluta escuridão de suas cortinas bem fechadas.

Marcas amareladas e sinais de queimaduras foram descobertos na escada que conduzia à torre sem janelas, mas, quando o repórter subiu até lá, abriu o alçapão fazendo sua porta deslizar horizontalmente e dirigiu o facho de luz de sua lanterna para dentro das trevas, ele não viu mais que escuridão e uma heterogênea confusão de fragmentos informes perto da abertura. O veredicto, obviamente, foi charlatanice. Alguém pregara uma peça nos supersticiosos moradores da colina, ou então algum fanático se havia esforçado para aumentar seus temores para o suposto próprio bem deles. Ou talvez alguns dos mais jovens e mais sofisticados moradores locais houvessem encenado uma elaborada farsa para o mundo exterior. Houve uma consequência engraçada quando a polícia enviou um oficial para comprovar os relatos. Três homens sucessivamente acharam desculpas para livrar-se da tarefa, e o quarto foi muito relutante e logo voltou sem acrescentar nada ao que haviam dito os repórteres.

Desse ponto em diante, o diário de Blake mostra uma crescente maré de insidioso horror e nervosa apreensão. Ele se reprova por não fazer nada e especula fantasticamente sobre as consequências de uma nova queda de energia. Verificou-se que em três ocasiões — durante tempestades — ele telefonou para a companhia de força e luz num estado de espírito desvairado, pedindo que fossem tomadas precauções desesperadas contra o corte de energia. De vez em quando seus registros no diário mostram preocupação com o fato de os repórteres não terem encontrado a caixa de metal, a pedra e o esqueleto estranhamente chamuscado, quando exploraram o recinto escuro da torre. Ele supôs que essas coisas haviam sido removidas — para onde, por quem ou por que coisa, isso ele só podia imaginar. Mas seus piores medos diziam respeito a si mesmo e ao tipo de relacionamento espantoso que parecia haver entre sua mente e aquele horror à espreita na torre distante — aquela coisa monstruosa da noite que sua precipitação havia evocado lá dos espaços da suprema escuridão. Ele parecia sentir uma constante pressão sobre sua vontade, e quem o visitou nesse período se lembra de como ele ficava sentado distraído, olhando pela janela aberta para o oeste em direção àquela longínqua, meio horripilante, colina além das espirais de fumaça da cidade. Suas anotações se detêm monotonamente em certos sonhos terríveis e falam de uma intensificação desse relacionamento espantoso em seu sono. Há menção de uma noite em que ele acordou e se viu completamente vestido, na rua, e descendo automaticamente a College Hill rumo ao oeste. Muitas e muitas vezes ele insiste no fato de que a coisa na torre sabe onde encontrá-lo.

A semana seguinte ao dia 30 de julho é lembrada como a data do colapso parcial de Blake. Ele não se vestiu e pediu todas as refeições por telefone. Suas visitas observaram as cordas que ele mantinha junto à cama, e ele lhes disse que o sonambulismo o forçara a prender-se pelos tornozelos com nós que provavelmente ofereceriam resistência ou então que o acordariam se ele tivesse o trabalho de desfazê-los.

Em seu diário, ele relatou a horrenda experiência que havia causado seu colapso. Depois de se recolher na noite do dia 30, ele, de repente, se percebera tateando a sua volta num espaço quase totalmente negro. Tudo o que conseguia enxergar eram breves, fracas estrias horizontais de luz azulada, mas ele podia sentir um cheiro opressor e ouvir uma curiosa confusão de suaves, furtivos sons acima dele. Sempre que se movimentava, tropeçava em alguma coisa, e a cada ruído havia uma espécie de resposta sonora lá de cima — uma vaga agitação, misturada com o cauteloso deslizar de madeira sobre madeira.

Uma vez, suas mãos tateantes encontraram um pilar de pedra com um topo vazio, e mais tarde ele se viu agarrando os degraus de uma escada engastada na parede e procurando descobrir seu caminho subindo em direção à alguma região de cheiro mais forte, onde uma baforada escaldante veio ao seu encontro. Diante de seus olhos, dançava uma variação calidoscópica de imagens fantasmagóricas, todas elas se dissolvendo a intervalos no quadro de um vasto, insondável abismo feito de noite, no qual turbilhonavam sóis e mundos de uma escuridão ainda mais profunda. Ele pensou nas antigas lendas do Caos Supremo em cujo centro se esparrama o deus cego e idiota Azathoth, Senhor de Todas as Coisas, rodeado por cambaleantes hordas de estúpidos e amorfos dançarinos e embalado pelo fino e monótono som de uma flauta demoníaca segurada por patas inomináveis.

Depois um ruído agudo do mundo a seu redor irrompeu em sua letargia e o despertou para o indizível horror de sua posição. O que foi ele nunca soube — talvez tivesse sido o espocar atrasado dos fogos que se ouviam durante todo o verão na Federal Hill, quando os habitantes locais homenageavam seus diversos santos patronos, ou os santos de suas aldeias natais na Itália. De qualquer modo, ele gritou forte, caiu pesadamente da escada e foi aos trambolhões atravessando o chão obstruído do ambiente quase sem luz que o cercava.

Ele percebeu no ato onde estava e mergulhou precipitadamente pela estreita escada em espiral, tropeçando e machucando-se em cada volta. Houve uma fuga em pesadelo através de uma vasta nave cheia de teias de aranha, cujos arcos fantasmagóricos subiam até reinos de traiçoeiras sombras, uma passagem cega através de um porão sujo, uma escalada para regiões de ar e iluminação pública no exterior, uma corrida maluca descendo uma colina espectral de frontões farfalhantes, a travessia de uma cidade sinistra, silenciosa de negras torres e uma subida íngreme e precipitada para o leste em direção a sua própria porta antiga.

Ao recuperar a consciência na manhã seguinte, ele se viu deitado no chão de seu estúdio completamente vestido. Lama e teias de aranha o cobriam, e cada centímetro de seu corpo parecia dolorido e machucado. Quando olhou para o espelho, ele viu seu cabelo muito chamuscado, enquanto um estranho vestígio de mau cheiro parecia grudado à sua roupa. Foi então que ele sofreu o colapso nervoso. Depois disso, vagando exausto pela casa em seu roupão, ele pouco mais fazia do que olhar pela janela do lado oeste, estremecer ao ruído de um trovão e fazer desvairados registros em seu diário.

A grande tempestade se abateu pouco antes da meia-noite de 8 de agosto. Raios caíram repetidamente em todas as partes da cidade, e houve relatos sobre duas extraordinárias bolas de fogo. A chuva foi torrencial, e um constante metralhar de trovões trouxe a insônia para milhares de pessoas. Blake estava totalmente desesperado, temendo pelo corte do sistema de iluminação, e tentou telefonar para a companhia por volta de 1h da madrugada, embora a essa altura o serviço tivesse sido temporariamente interrompido por questões de segurança. Ele registrou tudo em seu diário — os grandes, nervosos e muitas vezes indecifráveis hieróglifos, contando sua própria história de crescente delírio e desespero e de registros rabiscados às cegas na escuridão.

Ele foi obrigado a manter a casa às escuras para enxergar pela janela, e parece que passou a maior parte de seu tempo sentado à escrivaninha, espreitando ansiosamente, através da chuva e de cintilantes milhas de telhados do centro da cidade, a constelação de luzes distantes demarcando a Federal Hill. De vez em quando, ele fazia um registro desajeitado em seu diário, de modo que frases soltas como "As luzes não podem se apagar"; "Ele sabe onde estou"; "Eu preciso destruí-lo" e "Ele está me chamando, mas quem sabe, desta vez, ele não queira fazer maldades" aparecem espalhadas em duas das páginas.

Em seguida, as luzes da cidade inteira se apagaram. Isso aconteceu às 2h12 da madrugada, segundo os registros da central elétrica, mas o diário de Blake não dá nenhuma indicação da hora. A anotação diz simplesmente: "*Luzes apagadas — Que Deus me ajude*". Na Federal Hill, havia vigilantes tão ansiosos quanto ele, e grupos de homens encharcados de chuva desfilavam pela praça, e ruelas em volta da maligna igreja carregando velas protegidas com guarda-chuvas, lanternas elétricas, lamparinas a óleo, crucifixos, e obscuros amuletos de muitas espécies comuns no sul da Itália. Eles davam graças a Deus a cada relâmpago e faziam crípticos sinais de medo com a mão direita quando uma súbita mudança na tempestade fez com que todos os clarões de luz diminuíssem e, por fim, se apagassem completamente. Uma rajada mais forte de vento apagou a maioria das velas, de modo que o cenário ficou ameaçadoramente escuro. Alguns foram acordar o Padre Merluzzo, da Igreja do Espírito Santo, e ele foi correndo para a escura praça, a fim de proferir algumas palavras quaisquer que pudessem servir de ajuda. Sobre os inquietos e curiosos ruídos na negra torre, não podia haver nenhuma dúvida.

Acerca do que aconteceu às 2h35, nós temos os testemunhos do padre, um jovem inteligente e muito instruído; do patrulheiro William J. Monahan da Estação Central, um oficial da maior confiabilidade que havia parado naquele ponto de sua ronda para inspecionar a multidão; e da maioria dos 78 homens que se haviam juntado em volta do alto muro de contenção da igreja — especialmente daqueles na praça onde a fachada oriental era visível. É óbvio que não houve nada que se possa provar como sendo de fora da ordem da natureza. As causas possíveis de um evento desses são muitas. Ninguém pode falar com certeza dos obscuros processos químicos causados num prédio enorme, antigo, mal arejado, abandonado havia muito tempo e repleto de coisas heterogêneas. Vapores mefíticos — combustão espontânea — pressão de gases causados por uma longa decomposição — qualquer um de inúmeros fenômenos poderia ser responsável. Além disso, é claro que o fator de uma deliberada charlatanice não pode, de modo algum, ser excluído. A coisa em si foi realmente muito simples e durou menos de três minutos de tempo real. O Padre Merluzzo, sempre um homem preciso, olhou para seu relógio repetidas vezes.

Tudo começou com um aumento evidente dos surdos ruídos no interior da negra torre. Houvera por algum tempo uma vaga exalação de estranhos odores malignos provenientes da igreja, e isso agora se tornara acentuado e ofensivo. Depois, finalmente, ouviu-se o som de madeira se partindo, e um grande e pesado objeto caiu ruidosamente no adro sob a sombria fachada oriental. A torre estava invisível agora que as velas estavam apagadas, mas, à medida que o objeto se aproximou do chão, as pessoas perceberam que se tratava da persiana de madeira de uma janela da torre, encardida pela fumaça.

Logo em seguida, espalhou-se um fedor totalmente insuportável provindo das invisíveis alturas, sufocando os vigilantes e causando-lhes náuseas e quase derrubando por terra quem estava na praça. Simultaneamente o ar tremeu com uma vibração de asas batendo, e um vento repentino rumo ao leste, mais violento do que nunca, carregou chapéus e arrebatou guarda-chuvas da multidão. Nada definido se podia ver na noite sem a luz das velas, embora alguns espectadores pensassem ter vislumbrado um grande borrão de negror mais denso que se espalhava contra o negro céu — algo semelhante a uma nuvem informe de fumaça que disparava com a velocidade de um meteoro rumo ao leste.

Isso foi tudo. Os vigilantes ficaram parcialmente paralisados de susto, assombro e aflição, mal sabendo o que fazer, ou se deviam realmente fazer alguma coisa. Sem ter noção do que havia acontecido, eles não relaxaram a vigilância; e no momento seguinte, entoaram uma oração quando o forte clarão de um raio atrasado, seguido pelo ruído de um baque ensurdecedor, rasgou os céus inundados. Meia hora mais tarde, a chuva cessou, e depois de mais 15 minutos, as luzes das ruas se acenderam novamente, enviando os cansados, sujos vigilantes de volta para suas casas.

No dia seguinte, os jornais dedicaram a essas questões um espaço menor em conexão com as reportagens gerais da tempestade. Parece que o grande clarão do raio e a ensurdecedora explosão que aconteceu depois da ocorrência na Federal Hill foram ainda mais tremendos mais a leste, onde uma onda do singular fedor também foi constatada. O fenômeno foi mais marcante na College Hill, onde o ruído do trovão acordou todos os habitantes e provocou uma série de confusas especulações. Dos que já estavam acordados, somente alguns viram a anômala explosão de luz perto do topo da colina, ou notaram a inexplicável ventania que arrancou quase todas as folhas das árvores e destruiu as plantas nos jardins. Concluiu-se que o solitário, repentino raio deve ter caído nalgum lugar da redondeza, embora nenhum sinal de sua queda pudesse ser constatado depois. Um jovem da casa da fraternidade Tau Omega pensou ter visto uma grotesca e horripilante massa de fumaça no espaço aéreo no momento exato em que o clarão preliminar explodiu, mas sua observação não foi verificada. Todos os poucos observadores, porém, concordam no que diz respeito à violenta ventania vinda do oeste e à onda de insuportável mau cheiro que precedeu o estrondo atrasado; ao passo que provas a respeito do cheiro momentâneo de queimado depois do estrondo são igualmente genéricas.

Esses pontos foram discutidos com muito cuidado devido à sua provável conexão com a morte de Robert Blake. Estudantes da casa da fraternidade Psi Delta, cujas janelas do segundo andar davam vista para o estúdio de Blake, notaram o rosto de aspecto confuso na janela ocidental na manhã do dia 9 e se perguntaram o que havia de errado naquela expressão. Quando viram o mesmo rosto na mesma posição ao anoitecer, eles primeiro ficaram preocupados e aguardaram que as luzes se acendessem no apartamento. Mais tarde, tocaram a campainha da casa às escuras e, finalmente, chamaram a polícia para arrombar a porta.

O corpo rígido estava sentado perfeitamente ereto junto à escrivaninha diante da janela e, quando os intrusos viram os olhos vidrados e saltados e as marcas de rígido, convulsivo pavor nas feições contraídas, eles desviaram os olhos sentindo medo e náusea. Logo em seguida, o médico-legista fez um exame e, apesar da janela intacta, registrou como causa do óbito um choque elétrico, ou uma tensão nervosa induzida pela descarga elétrica. A horrível expressão ele ignorou completamente, acreditando tratar-se do resultado nada improvável do profundo choque experimentando por alguém dotado de uma imaginação tão anormal e emoções tão desequilibradas. Ele deduziu essas últimas qualidades baseando-se nos livros, quadros e manuscritos encontrados no apartamento, e nos registros rabiscados no diário sobre a escrivaninha. Blake havia prolongado suas delirantes anotações até o fim, e o lápis de ponta quebrada foi encontrado agarrado em sua mão direita espasmodicamente contraída.

As anotações feitas depois que as luzes se apagaram eram muito desconexas e apenas parcialmente legíveis. Delas certos investigadores tiraram conclusões que diferem muito do veredicto concreto oficial, mas essas especulações têm pouca probabilidade de aceitação entre os conservadores. O argumento desses imaginativos teóricos não recebeu muita ajuda da ação do supersticioso Dr. Dexter, que jogou a curiosa caixa e a pedra angulada — um objeto certamente dotado de luz própria como foi visto na escura torre sem janelas onde foi encontrado — no canal mais profundo da Baía de Narragansett. Imaginação excessiva e desequilíbrio neurótico da parte de Blake, agravados pelo conhecimento do culto maligno do passado, cujos sinais assustadores ele havia descoberto, formam a interpretação dominante dessas frenéticas anotações finais. Eis as anotações — ou tudo o que delas se pode depreender.

"Luzes ainda apagadas — já faz cinco minutos agora. Tudo depende da iluminação. Yaddith permita que ela aguente!... Alguma influência parece vibrar através dela... Chuva, e trovões, e vento ensurdece... A coisa está se apoderando de minha mente..."

"Problemas com memória. Vejo coisas que antes nunca vi. Outros mundos e outras galáxias... Escuro... O raio parece escuro e o escuro parece luz..."

"Não pode ser a colina e a igreja reais o que vejo nas trevas de breu. Deve ser impressão retiniana causada pelos clarões. Deus queira que os italianos estejam na rua com suas velas se os relâmpagos cessarem!"

"De que tenho medo? Ele não é um avatar de Nyarlathotep, que na antiga e sombria Khem chegou a até assumir a forma de homem? Lembro-me de Yuggoth, do mais distante Shaggai e do extremo vazio dos negros planetas..."

"A longa fuga alada pelo vazio... não pode atravessar o universo de luz... recriado pelos pensamentos captados no Trapezoedro Brilhante... mandá-lo pelos abismos de resplendor..."

"Meu nome é Blake — *Robert Harrison Blake*, da Rua East Knapp, 620, Milwaukee, Wisconsin... Eu estou neste planeta..."

"Azathoth tenha compaixão! — os raios não fulguram mais — horrível — Posso ver tudo com um sentido monstruoso que não é visão — luz é escuridão e escuridão é luz... Aquela gente na colina... guardas... Velas e encantamentos... Seus sacerdotes..."

"Sensação de distância desapareceu — longe é perto e perto é longe. Luz nenhuma — vidro nenhum — vejo aquele pináculo — aquela torre — janela — posso ouvir — Roderick Usher — estou louco ou ficando louco — a coisa está se mexendo e tentando achar seu caminho na torre — Eu sou a coisa e a coisa sou eu — Quero sair... Preciso sair e unificar as forças... A coisa sabe onde estou..."

"Eu sou Robert Blake, mas vejo a torre nas trevas. Há um cheiro horrível... Sentidos transfigurados... Madeiramento naquela janela da torre estalando e cedendo... Iä... Ngai... Ygg..."

"Eu vejo a coisa — vindo para cá — vento infernal — borrão titânico — asas negras — Que Yog-Sothoth me salve — o olho ardente trilobulado..."

O NAVIO MISTERIOSO

VERSÃO CURTA

A Imprensa Real
1902

I.

Na primavera de 1847, a chegada de um estranho brigue ao porto suscitou na pequena aldeia de Ruralville um estado de grande inquietação. Além de não ostentar nenhuma bandeira, tudo que o cercava era suspeito. Não tinha nome. O capitão chamava-se Manuel Ruello. A agitação se intensificou, porém, quando John Griggs desapareceu de sua casa. Isso ocorreu em 4 de outubro. Em 5 de outubro, o brigue partiu.

II.

O brigue, ao partir, foi interceptado por uma fragata dos EUA e seguiu-se acirrado combate. Quando o combate acabou, eles* haviam perdido um homem chamado Henry Johns.

---

* (A fragata.)

III.

O brigue continuou sua rota na direção de Madagascar. Após sua chegada, os nativos fugiram para todos os lados. Quando todos se reuniram no outro lado da ilha, faltava uma pessoa. Seu nome era Dahabea.

IV.

Por fim, decidiu-se que precisavam fazer alguma coisa. Foi oferecida uma recompensa de £ 5.000 pela captura de Manuel Ruello, e então chegou a espantosa notícia de que um brigue sem nome soçobrou no arquipélago de Florida Keys.

V.

Um navio foi enviado à Flórida e o mistério foi desvendado. No tumulto do combate, haviam lançado um submarino e levado o que quiseram. E ali estava a embarcação, a balançar-se nas águas do Atlântico, quando alguém gritou: "John Brown desapareceu". E de fato John Brown se fora.

VI.

A descoberta do submarino e o sumiço de John Brown reacenderam a comoção entre a população. Então uma nova descoberta. Antes de narrá-la, é necessário relacionar um fato geográfico: no Polo Norte existe um vasto continente composto de solo vulcânico, uma parte do qual se encontra aberta a exploradores. Trata-se da chamada Terra de Ninguém.

VII.

No extremo sul da Terra de Ninguém, descobriu-se uma cabana, além de vários outros indícios de habitação humana. Não tardaram a entrar, e no interior, encontraram acorrentados ao chão Griggs, Johns e Dahabea. Estes, ao chegar a Londres, se separaram; Griggs retornou a Ruralville, Johns à fragata, e Dahabea a Madagascar.

VIII.

Mas o mistério de John Brown continuava sem resposta; em consequência, manteve-se sob rigorosa vigilância o porto da Terra de Ninguém e, quando o submarino chegou, os piratas, um a um, comandados por Manuel Ruello, saíram da embarcação e foram subjugados pelo poder de fogo. Depois do embate, resgatou-se Brown.

IX.

Griggs foi recebido regiamente em Ruralville, ofereceu-se um jantar em homenagem a Henry Johns, Dahabea foi feito rei de Madagascar, e Brown foi promovido a capitão de seu navio.

VERSÃO LONGA

— Anônimo

I.

Na primavera de 1847, a chegada de um estranho brigue ao porto suscitou na pequena aldeia de Ruralville um estado de grande inquietação. Além de não ostentar nenhuma bandeira e nenhum nome pintado no costado, tudo que o cercava despertava suspeita. Vinha de Trípoli, África, e o capitão chamava-se Manuel Ruello. A agitação intensificou-se, porém, quando John Griggs (o magnata do vilarejo), de repente, desapareceu de sua casa. Isso ocorreu na noite de 4 de outubro. Em 5 de outubro, o brigue partiu.

II.

Haviam soado oito badaladas na fragata *Constituição*, dos EUA, quando o comandante Farragut avistou um estranho brigue na direção oeste. Não ostentava nenhuma bandeira, nem tinha o nome pintado no costado, e tudo que o cercava despertava suspeita. Como saudação, ergueram a bandeira pirata. Farragut ordenou que se abrisse fogo, ao que o navio pirata revidou prontamente. Quando o combate acabou, o comandante Farragut comunicou o desaparecimento de um homem chamado Henry F. Johns.

III.

Era verão na ilha de Madagascar. E os nativos colhiam milho, quando um deles gritou: "Companheiros! Avistei um navio! Sem bandeira e sem nome pintado no costado, e tudo nele desperta suspeita!". E os nativos fugiram para todas as direções. Quando todos se reuniram no outro lado da ilha, faltava uma pessoa. Seu nome era Dahabea.

IV.

Por fim, decidiu-se que era preciso fazer alguma coisa. Compararam-se os registros de bordo. Constatou-se a ocorrência de três raptos relacionados ao navio misterioso: o desaparecimento de John Griggs, Henry Johns e Dahabea. Publicaram-se anúncios que ofereciam uma recompensa de £5.000 pela captura de Manuel Ruello, do navio, dos prisioneiros e da tripulação, quando chegou a Londres a animadora notícia! Um brigue desconhecido e sem nome soçobrou no arquipélago de Florida Keys, nos EUA!

V.

O povo correu para a Flórida e pasmou ao ver que um comprido objeto oval de aço flutuava placidamente nas águas, ao lado dos destroços do brigue. "Um submarino!", gritou alguém. "Sim!", gritou outro. "O mistério foi esclarecido!", disse um homem de aparência sábia. "No tumulto do combate, todos se haviam lançado ao submarino e levado tantos quanto quiseram despercebidos. E..." "John Brown desapareceu!", gritou uma voz do convés. E de fato John Brown se fora!

VI.

A descoberta do submarino e o sumiço de John Brown reacenderam a comoção entre a população. Então se fez uma nova descoberta. Ao relatá-la, é necessário informar um fato geográfico: no Polo Norte, supunha-se existir um vasto continente composto de solo vulcânico, parte do qual se encontra aberta para viajantes e exploradores, mas é árida e infrutífera, por isso inabitável. Trata-se da chamada Terra de Ninguém.

VII.

No extremo sul da Terra de Ninguém, descobriram-se um cais e uma cabana, além de vários outros indícios de habitação humana. Na porta da cabana, havia uma tabuleta enferrujada, em que estava gravado em inglês antigo "M. Ruello". Essa, então, era a moradia de Manuel Ruello. A casa revelou um livro de anotações de John Griggs, o Diário de Bordo do *Constitution*, tirado de Henry Johns, e *O anjo da morte de Madagascar*, que pertence a Dahabea.

VIII.

Quando iam partir, observaram um dispositivo na lateral da cabana. Pressionaram-no. Surgiu ali um orifício pelo qual logo entraram.

Viram-se então numa caverna subterrânea, e a praia estendia-se pela margem de um mar negro, turvo, no qual flutuava um objeto oval e escuro; a saber, outro submarino, onde também entraram. Ali, deitados acorrentados ao piso da cabine, Griggs, Johns e Dahabea, todos vivos e bem. Os três, ao chegar a Londres, separaram-se; Griggs regressou a Ruralville, Johns, ao *Constitution* e Dahabea a Madagascar.

IX.

Mas o mistério de John Brown continuava sem resposta; em consequência, manteve-se sob rigorosa vigilância o porto da Terra de Ninguém, na esperança de que chegasse o submarino. E, por fim, este chegou, trazendo John Brown. Marcaram o ataque para o dia 5 de outubro. Enfileiraram-se à beira-mar em posição de combate. Afinal, um a um e comandados por Manuel Ruello, os piratas saíram da embarcação e foram recebidos (para seu espanto) por uma poderosa saraivada de tiros.

X.

CONCLUSÃO

Os piratas acabaram sendo derrotados, e fez-se uma busca para resgatar Brown. Por fim, encontraram-no. John Griggs foi recebido regiamente em Ruralville, e ofereceu-se um jantar em homenagem a Henry Johns. Dahabea foi feito rei de Madagascar, e Manuel Ruello foi executado na prisão de Newgate.

APÊNDICE

O HORROR SOBRENATURAL EM LITERATURA

H. P. Lovecraft

I. INTRODUÇÃO

O medo é a emoção mais forte e mais antiga do ser humano, e o medo do desconhecido é o mais antigo e mais forte dos medos. Poucos psicólogos contestarão esse fato, e essa verdade admitida por eles consolida de forma permanente a dignidade e a originalidade das narrativas sobrenaturais de terror como forma literária. Contra essa noção, levanta-se toda uma avalanche de artifícios materialistas, sustentados frequentemente em fatos externos e sentimentais e em um idealismo ingenuamente insípido que desconsidera as motivações estéticas e reivindica uma literatura didática que eleve o leitor a um nível conveniente de otimismo burlesco. Contudo, apesar de toda essa oposição, o conto de mistério sobreviveu, desenvolveu-se e tem alcançado graus notáveis de perfeição; fundado que está em um princípio profundo e elementar, cujo poder de atração, se nem sempre é universal, é necessariamente intenso e permanente para espíritos detentores da sensibilidade requerida.

A atração pelo macabro espectral é em geral restrita, porque demanda do leitor certo grau de imaginação e capacidade de afastar-se da vida cotidiana. Poucos são relativamente livres o bastante do apelo da rotina diária para se tornarem receptivos a chamados de outras esferas, e as narrativas sobre fatos e sentimentos comuns, ou de distorções piegas desses sentimentos ou fatos, assumirão sempre a preferência no gosto da maioria; justificável, possivelmente, no fato de que, de ordinário, esses temas habituais fazem parte de grande parte da experiência humana. Mas os perceptivos estão sempre conosco, e algumas vezes um *flash* curioso de fantasia invade o lado obscuro das mentes mais resistentes; de modo que nenhuma racionalização, reforma ou análise freudiana podem extinguir completamente o assombro que murmura ao pé da lareira ou no bosque solitário. Inclui-se nesse caso um modelo psicológico, ou tradição, real e profundamente enraizado na experiência mental tanto quanto qualquer outro padrão ou tradição da humanidade; coevos com os sentimentos religiosos e intimamente relacionados a muitos de seus aspectos, como também, em grande medida, com nossa herança biológica mais profunda, de modo que não se perde como potência vívida na importantíssima, embora numericamente pequena, minoria de nossa espécie.

Os primeiros instintos e emoções no ser humano formam o modo como ele responde ao ambiente no qual se encontra. Os sentimentos decisivos alicerçados no prazer e na dor desenvolviam-se em torno de fenômenos cujas causas e efeitos o ser humano entendia, ao passo que em torno daqueles que ele não entendia — e estes eram abundantes nos tempos primitivos — criavam-se essas personificações, representações maravilhosas, assim como sensações de horror e medo que golpeavam uma humanidade com poucas e simples ideias e experiência limitada. O desconhecido, sendo ao mesmo tempo o imprevisível, tornou-se para nossos irmãos primitivos uma fonte terrível e onipotente de atividades e calamidades que visitavam o ser humano por causas misteriosas e inteiramente extraterrenas e, portanto, pertenciam claramente a esferas de existência que não conhecíamos em absoluto e de que não participávamos. O fenômeno do sonho, da mesma forma, contribuiu para que emergisse a noção de um mundo irreal, ou espiritual; em geral, todas as condições da vida primitiva selvagem levaram muito fortemente ao sentimento do sobrenatural, de modo que não deve nos surpreender o fato de que a natureza puramente hereditária da humanidade se tornou indelevelmente impregnada de religião e superstição. Essa impregnação, como fato científico óbvio, deve ser considerada permanente, em potencial, tanto quanto a mente subconsciente e os instintos profundos o são, pois, embora o âmbito do desconhecido tenha se contraído invariavelmente

O HORROR SOBRENATURAL EM LITERATURA

por milhares de anos, um infinito reservatório de mistérios ainda se acha em grande parte imerso no cosmo exterior, ao mesmo tempo que um vasto resíduo de vigorosas associações herdadas aferra-se em torno de todos os objetos e processos que eram misteriosos no passado, não obstante sejam atualmente explicados. E mais que isso, mesmo que a mente consciente fosse purgada de todas as fontes originais relativas ao maravilhoso, há uma fixação psicológica dos instintos antigos em nossos tecidos nervosos que os tornam obscuramente operantes.

Em razão de nos lembrarmos da dor e da ameaça da morte mais vividamente que do prazer, e porque nossos sentimentos a respeito dos aspectos benéficos do desconhecido foram percebidos e formalizados primeiro pelos rituais religiosos convencionais, atribuiu-se a ele em grande parte o lado mais escuro e mais maléfico do mistério cósmico, representado principalmente em nosso folclore sobrenatural. Essa tendência está também arraigada na ideia de que a incerteza e o perigo estão sempre intimamente associados; portanto, o desconhecido, qualquer que seja, será sempre um mundo de perigo e possibilidades malévolas. Quando, a essa sensação de medo e do mal, somam-se a curiosidade e o fascínio inevitável do maravilhoso, emerge um corpo composto de emoções vívidas e estímulo imaginativo cuja vitalidade se deve a uma necessidade tão permanente quanto o próprio ser humano. As crianças sempre terão medo do escuro e homens com espírito sensível a impulsos hereditários estremecerão sempre ao pensamento de mundos ocultos e insondáveis que podem pulsar repletos de vida desconhecida nos abismos além das estrelas, e arrastar de modo aterrador nosso planeta a dimensões maléficas que só os mortos e os loucos podem contemplar.

Com esses fundamentos, ninguém deve se espantar diante da existência de uma literatura que retrate o medo cósmico. Sempre existiu e sempre existirá; e como maior evidência de seu vigor tenaz pode-se mencionar o impulso em toda parte que leva os escritores de tendências totalmente opostas a experimentar o tema em contos isolados, como se quisessem libertar suas mentes de certas formas assombrosas que, de outra forma, os perseguiriam. Assim Dickens escreveu muitas narrativas de mistério; Browning, o poema aterrador "Childe Roland"; Henry James, *A volta do parafuso*; dr. Holmes, o engenhoso romance *Elsie Venner*; F. Marion Crawford, "The Upper Berth" e tantos outros; a sra. Charlotte

Perkins Gilman, socióloga, *O papel de parede amarelo*; e o humorista W. W. Jacobs produziu aquela competente peça melodramática chamada *A pata do macaco*.

 Essa literatura não deve ser confundida com aquele tipo de literatura de terror aparentemente similar, mas psicologicamente muito distinta: aquela literatura que produz um medo puramente físico e mundanamente repulsivo. Essa escrita, certamente, tem seu lugar, assim como as narrativas de fantasmas convencionais ou extravagantes, ou mesmo histórias humorísticas de fantasmas em que o formalismo ou uma apressada deliberação do autor retira o sentido verdadeiro do que se apresenta morbidamente anormal; mas essas coisas não pertencem a uma literatura do medo cósmico em seu sentido genuíno. O verdadeiro conto sobrenatural traz algo mais do que um assassinato misterioso, ossos cobertos de sangue ou uma aparição amortalhada que faz retinir correntes segundo regras estabelecidas. Precisa estar presente certa atmosfera sufocante e um terror inexplicável de forças desconhecidas e exteriores; assim como precisa haver uma sugestão, apresentada com uma seriedade e prodígio inseridos em seu tema, da mais terrível concepção gerada pelo cérebro humano — uma suspensão ou anulação de caráter maligno e singular das leis fixas da Natureza que representam nossa única proteção contra o assalto do caos e demônios do espaço insondável.

 Naturalmente, não podemos esperar que todos os contos de terror se ajustem inteiramente a um modelo teórico. As mentes criativas são múltiplas, e a melhor das obras tem seus pontos fracos. Além disso, grande parte do que há de excepcional numa obra de horror é inconsciente, aparecendo em fragmentos memoráveis dispersos na contextura, cujo efeito no todo pode ser de molde muito diferente. A atmosfera é o elemento mais importante, já que o critério de autenticidade último não é o encadeamento da trama, mas a criação de uma sensação específica. Podemos dizer, em geral, que uma trama de mistério cuja intenção seja apresentar ou produzir um efeito social, ou outra em que o terror seja finalmente elucidado e se dissipe mediante recursos de feição natural, não é um conto genuíno que expressa o medo cósmico; porém, permanece o fato de que tais narrativas trazem com frequência, em seções isoladas, traços de uma atmosfera que preenche todas as condições da verdadeira literatura de horror sobrenatural. Portanto, não devemos julgar um conto de mistério com base na intenção do autor, ou nos meros mecanismos do enredo, mas no nível emocional obtido em sua faceta menos comum. Se a sensação apropriada é desencadeada, esse "ponto principal" deve ser-lhe atribuído como mérito próprio na literatura de mistério, não importa se obtido em uma forma prosaicamente construída. O único teste para verificar se realmente é uma narrativa sobrenatural é apenas isto: se despertou, ou não, no leitor um sentimento profundo de terror e contato com as esferas e forças desconhecidas; uma atitude sutil de alerta apavorante, como se pressentisse o bater de asas negras ou o roçagar de formas e entidades remotas no limite extremo do universo conhecido. E, naturalmente, uma narrativa que transmite mais perfeitamente e uniformemente essa atmosfera tanto melhor será como obra de arte no gênero abordado.

II. A ORIGEM DO CONTO DE HORROR

Obviamente, como se pode esperar de uma forma tão intimamente relacionada com uma emoção primordial, o conto de horror é tão antigo como o pensamento e a linguagem verbal humanos.

O terror cósmico surge como um ingrediente do primitivo folclore em todos os grupos humanos e está cristalizado nas baladas mais arcaicas, crônicas e escritos sagrados. Foi, de fato, um traço proeminente na magia cerimonial elaborada com seus rituais de evocação de demônios e fantasmas, que floresceu nos tempos pré-históricos e alcançou seu mais alto desenvolvimento no Egito e nas nações semíticas. Fragmentos como *O Livro de Enoque* e *Claviculae*, de Salomão, ilustram perfeitamente o poder do sobrenatural no espírito do Oriente antigo, e tais fatos baseavam-se em sistemas duradouros cujos ecos se prolongam de modo obscuro até o presente. Os vestígios desse medo transcendental se apresentam na literatura clássica, e há evidências de sua força ainda maior numa literatura sob a forma de balada paralela à corrente clássica, porém desaparecida por falta de um sistema de escrita. A Idade Média, mergulhada em fantasiosas trevas, deu um enorme impulso na direção da sua expressão; o Oriente e o Ocidente, da mesma forma, ocuparam-se em preservar e ampliar a herança misteriosa, tanto do folclore perdido como da magia e da cabala, sistematizados academicamente, que lhes foram transmitidos. A feiticeira, o lobisomem, o vampiro, o *ghoul*[1] animaram ominosamente os lábios dos bardos e da vovó, e foi preciso somente um pequeno encorajamento para seguirem os passos decisivos e ir além das fronteiras que dividem a narrativa cantada, ou canção, da composição literária formal. No Oriente, o conto sobrenatural preferiu assumir uma cor e vivacidade suntuosas que o transmutaram quase em uma fantasia diáfana. No Ocidente, onde o teutão místico tinha descido de suas florestas boreais hostis e o celta rememorava os misteriosos sacrifícios nos bosque druidas, a narrativa assumiu uma intensidade extrema e seriedade de atmosfera convincente que multiplicou o vigor de seus terrores, parcialmente explícitos, parcialmente sugeridos.

Muito do vigor da tradição das narrativas de horror no Ocidente deveu-se à secreta, porém contínua presença de um culto horrendo praticado em rituais de adoração noturnos, cujos costumes estranhos originaram-se de épocas pré-arianas e pré-agrárias quando uma tribo de mongóis atarracados perambulou pela Europa com seus homens e rebanhos — implantaram ritos de fertilidade de antiguidade imemorial dos mais extravagantes. Essa religião secreta, transmitida clandestinamente entre os camponeses durante milhares de anos, embora separada dos domínios druídicos, greco-romanos e da fé cristã nas regiões ocupadas, era marcada pelo selvagem "Sabá das Feiticeiras" nas florestas solitárias e no topo das colinas distantes nas Noites de Walpurgis e Halloween, a tradicional estação de procriação de cabras, ovelhas e bovinos; tornou-se a fonte de numerosas e ricas lendas de magia, além de motivar a extensa execução por feitiçaria, cujo principal exemplo americano é o caso de Salem. Semelhante a este em essência, e talvez relacionado com ele de fato, era a organização oculta assustadora de uma teologia inversa de adoração a Satanás, que produziu tamanhos horrores, como a famosa "Missa Negra"; ao passo que, operando com o mesmo fim, podemos apontar as atividades daqueles cujos objetivos eram de alguma forma mais científicos ou filosóficos — os astrólogos, cabalistas e alquimistas, da categoria de Alberto Magno ou Raymond Lully, abundantes em semelhantes épocas invariavelmente obscuras. O predomínio e a profundidade do espírito de horror na Europa medieval,

---

[1] Demônio lendário que ataca túmulos e se alimenta de cadáveres.

intensificado pelo desespero tremendo que a onda de pestes trouxe, podem ser muito adequadamente mensurados nas esculturas grotescas furtivamente introduzidas em muitas das mais admiráveis obras clericais do último período gótico; as gárgulas demoníacas de Notre-Dame e Monte St. Michel estão entre os mais famosos exemplos. E durante todo o período, é preciso lembrar, existiu do mesmo modo entre os letrados e iletrados uma fé rigorosamente incondicional no sobrenatural, qualquer que fosse sua forma: fosse na mais suave das doutrinas cristãs, fosse na mais monstruosa morbidez da feitiçaria e da magia negra. Não foi de um passado vazio que os mágicos da Renascença e alquimistas surgiram: Nostradamus, Trithemius, dr. John Dee, Robert Fludd e outros.

Nesse solo fértil foram gerados personagens e formas de mitos e lendas sombrias que persistem na literatura sobrenatural até nossos dias, mais ou menos dissimulados ou alterados pela arte atual. Muitos deles foram absorvidos das primeiras fontes orais e constituem parte da herança permanente da humanidade. Os fantasmas que aparecem e exigem o sepultamento de seus ossos, os amantes demoníacos que aparecem para levar sua noiva ainda viva, o anjo da morte ou procissão sobrenatural cavalgando ao vento da noite, o lobisomem, o quarto selado, o mágico imortal — todos esses elementos podem ser encontrados naquele conjunto curioso de tradição medieval que o sr. Baring-Gould tão eficazmente reuniu em livro. Em qualquer parte a herança mística setentrional foi muito vigorosa, a atmosfera dos contos populares tornou-se mais intensa, embora na civilização latina exista um traço de racionalidade básica que nega até mesmo suas superstições mais notáveis, muitas com nuances exuberantes tão características de nossos sussurros nativos de natureza própria, como também os absorvidos de fora.

Como toda ficção foi primeiro corporificada de modo amplo pela poesia, é nesse gênero que encontramos primeiro a porta de entrada permanente para o sobrenatural na literatura oficializada. Muitos dos exemplos antigos, por incrível que possa parecer, são em prosa; como a ocorrência do lobisomem em Petrônio; as passagens repulsivas de Apuleio; a breve, porém celebrada carta de Plínio, o jovem, a Sura; a estranha compilação *On Wonderful Events*, de Flégon, o liberto grego do imperador Adriano. É em Flégon que primeiro encontramos aquele conto terrível da noiva-cadáver, "Philinnion and Machates", mais tarde relatado por Proclo, e que nos tempos modernos influenciou Goethe, em "A Noiva de Corinto", assim como Washington Irving, em seu "German Student". Mas na ocasião os mitos nórdicos adquiriram forma literária e, em épocas posteriores, quando o sobrenatural aparece como fenômeno estabelecido na literatura presente, o encontramos na maioria das vezes em roupagem metrificada; como de fato assim o encontramos na maior parte dos escritos rigorosamente imaginativos da Idade Média e da Renascença. Nos Edas e nas Sagas escandinavas ribomba o horror cósmico e o medo assolador diante de Ymir e sua prole disforme faz estremecer; ao passo que nosso anglo-saxão *Beowulf* e os subsequentes contos de Nibelungos do Continente estão repletos do sobrenatural antigo. Dante é um pioneiro na construção clássica da atmosfera macabra e, nas estâncias surpreendentes de Spenser, observamos alguns traços de terror fantástico no ambiente, incidente e personagem. A literatura em prosa nos oferece a *Morte d'Arthur*, de Malory, em que se apresentam muitas situações fantasmagóricas tomadas das fontes primeiras da antiga balada: o roubo da espada e dos trajes de seda do cadáver por Lancelot, o fantasma de Sir Gawain, o demônio do túmulo entrevisto por Sir Galaad — ao passo que outras amostras mais cruas surgem, sem dúvida, nos sensacionais "livros de contos" baratos que circulam e são devorados pelo inculto. No drama elisabetano, com seu *Dr. Fausto*, as bruxas em *Macbeth*, o fantasma em *Hamlet*, a repugnância aterrorizante de Webster, em todas essas amostras podemos facilmente discernir a força poderosa do demoníaco no espírito humano; uma força intensificada pelo medo real de uma magia viva, cujos terrores, a princípio mais amplos no Continente, começam a ecoar incisivamente nos ouvidos ingleses, quando as cruzadas de caça a bruxas de James I avançam. Acrescenta-se a essa prosa de busca mística da época uma longa produção de tratados sobre bruxaria e demonologia que excitam e favorecem a imaginação dos leitores.

Ao longo dos séculos XVII e XVIII presenciamos um crescente número de lendas e baladas passageiras de matiz sombrio; entretanto, ainda mantidas à margem da literatura culta e reconhecida. Os livros de contos de horror e temas sobrenaturais se multiplicavam, e entrevemos o interesse ávido das pessoas por fragmentos como "A aparição da sra. Veal", de Defoe, um conto simples que versa sobre o fantasma de uma mulher que visita um amigo distante, escrito para promover dissimuladamente um tratado teológico sobre a morte, de baixa venda. As altas classes da sociedade tinham então perdido a fé no sobrenatural, induzidas a um período de racionalismo clássico. Depois, iniciando-se com a tradução dos contos orientais no reinado da rainha Anne e assumindo forma definitiva por volta da metade do século, ressurge o sentimento romântico: a era da nova exaltação da Natureza, esplendor dos tempos passados, paisagens singulares, atos audazes e maravilhas inacreditáveis. Percebemos esse estado de espírito primeiro nos poetas cuja expressão adquire características novas de espanto, estranheza e temores. E, finalmente, depois do aparecimento tímido de algumas formas sobrenaturais nos romances contemporâneos — tais como *Adventures of Ferdinand, Count Fathom*, de Smollett —, os instintos libertos irrompem no nascimento de uma nova escola literária: a escola "gótica" de ficção em prosa fantástica e de horror, longa e curta, cuja posteridade literária está destinada a tornar-se numerosa, e em muitos casos com méritos artísticos brilhantes. Quando se reflete sobre a questão, é realmente digno de nota que a narrativa sobrenatural, como forma literária reconhecida e fixada academicamente, tivesse seu nascimento definitivo tão tardiamente. O seu impulso e sua atmosfera característica são tão antigos quanto a humanidade, mas o conto sobrenatural típico como literatura reconhecida é uma criança do século XVIII.

III. OS PRIMEIROS ROMANCES GÓTICOS

O ambiente assombrado de "Ossian", as visões caóticas de William Blake, as danças grotescas de bruxas em "Tam O'Shanter", de Burns, o demonismo sinistro de Coleridge, em *Christabel* e *A balada do velho marinheiro*, o fascínio fantasmagórico de James Hogg, em "Kilmeny", e a tematização mais contida do horror cósmico em *Lamia* e em muitos outros poemas de Keats são exemplos britânicos típicos que revelam o advento do sobrenatural na literatura formal. Nossos primos teutônicos do Continente foram igualmente receptivos a esse fluxo crescente: "Wild Huntsman", de Bürger, e a balada do noivo-demônio "Lenore", ainda mais famosa — ambos imitados em inglês por Scott, cujo respeito pelo sobrenatural foi sempre notável —, representam apenas uma amostra da pujança do mistério que a poesia alemã começou a oferecer. Thomas

Moore adaptou dessas fontes a lenda da noiva-estátua *ghoul* (mais tarde usada por Prosper Mérimée em "A Vênus de Ille", cuja origem remonta a grande antiguidade) que ecoa tão vividamente em sua balada "The Ring"; e *Fausto*, a obra-prima imortal de Goethe, tragédia cósmica eterna que, transpondo a balada simples para a forma clássica, pode ser considerada o auge supremo que o impulso poético alemão alcançou.

Mas coube a um inglês genuinamente mundano e animado — ninguém mais que o próprio Horace Walpole — dar o impulso crescente a uma forma definitiva e tornar-se o verdadeiro fundador das narrativas literárias de horror como forma permanente. Afeiçoado às narrativas medievais e ao mistério como uma diversão de diletante, e com um castelo gótico reproduzido fantasticamente para sua residência em Strawberry Hill, Walpole em 1764 publicou *O Castelo de Otranto*; um conto sobrenatural que, embora no todo medíocre e nada convincente, destinou-se a exercer uma influência quase sem paralelo na literatura sobrenatural. Inicialmente, experimentando apresentá-lo simplesmente como uma tradução do italiano, de certo "William Marshal", de um suposto "Onuphrio Muralto", mais tarde o autor confessou a autoria, obteve satisfação com sua popularidade instantânea e ampla — uma popularidade que se prolongou em muitas edições, primeira dramatização, e grande quantidade de exemplares vendidos tanto na Inglaterra quanto na Alemanha.

A narrativa — entediante, artificial e melodramática — se debilita mais ainda por um estilo prosaico e movimentado cuja vivacidade polida em nada permite a criação de uma verdadeira atmosfera sobrenatural. Fala de Manfred, um príncipe inescrupuloso e usurpador determinado a fundar uma linhagem e, depois da misteriosa morte repentina de seu filho único, Conrad, na manhã de suas núpcias, procura descartar sua esposa Hippolita e casar-se com a dama destinada ao infortunado jovem — o rapaz, a propósito, tinha sido esmagado pela queda sobrenatural de um elmo gigante no pátio do castelo. Isabella, a noiva viúva, foge desse estratagema; encontra nas criptas subterrâneas do castelo um jovem nobre protetor, Theodore, que parece ser um camponês, embora se assemelhe estranhamente com o velho lorde Alfonso que governou aqueles domínios antes da época de Manfred. Imediatamente, em seguida, fenômenos sobrenaturais de naturezas diversas abatem-se sobre o castelo; descobrem-se fragmentos de armaduras gigantes por toda parte, um retrato sai de sua moldura, rajadas de raios destroem o edifício e o espectro colossal armado de Alfonso ergue-se das ruínas e sobe para o seio de São Nicolau entre as nuvens que se afastam para recebê-lo. Descobre-se que Theodore — que cortejara Matilda, a filha de Manfred e a perdera pela morte, pois o pai dela a mata por engano — é o filho de Alfonso e o herdeiro legítimo da propriedade. Ele conclui a narrativa com o casamento de Isabella, destinados a viverem felizes para sempre, enquanto Manfred, cuja usurpação fora a causa da morte sobrenatural de seu filho e dos próprios tormentos sobrenaturais, retira-se penitente para um monastério; amargurada, sua esposa procura asilo em um convento próximo.

Tal é o conto; superficial, afetado e, no todo, destituído do verdadeiro horror cósmico que marca a literatura sobrenatural. Contudo, nesse molde se nutria essa época sedenta dos traços de estranheza e antiguidade espectral que o conto reflete, recepcionado com seriedade pelos mais ávidos leitores e, apesar de sua inépcia, subiu ao pedestal da fama e ganhou grande importância na história literária. O que fez, acima de tudo, foi criar um gênero de narrativa com ambiente, personagens e incidentes vulgares, que, conduzido com melhor êxito por escritores naturalmente dotados para criações sobrenaturais, estimulou o desenvolvimento de uma escola gótica imitadora que, por sua vez, inspirou os artífices verdadeiros do terror cósmico — cuja corrente de artistas genuínos começa com Poe. Essa parafernália dramática no romance consistia, principalmente, de um castelo gótico e sua antiguidade impressionante, divagações e enormes distâncias, corredores úmidos, catacumbas insalubres ocultas e uma galáxia de fantasmas e lendas aterradoras, base do suspense e do pavor demoníaco. Além disso, incluiu como vilões os nobres tirânicos e perversos. A heroína casta, longamente perseguida e geralmente insípida, é que suporta os maiores terrores e funciona como um ponto de vista e ponto de convergência para atrair a simpatia dos leitores; o herói valoroso e imaculado, sempre de origem nobre, mas sempre disfarçado em pessoa humilde; o uso de nomes estrangeiros altissonantes para as personagens, italianos na maioria; a roupagem infinda de acessórios teatrais que incluem luzes estranhas, alçapões úmidos, lâmpadas que se apagam, manuscritos ocultos embolorados, portas rangentes, tapeçarias que tremulam, e assim por diante. Toda essa parafernália reaparece com a mesma insipidez, embora algumas vezes obtenha grande efeito, por toda a história do romance gótico; e de nenhuma forma está extinta mesmo em nossos dias, ainda que as técnicas mais sutis forcem atualmente que se assuma uma forma menos ingênua e óbvia. Tinha sido encontrado um ambiente harmonioso para a nova escola e os escritores não se fizeram lentos em agarrar a oportunidade.

O romance alemão respondeu à influência de Walpole e logo se tornou um exemplo proverbial para a narrativa sobrenatural e espectral. Na Inglaterra um dos primeiros imitadores foi a celebrada sra. Barbauld, então srta. Aikin, que em 1773 publicou um fragmento incompleto, intitulado "Sir Bertrand", no qual a narrativa genuína de terror foi alcançada não com mão canhestra. Um nobre em um pântano desolado e escuro, atraído pelo badalar de um sino e uma luz distante, entra em um castelo com torres cujas portas se abrem e se fecham e cujos fogos-fátuos azulados levam, por misteriosas escadarias, a inevitáveis estátuas negras animadas. Um esquife com uma mulher morta, a quem Sir Bertrand beija, é finalmente alcançado; depois do beijo a cena se dissolve para dar lugar a um aposento esplêndido onde a mulher, restituída à vida, preside um banquete em honra de seu salvador. Walpole apreciou esse conto, embora conferisse menos apreço a outro com resultado mais notável que o seu *Otranto*: *The Old English Baron*, de Clara Reeve, publicado em 1777. Na verdade, falta a esse conto a vibração real na nota de escuridão exterior e mistério que distinguem os fragmentos da sra. Barbauld; embora menos incipiente que as narrativas de Walpole, e artisticamente mais parcimonioso em horror com apenas uma figura espectral; todavia, é do mesmo modo decisivamente insípido. Aqui novamente temos o herdeiro virtuoso do castelo disfarçado de camponês e sua herança restaurada pelo fantasma de seu pai; e aqui novamente temos um caso de ampla popularidade que levou a muitas edições, dramatização e principalmente tradução para o francês. A srta. Reeve escreveu outro romance sobrenatural, infelizmente não publicado e perdido.

O romance gótico firmava-se então como forma literária, e os exemplos se multiplicam desordenadamente quando o século XVIII caminha para seu final. *The Recess*, da sra. Sophia Lee, escrito em 1785, traz componentes históricos e move-se em torno das filhas gêmeas de Mary, rainha da Escócia, e, embora destituído do elemento sobrenatural, utiliza o ambiente e os mecanismos de Walpole com grande habilidade.

Cinco anos depois, todos os lumes existentes estão empalidecidos pelo surgimento de um luminar novo de natureza completamente superior: a sra. Ann Radcliffe (1764-1823), cujos romances famosos tornaram o terror e suspense uma moda, foi quem definiu critérios novos e mais relevantes no domínio do macabro e atmosfera carregada de terror, apesar da prática exasperante de destruir seus próprios fantasmas no fecho de suas explanações, construídas de modo inteiramente mecânico. Às costumeiras ciladas góticas de seus predecessores, a sra. Radcliffe acrescentou um sentido sobrenatural genuíno na ação e incidentes que se aproximam da genialidade; cada elemento da trama e ação contribui artisticamente para produzir o sentimento de pavor ilimitado que ela deseja imprimir. Alguns detalhes sinistros como uma trilha de sangue nas escadas do castelo, um gemido procedente de uma cripta distante, uma canção sobrenatural em uma floresta noturna conseguem evocar as imagens mais potentes de horror iminente; ultrapassa de longe as criações extravagantes e laboriosas de outros. Nem essas imagens são em si mesmas menos potentes pelas explicações levadas a efeito antes do final do romance. A imaginação visual da sra. Radcliffe era muito marcante e se evidencia tanto em seus deliciosos matizes da paisagem — sempre em contornos panorâmicos encantadoramente pictóricos, nunca em descrições minuciosas — quanto em suas fantasias sobrenaturais. Seus pontos fracos principais, exceto o hábito de uma revelação trivial, estão em sua tendência para uma geografia e história equivocadas e uma preferência desastrosa por preencher seus romances com pequenos poemas insípidos, atribuídos a uma ou outra personagem.

A sra. Radcliffe escreveu seis romances: *The Castles of Athlin and Dunbayne* (1789); *A Sicilian Romance* (1790); *The Romance of the Forest* (1791); *The Mysteries of Udolpho* (1794); *The Italian* (1797); e *Gaston de Blondeville*, escrito em 1802 e publicado postumamente em 1826. *Udolpho* é de longe o mais famoso e pode-se considerá-lo um dos melhores entre os primeiros contos góticos. É uma crônica de Emily, uma jovem francesa que se muda para um castelo portentoso e antigo nos Montes Apeninos em virtude da morte de seus pais e casamento de sua tia com o senhor do castelo — o conspirador e nobre Montoni. Sons misteriosos, portas abertas, lendas assustadoras e um horror inominável em um nicho atrás de um véu negro, tudo acontece em rápida sucessão para enervar a heroína e Annete, sua criada fiel; mas, finalmente, depois da morte de sua tia, ela foge com a ajuda de um prisioneiro, de sua mesma condição, que ela encontra. A caminho de casa ela para em um castelo repleto de novos horrores — a ala deserta onde a falecida castelã morou e o leito de morte com o pálio negro —, mas readquire finalmente a segurança e a felicidade com seu amado Valancourt, depois de decifrado um segredo que parecia envolver seu nascimento em mistério. Seguramente, é apenas um material familiar retrabalhado; mas tão bem rearticulado que *Udolpho* sempre permanecerá um clássico. As personagens da sra. Radcliffe são fantoches, mas muito menos destacadamente que seus precursores. E, pela atmosfera criada, ela situa-se em posição eminente entre os de seu tempo.

Entre os incontáveis imitadores da sra. Radcliffe, o romancista americano Charles Brockden Brown se aproxima mais de seu espírito e método. Ele igualmente prejudica suas obras com explicações naturais; mas possui igualmente o vigor de construir uma atmosfera sobrenatural que empresta a seus terrores, na medida em que permanecem inexplicados, uma vitalidade assustadora. Ele se diferencia dela ao rejeitar desdenhosamente a parafernália gótica superficial, assim como as características e escolhas para seus mistérios de cenários americanos da época; mas seu repúdio não se estende ao espírito gótico e natureza dos incidentes. Os romances de Brown envolvem em certo grau ambientes assustadores memoráveis e ele supera a sra. Radcliffe nas descrições dos processos da mente perturbada. *Edgar Huntly* inicia-se com um sonâmbulo cavando um túmulo, mas depois se enfraquece pelos traços de didatismo ao estilo de Godwin. *Ormond* envolve um membro de uma sinistra irmandade secreta. *Arthur Nervyn* descreve a epidemia de febre amarela que o autor testemunhou na Filadélfia e em Nova York. Porém, o livro mais famoso de Brown é *Wieland; ou, The Transformation* (1798), no qual um alemão da Pensilvânia, dominado por um impulso de fanatismo religioso, ouve vozes e mata sua esposa e seus filhos em sacrifício. Sua irmã, Clara, que conta a história, foge com dificuldade. O ambiente, estabelecido na propriedade florestal de Mittingen, nos limites remotos de Schuykill, é descrito com nitidez excessiva; e os terrores de Clara, pintados com matizes espectrais, repletos de pavor e dos sons de passos estranhos na casa solitária, são na totalidade caracterizados com verdadeiro vigor artístico. No final, a explicação pouco convincente de um ventríloquo é apresentada, mas a atmosfera é genuína enquanto persiste no entrecho da obra. Carwin, o ventríloquo maligno, é um vilão típico do estilo Manfred ou Montoni.

IV. O ÁPICE DO ROMANCE GÓTICO

O horror em literatura alcança um novo tom de malignidade na obra de Matthew Gregory Lewis (1775-1818), cujo romance *O monge* (1796) conquistou admirável popularidade e lhe rendeu o apelido de "Monge" Lewis. Esse jovem escritor, educado na Alemanha e impregnado de um *corpus* de tradição teutônica, desconhecido da sra. Radcliffe, revestiu o terror em roupagens mais violentas, em cujas formas seus brandos predecessores jamais haviam ousado pensar; produziu como resultado uma obra-prima de horror vigoroso cujo matiz gótico habitual torna-se apimentado mediante uma galeria adicional de fantasmas. A narrativa traz um monge espanhol, Ambrosio, cuja virtude excessivamente altiva é induzida à mais extrema maldade por um demônio que se apresenta na figura da jovem Matilda; finalmente, quando espera morrer nos braços da inquisição, é persuadido a obter sua salvação ao preço de sua alma vendida ao demônio, porque ele acredita que tanto seu corpo como sua alma já estão perdidos. Em seguida, o demônio escarnecedor o arrebata e o leva a um lugar deserto, revela que ele vendera sua alma em vão, uma vez que tanto o perdão quanto a oportunidade de salvação estavam próximos no momento em que ele fez a horrenda troca, completa a sardônica traição ao censurá-lo por seus crimes abomináveis, lança seu corpo em um precipício e, ao mesmo tempo, sua alma é levada à danação eterna. O romance contém algumas descrições aterrorizantes, como o sortilégio nas criptas sob o cemitério do convento, o incêndio do edifício e a morte do maligno abade. No enredo secundário, em que o marquês de Las Cisternas encontra o espectro de sua ancestral culpada, a Freira Amaldiçoada, ocorrem muitas e grandes peripécias; notavelmente, o aparecimento do cadáver animado ao lado do leito do marquês, assim como o ritual cabalístico em que o judeu errante o ajuda a exorcizar seu torturador morto. Contudo, *O monge* arrasta-se morosamente no seu todo. É muito longo e difuso, e muito de seu vigor se enfraquece pela loquacidade e por uma reação desagradavelmente excessiva contra os cânones de decoro que Lewis principalmente desprezava por considerá-los afetados. Um traço favorável pode-se destacar no autor: ele jamais empobreceu suas visões fantásticas com explicações naturais. Ele obteve êxito ao romper com a tradição radcliffiana, expandindo a esfera do romance gótico. Lewis escreveu outras obras, além de *O monge*. O drama *The Castle Spectre* foi produzido em 1798, e mais tarde encontrou tempo para escrever outras ficções em forma de balada — *Tales of Terror* (1799), *Tales of Wonder* (1801), como também traduções sucessivas do alemão.

Os romances góticos, tanto ingleses quanto alemães, aparecem então medíocres e em profusão. Muitos deles eram simplesmente ridículos à luz do gosto maduro, e a famosa sátira da srta. Austen, *A Abadia de Northanger*, não foi, de modo algum, uma censura desmerecida dirigida a uma escola que tinha mergulhado fundo nas águas do absurdo. Essa escola específica entrou em declínio, mas antes de sua final derrocada emergiu seu último e maior expoente na pessoa de Charles Robert Maturin (1782-1824), um clérigo irlandês obscuro e excêntrico. Excetuando um vasto *corpus* de obras heterogêneas, em que se inclui uma imitação radcliffiana irregular intitulada *Fatal Revenge*, ou *The Family of Montorio* (1807), Maturin desenvolveu por fim a obra-prima de horror vigorosa *Melmoth the Wanderer* (1820), na qual o conto gótico ganhou altitudes de pavor espiritual absoluto nunca conhecidas antes.

Melmoth trata de um gentil-homem irlandês que, no século XVII, consegue de modo sobrenatural prolongar a vida ao preço de sua alma vendida ao demônio. Ele poderá se salvar, se conseguir persuadir outro a retirar a barganha de suas costas e assumir seu encargo existencial; porém, ele não consegue jamais realizar essa condição, por mais que busque com assiduidade aqueles a quem o desespero tenha tornado enlouquecidos e estouvados. O enredo é muito irregular; estende-se monótono, envolve episódios digressivos, narrativas dentro de narrativas, encaixes e coincidências forçadas, mas em vários pormenores entre a circunlocução infindável sente-se vibrar um vigor nunca encontrado nas obras anteriores desse gênero — uma similitude com a verdade essencial da natureza humana, uma compreensão das mais profundas fontes do terror cósmico verdadeiro e um ardor evidente de solidariedade nos trechos da obra, o que torna o livro uma peça verdadeira de expressão estética própria muito mais que a mera articulação de truques engenhosos. Nenhum leitor imparcial pode duvidar que *Melmoth* representa um enorme avanço na evolução do conto de terror. O pavor se liberta do domínio convencional e se eleva à horrenda opacidade que paira sobre o real destino da humanidade. Os terrores de Maturin, obra de alguém capaz de sentir terror, são de uma natureza convincente. A sra. Radcliffe e Lewis passam por imitadores e se tornam alvo de troça, mas seria difícil encontrar uma nota falsa na ação febrilmente intensa e atmosfera de tensão extrema desse irlandês, cujas emoções e tensões menos artificiais do misticismo celta deram-lhe o instrumento natural da mais rica potencialidade para seu trabalho. Sem dúvida, Maturin é um autêntico gênio, reconhecido como tal por Balzac, que considerou *Melmoth*, ao lado de *Don Juan*, de Molière, *Fausto*, de Goethe, e *Manfred*, de Byron, personagem alegórica máxima da literatura europeia moderna e escreveu uma peça cômica intitulada *Melmoth reconciliado*, na qual o errante obtém êxito em repassar sua barganha diabólica a um estelionatário parisiense, que rapidamente faz aumentar a série de vítimas até que um jogador devasso morre com a barganha em suas mãos e, mediante sua condenação, a maldição chega ao fim. Scott, Rosseti, Thackeray e Baudelaire são outros gigantes que deram a Maturin uma irrestrita admiração, e é muito significativo o fato de que Oscar Wilde, depois de seu infortúnio e exílio, tenha se decidido em seus últimos dias em Paris a assumir o nome de "Sebastian Melmoth".

Melmoth contém episódios que, mesmo atualmente, não perderam o vigor de evocar o terror. Inicia-se em um leito de morte: um velho usurário está morrendo de pavor extremo por algo que ele viu associado a um manuscrito que leu e a um retrato familiar fixado em um quarto sombrio de sua casa centenária no Condado de Wicklow. Ele manda buscar no Trinity College, em Dublin, seu sobrinho John; depois de sua chegada, John presencia várias ocorrências estranhas. Os olhos do retrato brilham de modo horrível, e uma figura estranhamente semelhante ao retrato aparece momentaneamente duas vezes à porta. Paira o terror sobre a casa dos Melmoths, em que um de seus ancestrais, "J. Melmoth, 1646", o retrato representa. O usurário moribundo declara que esse homem — em uma data pouco antes de 1800 — está vivo. Finalmente, o usurário morre e no testamento o sobrinho é instruído a destruir tanto o retrato quanto um manuscrito a ser encontrado em certa gaveta. Ao ler o documento, escrito no fim do século XVII por um inglês chamado Stanton, o jovem John descobre um acontecimento terrível que se passou na Espanha em 1677, quando o autor do manuscrito encontrou um compatriota horrendo e foi informado que este matou com o olhar um sacerdote que tentou denunciá-lo como uma pessoa culpada de um pecado terrível. Mais tarde, depois de reencontrar o homem em Londres, Stanton é jogado em um asilo de loucos e visitado pelo estranho, cuja aproximação é antecedida de música espectral e cujos olhos possuem um brilho mais que mortífero. Melmoth, o errante, pois este é o visitante maligno, oferece a liberdade ao cativo se ele assumir para si a sua barganha com o demônio; mas, como os demais a quem Melmoth abordou, Stanton é submetido à prova de tentação. A descrição de Melmoth sobre os horrores da vida em um asilo de loucos, utilizada para persuadir Stanton, é uma das mais potentes passagens da obra. Stanton é finalmente libertado e passa o resto de sua vida no encalço de Melmoth, cuja habitação familiar e ancestral ele descobre. Deixa com a família o manuscrito, que, na época do jovem John, está muito deteriorado e incompleto. John destrói o retrato e o manuscrito, mas é visitado em sonho por seu horrível ancestral, que deixa um sinal azul e negro em seu punho.

O jovem John, posteriormente, recebe a visita de um náufrago espanhol, Alonzo de Monçada, que fugiu de uma vida monástica compulsória e dos perigos da inquisição. Ele sofreu terrivelmente — a descrição de seus padecimentos sob tortura e das galerias subterrâneas por onde ele experimentou uma vez escapar são clássicas —, mas teve a força de resistir a Melmoth, o errante, quando se aproximava da sua hora mais negra na prisão. Na casa de um judeu que o abrigara depois de sua fuga, ele descobre um volumoso manuscrito que relata outras façanhas de Melmoth, incluindo a corte que fez a uma jovem insular indiana, Immalee, que depois obtém seu patrimônio hereditário na Espanha e é conhecida como Donna Isidora; e seu horrível casamento com ela ao lado do cadáver de um anacoreta, à meia-noite, na capela arruinada de um monastério afastado e abominável. A narrativa de Monçada ao jovem John ocupa a maior parte de seu livro em quatro volumes. Essa desproporção é considerada um dos principais deslizes técnicos da composição.

Por fim, interrompe-se o colóquio de John e Monçada pela entrada de Melmoth, o próprio errante; seus olhos penetrantes estão agora apagados e a decrepitude vem se apossando dele rapidamente. O tempo de sua barganha aproxima-se do fim, e ele volta para casa depois de um século e meio para encontrar seu destino. Adverte a todos que quaisquer que sejam os sons que possam ouvir à noite, ele vai esperar o fim sozinho. O jovem John e Monçada ouvem gemidos assustadores, mas não entram ali até que o silêncio sobrevém com a manhã. Encontram então o quarto vazio. Rastros barrentos conduzem a uma porta dos fundos que dá para um despenhadeiro sobre o mar, e perto da borda do precipício há sinais indicando que um corpo fora violentamente arrastado. O lenço do errante é encontrado no penhasco um pouco abaixo da borda, mas nada mais se encontrou e se ouviu a seu respeito.

Tal é a narrativa, e ninguém pode deixar de notar a diferença entre esse horror caracterizado, sugestivo e artisticamente moldado e — nas palavras do professor George Saintsbury — "o engenhoso, porém bastante insípido, racionalismo da sra. Radcliffe e a extravagância muitas vezes extremamente pueril, o mau gosto e o estilo ocasionalmente descuidado de Lewis". O estilo de Maturin merece por si mesmo um elogio particular, pois sua simplicidade e vitalidade marcantes o elevam no geral acima das artificialidades pomposas em que seus predecessores pecam. A professora Edith Birkhead, em sua história do romance gótico, observa com propriedade que, apesar de suas imperfeições, Maturin foi o maior e também o último dos góticos. *Melmoth* foi amplamente lido e posteriormente dramatizado, mas sua tardia datação na evolução da narrativa gótica o priva da popularidade turbulenta de *Udolpho* e *O Monge*.

V. A SAFRA POSTERIOR DA FICÇÃO GÓTICA

Nesse ínterim, outras mãos não ficaram ociosas e, acima da profusão monótona de bobagens, tais como *Horrid Mysteries*, 1796, do marquês Von Grosse, *Children of the Abbey*, 1796, da sra. Roche, *Zofloya or The Moor*, 1806, da sra. Dacre, e as efusões de colegial do poeta Shelley, em *Zastrozzi*, 1810, e *Saint Irvine*, 1811 (ambos imitações de *Zofloya*), apareceram muitas obras notáveis de horror sobrenatural em inglês e alemão. Clássica em seu valor, e marcantemente distinta das suas similares em virtude de seus fundamentos alicerçados mais no conto oriental que no romance gótico walpolesco, é a famosa *História do Califa Vathek*, do abastado e diletante William Beckford, escrito originalmente em francês, mas a sua tradução inglesa apareceu publicada antes do original francês.

O conto oriental, introduzido na literatura europeia no início do século XVIII pela tradução francesa de Galland das exuberantes e infindáveis *Noites árabes*, tornou-se a moda reinante, prestando-se tanto à alegoria como ao divertimento. O humor malicioso, que somente o espírito oriental sabe integrar ao sobrenatural, havia fascinado uma geração sofisticada, a ponto de Bagdá e Damasco tornarem-se nomes difundidos amplamente na literatura popular, como em breve também viriam a sê-lo os atraentes nomes espanhóis e italianos. Beckford, bastante versado em obras orientais, absorveu com extraordinária receptividade a sua atmosfera; e refletiu com vigor em seu livro fantástico a exuberância ostentosa, a artimanha dissimulada, a crueldade mitigada, a deslealdade cortês, o horror espectral e soturno do espírito sarraceno. O tempero do ridículo raramente desfigura o vigor de seu tema sinistro, e a narrativa avança com uma pompa fantasmagórica em que o riso é o de esqueletos a banquetear-se sob domos ornamentados com arabescos.

Vathek é a história do neto do califa Harum, que, atormentado pela ambição de alcançar poder, prazer e conhecimento extraterrenos que impulsionam o vilão gótico comum ou o herói byroniano (essencialmente tipos aparentados), é incitado por um gênio malvado a ir em busca do trono subterrâneo dos poderosos e fabulosos sultões pré-adâmicos nos salões flamejantes de Eblis, o demônio maometano. A descrição dos palácios e divertimentos de Vathek, de sua mãe, a maquiavélica bruxa Carathis, e sua torre encantada com suas cinquenta negras de um olho só, da sua peregrinação às ruínas assombradas de Istakhar (Persépolis), de Nouronihar, a noiva travessa que ele traiçoeiramente adquire no caminho, das torres e terraços primordiais de Istakhar sob o luar ígneo do deserto, dos salões ciclópicos de Eblis onde, atraídas por promessas esplendorosas, as vítimas são forçadas a vagar em sofrimento eterno, a mão direita sobre o coração abrasado em fogo que arde eternamente, são triunfos de colorido sobrenatural que conferem à obra um lugar permanente nas letras inglesas. Não menos notáveis são os três *Episódios de Vathek*, compostos com a intenção de inseri-los na história como narrativas de companheiros de desventura de Vathek nos salões infernais de Eblis; porém, permaneceram inéditos durante a vida do autor e recentemente, em 1909, foram descobertos pelo erudito Lewis

O HORROR SOBRENATURAL EM LITERATURA

Melville quando reunia material para o seu *Life and Letters* de *William Beckford*. Entretanto, falta a Beckford o misticismo essencial que distingue a conformação mais intensa da narrativa sobrenatural, de modo que suas narrativas carregam certa rigidez e clareza latinas intencionais que impedem a configuração plena do medo aterrorizante.

Mas Beckford ficou sozinho em sua devoção ao Oriente. Outros escritores, mais familiarizados com a tradição gótica e com a vida europeia em geral, contentaram-se em seguir mais fielmente o modelo de Walpole. Entre os inúmeros criadores de literatura de terror dessa época, pode-se mencionar o economista utópico William Godwin, que, depois do seu famoso, mas não sobrenatural, *Caleb Williams* (1794), produziu o pretensamente sobrenatural *St. Leon* (1799), em que o tema do elixir da longa vida, criado pela ordem secreta imaginária dos "rosa-cruzes", é tratado com habilidade, mas com atmosfera pouco convincente. Esse elemento rosa-cruz, alimentado por uma onda de interesse popular pela magia, exemplificada no prestígio do charlatão Cagliostro e na publicação de *The Magus* (1801), de Francis Barrett, um curioso manual de princípios e ritos de ocultismo, ainda reeditado em 1896, figura em Bulwer-Lytton e em vários romances góticos mais recentes, especialmente na posteridade remota e enfraquecida que se estendeu esporadicamente por grande parte do século XIX e foi representada por *Fausto e o Demônio* e *Wagner, o Lobisomem*, de George W. M. Reynolds. *Caleb Williams*, embora não apresente atmosfera sobrenatural, traz vários traços de autêntico terror. É a história de um criado perseguido pelo amo que ele sabe culpado de um crime; demonstra uma inventividade e habilidade que de certo modo o mantêm vivo até os dias de hoje. Foi dramatizado com o título de *A arca de ferro*, e nessa forma foi quase igualmente festejado. Godwin, porém, era um professor por demais consciencioso e um pensador por demais prosaico para criar uma autêntica obra-prima de horror.

Sua filha, a esposa de Shelley, obteve maior êxito; seu inimitável *Frankenstein ou o Prometeu moderno* (1818) é um dos clássicos do horror de todos os tempos. Escrito numa disputa com seu marido, com Lorde Byron e dr. John William Polidori, a título de prova de superioridade em criação de terror, o *Frankenstein* da sra. Shelley foi a única narrativa entre os desafiadores que apresentou um resultado bem trabalhado; a crítica não conseguiu provar que as melhores partes eram devidas mais a Shelley do que a ela. O romance — um pouco marcado, mas não desfigurado pelo didatismo moral — fala de um ser humano artificial criado com partes de cadáveres por Victor Frankenstein, um jovem estudante de medicina suíço. Concebido por seu criador "num orgulho louco de intelectualismo", o monstro possui inteligência perfeita, mas sua forma é terrivelmente asquerosa. Rejeitado pela humanidade, torna-se amargurado, e por fim começa a matar sucessivamente todos aqueles a quem o jovem Frankenstein mais ama, família e amigos. Ele exige que Frankenstein crie uma esposa para ele. Quando o estudante decisivamente se recusa, horrorizado, para que o mundo não seja povoado por semelhantes monstros, a criatura parte com a horrível ameaça de "estar com ele em sua noite de núpcias". Nessa noite, a noiva é estrangulada, e desse dia em diante Frankenstein persegue o monstro até os desertos do Ártico. No fim, quando busca refúgio no navio do personagem-narrador da história, Frankenstein é morto pelo horrendo objeto de sua busca e criação de seu presunçoso orgulho. Algumas passagens de *Frankenstein* são inesquecíveis, como aquela em que o monstro recém-animado entra no quarto do seu criador, afasta as cortinas de seu leito e o fita à luz amarelada da lua com olhos baços — "se é que podem ser chamados de olhos". A sra. Shelley escreveu outros romances, incluindo o excelente *O último homem*; mas nunca repetiu o êxito do seu primeiro trabalho. Este último contém traços genuínos de terror cósmico, pouco importa o andamento retardado da ação. O dr. Polidori desenvolveu sua ideia para o desafio com o conto "O vampiro", no qual presenciamos um vilão cortês de tipo gótico genuíno, ou byroniano, e encontramos excelentes passagens de completo horror, incluindo uma terrível experiência noturna em um bosque grego que ninguém ousa frequentar.

No mesmo período, Sir Walter Scott interessou-se de modo constante pelo sobrenatural, intercalando-o em muitos de seus romances e poemas, e algumas vezes produziu pequenas narrativas independentes, como "The Tapestried Chamber" e "Wandering Willie's Tale", incluída em *Redgauntlet*. Nesta *última*, a força do espectral e do diabólico *é intensificada* pela rusticidade grotesca da linguagem e da atmosfera. Em 1830, Scott publicou suas *Letters on Demonology and Witchcraft*, que representam ainda um de nossos melhores compêndios da tradição mágica europeia. Washington Irving é outra personalidade famosa que não ficou indiferente ao sobrenatural; ainda que muitos de seus fantasmas sejam muito extravagantes e cômicos para formarem uma literatura genuinamente espectral, nota-se uma tendência evidente nessa direção em muitas de suas produções. "The German Student", em *Tales of a Traveller*, 1824, uma representação vigorosa e astuciosamente concisa da antiga lenda da noiva morta, construída com a tessitura cômica de "The Money-Diggers", do mesmo volume, é mais do que uma alusão a aparições de piratas nos reinos que o Capitão Kidd uma vez percorreu. Thomas Moore também se junta às fileiras dos artistas macabros no poema *Alciphron,* que depois ele transformou em prosa no romance *The Epicurean* (1827). Embora, sejam simplesmente relatos das aventuras de um jovem ateniense enganado pelos truques de astutos sacerdotes egípcios, Moore consegue infundir horror genuíno em seu relato de terrores e espantos subterrâneos sob os templos ancestrais de Mênfis. De Quincey compraz-se com os terrores grotescos e arabescos, embora de modo inconstante e com uma pompa erudita que o priva de pertencer à galeria dos especialistas.

Essa época viu surgir também William Harrison Ainsworth, cujos romances românticos estão repletos de mistério e horror. O Capitão Marryat, além de escrever contos como "The Werewolf", contribuiu memoravelmente com *The Phantom Ship* (1839), baseado na lenda do Holandês Voador, cujo navio espectral e amaldiçoado navega eternamente nas imediações do Cabo da Boa Esperança. Dickens então aparece com peças sobrenaturais ocasionais como "The Signalman", um conto de predição fantasmagórica em conformidade com o modelo muito comum e alinhavado com uma verossimilhança que o liga tanto à escola psicológica que estava para vir quanto à escola gótica que se exauria. Nessa época vicejava um movimento de interesse pelo charlatanismo espírita, mediunidade, teosofia hinduísta e semelhantes, muito parecido com o dos dias atuais, de modo que a quantidade de contos sobrenaturais com base psíquica ou pseudocientífica tornou-se considerável. O responsável por uma boa quantidade deles foi o prolífico e popular Lorde Edward Bulwer-Lytton; e, a despeito de uma exagerada dose de retórica prolixa e romantismo vazio em suas obras, não se pode negar seu êxito em criar certo tipo de fascínio bizarro.

"The House and the Brain", carregado de alusões ao rosa-crucianismo e a uma figura maligna e imortal talvez sugerida pelo cortesão misterioso de Luís XV, Saint Germain, ainda sobrevive como um dos melhores contos de casa assombrada já escritos. O romanesco *Zanoni* (1842) apresenta elementos similares criados de forma muito mais elaborada e introduz uma vasta e desconhecida esfera de existência que oprime nosso mundo, vigiada por um horrível "Habitante do Portal", que assombra aqueles que tentam ali penetrar e fracassam. Temos aqui uma irmandade benigna que se mantém viva por séculos seguidos até ficar reduzida a apenas um membro, e como herói temos um antigo feiticeiro caldeu que sobrevive no prístino vigor da juventude para morrer na guilhotina da Revolução Francesa. Embora impregnado do espírito convencional do romance, prejudicado por uma teia enfadonha de significados didáticos e simbólicos pouco convincentes por lhe faltar uma perfeita consubstanciação da atmosfera em circunstâncias necessariamente vinculadas a um mundo espectral, *Zanoni* realmente alcança perfeito êxito como narrativa romanesca. Pode ser lido com interesse genuíno hoje por leitores pouco sofisticados. É divertido notar que, ao descrever uma iniciação realizada em uma antiga irmandade, o autor não escapa do repisado castelo gótico de herança walpoliana.

Em *A Strange Story* (1862), Bulwer-Lytton apresenta um notável aperfeiçoamento na criação de imagens e efeitos sobrenaturais. A obra, apesar de sua enorme extensão, enredo extremamente artificial, sustentado por coincidências convenientes, e uma atmosfera de falsa ciência homilética destinada a agradar o leitor vitoriano comum e tendencioso, é muitíssimo eficaz como narrativa. Desperta um interesse instantâneo e cativante e proporciona um quadro e clímax muito impactantes, embora um tanto melodramáticos. Temos novamente o misterioso usuário do elixir da longa vida na pessoa de Margrave, o mágico cruel, cujo oportunismo perverso se destaca com expressividade dramática ante um pano de fundo moderno de uma cidade inglesa serena e do agreste australiano; novamente temos também alusões sombrias de um vasto mundo espectral desconhecido pairando ao nosso redor — dessa vez manejado com maior força e vigor que em *Zanoni*. Um dos dois excelentes episódios de encantamento, em que o herói é induzido por um espírito maligno luminoso a levantar-se dormindo à noite, pegar uma estranha varinha mágica egípcia e evocar presenças

O HORROR SOBRENATURAL EM LITERATURA

inomináveis no pavilhão assombrado defronte ao mausoléu de um famoso alquimista da Renascença, está efetivamente entre as grandes imagens de terror da literatura. O importante é apenas sugerido e apenas o essencial é dito. Duas vezes o sonâmbulo é induzido a pronunciar palavras misteriosas e enquanto ele as repete o chão treme e todos os cães da redondeza começam a latir para sombras amorfas que pairam à luz da lua. Quando lhe induzem uma terceira série de palavras desconhecidas, o espírito do sonâmbulo subitamente se recusa a pronunciá-las, como se a alma tivesse percebido os horrores extremos e abissais ocultos na mente. E por fim a aparição de uma namorada e de um anjo bom rompe o encantamento maligno. Essa passagem ilustra bem até que ponto Lorde Lytton foi capaz de suplantar suas narrativas pomposas e triviais costumeiras, alcançando a essência cristalina do terror artístico que pertence ao domínio da poesia. Lytton, na descrição de determinados detalhes de encantamentos, deve muito a seus estudos sérios de ocultismo, no decurso dos quais ele chegou a travar contato com aquele erudito e cabalista excêntrico francês, Alphonse-Louis Constant ("Eliphas Lévi"), que declarou possuir os segredos da antiga magia, como também afirmou ter evocado o espectro do mago grego, Apolônio de Tiana, que viveu na época de Nero.

A tradição romântica semigótica e pseudomoral aqui representada foi levada adiante no século XIX por autores como Joseph Sheridan LeFanu, Thomas Preskett Prest, com seu famoso *Varney, the Vampyre* (1847), Wilkie Collins, Sir H. Rider Haggard, recentemente falecido (cuja obra *She* é de fato notavelmente boa), Sir A. Conan Doyle, H. G. Wells, e Robert Louis Stevenson — este, a despeito da tendência detestável a um maneirismo garboso, criou clássicos permanentes, como "Markheim", "The Body-Snatcher" e *O médico e o monstro*. Na verdade, podemos dizer que essa escola ainda sobrevive, já que nela nossos contos de horror contemporâneos têm seguramente seu lugar, na medida em que se concentram mais na peripécia do que na imaginação impressionista, cultivam mais um glamour luminoso que uma tensão maligna ou uma verossimilhança psicológica e adotam uma decisiva posição de simpatia pela humanidade e seu bem-estar. Sua força é inegável e, em virtude de seu "componente humano", detém uma receptividade mais ampla que o horror artístico refinado. Se não é tão potente quanto este último, é porque um composto diluído nunca pode alcançar a intensidade de uma essência condensada.

Único não apenas como romance, mas também como peça de literatura macabra, permanece o famoso *Morro dos Ventos Uivantes* (1847), de Emily Brontë, com seu panorama delirante das charnecas de Yorkshire, desoladas e açoitadas pelos ventos, e vidas violentas e tortuosas que elas alimentam. Ainda que fundamentalmente seja uma narrativa de vida e de paixões humanas em angústia e conflito, sua ambientação epicamente cósmica abre espaço para um estilo de horror mais espiritual. Heathcliff, um herói-vilão byroniano modificado, é um desvalido sombrio encontrado nas ruas quando criança e fala apenas em uma linguagem desarticulada até ser adotado pela família que ele levará à ruína. Mais de uma vez sugere-se que ele é na verdade mais um espírito diabólico que um ser humano. E a atmosfera irreal mais se acentua na impressão do visitante quando ele divisa o fantasma de uma criança tristonha na janela mais alta açoitada pelos galhos de uma árvore. Entre Heathcliff e Catherine Earnshaw existe um laço mais profundo e mais terrível que o amor humano. Depois que ela morre, ele viola seu túmulo duas vezes e é perseguido por uma presença impalpável que não é mais que o espírito de Catherine. O espírito invade sua vida cada vez mais e por fim ele se convence de que em breve sucederá um reencontro místico. Ele diz que pressente uma estranha transformação a aproximar-se e deixa de se alimentar. À noite ele vagueia pela charneca ou abre a janela perto de sua cama. Quando ele morre, as folhas da janela aberta ainda batem ante uma chuva copiosa, e um sorriso estranho perpassa seu rosto enrijecido. Ele é sepultado em um túmulo junto à colina onde ele vagou durante dezoito anos, e um menino pastor conta que ele ainda passeia com sua Catherine no cemitério da igreja e na charneca quando chove. O rosto de ambos algumas vezes também aparece nas noites chuvosas atrás da alta janela da casa do morro. O terror lúgubre da srta. Brontë não é uma simples imitação gótica, mas uma expressão tensa do pavor humano diante do desconhecido. Nesse aspecto, *O Morro dos Ventos Uivantes* representa o símbolo de uma transição literária e marca o desenvolvimento de uma escola mais profunda.

O HORROR SOBRENATURAL EM LITERATURA

VI. A LITERATURA ESPECTRAL NO CONTINENTE

O horror literário avançou satisfatoriamente no Continente. Os celebrados contos e romances de Ernst Theodor Wilhelm Hoffmann (1776-1822) representam um exemplo de maturidade em fundamentação e forma, embora inclinem-se a uma volubilidade e extravagância, assim como a uma falta de momentos intensos de terror absoluto e ofegante que um escritor menos sofisticado poderia ter alcançado. Em geral, conduzem mais ao grotesco que ao horrendo. O conto de horror mais artístico do Continente é o clássico alemão *Undine* (1811), de Friedrich Heinrich Karl, barão de la Motte Fouqué. Nessa narrativa de um espírito aquático que se casa com um mortal e ganha uma alma humana há uma engenhosidade de refinada beleza que a torna notável em qualquer campo da literatura, assim como uma naturalidade espontânea que a aproxima do mito popular genuíno. Em verdade, originou-se de um conto narrado pelo médico e alquimista renascentista, Paracelso, em seu *Treatise on Elemental Sprites*.

Undine, filha de um poderoso príncipe aquático, foi trocada por seu pai quando criança pela filha de um pescador para que, casando-se com um ser humano, pudesse adquirir uma alma. Na cabana de seu pai adotivo, situada à orla de uma floresta assombrada perto do mar, ela encontra o jovem aristocrata Huldbrand e logo se casa com ele, seguindo-o para seu castelo ancestral de Ringstetten. Huldbrand, contudo, se aborrece depois com a origem sobrenatural de sua esposa e, especialmente, com as aparições do tio de Undine, o malévolo espírito das cascatas do bosque, Kühleborn; aborrecimento intensificado em vista de sua afeição crescente por Bertalda, que não é outra pessoa senão a filha do pescador por quem Undine foi trocada. Por fim, em uma viagem pelo Danúbio, um ato inocente de sua devotada esposa o induz a proferir as palavras coléricas que a levam de volta ao seu elemento sobrenatural, de onde ela pode retornar, conforme as leis de sua espécie, apenas uma vez — para matá-lo, querendo ou não, caso ele alguma vez manifeste infidelidade à sua memória. Depois, quando Huldbrand está para se casar com Bertalda, Undine volta para cumprir seu triste dever e o mata chorando. Quando ele é sepultado entre seus pais no cemitério da aldeia, uma figura feminina velada, branca como a neve, aparece entre o cortejo fúnebre, mas depois da prece sacramental não mais é vista.

Em seu lugar aparece um pequeno arroio prateado, que murmura sua dor tomando seu curso por quase todo o entorno do novo sepulcro e desaguando em um lago da redondeza. Os aldeões o mostram até os dias atuais e dizem que Undine e seu Huldbrand estão assim unidos na morte. Muitas passagens e traços da atmosfera nesse conto demonstram que Fouqué é um artista completo no campo do macabro, especialmente nas descrições do bosque assombrado com seu homem gigantesco, branco como a neve, e uma série de terrores inomináveis que ocorrem no início da narrativa.

Menos conhecido que *Undine*, mas notável pelo realismo convincente e autonomia em relação aos artificialismos góticos habituais, é *A bruxa âmbar*, de Wilhelm Meinhold, outra realização do gênio fantástico alemão no período inicial do século XIX. O conto, situado no tempo da Guerra dos Trinta Anos, simula representar o manuscrito de um clérigo, encontrado numa antiga igreja em Coserow, e traz como figura central a filha do narrador, Maria Schweidler, injustamente acusada de bruxaria. Ela descobriu um depósito de âmbar que mantém secreto por diversas razões; a riqueza inexplicavelmente obtida configura os indícios para a acusação; acusação fomentada pela maldade de um aristocrata caçador de lobos, Wittich Appelmann, que a assediou com intenções ignóbeis sem alcançar êxito. Os atos da verdadeira bruxa, que posteriormente encontra na prisão um fim sobrenatural horrível, são imputados à infeliz Maria mediante uma retórica hipócrita; depois de um julgamento típico de bruxaria, com confissões impingidas sob tortura, ela é salva no último momento pelo seu amado, um jovem aristocrata de um distrito vizinho, quando estava prestes a ser queimada na fogueira. A grande força de Meinhold está na sua atmosfera de verossimilhança casual e realista, que intensifica o suspense e o sentimento do desconhecido e quase nos faz acreditar que os eventos ameaçadores devem constituir de alguma forma a verdade ou estar muito perto da verdade. Efetivamente, o realismo é tão perfeito que uma revista popular publicou numa ocasião os pontos principais de *A bruxa âmbar* como um fato verídico ocorrido no século XVII!

Na geração contemporânea a ficção alemã de horror é notavelmente representada por Hanns Heinz Ewers, que sustenta suas concepções tenebrosas num conhecimento efetivo da psicologia moderna. Romances como *The Sorcerer's Apprentice* e *Alraune*, e contos como "The Spider" trazem qualidades distintivas que os elevam a um nível clássico.

Mas a França, assim como a Alemanha, tem se mostrado produtiva no reino do sobrenatural. Victor Hugo em narrativas como *Hans of Iceland*, e Balzac, em *A pele de onagro*, *Seráfita* e *Louis Lambert*, servem-se do sobrenatural em maior ou menor medida, embora em geral apenas como expediente para um fim mais humano e sem a intensidade demoníaca e franca que caracteriza o artista nato para criar narrativas de horror. É em Théophile Gautier que pela primeira vez nos parece entrever a genuína percepção francesa do mundo fantástico, apresentado com um domínio do espectral em que, embora não seja continuamente empregado, identificamos imediatamente algo autêntico, tanto quanto profundo. Contos como "Avatar", "O pé da múmia" e "Clarimonde" exibem relampejos de aparições interditas que fascinam, intimidam e por vezes horrorizam; ao passo que as imagens egípcias evocadas em "Uma noite de Cleópatra" são de uma força das mais penetrantes e expressivas. Gautier capturou a alma profunda do Egito ultramilenar com sua vida misteriosa e arquitetura ciclópica, expressando de forma definitiva todo o horror eterno de seu mundo subterrâneo de catacumbas, onde até o fim dos tempos milhões de cadáveres embalsamados contemplarão a escuridão com olhos vidrados, esperando alguma aterrorizante e indescritível convocação. Gustave Flaubert continuou habilmente a tradição de Gautier em orgias de imaginação como *A tentação de Santo Antônio*, mas, não fosse sua tendência realística acentuada, poderia ter sido o arquitecelão de uma tapeçaria de horrores. Posteriormente, presenciamos um divisor de águas, gerando uma corrente de fantasiadores e poetas extravagantes das escolas Simbolista e Decadentista cujo interesse pelo misterioso se concentra mais nas anomalias do pensamento e instinto humanos que no verdadeiro sobrenatural, e de habilidosos contadores de história cujo mote excitante origina-se muito diretamente de fontes tenebrosas de fantasia cósmica. Entre os da primeira categoria de "artistas do pecado", o ilustre poeta Baudelaire, influenciado enormemente por Poe, é o representante supremo; ao passo que o romancista psicológico Joris-Karl Huysmans, um verdadeiro filho da década de 1890, é ao mesmo tempo a suma e o termo. A última categoria, puramente narrativa, é levada adiante por Prosper Mérimée, cuja obra "Vênus de Ille" apresenta uma prosa concisa e convincente do mesmo e antigo tema da noiva-estátua que Thomas Moore desenvolveu em forma de balada em "O Anel".

Os contos de horror do vigoroso e cínico Guy de Maupassant, escritos ao tempo em que a loucura definitiva gradualmente o dominou, apresentam características próprias; sendo mais efusões mórbidas de um intelecto realista em estado patológico do que a sadia realização imaginativa de uma visão naturalmente predisposta à fantasia e sensível às ilusões habituais do invisível. Não obstante, são de marcado interesse e pungência, sugerindo com força admirável a iminência de terrores inomináveis e a perseguição inexorável a um malfadado indivíduo, empreendida por agentes horrendos e ameaçadores das trevas exteriores. Entre suas narrativas, "O horla" é geralmente considerada a sua obra-prima. Relata o advento na França de um ser invisível que se alimenta de água e leite, controla a mente das pessoas e parece a vanguarda de uma horda de organismos extraterrestres que chegam à Terra para subjugar e oprimir a humanidade. Essa narrativa tensa é possivelmente sem igual em seu campo particular; contudo, deve a um conto do autor americano Fitz-James O'Brien a descrição minuciosa da presença efetiva de um monstro invisível. Outras criações vigorosamente lúgubres de Maupassant estão em "Quem sabe?", "O espectro", "Ele?", "O diário de um louco", "O lobo branco", "À margem do rio" e os terríveis versos intitulados "Terror".

A dupla Erckmann-Chatrian enriqueceu a literatura francesa com um imaginário espectral variado, como *The Man-Wolf*, em que uma maldição se propaga e tem seu termo ambientado em um castelo gótico tradicional. Tinham um poder extraordinário de criar uma atmosfera estremecedora de meia-noite, apesar de uma disposição para explicações naturais e maravilhas científicas; e poucos contos apresentam um horror maior que "The Invisible Eye", em que uma bruxa malvada trama magias hipnóticas noturnas que induzem sucessivos moradores de um certo aposento de estalagem a enforcar-se numa viga. "The Owl's Ear" e "The Waters of Death" estão repletos de trevas e mistérios mortificantes, com esta última corporificando o tema familiar da aranha gigante, tão frequentemente utilizado pelos ficcionistas de terror. Da mesma forma, Villiers de L'Isle Adam seguiu a escola macabra; seu "A tortura pela esperança", história de um prisioneiro condenado à fogueira a quem deixam fugir para sentir a angústia da recaptura, é considerado por alguns o conto mais aflitivo da literatura. Todavia, pertence mais a uma categoria própria que a uma tradição sobrenatural — o denominado *conte cruel*, em que a violência das emoções é desencadeada por tormentos tantálicos dramáticos, expectativas frustradas e pavores físicos terríveis. Quase inteiramente devotado a essa forma é o escritor vivo Maurice Level, cujos episódios brevíssimos têm servido tão facilmente à adaptação teatral nas "peças de suspense" do Grand Guignol. De fato, o gênio francês adapta-se mais naturalmente a esse realismo terrível que à sugestão do imperceptível; uma vez que este último processo exige, para um desdobramento envolvente em sua máxima amplitude, o misticismo inerente ao espírito setentrional.

Um ramo florescente da literatura sobrenatural, embora até recentemente bastante desconhecido, é o dos judeus, que se manteve ignorado e se nutriu da herança sombria da magia oriental antiga, da literatura apocalíptica e da cabala. O espírito semita, como o celta e o teutônico, parece possuir vocações místicas distintas; a riqueza de uma tradição de horror oculto sobrevive nos guetos e nas sinagogas e deve ser muito mais volumosa do que em geral se imagina. A cabala, tão proeminente na Idade Média, é um sistema de filosofia que concebe o universo como emanações da Divindade, envolve a existência de reinos espirituais desconhecidos e de seres separados do mundo visível, dos quais relampejos esmaecidos podem ser alcançados mediante determinados ritos secretos de magia. Seu ritual se vincula estritamente a interpretações místicas do Velho Testamento e atribui um significado esotérico a cada letra do alfabeto hebraico: uma circunstância que deu às letras desse alfabeto um tipo de poder e encanto espectral na literatura popular de magia. O folclore judaico preservou muito do terror e mistério do passado e, quando for estudado de modo mais completo, é possível que exerça considerável influência na ficção sobrenatural. Os melhores exemplos do seu uso literário até o presente apresentam-se no romance alemão O Golem, de Gustav Mayrink, e o drama *The Dybbuk*, de um autor judeu que usa o pseudônimo "Ansky". O primeiro, com alusões a fantasmas maravilhosos, horrores definitivamente insondáveis e ambientado em Praga, descreve com singular maestria aquele antigo gueto da cidade com seus coruchéus pontiagudos e espectrais. Golem é um fabuloso gigante artificial supostamente criado e vivificado por rabinos medievais mediante uma fórmula secreta. O *Dybbuk*, traduzido e encenado nos Estados Unidos em 1925 e mais recentemente representado em forma de ópera, descreve com força extraordinária a possessão de um indivíduo pela alma maligna de um morto. Tanto os golens quanto os dybbuks são tipos fixos e funcionam frequentemente como elementos da tradição judaica recente.

VII. EDGAR ALLAN POE

Na década de 1830 despontou uma aurora literária que influenciou imediatamente não só a história da narrativa sobrenatural, como também da ficção curta como um todo, e indiretamente modelou os rumos e a fortuna de uma grande escola estética europeia. É para nós, americanos, uma felicidade poder reivindicar como nossa essa aurora, já que ela surgiu na pessoa de nosso ilustre e desafortunado compatriota Edgar Allan Poe. A fama de Poe tem ficado ao sabor de uma curiosa flutuação, e agora é corrente entre a *"intelligentsia* progressista" subestimar sua importância tanto como artista quanto como influência; mas seria muito difícil para qualquer crítico maduro e reflexivo negar o valor excepcional de sua obra e o poder penetrante de seu intelecto como precursor de novas perspectivas artísticas. É verdade que seu tipo de perspectiva pode ter tido antecessores; mas ele foi o primeiro que percebeu suas possibilidades e lhe deu uma forma superior e expressão sistemática. É verdade também que escritores subsequentes podem ter criado narrativas isoladas mais notáveis que as dele; porém, mais uma vez, temos de perceber que foi ele que lhes ensinou pelo exemplo e preceitos a arte que eles, tendo em mãos o caminho elucidado e um guia explícito, foram talvez capazes de levar mais longe. Quaisquer que fossem suas limitações, Poe fez o que ninguém jamais poderia ter feito; a ele devemos a feição cabal e perfeita da narrativa de terror moderna.

Antes de Poe o montante dos escritores de terror tinha trabalhado amplamente no escuro; sem a compreensão dos fundamentos psicológicos do fascínio exercido pelo terror e, atados, mais ou menos, por uma conformidade a determinadas convenções literárias vazias, como as de um final feliz, virtude recompensada e, em geral, um didatismo moral oco, aceitação de padrões e valores populares, empenho do autor em introduzir suas próprias emoções na narrativa e aderir-se aos partidários das ideias artificiais da maioria. Poe, ao contrário, percebeu a impessoalidade essencial do artista autêntico; sabia que a função da ficção criativa é apenas expressar e interpretar eventos e sensações tais como são, desconsiderando o que representam e o que provam — bons ou maus, atraentes ou repulsivos, entusiasmantes ou deprimentes —, com o autor sempre atuando como cronista ativo e isento, não como um professor, simpatizante ou vendedor de opiniões. Percebia claramente que todos os aspectos da vida e do pensamento são para o artista igualmente pertinentes como matéria para um tema e, inclinado por temperamento à estranheza e ao obscuro, decidiu ser o intérprete daqueles sentimentos vigorosos e ocorrências frequentes que geram dor mais que prazer, decadência mais que desenvolvimento, terror mais que tranquilidade, ocorrências fundamentalmente contrárias e indiferentes à satisfação e aos sentimentos tradicionais extrínsecos da humanidade, à saúde, sanidade mental e ao bem-estar geral da espécie.

Os espectros de Poe adquiriram assim uma malignidade convincente que nenhum de seus predecessores possuía, assim como fundaram um novo molde de realismo nos anais da literatura de horror. Além disso, o plano artístico e impessoal foi favorecido por uma atitude científica poucas vezes encontrada antes; Poe estudou a mente humana mais que os moldes usuais da ficção gótica e trabalhou com um conhecimento analítico das verdadeiras fontes do terror, o que duplicou o vigor de suas narrativas e o emancipou de todos os absurdos inerentes à modelagem do terror meramente convencional. Fundado esse modelo, escritores subsequentes foram naturalmente forçados a conformar-se a ele para competirem nas mesmas condições; de modo que uma mudança decisiva começou dessa forma a sacudir a corrente principal da literatura macabra. Poe fundou também uma forma de arte consumada; e, embora nos dias atuais algumas de suas obras nos pareçam um tanto melodramáticas e imperfeitas, podemos constatar invariavelmente sua influência nos referidos aspectos pela uniformidade pontual de uma impressão única e alcance de um único efeito no conto, como também uma rigorosa redução de incidentes, de modo a obter um enredo que conduza a trama a representar direta e proeminentemente o clímax. Efetivamente, pode-se dizer que Poe inventou o conto em sua forma atual. A elevação da perturbação, perversidade e decadência ao nível de temas artisticamente exprimíveis foi, da mesma forma, de alcance infinitamente amplo em efeito; pois avidamente absorvida, patrocinada e exaltada por seu admirador, o eminente Charles Pierre Baudelaire, tornou-se o núcleo dos principais movimentos estéticos na França, fazendo de Poe, em certa medida, o pai dos decadentes e dos simbolistas.

Poeta e crítico por natureza e supremo mérito, lógico e filósofo por gosto e estilo, Poe de maneira nenhuma era isento de defeitos e afetação. Sua aspiração a uma erudição profunda e enigmática, sua incursão precipitada em um pseudo-humor empolado e afetado, suas frequentes explosões cáusticas de virulência crítica devem ser reconsideradas e perdoadas. São de menor significância; acima desses pormenores, está a imagem de um mestre do terror que espreita ao redor e dentro de nós, assim como o verme que se retorce e baba no abismo horrendamente próximo. Descortinando cada horror supurado do arremedo jocosamente colorido a que chamam existência, e do mascaramento solene chamado pensamento e sentimentos humanos, essa percepção alcançou o poder de projetar-se em cristalizações e transmutações de magia negra até vicejar na América estéril dos anos trinta e quarenta essa espécie de jardim com suntuosos cogumelos venenosos nutrido pela lua, de que nem mesmo a inclinação menor de Saturno poderia se vangloriar. Poesia e contos sustentam igualmente a carga de terror cósmico. O corvo cujo bico fétido perfura o coração, os *ghouls* que tocam sinos de ferro em campanários pestilentos, a cripta mortuária de Ulalume na noite negra de outubro, as torres e cúpulas impactantes sob o mar, "a região selvagem que se descortina sublime, fora do Espaço — fora do tempo" — todas essas coisas e outras mais nos fitam de soslaio em meio a ruídos de guizos loucos no eletrizante pesadelo do poema. E na prosa escancara-se para nós a mandíbula do abismo — anomalias inimagináveis ardilosamente sugeridas, forjando uma compreensão espantosamente incompleta por meio de palavras que dificilmente nos soariam nocivas, até que a tensão exacerbada da voz cavernosa de quem fala nos impõe o terror de suas implicações inomináveis; configurações demoníacas e presenças que esmorecem deleteriamente até que, despertadas por um instante fóbico, caem numa histeria reveladora que explode em gargalhadas de súbita demência ou em ecos cataclísmicos e inesquecíveis. Um Sabá de horror despojado de roupagens decorosas lampeja diante de nós — um panorama dos mais monstruosos pela engenhosidade científica com que cada pormenor é disposto e conduzido a uma evidente relação com o conhecido horror da vida material.

Os contos de Poe, evidentemente, são de natureza variada; alguns retratam a pura essência do horror espiritual mais que outros. Os contos de lógica e raciocínio, precursores das narrativas de detetive modernas, não se incluem definitivamente na literatura de horror; ao passo que outros, possivelmente influenciados de forma considerável por Hoffmann, apresentam uma extravagância que os situa à margem do grotesco. Ainda um terceiro grupo apresenta uma monomania e psicologia anormal, de modo que expressam o terror, mas não o sobrenatural. Um grupo substancial, contudo, representa a literatura de horror sobrenatural em sua forma aguda; e confere ao seu autor um lugar permanente e incontestável como deidade e fonte de toda a moderna ficção diabólica. Quem pode esquecer o terrível navio adernado e suspenso sobre a borda de um vagalhão, em "Manuscrito encontrado em uma garrafa": a alusão sombria à sua idade profana e origem monstruosa, sua tripulação sinistra de anciões cegos de longas barbas encanecidas, seu avanço veloz a todo pano através do gelo da noite antártica, sugado por alguma corrente demoníaca irresistível na direção de um vórtice de lume sobrenatural que terminará em aniquilamento? O indescritível "O caso do Sr. Valdemar", mantido intacto por hipnotismo durante sete meses depois de sua morte, os sons delirantes emitidos apenas um momento antes de romper-se o transe hipnótico e ele se "desfazer em uma massa quase líquida de horrenda, de abominável putrefação". Em *A narrativa de A. Gordon Pym*, os viajantes alcançam primeiro a estranha região do Polo Sul de selvagens assassinos em que nada é branco, e ravinas rochosas imensas em forma de letras gigantescas egípcias representam terríveis arcanos primevos da Terra; na sequência, a um reino ainda mais misterioso onde tudo é brancura, e onde gigantes amortalhados e pássaros de plumas brancas como neve guardam uma cascata críptica de névoas que descem das alturas celestiais incomensuráveis para um tórrido mar leitoso. O horror em "Metzengerstein" com sua alusão maligna a uma metempsicose monstruosa — o aristocrata louco que incendeia o estábulo do seu inimigo hereditário; o colossal cavalo desconhecido que emerge da casa em chamas depois que seu dono morre nelas; o fragmento desaparecido da tapeçaria ancestral onde aparecia o cavalo gigante do antepassado da vítima nas Cruzadas; o louco a cavalgar incessantemente sobre o enorme cavalo, seu medo e ódio do animal; as profecias enigmáticas que pairam obscuramente sobre as casas rivais;

finalmente, o incêndio do palácio e a morte de seu proprietário louco, levado indefeso para as chamas e pelas imensas escadarias, montado no animal que ele cavalga tão misteriosamente. Em seguida, a fumaça que se eleva das ruínas adquire a forma de um cavalo gigante. "O homem da multidão", narrando sobre alguém que vaga dia e noite para misturar-se à massa de pessoas como se tivesse medo da solidão, apresenta efeitos mais comedidos, mas não por isso encerra menos pavor cósmico. O espírito de Poe nunca se afastou do terror e da dissolução, e presenciamos em cada conto, poema e diálogo filosófico uma aguda avidez de sondar as imperscrutáveis profundidades do desconhecido, penetrar o véu da morte e dominar o reino do imaginário como senhor dos mistérios assombrosos do tempo e do espaço.

Determinados contos de Poe possuem uma perfeição quase absoluta de forma artística que os torna luminares genuínos no gênero contístico. Poe podia, quando desejava, conferir à sua prosa um matiz magnificamente poético, empregando aquele estilo arcaico e orientalizado de frases adornadas, repetições ao estilo bíblico, adágios recorrentes utilizados de forma bem-sucedida por escritores subsequentes como Oscar Wilde e Lorde Dunsany; nos casos em que ele empregou essa forma, temos como efeito uma fantasia lírica quase narcótica em essência — uma ambiência onírica entorpecente em linguagem onírica, com cada matiz de natureza incomum e imagem grotesca retratados numa sinfonia de sons correspondentes. "A máscara da morte rubra", "Silêncio — Uma fábula" e "Sombra — Uma parábola" são seguramente poemas em todos os sentidos da palavra, salvo no aspecto métrico, e muito de sua força se deve à cadência sonora emprestada à imagem visual. Mas é em dois de seus contos menos notoriamente poéticos, "Ligeia" e "A queda da casa de Usher", especialmente neste último, que encontramos o auge artístico que levou Poe a ocupar seu lugar na cabeceira dos miniaturistas ficcionais. Simples e incisivamente diretos na trama, esses dois contos devem sua magia suprema ao desenvolvimento engenhoso que se evidencia na seleção e ordenação de cada incidente mínimo. "Ligeia" fala de uma primeira esposa de origem ilustre e misteriosa, que retorna depois da morte por meio de uma força de vontade sobrenatural para se apossar do corpo de uma segunda esposa, sobrepondo sua aparência física no cadáver temporariamente reanimado de sua vítima no último momento. Apesar de se lhe imputar um pouco de prolixidade e irregularidade, a narrativa alcança seu clímax aterrorizante com força implacável. "Usher", cuja superioridade em pormenores e proporção é notável, alude de modo arrepiante a uma vida obscura em coisas inorgânicas, apresenta uma tríade de entidades anormalmente envolvidas no declínio de uma longa e isolada história familiar: um irmão, sua irmã gêmea e sua inacreditável casa antiga, todos partilhando uma única alma e encontrando um fim comum no mesmo momento.

Essas concepções bizarras, tão complicadas em mãos inábeis, tornam-se na linguagem de Poe um retrato de terrores convincentes e vívidos a assombrar nossas noites. E, porque o autor entendia tão perfeitamente os mecanismos e a fisiologia própria do medo e do mistério — os pormenores essenciais a destacar, as incongruências precisas e fantasias a selecionar como preliminares ao terror e a ele concomitantes, os incidentes e alusões exigidos a antecipar inocentemente no curso da trama como símbolos ou prefigurações de cada passo significante na direção do desfecho espantoso que se seguirá, as junções perfeitas das forças cumulativas e da precisão certeira na articulação entre as partes que tecem uma unidade impecável do começo ao fim e efetivo impacto no momento do clímax, as nuances delicadas de valor cênico e panorâmico a selecionar no sentido de criar, sustentar o clima e acentuar a ilusão desejada —, princípios desse naipe e dezenas de outros mais vagos são muito esquivos para um comentador comum descrever ou mesmo entender completamente. Pode ser que haja melodrama e afetação — sabemos de um francês exigente que não conseguia ler Poe a não ser numa tradução de Baudelaire, polida e galicamente modulada —, mas todos esses aspectos ficam completamente apagados por uma percepção inata e potente do espectral, do mórbido e do horrendo que jorrava de cada célula da mente criativa do artista e imprimia em sua obra macabra a marca indelével do gênio perfeito. Os contos de horror de Poe estão *vivos* de um modo tal que poucos podem esperar que o mesmo lhes ocorra.

Como a maioria dos visionários, Poe se distingue mais pelos incidentes e efeitos narrativos amplos que na caracterização de personagens. Seu protagonista típico em geral é um indivíduo de família antiga e condição opulenta, soturno, elegante, orgulhoso, melancólico, intelectual, extremamente sensível, caprichoso, introspectivo, solitário e por vezes um pouco louco; em geral, profundamente versado em disciplinas estranhas, e obscuramente ambiciona penetrar os segredos proibidos do universo. Com exceção dos nomes pomposos, essas personagens em nada se originam dos primeiros romances góticos; pois não são nem o herói insípido nem o vilão diabólico da narrativa radcliffiana ou ludoviciana. Contudo, indiretamente, possuem certo vínculo genealógico, já que suas propriedades melancólicas, ambiciosas e antissociais caracterizam fortemente o típico herói byroniano, que, por sua vez, descende definitivamente dos Manfredos, Montonis e Ambrósios góticos. Atributos mais específicos parecem originar-se da própria psicologia de Poe, que indubitavelmente era acometido de muito da depressão, sensibilidade, aspiração exaltada, solidão e excentricidade exacerbada que ele atribui às suas orgulhosas e solitárias vítimas do Destino.

VIII. A TRADIÇÃO DA FICÇÃO SOBRENATURAL NOS ESTADOS UNIDOS

O público para o qual Poe escreveu, embora incapaz de apreciar sua arte de modo integral, não era de modo algum desabituado aos terrores que ele retratava. Os Estados Unidos, além de herdar o folclore misterioso europeu, tinham um acervo adicional de coletâneas sobrenaturais de que podia lançar mão. Portanto, as lendas espectrais já tinham sido reconhecidas como um tema literário fértil. Charles Brockden Brown alcançara fama extraordinária com seus romances radcliffianos, e o tratamento mais leve de temas sinistros levado a cabo por Washington Irving tornara-se rapidamente clássico. Esse acervo adicional originou-se, como salientou Paul Elmer More, dos interesses espirituais e teológicos acentuados dos primeiros colonos, somados ao caráter estranho e impenetrável da paisagem na qual eles tinham sido lançados. As florestas virgens vastas e sombrias em cuja penumbra permanente todos os terrores podiam estar à espreita; as hordas de índios de pele acobreada cujas feições estranhas, soturnas e costumes violentos lembravam fortemente traços de origem infernal; a liberdade concedida sob a influência da teocracia puritana a todo tipo de preceito referente à relação do homem com o inflexível e vingativo Deus dos calvinista, e o Adversário sulfuroso daquele Deus, a respeito do qual se invectivava nos púlpitos todos os domingos; a introspecção mórbida desenvolvida por uma vida em terras remotas, privada das distrações normais e animações recreativas, atormentada por exigências de introspecção teológica, confinada pela repressão emocional forçada e, sobretudo, moldada pela luta austera por sobrevivência — tudo isso conspirava para criar um ambiente em que os sussurros agourentos das vovós mais sinistras eram ouvidos além da lareira doméstica e em que contos de bruxaria e monstruosidades secretas inacreditáveis se prolongassem por muito tempo depois dos dias aterrorizantes do pesadelo de Salem.

Poe representa o mais novo, mais desiludido e tecnicamente mais completo das escolas de ficção sobrenatural que emergiu desse ambiente propício. Outra escola — a tradição de valores morais, restrição moderada e imaginação, em maior ou menor grau, arrastadamente matizada com tons extravagantes — representada por outra personalidade famosa, solitária e incompreendida na literatura americana: o tímido e sensível Nathaniel Hawthorne, filho da velha Salem e bisneto de um dos mais sanguinários e velhos sentenciadores de bruxas. Em Hawthorne não presenciamos em nenhum aspecto a violência, a audácia, o colorido marcante, o sentido dramático intenso, a malignidade cósmica, a arte integral e impessoal de Poe. Aqui, em vez disso, temos uma alma branda refreada pelo puritanismo da Nova Inglaterra primitiva: soturna, circunspecta e angustiada diante de um universo amoral que em toda parte transcende os modelos convencionais concebidos por nossos antepassados para representar a lei divina e imutável. O mal, uma força real para Hawthorne, manifesta-se em toda parte como um inimigo insidioso e vencedor; o mundo visível torna-se em sua imaginação um teatro de tragédia e aflição sem fim, sob influências invisíveis que pairam sobre ele e o penetram, lutando pela supremacia e moldando os destinos dos infortunados mortais que constituem seus habitantes presunçosos e iludidos. A herança da ficção sobrenatural americana foi sua em grau máximo, e ele via uma vastidão lúgubre de espectros indefinidos atrás dos fenômenos comuns da vida; mas não era desprendido suficientemente para valorizar as impressões, sensações e beleza da narrativa em si mesma. Necessitou embalar sua imaginação com uma tessitura serenamente melancólica de viés didático e alegórico, em que seu cinismo submissamente resignado podia apresentar, mediante uma avaliação moral ingênua, a perfídia do ser humano que ele não podia deixar de apreciar e lamentar, a despeito da consciência de sua hipocrisia. O terror sobrenatural, assim, não é nunca o tema principal em Hawthorne, embora seus impulsos estejam implantados tão profundamente em sua personalidade que ele não pode deixar de aludir-se a eles com a força do gênio ao invocar o mundo irreal para ilustrar o reflexivo sermão que deseja pregar.

As alusões ao sobrenatural, em Hawthorne, sempre brandas, evasivas e refreadas, podem ser rastreadas em toda a sua obra. O estado de ânimo em que ele as criou encontrou uma aprazível expressão nos recontos alemães de mitos clássicos para crianças contidos em *Wonder Book* e *Tanglewood Tales* e noutras ocasiões se exercitou em imprimir certa estranheza e bruxaria ou malevolência intangíveis sobre eventos que não pretendiam ser verdadeiramente sobrenaturais, como o romance macabro póstumo *Dr. Grimshawe's Secret*, que envolve um tipo peculiar de aversão a uma casa que existe até os dias de hoje em Salem, vizinha ao antigo cemitério da rua Charter. Em *O fauno de mármore*, cujo enredo se passa em uma mansão italiana considerada assombrada, um pano de fundo tremendo de imaginação genuína e mistérios que pulsam para além da percepção comum do leitor; pinceladas de sangue lendário em veias mortais são aludidas no curso da narrativa, que não deixa de ser interessante apesar da persistente incubação de alegorias morais, propaganda anticatólica e pudor puritano que motivaram D. H. Lawrence a externar um desejo de tratar o autor de modo extremamente indigno. *Septimius Felton*, um romance póstumo cuja ideia era para ter sido aperfeiçoada e incorporada ao inacabado *Dolliver Romance*, que se referia ao Elixir da Longa Vida em uma forma mais ou menos competente; ao passo que as anotações para um conto nunca escrito a ser intitulado "The Ancestral Footstep" mostrava o que Hawthorne poderia ter feito com um tratamento intensivo de uma antiga superstição inglesa — a de uma antiga e amaldiçoada linhagem cujos membros deixavam rastros de sangue ao caminhar — que aparece incidentalmente em *Septimius Felton* e em *Dr. Grimshawe's Secret*.

Muitos dos contos de Hawthorne apresentam o sobrenatural, tanto na atmosfera quanto no incidental, em grau notável. "Edward Randolph's Portrait", em *Legends of the Province House*, apresenta seus momentos diabólicos. "The Minister's Black Veil", baseado num episódio real, e "The Ambitious Guest" encerram muito mais do que exprimem, ao passo que "Ethan Brand" — fragmento de um trabalho mais longo nunca concluído — alcança alturas genuínas de medo cósmico com sua vinheta de colinas selvagens, desolados fornos de cal acesos e seu delineamento do imperdoável pecador byroniano, cuja vida turbulenta termina com o ribombar de uma gargalhada horrenda na noite quando ele procura repouso entre as chamas da fornalha. Algumas das anotações de Hawthorne falam de contos sobrenaturais que ele teria escrito se tivesse vivido mais tempo — uma trama especialmente vívida que se refere a um desconcertante desconhecido que aparece ocasionalmente em assembleias públicas e que por fim é seguido e se constata que é um túmulo muito antigo o lugar de onde vem e para onde vai.

Mas, como unidade artística acabada entre todo o material sobrenatural do nosso autor, a obra mais notável é o famoso e primorosamente elaborado romance *A casa das sete torres*, em que o inexorável cumprimento de uma maldição ancestral é desenvolvido com surpreendente força contra o pano de fundo sinistro de uma casa muito antiga de Salem — uma daquelas com o traçado gótico típico que modelou as primeiras edificações habituais das cidades litorâneas da Nova Inglaterra e deu lugar aos estilos mais familiares de telhado com água-furtada ou georgiano clássico depois do século XVII, atualmente identificados como estilo "colonial". Dessas velhas casas góticas, apenas uma dúzia pode ser vista hoje em sua feição original em todos os Estados Unidos, mas uma delas, bem conhecida de Hawthorne, ainda existe na rua Turner, em Salem, e é considerada, com questionável autoridade, o ambiente e inspiração do romance. Uma casa como essa, com seus vértices espectrais, cheia de chaminés, segundo piso proeminente, mísulas grotescas e suas janelas com gelosias losangulares, é efetivamente um quadro muito engenhoso para despertar ideias sombrias, caracterizando o perfil da tenebrosa época puritana de horror encoberto e rumores de bruxaria que antecedeu a beleza, racionalidade e abertura do século XVIII. Hawthorne viu muitas delas em sua juventude e conhecia histórias tenebrosas relacionadas a algumas. Ouviu também muitos rumores de uma maldição lançada sobre a própria família como resultado da severidade do seu bisavô como sentenciador de bruxas em 1692.

Desse ambiente originou-se a narrativa imortal — a maior contribuição da Nova Inglaterra à literatura sobrenatural — e podemos perceber de imediato a autenticidade da atmosfera. Horror misterioso e morbidez espreitam do interior das paredes enegrecidas, cobertas de musgo e sombreadas por olmos da morada antiga tão nitidamente retratada, e nós penetramos na soturna malignidade do lugar quando lemos que o seu construtor — o velho coronel Pyncheon — roubou a terra com atroz impiedade de seu proprietário original, Matthew Maule, a quem ele condenou à forca como feiticeiro no ano do terror. Maule morreu amaldiçoando o velho Pyncheon — "Deus lhe dará sangue para beber" — e as águas do velho poço na terra roubada tornam-se amargas. O filho de Maule, carpinteiro, concorda em construir a grande casa para o vitorioso inimigo triunfante do seu pai, mas o velho coronel morre estranhamente no dia da solenidade de inauguração. Sucedem-se as gerações com suas vicissitudes malfadadas, cercadas de mexericos bizarros sobre os poderes malignos dos Maules, e de mortes terríveis e incomuns que periodicamente sobrevêm aos Pyncheons.

A malevolência sufocante da velha casa — quase tão vívida quanto a casa de Usher, de Poe, embora de maneira mais sutil — permeia a narrativa como um tema recorrente permeia uma tragédia lírica; e, quando avança para a peripécia principal, notamos os Pyncheons modernos numa lastimável condição de decadência. A pobre velha Hepzibah, excêntrica dama degradada; o infantil e desventurado Clifford, recém-libertado de uma prisão injusta; o ardiloso e traiçoeiro juiz Pyncheon, que é inteiramente o velho coronel renovado — todas essas personagens são símbolos espantosos e semelhantes à vegetação raquítica e às galinhas anêmicas do quintal. É de se lastimar que o desfecho avance para um final feliz, mediante a união da vivaz Phoebe, prima e última descendente dos Pyncheons, com o atraente jovem que se revela o último dos Maules. Presumivelmente, essa união põe fim à maldição. Hawthorne evita toda violência de linguagem ou de movimentação e mantém seus requisitos de terror satisfatoriamente em segundo plano; mas ocasionais relampejos ajudam plenamente a sustentar a atmosfera e resgatar a obra de uma pura aridez alegórica. Incidentes como o encantamento de Alice Pyncheon no início do século XVIII e a música espectral da sua espineta[2] que antecede uma

---

[2] Instrumento musical semelhante ao cravo.

morte na família — esta uma variante de um tipo imemorial de mito ariano — vinculam a ação diretamente ao sobrenatural; ao passo que o velório noturno do velho juiz Pyncheon na antiga sala de estar, com o tique-taque assustador do relógio, é de um horror completo do tipo mais pungente e genuíno. O modo como a morte do juiz é prenunciada pelos movimentos e chios de um estranho gato do lado de fora da janela, bem antes que o leitor ou qualquer um dos personagens suspeite do fato, é um achado de gênio que Poe não teria suplantado. Posteriormente o estranho gato vigia atentamente do lado de fora da mesma janela durante a noite e no dia seguinte, como a perceber... algo. O animal é claramente o psicopompo do mito primitivo ajustado e adaptado com monumental habilidade para o ambiente contemporâneo.

Mas Hawthorne não deixou uma posteridade literária bem definida. Sua atmosfera e atitude pertencem a uma época que se encerra com ele; é o espírito de Poe — que entendeu de maneira clara e realista o fundamento natural da atração pelo terror e os corretos mecanismos para efetivá-lo — que sobreviveu e floresceu. Entre os primeiros discípulos de Poe pode-se considerar o jovem e brilhante irlandês Fitz-James O'Brien (1828-1862), que se naturalizou americano e morreu honrosamente na Guerra Civil. Foi ele que nos deu "What Was it?", o primeiro conto bem elaborado de um ser tangível, mas invisível, e o protótipo de "O horla", de Maupassant; também foi ele que criou o inimitável "A lente de diamante", no qual um jovem microscopista se apaixona por uma jovem de um mundo infinitesimal que ele descobriu em uma gota de água. O'Brien morreu cedo, privando-nos indubitavelmente de muitos contos magistrais de terror e estranheza, embora seu gênio não fosse, propriamente falando, da mesma qualidade titânica que caracterizou Poe e Hawthorne.

Mais próximo da real grandeza estava o excêntrico e saturnino jornalista Ambrose Bierce, nascido em 1842, que serviu igualmente na Guerra Civil, mas sobreviveu para escrever alguns contos imortais e desaparecer em 1913 em uma nuvem de mistério tão grande como a que ele sempre evocou em sua imaginação tenebrosa. Bierce era um satírico e panfletista reputado, mas a magnitude de sua reputação artística se deve em maior medida a seus contos bárbaros e sombrios; um grande número deles trata da Guerra Civil e representa a expressão mais vívida e realista que aquele conflito já recebeu na ficção. Virtualmente todos os contos de Bierce são narrativas de horror; e, embora muitos deles tratem apenas dos horrores psicológicos e físicos inerentes à Natureza, uma proporção substancial comporta o sobrenatural de feição maligna e compõe uma parcela norteadora no conjunto da literatura fantástica norte-americana. O sr. Samuel Loveman, um poeta e crítico ativo que conhecia pessoalmente Bierce, resume assim o gênio do grande criador sobrenatural no prefácio de suas cartas:

> Em Bierce, a evocação do horror assume pela primeira vez, não tanto o preceito ou a perversão de Poe e Maupassant, mas uma atmosfera definida e sinistramente precisa. As palavras, tão simples que nos poderiam predispor a atribuí-las às limitações de um literato medíocre, assumem um terror malévolo, uma transfiguração nova e insuspeitável. Em Poe presenciamos um *tour de force*, em Maupassant a engrenagem nervosa do clímax torturante. Para Bierce, de maneira simples e franca, o diabolismo reunia em sua profundidade suplicante expedientes legítimos e determinantes até o fecho. Mas, em todos os casos, uma conformação implícita com a Natureza apresenta-se de modo persistente.
>
> Em "The Death of Halpin Frayser", flores, plantas, galhos e folhas de árvores estão dispostos como folhetas contrastantes com a malignidade sobrenatural. Não o mundo dourado habitual, mas um mundo permeado do mistério e da tenacidade ofegante dos sonhos. Todavia, curiosamente, a desumanidade não está em geral ausente.

A "desumanidade" mencionada por Loveman encontra expansão num estilo invulgar de comédia sarcástica e humor negro, e numa espécie de prazer com imagens de crueldade e frustração tantálica. O primeiro traço fica bem patente em alguns dos subtítulos das suas narrativas mais macabras, por exemplo, em "One does not always eat what is on the table" [Nem sempre se come o que está na mesa], na qual se descreve um cadáver vestido para um inquérito policial, e em "A man though naked may be in rags" [Mesmo despido um homem pode estar em farrapos], que apresenta um morto terrivelmente mutilado.

A obra de Bierce é em geral um tanto desigual. Muitas de suas histórias são manifestamente mecânicas e frustrantes em razão de um estilo polido e banalmente artificial, originado de modelos jornalísticos; mas a repugnante malevolência subjacente em todas elas é indiscutível, e várias se distinguem como obra de valor permanente na literatura de horror americana. "The Death of Halpin Frayser", considerada por Frederic Taber Cooper a narrativa de horror mais diabólica da literatura anglo-saxônica, fala de um corpo sem alma que se oculta à noite numa floresta horrenda e horrivelmente tingida de sangue, e de um homem assaltado por memórias ancestrais que encontra a morte nas garras daquela que fora a sua mãe fervorosamente amada. "The Damned Thing", que comparece frequentemente em antologias populares, narra as horrendas devastações de uma entidade invisível que anda bamboleante e patinhante nas colinas, morros e nos campos de trigo noite e dia. "The Suitable Surroundings" evoca com singular sutileza, mas com simplicidade aparente, o penetrante sentido de terror que pode residir na palavra escrita. Na história, um escritor de histórias sobrenaturais, Colston, diz ao seu amigo Marsh: "Você é suficientemente corajoso para ler-me em um bonde, mas, em uma casa deserta, sozinho, na floresta, à noite! Ah! Eu tenho um manuscrito em meu bolso que mataria você!". Marsh lê o manuscrito no "ambiente adequado" — e o manuscrito o mata. "The Middle Toe of the Right Foot" é fracamente desenvolvido, mas contém um clímax poderoso. Um homem chamado Manton mata de modo horrível seus dois filhos e a esposa, a esta última falta o dedo médio do pé direito. Dez anos depois ele retorna muito transformado para os arredores; e, reconhecido secretamente, é desafiado a um duelo no escuro com um facão de caça, a ser realizado na casa onde cometeu o crime, então abandonada. Ao chegar o momento do duelo uma armadilha é preparada para ele; ele é deixado só, sem um antagonista, trancado em um quarto escuro da casa, considerada assombrada, cheia de poeira de uma década em toda parte. Nenhuma faca é sacada contra ele, apenas se pretende causar um pânico generalizado; mas no dia seguinte ele é encontrado agachado em um canto com o rosto deformado, morto por um medo absoluto daquilo que ele presenciou. A única pista palpável para os investigadores tem uma terrível implicação: "no pó acumulado durante anos sobre o piso — desde a porta por onde eles entraram, que leva diretamente ao quarto até a área onde o cadáver curvado de Manton está — havia rastros em três linhas paralelas — leves, mas definidos, de pés descalços: os externos eram de crianças pequenas, os de dentro eram de mulher. Desse ponto onde desapareciam as marcas não havia retorno;

identificaram apenas uma marca". Naturalmente, os rastros da mulher indicavam a falta do dedo médio do pé direito. "The Spook House", narrada mediante traços de verossimilhança jornalística severamente familiar, apresenta alusões terríveis a um mistério impactante. Em 1858 todos os componentes de uma família de sete pessoas desapareceram repentinamente e de forma inexplicável de uma casa rural no leste de Kentucky, deixando todas as suas posses intocadas: móveis, roupas, mantimentos, cavalos, gado e escravos. Cerca de um ano depois dois homens de alta posição foram forçados diante de uma tempestade a abrigarem-se na casa desabitada; ao fazê-lo, depararam com um aposento subterrâneo estranho, iluminado por uma inexplicável luz esverdeada e uma porta de ferro que não podia ser aberta pelo lado de dentro. Nesse aposento estavam os corpos em decomposição de toda a família desaparecida; quando um deles avança para abraçar um corpo que ele julga conhecer, o outro é afetado de tal modo por um fedor estranho que ele tranca acidentalmente seu companheiro na cripta e perde a consciência. Recobrando os sentidos seis semanas depois, o sobrevivente foi incapaz de encontrar o aposento oculto; a casa incendeia-se durante a Guerra Civil. O homem aprisionado nunca mais foi visto nem se ouviu falar dele novamente.

Bierce raramente concretiza as potencialidades atmosféricas de seus temas tão vividamente quanto Poe, e muitas de suas obras contêm algum traço de ingenuidade, rugosidade prosaica ou provincianismo da América primitiva que contrastam em certo grau com as realizações dos mestres do horror posteriores. Todavia, a autenticidade e engenhosidade de suas insinuações ao sombrio são sempre indiscutíveis, de modo que sua grandeza não corre o risco de eclipsar-se. Depois de reunidas definitivamente suas obras, os contos fantásticos de Bierce ocupam principalmente dois volumes, *Can Such Things Be?* e *In the Midst of Life*. O primeiro deles é, por certo, quase inteiramente concedido ao sobrenatural.

Grande parte das melhores obras de horror americanas veio de escritores não essencialmente devotados ao meio literário. O histórico *Elsie Venner*, de Oliver Wendell Holmes, sugere com admirável contenção um componente ofídico não natural em uma jovem por influência pré-natal e sustenta a atmosfera com traços ambientais perfeitamente delineados. Em *A volta do parafuso*, Henry James triunfa sobre sua inevitável pompa e prolixidade suficientemente bem para criar de fato um clima forte de ameaça sinistra, descrevendo a influência horrenda de dois criados malignos e letais, Peter Quint e a governanta srta. Jessel, sobre um menino e uma menina que estavam aos seus cuidados. James talvez seja muito difuso, muito melifluamente afável e muito afeiçoado a sutilezas de linguagem para efetivar completamente todo o horror devastador e cruel de suas situações decisivas; mas, apesar de tudo, há uma torrente rara e intensa de horror que culmina com a morte do menino e que concede à narrativa um lugar permanente em seu gênero específico.

F. Marion Crawford produziu muitos contos de horror com nível variado de qualidade, atualmente reunidos em um volume intitulado *Wandering Ghosts*. "For the Blood is the Life" trata vigorosamente de um caso de vampirismo por maldição lunar próximo de uma torre antiga sobre os rochedos desertos da costa marítima ao Sul da Itália. "The Dead Smile" trata dos horrores de uma família em uma casa velha e em uma cripta ancestral na Irlanda, e introduz a *banshee*[3] com força considerável. "The Upper Berth", contudo, é a obra-prima de mistério de Crawford e uma das histórias mais tremendas de horror de toda a literatura. Nesse conto, em que um camarote de navio é assombrado por um suicida, tem lugar episódios encaminhados com incomparável maestria, como a espectral aquosidade marinha, a estranha portinhola aberta e o pesadelo da luta com objetos inomináveis.

Muito genuíno, embora não estejam ausentes o maneirismo e a extravagância típicos da década de 1890, é a tensão do horror na primeira obra de Robert W. Chambers, desde então reconhecido pelas realizações de alto nível muito diferenciadas. *O rei de amarelo*, uma série de contos vagamente relacionados entre si, apresentando como pano de fundo um livro monstruoso e proibido que traz pavor, loucura e tragédia espectral ao seu leitor, alcança efetivamente picos notáveis de medo cósmico, apesar de uma ação desigual e do cultivo um tanto afetado e trivial da atmosfera de um estúdio gaélico popularizado por Du Maurier. O mais incisivo de seus contos talvez seja "O símbolo amarelo", no qual se introduz um vigilante de cemitério silencioso e terrível com um rosto parecido a um verme balofo de sepultura. Um

---

[3] Fada da mitologia celta, o seu aparecimento prenuncia a morte de alguém.

menino, ao descrever uma briga que tinha travado com essa criatura, fica enojado e treme quando relata um detalhe específico. "Sim, senhor, por Deus, quando dei nele, ele me agarrou nos pulsos, senhor, e quando eu agarrei sua mão, era tão mole que um dos dedos saiu na minha". Um artista, que depois de tê-lo visto narra a outro um sonho estranho sobre um funeral noturno, treme ao ouvir a voz do vigilante quando este o aborda. O sujeito emite um som murmurante que penetra na cabeça como a fumaça espessa e gordurosa de um barril cheio de gordura ou um odor fétido de putrefação. Ele apenas resmunga: "Você encontrou o Emblema Amarelo?".

Um talismã de ônix com hieróglifos sobrenaturais, achado na rua pelo ouvinte de seu sonho, é logo dado ao artista; e depois que se depara, de modo estranho, com o infernal e proibido livro de horrores, ambos descobrem, entre outros horrores que nenhum mortal sensato deveria conhecer, que o talismã é na verdade o inominável Emblema Amarelo, transmitido pelo culto maldito de Hastur — procedente da Carcosa primitiva, sobre a qual o livro trata, e de certa memória de pesadelo que parece espreitar latente e ominoso no reverso de todas as mentes humanas. Logo eles ouvem o ribombar do carro funerário emplumado de negro conduzido pelo vigia de rosto cadavérico e balofo. Ele entra na casa sob densa noite em busca do Emblema Amarelo, todos os ferrolhos e trancas apodrecem com o toque. Quando as pessoas invadem a casa, atraídas por um grito que nenhuma garganta humana poderia pronunciar, encontram três figuras no chão; duas estão morta, e moribunda a outra. Uma das figuras mortas está em estado avançado de decomposição. É o vigilante do cemitério, e o médico exclama: "Aquele homem deve ter morrido há meses". Importa notar que o autor derivou dos contos de Ambrose Bierce muitos dos nomes e alusões associados a essa terra antiga de memória primal. Outras obras iniciais do sr. Chambers que apresentam o elemento bizarro e macabro são *The Maker of Moons* e *Search of the Unknown*. É de se lastimar que ele não tenha levado mais longe um talento que poderia facilmente torná-lo um mestre reconhecido.

Matéria de horror com autêntico vigor pode se encontrar na obra da realista Mary E. Wilkins, da Nova Inglaterra, cujo volume de contos, *The Wind in the Rose-Bush*, contém várias peças notáveis. Em "The Shadows on the Wall", ela apresenta com talento consumado a reação de uma família pacata da Nova Inglaterra a uma tragédia assombrosa; e a sombra impalpável de um irmão envenenado nos prepara apropriadamente para o momento culminante em que a sombra do assassino misterioso, que se matou em uma cidade vizinha, repentinamente aparece ao lado daquela. Charlotte Perkins Gilman, em "The Yellow Wall Paper", eleva-se a um nível clássico ao retratar sutilmente a loucura que arrebata uma mulher que habita um quarto horrendamente forrado com papel onde uma louca fora confinada.

Em "The Dead Valley", o eminente arquiteto e medievalista Ralph Adams Cram alcança um nível memoravelmente potente de horror regional vago por meio de sutilezas de atmosfera e descrição.

Levando ainda mais longe nossa tradição espectral, temos o versátil e talentoso humorista Irvin S. Cobb, cuja obra tanto inicial quanto recente contém algumas amostras admiráveis de horror. "Fishhead", um de seus primeiros trabalhos, é tremendamente eficaz na descrição das relações anormais entre um idiota mestiço e o estranho peixe de um lago isolado, que no fim vinga o assassinato de seu parente bípede. Os últimos trabalhos do sr. Cobb introduzem um elemento de possível ciência, como no conto de memória hereditária em que um descendente de origem negroide, atropelado por um trem sob circunstâncias visuais e auditivas, pronuncia palavras de uma língua selvagem africana evocando a mutilação de seu antepassado negro por um rinoceronte um século antes.

Extremamente soberbo em estatura artística é o romance *The Dark Chamber*, de 1927, do falecido Leonard Cline. Trata-se da narrativa de um homem que — com a ambição característica do herói-vilão gótico ou byroniano — procura desafiar a Natureza e recobrar cada momento de sua vida passada pelo estímulo incomum da memória. Para esse objetivo, ele usa anotações intermináveis, registros, objetos mnemônicos e retratos — e finalmente odores, música e drogas exóticas. Por fim, sua ambição vai além de sua vida pessoal e move-se na direção dos negros abismos da memória *hereditária* — mesmo aos dias pré-humanos entre os pântanos enevoados da época carbonífera, e às profundezas ainda mais inimagináveis do tempo e existência primordiais. Ele evoca as músicas mais loucas e toma drogas mais fortes, e finalmente seu grande cão desenvolve um medo ímpar dele. Um fedor insalubre de animal o cerca e ele adquire uma feição vazia e subumana. No fim, ele envereda pelas florestas, uivando na noite debaixo das janelas. É encontrado finalmente em um matagal seu cadáver dilacerado. Ao lado dele está o cadáver mutilado de seu cão. Mataram-se um ao outro. A atmosfera desse romance é malevolamente vigorosa, apresentando um tratamento cuidadoso do ambiente doméstico sinistro da figura central.

Menos sutil e bem equilibrado, mas, apesar disso, uma criação sumamente eficaz, é o romance de Herbert S. Gorman, *The Place Called Dagon*, que relata a história sombria de Massachusetts no afastado oeste onde os descendentes de refugiados da bruxaria de Salem ainda mantêm vivos os horrores mórbidos e degenerados do Sabá Negro.

Sinister House, de Leland Hall, apresenta traços de magnífica atmosfera, mas peca por um romantismo algo medíocre.

Muito notáveis em sua peculiaridade são algumas das concepções de horror do romancista e contista Edward Lucas White, em que muitos dos seus temas originam-se de sonhos reais. "The Song of the Sirens" apresenta uma estranheza pungente, ao passo que outras peças, como "Lukundoo" e "The Snout", despertam temores mais sombrios. O sr. White empresta uma qualidade muito peculiar a seus contos — um estilo oblíquo de encantamento que traz sua marca distintiva própria.

Dos americanos mais jovens, ninguém atinge a marca de terror cósmico tão bem quanto o poeta, artista plástico e ficcionista californiano Clark Ashton Smith, cujos escritos bizarros, pinturas e narrativas são um deleite para alguns poucos sensíveis. O sr. Smith tem como seu pano de fundo um universo de terror remoto e paralisante — selvas de flores iridescentes e venenosas nas luas de Saturno, templos grotescos e malignos em Atlântida, Lemúria e mundos esquecidos mais antigos, pântanos abafadiços cheios de cogumelos mortais em regiões espectrais além dos limites da Terra. Seu poema mais longo e ambicioso, *The Hashish-Eater*, composto em versos pentâmetros brancos, descerra um panorama inacreditável e caótico de pesadelos caleidoscópicos no espaço cósmico entre as estrelas. Com uma estranheza demoníaca completa e fertilidade de concepção, talvez o sr. Smith seja insuperável por qualquer outro escritor vivo ou morto. Quem mais presenciou as visões deslumbrantes, luxuriantes e febrilmente distorcidas das esferas infinitas e as múltiplas dimensões e viveu para contá-las? Seus contos tratam de modo vigoroso de outras galáxias, mundos e dimensões, assim como de estranhas regiões e eras da Terra. Ele fala de Hiperbóreos primitivos e seu deus amorfo Tsathoggua; do continente perdido Zothique e da fabulosa terra de Averougne assolada por vampiros na França medieval. Alguns dos melhores trabalhos do sr. Smith podem ser encontrados no volume intitulado *The Double Shadow e Other Fantasies*, de 1933.

IX. A TRADIÇÃO DO SOBRENATURAL NAS ILHAS BRITÂNICAS

A literatura britânica recente, além de incluir três ou quatro de nossos maiores fantasistas contemporâneos, tem sido gratificantemente fértil no gênero sobrenatural. Rudyard Kipling ocupa-se do gênero com frequência; a despeito de seu onipresente maneirismo, ele o domina com indubitável maestria em contos como "The Phantom Rickshaw", "The Finest Story in the World", "The Recrudescence of Imray" e "The Mark of the Beast". Este último é de uma pungência singular: as descrições sobre o sacerdote leproso nu que mia como uma lontra, as manchas que aparecem no peito do homem que o sacerdote amaldiçoou, o crescente carnivorismo da vítima, o medo que os cavalos começam a ter dele e, finalmente, a transformação parcial da vítima em leopardo são imagens que o leitor provavelmente nunca esquecerá. A derrota final do encantamento maligno não diminui a força do conto nem a validade de seu mistério.

Lafcadio Hearn, estranho, errante e exótico, afasta-se ainda mais do reino do real; e com a suprema perícia do poeta sensível cria um imaginário impossível para um autor de sólido cunho cotidiano. Seu *Fantastics*, escrito nos Estados Unidos, contém algumas das imagens funestas mais impressivas de toda a literatura; o seu *Kwaidan*, escrito no Japão, cristaliza com incomparável perícia e sutileza a tradição sobrenatural e as lendas sussurradas daquela cultura ricamente variada. A magia encantadora da linguagem de Hearn se evidencia ainda mais em algumas de suas traduções do francês, especialmente de Gautier e Flaubert. Sua versão de *Temptation of St. Anthony*, de Flaubert, é um clássico de imaginação exuberante e exaltada revestida de uma linguagem melodiosa e mágica.

A Oscar Wilde, da mesma forma, deve-se conceder um lugar entre os escritores de linhagem sobrenatural, tanto por alguns de seus excelentes contos de fada como também por seu fulgurante *O retrato de Dorian Grey*, em que um retrato maravilhoso toma para si o encargo do envelhecimento e degenerescência no lugar de seu original, que então mergulha em todo excesso de vícios e crime sem perder sua aparência de juventude, beleza e frescor. Ocorre um repentino e vigoroso clímax quando Dorian Grey, ao tornar-se por fim um assassino, procura destruir a pintura cujas mudanças testemunham sua degradação moral. Ele a golpeia com uma faca, ouve-se um grito horrendo e o estampido de uma queda; mas quando os criados entram encontram o retrato em sua primitiva beleza. "Deitado no chão havia um homem morto em trajes de gala com uma faca cravada no coração. Trazia a feição ressequida, o semblante encarquilhado e repulsivo. Só identificaram o morto depois que examinaram o anel."

Matthew Phipps Shiel, autor de muitos romances e contos aventurescos, grotescos e sobrenaturais, alcança ocasionalmente um alto nível de horror mágico. "Xélucha" é um fragmento tremendamente horrendo, mas é superado pela indubitável obra-prima do sr. Shiel "The House of Sounds", obra floreada escrita na década "dourada dos noventa" e remodelada com mais comedimento artístico no início do século XX. Essa narrativa, em sua forma final, merece um lugar entre as mais notáveis peças do gênero. Fala de um horror e ameaça arrepiantes que se estendem por séculos na ilha subártica ao longo da costa da Noruega, onde, em meio a rajadas de ventos demoníacos, estrondos incessantes de ondas infernais e aguaceiros, um morto vingativo ergue uma fortaleza de terror construída em bronze. Assemelha-se vagamente, mas de modo infinitamente desigual, a "A queda da casa de Usher", de Poe. No romance *The Purple Cloud*, o sr. Shiel descreve com vigor extraordinário uma praga vinda do Ártico para destruir a humanidade; durante algum tempo parece ter deixado em nosso planeta apenas um habitante. As sensações desse sobrevivente solitário, quando ele vagueia pelas cidades do mundo entre a profusão de cadáveres e copiosos tesouros e percebe sua condição de absoluto senhor de tudo, são descritas com tanta habilidade e arte que pouco falta à obra para alcançar uma magnificência efetiva. Infelizmente a segunda metade da obra, com seus elementos românticos convencionais, converte-se em uma incisiva "frustração".

Mais conhecido que Shiel é o engenhoso Bram Stoker, que criou muitas concepções espantosamente horrendas numa série de romances cuja pobreza técnica enfraquece lamentavelmente sua teia de efeitos. *O covil do verme branco* trata de uma gigantesca entidade primitiva que espreita de uma cripta sob um castelo antigo, uma ideia magnífica completamente arruinada por desenvolvimento perto do infantil. *The Jewel of Seven Stars*, que trata de uma estranha ressurreição egípcia, obtém uma escrita menos incipiente. Mas, de todas, a melhor obra é o famoso *Drácula*, que se tornou na atualidade quase um modelo na utilização do pavoroso mito do vampiro. O conde Drácula, um vampiro, reside num horrendo castelo nos Cárpatos, mas posteriormente emigra para a Inglaterra com o desígnio de povoar o país de vampiros iguais a ele. As desventuras de um cidadão inglês na fortaleza de terrores de Drácula e a forma como o plano de dominar a diabólica criatura finalmente fracassa são elementos que se enlaçam para criar uma narrativa à qual hoje assinalam merecidamente um lugar permanente na literatura inglesa. *Drácula* inspirou muitos romances similares de horror sobrenatural, entre os quais os melhores são *The Beetle*, de Richard Marsh, *Brood of the Witch-Queen*, de "Sax Rohmer" (Arthur Sarsfield Ward), e *The Door of the Unreal*, de Gerald Biss. Este último maneja com muita habilidade a superstição modelar do lobisomem. Muito mais sutil e muito mais artístico, narrado com engenhosidade singular ao longo das narrativas justaposta dos diversos personagens, é o romance *Cold Harbour*, de Francis Brett Young, no qual uma casa antiga com estranha malignidade é retratada vigorosamente. O zombeteiro e maligno quase onipotente Humphrey Furnival traz ecos de Manfred-Montoni do precoce "vilão" gótico, mas livra-se da trivialidade com muitas originalidades engenhosas. Apenas uma ligeira prolixidade explicativa no desfecho e o uso da adivinhação como elemento do enredo, em certa medida muito livre, privam essa narrativa de aproximar-se da perfeição absoluta.

No romance *Witch Wood*, John Buchan descreve com vigor extraordinário a sobrevivência do demoníaco Sabá numa região isolada da Escócia. A descrição da floresta sombria com a pedra maligna e dos terríveis prenúncios cósmicos quando o horror é por fim exterminado recompensam o andamento extremamente lento do enredo e a superabundância de linguagem dialetal escocesa. Alguns dos contos de Buchan são também extremamente vívidos em suas sugestões espectrais; "The Green Wildebeest", um conto de bruxaria africana, "The Wind in the Portico", em seu ressurgimento dos horrores britânico-romanos adormecidos, e "Skule Skerry", com traços de horror subártico, são particularmente notáveis.

Clemence Housman, na novela "The Were-wolf", obtém um alto nível de tensão macabra e alcança em certa medida uma atmosfera de autêntico folclore. Em *The Elixir of Life*, Arthur Ransome alcança alguns efeitos apavorantes, apesar da simplicidade genérica do enredo, ao passo que *The Shadowy Thing*, de H. B. Drake, estimula visões estranhas e terríveis. *Lillith*, de George Macdonald, traz uma bizarria arrebatadora própria; a primeira e mais simples das duas versões talvez seja a mais vigorosa.

Digno de grande atenção como artífice vigoroso, para quem um mundo místico invisível é sempre uma realidade próxima e vital, é o poeta Walter de la Mare, cuja poesia impressiva e prosa apurada exibem traços consistentes de uma visão estranha que atravessa profundamente as esferas veladas da beleza e as dimensões proibidas e terríveis da existência. No romance *The Return* presenciamos a alma de um morto que se ergue do túmulo depois de duzentos anos e se enlaça ao corpo dos vivos, de modo que até o rosto da vítima adquire a forma daquele que há muito retornou ao pó. Dos seus vários volumes de contos existentes, muitos são inesquecíveis pelo alcance com que domina as mais sombrias ramificações do medo e da bruxaria; notavelmente, "Seaton's Aunt" traz um pano de fundo pernicioso de vampirismo maligno e ameaçador; "The Tree" fala de um horrendo e incomum crescimento vegetal no quintal de um artista que passa fome; deixamos para o leitor imaginar o que, em "Out of the Deep", atenderá ao chamado de um mandrião moribundo numa casa escura e solitária quando ele puxa a corda de um sino da câmara de um sótão sempre temido em sua infância atormentada de terrores; "A Recluse" sugere o que fez um hóspede eventual fugir de uma casa na alta noite; "Mr. Kempe" apresenta um eremita clerical louco em busca da alma humana e que vive num medonho penhasco marítimo ao lado de uma antiga capela abandonada; e "All-Hallows", um relampejo de forças demoníacas que assediam uma igreja medieval solitária e milagrosamente restaura a alvenaria arruinada. De la Mare não faz do medo o elemento único ou mesmo predominante da maioria das suas narrativas, manifestando aparentemente mais interesse pelas sutilezas de temperamento envolvidas. Ocasionalmente, declina para uma imaginação totalmente extravagante à maneira de Barrie.

O HORROR SOBRENATURAL EM LITERATURA

Contudo, está entre os bem poucos para quem o fictício é uma presença efetiva e vívida; e como tal, é capaz de expressar em suas perquirições eventuais do terror uma força penetrante que apenas um raro mestre pode alcançar. Seu poema "The Listeners" recupera no verso moderno o terror gótico.

O conto sobrenatural tem nos últimos tempos alcançado bom êxito; uma contribuição importante é a do versátil E. F. Benson, cujo "The Man Who Went too Far" segreda a meia-voz sobre uma casa à orla de um bosque sombrio e as marcas do casco de Pan sobre o peito de um morto. O livro do sr. Benson, *Visible and Invisible*, encerra várias histórias de extraordinária força narrativa; notavelmente "Negotium Perambulans", cujo desenvolvimento revela um monstro anômalo, que sai de um antigo painel clerical e realiza um ato de vingança miraculosa em uma aldeia isolada na costa da Cornualha; "The Horror-Horn" apresenta um terrível sobrevivente semi-humano que perambula pelos picos alpinos, aonde criatura nenhuma chega. "The Face", que compõe outra coletânea, é mortalmente possante em sua atmosfera implacável de maldição. H. R. Wakefield, em sua coletânea *They Return at Evening and Others Who Return*, logra alcançar alternadamente grande nível de terror, apesar de uma afetada sofisticação. As narrativas mais notáveis são "The Red Lodge", com sua maligna aquosidade viscosa, "He Cometh and He Passeth By", "And He Shall Sing...", "The Cairn", "Look Up There!", "Blind Man's Buff" e a peça de misterioso horror milenar "The Seventeenth Hole at Duncaster". Já se fez referência ao trabalho de terror de H. G. Wells e A. Conan Doyle. O primeiro, em "The Ghost of Fear", alcança um alto nível, ao passo que o todo de *Thirty Strange Stories* apresenta forte envolvimento fantástico. Doyle atingiu alternadamente um tom poderosamente espectral, como em "The Captain of the 'Pole-Star'", um conto espectral ártico, e "Lot n. 249", em que o tema da múmia reanimada é utilizado com habilidade incomum. Hugh Walpole, da mesma família do fundador da ficção gótica, tratou algumas vezes do bizarro com muito êxito; seu conto "Mrs. Lunt" expressa um terror pungente. John Metcalfe, na coletânea publicada com o título *The Smoking Leg*, obtém alternadamente uma força de nível raro; o conto intitulado "The Bad Lands" contém gradações de horror em que transparece o traço do gênio. Mais extravagante e inclinado à imaginação afável e inofensiva de Sir J. M. Barrie são os contos de E. M. Forster, agrupados com o título *The Celestial Omnibus*. Apenas de um deles, que comporta um vislumbre de Pan e sua aura de medo, pode-se dizer que sustenta o verdadeiro componente do horror cósmico. A sra. H. D. Everett, embora aderida a modelos convencionais muito antiquados, ocasionalmente alcança níveis singulares de terror espiritual em sua coletânea de contos. L. P. Hartley é notável por seu conto incisivo e sumamente espectral, "A Visitor from Down Under". *Uncanny Stories*, de May Sinclair, contém mais do ocultismo tradicional que um tratamento criativo do terror que assinala a maestria no gênero, e suas narrativas se inclinam mais a fixar-se na tensão das emoções humanas e sondagens psicológicas que no fenômeno cabal de uma irrealidade inteiramente cósmica. Deve-se observar aqui que aqueles que acreditam no oculto são provavelmente menos eficazes que os materialistas para delinear o espectral e o fantástico, uma vez que para eles o mundo espectral é uma realidade tão rotineira que tendem a referir-se a ele com menos terror, distanciamento e impressionabilidade que aqueles que veem nele uma violação absoluta e estupenda da ordem natural.

De qualidade estilística mais desigual, porém ocasionalmente com uma grande força sugestiva de mundos e seres que espreitam no reverso da superfície comum da vida, é a obra de William Hope Hodgson, conhecido hoje muito menos do que merece. Apesar da tendência a concepções convencionalmente sentimentais do universo, e da relação do homem com ele e com seus semelhantes, o sr. Hodgson talvez fique atrás apenas de Algernon Blackwood em seu tratamento sério da irrealidade. Poucos podem igualar-se a ele na prefiguração da proximidade de forças inomináveis e entidades monstruosas que assediam por meio de alusões eventuais e detalhes insignificantes, ou em transmitir sentimentos sobre o espectral e o incomum em relação a regiões ou edifícios.

Em *The Boats of the "Glen Carrig"*, de 1907, nos apresenta uma diversidade de prodígios malignos e terras desconhecidas e amaldiçoadas encontradas por sobreviventes de um navio naufragado. A soturna ameaça nas primeiras partes do livro é impossível de superar, embora ocorra um declínio no sentido do romance e aventura habituais à medida que caminha para o desfecho. Uma tentativa descuidada e pseudorromântica de reproduzir a prosa do século XVIII prejudica o efeito geral, mas a erudição náutica realmente profunda manifestada no todo é um elemento compensador.

The House on the Borderland, de 1908 — talvez a melhor de todas as obras do sr. Hodgson — fala de uma casa tida como desolada e malfazeja na Irlanda que se torna um centro de forças terríveis do outro mundo e assediada por anomalias híbridas blasfemas provenientes de um abismo oculto situado debaixo dela. As perambulações do espírito do narrador pelos ilimitados anos-luz do espaço cósmico e *kalpas*[4] de eternidade em que ele testemunha a aniquilação final do sistema solar constituem algo praticamente único na literatura oficial. E em toda parte manifesta-se a capacidade do autor de sugerir horrores indefinidos à espreita no ambiente natural. Não fosse por alguns traços de sentimentalismo banal, esse livro seria um clássico de excelente qualidade.

The Ghost Pirate, de 1909, considerado pelo sr. Hodgson constituinte de uma trilogia junto das duas obras mencionadas anteriormente, é uma narrativa poderosa sobre um navio assombrado e condenado em sua última viagem e demônios marinhos terríveis (de aspecto semi-humano, talvez espíritos de piratas antigos) que cercam o navio e finalmente o arrastam a um destino desconhecido. Com seu domínio do conhecimento naval e sua hábil escolha de incidentes sugestivos e alusões aos horrores latentes na Natureza, esse livro alcança por vezes um nível de vigor invejável.

The Night Land (1912) é uma obra extensa (583 páginas) sobre um futuro infinitamente distante — bilhões e bilhões de anos depois da morte do sol. É narrado de um modo mais canhestro, em forma de sonhos de um homem do século XVII, cuja mente funde-se com sua encarnação futura; é uma narrativa seriamente prejudicada por uma verbosidade fastidiosa, repetições exaustivas e uma sentimentalidade enfadonhamente romântica e artificial, junto a uma tentativa de linguagem arcaica ainda mais grotesca e absurda que a de "Glen Carrig".

Descontadas todas as suas imperfeições, ainda é uma das mais potentes peças de imaginação macabra já escritas. O retrato de um planeta morto coberto em noite permanente, com uma população humana sobrevivente concentrada em uma pirâmide de metal gigantesca e assediada por forças monstruosas, híbridas e completamente desconhecidas, é algo

---

[4] *Kalpa* é uma palavra sânscrita que assinala um longo período na cosmologia hindu e budista, equivalente a aproximadamente 4 bilhões de anos. O conceito aparece no Mahabharata e nos Puranas.

que nenhum leitor pode jamais esquecer. Formas e entidades em sua totalidade inumanas e de aspecto inconcebível — que no exterior da pirâmide vagueiam num mundo negro, desamparado e desconhecido — são *sugeridas* e *até certo ponto* descritas com vigor inexprimível; ao passo que a paisagem envolvida em trevas, com seus abismos, escarpas e vulcões extintos, adquire na mão do autor um horror que se pode sentir quase como uma realidade.

Na metade do livro a personagem central aventura-se a sair da pirâmide em investigação através de reinos acossados de morte não pisados por humanos há milhões de anos — e em seu lento progresso dia após dia, descrito minuciosamente, por distâncias inimagináveis de trevas imemoriais há um significado de exílio cósmico, mistério ofegante e expectativa terrível sem igual em todo o conjunto da literatura. O último quarto do livro arrasta-se penosamente, mas não chega a arruinar o tremendo vigor que perpassa o todo.

O último volume do sr. Hodgson, *Camacki, the Ghost-Finder*, consiste de variados contos publicados muitos anos antes em revistas. Em termos de qualidade, apresenta-se manifestamente bem abaixo do nível de outros livros. Encontramos aqui, mais ou menos, uma gama de figuras convencionais do "detetive infalível" típico — a progênie de M. Dupin e Sherlock Holmes e uma semelhança próxima a *John Silence*, de Algernon Blackwood — que se move ao longo de episódios e eventos danosamente prejudicados por uma atmosfera de ocultismo profissional. Alguns poucos episódios, contudo, são de força inegável e proporcionam relampejos de traços da genialidade peculiar do autor.

Evidentemente, é impossível em um apanhado breve assinalar todas as aplicações modernas clássicas dos elementos que configuram o terror. Necessariamente, o componente deve entrar em toda obra, em prosa ou em verso, que trate amplamente da vida; e não nos surpreende, portanto, encontrar uma cota dele em escritores como o poeta Browning, cujo "Childe Roland to the Dark Tower Came se acha penetrado de uma terrível ameaça, ou o romancista Joseph Conrad, que reiteradamente escreveu sobre os mistérios sombrios do mar e sobre o poder motriz demoníaco do Destino como influência na vida de homens solitários e doentiamente determinados. Sua trilha é única, com infinitas ramificações; mas devemos nos limitar aqui ao seu aspecto em estado relativamente privado de mescla, em que delimita e determina a obra de arte que o acomoda.

O HORROR SOBRENATURAL EM LITERATURA　　　　　　　　　　　　　　**1157**

De algum modo separado da corrente inglesa principal é a tendência do gênero sobrenatural na literatura irlandesa que veio à tona no Renascimento Celta no fim do século XIX e início do XX. A tradição de fantasmas e fadas sempre foi proeminente na Irlanda e durante mais de um século foi registrada por uma linhagem de tradutores e copistas fiéis como William Carleton, T. Crofton Croker, Lady Wilde (mãe de Oscar Wilde), Douglas Hyde e W. B. Yeats. Trazida ao conhecimento público pelo movimento moderno, esse *corpus* de mitos foi cuidadosamente coletado e estudado; e seus traços característicos notáveis reproduzidos na obra de personalidades como Yeats, J. M. Synge, "A. E.", Lady Gregory, Padraic Colum, James Stephens e seus pares.

No conjunto, mais excentricamente fantástico que terrível, esse folclore e seus correlatos conscientemente artísticos contêm muito daquela torrente verdadeiramente relacionada com a esfera do horror cósmico. Narrativas de sepultamentos em igrejas submersas em lagos assombrados, histórias de *banshees* anunciadoras da morte e de trocas sinistras de crianças realizadas por fadas, baladas sobre espectros e "criaturas pagãs das fortalezas pré-históricas" — tudo isso contém seus calafrios patentes e lancinantes e marca um constituinte forte e distintivo na literatura sobrenatural. Apesar da rusticidade grotesca e ingenuidade absoluta, há um terror genuíno num tipo de narrativa representada na história de Teig O'Kane que, como punição por sua vida indômita, era torturado a noite toda por um cadáver horrendo que exigia sepultura e o conduzia de cemitério em cemitério, mas em todos os mortos se erguiam pavorosamente e se recusavam a dar ao novo morador um repouso. Yeats, indubitavelmente a maior personalidade do reflorescimento irlandês, se não o maior de todos os poetas vivos, realizou coisas notáveis tanto em obras originais quanto na codificação de lendas antigas.

X. OS MESTRES MODERNOS

Os melhores contos de horror da atualidade, beneficiados pela longa evolução do gênero, possuem naturalidade, poder convincente, lisura artística e uma intensidade talentosa de seduzir que estão muito além da comparação com qualquer obra gótica de um século atrás ou mais. Técnica, arte, perícia e conhecimento psicológico evoluíram extraordinariamente com o passar dos anos, de tal modo que as obras mais antigas parecem ingênuas e artificiais; redimidas, quando realmente o são, apenas por um gênio que supera graves limitações. O tom do romance inflado e pomposo, repleto de motivação falsa, de todo incidente imaginável investido de um significado forjado e de um fascínio descuidadamente inserido, restringe-se agora a estágios de composição sobrenatural mais leve e despojada. Narrativas de horror sérias ou se constroem realisticamente intensas pela conformidade rigorosa e perfeita consonância com a Natureza, exceto em um sentido sobrenatural a que o autor se permite, ou então são criadas inteiramente no reino da fantasia, mediante uma atmosfera habilmente ajustada para a apreciação de um mundo imaginário sutilmente incomum situado fora do tempo e do espaço, no qual quase tudo pode acontecer, contanto que ocorra de acordo com certos tipos de imaginação e ilusão condizentes com o cérebro humano sensitivo. Esta é, pelo menos, a tendência dominante; embora, naturalmente, muitos dos grandes escritores contemporâneos caiam ocasionalmente em algumas poses frívolas de romanticismo imaturo ou em minúcias igualmente vazias e jargões absurdos do "ocultismo" de falso cientificismo, atualmente conforme os fluxos periódicos da maré.

Dos criadores de medo cósmico vivo elevado ao ponto alto artístico, poucos, se algum, podem esperar igualar-se ao versátil Arthur Machen; autor de uma dezena de contos, curtos e longos, nos quais os elementos de horror misterioso e medo ofegante atingem uma substância e intensidade realistas quase incomparáveis. O sr. Machen, um homem eminentemente de letras e dono de um estilo primorosamente lírico e expressivo, talvez tenha dedicado mais esforço consciente em sua picaresca *Chronicle of Clemendy*, em seus ensaios revigorantes, seus volumes autobiográficos, suas traduções robustas e vívidas e, acima de tudo, sua epopeia memorável de um sensível espírito estético, A colina do sonho, na qual o jovem herói se harmoniza com a magia daquele antigo ambiente galês, que é o do próprio autor, e vive uma existência de sonho numa cidade romana de Isca Silurum, atualmente reduzida à aldeia de Caerleon-on-Usk, coberta de relíquia. Mas o fato decisivo é que essa matéria de potente horror dos anos noventa e início do século XX é única no gênero e assinala uma época eminente na história dessa forma literária.

O HORROR SOBRENATURAL EM LITERATURA

O sr. Machen, com uma herança céltica impressionável, ligada a vivas memórias juvenis das colinas agrestes e abauladas, florestas arcaicas e ruínas romanas misteriosas da região campestre de Gwent, desenvolveu uma vida imaginativa de rara beleza, intensidade e de fundo histórico. Absorvido no mistério medieval dos bosques penumbrosos e costumes antigos, é em tudo um campeão da Idade Média — inclusive da fé católica. Rendeu-se igualmente ao fascínio da vida britânico--romana que no passado agitou sua região nativa; e encontra magias misteriosas nos bivaques fortificados, nos pisos de mosaicos, fragmentos de estátuas e coisas análogas que falam da época quando o classicismo reinava e o latim era a língua do país. Um jovem poeta americano, Frank Belknap Long, resumiu bem os dotes valiosos desse sonhador e sua magia expressiva no soneto "On Reading Arthur Machen":

> There is a glory in the autumn wood;
> The ancient lanes of England wind and climb
> Past wizard oaks and gorse and tangled thyme
> To where a fort of mighty empire stood:
> There is a glamour in the autumn sky;
> The reddened clouds are writhing in the glow
> Of some great fire, and there are glints below
> Of tawny yellow where the embers die.
>
> I wait, for he will show me, clear and cold,
> High-rais'd in splendour, sharp against the North,
> The Roman eagles, and thro' mists of gold
> The marching legions as they issue forth:
> I wait, for I would share with him again
> The ancient wisdom, and the ancient pain.

> (Há um quê de esplendor no bosque outonal;
> As velhas vias da Inglaterra serpenteiam e sobem
> Ante mágicos carvalhos e tojos e tomilhos enlaçados
> Para lá onde uma fortaleza de potente império se erguia:

Há um quê de encanto no céu outonal;
As nuvens rubras se agitam no fulgor
De um grande lume, e debaixo há clarões
De alourado fulvo onde as brasas se extinguem

Espero, pois ele me mostrará, nítidas e impassíveis,
Erguidas em pompa, enérgicas contra o Norte,
As águias romanas, e entre névoas de ouro

Legiões a caminho avançando:
Espero, quero partilhar com ele de novo
A antiga sabedoria e a antiga dor.)

O mais famoso entre os contos de horror do sr. Machen é, talvez, "O grande deus Pan", de 1894. Fala de um experimento singular e terrível e suas consequências. Uma jovem, por meio de uma cirurgia de células cerebrais, é induzida a ver a monstruosa e incomensurável deidade da Natureza; como consequência, é acometida de idiotia, morrendo menos de um ano depois. Anos mais tarde, uma criança estranha, ominosa e de aparência estrangeira, chamada Helen Vaughan, é colocada sob o abrigo de uma família da região campestre do País de Gales e assombra os bosques de forma inexplicável. Um menino fica transtornado ao ver algo ou alguém junto dela e uma jovenzinha é levada a um terrível fim de modo semelhante. Todo esse mistério está relacionado estranhamente com as divindades romanas campestres do lugar, representadas em esculturas e fragmentos antigos. Depois de outro intervalo de anos, uma mulher de beleza estranhamente exótica aparece em sociedade, conduz seu marido ao horror e à morte, induz um artista a criar pinturas inconcebíveis de Sabás de Bruxas, cria uma epidemia de suicídio entre os homens que ela conhece, e finalmente descobre-se que é uma frequentadora dos mais baixos antros do vício de Londres, onde até mesmo os degenerados mais insensíveis ficam abalados com suas monstruosidades. Mediante uma criteriosa comparação entre as declarações daqueles que tiveram contato com ela nas várias etapas de sua carreira, descobre-se que essa mulher é a jovem Helen Vaughan; filha — de pai imortal — da jovem em quem se fez o experimento cerebral. Ela é filha do terrível Pan e, por fim, é levada à morte em meio a horríveis mutações que envolvem mudanças de sexo e uma degradação que a rebaixa às manifestações mais primárias do princípio da vida.

Mas o encanto da história está no modo como é narrada. Não se consegue descrever o crescente suspense e horror extremo que percorre cada parágrafo sem acompanhar inteiramente uma ordenação precisa na qual o sr. Machen desenrola gradativamente suas alusões e revelações. O melodrama está inegavelmente presente e coincidências aparecem ao longo da narrativa, o que, em uma análise, parece absurdo; mas na bruxaria maligna do conto como um todo essas insignificâncias são esquecidas, e o leitor sensível chega ao fim com um puro arrepio de admiração e tende a repetir as palavras de uma das personagens: "É extremamente inacreditável, extremamente monstruoso; essas coisas não podem jamais suceder nesse mundo tranquilo... Amigo, se tais coisas fossem possíveis, nosso planeta seria um pesadelo".

Menos famoso e com uma trama menos complexa que "O grande deus Pan", mas decisivamente com uma atmosfera e valor artístico mais refinados, é a curiosa crônica indefinidamente inquietante intitulada "O povo branco", cuja parte central vem encaminhada em forma de diário ou notas de uma menina cuja pajem a inicia em algumas tradições de magia secreta e cultos malditos de bruxaria maligna — o culto foi secretamente transmitido ao longo do tempo por camponeses em toda a Europa Ocidental, cujos membros saíam furtivamente à noite, um a um, para encontrar nos bosques escuros e lugares solitários as repulsivas orgias do Sabá das Bruxas. A narrativa do sr. Machen, um triunfo de comedimento e seleção habilidosa, acumula enorme força à medida que a narrativa flui em um encadeamento de inocente conversa infantil; introduz alusões a estranhas "ninfas", "Dols", "voolas", "Cerimônias Brancas, Verdes e Escarlates", "letras Aklo", "língua Chian", "jogos Mao" e assemelhados. Os ritos que a pajem aprende de sua avó bruxa são transmitidos para a menina quando ela atinge a idade de três anos, e os relatos espontâneos das revelações de segredos perigosos carregam um terror assediante ricamente mesclado ao *pathos*. Bem conhecidos dos antropólogos, os feitiços malignos são descritos com ingenuidade juvenil, e finalmente numa tarde de inverno acontece uma jornada aos velhos montes galeses descrita com magia imaginativa, conferindo à paisagem selvagem efeitos adicionais de estranheza, sobrenaturalidade e sugestões impressionantes do grotesco. Os pormenores dessa jornada são de uma admirável vivacidade e constituem para o crítico agudo uma obra-prima de literatura fantástica com um poder quase ilimitado de sugestões de vigoroso terror e aberração cósmica. Por fim a menina — então com a idade de treze anos — presencia algo enigmático e nocivamente belo no meio de uma floresta sombria e inacessível. Ela foge aterrorizada, mas fica permanentemente transformada e visita repetidamente a floresta. No fim o horror se apossa dela de um modo primorosamente pressentido em uma passagem do prólogo, mas ela se envenena a tempo. Como a mãe de Helen Vaughan, em "O grande deus Pan", ela vê a temível divindade. É achada morta na sombria floresta ao lado do ser enigmático que ela encontrou; e aquela coisa — uma estátua alvamente luminosa da arte romana, sobre a qual pululavam rumores medievais horrendos — é exasperadamente destruída a marteladas até o pó pelo grupo de busca.

No episódico romance *The Three Impostors*, uma obra cujo valor como um todo fica de algum modo limitado pela imitação do estilo pomposo de Stevenson, há determinadas narrativas que representam talvez o auge do talento de Machen como tecelão do horror. Aqui encontramos em sua forma mais artística uma concepção do sobrenatural preferida do autor. A ideia de que sob os cerros e rochas das selváticas colinas galesas habita em seus subterrâneos aquela raça primitiva de anões cujos vestígios deram origem às nossas lendas populares de fadas, elfos e da "gente miúda" a cujos feitos até hoje são imputados certos desaparecimentos inexplicáveis e trocas ocasionais de crianças normais por outras monstruosamente deformadas. O tema recebe seu mais refinado tratamento no episódio intitulado "The Novel of the Black Seal" [O romance do selo negro], no qual um professor, ao descobrir uma identidade singular entre alguns caracteres gravados em rochas calcárias de Gales e aqueles de um selo sombrio pré-histórico da Babilônia, delineia um percurso de descoberta que o leva a coisas terríveis e desconhecidas. Uma desconcertante passagem do geógrafo antigo Solinus, uma série de desaparecimentos misteriosos nos recantos isolados de Gales, um filho mentecapto nascido de uma mãe camponesa depois de levar um susto que a deixou com as faculdades mentais abaladas; todos esses eventos sugerem ao professor uma cadeia de horrores e uma situação repulsiva para qualquer um que ama e respeita a humanidade. Ele contrata o jovem mentecapto que fala de modo estranho e desarticulado com uma voz repulsivamente sibilante e que sofre crises ocasionais de epilepsia. Certa ocasião, depois de um surto desses à noite, durante os estudos do professor, notam-se odores inquietantes e evidências de presenças sobrenaturais; logo depois o professor deixa um espesso volume de documentos e vai para as colinas misteriosas com exaltada expectativa e um sentimento de terror incomum. Nunca mais retorna, mas, ao lado de uma pedra fantástica na selvática região, encontram-se seu relógio, dinheiro e anel, costurados com tripa de carneiro num pergaminho que traz estampado os mesmos caracteres terríveis do selo negro babilônico e da pedra nas montanhas galesas.

O volumoso documento esclarece o suficiente para trazer à tona um panorama horrendo. O professor Gregg, mediante a reunião de evidências presentes nos desaparecimentos galeses, a inscrição na rocha, os relatos dos geógrafos antigos e o selo negro, concluiu que uma raça apavorante de medonhos seres primitivos de antiguidade imemorial, profusamente numerosa no passado, ainda habita nos subterrâneos das colinas ermas do País de Gales. Pesquisas posteriores revelaram a mensagem do selo negro e comprovaram que o menino mentecapto, filho de um pai mais diabólico que humano, era o herdeiro de memórias e poderes monstruosos. Naquela estranha noite no estúdio, o professor invocou "a terrível transmutação das colinas" com o auxílio do selo negro e fez emergir no mentecapto híbrido os horrores de sua espantosa paternidade. Ele "viu seu corpo avolumar-se e dilatar-se como um balão, ao mesmo tempo que seu rosto enegrecia...". Depois os efeitos exorbitantes da invocação se manifestaram e o professor Gregg conheceu o frenesi arrebatador do pânico cósmico em sua mais negra forma. Sabia que tinha desencadeado a abissal voragem dos horrores e seguiu para as colinas selváticas preparado e resignado. Ele se confrontaria com a inimaginável "Gente Miúda" — e seu documento termina com uma observação racional: "Se eu, infortunadamente, não voltar de minha jornada, desnecessário será invocar a imagem do meu aterrorizante destino".

Também temos em *The Three Impostors* o "Novel of the White Powder", que se aproxima do absoluto clímax do medo repulsivo. Francis Leicester, um jovem estudante de direito, acometido de esgotamento nervoso pela reclusão e excesso de estudo, recebe uma prescrição de um velho farmacêutico nada cuidadoso com a condição de seus medicamentos. A substância, como mais adiante se revela, é um sal incomum que o tempo e a variação de temperatura o alteram imprevistamente e o transformam em algo muito estranho e terrível; em suma, nada menos que o *Vinum Sabbati* consumido nas horrendas orgias do Sabá das Bruxas; causa transformações espantosas e — se usado imprudentemente — consequências indescritíveis. Inocente o bastante, o jovem ingere regularmente o pó em um copo com água depois das refeições; à primeira vista, parece realmente benéfico. Gradualmente, todavia, seu vigor restabelecido adquire um aspecto de devassidão; ele fica longas horas fora de casa e parece sofrer uma mudança psicológica repulsiva. Certo dia, aparece em sua mão direita uma estranha marca arroxeada, e na sequência ele volta à sua reclusão; finalmente, mantém-se trancado em seu quarto e não admite a entrada de ninguém da família. O médico é chamado e se retira entorpecido de terror, dizendo que não pode fazer mais nada naquela casa. Duas semanas depois a irmã do paciente, caminhando do lado de fora, vê uma coisa monstruosa à janela do doente; e os criados informam que a comida deixada à porta não é mais tocada. Ao chamarem-no à porta, ouvem apenas um som de passos arrastados e uma ordem enunciada com uma voz gorgolejante e espessa pedindo que o deixem sozinho. Por fim, um terrível acontecimento é relatado por uma criada apavorada. O teto no quarto abaixo de Leicester está impregnado de um horrível fluido negro, e formou-se uma poça de abominável viscosidade na cama abaixo. Dr. Haberden, então persuadido a retornar à casa, arromba a porta do quarto e golpeia repetidamente com uma barra de ferro a coisa blasfema semiviva que encontra ali. É "uma massa negra e pútrida fervilhante de decomposição e repulsiva putrefação, nem líquida nem sólida, mas derretida e mutante". Pontos esbraseados como olhos brilham no meio dela e, antes de sucumbir, a coisa tenta erguer o que poderia ter sido um braço. Logo depois, o médico, incapaz de suportar a lembrança do que presenciou, morre no mar a caminho da América em busca de uma nova vida.

O sr. Machen retorna ao demoníaco "Gente miúda" em "The Red Hand" e "The Shining Pyramid"; e em *O terror*, uma narrativa dos tempos de guerra, trata com vívido mistério os efeitos da atual rejeição pelo homem da espiritualidade dos animais que, em consequência, são levados a questionar sua supremacia e a se unir para exterminá-lo.

O HORROR SOBRENATURAL EM LITERATURA

The Great Return, de extrema delicadeza e passando do mero horror ao autêntico misticismo, é uma narrativa sobre o Graal, também criação do período da guerra. Muito conhecido para precisar de descrição aqui é o conto "The Bowmen", que, considerado uma história real, deu origem à difundida lenda dos "Anjos de Mons" — fantasmas de arqueiros antigos da Inglaterra que lutaram nas Batalhas de Crécy e Agincourt em 1914 ao lado das fileiras acossadas da gloriosa Força Expedicionária Inglesa (Old Contemptibles).

Menos intenso que o sr. Machen em delinear os extremos do medo avassalador, embora infinitamente mais ligado à ideia de um mundo irreal a assediar constantemente o nosso, é o prolífico e inspirado Algernon Blackwood, em cuja obra volumosa e desigual podemos encontrar algumas das mais refinadas obras de ficção espectral da época atual ou de qualquer outra. A respeito do valor da genialidade de Blackwood não pode haver nenhuma controvérsia; já que não há quem tenha nem mesmo se aproximado de seu talento, seriedade e precisão minuciosa com que ele registra as nuances de estranheza existente nas coisas e experiências ordinárias, ou da percepção clara do sobrenatural com que ele articula, detalhe por detalhe, as sensações e percepções integrais que levam da realidade à vida ou vidência paranormal. Carente de um domínio notável do encanto poético da linguagem simples, ele é um dos mestres absolutos e inquestionáveis da atmosfera sobrenatural; e pode despertar em um simples fragmento de descrição psicológica monótona o que quase equivale a toda uma história. Acima de todos os demais, ele compreende quão integralmente algumas mentes sensitivas habitam o tempo todo nas regiões fronteiriças do sonho e como é relativamente débil a distinção entre as imagens criadas de objetos reais e aquelas excitadas pelo jogo da imaginação.

A obra menor de Blackwood se empobrece por variados defeitos, tais como didatismo ético, uma ocasional subjetividade insípida, frouxidão do sobrenatural benigno e uso descomedido do jargão intercambiante do "ocultismo" moderno. Um deslize em seus mais sérios esforços é a prolixidade enfadonha que resulta da busca empenhada de uma elaboração excessiva, prejudicada pelo estilo um tanto insípido e jornalístico despido de magia intrínseca, colorido e vitalidade para representar sensações precisas e nuances de sugestões do mistério. Não obstante tudo isso, as criações maiores do sr. Blackwood alcançam um nível genuinamente clássico e evocam como nenhuma outra obra de ficção um sentimento aterrorizante e convincente da imanência de esferas espirituais e entidades desconhecidas.

O montante quase infindável da ficção do sr. Blackwood inclui romances e contos; estes às vezes independentes e às vezes em série. De primeira ordem entre todos, deve-se considerar "The Willows", no qual presenças obscuras numa ilha desolada do Danúbio são terrivelmente pressentidas e reconhecidas por uma dupla de viajantes ociosos. Aqui a arte e o comedimento narrativo alcançam o mais alto nível de desenvolvimento e cria-se uma impressão pungente duradoura sem uma única passagem forçada ou nota falsa. Outro conto surpreendentemente potente, embora artisticamente menos acabado, é "The Wendigo", em que defrontamos evidências terríveis de um demônio imensurável da floresta sobre o qual os lenhadores de North Woods conversam à meia-voz durante a noite. O modo como alguns rastros indicam certas coisas extraordinárias mostra realmente uma habilidade triunfante. Em "An Episode in a Lodging House" notamos presenças apavorantes convocadas do espaço tenebroso por um feiticeiro, e "The Listener" fala de um resíduo psíquico medonho que se arrasta para lá e para cá em uma casa velha onde um leproso morreu. No volume intitulado *Incredible Adventures* encontramos alguns dos contos mais primorosos que o autor criou, conduzindo a imaginação a ritos selvagens realizados de noite nas colinas, a facetas secretas e terríveis que espreitam no reverso de paisagens serenas, a câmaras subterrâneas de mistérios inimagináveis sob as areias e pirâmides do Egito; tudo isso com uma sutileza e delicadeza sérias que convencem onde um tratamento mais trivial e cru apenas faria divertir. Algumas dessas narrações não podem exatamente ser qualificadas como histórias; são antes estudos de impressões simuladas e fragmentos de sonhos imperfeitamente relembrados. O enredo não é relevante no todo, o que impera em primeiro plano é a atmosfera.

John Silence — Phisician Extraordinary é um livro que traz cinco contos relacionados entre si, nos quais uma única personagem percorre sua rota triunfante. Prejudicados apenas por traços de uma atmosfera detetivesca popular e convencional — já que o dr. Silence representa uma daquelas índoles benevolentes que usam seus notáveis poderes para ajudar indivíduos dignos em dificuldade —, essas narrativas trazem alguns dos melhores trabalhos do autor; criam uma ilusão imediatamente enfática e duradoura. O conto de abertura, "A Psychical Invasion", relata o que sucedeu a um escritor sensível numa casa que foi outrora o cenário de ocorrências tenebrosas e a forma como uma legião de demônios foi exorcizada. "Ancient Sorceries" talvez seja o melhor conto do livro, oferece uma narrativa de vividez quase hipnótica de uma cidade francesa antiga onde certa vez um sabá sacrílego foi celebrado por toda a população convertida em gatos. Em "The Nemesis of Fire", um ser elemental é invocado mediante sangue recém-derramado, e "Secret Worship" fala de uma escola germânica onde o satanismo predominava, e uma aura diabólica perdurou por longo tempo depois. "The Camp of the Dog" é um conto sobre lobisomem, prejudicado pelo "ocultismo" profissional e moralizante.

Muito sutil, talvez, para uma classificação no gênero de contos de terror, ainda que possivelmente mais verdadeiramente artísticas em um sentido absoluto, são as fantasias delicadas como *Jimbo* ou *The Centaur*. O sr. Blackwood consegue nesses romances transmitir, de forma palpitante e acentuada, a substância íntima do sonho, de modo a fazer desabar admiravelmente as barreiras convencionais entre a realidade e a imaginação.

Excepcional na magia de uma prosa musical e cristalina e superior na criação de um mundo deslumbrante e langoroso de visão iridescente e exótica é Edward John Moreton Drax Plunkett, o décimo oitavo barão Dunsany, cujos contos e peças curtas formam um *corpus* quase único em nossa literatura. Inventor de uma nova mitologia e criador de um folclore surpreendente, Lorde Dunsany dedica-se a um mundo estranho de beleza fantástica e empenhou-se em um combate eterno contra a aspereza e fealdade da realidade cotidiana. Sua perspectiva é a mais genuinamente cósmica de qualquer outra sustentada na literatura de qualquer período. Tão sensível quanto Poe para os valores dramáticos e o significado das palavras e detalhes isolados, muito mais bem equipado com uma retórica num estilo lírico simples baseada na prosa da Bíblia do rei James, esse autor retrata com enorme vigor quase todo o *corpus* de mitos e lendas pertencentes à esfera da cultura europeia, criando um ciclo composto e eclético do reino imaginário em que o colorido oriental, a forma helênica, a taciturnidade teutônica e a aspiração céltica se mesclam de modo soberbo e cada um sustenta e acrescenta os demais sem sacrificar a congruência e homogeneidade perfeitas. Na maioria de suas criações, os países são fabulosos — "Além do Oriente", "Nos confins do mundo". Seu sistema de antropônimos e topônimos originais de raízes clássicas, orientais e de outras fontes é um prodígio de inventividade versátil e perspicácia poética; podemos percebê-lo em composições como "Argimēnēs", "Bethmoora", "Poltarness", "Comorak", "Illuriel" ou "Sardathrion".

Mais que o terror, a beleza é o tom fundamental da obra de Dunsany. Ele aprecia o verde vívido do jade, os domos cobreados e o resplendor delicado do crepúsculo sobre os minaretes de marfim de impossíveis cidades imaginárias. Humor e ironia estão também sempre presentes para comunicar um brando cinismo e alterar o que poderia, de outro modo, conter uma intensidade ingênua. Contudo, como é inevitável em um mestre de triunfante imaginação, ocorrem pinceladas ocasionais de horror cósmico que alcançam perfeitamente a tradição autêntica do gênero. Dunsany adora sugerir engenhosamente e de modo ardiloso fenômenos monstruosos e danações fantásticas como as que se insinuam nos contos de fadas. Em *The Book of Wonder*, lemos sobre Hlo-Hlo, o gigantesco ídolo-aranha que nem sempre fica em casa; sobre o que a Esfinge tinha pavor na floresta; sobre Slith, o ladrão que salta sobre a borda do mundo depois de ver certa luz acender e conhecer *quem* a acendeu; sobre o antropófago Gibbelins, que habita e guarda um tesouro numa torre malfazeja; sobre os Gnoles que vivem em uma floresta e aos quais não é conveniente roubar; sobre a Cidade do Nunca e os olhos que ficam de sentinela nos abismos inferiores, e outros pavores semelhantes. *A Dreamer's Tales* fala do mistério que faz todos os homens de Bethmoora fugirem para o deserto; do imenso portão de Perdóndaris, entalhado em uma única peça de marfim; da viagem do velho e infeliz Bill, cujo capitão amaldiçoava a tripulação e exigia que ancorassem em uma ilha de aspecto apavorante, com cabanas colmadas e medonhas janelas escuras.

Muitas peças curtas de Dunsany estão repletas de horror espectral. Em *The Gods of the Mountain*, sete mendigos se disfarçam dos sete ídolos verdes de uma colina distante e desfrutam do sossego e honra em uma cidade que cultua aqueles ídolos, até que eles descobrem que o os ídolos reais não estão em *seus postos de costume*. São informados de que ao crepúsculo ocorrerá uma aparição esdrúxula — "pedras não devem caminhar à noite" — e, por fim, enquanto esperam a chegada de um grupo de bailarinos, percebem que os passos que se aproximam são mais pesados que os daqueles que deveriam ser os dançarinos genuínos. Ocorrem várias peripécias na sequência e no fim os presunçosos blasfemos são transformados em estátuas de jade verde pelas mesmas estátuas andantes cuja santidade ultrajaram. Mas o enredo simples é o menor dos méritos dessa peça maravilhosamente realizada. Os incidentes e desdobramentos revelam um mestre supremo, de modo que o todo configura uma das mais importantes contribuições da época atual não apenas para o drama, mas também para a literatura em geral. *A Night at an Inn* fala de quatro ladrões que roubam o olho de esmeralda de Klesh, um deus monstruoso hindu. Eles atraem a seus aposentos os três sacerdotes vingadores que estão em seu encalço e conseguem matá-los, mas, durante a noite, Klesh vem sorrateiramente em busca de seu olho e parte ao recuperá-lo, obrigando cada um dos espoliadores a sair em meio à escuridão para puni-los de forma abominável. *The Laughter of the Gods* apresenta uma cidade amaldiçoada à beira de uma selva, e um tocador de alaúde espectral é ouvido apenas por aqueles que estão à beira da morte (cf. a espineta de Alice em *A casa das sete torres*); *The Queen's Enemies* reconta o episódio de Heródoto no qual uma princesa vingativa convida seus inimigos para um banquete subterrâneo e deixa entrar as águas do Nilo para afogá-los.

Mas um apanhado de descrições apenas não pode comunicar mais do que uma fração da magia penetrante de Lorde Dunsany. Suas cidades prismáticas e ritos inauditos são pintados com uma segurança que apenas a maestria pode engendrar, e estremecemos com um sentimento de participação real em seus mistérios secretos. Para quem é verdadeiramente imaginativo, ele é um talismã e uma chave que abre as portas a um tesouro de sonho e estilhaços de memórias, de modo que podemos considerá-lo não apenas um poeta, mas alguém que faz também de cada leitor um poeta.

No polo oposto do gênio de Lorde Dunsany e dotado de um poder quase diabólico para invocar de modo harmoniosamente progressivo o horror do cotidiano banal da vida, temos o erudito Montague Rhodes James, dirigente do Eton College, antiquário reputado e autoridade reconhecida em manuscritos medievais e história das catedrais. Dr. James, afeiçoado por longo tempo a contar histórias espectrais na época do Natal, torna-se gradativamente um ficcionista literário do gênero sobrenatural de primeira ordem e desenvolveu um estilo e método distintos, apropriados para servir como modelo a uma duradoura linhagem de discípulos.

A arte do dr. James não é de modo algum acidental; no prefácio de uma de suas coleções formulou três regras muito sensatas para a composição do macabro. Uma história de fantasma, ele acredita, deve conter um ambiente familiar da época moderna para assemelhar-se estritamente à esfera de vivência do leitor. Os fenômenos espectrais, além disso, devem ser malévolos mais que benignos, uma vez que o *medo* é a emoção primária a ser estimulada. Finalmente, o jargão técnico do "ocultismo" ou o cientificismo falso devem ser meticulosamente evitados para que a magia da verossimilhança contingente não seja abafada por um pedantismo que não convence.

Dr. James, praticando o que prega, desenvolve seus temas num estilo simples e geralmente coloquial. Ao criar a ilusão de fatos cotidianos, ele introduz seus fenômenos paranormais cautelosamente e de forma gradual; cada momento abrandado por detalhes de feição prosaica e comum, às vezes temperado com um fragmento ou dois de erudição antiga. Consciente de uma relação íntima entre o sobrenatural da atualidade e o da tradição acumulada, fornece antecedentes históricos remotos para seus episódios; dessa forma, mostra-se capaz de utilizar muito competentemente seus amplos conhecimentos do passado, assim como seu convincente e pronto domínio da linguagem e colorido arcaicos. Um ambiente favorito de James em suas narrativas é uma catedral centenária que o autor pode descrever com a minudência familiar de um especialista nesse campo.

Nas narrativas do dr. James frequentemente encontramos vinhetas humorísticas ardilosas e *flashes* de imagens e caracterizações que retratam o real, que em suas mãos hábeis cumprem a função de alargar o efeito geral, não de desvirtuá-lo como poderia ocorrer com um artífice menor que se utilizasse desses mesmos expedientes. Ao inventar um novo tipo de fantasma, ele se afasta consideravelmente da tradição gótica convencional; pois onde os fantasmas de linhagem mais antiga eram pálidos e pomposos, percebidos sobretudo pelo sentido da visão, o fantasma de James é geralmente franzino, acanhado e cabeludo — uma abominação notívaga, indolente, diabólica, a meio caminho entre o homem e a besta —, habitualmente tangível, embora invisível. Às vezes o espectro apresenta um composto ainda mais extravagante; uma ondulação de flanela com olhos aranhosos ou uma entidade invisível que se molda em camadas e mostra *um rosto de lençol amarrotado*. Dr. James possui, evidentemente, um conhecimento inteligente e científico dos nervos e sentimentos humanos; e sabe exatamente como demarcar a expressão, a imagem e as sugestões sutis para garantir os melhores resultados com seus leitores. Ele é um artista do incidente e da coordenação mais que da atmosfera e alcança a emoção mais frequentemente pelo intelecto que de modo direto. Seu método, naturalmente, com ausências ocasionais de clímax acentuado, tem suas fraquezas tanto quanto suas vantagens, e muitos sentirão a falta da perfeita atmosfera tensa que escritores como Machen constroem de modo meticuloso com palavras e ambientação. Apenas uma minoria de contos está sujeita a uma censura por sua frouxidão. No geral, o desenvolvimento lacônico dos eventos paranormais numa sequência engenhosa é plenamente suficiente para criar o efeito desejado de horror crescente.

Os contos do dr. James estão reunidos em quatro pequenos volumes, intitulados respectivamente *Ghost Stories of an Antiquary*, *More Ghost Stories of an Antiquary*, *A Thin Ghost and Others* e *A Warning to the Curious*. Há ainda uma encantadora ficção juvenil, intitulada *The Five Jars*, que traz suas sugestões espectrais. Entre essa riqueza de obras é difícil escolher um conto favorito especialmente característico, embora cada leitor tenha certamente suas preferências, determinadas por seu temperamento.

"Count Magnus" é seguramente um das melhores, formando um verdadeiro baú de tesouros de suspense e sugestão. O sr. Wraxall é um viajante inglês da metade do século XIX de passagem pela Suécia com o objetivo de coletar material para um livro. Envolvido por interesse com a antiga família De la Gardie, perto da aldeia de Råbäck, ele estuda seus registros e, tomado de um fascínio peculiar pelo construtor da mansão remanescente, um certo conde Magnus, de quem se fala à meia-voz coisas estranhas e terríveis. O conde, que alcançou notoriedade no início do século XVII, era um austero senhor de terras e famoso por sua severidade com intrusos caçadores e arrendatários delinquentes. Suas punições cruéis eram proverbiais e havia rumores obscuros de influências que ainda sobreviveram ao seu sepultamento no suntuoso mausoléu que ele construiu perto da igreja — como o caso de dois camponeses que caçavam em sua propriedade certa noite, um século depois de sua morte. Ouviam-se gritos pavorosos nos bosques, junto ao túmulo do conde Magnus brilhava uma luz sobrenatural, e uma grande porta rangia. Na manhã seguinte, o sacerdote encontrou os dois homens; louco um e morto o outro, com o rosto descarnado até os ossos.

O sr. Wraxall ouviu todas essas narrativas e deparou casualmente com outras referências a uma Peregrinação Negra, certa vez empreendia pelo conde, uma peregrinação a Corazim, na Palestina, uma das cidades censuradas por Nosso Senhor nas Escrituras, onde, dizem os velhos sacerdotes, nascerá o Anticristo. Ninguém ousa aludir ao que foi exatamente aquela peregrinação ou que criatura ou coisa estranha o conde trouxe em sua companhia. Entrementes, o sr. Wraxall fica cada vez mais ansioso para explorar o mausoléu do conde Magnus; finalmente, obtém permissão para fazê-lo na companhia de um diácono. Ele encontra muitos monumentos e três sarcófagos de bronze, um dos quais é o do conde. Ao redor da superfície desse último existem cenas esculpidas, incluindo uma cena horrenda de perseguição — perseguição a um homem desvairado através de uma floresta, empreendida por uma figura atarracada e embuçada com um tentáculo de diabo-marinho, dirigida por um homem alto e encapotado sobre uma colina. O sarcófago tem três cadeados maciços de aço, um dos quais está aberto, caído ao chão, lembrando ao viajante — que alimenta o desejo vão de conseguir ver o conde Magnus — o rangido metálico que ouviu no dia anterior quando passava pelo mausoléu.

O seu fascínio aumenta e, com a chave acessível, o sr. Wraxall faz uma segunda visita ao mausoléu, dessa vez sozinho, e encontra outro cadeado aberto. No dia seguinte, o último que permanecerá em Råbäck, ele volta de novo sozinho para se despedir do conde há muito tempo morto. Uma vez mais, bizarramente impelido a pronunciar o desejo extravagante de encontrar-se com o nobre sepulto, percebe então para sua inquietação que apenas um cadeado permanece no suntuoso sarcófago. No mesmo momento, esse último cadeado cai rumorosamente ao chão e ouve-se um som rangente de dobradiças que se movem. A tampa monstruosa parece erguer-se lentamente, e o sr. Wraxall foge em pânico sem trancar a porta do mausoléu.

Durante o retorno para a Inglaterra, o viajante sente uma curiosa inquietação ligada a seus companheiros na barcaça que ele usa para a primeira etapa da viagem. Figuras encapuçadas o deixam nervoso, e ele tem a impressão de estar sendo observado e seguido. Das vinte e oito pessoas que ele conta, apenas vinte e seis aparecem às refeições; as duas que faltam são sempre um homem alto e encapuçado e uma figura embuçada mais baixa. Completando sua viagem por água até Harwich, o sr. Wraxall se põe claramente em fuga em uma carruagem fechada, mas vê duas figuras encapuçadas numa encruzilhada. Finalmente, ele se hospeda em numa pequena casa na aldeia e passa o tempo escrevendo frenéticas anotações. Na segunda manhã ele é encontrado morto, e durante o inquérito sete jurados desfalecem ao ver o corpo. A casa onde ele se hospedou nunca mais é habitada e, quando da sua demolição, meio século depois, seu manuscrito é descoberto em um armário esquecido.

Em "The Treasure of Abbot Thomas", um antiquário britânico desvenda um criptograma em janelas com pinturas renascentistas, e por isso descobre um tesouro secular de ouro num nicho na metade da altura de um poço, no pátio de uma abadia alemã. Mas o astucioso depositante colocara um guardião do tesouro, e alguma coisa no poço escuro agarra com os braços o pescoço do pesquisador de tal modo que a busca é abandonada e um clérigo é chamado. Nas noites seguintes o descobridor sente uma presença furtiva e detecta um odor de mofo do lado de fora da porta de seu quarto de hotel, até que finalmente o clérigo recoloca, em plena claridade do dia, a pedra na abertura do poço e seu resguardado tesouro — do qual algo saiu do seu escuro para vingar a afronta ao ouro do velho abade Thomas. Depois de completar seu trabalho, o clérigo nota um curioso entalhe em forma de sapo no velho manancial com o lema latino *Depositum custodi* — "cuida do que a ti foi confiado".

Outros contos notáveis de James são "The Stalls of Barchester Cathedral", em que uma escultura grotesca ganha curiosamente vida para vingar o assassinato secreto e insidioso de um velho deão por seu ambicioso sucessor; "Oh, Whistle, and I'll Come to You, My Lad" fala do horror evocado por um estranho apito de metal encontrado na ruína de uma igreja medieval; em "An Episode of Cathedral History", a desmontagem de um púlpito revela um túmulo arcaico cujo demônio insidioso espalha o pânico e a peste. Dr. James, com seu traço todo leve, evoca o pavor e o horrendo em suas formas mais impactantes, e certamente permanece como um dos mestres realmente criativos no seu âmbito de criação do sombrio.

Para aqueles que apreciam especular a respeito do futuro, o conto de horror sobrenatural proporciona um campo interessante. Combatido por uma onda progressiva de realismo laborioso, desilusão afetada e tagarelice cínica, é, contudo, encorajado por uma corrente paralela de misticismo crescente, desenvolvido tanto pela reação exaustiva de "ocultistas" e fundamentalistas religiosos contra descobertas materialistas quanto pelo estímulo ao maravilhoso e à fantasia proveniente dessas visões ampliadas e barreiras rompidas pela ciência moderna com sua química intra-atômica, astrofísica avançada, as doutrinas da relatividade e avanços da biologia e do pensamento humano. No momento presente as forças favoráveis parecem possuir certa vantagem, uma vez que mostra inquestionavelmente mais cordialidade com a literatura sobrenatural que trinta anos atrás, quando o melhor das obras de Arthur Machen caiu sobre o terreno petrificado dos presunçosos e sentenciosos dos anos noventa. Ambrose Bierce, praticamente desconhecido em seu tempo, agora alcançou certo reconhecimento geral.

Todavia, não devemos esperar mudanças surpreendentes nessa ou noutra direção. Em qualquer caso, continuará a existir um equilíbrio aproximado de tendências; embora possamos perfeitamente esperar um maior requinte de técnica, não temos motivos para pensar que a posição ocupada pelo espectral na literatura se modifique. É restrito, embora seja uma linha essencial da expressão humana, e, principalmente, será sempre apreciado por um público com uma sensibilidade peculiarmente sutil. A aceitação de qualquer obra-prima com temática sobrenatural ou de terror universal possivelmente criada no futuro deverá ser creditada mais à sua arte superior do que à empatia pelo tema. Mesmo assim, quem pode assegurar que a temática centrada no tenebroso constitua de fato uma desvantagem? Radiante de beleza, a Taça dos Ptolomaicos era entalhada em ônix.

© C*opyright* desta tradução: Editora Martin Claret Ltda., 2015.

Direção
MARTIN CLARET

Produção editorial
CAROLINA MARANI LIMA / MAYARA ZUCHELI

Projeto gráfico e direção de arte
JOSÉ DUARTE T. DE CASTRO

Diagramação
GIOVANA GATTI LEONARDO

Ilustração de capa
RAFAEL NOBRE

Tradução e notas
ALDA PORTO / VILMA MARIA DA SILVA / LENITA RIMOLI ESTEVES / PAULO CEZAR CASTANHEIRA

Revisão
TICIANI MENESES / ALEXANDER BARUTTI SIQUEIRA / ELIANA DOS SANTOS NAKASHIMA

Impressão e acabamento
GEOGRÁFICA EDITORA

Dados Internacionais de Catalogação na Publicação (CIP)
(Câmara Brasileira do Livro, SP, Brasil)

Lovecraft, H. P., 1890-1937.
Grandes contos / H. P. Lovecraft. — 2. edi. — São Paulo: Martin Claret, 2018.

Vários tradutores.

ISBN 978-85-440-0196-7

1. Contos de horror 2. Contos norte-americanos I. Título.

18-15994   CDD-813

Índices para catálogo sistemático:

1. Contos de horror: Literatura norte-americana   813

EDITORA MARTIN CLARET LTDA.
Rua Alegrete, 62 — Bairro Sumaré — CEP: 01254-010 — São Paulo — SP
Tel.: (11) 3672-8144
www.martinclaret.com.br
3ª reimpressão – 2025